W0286236

Emma Finch

Die Spur der Kristalle

ROMAN

Erstausgabe Mai 2018

© 2018 dp DIGITAL PUBLISHERS GmbH

Made in Stuttgart with ♥
Alle Rechte vorbehalten

Die Spur der Kristalle

ISBN 978-3-96087-352-5
E-Book-ISBN 978-3-96087-425-6

Umschlaggestaltung: Annadel Hogen
Unter Verwendung von Abbildungen von
© calavision/depositphotos.com,
© paulprescott/depositphotos.com,
© AP-images/depositphotos.com und
© Goir/depositphotos.com
Lektorat: Birgit Förster
Satz: Vera Krimmer

Das Werk darf – auch teilweise – nur mit Genehmigung des Verlages wiedergegeben werden.

Sämtliche Personen und Ereignisse dieses Werks sind frei erfunden. Etwaige Ähnlichkeiten mit real existierenden Personen, ob lebend oder tot, wären rein zufällig.

Über die Autorin

Emma Finch wurde Ende der 60er am Rande des Ruhrgebiets geboren und vermischt gerne Realität und Fiktion zu spannenden Plots mit einem Schuss Romantik. Sie lebt und arbeitet in Mittelfranken, wo sie unter ihrem richtigen Namen Sabine Fink Regionalkrimis um die Erlanger Kommissarin Maria Ammon sowie mörderische Kurzgeschichten schreibt.

Strategie

„Vor Spielbeginn analysiert der Spieler alle Alternativen jeder potenziellen Spielsituation, um das nachfolgende Spielverhalten vorhersagen zu können.“

ZEHN

Anfangs hielt ich es für Zufall.

Ich hieß Caitlyn Brown, und mein Leben war genauso gewöhnlich wie mein Nachname.

Schon, seit ich denken konnte, wohnte ich in einer kleinen Stadt in Surrey südlich von London. Mein Vater führte dort jahrzehntelang eine Arztpraxis, in die vor ein paar Jahren mein älterer Bruder eingestiegen war. Meine Mutter war Angestellte im Außenministerium gewesen und es hatte uns völlig unvorbereitet getroffen, als sie unmittelbar vor meinen A-Level-Prüfungen an einer akuten Leukämie erkrankt und innerhalb weniger Wochen gestorben war. Wir fielen damals in eine Art ohnmächtige Schockstarre. Ich brauchte dringend einen Tapetenwechsel und verkroch mich einige Monate bei Freunden von Dad in Schottland. Nach meiner Rückkehr war ich wild entschlossen, Krankheiten wie Krebs den Krieg zu erklären. Ich spielte sogar mit dem hehren Gedanken, eines Tages in die Forschung zu gehen, und weil ich quasi in einer Arztpraxis aufgewachsen war, glaubte ich, ich könnte beurteilen, was diese Arbeit bedeutete.

Ich konnte es natürlich nicht.

Nach den ersten Stunden in der Anatomie war mir klar, dass ich mir schleunigst etwas anderes überlegen musste – obwohl der Geruch der Chemikalien im Sektionssaal der Anatomie dank des ausgeklügelten Lüftungssystems auszuhalten und der Anblick der präparierten Leichen kaum schlimmer war als der von gekochtem Hühnerfleisch. Doch irgendwann würde ich keine toten Körper mehr vor mir haben und alles, was ich für die Kranken tat und auch all meine Fehler konnten tragische Folgen für ihr Leben und ihre Gesundheit haben.

Diese Verantwortung war mir eine Nummer zu groß.

Kurzerhand hängte ich das Studium an den Nagel und ging, um Zeit zum Nachdenken zu schinden, als Au-pair auf eine Farm im Nordosten Kanadas. Anschließend kehrte ich zu meinem ursprünglichen Plan zurück, Mathematik zu studieren – allein schon, um meinem Vater einen Gefallen zu tun, der meine Kapriolen klaglos hingenommen hatte. Im Nebenfach belegte ich Sport und Englisch und da ich gern mit Kindern arbeitete, machte ich anschließend eine praktische Lehrerausbildung, unterrichtete fortan an der Highschool meiner Heimatstadt und korrigierte die zwar manchmal tragischen, aber längst nicht so folgenreichen Fehler meiner Schüler.

Ich war, wie man so schön sagt, erwachsen geworden und mein Leben in jeder Hinsicht berechenbar. Nichts deutete darauf hin, dass die bunte Fassade meines Alltags längst Risse bekommen hatte – bis zu jenem Sommernachmittag, an dem ich Zeugin eines Mordes wurde, dessen Motiv ich in der Vergangenheit meiner Familie finden sollte und dessen Folgen nicht nur meine Zukunft auf den Kopf stellten.

„The Fens“, East Anglia

Er drehte das Streichholz zwischen seinen Fingern. So klein, so unscheinbar. Nicht mehr als ein Holzsplitter, an dessen einem Ende Gefahr lauerte. Harmlos, solange es niemand benutzte.

Mit einer knappen Bewegung riss er das Schwefelende über die raue Fläche. Wartete, während sich die Flamme unaufhaltsam seinen Fingerspitzen näherte.

Er schloss die Lider.

Feuer.

Solange es Nahrung hatte, brannte es, loderte, verzehrte. Zerstörte, was sich ihm in den Weg stellte.

Tötete.

Der Kuss des Feuers war schmerzhaft.

Abrupt riss er die Augen auf und legte das Streichholz in den Kamin, in dem sich Holz und zusammengeknüllte Zeitungen befanden. Zuerst schien es, als würde das Feuer erlöschen, doch dann stieg Rauch auf, eine Flamme leckte an dem Papier, zuerst winzig, schließlich immer größer, bis es hell lodernd zu verkohlen begann. Schatten tanzten an den weiß getünchten Wänden, während das Feuer neue Nahrung fand und schließlich auf das trockene Holz übergriff.

Neben ihm auf dem Boden lag ein Notizzettel, auf dem in akkurater Handschrift ein Name, eine Adresse und eine Nummer notiert waren. Er ließ seine Finger sanft über den Zettel gleiten und schob ihn beiseite. Darunter kamen zwei Fotos zum Vorschein: Ein altes, das in verblichenen Farben ein kleines Mädchen auf einer Bank unter einem Baum zeigte, und ein neues, bunt und lebendig, mit einer jungen Frau. Er sah es lange an – und warf dann alles ins Feuer.

Die Schrift löste sich als Erstes in loderndes Nichts auf, der blonde Haarschopf erglühte im Feuerschein, bevor sich ein schwarz verkohlter Schatten darüberlegte. Die dargestellte Person verschwand erst auf dem einen, dann auf dem anderen Bild, als hätte es sie niemals gegeben. Zurück blieb am Ende nur Asche.

Eine unumkehrbare Metamorphose.

So, wie der Tod.

Ohne hinzusehen, griff er nach einem Tuch, das neben den Fotos gelegen hatte. Es war schon alt, der blutrote Stoff fadenscheinig und seine Mitte zierte ein Symbol in absoluter Symmetrie, wie ein perfekt geschliffener Kristall. Er hielt es unter seine Nase und atmete mit geschlossenen Augen den nur für ihn wahrnehmbaren Rosmarinduft ein.

Es war alles, was von ihnen geblieben war. Das Tuch und die Asche, die er im Meer verstreut hatte.

Langsam zog er sein Jackett aus, krempelte den Ärmel auf und brachte seinen rechten Unterarm in die Nähe der Flammen, dichter und dichter, bis das Feuer an seiner Haut leckte. Schweißperlen erschienen auf seiner Stirn. Sein Atem ging schneller.

Asche zu Asche.

Jetzt war er das Feuer.

Mit einem erstickten Laut zog er den Arm zurück und nahm das Tuch, um damit seine glühend rote Haut abzudecken.

NEUN

Es war ein heißer Tag Mitte August kurz vor meinem Geburtstag. Ich genoss den kühlen Luftzug, der mich im Schatten der Häuser streifte. Langsam schlenderte ich weiter die belebte Londoner Brompton Road entlang. An einem gewöhnlichen Mittwoch shoppen gehen zu können, war einer der Vorteile, wenn man gerade Sommerferien hatte. Allerdings würde ich nicht mehr lange Lehrerin sein, denn ich hatte mich als Versicherungsmathematikerin bei der Lloyd's of London, der internationalen Versicherungsbörse, beworben und würde am 1. September meine neue Stelle antreten. Aufs Geratewohl bummelte ich die Straße entlang und ließ den Trubel um mich herum Trubel sein.

Vor einem Schaufenster von Harrods blieb ich stehen, um meinen Haarknoten neu zu ordnen, aus dem sich Dutzende meiner störrischen Locken gelöst hatten. In der Scheibe spiegelten sich die Passanten, von denen die meisten in typischer Großstadtmanier hektisch von einem Ort zum nächsten eilten. Lediglich ein grauhaariger Mann in Jeans und Hemd schlenderte gemächlich vorbei.

In der Fensterscheibe prüfte ich noch einmal meine Frisur, damit sie zumindest zeitweise wieder ordentlich aussah, als der Mann hinter mir stehen blieb, sein Handy hervorholte und es in meine Richtung hielt. Irritiert warf ich ihm einen Blick über die Schulter zu. Er lächelte freundlich, bevor er weiterging. Neben mir im Schaufenster sah ich ein großes Plüschpferd und einen knuffigen schwarzen Hund, die mich beide knopfäugig anstarrten. Anscheinend hatte der Mann die beiden fotografiert – vielleicht, um sie als potenzielle Geschenke für seine Kinder in Erinnerung zu behalten? Das Pferd, ein mausbrauner Falbe mit langer, zerzauster Mähne, erinnerte mich an die robusten schottischen Hochlandponys. Es war schon so lange her, dass ich zuletzt in den Highlands zu Besuch gewesen war. Vier Jahre, um genau zu sein.

„Hey, ihr zwei, was haltet ihr davon, mit mir eine Tour zum Loch na Sealga zu machen?“ Ich bildete mir ein, der Hund würde den Kopf ein wenig schief legen, und hörte im Geiste das Pferd zustimmend schnauben.

„Mama!“ Aufgeregt deutete ein kleines Mädchen neben mir auf die Stofftiere. „Guck mal, sind die nicht süß?“

„Ja, und wie“, antwortete die Mutter ohne großen Enthusiasmus, als sie gezwungenermaßen stehen blieb, weil ihre Tochter mit der Nase an der Scheibe klebte.

„Mama! Kann ich die nicht haben? Bitte!“

Die Mutter lächelte nachsichtig. „Wir müssen weiter, komm schon.“

Hartnäckig blieb das Mädchen stehen und klopfte zaghaft an das Schaufenster, als wollte sie die beiden zum Leben erwecken.

Ich hockte mich zu dem Mädchen und senkte verschwörerisch die Stimme. „Hey, weißt du was? Die beiden kann man eigentlich gar nicht kaufen. Das ist nur zur Tarnung. Das sind nämlich ein verzauberter Polizeihund und ein Polizeipferd. Die müssen hier sitzen und die Straße beobachten – du weißt schon, falls ein Verbrecher versucht ... na ja, zum Beispiel deiner Mama die Handtasche zu stehlen ...“ Vielsagend wiegte ich den Kopf.

Das Mädchen sah mich mit riesigen Augen an. „Meinst du das echt?“

„Großes Indianerehrenwort!“ Wie zum Schwur hob ich die Rechte und legte die Linke auf mein Herz.

Mit gerunzelter Stirn fixierte die Kleine nun die Stofftiere. Die sichtlich amüsierte Mutter kratzte sich am Kopf. „Na siehst du, Schatz. Was hältst du davon, wenn wir jetzt ein Eis essen?“

„Eis? Au ja!“ Die Kleine hüpfte auf und ab, die Stofftiere waren schon vergessen. „Mama? Mögen Polizeihunde auch Eis?“

Ich lachte still in mich hinein, während ich dem plappernden Mädchen mit seiner Mutter nachsah. Dann reihte ich mich wieder in das Gewimmel der Passanten ein, um endlich meine Einkäufe in Angriff zu nehmen. Ich brauchte unbedingt noch einen Hosenanzug und ein Kostüm, die den konservativen Kleidervorschriften der Lloyd's entsprachen. In Leatherhead war die Auswahl an Geschäften nämlich eher überschaubar – allerdings war das im Allgemeinen auch die Anzahl der Menschen, und meinem Empfinden nach war es dort heute auch weniger heiß. Ich kramte eine kleine Wasserflasche aus meiner Tasche heraus. Bei diesem Wetter hätte ich anstatt nach London lieber einen Zug in die andere Richtung, nach Brighton, nehmen sollen, im Meer baden und mir einen Tag lang den Seewind um die Nase wehen lassen, anstatt Großstadtmief. Wenn ich demnächst erst bei der Lloyd's arbeitete, käme ich höchstens noch an den Wochenenden raus.

Es würde mir genauso gehen wie meinem Freund Daniel, der schon seit drei Jahren dort beschäftigt war. Er hatte mir vorgeschlagen, mich ebenfalls dort zu bewerben, nachdem ich etwas zu laut darüber nachgedacht hatte, mich beruflich zu verändern. Allerdings hatte ich eher an eine andere Schule gedacht, doch eine von Daniels Kolleginnen hatte gerade verkündet, dass sie schwanger sei, und deshalb wurde eine Vertretung gesucht. Daniel hatte argumentiert, ich könne ja wieder aufhören, falls es mir nicht gefiel. Weil er damit recht hatte, stimmte ich zu, dass er seinen Chef überredete, es mit mir zu versuchen – und immerhin würden wir uns dadurch viel häufiger sehen als bisher.

Vielleicht konnte ich Daniel dazu bringen, am Freitag früher Schluss zu machen, um übers Wochenende ans Meer zu fahren. Das Wetter sollte vorläufig noch halten, außerdem hatte ich sowieso keine Lust auf eine große Geburtstagsparty.

Abrupt blieb ich stehen. Warum bis Freitag warten? Einkaufen konnte ich in den nächsten drei Wochen auch bei schlechtem Wetter, eine Fahrradtour unternehmen allerdings nicht. Ein schneller Blick auf meine Uhr – wenn ich mich beeilte, wäre ich in gut einer Stunde zu Hause, um ein paar Sachen zu packen und mit dem Fahrrad in Richtung Küste zu fahren. Ich könnte bleiben, wo ich Lust hätte, und mich ein paar Tage lang treiben lassen. Nicht mal auf Daniel musste ich Rücksicht nehmen. Ich würde ihm sagen, er solle am Freitagabend oder Samstagmorgen mit dem Auto nachkommen. Wir könnten am Samstag um Mitternacht romantisch im Mondschein am Beachy Head bei Eastbourne stehen, um auf meinen Geburtstag anzustoßen. Beschwingt von diesen Gedanken machte ich auf dem Absatz kehrt.

„Au! Verflixt!“

„Können Sie nicht aufpassen?“ Ein Mann im schwarzen Anzug war aus dem Gleichgewicht geraten. Seine vollgepackte Tragetasche war zu Boden gefallen, wobei sich ein Teil des Inhalts auf den Gehsteig ergossen hatte.

Ich war sehr unsanft auf einem Knie gelandet. Als ich mich aufrappelte, ignorierte ich das Brennen. „Verzeihung, ich habe Sie nicht gesehen", sagte ich zerknirscht.

Mit dunklen Augen, die dicht neben einer spitzen Habichtsnase standen, musterte der Mann mich wie ein Raubvogel seine Beute. Seine halblangen Haare waren mit einer beträchtlichen Menge Gel straff nach hinten frisiert und schimmerten kastanienbraun im Sonnenlicht. Schnell machte ich mich daran, die heruntergefallenen Dinge einzusammeln.

„Lassen Sie das!", knurrte er, während er sich nach einem Bund Rosmarin bückte.

„Tut mir wirklich leid." Mit einem kleinen Päckchen in der Hand richtete ich mich auf. Dem braunen Packpapier nach zu urteilen war darin wohl etwas Zerbrechliches eingeschlagen. Vorsichtig wickelte ich das Papier ab, um zu kontrollieren, ob es heil geblieben war. Zum Vorschein kam eine hübsche Reibschale aus weißem Porzellan, an deren oberem Rand ein kleines Stück fehlte.

„Was tun Sie da?" Der Mann stand plötzlich sehr dicht neben mir.

Ich fuhr zusammen. „Nichts!"

An seinem intensiven Blick blieb ich hängen. Er verengte seine Augen ein wenig. Ich überlegte, ob ich ihn kennen müsste – der Vater eines meiner Schüler vielleicht?

Zwischen seinen Brauen erschien eine steile Falte, als er mit spitzem Finger auf die Schale tippte. „Nichts?"

„Ach du lieber Himmel!" Ich tat, als fiele mir erst jetzt die Macke auf. „Ich ersetze sie Ihnen selbstverständlich."

„Was Sie nicht sagen!" Unwirsch nahm er mir die Schale ab, wickelte sie wieder ein und verstaute sie mitsamt den Kräutern. Anschließend langte er in seine Tasche, um zu meiner Überraschung eines dieser verpackten Wunddesinfektionstücher herauszuholen. Erst als er in die Hocke ging, sah ich die Blutspur an meinem Schienbein. Während er es vorsichtig sauber wischte, schien er mit seinem Blick die Wunde zu scannen. Die kleine Verletzung schmerzte etwas bei seiner Berührung, doch als er sich aufrichtete, sah mein Knie nur noch halb so schlimm aus. Ein Hauch herben Aftershaves vermischt mit Desinfektionsmittel und Rosmarin wehte zu mir herüber, als sich der Mann näher beugte. „Es ist nur oberflächlich. Ein Pflaster ist nicht notwendig. Zukünftig sollten Sie lieber nach vorn sehen, damit Sie keine Gefahr für Ihre Umwelt sind."

„Tut mir wirklich leid. Ich sagte doch, ich ersetze Ihnen die Schale."

Er stieß einen Laut aus, der sowohl Zustimmung als auch Ablehnung bedeuten konnte, doch bevor ich noch einmal nachhaken konnte, was ich ihm denn nun schuldete, zog er ein Handy aus seiner Brusttasche. Das Klingeln bestand nur aus einem einzelnen Ton, der so leise war, dass ich ihn völlig überhört hatte.

Der Mann musterte mich weiter, während er das Gespräch mit einem knappen „Ja!" entgegennahm. Er lauschte. Seine Miene war schon vorher schwer zu deuten gewesen, doch nun schien es, als streifte er eine Maske über. Seine Schultern strafften sich, in seine Augen trat ein unangenehmer Glanz. Ein paar Sekunden später legte er wortlos auf.

Ebenso wortlos ließ er mich einfach stehen, um inmitten einer Traube Jugendlicher zu verschwinden. Natürlich, ohne mir zu sagen, was denn nun mit der kaputten Schale passieren sollte.

„Idiot", brummte ich kopfschüttelnd – obwohl ich ja eigentlich diejenige war, die sich ungeschickt verhalten hatte.

Anstatt weiter zum Bahnhof zu hetzen, beschloss ich, den nächsten Zug zu nehmen und mir vorher noch in einem Café in der Hans Crescent einen Eistee zu genehmigen. Drinnen in der klimatisierten Umgebung zu sitzen war deutlich angenehmer, als die Hitze in den Straßenschluchten ertragen zu müssen.

Mein Handy gab einen leisen Summton von sich. *„Hey Schatz, wir gehen heute Abend mit Matt und Sandy ins Kino. Hole dich um sieben ab. Dan."* Es summte noch einmal. *„PS: Die Karten sind schon reserviert."*

„Super“, beschwerte ich mich bei meinem Handy. „Bei diesem Wetter ausgerechnet ins Kino. In welchen Film überhaupt?“

Da ich sowieso keinen Einfluss mehr auf die Auswahl hatte, schickte ich nur eine kurze Bestätigung zurück. Heute konnte ich mich also nicht mehr auf den Weg machen. Vielleicht war es so geschickter, denn dann hatte ich heute Abend genug Zeit, um mit Daniel über meine Wochenendpläne zu sprechen. Ich bestellte einen zweiten Eistee und einen Schokoladenmuffin und betrachtete nachdenklich mein Knie, an dem die Verletzung kaum noch zu sehen war. Der Mann war merkwürdig gewesen. Ob er Arzt war? Nicht jeder hatte schließlich Desinfektionstücher in der Tasche und wischte einer völlig Fremden ohne Federlesen das Blut vom Bein. Mit spitzem Zeigefinger pikte ich Muffinkrümel auf und trank meinen Eistee aus, während ich beschloss, mich doch noch in ein paar Geschäften umzusehen. Mein Kleidungsproblem würde sich nicht in Luft auflösen, und wenn ich heute nun doch Zeit hatte, konnte ich auch einen Blick in die Londoner Boutiquen werfen.

Knapp zwei Stunden später war ich Besitzerin eines schlichten, aber schicken Hosenanzugs mitsamt verschiedenen Oberteilen zum Kombinieren sowie eines knielangen Rocks. Ich war mir noch nicht ganz sicher, ob ich die Sachen wirklich bequem fand, aber sie passten zu dem Stil, den ich künftig an meinem neuen Arbeitsplatz tragen sollte. Beim Anprobieren war mir in den stickigen Umkleidekabinen schrecklich heiß geworden, daher war ich erst einmal in den Schatten der Bäume im Hyde Park geflüchtet und schlenderte den Serpentine Lake entlang. Gerade überlegte ich, wo ich mich noch nach Schuhen umsehen sollte, als ich irgendwo schräg links hinter mir eine aufgebrachte Männerstimme hörte. Eine andere, deutlich leisere, antwortete.

Ich konnte nicht verstehen, worum es ging, doch allein dem Tonfall nach zu urteilen, war es eine aggressive Auseinandersetzung. Kritisch sah ich mich um, denn falls es aus irgendeinem Grund Ärger gab, wollte ich nicht von hinten unangenehm überrascht werden. Durch die Zweige einiger großer Sträucher ein Stück abseits vom Weg entdeckte ich die Silhouette zweier Männer.

Die Stimme des einen klang aufgebracht. „... werde ich ihn informieren – und zwar jetzt glei..."

Der andere reagierte blitzschnell.

„Nein!" Zurückweichend riss der Erste die Arme hoch und beide verschwanden aus meinem Blickfeld.

Einen Herzschlag lang passierte gar nichts.

Dann ein lang gezogenes, schmerzerfülltes Stöhnen, das schnell leiser wurde, aber nicht abriss.

Meine Nackenhaare stellten sich auf. Eine Sekunde lang war ich versucht, meinem spontanen Fluchtreflex nachzugeben, aber dann siegte mein Verantwortungsgefühl. Ich hasste es, wenn Menschen wegsahen, anstatt zu helfen, daher wollte ich zumindest wissen, was passiert war, und falls nötig die Polizei verständigen. Tagsüber gab es im Hyde Park immer Spaziergänger, mir würde schon nichts geschehen. Vorsichtig umrundete ich in großem Bogen die Sträucher, bis ich dahintersehen konnte. Ein älterer Mann war auf dem Gras zusammengesackt, auch auf die Entfernung sah ich seine weit aufgerissenen Augen. Blass und krampfhaft nach Luft ringend hielt er mit einer Hand etwas umklammert und die andere presste er auf die Brust.

Es war der Grauhaarige, der bei Harrods die Stofftiere im Schaufenster fotografiert hatte.

Sein Kontrahent war nicht in unmittelbarer Nähe. Während ich rasch die letzten Meter zurücklegte, rief ich laut um Hilfe und versuchte, mein Handy aus der Tasche zu fummeln. Vor lauter Hektik verhedderte ich mich in dem Knäuel aus Plastiktüten und der Handtasche, daher ließ ich alles einfach auf den Boden fallen, als ich bei dem Mann ankam. Mein Handy rutschte mir durch die Finger. Ich atmete zweimal tief durch. Alles der Reihe nach – kein Blut. Keine Waffe in Blickweite. War es doch kein Angriff gewesen? Auf den ersten Blick erinnerten seine Symptome an einen Herzanfall. Schnell kniete ich mich hinter ihn und bettete mit sanftem Nachdruck seinen Kopf an meine Brust, damit sein Oberkörper gestützt war. Seine Arme bog ich leicht zurück, um ihm das angestrengte Atmen zu erleichtern. Kalter Schweiß stand auf seiner Stirn und sein Gesicht war schmerzverzerrt. Keuchend rang er immer noch nach Luft, daher öffnete ich auch die obersten Hemdknöpfe, weil sich das Hemd eng am Hals spannte. Noch einmal rief ich um Hilfe, während ich nach meinem Handy angelte, das unglücklicherweise ein Stück außer Reichweite auf dem Boden gelandet war. Unsicher sah ich mich um, ob der Gegner des Streits vielleicht doch noch irgendwo war. Zivilcourage hin oder her – hoffentlich brachte mich mein Eingreifen nicht selbst in eine heikle Situation.

Ich tätschelte dem Mann die Wange. „Sir? Können Sie mich hören? Haben Sie Schmerzen?“ Blöde Frage, dachte ich, denn es war ihm anzusehen, wie sehr er litt. Er starrte mich an.

„Was ist passiert?“ Ein junger Mann, der offenbar meine Hilferufe gehört hatte, bog um die Büsche.

„Ich glaube, ein Herzinfarkt! Rufen Sie einen Krankenwagen!“

Während der junge Mann sein Handy zückte, kümmerte ich mich weiter um den Verletzten. Viel tun konnte ich eigentlich nicht, bis der Krankenwagen eintraf. Ich legte meine Finger auf den Puls an der Halsschlagader. Das Pochen war schnell, flach und setzte beängstigend oft aus. Immer wieder fielen seine Augenlider zu, sein Gesicht war fahl und die Hände eiskalt. Ich klopfte dem Mann sanft auf die Wange, um ihn bei Bewusstsein zu halten. „Sir! Wie heißen Sie?“ Er fixierte mich – mit trübem Blick zwar, aber eindeutig wach. „Ein Arzt ist unterwegs.“ Wieder tätschelte ich ihn. „Kommen Sie, nicht einschlafen. Reden Sie mit mir!“ Ich kontrollierte noch einmal Atmung und Puls, die beide eher schlechter als besser wurden, doch ich registrierte, dass er offenbar darum kämpfte, wach zu bleiben. Um wenigstens das Gefühl zu haben, etwas Sinnvolles zu tun, öffnete ich ein paar weitere Knöpfe an seinem Hemd, um die Brust frei zu machen. Eigentlich mochte ich zwar nicht daran denken, aber falls vor Eintreffen des Notarztes noch eine Herzdruckmassage nötig werden sollte, war es von Vorteil, wenn ich ihn nicht erst dann entkleiden musste.

„Sind Sie Ärztin?“, erkundigte sich eine Frau, die ebenfalls dazugekommen war.

Ich schüttelte den Kopf, während ich mich weiter bemühte, den Mann bei Bewusstsein zu halten. Mein Vater hatte darauf bestanden, dass wir Kinder Erste Hilfe leisten konnten, und häufig mit uns geübt, daher wirkte ich vermutlich routinierter, als ich mich fühlte. Außerdem war ich wieder einmal froh, mich dagegen entschieden zu haben, Ärztin zu werden. In der Ferne hörte ich die Sirene eines Krankenwagens.

Da hob der Mann wieder kraftlos die Lider. „... anruf ... will ...“

„Was haben Sie gesagt, Sir?“ Ich ging mit meinem Ohr näher an seinen Mund. Ihm fielen die Augen wieder zu. „Sir! Brauchen Sie vielleicht irgendwelche Medikamente?“

Warum war ich nicht längst darauf gekommen? Da weder ein Rucksack noch eine Tasche in seiner Nähe lagen, tastete ich seine Kleidung, soweit ich sie erreichte, nach einer Notfallmedizin ab. Seine vorderen Hosentaschen waren leer, die Brusttasche seines Hemdes ebenfalls – außerdem würde der Krankenwagen ja gleich eintreffen, beruhigte ich mich.

Vorsichtig wollte ich das Handy aus seiner verkrampften Hand lösen, als mein Blick auf eine kleine rote Stelle mitten auf seiner Brust fiel, die wie ein frischer Insektenstich aussah. Stirnrunzelnd streckte ich meine Finger danach aus. Hatte ich mich mit dem Herzanfall geirrt und er hatte einen anaphylaktischen Schock nach einem Bienen- oder Wespenstich? Das Insekt konnte unter seine Kleidung gekrabbelt sein. Angestrengt dachte ich darüber nach, ob die Symptome zu einer allergischen Reaktion passten.

Wie eine Schlange zuckte seine freie Hand vor und schloss sich eiskalt um mein Handgelenk. Er sah mich mit einer plötzlichen Klarheit an, die mich überraschte. Offenbar sammelte er Kraft, um mir etwas zu sagen. Ich spürte den Druck seiner Hand, während ich genauso deutlich seine Angst zu fühlen glaubte.

Eine Windbö traf meine schweißfeuchte Haut und eine Gänsehaut überzog meine Arme. Plötzlich dachte ich an den Mann, mit dem er gestritten hatte. „Was ist passiert, Sir? Wurden Sie vielleicht ... von jemandem angegriffen?“

In den Augen des Mannes leuchtete etwas auf, das ich als Bestätigung meines Verdachts interpretierte. Mein Mund wurde trocken. Verflixter Mist.

„... mein ... Te... Telefon ...“ Er schluckte.

„Soll ich jemanden für Sie anrufen?“

„Ja ... mitnehmen ... behalten Sie es ... ist wichtig ... ruf... rufen ... Sie ...“ Er atmete stöhnend ein.

„Wen soll ich anrufen?“

Die Schmerzen hinderten ihn an einer Antwort, aber er wollte mir das Handy geben. Bei der kraftlosen Bewegung rutschte sein Arm seitlich am Körper hinunter. Als ich mich vorbeugte, um es zu nehmen, ging jemand genau dort in die Hocke.

Der Mann im schwarzen Anzug, den ich vorhin beinahe umgerannt hatte. War er etwa der Angreifer gewesen?

„Was tun Sie denn hier?“, fragte ich, wobei meine Stimme schriller klang als beabsichtigt. Ich war heilfroh um die Schaulustigen, die uns umringten.

Der Grauhaarige starrte den Mann mit weit aufgerissenen Augen an, öffnete den Mund, um etwas zu sagen, zuckte jedoch stattdessen unvermittelt zusammen und schnappte nach Luft. Zwei Mal, drei Mal. Dann ein letztes Mal. Und anstatt Worten strömte mit seinem Atem das Leben aus ihm heraus – den nunmehr leeren Blick genau in die Augen des anderen gerichtet. Der Körper lag erschlafft auf meinem Schoß, sein Gewicht schien sich jäh verdoppelt zu haben. Unwillkürlich spannte ich die Muskeln an, um ihn am Wegrutschen zu hindern.

Der Mann im Anzug musterte kurz das Gesicht des Toten, dann schloss er ihm behutsam die Lider. „Sie können nichts mehr für ihn tun“, stellte er nüchtern fest.

Paralysiert durch den plötzlichen Tod konnte ich nichts sagen, sondern starrte ihn nur an. In den beinahe schwarzen Augen schien ein kaltes Feuer zu lodern. Wusste er, dass ich den Streit beobachtet hatte? In diesem Moment kamen die Sanitäter. Mit festem Griff zog mich der Mann im Anzug auf die Füße, um den Helfern Platz zu machen. Meine Augen brannten, meine Beine zitterten. Unwillkürlich klammerte ich mich an ihn, während ich versuchte, das flaue Gefühl, das mich überfiel, nicht überhandnehmen zu lassen. Eine warme Hand legte sich für einige Sekunden in meinen Nacken, um mein Gesicht sanft, aber bestimmt, an den weichen Stoff der Anzugjacke zu bergen. Ich atmete ein paarmal tief durch.

„Sie hätten Ihn nicht mehr retten können“, flüsterte der Mann dicht an meinem Ohr.

Ich lächelte ihm flüchtig zu, bevor ich mich wieder der Szene zuwandte. Fassungslos beobachtete ich die vergeblichen Wiederbelebungsversuche des Notarztes. Nach einer Weile sprach mich ein Polizist an und erkundigte sich nach meinen Personalien.

„Kannten Sie Mr Kelly, Ms Brown?“

Ich schüttelte den Kopf.

„Hm.“ Fachmännisch machte er sich Notizen.

Ich räusperte mich. „Woran ...?“ Noch einmal klärte ich meine Kehle. „Woran ist er gestorben?“

Bedauernd winkte er ab. „Das Herz wahrscheinlich, sagt der Arzt. Sie können jetzt ruhig gehen. Ich habe ja Ihre Angaben, falls es noch Fragen gibt.“ Er schenkte mir ein freundliches Lächeln. „Aber das glaube ich nicht.“

Unsicher verabschiedete ich mich und sammelte meine Handtasche und die Einkaufstüten ein, die immer noch dort lagen, wo ich sie in der Aufregung hatte fallen lassen. Unter der Handtasche fand ich auch mein Handy. Ich zögerte.

„Sir!“, wandte ich mich noch einmal an den Polizisten. „Mr Kelly hat ... er wollte mir sein Handy geben.“ Ich stockte. Was genau wollte ich eigentlich damit ausdrücken?

„Oh, das können Sie mir überlassen. Wir leiten es dann an die Familie weiter.“

„Ich ... nein, ich habe es nicht. Es ist runtergefallen, als dieser Mann dazugekommen ist, und ... möglicherweise hat er es genommen“, überlegte ich laut. Dann senkte ich die Stimme. „Es ... na ja, ich weiß nicht, ob es wichtig ist, aber Mr Kelly hat sich mit jemandem gestritten, bevor er zusammenbrach. Ich habe das durch die Büsche gesehen. Es könnte dieser Mann gewesen sein ... also, der, der dann plötzlich dazukam und vielleicht das Handy mitgenommen hat. Und ...

dieser Streit war irgendwie ... sehr hitzig. Und dann ist Mr Kelly plötzlich gestorben."

Der Polizist schien sichtlich Mühe zu haben, meinem Gedankengang zu folgen. Seine Frage klang eher routinemäßig. „Wer ist denn dieser Mann?"

Suchend blickte ich mich um. „Gerade war er noch da."

„Größe? Alter? Aussehen?"

„Ähm ... größer als ich", schätzte ich. „Er trug einen schwarzen Anzug. Rotbraunes Haar, dunkle Augen. Ich weiß nicht, wie er heißt."

Er notierte es. „Danke. Wie gesagt, wir melden uns bei Ihnen, wenn wir noch Fragen haben, Ms Brown." Dann verabschiedete er sich zum zweiten Mal.

Wo steckte dieser Typ nur? Eingebildet hatte ich ihn mir jedenfalls nicht, denn ein Hauch seines herben Aftershaves klebte noch an mir.

Patricia Grant
4, Horseferry Road
City of Westminster, London

An: Dr. Jacob Grant
21, Black Street
Glasgow

London, den 5. Februar 1933

Lieber Jacob!

Als ich Dich Weihnachten fragte, was Du zu tun bereit seist, um für unsere Sache einzustehen, hatte ich das Gefühl, Du meinst es ernst, als Du sagtest: „Alles!“
Ich halte Dich für den Richtigen, nein, eigentlich für den Einzigen, der so agieren kann, wie es nötig sein wird. D hat unserem Vorschlag endlich zugestimmt! Komm nach London, sobald Du Deine Angelegenheiten geregelt hast. Geregelt, Jacob!

Deine Cousine
Patricia

PS: Eine Hinfahrkarte liegt bei.

ACHT

Irgendwann am späten Nachmittag stieg ich endlich aus dem Zug. Immer noch fühlte ich mich von den Ereignissen des Tages ganz benommen, daher war ich froh, dass meine Füße den zehnminütigen Weg vom Bahnhof bis nach Hause ganz von allein fanden. Ich öffnete gerade das Gartentor, als ich aus den Augenwinkeln eine Bewegung wahrnahm. Ich fuhr herum. Ein dicker Mann in einem schwarzen T-Shirt ging am Zaun vorbei. Grüßend hob er die Hand, er wohnte schon seit Jahren mit seiner Frau und seinen zwei kleinen Kindern nur eine Querstraße weiter. Ich rieb mir kräftig die Augen und kam mir paranoid vor.

Auf dem gesamten Rückweg von London hatte ich das Gefühl gehabt, beobachtet zu werden. Einmal glaubte ich sogar, den Mann im schwarzen Anzug gesehen zu haben.

Endlich erreichte ich unser Haus aus roten Backsteinen. Es war ein ehemaliges Farmhaus an der Hauptstraße nach Guildford, umgeben von einem gepflegten Grundstück mit alten Bäumen. Die Hausarztpraxis meines Vaters Richard lag in einem Nebengebäude und war mit der Zeit durch An- und Umbauten stetig gewachsen. Neben ihm und meinem Bruder gab es noch zwei angestellte Ärzte sowie zahlreiches medizinisches Personal. Als Henry vor zwei Jahren heiratete, war Dad aus dem Haupthaus in ein Apartment gezogen, das in einem ehemaligen Stall entstanden war. Meine Schwägerin Ellen und mein Bruder hatten nichts dagegen gehabt, dass ich mein altes Mansardenzimmer im Haupthaus noch behielt. Ich hatte ein eigenes Bad, benutzte die Wohnküche mit – genau wie Dad, der ungern allein war – und irgendwie funktionierte unsere WG so gut, dass ich bis vor Kurzem nicht darüber nachgedacht hatte, auszuziehen. Daniel sprach nun davon, mit mir zusammen nach London zu ziehen, doch mit dem Gedanken, in der Großstadt zu wohnen, konnte ich mich noch nicht anfreunden.

Ich hatte die Haustür erreicht. Nachdem ich mit dem Schlüssel in der Hand einen Moment lang herumgestanden hatte, schob ich nur meine Einkäufe in den Hausflur und ging hinüber in die Praxis. Während ich mich an einer zwanglosen Plauderei mit den Damen vom Empfang versuchte, wartete ich ungeduldig darauf, dass Henry endlich aus seinem Behandlungszimmer kam.

Er hatte mich kaum bemerkt, als ich ihn schon am Ärmel zurück in das Zimmer zog. „He! Cat, ich hab jetzt keine Zeit." Mit einem energischen Ruck befreite er sich.

Aber ich war schon drinnen und plumpste auf seinen ausladenden Schreibtischstuhl.

„Der Nächste, bitte." Brummend schloss er die Tür hinter sich und ließ sich gegenüber auf den deutlich schmaleren Patientenstuhl fallen, der unter ihm recht zierlich wirkte. „Also, Frau Doktor, schieß los. Welche Katastrophe ist passiert?"

Ohne Umschweife erzählte ich, was ich in London erlebt hatte.

Stirnrunzelnd knetete Henry seine Unterlippe, während er mit der anderen Hand durch seine dunkelblonden Locken fuhr, die daraufhin wie ein Vogelnest nach einem Sturm aussahen. „Klingt nach Herzinfarkt."

„Danke für das Gespräch", erwiderte ich ironisch. „Aber was war das auf seiner Brust? Es sah aus wie ein Insektenstich."

„Vielleicht ... ein Insektenstich?"

Ich warf eine Büroklammer nach ihm. Er duckte sich weg. „Keine Ahnung, Cat. Mach dir nicht so viele Gedanken."

„Es war aber seltsam. Vielleicht lag es daran, dass es wirkte, als sei Mr Kelly von diesem Mann im schwarzen Anzug angegriffen worden."

„Ich dachte, du konntest nicht genau erkennen, ob es derselbe Typ war?"

Ich antwortete nicht sofort. „Es ist mehr so ... so ein Gefühl. Warum war er so plötzlich da? Und bei unserem Zusammenstoß vor Harrods war Kelly auch in der Nähe. Und sein Handy ist auch spurlos verschwunden."

Henry brummte nachdenklich. „Hast du das alles der Polizei erzählt?"

Ich nickte.

„Na also. Mehr kannst du nicht tun. Falls die glauben, es wäre nicht mit rechten Dingen zugegangen, dann wirst du von ihnen hören. Aber solche tragischen Unglücksfälle kommen in London täglich vor, Cat."

„Ja, schon klar", meinte ich unzufrieden, während ich eine Büroklammer verbog. „Aber irgendwie ... ach, ich weiß auch nicht." Ich legte die Büroklammer wieder zurück und stand auf. „Das Ganze war jedenfalls schrecklich. Der Mann hatte panische Angst. Ich konnte es spüren, Henry. Richtig körperlich spüren." Unruhig tigerte ich auf und ab.

Henry langte nach meiner Hand, um mich auf seinen Schoß zu ziehen, wie früher, wenn er mich tröstete. Der Stuhl ächzte bedenklich. „Hey, komm schon, Kleine. Es ist schlimm, einen Menschen sterben zu sehen. Und die meisten haben eine Scheißangst. Kein Wunder, dass es dich so mitnimmt, wenn du so hautnah dabei warst."

Dumpf murmelte ich etwas an seiner Brust.

„Was sagst du?"

Theatralisch nach Luft japsend befreite ich mich. „Ich sagte, ich wäre dankbar, wenn ich diese Erfahrung heute nicht selbst machen müsste, weil du versuchst, mich zu ersticken." Ich war nicht zierlich, aber mein Bruder hatte die Figur eines Ringers.

Er strubbelte mir durchs Haar. „Oh, tut mir leid. Wir können ja heute Abend noch mal darüber reden."

„Heute Abend gehe ich mit Daniel ins Kino. Und morgen fahre ich mit dem Fahrrad in Richtung Küste. Ich muss mal ein paar Tage raus."

„Ein paar Tage?" Henry sah mich skeptisch an. „Morgen ist Donnerstag."

„Ja und?"

„Wie lange dauern ein paar Tage?"

„Warum?", fragte ich betont langsam. „Ich frage Daniel, ob er am Freitag nachkommt. Und vielleicht bleibe ich länger als bis Sonntag. Ich hab ja noch fast drei Wochen Zeit, bis ich bei Lloyd's anfange. Das Wetter soll doch vorläufig schön bleiben."

Henry zeigte beim Lächeln die Zähne. „Nimmst du einen brüderlichen Ratschlag an? Fahr erst nächste Woche. Oder sei Samstag wieder da."

Ich stöhnte. „Überraschungsparty?"

Henry betrachtete interessiert die Decke. „Ich hab nichts gesagt."

„Und ich dachte, ich hätte ihm klargemacht, dass ich dieses Jahr keine Party möchte", murrte ich. „Ich plane meinen Geburtstag lieber selbst. Oder gar nicht."

„Komm schon. Dan macht das für dich. Und man hat schließlich nur einmal im Jahr Geburtstag.“ Energisch schob er mich Richtung Tür.

Ich lächelte schief. „Aber jedes Jahr wieder.“

„Mach, was du willst, Schwesterlein, aber lass mich jetzt weiterarbeiten, sonst bekomm ich noch Ärger mit meinen Patienten.“

Ich knuffte ihn noch einmal und trollte mich.

Dr. Jacob Grant
21, Black Street
Glasgow

An: Patricia Grant
4, Horseferry Road
City of Westminster, London

Glasgow, den 7. Februar 1933

Liebe Patricia!

Ich fühle mich geehrt, dass sich D hat überreden lassen, es mit uns zu versuchen, und noch vielmehr, dass er unseren Vorschlag überhaupt in Erwägung gezogen hat. Ich verstehe seine Vorbehalte, die Du in Deinem Brief wohl ganz versehentlich zu erwähnen vergessen hast, denn sowohl Dir als auch mir mangelt es an seiner Erfahrung. Wie Du, halte auch ich es jedoch für dringend notwendig, den Zeichen der Zeit Rechnung zu tragen. Wir müssen handeln, bevor die Falschen profitieren! Richte D bitte aus, ich habe nicht vor, ihn zu enttäuschen.
Rechne mit mir Anfang März, denn viel zu regeln habe ich nicht.

Dein Cousin
Jacob

SIEBEN

Als Daniel mich am Abend abholte, erzählte ich ihm natürlich als Erstes von meinem Erlebnis in London. Er war ziemlich schockiert darüber, dass Kelly in meinen Armen gestorben war, daher bot er mir gleich an, den Kinoabend abzusagen.

„Nein, Blödsinn!" Sein Feingefühl freute mich. „Ich bin ganz froh, wenn ich ein bisschen Ablenkung habe. In welchen Film gehen wir denn eigentlich?"

Er zögerte etwas zu lang. „Melinda kommt übrigens auch mit und ... wir haben Karten für Inglourious Basterds ..." Es klang wie ein Zwischending aus einer Frage und einer Feststellung.

„Oh ..." Eigentlich hätte ich es mir denken können. Den Trailer hatten wir bei einem unserer letzten Kinobesuche mit unseren Freunden gesehen. Mit Ausnahme von mir, standen sie alle auf solche Filme, daher war Daniel klar, dass ich mir diesen Film nicht ausgesucht hätte – wobei ich sowieso nicht auf die Idee gekommen wäre, an solch einem schönen Sommerabend ins Kino zu gehen. Ich rechnete ihm hoch an, dass er spürte, dass mir ausgerechnet heute noch weniger der Sinn nach ausschweifend inszeniertem Mord und Totschlag stand als sonst.

Weil ich so lange nichts erwiderte, trat er von einem Bein aufs andere. Er konnte nichts für meine gedrückte Stimmung, daher ließ mich die Tatsache, dass er die Karten meinetwegen verfallen lassen würde, endgültig weich werden. „Ist schon in Ordnung. Lass uns ruhig gehen."

„Sicher?" Vorsichtig nahm er mich in den Arm. „Wir müssen nicht ins Kino, wenn du nicht willst."

Ich stellte mich auf die Zehen, um ihm einen Kuss auf die Nase zu geben. „Es ist ja nur ein Film", sagte ich. „Komm schon, die anderen warten."

Natürlich war es nur ein Film, doch bei nahezu jedem Leinwandtoten musste ich an den toten Mr Kelly denken. Und es gab ziemlich viele Tote.

Als wir aus dem Kino kamen, schwirrte mein Kopf genauso wie die vielen Stimmen um mich herum. Ich versuchte, mich auf die Unterhaltung meiner Freunde zu konzentrieren.

„Irgendwie fand ich den Film ziemlich brutal." Sandy schüttelte sich. „Diese ekligen Szenen, wo sie die Nazis skalpieren, hätten sie sich sparen können."

Diese Feststellung fand ich die Untertreibung des Jahres.

„Das soll doch bestimmt nur die Brutalität dieser Zeit verdeutlichen", sinnierte Melinda, die wie immer versuchte, die tiefere Bedeutung zu ergründen. „Einerseits waren da die Nazis mit ihrer schrecklichen Ideologie und ihren furchtbaren Konzentrationslagern. Sie haben gefoltert und gemordet, weil sie Rassisten waren oder im Dienste ihrer sogenannten Wissenschaften. Andererseits wurden im Krieg doch auf allen Seiten Menschen getötet – und nicht nur die Deutschen waren grausam. Denk mal an Ostpreußen. Die Russen. Und ich bin ganz sicher, dass auch die anderen Alliiert…"

„Aber die Amerikaner haben niemanden skalpiert!", unterbrach Sandy, empört darüber, dass die historischen Tatsachen derart verfälscht wurden.

„Natürlich nicht", beschwichtigte Matt seine Freundin. „Aber wer von uns weiß schon genau, was damals so alles passiert ist? Das wissen doch nur die, die dabei waren."

Im Foyer streifte ich unabsichtlich die Zeitung eines Lesenden, der an einem Tisch saß.

„Verzeihung!" Ich sah kurz über meine Schulter nach hinten.

Für den Bruchteil einer Sekunde trafen sich unsere Blicke, bevor er sich wortlos wieder seiner Zeitung zuwandte. Wie angewurzelt blieb ich stehen. Seine Augen waren so schwarz wie die des Mannes im Anzug heute Nachmittag in London. Ich machte einen halben Schritt zurück, damit ich den Mann am Tisch noch einmal von der Seite betrachten konnte. Er trug eine Hornbrille, seine fettigen Haare lugten unter einem Baseballcap hervor und fielen ihm an den Seiten ins schmuddelige Gesicht, sein Mantel wirkte abgetragen. Mit hängenden Schultern saß er da, völlig in einen Zeitungsbericht vertieft.

„Cat?“ Daniel hatte bemerkt, dass ich stehen geblieben war. „Ist alles in Ordnung?“

„Ja, ich habe nur nach meiner Geldbörse geschaut“, schwindelte ich und schloss zu den anderen auf, die immer noch über den Film diskutierten.

„Gehen wir noch mit in den Pub?“, fragte Daniel.

Ich nickte, wobei ich den Impuls unterdrückte, mich noch einmal nach dem Mann am Tisch umzudrehen. Ich musste mir eingestehen, dass ich anscheinend wirklich unter Verfolgungswahn litt.

Patricia Grant
4, Horseferry Road
City of Westminster, London

An: Dr. Jacob Grant
21, Black Street
Glasgow

London, den 17. Februar 1933

Lieber Jacob!

Bitte nimm Dir genügend Zeit!
Ich habe ein schlechtes Gewissen gegenüber Deinen Eltern, denn in Anbetracht der gegenwärtigen politischen Lage ist nicht abzusehen, wann Du wieder heimkehren wirst. Du solltest den Auftrag keinesfalls unterschätzen!

Deine Cousine
Patricia

Leatherhead, Surrey

Sie besaß einen bemerkenswerten Instinkt für Absonderlichkeiten. In ihren Augen hatte er Argwohn aufblitzen sehen, genau, wie sie sich auf dem Rückweg von London immer wieder umgedreht hatte. Doch weder schien sie in diesen Dingen ausgebildet zu sein noch zu ahnen, warum er in ihrer Nähe geblieben war, daher reagierte sie wie die meisten Menschen – wahrscheinlich glaubte sie, sie würde es sich einbilden. Gut so.

Mit einer belanglosen Geste nahm er sein Handy und hielt es so, dass die Kamera ihm zeigte, was hinter ihm geschah. Es fiel ihm nicht schwer, die schlanke Gestalt mit den langen blonden Locken inmitten der Menschentraube auszumachen, die gerade das Kino verließ. Ohne sichtbare Eile erhob er sich ebenfalls und schlenderte hinaus.

Die spätabendliche Dunkelheit war wie immer sein Freund, während er der Gruppe unauffällig durch die Straßen folgte, bis sie in einen Pub einkehrte. Sein Blick huschte umher, auf der Suche nach einem Ort, von dem aus er den Eingang gut im Blick behalten konnte. Er entschied sich für eine mächtige Eiche rund dreißig Meter entfernt auf einem kleinen Platz. Im Schatten des Stammes fand er bequem Platz. Er lehnte sich gegen das Holz und richtete seine gesamte Aufmerksamkeit auf die Atmosphäre seiner Umgebung. Es vergingen einige Minuten, in denen die einzige Bewegung das Blinzeln seiner Augenlider war. Er bemerkte nichts Beunruhigendes. Für den Moment konnte er sich entspannen.

Trotzdem: Ein mechanischer Kontrollgriff zeigte, dass seine Waffe, gut verborgen in einem Holster unter seiner rechten Achsel, jederzeit einsatzbereit war. Allerdings würde er sie nur in Notfällen benutzen, denn er bevorzugte leises, unauffälliges Vorgehen. Er schürzte die Lippen. Kelly hatte sich seiner nachdrücklichen Bitte widersetzt. Das war verhängnisvoll – für Kelly. Ohne Zögern hatte er das Problem aus der Welt geschafft.

Es ausgelöscht.

Unwillkürlich griff er sich an den rechten Unterarm und rieb über den Stoff. Prompt brannte seine verletzte Haut und rief die Erinnerung wach. An das Feuer. Ätzend biss der Geruch angesengter Haare und verbrannten Fleisches in seine Nase. Ein von frischen Brandwunden gezeichneter Körper, der vorher schon schwach und kränklich gewesen war, stürzte neben ihm ins kalte Wasser. Ihr Gesicht, eine Grimasse namenlosen Grauens, ein Zerrbild früherer Anmut.

„Hilf ... mir ...“ Ihre Augen waren voller Zuversicht auf ihn gerichtet.

Allein konnte er es erreichen, das rettende Land. Aber für sie war es weit. Zu weit.

Seine Lippen bewegten sich tonlos. „Verzeih mir, Julia.“

Der lodernde Schmerz war verebbt und seine Gedanken fokussierten sich wieder auf die Frau.

Caitlyn Brown.

Hatte Kelly etwas zu ihr gesagt? Namen genannt? Er war nun sicher, dass sie die Tochter von Elisabeth Grant war, und er hatte das untrügliche Gefühl, dass Brown keine Ahnung hatte, was das bedeutete.

Dr. Jacob Grant
21, Black Street
Glasgow

An: Patricia Grant
4, Horseferry Road
City of Westminster, London

Glasgow, den 28. Februar 1933

Liebe Patricia!

Natürlich unterschätze ich den Auftrag nicht, ich bin schließlich kein Idiot. Also sorge Dich nicht jetzt schon um mich. Es genügt völlig, damit anzufangen, wenn Du allen Grund dazu hast, und den wird es früher oder später mit Sicherheit geben. Die Frage ist wohl weniger, wann ich wieder heimkehre, sondern ob überhaupt. Du siehst, ich mache mir keine Illusionen. Ich habe es übrigens Vater erzählt und er findet, es ist meine Pflicht. Er wird Mutter erklären, was sie wissen muss, sobald ich fort bin.
Finola lässt grüßen. Sie möchte Dich bald in London besuchen. Mit vierzehn hält sie sich für alt genug, endlich einmal Großstadtluft zu schnuppern – also mach Dich auf was gefasst.

Dein Cousin
Jacob *S F C E!*

SECHS

Am nächsten Morgen schwang ich mich auf mein Fahrrad, um mich auf den Weg ans Meer zu machen. Anstatt den direkten Weg über die stark befahrene A24 zu nehmen, fuhr ich einen Umweg von fast zehn Meilen, der mich mitten durch die ruhigen grünen Hügel von Sussex führte. Mit jeder Meile, die ich zurücklegte, wuchs der Abstand zu den Ereignissen des Vortages. Trotzdem konnte ich mir nicht verkneifen, mich von Zeit zu Zeit umzusehen.

Für zwei Nächte mietete ich ein Zimmer im High Trees Guest House in Worthing. Hohe Bäume suchte man hier zwar vergebens, aber ich war schon öfter hier gewesen und kannte die netten Besitzer. Außerdem war es nicht weit bis zum Meer. Es war das letzte Haus in einer Reihe von denkmalgeschützten, roten Klinkerhäusern, die alle vor rund hundert Jahren, in der Zeit Edwards VII., erbaut worden waren. Die Blümchentapete mit dazu passenden Vorhängen und die gestärkte Bettwäsche gaben dem Zimmer ein altmodisches, aber gemütliches Flair.

Am frühen Freitagnachmittag saß ich an einem der Tische vor dem „blue ocean“, einem Fish & Chips Restaurant in unmittelbarer Nähe der belebten Strandpromenade. Vom Meer wehte der Geruch nach Salz und Sonne herüber. Das „blue ocean“ befand sich gleich am Anfang der Fußgängerzone, wo es wenig Verkehr gab, sodass mir der braune Lieferwagen eines Paketdienstes unwillkürlich auffiel. Während ich gerade abzuschätzen versuchte, ob ich noch genug Zeit haben würde, um der Burg in Arundel einen Besuch abzustatten, sah ich dem Fahrer zu, wie er mit dem elektronischen Lesegerät herumhantierte, etwas hinten aus dem Wagen holte und schließlich auf die Straße sprang. Er verzog den Mund zu einem charmanten Grinsen, als er schnurstracks auf mich zusteuerte. Dabei zeigte er beim Lachen seine ebenmäßigen Zähne, das kurze Haar stand wie eine Bürste von seinem Kopf ab.

„Ich hab was für Sie.“ Er legte ein Päckchen vor mir auf den Tisch.

Verblüfft sah ich erst das Päckchen, dann ihn an. Schließlich lachte ich. „Wie oft hatten Sie damit schon Erfolg?“

„Erfolg?“ Fragend hob er die Brauen, während er mit dem Stift auf dem Display des Lesegerätes herumtippte. „Was meinen Sie denn damit?“

„Wie viele Verabredungen hat Ihnen so ein *Päckchen* schon eingebracht?“

Er zuckte mit den Schultern und hielt mir das Gerät samt Stift unter die Nase. „Wieso Verabredungen? Es ist doch mein Job, die Päckchen auszuliefern. Hier bitte unterschreiben."

„Äh ... wie jetzt ...?"

„Bitte unterschreiben", wiederholte er freundlich.

Ich warf einen Blick auf das Display. ‚Brown' stand dort. Dass mein Nachname stimmte, konnte nur Zufall sein – immerhin trugen einige Hunderttausend andere Menschen den gleichen Namen. „Das Päckchen ist doch nicht wirklich für mich", sagte ich skeptisch.

„Sicher ist es das."

„Aber ... nein ... es weiß doch niemand, dass ich hier bin. Sie müssen mich verwechseln."

Er tippte auf den Adressaufkleber. „Ich verwechsle nie etwas."

„Was?"

Vollkommen verblüfft las ich:

Ms Caitlyn R. Brown

Blue Ocean, 3 South Street, Town Centre,

Worthing BN11 3AL

„Würden Sie dann jetzt bitte unterschreiben, Ms Brown? Ich muss nämlich weiter."

Mechanisch kritzelte ich meinen Namen auf das Display.

„Danke." Er zwinkerte mir mit babyblauen Augen zu, dann steckte er mit einer schwungvollen Bewegung das Gerät wie eine Pistole in das Halfter an seinem Gürtel und verschwand.

Ohne mich zu rühren, starrte ich weiter auf den Adressaufkleber, als enthielte das Päckchen eine scharfe Bombe. Schließlich spürte ich, wie ein Lachen in meiner Kehle aufstieg. Ich raufte mir die Haare, während ich krampfhaft den Impuls unterdrückte, mich auffällig nach allen Seiten umzudrehen, um nach einer versteckten Kamera zu suchen.

Das hier war vollkommen absurd!

In diesem Moment kam das Essen. Während ich langsam aß, wartete ich die ganze Zeit darauf, dass mich endlich irgendjemand über den Witz an der Sache aufklärte. Doch weder die Familie, die am Nebentisch lärmte, noch das verliebte Pärchen und erst recht nicht der Tourist, der zu essen vergaß, weil er die ganze Zeit an seiner Hightech-Kamera herumfummelte, schienen etwas damit zu tun zu haben.

Immer wieder tippte ich das Päckchen an und betrachtete es gründlich von allen Seiten. Auf dem Versandaufkleber stand zwar mein Name und die Adresse des „blue ocean", aber kein Absender. Die üblichen Buchstaben- und Zahlenkombinationen, mit denen eine Sendung identifiziert und verfolgt werden konnte, gaben mir natürlich auch keine Auskunft.

Als ich aufgegessen hatte und immer noch niemand gekommen war, um die Aktion als Scherz zu enttarnen, nahm ich das Päckchen in die Hand. Es war sehr leicht. Vorsichtig wickelte ich das braune Packpapier ab. Darunter kam eine zweite Schicht zum Vorschein, an der die gefalteten Ecken mit einem Klecks roten Wachs versiegelt waren. Ich brach das Siegel und ein längliches, schwarzes Kästchen kam zum Vorschein. Im Inneren war es mit glänzend weißem Satin bezogen.

Darin lagen zwei Schmuckanhänger, die an einer bronzefarbenen Gliederkette befestigt waren. Als ich sie herauszog, fielen ein paar lange grüne Nadeln heraus, dem Aussehen und dem intensiven Geruch nach zu urteilen Kiefer. Die Kette war lang, schlicht und besaß grobe, ovale Glieder. Ein Anhänger war ein fein ziselierter Bartschlüssel, wie man ihn für Möbelschubladen oder Schatullen verwendete. Der zweite Anhänger war eine flache Scheibe, auf der beidseitig ein Stern sowie weitere ineinander verschlungene Linien, Sterne und Kreise eingraviert waren. An den Spitzen des siebenzackigen Sterns waren geschliffene Schmucksteine eingelassen. Die Steine funkelten in intensivem Blau, leuchtendem Grün, strahlendem Goldgelb, schillerndem Violett, erdigem Braun, kristallklarem Weiß und der letzte sogar in tiefem Schwarz.

Fasziniert ließ ich die Kette durch meine Hände gleiten. Als ich das Kästchen weiter untersuchte, fand ich nur ein schwarz-weißes Emblem, das auf den Satinstoff im Deckel gedruckt und identisch mit dem Abdruck des Wachssiegels war: ein gebogener Gürtel mit verschlungenen Buchstaben, in dessen Mitte Feuer züngelten.

Wer zum Henker hatte mir das Päckchen geschickt? Wer wusste, dass ich gerade hier saß? Und woher wusste der Fahrer eigentlich, dass ich die richtige Empfängerin war?

Weil der Anfangsbuchstabe meines zweiten Vornamens auf dem Adressaufkleber stand, schränkte das den Personenkreis, der als Absender infrage kam, stark ein. Selbst meine besten Freunde wussten nicht, dass ich überhaupt einen zweiten Vornamen hatte, denn ich mochte ihn nicht besonders. Rolanda – ich hätte gern gewusst, welcher Teufel meine Eltern geritten hatte, als sie mir diesen unmöglichen Namen verpassten. Daniel war einer der wenigen, die ihn kannten. Mit ihm hatte ich vorhin in seiner Mittagspause telefoniert und hatte ihm erzählt, wo ich Fisch und Chips essen wollte, denn wir waren einmal zusammen hier gewesen.

Allerdings war mir neu, dass ein Paketdienst solche Art der Zustellung akzeptierte – aber etwas Besseres fiel mir nicht ein.

„Ja?" Im Gegensatz zu vorhin klang er fast schon abweisend.

„Wie hast du das angestellt?"

„Wie habe ich was angestellt?" Im Hintergrund hörte ich Stimmen. „Du, ich bin gerade in einem Meeting."

„Dann erzähl es mir später ... danke schon mal für die Kette. Sie ist echt toll! Und woher hast du das Sieg...?"

„Was? Welche Kette?"

„Die Kette, die du mir gerade geschickt hast."

„Ich habe dir keine Kette geschickt. Wie soll ich denn ...? Oh, ja natürlich, Mr Vaughn ... Cat, tut mir leid, ich muss Schluss machen." Er legte auf.

Ich sah mein Handy an. Wenn Daniel mir die Kette nicht geschickt hatte, wer war es dann? Nachdenklich strich ich mit dem Zeigefinger über die weichen Kiefernnadeln und betrachtete das Emblem und die Buchstaben.

S F C E.

Ich hatte nicht die geringste Ahnung, was das bedeuten sollte.

4.7.1935

Telegramm von: Eudora Shaw, Royal Botanic Gardens, Richmond, Surrey

An: Dr. Gregory Fletcher, Botanisches Institut, Berlin

Juncus ambiguus empfohlen STOP Gewächshaus erst renovieren STOP Blaue und gelbe Lilien luxurieren STOP Dauerhafter Erfolg wünschenswert STOP

SFCE

Worthing, Sussex

Der UPS-Wagen verließ Worthing über die Upper Brighton Road und den vierspurigen Sompting Bypass. Schon einen Kilometer weiter war die Besiedlung nur noch spärlich und es überwog das satte sommerliche Grün der englischen Hügel. Der Wagen bog in die schmale Church Lane ab und hielt kurz darauf auf dem kleinen Schotterparkplatz der St. Mary's Church, der, von dichtem Buschwerk umstanden, dazu geeignet war, neugierige Blicke abzuschirmen. Freddy drehte sich halb zu der alten Dame um, die im Laderaum zwischen den Päckchen auf einem Notsitz Platz genommen hatte. Ihre perfekt sitzende Kurzhaarfrisur war schneeweiß, das dezent aufgetragene Make-up betonte ihre stahlblauen Augen gerade richtig und ließ die welke Haut ihres Gesichts eher nebensächlich erscheinen. Es war schwer, ihr Alter zu schätzen.

„Vielen Dank für Ihre Mühe, Freddy." Sie erhob sich.

„Warten Sie! Ich helfe Ihnen!" Freddy beeilte sich, aufzustehen.

Sie machte eine Handbewegung, als wollte sie eine lästige Fliege verscheuchen. „Nicht nötig. Ich komme sehr gut allein zurecht."

Mit erstaunlich geschmeidigen Bewegungen ging sie nach vorn auf den Beifahrersitz und öffnete die Tür. Bevor sie ausstieg, hielt sie ihm einen Umschlag hin. Ihre grazilen Hände waren übersät mit Altersflecken. Am Ringfinger ihrer linken Hand trug sie einen alten Siegelring.

„Das haben Sie sich verdient, junger Mann. Immerhin habe ich Sie mit meinem Anliegen eine ganze Weile von Ihrer Arbeit abgehalten. Da müssen Sie heute wohl ein wenig länger ran."

Betont gleichgültig zuckte Freddy mit den Schultern und griff nach dem Umschlag. Er konnte das Geld gut gebrauchen, daher war ihm die Zeit egal.

Während sie langsam ausstieg, verwarf er den Gedanken, das Geld im Umschlag gleich nachzuzählen. Bevor sie losgefahren waren, hatte die Frau ihm hundert Pfund gegeben und ihm dieselbe Summe noch einmal versprochen, wenn er ihr half, das Päckchen wie eine normale Sendung mit einem echt wirkenden Aufkleber zu versehen und abzuliefern – allerdings hatte sie darauf bestanden, mitzukommen. Zuerst war er deswegen verärgert gewesen, doch mit dem Charme einer waschechten Lady hatte sie ihm versichert, dass sie selbstverständlich nicht an seiner Aufrichtigkeit zweifle, sondern nur gern einen Blick auf die Empfängerin werfen wolle.

Neugierig geworden, hatte er schließlich zugestimmt. Die Frau hatte ihren Namen nicht genannt und ihrem Akzent nach zu urteilen, kam sie nicht aus der Gegend. Irgendwo aus dem Norden, tippte er. Schottland vielleicht.

„Auf Wiedersehen, Freddy", sagte sie, während sie Anstalten machte, die Tür zu schließen.

„Madam – warten Sie. War das eigentlich Ihre ... ich meine, eine Verwandte von Ihnen?" Nachdem er sein Geld bekommen hatte, war es ihm gleichgültig, ob sie seine Frage aufdringlich fand. Er ging jede Wette ein, dass eine merkwürdige Familienangelegenheit dahintersteckte.

Die Frau hob eine Braue. „Wie kommen Sie darauf?"

„Weil ... na ja, Sie sehen ihr ein bisschen ähnlich."

Als er das Päckchen übergeben hatte, war es ihm aufgefallen. Die hohen Wangenknochen, Form und Stellung der Augen und besonders die Mimik – die gerade jetzt, wo sie überrascht war, ziemlich gleich ausfiel.

Helles Lachen, wie man es bei einer alten Frau nicht vermutet hätte, perlte durch die Sommerluft. Sogar dieser Klang hatte eine Färbung wie bei der Empfängerin des Päckchens.

„Junger Mann, ich glaube, Ihre Fantasie geht gerade mit Ihnen durch." Sie wollte sich schon abwenden, doch dann sah sie ihn noch einmal an. „Eigentlich geht es Sie nichts an, aber da Sie es anscheinend mögen, zu fabulieren: Sie ist die Enkelin meines Cousins."

Mit so leiser Stimme, dass er sie kaum verstand, ergänzte sie mehr zu sich selbst: „Und ich hoffe bei Gott, dass ich gerade keinen Fehler gemacht habe." Dann schlug sie die Tür mit einer solchen Heftigkeit zu, dass Freddy zusammenzuckte, und ging zu einer schwarzen Limousine, die wie aus dem Nichts vorn auf der Straße aufgetaucht war.

Geschlagene fünf Minuten saß Freddy hinter seinem Steuer und starrte dem längst verschwundenen Wagen nach. Schließlich nahm er seine Arbeit wieder auf.

FÜNF

Der Sonntag war fast zwei Stunden alt, als ich in meinem Zimmer Giebel- und Dachfenster sperrangelweit öffnete. Nach dem schwülen Tag war es immer noch heiß und stickig hier oben. In der Ferne sah ich Wetterleuchten. Mit einem Seufzer ließ ich mich rücklings auf mein Bett fallen und starrte an die Dachschräge über mir.

Nachdem ich am Nachmittag zurückgekehrt war, hatte Daniel mich zum Eisessen eingeladen, anschließend hatten wir einen Spaziergang gemacht und waren dann zu seinen Eltern gefahren, wo – Überraschung, Überraschung – ein Teil meiner Geburtstagsgäste bereits eingetroffen war. Es war wirklich alles perfekt organisiert und ich brauchte nicht mehr zu tun, als das Fest zu genießen. Bis Mitternacht war es auch recht schön gewesen, daher hatte ich Daniel seine Eigenmächtigkeit schon halb verziehen.

Doch jetzt war mein Kopf voller denn je, und ich würde sowieso keinen Schlaf finden. Ich rieb mir die Schläfen und stand auf. Suchend ließ ich die Finger über meine CDs gleiten. Vivaldis *Vier Jahreszeiten* waren jetzt genau das Richtige, um ein wenig zur Ruhe zu kommen. Ganz leise, um niemanden zu stören, erklang schließlich das heitere Thema des Frühlings.

Weit in der Ferne hörte ich Donnergrollen. Die Atmosphäre war von dem bevorstehenden Gewitter aufgeladen. Weil ich nicht so recht etwas mit mir anzufangen wusste, setzte ich mich an den Schreibtisch und klappte den Laptop auf. Während er hochfuhr, sichtete ich den Stapel Post, der während meiner Abwesenheit für mich angekommen war. Einen Brief von der Lloyd's zu öffnen, verschob ich auf später, es hatte sicher mit meinem neuen Job zu tun und das eilte nicht. Die Werbung wanderte ungelesen in den Papierkorb. Zwei Briefe enthielten Geburtstagsgrüße von der Verwandtschaft meines Vaters. Ein gepolsterter DIN-A5-Umschlag war in nichtssagenden, mit Kugelschreiber geschriebenen Druckbuchstaben adressiert – samt Initiale meines zweiten Vornamens! Es gab keinen Absender. Laut Poststempel war er in London aufgegeben worden.

Unwillkürlich berührte ich meine neue Kette. Daniel hatte hoch und heilig beteuert, sie mir nicht geschickt zu haben, und dann rasch über die Begeisterung für seine Überraschungsparty das Interesse daran verloren. Befand sich die Antwort auf die Frage, von wem die Kette stammte, vielleicht in diesem Brief? Ich zog mir die Kette über den Kopf und legte sie daneben.

Ich seufzte tief.

Nicht jetzt. Im Moment hatte ich die Nase gestrichen voll von Überraschungen und Problemen jeglicher Art. Die Wendung, die mein Leben zwei Stunden vorher genommen hatte, als Problem zu bezeichnen, wäre zwar übertrieben, aber eine Überraschung war es definitiv gewesen. Anstatt vor Glück durch die Gegend zu tanzen, fühlte ich mich ausgelaugt und leer. Unschlüssig betrachtete ich den wunderschönen Ring mit dem kleinen Diamanten, der seit Mitternacht an meiner rechten Hand steckte und natürlich wie angegossen passte. Ich zog ihn vom Finger und legte ihn ebenfalls auf den Tisch.

Dann öffnete ich mein E-Mail-Programm, las flüchtig einige Geburtstagsgrüße, die dank moderner Technik pünktlich um Mitternacht in meinem Postfach gelandet waren. Einer stammte von meinem Paten Emrys Prestwich, einem alten Freund der Familie, der im diplomatischen Dienst der Regierung arbeitete. Er schrieb, er könne leider nicht anrufen, da er im Ausland sei, wünsche mir aber alles Gute. Ich antwortete ihm gleich, er solle sich keine Gedanken machen, wir könnten ein anderes Mal telefonieren.

Kaum hatte ich die Nachricht abgeschickt, erklang der Ton meines Messengers.

E_DoA:

Herzlichen Glückwunsch zum Geburtstag, Liebes.

Cat:
Danke An welchem Ende der Welt bist du gerade?

E_DoA:
Jakutsk.

Cat:
Was machst du denn da?

E_DoA:
Mich darüber wundern, dass du dich um diese Zeit im Netz rumtreibst. Bei dir muss es doch mitten in der Nacht sein.

Cat:
Viertel nach zwei. Daniel hat eine Party für mich organisiert, um in meinen Geburtstag hineinzufeiern.

E_DoA:
Und da bist du schon zu Hause?

Cat:
Ich war ein paar Tage mit dem Rad an der Küste und bin erst heute Nachmittag zurückgekommen. Ich war müde.

E_DoA:
Müde?

Cat:
Jap. Es sind fast 60 Meilen!

E_DoA:
Was hat er angestellt? Ich meine, außer eine Party zu organisieren.

Cat:
Nichts. Was soll er angestellt haben?

E_DoA:
So schlimm?

Ich lächelte matt. Emrys Fähigkeit, Ungesagtes zwischen den Zeilen herauszuhören oder – zu lesen, war manchmal direkt unheimlich. Wenn ich ihm das sagte, lachte er jedes Mal und behauptete, in seinem Alter wäre das keine Kunst mehr.

Cat:
Ist schon okay.

Ich drückte „senden" und wartete. Doch als Emrys nicht antwortete, setzte ich nach.

Cat:
Wirklich.

Ich lehnte mich im Schreibtischstuhl zurück. Immer noch nichts. Genervt verdrehte ich die Augen.

Cat:
Du wirst es sowieso bald erfahren. Daniel hat gerade vor versammelter Mannschaft verkündet, dass wir bald heiraten werden.

Immer noch keine Reaktion.

Cat:
Und ehe ich michs versah, hatte ich den Ring am Finger und alle gratulierten uns beiden zur Verlobung – und nicht nur mir zum Geburtstag.

E_DoA:
Hat er dich vorher etwa nicht gefragt?

Cat:
Nope.

E_DoA:
Oh.

Cat:
Ja. Oh.

E_DoA:
Dann willst du ihn gar nicht heiraten?

Cat:
Doch.

Cat:
Nein.

Cat:
Nicht jetzt jedenfalls.

Cat:
Später.

Cat:
Vielleicht.

E_DoA:
Warum zögerst du?

Ein kühler Luftzug streifte durch den Raum. Ich rieb mir die Stirn. Warum zögerte ich? Genau diese Frage stellte ich mir auch. Daniel war ein wunderbarer Mann. Eine gemeinsame Wohnung, heiraten, Kinder, ein Haus – schließlich verdienten wir beide gut. Kurzum: eine gesicherte Zukunft. Aber euphorisch wegen dieser verlockenden Aussicht war ich überhaupt nicht. Versonnen betrachtete ich ein Foto, das an meiner Pinnwand hing. Die wilden, kargen Berge des schottischen Hochlands, dazwischen das graublaue

Wasser des Loch na Sealga. Dann riss ich mich zusammen. Das war vorbei.

Der Messenger gab Laut.

E_DoA:
Du solltest dir Zeit nehmen, bevor du dich entscheidest.

Cat:
Hört, hört. Da spricht wohl Emrys, der Weise. Natürlich tue ich das.

E_DoA:
Warum hast du dich wirklich bei der Lloyd's beworben? Wegen Daniel?

Cat:
Nur, dass wir uns richtig verstehen: Um meinen Job geht es jetzt gerade überhaupt nicht.

E_DoA:
Ich habe damals nicht umsonst deine Entscheidung unterstützt, Lehrerin zu werden, und soviel ich weiß, hast du es bislang nicht bereut. Bei der Lloyd's im Büro wirst du auf Dauer nicht glücklich.

Cat:
Bist du etwa sauer, weil ich nicht das tue, was du für richtig hältst, oder schaust du neuerdings in eine Kristallkugel?

E_DoA:
Nein, obwohl mein Urgroßvater eine sehr schöne besessen hat. Aber soviel mir bekannt ist, hat sie ihm nicht die Zukunft verraten, daher wurde sie dem British Museum gestiftet.

Cat:
Sehr witzig.

E_DoA:
Um dich zu verstehen, brauche ich allerdings nur meinen gesunden Menschenverstand.

Cat:
Was soll das? Ich erzähle dir von meiner bevorstehenden Hochzeit und du fragst, warum ich mich bei der Lloyd's beworben habe. Als ob das etwas miteinander zu tun hätte! Was hattest du gestern zum Abendessen? Fliegenpilze?

E_DoA:
Nein. Ucha – Fischsuppe, eine lokale Spezialität. Pilze waren meines Wissens nicht darin.

Cat:
Dann war der Fisch verdorben.

E_DoA:
Caitlyn, Liebes, natürlich hat es etwas miteinander zu tun. Du hast Daniel zuliebe diese Stelle angenommen. Er

weiß das, denn er ist ein intelligenter, einfühlsamer Mensch, daher nahm er das als Zeichen – und wollte nun seinerseits eins setzen. Mir scheint allerdings, du haderst damit und solltest möglicherweise eine solch weitreichende Entscheidung mit gebührendem Abstand treffen. Fernab von den Dingen, um die es geht. So etwas ist immer ratsam – insbesondere, wenn es sich bei den „Dingen" um Männer handelt. Oder Frauen. Je nachdem.

Cat:
Jetzt kommt wieder das Kapitel mit deiner Lebenserfahrung.

E_DoA:
Nun, ich verfüge über eine ganze Menge davon und lasse dich gern an meinem reichhaltigen Schatz teilhaben.

Augen rollend gab ich etwas in die Suchmaschine ein. Draußen hörte ich die Blätter der Bäume rauschen. Der Donner wurde allmählich lauter.

Cat:
Auf ganz Anglesey oder in Bangor finden sich keine freien Stellen mehr. Also schlag es dir aus dem Kopf – nur für den Fall, dass du mit diesem Vorschlag bezwecken wolltest, dass ich mich ganz spontan noch irgendwo in der Nähe von Glasmaris bewerbe. Das meintest du doch mit „fernab", oder?

Es war nicht das erste Mal, dass Emrys mir den Vorschlag machte, für eine Weile zu ihm nach Anglesey zu kommen, doch bisher hatte es sich irgendwie nie ergeben.

E_DoA:
Kluges Mädchen. Ich habe übrigens einen guten Draht zum Schulleiter der Ysgol in Glasmaris.

Cat:
Zu wem hast du eigentlich keinen guten Draht?

E_DoA:
Die Ysgol hängt die freien Stellen nicht an die große Glocke, sondern sucht sich die benötigten Kräfte ausschließlich auf Empfehlung – im Klartext: Darüber findest du niemals etwas in der Zeitung oder gar im Netz. Ganz zufällig weiß ich, dass der Schulleiter Lord Scratby für das kommende Schuljahr noch jemanden mit deiner Qualifikation sucht. Und auch Avril würde sich bestimmt über deinen Entschluss freuen. Hin und wieder fragt sie übrigens nach dir.

Cat:
Hör auf, mir Honig um den Bart zu schmieren.

E_DoA:
Du könntest ganz bequem den Zug von London nach Bangor nehmen. Oder hast du inzwischen ein Auto?

Cat:
Emrys!

Kichernd öffnete ich die sehr schlicht gestaltete Website der *Ysgol Glasmaris*, die kaum nennenswerte Informationen über Allgemeinplätze hinaus bot.

Cat:
Ich lass es mir durch den Kopf gehen, okay?

E_DoA:
Gut! Ich muss los, ich habe gleich einen Termin im historischen Museum. In zwei oder drei Wochen bin ich wieder in Glasmaris. Du bist jederzeit willkommen, auch, falls dir einfach nur nach einem Tapetenwechsel zumute ist. Sag einfach den Yates Bescheid, sie werden sich um alles kümmern. Hwyl!

Schon war er offline. Ich lehnte mich zurück und verschränkte die Hände hinter dem Kopf. Der Wind hatte zugenommen und Blitze zuckten in kurzen Abständen über den Himmel. Ich stand auf, um das Dachfenster zu schließen. Bevor Daniel mir die Vorteile eines Jobs bei der Lloyd's schmackhaft gemacht hatte, wäre ich nicht auf die Idee gekommen, meinen Job als Lehrerin an den Nagel zu hängen, nur weil gerade zufällig mein Vertrag an der Highschool auslief. Ich hätte sicher an einer anderen Schule in der Gegend etwas gefunden. Emrys hatte also recht.

Auf Anglesey wäre ich weit weg von meinem bisherigen Leben – und so ungern ich es zugab: Abstand war wohl wirklich das, was ich gerade brauchte, um herauszufinden, ob ich mit Daniel meine Zukunft verbringen wollte.

Eine E-Mail mit mehreren Anhängen traf ein.

Denk darüber nach, Liebes!

Wenn du noch Fragen hast, ruf Avril an. Ihre Nummer findest du in den Unterlagen im Anhang. Falls es dir zusagt: Schicke einfach ein unterschriebenes Exemplar und eine Kopie deiner Zeugnisse per Post an die Schule und du hast eine neue Stelle!

Gruß
Emrys

PS: Ich setze sowohl Avril als auch den Schulleiter ins CC – nur für den Fall.

„Nur für den Fall. Schon klar!"

Ich seufzte. So einfach war das für ihn.

Emrys war es gewohnt, dass man seinem Urteil einen gewissen Stellenwert zuschrieb. Zwar stellte er seine Autorität selten heraus, doch dummerweise traf er mit seinen Ansichten so oft den Nagel auf den Kopf, dass es schwer war, sich ihm mit guten Argumenten zu widersetzen. Und im Moment wusste ich nicht mal genau, ob ich überhaupt wütend auf ihn sein konnte, weil er mich so überrumpelt hatte. Er servierte mir ein Jahr Bedenkzeit auf dem Silbertablett – ohne dass mir bis gerade eben überhaupt klar gewesen war, dass ein guter Grund für einen Aufschub meiner Hochzeit genau das war, was ich wollte.

Die *Ysgol* war ein kleines, elitäres Internat für Kinder aus gut situierten Familien. Eigentlich war es kein Wunder, dass die Stellen dort mehr oder weniger unter der Hand vergeben wurden, denn ein Platz an einer solchen Schule war natürlich begehrt – sowohl für die Schüler als auch für Lehrer. Avril O'Donohoe, seit über dreißig Jahren an der *Ysgol* tätig und stellvertretende Schulleiterin, war eine enge Vertraute Emrys', die mich bei meinen wenigen Besuchen ins Herz geschlossen hatte. Die Sympathie beruhte auf Gegenseitigkeit. Außerdem hatte Mum früher anklingen lassen, dass Emrys die Schule alljährlich mit einem nicht unerheblichen Budget ausstattete, sodass ihm niemand den Wunsch abschlagen würde, mich dort unterzubringen.

Auch nicht der Schulleiter. Ich erinnerte mich noch an den stets gut gelaunten, rundlichen Marcus Pennyworth, der jedoch den Unterlagen zufolge inzwischen abgelöst worden war. Der neue war Emrys sicher genauso gewogen wie sein Vorgänger.

Ich trat zum Giebelfenster. Der Wind wehte angenehm kühl ins Zimmer und übertönte das sonst stets hörbare leise Brummen der M25, die ein paar Hundert Meter entfernt verlief. Ich stützte mich auf der Fensterbank ab. Der erste Regen tröpfelte leise auf das Fenstersims. Ein Blitz zuckte über den Nachthimmel, gleich darauf donnerte es anhaltend.

Der Job bei der Lloyd's war lukrativer als eine Stelle als Lehrerin – aber wenn ich ehrlich mit mir war, spürte ich kein Bedauern bei der Aussicht, ihn nicht anzutreten. Noch war ich unabhängig, und warum zum Henker, sollte ich das nicht nutzen?

Es blitzte, donnerte beinahe gleichzeitig, und ein jäher Windstoß fegte den Geruch warmer, feuchter Erde ins Zimmer. Regen landete wie eisige Nadelstiche auf meinen Armen. Ich schauderte.

„Okay, Daniel“, sagte ich laut in die Nacht. „Du wirst dich mit unserer Hochzeit wohl gedulden müssen.“

Stirling, Schottland

Ruckartig erwachte Patricia Grant aus einem unruhigen Schlummer. Sie rieb sich die Augen. Es war immer noch Nacht, der schwarze Vauxhall Insignia hatte die Geschwindigkeit reduziert und bog von der Autobahn ab.

„Was ist los, Finley?“ Etwas mühsam richtete sie sich auf und rieb sich den Nacken.

Das glatte, wohlproportionierte Gesicht des Mannes verzog sich zu einem bedauernden Lächeln. „Ich wollte dich nicht wecken, Patricia, aber wir sollten lieber tanken, bevor wir in die Highlands fahren.“

Sie unterdrückte ein Gähnen. „Wo sind wir, und wie spät ist es?“

„In Stirling und es ist nach drei. Du hast lange geschlafen.“ Finley musterte sie mit unverhohlener Besorgnis, während er zu der wie ausgestorben wirkenden Tankstelle fuhr. Nur das Licht im Kassenhäuschen zeugte davon, dass überhaupt jemand da war. „Geht es dir gut?“

„Es ging mir selten besser“, antwortete sie entschieden.

Finley kratzte sich am Kopf und schien sich eine Bemerkung zu verkneifen. „Soll ich dir etwas mitbringen? Einen Tee vielleicht?“

„Nein danke.“

Er stieg aus. Patricia lehnte ihren Kopf zurück und beobachtete ihn durch das Fenster. Eigentlich mochte sie es nicht, wenn er sein Haar lang trug. Inzwischen reichten ihm die weißblonden Haare schon bis auf die Schulter, doch gerade das und sein ebenmäßiger Teint betonten die erfreuliche Ähnlichkeit mit seiner Mutter. Seine beachtliche Größe, Statur und leider auch seine meergrauen Augen erinnerten hingegen sehr an seinen Erzeuger. Auch nach so vielen Jahren weigerte sich Patricia sogar in Gedanken, diesen Widerling als Finleys Vater zu bezeichnen. Nach dem frühen Tod seiner Eltern war Finley für sie der Sohn geworden, den sie niemals gehabt hatte. Und er kannte sie besser als jeder andere Mensch. Finley hatte selbstverständlich recht. Es ging ihr nicht gut. Aber er wusste genau, dass sie keine Veranlassung sah, das zuzugeben.

Nicht zum ersten Mal verfluchte sie die zunehmenden Unannehmlichkeiten des Alters. Gut und gern hätte sie auf ein paar Jahrzehnte verzichtet, doch Selbstmitleid hatte noch niemandem genützt, daher riss sie sich zusammen und klappte die Sonnenblende herunter, um sich in dem kleinen, beleuchteten Spiegel zu betrachten. Sie zupfte ein wenig an ihren schneeweißen Haaren herum und korrigierte mit einem Wisch ihres kleinen Fingers das Make-up rund um ihre Augen. Dann zog sie ihre Lippen nach. Eitelkeit war der einzige Luxus, den sie sich gönnte.

Es wäre schön gewesen, sich die Füße zu vertreten, denn seit sie am Donnerstag in Halifax das Flugzeug bestiegen hatte, um nach Brüssel zu fliegen, hatte sie mehr Zeit im Sitzen verbracht, als ihr lieb war. Doch zu ihrem eigenen Ärger fühlte sie sich im Auto besser aufgehoben. Mit leiser Wehmut dachte sie an eine Zeit zurück, in der sie jünger und wagemutiger gewesen war.

Bei einem letzten Blick in den Spiegel hielt sie plötzlich inne. Sie bog die Sonnenblende ein wenig zurecht und verengte die Augen zu Schlitzen. In diesem Moment kam Finley zurück, einen Becher Tee in der Hand, den er ihr vor die Nase hielt.

„Ich sagte doch, ich möchte nichts!“, sagte sie, ohne den Blick vom Spiegel zu nehmen.

„Der ist für mich, und es wäre nett, wenn du ihn kurz halten würdest.“

Sie ignorierte den Becher. „Sieh in den Rückspiegel. Der dunkle SUV unter den Kiefern. Meine Augen sind nicht mehr die besten, aber mein sechster Sinn ist immer noch der alte. Ich bin mir sicher, dass ich ihn schon mehr als einmal gesehen habe.“

„Ja, ich weiß. Er folgt uns, seit wir London verlassen haben.“

Ihr Kopf ruckte herum. „Und wann gedachtest du, mir das mitzuteilen?“, fragte sie scharf.

„Ich wollte dich nicht beunruhigen.“ Er blies auf den Tee.

„Mich nicht beunruhigen? Herrgott noch mal, Finley! Was glaubst du, wen du vor dir hast? Ich war schon in diesem Geschäft, als deine Mutter noch ein Schulmädchen war! Mich nicht beunruhigen!“ Sie stieß einen abfälligen Laut aus.

„Ich mache das hier ebenfalls schon eine ganze Weile, Patricia“, sagte Finley ernst. „Aber ich weiß auch, wie viel dir daran liegt, nach all den Jahren in Kanada noch einmal nach Schottland zu kommen.“ Seine Stimme verklang bei den letzten Worten, und er ließ unausgesprochen, dass es vielleicht ihre letzte Gelegenheit sein könnte.

Unwirsch nahm sie ihm den Tee ab. „Aber nicht um jeden Preis.“

Beide Hände auf dem Lenkrad, atmete Finley tief durch. „Tut mir leid, ich wollte dir nur einen Gefallen tun.“

Sie legte ihm eine Hand auf den Arm. „Ich weiß, Finny.“

Er lächelte leicht, weil sie den Kosenamen aus seinen Kindertagen benutzte, was immer ein Zeichen dafür war, dass sie ihm eigentlich schon verziehen hatte.

„Vielleicht haben wir sie zu Caitlyn geführt.“ Vorsichtig nahm sie nun doch einen Schluck Tee. „Dieser Kerl mit der Kamera am Nebentisch in Worthing.

Etwas an seinem Verhalten ... ich kann es nicht erklären, aber ...“

„Wenn sie in Gefahr wäre, wüssten wir längst davon.“

„Bist du dir sicher?“

„Absolut!“

Patricia sah ihn zweifelnd an. „Aber offensichtlich haben sie uns gefunden!“

„Ja, und zwar genau so, wie wir Caitlyn gefunden haben. Über ein eingeschaltetes Handy“, sagte Finley schulterzuckend. „Oder glaubst du etwa, ich hätte neuerdings übersinnliche Fähigkeiten, weil ich wusste, wo wir sie suchen sollten? Mit der fraglichen Handynummer und dem nötigen technischen Equipment ist es heutzutage keine Schwierigkeit mehr, die passenden Funkzellen auszumachen und damit einen Suchradius einzugrenzen oder Bewegungsmuster zu erstellen. Ich habe mein Handy in London wieder eingeschaltet, daher konnten sie unseren Weg verfolgen und sich an unsere Fersen heften – was sie nebenbei weit weg von Caitlyn führt.“

„Ich weiß schon, warum ich diese neumodische Technik ablehne“, brummte Patricia. „Kannst du sie loswerden?“

Finley warf ihr einen spöttischen Blick von der Seite zu. „Natürlich kann ich das. Aber wenn ich das tue, wissen sie mehr über mich, als mir lieb ist. Es war schon riskant, für mehr als zwei Tage von der Bildfläche zu verschwinden. In London war eine unverfängliche Gelegenheit, einfach wieder aufzutauchen, bevor sie nervös werden. In den vergangenen drei Jahren habe ich erfolgreich den Eindruck vermieden, ich sei etwas anderes als der Rechtsanwalt Adam Scott junior aus Inverness." Er startete den Wagen. „Bis jetzt können sie allenfalls ahnen, dass ich nicht der bin, für den ich mich ausgebe, und bei dieser Ahnung sollten wir es auch belassen. Also fahren wir."

„Und was ist mit mir? Du glaubst doch nicht wirklich, dass mich niemand erkennt, wenn ich plötzlich in Inverness über die Straße spaziere?", erkundigte sich Patricia sarkastisch.

„Ja, das glaube ich in der Tat. Es ist lange her, dass du zuletzt auf britischem Boden gewesen bist. Außerdem hast du dich verändert. Du trägst deine Haare viel kürzer."

Sie schnaubte, konnte sich aber ein Lächeln nicht verkneifen.

„Hör zu, Patricia", sagte Finley sanft. „Ich hätte dir keinen Abstecher nach Schottland vorgeschlagen, wenn ich es für gefährlich hielte. Also vergiss den Wagen und tu einfach so, als wärst du eine nette alte Dame auf Verwandtenbesuch."

Patricia ging nicht auf seinen scherzhaften Ton ein. „Nein. Fahr zurück nach Glasgow. Bring mich zum Flughafen."

Überrascht sah Finley sie an. „Du kannst nicht von einem britischen Flughafen aus fliegen. Sobald du eingecheckt hast, könnte man deinen Decknamen auf der Passagierliste ausmach..."

„Schnickschnack", unterbrach Patricia ihn energisch. „Ich bin alt, aber nicht senil. Natürlich reise ich nicht mit meinem kanadischen Pass. Zur Sicherheit habe ich noch einen französischen – er ist nicht sehr gut, aber für einen innereuropäischen Flug wird er ausreichen. Ich werde nach Paris fliegen, wo sich Madame Marie Legrand ganz schnell in Luft auflöst."

Finley verzog das Gesicht. „Ich weiß nicht, Patricia. Die Reise war furchtbar anstrengend, und du solltest dich jetzt erst mal ein paar Tage ausruh..."

„Ausruhen kann ich mich auf meiner Farm."

„Natürlich, aber ..."

„Keine Widerrede! Fahr jetzt."

Seufzend rieb sich Finley über das Gesicht.

Er wusste, wann er besser den Mund halten sollte.

Worthing, Sussex

Freddy hasste Montage.

Jeden Montag hatte er das Gefühl, doppelt so viele Sendungen ausliefern zu müssen wie sonst. Mindestens. Der halbe Arbeitstag war um, doch er hatte noch nicht einmal die Hälfte der Pakete ausgeliefert. Gereizt stieg er auf die Bremse und parkte den Lieferwagen mitten vor dem Haupteingang der großen Pharmafirma im Northbrook Business Park. Es war ihm gleichgültig, ob der Pförtner ärgerlich gestikulierte, damit er wegfuhr. Heute war ihm jeder Meter recht, den er sich sparen konnte. Als er mit dem riesigen Stapel Sendungen aus dem Wagen sprang, warf er dem Pförtner einen mitleidheischenden Blick zu, den dieser mit einer resignierenden Geste erwiderte.

Zu Freddys Erleichterung wurde er seine Fracht schnell los und war in Rekordzeit wieder bei seinem Fahrzeug, in Gedanken dabei, die nächsten Auslieferungen so umzusortieren, dass er irgendwo noch ein paar Minuten einsparen konnte. Erst als er den Wagen schon fast erreicht hatte, bemerkte er den Mann, der neben dem Wagen auf ihn wartete. Ganz sicher war der ihm noch nie begegnet.

Die dunklen Augen fixierten Freddy mit ungewöhnlicher Intensität, die straff nach hinten gegelten Haare und seine spitze Nase unterstrichen das raubvogelartige Aussehen. Trotz des schwarzen Anzugs wirkte der Mann nicht, als wäre ihm in der heißen Augustsonne zu warm.

Da der Mann den Weg zum Einsteigen versperrte, blieb Freddy nichts anderes übrig, als stehen zu bleiben. „Kann ich etwas für Sie tun, Sir?", erkundigte er sich, wobei er sich bemühte, nicht allzu ärgerlich zu klingen. Schließlich wusste er nicht, wer der Mann war und was er von ihm wollte, und bislang hatte er deutlich bessere Erfahrungen damit gemacht, erst einmal höflich zu bleiben.

Das Lächeln seines Gegenübers erreichte die dunklen Augen nicht. „Es geht um die Lieferung letzten Freitag."

Freddys Magen machte einen Hüpfer. „Sir", fragte er mit möglichst neutralem Unterton. „Welche Lieferung meinen Sie?"

Das unterkühlte Lächeln blieb. „Brown. Blue ocean."

„Oh ..." Freddy schluckte. Verdammt. Es war also doch ein Fehler gewesen.

Der Mann beobachtete ihn aufmerksam.

Freddy straffte seine Haltung. „Es tut mir leid, Sir, aber ..." Er stockte.

„Aber?"

„Ich wollte dieser netten alten Lady einfach helfen, wissen Sie. Es ... lag nicht am Geld. Wirklich ni..."

Unvermittelt hob der Fremde eine Hand und Freddy verstummte. Zwischen den Brauen des Mannes erschien eine steile Falte. „Eine alte Lady, sagen Sie?"

„Ja", antwortete er verwirrt. Plötzlich wurde ihm bewusst, dass der Mann sich überhaupt nicht vorgestellt hatte. „Wer sind Sie eigentlich?", fragte er daher misstrauisch.

Die Falte verschwand, das Lächeln kehrte zurück. „Verzeihung. Mein Name ist ebenfalls Brown. Caitlyn ist meine ... Cousine. Zweiten Grades", fügte er mit einer Geste hinzu, als erklärte diese Tatsache einiges.

„Familienstreitigkeiten?", entfuhr es Freddy.

Das Lächeln des Mannes wurde etwas breiter. „Sie müssen unsere Familie für sehr seltsam halten. Aber es gibt einige ... nun ja, nennen wir es Unannehmlichkeiten. Sie verstehen ..."

Mit einem Mal fühlte Freddy, wie der Mann etwas in seine Tasche steckte. Es knisterte.

Aufmunternd hob der Mann eine Braue. „Würde es Ihnen etwas ausmachen, mir die alte Lady zu beschreiben, die Sie darum gebeten hat, das Päckchen an meine Cousine auszuliefern?" Er betonte das Wort Cousine, als wäre es etwas Verwerfliches.

Freddy schob sein Gewissen beiseite. Diese Familienangelegenheit ging ihn nichts an und was machte es schon, wenn er die alte Frau beschrieb?

„Sie war vielleicht siebzig. Ziemlich fit und gut aussehend. Wissen Sie, was ich meine?"

Sein Gegenüber nickte bedächtig.

„Mittelgroß, schlank, kurze graue Haare und hellblaue Augen. Irgendwie fand ich, sie sieht Ihrer Cousine ein bisschen ähnlich. Sie bestand darauf, mitzufahren, um einen Blick auf Ihre Cousine zu werfen, wenn ich ihr das Päckchen ausliefere. Hinterher brachte ich sie zur St. Mary's Church – da hinten, an der Church Lane, die von der Upper Brighton Road abzweigt. Dort wurde sie dann abgeholt."

„Abgeholt? Von wem?" Die Stimme des Mannes klang scharf.

Freddy pustete die Luft zwischen den geschlossenen Lippen aus und schüttelte den Kopf. „Das konnte ich nicht erkennen. Es war eine schwarze Limousine. Ein Vauxhall, glaube ich. Aber genau weiß ich es nicht."

Eine weitere Banknote fand den Weg in Freddys Hosentasche.

„Die Lady sagte, Ms Brown sei die Enkelin ihres Cousins und ... na ja, dann meinte sie noch, sie hoffe, dass sie keinen Fehler gemacht hätte." Er zuckte mit den Schultern. „Das war alles. Dann ist sie gegangen."

Die letzte Banknote reichte der Mann ihm offen. Es waren fünfzig Pfund. Freddy nahm sie und konnte ein Grinsen nicht mehr unterdrücken. Welche Schwierigkeiten diese Familie auch immer hatte – Geld gehörte offenbar nicht dazu.

Als er aufsah, war der Mann bereits verschwunden.

M25 Richtung Norden

Ein Lächeln huschte über seine Lippen, während er peinlich darauf achtete, die Geschwindigkeitsbegrenzung auch beim Überholen nicht zu überschreiten. Seine bisherigen Resultate in der Angelegenheit erwiesen sich als äußerst zufriedenstellend.

Kellys Tod – laut einem unbedeutenden Zeitungsartikel war es ein plötzlicher Herzinfarkt gewesen. Der Arzt, der den Totenschein ausgestellt hatte, war von einer natürlichen Todesursache überzeugt gewesen und hatte keine Obduktion angeordnet. Kellys Leichnam wurde eingeäschert. Ende der Episode.

Dann war er Caitlyn Brown an die Küste gefolgt – und hatte von der Strandpromenade aus gesehen, wie sie beim Mittagessen ein Päckchen erhalten hatte. Unbemerkt hatte er sich ihr genähert, als Tourist mit einer Kamera getarnt, und vom Nebentisch aus ein Telefonat belauscht. Außerdem war es ihm gelungen, Fotos von Päckchen und Inhalt zu machen. Die Kette war auffällig, aber nichts Außergewöhnliches. Browns Benehmen ließ ebenfalls nicht darauf schließen, dass es sich um etwas anderes handeln könnte als um ein Überraschungsgeschenk.

Doch warum war ihr diese Kette in einem Restaurant zugestellt worden? Je länger er darüber nachgedacht hatte, desto fragwürdiger war ihm die Sache vorgekommen.

Und er hatte recht behalten.

Zwar kannte er den Namen dieser alten Lady nicht, aber den Angaben des UPS-Manns zufolge konnte es sich nur um ein Familienmitglied der Grants handeln. Und möglicherweise war der schwarze Vauxhall derselbe gewesen, der in Richtung Schottland gefahren war, am Steuer ein Rechtsanwalt, dessen Name angeblich Adam Scott lautete. Ein interessanter Aspekt, wenn man bedachte, dass Scott einem Mann ähnelte – verblüffend ähnelte –, den er gekannt hatte und von dem er vermutete, ebenfalls einem bestimmten Zweig der weitläufigen Grant-Familie anzugehören.

Handyklingeln unterbrach seine Gedankengänge.

„Ja?“ Eine Weile hörte er der Stimme zu, die aus der Freisprecheinrichtung ertönte. „Nein, das ist nicht notwendig, denn wir haben gen... oh ...“ Seine Brauen flogen in die Höhe. Er lauschte. „Selbstverständlich, Sir. Unter diesen Umständen halte ich es ebenfalls für die beste Lösung.“ Nach einer knappen Verabschiedung legte er auf.

Es lief sogar noch besser als erwartet.

VIER

„Verdammt, wir schaffen es nicht!“ Schon wieder musste Daniel an einer roten Ampel anhalten. Unruhig trommelte er mit den Fingern auf das Lenkrad und schielte zur Uhr. Es war kurz vor zwei Uhr nachmittags.

„Keine Panik, lass mich einfach in der Nähe des Haupteingangs raus.“

„Ich fahre zum Parkhaus in der Melton Street”, brummte er missmutig. „Steig schon mal an der Schranke aus, ich parke den Wagen und komme nach. Bist du sicher, dass du dich gut genug fühlst?”

Leise seufzte ich. „Ja.“ In der letzten Woche hatte ich ein paar Tage lang hohes Fieber gehabt, daher hatte meine Abreise kurzzeitig infrage gestanden. Henry und Dad hatten mangels anderer Symptome auf irgendeinen Virus getippt und als einzige Gegenmaßnahme Bettruhe und viel Flüssigkeit verordnet. Ich war noch nie lange krank gewesen, und auch diesmal war es so plötzlich vorbei, wie es gekommen war. Abgesehen davon, dass ich etwas müder war als gewöhnlich, fühlte ich mich blendend.

Trotzdem hatte ich Daniel nur schwer davon überzeugen können, dass ich meinen Arbeitsbeginn nicht verschieben wollte und auch die Bahnfahrt nicht zu anstrengend sei. Damit ich nicht umsteigen musste, hatte er darauf bestanden, mich an diesem Samstag zur Euston Station zu bringen, obwohl es viel praktischer gewesen wäre, von Leatherhead mit dem Zug nach London zu fahren. Mir persönlich wäre es lieber gewesen, wir hätten uns schon am Vortag verabschiedet, anstatt den Diskussionen der letzten Wochen auch noch eine herzzerreißende Abschiedsszene am Bahnsteig hinzuzufügen. Aber in diesem Punkt war Daniel stur geblieben, und so war ich erleichtert, dass viele Ampeln rot waren und wir trotz rechtzeitigen Aufbruchs drohten, zu spät zu kommen. Der Abschied würde nun zwangsläufig kurz und bündig ausfallen.

„Also, da sind wir, ich beeile mich." Er hielt in der Zufahrt zum Parkhaus.

„Danny, es hat keinen Sinn, noch ins Parkhaus zu fahren, der Zug geht um zehn nach", erklärte ich in möglichst sanftem Tonfall. „Ich bin ein großes Mädchen und schaff das schon allein. Danke fürs Bringen." Ich drückte ihm einen Kuss auf die Wange und griff zum Hebel, um die Tür zu öffnen.

Er legte seine Hand auf meinen Arm. „Musste das wirklich sein, Cat?" Er klang traurig und wütend zugleich.

Ich gab ihm noch einen, diesmal betont zärtlichen Kuss. „Ja!“

„Warum?“

„Das haben wir doch alles schon besprochen”, antwortete ich bemüht friedfertig. „Ich rufe dich an, wenn ich da bin.“

„Ich komme dich nächstes Wochenende besuchen“, erklärte Daniel verbissen. „Es sind nur 270 Meilen. Ich brauche höchstens viereinhalb Stunden.“

„Nein“, lehnte ich kategorisch ab. „Lass mir Zeit! Bitte!“

Daniel wandte den Blick ab. „Du bist sauer, weil ich dir keinen richtigen Antrag gemacht habe.“

Ich war froh, dass er aus dem Fenster blickte, denn so sah er die Grimasse nicht, die ich mir nicht verkneifen konnte. „Nein, das bin ich nicht. Mir geht das alles nur viel zu schnell, Daniel.“ Gebetsmühlenartig hatte ich das schon gefühlte hundert Mal erwidert.

„Zu schnell? Wir sind fast drei Jahre zusammen und wollten uns sogar eine gemeinsame Wohnung suchen.“

An dieser Stelle sparte ich mir den Hinweis, dass nicht ich es gewesen war, die davon gesprochen hatte, und sagte nur: „Ja und?“

„Cat! Meine Güte ... vielleicht bin ich altmodisch, aber ich dachte ... ich dachte ... natürlich müssen wir deswegen nicht gleich heiraten, aber ...“ Er verstummte.

Seufzend sah ich auf die Uhr. „Ich muss jetzt wirklich los."

Er fasste meine Hand. „Dass du so kurzfristig den Vertrag bei der Lloyd's aufgelöst hast – na ja ... damit kann ich leben. Wirklich. Sollen sie doch reden." Er bemühte sich redlich, so auszusehen, als meinte er auch, was er sagte. Ich wusste allerdings, dass er nicht nur spitze Bemerkungen von seinen Kollegen, sondern auch von seinem Vorgesetzten Mr Vaughn zu hören bekommen hatte. „Also, wenn du unbedingt Lehrerin bleiben willst, dann kannst du das doch auch hier. Wenn du nicht sofort eine Stelle findest, ist mir das egal. Ich verdiene genug für uns beide, darüber musst du dir keine Gedanken machen und ..."

Ich unterbrach ihn, indem ich meinen Zeigefinger auf seine Lippen drückte. „Ich weiß, dass du das für mich tun würdest, Daniel, aber darum geht es nicht." Zu diesem Mantra fügte ich diesmal hinzu: „Ich bin wirklich gern Lehrerin und habe mich entschieden, es zu bleiben. Die *Ysgol* ist eine gute Adresse und es ist besser, wenn mein Lebenslauf keine Lücken aufweist, das hast du mir doch selbst gesagt."

„Eine gute Adresse?", schnaubte er. „Die Westminster School ist eine gute Adresse. Das wäre etwas Besonderes für deinen Lebenslauf. Aber da oben in Wales gibt es nichts *Besonderes* – außer Wiesen, Wasser und Rindviechern."

„Cromlechs aus Megalithen. Menhire. Alte Kultstätten“, zählte ich betont scherzhaft auf. „Vielleicht entwickle ich ja Interesse für keltische Geschichte.“

Daniel warf mir einen säuerlichen Blick zu und ich machte einen erneuten Anlauf, mich zu verabschieden, doch wieder hielt er mich zurück.

„Über diese Schule findet man fast nichts im Netz. Es ist eine gewöhnliche Provinzschule. Die brauchst du nicht für deinen Lebenslauf. Außerdem ... was ist mit diesem Earl ...? Duke ... was weiß ich ...“

„Emrys Prestwich, Seine Gnaden der Duke of Anglesey, Earl of Glasmaris, mein Pate, den du im Übrigen auf Henrys Hochzeit kennengelernt hast.“ Jetzt fiel es mir schwer, ruhig zu bleiben. „Ich wette, über ihn hast du dich auch im Netz informiert, oder? Hast du auf der Mitgliederliste des Oberhauses nachgesehen? Wikipedia? Encyclopaedia Britannica?“

Daniel schwieg, aber an seinem Gesichtsausdruck erkannte ich, dass ich ins Schwarze getroffen hatte.

„Emrys wollte mir einfach einen Gefallen tun, das ist alles.“

Ein Fahrer hinter uns drückte auf die Hupe. Ich setzte an, beschwichtigend die Hand zu heben, da gab Daniel unvermittelt Gas. Vor der Schranke stieg er abrupt auf die Bremse und die Scheibe neben ihm glitt hinunter.

„Einen Gefallen. Sicher.“ Er rupfte den Parkschein aus dem Schlitz und fuhr schwungvoll an, als sich die Schranke öffnete. „Der Typ hat anscheinend jede

Menge Einfluss. Beziehungen. Sonst hätte er dir nicht so einfach eine Stelle besorgen können. Er hat einen Titel. Und ich wette, auch jede Menge Kohle."

Mit offenem Mund sah ich meinen Verlobten an. „Ja und?"

Daniel trat so heftig auf die Bremse, dass ich in den Gurt gedrückt wurde. „Wie alt ist der Kerl eigentlich?"

Meine linke Augenbraue hing knapp unter dem Haaransatz. „Jetzt mach aber mal einen Punkt, Daniel! Wie alt er ist? Meine Güte, du hast ihn doch selbst schon mal gesehen ... Emrys ist ... keine Ahnung ... um die siebzig, glaube ich, und es ist absolut lächerlich, was du da gerade sagst. Er ist geschieden, hat zwei Kinder, die älter sein müssen als ich und bei ihrer Mutter in Kanada leben."

Einige Sekunden hielt er meinem Blick stand. Dann machte er ein Geräusch, als würde Luft aus einem Luftballon entweichen, und sank ein wenig in sich zusammen. „Ach, Scheiße."

Ich legte meinen Kopf schief.

Er schielte mich von der Seite an. „Tut mir leid. Ich glaube, ich bin einfach ..."

„... ein eifersüchtiger Idiot", ergänzte ich trocken.

Widerwillig musste er lächeln. „Ja, so was in der Art." Noch einmal strich er über meine Wange und berührte den Ring an meinem Finger. „Pass auf dich auf."

Ich küsste ihn, bevor ich ausstieg. Schnell hievte ich meinen kleinen Koffer aus dem Kofferraum und schulterte meinen Rucksack. Den Rest des Gepäcks hatte ich bereits vorgeschickt. Obwohl ich mich beeilte, um den Zug in Richtung Holyhead am Ende nicht doch noch zu verpassen, war ich die Letzte, die einstieg. Hinter mir schlossen sich zischend die Türen. Der Zug fuhr an. Es dauerte eine Weile, bis ich meinen reservierten Abteilplatz gefunden hatte und mich auf den Sitz am Fenster fallen ließ. Keine Frage, natürlich hatte ich ein schlechtes Gewissen, doch meine Entscheidung, allein nach Wales zu gehen, fühlte sich richtig an. Nach einer Weile zog ich meinen Verlobungsring vom Finger, der mir auch nach drei Wochen noch fremd war und den ich nur trug, wenn Daniel dabei war. Ich verstaute den Ring in einem Kästchen in meiner Handtasche.

Die Häuser neben den Gleisen standen dicht an dicht und es dauerte, bis der Zug das Einzugsgebiet Londons verlassen hatte und sich die grünen Hügel rechts und links der Strecke ausbreiteten. Gedankenverloren spielte ich mit der mysteriösen Kette, deren Steine in schillernden Farben wie ein Regenbogen funkelten. Ich trug sie gern, aber woher und von wem sie stammte, war mir immer noch ein Rätsel.

Auf meine Nachfrage beim Paketdienst hatte ich erfahren, dass die Sendungsnummer nicht existierte. Der Brief, den ich nach dem Chat mit Emrys gelesen hatte, war tatsächlich von demselben mysteriösen Absender gewesen, denn der Briefbogen aus feinem Büttenpapier trug ein Wasserzeichen – dasselbe Emblem wie in der Schmuckschatulle. Er war einmal längs und einmal quer gefaltet, die offenen Ecken umgeknickt und mit demselben roten Wachsabdruck versiegelt wie das Päckchen.

Einzig die vier Buchstaben, die die Unterschrift ersetzten, waren in schwungvoller, altmodischer Handschrift mit blauer Tinte geschrieben. Ich hatte ihn so oft gelesen, dass ich mir seinen Wortlaut gemerkt hatte, bevor ich der zweiten Anweisung gefolgt war.

Meine liebe Caitlyn!

Die allerbesten Glückwünsche zu Deinem Geburtstag!
Wir kennen uns nicht persönlich, und zu meinem größten Bedauern kann ich Dir meinen Namen nicht nennen – allerdings würde er Dir auch nichts sagen, denn niemand hat Dir bislang von mir erzählt. Ich hoffe und bete darum, dass wir uns eines nicht allzu fernen Tages begegnen werden. Verzeih die Geheimnistuerei, doch im Moment ist es das Beste für Dich und mich.
Trage die Kette möglichst immer bei Dir. Sie ist schon lange im Besitz der Familie.
Es gibt zwei Dinge, um die ich Dich inständig bitte.
Erstens: Sprich mit niemandem über die Umstände, unter denen Du die Kette erhalten hast, und äußere keine Spekulationen, wer sie Dir übermittelt hat. Solltest Du es schon getan haben, denk Dir eine glaubwürdige Erklärung aus. Lenke keine Aufmerksamkeit darauf!
Zweitens: Verbrenne diesen Brief, sobald Du ihn gelesen hast.

S F C E!

DREI

Bangor!

Mit quietschenden Bremsen hielt der Zug. Eine kleine Traube Menschen wartete bereits vor dem Ausgang. Beim Aussteigen griff ich einer älteren Frau unter die Arme, die sich wegen einer Gehbehinderung schwertat.

„*Diolch* – vielen Dank!“, sagte die Frau mit deutlich walisisch gefärbtem Tonfall. Sie legte den Kopf schief. „Nicht von hier, oder?“

Ich schüttelte den Kopf. „Nein. Ich komme aus Surrey.“

„Oh, das ist weit. Im Süden“, stellte sie fest.

Ich lächelte und dachte, dass sie wahrscheinlich ihr ganzes Leben in Nordwales verbracht haben musste, wenn sie Surrey als weit entfernt empfand.

„Hier ist es anders. Wird dir gefallen“, sagte sie. „Bleibst du lange, Mädchen?“

„Ja, schon eine Weile“, antwortete ich vage. „Ich bin Lehrerin an der *Ysgol* in Glasmaris.“

Noch einmal betrachtete sie mich von Kopf bis Fuß – diesmal gründlicher. Dann tätschelte sie mir den Arm und senkte ihre Stimme. „Ist einsam dort oben. Gib gut auf dich acht, Mädchen. Und falls du dem Duke begegnest, bestell ihm einen Gruß von der alten Maisri. Vielleicht erinnert er sich an mich.“ Ihr Lächeln wirkte ein wenig bitter. „*Hwyl*!“ Langsam humpelte sie weiter.

Verwundert über die alte Frau, schob ich meinen Rucksack zurecht und orientierte mich erst einmal. Der ungewohnte Tonfall, die walisische Sprache, von der ich weitere Brocken aufschnappte, die zweisprachigen Schilder, nicht auf Anhieb zu wissen, wo ich lang musste, die frische Luft, die nach Meer roch – all das erzeugte in mir das Gefühl von Fremde.

Ohne Eile schloss ich mich einem kleinen Tross an, der in Richtung Ausgang strebte. Kieran Yates, Emrys' Butler und Verwalter, hatte mir am Telefon versichert, er sorge dafür, dass ich abgeholt werde. Doch bisher konnte ich weder ihn noch Emrys entdecken – falls der überhaupt schon wieder zurück war. Seit unserem Chat hatte ich nur zwei E-Mails von ihm bekommen, in denen er sich erfreut darüber zeigte, dass ich sein Angebot angenommen hatte, und sich danach erkundigte, ob er noch etwas für mich tun könne. Das war allerdings nicht nötig, denn der Schulleiter hatte mir einen unterschriebenen Vertrag zurückgeschickt und mir kurz und bündig mitgeteilt, dass ich spätestens zur Konferenz am Tag vor Schulbeginn da zu sein habe.

Immer noch hatte ich niemanden entdeckt. Der Bahnhof war so klein und übersichtlich, dass ich Kieran kaum verfehlen konnte. Ich reckte den Hals, um an das andere Ende des Bahnsteigs blicken zu können. Dabei trat ich einen Schritt zurück. Unsanft erwischte ich einen fremden Fuß.

„Es würde Ihrer Umgebung ungemein weniger Schaden zufügen, wenn Sie sich angewöhnten, in die Richtung zu schauen, in die Sie gehen, Miss Brown."

Die tiefe Stimme kam mir vage bekannt vor. Als ich mich umdrehte, begegnete ich ein paar dunklen Raubvogelaugen. Der Mann im schwarzen Anzug sah genauso aus, wie ich ihn aus London in Erinnerung hatte.

„Woher kennen Sie meinen Namen?"

„Duncan Featherston", stellte er sich vor und streckte mir seine Rechte entgegen.

Automatisch ergriff ich sie. „*Sie* sind der Schulleiter der Ysgol?" Das war mir herausgerutscht, bevor ich mir klargemacht hatte, dass er mein neuer Vorgesetzter war.

Pikiert rümpfte Featherston seine spitze Nase. „Zumindest war ich das noch, als ich vorhin das Schulgelände verließ."

„Oh ... ich ... tut mir leid, ich wollte nicht unhöflich sein, Mr Feath... Sir ... ähm ..." Verflixt, wie musste ich ihn eigentlich ansprechen? Krampfhaft versuchte ich mich an die Unterlagen der Schule zu erinnern.

„Die gebräuchliche Anrede wäre Lord Scratby, Miss Brown. Aber ‚Sir' ist ebenfalls in Ordnung."

Ich kratzte mich am Hinterkopf. „Danke, ich meine, Verzeihung ... äh ... Sir. Haben Sie Kieran gesehen? Ich meine, Mr Yates, den Butler von Emrys ... vom Duke."

„Ich weiß, wer Kieran ist. Der Duke hat *mich* beauftragt, Sie abzuholen." Es war ihm deutlich anzumerken, was er davon hielt, anstelle des Butlers als Chauffeur missbraucht zu werden.

„Nett von Ihnen", antwortete ich bemüht freundlich.

„Kommen Sie! Ich habe nicht den ganzen Tag Zeit!" Er drehte sich auf dem Absatz um, bemächtigte sich meines Koffers und marschierte los, ohne sich davon zu überzeugen, ob ich ihm folgte.

Ich beeilte mich, hinterherzukommen, und versuchte, gedanklich die Kurve zu kriegen. Was, zum Henker, hatte mein neuer Chef mit dem toten Kelly in London zu tun gehabt?

Als wir aus dem Bahnhofsgebäude traten, wies er mit dem Kinn zum Parkplatz. „Dort drüben."

Er führte mich zu einem knallroten Mini Cooper älteren Baujahrs, der mit seinen runden Scheinwerfern und den braun karierten Sitzen deutlich mehr Charme versprühte als sein Besitzer. Immerhin öffnete er nicht nur die Kofferraumklappe, sondern hievte auch meinen Koffer hinein. Da der Kofferraum recht klein war, warf ich meinen Rucksack auf den Rücksitz.

Über das Dach des Minis musterte Featherston mich mit unverhohlenem Interesse. Anhand meines Bewerbungsfotos musste er erkannt haben, dass wir uns schon einmal begegnet waren, doch inwiefern ihn dieser Zufall genauso überraschte wie mich, konnte ich nicht einschätzen. Er war jedenfalls jünger, als ich mir den Sehr Ehrenwerten Lord Scratby, achter Baron Scratby of Norfolk, Direktor der altehrwürdigen *Ysgol,* vorgestellt hatte – allerdings auch viel autoritärer, als ich seinen Vorgänger in Erinnerung hatte. Sein Auftreten erinnerte mehr an einen Offizier als an einen Schulleiter.

„Sind Sie zum ersten Mal hier?", fragte er, nachdem er mit einem winzigen Lächeln quittiert hatte, dass ich seinem Blick standhielt.

„Früher haben wir hin und wieder den Duke besucht. Aber das ist lange her."

„Wir?"

„Meine Mutter und ich. Sie ist vor zehn Jahren gestorben, seitdem war ich nicht mehr hier."

„Das tut mir leid." Einige Sekunden verstrichen. Immer noch musterte er mich eindringlich. „Kannten Sie den Mann in London?", erkundigte er sich übergangslos.

Also hatte er sich offensichtlich auch Gedanken darüber gemacht. Ich schüttelte den Kopf. „Ich weiß nur, dass er Michael Kelly hieß und im Gesundheitsministerium arbeitete." Ich zögerte, bevor ich weitersprach. „Seine Witwe rief mich an, um sich für meine Hilfe zu bedanken, und sagte mir, der Herzinfarkt habe ihn bei dem Spaziergang im Park völlig überraschend getroffen. Er hatte vorher nie Probleme mit dem Herzen ..." Absichtlich ließ ich den letzten Satz ein wenig in der Luft hängen.

Featherston hob eine Braue. „Nun, so etwas kommt selten überraschend. Er wird die Symptome ignoriert haben. Kelly war ein Workaholic."

„Sie kannten ihn?"

„Natürlich. Seine Kinder Robin und Amy sind Schüler der *Ysgol*."

Mir blieb der Mund offen stehen. „Warum sind Sie dann nicht dort geblieben?"

„Ich konnte nichts mehr für ihn tun und hatte einen wichtigen Termin, Miss Brown", unterbrach er mich kühl. „Ich habe mich später mit Kellys Familie in Verbindung gesetzt, um mein Beileid auszusprechen."

„Aha." Eigentlich ging es mich nichts an, aber ich wollte es wissen. „Haben Sie sein Handy mitgenommen?"

„Ja, denn es wäre nicht in seinem Sinne gewesen, wenn es verloren gegangen wäre. Ich habe es seiner Witwe zukommen lassen – falls das nachträglich Ihre Zustimmung findet."

Leicht verlegen wegen der Schärfe seiner Antwort stieg ich ein.

„Tut mir leid“, sagte ich, als wir beide saßen. „Ich wollte Ihnen nicht zu nahe treten. Es war ein sehr grässliches Erlebnis. Ich habe vorher noch nie den Tod eines Menschen miterlebt.“

„Es ist keine angenehme Erfahrung“, antwortete er, ohne mich anzusehen. Er schob einen Finger in seinen rechten Ärmel, um sich zu kratzen. Erst jetzt bemerkte ich die Brandnarben auf seinem rechten Handrücken, die sich weiter hinauf bis unter den Stoff zogen. Als seine Fingernägel die Haut berührten, verzog er das Gesicht. Dann startete er den Motor.

Als wir an der Ampel zur Bahnhofszufahrt hielten, deutete er nach rechts. „Dort drüben ist die High Street. Da finden Sie ein paar Geschäfte. Allerdings“, sein Ton wurde süffisant, „halten die dem Vergleich mit London nicht stand.“

„Ich glaube nicht, dass ich London vermissen werde. Ich stamme aus Surrey. Es ist zwar nicht so ländlich wie hier, aber auch keine Großstadt. In Norfolk dürfte es doch ähnlich sein. Oder stammen Sie direkt aus Norwich?“ In seiner zumeist akzentuierten Ausdrucksweise schwang der melodische Tonfall seiner Heimat manchmal mit.

Featherston bog links ab. „Nein.“

Damit erschöpfte sich sein Mitteilungsdrang. Wir beschrieben einen weiten Bogen aus der Stadt heraus und schon nach rund einem Kilometer entdeckte ich rechter Hand die Menai Strait, die Meerenge, kaum breiter als ein großer Fluss, die Anglesey vom Festland trennte. Die Insel war so nahe, dass ich die Häuser auf der gegenüberliegenden Seite deutlich erkennen konnte. Die Straße schlängelte sich vorbei an Wiesen und Bäumen und vereinzelten Gebäuden, bis die hundertachtzig Jahre alte Hängebrücke in Sicht kam.

Die gedrungenen Türme aus grauen Sandsteinen trugen die dicken Kabel scheinbar mit Leichtigkeit und hielten die Fahrbahn so hoch über dem Wasser, dass Schiffe sie problemlos unterqueren konnten. An einem Brückengebäude hing ein Schild.

„Mo... mon mam cy...“, versuchte ich zu lesen. „Was heißt das?“

„Sie sprechen es falsch aus“, sagte Featherston. „Ein langes o, ein kurzes a. *Môn mam cymru.*“ Er sprach es wie „kámri“ und rollte dabei gekonnt das „r“. „Es bedeutet ‚Mon, Mutter von Wales‘ und bezieht sich auf den alten Namen von Anglesey – Mona.“

„Sprechen Sie walisisch? Oder war das nur auswendig gelernt?“

Ein feines Lächeln kräuselte seine Lippen. „Man tut gut daran, die Menschen auch zu verstehen, unter denen man lebt.“

„Das klingt nach unangenehmen Erfahrungen.“

Featherston antwortete nicht. Für ihn war das kurze Gespräch schon wieder beendet. Die weitere Fahrt verlief entlang der Südostküste und zeigte die Insel genau so, wie Daniel sie beschrieben hatte: Wiesen, Wasser und Rindviecher. Kleine Cottages duckten sich zwischen die sanft gewellten Hügel. Jetzt lag die Menai Street rechts der Straße. Auf der anderen Seite das Festland, das – abgesehen von der Kleinstadt Bangor – genauso karg und dünn besiedelt war wie Anglesey. Wir durchquerten den kleinen Ort Beaumaris und folgten dem Küstenverlauf. Mit jedem Meter hatte ich das Gefühl, ein Stück freier atmen zu können. Ganz anders als in London. Plötzlich entdeckte ich nahe dem Ufer ein Seehundrudel.

„Anhalten!"

Ziemlich abrupt trat Featherston auf die Bremse. Noch bevor der Mini stand, war ich schon hinausgesprungen, hatte die Straße überquert und stieg über ein kniehohes Mäuerchen auf den etwas tiefer liegenden, kaum anderthalb Meter breiten Streifen Strand. Ich schlüpfte aus meinen Schuhen, zog meine Hosenbeine hoch und watete knöcheltief ins Wasser. Featherston, der mir gefolgt war, stand einen Moment mit verschränkten Armen hinter der Mauer, bevor er sich entschloss, ebenfalls herunterzukommen. Allerdings behielt er die Schuhe an. Die Seehunde schwammen in einem Bogen weiter hinaus, bis sie außer Sicht waren.

„Haben Sie die gesehen?" Als ich mich umwandte, um wieder aus dem Wasser herauszukommen, trat ich auf etwas Spitzes. „Au!"

Reflexartig griff Featherston nach mir, damit ich nicht fiel.

„Danke!"

„Ich hatte die Befürchtung, Ihnen sei schlecht geworden. Offensichtlich hatte ich recht." Mokant hob er eine Braue.

Ich grinste. „Ich habe ewig keine Seehunde mehr im Meer gesehen."

„Falls Sie in Erwägung ziehen, hinter dem Rudel herzuschwimmen, muss ich Sie warnen – es ist ziemlich kalt."

„Sie würden mich doch sicher heldenhaft retten, falls ich einen Kälteschock bekäme."

„Ich würde es vorziehen, pünktlich und vor allem trocken zum Tee zurück zu sein. Also wenn Sie die Güte hätten ..." Er deutete unmissverständlich zu seinem Auto, das auf der anderen Straßenseite mit laufendem Motor stand.

Während ich in meine Schuhe schlüpfte, hatte er das Mäuerchen bereits erklommen und half mir hinauf.

„Wow!"

Prompt hielt er mich fest, wohl, um mich vorsorglich am Fallen zu hindern. Ich deutete derweil nach Westen, wo die Sonne hinter dem grünen Hügel wunderschöne Farben an die Wolken zeichnete. „Ist das nicht herrlich?"

Hörbar atmete er aus. „Einzigartig!" Er fasste nachdrücklich meinen Ellbogen, während er mich über die Straße zurück ins Auto geleitete.

Bald erreichten wir den äußersten Nordosten der Insel, in dem Glasmaris Hall auf einer vorgelagerten Insel lag, zu der eine jahrhundertealte, steinerne Bogenbrücke führte. Eigentlich hatte ich erwartet, dass Featherston mich dorthin bringen würde, und war erstaunt, als er stattdessen knapp einen Kilometer weiterfuhr. Kurz vor dem Ortseingang des Dorfes Glasmaris hielten wir vor einem alten Torhaus. Ein großes schmiedeeisernes Tor glitt zur Seite.

Zuletzt hatte ich die *Ysgol* ein- oder zweimal als Kind besucht, daher hatte ich nur wenig Erinnerungen daran. Meine Mutter hatte mir erzählt, dass sich die Schule in einem unter Cromwell säkularisierten Zisterzienserkloster befand, deren alte Gebäude mit wachsender Schülerzahl und sich ändernden Ansprüchen umgestaltet und durch neue ergänzt worden waren.

Featherston überquerte den Parkplatz, steuerte zwischen zwei Neubauten hindurch und dahinter nach rechts auf die ehemalige Klausur zu, das Herzstück des Schulgeländes. Mitten vor dem Haupteingang stellte er seinen Wagen ab. Der Mini Cooper wirkte ziemlich verloren vor der roten Backsteinfassade.

„Sitzen bleiben!“, wies Featherston mich barsch an. Er stieg aus und kam um den Wagen herum, um meine Tür zu öffnen. Er hielt mir seine Hand hin, die ich misstrauisch betrachtete.

„Nicht, dass Sie sich noch vor dem Abendessen den Hals brechen – oder vom Weg abkommen.“ Übertrieben galant half er mir aus dem Auto. „Das würde der Duke mir wohl nicht verzeihen – anscheinend liegt ihm eine Menge an Ihnen.“ Dann machte er kehrt, um zum Kofferraum zu gehen. Dabei deutete er mit einer beiläufigen Bewegung in Richtung Rücksitz. „Stoßen Sie sich nicht den Kopf."

Ich war mir nicht sicher, wie ich seinen permanenten Zynismus deuten sollte, beschloss aber, es nicht persönlich zu nehmen. Gemeinsam betraten wir schließlich das unbeleuchtete Gebäude, das ziemlich verlassen wirkte. Vor dem Eingang flammte durch einen Bewegungsmelder Licht auf. Mithilfe einer Magnetkarte öffnete er die Eingangstür und platzierte mein Gepäck unweit dahinter, wobei er mir bedeutete, auch meinen Rucksack dorthin zu legen.

„Da heute außer uns niemand anwesend ist, müssen Sie sich keine Sorgen um Ihr Gepäck machen. Kommen Sie mit."

Aus seinem Mund klang es eher nach einem Befehl als nach einer freundlichen Aufforderung. Allerdings sah ich keinen Anlass, dem zu widersprechen, also holte ich lediglich mein Handy aus dem Rucksack, denn ich wollte Daniel wenigstens schnell Bescheid geben, dass ich gut angekommen war. Auf den ersten Blick waren die Räumlichkeiten eine gelungene Mischung aus klösterlicher Schlichtheit und moderner Zweckmäßigkeit. Es gefiel mir auf Anhieb.

Während ich hinter Featherston hermarschierte, tippte ich eine Nachricht, die ich jedoch vergeblich abzusenden versuchte.

„Ziemlich schlechter Empfang hier!"

„Das kommt häufiger vor. Versuchen Sie es später noch einmal", antwortete Featherston, ohne sich umzuwenden.

Der Gang bog rechtwinklig ab. Dahinter blieb Featherston so abrupt stehen, dass ich beinahe auf ihn geprallt wäre, und öffnete eine schwere Eichenholztür. Wir betraten einen behaglichen Speiseraum, in dem an fünf großen Tischen ungefähr dreißig Personen Platz finden konnten. An einem war für zwei Personen gedeckt.

„Setzen Sie sich!"

Als ich seiner Aufforderung folgte, meldete sich mein Gewissen. Objektiv betrachtet verdarb ich Featherston gerade seinen freien Samstagabend. Er war schon nicht besonders angetan davon gewesen, mich abholen zu müssen, und jetzt schien er es auch noch als seine ebenso ärgerliche Pflicht zu betrachten, mich zu unterhalten.

„Ich dachte, heute würden schon einige Lehrer anreisen", sagte ich in dem lahmen Versuch, meine einsame Anwesenheit zu rechtfertigen. Und außerdem hatte ich damit gerechnet, in Glasmaris Hall einquartiert zu werden, fügte ich in Gedanken hinzu.

Er schenkte Tee ein. „Diejenigen, die nicht in der Nähe wohnen, treffen erst morgen im Laufe des Tages ein."

„Das wusste ich nicht." Das entsprach der Wahrheit – allerdings hatte ich mir zugegebenermaßen auch keine Gedanken darüber gemacht, ob ich ungelegen käme, denn Emrys hatte mir ja sogar vorgeschlagen, früher anzureisen. Ich musste mir eingestehen, dass ich mir generell viel zu wenig Gedanken um diese Stelle gemacht hatte.

Anstatt zu antworten, schürzte Featherston nur die Lippen und schaufelte mehrere Löffel Zucker in seinen Tee. Dann lüftete er die Haube einer Platte und appetitlich angerichtete Sandwiches kamen zum Vorschein. Außerdem gab es eine Schüssel mit frischem Obst sowie Scones, Marmelade, Honig und Clotted Cream.

„Ich hoffe, das sagt Ihnen zu, denn das Küchenpersonal ist ebenfalls erst ab morgen im Dienst. Ihre Mahlzeiten werden Sie übrigens stets hier einnehmen.“ Er hielt mir die Platte mit den Sandwiches hin. „Bedienen Sie sich.“

„Haben Sie das vorbereitet?“ Wieder meldete sich mein schlechtes Gewissen, als er nickte. „Danke.“ Ich wählte ein Schinkensandwich.

Unsere Blicke begegneten sich. Hier im Licht der Lampen wirkten seine Augen so dunkel und glänzend wie der schwarze Stein meiner Kette.

„Ich hole Sie morgen früh um acht Uhr ab, um Ihnen alles zu zeigen.“

„Ja ... in Ordnung.“ Hastig wandte ich den Blick ab.

Er bediente sich nun ebenfalls. Schweigend aßen wir und tranken unseren Tee. Gerade als ich aus lauter Verzweiflung anfangen wollte, über das Wetter zu reden, lehnte sich Featherston zurück.

„Ist der Duke ein Verwandter von Ihnen?"

„Nein. Er war ein guter Freund meiner Großeltern und hat sich um meine Mutter gekümmert, als sie Waise wurde. Als Kind habe ich den Duke ‚Onkel' genannt, auch wenn er das streng genommen gar nicht ist. Er ist der Pate von meinem Bruder und mir."

Featherston hob eine Braue. „Das erklärt natürlich sein großes Interesse an Ihrer beruflichen Zukunft", sagte er leichthin, wobei ich allerdings heraushörte, was er wohl wirklich meinte: Das erklärte, warum Emrys mich ihm ohne Rücksprache aufgedrängt hatte.

Ich unterdrückte den Impuls, mich zu rechtfertigen, und griff zu den Scones. Mit einer fragenden Geste deutete er auf Marmelade und Honig.

„Honig, bitte."

„Ihre Zeugnisse sind übrigens lobenswert", stellte er sachlich fest.

Eigentlich fand ich, dass ein „A" in den meisten Prüfungen vielleicht ein anderes Attribut als „lobenswert" verdiente. Statt darüber eine Bemerkung fallen zu lassen, lächelte ich nur höflich.

„Welche Klassen haben Sie zuletzt unterrichtet?"

Bereitwillig gab ich ihm Auskunft. Ein wenig fühlte ich mich wie bei einem Vorstellungsgespräch, das ich dank Emrys ja umgangen hatte. Seine Fragen waren sachlich und sein Tonfall wurde zunehmend freundlicher. Offensichtlich gelang es mir, die Wogen zu glätten, indem ich ihn ganz einfach von meiner Befähigung überzeugte.

„Es ist bemerkenswert, dass Sie eine profitable Anstellung bei der Lloyd's ausgerechnet gegen eine Stelle hier eingetauscht haben", sinnierte Featherston. „Was hat Sie dazu veranlasst?"

Ich hatte nicht vor, ihm meine wahren Beweggründe mitzuteilen. „Ich glaube, in einem Büro wäre ich auf Dauer nicht glücklich geworden", antwortete ich daher in Anlehnung an Emrys' Worte. „Ich bin sehr gern Lehrerin."

Featherston sah mich wieder durchdringend an, als suchte er nach dem verborgenen Sinn meiner Aussage. Es fiel mir schwer, diesem Blick standzuhalten, aber ich bemühte mich redlich um ein neutrales Gesicht.

„Wären Sie als Ärztin auch unglücklich geworden?"

Eine Frage, die mich überraschte. Über mein abgebrochenes Medizinstudium hatte er bislang kein Wort verloren.

„Das ist schwer zu vergleichen, Sir." Ich zögerte, aber dann erzählte ich in knappen Worten von meiner Mutter, deren Tod ja der Auslöser für meine Studienwahl gewesen war.

„Also hatten Sie ursprünglich gar nicht vor, Medizin zu studieren?"

Ich schüttelte den Kopf. „Mein Vater ist Arzt und mein Bruder war damals fast fertig mit dem Studium. Henry ist zehn Jahre älter als ich, wissen Sie. Vorher hatte mich die Medizin nie gereizt." Ich dachte an Michael Kelly. Natürlich hatte ich Erste Hilfe geleistet. Dass das meine Pflicht war, hatte ich ja quasi mit der Muttermilch eingesogen, aber das war auch schon alles.

„Sie denken an Michael Kelly", stellte Featherston fest und stand auf.

Diesen Gedankengang zu erraten, war nicht weiter schwer gewesen. „Ja", gab ich zu.

Featherston ging zu einer Anrichte, die in meinem Rücken stand. „Rot- oder Weißwein?"

Ich drehte mich halb herum. „Weiß, bitte."

Anscheinend befand er den offiziellen Teil des inoffiziellen Einstellungsgespräches als beendet. Ich entspannte mich. Während er die Flaschen öffnete und Gläser füllte, warf ich einen Blick auf mein Handy. Der schlechte Empfang hier war vermutlich der Grund, warum ich nichts von Daniel gehört hatte. Normalerweise schickte er mir häufig kurze Mitteilungen – besonders, wenn ich mich nicht wie verabredet meldete. Die Letzte hatte ich erhalten, kurz bevor ich in Bangor eintraf.

Featherston war an den Tisch zurückgekehrt und reichte mir ein Kristallglas, in dessen geschliffenen Facetten sich das Licht brach. Mein Weißwein schimmerte wie flüssiges Gold. Er prostete mir zu. Die Farbe seines Weins glich einem blutroten Edelstein. Unwillkürlich fasste ich nach meiner Kette.

„Wundervoller Schmuck.“ Featherston deutete auf die Kette.

„Oh ... ja, danke.“ Ich lächelte automatisch.

„Ein Erbstück?“

„Äh ... nein, ein ... Geschenk.“

„Auf Ihr Wohl, Miss Brown!“ Seine Stimme hatte plötzlich einen einschmeichelnden, dunklen Klang. Oder bildete ich mir das nur ein? Mir war ziemlich warm geworden, daher trank ich einen großen Schluck, um meine Verlegenheit zu überspielen. Schließlich räusperte ich mich. „Als Arzt trägt man eine sehr große Verantwortung“, nahm ich den Gesprächsfaden wieder auf. „Das wollte ich nicht. Außerdem bin ich ... ich weiß nicht, wie ich es nennen soll. Ich bin nicht rücksichtslos genug. Ein Arzt muss Verständnis und Mitgefühl haben, aber manchmal muss er das eben auch ausschalten können, um seinen Patienten helfen zu können. Verstehen Sie, was ich meine?“

Er nickte.

„Und Menschen sterben“, fuhr ich fort. „So wie Mr Kelly ... wie haben Sie ...? Ich meine ...“ Die unausgesprochene Frage, wie er es empfunden hatte, hing in der Luft.

Er drehte den Stiel seines Glases zwischen den Fingern, ohne zu antworten. Lange Zeit war es still im Raum. Gelegentlich knarzte das alte Holz, während ich meinen Wein trank.

Ich seufzte tief. „Vielleicht ging es mir auch nur so nahe, weil ich Mr Kelly kurz vorher schon einmal begegnet war. Bei Harrods, ungefähr an der Stelle, an der ich Sie fast umgerannt habe. Wir haben nicht miteinander geredet, aber ich habe ihn wiedererkannt. Tja, und dann treffen wir uns alle drei zufällig ein paar Stunden später im Park und er stirbt. Manchmal ist das Leben merkwürdig, finden Sie nicht auch?"

Er antwortete mit einer vagen Kopfbewegung.

Nachdenklich fuhr ich mit der Spitze meines Zeigefingers über das eingeschliffene Muster auf dem Weinglas. Vielleicht hatte sich Featherston tatsächlich mit Michael Kelly im Park gestritten, woraufhin dieser einen Herzinfarkt erlitten hatte, und jetzt fühlte er sich indirekt für dessen Tod verantwortlich. Ich beschloss, das Thema lieber ruhen zu lassen, denn es war kaum angebracht, darauf zu drängen, dass mir mein zukünftiger Chef über ein so persönliches Thema sein Herz ausschüttete. Falls es überhaupt so gewesen war und nicht nur ein Produkt meiner Fantasie.

Ich musste ein Gähnen unterdrücken. Meine Augen brannten.

„Ist Ihnen nicht gut, Miss Brown?"

Da ich nur selten Alkohol trank, lag es vermutlich am Wein, dass mir schwindlig war. Oder an dem Infekt vor ein paar Tagen. Oder vielleicht beides.

„Es geht schon", wiegelte ich ab und trank den letzten Rest Wein, der mir mit einem Mal bitter vorkam.

Ich überlegte, ob ich ihn jetzt darum bitten konnte, mir mein Zimmer zu zeigen, ohne unhöflich zu wirken.

„Was halten Sie von einem kleinen Spaziergang?", fragte Featherston.

Das war eine noch bessere Idee, denn frische Luft war genau das, was ich brauchte, daher folgte ich ihm zu einer Tür, die in der entgegengesetzten Richtung zu der lag, durch die wir hereingekommen waren. Das Gebäude zog sich links in zwei Stockwerken noch einige Dutzend Meter weiter hin, rechts von uns schloss sich der Ostflügel des Refektoriums an. Geradeaus erkannte ich schemenhaft den Park in der mondhellen Nacht.

Die steife Brise ließ mich frösteln.

„Können wir zu den Klippen gehen?", bat ich, weil mich der Anblick des Meeres im Mondschein schon immer fasziniert hatte.

„Selbstverständlich!"

In der Dunkelheit bewegte er sich über den verschlungenen Parkweg wie jemand, der genau wusste, wo er hinwollte, wohingegen ich bei dem Tempo, das er vorlegte, mehr als einmal stolperte.

Vermutlich lag das an dem unangenehmen Schwindelgefühl, das ich einfach nicht loswurde. Wir umrundeten ein Häuschen, das am Ende des Klassenzimmertraktes separat stand, bis wir an der entlegensten Ecke zu einer Pforte aus massivem Holz kamen. Das elektronische Schloss piepte leise und die Farbe des Lämpchens wechselte von Rot zu Grün, als Featherston seine Magnetkarte davorhielt.

Er öffnete die Tür. „Nach Ihnen!“

Das Geräusch der Brandung wurde lauter, ein steiniger Weg führte in mehreren engen Biegungen abwärts. Von Meter zu Meter wurde mein Gang unsicherer. Plötzlich machte der Weg einen scharfen Knick, dem Featherston folgte – ich allerdings nicht.

Mit einem Fuß trat ich ins Leere. Erschrocken ruderte ich mit den Armen und hatte das Gefühl, kopfüber in die Tiefe zu fallen. Featherston, der zum Glück über gute Reflexe verfügte, hielt mich bereits fest.

„Sie hätten mich warnen müssen!“, beschwerte ich mich empört.

Ich wartete darauf, dass er zurücktrat, doch er bewegte sich keinen Millimeter. „Wie leicht kann ein Unglück einen Menschen mitten aus dem Leben reißen“, sagte er sanft. „Ein Herzinfarkt ... oder ein unbedachter Schritt am Abgrund ...“

Ein kleiner Stein unter meinen Füßen gab nach. „Sir! Gehen Sie zurück!“

Das Meer unter uns schäumte über die Felsen, von denen im Mondlicht nur dunkle Schatten auszumachen waren. Es war unmöglich, zu sagen, ob das Wasser dazwischen tief genug war, um sicher zu landen – falls man beim Sturz überhaupt eine Lücke traf.

„Viele Felsen sieht man nicht, denn sie liegen dicht unter der Oberfläche“, sagte er, als hätte er meine Gedanken gelesen. „Die Strudel dazwischen sind tückisch.“ Seine Stimme war so seidenweich. Irgendwie einschläfernd. „Es wäre wirklich jammerschade, wenn Sie da hinunterfielen. Wie sollte ich das nur dem Duke erklären?“

Meine Kehle war wie zugeschnürt und ich brauchte einige Sekunden, bis ich mich und meine Stimme halbwegs unter Kontrolle hatte. „Das ist ... nicht ... witzig.“ Ich lehnte mich stärker an ihn. Meine Beine gaben nach, doch er hielt mich. Wäre die Situation nicht so verrückt gewesen, hätte ich den Anblick des Vollmonds über dem offenen Meer sehr malerisch gefunden.

Unvermittelt stieß Featherston die Luft durch die Nase aus. Es klang amüsiert. Sehr amüsiert sogar. Ich fühlte seinen warmen Atem auf meiner Haut.

Der Wind blies mir kalt ins Gesicht und vertrieb ein wenig das Gefühl, jeden Moment ohnmächtig zu werden.

„Manchmal liegen Leben und Tod sehr dicht beieinander, nicht wahr, Miss Brown?“ Vorsichtig drehte er mich nun so, dass ich festen Boden unter den Füßen hatte und wir voreinander auf dem Vorsprung standen. „Gehen wir lieber zurück, bevor Ihnen noch etwas zustößt.“

Während er den Arm fürsorglich um mich legte, verschwamm mein Blick vollends.

Cape Breton, Nova Scotia

Cailleach bàn flimmerte im Licht der Abendsonne.

In gemächlichem Tempo ritt Patricia Grant auf die skurrile Formation aus weißen Felsen zu, die aus der Entfernung wirkte wie ein vom Alter gebeugtes Weib. Schon seit sie das erste Mal hier gewesen war, hatte Patricia sie insgeheim nach den keltischen Riesinnen getauft, die der Sage nach in Gestalt einer alten Frau daherkamen.

Unwillkürlich richtete sie sich im Sattel auf, obwohl das eigentlich nicht nötig war, denn ihr Rücken war gerade wie eh und je. In den vergangenen Jahren hatte sie streng auf ihre Gesundheit und ihre Fitness geachtet. Aufmerksam sah sie sich um, während ihre dunkelbraune Stute seelenruhig einen Huf vor den anderen setzte. Sie war den Weg schon viele Male gegangen, daher ließ Patricia ihr die Zügel frei. Gemessen in Pferdejahren war die Stute fast so betagt wie sie, und das zuverlässige Tier war ihr ans Herz gewachsen.

Seit mehr als zwei Stunden war sie nun im unwegsamen Gelände von Cape Breton Island im Nordosten der kanadischen Provinz Nova Scotia unterwegs. Um sie herum war kilometerweit nichts außer der kargen, hügeligen Graslandschaft, zuweilen unterbrochen von dichten Nadelwäldern. Sie mochte den Platz, denn es verirrten sich nur selten Touristen oder Einheimische hierher und sie konnte ungestört ihren Gedanken nachhängen. Patricia lenkte die Stute in einen flachen Bachlauf unterhalb der Felsen, um sie trinken zu lassen. Mit geschlossenen Augen genoss sie die Sonnenstrahlen auf ihrem Gesicht. Plötzlich hob die Stute den Kopf. Patricia spürte, wie sich die Muskeln des Pferdes anspannten. Die Stute schnaubte leise.

„Seit wann bist du da?", fragte Patricia, ohne die Augen zu öffnen.

„Ich bin kurz vor dir eingetroffen", hörte sie eine männliche Stimme in sonorem Bariton. „Kommst du herüber oder muss ich mir nasse Füße holen, um dich zu begrüßen?"

Sie blinzelte gegen die Sonne. Am Ufer wartete ein hochgewachsener, drahtiger Mann mit kurzem grauem Haar und einem Vollbart. Der heitere Ausdruck seiner stahlblauen Augen und die gesunde Bräune seiner Haut gaben ihm trotz fortgeschrittenen Alters eine fast jungenhafte Ausstrahlung.

„Ich sollte es darauf ankommen lassen", antwortete Patricia, doch sie trieb die Stute aufs Trockene und saß ab.

„Wie ich sehe, bist du wohlauf, liebste Patricia – und du siehst keinen Tag älter aus."

„Und du bist immer noch derselbe charmante Lügner, Emrys!"

Sie umarmten sich herzlich. „Was hältst du von einer Tasse Earl Grey oben bei der Höhle?", fragte er. „Es ist Teezeit und ich habe welchen mitgebracht."

„Auf alles vorbereitet – wie immer!"

„Eine Marotte, die sich bewährt, denn ich habe mich entschlossen, in der Höhle zu übernachten. Der Weg ist weit und der Gaul, den sie drüben in Chéticamp so angepriesen haben, ist schon im Hellen nicht besonders trittsicher." Er schnalzte missbilligend mit der Zunge.

„Du bist verwöhnt!"

„In dieser Hinsicht, ja", gab Emrys unumwunden zu. „Andererseits bin ich schon beschwerlicher gereist, und eine Weile für die ganze Welt unerreichbar zu sein, ist sehr erholsam. Fluch und Segen der Technik."

Patricia lachte. „Du hättest auch zu mir auf die Farm kommen und dein Telefon ausschalten können. Ich hätte dir meinen Dreijährigen gezeigt, der genau nach deinem Geschmack sein dürfte. Ein herrliches Tier. Temperamentvoll, aber im Kern hat er ein freundliches Wesen." Sie spitzte die Lippen. „Und ausgesprochen stur, wenn man ihn dazu bringen will, sich zu fügen."

„Hört sich an, als wären wir füreinander geschaffen", bemerkte Emrys trocken, während er die Zügel der Stute nahm und Patricia einen Arm bot. „Welche Farbe hat er?“

„Schwarz wie die Nacht“, erwiderte sie mit dramatischem Unterton.

Plaudernd schlenderten sie den Wasserlauf entlang, bis sie einen kaum sichtbaren Pfad erreichten, der ein Stück bergauf führte.

„Ich dachte, du seist längst wieder in Glasmaris“, sagte Patricia, kurz bevor sie oben ankamen.

„Nach Jakutsk hatte ich noch etwas in Islamabad zu regeln – Diplomatie ist nicht gerade die Stärke mancher Zeitgenossen, selbst wenn sie Botschafter sind.“ Er seufzte. „Aber lassen wir die Politik. Ich bin zu dir gekommen, weil ich es an der Zeit fand, dass wir uns endlich einmal wiedersehen.“

Ohne sie anzuschauen, tätschelte er ihre Hand. Sie hatten den Fuß der weißen Steine erreicht, wo Emrys sein Pferd angebunden hatte. Er machte Patricias Stute daneben fest und holte aus seiner Satteltasche eine Thermoskanne sowie zwei Alubecher.

Patricia hatte sich auf einem Felsbrocken niedergelassen.

Emrys schenkte Tee ein. „Hast du Caitlyn gesehen?“

Seufzend rekelte Patricia sich und nahm dankbar einen Becher. „Aus der Entfernung. Ich muss zugeben, ich war neugierig, deshalb habe ich Finley begleitet, anstatt ihm das Päckchen zu überlassen und direkt wieder zurückzufliegen.“

Ein schiefes Lächeln erschien auf Emrys Gesicht. „Nun, ich ahnte, dass du die Gelegenheit ergreifen wirst. Ihr musstet euren ursprünglichen Plan ändern, weil ihr sie nicht zu Hause angetroffen habt, sagte Finley."

„So ist es. Wir hatten keine Ahnung, wie lange sie unterwegs sein würde, und jemanden zu fragen erschien uns unklug. Außerdem hielt ich es für besser, mich nicht länger als nötig in Großbritannien aufzuhalten." Ihren Abstecher nach Norden erwähnte sie nicht weiter. Ihre Heimat Schottland zu besuchen, war eine Schnapsidee von Finley gewesen, und Gott sei Dank war alles gut gegangen. In kurzen Worten berichtete sie von der Zustellung des Päckchens. „Caitlyn ist eine sehr attraktive junge Frau. Sie hat viel von ihrer Mutter. Und ein bisschen schlagen wohl auch die Grants durch."

Emrys schmunzelte verhalten. „So ist es."

„Als wir vor ihrem Haus waren, habe ich ihren Bruder zu Gesicht bekommen. Ich erinnerte mich an Henry nur als kleinen Bengel, der lauter Unfug in seinem Lockenkopf hatte." Sie lachte. „Er ist Arzt geworden wie sein Vater, nicht wahr?"

„Ein sehr gefragter, wie ich hörte."

Sie wischte sich einen nicht vorhandenen Krümel von der Hose. „Du hast Finley nicht gesagt, weswegen er mich in Brüssel treffen sollte." Es war keine Frage, sondern eine Feststellung.

Eine von Emrys Brauen zuckte. „Nein, das habe ich nicht."

„Er war sehr überrascht, als ich es ihm erklärte", fuhr sie fort. „Und ich war es auch, nachdem ich deine Nachricht erhalten hatte. Besonders, weil du darauf bestanden hast, dass ich gleich nach Brüssel fliege."

In einer Geste, die offenbar Gleichgültigkeit signalisieren sollte, bewegte er Kopf und Schultern, sagte aber immer noch nichts.

„Was ist passiert?", bohrte Patricia weiter.

„Nichts." Sein Tonfall war so beiläufig, als teilte er ihr lediglich mit, dass der Tee alle sei.

Patricia runzelte die Stirn. Sie glaubte ihm nicht, dazu kannte sie ihn zu gut. Aber sie wusste auch, dass es keinen Sinn hatte, ihn zu drängen.

Emrys deutete auf ihre Stute. „Züchtest du noch mit ihr?"

Innerlich seufzend ließ sich Patricia auf die Fortsetzung des Gesprächs über Pferde ein. Allerdings war sie nur halbherzig bei der Sache, denn sie spürte förmlich, dass sich etwas zusammenbraute. Geraume Zeit später entschuldigte sich Emrys, um zwischen den Büschen zu verschwinden. Während sie auf seine Rückkehr wartete, dachte sie an den Brief, den sie ohne das Wissen der Männer an Caitlyn geschrieben hatte. Warum auch immer Emrys es für richtig hielt, Caitlyn so plötzlich zu involvieren: Patricias Ansicht nach durfte die junge Frau nicht vollkommen ahnungslos bleiben. Doch um zu entscheiden, ob sie weitere Schritte hinter Emrys Rücken unternahm, brauchte Patricia mehr Informationen.

Mit einem Armvoll Feuerholz kehrte Emrys zurück. „Du solltest dich allmählich auf den Rückweg machen, Patricia. Bald wird es dunkel.“

„Das kannst du meine Sorge sein lassen“, erwiderte sie viel angriffslustiger, als sie beabsichtigt hatte.

Sichtlich überrascht wegen ihres Tonfalls hielt Emrys mitten in der Bewegung inne.

Sie deutete mit dem Zeigefinger auf ihn. „Was ist geschehen?“ Sie betonte jedes einzelne Wort. „Erst soll ich Caitlyn die Kette übergeben, die du seit Jahrzehnten bei mir gut aufgehoben wusstest. Und dann tauchst du hier auf – obwohl du in den letzten Jahren ständig fadenscheinige Ausreden benutzt hast, um nicht zu kommen.“

Abwehrend hob er seine Hände. „Patricia, bitte! Ich wollte dich nur wiedersehen. Das ist alles.“

Sie gab einen verärgerten Laut von sich. „Erzähl mir keine Märchen! Es fing an, als Liz gestorben ist. Sag mir endlich, was ihr damals zugestoßen ist!“

„Elisabeth ist nichts zugestoßen! Es sei denn, du möchtest die Tatsache, dass sie Leukämie hatte, so bezeichnen“, erwiderte Emrys kühl.

An der Art und Weise, wie er den vollen Namen von Caitlyns Mutter betonte, erkannte Patricia, dass sie den Nagel auf den Kopf getroffen hatte. Sie holte tief Luft und wägte ihre Worte genau ab. „Ich weiß nicht, wo Liz damals gewesen ist, aber ihre letzte Reise war der Grund dafür, dass sie krank wurde.“ Mit zusammengekniffenen Augen fixierte sie Emrys, der jedoch mit unbewegter Miene weiter Feuer machte.

„Ich bin nicht dumm, Emrys – also versuch nicht, dich herauszureden! Sie war in Jägers Hauptquartier, oder?“

„Jäger war bereits zwei Jahre tot, als Liz starb!“

„Das hast du schon damals behauptet. Aber wie kannst du dir sicher sein?“

Emrys ballte seine Hände zu Fäusten, dann öffnete er sie langsam wieder. „Wer eine zwölf Zentimeter lange Klinge im Herz hat, lebt in der Regel nicht mehr lange.“

„Grundgütiger!“ Sie atmete tief durch. „Aber irgendjemand setzte Jägers Forschungsarbeit bei den *Heredes* fort und Liz ist dorthin gefahren, um herauszufinden, auf welchem Stand sie sind und vor allem, ob sie tatsächlich vorhaben, ihre Erkenntnisse auf dem Weltmarkt der Ruchlosigkeiten anzubieten.“

Keine Antwort.

„Sie war krank, als sie zurückkam.“

Emrys Adamsapfel hüpfte auf und ab, als er hart schluckte, doch er schwieg weiter beharrlich.

„Wie konnte sie Krebs bekommen?“, wollte Patricia wissen. „Liz war immun geg...“

„Unsinn!“, unterbrach Emrys heftig. „Keiner von uns ist immun! Diese Leukämie war eine sehr aggressive Form, die innerhalb von Wochen zum Tod führt. Vor ihrer Reise hat sie die Symptome ... nicht ernst genug genommen. Es war furchtbar, aber nicht zu ändern."

Patricia gab ein ungläubiges Schnauben von sich. „Wann warst du das letzte Mal länger als einen Tag krank, Emrys? Das *HenO*-Gen macht uns vielleicht nicht vollständig immun, aber unsere Selbstheilung funktioniert auf einem Niveau, von dem andere Menschen nur träumen können. Und selbst wenn es eine besonders aggressive Leukämieart war: Sie war mit einem Arzt verheiratet – wenn sie vor ihrer Reise bereits krank gewesen wäre, dann wäre sie nicht geflogen. Außerdem sind im Gegensatz zu früher die medizinischen Möglichkeiten erstklassig. Eine Knochenmarkspende von mir, Finley oder dir wäre ihre Chance gewesen. Wahrscheinlich hätte sogar eine einfache Bluttransfusion bei ihr gereicht, um ihre Autotherapie wieder in Gang zu setzen. Herrgott noch mal! Das musst du doch gewusst haben. Und Liz mit Sicherheit auch!"

Emrys' bejahende Kopfbewegung war so unmerklich, dass sie sie beinahe übersehen hätte.

„Hätte Liz eine Chance gehabt?"

Ein kaum sichtbares Achselzucken.

„Sie hat es nicht zugelassen? Um ihre Familie zu schützen? Wenn Liz plötzlich gesund geworden wäre, wäre das eine Bestätigung für die *Heredes* gewesen, dass Liz Trägerin des Gens ist und es vielleicht an ihre Kinder vererbt hat!" Ein Aufblitzen in Emrys' Augen sagte Patricia, dass ihre Spekulationen nicht ins Leere liefen. Ein eisiger Schauer überkam sie.

„Du hast recht." Sein Widerstreben, das zuzugeben, war Emrys deutlich anzumerken. „Die *Heredes* haben ihr Hauptquartier in Südamerika, doch seit ungefähr vier Jahren sind sie auch in Europa wieder aktiv. Mit einer Stiftung unterstützen sie dubiose Forschungseinrichtungen – illegale Aktivitäten sind ihnen leider nicht nachzuweisen. Die gute Nachricht scheint zu sein, dass die wenigen rezessiven Allele, die sie im Laufe der Jahre von *HenO* isolieren konnten, für bahnbrechende Ergebnisse nicht ausreichen."

„Dann sollte Finley also vor vier Jahren untertauchen, damit sie ihn nicht als Träger des dominanten Gens identifizieren. Jetzt steht er aber unter Beobachtung."

„Ja, ich weiß. Sicher sind sie jedoch nicht, daher werden sie keinen angesehenen Rechtsanwalt kidnappen, um an ihm irgendwelche Tests durchzuführen, denn Aufsehen ist das, was die *Heredes* vermeiden wollen."

„*Noch* wollen sie kein Aufsehen, Emrys! Aber eines Tages werden sie ungeduldig, weil ihnen das Geld ausgeht und sie endlich Ergebnisse brauchen, die sie meistbietend verkaufen können – egal an wen. Sollte Finley nicht besser außer Landes gehen?"

Emrys seufzte leise. „In den letzten Jahren hat sich viel verändert. Globalisierung. Das Internet. Wir müssen viel vorsichtiger sein – aber es gibt uns auch neue

Möglichkeiten. Finley versteht eine Menge davon, deswegen brauche ich ihn in der Nähe."

„Die Jungen haben den Alten manchmal etwas voraus", bemerkte Patricia trocken. „Aber du hast von Caitlyn abgelenkt. Sie und ihr Bruder haben nur die rezessive *HenO*-Variante und waren bislang bei keiner ärztlichen Routineuntersuchung auffällig – außerdem wissen die *Heredes* nichts davon, dass Liz Kinder hatte."

Emrys hatte sich wieder gesetzt, seine Ellbogen auf die Knie gestützt und starrte vor sich hin. „So einfach ist es nicht, Patricia."

„Es war noch nie einfach!"

Eine Weile war nichts zu hören außer dem Summen der Wildbienen, die in einem toten Baumstamm nisteten, und dem gelegentlichen Schnauben der Pferde.

„Ich vermutete bei Caitlyn das dominante *HenO*-Gen", sagte Emrys so leise, dass sie ihn kaum verstand. „Ich wollte ... sichergehen, deswegen sollte sie die Kette bekommen. Sie wurde krank, das heißt, ihr Immunsystem hat auf die Kristalle reagiert, und du weißt, was das mit ihrem Blut gemacht hat."

Patricia sog die Luft ein. „Um Himmels willen!"

Emrys lächelte bitter. „Es ist eine Tatsache, Patricia. Deswegen ist sie in Glasmaris vorläufig am besten aufgehoben. Der einzige Arzt dort ist Jonathan Pfefferkorn, der genug weiß, um sich nicht laut darüber zu wundern."

Einen Moment lang ließ Patricia die Neuigkeit sacken. „Hast du mal darüber nachgedacht, ob es nicht an der Zeit wäre, das Versteckspiel zu beenden und mit *HenO* an die Öffentlichk...?"

„Nein!", fiel Emrys ihr harsch ins Wort. Dann fuhr er etwas ruhiger fort: „Es wird unerfüllbare Hoffnungen wecken. All deine Überlegungen und jahrelangen Forschungen, Patricia, haben dich nicht weitergebracht. Der Erbgang ist und bleibt unberechenbar, deswegen dürfen wir nicht noch mehr falsche Begehrlichkeiten wecken. Glaubst du nicht, dass es andere Organisationen geben könnte, die ähnlich wie die *Heredes* denken? Terroristen, Diktatoren – sie werden bei uns Schlange stehen, um ihr Stück vom Kuchen zu bekommen." Er schnaubte.

Patricia hatte dieses Thema schon oft angeschnitten und immer dieselbe unbefriedigende Abfuhr bekommen. „Dann musst du wenigstens mit Caitlyn reden, Emrys – und zwar sofort!"

„Das werde ich, sobald der richtige Zeitpunkt gekommen ist."

Patricia lag auf der Zunge zu fragen, wann genau das sei, ließ es dann aber. Sie hätte genauso gut mit einem Baumstumpf weiterreden können. „Was ist mit Henry?"

„Er hat nur die rezessive Variante und seine Frau ist negativ."

„Sicher?"

Mit beiden Händen rieb sich Emrys über sein Gesicht. Dann hieb er sich auf die Oberschenkel. Die Bewegung hatte etwas Abschließendes. „Ganz sicher."

Patricia kannte Emrys Prestwich lange genug, um zu erkennen, wann es keinen Zweck mehr hatte, zu diskutieren. Sie erhob sich. „Nun, du wirst wissen, was du tust." Sie gab sich keine Mühe, zu verbergen, wie wenig überzeugt sie davon war. „Ich mache mich jetzt auf den Rückweg. Melde dich, wenn ich etwas tun kann."

Emrys stand ebenfalls auf. „Das werde ich."

Ihr Abschied fiel deutlich kühler aus als die Begrüßung.

Das Ahnenerbe e. V.
Forschungsanstalt Biologie
Pottenstein, in Ofr.

An: Dr. Gregory Fletcher
Botanisches Institut
Berlin

Pottenstein, 20. April 1939

Verehrter Dr. Fletcher!

Natürlich stimme ich Ihnen uneingeschränkt zu!
Das Werk Ihres Landsmannes Sir Francis Galtons ist in der Tat ein schier unerschöpflicher Quell des Wissens für die moderne Rassen- und Gesellschaftsbiologie. Es ist mir eine Freude, festzustellen, dass Sie sich entschlossen haben, Ihr Wissen und Können auch weiterhin in den Dienst des Deutschen Reiches zu stellen. Ich bin sicher, Sie werden es nicht bereuen!
Ihre persönlichen Forschungsergebnisse stimmen außerdem völlig mit der Meinung meines hochverehrten Freundes Fritz Lenz überein, der schon vor beinahe dreißig Jahren behauptete, dass negative Selektion erblicher Fehler die einzig erfolgreiche Therapie sei. Die Kernfrage indes beantwortet es nicht. Wie finden wir zuverlässig heraus, welche Eigenschaften verstärkt und welche ausgemerzt werden sollen? Manche sind offensichtlich, doch

gibt es eine Vielzahl Spezifika, die unter der Oberfläche des menschlichen Körpers verborgen und es wert sind, sich ihrer anzunehmen.
Ihre persönliche Meinung dazu dürfte ebenso interessant wie geistreich ausfallen, doch lässt sie sich besser bei einem guten Glas Rheinwein besprechen, als diese grundlegenden Fragen weiterhin brieflich zu erörtern.
Bitte nehmen Sie mein lebhaftes Interesse zum Anlass, meiner Einladung zu folgen und unserem Institut baldmöglichst einen Besuch abzustatten.

Mit kollegialen Grüßen und Heil Hitler

Dr. Konrad Jäger
Institutsleiter

Ysgol Glasmaris, Anglesey

Der schnelle Wirkungseintritt seiner selbst kreierten K.-o.-Tropfen war wie immer äußerst zufriedenstellend. Schließlich hatte es ihn viele Stunden Arbeit gekostet, bis er die richtige Mischung aus Tranquilizern, GHB und anderen psychogenen Substanzen gefunden hatte. Die anterograde Amnesie, die ihm garantierte, dass sich der Betreffende an nichts mehr erinnerte, trat schnell ein, die Nachwirkungen und damit die Gefahr, dass jemand Verdacht schöpfte, blieben minimal.

Sichtlich desorientiert ließ sich Brown von ihm den Weg hinauf durch den Park führen. Dann gingen sie vorbei an den Sportplätzen, die an der Mauer vorn zur Straße hin lagen, zwischen der Turnhalle und dem Refektorium bis zu einem Neubau in der Nähe des Haupteingangs.

Neben der Tür des dreistöckigen Gebäudes hing ein Schild mit der Aufschrift „Dormitorium I – Mädchen".

Er brachte Brown zu einem Zimmer im Erdgeschoss. Die ganze Zeit über hatte sie nicht gesprochen, sondern war, den Kopf an seine Schulter gelehnt, brav neben ihm hergetrottet. Im Zimmer sah er sich kurz um. Schließlich platzierte er sie auf dem Bett. Ihre hellblauen Augen wirkten wie ein wolkenverhangener Himmel und der gescheite, neugierige Gesichtsausdruck war einer weltvergessenen Miene gewichen. Sie leckte sich die Lippen.

Featherston holte einen Zahnputzbecher aus dem Bad, füllte Wasser hinein und half ihr, den trockenen Mund zu befeuchten – eine leider unvermeidliche Nebenwirkung, die sich jedoch leicht behandeln ließ.

Sie blinzelte verwirrt. „Was los?" Ihre Artikulation war etwas verwaschen.

„Während unseres Spaziergangs bekamen Sie Kreislaufprobleme, das ist alles." Er stellte den Becher beiseite, zog sich einen Stuhl heran und setzte sich ihr direkt gegenüber.

„Ah ... so?"

„Fühlen Sie sich jetzt besser?"

„Ja ..." Wieder blinzelte sie.

„Ich möchte, dass Sie mir noch einmal alles erzählen, was Sie damals in London gesehen und gehört haben."

„Hm?" Sie gähnte.

„Sehen Sie mich an." Als sie nicht gleich reagierte, fasste er an ihre Schultern und schüttelte sie sanft. „Caitlyn! Erzählen Sie mir von London."

„London?“

„Von Michael Kelly. Sie haben Erste Hilfe geleistet, wissen Sie das noch?“

„Ach ... ja ...“ Sie spitzte die Lippen. Ihre Augen fielen langsam zu.

Featherston hinderte sie daran, sich hintenüber sinken zu lassen. Sie murmelte etwas Unverständliches und öffnete die Augen wieder. Dann pikte sie unvermittelt mit ihrem Zeigefinger zwischen seine Brauen.

„Wenn Sie das dauernd machen, bekommen Sie die Falte da nie wieder weg.“ Sie kicherte. Zuerst leise, dann lauter, bis sie sich vor Lachen auf dem Bett kugelte.

Eine derart stimulierende Wirkung der Tropfen kam leider auch gelegentlich vor. Und abgesehen von Gewaltanwendung, konnte er leider nichts dagegen unternehmen. Seufzend lehnte er sich zurück und wartete mit verschränkten Armen, bis der Lachkrampf verebbt war. Nach einer Weile rappelte sich Brown wieder auf und kniete vor ihm auf dem Bett. Ihr Gesicht war hochrot, ihre Augen voller Lachtränen. Ihr Haarknoten hatte sich gelöst, die Haare ringelten sich wild um ihr Gesicht. Sie brauchte mehrere Anläufe, bis sie das Haargummi erwischte, das sich in den Locken verfangen hatte.

„Erzählen Sie endlich!“, verlangte er.

„Was denn?“ Sie wickelte das Gummi um ihre Finger.

„Sie hatten gerade angefangen, von Ihrem Zusammentreffen mit Kelly zu berichten!“

„Hatte ich das?“ Nachdenklich zog sie das Haargummi in die Länge.

„Ja, hatten Sie. Also?“

„Ups!“ In hohem Bogen schnellte das Haargummi durch den Raum.

Mit Daumen und Zeigefinger rieb er sich über die Nasenwurzel. „Bitte! Kelly!“

Sie holte tief Luft. „Es war vor Harrods. Im Schaufenster war dieser Hund, so ein schwarzer Labrador und das Pferd – wie ein Highlandpony ... waren Sie schon mal in den Highlands?“ Mit himmelblauem Augenaufschlag sah sie ihn an.

Er reagierte nicht.

„Ich warte auf Ihre Antwort!“

„Ja, war ich“, knirschte er ungeduldig.

„Ich war auch schon mal dort. In Ullapool. Und Sie?“

„Inverness.“

„Hat es Ihnen dort gefallen?“

„Nein! Weiter!“

Sie kratzte sich am Kopf. „Jedenfalls stand dieser Michael Kelly hinter mir und hat die Plüschtiere fotografiert. Ich dachte, er wollte sie vielleicht seinen Kindern schenken ... wie alt sind die eigentlich?“

Weil Featherston sie nur schweigend ansah, näherte sie sich ihm auf allen vieren, bis ihr Gesicht nur eine Handbreit von seinem entfernt war, und spitzte die Lippen. „Wie ahalt?“, fragte sie im Singsang-Tonfall.

„Sie werden die Kinder bald selbst kennenlernen."

„Ich will es aber jetzt wissen!" Sie klang wie ein quengeliges Kleinkind.

„Verdammt noch mal! Bleiben Sie gefälligst beim The..."

Unvermittelt verlor sie das Gleichgewicht. Im Versuch, sie aufzufangen, fiel er auf den Holzboden, Brown landete auf ihm und presste die Luft aus seinen Lungen. Er fluchte japsend, während sie von ihm hinunterrobbte.

„Hören Sie endlich auf mit dem Blödsinn!" Er rieb sich die schmerzende Stelle am Kopf und setzte sich wieder auf den Stuhl. Sie zog einen Schmollmund.

Mit viel Geduld, unterbrochen von albernem Gelächter, entlockte er ihr alles, was er wissen wollte. Mit ausgestreckten Beinen saß sie die ganze Zeit auf dem Boden und spielte mit ihrer Kette herum.

„Das ist ein sehr schönes Schmuckstück", sagte er schließlich. „Woher haben Sie es?"

Genauso redselig wie zuvor, aber zu seiner Erleichterung weniger aufgedreht, berichtete Brown, wie sie das Päckchen erhalten hatte. „... und wissen Sie, was dann passierte?" Plötzlich hielt sie sich die Hand vor den Mund. „Ach, verflixt. Eigentlich soll ich das doch niemandem erzählen ... ach, egal, Sie verraten es doch nicht, oder?"

„Nein, natürlich nicht."

Verschwörerisch senkte sie die Stimme. „Ich habe nämlich einen Brief bekommen." Sie machte eine bedeutungsvolle Pause.

„Tatsächlich?"

„Ja, wirklich, und die Kette", sie senkte die Stimme, „ist nämlich ein Familienerbstück."

„Von wem war der Brief?"

„Keine Ahnung. Es gab keinen Absender. Nicht mal eine Unterschrift."

Featherston war sicher, dass es sich bei dem geheimnisvollen Briefschreiber um die alte Frau handelte, die der UPS-Bote erwähnt hatte. Interessant, dass Brown offenbar noch weniger über den Absender wusste als er. „Wo ist der Brief?"

Bedauernd zuckte sie mit den Schultern. „Ich habe ihn verbrannt. Das sollte ich tun. Und wissen Sie, was? Er war mit richtigem Wachs versiegelt und auf dem Umschlag stand sogar der Anfangsbuchstabe meines zweiten Vornamens. Rolanda." Sie zog die Nase kraus. „Den kennt fast niemand. Er ist furchtbar, finden Sie nicht?"

„Es gibt Schlimmere, glauben Sie mir."

„Sie haben doch auch einen, oder? C Punkt. Damit haben Sie den Vertrag unterschrieben."

„Cuthbert, nach meinem Vater. Aber verraten Sie es niemandem."

„Großes Indianerehrenwort."

Behutsam zog er sie auf die Beine. Es wurde Zeit, das Gespräch zu beenden. Vorläufig hatte er alles erfahren, was es zu erfahren gab. Schon seit er sie abgeholt hatte, war sie viel zu unbedarft und vertrauensselig, um etwas anderes zu sein, als sie vorgab, und spätestens unter der Wirkung der K.-o.-Tropfen hätte sie etwas preisgegeben, wenn sie mehr gewusst hätte.

Sie lächelte leicht, als sie so vor ihm stand. Unwillkürlich hob er eine Hand, um ihr eine verirrte Locke hinter das Ohr zu stecken. Sie war das Ebenbild ihrer Mutter.

„Was ist das?", fragte sie neugierig, weil er einen länglichen Gegenstand aus seinem Jackett zog, der Ähnlichkeit mit einem Kugelschreiber hatte.

„Es ist spät geworden ...", antwortete er leise. Ohne hinzusehen, arretierte er den Stift mit einer Drehung.

Noch einmal berührte er ihr Haar, legte schließlich sachte eine Hand an ihren Hinterkopf und beugte sich näher. Ihr Haar duftete schwach nach einem Kräutershampoo.

„He, was machen Sie da?", fragte sie kichernd, machte aber keine Anstalten, zurückzuweichen. Ihr hübsch geschwungener Mund bot sich ihm geradezu an.

Ein mokantes Lächeln huschte über seine Lippen. Sie war wirklich eine reizende Frau.

Schade.

Er beugte sich nahe an ihr Ohr. „Zeit zu schlafen ... Kitty."

Überrascht flogen ihre Brauen in die Höhe. „Woher wissen Sie ...?"

In diesem Moment drückte er den Stift an ihren Hals. Zuckend verstummte sie, als die Nadel ihre Haut durchstieß, dann verdrehte sie die Augen und sank bewusstlos in seine Arme. Behutsam legte er sie auf das Bett, streifte ihr Schuhe und Hose ab und deckte sie zu. Er war kein Amateur, der sich von körperlichen Reizen hinreißen ließ.

Zunächst nahm er ihr die Kette ab, um sie mit seinem Handy von allen Seiten zu fotografieren. Die Koffer, die sie vorgeschickt hatte, hatte er bereits vor ihrem Eintreffen in der *Ysgol* durchsucht. Das einfache Kofferschloss hatte für ihn kein Hindernis dargestellt.

Dann nahm er sich ihr Handy vor. Während er damit beschäftigt gewesen war, den Wein einzuschenken, hatte sie – ganz, wie er es vorausgesehen hatte – ihr Mobiltelefon hervorgeholt. Von dem Muster hatte er genug erkannt, um es mit nur drei Versuchen zu erraten.

Es war leicht. Im Grunde sogar naheliegend für eine Mathematiklehrerin. Das mathematische Zeichen für „Unendlich“, stilisiert im 9-Punkt-Muster.

Gründlich durchforstete er alle Daten, fand jedoch nichts von Interesse. Schließlich holte er aus seiner Tasche ein flaches Gerät und drückte einen Knopf. Das grüne Lämpchen am Störsender erlosch.

Sekunden später erklangen mehrere Töne auf Browns Handy, die den Eingang von Kurznachrichten und entgangenen Anrufen signalisierten. Der Empfang hier war schlecht – aber nicht so schlecht, wie er ihr weisgemacht hatte, doch unnötige Unterbrechungen durch Telefonate oder Nachrichten wären mehr als lästig gewesen. Er kontrollierte die neuen Nachrichten, schrieb eine Antwort, dass alles in Ordnung sei, dann schaltete er den Modus auf lautlos und legte es auf den Nachttisch.

Schließlich trat er neben das Bett. Sie lag ruhig auf dem Rücken und hatte sich kein Stück bewegt, seitdem er ihr das Sedativum verabreicht hatte. Er prüfte Atmung und Puls, ihre Stirn war trocken und warm. Auch als er die Augenlider anhob, fand er keinen Grund zur Besorgnis. Bis morgen früh wäre die Wirkung verflogen. Sie würde sich ein wenig verkatert fühlen, aber das wäre auch schon alles.

Hier blieb ihm nur noch eins zu tun – doch er zögerte, denn in diesem Fall bestand ein Risiko. Allerdings war es unwahrscheinlich, dass er in naher Zukunft eine neue Chance bekommen würde. Also schob er ihre Ärmel hoch, um die Venen in den Armbeugen zu begutachten. Unproblematisch, entschied er. Er breitete einige Utensilien, die er vorsorglich mitgenommen hatte, auf dem Nachttisch aus und legte ihr den Stauschlauch an. Mit einem Desinfektionstuch wischte er über ihre Armbeuge, tastete nach der besten Vene und stach mit einer Nadel hinein, um einige Milliliter Blut abzunehmen. Er löste den Stauschlauch, ließ weiteres Blut nachlaufen und entfernte am Ende geschickt die Nadel, ohne dass etwas heraustropfte. Während er die

Kanüle hin und her schwenkte, hielt er mit der anderen Hand den Tupfer fest auf die winzige Verletzung gepresst. Mehrmals sah er nach, bis er ganz sicher war, dass nichts mehr nachblutete. Er hielt es für unwahrscheinlich, dass Brown etwas davon bemerkte.

Nachdem er sichergestellt hatte, dass nichts mehr von seiner Anwesenheit im Raum zeugte, machte er sich auf den Weg in die Eingangshalle des Refektoriums, in der sie ihr restliches Gepäck zurückgelassen hatte. Führerschein, Ausweise, Geld und Kreditkarten fotografierte er und nahm einen Abdruck der Schlüssel. Ihren Laptop konnte er heute getrost ignorieren. Wenn sie sich ab morgen über das Schulnetzwerk anmeldete, hätte er genügend Zeit, sich auf ihrer Festplatte umzusehen. Nachdem er auch den Kulturbeutel durchsucht und wieder verstaut hatte, zog er sein Telefon heraus.

Als sich am anderen Ende jemand meldete, sagte er übergangslos: „Miss Brown hatte eine anstrengende Reise und ist bereits schlafen gegangen. Ihr restliches Gepäck steht in der Eingangshalle der Klausur, sorgen Sie dafür, dass sie es morgen in ihrem Zimmer vorfindet ... ach ja, und es wäre gut, wenn sie morgen früh geweckt würde ... um Viertel vor acht ... danke."

Kurz darauf betrat er ein fensterloses Labor im Gebäude der Fachräume. Er nahm die Blutprobe aus seiner Tasche und betrachtete sie eine Weile. Dann öffnete er einen Schrank, zu dem nur er den Schlüssel besaß, und machte sich an die Arbeit.

Später, mitten in der Nacht, stand er am offenen Fenster seines Schlafzimmers, lauschte dem monotonen Geräusch der Brandung und beobachtete die Fledermäuse, die mit dem Wind über den mondhellen Nachthimmel jagten.

Ohne Licht zu machen, zog er sein Jackett aus und hängte es sorgfältig auf einen Bügel. Aus seinem Schulterholster nahm er seine Walther P99 und überprüfte sie mit geübtem Handgriff. Einen Augenblick lang spürte er das vertraute Gewicht der Waffe in seiner Linken, bevor er sie in seinem Nachttisch verstaute. Im Bad blickte ihn aus dem Spiegel über dem Waschbecken seine eigene, gewohnt neutrale Miene an. Nichtssagend. Wie immer. Perfekt geeignet für die Rolle, die er spielte.

Er warf das Hemd in den Wäschekorb. Obwohl eine der halb verheilten Wunden an seinem vernarbten Unterarm entzündet war, schenkte er ihr keine Aufmerksamkeit, sondern erledigte den Rest seiner Abendhygiene.

Als er sich im Bett zu entspannen versuchte, gelang es ihm nicht. Jedes Mal, wenn er die Augen schloss, sah er sie vor sich. Die hohen Wangenknochen, ihre leicht schräg stehenden hellblauen Augen.

Im Labor der Schule hatte er nur sehr beschränkte Möglichkeiten, doch bereits, als er ihre Blutgruppe bestimmen wollte, hatte er eine interessante Entdeckung gemacht. Beim Kreuztest verklumpte ihr Blut weder mit dem A- noch mit dem B-Testserum, was auf

Blutgruppe 0 hindeutete – doch der Test mit der Anti-H-Substanz war positiv.

Sie hatte eine der seltensten Blutgruppen der Welt.

Das allein war schon seltsam, denn er hatte noch nie davon gehört, dass die Bombay-Blutgruppe bei einem Europäer vorgekommen wäre – doch warum war in ihrem Blutspendeausweis Blutgruppe 0 vermerkt? Es musste doch längst jemandem aufgefallen sein, zumal ihr Vater und ihr Bruder Ärzte waren. Alle sonstigen Laborwerte waren nicht nur normal, sondern ausgezeichnet.

Langsam schloss er die Augen.

Es bestand kein Grund zur Eile.

Sie ahnte nichts davon, wie einzigartig sie war – was ihm einen beispiellosen Vorteil verschaffte.

ZWEI

Schrillen.

Ohrenbetäubend.

Wie von der Tarantel gestochen sprang ich aus dem Bett. Weil meine Augenlider deutlich zeitverzögert auf den abrupten Bewusstseinswechsel reagierten, stieß ich mir das Knie, taumelte fluchend und landete unsanft auf meinem Allerwertesten. Ich rappelte mich auf, um zur Kommode zu wanken, auf der ein altertümlicher Wecker einen Höllenlärm veranstaltete.

„Klappe!", nuschelte ich, während ich versuchte, die Mechanik des Weckers zu begreifen.

Irgendwann kapierte ich, wie ich mithilfe eines Häkchens den Schlegel anhalten musste, damit der nicht mehr in rasender Geschwindigkeit zwischen den Glocken hin und her schwang und meinen Kopf damit beinahe zum Platzen brachte. Endlich herrschte Ruhe. Das Hämmern im Kopf ließ allerdings nur unwesentlich nach. Bevor ich zurück ins Bett kroch, warf ich einen Blick auf die Uhrzeit. Erst Viertel vor acht. Außerdem war Sonntag.

Wer hatte dieses Monstrum da hingestellt? Trotz der Kopfschmerzen und des Gefühls, einen alten Socken im Mund zu haben, glitt ich schon wieder in einen Dämmerschlaf, als mir zwei viel interessantere Fragen einfielen.

Wo genau war ich eigentlich?

Und wie war ich ins Bett gekommen?

Verschwommen erinnerte ich mich daran, dass ich mit Featherston einen Spaziergang zu den Klippen gemacht hatte. Schäumendes Wasser, kalter Wind und Featherston, der mich festgehalten hatte, damit ich nicht stürzte. Mehr wusste ich beim allerbesten Willen nicht.

Featherston!

Mit einem Schlag war ich hellwach. Um acht Uhr wollte er mich abholen. Wenn mein Gedächtnis auch sonst Lücken aufwies – zumindest da war ich mir sicher. Mit einem Hechtsprung – den mein Kopf mir gleich übel nahm – war ich aus dem Bett, brauchte jedoch einen Moment, um das Schwindelgefühl loszuwerden, bevor ich mich orientieren konnte. Bett. Tisch. Stuhl. Kommode. Fenster. Tür.

Tür!

Auf dem Weg dorthin entledigte ich mich etwas unsystematisch derselben Kleidung, die ich gestern den ganzen Tag getragen hatte und von der ich mir offenbar nur die Hose ausgezogen hatte. In einem kleinen Vorraum stieß ich auf einen Wandschrank, Regale und Kleiderhaken – ach, da hing meine Jacke – und zwei weitere Türen. Die Erste führte auf den Flur, die Zweite – heureka! – ins Bad. Erst während ich unter dem warmen Wasser der Dusche allmählich wacher wurde, fragte ich mich, woher das Shampoo eigentlich stammte. Meines war es jedenfalls nicht. Ich verschob sämtliche Verwunderung darüber auf später und trocknete mich mit einem unbekannten flauschigen Handtuch ab. Als ich ins Zimmer zurückkam, fiel mein Blick auf das Handy.

Ich hatte Daniel gestern gar nicht mehr geschrieben. Doch seine letzte Nachricht gestern Abend lautete:

Da bin ich ja froh. Ich hatte mir schon Sorgen gemacht, weil ich dich nicht erreichen konnte. Ruf mich morgen früh einfach an. Ich vermisse dich jetzt schon.

Tatsächlich fand ich in der Liste mehrere Nachrichten und entgangene Anrufe von gestern und offenbar hatte ich auch noch geantwortet. Seltsam. Was war nur mit mir los gewesen?

Ich dich auch! Bin gerade aufgestanden. Hier ist sehr schlechter Empfang. Melde mich später.

Ich drückte auf „senden". Jetzt musste ich mich noch mehr beeilen. Die Koffer und der Rucksack standen allesamt im Zimmer verteilt, sodass ich schnell halbwegs zueinanderpassende Kleidungsstücke fand. Gerade fahndete ich nach einem verschollenen Strumpf, als es auch schon klopfte.

„Komme!" Den vorhandenen Strumpf schon mal überstreifend, hüpfte ich auf einem Bein zur Eingangstür. „Guten Morgen, Sir!" Erst jetzt fiel mir ein, meine Hose zu schließen.

Featherston übersah es dankenswerterweise. „Guten Morgen, Miss Brown. Haben Sie gut geschlafen?"

„Äh, ja, danke ... Sir ..." Ich rieb mir die Schläfen. Der Kopfschmerz ließ nur langsam nach. „Kommen Sie rein, ich bin gleich fertig."

„Sie wirken blass. Fühlen Sie sich nicht wohl?", erkundigte sich Featherston mehr oder weniger freundlich, während er im Türrahmen zwischen Vorraum und Zimmer stehen blieb.

„Doch, doch, alles in Ordnung." Ich zog den Einzelsocken aus und stattdessen ein vollständiges Paar Strümpfe aus dem Koffer. Als ich mich nach meinen Schuhen umsah, entdeckte ich auf der Kommode eine Flasche Wasser und ein Glas. Wenigstens den schalen Geschmack in meinem Mund konnte ich dadurch etwas abmildern, denn das Zähneputzen war äußerst knapp ausgefallen. Während ich ein Glas auf ex trank, blieb Featherstons Miene ausdruckslos, doch irgendwie hatte ich den Eindruck, er taxierte mein Verhalten genau. Ich war mir nicht sicher, ob das gut oder schlecht war – besonders in Anbetracht der Tatsache, dass mir ein Teil des gestrigen Abends nicht mehr einfallen wollte. Da ich keine Zeit hatte, meine Haare zu föhnen, flocht ich sie kurzerhand zu einem dicken Zopf. Mit dem Ende in der Hand überlegte ich, wo ich auf die Schnelle ein Zopfgummi auftreiben konnte, als Featherston mitten ins Zimmer trat und sich bückte.

Wortlos reichte er mir dasselbe, das ich gestern getragen hatte.

„Danke."

Nachdem ich meine Schuhe auf einem Regal unter den Kleiderhaken gefunden hatte, verließen wir das Zimmer.

Featherston gab mir eine Magnetkarte an einem Band und deutete auf einen Kartenleser an der Eingangstür. „Jedes Mitglied der Schule besitzt eine solche Schlüsselkarte – Personal wie Schüler. Sie öffnet Türen und verschafft Ihnen Zugang zu Computern in der Bibliothek, Kopierern oder anderen Geräten." Die unscheinbare weiße Karte war an einem Band befestigt und trug neben meinem Namen das Foto, das ich mit meiner Bewerbung geschickt hatte. „Sie ist für jeden individuell codiert, und ich rate Ihnen dringend, gut darauf aufzupassen und sie unter keinen Umständen an Schüler zu verleihen."

Ich grinste. „Damit die Jungs nicht die Gelegenheit nutzen, in die Mädchenschlafzimmer zu gelangen."

Ein winziges Lächeln. „Allgemeiner ausgedrückt: Damit die Schüler sich nicht Zugang zu Orten verschaffen, an denen sie nichts zu suchen habe – oder das Schulgelände unerlaubt verlassen. Im Gegensatz zum Personal ist es den Schülern nicht gestattet, einen anderen Ein- oder Ausgang als das Torhaus zu benutzen, und auch das dürfen sie erst, nachdem sie sich ordnungsgemäß bei der für sie zuständigen Aufsichtsperson ab- und bei ihrer Rückkehr wieder angemeldet haben. Es ist das Tor, durch das wir gestern mit dem Auto gefahren sind", ergänzte er hilfreich. „Die Tür, die wir gestern Abend benutzt haben, um zu den Klippen zu kommen, darf von Schülern nur in Begleitung einer Aufsichtsperson benutzt werden."

„Ah, okay."

Er machte eine kurze Pause, bevor er weitersprach, so, als wartete er auf einen Kommentar von mir zum gestrigen Abend, doch da ich nichts mehr sagte, begann er mit dem Rundgang.

Mein Zimmer lag im Erdgeschoss der Mädchenunterkunft. In dem vierstöckigen Gebäude im viktorianischen Stil befanden sich rund zwei Dutzend Zimmer, die sich jeweils mehrere Mädchen teilten. Auf den Etagen gab es Gemeinschaftsräume mit Fernsehern und Küchenzeile, im Keller weitere Räumlichkeiten zur gemeinsamen Nutzung. Die Jungenunterkunft auf der anderen Seite des Hauptzufahrtweges war ähnlich gestaltet. Hinter dem Mädchendormitorium, angrenzend an das Refektorium, lagen die Wirtschaftsgebäude. Weiter vorn auf dem Gelände, links und rechts vom Haupttor, befanden sich Neubauten, die erstklassig ausgestattete Fachräume enthielten, daneben eine Turnhalle, ein Schwimmbad sowie Außenanlagen für den Sport. Das großzügige Schulgelände wurde von einer gut vier Meter hohen Mauer aus uralten Steinen eingefasst. Alles wirkte gepflegt und verströmte eine angenehm friedliche Atmosphäre. Während unseres Rundgangs erläuterte Featherston mir die Schulregeln, die sich hauptsächlich darum drehten, was den Schülern erlaubt und was ihnen verboten war, um welche Uhrzeit die Mahlzeiten eingenommen wurden und welche Ausnahmen unter welchen Umständen gemacht wurden. Ich bemühte mich, mir möglichst viel zu merken, gab es aber nach kurzer Zeit auf und hoffte, dass ich diese Informationen in irgendwelchen Unterlagen fände, die er mir sicher noch aushändigen würde.

Als wir zwischen Refektorium und den Sportanlagen hindurch in Richtung Park gingen, trafen wir am Eingang der Schwimmhalle auf ein paar Beine im Arbeitsanzug, die in ungefähr zwei Metern Höhe auf einer Leiter standen. Der zugehörige Oberkörper war irgendwo in der Deckenverkleidung verschwunden.

Featherston blieb stehen. „Mrs Gilmartin?"

Ein Rums von oben. „Ach, verdammt!"

Die Beine bewegten sich die Sprossen hinunter. Stück für Stück kam eine Frau zum Vorschein. Sie war mehr als einen Kopf kleiner als Featherston, die kurzen dunkelbraunen Haare waren zerzaust und ihr Gesicht alles andere als sauber.

„Müssen Sie sich immer so anschleichen?", fuhr sie Featherston an. Sie rieb sich den Kopf. „Ich bin gerade dabei, die Leitungen neu zu verkabeln. Was hätten Sie getan, wenn ich Ihretwegen einen Stromschlag bekommen hätte? Das Werkzeug etwa selbst in die Hand genommen? Dass ich nicht lache!" Inzwischen stand sie auf dem Boden. Die Hände in die Hüften gestützt, funkelte sie Featherston von unten herauf an.

„Shannon Gilmartin, die Hausverwalterin“, stellte Featherston vor, ohne auch nur mit einem Wimpernzucken auf ihren Redeschwall einzugehen.

Ich streckte ihr die Hand entgegen. „Caitlyn Brown. Ich unterrichte hier ab morgen.“

Die Hausverwalterin sah erst auf meine Hand, dann in mein Gesicht, schließlich zu Featherston. „Ach?“ Grinsend wischte sie sich ihre Hand an der Hose ab und drückte meine. „Na dann, herzlich willkommen.“

„Danke.“ Ich lächelte zurück.

„Ich geh lieber wieder an die Arbeit. Wenn ich nicht rechtzeitig fertig bin, wird Mylord ungemütlich.“

„Es steht Ihnen jederzeit frei, zu kündigen, Mrs Gilmartin“, erwiderte Featherston. „Sie kennen meine Bürozeiten.“

„Jaja.“ Und schon erklomm sie wieder die Leiter, ohne uns noch eines Blickes zu würdigen.

Nahezu gleichzeitig marschierte auch Featherston weiter, die südliche Flanke des Refektoriums entlang, die der äußeren Form nach zu urteilen die ehemalige Klosterkirche war. An der südöstlichen Ecke des Gebäudes angelangt, lag vor uns der Park, dessen anderes Ende durch das Grün der Bäume und Sträucher nicht auszumachen war. Featherston wandte sich nach links zu der Tür im nordöstlichen Winkel, durch die wir am Vorabend in den Park gegangen waren.

„Die Klassenzimmer befinden sich alle hier – abgesehen von den Fachräumen. Übrigens sind die meisten Gebäude durch unterirdische Tunnel miteinander verbunden. Es ist ein wenig verwinkelt, doch sie werden die Vorteile sicher schätzen, trockenen Fußes von einem Ort zum anderen zu gelangen."

„Das kann ich mir vorstellen. Was ist das dort eigentlich?" Ich deutete auf das kleine Haus am Ende des lang gezogenen nördlichen Gebäudeflügels. Offenbar hatte es eine eigene Zufahrt sowie einen Parkplatz.

„Das ehemalige Abthaus. Dort wohne ich."

Wir warfen einen Blick in ein paar Klassenzimmer, dann nahmen wir den gleichen Weg den nördlichen Kreuzgang entlang wie am Vorabend und ich stellte fest, dass dieser rund um einen quadratischen Innenhof mitsamt altem Brunnenhaus führte. Der Hof war vollständig mit Glas überdacht. Sitzgelegenheiten und Pflanzen machten daraus einen ansprechenden, großen Aufenthaltsraum, der bei jedem Wetter nutzbar war. Der Speisesaal für die Lehrkräfte, in dem wir gestern Abend gegessen hatten, lag in der nordwestlichen Gebäudeecke, gleich neben dem großen Speisesaal für die Schüler. Mein Magen knurrte inzwischen, da ich noch nicht gefrühstückt hatte.

Wir kamen am Haupteingang im Westflügel vorbei und betraten von dort aus die ehemalige Klosterkirche, in die ein Zwischenboden eingezogen war, sodass es neben der Bibliothek im Erdgeschoss ruhige Studierzimmer im ersten Stock gab. Im ehemaligen Chor der Kirche, der zum Park hin gerichtet war, lag das Lehrerzimmer. Am östlichen Kreuzgang gab es einige kleinere Arbeitsräume. In der Etage darüber befand sich die Verwaltung. Als Letztes gelangten wir in das Schulleiterbüro, das genau über dem Lehrerzimmer seinen Platz hatte.

„Wow!"

Ein Lächeln huschte über Featherstons Lippen. „Das fasst es kurz und prägnant zusammen."

„Allerdings!", antwortete ich ehrlich beeindruckt.

Der unglaublich hohe Raum verströmte eine Atmosphäre, die immer noch daran erinnerte, was er einmal gewesen war: Teil des Allerheiligsten der Klosterkirche. Dunkle Eichenmöbel, schweres Leder und uralte Bücher in turmhohen Regalen, die über verschiebbare Treppen zugänglich waren. Der Computerflachbildschirm auf dem riesigen Schreibtisch war das Einzige, was nicht ins ansonsten stimmige Bild passte. Ein wundervolles altes Kirchenfenster hinter dem Schreibtisch brach das Licht in angenehme Farben. Die zahlreichen schmalen Fenster erhellten den Raum. Der Fußboden war aus polierten Holzdielen und der Duft von Bienenwachs und würzigen Kräutern schmeichelte meiner Nase. Nahe dem Fenster wucherten auf einer Pflanztreppe mindestens ein Dutzend Gewürz- und Heilpflanzen.

Mit einer knappen Geste wies Featherston auf einen Besucherstuhl vor seinem Schreibtisch. Er verließ kurz den Raum und kehrte mit zwei Tassen heißem

Wasser zurück, in die er jeweils einen Zweig frische Pfefferminze hängte. Dann setzte er sich in seinen ausladenden Drehstuhl. Anstatt irgendwelche Papiere zur Hand zu nehmen, um noch Formalitäten zu klären, wie ich eigentlich erwartet hatte, stützte er einen Ellbogen auf die polierte Schreibtischplatte und tippte sich mit dem Zeigefinger an die Wange. Dabei musterte er mich mit seinen Raubvogelaugen.

Ich unterdrückte den Impuls, mich zu räuspern und auf dem Stuhl herumzurutschen. Lange Zeit sagte niemand von uns beiden etwas. Ich probierte einen Schluck von dem frischen Pfefferminztee.

„Fühlen Sie sich jetzt besser?", fragte er, ohne den Blick abzuwenden.

„Ich ... ja, wieso? Wie kommen Sie darauf?"

Sein Lächeln erreichte nicht ganz seine Augen. „Könnte es sein, dass Sie keinen Alkohol vertragen?"

Diese Direktheit machte mich sprachlos. Ich hatte doch nur ein einziges Glas Wein getrunken – zumindest, soviel ich mich erinnern konnte.

„Auf den Klippen wären Sie beinahe kollabiert. Haben Sie häufiger Schwierigkeiten mit dem Kreislauf?"

Energisch schüttelte ich den Kopf. „Nein, nie."

Featherston verengte leicht die Augen. „Tatsächlich? Ich würde Ihnen in diesem Fall Rosmarin empfehlen. Sie können ihn Ihrem Tee zusetzen." Er zupfte einen Stängel von dem kleinen Busch auf seinem Schreibtisch, der hellblaue Blüten trug, und hielt ihn mir hin.

Ich ignorierte das. „Entschuldigen Sie bitte, Sir ... Mylord. Ich weiß nicht, was gestern Abend mit mir los war. Ich war letzte Woche ein paar Tage krank, vielleicht war deshalb mein Kreislauf nicht ganz auf der Höhe. Heute geht es mir wunderbar. Es tut mir leid, wenn ich einen falschen Eindruck erweckt habe, es wird nicht wieder vorkommen."

Er beäugte mich kritisch, als hätte ich eine ansteckende Krankheit. Dann zerrieb er den Rosmarin zwischen den Fingern. Schließlich legte er die Unterarme auf den Schreibtisch und faltete seine Hände. „Gut, Miss Brown. Lassen wir das Thema und kommen dazu, weswegen Sie hier sind."

Ich nickte erwartungsvoll.

„Ihre Bewerbung", die Betonung klang seltsam, „kam leider zu einem Zeitpunkt, zu dem das Kollegium für das kommende Schuljahr bereits vollständig besetzt war. Es gibt keinen zusätzlichen Bedarf."

Ich stutzte. „Wie darf ich das verstehen?"

„Nun, genau so, wie ich es gesagt habe. Es *gibt* keinen Bedarf für eine zusätzliche Lehrkraft. Kurz: Ich benötige Sie nicht."

Irgendwo tickte eine Uhr ziemlich laut. Mir fiel ein, dass es wohl angebracht wäre, den Mund wieder zu schließen.

„Da allerdings der Duke darauf bestanden hat, Sie hier zu beschäftigen, werde ich das tun. Sie werden als Springer eingesetzt. Das bedeutet, bei Ausfall einer Lehrkraft – was erfahrungsgemäß nur selten vorkommt – werden Sie Vertretungsunterricht halten. Darüber hinaus stehen Sie allen Lehrkräften nach Bedarf als Unterstützung zur Verfügung – zum Beispiel für Korrekturen oder um eine Klasse bei Übungsstunden zu teilen. Außerdem werden Sie gewisse Schüler“, hier machte er eine Kunstpause, aus der ich schloss, dass er Störenfriede meinte, „bei zusätzlich anberaumten Übungen beaufsichtigen. Falls nötig, werden Sie der Hausmutter des Mädchendormitoriums zur Hand gehen. Sie dürfen mir auch gern Vorschläge für Sport- und Kreativangebote unterbreiten. Sollten Sie trotzdem unter Langeweile leiden, freut sich Mrs Gilmartin über ein paar zusätzliche Hände bei der Pflege der Grünanlagen oder notwendigen Reparaturarbeiten. Vorausgesetzt natürlich, Sie haben entsprechendes Geschick.“

Mein erster Impuls war, zu gehen. Mein Zweiter, ihm für den zynischen Unterton seinen pyramidenförmigen Briefbeschwerer an den Kopf zu werfen.

„Es wäre schade, wenn Ihre tadellose Akte einen Eintrag wegen tätlichen Angriffs auf einen Vorgesetzten bekäme“, bemerkte Featherston, der offenbar meiner Blickrichtung gefolgt war.

„Hätten Sie mir das nicht vorher sagen können?“

„Vor was? Bevor ich Ihren bereits unterschriebenen Vertrag in die Hand bekam, den ich gegenzeichnen und Ihnen freundlicherweise zurückschicken durfte, war ich in dem Glauben, das Kollegium sei vollzählig.“

„Sie ...“ Ich stieß die Luft aus.

„Ja?"

„Nichts!" Ich funkelte ihn an.

Er lehnte sich unbeeindruckt zurück. Vielleicht wollte er erreichen, dass ich kündigte, noch bevor das Schuljahr begonnen hatte. Er hätte eine saubere Weste und brauchte sich nicht vor Emrys zu rechtfertigen. Aber so einfach würde ich es ihm nicht machen.

„Gut", sagte ich und stand auf. „Lassen Sie mich einfach wissen, wann ich wo zu sein habe."

„Wie wäre es damit: Morgen um neun Uhr bei der ersten Konferenz des Schuljahres im Lehrerzimmer. Die Schüler treffen im Laufe des Tages ein. Der reguläre Unterricht beginnt übermorgen."

Ich nickte. „Einen schönen Sonntag noch."

Als ich an der Tür war, rief er noch einmal meinen Namen. Ich wandte mich um.

Ein winziges Lächeln umspielte seine Mundwinkel. „Willkommen an der *Ysgol Glasmaris*."

Ich neigte nicht dazu, die Flinte frühzeitig ins Korn zu werfen, außerdem hatte ich wirklich nichts zu verlieren – ich brauchte mir von ihm also nichts gefallen zu lassen und konnte erst einmal abwarten, was er mir zuzuteilen geruhte. Eigentlich mochte ich es nicht, Privilegien auszunutzen, aber falls Featherston ernsthaft vorhatte, mich rauszumobben, würde ich diesmal eine Ausnahme machen. Ich grinste zufrieden, als ich die Treppe hinunterging.

„Nanu? Seit wann gibt es bei unserem Häuptling da oben was zu lachen?“ Unten stand die Hausverwalterin.

„Das ist gesünder, als sich gleich am frühen Morgen aufzuregen“, antwortete ich.

Sie lachte lauthals. „Das ist genau die richtige Einstellung. Die meisten brauchen länger, bis sie das kapieren. Oder sie kündigen vorher.“

„Das habe ich nicht vor.“

Sie musterte mich von Kopf bis Fuß. „Du hast dich überhaupt nicht verändert, Cat.“

„Wie bitte?“

„Du erinnerst dich nicht mehr, hm?“

Ich runzelte die Stirn. Plötzlich fiel es mir ein. „Shannon! Ja, natürlich! Es tut mir leid, aber ich habe dich nicht erkannt. Das muss daran liegen, dass du kürzere Haare hast und früher viel größer warst als ich.“

Sie stieß mir den Ellbogen in die Rippen. „Es liegt wohl eher daran, dass ich meine Haare abgeschnitten habe und du gewachsen bist, Kitty. Aber ich war im Vorteil: Mama hat mir erzählt, dass du kommst. Hast du sie schon gesehen?“

„Nein, ich war noch nicht in Glasmaris Hall.“

„Nicht? Warum? Ach nein, sag nichts, du hast bestimmt noch nicht gefrühstückt, oder?“ Ich schüttelte nur den Kopf, mehr hätte ich sowieso nicht sagen können, denn munter weiterplaudernd, zog sie mich mit sich.

Sie war die Tochter von Kieran und Ruby Yates, den guten Geistern von Glasmaris Hall. Wobei *die* Tochter nicht richtig war, denn Shannon hatte mindestens ein halbes Dutzend Geschwister. Sie war ein paar Jahre älter als ich und hatte mich unter ihre Fittiche genommen, wenn ich mit Mum zusammen Emrys besucht hatte. Damals hatte sie allerdings sehr lange Haare gehabt, um die ich sie glühend beneidet hatte, weil sie im Gegensatz zu meinen glatt waren und sich zu richtigen Frisuren formen ließen. Als wir uns zuletzt begegnet waren, war ich elf oder zwölf gewesen.

„Du kommst mit zu mir, und dann mache ich uns erst mal ein ordentliches Frühstück, was hältst du davon?"

„Wunderbare Idee! Und wo wohnst du?"

„Im Wirtschaftsgebäude."

Shannon lebte in einer kleinen Wohnung in der obersten Etage.

„Normalerweise arbeite ich am Wochenende nicht, aber Tyron sagte mir gestern, nachdem er schwimmen war, dass der Bewegungsmelder dort nicht funktioniert. Und ich dachte, ich erledige es schnell, während Jerry sein Morgennickerchen hält."

„Tyron? Jerry?"

„Oh, perfektes Timing! Er ist gerade wach geworden." Aus dem Zimmer gegenüber der Eingangstür kam verschlafenes Kleinkindgeplapper. „Hallo, Süßer! Mami ist da."

Ich folgte Shannon in ein hübsches Kinderzimmer. In dem Kinderbett lag ein kleiner Junge, der sich beim Anblick seiner Mutter gleich an den Gitterstäben hochzog und ihr die Ärmchen entgegenreckte. Sie hob ihn heraus und schaltete das Babyfon aus.

„Das ist Jeremy", stellte sie ihn mir vor.

Als ich ihn zur Begrüßung anstupste, versteckte er sich an Shannons Hals. Während sie ihm die Windeln wechselte und ihn umzog, lugte ich abwechselnd mal an ihrer einen, mal an ihrer anderen Seite hervor, bis Jerry begeistert quietschte.

„Ist Tyron dein Mann?", fragte ich und fuhr mit einem Spielzeugauto über Jerrys Bauch. Er giggelte.

„Nein, Tyron ist mein kleiner Bruder. Weißt du das nicht mehr?"

Vor meinem geistigen Auge erschien ein zarter Junge mit riesigen Augen, der, wann immer er konnte, hinter uns hergeschlichen war. Gesprochen hatte er fast nie. Er war jünger gewesen als ich.

„Arbeitet er auch hier?"

„Er ist normalerweise drüben in Glasmaris Hall, aber wenn ich ihn brauche, dann kommt er. Manchmal ist das ganz praktisch. Man sieht es ihm zwar nicht an, aber er hat viel mehr Kraft als ich und großes technisches Verständnis. Also los, ab in die Küche, ich hab Hunger wie ein Wolf."

Sie setzte Jerry auf den Boden und er tapste aus dem Zimmer. Wir marschierten hinterher in die Küche.

„Ich hab seinen Vater rausgeworfen, nachdem ich ihn zum zweiten Mal mit einer anderen erwischt habe“, erklärte Shannon unverblümt, während wir den Tisch deckten. „Einen Ausrutscher hatte ich ihm verziehen – wobei ich hinterher gehört habe, dass das auch nicht sein Erster gewesen war.“ Sie zuckte mit den Schultern. „Er arbeitet jetzt auf einer Bohrinsel, schickt uns Geld, und wenn er will, darf er Jerry sehen. Eigentlich ist er ein ganz netter Kerl.“

„Aber uneigentlich wohl doch nicht.“ Ich ließ mir von Jerry gerade zeigen, wer wo zu sitzen hatte.

„Na ja, wenn ich ehrlich bin, finde ich es so auch gar nicht schlecht. Als alleinerziehende Mutter ist es zwar manchmal anstrengend, aber man muss sich auch nicht ständig mit irgendeinem Typ auseinandersetzen. Und eine großartige Wahl hab ich eh nicht, also sehe ich es einfach positiv. Jerry geht zu einer Tagesmutter in Glasmaris und demnächst hat er einen Platz im Kindergarten. Dadurch, dass ich hier wohne, sind Oma und Opa auch nicht weit und ich kann mir meine Arbeit ganz gut einteilen. Auf einen Bürojob hätte ich keine Lust. Ich hab Paps früher schon bei allem drüben im Herrenhaus geholfen, und wenn ich mal was nicht weiß, dann frag ich ihn oder hol mir einen Handwerker. Aber jetzt erzähl mir, was dich hierher verschlagen hat. Du isst sicher Rührei, oder? Okay, Jerry, du darfst mir helfen.“

Also erzählte ich – von Daniel, von meiner Familie, meiner alten Schule, der Stelle bei der Lloyd’s und von

Emrys' Angebot. Ich quetschte sie gerade über das Kollegium aus, als es klopfte.

„Kann ich dir bei dem Bewegungsmelder noch etwas helfen?", hörte ich eine männliche Stimme im Flur.

„Nein, ist schon erledigt. Komm rein. Caitlyn ist auch da."

Shannon schob einen jungen Mann durch die Tür, den ich allein wegen seines Aussehens als ihren kleinen Bruder identifizierte. Seine jungen Gesichtszüge wirkten weich und freundlich. Die Augen waren immer noch riesig.

„Hallo Tyron", grüßte ich.

Etwas steif verbeugte er sich vor mir, was in Anbetracht seines eher legeren Outfits in Jeans und Turnschuhen ziemlich seltsam anmutete. „Mylady, ich heiße Sie herzlich in der *Ysgol Glasmaris* willkommen."

Ich rieb mir über die Nase, um mein Schmunzeln zu überdecken. Er klang exakt so, wie ich seinen Vater in Erinnerung hatte.

„Danke, aber einfach nur Caitlyn reicht völlig. Oder Cat. Das hast du doch früher auch zu mir gesagt."

„Wie man unschwer erkennen kann, führt mein Bruderherz die Familientradition weiter und hat kürzlich die Butlerschule beendet. Jetzt benimm dich wieder normal und setz dich zu uns."

Jerry begehrte lauthals, von seinem Onkel auf den Arm genommen zu werden. Der trat von einem Fuß auf den anderen und gab sein Bestes, seinen Neffen zu ignorieren.

„Nein danke, Shannon, ich gehe dann wieder.“ Er wandte sich noch einmal an mich. „Ich hoffe, Mylady ist heute rechtzeitig aufgewacht.“

„Caitlyn!“, erinnerte ich ihn. „Ich trage keinen Titel. Hast du mir etwa das Monstrum da hingestellt?“

Tyron wurde rot. „Ja. Lord Scratby rief gestern Abend an, um mich zu informieren, dass Sie bereits zu Bett gegangen seien. Auf mein Klopfen haben Sie nicht reagiert. Leider hatte ich keine Zeit, um Sie heute Morgen persönlich zu wecken, daher musste ich ... improvisieren.“

„Das hat funktioniert“, bemerkte ich trocken. „Dieser Wecker weckt Tote auf.“

Shannon hatte ihren Sohn wieder in seinen Hochstuhl gesetzt und gab ihm noch einen Toast. „Hat er dir etwa den Wecker von Mrs Griffiths, der Hausmutter, hingestellt? Den benutzt sie bei den ganz hartnäckigen Zuspätkommern. Mit Vorliebe versteckt sie ihn irgendwo im Zimmer. Wenn man ihn endlich gefunden hat, ist man garantiert wach. Lernt man das auch in der Butlerschule?“

Dem jungen Mann war eindeutig anzusehen, wie peinlich ihm die Situation war. Offenbar hätte er seiner Schwester gern eine spitze Bemerkung an den Kopf geworfen, aber in meiner Gegenwart fand er das wohl unpassend.

„Es tut mir leid, Mylady, wenn ich Sie damit brüskiert habe. Es wird nicht wieder vorkommen."

„Caitlyn", korrigierte ich zum dritten Mal. „Ist schon in Ordnung."

„Dann wünsche ich Ihnen noch einen schönen Sonntag."

„Dir auch noch einen schönen Sonntag", flötete Shannon ihm nach. Dann kicherte sie. „Ist er nicht süß? Ich habe läuten hören, dass der Duke ihm aufgetragen hat, er soll sich ein bisschen um dich kümmern. Also wundre dich nicht, wenn er dir auch jetzt noch nachläuft wie ein Hündchen. Wie du siehst, nimmt er seinen Job sehr ernst."

Nach dem Frühstück schlenderte ich mit Shannon und Jerry kreuz und quer durch die Schule. Sie zeigte mir Abkürzungen durch die Tunnels und gab mir einen Stapel Papier.

„Hausordnung, Gebäudeplan, Namensliste, Notfallnummern und so weiter und so fort. Dein Gedächtnis in allen Ehren, Cat, aber ich könnte mir das nicht alles merken und ich gehe jede Wette ein, dass unser hochgeschätzter Lord ganz einfach vergessen hat, dir all das zu geben." Sie senkte die Stimme, obwohl niemand in der Nähe war. „Von manchem hat er selbst keine Ahnung, auch wenn er so tut, als wäre er der liebe Gott."

Ich prustete. „Du scheinst ihn nicht besonders zu mögen."

Die Lachfältchen um ihre Augen verschwanden. „Na ja, er macht einen guten Job für die Schule, das muss man ihm lassen. Sag mal, hast du Lust, hinüber nach Glasmaris Hall zu gehen?"

Natürlich hatte ich das. Shannon holte einen Kinderwagen, den Jerry aber den ganzen Weg über links liegen ließ und stattdessen auf dem Weg entlang der Straße an jedem dritten Grashalm stehen blieb. Glasmaris Hall hatte sich nicht verändert, seitdem ich zuletzt mit Mum hier gewesen war. Über die Wiesen mit dem niedrigen Buschwerk ringsherum wehte der raue Wind. Die alte Bogenbrücke führte wie eh und je hoch über dem Meer über die scharfkantigen Klippen zu der Insel hinüber, auf der das Herrenhaus lag. Das schmiedeeiserne Tor, das am Ende der Brücke auf einen großen gekiesten Vorplatz führte, stand wie immer offen. Beinahe die gesamte Insel wurde von einer hohen Mauer eingefasst, die dem Anwesen die Ausstrahlung einer alten Burganlage verlieh. Das Haus, die im Kern mittelalterlichen Ställe und die übrigen Gebäude waren von einem früheren Duke of Anglesey im Tudorstil umgebaut worden. Am Haupthaus dominierten die typischen achteckigen Türmchen, gedrungene Spitzbögen und Dreiecksgiebel sowie die zahlreichen Kamine. Vom Vorplatz aus gelangte man zu einer Treppe, die hinunter zu einem Bootsanlegesteg führte, und durch ein Torhaus zum Herrenhaus und auf den Rest der Insel.

Unsere Ankunft blieb nicht unbemerkt.

Kieran hatte sich ebenfalls nicht verändert, nur sein Haar erschien mir grauer. Seine Frau Ruby war genauso klein und quirlig wie Shannon. Beide begrüßten mich herzlich.

„Seine Gnaden der Duke ist heute heimgekehrt. Ich werde ihn darüber informieren, dass Sie hier sind, Mylady."

„Sagen Sie doch bitte Caitlyn zu mir, Kieran."

Er verbeugte sich und bat mich, ihm in die Bibliothek in den ersten Stock zu folgen.

„Caitlyn!" Mit ausgebreiteten Armen betrat Emrys den Raum.

Den kläffenden Welsh Corgie ignorierend, umarmte ich Emrys herzlich. Ungefähr in Hüfthöhe spürte ich einen Stups. Ein irischer Wolfshund schnüffelte freundlich schwanzwedelnd an mir herum.

„Was für eine Begrüßung", sagte ich laut, um das Gekläff zu übertönen.

„Wie geht es dir, Liebes? Haf! Sei endlich ruhig!", herrschte er den kleinen Hund an, der sich daraufhin beleidigt verzog. „Es tut mir leid, dass ich gestern noch nicht hier war. Hat sich Duncan um dich gekümmert?"

Ich kraulte die Ohren des anderen Hundes, wofür ich mich praktischerweise nicht mal bücken musste. „Ja, das hat er. Und Shannon habe ich auch schon getroffen."

„Wunderbar! Das da ist übrigens Caddy. Wenn du ihn noch weiter kraulst, wirst du ihn nicht mehr los.

Aber setz dich doch. Wie geht es deinem Bruder und seiner Frau? Wie läuft die Praxis? Und deinem Vater – wollte er nicht bald in den Ruhestand gehen? Wir haben uns so lange nicht gesehen."

„Ich soll dich von allen grüßen und ... bevor ich es vergesse", fiel mir ein. „Am Bahnhof habe ich eine Frau getroffen. Sie sagte, ich soll dir einen schönen Gruß von der alten Maisri bestellen. Sie meinte, vielleicht erinnerst du dich an sie. Wer ist sie denn?"

„Oh, Maisri." Im Gegensatz zu der alten Frau, deren Lächeln bitter gewesen war, schien Emrys positive Erinnerungen an sie zu haben. Ein verschmitztes Grinsen huschte über sein Gesicht. „Ja, natürlich weiß ich, wer sie ist. Sie hat früher hier als Dienstmädchen gearbeitet. Aber jetzt erzähl mir von dir."

Den Nachmittag verbrachten wir plaudernd. Als ich mich auf den Rückweg machte, blieb Shannon mit Jerry noch in Glasmaris Hall. Im Laufe des Tages war die Schule aus ihrem Dornröschenschlaf erwacht. Beim Dinner, das im Lehrerspeiseraum serviert wurde, lernte ich die Hausmutter Mrs Griffiths und einige andere Lehrer kennen, die noch auf dem Schulgelände wohnten. Eine Etage über mir hatte die Chemie- und Englischlehrerin Lily Harper ihr Zimmer. Eine ruhige Frau um die vierzig, die mir auf Anhieb sympathisch war. Im Jungendormitorium wohnten Peter Primes, Mathematik und Sport, ebenfalls neu an der Schule, sowie Dr. Carl Arnold, der seit über zwanzig Jahren Naturwissenschaften an der *Ysgol* unterrichtete.

Auch Featherston gesellte sich zu uns. „Haben Sie sich schon ein wenig eingelebt?“, erkundigte er sich.

„Ja, es gefällt mir gut hier. Aber ich nehme noch Wetten entgegen, wie oft ich mich in den nächsten Tagen verlaufen werde. Vorläufig bleibe ich lieber oberirdisch, die unterirdischen Gänge sind mir etwas suspekt.“

„Unterirdische Gänge?“ Primes horchte auf. „Ich bin vorhin erst eingetroffen und kenne mich noch gar nicht aus. Vielleicht können Sie mich ja ein bisschen herumführen?“ Er strahlte mich an.

„Ich lasse Ihnen einen Plan der Schule in Ihr Fach legen, Mr Primes“, beschied Featherston kühl.

„Ah. Ja, danke, Sir ... Mylord.“ Primes lächelte gezwungen.

„Benötigen Sie auch einen, Miss Brown?“ Featherston sah mich an.

„Nein danke. Shannon ... Mrs Gilmartin hat mir einen gegeben.“

„Die unterirdischen Verbindungen sind ein echter Segen bei dem rauen Klima hier“, meinte Lily Harper. „Und falls Sie nicht wissen, wo es langgeht, fragen Sie einfach die Schüler. Die kennen Abkürzungen, von denen Sie nicht einmal ahnen, dass es sie gibt.“

„Tatsächlich? Und was ist mit Ihnen? Kennen Sie die Abkürzungen auch?“, fragte Primes liebenswürdig.

„Ich bin seit zehn Jahren hier“, erwiderte Lily Harper, „aber in jedem Schuljahr entdecke ich etwas Neues an dieser Schule.“

„Apropos Neues. Was halten Sie davon, etwas Neues zu probieren, Sir?“, erkundigte sich Primes eifrig bei Featherston.

Featherston sah ihn skeptisch an. „Und das wäre?“

„Wissen Sie, ich bin ein sehr begabter Laiendarsteller am Theater“, Primes warf sich in die Brust, „und soweit mir bekannt ist, gibt es an dieser Schule noch keine Theater-AG. Was halten Sie davon, eine zu etablieren? Wir könnten selbst ein Stück schreiben und den Darstellern die Rollen quasi auf den Leib schreiben.“

„Es gibt an der Schule sogar einen reichhaltigen Theaterfundus, Mr Primes“, warf Arnold ein, „aber der ist seit Marcus' Tod nicht mehr genutzt worden.“

„Oja, Mr Pennyworth hatte ein Faible für die schönen Künste“, schwärmte Lily Harper. „Wissen Sie noch, wie er sich in den Kopf gesetzt hatte, Shakespeares Julius Caesar zum 400. Jahrestag der Uraufführung zu spielen? Die ganze Schule hat sich engagiert. Es war in meinem ersten Jahr.“

„Und ob ich das noch weiß.“ Arnold kratzte sich raschelnd seinen grauen Vollbart. „Herrje ...“

„Sie waren ein wunderbarer Julius Caesar“, sagte Lily Harper.

Ich versuchte, mir den untersetzten Arnold in der Rolle des Imperators vorzustellen. Mit seiner grauschwarzen Mähne sah er aus wie ein alternder Löwe – durchaus beeindruckend. Primes musterte seinen neuen Kollegen bereits spekulativ.

„Wenden Sie sich am besten an Avril, Mr Primes, sie weiß sicher, wo der Fundus geblieben ist“, schlug Featherston vor. „Sagen Sie ihr, ich sei einverstanden.“

„Oh, das ist ja wunderbar“, freute sich Primes. „Wer von den Damen hat denn Interesse am Theaterspielen? Sie vielleicht, Caitlyn? Ich darf doch Caitlyn sagen?“

„Das Theaterspielen liegt mir wirklich nicht, Peter.“

„Aber mir würde es Spaß machen. Ich heiße übrigens Lily.“

Sein Blick wanderte zwischen der Englischlehrerin und mir hin und her. Dann lächelte er sie an. „Haben Sie denn schon Erfahrungen, Lily?“

Es war eine muntere Runde, bei der ich viel über Schule, Schüler und Umgebung erfuhr, aber nach dem langen Tag sehnte ich mich nach ein bisschen Ruhe. Ich verabschiedete mich bei der nächsten Gelegenheit. Primes stand auf, kaum dass ich gesagt hatte, ich wolle gehen.

„Nehmen Sie mich mit, Caitlyn?“, fragte er. „Ich weiß überhaupt nicht, wo ich lang muss.“

Wenig begeistert zuckte ich mit den Schultern. „Bitte. Von mir aus.“

Auch Featherston erhob sich. „Vielleicht ist es besser, wenn ich Sie beide begleite. Nicht, dass Sie sich am Ende noch verlaufen.“

Ich konnte mir nicht vorstellen, dass er das wirklich glaubte, aber so stieg immerhin meine Chance, Primes schnell loszuwerden. Der lächelte gekünstelt.

Kaum waren wir aus dem Haupteingang hinaus, deutete Featherston auf das Jungendormitorium, gut sichtbar uns gegenüber. „Dort müssen Sie hin, Mr Primes."

„Oh, da drüben ...", sagte Primes gedehnt. „Ich ... gute Nacht." Er nickte uns zu.

Mich begleitete Featherston bis zum Eingang des Mädchendormitoriums, das ebenso sichtbar in unmittelbarer Nähe lag.

„Hoffentlich verläuft Peter sich nicht auf dem Weg zu seinem Zimmer", bemerkte ich trocken. „Danke übrigens."

Featherston hob eine Braue. „Gern geschehen. Ich hatte den Eindruck, Sie legten keinen Wert auf seine", er deutete hinter Primes her, „Begleitung."

„Können Sie Gedanken lesen?"

„Das war keine Kunst. Man konnte es Ihnen ansehen."

Er hatte wieder dieses minimalistische Lächeln aufgesetzt, während er mich musterte. Blinzelte er eigentlich nie? Ich nestelte die Schlüsselkarte hervor.

„Gute Nacht, Sir."

„Angenehme Träume, Miss Brown."

So ganz konnte ich Featherstons Benehmen nicht einordnen. Es konnte ihm doch egal sein, ob ich Primes loswerden wollte – aber vielleicht war das einfach seine Art, mir ein Friedensangebot zu machen.

In Erwartung des Chaos, das ich am Morgen hinterlassen hatte, betrat ich mein Zimmer – und blieb wie angewurzelt stehen: Alles war ordentlich aufgeräumt und in den Schränken, Schubladen und im Regal verstaut. Meine Koffer waren verschwunden und sogar das Bett war gemacht. Zögernd öffnete ich den Schrank, um einen Blick hineinzuwerfen. Die Ordnung war vorbildlich.

Ich tippte darauf, dass es Tyrons Werk war. Auch, wenn es mir Arbeit ersparte, war es ein befremdlicher Gedanke, dass er in meinen Sachen herumgekramt hatte. Morgen würde ich mich bei ihm bedanken und ihn freundlich darauf hinweisen, dass ich mich zukünftig lieber selbst darum kümmern würde.

Dann betrachtete ich mein Zimmer erst einmal gründlich. Es gab ein Fenster, das jedoch keinen allzu großartigen Ausblick auf Büsche und Bäume und die alte Mauer bot. Neben dem Fenster stand ein Bett, darüber hing ein Bücherregal. Auf einer Kommode waren die mitgebrachten Bilder von zu Hause angeordnet. Im Vorraum gab es einen geräumigen Kleiderschrank.

Unter dem Fenster stand ein großer Schreibtisch und in der anderen Zimmerhälfte luden zwei behagliche Sessel dazu ein, sich hineinfallen zu lassen. Ich öffnete das Fenster, damit die kühle, salzige Luft ins Zimmer strömen konnte. Mit angezogenen Beinen machte ich es mir auf einem der Sessel bequem. Den Kopf an die hohe Lehne gelegt lauschte ich der fernen Brandung und den Möwen.

Die Entscheidung, hierherzukommen, fühlte sich gut an. Zumindest so gut, wie man es nach einem Tag sagen konnte. Ich sah auf mein Handy, das ich am Morgen hiergelassen und den ganzen Tag keine Minute vermisst hatte. Natürlich hatte Dan angerufen und mir ein paar Nachrichten geschickt.

Ich wählte seine Nummer.

Erst nach dem dritten Versuch bekam ich ein Freizeichen, denn der Empfang hier ließ wirklich zu wünschen übrig. Während ich wartete, entschied ich, gleich noch einen Spaziergang zu den Klippen zu unternehmen. Nur ich und der Wind und das Meer. Beinahe so wie gestern Abend.

Diesmal musste ich allerdings vorsichtiger sein, denn Featherston würde nicht in der Nähe sein, um mich vor dem Abstürzen zu bewahren.

Ysgol Glasmaris, Anglesey

Er schlenderte an der Turnhalle vorbei in Richtung der Sportplätze. Die Bewegungsmelder ließen helles Licht aufflammen. Erst als er den dunklen Park erreichte, griff er in die Tasche seines Jacketts. Mit der hohlen Hand schirmte er die Flamme des Feuerzeugs ab, mit der er die Zigarette anzündete. Rauchen war überall auf dem Schulgelände strengstens untersagt. Lehrer, Angestellte und volljährige Schüler waren gehalten, einen Unterstand außerhalb der Schule neben dem Haupteingang dafür zu nutzen, Minderjährigen war Rauchen grundsätzlich verboten. Die gleichen Regeln galten schon, als er selbst hier zur Schule gegangen war. Wer es dennoch irgendwo heimlich tat, musste mit Disziplinarstrafen rechnen – Müll aufsammeln, Küchendienst oder Laub rechen im Herbst. Im Wiederholungsfall drohten Ausgangssperren, der Verlust von Privilegien oder gar ein Schulverweis.

Damals war er nie erwischt worden.

Er inhalierte den Rauch und betrachtete die glühende Spitze. Als Schulleiter sollte er sich vielleicht selbst zu einer Strafe verdonnern. Er ließ die Asche auf seine rechte Hand fallen, schloss die Augen und hieß den Schmerz willkommen wie einen alten Gefährten.

Es ist deine Schuld! Deine! Hörst du! Sie sind tot! Das ist deine Schuld! Tot! Deine Schuld! Es ist deine Schuld! Deine ...

Er schüttelte die Asche ab. Auf dem Weg zum Abthaus rauchte er zu Ende. Die Kippe entsorgte er in einem mit Sand und Dekofiguren gefüllten Blumentopf. Er sollte gelegentlich daran denken, ihn zu entleeren, bevor Gilmartin sich wieder darüber beschwerte. Den Tanz, den sie deswegen beim letzten Mal aufgeführt hatte, würde er sich keinesfalls noch einmal bieten lassen – eigentlich ließe er es gern darauf ankommen, aber deswegen zu viel Staub aufzuwirbeln, war unklug. Die Entsorgung seiner Zigarettenkippen war daher leider die bessere Wahl.

Als er kurz darauf das Haus wieder verließ, trug er eine wärmere Jacke. Wie ein Schatten bewegte er sich durch den Park zur nordöstlichen Pforte. Er wählte denselben Weg, den er am Vortag mit Brown gegangen war. An der Stelle, an der er gestern mit ihr gestanden hatte, hielt er inne, bevor er vorsichtig weiterging. Der Pfad, der von dieser Stelle an noch ein Dutzend Meter weiter horizontal entlang der Felswand führte, war schon am Tag so gut wie nicht auszumachen. Doch seit fast dreißig Jahren kannte er jeden Stein, auf den er treten, jede Nische, in die er seinen Fuß setzen konnte, und jeden Griff, der ihm ausreichenden Halt bot. Am Ende gab es eine kleine Höhle, die nur gute zwei Meter in den Felsen hineinführte. Aufrecht zu stehen war unmöglich, doch die Steine boten recht bequeme Sitzmöglichkeiten.

Er suchte sich ein windgeschütztes Eckchen und holte ein Satellitentelefon aus seiner Manteltasche. Die Tasten waren beleuchtet, sodass er die lange Telefonnummer ohne Stocken eingeben konnte. Er musste nicht lange warten, bevor sich am anderen Ende jemand meldete.

„Ich muss mit ihm sprechen", sagte er ohne Einleitung. Schließlich tönte eine atemlose Stimme aus dem Telefon. Auch jetzt hielt er sich nicht mit Floskeln auf, sondern kam gleich zur Sache. „Ich habe eine vielversprechende Zielperson, aber ich brauche Zeit ... ein paar Monate, denn ich werde langsam vorgehen ... ja, das ist notwendig. Der Kristall ist im Brit... Nein! Auf keinen Fall! Marion soll sich heraushalten! Ich werde mich selbst darum kümmern." Er ballte die Linke zur Faust. „Nein!", wiederholte er nachdrücklich. „Das ist mein letztes Wort." Dann schwieg er eine Weile. „Gut."

Er lehnte sich zurück an die kalte Felswand und schaltete das Telefon aus. Keinesfalls würde er etwas überstürzen. Das Geräusch von hinabfallenden Steinchen ließ ihn aufhorchen. Der Schein einer Taschenlampe durchbrach die Dunkelheit und kam am vermeintlichen Ende des Wegs zum Stillstand. Er erkannte Brown, die dort stehen geblieben war. Sie setzte sich und ließ die Beine über die Felskante baumeln. Dann schaltete sie die Taschenlampe aus. Trotz der Brandung hörte er sie seufzen, denn der Wind wehte aus ihrer Richtung zu ihm herüber.

Da es nur einen Zugang gab, musste er warten, bis sie fort war. Allerdings würde ihr auf dem windigen Vorsprung eher kalt werden als ihm. Der Mond ließ ihre Locken silbern schimmern und ihre Augen, die tagsüber leuchteten wie der blaue Sommerhimmel, waren weit in die Ferne gerichtet.

Entspannt ließ er seinen Kopf zurücksinken, um sie zu beobachten.

EINS

Bei der Lehrerkonferenz am darauf folgenden Morgen verkündete Featherston, dass ich als Springer tätig sein würde, und reklamierte gleich einen Teil meiner Zeit für sich. Er erteilte den Biologieunterricht in der Abschluss- und einer der unteren Klassen und benötige mehr Zeit für die Leitung der Schule. Ich solle ihn vertreten, wenn er durch seine anderen Pflichten verhindert sei.

Die schmal gezupften Augenbrauen seiner Stellvertreterin Avril O'Donnohoe schossen in die Höhe. Ihr Mund wurde zu einem Strich, als sie ihn über ihre Lesebrille hinweg ansah.

„Als wir letzte Woche die Stundenpläne besprachen, war es Ihr Vorschlag, zwei Klassen zu übernehmen, anstatt wie bisher nur eine. Es wäre kein Problem gewesen, es bei der bisherigen Regelung zu belassen. Und wenn ich Sie daran erinnern darf, unterrichtet Miss Brown Mathematik, Englisch und Sport – nicht Biologie und schon gar nicht in der Abschlussklasse."

„Ich habe Ihren Einwand zur Kenntnis genommen. Danke, Avril.“ Damit ging er zum nächsten Punkt über.

Nach der Konferenz winkte Avril mir, damit ich ihr folgte. Ihr Büro befand sich neben Featherstons und im Gegensatz zu seinem war es nicht pompös, sondern mit gewöhnlichem Büromobiliar ausgestattet, und das scheinbare Durcheinander folgte einem wohldurchdachten System. Ihre sehnige Gestalt plumpste auf ihren Schreibtischstuhl. Ich bekam keine Aufforderung, mich zu setzen, tat es aber trotzdem. Sie raufte sich ihre kurzen grauen Haare.

„Ich hatte zwar die Mail von Emrys bekommen, als ich in Urlaub war, aber gedacht, es sei wieder mal nur eine seiner grandiosen Ideen und du hättest dich in Wirklichkeit noch gar nicht entschieden. Ich kenne ihn schließlich schon ein paar Jahrzehnte – er findet etwas wunderbar, für ihn ist es beschlossene Sache, und die anderen stehen nur noch mit offenem Mund da.“

„So ähnlich“, bemerkte ich trocken.

Kopfschüttelnd griff sie nach ihrer Lesebrille, die an einer Kette um ihren Hals hing, und schob sie auf ihre spitze Nase. „Mir war jedenfalls nicht klar, dass du tatsächlich kommst – vor allem, weil Scratby dich letzte Woche bei der Erstellung der Stundenpläne mit keiner Silbe erwähnt hat. Es wäre kein Problem gewesen, dich mit deinen Fächern im Stundenplan unterzubringen.“

„Lord Scratby hat mir gestern gesagt, er bräuchte mich nicht und hätte meine Zusage erst bekommen, als eure Planung schon abgeschlossen war."

Sie murmelte etwas, das sich verdächtig nach „Knallkopf" anhörte, und nahm einen Plan im DIN-A3-Format zur Hand, der mit ihrer energischen Handschrift bedeckt war.

„Vielleicht gefällt ihm einfach nicht, dass Emrys ihn übergangen und mich einfach eingestellt hat", warf ich ein.

„Und selbst wenn, die Schulbelange sind vorrangig gegenüber persönlichen Befindlichkeiten. Natürlich haben wir weder mit einer zusätzlichen Kraft gerechnet noch wäre sie wirklich nötig, aber da du nun mal da bist, ist es doch völliger Blödsinn, dich außen vor zu lassen. Im Gegenteil: Wir können dich wunderbar integrieren, bei einigen die Stunden reduzieren und so Zeit für dringend notwendigen Förderunterricht schaffen. Ich kriege das hin – und wenn ich die ganze Nacht damit zubringe, neue Stundenpläne zu erstellen."

Featherston hatte also seine Rechnung ohne Avril gemacht, daher ließ ich den Dingen ihren Lauf – was im Klartext bedeutete, dass Avril die Angelegenheit mit großem Elan ausfocht. Wie erwartet schoss Featherston zunächst quer, doch Avril verbiss sich in die Sache wie ein Terrier, bis sie einen Konsens fanden. Es gab ein wenig Unruhe im Kollegium, weil die Stundenverteilung noch einmal geändert wurde. Ich übernahm den Mathematik- und Englischunterricht der ersten Klasse und unterstützte in anderen Jahrgangsstufen die jeweilige Lehrkraft in diesen Fächern, um schwächeren Schülern zu helfen. In den übrigen Stunden erteilte ich Sportunterricht. Featherston unterrichtete nur noch die Abschlussklasse. Nachdem die Unruhe der ersten Tage vorbei war, verlief das schulische Leben in geordneten Bahnen.

Eines Montags studierte ich gerade die Neuigkeiten am Schwarzen Brett im Lehrerzimmer.

„Miss Brown?“ Featherston hatte sich neben mir aufgebaut.

„Ja, Sir?“

„Ich möchte, dass Sie mir in meiner Doppelstunde am Mittwoch assistieren.“

Vor lauter Verblüffung blieb mir der Mund offen stehen. Ich schloss ihn hörbar. „Warum? Da habe ich doch die Mädchen in Sport.“

„Mr Primes hat parallel die Jungen und wird an diesem Tag die ganze Gruppe übernehmen. Ich möchte mit den Schülern die Grundlagen der Genetik vertiefen und jedem einen besonderen Arbeitsauftrag zuweisen.“

„Aha ... und warum brauchen Sie mich dazu?“

„Ich möchte, dass sich die Schüler anhand selbstständiger Recherche ihren Themen nähern. Es ist die Abschlussklasse und das Erarbeiten neuer wissenschaftlicher Sachverhalte wird im Studium unabdingbar sein, wie Sie selbst wissen. Es werden daher jede Menge Fragen auftauchen – fachlich wie zur geeigneten Arbeitsweise, daher halte ich es für sinnvoll, wenn wir zu zweit sind." Ein angedeutetes Lächeln umspielte seine Mundwinkel. „Oder hätten Sie etwas dagegen?"

Plötzlich wurde mir bewusst, wie dicht er bei mir stand. Ich konnte sein Aftershave riechen – dasselbe wie im Sommer, als er mich nach Kellys Tod tröstend in den Arm genommen hatte. Mit Verspätung fiel mir ein, dass er ja auf eine Antwort wartete. „Ja ... ich meine, nein, das macht mir nichts aus."

„Dann werde ich Mr Primes informieren. Kommen Sie morgen Abend um 19 Uhr in mein Büro, damit wir die Einzelheiten besprechen können."

Im Laufe der Wochen lernte ich außerdem einige Dorfbewohner kennen. Mr und Mrs Owens, denen der kleine Lebensmittelladen gehörte, den Bäcker, den Wirt und den freundlichen Dorfarzt Dr. Jonathan Pfefferkorn, der auch die Schüler betreute. Pfefferkorn besaß kein einziges Haar mehr auf seinem blank polierten Schädel und seine Augen wirkten riesig hinter den runden Brillengläsern. Zum Verdruss der Schüler kannte er alle Tricks, was vorgegaukelte Krankheiten betraf, und verordnete in solchen Fällen gern bitter schmeckende Tees, die unter Mrs Griffiths Argusaugen mehrmals täglich getrunken werden mussten. Meist genügte diese Aussicht, um die Kranken schnell wieder gesunden zu lassen.

In beinahe jedem Telefonat oder jeder E-Mail lag Daniel mir in den Ohren, wann wir uns endlich wiedersähen. Als ich Ende Oktober für ein Wochenende nach Hause fuhr, war er überglücklich und berichtete mir von seinem Job bei der Lloyd's, einer saftigen Gehaltserhöhung und der Aussicht auf eine Beförderung. Natürlich wollte er mir damit meine Rückkehr am Schuljahresende schmackhaft machen, denn auch, wenn wir mit seinem Gehalt allein keine großen Sprünge würden machen können, kämen wir damit über die Runden, selbst wenn ich nicht sofort eine Stelle fände.

Aus seiner Sicht perfekt – aber ganz so einfach war es für mich nicht. Als ich wieder im Zug in Richtung Norden saß, wurde mir klar, wie sehr es mir an der *Ysgol* gefiel – wobei ich nicht mal sagen konnte, was genau den Reiz für mich ausmachte. Die Stelle an sich, die schon durch das Internatsleben viel abwechslungsreicher war als meine bisherige? Die räumliche Trennung von Daniel und die Entfernung, durch die ich mich weniger eingeengt fühlte?

Zurück in der *Ysgol* dachte ich nicht weiter über die Gründe nach, sondern freute mich, wieder dort zu sein.

Obwohl der Herbst Angleseys raues Klima in allen Facetten zum Vorschein brachte, verlief die Zeit bis kurz vor Weihnachten sehr harmonisch. An die Geschehnisse vom Sommer und den Brief erinnerte mich nur noch die Kette, aber auch die trug ich nur noch selten, ansonsten lag sie gut verwahrt in meiner Nachttischschublade.

Der erste Vorbote neuer Turbulenzen war ein Anruf von Daniel im Dezember. Aufgeregt teilte er mir mit, dass er noch vor Weihnachten wegen eines enorm wichtigen Projekts nach Hongkong fliegen musste. Da er sich seit meinem Weggang im Sommer kopfüber in die Arbeit gestürzt hatte, stichelte ich, er sei inzwischen ein heißer Anwärter auf den Job des Weltretters. Der Handyempfang war mal wieder nicht der beste, also beschränkte ich mich darauf, in den nächsten Minuten zustimmende oder ablehnende Laute von mir zu geben.

„Und, was sagst du?"

„Wie bitte?" Ich riss mich von der Analysisaufgabe los, die ich gerade nebenbei korrigierte. Der Konvergenznachweis einer alternierenden Reihe hatte mich stärker gefesselt als Daniels epische Ausführungen über die Dringlichkeit seines bevorstehenden Projekts in Hongkong.

„Wohin willst du lieber?"

„Wohin ich lieber will?"

„Ob du zum Skiurlaub lieber nach Österreich oder in die Schweiz möchtest. Matt und Sandy ist es egal – allerdings haben wir uns bis jetzt noch nicht mit Preisen oder freien Zimmern beschäftigt. Kann daher sein, dass wir sowieso keine große Ausw..."

„Unseren Skiurlaub? Wieso fahren wir mit Matt und Sandy in Skiurlaub?"

„Das habe ich dir doch gerade gesagt“, erklärte Daniel geduldig. „Die beiden haben gefragt, ob wir Lust haben, mitzukommen, und da hab ich gesagt, klar hab...“

„Moment, wieso haben wir Lust? Du hast mich bis gerade eben noch nicht mal danach gefragt.“

Einige Sekunden lang hörte ich gar nichts. „Nein, das hab ich nicht.“

Ich legte meinen Stift beiseite. „Und wann hattest du gedacht, das zu tun?“

„Also hast du keine Lust?“

„Ich weiß nicht, ob ich Lust habe. Wann denn überhaupt?“

„Gleich nach Weihnachten. Es hängt davon ab, wo wir überhaupt noch etwas bekommen. Es dürfte alles schon ziemlich ausgebucht sein.“

„Hm.“

Wieder war eine Weile nichts zu hören. „Du klingst nicht sonderlich begeistert“, sagte er.

„Bin ich auch nicht.“

Es folgte wieder eine sehr lange Pause. Schließlich war ich es, die das Wort ergriff. „Ich habe mich auf ein paar Tage zu Hause gefreut, Daniel. Weihnachten wie immer. Familie, Freunde, das Übliche. Ich steh auf so was, das weißt du doch. Und anschließend ...“ Ja, was anschließend? Geplant hatte ich noch nichts, aber vielleicht war dies eine gute Gelegenheit, mit Daniel über unsere Zukunft zu sprechen. Ich verspürte nämlich immer noch keinen Drang, die Stelle schon im nächsten Sommer wieder aufzugeben, und das hatte natürlich auch Konsequenzen für uns beide. „Hör zu, ich möchte gern, dass du nach Weihnachten mit hierherkommst."

Das schien Daniel gar nicht zu gefallen. „Und dann?"

„Zeige ich dir die Insel." Das Grundsatzthema Beziehung war ungeeignet fürs Telefon. „Und du lernst endlich Emrys kennen."

Daniels Begeisterung hielt sich in Grenzen – genauso wie meine bezüglich eines Skiurlaubs. Wir diskutierten eine Alternative – zuerst Ski fahren, anschließend nach Anglesey – und vertagten die Entscheidung auf den nächsten Tag. Ich fragte inzwischen Emrys, ob ich ihn möglicherweise in den Ferien zusammen mit Daniel in Glasmaris Hall besuchen dürfte. Er war nicht nur damit einverstanden, sondern lud uns spontan ein, an seiner traditionellen Silvesterfeier mit großem Feuerwerk teilzunehmen. Daniel war nicht erfreut über diese Aussicht, denn damit fiel der Skiurlaub komplett ins Wasser. Am Ende stimmte er jedoch mir zuliebe zu.

Kurz darauf flog er nach Hongkong.

Meine liebe Caitlyn!

Hast du dich jemals gefragt, wer die Menschen sind, denen Du täglich begegnest? Was sie sind? Du glaubst, sie zu kennen, sprichst mit ihnen über ihre Träume, ihre Ängste – aber es gibt Dinge, die sie nicht mit Dir teilen. Zumeist sind es all die kleinen und großen Geheimnisse, von der Art, die ein jeder mit sich herumträgt.
Manche Geheimnisse jedoch sind anders. Sie müssen sorgfältiger bewahrt werden, weil sie der Schlüssel zu etwas sind, das in den falschen Händen großes Unglück bedeutet. Diese zu hüten ist eine große Verantwortung, die nicht jeder zu tragen bereit ist. Doch manchmal wird man nicht danach gefragt, denn der Grund liegt in einem selbst.

Sei immer klug in deiner Wahl, wem du vertraust!

Gott schütze Dich, mein Kind.

S F C E !

PS: Verbrenne diesen Brief!

Gambit

„Der Spieler versucht um den Preis eines Opfers schon in der Eröffnung das Blatt zu seinen Gunsten zu wenden.“

Freitag, 18. Dezember

Der braune Umschlag trug keinen Absender.

Zuerst dachte ich an Daniel, weil ich anhand des Poststempels erkannte, dass er irgendwo in London aufgegeben worden war. Mein Herz schlug schneller, als ich einen mit rotem Wachs versiegelten Briefbogen herauszog. Es war dasselbe Büttenpapier wie beim letzten, dieselben altmodischen Typen – und dieselbe Handschrift. Erst als ich geräuschvoll die Luft ausstieß, nachdem ich zu Ende gelesen hatte, wurde mir bewusst, dass ich den Atem angehalten hatte.

Eine Weile starrte ich in das schwindende Tageslicht hinaus. Auf welche Geheimnisse spielte der Brief an? Ich konnte mir beim besten Willen nicht erklären, worum es sich handeln könnte. Das Telefonklingeln riss mich mitten aus meinen Gedanken.

„Ja?"

„Hast du Lust, auf einen Tee rüberzukommen, Liebes?"

„Tee?", fragte ich, als hätte ich dieses Wort noch nie gehört. „Ist es schon so spät?"

Emrys lachte. „Gleich fünf. Womit warst du denn gerade beschäftigt?"

Ich sah auf den Brief. „Ich ... habe einen Englischaufsatz korrigiert – Analyse eines Sachtextes. Aber für einen Tee mit dir verschiebe ich es auf später."

„Du schmeichelst fast so gekonnt wie deine Mutter."

„Kinder geraten selten nach anderen Leuten", gab ich zurück.

„Ich schicke dir Tyron, um dich abzuholen."

„Nein, lass nur, ich bin nicht aus Zucker, also bis gleich."

Nachdem ich aufgelegt hatte, warf ich einen kritischen Blick aus dem Fenster und fragte mich, ob ich nicht zu voreilig gewesen war. In den letzten Tagen war es kalt, windig und nass gewesen, aber immerhin regnete es gerade nicht. Ich hüllte mich also in meine Daunenjacke, las den Brief noch einmal, um mir seinen Wortlaut einzuprägen, und nahm eine Schachtel Streichhölzer mit. Auf dem Weg die Klippen entlang wehte schon bei gutem Wetter ein scharfer Wind, doch im Schutz eines Stechginsters gelang es mir, den Brief samt Papierumschlag zu verbrennen. Die gepolsterte Innenfolie steckte ich in meine Tasche, die Asche ließ ich hinaus aufs Meer wehen.

Wer war diese Person, die mir die Kette geschickt hatte und mir diese Briefe schrieb? Niemand, den ich kannte – aber jemand, der etwas über mich wusste. Jemand aus der Verwandtschaft?

Die Familie meines Vaters – Geschwister, Onkel, Tanten, sofern sie noch lebten – wohnte verstreut in ganz Surrey. Seine Eltern waren vor einigen Jahren in kurzem Abstand gestorben – sie an einem Schlaganfall, er kurz darauf an gebrochenem Herzen. Mum war als Achtjährige nach dem Tod ihrer leiblichen Eltern von einem kinderlosen Ehepaar in Leatherhead adoptiert worden. Für Henry und mich waren die beiden genauso unsere Großeltern wie Dads Eltern. Granny litt an Demenz und lebte in einem Heim. Früher hatte sie auf uns aufgepasst, wenn Mum mal wieder Sonderschichten im Ministerium schieben musste, weshalb sie eine kleine Wohnung in London unterhielt, und Dad in der Praxis zu tun hatte. Grandpa war letztes Frühjahr an Altersschwäche gestorben.

Mums richtige Eltern und ihr kleiner Bruder waren bei einer verheerenden Gasexplosion ums Leben gekommen. Mum hatte überlebt, weil sie zum Spielen bei einer Freundin gewesen war. Es hieß, es gäbe keine Verwandtschaft, daher hatte Emrys bei der Suche nach einer geeigneten Adoptivfamilie geholfen. Ende der Geschichte.

Zumindest, soweit ich sie kannte.

Mein erster Impuls war, mit Emrys darüber zu sprechen, der ja Mums Eltern gekannt hatte, doch wenn ich den Rat in dem Brief ernst nahm, dann sollte ich erst einmal selbst nachdenken.

Das tat ich, während ich meinen Weg fortsetzte. Emrys hatte die Kette schon gesehen und sich bis jetzt mit keiner Silbe dazu geäußert – ein Hinweis, dass er sie nicht kannte? Oder eher, dass er nicht darüber sprechen wollte?

Ich entschied, nichts zu überstürzen und zuerst in den Weihnachtsferien zu Hause Dokumente über Mums Familie zu suchen. Zufrieden mit dieser Option, traf ich in Glasmaris Hall ein. Obwohl es nicht regnete, war die Luft so feucht, dass die Oberfläche meiner Jacke klatschnass war.

„Guten Abend, Lady Caitlyn", begrüßte mich Kieran mit einer kleinen Verbeugung. Ich hatte es längst aufgegeben, ihn und Tyron zu korrigieren.

„Guten Abend, Kieran", antwortete ich freundlich, während ich mir von ihm aus der Jacke helfen ließ, die er gleich kritisch begutachtete.

„Ich werde sie trocknen, wenn es Ihnen recht ist, Mylady."

„Danke, Kieran."

Mit einem angedeuteten Nicken wies er mir den Weg zur Bibliothek im ersten Stock.

Als ich eintrat, fiel mein Blick gleich auf Emrys, der mit seiner Pfeife in der Hand und in die Times vertieft auf seinem gewohnten Sessel gleich neben dem Kamin saß – jedoch die Beine hochgelegt und mit einem dicken Verband am rechten Knöchel.

„Caitlyn!" Erfreut sah er auf. „Verzeih, wenn ich nicht aufstehe, um dich zu begrüßen, aber wie du siehst, bin ich leider verhindert."

„Was ist passiert?", fragte ich, während ich mich zu Haf hinunterbeugte, der kläffend an mir hochsprang. Caddy trottete gemächlich in meine Richtung, um an meinem Ohr zu knabbern, das wegen meiner gebückten Haltung in passender Höhe war.

„Geh weg, du Monster."

Unbeeindruckt stieß er mir seine feuchte Schnauze ins Gesicht, bis ich meine Streicheleinheiten gleichmäßig unter den Hunden aufteilte. Energisch bahnte ich mir einen Weg zu Emrys, dem ich einen Kuss auf die bärtige Wange drückte, bevor ich mich auf den anderen Sessel fallen ließ.

Emrys tippte auf die Überschrift des Artikels, den er gerade gelesen hatte. „Diese *Occupy-the-Lords-Aktivisten* sind wirklich eine Plage. Gestern traf es den Duke of Richmond. Ich frage mich wirklich, ob diese Leute glauben, sie würden mit solchen Aktionen Erfolg haben."

Ich hatte die Berichte in den Medien sporadisch verfolgt. Seit einigen Monaten verschafften sich mit Guy-Fawkes-Masken getarnte Leute Zugang zu den Landgütern von Mitgliedern des Oberhauses oder kampierten tagelang davor. Sie verursachten einen Medienrummel, der mit jeder Aktion größer wurde. Sie waren zwar nicht gewalttätig, aber penetrant und wussten sich gekonnt in Szene zu setzen.

Mit konstanter Regelmäßigkeit regte sich Emrys darüber auf. „Die parlamentarische Monarchie abschaffen, die Privilegien des Adels weiter einschränken – wobei diese kaum noch weiter zu beschneiden sind. Sie scheinen zu vergessen, dass auch das Oberhaus ebenso wie das Unterhaus inzwischen ein gewähltes Gremium ist. Dieser Firlefanz, den sie da veranstalten, ist vollkommen überflüssig!“ Er schnaubte. „Aber lassen wir lieber die Politik.“

Kieran hatte inzwischen Tee eingeschenkt und sich wie üblich in Luft aufgelöst. Vorsichtig legte ich meine kalten Hände um die heiße Teetasse. Das Kaminfeuer verströmte ebenfalls eine behagliche Wärme.

Ich unterdrückte ein Gähnen. „Dann erzähl mir doch, wie das passiert ist.“ Ich deutete auf sein Bein.

„Ich bin heute Morgen mit Duncan zusammen ausgeritten.“

„Bei dem Wetter?“ Demonstrativ schüttelte ich mich.

„Die Pferde brauchen trotzdem Bewegung“, antwortete Emrys. „Entlang der Red Wharf Bay war es allerdings zu stürmisch, daher bogen wir in den Pentraeth Forest ab. Im Wald scheute Kronos plötzlich mitten im Galopp, er stieg und rannte wie von Sinnen mitten zwischen die Bäume.“ Emrys zuckte mit den Schultern. „Duncan war ein Stück hinter mir und sagte, er habe einen Fuchs gesehen, der genau vor Kronos Füßen aufgesprungen sei.“

„Du nicht?“

„Nein, ich hatte genug damit zu tun, nicht hinunterzufallen“, erwiderte Emrys sarkastisch. „Kurz darauf scheute Kronos noch einmal und ich fand mich auf dem Boden wieder. Ich muss unglücklich aufgekommen sein."

„Oh, oh." Unter Caddys und Hafs beschwörenden Blicken angelte ich mir einen Schokomuffin und legte einen von den warmen Scones daneben auf meinen Teller. „Wie bist du zurückgekommen?"

„Duncan konnte Kronos einfangen – Gott sei Dank hat sich der Hengst nicht verletzt – und wir ritten langsam zurück. Anfangs tat es auch nicht besonders weh, aber als wir hier ankamen, musste ich den Stiefelschaft aufschneiden, sonst wäre ich nicht herausgekommen. Schade drum, ich hatte sie gerade erst eingeritten."

„Oh weh. Warst du bei Dr. Pfefferkorn?"

Emrys rührte in seinem Tee, dem er vorher ein paar Krümel Zucker zugesetzt hatte. „Nein, das ist nicht nötig."

Besorgt setzte ich mich auf. „Es könnte gebrochen sein."

„Nein, Liebes, ein Bruch fühlt sich anders an. Duncan hat es sich angesehen und ist ebenfalls der Meinung, dass der Fuß nur verstaucht ist."

„Verfügt einer von euch über einen Röntgenblick?", fragte ich skeptisch.

„Nur über gesunden Menschenverstand", erwiderte er. „Früher ist man bei einfachen Verletzungen auch ohne solchen Schnickschnack ausgekommen. Ein Umschlag mit essigsaurer Tonerde genügt. Und Schonung natürlich."

„Na, du musst es ja wissen“, sagte ich wenig überzeugt. Ich stellte meinen Teller auf dem niedrigen Tischchen neben mir ab, um mir die Schuhe auszuziehen und es mir bequem zu machen. „Vergesst es! Das ist mein Muffin“, erklärte ich den Hunden streng, die sich sofort daneben aufgebaut hatten.

Grunzend sackte Caddy in sich zusammen, wobei er den Sessel mit mir darauf verschob. Haf hingegen setzte sich ordentlich auf die Hinterbeine. Er schien noch nicht bereit zu kapitulieren. Ich ignorierte seinen Blick geflissentlich und nahm meinen Teller wieder an mich. Emrys warf Haf einen Bissen von seinem gebutterten Toast zu, den dieser geschickt auffing. Caddys Anteil prallte erst mal von seinem großen Kopf ab, bevor er ihn gemächlich vom Boden schlabberte.

Ich verdrehte die Augen. „Gute Erziehung, hm?“

Emrys schmunzelte. „Weswegen ich dich sprechen wollte: Ich habe Karten für die Eröffnung einer Sonderausstellung im British Museum. Es handelt sich um eine exklusive Veranstaltung, die nur ausgesuchten Mitgliedern vorbehalten ist.“ Was vermutlich eine schmeichelhafte Umschreibung dafür war, dass die Karten horrend teuer gewesen waren. „Seine Königliche Hoheit, der Prinz of Wales, wird in diesem Rahmen über eines seiner Bücher sprechen.“

Ich hatte gerade in meinen Muffin gebissen. „Was ist das für eine Ausstellung?“, fragte ich mit vollem Mund.

„Der Titel klingt wirklich vielversprechend: ‚Rido ergo hic falsus sum – Ich lache, also bin ich hier falsch. Die Aufklärung und ihre Rezeption im Humor der zeitgenössischen Literatur und Kunst.'"

„Okay", sagte ich sehr gedehnt, weil ich mir darunter nichts vorstellen konnte.

„Die Werke von Voltaire, Swift sowie ein wissenschaftlicher Exkurs zu Leibniz und Newton bilden das Zentrum der Ausstellung", erläuterte Emrys. „Gullivers Reisen. Eine wunderbare Ausgabe der *Nouveaux Essais sur l'entendement humain* von Leibniz. Es wird dir gefallen! Hast du vielleicht Lust, an meiner Stelle hinzugehen?"

„Wann?"

„Morgen Abend um 20 Uhr. Der Unfall heute kam wirklich sehr ungelegen."

Ich knabberte weiter an meinem Muffin herum, während ich mir das Angebot durch den Kopf gehen ließ. Das British Museum hatte ich irgendwann zusammen mit meiner Familie besucht, woran meine herausragendste Erinnerungen war, dass Henry versehentlich den Alarm ausgelöst hatte, als er mit seinem Rucksack gegen ein Gemälde stieß. Zuletzt war ich vor zwei oder drei Jahren mit einer Schulklasse dort gewesen – damals hatte ich mir vorgenommen, mir das Museum endlich einmal in Ruhe anzusehen. Auch wenn ich bei einer Ausstellungseröffnung vielleicht nicht das ganze Museum zu Gesicht bekommen würde, so war es sicher etwas Besonderes. Allerdings lag London nicht gerade um die Ecke.

Emrys hatte mich aufmerksam beobachtet. „Falls du dir gerade Gedanken über die Entfernung machst“, unterbrach er just jene Überlegung mit seiner geradezu unheimlichen Fähigkeit, den Nagel auf den Kopf zu treffen, „Tyron könnte dich noch heute Abend im Rolls-Royce nach London fahr...“

„Heute?“ Ich riss die Augen auf. „Es ist doch schon spät.“

„Wenn Ihr gleich nach dem Tee aufbrecht, seid ihr noch vor Mitternacht da. Der Wagen ist bequem und die Fahrt daher keine Strapaze. Du wirst einfach meine Suite im 41 nehmen.“

„He, Moment, ich habe Lily Harper versprochen, ihr ein paar Aufsätze zur Korrektur abzunehmen, damit sie die noch vor den Weihnachtsferien zurückgeben kann.“

„Nimm sie mit.“

„Und was ist mit Packen? So schnell geht das nicht“, protestierte ich nachdrücklich, wohl wissend, dass Emrys schwer zu bremsen war, wenn er sich etwas in den Kopf gesetzt hatte.

„Das erledigt Tyron für dich, während wir in Ruhe unseren Tee zu Ende trinken.“

„Ich habe auch gar nichts Passendes anzuziehen – eine Jeans ist da wohl kaum das Richtige.“

„Kein Problem. Morgen nach dem Früh...“

„Halt, halt! Ich hab noch gar nicht gesagt, dass ich fahren will.“

„Hast du nicht?“

„Hab ich nicht!“

Emrys legte den Kopf schief und zog die Augenbrauen fragend in die Höhe. Ich hielt seinem Blick eine Weile stand, ohne eine Miene zu verziehen.

Er schmunzelte. „Was ich gerade sagen wollte, war, dass Tyron dich morgen nach dem Frühstück – das du selbstverständlich zu jeder dir angenehmen Uhrzeit in der Suite serviert bekommst – zu einer exklusiven Boutique bringen wird, in der du dir eine passende Abendgarderobe aussuchen kannst. Tyron wird dich gern dabei beraten, und ich kann dir versichern, dass er in jeder Hinsicht einen ausgezeichneten Geschmack hat. Anschließend gönnst du dir einen Besuch im Spa, Massage, Friseur, Kosmetik – was immer du möchtest. Tyron und das 41 werden dir jeden Wunsch von den Augen ablesen.“ Er drehte die Handflächen zur Decke. „Also, was meinst du?“

„Ich meine vor allen Dingen, dass ich nicht käuflich bin“, knurrte ich, obwohl ich zugeben musste, dass so ein Luxuswochenende in einem Londoner Nobelhotel durchaus seinen Reiz hatte.

Emrys ahnte wohl, dass er mich eigentlich längst am Haken hatte, denn sein Lächeln wurde immer breiter. „Wie überaus schade. Dann werde ich Duncan wohl sagen müssen, dass er allein zu der Eröffnung gehen muss“, meinte er in gespieltem Bedauern.

„Lord Scratby geht auch hin?“

Emrys wandte sich seinem Tee zu. „Ja, ich hatte ihn eingeladen, mich zu begleiten, denn ich wollte gern seine Meinung zu einem Sujet. Wie du weißt, bin ich leidenschaftlicher Sammler von sakralen und spirituellen Gegenständen und stets auf der Suche nach Besonderheiten. Einer der Kuratoren kontaktierte mich vor einiger Zeit wegen eines Objekts und morgen Abend böte sich eine gute Gelegenheit, es in aller Ruhe in Augenschein zu nehmen. Nach meinem Unfall heute schlug Duncan vor, dass er trotzdem fahren könne, um es sich anzusehen, und da solche Veranstaltungen zu zweit unterhaltsamer sind als allein, dachte ich, deine Begleitung käme ihm nicht ungelegen.“

Ich beschäftigte mich mit einem Muffin. „Weiß er, dass du das denkst?“

„Noch nicht. Aber ihr hegt nicht gerade Ressentiments gegeneinander. Außerdem spricht er gelegentlich von dir und eurer gedeihlichen schulischen Zusammenarbeit, also steht einem amüsanten Abend nichts im Wege.“

„Sehr diplomatisch ausgedrückt.“ Ich lehnte mich wieder zurück.

„Also?“

„Aber nur wegen der Fahrt im Rolls und der Aussicht auf eine ausgiebige Wellnessbehandlung“, stellte ich mit ironischem Unterton klar. „Ein neues Abendkleid brauche ich nicht – ich leihe mir eins von einer

Freundin, deren Schwester im letzten Jahr geheiratet hat."

„Nein", winkte Emrys ab. „Ich habe so selten Gelegenheit, dich zu verwöhnen, und glaub mir, ich kann es mir leisten."

„Du bist unmöglich!"

„Ich weiß."

Obwohl wir unser Geplänkel in saloppem Tonfall führten und er wie gewöhnlich dazu neigte, mich mit seinen Ideen und seiner Meinung zu überfahren, wusste ich, dass er nicht beleidigt wäre, wenn ich einen Teil oder auch sein gesamtes Arrangement ablehnen würde.

„Also gut, wenn es unbedingt sein muss, dann eben auch ein neues Kleid", meinte ich übertrieben seufzend.

Sichtlich zufrieden nahm Emrys eine Glocke zur Hand, um nach Kieran zu läuten, der gleich herbeihuschte, um die Anweisungen entgegenzunehmen.

„Es freut mich, Liebes, dass du einem alten Mann den Wunsch nicht abschlägst", sagte Emrys, als der Butler wieder verschwunden war.

„Alter Mann! Du klingst, als wärst du schon kurz davor, auf einen Gehwagen angewiesen zu sein."

„Ich hoffe doch, dass sich das noch eine ganze Weile vermeiden lässt", bemerkte er trocken.

„Könnte sein, dass deine Chancen besser stehen, wenn du lieber einmal öfter zum Arzt gehst, als dich auf deine Selbstheilungskräfte zu verlassen."

Emrys schmunzelte. „Nein, absolut nicht. Ich teile da eher Johns Ansichten."

Er deutete auf das Foto, das auf dem Tischchen zwischen uns stand. In verblichenen Sepiafarben zeigte es einen betagten Mann, der unter einer knorrigen Eibe auf einer Steinbank saß, seine Hände vor sich auf einem Stock abgestützt. Er trug einen Ulster-Mantel mit großem Cape aus schwerem Tweed, sein weißes Haar lugte unter einem Homburg hervor und sein Bart war sorgfältig getrimmt. Er wirkte still vergnügt, als hätte ihm gerade jemand einen guten Witz erzählt. Seine markanten Züge verrieten einen trotz des Alters hellwachen Geist und bis auf die Augen, die eher dunkel schienen, erinnerten sie stark an Emrys'.

„Wer ist das?"

„Das ist mein Urgroßvater John. Er war gesund und munter bis ins hohe Alter, ohne jemals einen Arzt aufzusuchen."

„Was unter anderem daran liegen könnte, dass früher die Medizin rückständiger war und die Anzahl der Ärzte überschaubar", konterte ich. Ich betrachtete das Foto genauer. „Ist das die Bank hinten im Garten?"

„Ja."

„Das Foto muss doch uralt sein – obwohl es jetzt dort immer noch genauso aussieht. Hattest du nicht auch mal ein Bild von mir an derselben Stelle?"

„Ja, das stimmt." Er legte die Stirn in Falten. „Wo mag es nur geblieben sein?"

„Du hast es als Lesezeichen benutzt, wenn du mir vorgelesen hast", erinnerte ich ihn.

Sein Gesicht hellte sich auf. „Richtig. Gullivers Reisen, nicht wahr? Ich werde Kieran bitten, nachzusehen. Die Eibe stand übrigens schon dort, bevor Glasmaris erbaut wurde."

„Oh, wirklich?" Caddy stupste mich mit seiner feuchten Schnauze an. „Ihh, du sabberst ... was sie uns wohl erzählen würde, wenn sie könnte. Die Eibe, meine ich."

„Die Vergangenheit ist reich an Geschichten."

Nachdenklich kraulte ich dem Hund die Ohren. Vielleicht war jetzt ein guter Zeitpunkt, Emrys von den seltsamen Briefen zu berichten, denn zu ihnen und der Kette gab es sicher ebenfalls eine Geschichte aus der Vergangenheit. Gerade wollte ich ansetzen, als sich die Tür öffnete und Tyron – auch wenn sein hochrotes Gesicht Eile verriet – gemessenen Schrittes hereinkam und sich vor mir verbeugte.

„Mein Vater hat mich informiert, Mylady. Haben Sie bestimmte Wünsche wegen Ihres Gepäcks?"

Kurz entschlossen schob ich Caddys Kopf von meinem Schoß und stand auf. Die Unterhaltung musste warten. „Ich packe selbst."

Tyron brauchte zwei Sekunden, um seine enttäuschte Miene hinter seiner Butler-Maske zu verbergen.

„Oder nein", korrigierte ich mich, weil ich ihn irgendwie nicht enttäuschen wollte. „Ich komme mit, dann kann ich dir sagen, was ich brauche. Und du kannst es packen."

Seine Miene erhellte sich. „Sehr wohl, Mylady."

Emrys lachte. „Wunderbar! Viel Spaß in London."

Deutschland, Sommer 1939

„Liese! Wo bleibst du? Komm her! Liiieeese!"

Karoline unterdrückte ein Gähnen, während sie am Rand der großen Wiese stand und darauf wartete, dass sich die schwarz-weiß gefleckte Kuh endlich in Bewegung setzte.

„Na endlich. Da bist du ja." Sie tätschelte der Kuh den Hals. Es war unnötig, sie an einen Strick zu nehmen, denn das Tier würde von ganz allein in den Stall finden. Es war Zeit zum Melken, das Euter prall gefüllt. Während sich Karoline dem langsamen Schritt Lieses anpasste, hörte sie die Abendglocken der nahe gelegenen Kirche. Im Stall summten die Fliegen ihr monotones Lied. Der Melkschemel war unbequem, doch sie war ihn gewohnt.

„Karo, Karo!" Die vierjährige Rosi kam in den Stall gesaust. Im Gefolge ein kläffender Spitz. Stürmisch umarmte die Kleine Karoline, während diese Mühe hatte, dabei nicht vom Schemel zu fallen. Liese muhte empört und hob

ein Hinterbein, weil Karoline kräftig am Euter geruckt hatte.

„Sei still, Prinz!", mahnte Karoline den Hund, während sie die Kuh beruhigend tätschelte.

Unbeeindruckt bellte der Hund weiter, bis sie ihn endlich unter dem Kinn kraulte. Nach einer Weile ließ er sich schnaufend im Stroh nieder.

Rosi hatte sich von hinten an ihre große Schwester geschmiegt. „Du, Karo? Darf ich dir helfen? Mama hat gesagt, ich soll dir helfen! Ich kann dir doch helfen, oder? Und ich hab gerade schon die Hühner gefüttert."

Karo schmunzelte über den Eifer der Kleinen. „Sicher."

Rosi strahlte. „Ich darf melken?"

„Ja, darfst du."

Rosi quietschte begeistert. Es würde doppelt so lang dauern, bis sie fertig waren, doch geduldig half Karoline den kleinen Händen, die Milch mit sanftem Druck aus dem Euter zu massieren. Sie verdrängte den Gedanken, dass Rosi jetzt im selben Alter war, in dem ihre Schwester Elisabeth vor Jahren gestorben war.

Als sie mit dem Melken fertig waren, versorgte Karoline mit Rosis Hilfe noch die Kuh und das Schwein, bevor sie zum Haus gingen. Gerade kam die dreizehnjährige Margot heraus, in der Hand eine leere Schüssel.

„Kommst du mit, Erdbeeren pflücken, Rosi? Die gibt es zum Nachtisch. Mit Sahne!"

Rosi warf einen fragenden Blick zu Karoline.

Sie nickte. „Geh ruhig."

„Du kriegst eine Extraportion, Karo", beschloss Rosi und hüpfte neben Margot her. „Weißt du, was, Margot? Ich durfte nämlich gerade melken!"

„Nein, wirklich?", antwortete Margot in übertriebener Bewunderung, bevor die Mädchen durch das Gartentor verschwanden.

Durch den Windfang betrat Karoline die große Küche, in der ihre Mutter mit dem Abendessen beschäftigt war. Ohne dass es einer Anweisung bedurft hätte, begann sie, den Salat zu waschen.

Alma hielt beim Kartoffelschälen inne und fasste sich an den Kopf. Sie hatte ihre dicken, lockigen Haare zu einem praktischen Dutt frisiert, aus dem sich im Laufe des Tages viele Strähnen gelöst hatten, die sie mit energischen Bewegungen immer wieder festzustecken versuchte. „Hast du über unser Gespräch nachgedacht, Karo?"

Karoline spülte mehrere Salatblätter gründlich ab, bevor sie antwortete. „Ich kann dich hier nicht mit allem allein lassen."

Ihre Mutter lächelte. Die Fältchen um ihre Augen zeigten, dass sie das oft tat. „Du bist schon einundzwanzig. Jung und hübsch und es wird Zeit, dass du dich um deine eigene Zukunft sorgst."

Karoline sagte nichts. Schweigend arbeiteten sie vor sich hin.

Schließlich war es wieder Alma, die das Wort ergriff. „Es war nicht richtig, dass du keine Ausbildung machen konntest, Karoline. Es war selbstsüchtig von uns. Von mir."

Sie sprach ihre Tochter nur selten mit ihrem vollen Namen an, daher wusste Karo, wie ernst es ihrer Mutter war. Trotzdem widersprach sie. „Nein, das war es nicht. Nachdem Papa so lange arbeitslos war, wart ihr doch froh, dass er Arbeit bekam. Und du hättest es hier zu Hause allein nicht geschafft. Wie hätte das gehen sollen? Hilde war noch längst nicht fertig mit der Schule und Margot erst sechs und ... und Elisabeth war gerade ...“ Sie brach ab.

„Gestorben“, ergänzte Alma leise.

Ihre kleine Schwester Elisabeth, die sich bei einem Sturz von der Schaukel das Becken gebrochen hatte, hatte wochenlang im Krankenhaus gelegen. Vor lauter Arbeit auf dem Hof hatte Alma wenig Zeit gehabt, dorthin zu fahren, und wurde zu allem Überfluss häufig von den Krankenschwestern abgewiesen, wenn gerade keine Besuchszeit gewesen war. Elisabeth war an einer Lungenentzündung erkrankt, doch bis heute behauptete Alma, sie sei an gebrochenem Herzen gestorben, weil sie glaubte, ihre Mama habe sie im Stich gelassen. Lange Zeit war Alma schwermütig gewesen, zum Teil unfähig, auf dem Hof zu arbeiten, daher hatte Karoline mit gerade einmal vierzehn Jahren die Pflichten ihrer Mutter so gut sie konnte übernommen.

Alma nahm Karolines Hände und sah ihr fest in die Augen. „Hilde hat von ihrem Hans gehört, dass sie für einige Genesungsheime noch geeignetes Hauspersonal suchen. Das wäre etwas für dich.“

Karolines nächstjüngere Schwester, Hilde, war Kinderkrankenschwester geworden und setzte sich vehement dafür ein, dass keine Mutter mehr abgewiesen wurde, wenn sie ihr krankes Kind besuchen wollte. Seit Kurzem war sie mit dem schneidigen SS-Offizier Hans Jansen verlobt.

Energisch schüttelte Karoline den Kopf. „Es wird bald Krieg geben, Mama. Das sagen alle. Papa wird vielleicht eingezogen und dann wärst du wieder allein hier."

Alma nickte beklommen. „Das stimmt. Aber es ist anders als damals. Hilde wird bald heiraten und Margot ist so alt wie du damals und hilft genauso fleißig und Rosi ... ach Gott, sie allein ist doch keine Last." Sie lächelte. „Karo, ich möchte, dass du darüber nachdenkst. Keine Widerrede!", fügte sie hinzu, als Karoline ansetzte, etwas zu sagen. „Ich werde Hans bitten, sich einmal für dich umzuhören. Es wird Zeit, dass du endlich rauskommst. Krieg hin oder her!"

Rosi stürmte in die Küche, Gesicht und Hände über und über rot verschmiert. Karolines Herz setzte einen Schlag aus.

Blut!

„Mama, Mama! Schau, die Erdbeeren!"

Erleichtert erkannte Karoline, dass es nur der Saft der süßen Früchte war. Ihre kleine Schwester war gesund und munter wie seit dem Tag, an dem sie geboren wurde.

Samstag, 19. Dezember

Tyron besaß einen ausgesprochen treffsicheren Geschmack. Die Kleider, die ich morgens in der Boutique probiert hatte, standen mir allesamt in Form und Farbe hervorragend. Da mir der Sinn weder nach einem langen noch nach einem aufwendigen Abendkleid stand, war ich am Ende stolze Besitzerin eines eleganten Etuikleids, dessen Blau mit meiner Augenfarbe harmonierte. Der V-Ausschnitt ließ keine allzu tiefen Einblicke zu und nur ein einzelner Volant fiel seitlich von der Hüfte bis zum Saum in Kniehöhe. Lediglich der Preis war alles andere als dezent. Zwar bemühte sich Tyron nach Kräften, die Bezahlung so taktvoll wie möglich vorzunehmen, aber ich hatte meine Ohren gespitzt und war ehrlich gesagt schockiert. Außerdem bestand Tyron darauf, in einem weiteren Geschäft eine passende Handtasche sowie Schuhe zu erstehen. Anschließend bestand ich dann darauf, dass wir uns in einem gemütlichen Café eine ausgiebige Pause gönnten. Zuerst war es Tyron unangenehm, erschütterte es doch die Grundfesten seines Butler-Daseins, neben mir zu sitzen und Kaffee zu trinken. Aber nachdem ich ihm klargemacht hatte, wie viel mir daran lag, entspannte er sich und unterhielt mich mit Anekdoten aus der Butlerschule. Alles in allem war es ein herrlich kurzweiliger Tag, der noch durch einen Besuch beim Friseur abgerundet wurde, und ehe ich michs versah, war es Abend. Ich stand im Bad meines Hotelzimmers, als ich hörte, wie sich die Eingangstür öffnete.

„Fünf Minuten, Tyron!"

Ich legte gerade letzte Hand an mein Make-up, plinkerte mit den Lidern und fand den Hauch Lidschatten genau richtig. Das samtige Rot des Lippenstifts war ebenfalls nicht zu knallig. Ich sprühte noch ein wenig von meinem neuen Parfüm auf, ein letzter Griff an meine Haare, die von der Friseurin zu einer komplizierten Frisur aufgesteckt worden waren – dann schlüpfte ich in die Schuhe und schnappte mir meine neue Handtasche.

„So, da bin ich!" Suchend blickte ich mich um. Wo hatte ich Handy und Schlüsselkarte nur hingetan? „Ist Lord Scratby schon da oder kommt er direkt zum Mus...?"

„Nein, das tut er nicht", antwortete Featherston und erhob sich von einem der Ledersessel. „Guten Abend, Miss Brown."

Im ersten Moment dachte ich, er sähe aus wie immer, denn er trug auch in der Schule immer einen Anzug oder ein Sakko in gedeckten Farben. Doch der bis ins letzte Detail makellose Smoking mit dem glänzenden Seidenaufschlag, Vatermörder, Fliege, Kummerbund und dem zum Hemd passenden Einstecktuch verlieh ihm eine Eleganz, die stärker denn je an einen Raubvogel erinnerte.

„Guten Abend, Mylord. Verzeihung, ich dachte, es sei Tyron."

„Er wartet unten auf uns. Leider konnte ich nicht früher kommen. Ich hoffe, Sie sehen mir das nach."

„Jetzt sind Sie ja da", antwortete ich nicht sonderlich geistreich, denn obwohl ich ihm täglich begegnete und wir häufig zusammenarbeiteten, war ich mit einem Mal befangen. Der Abend hatte eindeutig etwas von einem exklusiven Rendezvous. Meine Unsicherheit überspielte ich mit einem Lächeln. Featherston erwiderte es in seiner typisch minimalistischen Art.

Er trat näher. „Ich habe Ihnen etwas mitgebracht. Der Duke hat es mir für Sie mitgegeben."

Behutsam schloss er einen Armreif um mein rechtes Handgelenk. Ein silberner und ein goldener Strang Edelmetall wanden sich wie zwei Schlangen umeinander. In den silbernen Teilen waren funkelnde Brillanten eingelassen. Bevor ich meine Sprache wiederfand, hatte er schon meine Linke ergriffen und schob einen ähnlich gearbeiteten Ring auf meinen Ringfinger. Als ich aufblickte, sah ich geradewegs in seine schwarzen Augen. Formvollendet deutete er einen Handkuss an. Meine Wangen glühten.

„Das ist ...“ Ich räusperte mich. „Das ist ja wunderschön.“

„Es ist noch nicht alles.“

Er trat hinter mich, um mir ein passendes Collier umzulegen. Ein Schauer rieselte über meinen Rücken, als er mit den Fingerspitzen die gelockten Strähnen beiseiteschob, die sich aus der Hochsteckfrisur in meinem Nacken ringelten. Im Spiegel über einem Sideboard betrachtete ich das Collier genauer. Es gab einen ungefähr drei Zentimeter langen Anhänger, der, wie der Armreif, mit Brillanten besetzt war.

Featherston entfernte sich, kam zurück und legte mir einen Mantel um. Seine Hände ruhten auf meinen Schultern, bis ich seinen Blick im Spiegel erwiderte.

„Der Duke fand es angebracht, dass Sie sich nicht erkälten.“

„Ach du lieber Himmel!“, entfuhr es mir halb belustigt, halb entsetzt.

Der Mantel war beinahe wadenlang und ungewöhnlich weit geschnitten. Er war mit hellbraunem Fell gefüttert, das Außenmaterial ein schimmernder Seidenstoff in passendem Ton. Der ausladende Kragen und die Aufschläge an den Ärmeln waren mit Pelz verbrämt. Featherston reichte mir eine Notiz, auf der ich Emrys altmodisch geschwungene Handschrift erkannte.

Liebe Caitlyn!

Den Schmuck gab deine Mutter mir schon vor sehr vielen Jahren zur Aufbewahrung. Er war eines der wenigen Dinge, die aus ihrem zerstörten Elternhaus gerettet wurden. Für deine Mutter war die Erinnerung zu schmerzhaft, daher wollte sie ihn nicht behalten, doch ich bin sicher, deine Großeltern Karoline und Jacob würden sich darüber freuen, wenn du ihn trägst. Ich muss gestehen, dass ich ihn völlig vergessen hatte, und hoffe, du verzeihst es mir.
Der Mantel gehörte meiner Großmutter Isabella, die mit meinem Großvater einige Jahre in Moskau lebte. Mir wurde erzählt, sie bekam ihn als Geschenk vom Zaren persönlich, als Dank für treue Dienste ihres Mannes, der als Arzt am Hof tätig war.
Du kannst den Mantel also ohne schlechtes Gewissen tragen, denn die Zobel waren bereits tot, lange bevor du geboren wurdest.

Gruß
Emrys

Kopfschüttelnd lachte ich. „Sehr witzig, Emrys!"
„Sie sehen bezaubernd darin aus", stellte Featherston fest.
Verlegen kratzte ich mich am Kopf. „In Anbetracht der Tatsache, dass ich keinen passenden Mantel da-

beihabe, bleibt mir wohl keine andere Wahl.“ Erst jetzt fiel mir auf, dass sich Tyron um dieses Detail tatsächlich nicht gekümmert hatte – wahrscheinlich hatte Emrys ihm Bescheid gesagt.

Featherston hielt mir den Mantel, damit ich ihn richtig anziehen konnte, dabei beugte er sich näher und sog schnuppernd die Luft ein. „Rosmarin und Bergamotte.“

„Wie bitte?“

„Sie haben ein neues Parfüm. Die Kopfnoten sind Rosmarin und Bergamotte.“

„Oh. Ich habe keine Ahnung, es riecht einfach gut.“

„Ja, das tut es.“ Galant bot er mir seinen Arm. „Gehen wir.“

Ich verdrängte mein schlechtes Gewissen wegen des Mantels schnell, denn als wir aus dem 41 in die kalte Winterluft traten, war ich froh, ihn zu haben. Gleich darauf fuhr Tyron mit dem Rolls-Royce vor. Featherston machte keine Anstalten, mir die Wagentür zu öffnen, sondern überließ es dem Portier, der diese Aufgabe prompt mit einer angedeuteten Verbeugung erledigte. Ich bedankte mich freundlich, was der Portier mit einem Lächeln quittierte, bevor ich auf der Rückbank Platz nahm. Featherston stieg auf der anderen Seite ein.

Während wir durch die abendlichen Straßen Londons fuhren, umschmeichelte der Zobel meine Haut. Ich kam mir vor wie eine Diva aus einem dieser alten Filmschinken auf dem Weg zur Premiere ihres neuesten Films, wo sie unter allgemeinem Applaus über den roten Teppich schreiten würde. Bald kam das British Museum in Sicht. Das schwere, schmiedeeiserne Tor mit seinen vergoldeten Spitzen war geöffnet, sodass wir fast bis vor die Stufen des monumentalen südlichen Eingangsportals fahren konnten. Der gewaltige Portikus war angestrahlt und überall standen und liefen Menschen in festlicher Garderobe umher.

„Wissen Sie schon, um welche Uhrzeit ich hier sein soll, um Sie abzuholen, Mylady?", erkundigte sich Tyron.

„Wir nehmen ein Taxi. Was meinen Sie?", fragte ich Featherston.

Der nickte zustimmend.

Tyron verabschiedete sich, wobei ich den Eindruck hatte, dass er froh war, nicht den ganzen Abend in Lauerstellung verbringen zu müssen. Natürlich war es sein Job, aber ich fand, er habe seinen Feierabend redlich verdient.

Featherston bot mir erneut seinen Arm, denn die Fugen zwischen den großen Steinen im Hof waren tückisch für meine Absätze. Während wir die Stufen erklommen, um zwischen den hoch aufragenden Säulen zu warten, huschte sein Blick über die Umstehenden. Zusammen mit anderen Ankömmlingen schritten wir über einen Teppich – der allerdings blau und nicht rot war – auf den Eingang zu. Überall wurden Handys hochgehalten oder es klickten Fotoapparate von Presseleuten, die ein gutes oder gern auch skandalöses Bild von mehr oder weniger Prominenten erhaschen wollten. Ein Filmteam wuselte herum, auf der Suche nach einer passenden Einstellung. Neugierig sah ich mich um und erkannte tatsächlich einige Gesichter von Prominenten.

„Waren Sie schon einmal auf einer Ausstellungseröffnung?", fragte ich Featherston.

„Ich habe den Duke auf verschiedene Veranstaltungen begleitet." Aus der Innentasche seines Jacketts zog er eine in eleganten Lettern bedruckte Einladungskarte.

Mit einem Mal war ich sehr froh, dass sich Tyron so viel Mühe mit meiner Garderobe gegeben und Emrys mir Schmuck und Mantel überlassen hatte – ob ich es wollte oder nicht, repräsentierte ich doch Emrys als Duke of Anglesey. Während wir in der Schlange warteten, überlegte ich, was meine Freundin Melinda wohl sagen würde, wenn ich am Arm von Featherston in einer Klatschspalte als Hintergrunddeko von Prominenten oder womöglich des Thronfolgerpaares auftauchte. Daran, wie Daniel es finden würde, dachte ich lieber nicht. Ich hatte ihm erzählt, dass ich hier sein würde, aber nicht, mit wem. Er ging vermutlich davon aus, dass es Emrys sei.

Da wegen des Prinzenbesuchs die Sicherheitskontrollen hinter dem Eingang jedem Flughafen das Wasser reichen konnten, dauerte es eine Weile, bis wir zum Einlass gelangten und Featherston die Einladung einem der livrierten Bediensteten reichte.

Dieser warf einen prüfenden Blick darauf, verglich sie mit der Gästeliste und nickte anschließend übertrieben ernst. „Oh, ich sehe, seine Gnaden der Duke of Anglesey ist leider verhindert ... Herzlich willkommen, Lord Scratby. Ich wünsche Ihnen und Ihrer ... Ihrer entzückenden Gattin einen schönen Abend."

Bevor er sehen konnte, wie mir die Kinnlade auf die Brust sackte, hatte Featherston mich schon weitergezogen und nahm mir meine Handtasche ab, um sie in einer der bereitstehenden Schalen für das Röntgengerät zu deponieren. Er selbst legte Handy und Brieftasche dazu, schob mich weiter, bis die Wachleute uns unter zahlreichen Entschuldigungen mit der Handsonde untersucht und zusätzlich abgetastet hatten. Als wir uns anschließend auf den Weg ins Untergeschoss machten, um zu den Garderoben zu gelangen, hatte ich meine Sprache wiedergefunden.

„Entzückende Gattin? Wie kommt er denn darauf?"

Featherston zog süffisant eine Augenbraue hoch. „Mein Name stand auf der Gästeliste, Ihrer anscheinend nicht, und ich vermute, er wollte nur höflich sein. Dem Mann in seiner Annahme zu widersprechen hätte es unnötig verkompliziert, daher sah ich davon ab, es richtigzustellen."

Wir gaben den Zobel an der Garderobe ab, was ich in Anbetracht seines Alters und potenziellen Wertes bedenklich fand. Featherston sorgte jedoch dafür, dass der Mantel gesondert aufbewahrt wurde, erkundigte sich nach dem Namen der eifrigen Garderobiere und nahm ihr das Versprechen ab, persönlich darauf aufzupassen. Dafür stellte er ein saftiges Trinkgeld in Aussicht.

Anschließend betraten wir den von einem gigantischen Kuppeldach aus Stahl und Glas überspannten Great Court, in dem es vor Stimmen nur so schwirrte. Ehe wir's uns versahen, bekamen wir edle Kelche mit Champagner in die Hand gedrückt. Rechts des Eingangs erklang die Musik eines Streichensembles, hinter dem Stellwände aufgebaut waren, sodass sich alle Besucher im linken Teil des Great Court versammelten, bis die Veranstaltung offiziell losging. Ich prostete Featherston zu und nahm einen Schluck Champagner, der kühl meine Kehle hinunterprickelte. Zwar erwiderte er die Geste, trank aber nicht, sondern sah sich wie schon draußen beständig um.

„Suchen Sie jemanden?", fragte ich.

Jetzt führte er sein Glas zum Mund. „Nein."

„Ich dachte, Sie halten nach diesem Kurator Ausschau, den Sie treffen wollen. Wie heißt er eigentlich?"

„George Mallory."

Der Name des Kurators kam mir bekannt vor, aber ein Gesicht hatte ich dazu nicht parat. Featherston setzte sich in Bewegung. Da ich nicht allein zurückbleiben wollte, schlenderte ich neben ihm her. Die Türen zum Lesesaal der British Library, in die ich gern einen Blick geworfen hätte, waren leider geschlossen und auch andere Räume noch nicht zugänglich.

„Schauen Sie mal, der Löwe dort auf dem Sockel sieht ziemlich traurig aus, finden Sie nicht?“ Ich deutete auf eine links von uns stehende, wuchtige Skulptur, der man den Zahn der Zeit deutlich ansah.

„Das liegt nur an dem Abrieb des Marmors“, stellte Featherston nüchtern fest. „Die Statue war vermutlich Jahrhunderte oder gar Jahrtausende Wind und Wetter ausgesetzt.“

„Ja, wahrscheinlich. Der Ärmste schaut ganz melancholisch. Vielleicht vermisst er seine Heimat?“

„Oder er ist es leid, jeden Tag von allen angegafft zu werden“, bemerkte Featherston.

Neugierig las ich die Tafel. „Griechisch. Ungefähr 350-200 vor Christus.“ Ich trat etwas zurück. „Die Augenhöhlen sollen mit buntem Glas ausgefüllt gewesen sein, damit die Lichtreflexe den Schiffen eine Hilfe beim Navigieren waren – also war er so etwas wie ein antiker Straßenpfosten.“

„Interessanter Vergleich. Da stellt sich die Frage, woher die Schiffe ein so weit reichendes Licht hatten. Fackelschein allein genügte da kaum.“

„Durch Spiegel verstärkt?“, spekulierte ich.

Wir blieben noch eine Weile stehen, um über den Löwen zu reden, während sich der Saal immer mehr füllte. Nach einer Weile entschuldigte sich Featherston und bat mich, zu warten. An den kühlen Marmor des Sockels gelehnt, trank ich meinen Champagner. Sobald die royalen Gäste eingetroffen waren, würde die Veranstaltung losgehen. Da ich keine Armbanduhr trug, wollte ich auf mein Handy schauen, doch ein Blick in meine Handtasche sagte mir, dass es immer noch in der Suite lag – ebenso wie die Schlüsselkarte.

Mit einem Mal entstand eine gewisse Unruhe unter den Gästen. Alle wandten sich in Richtung Eingang, durch den gerade der Prince of Wales mit seiner Frau schritt. Sie hatten es nicht besonders eilig, schüttelten Hände und blieben hier und da für einen Schwatz stehen. Während ich das Schauspiel beobachtete, fiel mir eine Frau in einem langen schwarzen Kleid auf, die sich als Einzige nicht der Szene zugewandt hatte. Sie war sehr schlank, beinahe mager und wirkte wie eine ätherische Elfe. Ihr Haar war hellblond, ihre Haut schimmerte fast weiß und ihre Gesichtszüge waren filigran wie fein gemeißelter Marmor – nur ihre Augen passten nicht recht. Wie bei dem Löwen wirkten sie durch viel zu dick aufgetragenes Augen-Make-up wie dunkle Höhlen. Vielleicht war es auch nur deren Ausdruck – irgendwie traurig, wie der des Löwen. Die beiden Männer, in deren Begleitung sie war, sahen sich ähnlich. Sehr groß und breitschultrig, das dunkelblonde Haar perfekt gescheitelt, hatten sie sich mit den Händen auf dem Rücken wie Wachen neben ihr aufgebaut. Gelangweilt nippte die Frau an ihrem Champagner. In diesem Moment sah ich Featherston. Er stand am Fuß der ausladenden Treppe rings um den Lesesaal und richtete seine Manschetten. Ich stieß mich von dem Marmorsockel ab, um zu ihm zu gehen. Fast gleichzeitig setzte sich die hellblonde Frau mit ihren Begleitern in dieselbe Richtung wie ich in Bewegung. Sie erreichte ihn früher und blieb unmittelbar vor Featherston stehen, um ein paar Worte mit ihm zu wechseln – die ich bei der herrschenden Lautstärke natürlich nicht verstand. Featherston sah mich kommen, lächelte der Frau distanziert zu und antwortete, doch er hielt sich nicht länger bei ihr auf als eben nötig, um nicht unhöflich zu wirken. Als er bei mir war, nahm er meinen Arm und führte mich zu den Stellwänden, die gerade unter Ohs und Ahs beiseitegeschoben wurden.

„Es wird Zeit, unsere Plätze einzunehmen."

„Wer war das?" Neugierig sah ich über meine Schulter.

Featherston zuckte mit den Achseln. „Ich weiß es nicht."

Zwischen den anderen Gästen hindurch starrte die Frau mich unverhohlen an. Einer ihrer Begleiter sagte etwas, doch sie stieß ihn mit der flachen Hand vor die Brust, um ihn aus dem Weg zu schubsen. Dann verschwanden die drei aus meinem Blickfeld.

Vor den festlich gedeckten Tischen, deren üppiges Gedeck auf ein mehrgängiges Menü schließen ließ, gab es ein Podium mit Mikrofon und Pult, damit die – zu diesem offiziellen Anlass wohl unvermeidlichen – Reden gehalten werden konnten. Das obligatorische und zumeist langweilige Geschwafel sowie die Selbstbeweihräucherung der Verantwortlichen gehörten zu den Dingen, die eigentlich niemand mochte, daher fragte ich mich jedes Mal, warum es dann überhaupt stattfand. Ich tröstete mich mit dem Gedanken an das Essen hinterher, das zu diesem Anlass wohl besonders gut werden würde. Zielstrebig führte Featherston mich durch das Labyrinth der Tische zu einem, der unweit vom Podium, aber ganz am Rand stand. Während er ihn umrundete, betrachtete er beiläufig die Namensschilder. Als er gefunden hatte, was er suchte, winkte er einen der Kellner heran, um mir ebenfalls ein korrektes Namensschild anfertigen zu lassen.

„Die entzückende Gattin ist wohl gerade unpässlich", stellte ich fest, nachdem er dem Kellner meinen Namen genannt hatte.

Mit einem mokanten Lächeln rückte er mir den Stuhl zurecht, bevor er sich ebenfalls setzte. Von hier aus hatten wir einen ausgezeichneten Blick auf den ganzen Saal. An den Tischen ringsherum herrschte inzwischen ebenfalls ein reges Suchen und Stühlerücken.

Neben uns ertönte eine wohlmodulierte Stimme. „Sieh an, sieh an – Lord Scratby. Wir haben uns lange nicht gesehen. Schön, Sie wiederzutreffen ... Mylord." Dem Tonfall nach zu urteilen, war die letzte Aussage eine glatte Lüge. Ein modisch frisierter Mann war zu uns an den Tisch getreten, die absolut geraden Reihen seiner blendend weißen Zähne blinkten beim Sprechen und seine Mimik war viel zu glattgebügelt, um nicht manipuliert zu sein. Featherston erhob sich offenbar nur, um dem notwendigen Anstand Genüge zu tun. Sehr kurz ergriff er die manikürte Hand.

„Die Freude ist ganz auf meiner Seite, Mr Mallory."

Mallorys Augenlider flatterten, weil er Featherstons Blick nicht standhielt. Etwas abrupt wandte er sich an mich.

„Wen haben wir denn da? Wir sind uns noch nie begegnet, denn eine so schöne Frau wie Sie hätte ich bestimmt nicht vergessen." Seine affektierte Freundlichkeit überschritt in meinen Ohren die Grenze zur Schleimigkeit.

Um keine dumme Bemerkung fallen zu lassen, lächelte ich freundlich und ergriff seine Hand. „Caitlyn Brown. Guten Abend, Mr Mallory."

„Sehr erfreut, Miss Brown." Mallory drückte meine Hand deutlich länger als notwendig, dabei blinzelte er mir zu und betonte die Anrede „Miss" überdeutlich – vermutlich, um mich zur Korrektur zu verleiten, falls es anders sein sollte.

Featherstons Augen verengten sich leicht. Mit einem öligen Lächeln dekorierte Mallory die Namensschilder auf dem Tisch kurzerhand um, sodass er neben mir sitzen konnte. Featherston sagte immer noch nichts, seine Miene sprach jedoch Bände – und ich war kurz davor, in hysterisches Gekicher auszubrechen.

Mallory beugte sich unnötig nahe über mich, um Featherston anzusprechen. „Nicht, dass ich Ihnen die hübsche Begleitung missgönne, Scratby, aber wo haben Sie den Duke gelassen?"

„Der Duke hatte einen Reitunfall, daher fragte er Miss Brown, ob sie mich begleiten wolle.“

Mallory spitzte die Lippen. „Wie überaus freundlich vom Duke. Ich meine natürlich nicht, vom Pferd zu fallen, sondern Ihnen dieses Angebot zu machen.“ Er lachte herzlich über seinen lahmen Witz. „Und ... woher kennen Sie den Duke?“

Ich hatte nicht den Eindruck, dass Feinheiten eine Rolle spielen würden. „Ich unterrichte an der *Ysgol*“, sagte ich daher einfach.

Übertrieben riss Mallory seine Augen auf. „Ach? Dass Sie Lehrerin sind, sieht man Ihnen gar nicht an. Welches Fach? Musik? Kunst?“

Für diese Bemerkung war ich versucht, ihn nicht nur vors Schienbein zu treten, doch ich entschied mich kurzerhand für eine andere Retourkutsche. Ich lächelte kühl. „Lassen Sie sich nicht von Äußerlichkeiten täuschen, Mr Mallory. Englisch und Mathematik. Ich hörte, es gäbe in der Ausstellung auch einen Bereich über den Prioritätenstreit. Ist vielleicht eine Originalausgabe des *Commercium Epistolicum D. Johannis Collins: Et Aliorum, de Analysi Promota* dabei?“

„Ah ...“, machte Mallory. Ihm schien nicht auf Anhieb einzufallen, worum genau es sich handelte.

„Der Untersuchungsbericht der Royal Society, der Leibniz‘ Infinitesimalrechnung zu Unrecht des Plagiats an Newtons Fluxionsrechnung bezichtigte“, half ich freundlich. „Wie ist denn Ihre Meinung dazu?“

„Oh ... ja, also ...“

Abrupt bückte sich Featherston, um seine Serviette aufzuheben. Als er wieder auftauchte, hätte ich schwören können, dass es ihm ausnahmsweise schwerfiel, ernst zu bleiben.

Gott sei Dank begannen in diesem Moment die Reden und Mallory durfte mir die Antwort schuldig bleiben. Während lauter wichtige Menschen ausschweifende Reden hielten, hatte ich bereits nach dem kurzen Austausch zwischen den beiden den Eindruck, dass sich Mallory und Featherston offensichtlich schon länger kannten, aber nicht besonders mochten.

Nach den Reden betraten die Musiker das Podium, die die ersten beiden Sätze des 5. Streichquartetts von Ludwig van Beethoven anstimmten. Ich schloss die Augen und suchte mir eine entspannte Sitzposition, um den wunderschönen Klängen zu lauschen. Erst im zweiten Satz wurde ich mir der großflächigen Berührung an meinem Unterschenkel bewusst. Ich schlug die Augen auf. Als hätte die Berührung zwischen uns eine Verbindung geschaffen, wandte Featherston im selben Moment den Kopf. Er lächelte sein winziges Lächeln. Im Ausdruck seiner Augen lag etwas, das mich meinen Herzschlag überdeutlich spüren ließ.

Nachdem die Musiker geendet hatten und wir applaudierten, kam Bewegung in die Tischgesellschaft. Im Saal wurden die Gespräche wieder aufgenommen, wir stellten uns unseren anderen Tischgenossen vor, während umtriebige Bedienstete uns zur Vorspeise ein Rindercarpaccio servierten.

Während des Essens plauderte Mallory reihum mit allen Anwesenden über Gott und die Welt. Die Kunst des Small Talks beherrschte er aus dem Effeff und auch Featherston erwies sich als mitteilsamer, als er normalerweise war. Als Featherston in ein Gespräch mit dem neben ihm sitzenden Sir Frederic Thornton und seiner Frau Lilian verwickelt war, sprach Mallory mich an.

Er senkte die Stimme, als wollte er vermeiden, dass jemand – Featherston? – etwas mitbekam. „Nichts für ungut, Caitlyn – ich darf doch Caitlyn sagen, nicht wahr?“ Er wartete eine Sekunde, bis ich genickt hatte – was blieb mir auch anderes übrig? „Aber es geschah doch gewiss nicht zufällig, dass der Duke ausgerechnet Sie gebeten hat, Lord Scratby zu begleiten?“ Dabei sah er mich sehr intensiv über den Rand seines Weinglases an.

Da ich mir nicht vorstellen konnte, dass er mein persönliches Verhältnis zu Emrys kannte, war mir schleierhaft, worauf er anspielte. Ich beschloss, vage zu bleiben. „Wissen Sie, Mr Mallory, ich gehe einfach schrecklich gern aus und dort oben in Wales ist nicht viel los, daher ... fand ich die Gelegenheit sehr verlockend.“

„Verlockend?“, meinte er mit merkwürdiger Betonung.

Gerade nahm Featherston die Wasserflasche aus dem Kühler, um mit einer fragenden Geste auf mein erst halb leeres Glas zu deuten. Übergangslos wechselte Mallory das Thema und gab ein paar amüsante Begebenheiten aus der Vorbereitungsphase der Ausstellung zum Besten, was ihm im Nu die Aufmerksamkeit der gesamten Tischgesellschaft bescherte. Während ich zuhörte, fiel mir ein, woher mir Mallory bekannt vorkam. Er war nicht nur Kurator des Museums, sondern gelegentlich an der Seite von Stars und Sternchen in den Klatschspalten der Regenbogenpresse zu finden. In genau den Blättern, die im Wartezimmer unserer Arztpraxis herumlagen. Helen und ich hatten uns oft einen Spaß daraus gemacht, über die armen Reichen und gebeutelten VIPs zu lästern.

Schließlich wurde das Licht gedimmt, Musik setzte ein und der mit vielen Wunderkerzen und Tischfeuerwerk dekorierte Nachtisch wurde hereingefahren. Während serviert wurde, kündigte der Museumsdirektor an, dass die erste Führung mit den Ehrengästen gleich im Anschluss an das Essen stattfinden werde, parallel werde zum Tanz aufgespielt. Mallory, dessen Anwesenheit trotz seiner großspurigen Reden bei der ersten Führung noch nicht gefragt war, wandte mir seinen Blick zu. Doch er war zu langsam.

„Darf ich um diesen Tanz bitten, Miss Brown?“ Featherstons Tonfall schloss ein „Nein” absolut aus, als er aufstand und mir gleichzeitig seine Hand hinhielt.

„Gern, Sir.“

Er griff stärker zu als notwendig, lächelte Mallory im Vorbeigehen unterkühlt zu und ging mit mir zur

Tanzfläche. Nachdem er seinen Arm zum Tanzen um mich gelegt hatte, begann er den Walzer sehr schwungvoll, sodass ich mich darauf konzentrieren musste, nicht zu stolpern. Einige Runden verstrichen wortlos.

„Dieser impertinente Mensch belästigt Sie."

Überrascht von seiner Verärgerung, kam ich aus dem Takt. Geschickt verlangsamte er die Drehung, damit ich wieder in den Rhythmus fand. Ich wusste nicht, ob ich verlegen oder geschmeichelt sein sollte. Irgendwie war ich beides.

„Er ist furchtbar aufdringlich", stimmte ich zu. „Aber ich komme schon klar."

„Sind Sie sicher?" Die Falte zwischen seinen Augenbrauen war überdeutlich.

Ich kicherte unwillkürlich.

„Warum amüsiert Sie das?" Er funkelte mich an, als sei ich schuld daran, dass Mallory so ein unangenehmer Zeitgenosse war.

„Weil Sie Mallorys Verhalten so persönlich nehmen."

Der Tanz endete, wir applaudierten, doch anstatt mich zum Tisch zurückzugeleiten, blieb Featherston stehen. Erneut nahmen wir Tanzhaltung ein, diesmal für einen langsamen Foxtrott. Featherston beugte sich näher, um seinen Mund näher an mein Ohr zu bringen.

„Ich nehme es in der Tat persönlich, Miss Brown. Sehr persönlich sogar."

Weil sein Atem mich kitzelte, war ich froh, dass meine Füße den einfachen Takt von allein halten konnten. Nach einer Weile entspannte ich mich wieder. Plötzlich stockte Featherston merklich in der Bewegung.

„Was ist?“, fragte ich.

„Nichts.“ Er starrte auf eine Stelle hinter meinem Rücken, dabei vermied er eine Drehung und mit seinem Blick verfolgte er jemanden.

Als die Musik zu Ende war, verbeugte sich Featherston und führte mich an den Tisch zurück. Zu meiner Erleichterung war Mallory fort. Vielleicht war er es gewesen, den Featherston beobachtet hatte. Die nächste Zeit verbrachten wir damit, zu plaudern und uns am Nachtisch gütlich zu halten. Gelegentlich tanzte ich mit Featherston und mit Sir Frederic, der für sein Alter erstaunlich behände auf den Beinen war und dessen Frau zu ihrem eigenen Bedauern nicht mehr tanzen konnte.

„Tun Sie ihm doch den Gefallen, Kindchen“, flüsterte sie mir augenzwinkernd zu.

Als ich am Arm Sir Frederics zurückkam, erwartete Mallory mich bereits. „Ihr nächster Tanz gehört mir, Caitlyn“, erklärte er nachdrücklich.

Von Featherston war weit und breit keine Spur.

Ich bemühte mich um ein freundliches Lächeln, dabei hätte ich liebend gern abgelehnt. „Natürlich, Mr Mallory.“

„Nennen Sie mich doch George“, schnurrte er, als er mich zur Tanzfläche geleitete.

Er tanzte nicht schlecht, doch die Art, wie er den Arm um mich legte und mit seiner schwitzigen Hand meine festhielt, war mir unangenehm. Ein leichter Alkoholgeruch ging von ihm aus, wenn er redete – was er fast ununterbrochen tat. Ich täuschte Interesse vor und überlegte, dass zwei Tänze in jedem Fall ausreichten.

Kurz vor Ende des zweiten Tanzes entdeckte ich Featherston, der abseits bei der blonden Frau stand, die diesmal ohne ihre Begleiter war. Völlig unerwartet traf mich ein Stich Eifersucht, weil sie ihn ungehemmt anlächelte und dabei eine Hand vertraulich auf seinen Arm legte. Ich riss mich zusammen. Featherston durfte tun und lassen, was er wollte. Zu meiner Genugtuung war seine Miene ausdruckslos wie immer. Nur einmal bröckelte seine ruhige Fassade, als er der Frau abrupt seinen Arm entzog. In diesem Moment endete der Tanz und mehrere Personen versperrten mir die Sicht, während ich mechanisch applaudierte.

„So ein ernstes Gesicht steht Ihnen nicht, meine Liebe“, sagte Mallory.

„Wie bitte?“, fragte ich verwirrt.

„Lächeln Sie, das macht Sie unwiderstehlich. Der Duke hat wie immer einen ausgezeichneten Geschmack.“

Ohne weiter über seine Bemerkung nachzudenken, zeigte ich ihm die Zähne – was er wohl als Lächeln interpretierte. Die Musik setzte wieder ein – ausgerechnet ein Tango. Bevor ich meine Gedanken so weit sortiert hatte, dass ich Mallory höflich darum bitten konnte, mich zurück an den Tisch zu bringen, hatte er mich sehr dicht herangezogen. Die subtile Begierde, die vom Rhythmus des Tanzes ausging, schien ihm gerade recht zu kommen. Es war unglaublich anstrengend, die Contenance zu wahren, und als der Tanz zu Ende war, entschuldigte ich mich schnell mit vielsagendem Blick in Richtung Toiletten.

Zu meiner Erleichterung war unsere Gruppe anschließend mit der Führung dran, die Mallory – wie hätte es anders sein können? – selbst begleitete. Von Featherston war weit und breit nichts zu sehen, weder im Saal noch auf dem Weg zu den Waschräumen hatte ich ihn entdeckt. Aber auch diese Frau und ihre Begleiter waren verschwunden.

Um mich von Mallory möglichst fernhalten zu können, hielt ich mich an die Thorntons und unterstützte Lady Lilian dabei, mit ihrem Gehwagen alle Kurven und kleinen Absätze zu nehmen. Die Ausstellung begann in einem großen Raum, den man von der Rückseite des Great Court betrat. Er war durch schwere, raumhohe Stoffbahnen unterteilt, die mit Faksimiles von Holzschnitten, Kupferstichen und Buchseiten bedruckt waren. Durch die verdeckte Beleuchtung hatte man das Gefühl, in eine andere Welt einzutauchen. Die politischen Karikaturen sowie gesellschaftspolitisch-sozialen Betrachtungen wurden wunderbar in Szene gesetzt. Außerdem gab es wertvolle erste Buchausgaben von Voltaires Candide und Swifts Gullivers Reisen – und in der Tat des Untersuchungsberichts der Royal Society. Auch wenn ich es ungern zugab, bei der Präsentation war Mallory wirklich in seinem Element und brillierte mit kurzweiligen Erzählungen zu den einzelnen Exponaten. Er gab einen Abriss biografischer Informationen der Autoren sowie etlicher Zeitgenossen und erzählte humorvoll von den Ansichten damaliger Zeit. Als Letztes sahen wir zwei große Dioramen, in denen verschiede Vertreter der Zeit ihren Cameo-Auftritt hatten. Ich erkannte unter anderem Leibniz und Newton in heftigem Disput. Für einen Moment war ich versucht, Mallory noch einmal um seine Meinung zum Prioritätsstreit der beiden Mathematiker zu bitten – oder vielmehr war ich neugierig, ob Mallory geschickt herumlavieren würde. Er hatte wirklich die Gabe, sein gesundes Halbwissen ins beste Licht zu rücken. Gleich nach Ende der Führung machten sich die Thorntons auf den Weg zurück zu ihrem Platz, ich hingegen blieb in der ehemaligen King's Library, die sich ganz dem Zeitalter der Aufklärung widmete und wo unser Rundgang endete.

Ich schlenderte durch die Reihen der Vitrinen, las hier, betrachtete da und schrak zusammen, als sich eine Hand auf meinen Rücken legte.

„Was halten Sie davon, zum *geschäftlichen* Teil überzugehen, Caitlyn ..." Mallorys Stimme verklang, seine Augen glitzerten. Seine Alkoholfahne war deutlicher als beim Tanzen – oder vielleicht bildete ich mir das auch nur ein. Interessant in jedem Fall, wie gut er verbergen konnte, dass er angetrunken war, denn bei der Führung war es nicht aufgefallen.

Lächelnd trat ich beiseite, vorgeblich, um die Ausstellungsstücke in der nächsten Vitrine näher zu betrachten. „Für das Geschäftliche ist Lord Scratby zuständig." Offenbar hatte Mallory gedacht, ich wäre diejenige, die anstelle von Emrys mit ihm verhandeln sollte. Wahrscheinlich hatte er sich deswegen bei mir einschmeicheln wollen.

Er trat wieder hinter mich. „Natürlich", sagte er gedehnt, dabei beugte er sich leicht über meine Schulter, um ebenfalls einen Blick auf die Exponate zu werfen. „Aber er scheint ja anderweitig beschäftigt zu sein."

Plötzlich bemerkte ich, was ich mir da eigentlich ansah – es war die kleine, schwarze Statue eines Mannes mit dem Kopf eines Hahns und einem überdimensionalen Phallus. Ich ignorierte die Hitze in meinen Wangen und umkreiste gemessenen Schrittes die Vitrine. Auf der anderen Seite lagen zum Glück nur rituelle Schmuckstücke sowie goldene Amulette, Ringe und andere Glücksbringer. Auf unterschiedlich großen Wachssiegeln befanden sich fünf- und siebenzackige Sternenmuster, ähnlich denen an meiner Kette, daneben eine Art Spiegel – und eine Kristallkugel. Emrys Aussage fiel mir ein, dass die Kristallkugel seines Urgroßvaters an das British Museum gegeben worden war.

„Gehen wir", sagte Mallory, bevor ich die Objektbeschriftung lesen konnte.

Abwehrend hob ich die Hände. „Mr Mallory ... George, ich bin wirklich die Falsche. Warten wir einfach auf Lord Scratby." Ich wollte mich der nächsten Vitrine zuwenden, doch Mallory steckte meine Hand durch seinen angewinkelten Ellbogen, sodass ich mich nicht befreien konnte, ohne Aufsehen zu erregen. „Nun zieren Sie sich nicht so, meine liebe Caitlyn. Das gehört wirklich nicht zu meinen Vorlieben."

„Wie bitte?"

Als Antwort tätschelte Mallory nur freundlich meine Hand und ging zielstrebig mit mir zurück in den neuen Ausstellungsraum, in dem sich Besucher die Exponate noch einmal ansahen. Mallory lächelte zwar und machte einige Bemerkungen, blieb aber nirgendwo stehen, bis wir hinter den Stoffbahnen zu einer Tür gelangten. Er öffnete mithilfe einer Magnetkarte.

„Nach Ihnen!"

Da Featherston spurlos verschwunden war und nicht mit Mallory verhandeln konnte, blieb mir nicht viel anderes übrig, also trat ich hindurch und stand in einem kalten, dunklen Treppenhaus. Mallory schwieg, als er mit mir durch die verlassenen Flure, verwaisten Ausstellungsräume und Treppenhäuser ging. Nur sein Blick streifte mich immer wieder und von Mal zu Mal wurde es mir unangenehmer. Ich hätte doch darauf bestehen sollen, auf Featherston zu warten, doch nun war es zu spät. Schon bald hatte ich die Orientierung verloren, besonders, als wir die Etagen betraten, in denen die Museumsmitarbeiter ihre Büros hatten. Hinter einer Tür aus poliertem Holz verbarg sich der Raum, in dem Mallory offenbar residierte. Anstatt des Deckenlichts schaltete er nur die Schreibtischlampe an, sodass das Zimmer in ein diffuses Zwielicht getaucht war. Sein Büro war gemessen am durchschnittlichen Angestelltenbüro geräumig, wenn auch die Möbel ihre besten Zeiten schon lange hinter sich hatten. An den Wänden standen deckenhohe Regale, gefüllt mit Büchern und Ordnern, sowie jede Menge Schränke. Es gab eine Tür zum Nebenraum, die einen Spalt offen stand.

„Woher kennen Sie und der Duke sich eigentlich?“, fragte ich im Bemühen, ein wenig Konversation zu machen.

„Nun, wir begegnen uns hier und da auf Veranstaltungen“, antwortete Mallory, der sich auf den Schreibtischstuhl gesetzt hatte und die Schubladen eine nach der anderen aufzog. „Irgendwann einmal haben wir festgestellt, dass wir ähnliche ... Interessen haben. Ich sammle, er sammelt, Sie verstehen?“ Er hatte gefunden, was er suchte.

„Ja, natürlich.“

So ganz verstehen konnte ich es zwar nicht, aber ich ahnte, dass Mallory mit Kunstgegenständen oder anderen wertvollen Objekten handelte und so sein Budget aufbesserte – wobei ich den Eindruck nicht loswurde, dass dabei nicht alles legal zuging. Peinlich berührt registrierte ich, dass Mallory unterdessen ein weißes Pulver mithilfe einer Rasierklinge zu einer Linie geformt hatte. Mit einer fragenden Geste hielt er mir ein Röhrchen hin. Kopfschüttelnd verzog ich das Gesicht. Er zuckte mit den Schultern und machte sich daran, das Kokain einzusaugen.

Hatte Emrys es wirklich nötig, mit solchen Menschen Geschäfte zu machen? Eigentlich ging es mich nichts an – zumindest so lange nicht, wie mein Name nicht in solche Geschäfte verwickelt wurde –, aber ich würde nicht umhinkommen, Emrys meine Meinung dazu zu sagen.

Mallory, der sich mit geschlossenen Augen zurückgelehnt hatte, unterbrach meine Gedanken. „Also?"

Jetzt taxierte er mich von Kopf bis Fuß und schien auf mein Angebot zu warten. Ging es ihm schlicht und ergreifend darum, möglichst viel Geld herauszuschlagen? Ich hatte nicht die geringste Ahnung von der finanziellen Größenordnung, daher überlegte ich krampfhaft, wie ich mich möglichst elegant aus der Affäre ziehen konnte. Mir fiel nichts ein.

„Sagen Sie, George ...", begann ich und legte viel mehr Liebenswürdigkeit in meine Stimme, als ich empfand. Fragen kostete immerhin nichts, und abgesehen vom Kokain, das ich schließlich nicht genommen hatte, war nichts Ungesetzliches passiert. „Was genau schwebt Ihnen vor?"

Er lächelte ölig, während er aufstand. „Ah, kommen wir endlich zum interessanten Teil. Das wurde auch langsam Zeit."

„Ähm ... können Sie mir nicht das Objekt erst einmal zeigen, George?"

Sein Mienenspiel war eigentümlich. Zuerst wirkte er verwirrt, dann lächelte er anzüglich. „Das *Objekt?*"

„Na das, was der Duke kaufen will."

„Sie wollen den Kristall sehen?"

„Ja ... genau. Den Kristall. Was denn sonst?" Ich kratzte mich am Kopf. „Ist es nicht üblich, sich zuerst anzusehen, wofür man ein Angebot macht?"

„Oho ...", sagte er gedehnt. „Dann warte ich auf Ihr *Angebot.*" Mit einem zerstreuten Lächeln auf den Lippen zog er eine Schreibtischschublade auf, um ein Holzkästchen herauszuholen, dessen Deckel mit einer hübschen Intarsienarbeit verziert war. Es waren zwei Sterne, ein siebenzackiger und darin ein fünfzackiger – schon wieder. Mit einem Fingerschnippen klappte Mallory den Deckel hoch. Auf der weißen Seide lag ein taubeneigroßer, in vielen Farben schillernder Kristall, der von innen heraus zu leuchten schien.

„Wow!", entfuhr es mir. Ich legte meine Handtasche auf den Schreibtisch und streckte die Hände nach dem Kästchen aus. „Darf ich?" Er nickte. Ich hob das Kästchen, um den Kristall besser betrachten zu können. „Was ist das für ein Stein?"

„Das braucht Sie doch nun wirklich nicht zu interessieren", sagte Mallory, der neben mir am Schreibtisch lehnte, jetzt mit deutlicher Ungeduld. Seine Fingerspitzen berührten meinen Hals, als er eine Locke beiseitestrich. Ruckartig trat ich einen Schritt zurück. Er hob die Brauen.

„Warum so schreckhaft, meine Schöne? Ich dachte, wir beginnen gleich hier mit einem kleinen ... Vorspiel. Anschließend gehen wir irgendwohin, wo wir tun und lassen können, was wir wollen. Oder vielmehr, wo du alles tun wirst, was ich will. Um Scratby kannst du dich anschließend kümmern. Oder hatte er schon das Vergnügen?"

Ich öffnete den Mund, um etwas zu sagen. Dann schloss ich ihn wieder geräuschvoll. „Ich fürchte, Mr Mallory, hier liegt ein Missverständnis vor", sagte ich so kühl, wie ich eben konnte.

Er blinzelte irritiert. „Missverständnis?"

„Ich habe keine Ahnung, was Sie mit dem Duke vereinbart haben, aber ich kann Ihnen versichern, dass *ich* nicht Teil der Bezahlung bin."

Er sah mich kuhäugig an.

„Ich bin kein ..." Ich suchte nach einem passenden Ausdruck. „Ich bin kein Escort-Girl, das der Duke Ihnen als Dreingabe für den Kristall organisiert hat. Es ist so, wie ich bereits erklärt habe. Ich bin Lehrerin der *Ysgol* und habe Lord Scratby begleitet, weil der Duke einen Unfall hatte."

Mallory holte Luft. Plötzlich verzerrte sich sein Gesicht, dann fing er an zu lachen. Leise zuerst, dann immer lauter. Es klang seltsam, nicht belustigt, sondern anders – überdreht. Vielleicht war es die Wirkung der Droge, doch in diesem Moment war mir das herzlich egal. Ich wartete, bis er sich etwas beruhigt hatte.

„Ich glaube, Sie sollten alles Weitere lieber mit Lord Scratby besprechen, Mr Mallory." Ich klappte das Kästchen mit dem Kristall zu. „Und danke, ich finde den Weg auch allein zurück." Ich stellte es auf den Schreibtisch zurück und griff nach meiner Tasche.

„Nein, warten Sie!"

Er nahm das Kästchen, wog es in der Hand, als wäge er eine Entscheidung ab. Die Reste des Heiterkeitsausbruchs zeichneten sich noch in seinem Gesicht ab, aber da war noch etwas anderes. Resignation? Ich konnte es nicht einordnen. „Sagen Sie dem Duke einen schönen Gruß. Er kennt meine Preise – und ich wäre erfreut, wenn er diesmal ein bisschen obendrauf legt. Das meinte ich eigentlich, als ich ihm sagte, ich erwarte diesmal etwas Außergewöhnliches." Er drückte mir das Kästchen in die Hand.

„Sind Sie sicher, dass Sie mir den Kristall einfach so geben wollen?", fragte ich überrascht.

„Der Duke ist ein Ehrenmann", behauptete er. „Ich werde ihn später anrufen, und dann werde ich wissen, ob Sie so ehrlich sind, wie Sie aussehen. Und im Übrigen hatte ich den ganzen Abend den Eindruck, dass Sie ... nun ja, dass Sie vielleicht wirklich Lehrerin sind. Aber die Hoffnung stirbt eben zuletzt." Er machte ein Gesicht komischer Verzweiflung. „Ich hätte dem Duke gegenüber wohl klarer ausdrücken müssen, was ich mit ‚einer besonderen Gefälligkeit' meinte."

Mein Lachen war ehrlich. „Dann werde ich einfach niemandem von Ihrer Verwechslung erzählen."

Er breitete die Arme aus. „Wenn es Ihnen nichts ausmacht. Ich wollte Ihnen wirklich nicht zu nahe treten."

„Ist schon in Ordnung. Gute Nacht, Mr Mallory." Ich steckte das Kästchen in meine Handtasche, die ich anschließend nicht mehr zubekam.

Zum Abschied hob er lässig die Hand. Leise schloss ich die Tür hinter mir. Im Zwielicht der Notbeleuchtung war ich nicht mehr sicher, aus welcher Richtung wir gekommen waren, daher ging ich ein Stück nach rechts, um zu sehen, ob der nächste Quergang mir bekannt vorkam. Gerade, als ich dort ankam, hörte ich Schritte aus der anderen Richtung. Überrascht sah ich einen großen Mann, den ich als einen Begleiter der blonden Frau identifizierte. Er öffnete zielstrebig die Tür zu Mallorys Büro.

„Wie kommen Sie denn hier herein?", hörte ich Mallory. Seine Stimme klang schrill. Dann fiel die Tür ins Schloss.

Ich atmete tief durch. Es klang nach Ärger und ich war froh, dass ich Mallory schon verlassen hatte. Später würde ich auf jeden Fall ein Hühnchen mit Featherston rupfen, weil er einfach nicht mehr aufgetaucht war. Der Flur kam mir bekannt vor, also beschloss ich, ihm zu folgen. Meine Absätze klapperten über den Steinfußboden. Dass ich den Eingang zum Treppenhaus in der schummrigen Beleuchtung verpasst hatte, merkte ich erst, als ich abgebogen war und am Ende des Gangs vor einer verschlossenen Tür stand.

Irgendwo im Haus polterte es dumpf. Eine Tür schlug zu. Da ich nicht weiterkam, blieb mir nichts anderes übrig, als umzudrehen und auf dem Weg zurück sämtliche Türen zu probieren, um ein Treppenhaus zu erwischen. Doch entweder waren die Türen ebenfalls verschlossen oder sie führten nur in eine Teeküche oder einen Kopierraum. Auf einer Skala von null bis zehn war meine Laune inzwischen bei minus vier angekommen. Ich stapfte um eine Ecke – und stieß mit jemandem zusammen.

Erschrocken schrie ich auf – nur um im nächsten Moment eine Hand auf Mund und Nase zu haben. Reflexartig ließ ich meine Tasche fallen, wollte mich befreien, doch der Angreifer wehrte geschickt ab, indem er meine Hand in einen schmerzhaften Klammergriff nahm. Tränen schossen mir in die Augen.

„Seien Sie still! Ich bin es!"

Featherston gab mich frei. „Verflixt! Was soll das?" Ärgerlich funkelte ich ihn an, während er meine Tasche vom Boden aufsammelte.

„Ich wollte verhindern, dass Sie mit Ihrem Geschrei den Sicherheitsdienst aufscheuchen. Heute sind alle nervös wegen des Prinzen." Vielsagend hob er eine

Braue. „Oder möchten Sie am Ende doch auf das Titelblatt der *Sun*?"

Widerwillig lachte ich. „Nein, bestimmt nicht. Wo kommen Sie denn so plötzlich her?"

„Sie waren nicht mehr bei Mr Mallory und auch nicht im Treppenhaus, daher habe ich Sie gesucht. Man kann sich hier leicht verlaufen. Aber Ihre Absätze sind nicht gerade dazu geeignet, heimlich umherzuschleichen."

„Sehr witzig. Wo waren Sie die ganze Zeit?"

„Haben Sie mich etwa vermisst?"

Ich verdrehte die Augen. „Ich habe mich auch ohne Sie gut amüsiert. Aber vielleicht hätten Sie daran denken sollen, dass Sie noch etwas für den Duke zu erl..."

Während meines Wortschwalls hatte Featherston den Kopf abgewandt, als lauschte er. Jetzt unterbrach er mich. „Später, Miss Brown. Gehen wir lieber." Er drehte sich auf dem Absatz um, wobei er meine Tasche wie einen Köder schwenkte.

„Moment." Bei einem prüfenden Blick auf die Tasche hatte ich gleich gesehen, dass das Kästchen mit dem Kristall herausgefallen war. Ich fand es schnell im Schatten der Fußleiste. „Den nehmen wir besser mit."

„Sie haben den Kristall?", fragte Featherston überrascht.

Er drückte mir meine Tasche in die Hand und nahm stattdessen das Kästchen an sich. Er klappte es auf, warf einen Blick hinein und steckte es in die Tasche seines Jacketts.

„Oh, bitte. Gern geschehen", bemerkte ich sarkastisch. „Hat Mr Mallory Ihnen nicht gesagt, dass er ihn mir schon gegeben hat?"

„Er hat es wohl vergessen. Und jetzt kommen Sie endlich."

Seufzend folgte ich ihm. Im Gegensatz zu mir fand er das Treppenhaus sofort.

„Waren Sie schon öfter hier?"

„Nein."

Ich hatte das Gefühl, dass wir einen anderen Weg nahmen als den, den ich mit Mallory gegangen war, aber ganz sicher war ich mir nicht. Mehrmals stießen wir auf verschlossene Türen und mussten umkehren, bis wir schließlich zu meiner Überraschung die Ausstellungsräume betraten, die auf der Rückseite des Great Court in der oberen Etage lagen. Featherston orientierte sich im Schein der Notbeleuchtung.

„Mittlerer Osten", las ich auf einem Schild, das im Dämmerlicht so gerade eben noch erkennbar war. „Wohin wollen Sie eigentlich?"

„Zum südlichen Treppenhaus. Von dort gelangen wir am leichtesten in den Eingangsbereich."

„Sind Sie von dort hochgekommen?"

Er antwortete nicht. Wir gingen ein paar Schritte, dann bedeutete er mir mit einer Handbewegung, stehen zu bleiben. Er legte einen Finger auf seine Lippen. Ich hörte Schritte, als käme jemand auf uns zu.

„Mr Mallory kann bestimmt erklären, dass wir bei ihm waren", wisperte ich. „Das kann doch nicht so ..."

Mit einer Geste schnitt er mir das Wort ab. Er bewegte sich nahezu geräuschlos in die Richtung, aus der wir gekommen waren. Ich tippelte zuerst auf Zehenspitzen hinterher, zog dann jedoch geschwind meine Schuhe aus, um weniger Lärm zu machen. Es kam mir vor wie früher mit meinen Freunden beim Kirschenstibitzen in den Nachbargärten. Warum Featherston so sehr darauf bedacht war, nicht gesehen zu werden, verstand ich nicht. Natürlich war es Besuchern nicht erlaubt, sich um diese Zeit hier aufzuhalten, aber schließlich hatte Mallory uns – oder zumindest mich – mit in sein Büro genommen und auch allein wieder gehen lassen. Ich konnte mir nicht vorstellen, dass unsere Entdeckung tatsächlich einen Aufruhr verursachen würde. Abgesehen davon gab es wahrscheinlich Kameras, die uns schon längst aufgenommen hatten. Aber ich tat ihm den Gefallen und so schlichen wir durch die Ausstellungsräume des Mittleren Ostens, als er unvermittelt um die Ecke ins alte Ägypten abbog. Vor der Mumie des Hornedjitef blieben wir stehen. Eigentlich neigte ich nicht zu überschäumenden Fantasien, trotzdem atmete ich flach und versuchte, den Grusel abzuschütteln. Der Priester war schon seit weit über 2000 Jahren tot und ganz sicher hatten weder er noch irgendeine andere Mumie dieses Museums etwas mit den Schritten zu tun, die immer wieder zu hören waren.

„Was machen wir denn jetzt?“, flüsterte ich nervös, weil Featherston auf das Grabmal des Nebamun zuhielt.

Aus seiner Jacke holte Featherston ein Feuerzeug, das er nun aufflammen ließ. Wieder blieb er stehen.

„Sollen wir sagen, wir haben uns auf dem Weg zu den Waschräumen verlaufen?“, versuchte ich einen lahmen Scherz.

„Ruhe!“

Die Flamme verlosch. Zu meiner Beruhigung wählte er nicht die Grabkammer als Versteck. Von irgendwoher hörte man Türen schlagen. Die Wahrscheinlichkeit, unentdeckt zu bleiben, tendierte stark gegen null. Featherston fummelte an sich herum, dann nahm er mir Schuhe und Tasche aus der Hand, um beides sachte auf den Boden zu legen.

„Die meisten Menschen sind leichtgläubig“, raunte er und nahm auf einer Besucherbank Platz.

„Haben Sie da etwa Erfahrung?“ Leise kichernd, um meine Unsicherheit zu überspielen, ließ ich mich von ihm rittlings auf seine Knie ziehen.

„Sie etwa nicht?“

„Ich weiß nicht“, wisperte ich nervös.

Als er sein Jackett abstreifte, fiel die bereits aufgebundene Fliege hinunter, das halb aufgeknöpfte Hemd verrutschte und seine Augen glitzerten im wenigen Licht, das durch die Fenster hereinfiel. Er ließ mich dichter an sich heranrücken. Diese Nähe machte mich verlegen, besonders, da meine Oberschenkel entblößt waren und ich durch meine dünne Strumpfhose den glatten Anzugstoff wie unmittelbar auf meiner Haut fühlte. Vielleicht spürte er meine Befangenheit, denn als wollte er mich daran hindern, es mir anders zu überlegen, umarmte er mich.

Die Schritte kamen näher. Mumien laufen nicht, dachte ich unbehaglich. „Ob uns das jemand abnimmt?"

„Das kommt ganz darauf an, wie überzeugend wir sind." Eine verwirrende Sekunde lang hatte ich den Eindruck, er wollte mich küssen. „Stellen Sie sich einfach vor, was wir hier tun könnten. So allein. Ungestört ...", raunte er stattdessen in mein Ohr. Seine Nase streifte die empfindliche Haut dahinter.

„Ist ... gut ...", murmelte ich schwach.

Zielsicher zog er Haarnadeln aus meiner Frisur und fuhr mit seinen Fingern durch meine Locken, bis sie weit über meine Schultern fielen. Ohne großartig darüber nachzudenken, ließ ich meine Hand über seine nackte Brust gleiten. Ich spürte drahtige Haare, wulstige Unebenheiten und in der Nähe seines Schlüsselbeins eine merkwürdige Vertiefung. Narben?

„Shhh", machte er leise wie ein Windhauch, als ich protestierte, weil er den Reißverschluss auf der Rückseite meines Kleides öffnete.

Es rutschte von meinen Schultern, daher presste ich meine Oberarme an den Körper, damit es nicht noch tiefer glitt. Seine warmen Hände liebkosten meinen Rücken, fuhren immer wieder durch meine Locken und jedes einzelne Haar an meinem Körper begab sich in die Senkrechte. Ich kniff die Augen zusammen und versuchte angestrengt, an etwas anderes zu denken, um mich nicht zu blamieren. Die Ausstellung ... irgendetwas ...

Das Diorama. Newton. Leibniz.

Warmer Atem streichelte meinen Hals.

Gottfried Wilhelm Leibniz – die beste aller möglichen Welten ...

Finger tanzten entlang meiner Wirbelsäule südwärts.

Philosoph und Mathematiker ... Leibniz-Kriterium ... die Konvergenz ...

Krochen unter meinen gerafften Rock.

... zeigt die ... Konvergenz ... monotoner Reihen ...

Umfassten nachdrücklich meinen Po.

... der Betrag einer ... alternierenden Summe ...

Sein Becken drängte hart gegen meine Scham.

Summe ...

Seine Bewegungen waren aufreizend.

... kann ...

Ich biss mir auf die Unterlippe.

Zart wie Seide streichelte seine Stimme mein Gehör. „... lass es einfach geschehen ..."

Instinktiv folgte ich seinem Rhythmus.

Seine Stimme. Atemlos. „Caitlyn ..."

Eine heiße Welle schwappte durch meinen Körper. Stöhnend bog ich den Rücken durch.

Genau in diesem Moment traf uns der Strahl einer Taschenlampe.

„Holla, wen haben wir denn da?"

Ich fuhr zusammen – vollkommen aus der Fassung gebracht. Featherstons schwarze Augen hingen mit verklärtem Blick an mir, selbst im Halbdunkel schien es, als hätten seine blassen Wangen Farbe bekommen, seine Brust hob und senkte sich schnell. Mein eigener Atem hallte unangenehm laut in meinen Ohren. Die Luft knisterte förmlich. Peinlich berührt registrierte ich die feuchte Hitze zwischen meinen Schenkeln. Plötzlich war ich froh, dass ich mit dem Rücken zum Wachmann saß. Sanft drückte Featherston meinen Kopf an seine Schulter, wo ich ihn dankbar vergrub.

„Es tut mir leid, wenn ich Ihr lauschiges Schäferstündchen unterbrechen muss, aber Sie dürfen sich hier nicht aufhalten." Die gutmütige Stimme des Sprechers klang wie die eines älteren Mannes.

Featherston räusperte sich. „Verzeihung, wir ... wollten nur ..." Ich war überrascht, wie sehr seine Stimme schwankte.

„Bringen Sie erst mal Ihre Kleidung in Ordnung." Der Mann bemühte sich, streng zu klingen. „Ich warte um die Ecke."

Kaum hatte er sich zurückgezogen, rutschte ich von Featherstons Schoß hinunter und hielt dabei mein Kleid fest. Mein Gesicht brannte. Trotz der Dunkelheit wagte ich es nicht, ihn anzusehen. Wortlos drehte er mich so, dass er mir den Reißverschluss zuziehen konnte. Ich schlüpfte in meine Schuhe, zog und zupfte an meinem Kleid herum, obwohl es nicht viel zu ordnen gab, bis ich Featherstons Hand in meinem Rücken spürte.

„Gehen wir“, sagte er leise, während er mir meine Handtasche reichte.

Ich konnte nur nicken, denn meiner Stimme traute ich nicht. Als der Wachmann uns sah, konnte er sich ein Grinsen nicht verkneifen, ließ sich jedoch nicht zu irgendeiner Bemerkung hinreißen. Wahrscheinlich hatte er im Laufe seiner Dienstjahre schon manches zu sehen bekommen. Unsere kleine Showeinlage dürfte zu den harmloseren Begebenheiten gehört haben.

„Wäre es möglich, dass Sie uns zum südlichen Treppenhaus bringen, Mr Higgs?“ Featherston, der im Schein der Taschenlampe einen Blick auf das Namensschild geworfen hatte, hielt dem Wachmann eine 50-Pfund-Note hin.

Der wehrte zunächst ab. „Sir, wir gehen über die Nordtreppe direkt zurück in die Ausstellung ...“

Featherston zückte noch einen Geldschein in gleicher Höhe. „Wissen Sie, Mr Higgs, meine Frau ist ebenfalls dort. Ich fürchte, Sie wird nicht besonders erfreut sein, wenn sie ... nun, wenn sie uns beide sieht ...“ Er sagte es leichthin und seufzte ein wenig. „Ich möchte ihr und mir gern eine Szene in der Öffentlichkeit ersparen, wenn Sie verstehen, was ich meine. Ich würde es vorziehen ... sagen wir, von den Waschräumen zurückzukehren und der Dame hier vorher ein Taxi zu rufen." Vielsagend hob er eine Braue.

Higgs zögerte. Doch nicht lange, dann griff er nach dem Geld und zuckte mit den Schultern. „Na ja, ist eigentlich auch egal, wo ich Sie hinbringe."

„Danke, Mr Higgs."

Schweigend führte uns der Wachmann weiter durch das nächtliche Museum, bis wir zu der großen Treppe kamen, die in den Eingangsbereich führte. Tatsächlich gab es hier nur eine Absperrung, die wir leicht übersteigen konnten, doch unten standen jede Menge Leute – auch Sicherheitspersonal – herum, sodass ich mich fragte, wie Featherston eigentlich unbeobachtet heraufgekommen war oder hatte hinunterkommen wollen. Aus den Augenwinkeln sah ich, wie Higgs seinen Kollegen einen vielsagenden Blick zuwarf. Ich spürte die Hitze in meinem Gesicht und war froh, dass Featherston nicht darauf bestand, in den Saal zurückzukehren, sondern den Zobel aus der Garderobe abholte, um mich dann seelenruhig vorbei an den grinsenden Wachleuten hinauszugeleiten.

Es hatte angefangen zu schneien und eine weiße Schicht bedeckte den Hof, die Geräusche der Großstadt klangen gedämpft. Langsam, damit ich nicht ausrutschte, gingen wir auf eines der wartenden Taxis zu. Während wir durch das nächtliche London fuhren, waren meine Nerven zum Zerbersten gespannt. Das Taxi war geräumig, sodass zwischen uns reichlich Platz war und wir uns nicht mal ansatzweise berührten, doch ich hatte das Gefühl, meine ihm zugewandte Seite stünde in Flammen. Wir wechselten kein einziges Wort und immer noch traute ich mich nicht, ihn anzusehen. Ich hatte Angst vor dem, was ich in seinem Blick lesen würde. Schließlich standen wir vor der Suite im 41. Viel länger, als ihre Größe es eigentlich zuließ, kramte ich in meiner Handtasche nach der Schlüsselkarte, bis mir einfiel, dass ich sie ja vergessen hatte. Ich sah auf. Featherston lehnte neben mir an der Wand und beobachtete mich. Ohne den Blick von mir zu nehmen, griff er in sein Jackett, holte die Karte heraus und öffnete die Tür. Meine Kehle wurde eng, denn noch vor mir trat er ein, das Licht im Zimmer flammte auf. Ich zögerte, weil er mitten im Raum stehen blieb, darauf wartend, dass ich ihm folgte. Das tat ich, war aber auf Abstand bedacht.

Seine Miene war ein Spiegelbild meiner eigenen Empfindungen. Als er sich auf mich zubewegte, schloss ich unwillkürlich die Lider, spürte seine Präsenz mit jeder Faser. Seine Lippen streiften meinen Hals, mein Ohr, meine Wange – und schließlich meine Lippen, so zart, dass ich mir die Berührung auch hätte einbilden können.

„Du solltest dieses Parfüm öfter tragen, Caitlyn."

Erst als ich hinter mir die Tür ins Schloss fallen hörte, öffnete ich die Augen. Langsam stieß ich die Luft aus, die ich unwillkürlich angehalten hatte, und stakste hinüber zum Sofa. Selbst im Liegen beruhigte sich mein Herzschlag nur allmählich. Es stand nicht so schlimm um mich, wie ich schon eine Weile befürchtet hatte.

Es stand schlimmer. Viel schlimmer.

Und das Allerschlimmste war: Er wusste es jetzt.

Lebensborn e. V.
Haus „Sonnenschein"
Pottenstein in Ofr.

An:
Karoline Winterkamp
Ziegenpfad 2
Dortmund/Westfalen

Pottenstein, den 8. Januar 1940

Verehrtes Fräulein Winterkamp!

Ich freue mich, Ihnen mitteilen zu können, dass Sie eine Stelle als Hauswirtschaftsgehilfin in unserem Heim antreten können. Ihr Dienstbeginn ist der 1. Februar. Bitte teilen Sie uns mit, mit welchem Zug Sie anreisen werden, damit wir Sie vom Bahnhof abholen können.

Mit freundlichen Grüßen und Heil Hitler!

Heidrun Jäger
Heimleiterin

Sonntag, 20. Dezember

Bis in die Morgenstunden lag ich wach. Jedes Mal, wenn ich versuchte, einzuschlafen, wirbelten Gedankenfetzen in meinem Kopf umher wie die Schneeflocken vor meinem Fenster. Ich dachte an die Ausstellung und an Mallory und den merkwürdigen Kristall, an die Thorntons, denen es unhöflich vorkommen musste, dass wir ganz ohne Abschied verschwunden waren. Ich dachte daran, ob es schicklich war, eine Feierlichkeit vor dem Prinzen zu verlassen, und daran, dass mir das eigentlich vollkommen egal war. Jedenfalls dachte ich an alles außer an Featherston.

Featherston.

Mit einem Seufzer wälzte ich mich auf den Rücken. Was war nur los mit mir? Nein, eigentlich war *das* nicht die Frage – die Frage war eher, warum konnte ich zulassen, mich zu fühlen wie ein heimlich verliebter Teenager? Ich war doch glücklich mit Daniel. Dass ich im Moment noch nicht heiraten wollte, hatte nichts mit meinen Gefühlen für ihn zu tun.

Oder doch?

Irgendwann gab ich es auf, einschlafen zu wollen, und machte mir in der Pantry-Küche einen Tee. Das heiße Getränk vorsichtig schlürfend, blieb ich vor dem Bücherregal stehen. Es gab die unterschiedlichsten Bücher und Romane zu vielen verschiedenen Themen, zwischen denen ich tatsächlich sowohl eine Ausgabe von Gullivers Reisen und Candide als auch eine kommentierte Übersetzung von Leibniz' Monadologie fand sowie auch das Buch von Prinz Charles. Ich entschied mich für Gullivers Reisen, das ich als Kind sehr gemocht hatte, und zwang mich, so lange zu lesen, bis mir die Augen zufielen. Dafür wurde es Mittag, bis ich mich endlich aus dem Bett quälte. Tyron, der Gute, hatte mir ein Frühstück gerichtet und wartete nur darauf, mich auch mit Kaffee und frischem Toast beglücken zu können.

„Die Verkehrsverhältnisse sind heute wegen des Schnees sehr schlecht, Mylady", sagte er, während er mir mit weiß behandschuhter Hand Kaffee nachschenkte. „Seine Gnaden der Duke schlägt Ihnen daher vor, heute noch nicht zurückzukehren."

„Oh." Ich gab Milch in die Tasse, bis die Farbe passte. Dann trank ich mehrere Schlucke, bis ich mich überwand, zu fragen. „Und ... wo ist Lord Scratby?"

„Er ist noch in der Nacht abgereist", informierte mich Tyron.

„Oh", wiederholte ich. Natürlich. Er wollte sicher Emrys den wertvollen Kristall bringen.

Ich frühstückte ziemlich lange und korrigierte dabei halbherzig die Englischaufsätze meiner Kollegin Lily Harper. Draußen schneite es in der Tat sehr heftig und ich fragte mich, ob Featherston bereits angekommen war oder noch irgendwo auf der Autobahn steckte. War er überhaupt mit dem Auto unterwegs?

Zwischenzeitlich suchte ich nach meinem Handy. Tyron, der mir akribisch bei meiner Suche half und sogar im Rolls-Royce nachschauen ging, schüttelte bedauernd den Kopf.

„Sind Sie sicher, dass Sie es nicht im Museum verloren haben?"

„Eigentlich schon. Ich habe es auf dem Schrank dort liegen lassen."

Mit dem Festnetzanschluss rief ich meine eigene Nummer an, bekam aber nur die Ansage zu hören, dass der gewünschte Gesprächspartner leider nicht erreichbar sei. Das fand ich besonders merkwürdig, denn zum einen war ich mir sicher, es erst gestern Nachmittag noch einmal aufgeladen zu haben, konnte mich aber zum anderen nicht daran erinnern, den Flugmodus eingeschaltet zu haben. Ich schickte Daniel eine E-Mail von einem hoteleigenen Computer aus, damit er sich keine Sorgen machte, weil ich nicht antwortete, und ließ vorsichtshalber meine SIM-Karte sperren.

Den Rest des Tages verbrachte ich auf Tyrons Rat hin im nahe gelegenen Fitness-SPA-und-Health-Club und bei einem phänomenalen Dinner in der Lounge.

Als ich in die Suite zurückkehrte, hatte Tyron eine Nachricht für mich.

„Lord Scratby schlägt vor, Sie sollen in Anbetracht des Wetters für die wenigen Schultage vor Ferienbeginn nicht mehr in die *Ysgol* zurückkehren und stattdessen lieber verlängerte Weihnachtsferien bei Ihrer Familie genießen."

Ich ignorierte die Enttäuschung, die wie ein Schachtelteufel auftauchte. „Danke, Tyron."

„Da Sie mit den Korrekturen der Aufsätze fertig waren, habe ich sie bereits einem Kurierdienst übergeben, damit Ms Harper sie rechtzeitig bekommt. Außerdem lässt meine Mutter fragen, was Sie noch für die Ferien benötigen, damit sie es packen kann. Und dann war ich so frei, mich mit seiner Gnaden zu beraten. Er überlässt Ihnen die Suite, solange Sie wünschen, Mylady. Aber selbstverständlich kann ich Sie auch jederzeit nach Hause fahren, falls Ihnen das lieber ist."

Mein Blick ging zum Fenster. Es lag immer noch viel Schnee, aber im Laufe des Tages hatte sich der Verkehr wieder normalisiert.

„Und wenn ich mir zum Abschluss einen Vorschlag erlauben darf: Ich bringe Sie morgen gleich nach dem Frühstück nach Leatherhead. Heute Abend ist es möglicherweise schon etwas spät."

Auch wenn ich mich insgeheim über seine gewählte Ausdrucksweise amüsierte, war ich Tyron heute wirklich dankbar, dass er alles so fest im Griff hatte. Immer noch fühlte ich mich zerfahren, daher verbrachte ich den Abend einfach vor dem Fernseher. Erst als ich später im Bett lag und in die Dunkelheit starrte, gestattete ich mir die Überlegung, warum Featherston diesen Vorschlag gemacht hatte. Vielleicht war das seine Art, mir zu signalisieren, dass es besser war, die Minuten im Museum schnell wieder zu vergessen? Auf der Seite liegend, schloss ich die Augen. Genau das war wohl das einzig Richtige.

Als ich am nächsten Morgen mit dem Rolls-Royce in Leatherhead vorfuhr, waren Dad, Henry und Helen ganz aus dem Häuschen. Nachdem ich ihnen erzählt hatte, weshalb ich vor Weihnachten nicht mehr in die *Ysgol* zurückmusste, freuten sie sich über die unterwartete Unterstützung. Wie immer gab es vor den Feiertagen viel zu tun, sodass wir die anstehenden Aufgaben so aufteilten, wie es sich schon jahrelang bewährt hatte. Am Abend überraschte mich Tyron, der nicht nur mit meinem von Ruby umsichtig gepackten Koffer vor der Tür stand, sondern auch mein Handy dabeihatte, das beim Saubermachen im Hotel gefunden worden war. Die Freischaltung meiner SIM-Karte war jedoch unmöglich, sodass ich beim Netzanbieter wohl oder übel einer neuen Nummer zustimmte. Erfreulicherweise kam die neue SIM-Karte prompt mit der Post. Mit Daniel telefonierte ich ebenfalls. Er war begeistert von Hongkong und versprach mir nicht nur eine Menge Fotos, sondern machte mich auch neugierig auf ein Geschenk, das er für mich gekauft hatte. Alles deutete auf ein ganz normales Weihnachtsfest hin.

Die Neuigkeiten am Morgen des Heiligabends erwischten mich völlig unvorbereitet. Die Erste bekam ich gleich nach dem Aufstehen, als ich auf mein Handy sah. Ich hatte meinen Wecker extra früh gestellt, denn ich wartete auf eine Nachricht von Daniel, der in diesem Moment auf dem Weg vom Flughafen in Heathrow zu mir sein sollte.

Konnte nicht fliegen. Ich melde mich später. Mach dir keine Sorgen.

Im Gegenteil sehr besorgt blickte ich auf das Display, als könnte ich zwischen den Worten herauslesen, was passiert war. Sofort versuchte ich, ihn anzurufen, denn Hongkong war sieben Stunden voraus und folglich war dort Nachmittag, doch es gab nur die Computerstimme, die mir mitteilte, dass der gewünschte Gesprächspartner leider nicht erreichbar sei. Ich checkte die Website des Flughafens. Tatsächlich, der Flug, auf den er gebucht war, war pünktlich in Heathrow gelandet. Ein Anruf bei der Airline brachte mich auch nicht weiter, denn sie durften über ihre Passagiere keine Auskunft geben. Da er allein unterwegs gewesen war und ich auch niemanden von seinen Kollegen kannte, bei dem ich mich hätte erkundigen können, schickte ich ihm mehrere Nachrichten und auch E-Mails, die jedoch alle unbeantwortet blieben. Ich rief bei seinen Eltern an, die glaubten, er sei inzwischen bei mir, sich aber ebenfalls gewundert hatten, weil er auf ihre Kontaktversuche nicht reagierte. Unruhig ließ ich mein Handy nicht aus den Augen und nahm mir beim Frühstück die Tageszeitung vor, um mich abzulenken, bis Henry oder Helen herunterkamen.

Dabei stieß ich auf die zweite Nachricht in Form eines Artikels im Innenteil. Ich hatte schon weitergeblättert, als ich plötzlich innehielt. *British Museum: Selbstmord oder Unfall?*

Fassungslos las ich, dass aus dem aktuellen Polizeibericht hervorging, der Tote, der am Sonntag auf einem schwer zugänglichen Vordach gefunden worden sei, sei einer der Kuratoren der neuen Ausstellung, George Mallory. Zwar sei kein Abschiedsbrief gefunden worden, doch angeblich habe er bei riskanten Börsenspekulationen eine Menge Geld verloren, sodass man von Selbstmord ausgehe. Außerdem seien Drogen im Spiel gewesen, die er ungenannten Quellen zufolge regelmäßig konsumierte.

Ich starrte auf die Zeitung. Von dem unbekannten Toten hatte ich in der Zeitung gelesen, es aber schon wieder vergessen. Ich las den Artikel ein zweites und schließlich ein drittes Mal. George Mallory. Drogen – ja. Ein tragischer Unfall? Vielleicht. Aber Selbstmord? Und das, kurz nachdem ich gegangen war? Er hatte nicht wie jemand gewirkt, der Selbstmordgedanken hegt – wobei die Außenwirkung eines Menschen natürlich nicht unbedingt der Realität entsprechen musste.

Henry kam mit verwuschelten Haaren in die Küche geschlurft. Sein erster Weg führte ihn wie immer zur Kaffeemaschine. Als er mich sah, blieb er stehen.

„Was ist denn mit dir los?"

Ich starrte ihn an. „Daniel ist immer noch in Hongkong und George Mallory ist tot."

„Äh ... aha?" Pragmatisch wie immer schenkte er mir Kaffee nach, bevor er sich zu mir setzte. „Und jetzt noch mal langsam und von vorn. Warum ist Daniel noch in Hongkong, und wer ist George Mallory?"

Ich atmete tief durch, dann trank ich einen großen Schluck Kaffee, bevor ich loslegte. Zuerst sprachen wir natürlich über Daniel. Eine andere Idee, als weiter abzuwarten, hatte Henry allerdings auch nicht. Anschließend schilderte ich ihm den Abend im British Museum etwas ausführlicher als vorher, denn bisher hatte ich die Ereignisse rund um den Kristall ausgelassen und daher auch George Mallory nicht erwähnt. Doch jetzt sprach ich in fast allen Einzelheiten über den Abend. Nur die Episode vor dem Grabmal des Nebamun änderte ich ab, denn das ging auch meinen Bruder nichts an.

„Dann hat uns der Sicherheitsdienst entdeckt und hinausbegleitet", schloss ich meine Erzählung.

Stirnrunzelnd musterte Henry mich. Ich starrte in meine Kaffeetasse.

„Und dieser Mallory hat im Laufe derselben Nacht angeblich Selbstmord begangen?"

Ich nickte. „Als ich ging, war er etwas merkwürdig drauf, aber ich dachte, das läge am Kokain. Ich verstehe das nicht. Selbstmord!“

„Das kann auch niemand verstehen, der nicht schon einmal selbst mit so einem Gedanken gespielt hat“, sagte Henry ernst und lehnte sich zurück. „Mach dir keine Vorwürfe deswegen. Aber vielleicht solltest du allmählich in Erwägung ziehen, dir eine neue Stelle zu suchen.“

„Wieso das denn?“

Henry grinste. „Na ja, wenn du mit deinem Chef irgendwo zusammen auftauchst, gibt es Tote. Komm bloß nicht auf die Idee und lade ihn hierher ein, ich häng nämlich an meinem Leben.“

Ich deutete an, ihm das Marmeladenglas an den Kopf werfen zu wollen. „Idiot!“

„Immerhin hast du den Deal mit diesem Kristall für Emrys erledigt, nachdem dein Chef ja durch Abwesenheit glänzte. Weißt du, wo er die ganze Zeit war?“

Sofort dachte ich an die Blondine, die er angeblich nicht kannte, die sich ihm gegenüber aber ganz anders verhalten hatte. Eine Verflossene vielleicht?

„Hallo? Jemand zu Hause?“, fragte Henry, weil ich nicht antwortete.

„Was? Nein, weiß ich nicht.“

„Frag ihn halt, wenn du wieder in der Schule bist.“

„Hm.“ Da war doch auch dieser Mann gewesen, der in Mallorys Büro gegangen war ...

In diesem Moment gab mein Handy einen Laut von sich. „Von Daniel!"

Ich bin im Hongkong Adventist Hospital, weil mich so ein mieser Virus erwischt hat. Mach dir keine Sorgen um mich, ich melde mich später. Ich vermisse dich! Kuss.

„Was denn für ein Virus?" Ratlos sah ich Henry an.

„Woher soll ich das wissen? Ich bin schließlich kein Hellseher. Ruf ihn an."

Ich versuchte es, aber Daniel nahm nicht ab.

Henry stand auf. „Wenn wir ihn nicht selbst ans Telefon bekommen, dann rufen wir im Krankenhaus an und lassen uns mit einem Arzt verbinden." Er warf mir einen fragenden Blick zu. „Soll ich?"

Ich warf ihm einen Handkuss zu. „Du bist ein Schatz. Ja, bitte, mach du das. Von Arzt zu Arzt."

In kürzester Zeit hatte er die Telefonnummer herausgefunden und fragte sich geduldig durch, bis ihm endlich jemand Auskunft erteilte. Viel schlauer als vorher waren wir jedoch nicht, aber immerhin wussten wir, was geschehen war. Daniel war kurz vor dem Abflug am Gate mit Bauchkrämpfen zusammengebrochen. Er hatte Fieber, dann waren Durchfall und Erbrechen hinzugekommen, daher bekam er Infusionen und schlief sehr viel. Da er ansonsten gesund und rechtzeitig ins Krankenhaus gekommen war, bestand keine Lebensgefahr, doch solange die Ursache nicht gefunden wurde, musste er in Quarantäne bleiben. Über die Feiertage würde er keinesfalls nach Hause kommen.

Bald stand fest, dass er sich eine Shigellose eingehandelt hatte und nach Abklingen der Symptome drei negative Proben in bestimmten Abständen notwendig waren, bevor er seine Rückreise antreten durfte. Silvester und den Rest der Ferien würde ich also ebenfalls ohne ihn verbringen.

Am Tag vor meiner Abreise nach Anglesey saß ich im Wohnzimmer und versuchte ein Sudoku zu lösen. Ich war unkonzentriert, denn immer wieder meldete sich mein Gewissen, ich solle hierbleiben. Am besten nicht nur Silvester, sondern ganz. Daniel würde sich bestimmt freuen – und nahtlos mit unseren Hochzeitsvorbereitungen beginnen.

„Ach Mist!"

Unruhig tippte ich mit dem Stift auf dem Papier herum.

„Ist was mit Dan?", fragte Henry, der lesend auf dem Wohnzimmersofa lag.

„Quatsch, wie kommst du darauf?"

Henry hob die Brauen, warf einen Blick zur Tür, die halb offen stand und durch die man Helen in der Küche werkeln hörte. Er schloss die Tür und setzte sich wieder.

„Ich meine nicht jetzt oder weil er krank ist, sondern ... überhaupt. Wahrscheinlich geht es mich nichts an, aber Cat, wenn du trotzdem reden willst ..." Er breitete die Arme aus.

Ich malte Kringel auf den Block. „Wieso glaubst du, dass irgendwas zwischen Daniel und mir nicht stimmt?"

„Ach? Glaube ich das?"

Ich schnaubte – und fühlte mich gleichzeitig ertappt.

„Dafür muss ich doch kein Hellseher sein, ich mache mir Gedanken über das, was ich sehe. Weißt du, kaum hatte ich Helen damals einen Antrag gemacht, war sie auch schon unterwegs: Einen Saal für die Feier aussuchen, ein Hochzeitskleid kaufen, Einladungen entwerfen, Blumen, Essen, einfach alles organisieren. Du bist auch gleich unterwegs gewesen, aber um einen Job zu kündigen, den du nicht mal angetreten hattest, und stattdessen an eine Hunderte von Meilen entfernte Schule zu gehen. Du bist weggelaufen, Cat."

Manchmal hasste ich meinen Bruder – vor allem, wenn er mir so ungeschminkt die Wahrheit an den Kopf warf.

„Du hast recht: Es geht dich nichts an."

„Wie du meinst."

Henry gab vor weiterzulesen. Eine Weile war es still.

Nachdenklich spielte ich mit der Kette herum. Während der Feiertage hatte ich sie ganz vergessen.

„Henry? Hast du diese Kette hier früher schon mal gesehen?"

„Ist das die, die du im Sommer von Dan bekommen hast?"

Meine erste Annahme, sie sei von Daniel, hatte ich nie korrigiert – für den wiederum die Kette nach unserer Verlobung völlig nebensächlich geworden war, sodass ich mit niemandem mehr über ihre Herkunft gesprochen hatte.

„Ja, die. Aber sie ist nicht von Daniel – und im Übrigen versuche ich gerade von diesem Thema abzulenken." Ich zog eine Grimasse.

Er verdrehte die Augen. „Zeig her." Ich gab sie ihm. „Nein, kenne ich nicht. Was ist denn damit?"

Egal, was in dem Brief gestanden hatte, wenn es einen Menschen auf der Welt gab, dem ich rückhaltlos vertraute, dann war es mein Bruder. Also erzählte ich ihm alles – unter welchen Umständen ich die Kette bekommen hatte und von den Briefen, die ich verbrannt hatte.

„Und Emrys hat dir vor der Ausstellungseröffnung auch noch Schmuck gegeben?"

„Genau. Aber der sieht ganz anders aus. Komm, ich zeig ihn dir."

Wir gingen hinauf in mein Zimmer, wo ich die wertvollen Stücke nicht wirklich angemessen in meinem Kleiderschrank aufbewahrte. Henry betrachtete sie sehr gründlich. Schließlich pustete er lange die Luft aus.

„Wenn Emrys dir diesen Schmuck einfach so gegeben hat, warum sollte er vorher so ein geheimnisvolles Tamtam wegen der Kette gemacht haben? Aber ich hab keinen Schimmer, wer das sonst gewesen sein könnte, Watson."

„Schade, Holmes", erwiderte ich.

„Hast du mal daran gedacht, in Mums alten Sachen nachzusehen, ob du was über ihre Eltern findest? Vielleicht war es jemand von deren Verwandtschaft."

Ich nickte. „Genau daran habe ich auch schon gedacht. Ich hab nur keine Ahnung, wo ich anfangen soll. Einiges hat Dad doch bestimmt bei sich drüben, und wo die anderen Sachen alle hingekommen sind, weiß ich nicht mehr. Im Keller vielleicht?"

„Nein, da ist nichts. Den haben wir leer gemacht, als Dad rübergezogen ist. Aber vielleicht auf dem Dachboden."

„Okay. Dann fang ich da an und frage anschließend Dad. Hilfst du mir?"

„Klar." Er grinste wie ein Honigkuchenpferd. „Du glaubst doch nicht, dass ich dir den ganzen Spaß allein überlasse?"

Als wir kurz darauf mit Taschenlampen bewaffnet in dem engen, kalten Dachstuhl herumkrochen, war es nicht nur viel zu dunkel, sondern schon nach kurzer Zeit stellten wir fest, dass die meisten Kisten kreuz und quer gestapelt waren und wir ständig etwas herumbugsieren mussten.

„Helen hat mir schon oft gesagt, wir sollten unbedingt mal den Dachboden aufräumen", kam Henrys Stimme dumpf hinter einem alten Schrank hervor, der von mottenzerfressenen Kleidern nur so überquoll. „Allerdings hatte ich mir das irgendwie anders vorgestellt."

„Und wie?“, fragte ich, während ich mich nur schwer von einer Kiste losreißen konnte, die voll mit Büchern war, die Mum mir vorgelesen hatte, als ich klein war. Verstohlen wischte ich mir über die Augen.

„Dass es witzig ist, den alten Plunder durchzusehen, und wir alte Schätze zutage fördern. Aber es ist so viel, dass wir dazu Wochen brauchen würden. Ich glaube, ich sollte ihr die Idee lieber ausreden und an der Tür ein dickes Schloss anbringen – da hinten in den Kartons sind übrigens nur Spielsachen. Es sei denn, du glaubst, Barbie und Ken hüten düstere Geheimnisse.“

„Nein, wohl eher nicht.“

Ich wandte mich dem Schrankinhalt zu. Auf einer Stange hing ein Dutzend eleganter Abendkleider, die dem Schnitt nach zu urteilen alle mindestens dreißig oder vierzig Jahre alt waren.

„Nanu“, sagte Henry. „Ich kann mich nicht daran erinnern, Mum jemals darin gesehen zu haben. Sie ging doch nur selten mit Dad aus.“

Ich zuckte mit den Schultern. „Vielleicht, bevor du geboren wurdest?“

Gemeinsam durchforsteten wir den Schrank, doch außer muffiger Kleidung und Schuhen fanden wir nichts. Schließlich setzte ich mich auf den Boden und lehnte mich an einen Dachbalken.

„Mist. Wir haben nicht mal die Hälfte geschafft. Wäre ja auch zu schön gewesen, auf Anhieb was zu finden.“

Henry ließ sich neben mir nieder. „Stimmt. Übrigens bist du total dreckig im Gesicht!“ Er stupste mit seinem Zeigefinger mitten auf meine Nase.

Ich schielte. „Sehr witzig.“

Kopf an Schulter saßen wir eine Weile dort. „Du, sag mal ...“ Ich runzelte die Stirn.

„Hm?“

„Ist dir mal aufgefallen, dass der Schrank vorn eine Verblendung hat?“

„Ja und? Das haben viele Schränke.“

Auf allen vieren kroch ich hin, um seitlich unter den Schrank zu schauen. Henry reichte mir eine Taschenlampe.

„Bingo!“, sagte ich und war selbst völlig verblüfft. „Der Schrank hat einen doppelten Boden.“

„Ist nicht dein Ernst!“ Ungläubig krabbelte Henry neben mich.

Gemeinsam untersuchten wir den Boden, bis wir herausfanden, wie er sich anheben ließ. Wie die tote Maus in den Hohlraum gekommen war, konnten wir uns beim besten Willen nicht erklären, doch darin lagen auch zwei flache Kassetten, eine aus Holz, die andere aus Metall.

„Der Schlüssel an meiner Kette!“

War es wirklich so einfach? Tatsächlich passte der kleine Bartschlüssel in das Schloss des Holzkästchens, nicht jedoch zur Metallkassette. Ich zitterte vor Aufregung, als ich den Deckel öffnete.

„Fotos!“

Es waren ungefähr ein Dutzend Bilder, die ich noch nie in meinem Leben gesehen hatte. Die meisten in verblichenem Schwarz-Weiß, viele mit gezacktem Rand, wie es vor Jahrzehnten üblich gewesen war. Das Oberste zeigte eine Familie mit vier Mädchen unterschiedlichen Alters, die Jüngste noch ein Baby auf dem Schoß der lächelnden Mutter, die Älteste vielleicht elf oder zwölf. Sie hatte blonde Locken wie ich und eine große Schleife im Haar. Der Vater – ein großer, schlanker Mann mit steifem Anzug und Zylinder – stand mit ernstem Gesicht daneben und hatte seine Hand auf die Schulter seiner Frau gelegt. Aufgenommen war das Bild in einem Hof, denn ringsherum pickten ein paar Hühner. Die nächsten Fotos zeigten die Mädchen beim Melken oder neben einem Puppenwagen oder mit der Mutter vor dem Stall. Auf einem Foto standen die Geschwister mit dicken Mänteln und Mützen lachend im Schnee. Die Älteste war nun sicher schon zwanzig, die Zweite ein wenig jünger, die Dritte ein Teenager. Vor ihnen stand ein Mädchen, das kaum das Schulalter erreicht hatte und daher nicht das Baby vom ersten Foto sein konnte. Wo war sie geblieben? Ich drehte das Bild um.

„Nanu? Was heißt das denn?"

Im Licht der Taschenlampe versuchten Henry und ich die schnörkelige Schrift zu entziffern.

„Das ist alte deutsche Schrift", stellte Henry fest. „Das hier könnten Namen sein ... Hilde, Margot, Rosi", buchstabierte er, „und das heißt Januar 1940."

„Deutsch?“

Henry kratzte sich am Kopf. Wie auf ein Stichwort sahen wir auf den anderen Rückseiten nach. Der Ähnlichkeit nach zu urteilen konnte die Älteste der Schwestern nur unsere Großmutter Karoline sein. Hilde war die Zweitälteste, Margot die Dritte. Das Baby vom ersten Foto hieß Elisabeth und wir vermuteten, dass sie irgendwann gestorben war. So etwas war früher schließlich keine Seltenheit. Das Nesthäkchen hieß Rosi. Auf weiteren Fotos war Karoline in weißer Schürze und mit Häubchen, zusammen mit zwei Frauen in gleicher Tracht, in einer Art Labor, im Hintergrund das Profil eines dunkelhaarigen Mannes in weißem Kittel. Auf einem saßen zwei Kleinkinder mit Karoline beim Essen – ‚Karin und Siegfried, 1942‘ verriet die Rückseite. Schließlich mehrere Aufnahmen eines Parks oder Gartens mit fröhlichen Frauen und Kindern, zwischen den Bäumen lag ein großes Jugendstilhaus. Beschriftet waren diese mit ‚Haus Sonnenschein‘ und Jahreszahlen zwischen 1941 und 43. Die letzten beiden Bilder waren Studioaufnahmen in Farbe. Neben unserer Großmutter ein Mann mit rotem Haarschopf und einer wulstigen Narbe unter dem rechten Auge, die sich bis hinunter zu seinem Mundwinkel zog. Er hatte hellblaue Augen und sah trotz der entstellenden Narbe gut aus. Karoline und Jacob, 1948.

„Das sind also unsere Großeltern“, sagte ich.

Henry nickte. „Mum sah Oma sehr ähnlich. Sogar die grünen Augen hatte sie von ihr."

Das letzte Bild zeigte zwei lachende Babys, höchstens ein Jahr alt, die sich glichen wie ein Ei dem anderen. Auf ihren Köpfen spross ein für ihr Alter beeindruckender dunkelrot schimmernder Haarteppich. „Henry und William, 1964", stand hinten drauf.

Behutsam legte ich die Bilder zurück in das Kästchen. „Jedenfalls wissen wir jetzt, dass Oma an unseren Locken schuld ist." Ich zupfte an meinen Haaren, die sich wieder einmal in alle Richtungen ringelten. Nach der Suchaktion sah auch Henry auf dem Kopf aus wie ein Besen.

Er nahm sich noch einmal das Babyfoto. „Mums Brüder. Ich wusste gar nicht, dass es Zwillinge waren."

„Ich auch nicht. Sie hat nur davon gesprochen, sie dich nach ihrem Bruder Henry benannt hat."

Henry lächelte leicht, seufzte und diesmal war er es, der sich mit Daumen und Zeigefinger kräftig über die Augenwinkel rieb. Wortlos nahm ich ihn in den Arm. Ziemlich lange saßen wir so und auch meine Tränen kullerten. Irgendwann löste sich Henry von mir, seine Augen rot und seine Wangen feucht. Wir hatten lange nicht mehr gemeinsam um Mum geweint. Er räusperte sich.

„Wie hießen unsere Großeltern eigentlich mit Nachnamen?", fragte er. „Mum hatte ja den ihrer Adoptiveltern angenommen. Smith."

„Keine Ahnung. Ich habe mich dafür ehrlich gesagt noch nie interessiert“, gab ich zu.

„Ich auch nicht. Oma Karoline stammte jedenfalls aus Deutschland“, meinte Henry. „Vielleicht war Opa Jacob alliierter Soldat, und sie haben sich nach dem Krieg kennengelernt, und sie ist mit ihm hierhergekommen.“

Da es auf dem kalten Dachboden zu ungemütlich wurde, stiegen wir hinunter ins Warme. Wir spekulierten eine Weile und probierten mit Henrys Werkzeug vergeblich, die Metallkassette zu öffnen. Dem Geräusch nach zu urteilen war ebenfalls Papier darin. Als Henry sich mit Helen auf den Weg zum Einkaufen für deren Silvesterparty am nächsten Tag machte, ging ich zu Dad und nahm auch die Fotos und den Metallkasten mit.

Sehr intensiv betrachtete Dad jedes einzelne Foto, bevor er leise sagte: „Ja, das müssen Liz' Eltern sein.“

„Also kennst du die Fotos nicht?“

Er schüttelte den Kopf. Sein Adamsapfel hüpfte auf und ab, als er schluckte, den Blick immer noch auf das Foto von Karoline und Jacob gerichtet. „Ich wusste nichts von den Fotos. Woher hast du sie?“

„Henry und ich haben sie auf dem Dachboden gefunden.“ Es war seltsam, denn erst jetzt fiel mir auf, dass es wirkte, als hätte Mum die Fotos vor Dad versteckt. Aber warum? Beim besten Willen konnte ich mir keinen Grund dafür vorstellen. „Weißt du zufällig, wie die beiden mit Nachnamen hießen?“

Dad betrachtete gerade das Bild von den Zwillingen. „Wie bitte?"

„Ihr Nachname. Also Mums ursprünglicher Name."

„Elisabeth Grant."

„Und woher stammte sie?"

Unbehaglich bewegte er die Schultern. „Ich ... weiß nicht. Glasgow vielleicht."

Ich wies auf das Bild von Mums Brüdern. „Wusstest du, dass Mum zwei Brüder hatte?"

„Sicher." Er reichte mir die Fotos, seine Augen glänzten. „Warum willst du das überhaupt alles wissen? Es ist doch schon so lange her."

Ich zeigte Dad Karolines Schmuck. „Hast du den schon mal gesehen? Den hatte Mum Emrys zur Aufbewahrung gegeben."

„Aha", murmelte er. „Nein, das habe ich nicht. Deine Mum hat fast nie über ihre Familie sprechen wollen. Ich habe das respektiert und sie nicht danach gefragt." Bevor ich ihm noch von der anderen Kette erzählen konnte, war er aufgestanden. „Ich mach uns Tee."

Schon verschwand er in die Küche. Mit unserem Gespräch hatte ich seine alte Wunde wieder aufgerissen. Er war bis heute nicht über Mums Tod hinweggekommen – und darüber, dass er als Arzt und ihr Ehemann die Symptome übersehen hatte, als Mum noch zu retten gewesen wäre. Kurz nach ihrem Tod hatten wir es vermieden, mit ihm über sie zu sprechen, später wechselte Dad, wie auch jetzt, stets das Thema.

Als er wiederkam, nahm er den Gesprächsfaden nicht mehr auf, obwohl Fotos und Schmuck nach wie vor auf dem Tisch lagen, sondern fragte, ob ich nicht vor meiner Abreise noch mit zu Granny kommen wolle. Vielleicht hätte sie einen guten Tag und würde mich sogar erkennen. Ich kam nicht mehr auf Mum und ihre Familie zurück, denn ich wollte ihn nicht unnötig traurig machen.

Nach dem Tee fuhr ich mit ihm ins Altenheim, um Granny zu besuchen, die mich ausgerechnet heute für meine Mutter hielt. Dad sagte nichts dazu.

Am Abend ging ich an Henrys Computer und gab „Jacob Grant" in eine Suchmaschine ein. 83 Millionen Treffer. Die Suche nach „Grant" und „Familie" ergab sogar 1,25 Milliarden Treffer. Auch der Zusatz „Glasgow" half nicht wirklich weiter. Ohne bestimmte Absicht klickte ich mich durch verschiedene Familienwebsites und gelangte auf die des Clan Grant in Schottland. Hier gab es Informationen über Ahnenforschung, aber es waren nur Tipps und Links sowie der Hinweis auf ein DNA-Projekt. Schließlich wählte ich den Punkt „Magazin der Clan Grant Gesellschaft". Mein Blick fiel auf das Emblem oben links, das mir sehr bekannt vorkam.

Es war ein Gürtel, der sich um einen brennenden Berg wand, beschriftet mit dem Motto des Clans: *Stand fast.* Daneben die Geschichte, wie der erste Grant, der norwegische König Haakon, nach einem Hinterhalt mangels Waffen einen jungen Baum aus der Erde riss und sich damit gegen seine Angreifer wehrte. Wenn später die Signalfeuer auf dem Berg Craig Ellachie nahe dem Familiensitz brannten, sammelten sich die Clansmänner dort, um gemeinsam in die Schlacht zu ziehen. Dann riefen sie sich zu:

Stand fast Craig Ellachie!

S F C E!

Ich starrte ziemlich lange auf die Worte.

Ein Schlachtruf?

Plötzlich prustete ich los. Was für ein Unfug! Sicher sollte es nur ein Hinweis auf die schottische Herkunft sein. Es war schlicht und ergreifend das Motto des Clans, meines mir unbekannten Großvaters, sonst nichts. Neugierig geworden, verbrachte ich noch eine ganze Weile damit, etwas über den Clan herauszufinden. Ich erfuhr, dass die Waldkiefer das Erkennungssymbol der Clansmänner untereinander gewesen war – deswegen also die Kiefernnadeln in der Schatulle. Doch sosehr ich auch suchte, ich fand keinen konkreten Hinweis auf meine Großeltern. Es war wie das Stochern nach der Nadel in einem riesigen Heuhaufen. Henry, dem ich meine Erkenntnisse natürlich mitteilte, stimmte mir zu, dass es das Klügste sei, als Nächstes einfach Emrys zu fragen.

„Sag mal“, meinte er schließlich zögernd. „Hast du daran gedacht, in Ullapool nachzufragen?“

„Du meinst die Buchanans? Ullapool liegt aber in den Highlands und Glasgow in den Lowlands.“ Nach Mums Tod hatte ich ein paar Monate bei den Buchanans, einem alten Studienfreund von Dad und dessen Frau, verbracht.

„Hm. Vielleicht könntest du Fi…“

„Ich habe weder seine Telefonnummer noch die leiseste Ahnung, wo er steckt, Henry“, unterbrach ich ihn, weil ich sofort wusste, worauf oder vielmehr auf wen er hinauswollte.

Eine lange Pause entstand.

„Es ist nicht so, als hätte ich nicht versucht herauszufinden, wo er ist“, sagte ich nach einer Weile. „Aber er ist wie vom Erdboden verschluckt. In Ullapool war er seit vier Jahren nicht mehr. Die Farm ist verlassen, irgendwer aus dem Dorf schaut dort ab und an nach dem Rechten. Mehr weiß ich nicht.“

„Aha.“ Henry rieb sich das Kinn. „Hör mal, Cat, könnte es sein, dass du Dan seinetwegen nicht heiraten willst? Weil du immer noch glaubst, dass er irgendwann zu dir zurückkehrt?“

Ich riss die Augen auf. „Wie kommst du denn darauf?“

„Du hast zwar immer behauptet, dass es damals nichts Ernstes war, aber ich hab schließlich Augen im Kopf.“ Er drehte seine Handflächen nach oben. „Und erzähl mir bloß nicht, *du* hättest mit *ihm* Schluss gemacht.“

„Henry! Keiner von uns konnte Schluss machen, weil wir nämlich nie eine Beziehung hatten.“

„Ach? Und was hattet ihr dann sechs Jahre lang?“

Ich verdrehte die Augen, eine Antwort fiel mir allerdings nicht ein.

Damals in Ullapool hatte ich Finley McFarlane kennengelernt. Er wohnte allein auf einer abgelegenen Farm und manchmal fuhr ich mit dem Fahrrad hinüber, um ihm mit den Schafen zu helfen. Im Gegenzug durfte ich seine Ponys reiten, wann immer ich Lust dazu hatte. Bis dahin hatte ich nur ein paar Highschoolromanzen gehabt und im Traum nicht daran gedacht, mich für Männer zu interessieren, die jenseits der dreißig und damit aus der Sicht einer Siebzehnjährigen uralt waren. Finley erging es in umgekehrter Form ähnlich, denn ich erinnerte mich lebhaft an seinen bestürzten Gesichtsausdruck, als ihm nach unserem ersten Kuss am Ufer des Loch na Sealga aufging, wie jung ich eigentlich war. Der Altersunterschied hatte uns trotzdem nicht davon abgehalten, ein paar wunderschöne Wochen miteinander zu verbringen, bis ich nach Surrey zurückkehrte. Henry war der Einzige, dem ich anschließend davon erzählt hatte.

In den folgenden Jahren hielten wir Kontakt und besuchten uns gegenseitig in unregelmäßigen Abständen. Wenn wir uns sahen, war es, als hätten wir uns nie getrennt, doch wir versprachen uns nie etwas. Vor vier Jahren hatte ich plötzlich gespürt, dass unser Abschied anders war als sonst. Als ich ihn später zu erreichen versuchte, war er aus Ullapool verschwunden. Seitdem hatte ich nichts mehr von ihm gehört.

Anfangs war ich traurig gewesen, doch darüber war ich lange hinweg.

„Finley ist fort", sagte ich entschieden. „Und das Ganze hat überhaupt nichts mit Daniel und mir zu tun. Ich weiß nicht, was mit mir los ist. Ich mag Daniel, aber ..."

„Du magst Dan?", unterbrach Henry mich kopfschüttelnd. „Mögen ist nicht die richtige Voraussetzung für eine Ehe. Wenn das wirklich so ist, dann solltest du mit ihm reden, und zwar schleunigst. Der arme Kerl hat es nicht verdient, dass du ihn noch länger zappeln lässt." Er drehte sich um und marschierte hinaus.

„Kümmre dich um deinen eigenen Kram", rief ich ihm nach.

Ich verschob das Nachdenken über Daniel und mich wieder einmal auf später und wandte mich den Grants zu. Irgendetwas musste sich doch herausfinden lassen.

Am Silvestermorgen nahm ich den Zug nach Anglesey. Im Gepäck hatte ich nicht nur das Kästchen mit den Fotos, sondern auch die immer noch ungeöffnete Metallkassette.

Dortmund, den 20. Mai 1940

Liebste Karo!

Mach Dir um uns keine Sorgen. Der Luftangriff hat nur die Innenstadt getroffen. Mama schreibt Dir gerade auch einen Brief und wird Dir sicher mehr darüber berichten, aber ich muss Dir etwas erzählen, das sie und Papa noch nicht wissen. Du musst mir versprechen, zu schweigen wie ein Grab, hörst Du?
Also gut. Wo soll ich anfangen? Ich muss es jemandem erzählen, und weil Du meine Schwester bist, weiß ich, dass mein Geheimnis bei Dir gut aufgehoben ist. Ich brauche auch dringend Deinen Rat. Ach, es hat keinen Sinn, weiter um den heißen Brei herumzureden, also raus damit: Liebste Karo, ich bin schwanger! Bitte halte Dich jetzt nicht mit Vorwürfen auf. Hans und ich werden natürlich heiraten, das steht fest. Es ist geschehen, kurz bevor er Anfang April nach Norwegen musste. Die ganze Zeit habe ich gehofft, dass ich es mir nur einbilde, aber langsam bin ich mir

sicher, dass es wohl so ist. Man spürt es einfach. Ich weiß, dass Hans und ich das nicht hätten tun sollen, aber jetzt nützt es auch nichts mehr, über verschüttete Milch zu jammern, wie Mama immer sagt. Und ich wusste doch nicht, ob ich ihn jemals wiedersehe.
Hans, der Gute, schreibt mir so oft er kann aus Oslo. Er weiß noch nichts davon und ich will ihn nicht beunruhigen, denn er braucht all seine Kraft dort im Kampf. Er hat gesagt, er wird im Sommer nach Hause kommen, aber – ach, Karo, was soll ich nur tun? Bis zum Sommer ist es noch so lang und bald sieht man es mir bestimmt an. Ich will Mama und Papa doch keine Schande machen.

Es grüßt und küsst Dich

Deine verzweifelte
Hilde

PS: Papa hat gerade seinen Einberufungsbefehl bekommen und Mama weint die ganze Zeit. Jetzt kann ich es ihnen erst recht nicht sagen.

Donnerstag, 31. Dezember

Es war Tyron, der mich vom Bahnhof abholte, und er brachte mich nicht zur *Ysgol*, sondern nach Glasmaris Hall. Er hatte ein Zimmer für mich hergerichtet, da ich bis zum Schuljahresbeginn im Herrenhaus bleiben sollte, und mit seiner ihm eigenen Umsicht alles, was ich benötigte, aus der *Ysgol* herübergebracht. Mein Kleid hing ordentlich auf einem Bügel, bereit für den abendlichen Empfang, und auch sonst vermisste ich auf den ersten und sogar auf den zweiten Blick nichts.

Wie immer strahlte Emrys eine ruhige Souveränität aus, als er vorbeischaute, um mich zu begrüßen. Die Verletzung, die er sich bei dem Ausritt mit Featherston zugezogen hatte, war gut verheilt und er humpelte nicht mal mehr. Wir hatten telefoniert, daher wusste er Bescheid, warum Daniel nicht kommen würde. Er tröstete mich, dass Daniel mich sicher bald besuchen käme. Neben mir trafen im Laufe des Tages Gäste ein, von denen einige ebenfalls in Glasmaris Hall übernachten würden, es war zusätzliches Personal eingestellt worden, und das Herrenhaus summte wie ein Bienenstock. Weil ich mich gern nützlich machen wollte, suchte ich Ruby, die wie ein Feldwebel über alles herrschte und mich gern als ihren verlängerten Arm kreuz und quer durch das Haus schickte.

Die Dusche anschließend brauchte ich wirklich.

Ein letztes Mal bürstete ich mir das offene Haar, denn für eine kunstvolle Frisur, wie ich sie im British Museum gehabt hatte, hatte ich weder Zeit noch Geschick. Dann zog ich meine Lippen mit Lippenstift nach. Als ich den Parfümflakon in der Hand hielt, den ich in London gekauft hatte, zögerte ich, bevor ich mir einen Hauch auf die Handgelenke und hinter das Ohr sprühte. War es wirklich Rosmarin? Mein Geruchssinn war eindeutig nicht so gut ausgeprägt, dass ich das hätte sagen können.

Ich machte mich auf den Weg hinunter in den großen Speisesaal, in dem Emrys den Kellnern letzte Anweisungen gab.

„Du siehst hinreißend aus, meine Liebe." Formvollendet deutete er einen Handkuss an.

„Danke." Kokett mache ich einen Knicks. „Und danke auch noch mal, dass du mir das Kleid und alles spendiert hast."

„Keine Ursache. Wie macht sich eigentlich Tyron? Ich habe den Eindruck, als könnte er seine Qualitäten unter der Obhut seiner Eltern nicht richtig entfalten, daher finde ich die Gelegenheit, sich um dich zu kümmern, für ihn ganz opportun."

„Nur für ihn? Na ja, ich habe keine Vergleiche, aber ich finde, er ist ein echter Schatz." Ich senkte meine Stimme. „Aber du solltest aufpassen, dass ich ihn zukünftig nicht ständig in Anspruch nehme. Ich fange nämlich an, mich daran zu gewöhnen."

„Keine falsche Bescheidenheit, Liebes. Tyron steht dir jederzeit zur Verfügung. Wie gesagt, ich habe nur selten Gelegenheit, jemanden zu verwöhnen, und gedenke nicht, in naher Zukunft damit aufzuhören."

„Gibst du also endlich zu, dass du mich aus purem Eigennutz nach Anglesey geholt hast?"

Er breitete die Arme aus. „Touché!"

Wir lachten beide. Ich deutete auf den Schmuck meiner Großmutter, den ich natürlich ebenfalls angelegt hatte. „Er ist übrigens wunderschön."

„Er gehört dir ja schon lange. Ich habe ihn nur aufbewahrt. Verzeihst du mir, dass ich ihn dir nicht früher gegeben habe?"

Ich winkte ab. „Ich wusste ja nichts davon. Du kanntest Mums Eltern persönlich, nicht wahr?"

Emrys zögerte kaum merklich. „Ja, das ist richtig."

„Ich weiß fast nichts über sie ..." Ich machte eine Pause, um Emrys Gelegenheit zu geben, mir etwas mehr zu verraten, doch er sah mich nur abwartend an. „Auf dem Dachboden zu Hause habe ich alte Fotos gefunden. Von Karoline und Jacob und von Mums Brüdern. Ich wusste gar nicht, dass es Zwillinge waren.“ Emrys schwieg immer noch. „Es gab auch Fotos von Karolines Eltern und ihren Schwestern. Sie waren Deutsche, nicht wahr?“

Emrys fragte nicht, woher ich das wusste, sondern nickte lediglich.

„War Jacob Grant vielleicht alliierter Soldat? Es könnte ja sein, dass die beiden sich nach dem Krieg, als er in Deutschland stationiert war, kennengelernt haben ...“ Ich hob die Stimme, um es als Frage zu kennzeichnen.

Er reagierte nicht.

„Weißt du, ob vielleicht noch jemand aus der Verwandtschaft lebt?“

Emrys legte eine Hand auf meinen Arm. „Caitlyn, lass uns nicht jetzt über die beiden reden.“

„Warum?“

Er seufzte. „Es ist eine lange Geschichte, Liebes. Zu lang für heute Abend.“

„In Ordnung“, lenkte ich ein. „Es eilt ja nicht. Ich ... na ja, es interessiert mich einfach nur.“

Es klirrte. Zwei Kellner waren zusammengestoßen, wobei ein paar Gläser zu Bruch gegangen waren. Sofort war Ruby zur Stelle, die die beiden für ihr Ungeschick zurechtwies und in null Komma nichts dafür sorgte, dass die Misere beseitigt wurde.

„Ruby hat dich in den höchsten Tönen gelobt“, sagte Emrys.

Abwehrend hob ich die Hände. „Ich habe nur getan, worum sie mich gebeten hat. Sie ist diejenige, der du auf die Schulter klopfen solltest."

„Jedes Mal, wenn ich das versuche, handle ich mir einen Klaps auf die Finger ein, daher belasse ich es dabei, mich hin und wieder und nicht allzu überschwänglich bei ihr zu bedanken." Zufrieden sah er sich um. „Bald dürften die Ersten eintreffen. Es würde mich freuen, wenn du mit mir zusammen die Gäste begrüßen würdest."

Gemeinsam gingen wir in den Salon, in dem das Fest mit einem Aperitif beginnen würde. Gleich darauf kamen die Besucher aus ihren Zimmern, um sich zu uns zu gesellen, und bald trafen auch Gäste von außerhalb ein. Die ganze Zeit stand ich neben Emrys, schüttelte unzählige Hände und bekam angedeutete Handküsse und Komplimente von den älteren Gentlemen. Plaudernd und lächelnd fühlte ich mich ein bisschen wie die Duchess von Anglesey persönlich. Während sich der Salon zusehends füllte, verlor ich irgendwann den Überblick über die ganzen neuen Gesichter. Mir die Unmenge an Namen zu merken, überstieg sogar die Fähigkeit, die ich mir als Lehrerin im Laufe der Jahre antrainiert hatte. Auch Avril war eingeladen und belegte bald Emrys mit Beschlag.

Unter den Gästen, die einige Tage in Glasmaris Hall verbringen würden, waren auch die Thorntons. Lady Lilian bemängelte, dass ich bei der Ausstellungseröffnung gegangen war, ohne mich zu verabschieden. Ich redete mich vage damit heraus, dass ich ein „kleines Problem mit meiner Kleidung“ gehabt habe und Lord Scratby so freundlich gewesen sei, mich deswegen zum Hotel zu begleiten. Erst als Lady Lilian mit einem verständnisvollen, aber hintergründigen Lächeln nickte, realisierte ich, was ich damit gerade angedeutet hatte. Zu meiner Erleichterung hatte Emrys nicht zugehört und Lady Lilian wechselte taktvoll das Thema. Während wir uns über die unaussprechlichen walisischen Namen der umliegenden Dörfer amüsierten, weiteten sich mit einem Mal ihre Augen.

Mit ihrer Krücke, die sie heute anstelle des Gehwagens benutzte, klopfte sie energisch auf den Boden. „Bitte entschuldigen Sie mich, Caitlyn, ich glaube, es wird Zeit, dass ich mich hinsetze.“ Sie zwinkerte mir verschwörerisch zu und humpelte wenige Meter weiter, wo sie sich nicht hinsetzte, sondern Freunde begrüßte. Verwundert über diesen brachialen Abbruch unseres Gespräches sah ich ihr nach.

„Guten Abend, Miss Brown“, erklang in diesem Moment eine wohlbekannte dunkle Stimme hinter mir.

Irgendwie hatte ich gehofft, dass er kommen würde. Und irgendwie hatte ich mich davor gefürchtet.

„Guten Abend, Mylord.“

Automatisch, weil ich das an diesem Abend schon unzählige Male getan hatte, reichte ich ihm meine Hand. Mit erhobener Braue nahm er sie und anstatt nur einen Kuss anzudeuten, spürte ich seine Lippen auf meiner Haut. Mein Herz klopfte. Ein Lächeln kräuselte seine Mundwinkel, als er meine Hand herumdrehte, um mein Handgelenk an seiner Nase vorbeizuführen. Im Stillen war ich Lady Lilian dankbar für ihren taktvollen Rückzug. Da sah ich Emrys auf uns zusteuern – und entzog Featherston abrupt meine Hand.

„Duncan! Wie schön, dass Sie es einrichten konnten. Hatten Sie eine angenehme Reise zurück von East Anglia?"

Featherstons Mine zeigte nichts als höfliches Interesse für den Gastgeber. „Das hatte ich. Vielen Dank für die freundliche Einladung, Duke", antwortete er mit einer leichten Verbeugung.

„Oh, dann waren Sie über Weihnachten daheim?", fragte ich – einerseits, um unverfängliche Konversation zu betreiben, andererseits war ich tatsächlich neugierig, denn niemand wusste mehr über ihn, als dass er aus der Nähe von Norfolk stammte und das, was wir im Schulleben von ihm mitbekamen.

Er nickte huldvoll. „Ich hoffe, Sie haben Ihre Ferien genießen können?"

„Sehr! Es war schön, wieder einmal in Leatherhead zu sein", erwiderte ich und deutete seine sparsame Antwort als Signal, dass mich sein Aufenthalt zu Hause nichts anging. „Vielen Dank übrigens für die zusätzlichen Ferientage."

„Gern geschehen."

Featherston bedachte mich mit demselben Blick wie im 41, unmittelbar bevor er gegangen war. Nervös strich ich mir die Haare hinter das Ohr.

„Haben Sie gehört, dass sich George Mallory umgebracht hat?“, war das Erste, was mir einfiel, und keine Sekunde später fand ich dieses morbide Thema ziemlich fehl am Platz. Doch alles war besser als dieses epische Schweigen, das sich zwischen ihm und mir immer wieder ausbreitete.

Featherston zupfte an seinen Manschetten. „Ja.“

„Eine tragische Geschichte“, bemerkte Emrys, dessen Blick zwischen Featherston und mir hin und her ging. „Ich las davon in der Zeitung.“

„Du kanntest ihn schon länger, oder?“, nahm ich den Faden dankbar auf.

„Nun, wir waren keine engen Freunde, haben aber von Zeit zu Zeit miteinander zu tun gehabt.“ Betrübt schüttelte Emrys den Kopf.

„Weißt du, wie ...? Ich meine ... laut Bericht wurde er auf einem Vordach gefunden.“ Ich war nicht sensationslüstern, aber da ich ihn kennengelernt hatte, interessierte es mich.

„Er ist wohl gesprungen. Er hätte es überleben können, aber er kam unglücklich auf. Genickbruch.“

„Oh“, erwiderte ich schockiert, obwohl ich fand, dass so ein dramatischer Abgang zu ihm passte. „Oder ist er vielleicht doch gestürzt? In der Zeitung stand, er hätte Drogen genommen.“

„Es hieß auch, er habe Schulden gehabt", warf Featherston ein. „Was hätte er sonst auf dem Dach zu suchen gehabt?"

Emrys zuckte mit den Schultern. „Da ich mit ihm nie über persönliche Angelegenheiten gesprochen habe, kann ich weder das eine noch das andere bestätigen oder widerlegen."

„Schlimme Sache", sagte ich. „Es ... na ja, wenigstens hast du den Kristall noch bekommen."

Emrys und Featherston tauschten einen kurzen Blick. Aus heiterem Himmel überfiel mich ein beunruhigender Gedanke: Was, wenn hinter Mallorys Tod mehr steckte als Schulden? Das Geschäft mit dem Kristall war mir ja von vornherein nicht ganz koscher vorgekommen und da war dieser Mann gewesen, mit dem ich beim Verlassen von Mallorys Büro zusammengestoßen war.

Emrys lächelte unverbindlich. „Ja. Vielen Dank übrigens für dein Engagement ... oh! Kieran gibt mir gerade zu verstehen, dass wir zu Tisch bitten sollten. Verzeiht, wenn ich euch jetzt allein lasse." Schon war Emrys verschwunden.

„Nachdem ich Mr Mallory verlassen hatte, ging ein Mann zu ihm. War der noch bei ihm, als Sie in seinem Büro waren, Lord Scratby?"

„Nein."

Ich kratzte mich am Kopf. „Seltsam. Dann war dieser Typ aber sehr schnell wieder weg."

Indigniert hob Featherston eine Braue. „Ist das wichtig?“

„Hm. Na ja. Nein, wahrscheinlich nicht“, meinte ich. „Sie kannten ihn übrigens.“

„Tatsächlich?“

„Er war einer der Begleiter dieser blonden Frau, mit der Sie sich unterhalten haben.“

„Ich weiß leider nicht, wen Sie meinen“, behauptete Featherston. „An diesem Abend habe ich mich mit einer Menge Leute unterhalten.“

„Könnte es sein, dass Sie der Letzte waren, der Mallory lebend gesehen hat?“, sinnierte ich.

Featherston musterte mich. „Falls Sie wissen möchten, ob ich das der Polizei mitgeteilt habe: Nein, denn als ich ihn verließ, war er putzmunter, und ich habe nichts Auffälliges bemerkt, daher war ich nicht sonderlich darauf erpicht, in langwierige Vernehmungen verwickelt zu werden.“

Das Öffnen der Flügeltüren zum Speisesaal unterbrach unser Gespräch. Irgendwie konnte ich ihn verstehen, daher beließ ich es dabei und nahm stattdessen einfach Featherstons dargebotenen Arm.

Obwohl ich den Speisesaal kannte und die opulente u-förmige Tafel schon zuvor gesehen hatte, war es mit einem Mal, als tauchte ich in eine andere Zeit ein. Erst auf den zweiten Blick erkannte ich, dass die elektrische Beleuchtung beinahe vollständig durch Kerzen ersetzt worden war. Der warme Schein belebte die alten Gemälde, die gesamte Einrichtung des Saals wirkte nicht mehr altmodisch oder unzeitgemäß, sondern hauchte der Szene eine unübertroffene Authentizität ein. Ein Kostümfest mit der Mode vergangener Jahrhunderte hätte wunderbar hierher gepasst.

Mein Platz war am Querbalken des U zu Emrys' Rechten, und gleich neben mir rückte sich Featherston seinen Stuhl zurecht. Die Thorntons saßen über Eck. Auf der anderen Seite von Emrys hatten Avril sowie James und Anna Baskin Platz genommen, alte Freunde von Emrys, die ebenfalls in Glasmaris blieben. Die Tafel füllte sich schnell mit den rund fünfzig geladenen Gästen.

Selbst, wenn ich es gewollt hätte, ich hatte keine Zeit mehr, mich mit Mallory und dem Kristall zu beschäftigen. Während wir das sechsgängige Menü serviert bekamen, gab es zwischen den einzelnen Speisen musikalische, aber auch kabarettistische Darbietungen, sodass die Zeit wie im Flug verging. Die Gespräche drehten sich wie in jeder Gesellschaft um vielfältige Themen von politisch bis trivial und die Stimmung war heiter und beschwingt. Ich ließ mich gern von der guten Laune anstecken, doch mit der Zeit spürte ich eine Nervosität, die weder mit dem Kristall oder Mallorys Tod noch mit dem ausgelassenen Fest zu tun hatte.

Jedes Mal, wenn Featherston mich ohne ersichtlichen Grund ansah – und er tat es oft –, flatterte ein Schwarm Schmetterlinge durch meinen Bauch. Sosehr ich mich auch darum bemühte, ich schaffte es einfach nicht, seine Anwesenheit unter der Kategorie „Alltag" abzuhaken. Vier Monate lang waren wir uns nahezu täglich in der Schule begegnet, hatten gearbeitet, so wie heute beim Essen gesessen oder manchmal gemeinsame Spaziergänge unternommen. Wir hatten mehr Zeit miteinander verbracht, als es beruflich gesehen notwendig gewesen wäre. Trotzdem hatte ich die ganze Zeit erfolgreich verdrängt, wie sehr die Chemie zwischen uns stimmte. Seit dem Abend im Museum konnte ich das allerdings nicht mehr. Jetzt spürte ich Berührungen unter dem Tisch – zu oft und zu lang, als dass sie zufällig sein konnten.

Nach dem Dessert setzte sich Emrys unter allgemeinem Applaus an den Flügel. Er war ein wunderbarer Klavierspieler, auch wenn er immer betonte, dass er es nur zu seinem Vergnügen tat. Er zwinkerte mir zu, als er die ersten Töne von Chopins Nocturne Nr. 2 in Es-Dur anschlug. Prompt warf ich ihm einen verstohlenen Handkuss zu.

Featherston, dem das nicht entgangen war, beugte sich näher. „Sie mögen dieses Stück?", flüsterte er.

„Wenn ich ihn früher mit Mum besucht habe ..." Ich stockte. Beim Sprechen hatte ich mich ihm unwillkürlich zugewandt und nun war sein Gesicht nur Zentimeter entfernt. „... hat Emrys das abends vor dem Schlafengehen für mich gespielt."

Mein Herz machte einen Satz, weil Featherston seine Hand diskret auf meine legte. Erst einige Sekunden später lehnte er sich wieder zurück, ohne jedoch loszulassen. Zu meiner Beruhigung hing Avrils Blick die ganze Zeit hingerissen an Emrys' virtuosem Spiel, wohingegen ich Mühe hatte, mich auf die Melodie zu konzentrieren. Dem allgemeinen Applaus für den Hausherrn schloss ich mich mit deutlicher Verspätung an.

Der Lautstärkepegel schwoll wieder an, doch meine Beteiligung an den Gesprächen war zurückhaltender als in den Stunden zuvor. Inzwischen ging es Richtung Mitternacht und Emrys verkündete, dass es auf der Wiese vor der Brücke ein großes Feuerwerk geben würde. Nach und nach erhoben sich die Leute.

Auch Featherston stand auf. „Gehen wir."

In der Eingangshalle herrschte lautes Durcheinander, während sich die Angestellten bemühten, jedem möglichst schnell den richtigen Mantel zu bringen. Ich wartete dicht neben Featherston und vermied jeden Blick in seine Richtung. Als wir zusammen mit anderen Gästen aus dem Eingang hinaus in die eisige, sternenklare Winternacht strömten, hüllte mich die Wärme des edlen Zobels ein – und trotzdem fröstelte ich, als Featherston meinen Arm unterhakte. Wir durchquerten den Innenhof und das Torhaus, um auf die Brücke zu gelangen, von der aus man den besten Blick auf das Feuerwerk haben würde, das auf einer großen Wiese entzündet werden sollte. Um uns herum erklangen Gelächter und Stimmen, Kellner hatten auf der Brücke Tische mit Getränken angerichtet. Doch anstatt dorthin, führte Featherston mich nach rechts, fort von den Menschen, bis wir das außen an der westlichen Mauer des Innenhofes gelegene Plateau hoch über dem Meer betraten. Unweit der Treppe, die hinunter zum Anlegesteg führte, blieben wir stehen. Schemenhaft war Emrys Boot zu erkennen, das auf den Wellen schaukelte, unter uns das gleichmäßige Geräusch der Brandung und das stete Blasen des Windes vom Meer. Von den Feiernden, nur wenige Dutzend Meter entfernt, war kaum etwas zu hören. Wäre da nicht die dunkle Silhouette eines Bootes auf dem Meer gewesen, hätte ich mir einbilden können, dass wir ganz allein auf der Welt wären.

Ein Teil von mir wünschte sich, dass dieser Moment andauerte. Ein anderer Teil – wahrscheinlich der vernünftige – mahnte eindringlich, dass ich gar nicht erst hätte mit hierhergehen dürfen. Doch ich blieb, auch, als er mich zu sich heranzog und mein Haar durch seine Finger gleiten ließ. Sachte berührte er mein Gesicht, fuhr mit sanftem Druck die Konturen meiner Lippen nach, um schließlich mein Kinn anzuheben.

„Spielst du eigentlich gern mit dem Feuer?“, murmelte ich.

Er lächelte leicht – mit einem irritierenden Anflug von Bitterkeit. „Ich habe mich schon oft verbrannt.“

Ich schloss die Augen, erwartete, seine Lippen auf meinen zu spüren, doch er verharrte Millimeter entfernt. Erst als ich ihm entgegenkam, küsste er mich. Einen wundervollen Moment lang gab es nichts als ihn und mich, und obwohl es mit ziemlicher Sicherheit keine gute Idee war, genoss ich diesen Augenblick mit jeder Faser, wie eine süße, verbotene Frucht.

Ruckartig stieß er mich ein Stück von sich. Verwirrt sah ich ihn an – dann nahm auch ich die Geräusche wahr, die unten vom Bootssteg zu hören waren.

„Was ist de...?“ Weiter kam ich nicht.

Blitzschnell hielt er mir den Mund zu und zog mich fort von der Treppe an eine Stelle, die am Ende der Plattform im Dunkel der Mauer lag.

„Sei ruhig“, hörte ich seine Stimme dicht an meinem Ohr.

Ich nickte – was sollte ich auch sonst tun? Sein Griff lockerte sich, seine Hand löste sich von meinem Mund, doch er schien nicht überzeugt, dass ich mich an mein Versprechen halten würde, denn er blieb in Position. Ich atmete, so tief ich konnte, ohne zu hyperventilieren. Von der Treppe kam Fußgetrappel, kaum lauter als die Brandung. Rund ein Dutzend Gestalten liefen die Treppe hoch, allesamt schwarz gekleidet und mit einer Maske über dem Kopf. Soviel ich im Dunkel erahnen konnte, trugen sie Gegenstände mit sich. Ich dachte an das Boot. Schutz suchend drängte ich mich an Duncan, der mich beruhigend an sich drückte. Mir fiel die *Occupy-the-Lords-Bewegung* ein.

Als alle an uns vorbei waren, drehte ich mich zu Duncan herum, um ihn danach zu fragen. Gerade zog er seine Linke unter Mantel und Jackett hervor – und meine Frage blieb mir im Hals stecken. Er hielt eine Pistole in der Hand.

„Egal, was passiert, bleib hier – genau an dieser Stelle, und zeig dich niemandem." Sein Tonfall war scharf, es war keine Bitte, sondern ein Befehl, daher nickte ich nur sparsam.

Tausend Fragen brannten mir auf der Zunge. „Aber wer sind ...?"

„Still", zischte er. Im Mondlicht sah ich seine Augen glitzern. „Tu, was ich sage! Versprich es mir!"

„Ja ... ich ... versprochen."

Er drückte mir einen harten Kuss auf den Mund.

Dann war ich allein.

Jetzt war es nur die kalte Mauer, die mir in meinem Rücken Halt gab. Was zum Teufel war hier los? Gedanken purzelten wie ein buntes Kaleidoskop durch meinen Kopf, aber es wollte sich einfach kein Bild ergeben. Duncan war überrascht gewesen, aber im Gegenteil zu mir hatte er nicht gewirkt, als würde er gerade etwas vollkommen Absurdes erleben. Er trug die Pistole mit so großer Selbstverständlichkeit, dass ich jede Wette einging, dass er damit auch umgehen konnte. An die Mauer gelehnt hörte ich, wie die Glocken der Kirche in Glasmaris zu läuten begannen. Die ersten Feuerwerksraketen wurden gezündet, die Menge auf der Brücke brach in begeisterte Rufe aus und wünschte sich lauthals ein frohes neues Jahr.

„Gleichfalls", murmelte ich und rieb mir die Schläfen.

Einfach hier zu warten und dabei nicht zu wissen, was los war, gefiel mir nicht. Meiner Ansicht nach musste es sich um einen Coup der *Occupy-Bewegung* handeln, wer sonst hätte einen Grund, heimlich in Glasmaris Hall einzudringen? Die Aktivisten waren zwar aufdringlich, aber ungefährlich, daher erschien mir Duncans Reaktion übertrieben.

Entgegen seiner Anweisung schlich ich geduckt und so leise ich konnte ein Stück vorwärts, damit ich um die Mauer herumspähen konnte. Um einen schöneren Effekt zu erzielen, waren alle Lichter auf dem Vorplatz und im Torhaus gelöscht worden, sodass die Dunkelheit in diesem Bereich nur durch die explodierenden Feuerwerkskörper erhellt wurde. Das Gitter am großen Tor zur Brücke schloss sich gerade beinahe lautlos. Es war gut geölt und die Raketen übertönten das Geräusch, sodass es niemandem auf der Brücke aufzufallen schien. Alle beobachteten den Himmel.

Wer hatte den Mechanismus für das Tor in Bewegung gesetzt? Und wo befand sich der eigentlich? Duncan war sicher längst auf der Brücke, um Emrys zu informieren. Aber die Stimmung dort war völlig unverändert – niemand hatte etwas bemerkt. Oder war Duncan doch nicht dort? Ob ich vielleicht etwas tun sollte? Aber was? Es war vertrackt, denn abgesehen vom Landungssteg war das Tor der einzige Zugang zu Glasmaris Hall. Aber was machte es schon, wenn mich die *Occupy-Aktivisten* sahen? Gerade, als ich mich entschloss, zum Tor zu laufen, wurden meine

Gedanken von einem unsanften Stups in meinem Rücken unterbrochen.

„Schön ruhig bleiben!"

Es war nicht Duncan, daher wäre ich im Traum nicht darauf gekommen, dem Mann zu widersprechen. Ich versuchte, nicht darüber nachzudenken, was er mir da gerade in die Rippen presste, und schielte lediglich über meine Schulter. Er war genauso unkenntlich gekleidet wie die anderen und hielt ein Funkgerät dicht an seinen Mund. Er sprach im Flüsterton. Was er sagte, verstand ich nicht – anhand des melodischen Tonfalls, des deutlich rollenden „R" und des häufigen Gebrauchs von Kehllauten konnte es spanisch sein.

„Geh", wies der Mann mich schließlich an. „Aber leise! Sonst ..." Demonstrativ drückte er mir seine Pistole fester in die Rippen.

Ein paarmal stolperte ich mit meinen hohen Absätzen auf dem unebenen Vorplatz, daher packte mich der Mann grob am Arm, damit wir schneller vorwärtskamen. Durch das Gitter vom Tor erkannte ich die Silhouetten der ahnungslosen Menschen auf der Brücke. Während wir das Torhaus durchquerten, bemerkte ich im Innenhof zwei Gestalten. Links oberhalb von mir knackte es. Auf der hölzernen Treppe, die hinauf auf den Wehrgang an der westlichen Mauer führte, sowie auf dem Wehrgang selbst standen Leute.

Ich musste kein Genie sein, um zu begreifen, dass sich hier etwas abspielte, das meine Vorstellungskraft weit überstieg. Die *Occupy-Aktivisten* waren es vielleicht doch nicht – jedenfalls hatte ich nie davon gehört, dass sie bewaffnet und gewaltbereit gewesen waren. Irgendwie hatte ich mit einem Mal das dumpfe Gefühl, dass dieser verflixte Kristall oder Mallory oder beide etwas damit zu tun hatten. Und Emrys spielte wohl ebenfalls eine Rolle.

Die Kirchenglocken läuteten immer noch das neue Jahr ein. Obwohl erst wenige Minuten vergangen sein konnten, kam es mir vor wie eine Ewigkeit. Das Feuerwerk war mit lautem Krachen und Böllern in vollem Gange. Plötzlich glaubte ich, Schüsse und Schreie aus dem Haus zu hören, doch es konnten genauso gut das Echo der Raketen und die Rufe der Feiernden sein. Wortlos wurde ich einem anderen Wachposten übergeben, der mich hinüber zum Haupteingang brachte. Mein erster Bewacher machte auf dem Absatz kehrt.

Einige Male warf ich einen Blick nach oben. Die bunten Raketen zauberten wundervolle Farben und Formen in den Nachthimmel. Es war ein surreales Gefühl, weil ich trotz der bedrohlichen Lage noch Sinn dafür hatte. Mir war klar, dass ich besser auf Duncan gehört und im Schatten der Mauer gewartet hätte. Wo zum Teufel steckte er nur?

In diesem Moment trat jemand mit einer Taschenlampe in der Hand aus dem Haus und kam unmittelbar auf uns zu. Der Lichtstrahl blendete mich, als er mir mitten ins Gesicht leuchtete. Ich wandte mein Gesicht ab. Die Männer wechselten ein paar schnelle Worte. Es war spanisch – allerdings schien es nicht die Muttersprache des Mannes mit der Taschenlampe zu sein, denn er hatte einen anderen, sehr harten Akzent. Dann wandte er sich an mich.

„Kommen Sie, Madam!" Mit der Taschenlampe machte er eine einladende Geste in Richtung Haus.

Hinter mir fiel mit lautem Krachen das riesige hölzerne Tor zu. Mit Getöse landete auch der gigantische Riegel in der dafür vorgesehenen Vorrichtung. Abgesehen davon, dass allmählich jemand auf der Brücke etwas bemerkt haben müsste, kam jetzt garantiert niemand mehr hinein – oder heraus. Im Obergeschoss des Torhauses flammten mit einem Mal Scheinwerfer auf, die Männer oben trugen nun weiße Guy-Fawkes-Masken. Sie entrollten Transparente, hielten Schilder hoch und brüllten Parolen der *Occupy-the-lords-Bewegung*.

Eine perfekte Fassade, die ihnen Zeit verschaffte. Vermutlich hätte ich zutiefst erschüttert sein müssen, verstört oder völlig aus der Fassung geraten, doch seltsamerweise konnte ich immer noch klar denken. Mit sehr gemischten Gefühlen betrat ich die Halle.

Beide Hände auf dem Kopf, knieten acht Personen vor der ausladenden Haupttreppe. Ein Mann, den ich als Mr Baskin erkannte, dann Avril, die blass, aber gefasst wirkte, sowie Kieran, Ruby und Tyron und drei der Kellner. Alle wurden von zwei Bewaffneten in

Schach gehalten, während ein dritter dabei war, ihnen Hand- und Fußfesseln aus Kabelbindern anzulegen. Alle Gefangenen hielten mit stoischer Miene den Blick gesenkt und ließen die Prozedur über sich ergehen, lediglich Kieran und Avril blickten flüchtig auf. Ruby war bleich und ihre Lippen bewegten sich stumm. Aus einer Ecke hörte ich ein Stöhnen. Ein junger Kellner lehnte mit schmerzverzerrtem Gesicht an der Wand, die Hände bereits gefesselt hinter dem Rücken, die Beine vor sich ausgestreckt. An einem Knie war die Hose blutdurchtränkt. Mein Magen zog sich zusammen. Hoffentlich war Duncan draußen auf der Brücke.

„Stehen bleiben – bitte."

Das galt mir. Der Mann nahm mich bei den Schultern und drehte mich zu sich herum. Von seinem Gesicht konnte ich nur die Augenpartie sehen. Ich hatte das Gefühl, er lächelte – allerdings gefiel mir der kalte Ausdruck seiner graugrünen Augen nicht. Vorsichtshalber hielt ich meine Hände seitlich vom Körper abgewinkelt. Mit seiner schwarz behandschuhten Hand griff er mir unters Kinn, um es anzuheben.

„Hübsch", sagte er.

Ich sagte nichts.

„Wie heißen Sie?"

„Melinda", behauptete ich. Aus irgendeinem Grund war es mir lieber, meinen richtigen Namen nicht zu nennen, und der meiner besten Freundin war der erste, der mir einfiel.

„Ziehen Sie Ihren Mantel aus, Melinda."

Er war Deutscher, das konnte man hören.

„Bitte!", sagte er sehr nachdrücklich.

Ich tat es. Da er keine Anstalten machte, ihn mir abzunehmen, hielt ich ihn wie ein Schutzschild an meine Brust gedrückt. Er riss ihn mir weg und schleuderte ihn achtlos auf den Boden. Dann steckte er seine Pistole ein, um seine Hände tastend von oben nach unten meine Seiten entlanggleiten zu lassen. Als er seine Hände auf meine Brüste legte, trat ich einen Schritt zurück.

Missbilligend schnalzte der Deutsche mit der Zunge. „Ich bin noch nicht fertig."

Betont langsam beschäftigte er sich noch einmal mit meiner Brust und mit meinem Rücken, bevor er in die Hocke ging und seine Hände unter meinen Rock schob. Ich schloss die Augen und zwang mich unter Aufbietung all meiner Selbstbeherrschung, mich keinen Millimeter zu bewegen, während er jedes Bein einzeln bis ganz hinauf abtastete. Am liebsten hätte ich ihm mein Knie mitten ins Gesicht gestoßen. Schließlich lachte er humorlos und bedeutete mir, mich genauso hinzuknien wie die anderen.

Der große Mann, der auch den anderen die Fesseln angelegt hatte, sagte etwas. Ich konnte den folgenden Wortwechsel nicht verstehen, doch der Deutsche schien angenehm überrascht zu sein. Der große Mann lachte ein heiseres Lachen, während seine seltsam farblosen Augen spekulativ auf mich gerichtet waren.

Ich zwang mich zur Ruhe. Die Blöße, die Fassung zu verlieren, wollte ich mir unter keinen Umständen geben.

Der Deutsche hob das Funkgerät. „*Situación*?“ Er erhielt nacheinander mehrere Antworten, während er auf und ab wanderte und Befehle erteilte, dann stoppte er abrupt. „Du“, sprach er Kieran an. „Wo ist er?“

Kierans Blick flatterte hoch. „Es tut mir leid, aber wie ich Ihnen bereits sagte, teilt mir seine Gnaden nicht alles mit. Es entzieht sich meiner Kenntnis, Sir.“

„Es entzieht sich meiner Kenntnis“, äffte der Mann den würdevollen Tonfall des Butlers nach.

Ohne Vorwarnung schoss er. Ruby kreischte erschrocken auf, doch es splitterte nur Holz am Treppengeländer unmittelbar neben dem Kopf des Butlers. Kierans Gesicht hatte jeden Ausdruck verloren. Sein Adamsapfel hüpfte. Unvermittelt wirbelte der Deutsche herum und drückte mir den Lauf an die Schläfe. Mit geschlossenen Augen hielt ich die Luft an.

„Hilft das deinem Gedächtnis ein wenig auf die Sprünge?“

Sekundenlang passierte nichts. Ich wagte zu blinzeln.

„Vielleicht ... kann ich Ihnen doch helfen, Sir. Ich zeige Ihnen etwas, bei dem es sich um das fragliche Objekt handeln könnte.“

Auf wortlosen Befehl des Deutschen wurden Kierans Fesseln durchtrennt. Steifbeinig erhob er sich, seine äußerliche Gelassenheit war nur noch Fassade. Trotzdem straffte er seine Haltung. „Wenn Sie mir bitte folgen würden.“ Ohne eine Antwort abzuwarten, setzte er sich in Bewegung und steuerte auf die Tür zu, die in den Ostflügel führte.

Der Deutsche bellte ein paar Anweisungen, bevor er mich auf die Beine zog. „Mitkommen.“

Ruby warf mir ein verzerrtes Lächeln zu, das wohl aufmunternd gemeint war, Tyron starrte grimmig vor sich hin und Avril hatte die Augen zu Schlitzen verengt. Der große Mann rief dem Deutschen etwas zu, doch der winkte ab und einer der anderen beiden Bewaffneten schloss sich uns an.

„Wohin gehen wir?“, blaffte der Deutsche.

„In das private Arbeitszimmer seiner Gnaden“, informierte Kieran knapp, ohne über die Schulter zu blicken.

Während wir durch das stille Herrenhaus marschierten, fragte ich mich wieder, wer diese Männer waren und vor allem, was sie beabsichtigten.

Das fragliche Objekt, hatte Kieran gesagt. Meinte er tatsächlich den Kristall?

Das hier war eine paramilitärisch geplante Aktion, die die *Occupy-the-Lords-Bewegung* als Deckmantel benutzte, um in das Herrenhaus eindringen zu können und etwas zu stehlen – was den einzigen Schluss zuließ, dass ich Emrys eindeutig nicht so gut kannte, wie ich bis vor Kurzem noch geglaubt hatte. Mir fiel die Mahnung in dem letzten Brief ein.

Anstatt in Emrys' Arbeitszimmer im ersten Stock führte Kieran uns zu einer Holzwand im Erdgeschoss des hinteren Teils des Ostflügels. Dort wandte er sich um.

„Es gibt hier eine verborgene Tür, denn dieser Gebäudeteil ist nicht für jedermann zugänglich."

„Das heißt?"

„Ich muss die Tür mit einem Mechanismus öffnen, der hinter diesem Bild liegt." Er deutete auf ein Stillleben, das neben der Tür an der Wand hing.

Mit einem knappen Nicken stimmte der Deutsche zu.

Kieran klappte das Bild beiseite, drehte ähnlich wie bei einem Safe einen dicken Knopf mehrfach in jede Richtung, bis er gegen die Wand drückte und sich eine schwere Tür öffnete. Licht flammte auf. Vor uns ging es ein Dutzend Stufen hinab in einen spärlich beleuchteten, fensterlosen Gang, dessen Wände aus grob behauenem Stein bestanden. In einiger Entfernung machte der kaum einen Meter breite Gang einen Knick. Ich konnte mich nicht daran erinnern, schon jemals hier gewesen zu sein. Im Geiste rief ich mir den Grundriss von Glasmaris Hall vor Augen, um herauszufinden, wo wir uns eigentlich befanden, und kam zu dem Schluss, dass dieser Gang im Herzen der nordöstlichen Mauer liegen musste. Nach der Biegung führte er wahrscheinlich in der nördlichen Mauer weiter. Das angebliche private Arbeitszimmer konnte sich demnach nur im alten Wachturm hinter dem Garten befinden. Ich hoffte inständig, dass Kieran wusste, was er tat.

Der Butler ging voran und ich tippelte auf meinen hohen Schuhen vorsichtig hinterher, denn der unebene Boden bestand aus gestampftem Lehm. Der Deutsche rief unserem Begleiter etwas zu, woraufhin sich der Mann an der geöffneten Tür zum Gang postierte.

Tatsächlich erblickte ich, nachdem wir um die Ecke gebogen waren, eine hölzerne Tür, die Kieran mithilfe von zwei Schlüsseln öffnete. Dahinter lag ein quadratischer Raum, der komplett mit Eichenpaneelen vertäfelt war. Die Decke bestand aus stabilen Balken, der Fußboden war mit Holzdielen ausgelegt. Obwohl fensterlos, war die Luft nicht abgestanden, aber deutlich kühler als im Rest des Hauses. Ich fröstelte in meinem dünnen Kleid. Das altmodische Mobiliar bestand aus einfachen Schränken, Regalen und einem großen Schreibtisch.

„Wo ist er?“ Der Deutsche war hinter mir im Türrahmen stehen geblieben und sah sich um.

„In einer verborgenen Nische hinter den Paneelen“, erklärte Kieran. „Der Riegel befindet sich in diesem Schrank dort.“

Der Deutsche zerrte mich zu sich und drückte mir die Pistole an die Kehle. „Öffnen! Aber schön langsam!“

Kierans Kiefer mahlten. Wortlos rückte er Akten im benannten Schrank zur Seite und langte tastend dahinter. Ich spürte die Anspannung des Maskierten.

Mit reglosem Gesicht wandte sich der Butler uns wieder zu.

„Es ist das dritte Paneel von rechts. Vielleicht ... möchten Sie es selbst öffnen, Sir?"

„Nein", antwortete der Deutsche nach kurzem Zögern. „Sie wird es tun." Er ließ mich los, den Lauf der Pistole richtete er stattdessen auf Kieran, während er meine auf dem Rücken gefesselten Hände mit einem Messer befreite. Er steckte sein Messer weg und schubste mich vorwärts. „Geh schon."

Am Gesicht des Butlers war nichts abzulesen, aber sein Blick folgte mir. „Warten Sie, Mylady", sagte er, als ich das Paneel fast erreicht hatte. „Ich meine nicht das, sondern das ... dort."

Mit einer lässigen Bewegung schwang Kieran seine Rechte aus dem Handgelenk und etwas flog durch die Luft.

„Runter", schrie er gleichzeitig.

Auf der Stelle duckte ich mich, die Hände schützend über dem Kopf. Ein Schuss peitschte durch den Raum. Entsetzt sah ich mitten im einen Auge des Deutschen einen Wurfstern stecken. Die Pistole immer noch fest umklammert, heulte er wie ein verwundetes Tier, während er mit einem Ruck den scharfkantigen Stern herauszog. Kieran, am Arm blutend, stürzte bereits auf den Mann zu. Trotz der grausamen Verletzung wich der Maskierte Kierans Angriff aus, feuerte blindlings. Alarmiert sprintete der Bewaffnete durch den Flur. Ohne nachzudenken, stürzte ich zur Tür, knallte sie ins Schloss und schob einen Riegel vor, einen Sekundenbruchteil bevor der Mann sie erreichte. Schüsse peitschten, doch keiner durchschlug das Holz.

Verzweifelt versuchte währenddessen Kieran dem Deutschen, der nicht nur größer, sondern auch jünger und wendiger war, die Pistole abzuringen. Mehrere Schüsse lösten sich. Mit der freien Hand verpasste der Mann Kieran einen Kinnhaken. Der Butler ging zu Boden.

Keuchend zielte der Deutsche jetzt auf mich. „Tür auf!"

Vor Schreck erstarrt, reagierte ich nicht.

Kieran rappelte sich auf, seine Lippe war aufgeplatzt. Die Hand des Maskierten zitterte plötzlich. Er nahm seine andere Hand zur Unterstützung.

„Wird's bald!"

Im Zeitlupentempo hob ich die Hand zum Riegel.

Unvermittelt warf Kieran sich wieder auf ihn.

Als der Schuss fiel, zuckte der Butler zusammen und brach in die Knie. Instinktiv hatte ich mich auf den Boden gekauert und wartete nun auf den nächsten Schuss, der vielleicht diesmal mich treffen würde.

Als nichts geschah, wagte ich, zu blinzeln.

Am Boden krümmte sich stöhnend Kieran. Der Deutsche stand aufrecht, wankte aber orientierungslos ein paar Schritte durch den Raum und hielt sich dabei an den Möbeln fest. Fahrig tastete er nach der Maske. Mit sichtlicher Mühe zog er sie vom Kopf. Blondes, halblanges Haar stand von seinem Kopf ab,

Ströme von Blut liefen über seine rechte Gesichtshälfte, das verzerrte Grinsen wirkte diabolisch.

„Wir ändern den Plan – *Mylady*. Ich glaube, der Duke wird nichts gegen einen kleinen Tauschhandel haben." Er lallte, als wäre seine Zunge geschwollen. Er ging einen unsicheren Schritt auf mich zu. „Und jetzt mach endlich die verdammte Tür auf!"

Nachdrücklich wollte er die Waffe heben, doch stattdessen rutschte sie ihm aus der Hand. Überraschung zeichnete sich auf seinem Gesicht ab. Er bückte sich, verlor das Gleichgewicht und brach zusammen. Seine Gliedmaßen zuckten unkontrolliert, während er vergeblich versuchte, sich wieder aufzurichten, und unartikulierte Laute ausstieß.

„Mylady ..." Das war Kierans gequälte Stimme. „Kommen Sie ... bitte ..."

Ohne den Deutschen aus den Augen zu lassen, kniete ich mich neben Kieran. Er presste seine Hand in die rechte Leistengegend. Zwischen seinen Fingern quoll Blut hervor.

„Nehmen Sie die Pistole. Schnell."

„Aber ..."

„Er wird Ihnen nichts mehr tun." Kieran keuchte vor Schmerzen. „... der Stern ... war vergiftet ..."

„Vergiftet?" Fassungslos starrte ich ihn an.

Er nickte nur. Ich schloss für einen Moment die Augen. In was für einen Albtraum war ich da hineingeraten? Von draußen im Gang waren keine Schüsse mehr zu hören. Dass das ein gutes Zeichen war, glaubte ich allerdings nicht, denn faktisch waren wir hier in diesem Raum eingeschlossen und ich rechnete jeden Moment damit, dass der andere Mann wiederkam – womöglich mit Verstärkung, die die Tür aufbrechen würde. Ich atmete tief durch. Den Kopf in den Sand zu stecken half jetzt niemandem und erst recht nicht dem verletzten Kieran. Ich riss mich zusammen und nahm die Pistole und das Messer an mich. Der Deutsche, der auf dem Rücken lag, wurde von Krämpfen geschüttelt, sein Atem ging stoßweise. Das unversehrte Auge war weit aufgerissen, seine Lippen bewegten sich, doch er konnte nur noch unverständliche Laute hervorbringen. Ich hatte keine Ahnung, welches Gift da gerade seine Wirkung entfaltete, und in diesem Moment wollte ich das auch lieber nicht wissen. Mit aller Gewalt riss ich mich von dem schrecklichen Anblick los und wandte mich Kieran zu.

Am Arm hatte er nur einen Streifschuss abbekommen, doch die Wunde an seinem Oberschenkel sah übel aus. Auch ohne tiefer gehende Medizinkenntnisse war mir klar, dass er dringend in ein Krankenhaus musste. Die Kugel hatte ihn nahe der Leiste getroffen. Ob sie noch darin steckte oder durchgegangen war, konnte ich nicht erkennen, aber aus der Wunde pulsierte hellrotes Blut – ein eindeutiges Indiz dafür, dass eine Arterie verletzt war. Ich musste schnell handeln. Mit dem Messer schnitt ich die Hose auf, lagerte seine Beine höher und presste zuerst zaghaft, schließlich mit immer festerem Druck die Oberschenkelarterie in der Leiste ab, um die Blutung zu stoppen. Ich fand einfach nicht den richtigen Punkt, daher konnte ich den Blutfluss nur verringern, außerdem lag die Wunde so ungünstig, dass auch ein mit meiner Strumpfhose und einer Packung Taschentücher improvisierter Druckverband nicht gut hielt. Ich fluchte leise.

Kieran lächelte trotz der Schmerzen. „Manchen Sie sich keine Vorwürfe. Sie haben alles getan, was Sie konnten, Mylady."

Entschlossen stand ich auf. „Ich hole Hilfe."

„Nein! Bitte bleiben Sie ... seine Gnaden wird herkommen."

„Aber Sie verlieren zu viel Blut!"

„Bitte, Mylady! Es wird ... schon gehen. Hier ist der sicherste Raum im ganzen Haus ... deswegen habe ich Sie ... hergebracht. Wir müssen nur warten ..."

Ich rieb mir mit der Hand über das Gesicht. Warten war genau das, was in Anbetracht der Verletzung am wenigsten infrage kam.

„Und wenn jemand die Tür aufbricht?"

Kieran lächelte matt. „Sie ist aus Stahl. Und die Wände sind mehr als einen Meter dick."

„Oh." Eine Art begehbarer Safe also. „Und ... Ihre Frau? Und Tyron? Ich kann doch nicht einfach abwarten. Vielleicht kann ich irgendwie den Duke informieren. Gibt es hier ein Telefon?" Mein Handy war natürlich in meiner Handtasche, und die hatte ich an meinem Platz im Salon gelassen.

Er machte eine vage Handbewegung, die alles und nichts bedeutete. „Nein. Bleiben Sie ..."

Er sagte nicht, dass Ruby und den anderen nichts geschehen würde. Ich schluckte. „Was wollen die Männer hier?"

„Es ist besser, wenn ... wenn Sie mit seiner Gnaden darüber sprechen ... Hauptsache ... Sie sind in Sicherheit ..."

Ich war in Sicherheit.

Ich.

Warum ich?

In den Augen des alten Butlers blitzte so etwas wie diebisches Vergnügen darüber auf, dass sein Plan funktioniert hatte. Wenn ich jetzt hinausginge, um Hilfe zu holen, wäre alles umsonst gewesen. Aber wenn ich hierblieb, verblutete er wahrscheinlich, weil es zu lange dauerte, bis Emrys uns fand.

Verzweifelt sah ich mich um, als ob die Lösung irgendwo hier im Raum läge. Mein Blick traf den Deutschen, der röchelnd nach Luft rang. Obwohl er unter Anwendung von Gewalt nach Glasmaris Hall gekommen war und auf uns geschossen hatte, verspürte ich Mitleid mit ihm. Ich beugte mich zu ihm hinunter und legte meine Hand auf seine Schulter, um ihm wenigstens Trost zu spenden. So eine Qual hatte niemand verdient. Einäugig starrte er mich an.

Plötzlich klopfte es an der Tür.

„Caitlyn? Bist du da drin?"

Ich sah zu Kieran. „Das ist Duncan ... Lord Scratby!"

„Seien ... Sie trotzdem vorsichtig ...“

Ich nahm die Pistole, bevor ich mein Ohr an die Tür legte, um zu lauschen.

„Caitlyn? Wenn du da drin bist, mach auf!“

Die Stimme gehörte mit ziemlicher Sicherheit Duncan, doch ein Rest Unsicherheit blieb. In Anbetracht mangelnder Alternativen holte ich Luft, richtete die Pistole auf die Tür und entriegelte. Sofort wurde sie aufgestoßen. Mir die Pistole aus der Hand zu nehmen und mit seiner eigenen Waffe in den Raum zu zielen war eins für Duncan. In der nächsten Sekunde schien er die Situation schon erfasst zu haben, schob den Riegel wieder vor und steckte beide Waffen ein.

Ich stand wie angewurzelt. Sanft berührte er meine Wange. „Ist mit dir alles in Ordnung?“

Unvermittelt schossen mir Tränen in die Augen. Meine Hand zitterte, als ich sie wegwischte. „Kieran ist verletzt. Er braucht dringend einen Arzt und dieser Mann dort ...“ Ich unterdrückte ein Schluchzen. „Ich glaube, er stirbt. Kieran hat ... hat ihn mit einem Wurfstern ...“ Meine Stimme versagte.

Duncan zog mich in eine feste Umarmung. Ich spürte seine Lippen auf meiner Stirn. „Alles wird gut“, sagte er leise und hielt mich fest, bis ich meine Fassung wiedergefunden hatte.

Als Erstes warf er einen Blick auf Kieran. Stirnrunzelnd rieb er sich das Kinn, nachdem er den Verband untersucht hatte, durch den immer noch eine Menge Blut sickerte.

„Arterien rollen sich nach so einer Verletzung oftmals ein, aber wie es scheint, reicht es nicht aus. Es blutet immer noch zu stark und die Chancen, Sie innerhalb der nächsten Stunde in ein Krankenhaus zu bringen, stehen schlecht“, stellte er nüchtern fest.

Was mit anderen Worten hieß, dass Kieran dann sterben würde. Bei dieser klaren Ansage sog ich scharf die Luft ein, doch Kieran schien nicht beeindruckt. Er nickte lediglich, wie jemand, der das Unabänderliche bereits akzeptiert hatte.

„Ich kann versuchen, die Blutung zum Stillstand zu bringen“, sagte Duncan. „Aber es wird starke Schmerzen verursachen, und ob ich Erfolg habe, kann ich Ihnen nicht versprechen.“

„Tun Sie, was Sie können, Mylord. In diesem Fall kann ich nur gewinnen.“

Ein aufmunterndes Lächeln huschte über Duncans Gesicht. Er klopfte Kieran auf den unverletzten Oberarm, dann wandte er sich dem Deutschen zu, der zwar immer noch bei Bewusstsein war, aber dessen Brustkorb sich inzwischen kaum noch hob und senkte.

„Ich weiß nicht, wer er ist“, sagte ich.

Duncan nickte flüchtig und bückte sich nach dem Stern, dessen Spitzen mit einer dunklen Schicht, die aussah wie Teer, überzogen waren. Vorsichtig nahm er ihn in die Hand, um daran zu schnuppern. Schließlich fühlte er am Hals des Mannes den Puls.

„Pfeilgift.“ Duncans Stimme war kaum lauter als ein Flüstern, als spräche er mit sich selbst – oder dem

Deutschen. „Es bewirkt eine neuromuskuläre Blockade der willkürlichen Muskulatur. Das Herz schlägt weiter. Der Tod tritt durch Atemlähmung ein." Immer noch lag seine Hand auf dem Hals des Mannes, Daumen und Zeigefinger links und rechts unterhalb des Kinns auf den Schlagadern.

„Können wir nicht etwas für ihn tun?"

„Theoretisch ja. Bei manchen Pfeilgiften kann man künstlich beatmen, bis die Wirkung des Gifts nachlässt."

Ich schwieg. Das war hier praktisch unmöglich.

„Für Kieran benötige ich einen möglichst robusten, aber dünnen Faden", sagte Duncan schließlich.

„Mein Kleid ist aus Seide. Ich trenne ein Stück vom Saum ab und zwirne die Fäden. Das könnte gehen."

„Gut. Wir benötigen Stoffstreifen. Zerschneide Kierans Hemd."

Schnell machte ich mich an die Arbeit. Einmal warf ich einen Blick zu Duncan, der mit dem Rücken zu mir saß und jeweils Mittel- und Zeigefinger auf beiden Halsseiten des Deutschen liegen hatte, die Knöchel weiß, die Haltung verkrampft.

„Duncan?", fragte ich vorsichtig.

Er reagierte nicht.

Als ich wieder hinsah, hatte Duncan den Kopf gesenkt, die Hände wie zum Gebet verschränkt. Eine Atembewegung war bei dem Deutschen nicht mehr zu erkennen, seine Augen waren geschlossen.

„Ist er ... tot ...?"

„Ja." Mit unbewegter Miene erhob sich Duncan und fischte in seiner Tasche nach einem Schweizer Messer, bevor er das Jackett auszog und die Ärmel seines weißen Smokinghemdes hochkrempelte.

„Gibt es hier Alkohol?", wollte er von Kieran wissen.

Der Butler hatte inzwischen Mühe, bei Bewusstsein zu bleiben, und deutete mit einer schwachen Geste auf einen Schrank, aus dem Duncan eine eckige Whiskykaraffe sowie ein Glas zutage förderte. Er entfernte den Stopfen, schnupperte daran, goss etwas in das Glas und tauchte eine Messerklinge sowie die kleine Pinzette, die im Griff gesteckt hatte, hinein. Er bedeutete mir, den gezwirnten Seidenfaden ebenfalls dort dazuzugeben. Aus der Schreibtischschublade nahm er ein hölzernes Lineal, außerdem stellte er die Schreibtischlampe auf den Boden, sodass die Wunde wie bei einer Operation gut beleuchtet war. Dann lagerte er Kierans Beine ausgestreckt und kniete sich daneben. Mich winkte er auf die andere Seite. Das Lineal hielt er Kieran vor den Mund.

„Nehmen Sie das zwischen die Zähne, damit Sie sich nicht auf die Zunge beißen."

Gehorsam machte Kieran den Mund auf. Er war kreidebleich.

„Du wirst mir assistieren", wies er mich an.

Er schüttete mir den Alkohol über die Hände, dann hielt er mir seine hin. Mit denselben Bewegungen, die ich jahrelang bei Henry und Dad gesehen hatte, wenn sie Wunden versorgten, wusch er sich, so gründlich es unter diesen Umständen möglich war. Sein rechter Arm war mit dichtem Narbengewebe bedeckt.

Er entfernte den provisorischen Verband, dabei drückte er mit einer Hand die Arterie in der Leiste ab.

„Tränk jetzt die Stoffstreifen mit Alkohol. Anschließend übernimmst du das Abdrücken. So fest wie möglich! Stütz dich mit deinem gesamten Gewicht darauf." Er senkte die Stimme. „Er darf sich nicht bewegen. Notfalls setz dich auf ihn. Ich werde die Wunde weiter öffnen und versuchen, die Arterie zu erwischen, um sie abzubinden. Mit deiner freien Hand wischst du das Blut weg, damit ich etwas sehen kann. Verstanden?"

„Ja." Ich ignorierte das Beben meiner Hände.

Er sah Kieran an. „Es geht los."

Das Gesicht des Butlers war schweißnass. Er schluckte. Dann schloss er die Augen.

Duncan setzte sich rittlings auf beide Beine und reinigte die Umgebung der Wunde. Kieran sog bereits jetzt scharf die Luft ein. Dann übernahm ich den Druckpunkt. Mit zwei Fingern straffte Duncan die Haut rings um das Einschussloch und setzte das Messer an. Ohne Zögern schnitt er tief ins Fleisch. Kieran wand sich stöhnend, ich hatte alle Hände voll zu tun, ihn halbwegs ruhig zu halten, und schaffte es kaum, die Ströme von Blut wegzuwischen. Konzentriert arbeitete Duncan, um mithilfe der Pinzette die Arterie zu erwischen, Schweißperlen standen auf seiner Stirn.

„Ich hab sie."

Es hatte kaum eine Minute gedauert, war mir aber wie eine Ewigkeit vorgekommen. Für Kieran war es sicher noch schlimmer gewesen. Und es war noch nicht vorbei.

„Nimm die Pinzette und einen Faden“, sagte er, ohne den Blick von der Wunde zu wenden. „Leg ihn um die Arterie.“

Während Duncan die Ader mit spitzen Fingern festhielt und mit der anderen Hand das Abdrücken der Hauptschlagader übernahm, versuchte ich mein Glück. Unsere ungünstige Position zueinander machte die Sache nicht gerade leichter.

„Und jetzt?“ Vor lauter Aufregung traute ich mich nicht, laut zu sprechen.

„Mach einen Knoten, zieh ihn fest und mach dann noch einen zweiten.“

Erst dann ließ Duncan vorsichtig los, jederzeit bereit, wieder zuzudrücken. Es hielt. Anschließend umwickelte er die Wunde mit einem Druckverband und wir reinigten unsere Hände notdürftig mit dem Whisky.

„Überstanden“, sagte ich zu Kieran, dem die Erleichterung trotz der immer noch starken Schmerzen anzusehen war.

Nachdem wir seine Beine wieder hochgelagert hatten, gab Duncan den restlichen Whisky in ein sauberes Glas und bot es mir an. Normalerweise trank ich nichts Hochprozentiges, doch in diesem Fall machte ich eine Ausnahme. Ich schüttelte mich wie ein Hund.

Leise lächelnd schob mir Duncan eine Locke hinter das Ohr. „Das hast du gut gemacht.“ Dann wandte er sich an Kieran. „Aus medizinischer Sicht nicht zu empfehlen, aber vielleicht mögen Sie trotzdem?“

Kierans Mundwinkel zuckten schwach. „In jedem Fall eine angemessenere Verwendung für den 44er Glen Grant.“

„1944? Wow!“, entfuhr es mir, während ich ihm beim Trinken half.

„Keine Sorge ... es gibt noch weitere Flaschen im Keller, Mylady.“

Widerstrebend lachte ich. „Kieran! Als ob das wichtig wäre!“

„Ich bin nicht sicher, ob es hält, Kieran“, meinte Duncan. „Daher werde ich jetzt Hilfe holen. Und du“, er kniff leicht die Lider zusammen, als er mich ansah, „bleibst hier. Falls der Faden sich löst, drückst du sofort ab. Verstanden?“

Ich nickte. Diesmal würde ich genau das tun, was er sagte. Und wenn ich bis morgen hier säße.

„Kieran, welche Blutgruppe haben Sie?“

„B negativ.“

„Sorg dafür, dass er nicht das Bewusstsein verliert, Caitlyn. Und du öffnest niemandem und unter keinen Umständen, außer mir oder dem Duke“, lautete Duncans letzte Anweisung.

Zur Sicherheit reichte er mir die Pistole des Deutschen und war im nächsten Moment durch die Tür, die hinter ihm ins Schloss fiel. Nachdem ich sie erneut verriegelt hatte, versuchte ich, Kieran in ein belangloses Gespräch zu verwickeln, damit er wach blieb, doch immer wieder fielen ihm die Augen zu. Die Minuten dehnten sich endlos. Ich hatte keine Uhr, daher hatte ich jegliches Zeitgefühl verloren. Hin und wieder glitt mein Blick zu dem Toten. Er wirkte friedlich, als schliefe er nur. Was hatte Duncan vorhin getan, als er die Finger am Hals des Mannes gehabt hatte? Den langsam ersterbenden Puls gefühlt?

Mein Mund wurde staubtrocken, als mir dämmerte, dass er auch etwas anderes getan haben könnte. Möglicherweise hatte Duncan durch gezielten Druck auf den Ursprung der inneren Kopfschlagader jenen Reflex ausgelöst, der zur Verlangsamung des Herzschlags führte. Zur Bewusstlosigkeit. Und dann zum Herzstillstand. Ein Gnadentod?

Hätte ich nicht schon gesessen, hätten meine Beine nachgegeben.

Und ein weiterer Gedanke traf mich mit voller Wucht: Kieran hatte den Mann absichtlich in den Hinterhalt gelockt, und dessen Tod war dabei nicht nur eine vage Möglichkeit gewesen. Der Butler hatte genau gewusst, dass der vergiftete Stern den Mann umbringen würde.

Mir wurde übel bei diesem Gedanken.

Mit einem Mal wurde die Stille von Geräuschen durchbrochen, die trotz der dicken Mauern von draußen hereindrangen. Zuerst Donnern, das sich anhörte wie die Rotoren eines Helikopters, dann Stimmen, die

Befehle erteilten. Kurz darauf drehten sich Schlüssel in den Schlössern und die Riegel schnappten zurück. Vorsichtshalber richtete ich die Pistole auf die Tür – obwohl ich mir alles andere als sicher war, dass ich sie auch benutzen würde. Die Tür öffnete sich einen Spalt.

„Caitlyn? Ich bin es!"

„Emrys!" Erleichtert senkte ich die Pistole wieder.

Eilig betrat er den Raum, ging neben mir in die Hocke und legte fürsorglich einen Arm um meine Schultern. „Alles in Ordnung, Liebes?"

„Geht schon", sagte ich. Eigentlich war gar nichts in Ordnung, aber in Anbetracht der vorherigen Umstände befand ich mich auf dem aufsteigenden Ast.

„Kieran!" Er tätschelte dem Butler, der gerade wieder einmal weggedöst war, die Wange.

Kierans Lider flatterten. Er bemühte sich um ein Lächeln. „Euer Gnaden ..."

„Versuchen Sie, wach zu bleiben. Duncan wird bald hier sein. Wir bringen Sie ins Krankenhaus." Dann wandte er sich an mich. „Duncan hat mir alles erzählt. Den anderen geht es gut, es wurde niemand mehr verletzt."

„Gott sei Dank!" Mir fiel ein großer Stein vom Herzen. „Was ist hier los, Emrys? Wer sind diese Leute? Und was wollen sie?"

Es war deutlich, dass Emrys mit sich rang. „Sie sind hinter etwas her, das ich ... besitze."

„Was denn um Himmels willen?"

Er antwortete nicht.

„Geht es um den Kristall?“

Sein Blick war unstet. „Es lässt sich nicht in ein paar Sätzen erklären.“

„Schreib meinetwegen eine hundertseitige Abhandlung darüber“, erwiderte ich zynisch, „aber erklär mir *bitte*, warum dieser Mann da sterben musste!“ Beim letzten Satz überschlug sich meine Stimme leicht.

Emrys sah mir direkt in die Augen. Aufgewühlt wie das Meer nach einem Sturm. „Es wird Zeit, dass wir uns ausführlich unterhalten, Caitlyn, aber würdest du mir gegebenenfalls zustimmen, dass jetzt nicht der richtige Zeitpunkt dafür ist?“

„Ja, gut. Von mir aus.“ Ich raufte mir die Haare. „Wie bist du hereingekommen, und wo ist Duncan?“

„Nachdem diese Männer gelandet waren, hat Duncan mir eine Kurznachricht geschickt, bevor er selbst durch einen verborgenen Zugang über die Klippen ins Haus gelangte. Ich wollte keine Panik unter den Gästen riskieren, daher wartete ich – nun, und die vorgeblichen *Occupy*-Aktivitäten lenkten alle ausreichend ab. Duncan konnte beobachten, wie Kieran dich und den Anführer hierherbrachte, dann hörte er die Schüsse, doch erst nachdem die anderen vergeblich versucht hatten, die Tür aufzubrechen, und dann wieder abzogen, konnte er zu euch.“

„Aber niemand hat versucht, die Tür aufzubrechen“, wunderte ich mich. „Das hätte ich doch gehört.“

„Nicht diese, sondern die vordere.“ Er deutete in Richtung des Gangs. „Um Hilfe zu holen, musste der zweite Mann zurück in die Halle, dabei fiel die Tür zu. Ich machte mir währenddessen natürlich Sorgen, denn mir war klar, dass die *Occupy-Bewegung* nur Fassade war. Als Duncan sich endlich meldete, hatte ich schon die Air Force alarmiert.“

„Warum nicht die Polizei?“

„Die Air Force konnte schneller mit dem notwendigen Equipment hier sein. Ich habe gute Beziehungen zum Kommandanten der Search And Rescue Forces in Holyhead.“ Er lächelte spöttisch.

Ich verdrehte die Augen. „Alles klar. Und deine Gäste?“

Er wiegte den Kopf. „Ich habe mein Bedauern darüber zum Ausdruck gebracht, dass der Abend so unschön endet, und bis auf die Thorntons und die Baskins sind alle aufgebrochen.“ Er rieb sich über das Gesicht und lächelte schief. „Alles in allem hatte ich mir den Silvesterabend etwas anders vorgestellt.“

„Wie geht es dem jungen Mann, der in der Halle angeschossen wurde?“

„Den Umständen entsprechend, würde ich behaupten. Er ist nicht in Lebensgefahr.“

Die Tür, die Emrys nicht ganz geschlossen hatte, öffnete sich erneut. Mit großen Schritten kam Duncan herein, einen Koffer mit einem roten Kreuz in der Hand.

„Gesichert“, sagte er knapp. „Das Boot wurde in der Nähe der Red Wharf Bay gefunden. Verlassen. Sie müssen Fahrzeuge dort gehabt haben. Wie geht es Kieran?“

„Er verliert immer wieder das Bewusstsein. Aber es scheint nicht mehr zu bluten“, antwortete ich.

Duncan öffnete den Koffer, der eine medizinische Notfallausrüstung enthielt. Geschickt legte er Kieran eine Infusion mit Kochsalzlösung an. Ich fungierte als Ständer und hielt die Flasche hoch. Anschließend zog Duncan eine Spritze auf und verabreichte sie in den Zugang. Das alles geschah schnell und routiniert.

„Ich kontrolliere noch den Verband, Kieran“, informierte ihn Duncan. „Dann holen wir eine Trage, damit wir Sie in den Hof bringen können. Ein Helikopter wartet dort.“

Ich hielt weiter die Flasche mit der NaCl-Lösung, während Emrys und Duncan die Trage organisierten und Kieran darauf betteten. Draußen im Hof wartete ein Mann in orangefarbener SAR-Ausrüstung. Über uns kreiste ein Helikopter, weil der Innenhof zu eng war, um zu landen.

„Ich fliege mit“, sagte Duncan zu dem wartenden Soldaten.

„Bei allem Respekt, Sir: Das geht leider ni...“

„Geben Sie mir Ihr Gurtzeug!“

„Tut mir leid, Sie sind Zivilist!“

„Tun Sie, was er sagt“, befahl Emrys in einem Tonfall, den ich so von ihm noch nie gehört hatte. „Sofort!“

Der Soldat sah Emrys an, öffnete den Mund, besann sich aber bei seinem Anblick und salutierte. „Jawohl, Sir."

Während der Soldat nun in Windeseile das Gurtzeug ab- und Duncan es mit geübten Griffen anlegte, befestigte Emrys die Trage an den Gurten. Der Soldat kontrollierte sämtliche Verschlüsse, bevor er den Befehl gab, Duncan mitsamt der Trage hinaufzuziehen, und sich anschließend selbst zackig verabschiedete. Erst als der Lärm der Rotoren verklang, spürte ich, dass ich zitterte. Ich sank auf eine kleine Mauer. Emrys setzte sich neben mich.

„Ist wirklich alles in Ordnung mit dir?"

Mein Kopf sank an seine Schulter. „Nein, ich glaube, im Moment ist gar nichts in Ordnung."

Wie vorhin legte er den Arm um mich. Er gab mir einen Kuss auf die Stirn. „Ich würde gern bei dir bleiben, damit wir reden können, Liebes, aber ich fürchte, meine Anwesenheit ist erst einmal anderweitig vonnöten. Ich muss einiges regeln, damit nichts an die Öffentlichkeit gelangt, was dort nichts zu suchen hat. Das Ganze hier ist schließlich nicht unbemerkt geblieben."

„Ja, das glaube ich gern." Das Zittern legte sich etwas.

„Geh auf dein Zimmer und versuch, zu schlafen. Ich werde dir Dr. Pfefferkorn vorbeischicken. Er soll dir etwas geben, damit du zur Ruhe kommst. Und morgen scheint wieder die Sonne, glaub mir. Das tut sie immer."

Emrys heiterer Optimismus in jeder Lebenslage war bewundernswert. Ich umarmte ihn noch einmal und stand auf.

Er hielt mich bei der Hand fest. „Caitlyn?"

Verwundert sah ich ihn an. Emrys nannte mich nur selten bei meinem vollen Namen. „Keine Sorge, ich habe nicht vor, den Medien einen Exklusivbericht darüber zu geben, dass es nicht die *Occupy-Bewegung* war."

„Die Aasgeier sind schon längst da", bemerkte Emrys düster. „Es wäre mir allerdings sehr recht, wenn du auch sonst mit niemandem darüber reden würdest."

„Ehrensache."

Dann machte ich mich auf den Weg. Mein Kopf war leer und gleichzeitig randvoll. Ich konnte keinen klaren Gedanken fassen, geschweige denn etwas zu Ende denken. Neben der Frage, was die Männer hier gewollt hatten, tauchte immer wieder Duncan vor meinem inneren Auge auf. Er war doch nur der Schulleiter der *Ysgol* – zumindest hatte ich das bis heute Abend angenommen.

Trotz aller ungelösten Rätsel war ich froh, als Dr. Pfefferkorn kam, um mir eine Beruhigungsspritze zu geben.

Dortmund, den 27. Juni 1940

Liebste Karo!

Die Soldaten vom Munitionslager haben uns geholfen, einen Schutzbunker im Garten zu graben. Er ist eng und man fühlt sich ein bisschen wie in einem Grab, aber wenigstens sind wir dort sicher, wenn die Flieger ihre Bomben werfen und versuchen das Munitionslager im Wald zu treffen.
Unsere kleine Rosi zittert jedes Mal vor Angst, wenn sie die Flugzeuge hört. Tante Maria hat gesagt, es sei vielleicht besser, sie fortzuschicken, wenn sie immer so nervös ist, aber Mama will nichts davon hören.
Langsam wird es schwierig, meinen Zustand vor Mama zu verbergen. Ich glaube, sie ahnt etwas, aber sie sagt nichts. Seit Papa eingezogen wurde, hat sie schon genug Sorgen und muss die ganze Arbeit auf dem Hof schaffen. Ich habe ein so schlechtes Gewissen.

Von Hans hatte ich lange nichts gehört, nachdem ich deinen Rat befolgt und ihm mein Herz ausgeschüttet hatte. Du kannst dir nicht vorstellen, wie große Angst ich hatte, dass er mir böse ist. Ja, ich weiß, Du hast gesagt, er ist genauso daran beteiligt wie ich, also muss er dazu stehen, und schließlich ist er ein guter Mann. Aber trotzdem war mir so bange. Doch dann kam sein Brief, und jetzt ist alles gut.
Meine liebste Karo, stell Dir nur vor, ich komme bald zu Dir!
Hans hat sich nämlich so lange nicht gemeldet, weil er gleich Nägel mit Köpfen gemacht und mir einen Platz in Deinem „Haus Sonnenschein" besorgt hat. Er war überhaupt nicht böse, sondern er freut sich so darüber und sagt, es kann nur gut sein, denn es kann gar nicht genug deutsche Kinder geben. Weil wir im Moment aber noch nicht heiraten können, hielt er es für gut, wenn ich erst einmal in ein Heim für ledige Mütter gehe, damit unser Kind und ich gut versorgt sind. Er findet, es ist die beste Idee, wenn ich zu Dir fahre, damit ich mich nicht einsam fühle in der Fremde, und Du kannst dir vorstellen, wie sehr ich meinen Hans dafür lieb hab, dass er so an mich denkt.
Jetzt muss ich nur noch mit Mama darüber sprechen. Sie kann dann einfach allen sagen, dass ich wie Du im Haus Sonnenschein arbeite, und wenn Hans und ich erst verheiratet sind und unser Kind da ist, dann fragt irgendwann niemand mehr danach. Ach, er denkt auch an alles, mein Hans.

Glaubst du eigentlich, Mama freut sich darüber, Oma zu werden?
Und was wird Papa wohl dazu sagen?

Es grüßt und küsst dich deine Schwester

Hilde

Freitag, 1. Januar

Ein Schuss riss mich aus dem Schlaf.

Ich fuhr aus dem Bett, taumelte und sank wieder auf die Matratze. Mein Herz raste, doch alles Adrenalin nützte nichts. Ich konnte nur blinzeln. Allmählich beruhigte ich mich, denn außer mir war niemand im Raum und der Knall war nur von einem Holzscheit im Kamin ausgegangen.

Langsam atmete ich aus. Mein Kopf fühlte sich ungefähr doppelt so dick an wie normal, mein ganzer Körper tat weh. Ich blieb, wo ich war, bis sich mein Kreislauf wieder stabilisiert hatte und mein nächster Versuch, aufzustehen, erfolgreicher war. Überrascht stellte ich fest, dass auf dem Tisch am Fenster ein Tablett mit Frühstück stand.

Ich schlurfte zum Tisch, um mir einen Kaffee einzuschenken. Schon nach ein paar Schritten vermisste ich die Wärme des Betts, doch ich fand meinen Bademantel fein säuberlich über eine Stuhllehne gehängt, dazu ein paar wunderbar weiche Pantoffeln.

„Tyron, dafür bekommst du einen Orden“, murmelte ich.

Ich wunderte mich, dass ich nichts davon mitbekommen hatte, dass er da gewesen war – vermutlich lag es an der Beruhigungsspritze. Mit der Tasse in der Hand stellte ich mich vor das Feuer und trank den starken, heißen Kaffee – heute ausnahmsweise ohne Milch. Schluck für Schluck nahm mein Kopf seinen Dienst wieder auf. Es war bereits halb zwei am Nachmittag, wie mir ein Blick auf mein Handy sagte. Ich ging ans Fenster, in der Hoffnung, dass dort ausreichend Empfang war, um eine möglichst unverfängliche Nachricht mit den üblichen Neujahrswünschen und einer Entschuldigung, dass ich mich in der Nacht nicht mehr gemeldet hatte, an Daniel zu schicken. Er hatte mir bereits gestern am späten Nachmittag ein frohes neues Jahr gewünscht, da Hongkong sieben Stunden in der Zeit voraus war. Ich schrieb ihm, dass ich mich später melden würde, weil ich gerade erst aufgestanden sei. Nach mehreren Versuchen wurde die Nachricht endlich versandt.

Dann wollte ich ins Bad. Als ich die Zimmertür öffnete, prallte ich zurück.

„Guten Morgen, Madam!“ Schneidig salutierte der Soldat, der vor meinem Zimmer postiert war.

„Morgen“, murmelte ich und drückte mich an ihm vorbei in Richtung Badezimmer am Ende des Flurs.

Nach den Ereignissen glaubte Emrys vielleicht, es würde mich beruhigen, dass jemand meine Tür bewachte, doch im Gegenteil machte es mich eher nervös. Am besten, ich sprach gleich nach dem Frühstück mit Emrys darüber.

Auf dem Rückweg vom Bad wandte ich mich an den Soldaten vor meinem Zimmer. „Sagen Sie, Mr ...?“ Ich las den auf seiner Brust aufgestickten Namen. „Mr Clark. Wissen Sie, wo der Duke ist?“

„In London, Madam.“

„In ... oh. Wann kommt er denn wieder?“

„Darüber bin ich nicht informiert. Er bittet Sie, solange in Glasmaris Hall zu bleiben.“

„Na wunderbar.“ Ich seufzte. „Und wie geht es den Verletzten?“

„Den Verletzten, Madam?“

Ich kratzte mich am Kopf. „Schon gut. Wo sind die anderen Gäste? Das Personal? Wer ist hier im Haus?“

„Ich weiß es nicht, Madam. Ich habe meinen Posten nicht verlassen, seit der Arzt Ihr Zimmer verlassen hat.“

„Macht ja nichts ... ich meine: Danke!“

Während ich frühstückte, nahm ich ein Buch zur Hand, um mich abzulenken, doch schon nach zwei Seiten legte ich es weg. Ich sah aus dem Fenster. Das klare Wetter der Silvesternacht war in einen stürmischen Wind übergegangen. Wolken jagten über den Himmel. Keine schöne Aussicht, den ganzen Tag oder vermutlich länger hier herumzusitzen und darauf zu warten, dass Emrys wiederkam. Natürlich konnte ich ihn anrufen, aber unser überfälliges Gespräch würde er nicht am Telefon führen. Nachdem ich den Schokoladenmuffin als krönenden Abschluss des Frühstücks verspeist hatte, zog ich mich an. Als ich mein Zimmer verließ, nickte ich Clark höflich zu und machte mich auf den Weg hinunter in den Salon. Der junge Soldat schloss sich mir wortlos an.

An der Treppe blieb ich stehen. „Sie müssen nicht mitkommen, Mr Clark. Ich finde mich ganz gut allein zurecht."

„Ich habe den Befehl, auf Sie aufzupassen."

„Aber doch wohl nicht hier im Haus? Was soll mir denn da passieren?"

„Na ja ..." Er zupfte an seinem Ohrläppchen. „Der Duke hat befohlen, gut auf Sie achtzugeben, Madam."

„Was bin ich froh, dass ich allein aufs Klo durfte", murmelte ich. Dann lauter: „Dann tun Sie einfach, was Sie für richtig halten, Mr Clark."

Im Salon spielten die Thorntons und die Baskins Bridge, wünschten mir fröhlich ein gutes neues Jahr und plauderten übers Wetter und die *Occupy-Bewegung*, als wäre in der vergangenen Nacht sonst nichts geschehen. Lediglich James Baskin nahm mich beiseite.

„Geht es Ihnen gut, Caitlyn? Sie sind so blass um die Nase."

„Ich ... Ja, es geht mir gut. Und Ihnen? Sie waren doch auch hier im Haus, als ..."

„Alles gut, alles gut", unterbrach er mich überschwänglich. Er senkte die Stimme. „Sprechen wir nicht darüber. Spielen Sie Bridge?", fuhr er mit normaler Stimme fort.

Eigentlich tat ich das nicht, doch ich ließ mich dazu überreden, es zu lernen. Zwischendurch servierte uns Ruby einen Snack. Ihre Augen waren verquollen, aber sie wirkte gefasst und lächelte sogar, als sie mich sah.

„Er ist in Holyhead und wurde operiert", raunte sie mir zu. „Shannon ist gerade dort. Ich werde später wieder hinfahren. Er kommt wieder ganz in Ordnung."

Ich war unglaublich erleichtert. Erst jetzt merkte ich, wie sehr mich der Gedanke daran belastet hatte, dass Kieran einen dauerhaften Schaden hätte davontragen können – daran, dass er auch hätte sterben können, mochte ich gar nicht erst denken. Heute lehnte Ruby mein Angebot ab, ihr im Haus bei den Aufräumarbeiten zur Hand zu gehen. Also blieb mir nur die Bridge-Runde.

Sosehr ich im Laufe des Nachmittags versuchte, mich abzulenken – ich schaffte es nicht. Die anderen bemerkten meine Unkonzentriertheit, doch niemand verlor ein Wort darüber. Anstatt Bridge spielten wir schließlich Monopoly, wobei ich haushoch verlor. Meine Kopfschmerzen waren immer noch nicht ganz verschwunden, daher verabschiedete mich. Während ich im Salon war, hatte ich Clark völlig vergessen, doch als ich meine Jacke holte, um an die frische Luft zu gehen, blieb er mir unauffällig auf den Fersen. Ein knappes Dutzend weiterer Soldaten trieb sich auf dem

Gelände von Glasmaris Hall herum und bewachte sämtliche Zugänge. Ich schlenderte über die Innenhöfe, besuchte die Pferdeställe und setzte mich schließlich auf die Bank unter der Eibe. Es war dämmrig geworden und meinem Kopf ging es allmählich besser. Trotzdem war ich schlecht gelaunt, weil ich zum Nichtstun verdammt war und mit niemandem über die Ereignisse sprechen konnte. Frustriert lehnte ich mich zurück und schloss die Augen.

Die salzige Meeresluft und das Geräusch der Brandung erinnerten mich an gestern Abend, als ich allein mit Duncan gewesen war.

Wo er wohl steckte?

Er war dabei gewesen und Emrys vertraute ihm. Vielleicht konnte er mir ein paar Fragen beantworten.

„Clark?" Ich sah mich um.

Er trat aus der Dunkelheit näher. „Madam?"

„Wo ist Lord Scratby?"

Clark legte die Stirn in Falten.

„Sagen Sie jetzt bitte nicht, dass es Ihnen leidtut, weil Sie keine Ahnung haben", brummte ich. „Finden Sie es einfach heraus, ja? Ich warte hier so lange. Es wird mich schon niemand mitnehmen."

Der junge Mann wirkte pikiert. Er musste mich für eine launische Zicke halten. Bevor ich mich für meinen Ton entschuldigen konnte, entfernte er sich im Laufschritt, um im Handumdrehen wieder zurückzukehren.

„Lord Scratby ist in der *Ysgol.* Möchten Sie zu ihm?"

„Ja. Allerdings." Ich war versucht, zu sagen, dass er gefälligst hierbleiben solle, doch ich ließ es bleiben. Schließlich konnte er nichts für meine schlechte Laune. „Ich hoffe, Sie haben keine Höhenangst, denn ich möchte den Weg über die Klippen nehmen."

Mit einem Umweg über mein Zimmer, um meine Schlüsselkarte für die Schule zu holen, machten wir uns auf den Weg.

Nachdem ich die Tür in der nordöstlichen Ecke des Parks geöffnet hatte, räusperte sich Clark. „Madam? Möchten Sie, dass ich Sie bis zum Haus von Lord Scratby begleite?"

Ich lupfte die Brauen. Anscheinend hatte er gemerkt, dass ich nicht viel Wert auf seine Anwesenheit legte. „Nein, Mr Clark. Vielen Dank für alles, aber Sie können jetzt wirklich Feierabend machen. Der Duke hat meine Beunruhigung wohl überschätzt."

Als er zackig seine Hand an die Schläfe hob, tat ich es ihm gleich. Er lächelte zum Abschied. Obwohl es im Park ziemlich dunkel war, fand ich den Weg hinüber zu Duncans Haus ohne Schwierigkeiten. Wie bei meiner Ankunft im September waren die Fenster der Schulgebäude dunkel. Was für ein Unterschied zur Schulzeit, wenn Horden von lärmenden Schülern dem alten Gemäuer Leben einhauchten. In Duncans Haus waren die schweren Vorhänge zugezogen, doch an den Seiten schimmerte Licht. Ich zögerte, als ich die

Hand auf den Klingelknopf legte. Plötzlich spürte ich meinen Herzschlag überdeutlich.

Als Duncan öffnete, lag nicht der Hauch von Überraschung auf seinem Gesicht. Clark hatte mich wohl angekündigt.

„Schön, dich zu sehen, Caitlyn."

Nervös fuhr ich mir durchs Haar. „Darf ich reinkommen?"

Er stieß die Haustür ganz auf, damit ich an ihm vorbeigehen konnte. Noch nie war ich in seinem Haus gewesen und unter den Kollegen wurde darüber spekuliert, warum er niemandem gestattete, ihn dort zu besuchen – nicht einmal Avril. Bis jetzt hatte ich mir keine Gedanken über den Grund gemacht, sondern es mit einem schlichten Wunsch nach Privatsphäre abgetan. Aber nach dem gestrigen Abend fragte ich mich, ob das der einzige Grund war.

Durch den kleinen Hausflur geleitete er mich ins auf der Rückseite gelegene Wohnzimmer, in dessen Kamin ein Feuer prasselte. Auf dem dunkelbraunen Ledersofa lagen mehrere zerknautschte Kissen, auf dem Tisch ein aufgeschlagenes Buch, daneben ein dickwandiges Glas, gefüllt mit einem Fingerbreit goldener Flüssigkeit. Eine Leselampe brannte. Wie in seinem Büro hing auch hier ein angenehmer Kräuterduft in der Luft. Eine ganz normale Wohnung – hatte ich wirklich etwas anderes erwartet?

Duncan nahm das Glas und hielt es fragend in meine Richtung. „Es ist allerdings nur ein einfacher Single Malt."

Dankend lehnte ich ab – ich wollte lieber einen klaren Kopf behalten.

Er trank einen Schluck, bevor er sich auf den Platz setzte, von dem er bei meinem Klingeln offenbar aufgestanden war. Lässig legte er die Beine auf einen Hocker, seine Augen dabei die ganze Zeit auf mich gerichtet. Ich ließ mich auf der äußersten Kante des Sessels nieder. Ein Holzscheit im Kamin verrutschte.

Duncan beugte sich vor, um das Glas zurück auf den Tisch zu stellen. „Hast du mit irgendwem über gestern gesprochen?"

„Nein."

„Gut."

Ich räusperte mich. „Emrys hat mich gebeten, zu warten, bis er wiederkommt. Er wollte mir dann alles erklären."

Ohne zu antworten, erhob sich Duncan und ging zum Kamin. In Höhe seiner Taille zeichnete sich unter seinem dunkelgrauen Rollkragenpullover ein unförmiger Umriss ab. Wahrscheinlich ein innen liegendes Holster.

Warum trug er seine Waffe auch hier im Haus?

Er legte Holz nach, das er mit dem Schürhaken in geradezu pedantischer Genauigkeit platzierte. Als er fertig war, drehte er sich um und griff an seinen hinteren Hosenbund. Beim Anblick der Waffe kamen mir mit einem Schlag alle Wörter abhanden, mit denen ich meine gefühlten hundert Fragen an ihn hätte formulieren können. Er hielt die Waffe in der Hand – wie einen oft benutzten Gegenstand, dessen Existenz man schon längst nicht mehr wahrnimmt. Trotz der Wärme hatte ich eine Gänsehaut. Ich rieb meine Oberarme.

Er betrachtete mich. „Du hast Angst vor mir, Caitlyn."

Ich platzierte meine Hände nebeneinander auf meinen Oberschenkeln. „Ich ... nein ..."

Ohne hinzusehen legte er die Pistole auf den Sims. „Oh doch, das hast du. Warum?" Er kam näher.

„Duncan, dieser Mann, gestern ... hast du ... was hast du ... getan?" Ich hatte keine Ahnung, wie ich die Frage taktvoll formulieren sollte, ob er mehr oder weniger Sterbehilfe geleistet hatte.

Duncan musterte mich mit neugierigem Interesse. „Er hat gelitten, Caitlyn. Er wäre bei vollem Bewusstsein erstickt."

„Ja, das weiß ich, aber hast du ihn wirklich ...?" Ich brach ab. „Ihn umgebracht", traf zwar den Kern, aber ich brachte es nicht über die Lippen.

„Ich bin immer noch derselbe wie vorher." Er streckte seine Hände nach mir aus. „Komm her."

Erst als ich schon aufgestanden war, fiel mir ein, dass es vielleicht klüger gewesen wäre, sitzen zu bleiben. Sofort zog er mich zu sich.

Ich rückte gleich wieder von ihm ab. „Duncan, bitte, ich ... ich möchte einfach nur mit dir reden."

Seine Augenbraue zuckte und seine Lippen verzogen sich zu einem spöttischen Lächeln. Seinem Blick ausweichend, versuchte ich es mit Sachlichkeit. „Ich kann zwar warten, bis Emrys wieder da ist, aber ich werde noch verrückt, weil ich ständig darüber nachdenken muss. Vielleicht ... es wäre schön, wenn du mir irgendetwas erklären könntest. Zum Beispiel, warum du eine Waffe trägst! Sogar jetzt. Hier im Haus."

Er fuhr mit seinen Händen aufwärts bis zu meinen Schultern. „Weil es nützlich ist, auf alles vorbereitet zu sein – wie du gestern bemerkt hast."

Ich verdrehte die Augen. „Sehr witzig."

„Was wäre zum Beispiel gewesen, wenn dir gerade jemand hierher gefolgt wäre?"

Unbehaglich bewegte ich die Schultern. „Ja. Schon. Aber ... du bist doch eigentlich Schulleiter! Wir sind nicht in London oder Liverpool – unsere Schüler sind nicht gewalttätig. Es gibt keine Prügeleien, keine Drogen oder versteckte Waffen ... abgesehen von der da", ergänzte ich trocken.

„So ist es", pflichtete er mir bei. „Das war schon immer so und das wird auch so bleiben, solange ich hier etwas zu sagen habe."

In seinen beinahe schwarzen Iris spiegelte sich der Schein des Feuers. Er neigte sich näher – eindeutig, weil er mich küssen wollte, doch ich wandte den Kopf ab. Eine Hand auf seiner Brust, hielt ich ihn auf Abstand.

„Duncan!“

„Hast du immer noch Angst vor mir?“

„Blödsinn! Dann wäre ich doch wohl nicht allein hergekommen.“

„Warum weichst du mir dann aus?“

„Das tue ich doch gar nicht“, behauptete ich und umrundete einen Sessel. „Aber du bist nicht der, für den du dich ausgibst. Du besitzt nicht nur eine Waffe, sondern du hast gestern ... du hast dich verhalten wie jemand, der ... der sich damit auskennt. Und wie du dich um Kieran gekümmert hast – so etwas lernt man doch nicht in einem Erste-Hilfe-Kurs.“

„Ich habe Medizin studiert.“

„Du hast Medizin studiert?“, wiederholte ich überrascht, obwohl ich es eigentlich nicht sein sollte. Ich war eher erstaunt, dass er es so unumwunden zugab.

„Nur bis zum ersten Grad“, schränkte er ein. „Ich habe keine Zulassung.“

Er war mir gefolgt und diesmal hinderte ich ihn nicht daran, mich zu küssen. Meine Knie wurden weich. Hatte ich wirklich erwartet, dass ich der Versuchung widerstehe? Nach einer Weile löste er sich von mir.

„Wenn du lieber gehen willst, solltest du das wohl jetzt tun ...“ Er machte eine beredte Pause, während seine Hände an mir entlangstreiften.

Ich unterdrückte einen Seufzer. „Du schuldest mir noch ein paar Antworten, Duncan."

„Dann mach mir ein Angebot, das ich nicht ausschlagen kann."

„Das ist Erpressung."

„Nennen wir es einen Handel."

Er umfasste meinen Po und hob mich schwungvoll hoch. Ich schlang meine Beine um seine Hüften.

„Soll ich dich hinausbegleiten?" Seine Zunge glitt leicht über meinen Hals.

„Nein ...", murmelte ich, den Kopf in den Nacken gelegt.

Ein geradezu triumphierendes Lächeln huschte über seine Lippen, als er mich zum Sofa trug. Wir küssten uns ungestüm, während wir auf das Sofa sanken. Er zog seinen Pullover mitsamt dem darunterliegenden T-Shirt über den Kopf. Die Narben, die ich gestern schon bemerkt hatte, bedeckten nicht nur seinen rechten Arm bis hin zur Schulter, sondern auch auf Brust und Bauch zeichneten sich mindestens ein halbes Dutzend Spuren von Verletzungen ab, einschließlich der vernarbten Vertiefung an seinem linken Schlüsselbein, die ich schon im Museum gespürt hatte. Ich verschob meine Frage, woher sie stammten, auf später, weil er gerade mit seinem Mund eine heiße Spur über meinen Bauch zog. Während er jeden Zentimeter meiner Haut erkundete, befreite er mich vollends von meinem Shirt. Seine Finger schoben sich in meinen BH, seine Zunge eroberte meinen Mund, während meine Hände wie von allein den Knopf an seiner Hose fanden. Jegliche Vernunft warf ich über Bord, und mit allen Sinnen gab ich mich dem süßen Rausch hin.

Anschließend dauerte es eine ganze Weile, bis ich bereit war, mich aus dem entspannten Dämmerzustand zurück in die Wirklichkeit zu begeben. Die Fragen, die mir vorhin noch so wichtig erschienen, waren nebensächlich geworden. Duncan schien es ähnlich zu gehen, denn seine Bewegungen waren träge, als er sich aufraffte, eine Wolldecke über uns zu breiten. Eingehüllt in deren Wärme, schmiegte ich mich an ihn. Es fühlte sich gut an.

Viel zu gut.

Prompt meldete sich mein schlechtes Gewissen, denn ich sollte mich in seinen Armen nicht so verdammt wohlfühlen. Es war wirklich nicht der passende Zeitpunkt, um über meine Beziehung zu Daniel nachzudenken, doch spätestens jetzt musste ich mich wohl den Tatsachen stellen. Henry hatte recht: Es war Daniel gegenüber einfach nicht fair, eine Entscheidung weiter vor mir herzuschieben. Daniel war objektiv betrachtet eine wirklich gute Partie – aber nach dieser Nummer war ich das für ihn nicht mehr.

Für den Moment schaffte ich es allerdings, Daniel wieder aus meinen Gedanken zu verdrängen, denn ich wollte ihm das persönlich sagen – und nicht am Telefon oder per E-Mail, während er krank und noch dazu am anderen Ende der Welt war.

Eine Weile genoss ich Duncans Nähe und döste vor mich hin, bis ich irgendwann meine flache Hand auf seine Brust legte und mein Kinn darauf bettete, um ihn ansehen zu können. Er beobachtete das Feuer und wirkte viel entspannter, als ich ihn bis jetzt je erlebt hatte.

Er schob mir die Haare aus dem Gesicht. „Ich dachte, du wärst eingeschlafen."

Ich lachte leise. „Nein, so ermüdend bist du nicht."

„Gut zu wissen", erwiderte er süffisant.

„Habe ich mir denn ein paar Antworten verdient?"

Er wiegte den Kopf. „Lass mich nachdenken ..."

Ich küsste ihn hingebungsvoll.

„Überredet", beschied er zufrieden. „Fangen wir damit an: Was weißt du darüber, was der Duke tut?"

„Er arbeitet im diplomatischen Dienst für die Regierung", begann ich. „Keine Ahnung, was genau er da tut."

„Geh davon aus, dass der Duke zu einem gefährdeten Personenkreis gehört und nicht alles, was er tut, für die Augen und Ohren der Öffentlichkeit bestimmt ist. Nach Details musst du ihn selbst fragen."

„Ja, gut", meinte ich, nicht wirklich zufrieden mit dieser ziemlich vagen Antwort. „Was hast du damit zu tun?"

Er lächelte schmallippig. „Der Duke hält es für klüger, damit zu rechnen, dass nicht nur er das Ziel irgendwelcher – nennen wir es einfach Übergriffe werden könnte, denn dass er Mäzen der *Ysgol* ist, ist schließlich allgemein bekannt.“ Er machte eine lange Pause. „Einige Monate bevor mein Vorgänger Marcus Pennyworth starb, nahm der Duke Kontakt zu mir auf. Er kannte meinen Vater recht gut und wusste daher, dass ich ...“, er unterbrach sich kurz, als suchte er eine passende Formulierung. „... ich hatte umfangreiche Erfahrungen im Objektschutz. Und da ich selbst Schüler der *Ysgol* gewesen bin und sowohl die Gebäude als auch die Umgebung entsprechend gut kenne, hielt mich der Duke für geeignet, mich um die Sicherheit der Schule zu kümmern. Wir hatten uns bereits einige Male zu dritt getroffen, um einen Plan für neue Sicherheitsvorkehrungen zu entwerfen, als Marcus den Schlaganfall hatte. Anstatt als externer Sicherheitsberater zu arbeiten, bot der Duke mir an, offiziell den Posten des Direktors zu übernehmen. Dank seines Einflusses“, er deutete mit den Fingern an, dass er Geld meinte, „konnte er den Schulausschuss davon überzeugen, mich zu nehmen anstatt Avril, die von den meisten damals favorisiert wurde.“ Er lächelte mokant.

Deswegen hatte Avril nach der Lehrerkonferenz „Geschieht ihm recht!“ gesagt, als ich fragte, ob er sich wegen meiner Einstellung übergangen gefühlt hatte.

„Sag mal ...“, fiel mir in diesem Zusammenhang ein, „dann hast du gar keine pädagogische Ausbildung?“

„Ich wäre dir verbunden, wenn du das für dich behieltest.“ Sein Tonfall war scharf.

„Ja, natürlich, schon gut“, beruhigte ich ihn.

Ich vertiefte dieses Thema lieber nicht weiter, stattdessen kehrte ich zu meiner ursprünglichen Frage zurück. „Ich verstehe wirklich nicht, warum Emrys dich nicht einfach als Sicherheitsberater eingestellt hat – so, wie er das ursprünglich vorhatte."

„Der Duke sorgte sich wegen schlechter Publicity."

„Warum das denn auf einmal?", wunderte ich mich. „Gerade heute legen die Eltern doch viel mehr Wert auf die Sicherheit ihrer Kinder als früher. Ich verstehe nicht, was Emrys mit dieser Geheimnistuerei bezweckte."

„Er hatte seine Gründe." Es klang kühl und abweisend.

Selbst bei wohlwollender Betrachtung klang das fadenscheinig. Da ich mir jedoch sicher war, dass ich keine weiteren Erklärungen von ihm bekommen würde, beließ ich es dabei. Nachdenklich fuhr ich mit dem Finger Duncans vernarbten rechten Arm hinauf.

„Sind das hier Brandnarben?"

Seine Augen verengten sich leicht. „Ja."

„Wie ist das passiert?"

„Ein Unfall. Es ist schon lange her."

„Und die hier?" Ich drückte einen vorsichtigen Kuss auf eine flammend rote Stelle oberhalb seines Handgelenks. Eine erst kürzlich entstandene Verletzung. „Und was ist mit denen? Und diesen?" Dabei küsste ich mich seinen Unterarm hinauf, auf dem ein Dutzend verheilte Wunden die Brandnarben überlagerten und dann kreuz und quer über Brust und Bauch, die von weiteren Narben übersät waren. Schließlich sah ich ihm in die Augen.

„Du bist ziemlich neugierig."

„Absolut." Ich knabberte an seiner Unterlippe. „Was soll ich tun, damit du es mir verrätst?"

„Ich möchte nicht darüber sprechen."

Ich schickte meine Hände auf Wanderschaft. „Komm schon."

Zwischen seinen Brauen erschien eine steile Falte. „Warum willst du das wissen?"

„Man kann nie genug über den Mann wissen, mit dem man schläft", schnurrte ich.

Ich schlängelte mich auf seinen Schoß, um mich verführerisch an ihm zu reiben – was natürlich nicht ohne Wirkung blieb. Er atmete hörbar ein, und während ich mich lasziv auf ihm rekelte, streichelte er mich – doch diesmal blieb sein Blick seltsam klar, als wäre er auf der Hut.

Ich legte meine Stirn an seine, ohne in der Bewegung innezuhalten. „Erzählst du es mir jetzt?"

„Nein ..."

Ich küsste ihn herausfordernd, gab ihm, was ihm gefiel – reizte ihn bis fast zum Höhepunkt. Dann hielt ich inne und ließ mein Becken nur noch minimal kreisen.

Er krallte sich an meinen Hüften fest. „Gott ... mach weiter ..."

„Objektschutz, hm, Mr Bond?“, säuselte ich in sein Ohr. „Verrat mir deine Geheimnisse, dann erlöse ich di... Au!“

An den Haaren riss er meinen Kopf förmlich zurück. Er funkelte mich an. Sämtliche Erregung war mit einem Schlag verschwunden. „Lass los!“ Ich wollte seine Hand wegziehen, aber er hatte seine Finger so in meinen Haaren vergraben, dass ich mir nur selbst wehtat.

Seine Stimme hatte plötzlich einen eisigen Unterton. „Er heißt Daniel, nicht wahr? Wann wirst du ihn heiraten?“

„Hör auf! Was soll das?“, zischte ich mit zusammengebissenen Zähnen.

„Er arbeitet für die Lloyd’s und liegt derzeit wegen einer Shigellose im Adventist Hospital in Hongkong. Er dürfte nicht sehr erfreut sein, wenn er erfährt, dass seine Verlobte es mit einem anderen treibt.“

Fassungslos starrte ich ihn an. „Das ist jetzt nicht dein Ernst!“

Freudlos lachend ließ er mein Haar los. „Falls er mir nicht glauben will, ist das natürlich seine Sache, aber ich bin sicher, es würde ihm zu denken geben.“ Seine Stimme troff vor Zynismus. „Du könntest allerdings auch einfach aufhören, deine Nase in Angelegenheiten zu stecken, die dich verdammt noch mal nichts angehen!“ Mit jedem Wort wurde er lauter.

„Idiot!“

Ich rutschte von ihm hinunter, griff nach meiner Jeans und rupfte an dem Slip herum, der sich in den

Hosenbeinen verschlungen hatte. Beim Anziehen hatte ich Mühe, das Gleichgewicht nicht zu verlieren. Meine Finger zitterten so, dass ich den BH-Verschluss nicht zubekam. Duncan, der mir mit regloser Miene zugesehen hatte, stand auf und streckte eine Hand aus, um mir zu helfen.

„Fass mich nicht an!"

Er ignorierte es. Ich holte aus, um ihm eine Ohrfeige zu verpassen. Pfeilschnell fing er meine Hand ab und nahm meine Finger in einen zangenartigen Griff. Ich gab einen Schmerzenslaut von mir. Seine Augen blitzten, als er sich wortlos dem Verschluss zuwandte.

Mit Tränen in den Augen rieb ich meine Hand, doch ich ließ ihn gewähren. „Woher weißt du von Daniel?"

„Es gehört zu meinem Job, alles über dich und deine Angehörigen zu wissen." Er hatte meinen BH ordnungsgemäß eingehakt und bückte sich nach seiner eigenen Kleidung. „Allerdings, weil du hier arbeitest – und nicht, weil ich mit dir schlafe."

„Mistkerl!"

Krampfhaft versuchte ich, die Schluchzer zu unterdrücken, die ständig in meiner Kehle aufwärtsdrängten, während wir uns beide weiter anzogen.

„Caitlyn ...", begann er nach einer Weile.

„Lass mich bloß in Ruhe!"

Er wandte sich ab, um etwas zu trinken. „Ich werde deinem Verlobten nichts von uns erzählen." Sein Tonfall war kühl, beinahe geschäftsmäßig.

Ich schnaubte abfällig. „Es gibt kein uns!"

Langsam drehte er sich zu mir herum, das Glas in der Hand, die Miene ausdruckslos. „Und zu niemandem ein Wort!“

„Sonst passiert was?“

Die Muskeln um seine Augen zuckten leicht, doch er sagte nichts.

„Herrgott noch mal, Duncan! Kieran hat diesen Mann gestern Abend in voller Absicht dorthin gelockt, um ihn zu töten! Und du *hast* ihn schließlich umgebracht!“

Er presste seine Kiefer aufeinander.

„Hältst du mich wirklich für so ... so ... unterbelichtet, dass ich nicht merke, dass hier irgendein ... ein grauenvolles Spiel im Gange ist?“ Meine Stimme überschlug sich.

Er ballte die Finger seiner Linken, löste sie jedoch sofort wieder.

Ich zwang mich zu einem gemäßigten Tonfall. „Es tut mir leid, wenn meine Fragen wegen deiner Narben indiskret waren. Du hast recht, es geht mich nichts an, aber das ...“, ich stockte kurz, „... das hättest du mir einfach sagen können.“

„Ich *sagte*, ich will nicht darüber sprechen, Caitlyn!“

Ich spürte einen Stich schlechten Gewissens. Das stimmte. „Trotzdem rechtfertigt es nicht, dass du mich so behandelst!“ Ich wandte mich zum Gehen, hielt noch einmal an und sah über meine Schulter zurück. „Falls du Daniel anrufen willst, dann lass dich nicht aufhalten. Ich bin sicher, du kennst seine Nummer.“

Mit einem Knall zerschellte das Glas am Kamin. Im nächsten Moment hatte Duncan sich neben mir aufgebaut.

„Du gehst nirgendwohin!"

Mit seinem schraubstockartigen Griff zwang er mich dazu, mich neben ihn aufs Sofa zu setzen. Mein Herz schlug mir bis zum Hals und eine dumpfe Angst kroch meine Wirbelsäule hinauf. Die Unterarme auf die Knie gelegt, starrte er schließlich vor sich auf den Boden. Mein Blick huschte zum Kaminsims. Die Waffe war fort, sicher hatte er sie wieder im Holster. Stocksteif wartete ich. Ein paar Mal öffnete und schloss er die Fäuste.

„Mein Vater wollte nicht, dass ich Medizin studiere, sondern fand eine juristische Karriere für mich angemessener. Ich sollte in seine Kanzlei einsteigen." Er lachte bitter. „Als ich mich widersetzte, strich er mir jegliche finanzielle Unterstützung, also verpflichtete ich mich bei der Army, um dort zu studieren." Unbewusst – wie ich es schon oft an ihm beobachtet hatte – rieb er sich über seinen rechten Unterarm. „Nachdem mein Vater tot war, verließ ich die Army wieder." Er schluckte hart.

Mir lag auf der Zunge zu fragen, warum, doch als er fortfuhr, verschlug es mir vorübergehend die Sprache.

„Ich ging zur Fremdenlegion und wurde Dschungelkämpfer in Französisch-Guayana. Wir waren unterwegs, um eine Gruppe illegaler Goldsucher aufzuspüren. Aus einem Hinterhalt wurden wir angegriffen,

Granaten explodierten, zwei Kameraden zerriss es auf der Stelle. Ich bekam eine Menge Splitter ab." Vage wies er in Richtung seines Oberkörpers. „Wir flohen in den Wald, hinter uns Maschinengewehrfeuer, und noch mehr Granaten flogen uns um die Ohren. Wegen des Blutverlustes war ich geschwächt, mein linker Arm beinahe unbrauchbar. Dann nahmen sie uns ins Kreuzfeuer. Eine Verteidigung war unmöglich, wir konnten nur noch versuchen, uns vor den Querschlägern zu schützen – und hoffen. Ich lag in einer Kuhle, Jean-Louis, unser Kommandant, warf sich über mich ... Ich weiß nicht, wie lange es dauerte." Er schwieg.

„Und dann?", wagte ich zu fragen, als ich es nicht mehr aushielt.

Er richtete seinen Blick auf mich, doch er schien mich nicht wahrzunehmen, sondern sah durch mich hindurch.

„Irgendwann war es unnatürlich still. Sie waren abgezogen, vielleicht, weil sie uns alle für tot hielten. Ich hatte große Schmerzen und sagte zu Jean-Louis, er solle aufstehen, denn er lag immer noch auf mir. Er konnte es nicht mehr ..." Duncan rieb sich über die Augen. „Von unserer Einheit lebten außer mir noch zwei. Maurice war schwer verletzt, Christian hatte nur ein paar Kratzer. Es gab eine medizinische Notfallausrüstung und wir schafften es, meine und Maurices Wunden zu versorgen. Es wird dort sehr rasch dunkel, daher konnten wir kaum erkennen, was wir taten, und mussten dort übernachten. Am nächsten Morgen war Maurice tot. Verblutet ..." Seine Stimme verklang. Lange starrte er ins Feuer. „Ohne meinen ... ohne Christian hätte ich es auch nicht zurück zur Basis geschafft."

Die bedrückende Stille dehnte sich ins Unendliche.

„Später war ich am Weltraumbahnhof in Kourou für die Sicherheit zuständig."

Mehr sagte er nicht, sondern verließ den Raum. Mit angezogenen Beinen hockte ich auf dem Sofa.

Warum war Duncan Söldner geworden und nicht bei der Army geblieben?

Anstatt Arzt zu werden, wollte er für Geld schützen und kämpfen – wenn es nötig war, unter Einsatz seiner Gesundheit und seines Lebens. Er war hier auf Anglesey, weil er gut darin gewesen war, denn Emrys gab sich nie mit der zweiten Wahl zufrieden. Natürlich war es keine Entschuldigung, aber immerhin eine Erklärung für seine heftige Reaktion: Falls ich das über ihn ausplauderte, konnte ich ihm und Emrys damit schaden, denn eine solche Laufbahn prädestinierte einen Mann nicht unbedingt, Schuldirektor einer Eliteschule zu werden. Es würde wahrscheinlich einen Skandal verursachen und ihn womöglich den Job kosten.

Ich stand auf, um ihn zu suchen.

Ich fand ihn mit einer Zigarette in der Hand an die geöffnete Haustür gelehnt. Dass er rauchte, hatte ich nicht gewusst – wie so vieles über ihn.

Als er mich kommen sah, wandte er sein Gesicht ab, um den Rauch in die andere Richtung zu blasen oder vielleicht, um mich nicht ansehen zu müssen. Er schien damit zu rechnen, dass ich ging.

„Hey", sagte ich sehr leise, als ich neben ihm stehen blieb, meine Hände in den Hosentaschen vergraben.

Nur kurz streifte mich sein Blick. Ich rieb mir den Nacken. Schweigend rauchte er weiter. Schließlich betrachtete er die glühende Spitze, bevor er die Kippe in einen sandgefüllten Blumentopf steckte.

„Würdest du mit mir essen gehen?" Es klang zögerlich.

Ich nickte zaghaft.

Ein winziges Lächeln huschte über seine Lippen. „Ich weiß einen kleinen Pub in Llangefni. Dort kennt man dich nicht, deswegen wird auch niemand auf dumme Gedanken kommen, wenn er uns zusammen sieht."

„Duncan, wegen Da..."

Er legte seinen Zeigefinger auf meine Lippen. „Schhhh." Ein schwacher Nikotingeruch wehte in meine Nase. „Ich werde ihm nichts verraten. Du interessierst mich, nicht er", sagte er mit leicht sardonischem Unterton. „Ich werde in Glasmaris Hall Bescheid sagen, damit dich niemand dort vermisst. Gib mir fünf Minuten, dann fahren wir."

Federleicht fuhr er die Konturen meines Mundes nach. Dann ging er ins Haus. Ich sah hinauf zum wolkenverhangenen Himmel und schlang meine Arme um mich.

Dortmund, den 30. Januar 1941

Liebe Karo, liebe Hilde!

Wie sehr wünsche ich mir, jetzt bei Euch sein zu können. Ich bin so froh, dass ihr einander habt, das ist ein kleiner Trost für mich. Karo wird diesen Brief doch sicher vorlesen, wenn Du, Hilde, noch zu schwach dazu bist.
Liebe Hilde, bitte werde bald wieder gesund! Dein Baby braucht Dich, denn sie ist noch so klein. Denk immer fest daran, dann wirst Du Dich bald wieder um sie kümmern können. Es ist gut zu hören, dass die anderen Mütter dein Baby mit ihrer Milch ernähren, damit Du Dich ganz und gar vom Fleckfieber erholen kannst.
Wurde eigentlich die Ansteckungsquelle gefunden? Es sollen ja Läuse sein, die diese Krankheit übertragen. Ich hoffe, dass es nicht noch mehr Fleckfieberfälle geben wird und Karo und dein Baby verschont bleiben.
Mach Dir bitte keine Gedanken mehr, liebe Hilde, dass wir Dir noch böse sein könnten, weil Du uns nichts erzählt

hast. Papa und ich wissen gut, wie es ist, wenn man jung ist, und wir freuen uns, dass Du uns zu Großeltern gemacht hast.
Ich hoffe, Du hast inzwischen etwas von Deinem Hans gehört, liebe Hilde. Seinen Eltern hat er lange nicht geschrieben und wir machen uns Sorgen.

Liebe Karo, ich freue mich so, dass endlich jemand Deine Fähigkeiten richtig zu schätzen weiß. Dass Du nun sogar dem Institutsleiter Dr. Jäger zur Hand gehen sollst, macht mich stolz, auch wenn es natürlich tragisch ist, dass er seine bisherige Assistentin durch das Fleckfieber verloren hat.

Papa lässt Euch ganz herzlich grüßen. Dir, Hilde, schickt er viel Kraft, damit Du bald wieder gesund wirst, und Dir, Karo, lässt er ausrichten, er wusste immer, dass viel mehr in Dir steckt. Und bei Deinen guten Schulnoten hättest Du auf eine kaufmännische Schule gehen sollen. Es tut Papa leid, dass wir das nicht ermöglichen konnten. Nun erhältst Du doch noch Deine Chance.
Er schreibt, ihm gehe es gut dort in Bielefeld, aber ich glaube, er will uns nicht beunruhigen. Die Grundausbildung ist doch sehr hart. Onkel Paul, der schon dort war, sagt, sie nannten es Blut-und-Tränen-Acker.
Papa weiß noch nicht, wann er fort muss und wohin. Ich hoffe, er bekommt bis dahin noch einmal Urlaub, damit wir uns sehen können. Er fehlt mir genauso sehr wie ihr beide.

Bitte verzeiht mir meinen Trübsinn, aber ich glaube fest daran, dass auch wieder bessere Zeiten kommen werden. Eure Schwestern Margot und Rosi vermissen Euch und sie haben versprochen, Euch auch bald zu schreiben.

Eure Mama

Samstag, 2. Januar

Mein Handy klingelte, als ich am Morgen mein Zimmer in Glasmaris Hall betrat. Ein Blick auf das Display sagte mir, dass es Daniel war. Meine Hand schwebte bereits über dem Telefon, doch ich zögerte. Es ging einfach nicht. Ich konnte jetzt nicht mit ihm sprechen. Das Klingeln hörte auf – jedoch nur, um kurz darauf wieder anzufangen. Es nützte nichts, es wäre nur aufgeschoben.

„Hallo?", meldete ich mich. Es rauschte und knackte.

„Hi, Schatz! Wie geht es dir?" Daniel klang sehr wach – was kein Wunder war, denn bei ihm war es inzwischen später Nachmittag. „Wo warst du? Ich habe schon so oft versucht, dich zu erreichen. Oder ging die Silvesterparty etwa gestern noch weiter und du bist nicht aus dem Bett gekommen?"

Genau, dachte ich seufzend, nur, dass es nicht mein eigenes gewesen war. „Es ist noch Besuch da und ..."

„Wie bitte? Ich verstehe dich kaum."

Ich ging zum Fenster. „Vielleicht ist es hier besser. Die Wände sind sehr dick."

„Ich dachte eigentlich, ich sei derjenige am Ende der Welt“, flachste er. „Ich sag ja, da oben ist völlig tote Hose. Gibt es da kein Festnetz?“

„Doch schon, aber ich hab keins hier im Zimmer.“ Es war mühsam zu telefonieren, da die Übertragung nur wechselseitig wie bei einer Gegensprechanlage funktionierte und ich dabei fast mit der Nase an der Scheibe klebte, um ihn überhaupt verstehen zu können.

„Also erzähl, wie war die Party? Muss ja gut gewesen sein, weil du gestern nicht mehr dazu in der Lage warst, mich anzurufen.“ Der Vorwurf war kaum zu überhören.

„Oh, es war prima“, antwortete ich lahm und berichtete ihm, so gut ich es eben zustande brachte, wie der Abend verlaufen war. Natürlich erwähnte ich die *Occupy-Bewegung*, denn schließlich gab es darüber Medienberichte. Außerdem bot es eine gute Ausrede, warum ich mich vor lauter Durcheinander nicht mehr hatte melden können.

„Krass! Da schau ich mal ins Internet, vielleicht sehe ich dich ja sogar. Es war doch bestimmt auch das Fernsehen da, oder?“

„Ja. Wie geht es dir denn?“

Besser, wie er sagte, auch wenn die Tests noch nicht negativ waren. „Ich weiß also nicht, wann wir uns wiedersehen! Du musst noch ein bisschen ohne mich aushalten.“

„Mach dir um mich keine Gedanken.“

„Du klingst so komisch. Ist irgendwas?“

Ich rieb mir die Stirn. „Nein, ich bin einfach nur müde und hab ein bisschen Kopfweh. Lass uns ein anderes Mal weiterreden, okay? Morgen kommen schon die Schüler wieder und übermorgen geht der Unterricht los."

Nachdem wir aufgelegt hatten, fühlte ich mich furchtbar. So konnte es keinesfalls weitergehen, doch bis Daniel wieder zu Hause war, musste ich gute Miene machen. Leise klopfte es an der Tür.

„Ja?"

Shannon steckte den Kopf herein. „Guten Morgen! Darf ich reinkommen?"

Ich riss mich zusammen. „Ja, klar."

Mit der Hüfte stieß sie die Tür auf und trug ein Tablett herein. „Hast du schon gefrühstückt?"

„Nein, noch nicht. Danke, Shannon." Wusste sie, dass ich über Nacht nicht hier gewesen war?

„Ich spiel nämlich heute das Dienstmädchen. Tyron ist doch mit dem Duke in London und Mum will gleich mit Jerry zu Dad. Gestern war er schon wieder putzmunter und ärgert sich bereits jetzt, weil er in der nächsten Zeit Krücken brauchen wird. Er soll das Bein nicht belasten." Sie verdrehte die Augen. „Das wird ein Spaß."

„Das kann ich mir vorstellen."

Sie hatte das Tablett auf den Tisch gestellt und sich auf die Stuhlkante mir gegenüber gesetzt. „Wohin bist du gestern noch mit Scratby gefahren?"

Ich war gerade dabei, mir Kaffee einzuschenken, und beobachtete genauestens, wie der Flüssigkeitspegel stieg. „Er hat mich zum Abendessen eingeladen. In einen Pub irgendwo in der Nähe."

„Aha." Sie musterte mich.

Übervorsichtig stellte ich die Kanne ab und goss Milch in den Kaffee. Sie wusste von Daniel und dass ich vorgehabt hatte, mit ihm Silvester hier zu verbringen – ebenso kannte sie den Grund, warum er nicht gekommen war. Ich glaubte, Missbilligung auf ihrem Gesicht zu erkennen, aber ich war ihr, verdammt noch mal, keine Rechenschaft über mein Liebesleben schuldig, daher biss ich mir auf die Lippe und schmierte mir einen Toast.

Shannon klopfte auf ihre Oberschenkel und stand auf. „Die Throntons und die Baskins reisen nach dem Lunch ab."

„Kommt Emrys heute noch wieder?"

Sie zuckte mit den Schultern. „Ich weiß nicht. Ich hoffe, er bleibt nicht allzu lange, denn Tyron muss Papa hier vertreten, solange der nicht kann. Mama schafft es nicht allein, und sobald die Schule wieder losgeht, hab ich drüben genug zu tun." Mit schief gelegtem Kopf musterte sie mich. „Wie fühlst du dich nach all der Aufregung?"

Ich seufzte. „Mir geht dieser Mann nicht aus dem Kopf, den dein Vat..."

„Caitlyn“, unterbrach sie mich. Sie zog ihre Unterlippe zwischen die Zähne. „Ich will das nicht wissen, in Ordnung?“

„Aber hör mal! Dein Vater ist dabei schwer verletzt worden!“

„Okay, okay. Das weiß ich natürlich. Und ich weiß auch, dass es nicht die *Occupy-Bewegung* war. Aber alles andere ... nein!“

Ihr Tonfall war heftig. Ich schluckte.

„Ich wohne schon mein Leben lang hier in Glasmaris, und ich habe gelernt, dass der Duke es nicht schätzt, wenn man sich in seine Angelegenheiten mischt. Das respektiere ich. Meine Eltern sind ihm gegenüber loyal. Besonders mein Vater ...“ Sie schüttelte den Kopf. „Ich will es einfach nicht wissen, okay?“

„Okay“, wiederholte ich. „Darf ich ... darf ich dich etwas fragen?“

„Kommt darauf an“, sagte sie abwartend.

„Was weißt du über Dunc... Scratby, bevor er hier Direktor wurde?“

Sie schwieg sekundenlang. „Er ist früher hier zur Schule gegangen.“ Dann ging sie zur Tür. Ohne sich umzudrehen, sagte sie: „Pass ein bisschen auf dich auf, ja? Wir sehen uns später.“

Den restlichen Vormittag verbrachte ich mit den Baskins und den Thorntons, bevor sie abreisten. Shannon sah ich nicht mehr. Ein mir unbekanntes Dienstmädchen servierte den Lunch. Anschließend ging ich in den Stall und half dem Stallburschen, die

Pferde zu versorgen. Es war kalt, aber die Beschäftigung mit den Tieren tat mir gut. Als ich die letzte Karre Mist ausgeleert hatte und in den Stall zurückkehrte, sah ich eine wohlbekannte Gestalt vor Kronos‘ Box stehen. Der Hengst rieb seinen Kopf an Emrys‘ Schulter.

„Hallo Liebes! Wie ich sehe, machst du dich nützlich.“

Ich stellte die Karre aufrecht an ihren Platz. „Ich brauchte Ablenkung.“

Er kraulte dem Pferd die Stirn. „Es tut mir leid, dass ich nicht früher hier sein konnte. Wie geht es dir?“

„Besser, sobald du mir endlich erklärst, was das vorletzte Nacht zu bedeuten hatte!“

„Nun, es wird wohl Zeit.“ Er sagte es leise, als spräche er zu sich selbst, und klopfte Kronos den Hals. Gemächlich schlenderte er ein paar Schritte die Stallgasse entlang, sah sich um und kam dann sehr nahe zu mir, sodass ich ihn gut verstehen konnte, obwohl er seine Stimme noch weiter gesenkt hatte. „Abgesehen davon, dass ich als diplomatischer Gesandter für die Regierung tätig bin – was mich schon so gelegentlich zum Ziel irgendwelcher Fanatiker macht –, arbeite ich für eine Sektion des DIS.“

Meine Augenbrauen schossen hoch. „Defence Intelligence Staff? Du bist beim Geheimdienst?“

Er drehte die Handflächen nach oben. „Ja und nein. Es gibt uns offiziell gar nicht – oder sagen wir, nicht mehr.“

„Und wo arbeitest du dann? Oder sollte ich lieber fragen, wo arbeitest du nicht mehr?"

Er schmunzelte. „Ich will dich nicht mit Details über die Veränderungen des Geheimdienstes in den letzten 150 Jahren langweilen. Heute gibt es nur noch den Auslands- und den Inlandsgeheimdienst, den MI 6 und den MI 5. Doch vor der Umstrukturierung 1964 gab es zeitweise mehr als zwanzig Sektionen, eine Zeit lang existierten wir ganz offiziell als MI 16 – der wissenschaftliche Geheimdienst."

„Also betreibt ihr Wissenschaftsspionage?" Darunter konnte ich mir gleichermaßen viel wie wenig vorstellen.

Er machte eine vage Handbewegung, die Zustimmung wie Ablehnung bedeuten konnte. „Weltweit wird an sensiblen Themen geforscht, von denen die Öffentlichkeit keine Ahnung hat. Es ist gut, das im Auge zu behalten."

„Und was ist deine Aufgabe? Du bist doch kein Wissenschaftler."

„Ich leite den MI 16", sagte er schlicht. Er machte eine lange Pause. „Caitlyn, deine Mutter ..."

Mich beschlich ein sehr ungutes Gefühl. „Was ist mit Mum?"

„Sie arbeitete nicht für das Innenministerium, sondern für uns und ... sie wurde ermordet."

„Was?" Verstört sank ich auf einen Heuballen, der in der Stallgasse lag. „Aber ... sie hatte Leukämie, haben die Ärzte gesagt! Selbst Dad sagte das!"

Emrys setzte sich neben mich. „Die akute Leukämie war die Folge einer extrem überdosierten Behandlung mit Immunsuppressiva – einer Chemotherapie, die ihr Immunsystem nahezu komplett ausschaltete – und gezielter elektromagnetischer Strahlung. Schon auf ihrer Rückreise wurde sie krank, weil ihr Immunsystem dem alltäglichen Ansturm an Erregern nichts mehr entgegenzusetzen hatte. Bevor sich die Leukämie manifestierte, litt sie unter heftigen Infekten, die ihr Immunsystem weiter schwächten."

„Aber ... wo ist sie denn vorher gewesen? Nicht in London?"

„In Südamerika. Nach ihrer Rückkehr ging sie in diese Privatklinik in London – die Ärzte dort stellen keine Fragen. Sie konnten sie eine Weile stabilisieren. Als die Leukämie diagnostiziert wurde, sorgten wir dafür, dass es aussah, als wäre alles ein tragischer Zufall. Nicht mal Richard ... nicht mal dein Dad kannte die Wahrheit. Er hat es geahnt, denn als ihr Mann wusste er, dass ihre Arbeit einer hohen Geheimhaltungsstufe unterlag, und als Mediziner hat er sich natürlich Gedanken über den atypischen Verlauf gemacht. Ich habe ihn eindringlich gebeten, das für sich zu behalten."

Ich hielt mir die Hand vor den Mund und presste die Augen zusammen. Die Tränen konnte ich nicht aufhalten. „O Gott!" Wortlos legte Emrys einen Arm um mich und lange Zeit sagte keiner von uns beiden etwas. Meine Tränen trockneten und zurück blieb eine

Leere, die ich nicht mehr gefühlt hatte, seitdem Mum gestorben war. Umgebracht worden war. Die Tragweite dieser Tatsache war mir noch nicht klar und je mehr ich darüber nachdachte, desto lieber wäre es mir gewesen, es nicht zu wissen.

Wie Shannon nicht wissen wollte, was ihr Vater getan hatte – jetzt konnte ich sie verstehen. Und auch Dads merkwürdiges Verhalten, wenn es um Mum ging, erschien plötzlich in einem anderen Licht.

„Aber warum wurde Mum umgebracht?", fragte ich schließlich.

Emrys rutschte ein wenig herum. Nervosität war etwas, was ich an ihm bis jetzt noch nie erlebt hatte. Oder zumindest konnte ich mich nicht daran erinnern. „Es geht um ein sehr ... wirkungsvolles Heilmittel: gegen Krebs, resistente Erreger, Viren und vieles andere ..." Er hielt inne.

„Aber?" Es klang danach – außerdem wurde in der Regel nicht dafür gemordet. „Daran ist doch nichts Geheimnisvolles. Gentherapie und so, daran wird seit Jahren überall auf der Welt geforscht. An Universitäten, in privaten Forschungseinrichtungen."

„Sicher, aber es gibt Leute, die glauben, wir hätten den Stein der Weisen bereits gefunden und hielten diese Entdeckung nur sorgsam unter Verschluss. Sie haben die Gesundheit deiner Mutter zerstört, um uns zu zwingen, unser ‚Wundermittel' bei ihr anzuwenden. Nun, ich habe Grund zu der Annahme, dass ihre nachfolgenden Schritte nicht sonderlich erhebend gewesen wären."

„Was meinst du denn damit?"

„Lass es mich so formulieren: Größtmöglichen Profit daraus zu schlagen, wäre bei Weitem nicht die schlimmste Option."

„Sondern?"

„Vorausgesetzt, es gäbe eines: Wem würdest du ein solch potentes Heilmittel zur Verfügung stellen?"

Ich musste nicht überlegen. „Allen natürlich."

„Und wenn das nicht geht? Wenn du eine Auswahl treffen müsstest? Welches Kriterium wäre für dich entscheidend?"

„Ich würde ... keine Ahnung."

„Stell dir vor, die Mächtigen dieser Welt, Terroristen, Gewaltherrscher und ihre Helfershelfer hätten es zur Verfügung. Sie könnten nach Belieben Gesundheit stiften – und Krankheiten ungestraft verbreiten. Denk an den Einsatz von Biowaffen."

„Um Himmels willen!" Das wollte ich mir lieber nicht mal im Traum vorstellen.

„Es gibt Menschen – unter ihnen Ärzte und Wissenschaftler –, die an Gedankengut festhalten, das schon lange überholt ist. Sie haben kein Gewissen, keine Moral. Sie folgen ihren eigenen Grundsätzen und nennen es Ethik. Diese Gruppe bezeichnet sich als *Heredes* – die *Erben*. Und mit ihren Forschungsergebnissen werden sie nur Menschen beglücken, die sie für würdig halten. Erinnert dich das an etwas?"

„Du meinst ... das sind Nazis?“ Der Zusammenhang zu meiner deutschen Großmutter erschien plötzlich in einem ganz neuen Licht.

„Heute nicht mehr – aber vielleicht auch nicht weniger. Welche Ziele sie heute genau verfolgen, weiß ich nicht, aber dort haben sie einen Teil ihrer Wurzeln. Auch dein Großvater Jacob arbeitete vor und im Zweiten Weltkrieg für den damaligen Geheimdienst. Er war ein brillanter Naturwissenschaftler und Forscher. Er schleuste sich heimlich bei den Deutschen ein, denn ihre Auffassung von Erbbiologie und Rassenhygiene“, er sprach das Wort mit tiefer Abscheu aus, „war unsäglich. Doch es war wichtig, ihre Methoden und vor allem ihre Forschungsergebnisse zu kennen, damit sie uns nicht irgendwann einen Schritt voraus waren und es für ihre Zwecke missbrauchten. Dabei lernte er deine Großmutter kennen und lieben und brachte sie nach England. Leider haben die beiden sich Feinde gemacht. Um es kurz zu machen, Caitlyn: Die Gasexplosion damals war kein Unfall.“

Falls es überhaupt möglich war, dass ich noch schockierter sein konnte, war ich es jetzt.

„Deine Großeltern wohnten recht abgelegen. Als die *Heredes* sie aufgespürt hatten, gab es eine Schießerei und ... als ich dort ankam, hielt ich es für das Beste, dass niemand erfuhr, wie die Familie ums Leben gekommen war.“

„Du hast ... hast du etwa ...?“

„Ja, ich habe den Gastank zur Explosion gebracht. Als deine Mutter älter wurde, bemühte ich mich nach Kräften, sie davon abzuhalten, zum MI 16 zu gehen, doch du kanntest sie ja.“ Er lächelte schief. „Was sie sich einmal in den Kopf gesetzt hatte, das tat sie auch.“

Ich putzte mir die Nase. „Mein Gott, das ist ja furchtbar.“

„Leider ist das nicht alles, Liebes. Die Angelegenheit betrifft nämlich auch dich.“

Ich sog scharf die Luft ein. „Aber ich hab doch gar ni... “

„... nichts mit dem MI 16 zu tun? Richtig, aber in den Augen der *Heredes* wäre es eine Möglichkeit, dass du einer Art Familientradition folgst. Du erinnerst dich an deine Begegnung mit Michael Kelly im Sommer? Das war kein Zufall. Er beobachtete dich.“

„Was?“

„Als Mitarbeiter des Gesundheitsministeriums verschaffte er sich Zugriff auf vertrauliche Unterlagen. Und du siehst deiner Mutter so ähnlich, dass er vielleicht ahnte, mit wem er es zu tun hatte.“

„Was wollte er denn von mir?“ Meine Besorgnis bekam beängstigende Auswüchse.

„Er stand schon eine Weile im Verdacht, Kontakt zu den *Heredes* zu haben. Als er sich ungewöhnlich oft in deiner Nähe herumtrieb ...“

„Woher weißt du das alles?“, unterbrach ich ihn. „Hast du mich etwa überwachen lassen?“

„Es geschah zu deinem Schutz, Liebes, und wie du bemerkt haben dürftest, war es vonnöten."

Mir war überhaupt nicht wohl bei diesem Gedanken.

„Nachdem ich den Verdacht hatte, dass Kelly etwas in Bezug auf dich im Schilde führt, beauftragte ich Duncan, ihn im Auge zu behalten."

Ich schlang die Arme um meinen Oberkörper. „Oh."

„Kellys Tod als glücklichen Umstand zu werten, wäre pietätlos", fuhr Emrys fort. „Trotzdem kam er nicht ungelegen."

„Er hat sich mit jemandem gestritten, bevor er den Herzinfarkt hatte."

„Ja, ich weiß. Duncan kam leider zu spät, um zu sehen, um wen es sich handelte. Es war zunächst unklar, ob Kelly Informationen über dich weitergegeben hatte, daher fand ich es das Beste, dich hierherzuholen. Ich hoffe, du verzeihst mir diesen Schachzug. Ich war froh, dass du dich schnell dazu entschlossen hast, denn eigentlich wollte ich dich nicht beunruhigen – aber inzwischen sehe ich ein, dass es wohl ein Fehler war, dich nicht früher einzuweihen."

„Und was ist mit Henry und Helen? Und Dad?" Unruhig sprang ich auf.

„Bleib sitzen, Liebes." Er zog mich wieder neben sich. „Bei ihnen ist alles in Ordnung. Nichts deutet darauf hin, dass sie in Gefahr sind ... ja, selbstverständlich lasse ich auch sie überwachen, falls du das gerade fragen wolltest."

„Aber keiner von uns hatte jemals mit dem MI 16 zu tun und ..."

„Schh", unterbrach er mich und klang, als wollte er ein aufgebrachtes Pferd beruhigen. „Das ist richtig. Nur glaubt euch das vielleicht niemand – besonders, da Henry und Richard Ärzte sind. Ich wollte euch da wirklich raushalten, Liebes, glaubst du mir das?"

Beklommen nickte ich.

„Vielleicht habe ich zu schnell reagiert, als ich dich herholte. Vielleicht wäre es besser gewesen, gar nichts zu unternehmen und abzuwarten." Er zuckte mit den Schultern. „Aber nun kann ich es nicht ändern."

Ich versuchte mich an einem Lächeln. „Du hast es gut gemeint. Duncan hat mir gestern übrigens erzählt, dass er ... na ja, dass er eine Art Sicherheitsberater für dich ist. Ich hatte ihn gefragt, warum er eine Pistole trägt."

„Hat er dir auch gesagt, dass es besser wäre, das nicht an die Öffentlichkeit dringen zu lassen?"

„Ja." Das war die kürzeste Antwort – die Details ließ ich in diesem Fall lieber aus. „Er ... hat mir auch erzählt, dass er bei der Army Medizin studiert hat, aber ... er brach das Studium ab und ging zur Fremdenlegion."

Emrys' überraschtem Gesichtsausdruck zufolge hatte er nicht damit gerechnet, dass ich das wusste.

„Ich behalte das natürlich auch für mich", beeilte ich mich zu sagen. „Aber ... weißt du, warum er zur Fremdenlegion ging, anstatt weiter zu studieren? Das finde ich ziemlich ungewöhnlich."

Einige Sekunden dachte Emrys nach. „Nach dem Tod seines Vaters war Duncan in eine missliche Angelegenheit verwickelt, woraufhin ihm nahegelegt wurde, die Army zu verlassen. Aufgrund dieses Eklats zog er es vor, größtmöglichen Abstand zu nehmen."

Ein Eklat. Das klang verdächtig nach unehrenhafter Entlassung. Kein Thema, das man jedem auf die Nase band. Und sicher ein weiteres Manko, wenn man Schulleiter werden sollte. „Wie hast du das denn dem Schulausschuss erklärt? Ich meine, um ihn als Sicherheitsberater einzustellen, so, wie du es erst vorhattest, wäre dieser Lebenslauf vielleicht noch angegangen, aber als Direktor? Duncan hat gesagt, weil du dich wegen schlechter Publicity gesorgt hast, hättest du ihn lieber als Direktor eingestellt – aber, wenn das irgendwann zufällig rauskommt, hast du die doch erst recht."

Emrys schmunzelte. „Nun, ich muss zugeben, eigentlich geschah es eher aus Pragmatismus, dass ich Duncan nach Marcus' Tod als Direktor vorschlug, denn es war sehr viel leichter, ihm einen Lebenslauf als Lehrer an einem kanadischen Internat anzudichten, als eine konventionelle Karriere im Sicherheitsdienst zu frisieren. Und da zum damaligen Zeitpunkt noch niemand außer Marcus von meinen Bestrebungen, einen Sicherheitsberater einzustellen, gewusst hatte und der Posten des Direktors unvorhergesehen zur Disposition stand … du musst mich für sehr skrupellos halten", fügte er beinahe entschuldigend hinzu.

Das tat ich allerdings allmählich.

Emrys registrierte das, aber es schien ihn nicht zu stören. „Kommen wir auf den Silvesterabend zurück. Die *Heredes* suchten den Kristall."

Den Kristall! Tatsächlich! „Warum?"

„Er stammt vom Einschlag eines Meteoriten vor zwanzig bis dreißig Millionen Jahren in Nordafrika. In der libysch-ägyptischen Wüste findet man dieses sogenannte Wüstenglas, von dem im Laufe der Geschichte manches Stück zu Schmucksteinen verarbeitet worden ist. Der Skarabäus an der Totenmaske des Tutenchamun zum Beispiel."

„Wenn dort in der Wüste noch welches herumliegt, warum wollten die Leute dann ausgerechnet diesen Kristall?"

„Hast du ihn dir angesehen?"

„Ja, er war wunderschön. Er schillert in vielen verschiedenen Farben."

„So ist es."

Ich zog eine Braue hoch. „Aber die *Heredes* halten ihn nicht für den Stein der Weisen, oder?", erkundigte ich mich mit einem Anflug von Sarkasmus.

Emrys lachte lauthals. „Wenn es so einfach wäre, dann wäre die Geschichte hier zu Ende. Er hat eine sehr außergewöhnliche mineralische Zusammensetzung, die zu untersuchen sich in verschiedener Hinsicht lohnt – wobei eine medizinische Anwendung nicht dazugehört. Das scheint den *Heredes* aber unwichtig zu sein. Ihnen genügte es, dass ich mich intensiv für den Kristall interessiere."

Ich war in das Lachen eingefallen, das mir ebenso plötzlich wieder im Hals stecken blieb. „Mallory. Es war weder Selbstmord noch ein Unfall, oder?"

Emrys Lachen verebbte ebenfalls. „Als Duncan in Mallorys Büro kam, fand er ihn mit gebrochenem Genick. Duncan war mehr als froh, dich unversehrt zu finden."

„Oh ... Himmel!" Eine Gänsehaut kroch mir den Rücken hinauf. Ich hatte den Mörder also nur knapp verpasst. Ich erzählte Emrys von der Blonden und ihren Begleitern.

Er nickte bedächtig. „Duncan erwähnte bereits, dass du diesen Mann gesehen hast, und er gehört ziemlich sicher zu den *Heredes*. Nachdem Duncan dich so schnell wie möglich in Sicherheit gebracht hatte, beriet er sich mit mir und ... nun ja, er arrangierte es anschließend so, dass es möglichst nicht nach Mord aussieht. Es hätte zu viel Aufmerksamkeit erregt." Diesen stählernen Unterton, mit dem er die Fakten darlegte, hatte ich bei ihm noch nie gehört. Er verzog seine Lippen zu einem freudlosen Lächeln. „Du hast großes Glück gehabt hast, weil du Mallorys Büro rechtzeitig verlassen hast. Es tut mir leid, Liebes, dass ich dich dort in Gefahr gebracht habe. Ich wollte dir wirklich nur einen unterhaltsamen Abend verschaffen. Duncan sagte, du warst plötzlich mit Mallory verschwunden.“ Ein milder Vorwurf schwang in dieser letzten Feststellung mit.

Ich stieß lang anhaltend die Luft aus. „Ich … ja …“ Allmählich wurde mir alles zu viel.

„Diese unschöne Wendung war übrigens der wahre Grund, warum du in London und Leatherhead bleiben solltest, damit wir zunächst die weitere Lage sondieren konnten.“

Allmählich gewann ich den Eindruck, dass das Wort Zufall in Emrys’ Leben eine sehr untergeordnete Rolle spielte. „Einige der Gäste müssen an Silvester doch mitbekommen haben, dass es sich nicht um die *Occupy-the-Lords-Bewegung* gehandelt hat. Avril zum Beispiel. Sie war unter den Geiseln in der Eingangshalle.“

„Avril und mein alter Freund James Baskin wissen, dass es Bereiche meiner Tätigkeit gibt, die derartige Gefahren mit sich bringen. Sie kennen mich lange genug, um nicht darüber zu spekulieren, und keiner von ihnen wird ein Interview deswegen geben.“

„Und die Kellner?“, fragte ich zweifelnd. „Woher willst du wissen, dass die nicht eine gute Story verkaufen, weil sie sich etwas dazuverdienen wollen? Einer von ihnen ist doch angeschossen worden. Wie geht es ihm überhaupt?“

„Es wird ihm bald wieder besser gehen. Sie sind alle im Hauptberuf beim Militär und haben eine Sicherheitsstufe. Sie sind es gewohnt, nicht über ihre Arbeit zu sprechen.“

„Oh." Ich rieb mir die Nase. „Du denkst auch an alles."

„Das muss ich, Liebes. Ansonsten könnte ich kein halbwegs normales Leben führen."

Ich dachte an Shannon, die gesagt hatte, sie habe gelernt, nicht zu fragen. Es war eine verschworene Gemeinschaft hier auf Glasmaris Hall. Und auch – wenigstens zum Teil – in der *Ysgol*. Avril, Shannon und Duncan. Bis jetzt hatte ich nicht dazugehört, doch die Silvesternacht glich einem unfreiwilligen Initiationsritus. Obwohl ich eigentlich schon längst dazugehörte. Wegen Mum. Und wegen meines Großvaters Jacob.

„Was wissen Kieran und Ruby eigentlich über mich und Mum und ... so?" Ich machte eine umfassende Handbewegung.

„Genug, um zu wissen, dass du möglicherweise in Gefahr sein könntest. Als du plötzlich in die Halle gebracht wurdest und jemand dir eine Pistole an den Kopf hielt, empfand Kieran es als seine Pflicht, dich in Sicherheit zu bringen."

Ich sparte mir die Frage, ob es wirklich notwendig war, deswegen einen Mord zu begehen. Für mich war das ein schrecklicher Gedanke – für Emrys wohl eher so etwas wie ein Kollateralschaden.

Emrys legte mir eine Hand auf den Arm. „Als sich Kieran entschied, dich aus der Schusslinie zu bringen, wusste er genau, was er tat und was er riskierte. Er war früher Offizier bei einer Eliteeinheit der britischen Armee."

Ich dachte an Duncans Vergangenheit. Hinter seiner Einstellung steckte mehr Berechnung, als ich angenommen hatte, denn er schien eine Art Nachfolger des alternden Kieran zu sein. Emrys war voller taktischem Kalkül – eine Konsequenz jahrelanger Tätigkeit im Verborgenen, doch für mich war es eine völlig neue Welt. In meiner Wahrnehmung war er immer der freundliche Duke gewesen, der mit mir ausgeritten war, der für mich Klavier gespielt und mir vorgelesen hatte und mit dem ich eine Menge Spaß haben konnte. Wieder einmal fiel mir der Brief ein, der besagte, dass man Menschen ihre Geheimnisse nicht ansieht.

„Emrys, was hat es mit der Kette auf sich? Du weißt schon, die lange Kette, die ich manchmal trage. Die mit dem Schlüssel und dem runden Sternenanhänger.“ Ich schilderte ihm, wie ich sie erhalten hatte, von dem Fund der Fotos zu Hause auf unserem Dachboden. Nur die beiden Briefe, die ich verbrannt hatte, erwähnte ich nicht.

„Die Kette ist ein altes Familienerbstück. Gib gut acht darauf.“ Er tätschelte meine Hand. „Und nun gehen wir hinein. Ich sterbe vor Hunger.“

Obwohl ich den Rest des Tages mit Emrys verbrachte, erfuhr ich nichts Neues mehr. Geduldig kaute er mit mir alles ein zweites und auch ein drittes Mal durch. Immerhin entlockte ich ihm noch, dass es eine Frau war, die mir die Kette geschickt hatte. Am Ende gab es noch eine Sache, die mich beschäftigte.

„Diese *Heredes* kennen dich, sie wissen, wo du lebst, und sie werden dich und deine Umgebung genau beobachten. Dass ich Mum ähnlich sehe und dass ich nun hier bin ... könnte der Schuss nicht nach hinten losgehen?“ Mir wurde ziemlich mulmig bei diesem Gedanken.

„Du hast recht“, stimmte er zu. „Aber oft ist das Geheimnis, das man direkt vor Augen hat, das am besten gehütete. Außerdem hat Tyron sehr häufig ein Auge auf dich gehabt, wenn du die *Ysgol* verlassen hast.“

„Tyron?“

„Es war sein eigener Wunsch. Er ist noch jung, aber er macht seine Sache gut, findest du nicht? Vermeide in nächster Zeit längere Alleingänge – allerdings wird dich niemand am helllichten Tag in Glasmaris auf offener Straße kidnappen. Die *Heredes* ziehen ungern Aufmerksamkeit auf sich.“

Ich nickte, doch wirklich beruhigen tat es mich nicht.

Als ich am nächsten Tag meine Sachen packte, überlegte ich, ob ich in Glasmaris Hall bleiben sollte, anstatt wieder mein Zimmer in der *Ysgol* zu beziehen. Seitdem Emrys mit mir gesprochen hatte, fühlte ich mich, als hinge ein Damoklesschwert über mir. War ich nicht besser hier aufgehoben? Doch Emrys bereiste die ganze Welt oder hielt sich oft in London auf. Und eigentlich war die *Ysgol* fast noch besser geschützt. Außerdem musste ich, wenn ich in Glasmaris Hall wohnte, jeden Tag und bei jedem Wetter den

Fußweg über die Klippen oder entlang der Straße zurücklegen. Oder Tyron bemühen. Manchmal half ich am Abend der Hausmutter oder trieb mit den Kindern Sport. Also doppelter Weg. Jede Menge Argumente dafür, dass ich wieder in die *Ysgol* zog.

Und ein weiteres Argument wohnte ebenfalls dort. Wobei ich mir unsicher war, ob es eher dafür oder dagegen sprach.

Seitdem ich Samstagmorgen Duncans Bett verlassen hatte, hatte ich ihn weder gesehen noch gesprochen, doch das musste ich wohl oder übel ziemlich dringend tun. Ich packte also zu Ende, und als auf mein Klingeln hin Tyron nicht auftauchte, trug ich meinen kleinen Koffer selbst hinunter zum Eingang. Im Salon fand ich Emrys.

„Ich gehe jetzt rüber in die *Ysgol*", sagte ich. „Ich weiß leider nicht, wo Tyron ist, aber könntest du ihn später bitten, mir den Koffer rüberzubringen?"

Emrys faltete seine Zeitung zusammen und stand auf. „Er ist mit Ruby nach Bangor ins Krankenhaus gefahren. Wie wäre es, wenn ich dich hinüberbegleite?"

„Ja, das ... wäre mir sogar sehr recht."

Im Grunde lohnte es sich kaum, für das kurze Stück ins Auto zu steigen, aber heute war ich ausnahmsweise nicht so erpicht darauf, allein zu Fuß hinüberzugehen.

Emrys steuerte den Rolls-Royce langsam über die Brücke hinaus auf die Straße. Auf der anderen Straßenseite stand halb hinter einem Baum verborgen ein schwarzer SUV. Daneben standen zwei Männer, einer telefonierte.

„Hast du die gesehen?“, fragte ich. Zu meinem eigenen Ärger war meine Stimme viel höher als sonst.

„Ja, das habe ich. Militär in Zivil. Sie werden noch eine Weile in der Umgebung bleiben.“

Ich stieß die Luft aus. „Ich glaube, ich sehe Gespenster.“

„Das kommt vor“, beruhigte mich Emrys. „Du musst dir wirklich keine Sorgen machen.“

Er hatte gut reden, doch ich riss mich zusammen.

Das große Tor der *Ysgol* stand heute ausnahmsweise offen, weil die Schüler zurückkehrten. Auf dem Hof parkten zahlreiche Autos, Schüler und Eltern liefen umher. Mittendrin sah ich Mrs Griffiths, die auf einer Liste die bereits Eingetroffenen abhakte. Später würden mehrere Busse Schüler vom Bahnhof in Bangor abholen, die nicht von ihren Eltern hergefahren werden konnten.

Emrys half mir, den Koffer auszuladen, dann verabschiedeten wir uns. Die Luft in meinem Zimmer roch abgestanden. Bevor ich mich ans Auspacken machte, lüftete ich gründlich. Im Koffer waren auch das Holzkästchen mit den Fotos und die Metallkassette. Ich sah mir die Fotos noch einmal an. Die Menschen darauf waren alle längst tot. Es war Vergangenheit.

Mein Handy vibrierte. Daniel.

Die sehr lebendige Gegenwart holte mich mit Riesenschritten ein. Es musste bei ihm mitten in der Nacht sein, doch ich hatte mich heute nicht bei ihm gemeldet. Ich ließ es vibrieren und schaltete dann den Flugmodus ein. Anschließend klappte ich meinen Laptop auf und fuhr ihn hoch. Ich las meine E-Mails, die ich in den vergangenen Tagen sträflich vernachlässigt hatte, schrieb ein paar Neujahrsgrüße an Freunde, eine Nachricht an Dan, dass ich wegen der Ankunft der Schüler zu tun gehabt hatte und ausgerechnet jetzt zu einer wichtigen Besprechung mit dem Schulleiter müsse, weshalb ich ihn nicht zurückrufen könne. Und er solle mir in den nächsten Tagen lieber mailen, da ich tagsüber ja im Unterricht sei.

„Du bist so was von gotterbärmlich feige, Cat“, murmelte ich, als ich auf „senden” klickte.

Energisch klappte ich den Laptop zu und machte mich auf den Weg, um Duncan zu suchen. In seinem Haus war es dunkel, in seinem Büro ebenfalls, und niemand wusste, wo er war. Natürlich hatte sich unter Schülern wie Lehrern herumgesprochen, dass Glasmaris Hall Schauplatz einer Aktion der *Occupy-the-Lords*-Bewegung gewesen war. Gegenstand der Diskussionen war besonders das prompte Dementi der echten Bewegung, nichts damit zu tun zu haben – was jedoch im Allgemeinen für einen aufmerksamkeitsheischenden Teil der Kampagne gehalten wurde. Ich hielt mich mit Schilderungen zurück, da ich nicht viel von dem wusste, was nach außen sichtbar passiert war. Lieber beteiligte ich mich an den Tischgesprächen der Kollegen, die sich um die kommende Schulwoche drehten. In jedem Fall war ich froh, wieder im Alltag angekommen zu sein. In der Klausur und in den Dormitorien herrschte wieder munteres Treiben der Schüler, und als ich in mein Zimmer hinüberging, wurde ich ein Dutzend Mal aufgehalten, weil mir die Schüler etwas erzählen wollten. Nur Amy Kelly war ziemlich still. Erst auf meine Nachfrage berichtete das scheue Mädchen, dass sie in den Ferien nichts Besonderes unternommen hatten – früher seien sie oft verreist. Früher bedeutete wohl, bevor ihr Vater gestorben war. Sie tat mir leid, denn auch sie war unwissend beteiligt und es hatte ihr Leben genauso nachhaltig beeinflusst wie meins.

Bis zu meiner Begegnung mit Amy war es mir gut gelungen, das meiste von dem aus meinem Bewusstsein zu verdrängen, was Emrys mir erzählt hatte. Ob Kellys Herzinfarkt wirklich eine natürliche Ursache gehabt hatte? Nach allem, was ich gehört hatte, bezweifelte ich das allmählich, außerdem fiel mir der seltsame Insektenstich auf Kellys Brust wieder ein.

Nachdem ich die Schlüsselkarte durch den Schlitz gezogen hatte, öffnete sich die Tür mit einem leisen Klack. Schwungvoll kickte ich meine Schuhe auf das Schuhregal und warf meine Jacke über den Haken. Immer noch grübelnd betrat ich das Zimmer und machte Licht. Als mein Blick auf den Sessel fiel, der mit dem Rücken zu mir stand, erstarrte ich. Mein Herz schlug mir bis zum Hals. Da saß jemand. Er bewegte sich – und ich kreischte.

Duncan verzog das Gesicht. „Willst du, dass die ganze Schule dich hört?"

„Du Idiot!" Mit einem erleichterten Lachen warf ich ihm das Erste an den Kopf, was ich in die Finger bekam.

Geschickt fing er das Buch auf und schnalzte missbilligend mit der Zunge. „Das ist Eigentum der Schule!" Betont vorsichtig legte er die mathematische Formelsammlung auf den Schreibtisch.

Es klopfte. „Miss Brown? Alles in Ordnung?"

Mrs Griffiths! Auch das noch.

Augen rollend marschierte ich zur Tür und hoffte, dass Duncan blieb, wo er war. „Ja, es ist alles in Ordnung. Da war nur so eine Riesenspinne im Bad, als ich gerade in die Dusche wollte."

Mrs Griffiths betrachtete mich stirnrunzelnd. Ich war noch vollständig angezogen. „Schaffen Sie es denn, das Ungeziefer allein zu entsorgen?"

Ich lächelte. „Sicher. Gute Nacht." Nachdrücklich schloss ich die Tür und kehrte zu Duncan zurück. „Am besten nimmst du das Fenster, wie die Schüler, wenn sie verbotenerweise die Mädchen besuchen."

„Das habe ich schon früher vermieden."

„Die Mädchenbesuche?"

„Nein, aus dem Fenster zu steigen. Man wird viel leichter dabei entdeckt, als die meisten annehmen. Es ist geschickter, zu warten, bis alle schlafen, und dann den Vordereingang zu nehmen. Oder die Tunnel."

„Ach?"

Er zog mich an sich und strich mir eine Locke aus der Stirn. „Ich habe dich vermisst."

„Wir haben uns gestern Morgen zuletzt gesehen!" Energisch befreite ich mich, um wenigstens die Gardinen zu schließen, auch wenn ich nicht davon ausging, dass hinter dem Haus jemand herumschlich. Dann löschte ich das grelle Deckenlicht und schaltete eine andere Lampe an.

Er folgte mir mit seinem Blick, als ich mich auf der Kante meines Schreibtischstuhls niederließ. Ich hatte keine Ahnung, wie ich anfangen sollte.

Das weniger Unangenehme zuerst. „Ich habe mit Emrys gesprochen. Er hat mir die Hintergründe erklärt, und ich weiß jetzt auch, dass du ... nein, eigentlich weiß ich nicht genau, was du ... ach, egal. Ich glaube, ich habe verstanden, was los ist. Zumindest ungefähr. Aber ich weiß irgendwie nicht, was du davon weißt und was nicht, und vielleicht weiß ich Dinge, die du nicht wissen solltest, oder du ... weil ... ach verdammt." Ich rieb mir das Gesicht. „Eigentlich weiß ich gerade gar nichts mehr." Hilflos sah ich ihn an.

Ein belustigter Ausdruck erschien auf seinem Gesicht. „Und ich weiß nicht, was du mir damit sagen willst. Lass uns einfach nicht mehr darüber reden."

„Okay.“ Ich seufzte tief. Dann stand ich auf und schmiegte mich an ihn. Sofort schloss er die Arme um mich.

„Ach, was soll’s! Meine Mutter wurde umgebracht“, murmelte ich an seiner Schulter. Irgendwem musste ich das einfach erzählen und Duncan war zumindest zum Teil involviert.

Er hielt mich ein Stück von sich weg und sah mich mitfühlend an. „Du sagtest, sie hatte Leukämie.“

„Ja, aber das war ... nicht alles. Sie ...“

Wortlos und sehr sanft legte er einen Finger auf meine Lippen. „Shhh.“

Er hatte recht, daher schmiegte ich mich einfach nur an ihn. Mit meinen Gefühlen nicht mehr allein zu sein tat so unendlich gut – allerdings verdrängte ich den Gedanken, dass er schon so oft mit Mord und Totschlag zu tun gehabt hatte, dass ihn meine Aussage nicht zu schockieren schien. Er hielt und liebkoste mich, bis die Anspannung von mir abfiel, und es dauerte nicht lang, bis wir auf mein Bett sanken. Seine Hände umfingen zärtlich mein Gesicht.

„Lieber nicht, Duncan“, flüsterte ich, obwohl mein Körper auf seine eindeutigen Pläne genauso unzweifelhaft reagierte.

„Warum nicht?“ Seine Fingerspitzen zeichneten meine Wangenknochen nach.

Für einen Moment schloss ich die Augen. „Es fühlt sich ... falsch an.“

Zart berührte er mit seiner Nasenspitze meine. „Das ist es nicht. Nicht für mich. Und nicht für dich."

Sein Kuss war so liebevoll, dass mein mühsam zusammengeklaubter Widerstand dahinschmolz wie Eis in der Sonne.

Draußen im Flur und überall im Haus hörten wir die Stimmen und das Rumoren der Schüler. Türen schlugen, Mrs Griffiths wies ein paar Mädchen auf dem Gang zurecht.

In aller wortlosen Stille liebten wir uns, und es kam mir intimer vor als unsere ersten leidenschaftlichen Begegnungen. Als ich anschließend in seinen Armen lag, war im Haus immer noch keine Ruhe eingekehrt.

„Wie kannst du bei diesem Lärm nur schlafen?", fragte er.

„Meistens schlafe ich nicht so früh. Und ansonsten gibt es Ohrstöpsel. Hat dich das auch schon gestört, als du hier zur Schule gegangen bist?"

„Ich habe es wohl vergessen", antwortete er. „Oder ich hatte einen festeren Schlaf als heute."

Leise lachend wandte ich mich ihm zu. Seine kinnlangen Haare umrahmten strähnig sein markantes Gesicht. Seine Augen glänzten im Halbdunkel.

„Warum machst du es dir so schwer?" Er zog eine meiner Locken glatt und ließ sie zurückschnellen. „Uns."

„Ich ... ich brauche einfach noch Zeit, Duncan. Bitte dräng mich nicht."

Er drehte sich mit mir herum und hielt meine Handgelenke neben meinem Kopf fest, während er mich lange küsste.

„Wenn es sein muss, warte ich“, flüsterte er. „Aber heute Nacht gehörst du mir.“

Dortmund, den 1. Oktober 1942

Liebe Karo!

Papa ist in Stalingrad gefallen.

Ich habe diesen Brief gestern begonnen, aber ich konnte nicht weiterschreiben. Es ist zu furchtbar. Er starb bereits vor drei Wochen, aber die Nachricht kam erst gestern. Ich weiß nicht, wie es mit uns weitergehen soll.

Ich muss diesen Brief an Dich absenden, denn Du wirst Dir Sorgen machen, weil Du so lange nichts von mir gehört hast. Deswegen zwinge ich mich jetzt endlich dazu, ihn zu beenden. Du darfst Dich nicht um uns sorgen, hörst Du! Wir werden das schaffen. Irgendwie. Bitte bleib dort und komm nicht nach Hause, damit ich weiß, dass es Dir gut geht.
Ich habe es noch nicht übers Herz gebracht, deinen beiden Schwestern zu sagen, dass Papa nicht mehr wieder-

kommt. Weiß Gott, wann ich das tun werde. Rosi ist nur noch ein Nervenbündel, sodass sie übermorgen mit einer Kinderlandverschickung an die Ostsee fährt, und Margot bemüht sich so sehr, mir zur Hand zu gehen.

Ach, Karo, ich musste schon wieder weinen.

Hast Du inzwischen herausgefunden, wo Hildes Mädchen ist? Sie ist doch jetzt auch schon bald zwei Jahre alt. Sie hat es bestimmt gut bei den Herrschaften, die sie an Kindes statt angenommen haben. Ach Gott, ich darf gar nicht daran denken, dass unsere Hilde am Fleckfieber gestorben ist und Hans in Russland vermisst, sonst fange ich wieder an zu weinen. Es muss ja damals eine wirklich schlimme Epidemie gewesen sein, wenn so viele Mütter und Kinder gestorben sind. Wie gut, dass Du eine so robuste Gesundheit hast.

Gott schütze Dich und uns alle in dieser schrecklichen Zeit.

Mama

Samstag, 16. Januar

Ich sah hinauf in den Himmel. Würde es heute noch schneien? Oder lohnte es sich vielleicht doch, hinüber nach Glasmaris Hall zu gehen und einen Ausritt zu unternehmen? Emrys war nicht da, ob der Stallbursche Zeit hatte, wusste ich nicht, und allein wollte ich nicht los. Ich zog meine Daunenjacke fester um mich. Auf Herumsitzen hatte ich auch keine Lust. Vielleicht sollte ich bei diesem Wetter lieber eine Stunde schwimmen gehen und anschließend ein paar Schüler zu einem kleinen Basketballturnier animieren. Es fanden sich bestimmt genug, die Lust dazu hatten. Oder ich suchte Shannon und machte mit ihr und Jerry einen Spaziergang, um diese latenten Kopfschmerzen, die mich seit ein paar Tagen plagten, endlich loszuwerden. Wahrscheinlich lag es einfach daran, dass ich zu wenig draußen gewesen war.

„Miss Brown?" Duncan kam aus Richtung des Haupttores über den Hof auf mich zu. Einen Meter vor mir blieb er stehen. Seine Miene drückte nicht mehr als dieselbe höfliche Zurückhaltung aus, mit der er allen Angestellten und Schülern der *Ysgol* begegnete.

„Ja?"

Sein Blick huschte umher. Ein paar Schüler kamen hinter mir aus dem Haupteingang der Klausur und liefen grüßend an uns vorbei. Er wartete, bis sie außer Hörweite waren.

„Du hast Besuch", sagte er mit gesenkter Stimme.

„Besuch? Von wem denn?"

„Von deinem Verlobten."

Mein Gesichtsausdruck musste Bände sprechen, denn Duncan ließ sich zu einem Lächeln hinreißen. „Du wusstest nichts davon?"

„Nein. Er ist doch erst vorgestern aus Hongkong zurückgekommen. Warum ist er hier?" Unsicher sah ich in Richtung Tor.

„Frag ihn am besten selbst", meinte Duncan trocken. „Ich habe den beiden gesagt, ich würde dich informieren und sie müssten draußen warten. Der Zutritt sei nur für Angehörige der *Ysgol* gestattet."

Das war eigentlich nicht so, denn für Familienangehörige und enge Freunde wurde eine Ausnahme gemacht. Ob Duncan das nun behauptet hatte, um mir einen Gefallen zu tun oder sich selbst, war im Grunde egal. Ich war nur froh, dass ich es nicht mit beiden Männern gleichzeitig zu tun hatte.

„Wer ist denn bei ihm?", fragte ich, weil er den Plural benutzt hatte.

„Eine Frau. Rote Haare, Sommersprossen."

„Oh, das ist Melinda. Meine älteste Freundin. Sie ist sicher mit ihm hergefahren, falls er unterwegs schlappmacht. Er ist wahrscheinlich noch nicht fit genug für so eine weite Autofahrt – vor allem, da er gerade erst den anstrengenden Flug hinter sich hat. Und dann die Zeitumstellung."

„Er sieht furchtbar aus", bestätigte Duncan. „Blass und krank."

„Scheiße."

Ich atmete tief durch und fuhr mir mit der Hand über das Gesicht. Meine Pläne für heute konnte ich erst einmal auf Eis legen. Im Vorbeigehen berührte ich verstohlen Duncans Hand. Er hielt meine kurz fest, um sie aufmunternd zu drücken. Er hatte Wort gehalten. Wenn wir uns im Schulalltag begegneten, bemühte ich mich, ihm auf dieselbe kollegiale Art und Weise zu begegnen wie zuvor. Ihm gelang das spielend, doch mir fiel es schwer. Immer wieder erwischte ich mich dabei, ihn länger anzusehen als nötig. Oder ihn flüchtig zu berühren, so wie gerade. Nur wenn niemand in der Nähe war, ließen wir die Förmlichkeiten.

Ich zwang meine Mundwinkel nach oben, bevor ich das kleine Tor öffnete. Auf dem Seitenstreifen parkte Melindas blauer Ford, von dem sich die Fahrer- und Beifahrertür öffneten. Die beiden stiegen aus und umarmten mich unter großem Hallo. Daniel hielt mich fest, bis ich mich energisch von ihm losmachte. Er hatte stark abgenommen, seine Wangen waren eingefallen und die Haut wirkte grau.

Melinda trat ein paar Schritte zurück, breitete in dramatischer Geste ihre Arme aus und wandte ihren Kopf von links nach rechts.

„Seht die weltberühmte *Ysgol* von Glasmaris. Hinter diesen Mauern verbergen sich die abgründigsten Tiefen menschlichen Seins! Der Zutritt ist streng reglementiert, damit niemand hinter ihr Geheimnis kommt."

Widerwillig musste ich lachen. „Melinda! Du bist unmöglich!"

„War ich das nicht schon immer? Also echt, dieser komische Vogel vorhin hat uns angesehen, als würde er uns gleich im Kerker in Ketten legen, als wir nach dir gefragt haben. Gibt es hier Kerker?"

„In Glasmaris Hall bestimmt. Aber hier nicht. Die *Ysgol* war mal ein Kloster."

„Ach so. Gibt es in diesem Glasmaris Hall denn wenigstens eine Schlossbesichtigung? Ich steh doch total auf diese alten Gemäuer, und wenn wir schon hier sind, will ich wenigstens was davon sehen."

„Nein, das ist Privatbesitz. Und der Duke ist nicht zu Hause."

„Schade. Und wer war dieser komische Vogel vorhin? Der Hausmeister?"

„Das war Lord Scratby, der Schulleiter. Seit wann seid ihr auf der Insel?"

„Wir sind gerade erst angekommen", sagte Daniel, der die ganze Zeit seinen Arm um meine Schultern gelegt hatte. „Ich wollte dich überraschen, deswegen habe ich nicht vorher angerufen."

Ich versuchte mich an einem Lächeln. „Ja, das ist dir gelungen."

Während wir uns unterhielten, öffnete sich das Tor und Peter Primes fuhr mit seinem schwarzen Sportwagen heraus. Es war nicht eindeutig auszumachen, was lauter wummerte, der Motor oder die Musik, als er anhielt, um ausgiebig nach dem Verkehr zu schauen – was er im Normalfall höchstens für eine Nanosekunde tat. Lässig hob er die Hand und bog dann mit quietschenden Reifen Richtung Glasmaris ab.

„Was war das denn für ein Macho?", fragte Melinda.

„Peter Primes, Mathe und Sport."

„Und Schwarm aller Oberstufenschülerinnen?", unkte Melinda.

„Wäre er gern", erwiderte ich. „Eigentlich ist er ein ganz netter Kerl, wenn man sein Getue nicht ernst nimmt. Er redet etwas viel, aber die Schüler mögen ihn gern, weil er den Stoff gut vermitteln kann – das muss der Neid ihm lassen. Und es sind wirklich nicht nur die Schülerinnen, die ihn als Lehrer schätzen ..."

„Sondern auch die Lehrerinnen als Kollegen", ergänzte Melinda grinsend.

„... sondern auch die Schüler", beendete ich meinen Satz und sah meine Freundin strafend an.

Daniels Blick ging zwischen der Kurve, hinter der Primes Sportwagen verschwunden war, und mir hin und her. Ich ignorierte es und überredete die beiden, mit mir nach Beaumaris zu fahren, damit Melinda auf ihre Kosten kam und wir uns dort die Burg ansehen konnten. Außerdem war es mir deutlich lieber, wenn die beiden dort ein Bed & Breakfast nahmen anstatt in Glasmaris.

Als uns auf dem Weg nach Beaumaris ein dunkler BMW-SUV folgte, wurde mir plötzlich bewusst, dass ich das erste Mal seit zwei Wochen das Gelände der *Ysgol* verließ, ohne Duncan, Emrys oder wenigstens einem der Yates Bescheid zu sagen. Ich riss mich zusammen. Unter Verfolgungswahn zu leiden war absolut unnötig. In Beaumaris folgte der BMW der Hauptstraße, während wir in eine Seitenstraße abbogen. Ich glaubte, den Beifahrer zu kennen, war mir aber nicht sicher. Irgendjemand aus Glasmaris vielleicht. Oder immer noch Militär in Zivil.

Gleich in der Nähe der Burg fanden wir in einem rosafarbenen Haus ein B & B, das einen einladenden Eindruck machte. Während die beiden ihre Zimmer bezogen, wartete ich trotz der Kälte draußen. Daniel hatte zwar versucht, mich zu überreden, mit hineinzukommen, doch ich wollte nicht mit ihm allein auf dem Zimmer sein. Mit jeder Minute, die ich wartete, wurde ich nervöser. Einerseits natürlich wegen Daniel – wie sollte ich mich ihm gegenüber verhalten? Andererseits, weil mir siedend heiß eingefallen war, dass ich nicht mal mein Handy dabeihatte, um wenigstens Duncan noch schnell eine Nachricht schicken zu können. Plötzlich war Melinda schon wieder da. Sie konnte kaum ihre Tasche abgestellt haben.

Übergangslos zeigte sie mit dem spitzen Finger auf mich. „Hör mal, Cat." Sie bemühte sich, leise zu reden. „Wenn du nicht auf der Stelle mit Dan reinen Tisch machst, sind wir die längste Zeit Freundinnen gewesen!"

Abwehrend hob ich die Hände. „Melinda, was glaub..."

„Ich glaube, dass du ihn nicht nur nicht heiraten willst, sondern dass du ihn eigentlich überhaupt nicht liebst! Verdammt, Cat! Weißt du eigentlich, wie sehr der Mann leidet? Seitdem du im Sommer gegangen bist, versucht er tapfer, gute Miene zum bösen Spiel zu machen! Er sagt zu jedem, es sei alles in Ordnung, aber wenn das stimmt, dann fress ich einen Besen samt Stiel! Als ich ihn vom Flughafen abgeholt habe, war er völlig mit den Nerven am Ende. Er sieht aus wie ausgekotzt. Du hast ja kaum noch mit ihm telefoniert in den letzten Wochen. Dabei war er so schlimm krank. Himmel, Arsch und Wolkenbruch! Er hat es nicht verdient, dass du ihn so behandelst. Ich geh jetzt in dieses Schloss oder Ruine oder was auch immer das ist, und bis ich zurückkomme, habt ihr das endlich geklärt." Beide Hände in die Hüften gestützt, stand sie vor mir. „Dan geht völlig vor die Hunde, wenn du so weitermachst."

Ich nickte bedrückt. Meine Augen brannten plötzlich.

„Verdammte Kacke aber auch!“ Resolut nahm Melinda mich in den Arm. „Ich hab’s geahnt! Machs kurz und schmerzlos, ja? Deswegen bin ich nämlich mitgekommen – er braucht nachher jemanden, der die Scherben zusammenkehrt.“ Sie seufzte. „Bist du wirklich sicher?“

„Ich fürchte schon.“

„Und warum hast du ihm das nicht gleich im Sommer gesagt?“

„Weil ich zu feige war." Ich raufte mir die Haare. „Hab ich dir eigentlich schon mal gesagt, wie lieb ich dich hab?“

Sie drückte mir einen freundschaftlichen Kuss auf die Wange. „Nicht in den letzten fünf Minuten.“ Dann marschierte sie einfach weg.

Keine Minute später kam Daniel. Sein Lächeln wirkte aufgesetzt. Er fragte nicht, wo Melinda war, und auch nicht, wohin wir gingen, als ich mich gleich in Richtung Meer in Bewegung setzte.

„Freust du dich eigentlich nicht, mich zu sehen?“, begann er nach einer Weile vorsichtig.

„Natürlich freue ich mich, Daniel.“

„Aber?“

Ich blieb stehen, um die Seehunde im Watt zu beobachten. Die Luft schmeckte nach Salz. „Aber ... ich habe einen Fehler gemacht. Einen ziemlich großen Fehl...“

„Wenn du glaubst, dass ich dir böse bin, weil du die Stelle hier angenomm...“

Ich fiel ihm ebenfalls ins Wort. „Nein!“ Meine Stimme hatte unbeabsichtigt sehr scharf geklungen.

Er fuhr zurück.

„Nein, Daniel“, sprach ich ruhiger weiter. „Ich meine etwas anderes. Es war ein Fehler, dass ich bis jetzt einfach nicht den Mut hatte, dir die Wahrheit zu sagen. Eigentlich bin ich weggelaufen.“

„Weggelaufen?“ Seine Stimme war tonlos. Resigniert.

„Vor dir. Vor mir selbst. Vor einer Entscheidung.“ Ich zwang mich, ihm fest in die Augen zu sehen, auch wenn er mir immer wieder auswich. „Es tut mir leid, Daniel, aber ich werde dich nicht heiraten. Gar nicht. Und ich werde auch nicht am Ende dieses Schuljahrs nach Leatherhead zurückkehren.“ Es war ins Blaue hineingesprochen, doch so, wie die Dinge im Moment lagen, eine sehr wahrscheinliche Möglichkeit.

Er antwortete nicht gleich. Sein Blick wanderte ebenfalls zu den Seehunden, dabei rieb er sich die Nase. Schließlich drehte er sich von mir weg und entfernte sich ein paar Schritte. Ich hätte ihn gern getröstet, aber das wäre mehr als unangebracht gewesen. Mir blieb nichts anderes übrig, als zu warten, bis er sich wieder gefangen hatte.

„Habe ich keine Chance mehr?“, fragte er mit brüchiger Stimme.

Ich schüttelte den Kopf. Sagen konnte ich nichts.

„Was habe ich denn falsch gemacht?“

„Du hast gar nichts falsch gemacht. Es liegt an mir, Daniel."

Er blinzelte. Womöglich war er noch blasser als vorher. „Hat es irgendetwas mit diesem Typen zu tun, der dich bis vor ein paar Jahren immer wieder besucht hat? Er war älter als alle aus der Clique ... ich weiß nicht ... lange Haare, Bart, ziemlich groß. Wir hatten immer das Gefühl, du willst nicht, dass ihn jemand kennenlernt. Erst als er dich nicht mehr besuchen kam, hast du mich ... wahrgenommen. Hast du ihn wiedergetroffen?"

Verblüfft sah ich ihn an. „Meinst du etwa Finley?" Unsere merkwürdige Beziehung war wohl nicht so unauffällig gewesen, wie ich gedacht hatte.

„Ich weiß nicht, wie er hieß. Ist es so?"

Einen Moment lang war ich tatsächlich versucht, ein unverhofftes Wiedersehen mit Finley als Trennungsgrund vorzuschieben, doch das hätte es für keinen von uns besser gemacht.

„Nein. Ich habe Finley seit vier Jahren nicht mehr gesehen. Außerdem wohnte er in Schottland, nicht in Wales."

„Gibt es denn jemand anderen?" Er klang plötzlich aufrührerisch.

„Würde das etwas ändern?", fragte ich zurück. Vielleicht dachte er an Peter Primes, was mir in diesem Moment allerdings gleichgültig war.

Daniel sank in sich zusammen. „Ich hätte das nicht tun dürfen. Dich einfach vor vollendete Tatsachen stellen. Weißt du, eigentlich wollte ich dich schon lange fragen, ob du mich heiraten willst, aber ich habe mich nicht getraut, und Matt hat mich dann überredet ... ach verdammt, hätte ich bloß nicht auf ihn gehört ... vielleicht ... wenn ich nicht ..."

„Daniel", unterbrach ich ihn. „Hör auf, dir Vorwürfe zu machen. Wenn sich jemand Vorwürfe machen muss, dann ich. Ich hätte es dir schon viel früher sagen müssen, aber ich habe es selbst nicht wahrhaben wollen."

Er nickte knapp. „Würdest du mich bitte allein lassen, Caitlyn?", bat er leise. Er bemühte sich offensichtlich, nicht ganz die Fassung zu verlieren.

„Natürlich."

Unser Abschied war wortlos, dann folgte ich einfach der Promenade. In diesem Moment fühlte ich gar nichts. Weder Trauer noch Erleichterung. Einfach nur gähnende Leere. Daher war ich umso erstaunter, festzustellen, dass mir Tränen die Wangen hinunterliefen. Ich warf einen Blick zurück über die Schulter. Melinda war plötzlich bei Daniel. Sie war also nicht zur Burgruine gegangen, sondern in der Nähe geblieben. Sie hielt Daniel im Arm und warf mir einen Blick über seine Schulter zu. Mit einer Hand machte sie eine scheuchende Bewegung. Ich warf ihr einen Handkuss zu und sah zu, dass ich außer Sichtweite kam. Sie würde sich um ihn kümmern. Ein schwacher Trost.

Ziellos wanderte ich durch die Straßen von Beaumaris. Ich hatte weder eine Ahnung, ob, noch, wo hier ein

Bus fuhr, außerdem hatte ich auch meine Geldbörse nicht bei mir, nur ein benutztes Taschentuch. Ein dick vermummter Mann überholte mich, als ich stehen blieb, um mir die Nase zu putzen. Wo war ich eigentlich?

Ich zitterte und blies mir in die kalten Hände. Ich orientierte mich, bis ich wenigstens die Hauptstraße fand. Als ich in Richtung Beaumaris Castle ging, weil dort die Straße Richtung Glasmaris abzweigte, fuhr ein Auto an mir vorbei. Leider erkannte ich die graue Löwenmähne des Insassen zu spät. Ich winkte zwar noch, aber Dr. Arnold, der Biologielehrer, sah mich nicht mehr.

Es waren zwölf Kilometer bis Glasmaris, die ich bei diesem Wetter nicht unbedingt zu Fuß zurücklegen wollte. Ich war noch nie getrampt und hatte nicht vor, ausgerechnet jetzt damit anzufangen.

In Ermangelung anderer Alternativen betrat ich einen Souvenirladen gleich gegenüber von Beaumaris Castle und bat die Dame hinter der Theke, mich telefonieren zu lassen.

„Haben Sie denn kein Handy wie alle jungen Leute heutzutage?"

„Nein, ich habe es leider vergessen."

„So." Es klang wie: *„Das können Sie Ihrer Großmutter erzählen."*

„Bitte, Madam, ich brauche jemanden, der mich hier abholt. Das ist alles."

„Und bei wem wollen Sie anrufen?“, fragte sie misstrauisch.

Die Zeit, bevor es Telefonflats gab, als Ferngespräche teuer waren, war längst vorbei, daher konnte es ihr eigentlich egal sein, ob ich ein Ortsgespräch führte oder in London anrief, doch ich antwortete möglichst freundlich: „In Glasmaris Hall.“ In der *Ysgol* nur im Notfall. Ich wollte Duncan nicht sehen. Nicht jetzt.

Ihre Augen wurden groß. „Beim Duke?“

„Genau.“

„Und wer sind Sie?“, fragte sie misstrauisch, als sie den Hörer schließlich selbst zur Hand nahm.

„Caitlyn“, antwortete ich einfach.

Jetzt schien sie erst recht davon überzeugt zu sein, dass ich sie anlog. Sie schlug im Telefonbuch die Nummer nach, anstatt mich zu fragen, und rief persönlich dort an. Ich unterdrückte ein Augenrollen.

Nachdem sie aufgelegt hatte, wirkte sie allerdings nicht mehr misstrauisch, sondern neugierig. „Mr Yates sagte, er veranlasst, dass Sie in fünfzehn Minuten abgeholt werden. Möchten Sie vielleicht einen Tee, um sich aufzuwärmen? Sie sehen durchgefroren aus, Mylady.“

Gewohnheitsmäßig wollte ich die Anrede korrigieren, doch in diesem Fall war es wohl von Vorteil. Außerdem war mir immer noch kalt und so nahm ich das Angebot an. Sollte sie doch denken, was sie wollte. Es dauerte länger als fünfzehn Minuten, nämlich über eine halbe Stunde, die ich gezwungenermaßen mit der

Dame, plaudernd sowie im Laden stöbernd, verbrachte, bis schließlich Shannon zusammen mit Jerry kam, um mich abzuholen.

„Tut mir leid, dass es länger gedauert hat. Ich war gerade erst fertig mit Einkaufen in Bangor, als Papa mich anrief. Er darf ja noch nicht wieder fahren. Tyron ist mit dem Duke in London und Mum hatte leider keine Zeit. Was hat dich denn hierher verschlagen?"

Ich zuckte nur mit den Schultern, denn bei dem Gedanken an den Grund brannten meine Augen schon wieder. Dann lieh ich mir von Shannon Geld, um der hilfsbereiten Ladeninhaberin einen Bildband über Anglesey abzukaufen. Ich würde ihn Melinda schicken. Im Auto nahm ich auf dem Rücksitz Platz, denn vorn saß Jerry in seinem Kindersitz und plapperte ununterbrochen.

Shannon brauste mit ihrem Kleinwagen durch Beaumaris. Hinter uns war wieder ein dunkler SUV. Der BMW oder ein anderer? Ich zwang mich, nach vorn zu schauen. Während wir die Küstenstraße entlangfuhren, erzählte ich ihr in wenigen dürren Worten, was gerade passiert war. Ich versuchte, die Tränen wegzublinzeln, was mir aber nicht gelang.

Shannon sagte nichts dazu, sondern angelte aus dem Handschuhfach eine Packung Taschentücher und warf sie zu mir nach hinten. Ich putzte mir die Nase und sah hinaus auf die winterlichen kargen Hügel der Insel. Erst als sie auf dem Wirtschaftshof der Schule parkte, drehte sie sich halb zu mir herum.

„Das tut weh, auch wenn man glaubt, dass es das Richtige ist. Schließlich hat man den Kerl ja irgendwann mal sehr gemocht, oder?“

Ich seufzte zustimmend. „Ich bin echt froh, dass Melinda bei ihm ist.“

Shannon spitzte die Lippen. „Ganz uneigennützig, die barmherzige Samariterin?“

„Sie ist einfach so. Hab ich mich eigentlich schon bei dir bedankt, weil du mich abgeholt hast?“

„Nein, aber du könntest dich revanchieren, indem du mir beim Hochtragen der Einkäufe hilfst. Anschließend mach ich dir einen richtig guten Kaffee und mir einen Tee.“ Sie hielt kurz inne. „Oder hast du etwas anderes vor?“

Vielleicht dachte sie an Duncan. „Nein.“

Shannon und Jerry waren die beste Ablenkung, die ich mir im Moment vorstellen konnte. In Bezug auf Duncan traute ich mir selbst noch nicht, und darüber, ob es nur eine vorübergehende Leidenschaft war oder nicht, wollte ich mir heute nicht auch noch den Kopf zerbrechen. In beiden Fällen könnte es in Anbetracht unserer beruflichen Verbindung kompliziert werden, und neue Komplikationen in meinem Leben brauchte ich ungefähr so sehr wie die Kopfschmerzen, die sich gerade anbahnten. Nur, dass dagegen wenigstens eine Tablette half.

Ich rieb mir die Schläfen. Vielleicht reichte es auch schon, wenn ich endlich aufhörte, zu grübeln, denn das hatte ich in den vergangenen Wochen wirklich genug getan. Neben all den anderen Ereignissen hatte mich meine Beziehung zu Daniel permanent beschäftigt und zumindest darüber brauchte ich jetzt nicht mehr nachzudenken.

Der Rest löste sich allerdings nicht so einfach in Wohlgefallen auf. Heute hatte ich die *Ysgol* zum ersten Mal allein verlassen und unterschwellig die ganze Zeit über das Gefühl gehabt, verfolgt zu werden. Ich konnte allerdings schlecht den Rest meines Lebens damit verbringen, mich zu verstecken.

Eins nach dem anderen, beschloss ich. Damit konnte ich mich später beschäftigen.

Während ich den Nachmittag mit Shannon und Jerry vertrödelte, wurden meine Kopfschmerzen immer schlimmer. Shannons Kaffee war zwar gut gemeint, wollte mir heute aber nicht so recht schmecken. Trotzdem war ich froh, dort zu sein.

Während ich mich mit Jerry beschäftigte, nutzte Shannon die Gelegenheit, die Klinke an ihrer Wohnungstür anstatt waagerecht senkrecht zu montieren. Dasselbe tat sie anschließend auch bei den Zimmertüren.

„Der Tipp stammt von Raven. Sie sagte, das hilft noch ein paar Monate, um das Ungeheuer daran zu hindern, die ganze Wohnung zu verwüsten, wenn ich ihn kurz aus den Augen lasse. Bis er da rankommt, muss er nämlich noch ein Stück wachsen und kapieren, dass man die Klinke nicht einfach runter, sondern seitlich drücken muss."

Das Ungeheuer lag gerade quietschend auf dem Rücken und forderte, dass ich ihm noch mal auf den Bauch pustete.

„Wer ist Raven?", fragte ich. Das Klopfen in meinem Kopf war durch das Toben stärker geworden.

„Meine älteste Schwester. Kann sein, dass du dich nicht mehr an sie erinnerst. Sie lebt schon ewig in Südfrankreich und hat drei Kinder."

„Aha. He, nein, jetzt brauch ich mal eine Pause."

Jerry stürzte sich gerade auf meinen Bauch und pustete, was das Zeug hielt. Ich lachte gehorsam, was ihn zum Weitermachen animierte. Irgendwann hatte ich auch davon genug und warf mir den Knirps kopfunter über die Schulter, was ohrenbetäubende Kreischattacken bei ihm hervorrief.

„Sag mal", schrie ich gegen den Lärm an, weil mir beim Anblick von Shannon mit dem Werkzeug in der Hand etwas einfiel. „Du kannst nicht zufällig Schlösser knacken?"

Mit sehr hochgezogenen Brauen sah mich Shannon an. „Wo willst du denn einbrechen?"

Ich grinste. „Nirgendwo. Ich hab bei mir zu Hause auf dem Dachboden eine alte Metallkassette gefunden und da fehlt der Schlüssel."

„Eine alte Metallkassette?"

„Mein Bruder und ich haben den Dachboden entrümpelt", flunkerte ich. „Die Kassette hat früher mal Mum gehört und jetzt bin ich neugierig, was darin ist."

„Konnte dein Bruder die nicht öffnen?"

„Er ist Arzt, kein Handwerker. Das letzte Mal, als er einen Hammer in die Hand genommen hat, musste sein linker Daumennagel dran glauben."

Shannon lachte laut. „Na toll, hoffentlich ist er bei dem Geschick kein Chirurg."

„Er ist Hausarzt", meinte ich. „Nein, so schlimm ist er nicht, ich hab übertrieben. Die Wahrheit ist, er hat es versucht, aber keine Zeit mehr gehabt. Gleich am nächsten Tag bin ich hierhergefahren und hab die Kassette einfach mitgenommen."

„Verstehe. Also los, hol sie her", sagte Shannon. „Das Schloss, das ich nicht knacken kann, muss erst noch erfunden werden. Das hat mir nämlich Jack beigebracht – einer meiner großen Brüder", ergänzte sie hilfreich, „und der hat es von Papa und der ist ungeschlagener Meister darin."

Ich wollte nicht wissen, warum er das war.

Seit den Ferien hatte ich mir die Fotos aus dem Holzkästchen sehr häufig angeschaut. Mit einer Haarnadel hatte ich mehrmals versucht, das Schloss der Metallkassette zu öffnen – allerdings vergeblich. Duncan hatte ich nicht fragen wollen, und eine andere Idee hatte ich noch nicht gehabt. Auf die handwerklich versierte Shannon war ich vorher gar nicht gekommen.

Als ich in mein Zimmer ging, um die Kassette zu holen, suchte ich im Bad nach einer Kopfschmerztablette. Allerdings hatte ich nicht mal die Notration an

Medikamenten dabei, die mir Henry oder Dad gewöhnlich aufschwatzten.

„Nein, tut mir leid, ich hab auch keine", sagte Shannon, als ich sie um eine Schmerztablette bat. „Nur Zäpfchen von Jerry, aber ich glaube, die willst du nicht."

Ich grinste schief. „So schlimm ist es dann doch nicht."

Shannon besah sich die Kassette von allen Seiten und schüttelte sie sachte.

„Scheint nichts Schweres drin zu sein."

Sie kramte in ihrem Werkzeugkoffer und förderte etwas zutage, das aussah wie ein Schweizer Taschenmesser, sowie einen Spanner, der an die gebogene Sonde eines Zahnarztes erinnerte. Das vermeintliche Taschenmesser enthielt allerdings keine Klingen, sondern lauter spitze Metallstäbchen unterschiedlicher Dicke.

„Es geht nichts über ein ordentliches Pickset", behauptete sie.

Sie probierte aus, welcher Pick am besten in das Schloss passte, und nahm dann den Spanner dazu. Vorsichtig bewegte sie beides hin und her, die Augen konzentriert geschlossen. Sogar Jerry, der auf meinem Schoß saß, war so fasziniert, dass er sich ausnahmsweise nicht rührte. Sie murmelte etwas, klappte einen kleineren Pick aus und wiederholte das Ganze. Es dauerte keine fünf Sekunden, bis es klickte.

„Bitte sehr!" Strahlend schob sie mir die Kassette zu.

„Genial!“ Vorsichtig öffnete ich den Deckel.

„Daaaa!“

Bevor ich reagieren konnte, grapschte Jerry nach dem Stapel Papier, der in der Kassette zum Vorschein kam. Das Papier rutschte ihm aus den kleinen Händen und verteilte sich auf dem Boden.

„Jerry! Nicht!“, rief Shannon. Sie sprang auf, um die Papiere einzusammeln, gleichzeitig rutschte Jerry von meinem Schoß, um seiner Mutter zu helfen.

„Kein Problem“, beruhigte ich Shannon, die ihren Sohn davon abhalten wollte.

Gemeinsam sammelten wir alles wieder ein. Ich warf einen Blick auf die vergilbten Umschläge, die mit unterschiedlichen Handschriften und teilweise mit altmodischen Typen einer Schreibmaschine beschrieben waren. Erstaunt erkannte ich Adressaten und Absender in Glasgow, London und schnörkelige Handschrift. Einige Zettel waren lose und nur einmal zusammengefaltet.

„Sieht alt aus“, wunderte sich Shannon und sah mir neugierig über die Schulter. „Was ist das für eine merkwürdige Schrift?“

„Deutsch“, murmelte ich, während es mir gelang, einen Namen zu entziffern.

Karoline Winterkamp.

Karoline. Meine Großmutter?

Jetzt betrachtete ich die Adressaten auf den Briefumschlägen noch einmal näher. Einen anderen kannte ich auch.

Jacob Grant. Mein Großvater.

Patricia Grant. Eine Verwandte?

Ich versuchte, Shannon nicht merken zu lassen, dass meine Hände zitterten, als ich alles wieder verstaute.

„Weißt du, von wem die sind?“

„Nein“, schwindelte ich. „Ich schau sie mir später in Ruhe an.“

„Hast du Verwandte in Deutschland?“

„Hm, keine Ahnung“, antwortete ich vage.

„Kannst du denn eigentlich Deutsch? Sofern du diese Hieroglyphen überhaupt entziffern kannst.“

„Nein, kann ich nicht. Aber es gibt doch bestimmt Zeichentabellen und Wörterbücher und Übersetzungshilfen.“

„O mein Gott, du meinst doch nicht etwa diese unsäglichen Übersetzungstools aus dem Internet? Die taugen doch nichts. Vielleicht fragst du lieber Dr. Pfefferkorn. Seine Eltern waren Juden, die im Krieg aus Deutschland geflüchtet sind. Dr. Pfefferkorn ist zwar hier geboren, aber er hat mal erzählt, dass seine Mutter sich nie mit Englisch anfreunden konnte und bis zu ihrem Tod immer noch am liebsten deutsch sprach. Vielleicht kennt er ja sogar diese Schrift.“

„Ja ... gute Idee“, sagte ich, obwohl ich genau wusste, dass ich das nicht tun würde.

Meine Kopfschmerzen waren stärker geworden und inzwischen war mir leicht übel. Ich verabschiedete mich von Shannon und erklärte, Mrs Griffiths wegen einer Kopfschmerztablette suchen zu wollen. Ich fand die Hausmutter in ihrem Zimmer. Sie gab mir eine, riet mir jedoch, sie erst nach dem Essen zu nehmen. Bis dahin würde es aber noch eine halbe Stunde dauern, daher schlug ich ihren Rat in den Wind, nahm die Tablette mit reichlich Wasser sofort und setzte mich an den Schreibtisch.

Als Erstes breitete ich die Fotos aus dem Holzkästchen aus. Die Gesichter waren mir inzwischen vertraut. Dann sichtete ich die Briefe aus der Metallkassette. Sie waren beim Herausfallen durcheinandergeraten, daher sortierte ich sie anhand des Datums. Einige der losen Seiten trugen keins und die Schrift darauf wirkte wie hastig hingeworfen.

Der erste datierte Brief war von Februar 1933. Patricia Grant schrieb aus London an ihren Cousin Jacob, meinen Großvater, der damals in Glasgow gewohnt hatte – dieselbe Stadt, in der er in den Sechzigern zusammen mit Oma Karoline auch gestorben war. Dem kurzen Briefwechsel entnahm ich, dass Patricia Grant Jacob nach einigen Vorgesprächen für die geheime Abteilung rekrutiert hatte. Der nur als „D" Bezeichnete war allem Anschein nach einer von Emrys Vorgängern gewesen. Aber was hatte dieses merkwürdige Telegramm damit zu tun?

Eudora Shaw an Gregory Fletcher. Vielleicht Decknamen von Patricia und Jacob? Möglich. Eine geheime Botschaft? Wahrscheinlich.

Meine Kopfschmerzen hatten nur unwesentlich nachgelassen, daher machte ich mich auf den Weg in den Speisesaal, in der Hoffnung, dass es die Wirkung der Tablette beschleunigte, wenn ich etwas aß.

Zu meiner Erleichterung fehlte Duncan bei Tisch. Ich wollte ihn immer noch nicht sehen, denn es kam mir schäbig vor, mich von ihm trösten zu lassen. Das Essen lenkte mich ein wenig ab, denn Peter gab zusammen mit Lily einige lustige Begebenheiten aus den Theaterproben zum Besten. Anschließend machte ich mir einen Kamillentee, denn auch wenn die Kopfschmerzen nachgelassen hatten, war die Übelkeit noch immer nicht ganz verschwunden.

„Waren Sie heute in Beaumaris, Miss Brown?“ Carl Arnold, der neben mir am Buffet stand, ließ seine Finger suchend über die Teebeutel gleiten.

„Ja. Sie sind an mir vorbeigefahren.“ Er hatte schließlich nicht wissen können, dass ich eine Möglichkeit brauchte, zur Schule zurückzukommen.

„Ah, dann habe ich Sie doch richtig erkannt. Haben Sie sich schon viel von der Insel angesehen?“

„Es geht.“

Arnold entschied sich für einen Earl Grey. „Aber Sie haben kein Auto, nicht wahr? Da kommen Sie ja kaum einmal vor die Tür. Sind Sie mit dem Bus nach Beaumaris gefahren?“

„Ich hatte Besuch von Freunden“, erwiderte ich.

Ich blies auf den heißen Tee. Den Geruch von Kamille auf den Sommerwiesen mochte ich eigentlich sehr gern, doch heute vermischte er sich mit dem Geschmack der Würstchen, die es zum Abendessen gegeben hatte, und etwas, das ich nicht genauer definieren wollte. Unwillkürlich hielt ich mir die Hand vor den Mund und verzog das Gesicht.

Mit schief gelegtem Kopf sah Arnold erst mich, dann den Tee an und schnüffelte. „Kamillentee. Ist Ihnen nicht gut?"

„Es geht schon."

„Jetzt ist Grippezeit", sagte er. „Ich habe gehört, dass es unter den Kindern schon einige Krankheitsfälle gab."

„Ach wo." Ich winkte ab. „Ich bin selten krank. Aber ich glaube, ich gehe jetzt lieber. Für den Fall, dass ich doch etwas ausbrüte."

„Wirklich schade, wenn Sie ausgerechnet dieses Wochenende krank werden."

„Wieso?"

„Wegen Ihres Besuchs."

„Oh, ja. Das stimmt. Aber da kann man nichts machen. Gute Nacht, Dr. Arnold."

„Gute Besserung, Miss Brown."

Ich stellte die noch volle Tasse auf den Abräumwagen und verließ schnell den Raum. Ich fühlte mich tatsächlich krank. Bevor ich mich in meinem Zimmer am Schreibtisch vor den Briefen niederließ, drehte ich das Radio an. Doch schon nach wenigen Sätzen ging mir der Sprecher so auf die Nerven, dass ich ihn abwürgte.

Ich starrte auf die Briefe. Was wäre passiert, wenn ich die Stelle an der *Ysgol* nicht angenommen hätte?

Was hätte Emrys getan? Und was ich? Hätte ich Daniel wirklich geheiratet?

Meine Augen brannten und weil ich es nicht verhindern konnte, ließ ich meinen Tränen freien Lauf und badete in Selbstmitleid, wie ich es in meinem ganzen Leben noch nicht getan hatte. Was war heute nur mit mir los?

Ich verbrauchte eine ganze Packung Taschentücher, bis der Drang zu weinen abebbte. Plötzlich wurde meine Eingangstür leise geöffnet. Erschreckt fuhr ich hoch, der Stuhl kippte um. Duncan steckte den Kopf zur Tür herein.

„Könntest du bitte das nächste Mal anklopfen, wie jeder andere auch, anstatt einfach hereinzuspazieren?", schimpfte ich.

Er runzelte die Stirn. „Entschuldige bitte. Ich wollte dich nicht erschrecken."

„Hast du aber", brummte ich. Ich rieb mir die Stirn.

„Was ist los?" Er blieb ein Stück von mir entfernt stehen.

Blöde Frage, dachte ich, doch anstatt zu antworten, liefen mir schon wieder unkontrolliert Tränen die Wangen hinunter.

Duncan blieb, wo er war. „Dr. Arnold sagte, du seiest krank. Kann ich etwas für dich tun?"

Heftig schniefend schüttelte ich den Kopf. „Am besten gehst du wieder. Ich ... mir geht ... es gut ..."

„Das sehe ich", bemerkte er sarkastisch. „Was ist passiert?"

Mit skeptischer Miene bückte er sich, um den Stuhl wieder aufzustellen. Dabei fiel sein Blick auf den mit Fotos und alten Briefen übersäten Schreibtisch. Fragend sah er mich an, als hätten die Briefe etwas mit meinem desolaten Zustand zu tun.

Zum hundertsten Mal heute putzte ich mir die Nase. „... bin nicht krank“, nuschelte ich, während mich ein neuer Weinkrampf schüttelte.

Wortlos nahm er mich in den Arm. Es war einfach nur tröstlich. Ohne etwas zu fordern, ohne jegliches Verlangen wiegte er mich, bis ich mich wieder halbwegs im Griff hatte.

„Danke.“ Ich rieb mir die Nasenwurzel. „Ich glaube, das bleibt heute so. Geh ruhig.“

Zum Abschied berührte er meine Wange, dann schloss er leise die Tür hinter sich.

Dortmund, den 22. Dezember 1943

Liebe Karo!

Mach Dir keine Sorgen, ich werde es schon aushalten. Ich habe ja noch deine Schwester Margot und werde nicht allein unter dem Christbaum sitzen.
Ich bin sicher, dass Du im „Haus Sonnenschein" ein sehr schönes Fest haben wirst.
Hast du Dich inzwischen mit Frau Jäger ausgesprochen? Ich glaube nämlich nicht, dass sie böse auf Dich ist, weil Du einen Teil ihrer Aufgaben übernehmen wirst. Du sagtest ja, es sei der Wunsch von Herrn Dr. Jäger gewesen, dass seine Frau zukünftig nicht mehr im Haus Sonnenschein arbeiten muss, damit sie mehr Ruhe hat und es vielleicht endlich mit dem Kindersegen klappt.
Es ist sicher eine gute Idee, dass sie sich in der Steiermark tüchtig erholen soll.
Mir scheint, Dr. Jäger ist ein wirklich kluger Mann. Du kannst sehr froh darüber sein, dass Du bei ihm arbeitest.

Jetzt muss ich diesen Brief rasch beenden, denn ich will ihn noch zusammen mit Deinem Weihnachtspäckchen zur Post bringen. Was wäre das bloß für ein Heiligabend ohne ein Geschenk? Ich schreibe Dir an den Feiertagen noch ausführlicher.
Und Du, schreib mir unbedingt von dem jungen Mann. Wie heißt er? Er arbeitet auch für Dr. Jäger, wie Du sagst. Ist er auch Wissenschaftler? Ich habe das Gefühl, Du magst ihn. Und streite es nicht ab! Ich kenne Dich gut.

Ein frohes und gesegnetes Weihnachtsfest wünscht Dir

Mama

Freitag, 29. Januar

Es war wohltuend still in der großen Bibliothek.

Obwohl sich außer mir noch ein Dutzend andere hier befinden mussten, war sie genau deswegen einer meiner bevorzugten Aufenthaltsorte im manchmal turbulenten Schulalltag. Ein Grund für die friedliche Atmosphäre der Bibliothek war deren Lage an der Längsseite der ehemaligen Klosterkirche. Ich hatte mich in eine der zehn kleinen Kapellen zurückgezogen – eine typische Einrichtung der Zisterzienser, die für eine Bibliothek immense Vorteile bot, weil man dort ungestört arbeiten konnte. Nur die Holzstühle an den einfachen Tischen waren nicht sonderlich bequem, aber das nahm ich gern in Kauf.

Herzhaft gähnend lehnte ich mich zurück. Eigentlich hatte ich keine Lust darauf, die Mathematikklausuren für Primes zu korrigieren. Er wollte am Wochenende mehr Zeit haben, um sich mit Lily Harper um das Theaterstück zu kümmern, das am letzten Schultag vor den Osterferien für Eltern und Gäste aus der Umgebung aufgeführt werden sollte. Nach den Osterferien würde es mit großen Schritten auf die Abschlussprüfungen zugehen und weder die Schüler noch die Lehrer würden Zeit für anderes haben. Aber bis Ende März waren es noch fast zwei Monate, daher würde Peter es sicher verkraften, wenn ich die Klausuren nicht für ihn zu Ende korrigierte. Er hätte immer noch genug Zeit für das Theaterstück – oder für Lily, je nachdem.

Kurz entschlossen schob ich den Stapel Hefte beiseite und holte aus meiner Tasche einen der alten Briefe. Nachdem ich sie vor zwei Wochen das erste Mal in der Hand gehalten hatte, hatte ich die Korrespondenz nicht nur sortiert und so weit wie möglich gelesen, sondern den ersten deutschen Brief, der zum Glück mit einer Schreibmaschine getippt worden war, Wort für Wort übersetzt. Jetzt hatte ich in mühsamer Kleinarbeit begonnen, die in Sütterlin geschriebenen Briefe zuerst Buchstabe für Buchstabe abzuschreiben, um sie später übersetzen zu können. Im Internet hatte ich eine Zeichentabelle der alten deutschen Handschrift gefunden und in der gut sortierten Schulbibliothek befanden sich zu meiner Freude sowohl deutsche Wörterbücher als auch Lehrbücher zu deren Grammatik. Meine Transkription ging sehr schleppend voran und oft war ich mir unsicher, ob ich die Sütterlin-Buchstaben richtig entziffert hatte oder überhaupt den Sinn traf.

Auch den auf Englisch verfassten Briefwechsel hatte ich mir noch mal gründlich angesehen. Er war von

1933, in etwa zu der Zeit, als in Deutschland die Nazis an die Macht gelangten. Inzwischen war ich mir sicher, dass mein Großvater Jacob unter dem falschen Namen „Dr. Gregory Fletcher“ an das Botanische Institut in Berlin geschickt worden war und mit „Eudora Shaw von den Royal Botanic Gardens“ – seiner Cousine Patricia Grant – Kontakt hielt. Die Bedeutung des Telegramminhalts war mir immer noch schleierhaft. Immerhin wusste ich nach Konsultation eines Botaniklexikons, dass *Juncus ambiguus* eine gefährdete, seltene Binsenart war und dass durch Luxurieren von Pflanzen diese im Vergleich zur Elterngeneration bessere Eigenschaften aufwiesen. Welche wichtige Mitteilung an Jacob/Gregory oder gar welchen Auftrag es beinhaltete, verstand ich jedoch nicht.

Vielleicht gaben mir die anderen Briefe darüber Aufschluss. Der einzige, den ich bisher übersetzt hatte, war von 1939, kein halbes Jahr vor Kriegsbeginn. Er war offenbar Teil einer längeren Korrespondenz zwischen meinem Großvater und einem Dr. Konrad Jäger, des Leiters einer biologischen Forschungsanstalt. Diese sogenannte „Forschungsanstalt Deutsches Ahnenerbe e. V.“ befasste sich – wie ich mir angelesen hatte – mit sogenannter germanischer Kultur und schien eine Art Lieblingsprojekt von Heinrich Himmler gewesen zu sein, der es 1935, zusammen mit Heinrich Wirth, seinem Bruder im Geiste, gründete. Beide waren Anhänger der Bewegung des Volksbrauchtums und Urglaubens und überzeugt davon, dass die Überlegenheit der arischen Rasse wissenschaftlich nachweisbar sei.

Im Laufe der Nazi-Herrschaft wurden unzählige Forschungseinrichtungen gegründet, die zum Teil sehr eng mit den Aufgaben des Rasse- und Siedlungshauptamts verzahnt waren. Kompetenzgerangel war eindeutig Teil der nationalsozialistischen Staatskultur, daher überschnitten sich auch hier überall Bereiche und Zuständigkeiten. Mir schien, als hätte es mehr Auswüchse gegeben, als heute der allgemeinen Öffentlichkeit bekannt waren.

Da in dem Briefwechsel meines Großvaters Sir Francis Galton erwähnt wurde, hatte ich außerdem mit Duncan über die Ideen des Begründers der modernen Erbbiologie gesprochen. Als Biologielehrer wusste er natürlich bestens darüber Bescheid. Falls er sich über mein plötzliches Interesse wunderte, sagte er es nicht, doch ich bemerkte seine neugierigen Blicke. Auf seine Empfehlung hin sah ich mir verschiedene Bücher und Schriften in der Bibliothek sowie im Internet an. Alle befassten sich mit der Entwicklung der Humangenetik im Zusammenhang mit Anthropologie und Eugenik, aus der sich die sogenannte Rassenhygiene der Nazis ableitete.

Es war mir unverständlich, mit welcher Arroganz und Borniertheit diese zu dem Schluss gekommen waren, dass manche Menschen allein aufgrund ihrer Erbanlagen minderwertig waren. Doch eins begriff ich: Das Bestreben nach Gesundheit und der Möglichkeit, diese nach Belieben – also auf lebenswertes Leben – zu übertragen, war offenbar eines der wesentlichen Ziele der damaligen Forschungen. Und Dr. Konrad Jäger musste eine Koryphäe auf diesem Gebiet gewesen sein, denn ansonsten hätte sich der MI 16 nicht so intensiv mit ihm befasst.

Auch der Begriff *Heredes – die Erben* ergab für mich inzwischen einen Sinn, denn sie sahen sich als die Erben dieser Ideen, als Nachfolger des Ahnenerbes, und waren anscheinend wie viele Nazis nach dem Krieg in Südamerika heimisch geworden. Die Eindringlinge von Silvester hatten schließlich spanisch gesprochen.

Außerdem hatte ich mir anhand der Namen auf den Fotos und der bisher gelesenen Briefe eine Art Stammbaum gezeichnet, um den Überblick zu behalten: Am unteren Ende natürlich Henry und ich, darüber unsere Mum Elisabeth, daneben ihre toten Brüder Henry und William. Dann gab es unseren Großvater Jacob Grant und seine Cousine Patricia – für mich ein deutlicher Hinweis, den oder die mysteriöse Briefeschreiberin in der Familie Grant zu suchen. Als Nächstes unsere deutsche Großmutter Karoline Winterkamp mit ihren Schwestern Hilde, Margot, Rosi und der früh verstorbenen Elisabeth.

Eine lange Liste. Daneben hatte ich den Namen Dr. Konrad Jäger geschrieben, Leiter des Instituts, an dem Karoline und Jacob sich kennengelernt hatten. Ich ging davon aus, dass er es war, der die Idee nach dem Krieg in Südamerika weiterverfolgt hatte.

Konzentriert über den nächsten Brief und die Wörterbücher gebeugt, kaute ich an meinem Bleistift herum und versuchte mich an einer Formulierung. Ich rieb mir den verspannten Nacken. Ich hatte wohl eindeutig zu viel Zeit am Schreibtisch verbracht. Plötzlich legte sich eine Hand auf meine Schulter. Ich zuckte zusammen. Schon lag eine zweite Hand auf meiner anderen Schulter und begann mit einer kräftigen Massage.

„Du bist wirklich schreckhaft“, stellte Duncan amüsiert fest.

„Und du bist wirklich unmöglich“, antwortete ich.

Seine Daumen fanden zielsicher die verspanntesten Stellen. „Soll ich gehen?“

Ich brummte behaglich wegen der angenehmen Mischung aus Schmerz und Entspannung. „Untersteh dich.“

Er machte weiter, während ich die Augen schloss und hoffte, dass niemand auf die Idee kam, in diese Nische zu schauen. Ich hatte Duncan immer noch nicht erzählt, dass ich mit Daniel Schluss gemacht hatte. Warum, wusste ich selbst nicht so genau. Ich seufzte tief, ob wegen meiner eigenen Kompliziertheit oder weil sich die Verspannung im Nacken allmählich löste, war eigentlich egal.

Duncan ließ seine Hände auf meinen Schultern ruhen und beugte sich herunter, bis seine Wange meine berührte. Er roch gut – eine Mischung aus Rasierwasser und typischem Männer-Aroma.

„Was ist das?", fragte er, ohne die Neugier in seiner Stimme zu verbergen. „Die lagen doch auch vor zwei Wochen auf deinem Schreibtisch."

„Das? Oh, das sind alte Briefen meiner Großeltern, die ich zu Hause auf dem Dachboden gefunden habe. Ich versuche, herauszufinden, was dort steht. Das ist aber schwierig, zum Teil wegen der Schrift, vor allem jedoch, weil ich kein Deutsch kann."

Seine Blicke huschten über die Seiten des maschinegeschriebenen Originals von Dr. Jäger. „Deswegen also deine Frage nach Galton. Interessant."

Erstaunt wandte ich den Kopf. „Hast du nur den Namen gelesen oder kannst du etwa Deutsch?"

Seine nur handbreit entfernten dunklen Augen waren spekulativ auf mich gerichtet. „Und wenn?"

Ich versuchte, meine Mundwinkel unter Kontrolle zu behalten. „Vergiss es!"

„Was hältst du von einem ... Handel?", erkundigte er sich mit einem Hauch von Anzüglichkeit. „Ich helfe dir bei der Übersetzung, dafür begleitest du mich übers Wochenende in den Snowdonia-Nationalpark."

„Ähm ... ich habe noch ziemlich viel zu tun. Am Wochenende, meine ich."

Betont langsam schlenderte er ein paar Schritte durch den Raum, blieb dann stehen und sah mich über seine Schulter noch einmal an. „Ich fahre nach dem Tee."

Möglichst neutral antwortete ich: „Viel Spaß im Nationalpark."

Er verließ die Kapelle in genau dem Moment, in dem Peter im Laufschritt um die Ecke kam.

„Caitlyn, gut, dass ich Sie finde. Ich habe ganz vergessen, Ihnen auch die Hausaufgab..."

„Peter!", unterbrach ich ihn gewohnheitsmäßig sofort, weil ich aus Erfahrung wusste, dass es einfach keinen Sinn hatte, zu warten, bis er fertig geredet hatte. Dabei stand ich auf und bedeckte die Briefe mit Notizblättern. „Ich habe bis jetzt drei der fünfzehn Klausuren korrigiert und wollte Ihnen gerade die restlichen zurückbringen."

„Warum denn das?", fragte er spürbar indigniert.

Beinahe hätte ich ihm gesagt, dass ich einfach keine Lust mehr hatte, seine Arbeit zu erledigen, während er sich mit angenehmeren Dingen beschäftigte. Bis jetzt hatte ich ihm manchmal aus schlichter Langeweile die Korrekturen abgenommen. Also formulierte ich das etwas freundlicher und benutzte die Ausrede, dass eine Freundin mich angerufen habe und am Wochenende nach Anglesey kommen wolle.

„Die Rothaarige, die erst kürzlich da war?"

„Ähm, ja", antwortete ich. „Es hat ihr hier so gut gefallen, und ich war an dem Wochenende krank, sodass wir nicht viel unternehmen konnten. Daher kommt sie heute Abend mit dem Zug in Bangor an und dann werden wir ... uns dort ein Auto mieten."

„Oh." Er machte eine Kunstpause.

Ich widerstand dem Impuls, irgendetwas vorzuschlagen, und überließ es stattdessen Primes, eine Lösung für sein Problem zu finden. Bestimmt hatte er für das Wochenende nicht nur Theaterproben geplant. Er wartete ziemlich lange, bis er schließlich den mitgebrachten Stapel Papier auf den legte, der auf dem Tisch lag, und sich den kompletten Haufen unter den Arm klemmte.

Er lächelte gequält. „Dann wünsche ich Ihnen ein unterhaltsames Wochenende, Caitlyn."

Mit bedächtigen Schritten, als wartete er darauf, dass ich es mir in letzter Sekunde noch anders überlegte, marschierte er fort. Als er endlich außer Sicht war, suchte ich meine Sachen zusammen und machte mich auf den Weg in mein Zimmer.

Ich zögerte noch kurz – allerdings mehr der Form halber –, holte dann aber eine Reisetasche aus dem Schrank und packte für zwei Tage. Die Briefe steckte ich auch ein, für den Fall, dass Duncan angebliche Deutschkenntnisse tatsächlich vorhanden waren. Bevor ich den Raum verließ, sprühte ich mich mit einem kräftigen Stoß Parfüm ein.

Wie erwartet traf ich Duncan beim Tee im Speisesaal. Ich holte mir einen Schokomuffin und einen Kaffee und setzte mich auf den freien Platz neben ihn. Er schaufelte sich gerade wie immer Unmengen Zucker in seinen starken, schwarzen Tee.

„Steht Ihr Angebot noch, Mylord?", fragte ich.

Primes blickte auf.

Duncans Nasenlöcher blähten sich leicht, als ihn die Parfümwolke erreichte. Wie ein Reflex hob sich sein Mundwinkel. „Selbstverständlich."

„Gut, dann nehmen Sie mich bitte mit nach Bangor", meinte ich mit einem schnellen Seitenblick auf Primes, der sich jedoch bereits abgewandt hatte.

„Sehr gern, Miss Brown", beschied mir Duncan.

Er war nicht überrascht von meinem Entschluss – war ich wirklich so leicht zu durchschauen? Ich war jedenfalls sehr gespannt auf die zwei Tage mit ihm allein.

3. Januar 1943

Meine liebe Karoline!

Ich danke Ihnen von Herzen für den wundervollen Tanz am Silvesterabend. Würden Sie in Erwägung ziehen, mit mir Essen zu gehen?

In Erwartung Ihrer Antwort

Gregory Fletcher

Samstag, 30. Januar

Zufrieden wie eine Katze, die gerade einen großen Topf Milch ausgeschleckt hat, rekelte ich mich auf dem Doppelbett, das den größten Teil des Zimmers einnahm. Es war ein wenig durchgelegen und die geblümte Bettwäsche hatte zu viel Stärke abbekommen, doch das Zimmer, das wir der kleinen Pension ‚*Plas tan y cŵn*' in Beddgelert bezogen hatten, war sauber und für unsere Zwecke völlig ausreichend.

Duncan kehrte gerade aus dem winzigen Bad zurück, bei dem es keinen Sinn hatte, es zu zweit betreten zu wollen – es sei denn, man legte Wert darauf, sich blaue Flecken zu holen. Aber das Bett war schließlich groß genug. Seine vom Duschen noch feuchten Haare hingen ihm in weichen Wellen ins Gesicht und er schien heute keine Lust zu haben, sich zu rasieren. Die Schatten auf seinen Wangen und die Narben auf seinem Oberkörper gaben ihm ein verwegenes Aussehen.

„Was hältst du von Frühstück?", fragte er.

„Dein zweitbester Vorschlag heute Morgen!"

Er beugte sich über mich und stützte die Arme neben meinen Kopf. „Für bessere Vorschläge brauche ich erst einmal einen Tee."

„Ich dachte immer, Milch hilft."

Er zwickte mich in die Nase. „Marsch ins Bad!"

Mit einem Schmollmund wand ich mich unter ihm heraus und gab ihm einen Klaps auf den Allerwertesten, bevor ich ins Bad verschwand. Als ich fertig war, trug er bereits eine schwarze Jeans und einen anthrazitfarbenen Rollkragenpullover. In meiner Reisetasche wollte ich nach frischer Wäsche suchen, doch er hinderte mich daran, indem er mich von hinten umarmte. Beide Hände an meinen Brüsten, presste er mich an sich.

„He, du musst doch erst Tee trinken", murmelte ich und genoss das erregende Gefühl, weil er angezogen und ich noch immer splitternackt war.

„Warum bist du mitgekommen?", fragte er leise, während seine Fingerspitzen kleiner werdende Kreise um meine Brustwarzen zogen.

„Damit du mir bei der Übersetzung hilfst", schnurrte ich und rieb meinen Hintern an ihm.

Er knabberte an meinem Ohrläppchen. „Das glaube ich dir nicht."

Ich drehte mich zu ihm herum. „Nicht?", erkundigte ich mich mit unschuldigem Augenaufschlag.

„Nein", stellte er kategorisch fest. „Für einen so bescheidenen Preis würdest du dich nicht hergeben."

Ich hob eine Braue. „War das jetzt ein Kompliment?"

„Wenn du es als solches betrachten willst. Es muss einen anderen Grund geben, denn du hattest mich um Zeit gebeten und die habe ich dir zugestanden.“ Er lächelte zynisch. „Für mich klang es danach, als könntest du dich nicht entscheiden, daher gestattest du mir sicher die Frage, warum du jetzt mit mir hier bist.“

„Hast sich die Frage damit nicht beantwortet?“

„Ich will eine Antwort von dir hören.“

Ich zupfte an einer weißen Fluse auf seinem Pullover. „Warum ist das plötzlich so wichtig? Vor ein paar Wochen hat dich Daniels Existenz nicht im Geringsten interessiert.“

„Er interessiert mich immer noch nicht, aber ich will wissen, woran ich bei dir bin, Caitlyn. Vielleicht habe ich einen falschen Eindruck erweckt, denn ich lege keinen Wert auf flüchtige Abenteuer. Und wenn ich nur das für dich bin, dann möchte ich das wissen.“ Er machte eine ungeduldige Bewegung. „Sag mir endlich, ob du mit ihm Schluss gemacht hast, verdammt noch mal!“

Verblüfft wegen seiner Heftigkeit klappte mir der Mund auf. „Ja“, antwortete ich. „Vor zwei Wochen.“

Seine Mundwinkel zeigten eine deutliche Aufwärtstendenz. „Dann lass uns jetzt frühstücken gehen.“

Ich sah an mir hinunter. „Meinst du nicht, ich sollte mir erst etwas anziehen?“

Als wir uns auf den Weg in den Frühstücksraum machten, war ich erleichtert, dass er nicht darauf bestand, weitergehende Beziehungsfragen zu erörtern.

Anscheinend hatte ihn nur die Aussicht gestört, dauerhaft in der Luft zu hängen, was ich ihm nicht verdenken konnte. Blieb nur noch die Frage, wie wir in der *Ysgol* damit umgehen sollten, und das sagte ich ihm auch, als wir am Tisch saßen.

„Ist es dir etwa unangenehm?“, wollte er wissen, während er sich einen Toast schmierte.

Nachdenklich löffelte ich mein Ei. Das Frühstück, das uns die Wirtin zubereitet hatte, ließ keine Wünsche offen.

„Ja, ein bisschen“, gab ich zu.

„Warum?“

Genau in diesem Moment kam die Wirtin herein, um sich zu erkundigen, ob alles in Ordnung sei.

„Danke, es könnte nicht besser sein“, sagte Duncan zu ihr und legte seine Hand auf meine.

Diese Geste hatte etwas Besitzergreifendes, doch hier machte es mir nichts aus. Mit Blick auf unsere verschränkten Hände lächelte die Wirtin wissend und verschwand wieder.

„In der Schule bist du mein Chef“, nahm ich den Gesprächsfaden wieder auf. „Ich möchte nicht, dass jemand denkt, ich würde mir bei dir irgendwelche Privilegien ... na ja, du weißt schon.“

„Privilegien hast du schon von Anfang an gehabt“, bemerkte er trocken. „Auch ohne ... du weißt schon.“ Er zog eine Braue hoch.

Ich verdrehte die Augen. „Das meine ich nicht. Davon, dass ich mit Emrys so gut bekannt bin, hat doch fast niemand eine Ahnung." Die wenigen, die davon wussten, hatten bislang kein Wort darüber verloren. In der Schule war ich bis jetzt einfach nur Miss Brown, Mitglied des Lehrerkollegiums. Nicht mehr und nicht weniger.

Bedächtig schlürfte Duncan seinen Tee. „Wir sind keine Teenager mehr, die der ganzen Welt ihre Beziehung auf die Nase binden müssen – aber ich habe keinesfalls vor, dich zu verleugnen, Caitlyn. Vielleicht", er machte eine belanglose Geste, „solltest du dir einfach keine Gedanken darum machen. Geredet wird immer."

Ich vertiefte das Thema nicht weiter, denn im Grunde hatte er recht. Je unkomplizierter wir damit umgingen, desto weniger Interesse würden wir wecken. Behaglich lehnte ich mich zurück und streckte die Beine aus.

„Hattest du wirklich vor, hierherzufahren?", wollte ich wissen. „Ich meine, auch wenn ich nicht mitgekommen wäre?"

„Ich nutze jede Gelegenheit, aus der Schule wegzukommen. Das geht nur, wenn der Duke zu Hause ist, denn er schätzt es nicht, wenn wir beide gleichzeitig abwesend sind – in solchen Fällen ist normalerweise Kieran verantwortlich, doch er ist noch nicht voll belastbar. Der Nationalpark ist nicht weit – und ich genieße das Alleinsein."

„Allein zu zweit", spöttelte ich.

„Für dich mache ich eine Ausnahme."

Bevor wir die Pension verließen, organisierte er uns ein Lunchpaket von der Wirtin. Aus den Gebrauchsspuren an seinem Rucksack, Kleidung und Schuhen schloss ich, dass er häufiger Touren unternahm. Er schien nicht vorzuhaben, schon bald wieder in die Pension zurückzukehren, und ich war froh, dass ich geeignete Schuhe und eine warme Jacke dabeihatte, denn das Wetter war der Jahreszeit entsprechend kalt. Die ganze Nacht hatte es geregnet, doch wenigstens war es jetzt trocken. Lediglich die Bäume bogen sich im frischen Wind.

Zuerst gingen wir ein paar Straßen weiter zu „Gelert's Grave" und Duncan erzählte mir die Legende vom Hund des Prinzen Llewelyn. Der Prinz war ohne seinen treuen Hund auf die Jagd gegangen. Als er zurückkam, fand er Gelert blutverschmiert neben der umgestürzten Wiege seines Sohnes. Erst nachdem der König wutentbrannt den Hund erschlagen hatte, sah er den toten Wolf, vor dem der Hund seinen Sohn beschützt hatte. Zu Ehren des treuen Gelert nannte er den Ort, an dem er ihn begrub, „Beddgelert" – Gelerts Grab.

„An Llewelyns Stelle hätte ich auch nicht mehr gelächelt." Verstohlen wischte ich mir über die Augen. „Wir hatten früher auch einen Hund."

Duncan legte einen Arm um mich. „Das Grab hier ist nicht echt. Ein findiger Gastwirt hat das vor über hundert Jahren angelegt, um Touristen herzulocken. Die Legende existiert in ähnlicher Variante in mehreren Ländern und der Ort wurde sehr wahrscheinlich nach einem Heiligen aus dem frühen Mittelalter benannt."

Ich stupste ihn in die Seite. „Wie langweilig. Hast du noch mehr Geschichten auf Lager?"

Im Ort überquerten wir die alte steinerne Bogenbrücke, die fast genauso aussah wie die in Glamaris Hall, und liefen über Feldwege in Richtung Nordosten. Der Wind wehte scharf, aber es war herrlich, an Duncans Seite durch die wilde Schönheit Snowdonias zu wandern. Hin und wieder blieb er stehen, um mich auf Pflanzen, die in dieser Jahreszeit allerdings größtenteils bis zur Unkenntlichkeit vertrocknet waren, Tiere oder geologische Besonderheiten aufmerksam zu machen. Er hatte dabei denselben Tonfall angeschlagen wie in seinem Unterricht: komprimierte, auf den Punkt gebrachte Informationen. Kein Wort zu viel bei Erklärungen, trotzdem erwartete er, dass man mitdachte oder wenigstens intelligente, jedoch keine unnötigen Fragen stellte.

Ich hakte mich bei ihm unter. „Du unterrichtest Biologie, weil du Arzt bist, oder?"

„Hm." Er sah mich von der Seite an. „Es war naheliegend. Der Unterrichtsstoff ist nicht schwer."

„Das behauptest du", sagte ich. „Frag mal die Schüler."

Wir blieben an einem Gatter stehen, an dem ein Schild darauf hinwies, dass der Zutritt nur mit Genehmigung erlaubt sei. Zudem war dort eine Adresse und eine Telefonnummer angegeben, wo diese zu bekommen sei. Duncan hielt das Gatter für mich auf, bemerkte jedoch mein Zögern.

„Ich habe die Wirtin gebeten, uns anzukündigen“, erklärte er.

„Oh. Wo sind wir denn hier?“ Der Weg schlängelte sich zwischen Bäumen hindurch einen Hügel hinauf.

„Dort oben liegt Dinas Emrys – die Festung des Ambrosius.“

Interessiert sah ich mich um. „Davon habe ich noch nie gehört.“

„Bereit für eine weitere Geschichtsstunde?“, fragte Duncan.

Ich drehte die Handflächen nach oben. „Bitte sehr!“

Zu lehren machte ihm eindeutig Spaß. Während wir nun gemächlich dem gewundenen Pfad bergauf folgten, erzählte er mir mehrere Varianten der Legenden um König Vortigern, der diese Festung einst zum Schutz der Straße durch die Snowdons erbaut hatte. Der Römer Ambrosius Aurelianus hatte ihm dabei den entscheidenden Tipp gegeben, warum die Mauern immer wieder einstürzten – angeblich, weil dort zwei Drachen in einem Wasserbassin miteinander kämpften.

„Das Bassin existiert übrigens wirklich und Vortigern und Ambrosius sind mit hoher Wahrscheinlichkeit die Vorbilder für die Sagen um König Artus und Merlin. Es heißt übrigens, Merlin habe hier einen

Schatz vergraben, der nur von einem blonden, blauäugigen Menschen gefunden werden kann."

„Wirklich?", sagte ich und stellte mich auf die Zehenspitzen, um mich demonstrativ umzusehen. „Vielleicht sollte ich mal da hinter dem Steinhaufen nachschauen. Vielleicht ist der Schatz dort."

„Wenn du eine Glocke hörst, wird sie dir den Weg zu der Höhle weisen, die sich von allein öffnet, sobald du den Fuß auf die richtige Stelle setzt."

Ich legte die Hände hinter meine Ohrmuscheln und lauschte angestrengt. „Nein, tut mir leid, ich höre nichts. Ich bin wohl leider die Falsche."

Mit seinen Fingerspitzen strich er mir die Haare aus dem Gesicht. „Nein, das bist du nicht." Sekundenlang lagen seine Lippen weich und nachgiebig auf meinen.

Als ich die Augen wieder aufschlug, lag in seinem Gesicht ein Ausdruck, der mich verlegen zur Seite sehen ließ. Er schien zu merken, dass es mir unangenehm war, denn er trat einen Schritt zurück.

„Komm, wir gehen hinauf zu den Überresten der alten Festung."

Es war nicht mehr viel von den alten Mauern übrig, daher hielten wir uns nicht lange oben auf. Obwohl es weiterhin kalt war, kehrten wir nicht auf direktem Weg nach Beddgelert zurück, sondern schlugen einen großen Bogen zwischen den Hügeln hindurch, wo wir an einer windgeschützten Stelle unter einem Felsüberhang Pause machten. Geschickt entzündete Duncan ein kleines Feuer, nachdem er das Kunststück zuwege gebracht hatte, trotz des vorangegangenen Regens halbwegs trockenes Holz zu finden. Anfangs qualmte es mächtig, doch dann züngelten die Flammen und es tat gut, sich die Hände zu wärmen und eine Tasse von dem heißen, starken Tee aus Duncans Thermoskanne zu trinken.

„Du bist wirklich gut ausgerüstet", stellte ich fest.

Mit untergeschlagenen Beinen saß er auf einer Schicht Laub und spitzte mit einem Taschenmesser einen Stock an. Mir hatte er sein Alu-Sitzkissen überlassen. Während ich anschließend ein paar aufgespießte Würstchen über die Flammen hielt, schnitt er einen Apfel in Spalten und steckte mir eine davon in den Mund.

„Wenn es wärmer wird, können wir zelten", schlug er vor. „Es gibt wunderschöne Orte im Nationalpark, an denen man ungestört ist."

Ich beugte mich vor, um ihn zu küssen. „Zu Hause habe ich Schlafsack, Isomatte, einen Rucksack und so ein Zeugs. Ich bringe es mit, wenn ich das nächste Mal dort bin."

Es erinnerte mich an meine Ausflüge mit Finley in Schottland – unkompliziert und sogar ein bisschen romantisch, trotz des ungemütlichen Wetters. Den Sinn für so etwas hatte ich bei Daniel vermisst.

Das Feuer brannte allmählich herunter und leider ging uns das trockene Holz aus, sodass wir aufbrechen mussten. Wir räumten alles zusammen und machten uns auf den Weg. In schweigender Eintracht marschierten wir nebeneinanderher. Ein leichter Nieselregen hatte eingesetzt, doch in Beddgelert warteten eine heiße Dusche – und ein gemütliches Bett. Es hatte mich wirklich heftig erwischt, und ich hatte immer mehr das Gefühl, dass es nicht nur an der starken körperlichen Anziehung zwischen Duncan und mir lag. Hier im Regen mitten in den Snowdons musste ich mir wohl eingestehen, dass ich mich in ihn verliebt hatte.

Was das nun für die Sache mit dem *Heredes* und dem MI16 bedeutete, in die ich involviert worden war, konnte ich nicht einschätzen. Wir hatten nicht mehr über die Geschehnisse in der Silvesternacht geredet, und ich hatte geflissentlich die Pistole übersehen, die letzte Nacht neben dem Bett gelegen und die er auch jetzt dabeihatte. Ich hatte immer noch keine Ahnung, was Duncan von all dem überhaupt wusste. Durfte ich Duncan also bitten, mir bei der Übersetzung der Briefe zu helfen? Auf die Gefahr hin, dass er dadurch Dinge erfuhr, die Emrys ihm bislang nicht erzählt hatte? Es war ein Dilemma.

Ich seufzte tief.

Mit erhobenen Brauen sah Duncan mich an. „Was ist los?"

Emrys brauchte ja nichts davon zu erfahren, denn Duncan war Diskretion schließlich gewöhnt.

„Kannst du wirklich Deutsch?", fragte ich daher.

„Ja."

„Dann hilfst du mir?"

„Natürlich.“

„Würdest du ... würdest du Emrys nichts davon erzählen? Bitte.“

Er hob eine Braue. „Wenn du das nicht möchtest.“

„Danke.“

Er fragte nicht einmal, warum. Ich biss mir auf die Lippe. So viel also zu seiner Diskretionsfähigkeit.

„Wie viele Sprachen sprichst du denn?“ Mir war am Morgen aufgefallen, dass er Walisisch nicht nur verstand, sondern sich sogar mit der Wirtin unterhalten konnte. Bei unserem Abendessen im Pub einige Wochen zuvor hatte er ebenfalls einige Worte mit dem Kellner gewechselt.

Er zuckte mit den Schultern. „Französisch, Deutsch, ein bisschen Spanisch. Portugiesisch und Italienisch verstehe ich einigermaßen, mit dem Sprechen hapert es allerdings. Griechisch kann ich besser lesen als verstehen. Walisisch, wie du weißt.“

Ich machte ein bewunderndes Geräusch. „Ich hatte in der Schule Französisch, aber ich war nie besonders gut darin. Ich glaube, ich habe alles wieder vergessen.“

„Neben Französisch hatte ich Latein und Altgriechisch. Viele europäische Sprachen sind miteinander verwandt, das macht es leichter.“

„Genau wie Englisch und Walisisch zum Beispiel“, meinte ich sarkastisch. „Die Ähnlichkeit ist wirklich verblüffend. Hier in Wales lässt man nämlich einfach die Vokale weg. Als ich kürzlich in Glasmaris war, fragten mich ein paar Touristen nach dem Weg. Sie hatten den Ort aufgeschrieben – ich konnte ihnen zwar sagen, wie sie hinkommen, aber nicht, wie der volle Name korrekt ausgesprochen wird. Llanfair... keine Ahnung."

„Llanfairpwllgwyngyllgogerychwyrndrobwllllanty-siliogogogoch?"

Ich verdrehte die Augen. „Ja, genau." Ich versuchte, ihm nachzueifern, doch ich gab schnell auf und schielte demonstrativ auf meine Zunge. „Ich finde diesen Knoten sehr unangenehm."

Ich gab mit meinen paar Brocken Gälisch an, die mir Finley beigebracht hatte. Duncans Ausspracheversuch kam dem Original allerdings deutlich näher, denn er rollte das „r" nahezu perfekt, was mir noch nie gelungen war. Dann kam die Sprache auf Dialekte. Ich brüllte vor Lachen über Duncans breiten Norfolkdialekt.

„O Gott", keuchte ich. „Da versteht man ja kein Wort!"

„Wenn Vater uns so reden hörte, gab es eine Woche keinen Nachtisch. Mutter konnte mindestens ein Dutzend Sprachen und noch mehr Dialekte und hat uns dazu ermutigt, alles auszuprobieren, was wir hörten." Beim letzten Satz wurde sein Lächeln sehr melancholisch.

„Uns?"

„Meine Schwester und mich", sagte er knapp. „Sie ist tot."

„Oh, das tut mir leid."

Er antwortete nicht. Anscheinend lebte niemand mehr von seiner Familie, denn er hatte von allen in der Vergangenheit gesprochen.

„Du bist viel herumgekommen, oder?“, fragte ich.

„Ja, ziemlich. Man muss den Menschen um sich herum einfach zuhören und versuchen, mit ihnen zu reden – auch, wenn es anfangs schwerfällt.“

„Dazu braucht man Talent“, meinte ich. „Und Zeit“, ergänzte ich nach kurzem Zögern.

Er runzelte leicht die Stirn. „Ja, man sollte schon viel Gelegenheit haben.“

Was er in der Fremdenlegion sicher ausreichend gehabt hatte. Ich fasste mir ein Herz. „Warum bist du zur Fremdenlegion gegangen?“

Auf der Stelle wurde sein Gesicht zu einer Maske. Er wandte den Blick ab. Automatisch griff ich nach seiner Hand und drückte sie sachte. Abrupt blieb er stehen und wandte sich mir zu. Die Falte zwischen seinen Brauen war tief wie selten, seine Augen glühten wie Kohle.

„Ich will nicht darüber reden, Caitlyn!“

„Ja, schon gut. Es tut mir leid ... Ich wollte nicht schon wieder indiskret sein.“

Er stieß die Luft durch die Nase aus. „Warum fragst du dann?“

„Weil du mich interessierst, Duncan“, sagte ich ehrlich, „und zwar nicht, weil ich mit dir schlafe.“ Ich hielt inne, um nach den passenden Worten zu suchen.

„Sondern?“, fragte er unwirsch.

„Ich bin einfach neugierig – auf dich. Wer du bist. Wie du bist und warum. Woher du kommst. Deine Familie. Alles. Ich kenne dich doch kaum."

Mit einer unwilligen Bewegung riss er sich den Rucksack vom Rücken und holte Zigaretten heraus. Im Weitergehen zündete er sich eine an. Kopfkratzend stand ich immer noch an derselben Stelle. Dann lief ich hinter ihm her.

„Dunc..." Weiter kam ich nicht.

Er küsste mich so unvermittelt wie heftig und hielt mich dabei umklammert wie ein Ertrinkender. Sein Atem schmeckte nach dem Rauch der Zigarette, ich bekam kaum Luft. Als er mich endlich freigab, rangen wir beide nach Atem, trotzdem zog er kräftig an der Zigarette und trat dabei ein Stück zurück.

„Ich habe Dinge getan, auf die ich nicht stolz bin", sagte er fast tonlos. „Ich kann sie nicht ungeschehen machen, aber sie haben mich zu dem Mann gemacht, der ich heute bin." Er ging weiter.

Ich berührte meine Lippen, auf denen ich noch eine Mischung aus Rauch und schwarzem Tee schmeckte. Seine Vergangenheit schien wirklich sein wunder Punkt zu sein, daher war es ganz sicher keine gute Idee, das Thema in naher Zukunft noch einmal anzusprechen, egal, wie vorsichtig ich es formulierte. Als ich ihn eingeholt hatte, passte ich meine Schritte seinen an. Diesmal war er es, der meine Hand ergriff. Niemand von uns sagte etwas, doch als wir Hand in

Hand den Ortseingang von Beddgelert erreichten, hatte seine Anspannung nachgelassen.

„Möchtest du, dass ich einen Blick auf die Briefe werfe?“, erkundigte er sich, als wir das *„Plas tan y cŵn“* erreichten. Der Klang seiner Stimme war fast derselbe wie immer. Aber nur fast.

„Ja, das wäre schön“, antwortete ich.

„Gut, dann werde ich uns etwas Heißes zu trinken organisieren. Wir treffen uns oben.“ Er drückte mir einen Kuss auf den Scheitel, von dem ich das Gefühl hatte, er sollte eine Art Entschuldigung für seine rüde Abfuhr sein. Er wandte sich zum Gehen.

„Duncan?“

„Ja?“

„Die Vergangenheit ist ... na ja, sie ist vergangen. Für mich zählt der Mann, der du heute bist.“

Sein Blick flackerte. Unbewusst, wie ich es schon häufiger bei ihm beobachtet hatte, rieb er sich seinen vernarbten rechten Unterarm. „Geh schon vor. Ich bin gleich bei dir.“

Als ich die Stufen hochstieg, brachte ich die Stimme in meinem Kopf energisch zum Schweigen, die darüber spekulierte, was er wohl getan haben könnte. Die Vergangenheit war vergangen, hatte ich soeben gesagt. Und das sollte sie gefälligst auch bleiben.

Pottenstein, den 28. August 1943

Meine liebe Karoline!

Bitte nehmen Sie sich Zeit, bevor Sie wieder ins Institut zurückkehren, und regeln Sie alles, was Sie regeln müssen. Der Verlust geliebter Menschen, nun, beinahe Ihrer ganzen Familie, wiegt schwer genug. Weder Ihre Mutter noch Ihre Schwester mussten leiden und fanden durch die Fliegerbombe einen schnellen, barmherzigen Tod. So grausam es uns auch erscheinen mag, manchmal ist dieser Trost der einzige, der uns bleibt.
Das Lager an der Ostsee, in dem Ihre Schwester Rosa zuletzt untergebracht war, wurde evakuiert. Bitte seien Sie versichert, dass ich alles in meiner Macht Stehende unternehmen werde, um Ihre jüngste Schwester bald ausfindig zu machen.
Haben Sie keine Scheu, mir zu sagen, wenn ich sonst noch etwas für Sie tun kann.

Mit den allerbesten Wünschen

Konrad Jäger

PS: Karoline, ich zögere, Ihnen das anzubieten, aber ich komme auf der Stelle zu Ihnen, wenn Sie mich brauchen! Ein Wort von Ihnen genügt.

KJ

Dienstag, 23. Februar

Ich schaffte es gerade noch bis zur Toilette.

Als ich mir anschließend mit kaltem Wasser das Gesicht benetzte und den Mund ausspülte, um den unangenehmen Geschmack loszuwerden, schnitt ich meinem Spiegelbild eine Grimasse, dann schleppte ich mich zurück ins Zimmer. Schwer ließ ich mich in einen Sessel fallen. Draußen ging im morgendlichen Zwielicht ein heftiger Schneeregenschauer nieder.

Es war unmöglich!

Ich schloss die Augen und hoffte, dass die Übelkeit nicht zurückkehrte. Ich nahm, verflixt noch mal, seit Jahren die Pille! Warum sollte sie ausgerechnet jetzt versagt haben?

Obwohl es mir nicht sonderlich gefiel, meinem Körper jeden Tag eine Portion Chemie zu verabreichen, hatte ich nach einem nervenaufreibenden Fehlalarm damit angefangen. Finley hatte mir damals versichert, mich nicht im Stich zu lassen, aber wir waren beide unendlich erleichtert, dass doch nichts passiert war. Seitdem war alles in bester Ordnung gewesen.

Bis jetzt zumindest. Bereits vor über einer Woche hatte ich die letzte Pille aus dem Blister genommen, anschließend hätte ich meine Periode bekommen und gestern mit dem neuen Blister beginnen müssen. Aber die Blutung war ausgeblieben.

Vollständig. Nicht der kleinste Tropfen Blut war gekommen.

Das war mir noch nie passiert! In seltenen Fällen, wenn ich einen Fehler bei der Einnahme gemacht hatte, war meine Blutung unpünktlich gewesen, aber seitdem ich mit Duncan schlief, hatte ich aufgepasst wie ein Luchs.

Es konnte also einfach nicht sein.

Ich legte die Hand auf meinen Bauch. Mein Unterleib fühlte sich warm und geschwollen an, als würde meine Periode jeden Moment einsetzen, meine Brüste waren empfindlich und spannten. Und dann war da diese Übelkeit, die mich seit Tagen quälte, besonders morgens war mir elend zumute. Dieses Gefühl verflüchtigte sich tagsüber irgendwann, lediglich eine bleierne Müdigkeit blieb.

Duncan wusste noch nichts davon, denn ich wollte ihn nicht unnötig beunruhigen – und mich selbst am allerwenigsten, daher hatte ich die ganze Zeit gehofft, dass sich das Problem von allein erledigen würde.

Eine neue Welle der Übelkeit erfasste mich. Bei dem unangenehmen Gallegeschmack schüttelte ich mich wie ein Hund, als ich unter Aufbringung meiner gesamten Willenskraft das Bedürfnis niederkämpfte, den Rest des Tages über der Kloschüssel zu verbringen.

Was sollte ich jetzt tun? Einen Schwangerschaftstest in der Apotheke besorgen, wäre für den Anfang vielleicht das Sinnvollste – nur dass es in Glasmaris keine Apotheke gab und ich niemanden bitten wollte, das für mich zu erledigen.

Aber in Glasmaris gab es Dr. Pfefferkorn.

Er war zwar kein Gynäkologe, aber als Landarzt wurde er ständig wegen diffuser Beschwerden konsultiert und möglicherweise gab es ja doch eine andere Erklärung für mein Unwohlsein.

Die Hoffnung starb schließlich zuletzt.

Wie ich am Rumoren im Haus erkannte, erwachten allmählich auch die Schüler. Bis Unterrichtsbeginn war noch ausreichend Zeit, doch ich beeilte mich, denn ich wollte im Moment lieber niemandem begegnen. Als ich das Haus verließ, zog ich mir die Kapuze tief ins Gesicht. Trotzdem peitschte mir der Schneeregen in die Augen, sodass ich eine Viertelstunde später beinahe an dem weiß getünchten Haus vorbeigelaufen wäre, das sich hinter einer hohen Steinmauer duckte. Ich machte mir nicht erst die Mühe, bei der Praxis zu klingeln, denn es brannte noch kein Licht, weil die Sprechstunde erst später begann, sondern ging nebenan zur Privatwohnung.

„Nanu, Miss Brown. Ist etwas passiert?“ Die Gläser der runden Brille vergrößerten Dr. Pfefferkorns freundliche braune Augen mit der ausgeprägten Lidfalte so, dass man das Gefühl bekam, sie fielen ihm bei der geringsten Bewegung aus dem Kopf.

„Ja, na ja ... ich weiß nicht ... guten Morgen, Dr. Pfefferkorn. Verzeihen Sie die frühe Störung, aber ...“ Ich suchte nach Worten.

„Kommen Sie rein. Das Wetter ist ja furchtbar.“

Kurzerhand führte er mich in seine Küche, da ich ihn offensichtlich gerade beim Frühstück gestört hatte. Er faltete die Morgenzeitung ordentlich zusammen, die ausgebreitet auf dem Tisch gelegen hatte, und deutete auf einen gebrechlichen alten Stuhl.

„Tee?“, bot er mir an. Er schien nicht im Mindesten verärgert darüber zu sein, dass ich ihn so früh aufsuchte.

Ich schüttelte den Kopf und ließ mich auf der Kante des Stuhls nieder. Meine Hände klemmte ich zwischen die Oberschenkel.

Nachdem er am Kräutertee genippt hatte, neigte er mir aufmerksam den Kopf zu, wie wohl jeder Arzt der Welt es tat, wenn er darauf wartete, dass sein Patient ihm sein Problem schilderte. Das Deckenlicht spiegelte sich auf seiner Glatze. Ich räusperte mich und wusste nicht so recht, wie ich anfangen sollte.

„Caitlyn, Caitlyn, Sie sehen blass aus. Was stimmt denn mit Ihnen nicht?“

Dr. Pfefferkorn klang ehrlich besorgt, denn als Patientin hatte ich ihn noch kein einziges Mal aufgesucht, sondern nur hin und wieder Schüler zu ihm begleitet.

Ich rutschte auf dem Stuhl herum. „Ich bin in letzter Zeit oft müde. Manchmal könnte ich schon beim Mittagessen wieder einschlafen. Und ich ..." Ich presste meine Oberschenkel zusammen, um meine Hände nicht unruhig umherwandern zu lassen. „Na ja ... mir war in dieser Woche öfter ... übel."

Dr. Pfefferkorn rieb sich die Nase. „Grassiert in der Schule etwa wieder ein Magen-Darm-Virus? Ich dachte, das Schlimmste sei für diesen Winter überstanden."

Ich verschränkte meine Arme, löste sie wieder und setzte mich dann auf meine Hände. „Mir war jeden Tag übel. Vor allem morgens. Gerade habe ich mich übergeben. Außerdem ... bin ich ziemlich ... ziemlich spät ..."

Bedächtig goss sich Dr. Pfefferkorn Tee nach und gab Zucker hinzu. Ganz leise schabte der Löffel über das Porzellan, als er umrührte.

Ich seufzte tief. Die Ruhe, die dieser Mann ausstrahlte, löste den Knoten in meiner Brust ein wenig. Pfefferkorn warf mir einen ermutigenden Blick zu, holte eine zweite Tasse, füllte sie und schob sie zu mir herüber.

„Danke." Ich verzichtete auf den Zucker und schlürfte das heiße Getränk.

Der Arzt tippte sich mit dem Zeigefinger auf die Lippen, während er eingehend den Frühstückstisch zu begutachten schien. „Irgendwelche anderen Beschwerden?"

„Ich ... glaube nicht."

Pfefferkorn schob ein paar Krümel auf dem Tisch zusammen.

„Ich nehme die Pille. Vor gut einer Woche die letzte, aber ... es passierte nichts. Glauben Sie ... es könnte auch einen anderen Grund geben, als ...?" Ich brachte es nicht über mich, es auszusprechen.

Pfefferkorns mitfühlendem Gesichtsausdruck zufolge musste meine Stimme sehr hoffnungsvoll geklungen haben. Er stand auf. „Das sollten wir schnellstens überprüfen, finden Sie nicht auch?"

Wenige Minuten später saß ich wieder – diesmal auf einer Behandlungsliege in der Praxis. Auf dem Schreibtisch lag der Schwangerschaftstest – die zwei blauen Streifen ließen keinen Zweifel mehr an der Ursache meiner Übelkeit. Pfefferkorn erzählte mir derweil, dass er im Laufe der Zeit sogar zwei oder drei schwangere Schülerinnen aus der *Ysgol* betreut hatte, und während er plauderte, untersuchte er mich, nahm mir Blut ab und schickte mich zur Toilette. Auch wenn ihm die Ausstattung eines Gynäkologen fehlte, meinte er, sagen zu können, dass alles in bester Ordnung sei.

„Wenn ich Ihre Angaben zugrunde lege, wären Sie jetzt Anfang der sechsten Woche."

„Hm. Kurz bevor ich das letzte Mal meine Periode hatte, ging es mir nicht so gut. Kopfschmerzen, Übelkeit – eigentlich kenne ich das gar nicht von mir." Es war das Wochenende gewesen, an dem ich mich von

Daniel getrennt hatte. „Könnte es sein, dass ich krank war und die Pille deswegen nicht gewirkt hat?“

Pfefferkorn wiegte den Kopf. „So, wie Sie es beschreiben, haben Sie erst danach mit der neuen Packung angefangen. Besteht denn die Möglichkeit, dass Sie schon vorher schwanger wurden?“

Ich spürte, wie ich rot wurde. „Ja ... schon.“

„Es kommt vor, dass Frauen trotz Schwangerschaft eine Blutung bekommen. Und die Pille dann einfach weiter nehmen. Es geschieht häufiger, als Sie denken, dass eine Schwangerschaft erst ziemlich spät entdeckt wird. Um sicherzugehen, könnten Sie das mithilfe eines Ultraschallgeräts exakter bestimmen lassen. So oder so wird die Übelkeit möglicherweise noch ein paar Wochen anhalten, daher gebe ich Ihnen ein homöopathisches Mittel mit, das vielen Frauen hilft.“

Ich nickte beklommen, als ich ein Glasröhrchen mit kleinen weißen Kügelchen in Empfang nahm.

„Einfach zwei davon nehmen. Sie können auch welche in einem Glas Wasser auflösen und bei Bedarf einen Schluck davon trinken.“

„Kenn ich“, murmelte ich. „Mein Bruder und mein Vater behandeln auch oft damit.“

„In der Regel hört die Übelkeit irgendwann ganz von allein auf. In den meisten Fällen nach den ersten drei Monaten, wenn Sie Glück haben, auch früher.“

Ich baumelte mit den Beinen und barg mein Gesicht in den Händen. Dann seufzte ich resigniert. „Das ist doch immerhin etwas. Die Übelkeit verschwindet von allein."

Pfefferkorn tätschelte mich. „Na, na, Kindchen, wer wird denn so bedrückt sein?"

Unbehaglich bewegte ich die Schultern. „Es war nicht geplant."

„Das ist der Lauf der Welt", bemerkte er liebenswürdig. „Weiß es der Vater denn schon?"

Der Vater! Duncan.

Was für eine Vorstellung. Was er davon halten würde, konnte ich mir beim besten Willen nicht vorstellen. Er ignorierte im Allgemeinen selbst Jerry, der mit seinem Kleinkindcharme jeden um seine dicken Fingerchen wickelte. Alles in allem schien sein Lebensentwurf nur Kinder zu beinhalten, deren Existenz und Bedürfnisse er nach Unterrichtsschluss einfach ausblenden konnte. Babys und Kleinkinder, die sich dreisterweise nicht an Zeiten und Regeln hielten, kamen darin nicht vor. Plötzlich fand ich die Vorstellung von Duncan, mit einem greinenden Säugling auf dem Arm, sehr erheiternd. Unvermittelt stieg in meiner Kehle ein hysterisches Kichern hoch, das sich leise, aber unaufhaltsam Bahn brach.

„Sehen Sie! Das steht Ihnen viel besser als so ein trübsinniges Gesicht. Die meisten freuen sich doch darüber, Vater zu werden."

Die meisten!

Jetzt konnte ich mich nicht mehr beherrschen. Ich kicherte und schluchzte gleichzeitig. Tränen liefen mir über das Gesicht, ob vor Heiterkeit oder weil mir immer noch elend zumute war, wusste ich nicht. Mit leichter Besorgnis beobachtete mich Dr. Pfefferkorn und bot mir Taschentücher an, die ich dankbar annahm. Ich beruhigte mich etwas, als ich mich gründlich schnäuzte.

„Tut mir leid, Dr. Pfefferkorn. Ich habe wirklich keine Ahnung, was er ... der Vater dazu sagen wird, weil ... eigentlich ist das doch gar nicht ... ich weiß nicht, ob ich allein ... aber ich kann doch auch nicht ..." Wieder schossen Tränen in meine Augen. Verflixt noch mal, waren diese Stimmungsschwankungen eigentlich normal? Auf so etwas konnte ich gut verzichten. Ungeduldig hickste ich und rieb mir energisch die Augen. Pfefferkorn reichte mir ein frisches Taschentuch.

„Sagen Sie ...", meinte er zögernd. „Es geht mich zwar nichts an, aber falls es Probleme gibt und Sie darüber reden möchten, dann bin ich jederzeit für Sie da – Tag und Nacht."

Ich putzte mir lautstark die Nase. „Danke, gut zu wissen", entgegnete ich verschnupft. Ich seufzte tief. Es war also höchstwahrscheinlich weder ein Infekt noch ein Einnahmefehler gewesen, sondern schlicht und ergreifend Pech. Herzlichen Glückwunsch, Sie sind die Quotenfrau, die trotzdem schwanger wird.

Während ich in Selbstmitleid badete, sortierte er etwas auf seinem Schreibtisch. Er wollte mir wohl Gelegenheit geben, mich zu sammeln, bis ich mich auf den Rückweg in die Schule machte.

„In Bangor gibt es einen Gynäkologen, hier ist seine Adresse.“ Er reichte mir einen Zettel. „Ich werde einen Termin dort für Sie vereinbaren. Wenn Sie Beschwerden bekommen oder irgendein Anliegen haben, können Sie jederzeit zu mir.“ Er sah mich eindringlich durch seine runde Brille an.

„Danke, Dr. Pfefferkorn.“ Ich steckte den Zettel ein. „Gibt es irgendetwas, worauf ich achten sollte? Also, ich meine ... was ich tun darf oder lieber nicht tun sollte ...“

„Oh, da gibt es nicht viel. Kein Alkohol, kein Nikotin ist das Wichtigste. Ansonsten meiden Sie Rohmilchkäse und rohes Fleisch. Aber das ist eigentlich schon alles.“

„Und was ist mit Sport?“

Er lachte gutmütig. „Kindchen, was glauben Sie, wie viel die Frauen früher körperlich gearbeitet haben und trotzdem gesunde Kinder zur Welt brachten. Empfehlenswert war das zwar nicht, aber die meisten sind heute einfach übervorsichtig. Am besten tun Sie, wonach Ihnen ist, und horchen in sich hinein. Ihr Körper wird Ihnen signalisieren, was Sie sich zumuten können. Hören Sie einfach darauf und übertreiben nichts und kommen vorbei oder rufen an, wenn Sie unsicher sind. Wenn Sie das beherzigen, dann ist alles in Ordnung. Das gilt übrigens auch für ... na ja, Sie wissen schon. Solange Sie sich gut fühlen, steht dem nichts im Wege.“ Er stand auf, um sich von mir zu verabschieden. „Ach du liebes bisschen!“, entfuhr es ihm plötzlich. Er hatte mitten in seiner Bewegung innegehalten und auf seinem Gesicht zeichnete sich Verblüffung ab, als wäre ihm ein unerwarteter Einfall gekommen. „Scratby?"

Es sah ein wenig dümmlich aus, wie er in leicht gebückter Haltung dort stand, doch er wartete offensichtlich auf eine Reaktion von mir.

„Bingo", meinte ich nur.

Der Stuhl gab ein müdes Ächzen von sich, als sich Pfefferkorn wieder darauf fallen ließ. „Oha."

„Eben", stimmte ich zu.

Er unternahm einen zweiten Anlauf, aufzustehen, was ihm diesmal ohne Unterbrechung gelang.

„Dann hat es sich schon herumgesprochen?", fragte ich. Eigentlich hatte ich gedacht, wir seien diskret gewesen, aber wenn schon Dr. Pfefferkorn davon wusste, war das wohl ein Trugschluss.

Er wiegte den Kopf. „Das kann ich Ihnen nicht sagen, aber der Duke erwähnte zu Jahresbeginn, dass Lord Scratby wohl ein Auge auf Sie geworfen hat."

„Wirklich?", bemerkte ich müde.

„Nehmen Sie es mir nicht übel, Kindchen, aber ich hatte den Duke nicht ernst genommen, bis ich kürzlich Avril traf und sie sich darüber wunderte, dass Lord Scratby Sie neuerdings mit Vornamen anrede. Das hat mich wirklich überrascht, denn er ist generell doch eher ... distanziert. Ich kenne ihn seit beinahe dreißig Jahren und er war schon als Schüler ein Einzelgänger."

„Aber wie man unschwer bemerkt, ist er auch nur ein Mann“, sagte ich mit einem resignierten Seufzer.

Pfefferkorn lachte. „Wissen Sie, Caitlyn, Sie sind nicht nur eine hübsche, sondern auch eine starke junge Frau. Es wäre doch gelacht, wenn Sie das aus der Bahn werfen würde. Sie werden es schon schaffen. Und falls Scratby Ihnen Schwierigkeiten macht, erinnern Sie ihn daran, dass er auch seinen Spaß daran hatte.“ Er hob die Brauen. „In seinem Alter und bei seiner Herkunft sollte er genug Anstand im Leib haben, Sie nicht alleinzulassen.“

In seinem Alter. Wie alt war er eigentlich? Anfang vierzig, wenn Pfefferkorn ihn seit rund dreißig Jahren kannte. Nach seinem Geburtstag hatte ich ihn noch nie gefragt – nur den voraussichtlichen Geburtstermin unseres Babys kannte ich: Ende Oktober.

Ich reichte dem Arzt die Hand. „Danke, Dr. Pfefferkorn. Wann soll ich denn wegen der Blutergebnisse vorbeikommen?“

„Oh, nächste Woche irgendwann, dann habe ich auch den Termin beim Gynäkologen für Sie ... und falls der Schuh vorher drückt ... Sie wissen ja Bescheid.“

„Danke!“

Auf dem Weg zur Schule hatte ich Rückenwind und konnte wenigstens sehen, wohin ich lief. Allmählich knurrte mein Magen vernehmlich. Ob es nun daran lag, dass ich über meinen Zustand Bescheid wusste, oder daran, dass ich die Globuli eingenommen hatte, oder einfach daran, dass die Übelkeit irgendwann im Laufe des Morgens besser wurde – ich fühlte mich nicht mehr so schrecklich wie auf dem Hinweg. Allerdings nur, bis ich die Schule betrat und auf Duncan stieß, der mir entgegengerauscht kam. Eine seiner sonst so ordentlich mit Gel geglätteten Haarsträhnen ringelte sich in seine Stirn. Mit einer unwilligen Bewegung strich er sie glatt an den Kopf.

„Eine neue Heizungsanlage für die gesamte Schule ist völlig übertrieben. Haben wir etwa in diesem Winter frieren müssen?", sagte er ohne Einleitung zu mir. Die aufsässige rotbraune Locke löste sich erneut, weil er heftig den Kopf schüttelte.

„Ähm ... wieso?", erkundigte ich mich. Glatte Haare würde unser Baby wahrscheinlich nicht haben – oder vielleicht doch, denn Vererbung folgte ja bestimmten Regeln. Ob er wohl lieber einen Jungen oder ein Mädchen hätte? Mir war es gleich.

„Gilmartin hat Avril diesen Floh von wegen einer Hackschnitzelheizung ins Ohr gesetzt. Jetzt will sie das unbedingt auf der Schulausschusssitzung ansprechen." Er schnaubte, während er einen neuen Versuch unternahm, die Locke zu bändigen. „Hackschnitzelheizung! Die Kosten dafür sind unermesslich hoch. Wir müssen die naturwissenschaftlichen Fachräume renovieren!"

Shannon hatte bereits vor zwei Jahren durchgesetzt, dass die Schule eine leistungsfähige Solaranlage zur Brauchwassererwärmung und für das Schwimmbad bekam, und hatte sich zum Ziel gesetzt, möglichst bald auch die in die Jahre gekommene Heizungsanlage rauszuschmeißen.

„Unsere Fachräume für Biologie, Physik und Chemie sind besser ausgestattet als die der meisten Schulen", warf ich ein. „Und Hackschnitzel wären günstig zu bekommen. Schließlich besitzt Emrys einige Wälder."

Der schwarze Blick, mit dem Duncan mich bedachte, hätte mich zur Salzsäule erstarren lassen können. Alle Babys hatten zu Anfang blaue Augen. Ob sie später so dunkel würden wie Duncans? Oder blau blieben wie meine?

„Wann hast du eigentlich Geburtstag?", fiel mir plötzlich ein.

Duncans Blick verfinsterte sich noch mehr. „Am 31. Oktober", antwortete er ungeduldig.

Unwillkürlich lächelte ich. „Oh, wirklich."

„Könnte es sein, dass dich meine Probleme gerade überhaupt nicht interessieren?", blaffte er gereizt.

„Doch natürlich", lenkte ich ein. „Ähm ... also ja, du hast recht. Die Fachräume müssen dringend renoviert werden." Heute hielt ich es für klüger, keine kontroversen Diskussionen zu riskieren. Es wäre mir peinlich gewesen, mitten in der Klausur in Tränen auszubrechen, die im Grunde gar nichts mit Hackschnitzeln oder Fachräumen zu tun hatten, sondern mit meinem desolaten Hormonhaushalt. „Was hältst du davon, wenn wir uns beim Frühstück weiter unterhalten?"

„Nein. Ich habe keinen Hunger.“ Damit eilte er weiter.

Seit einigen Tagen war er wegen der am kommenden Donnerstag und Freitag bevorstehenden Schulausschusssitzung ziemlich im Stress. Bis spät in den Abend saß er mit Avril zusammen, rechnete mit ihr gemeinsam die notwendigen Kosten für Neuanschaffungen und Renovierungsmaßnahmen durch und besprach andere Angelegenheiten rauf und runter. Zum einen waren ihm diese bürokratischen Dinge ein absolutes Gräuel, zum anderen wusste er aus der leidigen Erfahrung der letzten Jahre, dass die Sitzung eine langwierige Angelegenheit werden würde, bei der er mehr Geduld an den Tag legen musste, als er im Allgemeinen aufzubringen bereit war. Außerdem war Emrys in diesem Jahr nicht dabei, sondern auf einer diplomatischen Mission, sodass sich Duncan allein sowohl mit Avril als auch mit den Schulräten herumschlagen musste.

Während ich frühstückte, beschloss ich, mit meinen Neuigkeiten lieber bis nach der Sitzung zu warten. Beeilen musste ich mich wirklich nicht, denn bis dahin würde sich sowieso nichts an meinem Zustand ändern.

Pottenstein, den 29. August 1943

Liebste Karoline!

Es ist so furchtbar, was Du durchmachen musst, dass mir die Worte fehlen. Warum ist das Schicksal so grausam zu Dir?
Ich sehne mich danach, jetzt bei Dir zu sein, um Dich zu umarmen und zu halten und Dir zu sagen, dass Du nicht allein bist auf dieser Welt. Damit Du das nicht vergisst, bis wir uns wiedersehen, übersende ich Dir die Kette meiner Mutter. Trag sie oft und erinnere Dich immer daran, dass es mich gibt.

Immer Dein
Gregory

Freitag, 26. Februar

Irgendwie überstand ich den Rest der Woche.

Zu meiner Erleichterung halfen entweder die Globuli, die mir Dr. Pfefferkorn gegeben hatte, recht zuverlässig gegen die Übelkeit oder ich erlag einem Placebo-Effekt. Beides war mir recht. Außerdem hatte ich meine persönliche Entscheidung getroffen: Das Kind nicht zu bekommen war keine Option, was allerdings bedeutete, dass sich mein Leben grundlegend ändern würde, egal, was Duncan dazu sagte. Falls er wirklich ein Problem damit hatte, unbeabsichtigt Vater zu werden, würde ich es allein schaffen müssen – aber es würde mir verdammt schwerfallen.

Jedes Mal, wenn ich Duncan begegnete, wurde ich nervöser. Einerseits sehnte ich mich danach, endlich mit ihm über meine Schwangerschaft reden zu können, andererseits fürchtete ich mich vor dem Gespräch, weil ich ihn nicht einzuschätzen vermochte. Anders als bei Finley damals, hatte ich das Gefühl, Duncan nicht wirklich durchschauen zu können. In jedem Fall hing von Duncan die Richtung ab, die mein Leben zukünftig nehmen würde.

Nicht einmal mit den Briefen meiner Großmutter konnte ich mich ablenken, denn ich hatte sie in Duncans Haus gelassen. Nachdem wir alle entziffert und übersetzt hatten, kannte ich nun die tragische Geschichte meiner Großmutter Karoline, die ihre ganze Familie im Krieg verloren hatte. Ihr Vater war gefallen, ihre Mutter und ihre Schwester Margot im Bombenhagel gestorben, die kleine Rosi in den Kriegswirren spurlos verschwunden. Hilde, die Zweitälteste, an einer Fleckfieberepidemie im *Haus Sonnenschein* gestorben. Hildes Kind an Unbekannte zur Adoption freigegeben. Im Institut war Karoline zur Assistentin des Leiters, Dr. Konrad Jäger, aufgestiegen und hatte dort meinen Großvater Jacob unter seinem Decknamen Gregory kennen- und lieben gelernt. Jacob hatte Karoline die Kette seiner Mutter geschenkt, die sich nun in meinem Besitz befand. Der Brief Dr. Jägers vom August 1943 hatte mir schließlich den Eindruck vermittelt, er habe – obwohl er selbst verheiratet gewesen war – in Karoline mehr gesehen als seine Angestellte. Ein sehr interessanter Aspekt, zumal sie damals schon mit Jacob/Gregory liiert gewesen war, der seinen Brief zur selben Zeit verfasst hatte.

Es war der letzte Brief gewesen und ich war neugierig, wie es weitergegangen war. Ich wollte Emrys nach dem weiteren Verlauf der Geschichte fragen, doch im Moment hatte ich erst einmal andere Sorgen.

Beim Abendessen am Freitag bekam ich kaum etwas hinunter. Meine Nerven waren zum Zerreißen gespannt. Ich wollte nicht noch mehr Zeit in der Warteschleife verbringen, und sobald sich die Gelegenheit ergab, Duncan allein zu sprechen, würde ich sie ergreifen. Im Moment waren jedoch weder Duncan noch Avril da – allerdings saßen einige der Mitglieder des Schulausschusses an einem Nebentisch beim Abendessen. Der aufgeräumten Stimmung nach zu urteilen, hatte es keine Auseinandersetzungen gegeben. Shannon hatte mir im Vorbeigehen zugeraunt, dass die Hackschnitzelheizung trotz der hohen Kosten eine Mehrheit gefunden hatte.

Gerade schob ich meinen Teller mit der nur halb gegessenen Portion ein Stück von der Tischkante weg, als sich die Tür schwungvoll öffnete und Duncan den Raum betrat. Seine Mundwinkel hatten einen leichten Aufwärtstrend, als er mich erblickte und direkt auf mich zuhielt.

Ich konnte mich gerade noch beherrschen, nicht abrupt aufzuspringen. Auf halbem Weg zu mir wurde er jedoch von Arnold aufgehalten, der gerade auf dem Weg hinaus war. Arnold redete lautstark auf ihn ein – es ging offenbar um die neuen elektronischen Mikroskope, die für den Biologieunterricht angeschafft werden sollten – und lachte zwischendurch dröhnend. Duncans Blick huschte immer wieder zu mir herüber, während er versuchte, Arnold abzuwürgen. Arnold war hingegen wild entschlossen, sich nicht abwimmeln zu lassen. Mit jeder Sekunde lag mir das Abendessen schwerer im Magen. Dummerweise hatte ich die Globuli in meinem Zimmer liegen lassen. Plötzlich spürte ich, wie sich mein Bauch verkrampfte. Ruckartig erhob ich mich, mein Stuhl fiel um und schon stürzte ich an Duncan und Arnold vorbei, die mich, wie auch alle anderen im Raum, überrascht ansahen. Kaum hatte ich den Speisesaal hinter mir gelassen, stürmte ich im Laufschritt zu den Toiletten, wo ich nach wenigen Minuten sehr erfreut feststellte, dass sich mein Abendessen doch dazu überreden ließ, an Ort und Stelle zu bleiben. Als ich sicher war, dass es tatsächlich so bliebe, ging ich wieder hinaus.

An der Wand gegenüber lehnte Duncan mit verschränkten Armen und hatte die Tür offenbar keine Sekunde aus den Augen gelassen. Sein Blick war kritisch.

„Was ist los?“, fragte er.

„Nichts“, log ich angesichts des allabendlichen Betriebs in der Klausur.

Ich setzte mich Richtung Ausgang in Bewegung. Wie erwartet folgte er mir.

„Nichts? Du bist weiß wie die Wand!“ Er gab sich keine Mühe, leise zu sprechen. Ein paar Schüler drehten sich zu uns herum.

„Duncan, bitte“, sagte ich mit gesenkter Stimme. „Nicht hier.“ Ich machte einen Schritt an ihm vorbei.

Resolut griff er nach meinem Arm. „Jetzt läufst du schon wieder weg. Warum weichst du mir eigentlich schon die ganze Woche lang aus?"

Mechanisch lächelte ich ein paar vorbeigehenden Schülern zu. „Du warst zu beschäftigt. Ich muss etwas Wichtiges mit dir besprechen. Aber nicht hier."

Wie eine Wache marschierte er neben mir her, bis wir die Klausur durch den Haupteingang verlassen hatten. Es war kalt, daher war hier niemand unterwegs. Auf dem Hof blieb ich stehen.

„Also?" In seiner Stimme schwang immer noch Gereiztheit mit, aber es noch weiter herauszuschieben und auf eine bessere Gelegenheit zu warten, erschien mir sinnlos. Es würde einfach keine geben.

„Ich bin schwanger."

Die Worte hingen in der Luft. Duncan sah aus, als hätte ich ihn mit einem Schwall kaltem Wasser übergossen. Ich wartete. Er öffnete den Mund, schloss ihn wieder.

„Das kann nicht sein", meinte er schließlich skeptisch.

„Und warum nicht?", erkundigte ich mich betont geduldig.

„Wie soll denn das passiert sein?"

Ich verdrehte die Augen. „Du erinnerst dich vielleicht an diese Sache mit den Bienchen und den Blumen ..."

Er machte eine wegwischende Handbewegung. „Lass den Unsinn!"

Ich stützte die Hände in die Hüften. „Unsinn? Von Unsinn wird man nicht schwanger. Höchstens von Gedankenlosigkeit! Ich kann mich nämlich nicht erinnern, dass du auch nur einen Gedanken an Verhütung verschwendet hast."

Er blähte die Nasenlöcher. „Du nimmst doch die Pille."

„Und woher zum Henker hast du das gewusst? Du hast mich kein einziges Mal danach gefragt."

Seine Antwort kam ein paar Sekunden zu spät. „Ist das wichtig?"

Vielleicht hatte er die Verpackung gesehen, als er mein Badezimmer benutzt hatte. Oder bei unserem Wochenende in Beddgelert, aber zumindest beim ersten Mal hatte er es nicht wissen können. Entweder, es hatte ihn tatsächlich nicht interessiert, oder ... „Du hast vorher schon mal mein Zimmer durchsucht?" Er bestritt es nicht. Ich funkelte ihn an. „Gibt es eigentlich irgendetwas, das du *nicht* über mich weißt?"

Meinem Blick ausweichend, rieb er sich den Nacken. „Bist du sicher?"

„Verflixt noch mal! Natürlich bin ich sicher", raunzte ich. „Ich war bei Dr. Pfefferkorn und habe einen Test gemacht."

Er sog hörbar die Luft ein. „Wann?"

„Dienstag."

„Nein, ich meine, wann ... wann ist es passiert? Wie weit bist du?"

Ich zuckte mit den Schultern. „Mindestens in der sechsten Woche, vielleicht aber auch schon weiter. Dr. Pfefferkorn hat kein Ultraschallgerät, und ich war noch nicht bei einem Gynäkologen."

„Also vor ungefähr einem Monat?"

„Ja. Vielleicht auch früher. Das ist doch unwichtig."

„Ist es das?"

„Was meinst du denn damit?"

„Immerhin warst du damals mit deinem Verlobten allein in einer Pension in Bau..."

„Spinnst du jetzt völlig?", unterbrach ich ihn. „Ich war ... ach, verdammt! Ich muss mich doch nicht vor dir rechtfertigen."

„Heißt das ja?"

„Nein! Ich war nicht mit Daniel in der Pension, sondern habe draußen auf der Straße auf ihn gewartet. Und wenn du mir nicht glaubst, dann ruf ihn an und frag ihn, wann ich das letzte Mal mit ihm im Bett war!" Ich war immer lauter geworden.

Duncan schnaubte nur.

Ich verschränkte die Arme. „Aber eigentlich müsstest du das doch wissen. Schließlich kontrollierst du mich, seitdem ich hier bin, oder etwa nicht?"

„Das tue ich nicht."

„Und woher wusstest du dann, dass ich die Pille nehme? Noch mal zum Mitschreiben: Es! Ist! Dein! Kind!"

Unruhig begann er, vor mir auf und ab zu gehen.

Reichlich genervt rieb ich mir mit beiden Händen über die Augen. „Verflixt noch mal! Vielleicht hättest du einfach mit dem Kopf denken sollen."

Abrupt blieb er stehen. „Ich habe dich nicht gezwungen, mit mir zu schlafen", sagte er eisig.

„Himmel! Ja! Du hast recht. Können wir uns darauf einigen, dass wir es zusammen verbockt haben, deswegen kannst du vielleicht ganz einfach einen vernünftigen Vorschlag machen, wie es jetzt weitergehen soll!"

Sekundenlang rauschte nur der Wind.

„Ich kenne einen Arzt, zu dem wir gehen könnten, um ..."

Es war, als griffe eine kalte Hand nach meinem Herzen. „Was?", unterbrach ich ihn scharf. „Oh nein! Das kommt auf gar keinen Fall infrage." Ich wich vor ihm zurück.

Beschwichtigend hob er die Hände. „Caitlyn, lass mich ..."

„Nein! Vergiss es!"

„Jetzt hör doch wenigstens ..."

„Nein!"

Ich drehte mich auf dem Absatz um und rannte los. Tränen schossen mir in die Augen. Als ich die Tür zum Mädchendormitorium erreichte, erwischte mich Duncan, der mir nachgelaufen war, und hielt mich fest.

„Bleib hier, verdammt noch mal!"

„Lass mich los!" Ich versuchte, mich zu befreien.

„Caitlyn! Hör mir zu!"

„Lass los!"

Die Tür schwang auf und Mrs Griffiths stand da. „Was ist denn hier ...? Ach du lieber Himmel!" Bei unserem Anblick erstarrte sie.

Mit einem Ruck befreite ich meinen Arm, während ich Duncan böse ansah. Hinter Mrs Griffiths erschienen mehrere Schülerinnen, die neugierig die Hälse reckten.

„Vielen Dank, Lord Scratby, aber ich brauche Ihre ... Ihre Hilfe in dieser Angelegenheit nicht. Ich komme allein zurecht, und keine Sorge – ich werde Sie deswegen in keiner Weise kompromittieren."

Duncan stand wie angewurzelt auf der Stelle. Einige Schülerinnen begannen zu tuscheln, während ich alle Beherrschung zusammenkratzte, die ich aufbringen konnte, und hocherhobenen Hauptes an ihm vorbei zu meinem Zimmer marschierte. Ich zitterte am ganzen Körper. Blind vor Tränen brauchte ich mehrere Anläufe, bis ich die Zimmertür geöffnet hatte. Ich wankte hinein und lehnte mich an die Wand.

Draußen hörte ich Schritte und Stimmen.

„Caitlyn! Mach auf!" Mit der Faust hämmerte er an die Tür.

„Lass mich in Ruhe!"

„Lord Scratby!" Mrs Griffiths hatte ihren strengsten Tonfall angeschlagen. „Stecken Sie auf der Stelle Ihre Schlüsselkarte ein!"

„Gehen Sie zur Seite!"

„Auf keinen Fall! Sie haben Miss Brown gehört. Sie möchte von Ihnen in Ruhe gelassen werden."

„Aus dem Weg! Ich bin Direktor dieser Schu..."

„Und wenn Sie der König höchstpersönlich wären! Sie werden das Zimmer von Miss Brown nicht betreten oder ... oder ich werde auf der Stelle den Schulrat informieren, dass Sie Ihre Mitarbeiterin unziemlich belästigen."

Duncan fluchte lauthals. Ein harter Schlag traf die Tür. Dann war Ruhe. Die Eingangstür knallte zu. Ich hörte, wie Mrs Griffiths die Zaungäste des Vorfalls auf ihre Zimmer scheuchte. Kurz darauf folgte ein zartes Klopfen. „Miss Brown? Kann ich irgendetwas für Sie tun?" Die Hausmutter klang sehr besorgt.

Energisch wischte ich mir über die Augen und öffnete die Tür einen Spalt. „Ist schon in Ordnung." Ich versuchte mich an einem Lächeln. „Danke, Mrs Griffiths."

„Haben Sie Schwierigkeiten mit Lord Scratby?"

Ich lehnte meine Schläfe an den Türrahmen und seufzte. „Nichts, das sich nicht klären ließe." Zumindest hoffte ich das. „Aber nicht mehr heute. Morgen hat er sich bestimmt beruhigt." Und ich auch.

Ein aufmunterndes Lächeln erschien auf ihrem Gesicht. „Lassen Sie sich nichts von ihm gefallen. Er ist zwar der Direktor, aber nicht der liebe Gott. Möchten Sie vielleicht einen Tee?"

Ich schüttelte den Kopf. „Gute Nacht, Mrs Griffiths."

„Versuchen Sie zu schlafen, Miss Brown."

Leise schloss ich die Tür und atmete tief durch. Ich hatte damit gerechnet, dass er überrascht sein würde. Schockiert, vielleicht – schließlich war ich es auch. Aber dass er Zweifel anmeldete, dass es sein Kind sei, und mir so emotionslos vorschlug, das Kind loszuwerden – das hatte mich aus der Fassung gebracht.

Mein Magen rebellierte erneut, doch ich ignorierte ihn entschlossen, nahm ein paar Globuli und legte mich auf das Bett. Es dauerte lange, bis mein Magen und ich uns einigermaßen beruhigt hatten. Schließlich schlich ich ins Badezimmer, um mir wenigstens den Anschein von abendlicher Normalität zu geben. Mit kaltem Wasser wusch ich mir das Gesicht und putzte mir die Zähne.

Als ich mich kurz darauf in den Sessel setzte, hatte ich den Eindruck, wieder halbwegs normal zu funktionieren. Als Hilde, Karolines Schwester, ungeplant schwanger wurde, hatte sie sich nicht entmutigen lassen, sondern alles darangesetzt, eine Lösung zu finden.

Scheu legte ich eine Hand auf meinen Bauch. „He du“, sagte ich leise. „Wir beide schaffen das, was meinst du?“

Auch wenn ich nie bewusst darüber nachgedacht hatte, war ich immer davon überzeugt gewesen, dass ich eines Tages eine eigene Familie haben würde. Eigentlich gefiel mir der Gedanke, ein Kind zu bekommen – nur der Zeitpunkt war unpassend. Aber wann fragte das Schicksal schon danach, ob etwas passend war?

Ich ließ mein Gespräch mit Duncan noch einmal Revue passieren. Vielleicht ... nein, eigentlich nicht vielleicht, sondern ganz sicher war ich sehr emotional an die Sache rangegangen. In diesem Fall zu emotional. Konnte Duncan deswegen geglaubt haben, dass ich das Kind nicht wollte?

Ich kaute auf meiner Unterlippe herum. Mit keiner Silbe hatte er erwähnt, dass *er* das Kind nicht wollte. Und ich hatte ihn nicht ausreden lassen, sondern war stattdessen gleich davongelaufen. Vielleicht hatte er ja einfach nur anbieten wollen, mit mir zu einem Gynäkologen zu fahren, den er kennt.

„Na toll", brummte ich. „Gut, dass wir darüber gesprochen haben. Scheiß Hormoncocktail."

Jetzt hatte ich Lust auf einen Tee, doch draußen in der Teeküche würde ich wahrscheinlich irgendwem begegnen, und dazu hatte ich wiederum keine Lust. Also beschränkte ich mich darauf, mir ein Glas Wasser aus dem Bad zu holen, und nahm mir vor, gleich morgen mit Duncan zu reden. Vielleicht waren meine Hormone dann ja gewillt, sich zu benehmen. Außerdem schadete es nichts, wenn er eine schlaflose Nacht haben würde – er hatte mir immerhin auch schon einige bereitet.

Februar 1944

Darling!

Es tut mir so leid, dass ich ohne Abschied verschwunden bin! Jägers Zuträger hätte mich fast dabei erwischt, wie ich an jenem Abend deine Akte las – er misstraut mir schon länger, daher erfand ich eine Ausrede, um gleich am nächsten Morgen abzureisen.
Mein Verdacht ist wahr, Darling! Jäger hat Dich ohne Dein Wissen Krankheitserregern ausgesetzt – Malaria, Shigellose, Tuberkulose, um nur einige zu nennen! Zum Glück waren es für Dich nur kleine Unpässlichkeiten, aber es könnte anders kommen, wenn er nicht aufhört. Bitte glaub mir doch endlich, dass Du in großer Gefahr bist.
Außer Dir ist niemand mehr im Institut, der damals Kontakt zu den Fleckfieberpatienten hatte und nicht erkrankte oder gesund wurde. Ich habe die Überlebenden von damals ausfindig gemacht. Ausnahmslos alle sind spurlos verschwunden oder tot! Umgekommen angeblich durch Unfälle oder Bomben, wie auch ihre Familienangehörigen. Gibt Dir das nicht zu denken?

Von dem Kind Deiner Schwester Hilde hast Du nichts mehr gehört, die Adoptiveltern sind nicht zu finden. Und warum wurde der Aufenthaltsort Deiner jüngsten Schwester nicht ermittelt? Die Leichen Deiner Mutter und Deiner Schwester Margot wurden nie in den Trümmern gefunden, Darling, und niemand wusste, warum sie dort gewesen sein sollen. Ich habe mich gründlich umgehört!
Es wird so sein, dass all diese Menschen genau wie Du mit Erregern infiziert wurden, aber außer dir niemand diese Tortur überlebte.
Ich habe Angst um Dich.
Bitte vertrau mir! Du musst Deutschland verlassen. Mit mir! Ich brauche noch Zeit, um für uns eine sichere Passage zu organisieren. Verschwinde trotzdem so schnell Du kannst aus dem Institut. Geh heimlich. Und geh schnell! Ich werde Dich finden.

Ich liebe Dich, Darling!
Gregory Jacob

PS: Du hast gefragt, ob Jäger recht haben könnte mit seiner Annahme, es gäbe sichere Methoden, diese Erbanlagen zu luxurieren. Es gibt sie nicht! Es ist unvorhersehbar, an welche Nachkommen sie weitergegeben werden.

Samstag, 27. Februar

Als ich Samstagfrüh erwachte, fühlte ich mich wie gerädert. Wirklich gut hatte ich nicht geschlafen und lauter wirres Zeug geträumt. Wie jeden Morgen der letzten Woche war mir flau, doch inzwischen war ich so klug, die Globuli immer in Reichweite zu haben. Ich steckte mir welche in den Mund und wartete mit geschlossenen Augen, bis das Unwohlsein nachgelassen hatte. Die anschließende Dusche half mir nur bedingt, wach zu werden, und meine Augen wirkten verquollen. Meine Haut war fleckig, daher griff ich ausnahmsweise zu einer getönten Tagescreme, um mir nicht wie ein Zombie vorzukommen. Als ich meine Haare zu einem Zopf flechten wollte, hielt ich inne. Duncan mochte es, wenn ich die Haare offen trug. Ich grinste meinem Spiegelbild gehässig zu und bürstete noch einmal kräftig. Außerdem gönnte ich mir – oder vielmehr ihm, einen kleinen Stoß Parfüm.

Der Speisesaal war bereits stark frequentiert. Es waren nicht nur Kollegen dort, sondern auch Schulräte, die die Gelegenheit nutzten, das Wochenende bei ihren Kindern zu verbringen. Duncan saß auf seinem gewohnten Platz am Kopfende und fixierte mich sofort, als ich eintrat und freundlich in die Runde grüßte. Spekulative Blicke ließen ahnen, dass sich unser Auftritt am Vorabend bereits herumgesprochen hatte, und ich wollte gar nicht wissen, welche Gerüchte in Umlauf waren. Je näher ich in Richtung Duncan kam, desto schneller schlug mein Herz.

„Guten Morgen, Caitlyn."

Nur knapp erwiderte ich den Gruß, als ich mich auf den freien Platz neben ihn setzte. Die Gespräche im Raum waren kaum merklich leiser geworden, doch da sich keine interessante Szene zwischen uns anzubahnen schien, bildete sich bald wieder eine monotone Geräuschkulisse. Verstohlene Blicke flogen zu uns herüber.

Duncan beugte sich näher. „Du bist blass. Geht es dir nicht gut?", fragte er mit gesenkter Stimme.

„Nein", antwortete ich schnippischer als beabsichtigt. „Und jetzt frag bloß nicht, warum. Das kannst du dir sicher denken." Abwehrend hob ich die Hand, weil er mir Kaffee eingießen wollte. „Keinen Kaffee!" Vom Buffet holte ich mir lediglich eine halbe Scheibe Toast und goss mir ein Glas Wasser ein.

Besorgt sah Duncan auf meinen beinahe leeren Teller. „Wir müssen uns unterhalten."

„Ach? Müssen wir das?"

„Ja“, sagte er, dabei klang er nur ein klein wenig ungeduldig. „Heute Nachmittag. Gleich habe ich noch einen Termin. Anschließend komme ich zu dir.“

Ich wollte ganz sicher nicht, dass er mich bis heute Nachmittag zappeln ließ. „Nein“, sagte ich daher entschlossen. „Nach dem Frühstück.“

Er seufzte – was diesmal betont geduldig klang. Seine Stimmlage war in etwa so, wie man mit einem trotzigen Kind redet. „Bitte, Caitlyn. Ich muss zuerst etwas erledigen und komme später zu dir. Versprochen.“

Ich warf ihm einen ärgerlichen Blick zu und sagte weder Ja noch Nein.

Mit ein wenig Toast im Magen fühlte ich mich besser und holte mir einen Pfefferminztee. Suchend glitt mein Blick über den Tisch, doch bevor ich nach der Zuckerdose greifen konnte, kam Duncan mir zuvor und gab einen Löffel Zucker in meine Tasse. Skeptisch sah ich zu.

„Ich tue dir nur einen Gefallen und kontrolliere nicht die Zuckermenge“, bemerkte er zynisch.

Ich rührte um. „Bekomme ich das schriftlich?“

„Nein“, bemerkte er extrem trocken.

Ich unterdrückte ein Schmunzeln. Dann wandte ich mich wieder meinem spärlichen Frühstück zu. Allmählich kam allerdings mein Appetit zurück. Einige Minuten vergingen schweigend.

„Hör endlich auf, mich die ganze Zeit zu beobachten“, fuhr ich Duncan unvermittelt an.

„Aber Caitlyn! Was hat Ihnen der arme Lord Scratby denn getan, dass Sie so kratzbürstig zu ihm sind?“, unterbrach der schräg gegenübersitzende Primes sein Gespräch mit Lily Harper.

„Frauen scheinen unter gewissen Umständen besonders launisch zu sein“, informierte Duncan ihn mit sehr sarkastischem Unterton und erhob sich.

Auf Primes’ Stirn erschienen Falten. „Wirklich?“

Vertraulich legte Duncan eine Hand auf meine Schulter und spielte dabei wie zufällig mit meinen Haaren. Spätestens damit hatte er für alle sichtbar klargestellt, dass unser Verhältnis nicht mehr rein dienstlich war.

„Du hättest mich gestern Abend ausreden lassen sollen“, sagte Duncan vorwurfsvoll. „Es wird mich nicht kompromittieren. Wir sehen uns am Nachmittag.“

Seine Finger streiften sanft meine Wange, dann drehte er sich um und verließ den Raum. Offenbar hatte er entschieden, dass Diskretion nicht länger nötig sei. Ich war mir nicht sicher, wie ich das finden sollte.

„Ich habe gar nicht gewusst, dass Sie mit Lord Scratby ... nun ja, befreundet sind“, sagte Primes, während sich Lily gerade Nachschub am Buffet holte.

„Ach, Peter, es gibt vieles, das Sie nicht wissen“, erwiderte ich mit einem tiefen Seufzer.

Primes legte den Kopf schief. „Wieso hatte ich eigentlich keine Chance bei Ihnen, Caitlyn?“ Er senkte die Stimme. „Ich habe zwar keinen Titel, aber ich fahre ein viel größeres Auto als er."

Ich prustete. „Peter!"

„Oder meinen Sie, es hilft, wenn ich in Zukunft öfter Schwarz trage?"

„Schwarz steht dir nicht", mischte sich Lily ein, die gerade zurückkehrte und offenbar nur den letzten Satz mitbekommen hatte.

„Nein, aber es würde meine Chancen bei Caitlyn erhöhen", klärte Primes unsere Kollegin vollkommen ernsthaft auf.

Die rollte mit den Augen und beugte sich weit vor. „Er versucht dauernd, mich eifersüchtig zu machen", sagte sie hinter vorgehaltener Hand. „Und es ärgert ihn, dass er das nicht schafft."

„Ich bin auch noch da und höre alles, meine Damen", rief sich Primes in Erinnerung.

Lily zog in gespielter Angst den Kopf ein, während ich lachen musste. Dem Blick zufolge, den die beiden tauschten, waren Duncan und ich nicht das einzige Paar im Kollegium.

Wahrscheinlich machte ich mir wirklich zu viele Gedanken. Mein Hunger kehrte mit leisem Magenknurren zurück, daher holte ich mir ein Portion Rührei und einen Kaffee. Duncans Reaktion nach zu urteilen, war unser Gespräch am Vorabend gründlich schiefgelaufen. Ich konnte mir zwar immer noch nicht vorstellen, dass er glücklich darüber war, so unverhofft Vater zu werden, doch er wirkte viel gelassener als gestern. Möglicherweise täuschte ich mich ja in ihm, und am Ende freute er sich sogar darüber?

Jeder Tipp, den ich abgab, erinnerte mich an eine Lotterie, daher musste ich mich wohl oder übel gedulden, bis er es mir am Nachmittag selbst sagen würde. Diesmal würde ich ihn ausreden lassen.

Bis dahin war allerdings noch lange Zeit. Auf Gesellschaft – inklusive zweideutiger Blicke oder Bemerkungen – hatte ich keine Lust. Vielleicht sollte ich endlich wieder einmal einen Ausritt machen – schließlich hatte Dr. Pfefferkorn gesagt, ich solle alles tun, wonach mir sei, und im Moment hatte ich das Gefühl, Bäume ausreißen zu können. Ich konnte Emrys Norwegerstute nehmen, die ich schon häufiger geritten hatte. Jordys war zuverlässig, brav und sehr trittsicher, außerdem machte ihr die Kälte nicht das Geringste aus – alles in allem genau das Richtige für einen gemütlichen Ausritt.

Der blaue Winterhimmel verhieß einen klaren Februartag. Ende gut, alles gut, dachte ich. Und solange es noch nicht gut war, war es eben auch noch nicht das Ende.

Zugzwang

„Bei abwechselnder Zugpflicht wirkt sich jeder folgende Zug nachteilig auf die Spielsituation aus.“

Februar 1944

Karoline!

Schlagen Sie sich das aus dem Kopf. Ich nehme Ihre Kündigung nicht an. Sie werden nicht gehen, um Ihre kleine Schwester zu suchen. Ihre Schwester braucht Sie nicht.
Aber ich brauche Sie!
Falls Sie die Unverfrorenheit besitzen, mich trotzdem zu verlassen, werde ich Sie finden und Sie dorthin zurückbringen, wo Sie hingehören: an meine Seite. Verlassen Sie sich darauf!

KJ

Red Wharf Bay

Gemächlich stapfte die Norwegerstute durch den weichen Sand. Es herrschte Ebbe und der vom Meer herüberwehende Wind trieb mir Tränen in die Augen. Es war eine gute Idee gewesen, denn die gleichmäßigen Bewegungen des kräftigen Pferdes unter mir hatten etwas Meditatives. Das Sattelleder knarzte leise.

Weit und breit war niemand, daher wagte ich einen ruhigen Galopp. Jordys Hufe wirbelten den feinen Sand auf und eisige Wasserspritzer aus den Prielen trafen mein Gesicht. Schnaubend versuchte die Stute, mehr Zügel zu bekommen, und beschleunigte sofort das Tempo, als ich nachgab. Ich stieß einen übermütigen Schrei aus.

Ein Stück ließ ich sie laufen, wie sie wollte, dann parierte ich durch, damit sie am langen Zügel ausschnaufen konnte. Es war erst kurz vor Mittag und das Wetter machte keine Anstalten, sich zu ändern, also hatte ich noch viel Zeit. Kurzerhand kehrte ich dem Meer den Rücken und trabte über das Watt in Richtung Strand. Ich wollte nach einem Abstecher in den Pentraeth Forrest in weitem Bogen über die Wiesen nach Glasmaris Hall zurückreiten. Als würde sie meinem Plan nachträglich zustimmen, schlug die Stute leise schnaubend mit dem Kopf, als ich ihr den Hals klopfte. Ich verließ den sandigen Boden und nahm einen geschotterten Weg, der hügelaufwärts führte. So früh im Jahr waren die Bäume und Büsche noch kahl, doch mit ihrer rauen Schönheit war die Insel für mich eine Liebe auf den zweiten Blick geworden.

Wie Duncan.

Es überraschte mich selbst, aber ich konnte mir tatsächlich vorstellen, hier und mit ihm das Wagnis einzugehen, eine Familie zu gründen. Ich hatte nicht den Eindruck, dass Duncan vorhatte, sich in nächster Zeit beruflich zu verändern. Ich hatte das ebenfalls nicht vor – abgesehen von einer Unterbrechung wegen des Babys natürlich. Nicht mehr ganz so scheu, legte ich eine Hand auf meinen Bauch. Es war eine seltsame neue, aber auch aufregende Empfindung, nicht allein zu sein.

Je weiter ich mich vom Meer entfernte, desto stiller wurde es, bis das Geräusch der Wellen nur noch eine ferne Ahnung war. Lediglich das leise Trappeln der Hufe begleitete mich durch den Wald, bis zu dem kleinen See, dessen Wasser um diese Jahreszeit braun und wenig einladend aussah. Jordys war auf den letzten paar hundert Metern langsamer geworden und ich hatte das Gefühl, dass sie lahmte. Ich stieg ab, um zu überprüfen, ob sie sich etwas in den Huf getreten hatte.

„Himmel, Jordys. Du bist doch kein Shettie“, stöhnte ich, weil sie ihr Gewicht immer auf genau das Bein verlagerte, das ich gerade hochgenommen hatte.

Mit den Fingern und einem geeigneten Zweig säuberte ich die Hufe so gut es ging, doch ich fand nicht die Ursache für ihr Hinken. Hinten links am Sprunggelenk glaubte ich jedoch, eine leichte Schwellung zu fühlen. Das Bein kam mir auch wärmer vor als die anderen. Ihren Gang beobachtend, führte ich sie ein Stück. Sie trat vorsichtig auf, auch wenn sie keine größeren Schmerzen zu haben schien, und folgte mir langsam. Sie zu reiten, fand ich allerdings nicht ratsam.

Was sollte ich jetzt tun?

Jordys hatte eine gute Kondition, sodass ich zu Pferde höchstens eine Stunde bis zurück nach Glasmaris gebraucht hätte, doch zu Fuß würde es sehr viel länger dauern – abgesehen davon, dass meine Lederreitstiefel für lange Märsche denkbar ungeeignet waren. Außerdem war ich mir nicht sicher, ob ich ihr den Rückweg zumuten konnte oder ob die Bewegung die Schwellung verschlimmerte. Herumstehen brachte allerdings auch nichts, denn wir waren mitten in der Heide, daher setzte ich mich erst einmal in Bewegung. Während Jordys brav am langen Zügel hinter mir hertrottete, rief ich in Glasmaris an. Mit Ruby verabredete ich, zu dem befestigten Weg zu gehen, der mitten durch den

Wald führte, und auf diesem in Richtung Llanddona zu marschieren, bis uns jemand aufsammeln kam. Wie lange das dauern würde, konnte sie nicht sagen, versprach aber, so schnell wie möglich jemanden zu schicken, der gerade verfügbar war.

Durch die gleichmäßige Bewegung wurde mir nicht kalt, und so stapfte ich weiter durch das Heidekraut und schließlich den Fahrweg entlang, der sich auf dem Kamm des kleinen Hügels zwischen den Bäumen hindurchschlängelte. Die Norwegerstute trottete gemächlich hinter mir her. Nur die brennende Blase, die sich an meinem linken kleinen Zeh entwickelte, nervte etwas. Die Bäume lichteten sich auf der Kuppe des Hügels und gaben den Blick auf die Red Wharf Bay und das Meer frei, das im winterlichen Grau allmählich die Bucht zurückeroberte. Hier ließ mir der Wind gleich die Kälte den Rücken hinaufkriechen, daher schlug ich ein flottes Tempo an, um schnell wieder in den Wald hineinzugelangen.

Ein Stück vor mir hörte ich ein Geräusch. Es klang, als schlüge jemand eine Autotür zu. Verwundert sah ich auf die Uhr. Es konnte noch niemand aus Glasmaris Hall sein, denn allein die Fahrt hierher dauerte länger, als ich bis jetzt gelaufen war, außerdem musste vorher der Pferdeanhänger angekoppelt werden. Den Motor des Jeeps hätte ich auch kaum überhört.

Doch stattdessen drang eine helle, gut gelaunt klingende Frauenstimme an mein Ohr. In diesem Moment bog ich um den Felsen.

Das Erste, was ich sah, war ein roter Mini Cooper, der vor einem schwarzen BMW SUV parkte – daneben drei Personen. Einer präsentierte etwas, das in einem roten Tuch eingewickelt war.

Duncan!

Er hob den Kopf. Seine Augen weiteten sich überrascht. Die blonde Frau aus dem British Museum schenkte ihm gerade ein sehr strahlendes Lächeln. Der Dritte – einer ihrer Begleiter an besagtem Abend – lachte laut. Es klang wie das heisere Bellen eines Hundes. Dann traf mich der Blick seiner farblosen Augen.

Als Nächstes registrierte ich, wie ich mitten durch den Wald hetzte, Duncan und den Mann dicht auf meinen Fersen. Die Erkenntnis hatte mich durchströmt, als hätte jemand in einem dunklen Raum das Licht angeknipst. Der Mann und sein Zwillingsbruder waren nicht nur im British Museum gewesen und hatten Mallory umgebracht – mindestens einer von ihnen war am Silvesterabend mit den *Heredes* gewaltsam in Glasmaris Hall eingedrungen. Er hatte mir die Fesseln angelegt und dem Deutschen gesagt, wer ich war. Es war kein Zufall gewesen, dass der Deutsche mich ausgesucht hatte, um auf Kieran Druck auszuüben.

Und Duncan ...

Diesen Teil meiner Erleuchtung hielt ich mit aller Gewalt aus meinem Bewusstsein zurück. Wut und Enttäuschung brandeten hoch. Und Angst, die ich jedoch genauso versuchte in Schach zu halten. Wie eine Besessene jagte ich zwischen den Bäumen hindurch, wechselte unvorhergesehen die Richtung, um irgendwie aus dem Wald herauszukommen und hoffentlich auf eine Straße, eine Farm, auf Menschen zu treffen. Ich sprang über einen umgefallenen Baumstamm und wagte einen blitzschnellen Blick über meine Schulter. Duncan und der Mann waren nicht mehr hinter mir, sondern hatten sich getrennt, wohl, um mir den Weg abzuschneiden. Ich hatte wenig Chancen, ihnen zu entwischen, denn sie waren schneller als ich.

Ich streckte die Hand aus, hielt mich am Stamm eines jungen Baums fest und wirbelte wie eine Schleuder herum, um wieder in die entgegengesetzte Richtung zu rennen. Bis die Männer reagiert hatten, konnte ich ein paar Meter Boden gutmachen. In gebückter Haltung brach ich mitten durch ein Dornengestrüpp, die Hände schützend vor mein Gesicht gepresst.

„Caitlyn! Bleib stehen!“

Ich dachte nicht daran. Den Flüchen nach zu urteilen waren die beiden mir durch die Dornen gefolgt. Wenn ich ihnen nicht entkommen konnte, musste ich sie wenigstens für eine Weile abschütteln. So lange, dass ich in Glasmaris Hall anrufen konnte – Emrys musste wissen, dass Duncan ein falsches Spiel trieb. Und wer auch immer gerade hierher unterwegs war, sollte besser auf der Stelle umkehren. Darüber, was anschließend mit mir passieren würde, wollte ich gar nicht erst nachdenken.

Bei meinen Manövern hatte ich die Orientierung verloren und der einzige Hinweis, wohin ich mich wenden konnte, war der Boden, der zum Waldrand hin abschüssig sein musste – zumindest glaubte ich das. Dummerweise waren die geografischen Gegebenheiten anders und stattdessen landete ich in einer Senke. Die beiden hatten mich fast wieder eingeholt und trieben mich direkt auf eine übermannshohe Felswand zu. Ausweichen war unmöglich. Ich saß in der Falle!

Doch oberhalb des Felsens waren keine Bäume mehr zu sehen. Der Waldrand? Mit dem Mut der Verzweiflung sprang ich hoch, erwischte mit meiner Linken eine Nische im Fels, fand mit den Füßen Halt und konnte mich hochziehen. Oben angekommen, strauchelte ich, machte einen Satz nach vorn – und stürzte in eine Lücke zwischen den Felsen, die sich auf der anderen Seite zur Heide hin öffneten. Ein paar Hundert Yards entfernt lag eine Farm.

Ich hörte einen Schrei und erkannte einen Sekundenbruchteil später, dass ich selbst ihn ausgestoßen hatte. Ein Schmerz schoss durch mein rechtes Knie, mein Kopf prallte gegen etwas Hartes, sodass ich das diffuse Gefühl bekam, in eine graue Dunkelheit zu driften. Doch der Reithelm hatte wohl das Schlimmste verhindert, denn der Nebel lichtete sich rasch, und obwohl mein Körper an unzähligen Stellen schmerzte, rappelte ich mich hoch.

Ich musste zu der Farm!

Unter der Belastung gab mein rechtes Bein nach, ich konnte nur unbeholfen humpeln. Ich war noch keine fünf Schritte weit gekommen, da plumpste jemand hinter mir vom Felsen und riss mich im nächsten Moment zu Boden. Mit dem Gesicht nach unten landete ich im Dreck und schmeckte den Moder feuchten Laubs. Etwas Hartes wurde in meinen Nacken gepresst.

„Schön ruhig, Mädchen!", keuchte der Mann.

„Lass das, Hans!" Das war Duncan, ebenfalls atemlos. „Sie ist unbewaffnet."

„Bist du sicher?" Hans' akzentbeladene Stimme hätte kaum mehr Zweifel ausdrücken können. Er entfernte seine Waffe und unterzog mich einer schnellen, aber gründlichen Durchsuchung.

Heftig nach Atem ringend lag ich auf dem Boden, ließ es über mich ergehen und wünschte mir nichts sehnlicher, als alles, was in den letzten Wochen geschehen war, zu vergessen. Als ich auf den Rücken gerollt wurde, warf ich einen Blick auf Hans. Ich hatte mich nicht getäuscht. Es war derselbe Mann wie im Museum, dieselben Augen, die mich an Silvester durch den Schlitz der Maske gemustert hatten. Er fummelte gerade mein Handy aus der Tasche und reichte es Duncan, der sofort Akku und SIM-Karte entfernte und es in seiner Jackentasche verschwinden ließ. Ganz langsam setzte ich mich auf, um den riesigen Deutschen nicht durch schnelle Bewegungen auf dumme Gedanken zu bringen. Zitternd wischte ich mir die Feuchtigkeit aus dem Gesicht, die sich als frisches Blut entpuppte. Mein rechter Wangenknochen pochte.

Mit stummer Geste gab Duncan Hans den Befehl, die Pistole einzustecken. Breitbeinig und mit eingehakten Daumen blieb dieser stehen, die Wachsamkeit in Person. Dass er die Pistole nicht in der Hand hielt, brachte mir keinen nennenswerten Vorteil – falls mein Knie eine neuerliche Flucht überhaupt zulassen würde. Duncan hockte sich neben mich und streckte eine Hand aus, um die Verletzung in meinem Gesicht in Augenschein zu nehmen.

„Nimm den Helm ab."

Da ich keine echte Wahlmöglichkeit hatte, tat ich es und ließ seine Untersuchung möglichst reglos über mich ergehen. Mit einem Taschentuch tupfte er die Ränder ab. „Eine kleine Platzwunde", bemerkte er und reichte mir das Taschentuch. „Drück mit dem Taschentuch vorsichtig darauf, bis die Blutung nachlässt. Ich werde die Wunde später klammern." Er erhob sich.

In meinem Innern tobte ein Sturm. Eine Stimme in mir schrie die ganze Zeit wütend gegen das Tosen an, eine andere – gehässige – antwortete, dass ich selbst schuld sei. Naiv. Hormongesteuert. Hatte ich nicht genug Hinweise erhalten, dass er nicht der war, der er vorgab, zu sein?

„Wer bist du wirklich, Duncan?“ Vor unterdrückten Gefühlen war meine Stimme so leise, dass sie beinahe versagte.

„Steh endlich auf“, befahl er kühl.

Ich schüttelte den Kopf. Die Falte zwischen seinen Brauen vertiefte sich.

„Warum?“ Eine schlichte Frage, die jedoch alles enthielt und auf die es keine einfache Antwort gab.

Duncan gab weder eine einfache noch eine komplizierte Antwort, er packte mich bei den Oberarmen und zerrte mich hoch. Ungeachtet der Schmerzen in meinem Bein schoss ich in die Senkrechte, krallte meine Finger an seiner Jacke fest und hob ruckartig mein Knie. Leider waren seine Reflexe ziemlich gut – ich traf nur seinen Oberschenkel, doch das immerhin mit voller Wucht. Er keuchte. Ich nutzte das Überraschungsmoment, stieß meinen Ellbogen in seinen Bauch – ebenfalls mit wenig Wirkung, da er seine Bauchmuskeln anspannte. Ich holte aus. Wieder war er schneller und fing meine Hand ab. Wütend schlug und trat ich wahllos um mich, versuchte, ihn zu kratzen und zu beißen.

„Hör auf!“ Wie ein Boxer im Ring wich er mir aus.

Außer mir vor Zorn dachte ich nicht daran, und jedes Mal, wenn ich ihn erwischte, und sei es noch so knapp, gab es mir eine tiefe Befriedigung. Unvermittelt traf mich sein Handrücken mit voller Wucht im Gesicht. Ich stürzte zu Boden. Kaum hatte ich die kalte Erde berührt, riss er mich wieder hoch, seine Hand schmerzhaft um meinen Oberarm gekrallt, sein Gesicht dicht vor meinem.

„Tu das nie wieder!“

Diesmal schmerzte meine linke Wange, und ich spürte ganz genau die Stelle, an der mich seine Knöchel getroffen hatten. Am ganzen Körper zitternd, versuchte ich ein wenig Haltung zurückzugewinnen, drückte mein Kreuz durch und drängte mit aller Macht meine Tränen zurück.

Mit einem Ruck befreite ich meinen Arm. Befriedigt stellte ich fest, dass er meinem Blick auswich. Ich bückte mich nach dem Helm und dem Taschentuch, das jetzt schmutzig und unbrauchbar geworden war. Ich ließ es liegen und benutzte stattdessen meinen Ärmel. Hans, den ich während meiner sinnlosen Attacke völlig vergessen hatte, hatte derweil alles wachsam und mit einem hämischen Grinsen beobachtet. Einzugreifen hatte er offenbar nicht für nötig gehalten. Mein verletztes Knie fühlte sich an wie Pudding, doch ich humpelte auf dem Rückweg zwischen den beiden her, ohne mich aufzustützen. An Duncans Blick sah ich, dass er meine Schmerzen registrierte, doch immerhin besaß er genug Anstand, mir meinen kläglichen Rest Stolz zu lassen.

Bei meiner kopflosen Flucht musste ich im Kreis gelaufen sein, denn es war nicht weit bis zu der Stelle auf dem Weg, an dem ich die Norwegerstute einfach hatte stehen lassen. Die blonde Frau stand neben

Jordys und kraulte die breite Pferdestirn, was die Stute mit sichtlichem Wohlbehagen genoss.

„Ist das nicht die Kleine, die du mit auf diesen Empfang geschleppt hast, Duncan?“, fragte sie mit wohlklingender Stimme. Abschätzig glitt ihr Blick an mir hinunter.

„Sie ist Lehrerin an der *Ysgol*.“

„Soso. Lehrerin.“ Ihr Lachen klang ein wenig affektiert, was gut zu ihrem gesamten Auftreten passte. Ihr Blick war nun spekulativ auf Duncan gerichtet. „Und was ist sie außerdem?“

Duncan lächelte mokant.

Die Frau spitzte die Lippen. „Oh, dachte ich es mir doch. Lord Scratby, der charmante Verführer – lass mich raten, sie entspricht genau deinem Typ. Jung, blond, hübsch.“ Sie kicherte, als hätte sie einen besonders guten Witz gemacht. Dann wurde sie ernst. „Du hast zwar in London behauptet, sie wisse gar nichts über uns, aber anscheinend stimmt das nicht.“

„Nicht mehr“, korrigierte Duncan mit leisem Bedauern.

Ich verschränkte die Arme, um nicht in Versuchung zu geraten, auf ihn oder diese Frau loszugehen. Es wäre sinnlos, das wusste ich, doch die Wut in meinem Inneren drohte, mich zu übermannen – immerhin besser als die Angst, die ich dadurch halbwegs im Griff behielt.

„Nun, dann musst du dir wohl ein neues Betthäschen suchen, denn so, wie es aussieht, müssen wir einen kleinen Unfall inszenieren, um dein Problem aus der Welt zu schaffen. Beim Reiten kann man sich wirklich leicht das Genick brechen, nicht wahr, Schätzchen?“ Sie warf mir ein zuckersüßes Lächeln zu.

Ich wich zurück, doch Hans, der hinter mir stand, legte mir schon einen Arm um den Hals. Ich keuchte erschrocken.

„Das ist keine gute Idee, Marion“, erklärte Duncan so nüchtern, als ginge es gerade nicht um mein Leben.

„Aber das kleine Miststück wird dich bestimmt verraten“, gab sie zu bedenken. „Ja, das würde sie tun“, fügte sie nach einem Blick auf mich hinzu.

Ich atmete flach. Hans drückte zwar nicht zu, aber er müsste nur einmal seine Muskeln zucken lassen, um mir das Genick zu brechen.

„Den Kristall auszutauschen, war nur ein Teil meines Plans, Marion. Ich darf jetzt kein Misstrauen beim Duke wecken, und dazu brauche ich sie.“

„Aber warum ausgerechnet sie?“

Plötzlich war ein sich näherndes Motorengeräusch zu hören.

Verdammt! Der Transporter aus Glasmaris. Hans spannte sich spürbar an. Verzweifelt klammerte ich mich an seinem Unterarm. Duncan gab Hans ein Zeichen, der widerwillig seinen Griff lockerte.

„Wer ist das?“, fragte Duncan mich sofort.

Offenbar hatte mein Gesichtsausdruck mich verraten. Schnell wägte ich die Alternativen ab. Natürlich konnte ich leugnen, dass ich telefoniert hatte, um mich abholen zu lassen, doch wer auch immer zu mir unterwegs war, wusste nicht, welche Gefahr hier drohte, und ich wollte niemand Unschuldigen mit in die Sache hineinziehen. Ein zusätzlicher Mord würde vermutlich keinem der drei schlaflose Nächte bereiten. Mir hingegen war schon übel bei dem Gedanken, dass ich wieder der Grund dafür sein würde.

„Jordys lahmt", sagte ich daher mit belegter Stimme. „Ich habe in Glasmaris angerufen, damit wir abgeholt werden."

Duncan fluchte. Mit einer Handbewegung scheuchte er Hans und Marion fort, die innerhalb von Sekunden im Wald verschwanden. Gleichzeitig schob er mich zu seinem Mini. „Rein da und kein Wort."

Kaum hatte Duncan die Autotür zugeknallt, drehte ich den Rückspiegel so, dass ich sehen konnte, wie hinter mir der Jeep von Glasmaris Hall mit dem Pferdeanhänger auftauchte. Jordys, die gerade gelangweilt an ein paar Grashalmen herumzupfte, hob den Kopf. Duncan ergriff ihre Zügel und führte sie dem Jeep entgegen. Es war ausgerechnet Kieran, der ausstieg. Sein unregelmäßiger Gang erinnerte noch deutlich an seine Verletzung, er bewegte sich längst nicht so geschmeidig wie früher. Er wirkte überrascht, Duncan hier anzutreffen. Ich konnte ihre Stimmen hören, doch nicht verstehen, was sie sagten. Nur einzelne Wortfetzen schnappte ich auf.

„Verletzt“ und „Krankenhaus“ hörte ich Duncan sagen. Kieran warf einen besorgten Blick in meine Richtung und machte Anstalten herüberzukommen. Doch Duncan setzte die Norwegerstute in Bewegung, sodass Kieran ihm nach hinten zum Anhänger folgte. Ich widerstand dem dringenden Impuls, aus dem Auto zu springen und wegzulaufen. Abgesehen davon, dass ich wegen meines Knies zu langsam gewesen wäre, war ich sicher, dass Hans und Marion in der Nähe waren, um sofort einzugreifen. Stattdessen ballte ich meine Fäuste und schloss die Augen. Ich atmete ein paarmal tief ein und aus, dann durchsuchte ich das Handschuhfach des Mini Coopers nach irgendetwas Brauchbarem. Ich fand lediglich eine Packung Taschentücher, von denen ich eins auf meine Platzwunde drückte.

Es dauerte nicht lange, bis Jordys verladen war und Kieran in den Jeep stieg. Da der Weg für das Gespann zum Wenden zu schmal war, hob er im Vorbeifahren die Hand. Als ich die Rücklichter hinter der Biegung verschwinden sah, schnürte es mir die Kehle zu. Mir blieb keine Zeit, mich hängen zu lassen, denn kaum war der Transporter außer Sicht, riss Duncan die Tür auf und bugsierte mich hinaus. Er ließ mich auf der Rückbank des BMW Platz nehmen, dessen hintere Scheiben so dunkel getönt waren, dass man von außen nicht hereinsehen konnte. Ich war mir sicher, dass es dasselbe Auto war, das mir vor ein paar Wochen in Beaumaris aufgefallen war, also hielten die beiden sich schon länger in der Gegend auf.

Während ich wartete, spürte ich ein winziges bisschen Erleichterung. Kieran wusste nun, dass ich bei Duncan war. Was auch immer Duncan mit mir vorhatte, zumindest gab es diese Verbindung, die er nicht mehr leugnen konnte.

Draußen wechselte Duncan mit Hans und Marion ein paar Worte. Die beiden Deutschen stiegen ein – vorher machte sich Hans an den hinteren Türen zu schaffen, um die Kindersicherung einzuschalten. Allmählich spürte ich das Abebben des Adrenalins. Nicht, dass mir Adrenalinschübe besonders gefielen, doch jetzt, wo seine Wirkung nachließ, tat mir jeder Knochen im Körper weh. Mein Knie schmerzte von Minute zu Minute stärker, die Platzwunde pochte und dem Gefühl an meiner anderen Wange nach zu urteilen, bildete sich ein Bluterguss an der Stelle, an der Duncan mich getroffen hatte. Zu allem Überfluss brannte die Blase an meinem Zeh wie Feuer, und mir war trotz meiner dicken Jacke kalt, denn der Schweiß, der mir bei der wilden Verfolgungsjagd in Strömen über den Rücken gelaufen war, überzog meine Haut nun mit einem kalten Film.

Sowohl der Mini Cooper als auch der BMW folgten jetzt dem schmalen Weg, den auch der Transporter genommen hatte. Teilnahmslos starrte ich aus dem Fenster, während wir langsam durch den Wald holperten. In Pentreath bogen wir links ab und nahmen den direkten Weg zur gut fünf Meilen entfernten A 55. Wir hielten nur einmal an, als Duncan sein Auto auf einem Supermarktparkplatz abstellte und sich zu mir setzte. Er hatte den Erste-Hilfe-Koffer aus seinem Auto mitgebracht.

Ich hielt still und sah ihn nicht an, während er die Platzwunde vorsichtig mit Desinfektionsmittel säuberte und provisorisch mit einer sterilen Auflage abdeckte.

„Hast du Schmerzen?", fragte er.

Ich schüttelte den Kopf.

„Was ist mit deinem Knie?"

„Lass mich einfach in Ruhe, Duncan!" Ich wandte mich ab.

Aus den Augenwinkeln sah ich Marion auf dem Beifahrersitz die Lippen verziehen. Sie sagte etwas auf Deutsch, das Hans zum Lachen und Duncan dazu brachte, ihr einen giftigen Blick zuzuwerfen. Ich schloss die Augen und lehnte meine Stirn an die kühle Scheibe.

Februar 1944

Darling!
Du hättest meinen Rat befolgen und heimlich verschwinden sollen! Jäger ist skrupellos und wird Dich kaum mehr aus den Augen lassen. Ich sagte Dir doch, er ist versessen auf Dich!
Nach all seinen obskuren Testmethoden weiß er, dass Du Erbgut besitzt, dass Dich widerstandsfähiger macht als andere Menschen. Du bist etwas Außergewöhnliches, Darling, und das will er um jeden Preis besitzen! Er ist dafür bereits über Leichen gegangen, vergiss das nicht.
Ich habe Angst um Dich.
Bis ich Dich holen komme, musst Du ihn hinhalten. Schmier ihm Honig um den Bart, so viel Du kannst. Er darf nichts merken, hörst Du? Wir schaffen es zusammen! Dann bringe ich Dich weit fort, wo Du in Sicherheit bist.

Für immer Dein
Jacob

SFCE!

Landstraße bei Pontesbury

Ich erwachte, weil sich das Motorengeräusch änderte. Unter meiner Wange spürte ich das gleichmäßige Auf und Ab von Duncans Brust. Wie elektrisiert richtete ich mich auf, was mir mein Kopf auf der Stelle übel nahm. Mit unterdrücktem Stöhnen barg ich mein Gesicht in den Händen. Meine Zunge klebte am Gaumen, mein Hals kratzte, und mir war schwindelig. Kurz vor Chester war ich vor lauter Erschöpfung und begünstigt durch das monotone Brummen des Motors eingeschlafen. Jetzt brauchte ich einige Minuten, bis ich einen halbwegs klaren Kopf hatte. Ich blinzelte.

Wo waren wir? Die Landschaft und Häuser um mich herum gaben mir keinen konkreten Anhaltspunkt.

„Trink das. Sonst macht dein Kreislauf bald schlapp.“ Duncan hielt mir eine Wasserflasche hin.

Aus lauter Trotz das Trinken zu verweigern, würde meine Situation auch nicht verbessern. Nachdem ich die Flasche in einem Zug halb leer getrunken hatte, reichte Duncan mir eine Augenbinde, wie man sie auf Transatlantikflügen manchmal bekam.

„Es ist besser, wenn du nicht weißt, wo wir hinfahren."

Besser für wen?, wollte ich fragen, doch ich ließ es. Meine Kraft mit unnötiger Sturheit zu verschwenden, war genauso unklug, also setzte ich die Augenbinde auf. Das Vorletzte, was ich von meiner Umgebung sah, war die Uhr am Armaturenbrett. Wir waren keine drei Stunden unterwegs gewesen. Das Letzte war ein Ortseingangsschild!

Pontesbury.

Ich kannte den Ort nicht.

Jetzt konnte ich mich nicht einmal mit einem Blick aus dem Fenster ablenken, daher war ich mir Duncans Präsenz umso deutlicher bewusst. Und meiner Angst, die wie ein Ungeheuer im Schatten gelauert hatte, um sich jetzt breitzumachen. Ich begann zu zittern. Da spürte ich Duncans Hand auf meiner, warm und fest. Es war das einzig Vertraute – erschreckend Vertraute! –, an das ich mich buchstäblich klammern konnte. Erst als er meinen Druck erwiderte, bemerkte ich, dass ich mich wirklich festgeklammert hatte. Sofort entspannte ich meine Hand wieder.

Es dauerte nicht mehr lange, bis wir anhielten und sich die Autotüren öffneten. Mein Herz schlug mir bis zum Hals, als Duncans Hand durch eine größere, kräftigere – Hans'? – ersetzt wurde, um mir beim Aussteigen behilflich zu sein. Ich schwankte.

„Sei vorsichtig. Der Boden ist uneben“, informierte mich Duncan, als er wieder neben mir stand.

Und wenn der Boden aus ebenem Asphalt bestanden hätte – es fiel mir schwer, die Spur zu halten, denn meinem Gleichgewichtssinn behagte die Blindheit nicht besonders. Erfreulicherweise war mein Knie nicht so dick geworden, wie ich befürchtet hatte, doch schlimm genug, um mich auch deswegen unsicher auf den Beinen zu fühlen. Wir betraten ein Gebäude, was ich vor allem an der veränderten Geräuschkulisse bemerkte, und stiegen eine Treppe hinauf. Vor mir kreischte Metall auf Metall, dann ein Scheppern und Rasseln, als würde ein Gitter beiseitegeschoben. Etwas klackte. Schließlich blieben wir unvermittelt stehen. Ein leises Summen vor mir, wie von einem Aufzug, dann ein Zischen. Ich wurde vorwärtsgeschoben. Wieder dieses Zischen.

Wir standen tatsächlich in einem Aufzug, der sich meinem Gefühl nach abwärts in Bewegung setzte. Er fuhr nicht sehr schnell und es dauerte eine gefühlte Ewigkeit, bis er mit einem leichten Ruck zum Stillstand kam. Vielleicht befanden wir uns nordwestlich von Birmingham. Ein Gebiet in den West Midlands, in dem jahrhundertelang Kohle abgebaut worden war – das Black Country, Wiege der industriellen Revolution. Von der Entfernung her passte es, und es gab unzählige stillgelegte Minen dort.

Wieder das Geräusch sich öffnender Türen. Ein Gitter. Auf. Zu. Die Luft war feucht und kalt wie in einer

Höhle. Ich glaubte, Wasser tropfen zu hören. Duncan, der mich die ganze Zeit nicht losgelassen hatte, führte mich langsam weiter. Tasten wurden gedrückt – ich hörte es an den Pieptönen, wie bei einem Telefon. Es waren zu viele, um sie zu zählen, aber sie erinnerten mich an eine Melodie.

Die Nocturne. Chopin.

Was für eine Ironie.

Es zischte und Duncan schob mich vorwärts. Wieder änderte sich die Atmosphäre. Die Tür schloss sich und Duncan nahm mir die Augenbinde ab.

Wortlos geleitete er mich durch einen neonbeleuchteten Gang, in dem uns weiß gekleidete Männer und Frauen begegneten, die freundlich grüßten oder mit stoischer Miene und einem knappen Nicken vorbeieilten. Schließlich betraten wir ein gewöhnliches, allerdings fensterloses Behandlungszimmer.

Zu meiner Erleichterung hatten weder Marion noch Hans vor, uns weiter Gesellschaft zu leisten, stattdessen betrat eine untersetzte Frau in einer altmodischen Krankenschwesterntracht mit Schürze und Häubchen den Raum. Zunächst half sie mir aus meiner verdreckten Kleidung. Nur bei den Stiefeln packte Duncan mit an, um mein Knie zu schonen. Anschließend konnte ich mich waschen und bekam ein hellblaues, hinten offenes Patientenhemd, das ich eng um mich raffte. Duncan schickte mich mit einem Urinbecher auf die Toilette. Dann untersuchte er mich gründlich von Kopf bis Fuß, tastete hier und da, reinigte meine

Wunden und befestigte Klammerpflaster über meiner Platzwunde. Das Knie salbte er ein und versorgte es mit einem elastischen Verband. Schließlich zog er eine Spritze auf.

„Was ist das?"

„Ein Schmerzmittel. Ein verträgliches", ergänzte er. „Eine Injektion belastet deinen Magen weniger."

Ich wollte protestieren, ihm sagen, dass ich überhaupt keins wollte, weil meine Schmerzen auszuhalten waren, doch ich hatte die Vermutung, dass er es mir trotzdem verabreichen würde.

Nachdem er es in meinen Po injiziert hatte, holte er ein Infusionsbesteck, band meinen Arm ab und desinfizierte die Ellenbeuge. Routiniert stach er die Nadel in meine Vene und nahm mir zwei Kanülen Blut ab.

„Mir erscheint eine Flüssigkeitszufuhr ebenfalls angezeigt", sagte er, während er eine Ampulle Natriumchloridlösung anschloss und die Tropfgeschwindigkeit einstellte. „Das wird deinem Kreislauf guttun."

Die Schwester stellte die Rückenlehne in eine bequeme Position und legte eine Wolldecke über mich, während Duncan nacheinander zwei Streifen in den Urinbecher tauchte. Kurz darauf verglich er einen Streifen mit einer Skala und schien zufrieden. Den anderen beobachtete er länger.

Leise wie ein Windhauch öffnete sich die Tür. So leise, dass ich den hakennasigen Mann beinahe nicht bemerkt hätte.

Die dünnen, schmutzig grauen Haare des Ankömmlings klebten streng gescheitelt am Kopf. Seine gelblich weiße Hautfarbe ließ darauf schließen, dass er sehr viel Zeit in geschlossenen Räumen verbrachte. Sein Körper wirkte schlaff, beim Gehen ließ er die Schultern hängen und das Atmen strengte ihn an. Seine graue Kleidung schlabberte locker um seinen Körper. Er hatte einen durchsichtigen Plastikschlauch mit einer Nasensonde im Gesicht und aus einer dazugehörigen Flasche am Gürtel strömte mit gleichmäßigem Zischen Sauerstoff. Die hellgrüne Iris in seinen Augen hatten einen dunklen Rand und gaben seinem unsteten Blick etwas Unheimliches, Stechendes.

Mit einem Wink schickte er die Schwester hinaus.

„Duncan", sagte er atemlos. „Was für eine Überraschung. Ich wusste gar nicht, dass du sogar persönlich kommen würdest." Er hatte einen unüberhörbaren deutschen Akzent.

„Die Überraschung ist ganz auf meiner Seite." Duncan streckte die Hand aus, die der Mann ergriff. Erst jetzt bemerkte ich, dass er Handschuhe trug. „Ich hatte nicht damit gerechnet, dass du den weiten Flug hierher auf dich nehmen würdest. Geht es dir gut?"

Dem Aussehen des Mannes nach zu urteilen tat es das nicht, doch der winkte mit einer unwirschen Handbewegung ab. „Ich konnte es mir nicht nehmen lassen, ihn selbst zu untersuchen. Wo ist er?" Mit seinen seltsamen Augen scannte er die Umgebung.

Duncan holte den Kristall hervor, den er wieder in das Tuch eingeschlagen hatte. Sorgfältig breitete er es aus, sodass der Kristall genau in der Mitte des blutroten Stoffes zu liegen kam. Schillernd im kalten Neonlicht lag er auf einem schwarz-weißen Symbol, das ich als alte germanische Rune erkannte.

Othala. Die Odal-Rune.

Vor vielen Jahren Symbol auf dem Emblem des Rasse- und Siedlungshauptamtes und des Ahnenerbes. Hätte ich noch Zweifel gehabt, wäre es spätestens jetzt keine Frage mehr gewesen, wessen Geistes Kind die *Heredes* waren.

„Wunderbar", flüsterte der Mann, während er den Kristall mit den behandschuhten Fingerspitzen berührte. Nach einem Moment riss er sich los. „Wirklich wunderbar. Endlich haben wir die Gelegenheit, ihn genauestens zu analysieren. Aber ich sehe, du hast jemanden mitgebracht."

Er drehte sich zu mir, um mich unverhohlen von Kopf bis Fuß wie eine Ware zu mustern. Froh, dass der größte Teil meines Körpers mit der Wolldecke bedeckt war, zwang ich mich, seinem Blick standzuhalten.

Er lächelte nicht, und sein Gesicht trug einen zutiefst wissbegierigen Ausdruck. Seine Augen blitzten. „Es ist", sagte er und machte eine lange Pause, in der er mehrmals Atem schöpfte, „bemerkenswert." Er hob seine Hand wie ein Dirigent den Taktstock und malte die Umrisse meines Körpers in die Luft. „Sie ist perfekt. Wirklich perfekt." Sein Blick wanderte zu Duncan. „Sie entspricht haargenau dem Typus. Wo hast du sie gefunden?"

„Sie unterrichtet seit letztem Sommer an der *Ysgol*. Ihr Name ist Caitlyn Brown."

„Soso ... Caitlyn Brown", sagte der Mann gedankenverloren, während er mich umkreiste wie ein Adler seine Beute. „Marion sagte schon, du hättest Besuch mitgebracht, auf den du großen Wert legst, daher war ich sehr neugierig, wie sie aussieht." Abrupt blieb er stehen und legte seine Stirn in Falten. „Oder ist sie am Ende sogar ...?"

Mit einem jovialen Lächeln neigte Duncan den Kopf.

„Was für eine wunderbare ... unglaubliche Überraschung", murmelte der Mann. „Du hattest also recht, Duncan. Wir mussten nur Geduld haben ... oh, Verzeihung, Caitlyn. Dann sollten wir uns wohl zuerst miteinander bekannt machen." Er streckte mir die Hand entgegen.

Ich ließ sie in der Luft hängen.

Mir schien, als hätte er nicht wirklich damit gerechnet, dass ich ihm die Hand schüttelte, denn heiser lachend zog er seine rasch wieder zurück.

„Nun denn", sagte er. „Man sagt, Familientreffen seien eine amüsante Angelegenheit. Aber wie ich sehe, ist es das auch diesmal nicht. Du bist deiner Mutter nicht nur rein äußerlich ähnlich, ihre Sturheit hat sich ebenso vererbt."

Er hatte Mum gekannt! Die Liege unter mir schien zu schwanken, als er fortfuhr.

„Ich wurde im Jahr des Herrn 1963 als William Grant geboren", dozierte er, als spräche er vor großem Publikum. „Aber meinem Vater zuliebe – Gott hab ihn selig – nahm ich seinen Namen an. Er hieß Dr. Konrad Jäger und so bin ich Wilhelm Jäger. Oder", er atmete zwei Mal, „William Hunter – je nachdem, in welchem Teil der Welt ich mich gerade aufhalte. Du darfst mich Onkel nennen, denn das bin ich ... ich bin dein Onkel. Deine Mutter war", er atmete schwer, „meine Halbschwester."

Seiner leicht zurückgelehnten Körperhaltung und den geöffneten Händen nach zu urteilen, erwartete er eine Reaktion von mir. Erstaunen oder Entsetzen vielleicht. Ich empfand beides, tat ihm aber nicht den Gefallen, das zu zeigen. Seine lange, von Atempausen durchsetzte Rede hatte mir Gelegenheit gegeben, mich zu sammeln.

„Die Brüder meiner Mutter sind tot", sagte ich, so ruhig ich es eben zustande brachte. „Und ihr Vater war Jacob Grant!"

Hunters jadegrüne Augen weiteten sich. Verdammt. Seine Augen ... Karolines Augen. Mums Augen. Plötzlich lachte er laut – was ihm sichtlich nicht bekam. Er zog sich einen Stuhl heran, auf den er sich nach Atem ringend niederließ. Er brauchte eine Weile, um sich zu beruhigen. Duncan beobachtete ihn, schien es aber nicht für nötig zu halten, einzugreifen.

„Henry, mein Zwillingsbruder, ist damals gestorben." Er keuchte jetzt mehr als vorher. „Als Vater kam, um uns und Mutter endlich zu sich zu holen, war Jacob außer sich vor Zorn. Es muss ein Schock für ihn gewesen sein zu erfahren, dass seine Frau ihn betrogen hatte und Henry und ich die Söhne eines anderen waren. Jacob hat sie erschossen – Karoline und Henry. Und mich hätte er auch umgebracht, wenn Vater ihn nicht daran gehindert hätte."

Mit aller Macht biss ich die Zähne aufeinander, um dazu zu schweigen. Ich glaubte ihm kein Wort.

„Vater wollte auch Elizabeth mitnehmen, aber sie war nicht im Haus, als er überstürzt fliehen musste ... schließlich hielt er auch sie für tot, wie meinen Bruder. Es war eine echte Überraschung, festzustellen, dass sie noch lebte – doch leider waren wir sehr ... verschieden. Wir haben uns nicht besonders gut verstanden." Auch jetzt wurde seine Rede von unzähligen Pausen unterbrochen.

„Damals, als deine Mutter mir ihren einzigen Besuch abstattete, war Vater bereits tot. Sie dachte wohl, ein Kondolenzbesuch wäre ... eine gute Gelegenheit, mich von ihren Ansichten zu überzeugen." Er lachte noch einmal, diesmal aber vorsichtiger. „Die Reise ist ihr nicht gut bekommen, hörte ich."

Ich bemühte mich krampfhaft darum, eine ausdruckslose Miene zu bewahren, doch meine Gedanken rasten. Vorausgesetzt, es stimmte, was er sagte, was war zu Kriegsende wirklich geschehen? Es hieß, Karoline sei irgendwann mit Jacob geflohen, aber warum hatte sie über fünfzehn Jahre später die Zwillinge von

Jäger bekommen, die jünger waren als Mum? Emrys musste davon wissen, aber warum hatte er mir nichts davon erzählt? Mit allergrößter Mühe schluckte ich die Galle hinunter, die mir hochkam.

Ich saß ziemlich tief in Patsche.

„Marion echauffierte sich …“, wandte sich Hunter gerade an Duncan, „… weil du darauf bestanden hast, Caitlyn herzubringen. Unsere liebe Marion konnte natürlich nicht ahnen, wer sie ist, aber sie erwähnte, du hättest besondere *Pläne* mit ihr?“

Duncan kontrollierte gerade die Infusion. „Caitlyn ist schwanger.“ Er hielt Hunter etwas hin, das ich als Schwangerschaftstest erkannte.

Das Zischen des Sauerstoffs und das leise Summen der Neonröhre war für die nächste halbe Minute das einzige Geräusch.

„Das …“, sagte Hunter schließlich leise, „… eröffnet uns ganz neue Perspektiven.“

„Es ist mein Kind, William“, erklärte Duncan kategorisch.

Mir sackte das Herz in die Hose.

„Meinen Glückwunsch, Duncan.“ Beinahe feierlich erhob Hunter sich und deutete auf die Tür. „Lass uns weiter unter vier Augen sprechen.“

Duncan wandte sich mir zu. „Ruh dich aus. Ich werde später wieder zu dir kommen.“

Ich nahm an, dass es beruhigend klingen sollte. Kurz nachdem beide den Raum verlassen hatten, kam die Krankenschwester mit einem Tablett herein, darauf zwei Scheiben gebutterter Toast und eine Tasse schwarzen Tee. Sie stellte das Tablett auf meine Beine, doch ich hätte genauso gut ein Möbelstück sein können, so wenig Aufmerksamkeit schenkte sie mir. Während ich lustlos an dem Toast herumknabberte, lehnte ich meinen Kopf zurück und starrte auf die Infusionsflasche, aus der mit hypnotischer Regelmäßigkeit die Flüssigkeit in den Schlauch tropfte. Irgendwann schloss ich einfach die Augen.

Cape Breton, Nova Scotia

Der Duft frisch gebackener Scones hing in der Luft. Patricia liebte es, zu backen und zu kochen, doch für sie allein lohnte es sich nicht, daher genoss sie es umso mehr, endlich wieder Gelegenheit dazu zu haben – auch wenn es nur für wenige Tage war. Sie stellte die Teekanne auf den Tisch.

„Finley?“

Keine Antwort. Vor einer Weile hatte sie seine Stimme gehört, als er telefonierte, doch vielleicht war er wieder hinaus zu den Ställen gegangen. Bei seinen eher seltenen Besuchen war er in der Regel mehr draußen als drinnen, denn ihm gefielen die Abgeschiedenheit und die Arbeit auf der Farm, die einen krassen Gegensatz zu seiner öden Anwaltstätigkeit darstellte.

Auf dem Weg nach draußen sah sie trotzdem in ihr kleines Wohnzimmer. „Oh, da bist du ja. Der Tee ist fertig.“

Er hob nicht einmal den Kopf, sondern starrte nur auf das Telefon in seiner Hand. Seine Lippen bildeten einen schmalen Strich.

Sie legte den Kopf schief, weil Finley bei ihrem Eintreten seine Position nicht verändert hatte. „Ist etwas passiert?"

„Caitlyn ist verschwunden." Seine Stimme war tonlos.

„Wie bitte?"

Sie blieb in der Tür stehen, bis sie sich wie ferngesteuert auf dem Sofa niederließ.

In einem einzigen langen Zug stieß Finley die Luft aus. Er warf das abgenutzte Handy, dessen Prepaidkarte er in regelmäßigen Abständen erneuerte, auf das niedrige Tischchen und bedeckte seine Augen mit den Handballen, als er den Kopf in den Nacken legte. „Verdammt!"

Eine Weile vernahm Patricia nur das Ticken ihrer Standuhr. Sie spürte, wie sie ihre Fäuste ballte, und zwang sich, ihre Finger wieder zu lösen. Still wartete sie darauf, dass Finley fortfuhr.

„Sie war zu Pferd im Pentreath Forrest und rief in Glasmaris an, weil ihre Stute lahmte. Als Kieran im Wald eintraf, um sie und das Pferd abzuholen, hatte sie zwischenzeitlich einen Unfall gehabt und Scratby war dort. Er sagte, sie habe ihn angerufen, und er behauptete, sie wegen einer Kopfverletzung vorsichtshalber ins Krankenhaus bringen zu wollen. Kieran fand die Umstände merkwürdig: Das Pferd lahmte, wie sollte Caitlyn also heruntergefallen sein? Im Vorbeifahren sah er sie in Scratbys Wagen sitzen. Sie hatte Blut im Gesicht und wirkte sehr mitgenommen."

Patricia hielt sich die Hand vor den Mund. „Um Himmels willen. Was ist da wohl passiert?"

Mit beiden Händen rieb sich Finley die Wangen. Die Stoppeln seines Dreitagebarts verursachten ein schabendes Geräusch. „Scratby lieferte keine weitere Erklärung, doch weil Kieran ein ungutes Gefühl hatte, rief er Caitlyn kurz darauf an, um sie selbst zu fragen. Als er feststellte, dass ihr Handy ausgeschaltet war, versuchte er es bei Scratby – ebenfalls negativ, obwohl Scratby strikte Anweisung hat, immer erreichbar zu sein! Eine Ortung war also sinnlos. Weil Emrys momentan in einer Konferenz ist und Kieran von der Sekretärin abgewimmelt wurde, stellte er eigenmächtig weitere Nachforschungen an und rief dann mich an. Dank des Mikropeilsenders auf Caitlyns neuer SIM-Karte hat er Scratbys Mini gefunden. Der Wagen ist auf einem Parkplatz in Llanfair abgestellt, im Handschuhfach Caitlyns auseinandergenommenes Handy. In den umliegenden Krankenhäusern sind sie nicht aufgetaucht." Er legte eine kurze Pause ein, um Luft zu holen. „Im Wald hatte hinter Scratbys Wagen ein schwarzer SUV geparkt. Kieran hatte sich nicht das komplette Nummernschild gemerkt, aber mit hoher Wahrscheinlichkeit gehört er einem kleinen Pharmaunternehmen in London – allem Anschein nach nur eine Briefkastenfirma." Er hob die Brauen. „Kieran hat seine Hausaufgaben wirklich gut erledigt."

Mit eiserner Disziplin zwang Patricia ihre mulmigen Gefühle nieder, legte die Handflächen gegeneinander und stupste gegen ihre Nase. „Warum war Caitlyn allein unterwegs?"

„Das tut sie hin und wieder und Emrys hielt es bisher für ungefährlich. Er wollte sie nicht noch nervöser machen, als sie nach dem Überfall an Silvester sowieso schon war."

„Gibt es wirklich keine Möglichkeit, Emrys zu kontaktieren?"

„Angeblich nicht. Seine Sekretärin informiert ihn, sobald er die Konferenz verlassen hat. Aber wenn du mich fragst: Irgendetwas ist da faul!" Eine Weile knetete er seine Unterlippe. Dann seufzte er. „Caitlyn hat ein Verhältnis mit Scratby."

„Wer sagt das?", fragte Patricia schockiert.

„Tyron. Caitlyn hat seit Silvester häufiger bei Scratby übernachtet – und er auch ein- oder zweimal bei ihr im Mädchendormitorium. Aber das ist nicht das Schlimmste."

Das mulmige Gefühl in Patricias Magen breitete sich weiter aus. „Sondern?"

„Weil Emrys nicht erreichbar ist, habe ich Jonathan Pfefferkorn angerufen", fuhr Finley fort. „Er meinte, ich solle mich nicht aufregen. Wenn sie mit Scratby unterwegs sei, dann sei alles in bester Ordnung. Als ich nachbohrte, warum, zierte er sich zuerst – wegen der Schweigepflicht. Aber schließlich rückte er raus mit der Sprache. Caitlyn war erst vor ein paar Tagen bei ihm, weil sie schwanger ist. Von Scratby."

Die große Standuhr im Wohnzimmer schlug vier Mal. Patricia hatte das Gefühl, dass sich der Boden unter ihr bewegte.

„Bis dahin hatte Scratby davon noch keine Ahnung und Caitlyn machte sich Sorgen, wie er es aufnehmen würde. Jonathan glaubt nun, Caitlyn sei mit Scratby irgendwohin gefahren, um die Neuigkeit in Ruhe zu besprechen." Es war Finley anzusehen, dass er wohl eher an die Existenz des Klapperstorches glauben wollte. „Nur, dass wegfahren ohne Auto nicht infrage kommt – es sei denn, sie haben in Llanfair den Bus genommen", ergänzte er zynisch.

Die feinen Härchen an Patricias Unterarmen stellten sich auf. „Du traust Scratby nicht?"

Finley knetete seine Hände. „Als ich damals untertauchen musste, brauchte Emrys jemanden, der näher an der Schule sein und Kieran unterstützen kann. Scratby brachte alle Voraussetzungen mit, denn schließlich besitzt er eine fundierte militärische und taktische Ausbildung und hat in Französisch-Guayana reichlich Erfahrungen gesammelt. Seine Führungsoffiziere beschrieben ihn durchweg als gewissenhaft und zuverlässig."

„Aber?", hakte Patricia nach, weil Finley stockte.

„Aber ich habe ihn zuletzt gesehen, als er achtzehn war. Schon in der Schule war er verschlossen, hatte kaum Freunde und sprach nie über sich. Das, was ich aus der Zeit danach über ihn weiß, hat mir Emrys erzählt. Nur hat er mir nie eine Antwort darauf gegeben, warum Scratby ihn überhaupt so sehr interessierte. Weißt du das?", wollte er von Patricia wissen.

Sie schüttelte den Kopf. Diese Frage hatte sie sich und Emrys ebenfalls schon gestellt.

„Jedenfalls kann ich nur hoffen, dass Emrys sich in ihm nicht täuscht, denn sonst haben wir ein Problem." Er legte eine Kunstpause ein. „Jonathan hat Caitlyns Blut untersucht – Gott sei Dank besaß er genug Weitsicht, es in kein Labor zu schicken, sondern die Analyse selbst zu machen. Er war sehr überrascht wegen ihrer Blutgruppe. Wusstest du, dass sie eine von uns ist, Patricia?" Sein gereizter Tonfall machte deutlich, dass er seine Frage für eine rhetorische hielt.

Sekundenlang schloss Patricia die Augen, dann atmete sie tief durch. „Emrys hat letzten Sommer behauptet, ihr Immunsystem habe auf die Kristalle reagiert. Es war mir allerdings schleierhaft, warum Emrys sie dann nicht einfach herbringt, um ihr alles in Ruhe zu erklären, und warum Liz immer beteuert hat, ihre Kinder hätten nur die rezessive Variante. Das ergab überhaupt keinen Sinn, daher wollte ich abwarten, bevor ich selbst etwas unternehme ... aber wenn Jonathan es bestätigt, besteht wohl kein Zweifel mehr."

Finley stieß einen Fluch aus, der Patricia beinahe ein tadelndes Schnalzen entlockt hätte. Doch die Zeit, in der sie das Recht hatte, ihn zu erziehen, war schon lange vorbei. Während er eine unstete Wanderung durch das Wohnzimmer aufnahm, ließ Patricia ihren Gedanken freien Lauf.

Das ungute Gefühl, das sie seit letztem Sommer von Zeit zu Zeit beschlichen hatte, hatte nun neue Nahrung bekommen. Emrys tat nie etwas Unüberlegtes, aber was hatte er wirklich vor? Offensichtlich spielte er ein Spiel, dessen Regeln er allein kannte. Patricia spürte, wie sich der altbekannte Ärger auf ihn in ihrem Bauch zu einem Knoten formte.

„Weißt du, ob Emrys inzwischen mit ihr geredet hat?", durchbrach Finleys Stimme unvermittelt ihre Gedanken.

Patricia erhob sich. „Falls er das überhaupt getan hat, dann hat er ihr allerhöchstens einen kleinen Teil der Wahrheit gesagt." Sie gab sich keine Mühe, ihr Missfallen darüber zu verbergen. „Sonst wäre Caitlyn sicher vorsichtiger gewesen."

Mit einer Faust hieb Finley sich in die andere Hand. „Ich kann nicht einfach hier herumsitzen und abwarten. Ich fliege hin. Wenn sie bis dahin nicht aufgetaucht ist, werde ich sie selbst suchen." Er hielt kurz inne. „Und dann werde ich ihr endlich die Wahrheit sagen. Das bin ich ihr schuldig."

Sanft legte Patricia ihm ihre Hand auf den Arm. „Machst du dir immer noch Vorwürfe, weil du sie damals ohne ein Wort verlassen hast?"

Ein gequälter Ausdruck erschien auf seinem Gesicht. „Es wäre egoistisch von mir gewesen, sie vor die Wahl zu stellen: Ihr altes Leben aufzugeben, um mit mir zu kommen, oder mich nie wiederzusehen."

„Deswegen hast du für sie entschieden."

„Ich dachte, sie würde schon über mich hinwegkommen, und das ist sie ja auch. Sie war schließlich verlobt ... und jetzt Scratby." Er raufte sich die Haare. „Himmel! Wenn ich gewusst hätte, dass sie eine von uns ist!" Mit einer Hand bedeckte er Nase und Mund.

Patricia ließ ihm Zeit, seine Beherrschung wiederzufinden. „Und was wird aus Adam Scott?", fragte sie, um ihn von seinen trüben Gedanken bezüglich Caitlyn abzulenken.

Mit einem Seufzer, der in Patricias Ohren erleichtert klang, küsste Finley sie auf die Stirn. „Er hat gerade seine Anwaltslizenz verloren. Ich habe den Kerl nie leiden können. Er war viel zu ... konservativ."

Sie lächelte. Dann öffnete sie den Mund.

Finley kam ihr zuvor. „Ich werde auf mich aufpassen – das wolltet du doch gerade sagen, oder?"

Lächelnd tätschelte sie ihm den Unterarm. „Nein, weil ich weiß, dass du sowieso tust, was du willst." Sie ging hinüber zu ihrem Wohnzimmerschrank und holte ein Schmuckkästchen aus einem verborgenen Safe. Vorsichtig stellte sie es auf den Wohnzimmertisch, öffnete es und hatte nach kurzer Suche ein bauchiges Medaillon gefunden, dessen Anhänger sie aufschnappen ließ. Wortlos hielt sie es Finley hin. Er starrte eine Weile auf zwei kleine weiße Kapseln. Dann presste er die Lippen zusammen und nahm eine heraus.

„Ich trage das Zyankali schon lange nicht mehr bei mir“, sagte Patricia leise. „Es soll unangenehm sein, aber möglicherweise ein besserer Ausweg, als abzuwarten, was sie mit einem vorhaben ...“ Ihre Stimme verklang.

Lange starrte Finley die Kapsel an, bevor er sie einsteckte. „Danke.“

„Wer in Glasmaris und der *Ysgol* könnte sich an dich erinnern?“, fragte Patricia. „Abgesehen von Avril, Jonathan und den Yates.“

Stille. Nur das Wiehern eines Pferdes draußen war zu hören.

„Finley?“

„Was?“

Geduldig wiederholte Patricia ihre Frage.

Gedankenvoll rieb er sich über den Dreitagebart. „Mit den Dorfbewohnern hatte ich stets wenig Kontakt. In neuerer Zeit habe ich mich nicht mehr auf dem Schulgelände blicken lassen. Vom Kollegium von damals ist nur noch Carl Arnold an der *Ysgol*. Ihm werde ich möglichst aus dem Weg gehen. Ich werde mich rasieren ... und meine Haare ...“ Er fasste sie zu einem weißblonden Zopf zusammen. „... sind viel länger als damals.“

„Und wenn Scratby dich trotzdem erkennt?“

Finley blieb die Antwort schuldig.

Damals hatte er einen Vollbart und eine dunkelblond gefärbte Föhnfrisur gehabt. Außerdem hatte er einen anderen Namen benutzt. Doch es war unmöglich, Scratby eine plausible Erklärung dafür zu liefern, dass sich sein ehemaliger Sportlehrer in den vergangenen zwei Jahrzehnten im Gegensatz zu Dr. Carl Arnold, Avril O'Donohoe, Dr. Pfefferkorn oder den Yates kaum verändert hatte.

Vorerst durfte nur Caitlyn erfahren, was dahintersteckte, denn sie war unmittelbar betroffen: Finley McFarlane hatte ein Jahr vor Ausbruch des Zweiten Weltkriegs als Sohn von Jacobs und Patricias Cousine Finola das Licht der Welt erblickt. Patricia und Jacob waren zur Jahrhundertwende geboren und Emrys hatte sich äußerlich nur unwesentlich verändert, seit Patricia ihn kannte. Der verlangsamte Alterungsprozess war der dominanten Variante *HenOs* zuzuschreiben – wobei Männer eindeutig die besseren Karten besaßen.

Eine der Konsequenzen war in gewissen Abständen ein Wechsel der Identität, um nicht aufzufallen, und von langer Hand geplant, erhöhte es die Chancen, notfalls schnell untertauchen zu können. Das alles musste Caitlyn unbedingt wissen.

Während Finley sich daranmachte zu packen, holte sich Patricia eine Tasse Tee. Nachdenklich blies sie auf das heiße Getränk und betrachtete das Farbspiel, das die Sonnenstrahlen auf der Oberfläche verursachten. Flüchtig wie der aufsteigende Dampf, nahm in ihrem

Kopf etwas Gestalt an. Schemenhaft zuerst, dann klarer. Eine vergessene Erinnerung aus der Zeit, als sie noch ein kleines Kind gewesen war.

Sie saß auf den Knien eines weißhaarigen alten Mannes. Er hielt ein in Leinen gebundenes Buch in der Hand, dessen Seiten mit handgeschriebenen Zeichen bedeckt waren. Mit vom Alter brüchiger Stimme las er ihr vor – ein monotoner Singsang, während sie schläfrig ihre kleinen Finger um den Sternenanhänger schloss und der Wind in ihren Haaren spielte. Unter freiem Himmel saßen sie, inmitten zweier Sterne, die in die Erde zu ihren Füßen gezeichnet waren. Ringsum standen Kerzen in Wasserschalen, deren Flammen im Abendwind flackerten.

„Ich versteh dich nicht, Opa John? Was liest du da?“

„Engelsrufe, kleine Patsy. Du musst sie nicht verstehen. Hör einfach zu.“

Wie ein Hündchen rollte sie sich zusammen, ließ die rätselhaften Silben über sich hinwegplätschern, und es war, als würde dabei etwas in ihr an seinen vorbestimmten Platz gerückt, von dem sie gar nicht gewusst hatte, dass es in Unordnung gewesen war. Irgendwann schlief sie ein.

Als sie neun oder zehn Jahre alt gewesen war, war John an Altersschwäche gestorben. Seither hatte sie kaum noch an den freundlichen alten Mann gedacht, doch je länger sie das nun tat, desto wahrscheinlicher erschien es ihr, dass auch er älter gewesen war, als sie immer vermutet hatte.

Die außergewöhnliche Funktion des Immunsystems, Resistenzen gegen Krankheiten, verzögerte Alterung –

all das vererbte sich. Die Frage war nur: Wie? Selbst mit modernsten Untersuchungsmethoden, zu denen sie sich irgendwie hatte Zugang verschaffen können, war es Patricia nie gelungen, den Erbgang des *HenO-Gens* zu bestimmen. Autosomal-rezessiv, gonosomal, mitochondrial – nichts traf eindeutig zu. Doch was, wenn das Erbgut nur ein Teil des Rätsels wäre? Was, wenn Emrys – und vor ihm John – gezielt ausgewählt hatten, wer in den Genuss von *HenOs* Vorteilen kommen sollte? Schon lange hegte Patricia den Verdacht, dass auch die Kristalle der Kette Teil der Lösung waren.

Das würde allerdings bedeuten, dass Emrys Caitlyn ausgesucht hatte. Warum gerade sie? Und was hatte er damit bezweckt, sie und Scratby miteinander bekannt zu machen?

Für eine Sache würde sie ihr letztes Hemd verwetten: Emrys war nicht nur auf dem Brett ein brillanter Schachspieler. Nichts überließ er dem Zufall.

Energisch stellte Patricia die Tasse ab. „Finley?" Sie lief die Treppe hinauf – nicht so schwungvoll wie früher, aber immer noch schwungvoll genug. „Ich komme mit nach Glasmaris!"

Eine stillgelegte Mine im Black Country

Eine Gänsehaut rieselte über meinen Rücken, als ich, von der Krankenschwester geführt, durch den Flur humpelte. Nachdem sie meine Infusion entfernt hatte, hatte ich von ihr Kleidung aus weichem, hellgrauem Baumwollstoff erhalten. Meine nackten Füße, die in Filzpantoffeln steckten, fühlten sich wie Eisklumpen an. Ich hatte Mühe, nicht mit den Zähnen zu klappern. Leidenschaftslos öffnete die Schwester eine Tür, die aussah wie alle anderen. Nur das kleine Schild an der Wand zeugte davon, wessen Raum sich dahinter befand.

„Lord Scratby wird später zu Ihnen kommen", informierte sie mich mit distanzierter Höflichkeit.

Hinter mir schloss sich die Tür. Zwar hörte ich nicht, dass sie verriegelt wurde, doch weder hatte ich das Bedürfnis, einen waghalsigen Fluchtversuch zu unternehmen, der sowieso zum Scheitern verurteilt wäre, noch hätte ich überhaupt die Kraft dazu aufbringen können. Die klimatisierte Luft in diesem unterirdischen Komplex war weder frisch noch abgestanden, doch lag in diesem Raum ein leichtes Kräuteraroma – wie überall, wo sich Duncan häufiger aufhielt. Ich setzte mich auf den einzigen Sessel, dessen rotbraunes Leder im Chesterfield-Stil an vielen Stellen abgeschabt war.

Das grelle Deckenlicht schmerzte in meinen Augen, und die Kälte kroch weiter in mir hoch. Der Raum war winzig, das wenige Mobiliar aus dunklem Holz wies deutliche Gebrauchsspuren auf und wirkte zusammengewürfelt. Es gab einen Schreibtisch samt Drehstuhl und einen Schrank. Neben dem Sessel standen ein Tischchen und dahinter eine Leselampe, die ich einschaltete. Ich raffte mich auf, um das Deckenlicht zu löschen, und anstatt mich wieder hinzusetzen, inspizierte ich nun den Raum. Schreibtisch und Schrank waren abgeschlossen. In einer Nische hinter einem Paravent befand sich ein Bett, bezogen in nichtssagendem Weiß und ordentlich gemacht. Der Kleiderschrank enthielt ein paar Wäschestücke sowie Kleidung zum Wechseln – schwarz und anthrazit, wie alles, was Duncan trug. Das Bad entpuppte sich als eine kaum eineinhalb Quadratmeter große Nasszelle, die komplett aus gelblich weißem Kunststoff bestand. Notwendige Toilettenartikel befanden sich in einem Schränkchen unter dem Waschbecken. Alles wirkte zweckmäßig, nicht bequem, aber es war alles Nötige für einen Kurzaufenthalt vorhanden. Es war also nicht nur der Snowdonia-Nationalpark, dem Duncan regelmäßig einen Besuch abstattete.

Auf dem Schreibtisch stand ein Laptop, daneben eine weiße Reibschale mit einem Stößel und Rosmarinnadeln darin. Am Rand der Schale war ein Stück abgesplittert. Deprimiert nahm ich die Schale und zerdrückte ein paar der dunkelgrünen Nadeln mit dem Stößel. Der aromatische Duft kitzelte meine Nase – eine ferne Erinnerung an den Tag in London, an dem ich Duncan zum ersten Mal begegnet war.

Ich riss mich zusammen und wandte mich dem Computer zu. Zögernd klappte ich ihn auf. Draußen vor der Tür hatte ich hin und wieder Stimmen gehört, doch bis jetzt schien sich niemand für mich zu interessieren. Und selbst wenn, was hatte ich schon zu verlieren?

Der Bildschirm flackerte, als das Gerät hochfuhr. Schließlich blinkte der Cursor im Eingabefeld für das Passwort. Ich startete ein paar Versuche, die, wie erwartet, erfolglos blieben. Ich schaltete den Computer wieder aus und fiel seufzend auf den Sessel. Wie lange ich dort einfach nur herumsaß, wusste ich beim besten Willen nicht. Nur einmal stand ich auf, um im Bad aus dem Zahnputzbecher Wasser zu trinken und mir anschließend die Decke aus dem Bett zu holen. Ich wickelte mich darin ein und bald fingen meine Zehen angenehm an zu kribbeln, auch meine Hände waren nicht mehr so kalt.

Konrad Jäger war also tot. Dafür hatte sein Sohn William, Mums Halbbruder, das Kommando über die Forschungen übernommen. Was hatte Emrys noch gesagt?

„Mit ihren Forschungsergebnissen werden sie nur Menschen beglücken, die sie für würdig halten."

Das hieß im Klartext, sie würden eine Zweiklassengesellschaft schaffen. Menschen „reinen Blutes" sollten sicher sein vor Krankheiten, um ihre guten Eigenschaften an die nächste Generation weitergeben zu können. Und alle anderen?

„Negative Selektion erblicher Fehler ist die einzig erfolgreiche Therapie", hatte in dem Brief von Jäger an Jacob gestanden. Entweder würde es Generationen brauchen oder man wählte die schnelle Variante und ließ gezielt eine Biowaffe auf die Menschheit los. In beiden Fällen würde das „gute Blut" triumphieren. Das ehrgeizige – vollkommen wahnsinnige – Projekt eines Egomanen.

Hatte Mum ihren Halbbruder aufgesucht, weil sie ihn davon überzeugen wollte, wie menschenverachtend seine Weltanschauung war? Weil sie glaubte, dass sie als seine Schwester Einfluss auf ihn nehmen könnte? Wenn er damals schon krank gewesen war, dann hatte er bei ihrem Auftauchen eine Chance auf Heilung für sich selbst gesehen und ihr Vorhaben war damit zum Scheitern verurteilt gewesen.

Verdammt! Und jetzt steckte ich womöglich in derselben Klemme. Mir blieb nichts anderes übrig, als zu warten und alles wieder und wieder zu durchdenken und jedes Mal zu demselben Schluss zu kommen, dass ich nichts – gar nichts – tun konnte.

Endlich öffnete sich die Tür. „Wir sehen uns morgen“, hörte ich Hunter sagen. „Ich wünsche eine gute Nacht“, fügte er nach einer kurzen Atempause anzüglich hinzu.

Beim Eintreten umspielte das gewohnte halbe Lächeln Duncans Lippen.

„Hast du noch Schmerzen?“, erkundigte er sich.

Ich hatte vor allem nicht die geringste Lust, zu antworten, doch es war bestimmt besser, mich nicht allzu unkooperativ zu zeigen. Immerhin wusste ich nicht, was er weiter mit mir vorhatte, daher bemühte ich mich, meiner Stimme einen möglichst neutralen Klang zu verleihen. „Nein, habe ich nicht.“

Er zog sich den Schreibtischstuhl heran, damit er mir gegenübersitzen konnte. Entspannt zurückgelehnt ließ er seine Hände auf den Armlehnen ruhen – wobei sich die steile Falte zwischen seinen Brauen trotzdem sichtbar abzeichnete. „Du hättest nicht weglaufen sollen.“

Ich biss mir auf die Zunge.

„Es war nicht meine Absicht, dich zu verletzen“, fuhr er fort.

„Vielleicht hättest du mir einfach nicht mitten ins Gesicht schlagen sollen“, erwiderte ich bissig und berührte die Prellung auf meiner Wange.

Mit seinem Blick folgte er meiner Bewegung. Sein Gesicht war reglos, wie immer, wenn er nicht wollte, dass jemand seine Gedanken erriet. „Du warst völlig außer dir. Ich musste dich zur Vernunft bringen, Caitlyn.“

Ich stieß ein freudloses Lachen aus. „Natürlich, jetzt bin ich auch noch selbst schuld, oder was? Vergiss es, Duncan. Die Nummer zieht bei mir nicht!“ Ich sagte das nachdrücklicher, als mir zumute war. Dass mir hier jemand zu Hilfe eilte, wenn er mich noch einmal schlug, bezweifelte ich.

Er rührte sich nicht. Nur seine Kiefermuskeln mahlten. „Du verstehst das nicht, Caitlyn.“

„Und was, bitte schön, gibt es daran nicht zu verstehen?“

Er schwieg einige Sekunden. Dann sagte er: „Hans war dabei.“

„Wer?“

„Hans“, wiederholte er.

Ich war mir nicht sicher, was er damit ausdrücken wollte. „Hans interessiert mich nicht! Wie kannst du nur für diese kranke Organisation mit ihrem ... ihrem kranken Weltbild arbeiten?“ Heftig stieß ich die Luft durch die Nase aus.

Duncan hüllte sich in Schweigen. Schließlich stand er auf und wandte mir den Rücken zu. „Ich habe Michael Kelly auf dich aufmerksam gemacht.“

Es tat so furchtbar weh, es nicht nur zu vermuten, sondern es ganz sachlich aus seinem Mund zu hören. „Und woher wusstest du von mir?“, fragte ich leise.

Er lehnte sich mit dem Hintern an den Schreibtisch und musterte mich. „Ich habe damals deine Mutter zum Flughafen begleitet. William wollte sicher sein, dass sie wohlbehalten dort ankommt.“

„O Gott ... Mum ...“ So lange schon spielte er dieses miese Spiel. Mit meiner Hand bedeckte ich Mund und Nase und kniff die Augen zusammen, um mit aller Macht die Tränen zurückzuhalten.

„Sie hatte Fieberschübe und fantasierte, sie wolle Henry beschützen. Zufällig hatte ich mit angehört, wie sie mit William über seinen toten Zwillingsbruder sprach, deshalb dachte ich, sie hätte von ihm geredet. Und dann redete sie immer wieder von ihrer Katze – ihrem Kätzchen.“ Er musterte mich.

Beklommen nickte ich. „Zu Hause nennen mich alle Cat und Mum sagte oft Kitty zu mir, als ich noch klein war.“

„Das habe ich erst im letzten Jahr herausgefunden. Auf mein Betreiben hin inszenierten wir vor knapp fünf Jahren einige Zwischenfälle in der Nähe der Ysgol“, fuhr er fort. „Später arrangierte ich eine Begegnung mit dem Duke, um mich in sein Gedächtnis zu rufen.“

„Und um Direktor zu werden“, meinte ich zynisch.

Duncan überhörte meine Bemerkung. „Dass Marcus so unerwartet starb, habe ich bedauert, denn er war ein wunderbarer Mensch. Er war schon Direktor, als ich dort zur Schule ging. Nichtsdestotrotz machte es mir die Sache leichter als gedacht, sogar dauerhaft an der *Ysgol* tätig und damit in der Nähe des Duke zu sein. Dann stieß ich in der Bibliothek in Glasmaris auf ein Foto von einem kleinen blonden Mädchen. Es lag in einem Buch – Gullivers Reisen."

Ich hatte Emrys nicht mehr gefragt, ob er das Bild wiedergefunden hatte – aber das hätte auch nichts geändert. Wer machte sich schon Gedanken über ein verlorenes Foto?

„Die Ähnlichkeit mit deiner Mutter war augenfällig", stellte Duncan fest. „Das, was auf der Rückseite stand, ließ mich vermuten, dass deine Mutter weder ihren Bruder noch ihre Katze gemeint hatte, sondern ihre Kinder."

Kitty. Ich hatte es selbst dorthin geschrieben. In krakeliger Kinderschrift mit roter Wachsmalkreide. Und so gut ich eben konnte, hatte ich daneben ein Kätzchen gemalt.

„Schließlich fand ich heraus, wer du warst und wo du lebtest. Dann gab ich Kelly einen anonymen Hinweis."

„Warum ihm?"

„Er versorgte William mit Informationen über potenziell interessante Probanden." Seine Stimme hatte einen merkwürdigen Unterton.

„Probanden ...?" Der Toast in meinem Magen rumorte.

Duncan machte eine Bewegung, als scheuche er eine lästige Fliege fort. „Es sind nur wissenschaftliche Untersuchungen und statistische Erhebungen, die wir durchführen."

„Und warum dann diese Heimlichtuerei? Ein gewöhnliches Institut müsste sich doch wohl kaum in einer alten Mine verstecken."

Einige Sekunden starrte er vor sich hin. „Dr. Jäger hat zu seiner Zeit Menschenversuche durchgeführt und William ...", es schien ihm schwerzufallen, die Worte auszusprechen, „ebenfalls. Aber inzwischen konnte ich ihn davon überzeugen, dass dies der falsche Weg ist. Heute gibt es andere Möglichkeiten."

Ich war mir nicht sicher, ob ich ihm diese humanitäre Einstellung wirklich abnehmen sollte. „Aber ganz legal geht es trotzdem nicht zu", mutmaßte ich.

Er atmete tief. Keine Antwort war auch eine, fand ich.

„Der Duke lässt dich schon lange überwachen, Caitlyn, wusstest du das?"

„Er hat es mir gesagt."

„Es war vorauszusehen, dass er mich mit deinem Schutz beauftragen würde, als er dich in Gefahr sah."

Duncan hatte alles verdammt clever eingefädelt. Ich räusperte mich, doch meine Stimme schwankte trotzdem. „Und warum ... warum musste Michael Kelly dann sterben?" Es war wohl definitiv kein Herzinfarkt gewesen.

Duncans Augen loderten wie Kohlestücke.

„Warum?“, wiederholte ich die Frage.

„Kelly war nicht davon zu überzeugen, dich in Ruhe zu lassen. Er wusste nicht, dass der Tipp von mir stammte, daher bestand er darauf, dich William als seine Trophäe zu präsentieren. Außerdem hatte der Duke befohlen, kein Risiko einzugehen.“ Er rieb seinen rechten Unterarm. „Mir blieb also keine Wahl.“

Michael Kelly war ein Bauernopfer gewesen. Emrys hatte diesen Mord billigend in Kauf genommen, und Duncan hatte ihn in kaltblütiger Berechnung ausgeführt. Und ich war dabei gewesen. Die Decke rutschte auf den Boden, als ich hastig zur Toilette humpelte. Nach dem Toast würgte ich noch lange an bitterer Galle.

Während ich vor dem Klo kniete und darauf wartete, dass sich mein Magen beruhigte, legte ich eine Hand auf meinen Unterleib. In tiefen Zügen atmete ich ganz bewusst in den Bauch und zählte dabei meine Atemzüge.

Als ich bei zehn angekommen war, fühlte ich mich besser.

Mein Baby konnte nichts dafür, was sein Vater schon alles verbrochen hatte.

„Hey“, flüsterte ich so leise, dass selbst ich es kaum hörte. „Wir kriegen das hin.“ Dann rappelte ich mich auf.

„Du solltest dich hinlegen“, empfahl Duncan, als ich wieder meinen Platz auf dem Sessel einnahm.

„Geht schon.“

In der Zwischenzeit hatte er mir Pfefferminztee organisiert, den ich dankbar annahm. Den ebenfalls mitgebrachten Toast ließ ich liegen, denn ich traute meinem Magen nicht. Als ich am Tee nippte, verzog ich das Gesicht, weil ich mir die Zunge verbrannte. Ich pustete vorsichtig. Duncan saß mir gegenüber, hatte seine Hände gefaltet und tippte sich mit den Daumen nachdenklich gegen seinen Mund.

„Man hat immer eine Wahl“, sagte ich leise, während ich beobachtete, wie der Dampf aus der Tasse aufstieg. „Wie konntest du das nur tun, Duncan? Du hast Robin und Amy jeden Tag gesehen und wusstest, dass du ihren Vater umgebracht hast.“

Er stieß ein freudloses Lachen aus. „Kelly war kein großer Verlust für die Menschheit. Nach außen war er ein treu sorgender Familienvater, ein unbescholtener Bürger. Hast du eine Vorstellung davon, was er von William als Lohn für seine ... Dienste verlangte?“

Er hielt meinem Blick stand. Sehr lange. „Geld“, vermutete ich schließlich.

Sehr langsam schüttelte Duncan den Kopf. „Nein. Er wollte Mädchen. Blutjung, unschuldig. Er verging sich an ihnen. Er war ein Sadist, dem ihre Schmerzen Lust bereiteten. Ich musste einige der Mädchen wieder zusammenflicken – hinterher. Es war erbärmlich!“ Duncan hatte beide Hände zu Fäusten geballt.

Schweigen breitete sich über uns wie eine eisige Decke.

„Hast du Mallory auch umgebracht?“, fragte ich nach einer Weile.

Sein Tonfall triefte vor Sarkasmus. „Würdest du mir denn glauben, wenn ich behauptete, dass ich es nicht war?“

In jedem Fall hatte er die Gelegenheit dazu gehabt – oder es war dieser Hans oder sein Bruder gewesen. Für mich machte es keinen Unterschied mehr, daher sagte ich nichts weiter. Tatsache war, dadurch, dass Mallory mir den Kristall gegeben hatte, hatte ich Duncans Pläne durchkreuzt, ihn schon da auszutauschen, sodass er sich etwas Neues einfallen lassen musste, wie er den Kristall zu William bringen konnte. Wahrscheinlich war er für den Reitunfall von Emrys verantwortlich gewesen, um ihn davon abzuhalten, mit auf die Veranstaltung zu kommen. Hatte Emrys mich vielleicht mitgeschickt, weil er Duncan nicht völlig vertraute oder einfach nur sichergehen wollte? Es erschreckte mich selbst, dass ich Emrys dieses Vorgehen nicht nur zutraute, sondern dass es mir sogar sehr wahrscheinlich erschien.

Duncan beugte sich vor und ergriff meine Hand. „Sieh mich an, Caitlyn.“

Als ich nicht reagierte, nahm er mein Kinn und brachte meinen Kopf sanft, aber sehr bestimmt, in Position.

„Du willst wissen, warum ich das hier überhaupt tue, nicht wahr?“

Natürlich wollte ich das. Aber dass er mir die Wahrheit erzählen würde, bezweifelte ich eigentlich. Daher hörte ich nur mäßig interessiert zu.

„Meine Mutter wuchs in Südamerika auf – im Hauptquartier der *Heredes*. Sie war eine von Jägers Versuchspersonen."

„Was?" Sprachlos starrte ich ihn an. Damit hatte ich nun überhaupt nicht gerechnet. „Wie ... kam sie dorthin?"

„Ich weiß es nicht. Und ich weiß auch nicht, was sie alles mit ihr angestellt haben oder wann und unter welchen Umständen sie fliehen konnte. Sie war schwer traumatisiert und litt deswegen später unter einer Psychose, wurde alkohol- und medikamentenabhängig. Lange Zeit konnte sie das erfolgreich verbergen und nicht mal mein Vater ahnte etwas davon. Erst nach seinem Tod fand ich ein Tagebuch, anhand dessen ich einen Teil ihrer Vergangenheit rekonstruieren konnte. Sie liebte meinen Vater nicht. Sie hatten kaum Gemeinsamkeiten und er war zwanzig Jahre älter als sie, aber sie hatte ihn in der Hoffnung geheiratet, ein ruhiges Leben in East Anglia und eine eigene Familie würden ihr guttun. Aber so war es nicht. Schon der Alltag mit zwei Kindern war ihr zu viel. Häufig vergaß sie Dinge – wie die Impfung meiner kleinen Schwester Julia. Als eine der Letzten infizierte sie sich mit Kinderlähmung, wurde gehbehindert und hatte eine labile Gesundheit. Mutter war ständig überfordert, trank exzessiv und nahm Schlaf- und Aufputschmittel, weil sie glaubte, es zu brauchen. Vaters Kanzlei war in London, er bekam nicht viel davon mit. Manchmal hatte Mutter allerdings auch gute Phasen."

Längst hatte er mein Kinn losgelassen und seine Augen waren auf einen Punkt neben meinem Kopf gerichtet. Sein Gesicht glättete sich bei der Erinnerung an sie. Plötzlich zog er die Brauen zusammen und es war, als würde er zu sich selbst sprechen.

„Aber ihre Stimmung konnte von einem Moment zum anderen umschlagen. Im Sommer, bevor ich an die *Ysgol* gehen sollte, segelten wir vor der Küste und es gab ... es gab einen Unfall mit dem Gaskocher an Bord. Es wäre nicht geschehen, wenn Mutter ... wenn sie bei Sinnen gewesen wäre." Wie ferngesteuert schob er seinen rechten Ärmel hoch und zog seine Fingernägel über die Brandnarben – so fest, dass die Haut flammend rot wurde. Einen Moment verzerrte sich sein Gesicht schmerzhaft. Dann ließ er von sich ab. „Julia wurde schwer verletzt. Aufgrund ihrer Behinderung konnte sie nicht schwimmen. Ich ... konnte sie nicht ..." Er schluckte schwer. „Mutters Leiche wurde erst Monate später gefunden. Ich war damals zehn."

Er starrte auf seinen vernarbten Arm. Unvermittelt, als sei er aus einem Albtraum erwacht, blinzelte er. Dann sah er mich wieder bewusst an. „Deswegen wollte ich Arzt werden. Ich wollte helfen, Caitlyn. Menschen wie meiner Mutter, wie Julia – wenn sie hätte laufen können, wäre sie rechtzeitig vom Boot heruntergekommen und hätte wie ich an Land schwimmen können. Mein Vater hatte kein Verständnis für meinen Idealismus und versagte mir jegliche Unterstützung. Mit dem Stolz und Hochmut eines jungen Erwachsenen brach ich den Kontakt zu ihm ab, um bei der Army Medizin zu studieren. Einige Jahre später bekam ich von einem alten Freund meines Vaters die Mitteilung, dass Vater Lungenkrebs im Endstadium hätte. Er war stets starker Raucher gewesen, doch seit Mutters und Julias Tod wurde es noch mehr. Dann meine Starrköpfigkeit ..." Er unterbrach sich kurz. „Ich fuhr sofort hin." Ein bitteres Lächeln erschien auf seinem Gesicht. „Er trug mir nichts nach, aber er bat mich um einen Gefallen." Er stand auf und blieb mit dem Rücken zu mir vor dem Schreibtisch stehen.

„Was wollte er von dir?", fragte ich, weil er nicht mehr weitersprach.

Die Sekunden verstrichen. „Eine Überdosis Morphium."

Langsam stieß ich die Luft aus. Er sagte es nicht, aber es musste herausgekommen und der Grund gewesen sein, warum er die Army verlassen musste.

Er nahm Mörser und Stößel und zerdrückte den Rosmarin. „In ihren Aufzeichnungen erwähnte meine Mutter den Duke – woher sie ihn kannte, weiß ich nicht. Sie behauptete, er hätte Julia heilen können, und beschuldigte ihn, genauso besessen zu sein wie Dr. Jäger."

„Aber Emrys hat doch gar nicht die Mög…“ Der Blick, den Duncan mir über seine Schulter zuwarf, ließ mich verstummen. Was wusste ich schon wirklich über Emrys? Zu wenig, wie ich mir eingestehen musste. Viel zu wenig, um mir ein echtes Urteil über ihn erlauben zu können.

Er setzte sich wieder. „Ich war zornig. Mein Leben hatte keine Perspektive mehr, an den Duke kam ich nicht heran, also ging ich fort. Während der Ausbildung in Régina traf ich schließlich auf Christian. Ich wurde auf ihn aufmerksam, weil er ein Halstuch besaß, auf dem die Odal-Rune abgebildet war. Das Gleiche hatte Mutter besessen, und so holte mich die Vergangenheit wieder ein.“ Er seufzte. „Seine Familie lebt immer noch im Hauptquartier.“

„Christian. War … war er es, der dir das Leben gerettet hat? Im Dschungel?“

„Ja.“

„Wo ist er jetzt?“

Er nahm meine Hand, betrachtete meine Fingerspitzen. „Er hatte das Kommando über den Trupp, der an Silvester nach Glasmaris Hall kam. Er hatte mich nicht darüber informiert, weil er mich nicht in eine Zwickmühle bringen wollte. Ich konnte ihn nicht rechtzeitig kontaktieren, weil du dazwischenkamst und sie dich in die Eingangshalle brachten. Dort konnte ich mich nicht blicken lassen. Zumindest war ich sicher, dass Christian dich nicht erschießen würde, daher griff ich nicht ein. Wahrscheinlich … wäre das besser gewesen.“ Er atmete schwer und blinzelte. Dann ließ er meine Hand los. „Kieran mache ich keinen Vorwurf, schließlich war es nichts Persönliches zwischen ihm und Christian, denn sie waren Soldaten, die für ihre Sache kämpften und das Risiko in Kauf nahmen.“

Einige Minuten verstrichen wortlos.

„Was weißt du über den Kristall?“, fragte Duncan schließlich.

Ich zögerte. „Er ist aus Wüstenglas. Aber davon gibt es noch mehr ... in der libyschen Wüste.“

Duncan lächelte leicht. Meine Antwort überraschte ihn nicht. „So ist es. Hätte ich Christians Plan gekannt, hätte ich es ihm ausgeredet. Der Kristall war das Risiko nicht wert. Ich hatte eine Ahnung, worum es dem Duke wirklich geht, die sich am Silvesterabend dann bestätigte. Ich glaube, Christian hat es in dem Moment begriffen, als Kieran dich mit seinem Leben verteidigte.“

„Was meinst du damit?“

„Wie bereits gesagt, siehst du deiner Mutter sehr ähnlich. Und Christian hatte sie damals ebenfalls gesehen. Der Kristall war ein Ablenkungsmanöver des Duke. Es geht um dich, Caitlyn!“

Ich spürte Panik in mir aufwallen und versuchte krampfhaft, sie in Schach zu halten. „Um mich? Aber wieso?“

Sachte küsste er meine Fingerspitzen. „Genau das werde ich herausfinden.“

„Und was ... was genau willst du von mir?", fragte ich beklommen und entzog ihm so vorsichtig wie möglich meine Hand.

„Es gab noch drei weitere Briefe, deren Inhalt du nicht kennst."

„Du hast sie mir vorenthalten?" Ich klang empört, wobei ich mir in Anbetracht aller Fakten schon fast lächerlich vorkam, mich wegen ein paar Briefen aufzuregen.

Dementsprechend unbeeindruckt zeigte sich Duncan. „Es untermauerte meine Ahnung. Nachdem Karoline die Fleckfieberepidemie überlebt hat, setzte Jäger sie weiteren Erregern aus – kein einziges Mal wurde sie ernsthaft krank. Er hatte jemanden vor sich, der über ein außergewöhnlich gutes Immunsystem verfügte – und testete den Rest ihrer Familie, denn er hielt es für erblich. Aus den Briefen lässt sich schließen, dass niemand aus ihrer Familie überlebt hat. Jacob hatte das herausgefunden und glaubte, dass diese Eigenschaft sich nicht vorhersehbar vererbt. Um sie zu schützen, verhalf er Karoline zur Flucht. Wie Jäger sie Jahre später gefunden hat, weiß ich nicht, aber wahrscheinlich war er immer noch davon überzeugt, dass es erblich ist. Das war vermutlich der Grund, warum er sie geschwängert hat."

Ich stieß einen verächtlichen Laut aus. „Daher also deine Idee, es genauso zu machen."

Duncan blickte verständnislos. „Was meinst du damit?"

„Mich zu schwängern." Mir war zum Heulen zumute.

Duncan hingegen starrte mich wie vom Donner gerührt an. Dann lachte er – ein eher seltenes Ereignis. Es klang dunkel und ziemlich amüsiert.

„Was ist denn daran witzig?", fauchte ich.

„Du nimmst die Pille, und du hattest absolut recht: Das wusste ich." Er lehnte sich zurück. „Wie hätte ich das also anstellen sollen?"

„Du hast sie gegen ein Placebo ausgetauscht!"

Seine Brauen hingen knapp unter dem Haaransatz. „Nein, das ergibt keinen Sinn. Denn selbst wenn ich außer Acht ließe, dass niemand aus Karolines Familie Jägers Tests überlebte, liefert Williams Gesundheitszustand den Beweis dafür, dass er nicht über die Autotherapie seiner Mutter verfügt. Es liegt auf der Hand, dass Jacob recht hatte und der Erbgang keiner simplen Regel folgt. Warum also sollte ich dann mit dir derart überstürzt ein Kind zeugen? Ich kann dir nicht verdenken, dass du nach allem, was geschehen ist, eine schlechte Meinung von mir hast – aber ich bin kein Monster, Caitlyn, und ich werde unser Kind nicht den Geiern zum Fraß vorwerfen!" Er klang sehr entschieden.

Ich verschränkte die Arme und sagte nichts. Seine Argumente waren schlüssig, aber so leicht wollte ich mich nicht überzeugen lassen. Außerdem glaubte ich inzwischen eher an den Klapperstorch als an Zufall.

„Im Übrigen habe ich William nichts von den Briefen erzählt, daher hat er keine Ahnung, dass ich vielleicht sogar mehr weiß als er. Außerdem hat er mir versprochen, dich und unser Kind nicht zu behelligen."

„Na, herzlichen Dank auch", bemerkte ich sarkastisch.

In einer resignierten Geste drehte er die Handflächen nach oben. „Als du an die *Ysgol* kamst, wollte ich in erster Linie dein Vertrauen gewinnen. Herausfinden, was du weißt, und dich davon überzeugen, mir zu helfen. Aber bevor ich dir von meinen Absichten erzählen konnte, musste ich dich erst einmal besser kennenlernen, und das, was ich sah, gefiel mir mehr, als ich erwartet hatte. Du besitzt Rückgrat, du bist clever und hast Mut. Du bist eine wunderbare Frau, Caitlyn."

Ich schnaubte. „Hör auf, dich einzuschmeicheln."

Er lächelte leicht. „Ich weiß, dass du dich von Komplimenten nicht einlullen lässt, aber alles, was ich je zu dir gesagt habe, habe ich ernst gemeint."

Den Ausdruck, der bei diesen Worten in seinen schwarzen Augen lag, hatte ich in den letzten Wochen schon oft gesehen. Ich konnte nicht verhindern, dass mein Herz schneller schlug.

„Caitlyn, der Duke spielt nicht mit offenen Karten. Und ich will endlich herausfinden, was er verbirgt! Mit deiner Hilfe."

Unwillkürlich schüttelte ich den Kopf.

Ein spöttisches Lächeln kräuselte seine Lippen. „Ich habe befürchtet, dass es nach den Ereignissen zu viel verlangt sein würde, wenn ich dich einfach um Hilfe bitte."

Aus seiner Tasche holte er einen breiten, mattgrauen Armreif, den er um meinen rechten Unterarm gleich hinter dem Gelenk schloss. Er sah aus wie ein elegantes Schmuckstück aus Titan, mit schwarzen Kunststoffelementen verziert. Duncan stellte die Größe so ein, dass er eng auf meiner Haut lag und sich kaum bewegen ließ. Ich ging jede Wette ein, dass es kein bloßes Schmuckstück war.

„Morgen werden wir gemeinsam in die *Ysgol* zurückkehren. Nach deinem Reitunfall musstest du eine Nacht zur Beobachtung in der Klinik bleiben – und weil dort die Schwangerschaft festgestellt wurde, werden wir morgen Abend unsere Verlobung bekannt geben."

„Was?" Ich schoss aus dem Sessel hoch, die Decke rutschte wieder auf den Boden. Ich gab einen Schmerzenslaut von mir, denn mein Knie nahm mir die plötzliche Bewegung sehr übel. Hin- und hergerissen zwischen ungläubigem Lachen und schierem Entsetzen starrte ich ihn an. „Das kann doch nicht dein Ernst sein?"

Geduldig hob Duncan die Decke auf und platzierte sie auf dem Sessel. „Es war mir selten etwas ernster. Wir werden so schnell wie möglich heiraten."

„Nein!"

Duncan deutete auf den Armreif, an dessen Verschluss ich mich gerade zu schaffen machte. „Das solltest du lassen."

Etwas an seinem Tonfall ließ mich innehalten.

„Er enthält eine Sicherung. Sobald du versuchst, ihn mit Gewalt zu öffnen, wird er explodieren. Im günstigsten Fall könntest du überleben, aber mit Sicherheit würdest du deinen Arm verlieren."

Ich schluckte hart und starrte den Armreif an wie ein gefährliches Insekt.

„In diesem Armreif befindet sich ein GPS-Sender", fuhr Duncan fort. „Es dient deiner Sicherheit, damit ich jederzeit weiß, wo du bist. Außerdem ... gibt es einen Fernzünder. Ich kann ihn leider nicht deaktivieren, aber falls dich das beruhigt: Ich allein kenne den Code."

Das tat es natürlich nicht. Ich ließ mich auf den Sessel fallen, weil meine Beine zitterten. Beklommen brachte ich so etwas wie ein Nicken zustande. Emrys hatte Möglichkeiten, von denen ich in meinen kühnsten Träumen nichts ahnte. Ihm würde schon etwas einfallen. Aber war das wirklich eine kluge Idee, ihm alles zu berichten? Ich ärgerte mich, weil Duncan meinen Zweifeln an Emrys' Aufrichtigkeit reichlich neue Nahrung geliefert hatte.

Als ich nichts sagte, ließ Duncan sich vor mir auf die Knie sinken und legte seine Hand an meine Wange, damit ich ihn ansah. „Ich will nicht, dass dir etwas geschieht, aber ich kann dich nur mitnehmen, wenn

William überzeugt davon ist, dass du mich nicht verrätst – sei es aus Angst oder weil ich dich von seinen Ansichten überzeugt habe. Diese Armreife werden von Williams Angestellten getragen, damit sie nicht auf dumme Gedanken kommen. Ich musste es ihm vorschlagen, um dich mitnehmen zu können. Glaubst du mir das?"

Allmählich wusste ich nicht mehr, wem ich was glauben sollte. Nur in einem Punkt war ich mir ziemlich sicher: Duncans Gefühle für mich waren echt. Auch wenn ich noch keine Ahnung hatte, wohin mich das führen würde, konnte ich zumindest darauf bauen. Mit jedem Herzschlag spürte ich meine Furcht ein wenig schrumpfen – dafür erwachte etwas anderes: Entschlossenheit. Neugier. Was war das für ein Geheimnis, das Emrys so entschlossen hütete?

Es gab noch eine Unbekannte in diesem perfiden Spiel, dessen unfreiwillige Spielfigur ich geworden war. Vielleicht konnte sie mir helfen – die Frau, die mir die Kette geschickt und die Briefe geschrieben hatte. Doch dazu musste ich sie erst einmal finden, was natürlich bedeutete, dass ich aus dieser verdammten Mine herausmusste. Viele Optionen blieben mir dabei nicht.

„Ja", sagte ich leise zu Duncan. „Ich glaube dir."

Das für ihn so typische Lächeln huschte über seine Lippen. „Morgen fahren wir zurück nach Glasmaris." Mit sanftem Druck fuhr sein Daumen über meine Lippen. „Dir wird nichts geschehen. Und unserem

Kind auch nicht.“ Seine Finger glitten durch meine Haare. „Alles ist gut, Caitlyn. Alles.“

Das fand ich allerdings nicht. Absolut nicht.

Ich schloss die Augen, als er mich zärtlich küsste.

FORTSETZUNG FOLGT

Danksagung

Ein Buch schreibt man nicht allein, daher möchte ich vielen Leuten für ihre Unterstützung danken:

Meiner Agentin Anna Mechler für den Impuls, der Geschichte eine neue Richtung zu geben, ihr stets offenes Ohr und ihr grandioses Engagement.

Meiner Kollegin Anna Schneider für ihre handfeste Kritik, die ich zwar nicht immer hören will, aber mit der sie dummerweise oft recht hat.

Oberstaatsanwalt Ulrich Maaß für Informationen und Gespräche rund um das Dritte Reich. Sein unschätzbares Wissen reicht für viele Bücher.

Judith Ischen für den fabelhaften Grundriss der *Ysgol*, damit ich immer weiß, wo sich meine Figuren gerade befinden, sowie Titel und Konzept der Ausstellung im British Museum. Vielleicht sollte ich sie den Kuratoren vorschlagen.

Dr. Achim Sickmüller für die Idee, Nordwales und Anglesey zum Schauplatz zu machen.

Meiner Freundin Jutta, die die Urfassung dieser Geschichte mit ihren Ideen bereichert hat, sowie Manu und Silvia für lange Spaziergänge, offene Ohren und leichte Schläge auf den Hinterkopf.

Meiner Familie für ihre Nachsicht, wenn ich geistig abwesend bin. Und, hey, das sind alles keine Verschwörungstheorien, es ist nur Recherche! Ehrlich!

Meiner Oma, die mir stundenlang Geschichten erzählte, sodass ich irgendwann dachte, das kann doch nicht so schwer sein. Ist es aber!

Meinen Eltern, die zeitlebens an mich glaubten, dafür sorgten, dass mir der Lesestoff nie ausging, und mir mit ihren bewegenden Berichten vom Leben und Überleben während des Zweiten Weltkriegs wertvolle Inspirationen lieferten.

Nein, ich erfinde nicht alles! Ein paar Dinge in dieser Geschichte sind fast genau so geschehen.

Maxime Rodinson

Mohammed

Bucher

AUS DEM FRANZÖSISCHEN ÜBERTRAGEN VON
GUIDO MEISTER

REDAKTION DER DEUTSCHEN AUSGABE:
ROBERT UND XAVER SCHNIEPER

SCHUTZUMSCHLAG HANS F. KAMMERMANN

© 1961, 1968 UND 1975 BY EDITIONS DU SEUIL, PARIS

© 1975 FÜR DIE DEUTSCHSPRACHIGE AUSGABE
BY VERLAG C. J. BUCHER,
LUZERN UND FRANKFURT/M

ALLE RECHTE VORBEHALTEN

PRINTED IN GERMANY
BY DRUCKHAUS DARMSTADT GMBH

ISBN 3 7658 0206 9

«Nicht etwa, daß ein Mann nicht traurig sein kann, aber wenn er sich bei Tagesanbruch erhebt und behutsam mit einem alten Baum Zwiesprache pflegt, sieht er, das Kinn auf den letzten verglimmenden Stern gestützt, in der Tiefe des nüchternen Himmels große, lautere Dinge, die sich in Freude verwandeln.»

SAINT-JOHN PERSE

Einführung

Ein Buch wie dieses bedarf einer Rechtfertigung. Es gibt schon zahlreiche Biographien des Propheten des Islams, und mehrere wurden in den letzten Jahren geschrieben. Unter diesen Werken gibt es ausgezeichnete und solche, die mit Ehren bestehen. Warum also noch einmal die gleiche Geschichte erzählen?

Zugegeben, ich trage keine neuen Tatsachen bei. Das wäre überhaupt kaum möglich, da keine neue Quelle bekanntgeworden ist und höchst wahrscheinlich auch keine zu entdecken bleibt. Die wichtigsten Quellen sind seit langer Zeit genau bekannt, sie sind gesammelt, herausgegeben, untersucht und verglichen worden. Diese mit Sorgfalt durchgeführte Arbeit kann nur noch in Einzelheiten verbessert werden.

Indessen gestaltet jede Generation, von der Grundlage der gleichen Tatsachen ausgehend, die Geschichte neu. Im Lichte ihrer vorherrschenden Anliegen ändert sich ihre Auffassung vom Ablauf der Ereignisse, von den widerstreitenden Menschen und vom Spiel der einander gegenüberstehenden Kräfte. Seit Caetani, Becker und Lammens erscheint die Entstehung des Islams in einer neuen Sicht. Man hat angefangen, die soziale Entwicklung Arabiens zu jener Zeit zu berücksichtigen, einen Aspekt, der von den vorhergehenden Generationen sozusagen völlig vernachlässigt worden war. Ebenfalls in dieser Richtung bewegt sich das bemerkenswerte Werk von W. Montgomery Watt, dessen Verdienste ich an anderer Stelle gewürdigt habe. Der gleiche Gesichtspunkt liegt auch der von mir verfaßten Biographie zugrunde, doch habe ich ihr einen bestimmten Akzent gegeben. Die Ereignisse der letzten Jahre und gewisse Umstände persönlicher Art haben mich dazu geführt, über die bleibenden Werte der Ideologie und der auf einer Ideologie gründenden Bewegungen nachzudenken. Meine Aufmerksamkeit galt unwillkürlich diesen Werten, wie sie in den von mir berichteten Begebenheiten zutage treten. Dabei habe ich auch den verschiedenen Meinungen Beachtung geschenkt, die sich heute zur Streitfrage der Erklärung eines Lebens aus der Kindheit eines Menschen und aus seinem Mikromilieu äußern, eine Erklärung, die man mit der marxistischen Auffassung von der sozialen Kausalität des Lebenslaufs jedes einzelnen in Einklang zu bringen trachtet. Ich habe aufzuzeigen versucht, wie im Falle des Propheten diese beiden Reihen von Ursachen ineinanderfließen und uns erlauben, die Tatsachen zu verstehen. Mag sein, daß dieser Versuch einen gewissen methodologischen Wert besitzt.

Kurzum, ich habe mich bemüht, zugleich zu erzählen und zu erklären. Was diesen letzteren Gesichtspunkt betrifft, so war ich nicht so sehr bestrebt, neue Erklärungen beizutragen, als die bereits vorhandenen partiellen Deutungen zu ordnen, einer jeden ihren Platz zuzuweisen, die jeweiligen Gebiete ihrer Anwendbarkeit und ihren Anteil an der Wahrheit abzugrenzen, um zu sehen, wie sie ineinandergreifen, und zu einem abgerundeten Gesamtbild zu gelangen. Es gilt somit, sich von einem konkreten Beispiel ausgehend über die Probleme Gedanken zu machen, die man so häufig in der verdünnten Luft der Ideen zu lösen versucht. Ich glaube, daß dies nur von Vorteil sein kann.

Aber ich wollte auch ein lesbares und somit weitgehend erzählerisches Werk schaffen. Das ist nicht ganz ungefährlich. Eine Biographie Mohammeds, die nur unanzweifelbare, mit mathematischer Gewißheit feststehende Tatsachen berichten wollte, wäre in wenigen Seiten und mit einer erschreckenden Dürre abgetan. Und doch ist es möglich, ein wahrscheinliches, zuweilen sehr wahrscheinliches Bild von seinem Leben zu entwerfen. Allerdings müssen wir dafür aus Quellen schöpfen, deren Glaubwürdigkeit uns nur unzulänglich verbürgt ist.

Ich habe diese Quellen unablässig zugezogen. Wenn ich mich auch, wie ich glaube, sehr ernsthaft mit den Arbeiten meiner Vorgänger beschäftigt habe, will das nicht besagen, daß es sich lediglich um eine Zusammenstellung der in ihren Werken angeführten Daten handelt. Ich habe dauernd auf die Hauptquellen zurückgegriffen. Während der Abfassung dieses Buches hatte ich ständig Ibn Ishak, Tabari, Wakidi und Ibn Saad auf meinem Arbeitstisch, und häufig bin ich in das Meer der «Überlieferung» eingetaucht. Die Spezialisten werden dies leicht merken.

Dazu muß festgestellt werden, daß diese Quellen nicht eben verläßlich sind und den Tatsachen recht ferne stehen. Die ältesten Texte, die wir über das Leben des Propheten besitzen, sind etwa einhundertundfünfundzwanzig Jahre nach seinem Tode entstanden, also nach einer kaum geringeren Zeitspanne als jener, die uns von Napoleons Tod trennt. Natürlich zitieren sie ältere (zumeist mündliche) Quellen und versichern, daß sie auf Augenzeugenberichte zurückgehen. Aber insbesondere I. Goldziher und J. Schacht haben deutlich gezeigt, wie wenig Vertrauen diese «Überlieferungen» verdienen. Viele von ihnen sind, wie die Muselmanen bereits wußten, erfunden oder wenigstens zurechtgestutzt worden, um den Interessen einer Partei, einer Sache, einer Familie oder einer These zu dienen. Wie soll man unterscheiden, was ursprünglich echt ist und was nicht, wie das Wahre vom Falschen trennen? Es gibt kein absolut gültiges Kriterium. Die Überlieferungsschmiede besaßen ein unbestreitbares literarisches Talent. Sie verliehen ihren Erfindungen jenes lebendige, ungezwungene, vertraute Wesen, das ihren Reiz ausmacht. Die lebhaften Zwiegespräche, die ganz und gar erlebt wirkenden Einzelheiten, die Redewendungen in den Gesprächen, die Äußerungen des Humors sind häufiger das Merkmal der literarischen Begabung als jenes der historischen Echtheit. Die Verfasser haben in das Ganze archaische Ausdrücke eingestreut, die sie entweder aus Wörterbüchern fischten oder im Verlaufe richtiggehender ethnographischer Forschungen fanden, die jene Menschen des 8. und des 9. Jahrhunderts in der Wüste anstellten. Nichts erlaubt uns, jemals zu versichern: dies geht mit Bestimmtheit auf die Zeit des Propheten zurück.

Muß man also an der Aufgabe verzweifeln und darauf verzichten, diese Biographie zu schreiben, oder gar im Anschluß an einen russischen Autor von einem Mythos Mohammed sprechen? Das glaube ich nicht. Uns bleibt der Text des Korans, der zwar schwer zu handhaben und zumeist rätselhaft ist und nur in einer langwierigen und an Zweifeln reichen Arbeit chronologisch geordnet werden kann, der aber eine feste Grundlage bietet, die zweifellos echt ist. Uns bleiben die Tatsachen, in denen alle Überlieferungen übereinstimmen. Die ersten arabischen Kompilatoren sind (teilweise) uneins hinsichtlich der Namen der Teilnehmer an der Schlacht von Badr, hinsichtlich der Umstände jener Schlacht, ihrer Ursachen und ihrer Folgen. Sie diskutieren diese Punkte unter sich und spiegeln so die Parteikämpfe ihrer Zeit wider. Aber solche Diskussionen waren nur möglich, weil niemand die Tatsache der Schlacht von Badr bestritt, noch ihr (zumindest approximatives) Datum, noch ihren Ausgang. Wir müssen also diese Tatsachen als gesichert annehmen und versuchen, abzuklären, wo sie sich in der Verkettung der Ursachen und der Wirkungen einfügt. Im Verlaufe unserer Überlegungen können wir dazu gelangen, diese oder jene Gegebenheit der Überlieferung anzuführen, die uns mit dem von uns entworfenen Bild der Ereignisse übereinzustimmen scheint. Es muß ein für allemal vorausgeschickt werden, daß diese zur Veranschaulichung herangezogenen Angaben samt und sonders zweifelhaft sind. Ich habe häufig Ausdrücke verwendet wie «es heißt», «wie mir scheint», «wie später erzählt wurde» usw. Ich hätte mich ihrer noch häufiger bedienen sollen. Ich folge dabei übrigens nur dem Beispiel der arabischen Chronisten, die hintereinander die sich widersprechenden Überlieferungen zitieren und sehr klug schließen: aber Gott weiß es besser.

Ich möchte die Leser muselmanischer Bildung bitten, nicht vorschnell von Unwissenheit oder Unredlichkeit zu sprechen, wenn sie entdecken, daß Tatsachen, die ihnen genau belegt und geschichtlich begründet scheinen, angezweifelt oder vernachlässigt werden. Wie für die römische oder die biblische Geschichte hat die wissenschaftliche Haltung damit begonnen, daß beschlossen wurde, eine Tatsache nur anzuerkennen, wenn die sie berichtende Quelle für vertrauenswürdig befunden wurde, und nur in dem Maße, in dem sie sich als vertrauenswürdig erwies. Dies hat dazu geführt, daß zahlreiche Begebenheiten, die von den Historikern der vorkritischen Zeit für unzweifelhaft erwiesen gehalten wurden, nunmehr als legendär, ausgeschmückt oder zumindest zweifelhaft gelten. Diese Einstellung hat nichts mit Kolonialismus oder Europozentrismus zu tun. Die europäischen Wissenschaftler haben sie zuallererst auf ihre eigene Geschichte angewendet, und die Notwendigkeit dieser kritischen Einstellung war bereits von den Historikern festgestellt worden, die anderen Zivilisationen angehörten (darunter in erster Linie der muselmanischen), auch wenn es ihnen noch nicht gelungen war, eine hinreichend verläßliche Methode auszuarbeiten. Mag sein, daß einzelne eine gewisse boshafte Befriedigung empfanden, wenn sie nichteuropäische Völker gewisser schmeichelhafter Legenden entkleideten. Aber diese bedauerliche psychologische Voreingenommenheit tut dem Prinzip der kritischen Einstellung gegenüber den Quellen, die einer allgemeinen wissenschaftlichen Forderung entspricht, keinen Abbruch. Wenn ich ausdrücklich oder stillschweigend diese oder jene anerkannte Version der Tatsachen zurückgewiesen habe, ist dies nie ohne triftige Gründe geschehen. Die europäische Kritik hat vielleicht in bestimmten Punkten unrecht, aber um sie ihrerseits zu kritisieren, muß man sie zunächst studieren und kann ihr Vorgehen nur auf dieser selben Basis widerlegen.

Eine letzte Vorbemerkung und eine letzte Rechtfertigung. Ich befasse mich mit dem Begründer einer Religion, mit einem Manne, der – zumindest während eines wichtigen Abschnitts seines Lebens – zutiefst und aufrichtig religiös war und das deutliche Gefühl der unmittelbaren Gegenwart des Göttlichen besaß. Man wird mir entgegnen, daß ich, der Ungläubige, dies nicht verstehen kann. Mag sein, denn was heißt eigentlich verstehen? Ich bin indessen überzeugt, daß ein Atheist eine religiöse Natur sehr wohl verstehen kann, vorausgesetzt, daß er sich darum bemüht und jegliche Verachtung, jegliches Pharisäertum, jegliches Überlegenheitsgefühl beiseite läßt. Zumindest im gleichen Maße wie ein Kunstkritiker einen Maler verstehen kann, ein Erwachsener ein Kind, ein von Gesundheit strotzender Mann einen Kranken (oder umgekehrt), ein Historiker in seiner Zurückgezogenheit einen Geschäftsmann. Ich bin gewiß, daß ein religiöser Mensch unsere Gestalt anders verstehen wird. Aber besser? Das ist nicht sicher.

Die Begründer von Ideologien haben den Menschen Lebensgründe geliefert und zu erfüllende individuelle oder soziale Aufgaben. Wenn es sich um Religionen handelte, haben sie versichert (und zumeist auch geglaubt), daß die Botschaft aus einer jenseitigen Welt stammte oder daß sie selber etwas anderes vertraten als die Menschheit. Der Atheist begnügt sich damit, zu sagen, daß nichts diesen außermenschlichen Ursprung beweist. Aber er hat keinen Grund, die Botschaft an sich gering zu achten. Er kann ihr sogar einen großen Wert beimessen, ein bewundernswertes Bemühen darin erblicken, um über die menschliche Seinsverfassung hinauszugelangen. Allenfalls könnte er sogar ihre Verwurzelung in noch unbekannten Funktionen der menschlichen Psyche zugeben. Zuweilen kann er, glaube ich, ihr ursprüngliches Streben erfassen und es sich vielleicht besser zu eigen machen als die konformistischen Anhänger, bei denen diese Botschaft sich darauf beschränkt, der erwartete, gewohnte, tröstliche, billig rechtfertigende Helfer zu sein, der mit gutem Gewissen ein schales Leben zu führen erlaubt. Wie Epikur sich so großartig Menekeus gegenüber ausdrückte: Nicht derjenige ist gottlos, der die Götter der Menge leugnet, sondern jener, der sich zu der Vorstellung bekennt, die die Menge sich von den Göttern macht.

Ein Kritiker, dessen Meinung nicht ohne Einfluß auf das Schicksal dieses Buches ist, hat mir vorgeworfen, dies sei eine allzu ruhige Einstellung dem Mysterium gegenüber. Ich bewahre meine Ruhe, ohne die Mysterien zu leugnen. Was wir kennen, ist schon beunruhigend genug, um nicht ohne unwiderlegbare Beweise anzunehmen, daß das Unbekannte noch beunruhigender ist.

Gehen wir zu praktischen Bemerkungen über. Eine Schwierigkeit der Bücher, die sich mit arabischen Belangen beschäftigen, findet sich in den arabischen Wörtern und Namen. Ich kann diese Schwierigkeit nicht ganz umgehen. Der Leser findet am Schluß dieses Buches ein Verzeichnis (nicht aber ein Register) mit den erforderlichen Erklärungen zu den Wörtern und Namen, die wiederholt vorkommen. Was die Aussprache der Wörter betrifft, wird der aufmerksame Leser vielleicht einen gewissen Nutzen aus den folgenden Bemerkungen ziehen können. Er würde umsonst hoffen, die arabische Aussprache der erwähnten Wörter wiederzufinden. Aber es wird wenigstens versucht, ihn nicht allzu weit davon abzulenken. Viele arabische Laute gibt es weder im Französischen noch im Deutschen. Man kann jedoch ohne weiteres (im allgemeinen) die Schreibung mit *th* so aussprechen wie das *th* im englischen Wort *thing*, *dh* wie das englische *th* im Artikel *the*, *ch* wie im deutschen Wort *ach*; *ai*, *ij*, *oi* werden nicht diphtongiert, sondern getrennt ausgesprochen, also *a-i*, *i-j*, *o-i*. Im Ausklang der Silbe muß immer *-ann*, *-onn*, *-inn* usw. ausgesprochen werden. Abu Sofjan wird also am Schluß wie Mann ausgesprochen, nicht wie Kahn. Das *r* sollte «gerollt» ausgesprochen werden wie in Südfrankreich, während der hier mit *gh* wiedergegebene Laut etwa wie das Pariser *r* ausgesprochen wird, das man «kehlig» nennt. Dies erklärt, daß einem Wort wie *ghaswa* im Deutschen *«Razzia»* entspricht. Im übrigen sei nur noch bemerkt, daß mit *k* und *ch* (wie mit *z* und *s*) leicht verschiedene Lautpaare gebildet werden. Die kurzen arabischen Vokale sind schwankend, und so darf es nicht verwundern, wenn andernorts die von mir zitierten Namen in einer anderen, aber ebenso gültigen Schreibweise erscheinen.

Die Eigennamen stellen ein anderes Problem. Die Araber besaßen verschiedene Arten von Namen, und man bediente sich bald des einen, bald des anderen, um sie zu nennen. Jedes Individuum besaß seinen Eigennamen (Mohammed, Abdallah, Ali), und um zu unterscheiden, fügte man den Namen des Vaters hinzu, dem das Wort *ibn* («Sohn des») oder *bint* («Tochter des») vorausging. So für Mohammed ibn Abdallah (Mohammed, Sohn des Abdallah) oder Omar ibn al-Chattab (Omar, Sohn des al-Chattab). Die Tochter des Propheten hieß natürlich Fatima bint Mohammed. Man fügte auch den Volksnamen hinzu, um die Stammesabkunft zu bezeichnen (at-Tamimi, der Mann vom Stamme der Tamim), zuweilen einen Spitznamen, zuweilen auch die *konja*, das heißt die Bezeichnung mit dem Namen des

Sohnes (im allgemeinen des ältesten), dem das Wort *Abu* («Vater des») oder *Omm* («Mutter des») vorausgeht. Omm Mistah ist somit die Mutter Mistahs. Wie gesagt, man bedient sich bald des einen, bald des anderen all dieser Namen. Ich habe mich bemüht, in der Verwendung dieser Variationen Zurückhaltung zu üben.

Den Stammesnamen geht das Wort *Banu* («Söhne des») voraus. So wird der Stamm, der über Mekka herrschte, als die Banu Koraisch bezeichnet oder einfach als die Koraisch, aber auch mit eindeutschender Endung als die Koraischiten.

Im Gebrauch all dieser Variationen findet sich zuweilen, aber nicht immer, der Artikel *al-* (manchmal in der Form von *ar-*, *az-*, und so weiter). Somit Harith oder al-Harith. Hie und da fällt das *a* auch weg (Banu-l-Harith).

Die allgemeinen Zitate sind neu übersetzt worden; bis auf wenige Ausnahmen wurden indessen alle Koran-Zitate der anerkannten deutschen Übersetzung von Ludwig Ullmann (neu bearbeitet von L. W. Winter) entnommen.

Für die vorliegende Auflage habe ich den Text sorgfältig revidiert, ohne indessen alles neu schreiben zu wollen. Ich habe den klugen Hinweisen insbesondere von meinen Lehrmeistern und Freunden Marcel Cohen, G. von Grunebaum, G. Levi della Vida und L. Massignon sowie den neuen Arbeiten, die zu meiner Kenntnis gelangt sind, meinen Lektüren und meinen eigenen Betrachtungen der letzten sechs Jahre Rechnung getragen. Ich habe viele kleine Zusätze und Änderungen angebracht. Im besonderen habe ich ein paar Seiten über das literarische Wesen der Mohammedschen Botschaft hinzugefügt und versucht, die im Mittelpunkt stehende Eingebung, die diese ganze Botschaft gestaltet, besser zu umreißen. Paradoxerweise ist die Neuauflage meines Buches in Frankreich in einer Reihe erschienen, die «Politique» heißt, während die vorliegende Ausgabe gerade den Umständen mehr Rechnung trägt, die über den politisch-sozialen Rahmen im engen Sinne des Ausdrucks hinausgehen. Aber das ist ganz in Ordnung. Denn wenn auch kein menschliches Phänomen ohne Bezug auf diesen Rahmen verstanden werden kann, gibt es auch keines, das ganz in diesen Rahmen gehört. Mohammed war ein religiöses Genie, ein großer Politiker und ein Mensch wie wir alle. Es handelte sich dabei nicht um drei getrennte, nebeneinanderliegende Ebenen, sondern um verschiedene Aspekte einer gesamthaften Persönlichkeit, und zwar Aspekte, die sich nur dank der Analyse unterscheiden lassen. An jeder Handlung und jedem Gedanken waren alle diese Facetten ein und desselben Mannes beteiligt. Wer sich vor allen Dingen für den religiösen Menschen und seine Botschaft interessiert, tut wohl daran, die nicht religiösen Motivierungen und Auswirkungen der Tätigkeit dieses Mannes zu verstehen. Wer vor allem die historische Spur in Betracht zieht, muß über den Anteil der Ideologie an diesem menschlichen Phänomen nachdenken und sogar über diese Ideologie an sich. Damit ist nicht gesagt, daß die Dynamik des Politikers sich in tausend überaus mannigfaltigen anthropologischen Faktoren auflösen muß, wie behauptet wurde. Der Hauptanteil an dieser Dynamik kommt einer bestimmten Anzahl spezifischer Faktoren zu, und dies ist die Ebene, die nicht vernachlässigt werden darf. Nur im Verband mit diesen Faktoren können die anderen Phänomene eine eigentlich historische Bedeutung gewinnen. Aber sie können es – zumindest unter gewissen Bedingungen –, und das ist von entscheidender Wichtigkeit. In Mohammed einen Politiker zu sehen ist keine Herabwürdigung. Aber nur dies in ihm zu sehen, wäre gleichbedeutend mit einer Verstümmelung. Und der Verstümmler würde sich auf der Ebene des Verstehens selbst verstümmeln. Er ist der *abtar* (Koran, 108; siehe unten, Seite 60).

26. Mai 1967

ERSTES KAPITEL

Eine Welt wird vorgestellt

Dreizehn Jahrhunderte waren seit dem Jahr der vermutlichen Gründung Roms vergangen, etwas über ein halbes Jahrtausend seit der Geburt Christi, mehr als zweihundert Jahre, seit Konstantin aus Byzanz Konstantinopel gemacht hatte.

Das Christentum war siegreich. An den Gestaden des Goldenen Horns und des Bosporus herrschte der Kaiser des zweiten Rom, der erste Diener Christi des Königs, der rechtmäßige Herr des Universums. Überall reckten sich die Kirchen, um das Lob des Dreieinigen Gottes zu singen und das Sakrament des Abendmahls zu feiern. Missionen evangelisierten immer abgelegenere Gebiete in den Wäldern, den Steppen und den Nebeln des Nordens wie an den Ufern der warmen Meere, den Umschlagplätzen fabelhafter Reichtümer, von wo die Wege nach Indien und nach China führten. Gewiß, es gab Barbaren, die sich im Westen erhoben hatten, aber diese Franken, diese Burgunder, diese Goten waren unter sich entzweit, stritten sich, waren unzivilisierte Bewunderer der römischen Größe, aber selber unfähig, einen festgefügten Staat zu bauen, und kehrten nach und nach in den Schoß des Reiches zurück. Rom hatte gewiß viel von seinem ehemaligen Glanz eingebüßt und unter den Schlägen der Barbaren gelitten, aber Byzanz hielt stand, großartig, blendend, Mittelpunkt der Welt, unbesiegt und ohne Zweifel unbesiegbar.

Zu jener Zeit schrieb ein ägyptischer Händler namens Cosmas, der weit herumgekommen und auf seine alten Tage Mönch geworden war, die folgenden triumphierenden Zeilen:

«Das Römerreich hat somit Teil an der Würde des Königreiches unseres Herrn Christus, denn es überragt, soweit dies in diesem Dasein überhaupt möglich ist, jegliche andere Macht, und es wird unbesiegt bleiben bis an das Ende der Tage, denn es steht geschrieben: ‹Es wird nimmermehr zerstört› (*Daniel*, 2, 44) ... Und ich versichere voller Vertrauen, daß, obzwar feindliche Barbaren sich vorübergehend und gewiß zur Strafe für unsere Sünden gegen Rom erhoben haben, dennoch dank der Macht, die uns regiert, das Reich unbesiegbar bleiben wird, vorausgesetzt, daß es den Einfluß des Christentums nicht einschränkt, sondern erweitert. Es ist in der Tat der erste Staat, der an Christus geglaubt hat, vor allen anderen, und dieses Reich ist der Diener der von Christus gegebenen Gesetze, kraft deren Gott, der über alles Herr ist, es bis ans Ende der Tage unbesiegt erhalten wird ...» [1]

Weltreich und Weltreligion sind im Bund. Cosmas schreibt auch: «Desgleichen finden sich bei den Baktriern, den Hunnen, den Persern, den übrigen Indern, den Persarmeniern, den Medern und den Elamiten und im ganzen Lande Persiens unzählige Kirchen mit Bischöfen, sehr zahlreiche christliche Gemeinschaften und auch viele Märtyrer und Mönche, die zum Teil als Einsiedler leben. Desgleichen in Äthiopien, in Aksum und jener ganzen Gegend; bei den Leuten des glücklichen Arabiens, die heute Homeritai genannt werden (oder Himjariten), in ganz Arabien, Palästina, Phönizien, in ganz Syrien und in Antiochien bis nach Mesopotamien, bei den Nubiern und den Garamanten, in Ägypten, in der libyschen Pentapolis, in Afrika und in Mauretanien bis nach Gadeira (Cadix), in den Gebieten des Südens, allenthalben, wo es christliche Kirchen gibt, Bischöfe, Märtyrer, Mönche, Einsiedler, unter denen das Evangelium Christi verkündigt wird. Desgleichen auch in Zilizien, in Asien, in Kappadozien, in Lazika und in Pontus sowie in den nördlichen Regionen, wo die Skythen wohnen, die Hyrkanier, die Heruler, die Bulgaren, die Griechen und die Illyrer, die Dalmatiner, die Goten, die Spanier, die Römer, die Franken und andere Völker bis nach Gadeira am Ozean im Norden; überall gibt es Gläubige und Prediger des Evangeliums Christi, die sich zur Auferstehung der Toten bekennen. Und so sehen wir, wie die Prophezeiungen sich in der ganzen Welt erfüllen.»[2]

Versetzen wir uns in die Lage der Bewohner jener nördlichen und westlichen Gegenden, die uns heute so vertraut sind. Viele begaben sich damals gegen Osten ins Land der Quellen des Glaubens. So zum Beispiel die spanische Nonne, die ein galizischer Mönch namens Valerius im 7. Jahrhundert seinen Gefährten im Kloster als Beispiel vorhält:

«Zur Zeit, da der wohltätige, noch im Werden begriffene katholische Glaube und die unendlich leuchtende Klarheit unserer heiligen Religion, die erst spät an diese Gestade des entlegenen Abendlands gelangten, hier endlich erstrahlten, unternahm die selige Aetheria, vom Feuer des Verlangens und der göttlichen Gnade verzehrt, von der Macht der Majestät des Herrn sowie allen ihren Kräften und einem unerschrockenen Herzen unterstützt, eine Reise durch die ganze Welt. Nachdem sie eine Zeitlang unter der Führung des Herrn so durch die Lande gezogen war, gelangte sie zu den heiligen und ersehnenswerten Stätten der Geburt, der Leiden und der Auferstehung des Herrn und auch in die Nähe der Überreste unzähliger heiliger Märtyrer in verschiedenen Provinzen und Städten, um daselbst zu beten und sich zu erbauen. Je mehr Kenntnis des heiligen Dogmas sie erworben hatte, desto heftiger entbrannte in ihrem Herzen die unauslöschliche Flamme des heiligen Verlangens.» [3]

Als wären wir späte Nachahmer Aetherias (sie machte ihre Reise etwa um das Jahr 400), wollen auch wir uns an den spanischen Küsten einschiffen. Wir können vielleicht darauf verzichten, das beinahe entvölkerte, von Bränden verwüstete, des Wassers entbehrende, von Ruinen bedeckte Rom zu besuchen. Aber die Neugierde reizt zum Besuche der Hauptstadt Konstantinopel, des zweiten Rom. Einen solchen Besuch erlaubte auch die Frömmigkeit. *Die Stadt*, wie sie damals genannt wurde, war in der Tat mit berühmten Kirchen angefüllt, deren schönste und berühmteste, die Hagia Sophia, damals im vollen Glanze ihrer Neuheit prangte. Justinian hatte am 25. Dezember 537, als er sie einweihte, ausgerufen: «Ich habe dich besiegt, Salomo.» Konstantinopel besaß im Überfluß berühmte Klöster und kostbare Reliquien, die die Pilger anzogen. Man bewunderte dort «breite, die ganze Stadt durchquerende Straßen, große, von prunkvollen Palästen gesäumte Plätze, in deren Mitte eine hohe Säule aufragte; man sah dort öffentliche Bauwerke von noch klassischem Aussehen, elegante, in syrischem Stil erbaute Häuser; die Straßen und die Säulenhallen waren mit antiken Statuen bevölkert, und das alles bildete ein wunderbares Ganzes ... Die Pracht der kaiserlichen Paläste, des großen Heiligen Palastes ... war bewundernswert wegen der Vielfalt der Gebäude, der Schönheit der sie umrahmenden Gärten, der Mosaike oder Malereien, mit denen die Gemächer ausgeschmückt waren. Und dank alledem zog Konstantinopel alle Blicke auf sich. Die ganze Welt träumte von ihr wie von einer Stadt der Wunder, die man in golden flammendem Lichte erblickte.» [4]

Nachher gelangte man wirklich wie Aetheria in die heiligen Lande. «Überall auf der Suche nach allem, was in allen Büchern des Alten und des Neuen Testaments erhalten ist», sagt Valerius weiter von ihr, «alle Stätten besuchend, wo in den verschiedenen Teilen der Welt, in Provinzen, Städten, Gebirgen oder Wüsten heilige Wunder geschehen waren, auf die sie durch die Bücher aufmerksam geworden war, stets darauf bedacht, auf ihren Reisen, die lange Jahre dauerten, überallhin zu gelangen, alles mit Gottes Beistand durchwandernd, gelangte sie schließlich in die Landstriche des Orients». [5] Der byzantinische Orient war reich an Baudenkmälern, großartigen Kirchen, blühenden und wimmelnden Städten, ausgedehnten Klöstern und an Erinnerungen aller Art an die biblische Zeit und die Ursprünge des Christentums. Antiochia, Alexandrien, Jerusalem waren sehr große und sehr schöne Städte. Justinian hatte dort große Bauten errichten lassen, aber nicht nur dort, sondern auch in zweitrangigen Städten wie zum Beispiel Gaza, die Prokop uns in seiner ihnen gewidmeten Abhandlung aufzählt.[6] Aetheria gelangte gegen Osten bis nach Charra, dem ehemaligen Harran, wo Abraham gewohnt hatte. Unermüdlich auf biblische Erinnerungen erpicht fragte sie den Bischof des Ortes, wo sich denn die Stadt Ur befinde, in der der Patriarch zur Welt gekommen war. Aber da begegnete sie einer gewaltigen Schwierigkeit. «Der Ort, nach dem du mich fragst, meine Tochter, ist die zehnte Etappe von hier, im Inneren Persiens ... Jetzt haben die Römer dort keinen Zugang mehr, jene ganze Gegend ist von den Persern besetzt.» [7] Dort begann ein anderes Kaiserreich. Das persische Kaiserreich der Sassaniden war die zweite Weltmacht. Es beherrschte alle Lande vom Euphrat bis zum Indus. Seine Hauptstadt war ein Gebilde aus sieben unfern des ehemaligen Babylon und des heutigen Bagdad am Tigris gelegenen Städten. Das Ganze wurde auf syrisch Mahuse oder Medhinatha, auf arabisch al-Madain genannt, das heißt ganz einfach «die Städte». Die wichtigste war Ktesiphon. Man kann dort noch die Überreste des Königspalastes sehen, der auf persisch Tak-e-Kesra heißt, der Bogen von Chosrau. Der Audienzsaal, der siebenundzwanzig Meter breit, zweiundvierzig Meter lang und siebenunddreißig Meter hoch war, besaß ein großes elliptisches Gewölbe. Dort zeigte der König der Könige sich seinem Volke. An den Audienztagen «drängte sich das Volk vor der riesigen Pforte des *apadana*, und gar bald war der geräumige Saal von Menschen gefüllt. Die Fliesen waren mit weichen Teppichen belegt; auch die Wände waren zum Teil von Teppichen bedeckt und dort, wo sie nackt zutage traten, von Mosaiken ... Der Thron befand sich ganz im Hintergrund hinter dem Vorhang: um ihn scharten sich die Großwürdenträger und die übrigen hohen Beamten, die sich in der von der Etikette vorgeschriebenen Entfernung zum Vorhang hielten. Eine Schranke trennte ohne Zweifel die Höflinge und die Würdenträger von der Menge. Unvermittelt öffnet sich der Vorhang, und der König der Könige zeigt sich auf seinem Thron, auf einem Kissen aus Goldbrokat, mit einem großartigen, golddurchwirkten Gewand angetan. Die mit Gold und Silber überzogene und mit Perlen, Rubinen und Smaragden besetzte Krone hing an einer goldenen, an der Decke befestigten Kette über seinem Kopf, doch war sie so dünn, daß man sie erst sah, wenn man ganz nahe an den Thron herantrat. Aus der Entfernung schien die Krone auf seinem Haupte zu ruhen, aber in Wirklichkeit war sie zu schwer für irgend ein menschliches Haupt, denn sie wog einundneunzigeinhalb Kilo. In dem geheimnisvollen Licht, das durch die einhundertundfünfzig im Gewölbe angebrachten Öffnungen von zwölf bis fünfzehn Zentimetern einsickerte, war der Anblick dieses ganzen Prunks so überwältigend, daß jeder, der diesem Schauspiel zum erstenmal beiwohnte, unwillkürlich auf die Knie fiel.» [8]

Die Schätze der sassanidischen Könige der Könige waren unermeßlich, und die arabischen Autoren haben uns Aufzählungen und bewundernde, von der Überlieferung noch ausgeschmückte Beschreibungen hinterlassen. Es war die Rede von einem Schachspiel, dessen Figuren aus Rubinen und Smaragden bestanden, und von einem Tricktrack aus Korallen und Türkisen. Der Thron, so schreibt Taalibi, war «aus Elfenbein und Teakholz, mit Plattierungen und Balustraden aus Silber und Gold. Er war einhundertundachtzig Ellen lang. Auf den Thronstufen befanden sich in Gold gefaßte Sitze aus dunklem Holz und aus Ebenholz. Über dem Thron spannte sich ein Baldachin aus Gold und Lapislazuli, auf dem der Himmel und die Sterne dargestellt waren, die Zeichen des Tierkreises und die sieben Klimas sowie die Könige in ihren verschiedenen Haltungen, sei es beim Mahle oder in der Schlacht oder während der Jagd. Auch eine mechanische Vorrichtung gab es dort, um die Stunden des Tages anzuzeigen. Der Thron selber war ganz mit vier golddurchwirkten, mit Perlen und Rubinen besetzten Brokatteppichen bedeckt, und jeder dieser Teppiche entsprach einer der vier Jahreszeiten.» [9] Dieser Thron war vielleicht in Wirklichkeit eine riesige, großartig ausgeschmückte Uhr.

Die Armee war mächtig. Die Adligen stellten die wichtigste Stoßtruppe, die Reiterei. Die Reiter trugen eng angepaßte Harnische und bildeten im Verband gleichsam eine in der Sonne schimmernde Masse aus Eisen. Hinter der Kavallerie kamen die Elefanten, deren Schreie, Geruch und schrecklicher Anblick dem Feind Furcht einflößten, dann die Fußsoldaten, eine Masse zum Dienst gezwungener Bauern, die wenig kriegerischen Wert besaß. Die aus Reitern der kriegführenden und den Iranern botmäßigen Völker oder aus Söldnern bestehenden Hilfskorps waren bei weitem am nützlichsten.

Diese im 6. Jahrhundert neu mit einer sehr strengen Disziplin organisierte Armee hatte in den Kämpfen an allen Grenzen des Reiches gedient: in Turkestan, gegen Indien zu, im Kaukasus, vor allem aber gegen das Römische Reich. Im Jahre 531 hatte ein echter Herrscher den iranischen Thron bestiegen, Chosrau mit dem Beinamen Anoscharwan, das heißt «mit der unsterblichen Seele». Er stellte energisch die Gesellschaftsordnung wieder her, die von seinem vom Elend des Volkes mitleidig gestimmten und von den Ideen des kommunistischen Reformators Masdak bestochenen Vater ein wenig ins Wanken gebracht worden war. Er reformierte das Heer und die Finanzen, dann fiel er in Syrien ein, eroberte Antiochia und zerstörte die Stadt. Im Jahre 561 wurde ein fünfzigjähriger Frieden geschlossen, der jedoch kaum zehn Jahre anhielt.

Die beiden großen Reiche kämpften erbittert miteinander um die Macht. Aber sie verkörperten auch zwei entgegengesetzte Weltanschauungen und Religionen. Das Christentum herrschte in Byzanz. Die offizielle Religion war in Iran der von Zarathustra begründete Zoroastrismus, eine auf dem kosmischen Gegensatz der Prinzipien des Guten und des Bösen gründende Religion. Der Mensch muß sich mit seinen guten Gedanken, seinen guten Worten, seinen guten Taten auf die Seite des Guten stellen. Aber daneben wurden andere Religionen geduldet, ja sogar beschützt und geehrt. Die Masdasnäer betrieben keinen Proselytismus, und die flüchtigen Verfolgungen der anderen Religionen hatten keine religiösen, sondern vor allem politische Gründe. Häufig metzelten die Anhänger dieser Religionen sich gegenseitig hin oder verklagten einander bei der Regierung. Diese befürchtete ein geheimes Einverständnis zwischen den Christen und dem byzantinischen Feind, und zwar nicht ohne Grund. Aber als im 5. Jahrhundert Konstantinopel die nestorianische Häresie verurteilt hatte, die allzu kategorisch zwischen den beiden Naturen in Jesu unterschied, flüchteten die Nestorianer nach Iran. Als erbitterte Gegner von Byzanz wurden sie dort gut aufgenommen, gediehen und erlangten allmählich einen großen Einfluß; sie machten Persien zu einer Ausgangsstellung für die Evangelisation der asiatischen Länder. Man versteht, daß Cosmas, der jedenfalls den Nestorianern zumindest wohlwollend gegenüberstand, vom «Reich der Weisen» sagt, es komme «unmittelbar nach jenem der Römer, denn die Weisen haben eine gewisse Auszeichnung bei Jesus Christus empfangen, da sie ihm Ehre und Anbetung dargebracht hatten; anfänglich verbreitete die christliche Predigt sich zur Zeit der Apostel in den römischen Landen, aber bald darauf wurde sie durch den Apostel Thaddäus auf Persien ausgedehnt.» [10] Auch die Juden wurden im allgemeinen gut aufgenommen und fanden Schutz vor den Verfolgungen durch die Christen. Im sassanidischen Mesopotamien betreuten die intellektuell äußerst regen Akademien im Schoße der wimmelnden jüdischen Gemeinschaften die Niederschrift des höchst umfangreichen babylonischen Talmuds. Der Katholikos, der Großmetropolit der christlichen Kirche Irans, und der *resch-galuta* oder Exilarch, das Haupt der jüdischen Gemeinschaft, waren bedeutende Persönlichkeiten, die über ihre Schäfchen große Macht besaßen. Sie gehörten zu den hohen Ratgebern des Reiches. Ungeachtet einiger Reibereien und kurz aufflammender Verfolgungen, die zumeist einem übertriebenen proselytischen Eifer entsprangen oder einer Einmischung der religiösen Obrigkeiten in die hohe Politik, befanden Nestorianer und Juden sich in Persien in einer verhältnismäßig sehr günstigen Lage. In der ganzen übrigen Welt blickten die Menschen auf dieses Land wie auf eine hilfespendende Metropolis.

In den Augen eines großen Teils der Weltbevölkerung bildeten das römisch-byzantinische Reich und das persisch-sassanidische Reich zusammen die Gesamtheit der zivilisierten Welt, «die beiden Augen, denen die Gottheit die Aufgabe anvertraut hat, die Welt zu erleuchten», wie ein persischer Kaiser an den byzantinischen Herrscher schrieb. «Durch diese beiden großen Reiche», so fügte er hinzu, «werden die Unruhe stiftenden und kriegslustigen Volksstämme im Zaum gehalten, und das Leben der Menschen im allgemeinen wird geordnet und gelenkt.» [11] Natürlich wußte man vom Hörensagen, daß es in weiter Ferne mächtige Reiche gab, die sich einer glänzenden Zivilisation und erstaunlicher Reichtümer erfreuten: das China der Tang, die Königreiche Indiens, Birmas, Indonesiens, das Reich der Khmer, Japan ... Aber das gehörte in den Bereich des Fabelhaften, es handelte sich um Traumländer, deren Sitten, Institutionen und Geschichte unbekannt waren. Gewiß, Händler wie Cosmas wagten sich bis nach Ceylon und Indien vor (daher der Beiname Indicopleustes, «der nach Indien gesegelt ist») und brachten von dort ein paar zusätzliche Berichte über die auf der anderen Seite liegende Welt. Aber es war sozusagen ein anderer Planet, übrigens am Wege zum irdischen Paradies, das jenseits des östlichen Ozeans gelegen war, ein Planet, mit dem ein paar kühne Raumfahrer von Zeit zu Zeit lockere Beziehungen unterhielten. Im übrigen kamen von dort kostbare Waren, in erster Linie die Seide und die Gewürze; sie wurden vor allem von barbarischen Völkern transportiert, die zwischen den beiden Welten eine ausgedehnte Zwischenzone hielten und beinahe das Monopol der wechselseitigen Beziehungen besaßen: die Türken im Norden, die Araber im Süden. Wenn man sich dem Hoheitsgebiet der letzteren näherte, gelangte man tatsächlich in gewissem Sinne ans Ende der Welt.

Auf den Spuren der wirklichen Pilger wie jener Mönchin Aetheria mag unser eingebildeter Reisender sich vielleicht in dieser Richtung bewegen. Jenseits von Syrien und Palästina wurde Aetheria zu einem Ort geführt, wo «die Berge, zwischen denen wir gingen, sich öffneten und ein unabsehbar weites Tal bildeten, das völlig flach und unendlich schön war; hinter dem Tal tauchte der heilige Berg Gottes auf, der Sinai».[12] Dieser Berg, der sich beim Näherkommen als Gruppe mehrerer Bergkuppen erwies, wurde von den Pilgern nicht ohne Mühe erklommen. «Wir sind unter unendlicher Anstrengung jene Berge hochgestiegen, denn man geht nicht ganz sachte und, wie man so sagt, gleichsam in Schneckenwindungen hinauf, sondern ganz gerade, als folgte man einer Mauer, und der Abstieg von diesen Bergen erfolgt wiederum völlig gerade, einer nach dem anderen, bis man zum Fuße des mittleren gelangt, dem eigentlichen Sinai. So ging ich denn dem Willen Christi, unseres Gottes, gehorchend und von den Gebeten der uns begleitenden Heiligen unterstützt unter großen Mühen, weil ich den Aufstieg zu Fuß machen mußte (es war völlig ausgeschlossen, ihn im Sattel zu machen); indessen spürte ich meine Mühe nicht, und wenn ich meine Mühe nicht spürte, so deshalb, weil ich sah, daß das in mir wohnende Verlangen sich Gottes Willen folgend verwirklichte.» [13] Auf dem Gipfel fand sich «eine nicht sehr große, aber ausnehmend schöne Kirche», und die Mönche zeigten den Pilgern die Rundsicht. «Wir sahen unter uns die Berge, die wir zuerst unter so großer Anstrengung erklommen hatten; im Vergleich zu dem mittleren Berg, auf dem wir uns befanden, sahen sie wie kleine Hügel aus ... Ägypten und Palästina, das Rote Meer, das Parthische Meer, das sich gegen Alexandrien erstreckt, und schließlich das Land der Sarazenen, das sich ausdehnt, so weit das Auge reicht, das alles sahen wir von dort oben zu unseren Füßen ...» [14]

Das Land der Sarazenen ... Ein barbarisches, beunruhigendes Volk. Die Mönche unterhielten gewisse Beziehungen mit ihnen. Etwa hundert Jahre nach Aetheria lag die kleine Kirche verlassen; es spukte gewissermaßen in ihr. «Kein Mensch», so schreibt Prokop, «vermag eine ganze Nacht auf dem Berggipfel zu verbringen, denn man vernimmt die ganze Nacht hindurch ein Donnergrollen und andere göttliche Wunder, die sogar den stärksten und entschlossensten Mann mit Panik erfüllen.» Viel weiter unten hatte Justinian der Muttergottes eine schöne Kirche erbaut und daneben eine mächtige Festung, die von einer zahlreichen Garnison gehalten wurde, «so daß die sarazenischen Barbaren nicht den Umstand nutzen können, daß die Gegend verlassen ist, um sich des Ortes als Ausgangsbasis zu bedienen und heimlich in die benachbarten Gebiete Palästinas einzufallen».[15] Welches waren jene Menschen, die so sehr gefürchtet waren und dieses öde Land an den äußersten Grenzen der zivilisierten Welt bewohnten?

ZWEITES KAPITEL

Ein Land wird vorgestellt

Die Menschen, die damals auf griechisch Sarakenoi, auf lateinisch Saraceni hießen, was auf deutsch Sarazenen ergab, wurden zuvor die szenitischen Araber genannt, die unter dem Zelt (auf griechisch *skene*) lebenden Araber. Sie selber nannten sich ganz einfach Araber. Seit undenklichen Zeiten bewohnten sie jenes dürre Land, und niemand vermochte sich zu entsinnen, daß ihnen je ein anderes Volk vorausgegangen wäre.

Ein unendlich weites Land, beinahe so groß wie ein Drittel von Europa. Aber die Bevölkerung ist sehr wenig zahlreich. Die Seltenheit der Niederschläge hat einen großen Teil des Territoriums in Wüste verwandelt. In gewissen Gegenden kann es zehn Jahre hintereinander nicht regnen. Unendlich ausgedehnte Gebiete sind von Dünen bedeckt, die bis zu zweihundert Meter hoch und mehrere Kilometer lang sein können. Eines dieser Gebiete, die Rub-al-Chali-Wüste, ist so groß wie Frankreich; weiter nördlich befindet sich die Wüste Nefud mit immerhin 70 000 km^2. An anderen Orten finden sich sehr ausgedehnte Lavafelder, die von einer mehr oder weniger alten vulkanischen Tätigkeit zeugen.

Die Flußbetten (*wadi*) sind ihrerseits Zeugen einer einst wasserreicheren Zeit. Aber zumindest seit der historischen Epoche sind sie beinahe ständig ausgetrocknet. Zuweilen findet sich ihrem Bett entlang da und dort ein Tümpel. Unverhoffte Regenfälle verwandeln sie jedoch für kurze Zeit in ungestüme Wildbäche. Diese «Überschwemmungen», wie die Araber sich ausdrücken, verursachen furchtbare Verwüstungen. Indessen gibt es noch Wasser, nur ist es in den Boden eingesickert. Man holt es dank Brunnen aus der tiefsten Tiefe der Erde. Einer dieser Brunnen soll einhundertundsiebzig Meter tief sein. Die Araber haben eine ganze Brunnenwissenschaft entwickelt und wittern jeden in geringer Tiefe vom Sand verwehten Wasserpunkt. Manchmal steigt das Wasser in einer Quelle auf. Dann sieht man eine Oase auftauchen, deren grüne Vegetation mit der umliegenden Wüste kontrastiert. In anderen Landstrichen, besonders in den Küstenebenen, den *tihama*, wo es häufiger regnet, führen die unteren Flußläufe der Wadis genügend Wasser, um einen gewissen Ackerbau zu ermöglichen. Sogar in den Wüstengebieten läßt ein plötzlicher Platzregen innerhalb weniger Stunden Blumen und wilde Gräser hervorsprießen.

Das Land bedingt die Lebensweise. Da die Wüste auf der Halbinsel vorherrscht, ist die entsprechende Lebensweise die des nomadisierenden Hirten. Im Verlauf des 2. Jahrtausends vor Christus zähmten die Bewohner dieser Landstriche das Kamel. Die Anpassung dieses Tieres an die Wüste ist bekannt. Von da an folgten kleine Gruppen von Nomaden (*Badu* auf arabisch, daher unser «Beduine») dem Kamel, das ihren Unterhalt sicherte. Die Araber, sagte Sprenger, sind die Parasiten des Kamels. Im «Frühjahr», wenn der Regen fällt, kommen sie alle in Scharen, ihre Tiere antreibend, in die Gebiete, die das Wasser des Himmels hat aufgrünen lassen. Es sind Tage festlicher Fröhlichkeit, während deren Menschen und Tiere sich im Blick auf die bevorstehenden Zeiten der Not vollstopfen. Kleine Gruppen schwärmen aus, um aus dieser Manna den größtmöglichen Nutzen zu ziehen. Dann kehrt die Dürre zurück, und die Menschengruppen sammeln sich wieder um die nie versiegenden Wasserstellen, wo Bäume und Sträucher Bestand haben.

In anderen Gegenden wird ein wenig Getreide angebaut. Aber in der Oase bestellt eine wenig zahlreiche seßhafte Bevölkerung die Dattelpalme, den Baum aller Bäume, von dem nicht nur die Früchte, sondern sämtliche Bestandteile restlos genutzt werden, bietet doch «die Tante und Mutter der Araber», wie man zu sagen pflegt, die einzige feste (durch die Kamelmilch vervollständigte) Nahrung für die Masse der vom Elend bedrückten Beduinen.

Alle diese Gruppen der Bevölkerung mußten in Symbiose leben, denn sie hatten sich gegenseitig nötig: die Landwirte, die die Palmenhaine bestellten oder die wenigen Gegenden, wo Getreide, Obst und Gemüse angebaut wurden, die Beduinen, die Steppen- oder Wüstenkamele aufzogen, die Bauern und Städter der umliegenden Gegenden. Die Kameltreiber verdankten ihren raschen Reittieren eine militärische Überlegenheit, die praktisch zur Beherrschung der seßhaften Bevölkerung führte, vor allem jener der einsam mitten im Ozean der Wüste, dem Hoheitsgebiet der Nomaden, liegenden Oasen. Mehr oder weniger überall erkauften die Landwirte sich den Schutz der Hirten mit Dienstleistungen oder Naturalien. In gewissen arabischen Gebieten wird das heute mit einem etwas schwarzen Humor die *chowwa* genannt, die Steuer der Brüderlichkeit.

Der Handel stellte eine andere Art friedlicher Beziehungen zwischen diesen Bevölkerungen dar. Das Kamel, das Wüstenschiff, erlaubt gewaltige Weiten zu durchqueren. Es kann bis zu zweihundert Kilo Last tragen. Ein Reitkamel schafft achtzig Kilometer im Tag; es ist fähig, ohne Wasser und bei einer Hitze von 57 Grad bis zu siebzehn Tage lang durch die Wüste zu ziehen. Die Karawanen vermochten die Verbindung zwischen den zivilisierten Landstrichen Südarabiens und des Fruchtbaren Halbmonds herzustellen und deren Produkte zu transportieren, aber auch jene, die sie im Transit beförderten, sei es aus Indien, Ostafrika und dem Fernen Osten, sei es aus der ganzen Mittelmeerwelt. Die Beduinen ließen sich den Durchgang durch das von ihnen kontrollierte Gebiet bezahlen, außer wenn ein starker Staat die Möglichkeit besaß, den militärischen Schutz der Karawane zu übernehmen. In einem bescheideneren territorialen Rahmen vollzog sich der natürliche Tauschhandel zwischen Nomaden und Seßhaften, schon nur um eine Ernährung zu ermöglichen, in der die Kamelmilch der Nomaden sich mit den Datteln der Seßhaften verband. Eine Reihe von Marktplätzen und Jahrmärkten war entstanden, die zuweilen in der Umgebung einer Quelle oder eines Heiligtums zur dauerhaften Einrichtung wurden. So gab es über die Wüste verstreute Gemeinwesen, die sich natürlicherweise vor allem um die Oasen bildeten. Es waren Ortschaften, in denen Händler und Handwerker sich zusammenscharten, und wenn die Bodenbeschaffenheit es erlaubte, auch Bauern sowie Häuptlinge der Nomadenstämme, die von dort aus in verhältnismäßigem Luxus und mit einem mehr oder weniger zahlreichen Gefolge ihre umherziehenden Stammesgenossen überwachten.

Denn in diesen Gemeinwesen wie in den Oasen und den bebauten Steppen blieben die dem Leben der Wüste eigenen sozialen Strukturen gewahrt. Kleine Menschengruppen, deren Zahl von den Lebensnotwendigkeiten bedingt war und die man Sippen oder Unterverbände nennen kann, bildeten die Grundzellen. Verschiedene Sippen, die zu Recht oder zu Unrecht eine gewisse Verwandtschaft unter sich anerkannten, bildeten einen Stamm. Jeder Stamm besaß seinen namengebenden Vorfahren. Die Ideologen oder Politiker der Wüste stellten Stammbäume auf, in denen die mehr oder weniger engen Bindungen der Gruppen, die den Stammesnamen führten, sich in jenen den Vorfahren zugeschriebenen verwandtschaftlichen Banden widerspiegelten.

Diese Bindungen konnten friedlicher Art sein. Aber im furchtbaren Elend, mit dem die arabischen Gruppen so oft zu kämpfen hatten, war die Versuchung groß, sich gewaltsam der (zumeist durchaus relativen) Reichtümer jener zu bemächtigen, die vom Schicksal ein bißchen mehr begünstigt worden waren. Man betrieb so einen *ghazu*, eine *ghazwa* (zu deutsch Razzia), deren Regeln vom Brauch festgelegt waren. Man bemächtigte sich der Habe möglichst ohne dabei einen Menschen zu töten. Denn der Mord zog dem ungeschriebenen Gesetz der Wüste folgend schwere Konsequenzen nach sich. Es gab in der Tat kein abstraktes Recht, das die freien Araber in seine Paragraphen eingeschlossen hätte, es gab keinen Staat, um auf eine Polizeikraft gestützt den von ihm erlassenen Vorschriften Achtung zu verschaffen. Der einzige Schutz, den das Leben eines jeden genoß, war die vom Brauch verliehene Gewißheit, daß es teuer zu stehen käme. Blut für Blut, Leben für Leben. Eine unauslöschliche Schmach haftete dem gemäß den Sitten bestimmten Rächer an, der einen Mörder leben ließ. Die Vendetta, auf arabisch *thar*, ist einer der Pfeiler der beduinischen Gesellschaft.

Diese ist auf dem Grundsatz der Gleichheit aufgebaut. Jedes Mitglied des Stammes ist jedem anderen gleich. Die ganze Gruppe wählt sich zwar einen Anführer, den *saijd*, aber seine Autorität ist ausschließlich von seinem persönlichen Prestige abhängig. Er muß in jedem Augenblick dafür besorgt sein, daß es ungeschmälert bleibt. Sonst kostet es ihn seinen Rang. Darum muß er auch unzählige Vorzüge besitzen, sich dank seiner Freigebigkeit und seiner Liebenswürdigkeit seine Kundschaft erhalten, in jeder Lage Mäßigung an den Tag legen, dem geheimen Willen jener gehorchen, die er anzuführen begehrt, und doch Tapferkeit und Autorität offenbaren. Und wenn die ganze Sippe sich versammelte, konnte das Veto eines einzelnen eine schwerwiegende Entscheidung in Frage stellen. Indessen sind nicht alle genau genommen gleich. Gewisse Sippen haben sich mit Razzien bereichert, mit Handel, mit Gebühren, die sie bei den Seßhaften oder sogar bei anderen Nomaden eintrieben. Einzelne Führer dieser oder jener Sippe haben sogar in gewissen Augenblicken persönliche Reichtümer angehäuft. Es gibt also Reiche und Arme. Aber eine Dürre oder die Wechselfälle eines Krieges genügen, um alle jäh wieder in die Gleichheit des Elends zu führen.

Mit ihren vorläufigen Reichtümern hielten die einen oder anderen sich ihre Sklaven: gekaufte Fremde, während einer Razzia Gefangengenommene, zahlungsunfähige Schuldner. Aber die Bedingungen des Nomadenlebens leisteten einer dauerhaften, wie bei den Seßhaften organisierten und beaufsichtigten Unterwerfung kaum Vorschub. Die Freigelassenen (*mawla*) blieben die «Kunden» ihres ehemaligen Herrn. Gewisse von den anderen verachtete Stämme oder Sippen befanden sich auch in einer untergeordneten Stellung, so zum Beispiel die Stämme der Schmiede, vielleicht die Überreste einer alten Bevölkerung anderen Ursprungs.

Ammianus Marcellinus sagt im 6. Jahrhundert von den Sarazenen: «Der Bund des Mannes und der Frau ist (für sie) nur ein Mietvertrag; als einziges äußeres Merkmal der Ehe bringt die Gattin, die zu einem bestimmten Preis und beizeiten angelobt wurde, ihrem Manne als Mitgift eine Lanze und ein Zelt, und nach Ablauf der vertraglichen Frist hält sie sich jederzeit bereit, ihn auf den kleinsten Wink zu verlassen. Es ist unbeschreiblich, mit welcher Raserei sich beide Geschlechter in dieser Nation der Liebe hingeben ...» [1] Die Beschreibung ist ohne Zweifel übertrieben. Im großen und ganzen scheint die Frau bei den Nomaden eine weniger blasse Rolle gespielt zu haben als bei den Seßhaften oder später, nachdem der Islam sich durchgesetzt hatte.

In dieser rohen und unsteten Gesellschaft gab es keinen Raum für die Künste, mit einer Ausnahme: die Kunst der Rede. Die Araber bewunderten die beredten Männer, jene, die auf ein lästiges Argument mit eleganter Schlagfertigkeit zu antworten verstanden, jene, die in den Beratungen des Stammes oder der Sippe ihre Meinung durchzusetzen wußten. Die weisen Araber waren sprichwörtlich. Aber die Dichtung wurde noch höher geschätzt. Der Dichter ist eine markante, gefürchtete Persönlichkeit, dessen Eingebung einem Geist zugeschrieben wird. Er besingt wie überall seine Liebe, seine Trauer, seine Freuden, seine Kümmernisse, und auch die wilde Schönheit seiner rauhen Heimat. Eine ganze Kunst der Poesie ist bereits ausgebildet. Die Rührung angesichts der Spuren des von der Geliebten und ihren Leuten verlassenen Lagers ist zum Beispiel ein unerläßliches Thema. Aber der Dichter wird vor allem als Propagandist eingesetzt; er ist der Journalist der Wüste. Es werden – häufig anläßlich der großen Jahrmärkte – Redegefechte veranstaltet, wobei der eigene Stamm herausgestrichen und der gegnerische geschmäht und lächerlich gemacht wird. Angriff und Erwiderung müssen das gleiche Maß und den gleichen Reim aufweisen. Die Satire, die rasch in eine zumeist wenig geistreiche Beschimpfung ausartet, und die feierliche Lobrede oder das Prahlgedicht, das leicht zur Speichelleckerei und zur Aufschneiderei wird, gehören zu den gebräuchlichsten Gattungen der Dichtkunst.

Die Religion scheint die Beduinen kaum beschäftigt zu haben. Sie waren mit wenig Phantasie begabte Realisten. Sie glaubten, die Erde werde von Geistern bevölkert, den *Dschinns,* die oft unsichtbar blieben, sich aber zuweilen auch in Tiergestalt kundtaten. Man nahm an, daß die Toten ein heruntergekommenes und schemenhaftes Dasein fristeten. Man brachte ihnen Opfergaben und errichtete über ihren Gräbern Stelen oder Steinhaufen. Bestimmte Bäume und bestimmte Steine (insbesondere die Meteorite und solche, deren Form an eine menschliche Gestalt erinnerte) galten als Sitz von Geistern und Gottheiten. Andere

Gottheiten wohnten im Himmel und waren sogar selber Sterne. Einzelne wurden als vergöttlichte ehemalige Weise betrachtet. Die Zahl dieser göttlichen Wesen und vor allem die einem jeden zugeschriebene Bedeutung waren je nach dem Stamm verschieden. Die wichtigsten fanden sich jedoch überall auf der ganzen Halbinsel, vor allem Allah, «der Gott, die Gottheit», die Verkörperung der göttlichen Welt in ihrer höchsten Form, der Schöpfer des Weltalls und Hüter des geschworenen Glaubens. Im Hedschas wurden drei Göttinnen als «Töchter Allahs» besonders verehrt. Da war zunächst Allat, die schon von Herodot als Alilat erwähnt wird, deren Name ganz einfach «die Göttin» bedeutet und die vielleicht einen der Aspekte der Venus verkörpert, des Morgensterns. Aber die hellenisierten Araber identifizierten sie mit Athene. Dann kam Ossa, «die sehr Mächtige», die von anderen Venus gleichgesetzt wurde. Die dritte war Manat, die die Schere hielt, um die Lebensfäden abzuschneiden, die Göttin des Schicksals, die in einem Heiligtum am Ufer des Meeres verehrt wurde. In Mekka war der höchste Gott Hobal, ein Idol in rotem Karneol.

Gewisse Stätten, wo die Gegenwart der Gottheit auf diese oder jene Weise zum Ausdruck gekommen war, wurden geheiligt. Man setzte ihre Grenzen fest, und innerhalb dieses Umkreises durfte kein Lebewesen zerstört werden. Es waren also Zufluchtsstätten, wo die von einem Rächer Verfolgten Schutz suchen konnten. Priesterfamilien wachten über sie. Man huldigte der Gottheit mit Opfergaben und der Opferung von Tieren, zuweilen vielleicht auch von Menschen. Einzelne Heiligtümer waren das Ziel von Wallfahrten (*haddsch*), die mit verschiedenen Riten verbunden waren. Insbesondere ging man feierlich im Kreis um den heiligen Gegenstand herum. Während dieser Riten mußten gewisse Verbote eingehalten werden, zum Beispiel häufig die Enthaltung vom Geschlechtsverkehr. Das Tabu des Blutes war besonders weit verbreitet. Die Knaben wurden feierlich beschnitten. Die Araber übten die Wahrsagerei aufgrund des Vogelflugs oder der Richtung, die die Tiere einschlugen. Sie baten die Götter mit Pfeilen um Orakel. Man konnte zu Gottesurteilen greifen, um die Wahrheit zu entdecken. Die Magie war gebräuchlich. Man fürchtete den bösen Blick, gegen den man sich mit Amuletten schützte.

In Wirklichkeit suchten die Angehörigen dieser verstreuten, unsteten, hungernden und furchtbar gesetzlosen Stämme sich an ein moralisches Ideal zu halten, das ihnen eigen war und in dessen Entstehung die Religion keinerlei Rolle spielte. Der vorbildliche Mann war im höchsten Maße mit der Eigenschaft ausgestattet, die *moruwa* hieß, was etymologisch «Mannhaftigkeit» bedeutet. Sie umfaßte den Mut, die Ausdauer, die Treue zur eigenen Gruppe und zu seinen sozialen Verpflichtungen, die Großzügigkeit und die Gastfreundschaft. Das Gefühl, das einen dazu trieb, sich an dieses Ideal zu halten, war die Ehre (*ird*). Die Verstöße gegen das moralische Gesetz trugen einem Schimpf ein und damit den Verlust der Ehre. Es ist gesagt und belegt worden, daß der Sinn für die Ehre bei den Arabern zahlreiche der herkömmlichen Funktionen der Religion ersetzte. So kam es, daß alle diese Ideale und diese Kräfte der Gestaltung des sozialen und persönlichen Lebens in keiner Weise das Jenseits zu Hilfe zogen. Sie endeten alle beim Menschen. Der Mensch war der allerhöchste Wert für den Menschen. Aber es handelt sich um den sozialen Menschen, den in seine Sippe, in seinen Stamm einbezogenen Menschen. Deshalb nennt W. Montgomery Watt diese Auffassung einen «Stammeshumanismus», und der Ausdruck scheint glücklich gewählt. Der Mensch wird in seiner Tätigkeit und seiner möglichen Macht nur durch das eingeschränkt, was dem blinden Schicksal (*dahr*) angehört. Gewiß, dieses ist unerbittlich, das Los des Menschen ist tragisch, man kann einer grundlegend pessimistischen Lebensauffassung nur dadurch ein wenig entgehen, daß man sich beeilt, die ungestümen, aber flüchtigen Wonnen zu genießen, die es uns bietet. Indessen kann die menschliche Tätigkeit in einem gewissen Maße erlauben, das, was das Schicksal uns gewährt, besser auszuschöpfen. Der Beduine mag abergläubisch sein, aber er ist ein Realist, und das harte Leben in der Wüste hat ihn nicht so sehr auf das Nachdenken über das Unendliche vorbereitet, wie man dies früher grundlos angenommen hat, als auf eine genaue Einschätzung seiner Kraft und seiner Ohnmacht.

Es gibt Autoren, die sich befleißigen, die Araber systematisch schlechtzumachen (eine paradoxerweise gerade bei den Arabisten sehr verbreitete Einstellung), und die jene Gesellschaft als barbarisch bezeichnet haben. Es gibt Araber, die das übelgenommen und die aufgezeigt haben, aus welchen Elementen sich die Regelung des sozialen Lebens dieser Gesellschaft zusammensetzte und wie interessant ihre intellektuelle Produktion war. Alles kommt natürlich darauf an, was man unter barbarisch versteht. Die Araber lebten ohne Zweifel nicht in einem völlig anarchischen Zustand, ganz einfach, weil es einen solchen Zustand nirgends je gegeben hat. Aber man muß zugeben, daß gegen die ungeschriebenen Regeln, denen sie folgten, häufig verstoßen wurde und daß im Bereich der materiellen Kultur ihr Niveau sehr niedrig war. Die Dichtung ist ebensowenig wie die bildende

Kunst ein Merkmal der kulturellen Entwicklung in dem Sinne, den die Ethnologen diesem Ausdruck geben. Natürlich bedeutet diese niedere Zivilisationsstufe durchaus keine angeborene und erbliche Minderwertigkeit; sie erklärt sich aus der sozialen Situation jener Zeit im Rahmen der äußerst schlechten natürlichen Lebensbedingungen auf der Arabischen Halbinsel. Der Hunger war noch nie ein guter Ratgeber, und die Araber litten oft Hunger. So erklärt es sich, daß einige ihrer Stämme sich unter gewissen Umständen zu wilden Ausschweifungen hinreißen ließen, die die Phantasie beeindruckten. Im 6. Jahrhundert sieht Ammianus Marcellinus, ein rechtschaffener Soldat syrischer Abkunft, mit Schrecken dieses Volk, «das ich mir weder zum Freund noch zum Feind wünsche», versichert er. Er erzählt eine bezeichnende Geschichte von ihnen. Im Jahre 378 der christlichen Zeitrechnung marschierte eine große Truppe von Goten, die mit Abteilungen von Alanen und Hunnen verstärkt war, gegen Konstantinopel, nachdem sie das römische Heer vor Andrinopel geschlagen hatte. Die bedeutendsten römischen Generäle und der Kaiser Valens selber waren umgekommen. Die Lage war äußerst kritisch. Da griff eine Truppe von Sarazenen im Dienste des Kaisers die abendländischen Barbaren an. Der Ausgang der Schlacht war ungewiß. «Aber», so schreibt Ammianus, «die orientalische Truppe nutzte zu ihrem Vorteil ein Ereignis, das man bis dahin noch nie gesehen hatte. Ein Mann mit langen Haaren trat hervor, der bis auf einen Lendenschurz völlig nackt war und der rauhe und unheilvolle Schreie ausstieß und sich mit gezücktem Dolch mitten in die Armee der Goten stürzte. Nachdem er einen Mann getötet hatte, preßte er seine Lippen an seinen Hals und sog das fließende Blut ein. Die von diesem merkwürdigen und ungeheuerlichen Schauspiel entsetzten Barbaren zeigten von da an nicht mehr den gewohnten Schwung in ihren Angriffen, sondern rückten nur noch mit zögernden Schritten vor.» [2]

Jenseits der Grenzen der Sarazenen, gegen Süden des Gebietes, das wir Arabien nennen, erreichte man ein Land, das geographisch zur gleichen Halbinsel gehört, das aber in mancherlei Beziehung völlig anders ist. Es war das Land, das die Alten das eigentliche glückliche Arabien nannten, obwohl ihre geographischen Theorien sie dazu verleiteten, einen guten Teil der aus Wüsten bestehenden Halbinsel mit einzubeziehen. Aber sie sprechen von den Einwohnern des Südens des Landes mit ganz anderen Tönen als von den elenden Sarazenen. Der gleiche Ammianus beschreibt die Gegend wie folgt:

«Die Parther sind gegen Osten und Süden die Nachbarn (so war die geographische Auffassung jener Zeit) der glücklichen Araber (*Arabes beati*), die so genannt werden, weil sie an Pflanzen und an Herden, an Palmen und an wohlriechenden Essenzen aller Art reich sind. Ein großer Teil ihres Landes badet zur Rechten im Roten Meer, während es zur Linken vom Persischen Meer begrenzt wird: so ziehen sie auch Gewinn aus den Reichtümern dieser beiden Elemente. Es gibt dort viele Ankerplätze und geschützte Häfen, so zahlreiche Handelsplätze, daß sie beinahe aneinanderstoßen, und mehrere großartige und reiche Königssitze, überaus gesunde Quellen mit natürlich heißem Wasser, eine offenkundige Vielzahl von Bächen und Flüssen. Das Klima ist dort schließlich so heilsam, daß diesem Volke in den Augen des objektiven Beobachters nichts zu fehlen scheint, um vollkommen glücklich zu sein. Es besitzt eine große Zahl Binnen- und Seestädte, Täler und fruchtbare Felder.» [3]

Das Land selber ist eben völlig anders. Die Berge im Süden Arabiens liegen im Bereich der Monsune des Indischen Ozeans. Die regelmäßigen Regenfälle gewähren diesen Landstrichen eine hinreichende Bewässerung. Das seit sehr langer Zeit mit einem klugen Bewässerungssystem kanalisierte Wasser und die terrassenförmige Anlage der Felder haben dem Ackerbau erlaubt, aufzublühen. Außer dem Getreide, dem Obst, dem Gemüse und dem Wein, die zur Ernährung der eigenen Bevölkerung dienten, brachte Südarabien an der Küste des Indischen Ozeans auch Myrrhen- und Weihrauchbäume hervor, die zusammen mit der Erzeugung anderer Essenzen und wohlriechender Substanzen eine beträchtliche Quelle des Reichtums darstellten. Die Mittelmeerwelt verbrauchte nämlich ungeheure Mengen dieser Produkte, vor allem im Gottesdienst, aber auch für die Toilette, die Küche und dergleichen Luxus. Zudem wurden während langer Zeit in Südarabien die Waren umgeschlagen, die einerseits aus Indien und andererseits aus Ostafrika kamen. Auf den Märkten des Landes, zum Beispiel dem großen Hafen von Musa, sah man die Perlen aus dem Persischen Golf, das Elfenbein, die Seide, die Baumwolle, die Leinwand, den Reis und vor allem den Pfeffer Indiens, die Sklaven, die Affen, das Elfenbein, das Gold und die Straußenfedern Ostafrikas, ganz zu schweigen von den einheimischen Erzeugnissen und den Mittelmeerprodukten, die im Tausch verschickt wurden. Diese Waren wurden von den Karawanen nach Norden weiterbefördert. Die Südarabier waren tüchtige Kaufleute. Von ihnen verfaßte Inschriften sind in Ägypten, auf Delos und in Mesopotamien gefunden worden.

Seit einer Zeit, die die heutigen Gelehrten in ihren Diskussionen genauer zu bestimmen versuchen, aber sicherlich schon mindestens seit dem 8. Jahrhundert vor Christus, waren die Südarabier, die sich selbst nicht als Araber bezeichneten und eine dem Arabischen verwandte, aber nicht mit ihm identische Sprache redeten, zu einer Stufe seßhafter und sogar städtischer Zivilisation gelangt, die auf diesem Ackerbau und auf diesem Handel beruhte. Sie hatten Staaten gegründet, die Saba, Mina, Kataban, Hadramaut und Awsan hießen. Jeder dieser Staaten wurde von einem herrschenden und privilegierten Stamme regiert. Es waren zumindest eine Zeitlang parlamentarische Monarchien. Es gab Könige und beratende Versammlungen. Die Entscheidungen wurden zum Beispiel «vom König von Mina *und* von Mina» getroffen. Alle diese Staaten bekämpften oder verbündeten sich im Verlaufe zahlloser Wechselfälle, die wir sehr schlecht kennen und sehr schlecht einordnen können. Auf jeden Fall vermehrte die Entwicklung der Mittelmeerkulturen indirekt den Reichtum ihrer südarabischen Lieferanten. Artemidorus von Ephesus rühmt um das Jahr 100 vor Christus den Luxus der Sabäer, ihre prunkvollen Möbel, ihr Geschirr aus Gold und Silber, ihre Wohnungen mit den mit Gold, Silber, Elfenbein und Edelsteinen geschmückten Türen, Wänden und Decken. Es ist erst in jüngster Zeit möglich geworden, Ausgrabungen vorzunehmen, um diese Angaben nachzuprüfen und zu vervollständigen. Die Amerikaner haben begonnen, in Timna, der Hauptstadt des Königreiches von Kataban, einer laut Plinius fünfundsechzig Tempel besitzenden Stadt, Ausgrabungen durchzuführen. Das südliche Tor der Stadt war zu beiden Seiten mit einem massiven Turm versehen, dessen unbehauene Steinblöcke zum Teil bis zu zwei Meter vierzig auf sechzig Zentimeter maßen. Hinter dem Tor befand sich ein Platz mit Steinbänken, vielleicht der Versammlungsort

aller Alten.
Die abends vor dem Tempel sitzen und beraten.

Unweit dieses Platzes förderten die Ausgrabungen zwei Häuser zutage. Die Fassade des einen war mit zwei Bronzestatuen völlig hellenistischen Stils geschmückt. Es handelt sich um zwei symmetrisch angeordnete Löwinnen, die je ein pausbäckiges und lächelndes Kind tragen. Diese Gruppe scheint nach einem alexandrinischen Gips, der die Dioskuren darstellte, in Bronze gegossen worden zu sein. Die Amerikaner haben auch in der ehemaligen sabäischen Stadt Marib den Haupttempel ausgegraben, der ohne Zweifel das bedeutendste Bauwerk war und dessen Überreste schon von Reisenden bemerkt worden waren. Dieser

Tempel des mächtigen sabäischen Gottes Almakah hieß Awwam. Er umfaßte einen großen ovalen Raum, der jedenfalls beinahe zehn Meter hoch, ungefähr hundert Meter lang und fünfundsiebzig Meter breit war, ferner einen komplizierten Säulengang und Nebengebäude, die in eine Reihe von acht Säulen mündeten. Der Säulengang war innen mit falschen Fenstern aus Stein verziert, die ein Gitterwerk nachahmten.

Die Südarabier waren, wie man schon wußte und wie diese Entdeckungen bestätigten, vortreffliche Architekten, und die Struktur ihrer monumentalen Paläste spiegelt sich noch heute in den hohen, vielstöckigen jemenitischen Häusern. Sie hatten vervollkommnete hydraulische Anlagen gebaut. Als die berühmtesten werden in der nordarabischen Überlieferung diejenigen aus der Umgebung von Marib erwähnt, und man sieht noch beeindruckende Überreste: drei große Stauwehre mit noch stehenden fünfzehn Meter hohen Mauerstücken.

Diese «glücklichen Araber» standen also im Genuß einer hoch entwickelten Zivilisation. Das läßt sich auch an ihren bildenden Künsten erkennen. Neben gewissen Werken von unbeholfener Machart sieht man zum Beispiel Statuen mit stilisierten Linien, die eine große Meisterschaft und eine originelle Eingebung verraten. Zahlreiche Werke sind, wie wir gesehen haben, von der hellenistischen und römischen Kunst beeinflußt, wenn es sich nicht um Kopien oder gar eingeführte Originale handelt. An einzelnen Stücken läßt sich auch ein indischer Einfluß feststellen. Die zuweilen aus Alabaster gefertigten Luxusgegenstände sind häufig von ausgesuchter Eleganz. Die südarabische Schrift ist selber ein Kunstwerk dank der eleganten und strengen Regelmäßigkeit ihrer Züge, die zumeist viereckig sind, später in Krümmungen aufgelockert und mit ein wenig dekadenten Verzierungen ausgeschmückt werden. Man schrieb viel in Südarabien. Tausende von Inschriften sind verzeichnet, wiedergefunden oder ausgegraben worden, zumeist juristische, administrative oder religiöse Texte. Es besteht kein Zweifel, daß es auch eine auf Papyrus oder Pergament geschriebene Literatur gab, von der leider nichts erhalten geblieben ist.

In einem weiteren Gegensatz zum Lande der Sarazenen war der Gottesdienst sehr entwickelt. Viele reiche Tempel standen unter der Verwaltung einer Priesterkaste, deren soziale Rolle überaus wichtig war. Der Gottesdienst bestand in Opfergaben wohlriechender Essenzen und geschlachteter Tiere, in Gebeten und Wallfahrten, während deren jeder Geschlechtsverkehr untersagt war. Wer eine der vielen das Reine und das Unreine betreffenden Vorschriften übertrat, mußte mit einer Geldstrafe und einer öffentlichen Beichte sühnen, die auf Bronzetäfelchen geschrieben und im Tempel zur Schau gestellt wurde. Die Toten wurden mit Geschirr und persönlichen Gegenständen bestattet. Stelen oder Grabstatuen stellten den Verstorbenen stilisiert dar. Vielleicht brachte man ihm auch Trankopfer.

Die Südarabier beteten sehr zahlreiche Götter und Göttinnen an. Der Vorrang gebührte Athtar, einem Gott, der den Planeten Venus verkörperte (während seine semitischen Gegenstücke im Norden, Astarte und Ischtar, Göttinnen waren), und den Mondgöttern Almakah in Saba, Wadd (das heißt ohne Zweifel «Liebe») in Mina, Amm (das heißt «Schwiegervater») in Kataban, Sin im Hadramaut. Die Sonne wurde von einer Göttin verkörpert, die wie das Gestirn selber Schams hieß. Die Götter erhielten verschiedene Namen, je nach dem Heiligtum, wo man sie verehrte, und auch die Bezeichnungen ihrer Eigenschaften dienten zur Unterscheidung der zahlreichen Aspekte ein und derselben Gottheit. Jeder dieser Aspekte besaß ohne Zweifel seine eigenen Anhänger.

Der Gegensatz ist groß zwischen diesen Südarabiern, die seßhaft und zivilisiert waren, in Reichtum und Luxus lebten, organisierte Staaten mit einem komplexen Apparat bevölkerten und jedenfalls eine gut ausgebildete Bürokratie besaßen, und den Arabern oder Sarazenen, einer Gesamtheit nomadischer Stämme mit rauhen und zuweilen wilden Sitten, die sozusagen keine materiellen Güter besaßen, Hunger litten und frei waren. Die ersten bedienten sich der letzteren als Söldlinge in ihren Hilfstruppen. Jeder Staat hatte «seine Beduinen». Indessen anerkannten sie vielleicht schon in einer weit zurückliegenden Epoche wie auch später eine entfernte Verwandtschaft. Gewisse Stämme des Nordens behaupteten zu Recht oder zu Unrecht, sie seien aus der höher entwickelten Gegend des Südens gekommen.

Nach dem Triumph des von einem Sarazenen geführten Islams wurden die Südarabier sehr rasch arabisiert, und alle Einwohner der Halbinsel machten sich gemeinsam daran, die Welt zu erobern. Aber die Erinnerung an ihre glänzende Zivilisation ging nicht so schnell unter. Die Jemeniten bildeten in den Reihen der Muselmanen eine Partei, die erbittert gegen die Araber des Nordens kämpfte. Die Kenntnis der alten Sprache und der alten Schrift blieb bei einzelnen noch während mehrerer Jahrhunderte erhalten. Man feierte den Prunk der vorislamischen Zeit in wehmütigen Versen im Stile des «Wohin, wohin ist sie entschwunden?» Man beschrieb die Pracht der alten Königspaläste. Es bildete sich ein Sagenkreis um den Ruhm der ehemaligen Könige, der historische Tatsachen entstellt und übertrieben vermittelte. So wurden einem König namens Schammar, der tatsächlich ein Eroberer des arabischen Raumes gewesen war, Feldzüge bis nach China zugeschrieben, wie angeblich der Name der Stadt Samarkand bezeugte, die er gegründet haben sollte. Jemenitische Intellektuelle und Standespersonen betrieben bis in eine ziemlich späte Zeit eine Art südarabischen Nationalismus, der nicht von der Lästerung zurückschreckte, wenn es darum ging, in ihren Versen die Bedeutung des Propheten, des Nordarabers, und seiner Botschaft zu schmälern. Aber kehren wir zu der Epoche vor der Zeit des Propheten zurück.

Die Araber haben sich Arabien, die Wiege ihrer Religion und ihres Reiches, gerne als eine beinahe abgekapselte Welt vorgestellt, als den harten und reinen Keim in einer verfaulten Erde, aus der der gewaltige Baum der muselmanischen Welt hervorwachsen sollte. Nichts könnte unzutreffender sein als diese Schau. Gewiß, Arabien war für den Ausländer schwer zugänglich. Aber Karawanen durchzogen das Land, Kaufleute suchten es zu erschließen, und zuweilen wurde es auch von anderen Reisenden besucht. Trotz der Beschwerlichkeiten und der auszustehenden Leiden drangen mehrfach Heere bis weit ins Innere Arabiens vor. Schon im 6. Jahrhundert vor Christus war Nabonid, der König von Babylonien, bis nach Medina (*Jatrib*) vorgestoßen und hatte seinen Wohnsitz für ein paar Jahre in Taima im Hedschas aufgeschlagen. Der seleukidische König Antiochus III. hatte Gherra in der Gegend von Bahrein unterworfen. Plinius erwähnt verschwundene griechische Kolonien: Arethusa, Larissa, Chalkis, die sich anscheinend im Süden der Halbinsel befanden. Um 25—24 vor Christus drang der Präfekt des römischen Ägypten Aelius Gallus auf Befehl des Augustus in Jemen ein.

Umgekehrt wanderten die Araber häufig aus, zum Beispiel nach Athen. Ihr Druck auf die Länder des Fruchtbaren Halbmonds und auf Ägypten ließ sie seit langem dort seßhaft werden und die Sprache und Sitten des Landes annehmen. Schon um 401 vor Christus nennt Xenophon den Norden Mesopotamiens Arabien, und dies war schon lange der Name des zwischen dem Nil und dem Roten Meer liegenden Teiles Ägyptens. Im Süden des Toten Meeres sprach man im arabischen Königreich von Nabatene (seit 106 die *Provincia Arabia*) einen armenischen Dialekt und Griechisch. Desgleichen die arabischen Dynastien von Koele, Syrien, von Emesa (*Homs*), von Edessa und Palmyra. Der römische Kaiser Elagabal (218—222), ursprünglich der Hohepriester von Homs, war ein Araber wie sein Nachfolger Philipp der Araber (244—249), der die Tausendjahrfeier Roms beging, und wie Zenobia von Palmyra, die 270 den Titel Augusta annahm.

Alle diese Araber der Grenzgebiete der Wüste waren mehr oder weniger tiefgreifend aramäisiert und hellenisiert. Später wurden sie Christen, lieferten Bischöfe und Priester. Ein gewisser Gessios aus der Stadt Gea in der Arabia Petraea war ein berühmter Arzt unter dem Kaiser Zeno (474—491).

Arabien war ein Studienobjekt. Ein Mann namens Uranios schrieb — vielleicht im 1. Jahrhundert vor Christus — die *Arabica,* ein mindestens fünf Bände umfassendes Werk. Ein anderer «Arabist» namens Glaukos schrieb zu einem unbestimmten Zeitpunkt eine *Arabische Archäologie* in vier Bänden. Im 2. Jahrhundert besaß der Geograph Ptolemäus in Alexandrien genügend Angaben aus allen möglichen Quellen, um eine Karte Arabiens mit verhältnismäßig recht genau stimmenden Koordinaten anzufertigen.

Man versteht, daß Arabien von ausländischen, vor allem hellenistischen Einflüssen durchdrungen war. Niemand bezweifelt, daß dies in den zivilisierten Staaten Südarabiens der Fall war, wo Münzen mit der Eule von Athen im Umlauf waren. Und eine Statuette, die kürzlich in Oman gefunden wurde, ist von rein indischer Machart. Aber sogar Mittelarabien war stark betroffen. Es bestanden ununterbrochen, wenn auch manchmal nur über Dritte, Beziehungen mit den assimilierten Arabern der umliegenden Gebiete und mit den zivilisierten Arabern des Südens, und durch sie drangen die Ideen, die Sitten, die Dinge der Außenwelt dort ein, auch wenn sie ausgewählt, angepaßt und umgemodelt wurden. Das beredteste Zeugnis dafür ist zweifellos die arabische Sprache: sie war schon vor der Zeit des Islams von Fremdwörtern durchsetzt, die zumeist durch das Aramäische gegangen waren und so durchgreifend angepaßt wurden, daß man sie schließlich nicht mehr vom Grundstock der Sprache unterscheiden konnte.

Das 6. Jahrhundert war im Mittleren Osten eine bewegte Zeit. Die beiden großen Reiche, das Sassanidische und das Byzantinische, bekämpften sich. Sie stritten sich um die weltweite wirtschaftliche Vormachtstellung und die Mittel, sie zu sichern, nämlich die Beherrschung der Wege, die die Produkte aus China und dem Fernen Osten ins Abendland brachten, vor allem die Seide. Die Byzantiner gaben übrigens ihre Hoffnung nicht auf, ihre Vorherrschaft zu festigen, indem sie das ehedem unter Trajan römische Mesopotamien sowie Armenien zurückeroberten. Umgekehrt wollten die Perser in den Tagen ihrer Siegesgewißheit das Reich des Darius wiederherstellen, indem sie den Römern neuerlich Syrien und Ägypten abnahmen. Es war unter dem reformatorischen König der Könige Kawadh zum Krieg von 502 bis 505 gekommen. Er nahm ihn 527 wegen der kaukasischen Angelegenheiten wieder auf. Sein Sohn Chosrau setzte ihn fort und schlug Justinian im Jahre 532 einen ewigen Friedensvertrag vor. Aber der Krieg brach 540 erneut aus. Antiochia wurde von Chosrau eingenommen. Nach den Gegenangriffen Belisars wurde 545 ein Waffenstillstand unterzeichnet. Er wurde bis zum Abschluß eines fünfzigjährigen Friedens im Jahre 562 erneuert. Aber der Krieg flammte schon 572 wieder auf; wir werden sehen, warum.

Die beiden zum Teil durch die syrische Wüste getrennten Reiche suchten den Beistand der dort nomadisierenden Sarazenen zu gewinnen. Seit sehr langer Zeit betrachteten die ausgehungerten Stämme Arabiens neidvoll die fruchtbaren Lande Syriens und Mesopotamiens. Sie wanderten friedlich dort ein und wurden seßhaft. Aber sobald die Staaten, die über das Kulturland herrschten, ein wenig geschwächt waren, offenbarten sie sogleich größere Angriffslust und gingen so weit, sich die politische Macht anzueignen. So erklären sich vielleicht zahlreiche Bevölkerungsverschiebungen seit einer weit zurückliegenden Zeit. Die ehedem in diese Gebiete des Nordens eingewanderten Araber hatten sich kulturell nach wenigen Generationen den Seßhaften angeglichen. Sie hatten ihre Götter angenommen, ihre Sitten und ihre Umgangssprache, das Aramäische. Im 6. Jahrhundert sind die Bedingungen ziemlich anders. Schon seit etwa einem oder zwei Jahrhunderten scheinen aus schlecht erkennbaren Gründen die arabischen Stämme aus der Wüste in immer zahlreicheren und geschlossen organisierten Gruppen in die ihr Gebiet umgebenden bebauten Zonen einzudringen: Syrien-Palästina und Mesopotamien im Norden, Saba und Hadramaut im Süden. Die beiden großen Reiche nehmen diese Erscheinung zur Kenntnis und versuchen, sie zu kanalisieren und zu nutzen, um sich ständig sarazenische Hilfstruppen zu sichern. Die Sassaniden hatten als erste die Oberhäupter eines arabischen Geschlechts aus der Wüste, die Banu Lachm vom Stamme der Tanuch, zu Königen eines Vasallenstaates gemacht. Ihre Vorfahren scheinen mit den Römern in guten Beziehungen gestanden zu sein, und wir besitzen eine Inschrift von einem unter ihnen, die älteste Inschrift in arabischer Sprache, aus dem Jahre 328 n. Chr., die sich auf seinem Grab ganz in der Nähe eines römischen Postens an der syrischen Grenze befand. Er wird dort als «König aller Araber» bezeichnet. Aber die Nachkommen dieses Imru-l-Kais, die in den

Dienst der Perser getreten waren, wohnten in der Stadt Hira, in nächster Nähe der persischen Hauptstadt. Sie förderten die arabischen Dichter und nahmen das nestorianische Christentum wohlwollend auf. Hira wurde ein Bischofssitz. Die von jenen Königen erbauten Schlösser sind in den arabischen Legenden berühmt. Sie spielten eine sehr wichtige Rolle in der persischen Politik. So hatte der König al-Mundhir vom persischen Kaiser Jesdgerd die Ehrentitel Ramausuh-Jesdgerd («der Jesdgerds Freude erhöht») und Mahischt («der Größte») erhalten, sowie die Aufgabe, seinen Sohn Wahram aufzuziehen, mit dem er uneins war. Nach Jesdgerds Tod im Jahre 421, als die Würdenträger, die ihn vielleicht umgebracht hatten, zwischen seinen drei Söhnen zögerten, war es al-Mundhir, der an der Spitze der arabischen und iranischen Truppen, über die er verfügte, mit Gewalt seinen Zögling durchsetzte.

Im Dienste der Sassaniden führten die Lachmiden von Hira einen beinahe ununterbrochenen Krieg gegen die Römer. Um sie zu bekämpfen, wählten die byzantinischen Kaiser um das Jahr 500 eine andere arabische Familie, die Ghassan, die in der Gegend des heutigen Transjordanien nomadisierte. 529 ernannte Justinian ihren Häuptling al-Harith ibn Jabala, den die Griechen Arethas nannten, zum Phylarchen und Patrizius. Die Ghassaniden bekannten sich zum Christentum in seiner in Syrien und Ägypten volkstümlichen Form, dem Monophysitismus, der in der Person Christi nur eine Natur annahm. Sie besaßen keine feste Hauptstadt. Eine Zeitlang war ihr Mittelpunkt Jabija im Jaulan (das ehemalige Gaulanitide im Süden des heutigen Dschebel Drus), und vorübergehend Jillik, in der Nähe von Damaskus. Die Kämpfe al-Hariths und seines Sohnes al-Mundhir (bei den byzantinischen Autoren Alamundaros) gegen die Lachmiden sind ihrer Großtaten wegen berühmt. Der Monophysitismus al-Mundhirs trug ihm das Mißtrauen des Kaisers Justinus ein. Der Phylarch besaß eine gewisse theologische Bildung und nahm an den monophysitischen Beratungen teil. Man hat sich gefragt, ob er nicht auf die Schaffung eines syrischen monophysitischen Staates abzielte. Justinus versuchte, ihn ermorden zu lassen. Daraufhin versagte der Phylarch Byzanz den Gehorsam für drei Jahre und ließ die Lachmiden ungestört das syrische Land verwüsten. Konstantinopel sah sich gezwungen, mit dem aufrührerischen arabischen Führer zu verhandeln, und der Frieden wurde auf dem Grabe des heiligen Sergius in Sergiopolis (Rosafa in der syrischen Wüste) geschlossen. Die Araber besaßen für diesen Heiligen eine besondere Verehrung. Mundhir nahm Hira ein, plünderte und versengte die Stadt und verschonte nur die Kirchen. Nachdem

Justinus gestorben war, verlieh der Kaiser Tiberius ihm 580 anstatt des Diadems (*klila*) die Königskrone (*taga*) und den Titel des obersten Phylarchen aller Araber. Aber seine Ideologie machte ihn weiterhin verdächtig. Als er in den Krieg gegen die Perser mitzog, schien seine Haltung diesen Verdacht zu bestätigen. Er wurde überraschend ergriffen und nach Konstantinopel gebracht, wo der neue Kaiser Mauritius ihn zum Tode verurteilte. Diese Strafe wurde in die Verbannung nach Sizilien umgewandelt, aber der Sohn des Phylarchen, Noman, führte die Araber zur Rache auf einen Plünderungszug durch ganz Syrien. Er wurde nach Konstantinopel gerufen, wo der Basileus ihm die Freiheit seines Vaters versprach, wenn er die Perser besiegte. Aber er weigerte sich, mit den Katholiken gemeinsame Sache zu machen, und wurde auf dem Rückweg gefangengesetzt und ebenfalls nach Sizilien verbannt. Das Ghassanidenreich wurde unter fünfzehn Fürsten aufgeteilt, die sich größtenteils den Persern anschlossen.

Man sieht, wie das monophysitische oder nestorianische Christentum bei den Arabern Eingang gefunden hatte. Es war weit nach Süden vorgedrungen. Sogar in Südarabien gab es Kirchen und Bistümer. Die große Kirche von Nedschran im Jemen war ein Bauwerk, das die Bewunderung der Araber der Wüste erregte. Es gab Zoroastristen im Küstengebiet des Persischen Golfs, dort wo der Einfluß und vielleicht auch die Herrschaft der Perser Zugang gefunden hatten. Das Judentum war in den Oasen des Hedschas verbreitet, wo die Juden viel Ackerland erschlossen und zahlreiche Palmenhaine gepflanzt hatten. Vor allem in Südarabien hatten sich viele bedeutende Familien bekehrt. Unter den Arabern der Wüste war ein jüdischer oder vielmehr sicherlich zum Judentum bekehrter arabischer Dichter namens Samawal (das heißt Samuel) ibn Adidscha durch seine sprichwörtlich gewordene Loyalität berühmt. Als der König von Hira, al-Mundhir, ihn in seinem Schloß in der Nähe von Taima belagerte, wurde er aufgefordert, ihm alles Gut auszuhändigen, das der König von Kinda, der große Dichter Imru-l-Kais, der zur Zeit am Hof in Byzanz weilte, ihm in Verwahrung gegeben hatte. Der lachmidische General hatte sich Samawals Sohn bemächtigt und drohte, ihn zu töten, wenn der Vater dem Befehl nicht Folge leistete. Dieser blieb seinem Versprechen treu und sah zu, wie sein Sohn umgebracht wurde.

Die Byzantiner suchten ihren Einfluß insbesondere dank der Verbreitung des Christentums auszudehnen. Sie besaßen in der Gegend des Roten Meeres einen sehr wertvollen Verbündeten, nämlich Äthiopien, dessen Hauptstadt damals Axum war. Der äthiopische Staat war lange zuvor von den Südarabiern gegründet worden, die das Meer überquert und die Eingeborenen kuschitischer Sprache kolonisiert hatten, und stellte jetzt eine Macht dar. Sein großer Hafen am Roten Meer war Adulis, in der Nähe des heutigen Massaua. Die ägyptischen und byzantinischen Kaufleute gingen im allgemeinen nicht über diesen Hafen hinaus, sondern trafen sich hier mit den indischen, afrikanischen oder südarabischen Händlern. Die Kaiser von Äthiopien (man nannte sie damals die *Nagaschi*, ein Wort mit der gleichen Wurzel wie der heutige Ausdruck *Negus*) hatten sich in der ersten Hälfte des 4. Jahrhunderts zum Christentum bekehrt. Ungefähr zur gleichen Zeit erwarben sie Besitztümer in Südarabien, wo das Christentum ebenfalls Zugang fand. Der arische Kaiser Konstanz (351–361) sandte einen Missionar «indischer» Abkunft namens Theophilus dorthin, um die Lehre des Arius zu verbreiten, jene Doktrin, die aus Christus ein Wesen machte, dem nur dank dem Vater eine göttliche Natur zukam. Theophilus scheint in Südarabien vorübergehend Erfolg gehabt zu haben, ohne indessen seiner Lehre im benachbarten Äthiopien ebenfalls zum Durchbruch verhelfen zu können.[4]

Um die Mitte des 5. Jahrhunderts ist Südarabien vereinigt und scheinbar mächtig. Sein König ist ein Eroberer, Abkarib Asad, der seine Feldzüge gegen Norden und Nordosten bis über tausend Kilometer von Marib vortreibt. Sein Titel lautet «König von Saba, von Dhu Raidan, von Hadramaut und von Jamanat und ihrer Araber des Hochlands und der Küstenebene». Diese Araber sind die Beduinen, seine Söldner oder unter seiner Botmäßigkeit. Unter den Nomaden hat er genau wie Persien und Byzanz seine Vasallen: die Könige von Kinda, die gegen Norden Krieg führen und sich einen Augenblick lang Hira nähern. Wir haben ihren König, den berühmten Dichter Imru-l-Kais, bereits erwähnt. Die arabische Überlieferung versichert, Abkarib Asad habe sich und sein Volk zum Judentum bekehrt. J. Ryckmans hat vor kurzem ernsthafte Argumente vorgebracht, die diesen Berichten Glaubwürdigkeit verleihen. Von diesem Augenblick an treten monotheistische, ohne Zweifel judaisierende Inschriften auf. Das Christentum fand ebenfalls Anhänger und mußte gegen seinen Rivalen kämpfen; aber im allgemeinen scheinen die Herrscher den Juden nahegestanden zu haben.

Vermutlich um 510 (die Chronologie jener Zeit ist ungewiß und sehr umstritten) verzeichnet das Judentum einen Erfolg. In Südarabien kommt ein judaisierender Fürst an die Macht, Jussuf Assar, den die arabische Überlieferung unter dem Namen Dhu Nowas kennt, der Mann mit den lang herabhängenden Haarsträhnen. Eine in jüngster Zeit entdeckte Inschrift fügt den Beinamen Jathar hinzu, der vielleicht eine Proklamation ist: der Rächer. Die arabische Überlieferung macht einen schönen jungen Mann aus ihm, der die Macht ergriff, indem er sich den homosexuellen Unternehmen seines Vorgängers entzog, diesen tötete und damit die jungen Jemeniten von dem erotischen Tribut befreite, den sie ihm zu zahlen hatten. Er verfolgte eifrig die monophysitischen Christen und stellte gute Beziehungen zu Persien her.

Daraus ergab sich für Byzanz eine religiöse, politische und wirtschaftliche Gefahr. Die Zeitgenossen waren sich deutlich bewußt, um welche materielle Frage der Kampf geführt wurde. Prokop erklärt uns, daß es darum ging, den Handelsweg nach dem Fernen Osten nicht in die Hände der Feinde geraten zu lassen, weil man ihnen sonst die kostbaren exotischen Waren in gediegenem römischem Gold hätte bezahlen müssen. Und nach seinen schon erwähnten mystischen Erwägungen stellt Cosmas als guter Kaufmann ergänzend fest: «Es gibt noch ein anderes Zeichen für die den Römern von Gott verliehene Macht, nämlich daß alle Nationen mit ihrer Münze Handel treiben und daß sie von einem Ende der Erde zum anderen Gültigkeit hat; sie wird von allen Menschen und von allen Staaten geschätzt, denn es gibt keinen anderen Staat, der etwas Ähnliches besäße.» [5]

Um 512 überquert also eine Abordnung von Axum, dem Verbündeten von Byzanz, das Rote Meer, um den Christen zu Hilfe zu kommen. Es ist möglich, daß diese zum Teil im Küstengebiet unter äthiopischer Oberherrschaft standen. Es gab dort wahrscheinlich sogar völlig äthiopische Kolonien als Überbleibsel früherer Besetzungen. Der Krieg dauerte lange und war an Wechselfällen reich. Das Gros der äthiopischen Armee hielt den Sieg für gesichert und schiffte sich, vielleicht von anderen Ereignissen gerufen, wieder ein, um nur die Garnisonen zurückzulassen. Dhu Nowas gelang es mit List, die Äthiopier abzusondern und hinzumetzeln. Er steckte die große Kirche der Hauptstadt Zafar in Brand, wo 280 Äthiopier Zuflucht gesucht hatten, griff die Küstengegend von al-Aschar und den dortigen General Scharahil Dhu Jazan an und verbrannte eine weitere Kirche im Hafen von Mokka. Schließlich begann der König eine große Verfolgung der Christen von Nedschran, dem monophysitischen Bollwerk des südarabischen Christentums. Einer unserer Quellen zufolge soll er ohne Urteil 427 Geistliche, Mönche und Nonnen verbrannt, 4252 Christen getötet und 1297 Kinder und junge Leute unter fünfzehn Jahren versklavt haben. Es ist möglich, daß eine ziemlich dunkle Stelle des Korans auf die Scheiterhaufen des Dhu Nowas anspielt. Auf jeden Fall riefen diese sicherlich von der Propaganda aufgebauschten Ereignisse in Arabien großes Aufsehen hervor. Der judaisierende König sandte eine Botschaft nach Hira, um den lachmidischen Herrscher al-Mundhir III. aufzufordern, ebenso gegen die Christen seines Landes vorzugehen, als Repressalie für die Verfolgungen, denen die Juden im Byzantinischen Reich ausgesetzt waren. Er soll dem iranischen König der Könige eine ähnliche Aufforderung zugeschickt haben. Halten wir fest, daß die nestorianischen Christen ihn unterstützt zu haben scheinen.

Byzanz drängte Axum zur Vergeltung. Cosmas, der zu jener Zeit in Adulis weilte, wohnte den Vorbereitungen der Expedition bei. Der *Nagaschi* rüstete sechzig zum großen Teil byzantinische Schiffe aus und ließ weitere zehn eines indischen Modells bauen, und 525 (so scheint es) gelang es den über das Meer gekommenen Äthiopiern, ihre Landung durchzuführen, und zwar trotz einer geheimnisvollen Kette, von der die frei erfindende Überlieferung versichert, sie habe die ganze Meerenge von Bab al-Mandeb versperrt! Indessen sprechen die zeitgenössischen Inschriften sehr wohl von einer Kette, die Dhu Nowas anfertigen oder wieder instandstellen ließ. Sie begnügte sich vielleicht damit, die enge Einfahrt eines Hafens zu versperren. Dhu Nowas wurde von den Angreifern endgültig besiegt. Die Araber erzählten später, der über die Niederlage seiner Truppen verzweifelte, schöne jüdische König sei hoch zu Pferd ins Meer hinausgeritten, bis er in den Fluten unterging.

Nach einer Zeit allgemeiner Plünderungen und Metzeleien, deren Opfer die Südarabier ohne Ansehen der Religion und der Meinungen waren, räumten die Äthiopier, deren Soldaten ein ziemlich niedriges kulturelles Niveau besaßen, das Land und übergaben die Macht einem Eingeborenen, Sumjafa, den Prokop Esimphaios nennt. Wahrscheinlich war er ein ehemaliger Judaist, der sich dem Christentum und der äthiopischen Sache angeschlossen hatte. Die vor kurzem entdeckten Inschriften lassen uns alle möglichen Wendungen vermuten. Um 530 erhoben sich die in Arabien verbliebenen und vielleicht mit den unteren Schichten der südarabischen Gesellschaft verbündeten Äthiopier gegen Sumjafa und ersetzten ihn durch Abraha, den ehemaligen Sklaven eines byzantinischen Kaufmanns von Adulis. Der äthiopische Herrscher entsandte vergeblich zwei Expeditionen, um die Rebellion zu ersticken. Abraha konnte sich halten, indem er im Konflikt der Mächte abwartend und neutral blieb und den Bemühungen Justinians widerstand, der ihn zu einem Feldzug gegen Persien bewegen wollte. Er ließ den großen Damm von

Marib ausbessern und unterdrückte eine Erhebung, die vielleicht von Sumjafas Sohn angeführt wurde. Seine neutrale Haltung machte ihn, wie dies in solchen Fällen zu sein pflegt, zu einem sehr umworbenen Herrscher. Er empfing Gesandtschaften aus Äthiopien, Byzanz, Persien, Hira und vom ghassanidischen Phylarchen al-Harith ibn Jabala. Er besiegte den Sarazenenstamm der Maadd. Gegen Ende seiner Regierungszeit schloß er sich enger an Äthiopien an, und vielleicht erfolgte zu jener Zeit eine Expedition nach Norden, die ihn zumindest der arabischen Überlieferung zufolge bis vor die Tore von Mekka geführt haben soll. Später wurde erzählt, daß seine Armee, die erstaunlicherweise einen oder mehrere Elefanten besaß, von Vögeln angegriffen wurde, die vom Himmel herab Steine auf sie warfen. Dadurch wurde sie zum Rückzug gezwungen. Der Koran spricht in einer Sure andeutungsweise von dieser Geschichte der «Leute mit dem Elefanten».

Abrahas Nachfolger betrieben eine offenbar noch entschlossenere antipersische Politik. Zur gleichen Zeit war Byzanz bemüht, im Norden den Landweg der Seide unter seine Kontrolle zu bringen und sich daneben Territorien zu sichern, wo Söldlinge ausgehoben werden konnten. Die Türken hatten in Mittelasien große Macht erlangt. Chosrau Anoscharwan hatte sich mit ihnen verbündet, und gemeinsam hatten sie das Reich der Hephtaliten zerstört, das Turkestan, Ostiran und Afghanistan beherrschte. Jeder der Verbündeten hatte sich seinen Teil des vernichteten Reiches angeeignet. 567 und 568 erfolgte ein Austausch von Botschaftern zwischen dem byzantinischen Kaiser Justinus und dem Kaghan der Westtürken, Istämi. Dieser wünschte die Seide direkt den Byzantinern zu verkaufen, ohne seinen ehemaligen persischen Verbündeten einzuschalten. Das türkisch-byzantinische Bündnis kam zustande. Justinus entfesselte den Krieg gegen Persien im Jahre 572.

Die von den ehemaligen Anhängern des Dhu Nowas angeführte propersische Partei in Südarabien drängte Chosrau, gegen das byzantinische Unternehmen in dieser Gegend einzugreifen. Die propersischen Araber anderer Landstriche griffen verstreut das südarabische Reich an. Der König der Könige mußte sich der byzantinischen Einkreisung erwehren. Kurz vor 600 (das genaue Datum ist unbekannt und wurde lange auf 570 festgelegt) beschloß er, unter dem Befehl eines gewissen Wahriz eine Flotte nach Jemen auszusenden. Die persische Eroberung scheint sich ohne Schwierigkeiten vollzogen zu haben. Der Seeweg des Südens wurde der byzantinischen Kontrolle entzogen, wenn auch der Landweg des Nordens umstritten blieb.

571 ist das von der Überlieferung angegebene Geburtsjahr des Propheten Mohammed. Es ist keineswegs gesichert. Aber man erkennt seine Bedeutung auf der Ebene der internationalen Politik. Fügen wir noch ein paar weitere, wenn auch ferner abliegende Synchronismen hinzu. Das Byzantinische Reich, das im Morgenland noch so energisch stritt, erlitt im Abendland schwere Niederlagen. Von 568 an fielen die Lombarden unwiderstehlich in Italien ein. In Spanien griffen die Westgoten die byzantinischen Besitztümer an. Cordoba wurde 572 ein erstes Mal erobert und ging 584 endgültig verloren. Byzanz war ganz von den Angelegenheiten des Orients in Anspruch genommen und reagierte nur mit der Diplomatie, indem es versuchte, die Franken gegen die Lombarden aufzuwiegeln. Aber Gallien war unter den Enkeln Chlodwigs entzweit. Es war die Zeit der Kämpfe zwischen Chilperich und Sigebert, zwischen ihren Frauen Fredegunde und Brunhilde. Ihr Bruder Guntram herrschte friedlich über Burgund.

Der Kampf der Reiche, der sich in den besonders in Südarabien deutlich zutage tretenden Parteikämpfen widerspiegelte, hatte unumgänglich weittragende Auswirkungen auf die Welt der nomadisierenden Sarazenen.

Die Eroberung Südarabiens durch die Äthiopier und dann durch die Perser war ein Ausdruck des schon seit langem begonnenen Niedergangs seiner Macht. Die Ptolemäer hatten bereits versucht, die Südarabier auszuschalten, indem sie die Schiffahrt der königlichen Flotte auf dem Roten Meer ausbauten und versuchten, den Balsambaum in Ägypten zu akklimatisieren. Ungefähr zu Beginn der christlichen Zeitrechnung hatte ein Grieche namens Hippalos die Gesetze des Monsuns entdeckt, was den griechischen Schiffen erlaubte, die Fahrt von Ägypten nach Indien und zurück ohne Unterbrechung zu machen. Wenn der Landweg von Indien ins Mittelmeergebiet, über Palmyra, Edessa und Antiochia, in Friedenszeiten benutzbar war, stellte er eine schwere Konkurrenz für den südlichen Seeweg dar. Die Bürgerkriege zwischen den Fürsten Südarabiens und die ausländischen Kriege, die sie in Mitleidenschaft zogen, lauter Unternehmungen, die zum Zweck hatten, diese Route zu kontrollieren, mußten notgedrungen die Macht und den Reichtum Südarabiens schmälern. Die fremden Eroberungen waren verderblich. Wir stellen die Schwächung der großen Staaten fest und eine entsprechende Stärkung einer Feudalität von Grundbesitzern. Die Beduinen der Wüste scheinen wie im Norden immer zahlreicher und geschlossener einzudringen. Die spätere arabische Legende verzeichnet diesen Niedergang und schreibt ihn einem zufälligen technischen Zwischenfall zu: dem Bruch des großen Dammes von Marib. Es ist nicht ausgeschlossen, daß die großen Wehre, die für die Bewässerung ausgedehnter Gegenden sorgten, schwere Schäden erlitten haben. Aber wenn sie nicht ausgebessert wurden (oder nur unzureichend, denn wir haben gesehen, daß Abraha sich noch der Reparaturen am Damm von Marib rühmt), so deshalb, weil die Verhältnisse des Landes es nicht mehr erlaubten.

Dies alles verstärkte die Bedeutung der Beduinen. Sie besaßen nunmehr die Möglichkeit, sich teuer für ihre Rolle als Vermittler oder als Führer im Landverkehr bezahlen zu lassen, der auf dem westlichen Landweg noch von Bedeutung war. Trotz der aufsehenerregenden Expeditionen, die jedoch nur flüchtige Ergebnisse zeitigten, waren sie in der Lage, mit den großen, im Streit liegenden Mächten um ihre Mithilfe zu feilschen und ihnen beträchtliche Vorteile abzupressen. Unter den ehemaligen, kaum seßhaft gewordenen Beduinen offenbarten sich Geschäftsleute, die jetzt die Organisation der Karawanen an die Hand nehmen und mit dem Transport der kostbaren Waren Handel treiben konnten. Es entstanden Kommanditgesellschaften, die das Karawanenwesen betrieben. Die Gewinne waren beträchtlich und lagen zwischen 50 und 100 Prozent. Die Städte, die sie zu ihren Operationszentren erwählten, wuchsen heran, blühten auf, vor allem Mekka, auf halbem Wege zwischen Südarabien und dem byzantinischen Palästina. Ganz Westarabien erlebte dank diesen selben Bedingungen einen wirtschaftlichen Aufschwung. Taif, im Süden von Mekka auf einem Berg gelegen, eine Art Sommerfrische in den Alpen für die Einwohner von Mekka, besaß eine große Kundschaft für seine Früchte, sein Gemüse und seine Weine. Im ganzen Wadi-l-Kora («Wadi der Städte», so nannte man eine beinahe ununterbrochene Reihe von Oasen im nördlichen Hedschas), und im Süden bis hinab nach Medina betrieben jüdische Kolonien einen blühenden Ackerbau.

In den Zwischenräumen der Welt der Nomaden entwickelte sich eine merkantile Wirtschaft. Neben dem Tauschhandel wurden die mit Geld bezahlten Geschäfte häufig: Dinare, das heißt Golddenare, oder Dirhams, das heißt Silberdrachmen. Die Beduinen liehen sich bei den reichen Kaufleuten der Städte Geld aus, gerieten in Schulden und wurden versklavt oder zumindest zu Kunden. Ein Auflösungsprozeß der Stammesgesellschaft begann. Die großen Märkte wie jener von Okas blühten. Dort begegnete man Arabern aller Stämme und Ausländern. Der Rahmen des Stammes war gesprengt.

Eine intellektuelle und moralische Wandlung begleitete ganz

selbstverständlich diesen wirtschaftlichen und sozialen Wandel. Man stellte fest, daß unersättliche Individuen Erfolg hatten. Es waren nicht mehr die traditionellen Eigenschaften der Söhne der Wüste, die den Erfolg gewährten. Die Habgier, die Gewinnsucht waren bedeutend dringender vonnöten. Die eitlen und eingebildeten Reichen rühmten sich ihres Aufstiegs, der nunmehr ihr eigener war und nicht mehr jener des Stammes. Die Blutsbande lockerten sich und verloren gegenüber den auf Interessengemeinschaft gegründeten Banden zunehmend an Bedeutung.

Von nun an tauchten jenseits des Stammeshumanismus neue Werte auf. Die Armen, die Jungen, die Rechtschaffenen mochten wohl angesichts der Selbstherrlichkeit der Emporkömmlinge leiden. Man empfand dunkel, daß das alte Stammesideal, in dessen Namen man diese Leute hätte kritisieren können, seinen Wert eingebüßt hatte. Nun wandte man sich den universalistischen Religionen zu, den Religionen des Individuums, jenen, die nicht mehr den ethnischen Verband betrafen, sondern darauf abzielten, das Heil einer jeden menschlichen Person in ihrer unvergleichlichen Einmaligkeit zu erlangen. Wie wir gesehen haben, waren das Judentum und das Christentum bekannt, wenn auch in bisweilen etwas abirrenden Erscheinungsformen. Aber es waren fremde Ideologien, an die Mächte gebunden, die um die Beherrschung der Arabischen Halbinsel im Streit lagen. Sie besaßen das Prestige des Ausländischen, ihres unbestreitbar der Stammesreligion überlegenen Niveaus, ihrer Bande mit hochangesehenen Zivilisationen. Aber sich zu ihnen bekennen war gleichbedeutend mit einer politischen Parteinahme, und dieser Schritt war für den arabischen Stolz ziemlich demütigend. Es gab Leute, die tastend neue Wege suchten, sich von fremden Ideen leiten ließen, um die Macht der zahllosen Stammesgottheiten in Frage zu stellen und nur den alleinigen Allah zu fürchten, der dem höchsten christlichen und jüdischen Gott so nahe stand.

Gleichzeitig litt das sarazenische Land unter seiner politischen Minderwertigkeit. Die Araber waren als Söldner oder als Hilfstruppen die unerläßliche Stütze der großen Reiche. Man kaufte ihre Mitwirkung, man fürchtete ihre Erhebungen, man spielte ihre Stämme gegeneinander aus. Warum sollten sie ihren Wert nicht zu ihrem eigenen Vorteil nutzen? Um dies zu erreichen, bedurfte es eines mächtigen Staates, der Arabien zu einen vermochte. Ein solcher Staat konnte die erworbenen Reichtümer und den Handel in Schutz nehmen und die Habgier der besonders mittellosen Beduinen nach außen ablenken, anstatt sie die Handelstätigkeit der Araber selber hindern zu lassen. Die südarabischen Staaten, die den Nomaden gegenüber zu kolonialistisch waren und sich trotz ihrer fernen Verwandtschaft zu wenig um die Beduinen kümmerten, hatten in dieser Mission versagt.

Das große Bedürfnis der Epoche bestand in einem arabischen Staate, der von einer arabischen Ideologie geleitet und den neuen Verhältnissen angepaßt war, der jedoch dem Milieu der Beduinen, denen er ihren Platz einräumen mußte, noch nahe genug stand, einem Staate, der eine mit den großen Reichen gleichrangige und gleichermaßen geachtete Macht bildete. Die Wege waren für den genialen Mann geebnet, der es besser als irgendein anderer verstand, diesem Bedürfnis zu entsprechen. Bald sollte dieser Mann zur Welt kommen.

DRITTES KAPITEL

Geburt eines Propheten

Niemand weiß genau, wann Mohammed, der Allahs Prophet werden sollte, zur Welt gekommen ist. Man nahm an, daß dies unter Chosrau Anoscharwan geschah, also vor 579, und das ist wahrscheinlich. Man versicherte, es sei das Jahr des Elefanten gewesen, das heißt das Jahr, in dem die Vögel des Himmels Abrahas Heer vor Mekka in die Flucht geschlagen hatten, was unzweifelhaft falsch ist. Die nach sehr fraglichen Berechnungen vorgebrachten genauen Daten schwanken zwischen 567 und 573. Häufig ist das Jahr 571 angenommen worden.

Mohammed ist in Mekka als Sohn Abdallahs und seiner Frau Amina zur Welt gekommen. Durch seinen Vater gehörte er der Sippe der Haschim vom Stamme der Koraisch an. Diese Angaben der Überlieferung sind zwar nicht völlig unbestreitbar, können aber vernünftigerweise als gesichert angenommen werden.

Mekka liegt in einer Schlucht der Bergkette, die parallel zur Küste verläuft, ein gelbes und schwarzes Gebirge, das «ganz aus unglaublich nackten Felszacken besteht, ohne das geringste bißchen Erde, von oben bis unten gefirnißt, zerklüftet, spitz und schroff».[1] Diese Schlucht, die von Nordosten nach Südwesten verläuft, wurde durch einen Wadi geschaffen, den ein Platzregen noch von Zeit zu Zeit plötzlich mit Wasser füllt und so die Stadt mitsamt ihrem Heiligtum überschwemmt, so daß die Pilger es schwimmend verlassen müssen, wie zum Beispiel im Jahre 1950. In dieser trockenen, aber schön gelegenen Schlucht gibt es in etwa achtzig Kilometern Entfernung vom Meer einen Brunnen, den berühmten Zemzem. Dort befand sich vielleicht schon seit uralter Zeit ein Heiligtum. Der Geograph Ptolemäus verlegt im 2. Jahrhundert eine Ortschaft in diese Gegend, die er Makoraba nennt. Es könnte sehr wohl das gleiche Wort sein, das im Südarabischen (dessen Schrift die Vokale nicht aufzeichnet) *mkrb* und im Äthiopischen *mekwerab* geschrieben wird und das «Heiligtum» bedeutet, und diese Form hat vielleicht in einer Abkürzung der Stadt ihren historischen Namen verliehen.

Zu einer Zeit, von der wir nichts wissen, wurde Mekka zu einem Handelsplatz, vermutlich dank seiner günstigen Lage am Schnittpunkt mehrerer Straßen, einer, die von Norden nach Süden verlief, von Jemen nach Palästina, und anderer, die den Westen und den Osten verbanden, die Küste des Roten Meeres, von wo aus man nach Äthiopien gelangen konnte, und den Persischen Golf. Das Heiligtum bot Gewähr, daß die Kaufleute nicht belästigt wurden. Es befand sich zunächst in den Händen des Stammes der Jorhom, dann in denen des Stammes der Chosaa. Vielleicht gegen Ende des 5. Jahrhunderts gelang es einem starken Manne namens Kossaij mit List oder mit Gewalt, den Tempel unter seine Kontrolle zu bringen. Er gehört dem Stamme der Koraisch an, einem Verband verschiedener Sippen, die mit seiner Hilfe die Chosaa vertrieben. Man erzählte – und vielleicht enthält die Geschichte ein Körnchen Wahrheit –, daß er in Syrien gewesen war und daß er von dort den Kult der Göttinnen al-Ossa und Manat mitbrachte. Er fügte sie zur Verehrung Hobals, des Abgottes der Chosaa, hinzu. Man hat sich gefragt, ob er nicht in Wirklichkeit ein Nabatäer war.

Koraisch (der Name bedeutet «Hai», vielleicht ein altes «Totem») gewann so eine Bedeutung, die unablässig zunehmen sollte, und die Geschichte des folgenden halben Jahrtausends könnte als Wachstum der Macht dieses Stammes bis zu weltweiten Dimensionen gewertet werden. Er setzte sich wie gesagt aus verschiedenen Sippen zusammen. Man sprach von den Koraisch az-Zawahir, den «Koraisch von draußen», die an der Peripherie lebten, und den Koraisch al-Bataih, die sich auf dem Talboden scharten, in der unmittelbaren Umgebung des Brunnens Zemzem und des danebenliegenden Heiligtums. Es war eine Art kleines, ungefähr würfelförmiges Haus, das Kaaba genannt wurde, das heißt der Kubus. Besonders verehrt wurde ein schwarzer Stein meteoritischen Ursprungs, der vielleicht der Eckstein war. Die Araber und insbesondere die Semiten verehrten ein wenig überall solche Steine. Im Jahre 219 hatte Elagabal, der junge Araber aus Syrien, der Hohepriester des Schwarzen Steines von Emesa (Homs), nachdem er römischer Kaiser geworden war, diesen heiligen Fetisch mit größter Feierlichkeit nach Rom verbringen lassen und ihm dort zum großen Ärgernis der alten Römer einen Tempel erbaut. In Mekka beherbergte die Kaaba, die vielleicht anfänglich nur das Heiligtum Hobals war, mehrere Götter. Weitere befanden sich in der unmittelbaren Umgebung. Die spätere Überlieferung weiß zu berichten, daß die vier wichtigsten Söhne Abd Manafs (der selber einer der Söhne Kossaijs war) sich in die dem Handel zu erschließenden Regionen geteilt hatten. Einer war nach Jemen gezogen, der andere nach Persien, der dritte nach Äthiopien und der letzte in das byzantinische Syrien. Diese Geschichte ist wahrscheinlich eine Legende. Aber sie spiegelt eine Wirklichkeit. Die Banu Koraisch unternahmen alles, um den Handel der von ihnen beherrschten Stadt zu fördern. Wir haben gesehen, wie die äußeren Ereignisse dazu beitrugen. Gegen Ende des 6. Jahrhunderts sahen sie sich für ihre Mühen mit einer Art Vormachtstellung im Handel belohnt. Ihre Karawanen drangen in den vier Himmelsrichtungen des internationalen Warenverkehrs vor, die den zuvor erwähnten Regionen entsprachen. Die Großkaufleute von Mekka hatten sich gewaltig bereichert. Mekka war ein Zentrum geworden, wo man die Händler aller Nationen antraf und wo sich ein verhältnismäßig bedeutendes Kunsthandwerk entwickelt hatte. Die heilige Stätte zog immer mehr Pilger an, die sich in der Umgebung der Kaaba und der umliegenden kleinen Heiligtümer vielfältigen Riten unterzogen. Durch Ehebündnisse sicherten die Koraischiten sich den Beistand der benachbarten Nomaden. Das Geld trug sicherlich dazu bei, aber vielleicht gegebenenfalls auch die Waffen, um sie versöhnlich zu stimmen. Der Stamm der Koraisch sollte auch eine gewisse Rolle in der internationalen Politik spielen. Das wenige, was wir davon wissen, deutet auf einen von Sympathie für die christlichen Mächte Byzanz und Äthiopien gefärbten Neutralismus hin. Indessen erschien Abraha, um die Bewohner von Mekka zu bekämpfen, vielleicht um ihre Handelsmacht zu brechen, die Südarabien Schaden zufügte. Um 580–590 befanden die Koraischiten sich im Kriege mit dem Stamme der Hawasin; ein Schützling der Koraischiten ermordete einen Häuptling der Hawasin, der für Noman, den perserfreundlichen König von Hira, mit einer Karawane unterwegs war.

Natürlich kämpften die Sippen der Koraisch auch unter sich um die Macht. Die wichtigsten, die wir im Vordergrund der Bühne sehen werden, sind die Sippe der Haschim und die Sippe der Abd Schams, beides Söhne Abd Manafs. Haschims Sohn Abd al-Muttalib scheint zu einem gewissen Zeitpunkt, der ungefähr mit dem Datum der Geburt des Propheten zusammenfällt, eine gewisse Vorrangstellung genossen zu haben. Aber bald sollte sie auf Omajja übergehen, den Sohn des Abd Schams, und auf seine Familie. Die Koraischiten besaßen im allgemeinen die Klugheit, diesen inneren Zwistigkeiten nicht zu erlauben, ihre Einheit gegen außen zu sprengen. Eine Art Senat, der *mala*, eine Versammlung der Häuptlinge und der Standespersonen der wichtigsten Sippen, faßte die allgemeinen Beschlüsse. Aber er konnte nur ein Mechanismus sein, um dank der Diskussion zu einer Einigung zu gelangen. Nichts vermochte eine Sippe zu zwingen, sich dem Entscheid der anderen Sippen zu unterwerfen, nichts außer der Überredung oder einem mehr oder weniger friedlichen Zwang.

Abd al-Muttalib verdankte seine Stellung vielleicht dem Umstand, daß er sich an der Spitze einer jener Gruppen befand, die von den Mekkaner Sippen in ihrem Kampf um die Macht gebildet worden waren. Zwei dieser Gruppen befanden sich in unablässiger Rivalität, während die dritte sich neutral verhielt. Jedenfalls trieb Abd al-Muttalib Handel mit Syrien und Jemen und hatte Privilegien erreicht, die für das Heiligtum von Mekka von Vorteil waren. Er versorgte die Pilger mit Wasser und Nahrung. Es heißt, er habe auch mit Abraha unterhandelt, als das Heer mit den Elefanten vor Mekka erschien. Vielleicht findet sich hier der Nachhall eines Versuches, der von einer der Gruppen von Sippen unternommen wurde, um sich einen fremden Beistand zu sichern. Er hatte mehrere Frauen aus verschiedenen Stämmen, die ihm zehn Söhne schenkten, den Vater und die Onkel Mohammeds, sowie sechs Töchter. Einigen werden wir wieder begegnen.

Eines der Kinder war also Abdallah, den Fatima bint Amr von der Koraischitensippe der Banu Machsum ihm gebar. Es heißt, er sei ein sehr schöner Mann gewesen. Sein Vater, der vermutlich wünschte, mit der Sippe der Banu Zohra ein Bündnis einzugehen, bat gleichzeitig für seinen Sohn um die Hand der jungen Amina bint Wahb, und für sich selbst um die seiner Base Hala bint Wohaib.

Amina scheint in ihrer Sippe verblieben zu sein, und Abdallah besuchte sie gemäß einer arabischen Sitte. Das erste und einzige Kind, das er mit ihr zeugte, war Mohammed. Es ist vielleicht interessant, an dieser Stelle eine der Geschichten anzuführen, die über Mohammeds Empfängnis im Umlauf waren, auch wenn sie selbstverständlich keinerlei historischen Wert besitzt. Sie steht in krassem Gegensatz zum Anliegen der Christen, Jesus so weit wie möglich ohne Beteiligung irgendwelcher Sexualität zur Welt kommen zu lassen.

«Abdallah kam zu einer Frau, die er außer Amina bint Wahb besaß. Er hatte auf einem Stück Land, das ihm gehörte, in der Tonerde gearbeitet und Tonspuren hafteten noch an ihm. Er versuchte sich ihr zu nähern, aber sie vertröstete ihn auf später wegen der Tonspuren, die er auf sich trug. Er verließ sie, machte seine Waschungen und reinigte sich von dem Ton, den er auf sich trug. Dann ging er hinaus und begab sich zu Amina. Er kam wieder an jener Frau vorbei, die ihn zu sich rief. Aber er wies sie von sich und begab sich zu Amina. Er trat bei ihr ein und nahm sie. Da empfing sie Mohammed, möge Gottes Gebet über ihm sein und das Heil. Dann kam er wieder an jener Frau vorbei und sagte zu ihr: Willst du? Sie antwortete: Nein! Als du an mir vorbeigekommen bist, lag zwischen deinen Augen ein weißer Schimmer. Ich habe dich gerufen, und du hast mich von dir gewiesen. Du bist bei Amina eingetreten, und sie hat dir diesen Schimmer genommen.» [2]

Eine Variante dieser Geschichte machte aus jener Frau keine zweite Gemahlin Abdallahs, sondern eine Schwester des *hanif* Waraka ibn Naufal, der wir wieder begegnen werden und die in den Schriften ebenso beschlagen war wie ihr Bruder. Als sie auf Abdallah den Schimmer der Prophezeiung gewahrte, bot sie ihm hundert Kamele, um seine Gunst zu erlangen. Er hatte sie von sich gewiesen, und als er von Amina zurückkehrte, war der Schimmer verschwunden.[3]

Abdallah starb während der Schwangerschaft seiner Frau oder kurz nach der Geburt, als er sich auf dem Rückweg von einer Geschäftsreise nach Gaza in Medina befand. Er hinterließ seiner Witwe nur wenig: eine Sklavin, fünf Kamele und ein paar Schafe. Amina sorgte für ihren Sohn, aber auch sie sollte bald sterben, als der Knabe erst sechs Jahre alt war.

Wir wissen nichts Sicheres über Mohammeds Kindheit. Die Legenden haben nach und nach diese Leere ausgefüllt und sind immer schöner und immer erbaulicher geworden, je weiter jene Zeit zurücklag. Selbst die ältesten, nüchterneren Zeugnisse sind durchaus unzuverlässig. Als der Islam zur Religion eines mächtigen Staates wurde, hatte man Gebote nötig, um das soziale Leben zu regeln. Natürlich gingen die Meinungen und die Interessen auseinander. Es gab auch politische Parteien, die sich von den Verwandten und den Gefährten des Propheten herleiteten. Überdies verlangten viele Leute der Neugierde, der Frömmigkeit oder sogar dem historischen Interesse gehorchend nähere Auskunft über das Leben Mohammeds. Überlieferer sein war damals ein Beruf. Die Überlieferer brauchten einen Bericht, der jener Neugierde oder jener Frömmigkeit genügte oder auch jenem Bedürfnis nach Vorschriften, denn das Tun und Lassen des Propheten besaß einen beispielhaften Wert. Wenn er auf diese Weise gehandelt hatte, so beabsichtigte er, seinen Anhängern darzutun, daß man immer so handeln mußte, mochte es sich nun um schwerwiegende Probleme handeln wie die Einzelheiten der Nachfolgegesetze (deren Prinzipien von Gott selber im Koran festgelegt worden waren) oder um die geringfügigsten Äußerungen des täglichen Verhaltens wie etwa die Art, sich bei Tisch zu benehmen. Die Überlieferer mußten – wie unsere Historiker – ihre Quellen angeben. Aber es waren mündliche Quellen. Man hatte einen Bericht von diesem gehört, der ihn seinerseits von jenem vernommen hatte, und so weiter bis zu einem Zeitgenossen des Propheten, der seine Gebärde gesehen oder sein Wort gehört hatte. Natürlich war es leicht, Überlieferungen zu schmieden (auf arabisch nennt man sie *hadith*, das heißt Erzählung), um seine Meinung oder seine Partei zu begünstigen. Die großen arabischen Historiker und Juristen waren sich dessen wohl bewußt. Sie haben versucht, die falschen Überlieferungen auszumerzen, zum Beispiel jene, wo die Kette der Bürgen eindeutig unmöglich war; aber sie behaupteten nicht, Gewißheiten erlangt zu haben. So geben sie hintereinander die sich widersprechenden Überlieferungen zu einem bestimmten Thema wieder und sagen, wer sie verbürgt. Es bleibt dem Leser anheimgestellt, was er zu glauben wünscht. «Und Gott weiß es am besten», fügen sie oft hinzu.

Die ältesten Sammlungen historischer Überlieferungen, auf die wir zurückgreifen können, sind ungefähr einhundertundfünfundzwanzig Jahre nach der Wirkungszeit des Propheten entstanden. Damit ist gesagt, wie sehr die Phantasie sich während dieses Zeitraumes betätigen konnte. Indessen sind zahlreiche Tatsachen gewiß, denn die gegensätzlichsten Parteien waren sich über die Ereignisse einig, die den Faden des Lebens des Propheten ausmachten, über die Namen seiner Gefährten und seiner Frauen, deren Beziehungen und Abstammung, und noch über manche andere Dinge, ja sogar gewisse wenig rühmliche und demzufolge nicht erfundene Begebenheiten. Aber hinsichtlich vieler Einzelheiten besitzen wir keinerlei Gewißheit, und es ist insbesondere klar, daß nur sehr wenig über die ersten Lebensjahre Mohammeds bekannt war und daß diesbezüglich viel erfunden worden ist. Ich will ein paar dieser Erzählungen anführen, deren einziges historisches Verdienst darin besteht, daß sie ein Milieu schildern, das jenem, in dem der junge Mohammed aufwuchs, zumindest ähnlich war, abgesehen von dem Verständnis, das sie in uns für die Art wecken, wie die Muselmanen sich später das Leben ihres Propheten vorstellten.

Wie es bei den Koraischiten üblich war, vertraute man den kleinen Mohammed einer Amme in einer Nomadensippe an. Die Kinder der Koraischiten, so dachte man, konnten sich von der reinen Luft der Wüste durchdringen lassen und wurden kräftig. Diese Sitte erlaubte, den Kontakt mit den Nomaden aufrechtzuerhalten, was nicht nebensächlich war, galt doch die Milchbrüderschaft als ein mächtiges Band zwischen zwei Männern. Mohammeds Amme war eine gewisse Halima von der Sippe der Banu Saad, die dem großen Stamme der Hawasin angehörte. Ob von ihr in jener Überlieferung die Rede ist, die ich hier nur als typisches Beispiel für die erstaunliche Lebendigkeit jener Erzählungen anführe, die übrigens keineswegs eine Garantie der Echtheit darstellt? Sie findet sich in der Geschichte des Propheten und seiner Gefährten, die von Ibn Saad zu Beginn des 2. Jahrhunderts der Hedschra (unserem 9. Jahrhundert) niedergeschrieben wurde:

«Wir wissen von Abdallah ibn Nomais al-Hamdani, der es von Jahia ibn Said al-Anssari wußte, daß Mohammed ibn al-Monkadir berichtete: eine Frau klopfte bei dem Propheten an, den sie genährt hatte. Als sie eintrat, rief er aus: Mama! Mama! Er nahm seinen Mantel, breitete ihn vor ihr aus, und sie setzte sich darauf.» [4]

Die Geschichte, wie die Amme das Kind wählte, wird folgendermaßen erzählt: «Zehn Frauen der Banu Saad kamen nach Mekka, um Säuglinge für ihre Ammenmilch zu suchen. Sie alle fanden einen außer Halima bint Abdallah, die mit ihrem Manne al-Harith ibn Abd al-Ossa da war, den man Abu Dhoaib nannte und mit ihrem Sohne Abdallah ibn al-Harith, den sie nährte, und (ihren Töchtern) Anisa und Jodama, die mit dem Schönheitsmal, die (später) mit ihrer Mutter Mohammed trug und auf dem Schoß hielt. Man stellte ihr den Abgesandten Allahs vor. Aber sie murrte: ‹Ein Waisenknabe! Und ohne Geld! Und was wird seine Mutter schon tun können?› Und die Frauen gingen fort und ließen sie zurück. Halima sagte zu ihrem Mann: ‹Was hältst du davon? Meine Gefährtinnen sind fortgegangen, und es gibt in Mekka kein Nährkind mehr außer dieser Waise. Wenn wir ihn nähmen? Ich möchte nicht gerne mit leeren Händen nach Hause zurückkehren.› Ihr Mann sagte zu ihr: ‹Nimm ihn! Vielleicht macht Allah aus ihm eine Wohltat für uns.› Und sie begab sich wieder zur Mutter und nahm ihr Kind; sie setzte es auf ihren Schoß und bot ihm die Brüste, bis die Milch daraus hervorquoll. Und der Abgesandte Allahs trank, bis er satt war. Und sein Milchbruder trank. Nun konnte aber dieser Bruder nicht schlafen, weil er hungrig war (weil seine Mutter bis dahin nur wenig Milch hatte). Und die Mutter (Amina) sagte: ‹Amme! Befrage mich über deinen (Nähr-)Jungen, denn er wird Bedeutung erlangen.› Und sie erzählte ihr, was sie gesehen und was man ihr im Augenblick seiner Geburt gesagt hatte. Halima war glücklich und freute sich über alles, was sie vernahm. Dann brach sie mit dem Säugling auf. Sie legten den Packsessel auf ihre Eselin, und Halima bestieg das Tier und hielt den Abgesandten Allahs vor sich. Al-Harith ritt die alte Kamelstute. Sie holten ihre Gefährtinnen beim Wadi Sirar ein ... Diese sagten: ‹Halima! Was hast du gemacht?› Sie antwortete: ‹Ich habe bei Gott den schönsten aller Säuglinge genommen, den ich je gesehen habe und der die größte *baraka* hat.› Die Frauen sagten: ‹Ist das nicht das Kind von Abd al-Muttalib?› Sie antwortete: ‹Doch.› Halima erzählte: ‹Noch ehe wir von jenem Ort aufbrachen, sah ich den Neid auf (dem Gesicht von) mehreren unserer Frauen.› »

In diese Jahre des Aufenthalts in der Wüste wird eine wunderbare Begebenheit verlegt, die von anderen Autoren anderen Augenblicken des Lebens unseres Helden zugeschrieben wird. Zwei Engel waren gekommen und hatten seine Brust geöffnet und das Herz herausgenommen und sorgfältig gereinigt, ehe sie es wieder an seinen Platz legten. Dann hatten sie ihn gewogen, indem sie nacheinander auf die andere Waagschale erst einen Mann legten, dann zehn, dann hundert, dann tausend. Und dann hatte einer zum anderen gesagt: «Laß ihn! Selbst wenn du auf die andere Waagschale seine ganze Gemeinschaft *(omma)* legtest, würde er noch überwiegen.» [5]

Amina starb auf dem Rückweg von einer Reise nach Medina, die sie mit ihrer Sklavin Omm Aiman und dem jungen Mohammed unternommen hatte. Er war damals sechs Jahre alt. Sein Großvater, der ehrwürdige, damals achtzigjährige Abd al-Muttalib, nahm ihn zu sich. Aber er starb zwei Jahre später. Nun wurde Mohammed von einem seiner Onkel aufgenommen, Abd Manaf, der in der Folge eher Abu Talib genannt wurde, da er seinen *konja* seinem eigentlichen Namen vorzog (es ist der zweite Name, den die Araber trugen und der im vertrauten Kreise gebräuchlich war und «Vater des Soundso» bedeutet, womit im allgemeinen der älteste Sohn bezeichnet wurde). Sein Name besaß in der Tat einen abgöttischen Sinn, bedeutete er doch «Diener der Göttin Manaf». Er war ein wohlhabender Kaufmann, Sohn der gleichen Mutter wie Abdallah, Mohammeds Vater, und er soll nach dem Tode seines Vaters die Führung der Sippe der Haschim übernommen haben, die angeblich damals in Mekka vorherrschten.

Abu Talib, so wird erzählt, zog von Zeit zu Zeit an der Spitze einer Karawane nach Syrien. Es heißt, er habe seinen Neffen mitgenommen, und beide seien nach Boßra gekommen, dem ersten großen Knotenpunkt des Karawanenverkehrs, an der Kreuzung von fünf wichtigen Straßen, ein bedeutendes christliches Zentrum, wo kurz zuvor eine schöne Kathedrale erbaut worden war, eine an beeindruckenden Bauwerken reiche Stadt wie etwa dem römischen Theater, das man noch heute dort sieht, und vermutlich auch dem Armenhaus, das Justinian dort hatte errichten lassen. Es war grundsätzlich der Wohnsitz des monophysitischen Bischofs, dessen Gerichtsbarkeit die Nomaden Arabiens unterstanden und dessen Ernennung der ghassanidische Phylarch al-Harith im Jahre 543 von der Kaiserin Theodora erlangt hatte. In Boßra soll sich ein Vorfall ereignet haben, von dem wir hier eine der vom Geschichtsschreiber Tabari aufgezeichneten Versionen wiedergeben:

«Als die Karawane in Boßra, in Syrien, Halt machte, befand sich dort ein Mönch namens Bahira, der in einer Einsiedelei wohnte und der in den Wissenschaften der Christen bewandert war. In jener Einsiedelei lebte jederzeit ein Mönch, der dieses Wissen aus einem Buche bezog, das sie sich angeblich von einem zum anderen vererbten. Als die Karawane in jenem Jahre in der Nähe Bahiras anhielt, bereitete er ihr reichliche Nahrung. Denn während er sich in seiner Einsiedelei befand, war ihm der Abgesandte Allahs erschienen, den eine Wolke inmitten seiner Gefährten bedeckte. Sie kamen heran und machten im Schatten eines Baumes Halt, der sich in Bahiras Nähe befand. Er schaute die Wolke an, aber der Baum warf Schatten, und die Zweige des Baumes neigten sich über den Abgesandten Allahs, um ihn in ihrem Schatten zu behalten. Als Bahira dies sah, kam er aus seiner Zelle herab und schickte jemanden, um sie alle einzuladen. Als Bahira den Abgesandten Allahs sah, begann er ihn sehr aufmerksam zu mustern, er stellte körperliche Besonderheiten fest ... Als die Karawane fertiggegessen hatte und sie sich trennten, befragte er den Abgesandten Allahs über das, was er im Wachen und im Schlafe empfand. Der Abgesandte Allahs antwortete ihm. Bahira fand dies alles der Beschreibung entsprechend, die sich in seinem Besitze befand. Dann betrachtete er seinen Rücken und sah dort das Mal der Prophezeiung zwischen seinen Schultern. Da sagte Bahira zum Onkel Abu Talib: ‹Welche Verwandtschaft besteht zwischen diesem Jungen und dir?› Abu Talib erwiderte: ‹Er ist mein Sohn.› Bahira sagte ihm: ‹Er ist nicht dein Sohn! Der Vater dieses Knaben kann nicht mehr am Leben sein.› Darauf entgegnete Abu Talib: ‹Er ist mein Neffe.› Der Mönch fragte: ‹Was ist seinem Vater zugestoßen?› — ‹Er ist gestorben, als seine Mutter mit ihm schwanger ging.› — ‹Du sprichst die Wahrheit. So kehre in dein Land zurück und behüte ihn wohl vor den Juden. Bei Allah, wenn sie ihn bemerken und das erfahren, was ich von ihm weiß, werden sie ihm Böses zufügen wollen ... ›» [6]

Der Onkel soll beeindruckt mit dem kostbaren Knaben eilends nach Mekka zurückgekehrt sein. Enthält der Bericht einen Kern Wahrheit? Das ist schwer zu entscheiden. Sicher ist, daß er einer apologetischen Absicht entspricht. Es gilt, den Propheten von einer der beiden großen monotheistischen Religionen, deren Erbe der Islam antritt, als solchen erkennen zu lassen. Die Christen haben die Legenden abgewandelt, indem sie aus dem angeblich ketzerischen Mönch den geistigen Ratgeber des Propheten machten, um diesen jeglicher Originalität zu entkleiden. Die Reise nach Boßra ist an sich durchaus möglich, so gut wie andere Reisen. Es ist versucht worden, die Spuren der Kenntnisse zusammenzutragen, die Mohammed von verschiedenen fremden Ländern haben mochte. Aber man hat umgekehrt zu bedenken gegeben, daß er offenbar keine direkte Kenntnis der Zeremonien des christlichen Gottesdienstes besaß. Es hätte ihn zweifellos beeindruckt, wenn er auch nur ein einziges Mal einer dieser Zeremonien beigewohnt hätte. Und die arabischen Dichter, die Hira und seine Kirchen besucht haben, sprechen mit bedeutend größerer Lebendigkeit davon.

Die Überlieferungen unterstreichen die herzliche Zuneigung Abu Talibs für seinen Neffen und die Fürsorge, die er ihm angedeihen ließ. Man hat sich gefragt, ob es sich hier nicht auch um eine hagiographische Entstellung handelt. Auf jeden Fall mußte Mohammed die kleinen Dienstleistungen verrichten, die man von einem Kinde verlangte. Sehr viel später kamen eines Tages Leute am Propheten vorbei, die Früchte des dornigen *Arak*baumes trugen, mit denen man die Kamele und andere Tiere füttert. Mohammed soll zu ihnen gesagt haben: «Seid vorsichtig mit den schwarzen Früchten, es sind die gleichen, die ich zu pflücken pflegte, als ich die Schafe hütete.» Sie sagten zu ihm: «Abgesandter Allahs, so hast du einmal Schafe gehütet?» Er antwortete: «Gewiß, und es gibt keinen Propheten, der dies nicht getan hätte.» [7] Man erzählte diese Anekdote, um den Hochmut der großen nomadisierenden Kameltreiber ein wenig zu dämpfen, die die Hirten des Kleinviehs zu verachten pflegten.

Das ist so ziemlich alles, was uns über die Kindheit und Jugend des zukünftigen Propheten berichtet wird, zumindest in den Quellen, die vor dem zügellosen und unüberprüfbaren Wuchern der Legenden aller Art bestanden. Man sieht, wie wenig es ist und wie sehr wir uns auf einem unsicheren Boden bewegen. Dabei wüßten wir gerne – und es wäre von großer geschichtlicher Bedeutung –, welches seine Ausbildung war. Die muselmanische Überlieferung hat behauptet, er habe keinerlei Berührung mit den heidnischen Gottesverehrungen seiner Geburtsstadt gehabt. Das ist höchst unwahrscheinlich, und deutliche Hinweise aus seinem späteren Leben sprechen dafür, daß er wie jedermann die Religion seiner Väter ausübte. Es wird uns anderenorts auch gesagt, er habe der Göttin al-Ossa ein Schaf geopfert. Eine vereinzelt dastehende Überlieferung beschreibt, wie er den Götzen geopfertes Fleisch einem Monotheisten anbot und wie dieser es ablehnte und ihn zurechtwies.[8] Er soll sich zu den *homs* bekannt haben, einer Bruderschaft, die während der Zeremonien von Mekka besondere Riten beobachtete und zusätzliche Tabus einhielt. Ungeachtet der Auffassung der arabischen Überlieferung, die ein Wort des Korans unrichtig auslegte, scheint Mohammed sehr wohl lesen und schreiben gelernt zu haben. Aber wir wissen nicht, wie umfassend seine Bildung war, bis auf ein paar wenige Hinweise aus seinem Leben und seinem Werk, die jedoch unzuverlässig und unklar sind. Es wird noch davon die Rede sein.

Es scheint, daß Mohammed länger unverheiratet blieb, als in seinem Milieu üblich war. Der Grund dafür war vermutlich seine Armut. Es heißt, er habe bei Abu Talib um die Hand seiner Base Omm Hani angehalten. Die beduinische Gesellschaft billigte in der Tat die Vetternheirat. Aber der Bewerber wurde abgewiesen, sicher zugunsten eines besser gestellten Rivalen. Sehr viel später soll die verwitwete Omm Hani gewünscht haben, ihr Vetter möchte seine Werbung erneuern. Aber Mohammed war nicht mehr dazu bereit. Indessen bewahrten sie gute Beziehungen. Er wohnte bei Omm Hani in jener Nacht, in der er seine Himmelfahrt unternahm.

Bald lächelte ihm das Glück. Ohne in die Übertreibungen der Überlieferung zu verfallen, die ihn schon von jener Zeit an als Vorbild der körperlichen, intellektuellen und moralischen Vollkommenheit hinstellt, genügen die später von ihm entfalteten Eigenschaften durchaus, um uns zu überzeugen, daß er auf die Leute seines Milieus einen günstigen Eindruck machen mußte. Schon damals fiel sicherlich seine Intelligenz auf und seine ruhige, selbstsichere, ausgeglichene Art, sich im Leben zu bewegen und mit den anderen in Beziehung zu treten. Vermutlich war dies der Grund, weshalb eine nicht mehr sehr junge Frau, eine Witwe, Chadidscha bint Chowailid, die bereits zweimal verheiratet gewesen war und mehrere Kinder hatte, ihn in ihren Dienst nahm. Sie war reich, und in ihrem Auftrag zogen Karawanen nach Syrien, um byzantinische Waren zu holen und sie dann auf dem Markt in Mekka zu verkaufen. Chadidscha, so heißt es, beauftragte ihren neuen Angestellten mit der Begleitung ihrer Karawanen und mit den Einkäufen. Wenn dies stimmt, muß Mohammed nach Syrien zurückgekehrt sein, und dies bietet der Überlieferung die Gelegenheit, weitere Mönche ins Spiel zu ziehen, die wiederum die von dem jungen Koraischiten auf seinem Wege gewirkten Wunder bemerken und ihm eine glänzende Zukunft voraussagen. Sicher ist auf jeden Fall, daß seine Tätigkeit in Chadidschas Diensten in ihr den Wunsch weckte, ihn zu ehelichen. Vielleicht war sie für Mohammeds Reize bereits nicht unempfänglich, als sie ihn anstellte. Auf jeden Fall war das Los einer unverheirateten Frau bei den Arabern nicht beneidenswert. Wenn ihr Vater noch am Leben war, mochte er ihr als Beschützer dienen, aber sie hatte allen Grund, die Zukunft zu fürchten. Es heißt, daß sie vierzig war, aber daß es ihr nicht an Bewerbern mangelte. Mohammed soll fünfundzwanzig Jahre alt gewesen sein. Nafissa bint Monja, die unerläßliche Vermittlerin, soll später erzählt haben:

«Chadidscha schickte mich zu Mohammed, um nach seiner Rückkehr mit der Karawane aus Syrien seine Absichten zu erkunden. Ich sagte ihm: ‹Mohammed! Warum heiratest du nicht?› Er sagte mir: ‹Ich besitze nicht genug, um zu heiraten.› Ich entgegnete: ‹Und wenn jemand genug für zwei besäße? Und wenn man dir die Schönheit antrüge, den Reichtum, eine angesehene Stellung und den Wohlstand, würdest du nicht annehmen?› — ‹Wer ist diese Frau?› — ‹Chadidscha.› — ‹Was soll ich tun.› — ‹Laß das meine Sache sein.› — ‹Ich aber werde ebenfalls handeln.› »

Nun blieben nur mehr die Formalitäten zu erledigen. Es wurde auch erzählt, daß es nicht so glatt gegangen war und daß Chadidscha ihren Vater berauschen mußte, um sein Einverständnis zu erlangen. Aber die meisten Überlieferungen versichern, daß dieser Vater damals schon lange tot war und daß ihr Onkel als Vertreter der Familie handelte.

Die Ehe mit Chadidscha rettete Mohammed und öffnete ihm weit die Tore einer glänzenden Zukunft. Keine materiellen Sorgen mehr. Aus dem armen Verwandten einer großen Familie, der sein Brot in fremden Diensten erwarb, wurde so eine geachtete Persönlichkeit. Er mußte die Hand der Gottheit darin erblicken, und eines Tages sollte er Allah sagen hören:

Dein Herr hat dich nicht verlassen, auch haßt er dich nicht . . .
Hat er dich nicht als eine Waise gefunden und Sorge für dich getragen?
Hat er dich nicht in Irrtum gefunden und dich recht geleitet?
Hat er dich nicht arm gefunden und dich reich gemacht?

(*Koran*, 93, 4—9)

Es ist wenig wahrscheinlich, daß er für Chadidscha die sinnliche Leidenschaftlichkeit empfand, die ihm später, als er alterte, die jungen und begehrenswerten Frauen seines Harems einflößten. Aber er bewahrte ihr immer eine hohe Achtung, eine unwandelbare Zuneigung und eine durch nichts je getrübte Dankbarkeit. Ein Psychoanalytiker hat die Möglichkeit erwähnt, daß die Frustration des so früh der mütterlichen Wärme beraubten Waisen diese Anhänglichkeit an eine ältere Frau hat verstärken können. Sie war die beste Frau seiner ganzen Zeit, versicherte er. Im Paradies würde er mit ihr in einem Hause aus Schilfrohr in Ruhe und Stille leben. Er sprach oft von ihr nach ihrem Tode, und das erzürnte Aischa, seine Geliebte. Sie erzählte selber, wie sie auf diese Tote, die sie nie gekannt hatte, wie auf keinen anderen Menschen auf Erden eifersüchtig war. Eines Tages erschien Hala, die Schwester Chadidschas, unter der Türe des Propheten und bat um Einlaß. «Gott, es ist Hala!» rief er. «Da wurde ich von der Eifersucht gepackt», soll Aischa erzählt haben, «und ich rief: ‹Was brauchst du dir immer diese alte, zahnlose Koraischitin mit ihrem roten Mund in Erinnerung zu rufen? Das Schicksal hat sie sterben lassen, und Gott hat sie durch eine Bessere ersetzt!› » [9]

Chadidscha schenkte Mohammed mehrere Kinder. Den vier Töchtern, Zainab, Rokaija, Fatima und Omm Kolthum, werden wir noch begegnen. Aber die Söhne starben alle im Kindesalter, und das war (und ist noch heute) ein Unglück für einen Araber. Al-Kasim starb anscheinend mit zwei Jahren, und von ihm leitete sein Vater den *konja* Abu-l-Kasim her, den er beibehalten sollte. Es scheint auch einen anderen gegeben zu haben, einen Abdallah, der vielleicht in Wirklichkeit Abd Manaf hieß, als Zeichen der Verehrung für die Göttin Manaf, von der seine Eltern sich bald lossagen sollten. Mohammed adoptierte zu jener Zeit seinen jungen Vetter Ali, als dessen Vater, der Onkel Abu Talib, in geschäftliche Schwierigkeiten geriet. Chadidscha schenkte Mohammed auch einen Sklaven, den ihr Neffe in Syrien gekauft hatte, einen gewissen Zaid vom vorwiegend christlichen Stamme der Kalb. Mohammed ließ ihn frei und adoptierte ihn als seinen Sohn.

Er befand sich jetzt in guten Verhältnissen. Gewiß fuhr er fort, Geschäfte zu machen. Seine Sprache war immer mit kaufmännischen Redewendungen durchsetzt. Er wurde von den Leuten seines Standes geachtet. Seine Töchter schlossen achtbare Ehen, die nach altem Brauch gut und gerecht waren. Rokaija und vielleicht auch Omm Kolthum heirateten Vettern väterlicherseits, Söhne Abu Lahabs. Dieser, ein Onkel Mohammeds, der sein großer Feind werden sollte, scheint sich damals in einer ausgezeichneten sozialen Stellung befunden zu haben und übernahm anstatt seines Bruder Abu Talib die Führung der Sippe der Haschim. Zainab heiratete ihrerseits ihren Vetter mütterlicherseits, Abu-l-Aß.

Ein Beweis für die Achtung, die man Mohammed entgegenbrachte, soll in der folgenden Begebenheit zum Ausdruck kommen, die leider mit Bestimmtheit ausgeschmückt und vielleicht sogar gänzlich in einer apologetischen Absicht erfunden wurde. Da die Kaaba am Einstürzen war, hatte jemand ihren verfallenen Zustand benutzt, um ihren Schatz zu stehlen. Die damals sehr wohlhabenden Koraischiten beschlossen, sie wieder aufzubauen. Sie zögerten, die heiligen Steine zu bewegen, um die zunächst notwendigen Abbrucharbeiten durchzuführen. Sie besaßen auch kein Baumaterial und keine Techniker. Da ereignete sich im günstigen Augenblick der Schiffbruch eines griechischen Schiffes im Roten Meer, das Holz aus Äthiopien für den Bau einer Kirche geladen hatte; dies erschien den Koraisch als Zeichen des Himmels. Sie bemächtigten sich der an der Küste des Hedschas gestrandeten Ladung und brachten auch einen koptischen Zimmermann namens Pacome mit, der sich an Bord befand. Der Wiederaufbau machte gute Fortschritte, nachdem die erste Aufregung vorbei war, als nämlich ein beherzter Mann es auf sich genommen hatte, dem alten Bau den ersten Schlag mit der Hacke zu geben. Die ganze Stadt verbrachte die Nacht in Ängsten und fragte sich, ob dieser Mann von den übernatürlichen Mächten bestraft werden würde. Aber am anderen Morgen erfreute er sich weiterhin ausgezeichneter Gesundheit, und die Arbeit wurde fortgesetzt. Schließlich galt es, den Schwarzen Stein wieder an der Ecke des Gebäudes einzulassen. Die vier Stammesgruppen stritten sich um diese Ehre und waren daran, im Feuer der Diskussion handgemein zu werden. Sie beschlossen, den ersten Mann, der das Heiligtum betreten würde, zum Schiedsrichter anzurufen. Es war Mohammed. Er ließ sich einen Mantel bringen, legte den heiligen Stein darauf, gab je einem Vertreter der Gruppen einen der vier Zipfel zu fassen. Sie hoben den Stein auf und verbrachten ihn an Ort und Stelle. Am vorgesehenen Platz stellte Mohammed selber ihn dann auf.

Er soll damals fünfunddreißig Jahre alt gewesen sein. Es heißt, er habe den Beinamen *al-amin* erhalten, also der Verläßliche, zu dem man Vertrauen haben kann. Er war von allen geschätzt, er spielte in seiner kleinen Heimat eine Rolle, er war reich oder zumindest wohlhabend, er war von Liebe umgeben, und so konnte er weiter dieses ruhige und glückliche Dasein führen. Alle Vorbedingungen waren gegeben.

Und doch gab er sich nicht mit diesem Alltag zufrieden, der sich immer gleich blieb. Er wurde von einer Unruhe umgetrieben, er suchte etwas anderes. Wir werden seine innerste Psychologie in seinen kleinen Handlungen niemals kennen. Ohne darauf Anspruch zu erheben, zu einer Psychoanalyse zu greifen, die gar nicht möglich und auf jeden Fall zweifelhaft wäre, aber unter Berücksichtigung der menschlichen Tendenzen, auf die

Freud uns hingewiesen hat, können wir ein paar Feststellungen machen und psychologische Hypothesen darauf aufbauen.

Mohammed erweckte im allgemeinen den Eindruck eines klugen, maßvollen, ausgeglichenen Menschen. Wir sehen, wie er sein ganzes Leben lang zuerst überlegt, ehe er einen Entschluß faßt, wie er seine öffentlichen und privaten Angelegenheiten geschickt lenkt, abzuwarten versteht, wenn dies notwendig ist, oder gegebenenfalls zurückweicht und die erforderlichen Maßnahmen trifft, um seine Vorhaben zu verwirklichen. Er besitzt genügend körperlichen, vielleicht eher erworbenen als angeborenen Mut, um in den kriegerischen Wechselfällen seines Lebens gut zu bestehen. Er ist ein Diplomat ohnegleichen. Er überlegt klar, logisch, hellsichtig. Und doch findet sich hinter dieser ganzen Fassade ein nervöses, leidenschaftliches, unstetes, fiebriges Temperament voller ungeduldiger und bis zur Unerträglichkeit glühender ehrgeiziger Bestrebungen, das in ihm sogar eindeutig pathologische Nervenkrisen auslöste.

Mohammed besaß, wie man so sagt, alles, um glücklich zu sein, aber er war nicht glücklich. Das Glück, diese Beschränkung, dieses begeisterte oder stille Bejahen, dieses Sichabfinden mit der gegenwärtigen Situation, ist nicht für die Menschen, die stets über das, was sie sind, hinausblicken, deren neugierige und habsüchtige Natur stets alles begehrt, was begehrenswert ist. Und eine arme und frustrierte Waisenjugend wie die Mohammeds konnte der Entwicklung dieser unendlichen Fähigkeit des Begehrens nur Vorschub leisten. Einzig außerordentliche, wir könnten sagen übermenschliche Erfolge vermochten es zu stillen.

Mohammed war zweifellos unbefriedigt. Gab es für diese Gemütsverfassung, ohne die seine später von ihm eingeschlagene Richtung unverständlich bliebe, greifbarere Ursachen? Welche? Wir können sie verschwommen erkennen. Eines der Dinge, die ihn am schmerzlichsten trafen, so seltsam uns das anmuten kann, war der Umstand, daß er keine männlichen Erben besaß. Dies war bei den Arabern wie bei den Semiten im allgemeinen eine Schmach, und man bezeichnete die darunter leidenden Männer mit dem Wort *abtar*, wörtlich etwa der «Abgestumpfte», der «Verstümmelte», und im weiteren Sinne der Kinderlose. Eines Tages, zu Beginn seiner Predigerzeit, sollte Mohammed der *abtar* eine Stimme des Himmels vernehmen, die ihm die folgenden rächenden Verse eingab:

Wahrlich, wir haben dir Al-Chautsar (den Überfluß) *gegeben.*
Darum bete zu deinem Herrn und opfere.
Der dich haßt, soll kinderlos bleiben. (*Koran*, 108)

Chadidschas Unfähigkeit, ihm eine lebensfähige männliche Nachkommenschaft zu schenken, sollte zu einem zusätzlichen Vorwand für eine gewisse Unbefriedigtheit dieser untadeligen Frau gegenüber dienen. Erinnern wir uns an den Ausspruch des Ammianus über die «Raserei (mit der) sich beide Geschlechter in dieser Nation (den Arabern) der Liebe hingeben». Desgleichen stellte Rabbi Nathan, einer der Schriftgelehrten des Talmuds, fest, daß es auf Erden nirgends eine solche Neigung zur Hurerei gab wie bei den Arabern, so wie es nirgends eine Macht gab wie in Persien, einen Reichtum wie in Rom, eine Magie wie in Ägypten. Er sagte auch, daß von den zehn Teilen Wahnsinn, die das Weltall besaß, neun den Arabern zugeteilt worden seien, während der zehnte für alle anderen Völker ausreichte.[10] Mohammed sah in seiner Umgebung, wie die Koraischiten mit den Wonnen der Liebe Brauch und Mißbrauch trieben. Es war gewohnheitsmäßig einem jeden, vor allem aber den Kaufleuten und Reisenden gestattet, sich Gattinnen auf eine befristete Zeit zu nehmen. Die Vielweiberei war vielleicht weniger verbreitet, als man behauptet, aber die Scheidungen waren einfach und zahlreich. Die ganz gewöhnliche Prostitution, die sich kaum von den befristeten Ehen unterschied, war ebenfalls üblich. Die religiösen Riten ließen, wie es scheint, bei gewissen Gelegenheiten einen rituellen Koitus zu. Es war leicht, junge und schöne Sklavinnen zu kaufen. Aber Mohammed war mit Chadidscha verbunden, und nur mit ihr. Es ist möglich, daß ihr Ehevertrag ihm die Verpflichtung auferlegte, keine zweite Gattin zu nehmen. Die reiche Chadidscha war in der Lage, Forderungen zu stellen. Aber abgesehen davon, daß Mohammed den Ruf hatte, auf Maß und Billigkeit großen Wert zu legen, war er mit der Mutter seiner Kinder durch viel stärkere Bande verbunden als irgendwelche geschriebene Klauseln. Indessen ist es angesichts des erotischen Temperaments, das wir in vorgerücktem Alter bei ihm finden, unvorstellbar, daß nicht häufig «aus seinem Herzen arge Gedanken kamen: Ehebruch», wie eine Stelle des Evangeliums sagt, die ihn zweifellos in großes Erstaunen versetzt hätte. Er hat der Versuchung wohl manchesmal widerstanden, mag sein mit scheinbarer Leichtigkeit. Aber diese Siege, ob sie nun leicht oder schwer errungen schienen — wir wissen heute, wie viele Gefühle der Frustration sie hinterlassen, wie teuer sie zu stehen kommen können.

Eine weitere Ursache der Unbefriedigtheit, die weniger häufig erwähnt wird, ist in seinem Ehrgeiz zu suchen, einem berechtigten Ehrgeiz, der einem sehr deutlichen Bewußtsein seines Wertes entsprang. Mohammed hat ohne Zweifel schon sehr früh seine

Persönlichkeit für außergewöhnlich erachtet. Er sah rings um sich nur wenig Leute, die sich die religiösen, moralischen und intellektuellen Fragen vorlegten, die ihn beschäftigten. Die reichen Koraischiten, seine Verwandten und seine Freunde, gewannen dank ihrem Reichtum, ihren Ränken und ihrer scheinbaren Zuständigkeit in der Führung der öffentlichen Angelegenheiten einen politischen Einfluß. Was Mohammed zu jener Zeit umtrieb, mußte ihn als harmlosen Idealisten erscheinen lassen, der unfähig war, sich mit ernsthaften Dingen zu beschäftigen. Und doch hatte er das in seinem Innersten gründende Gefühl, daß alles, was er wußte und vorausahnte, viel wichtiger war als die vielschichtigen Berechnungen der Politiker, und zwar sogar in der zeitlichen Schau der tatsächlichen Lenkung der Gemeinschaft von Mekka, wenn nicht überhaupt sämtlicher arabischen Belange.

Unbehagen eines wegen seiner Unfähigkeit, männliche Erben zu zeugen, lächerlichen Mannes, Frustration eines Menschen, dessen moralisches Bewußtsein ihm nicht erlaubt, die seiner erotischen Veranlagung entsprechenden Wünsche zu verwirklichen, verhaltener Zorn eines Mannes, der in seinem Innersten selbstsicher ist, aber von den Realisten der Politik verschmäht wird — dies alles mochte wohl eine in allen diesen Punkten nach Vergeltung dürstende Persönlichkeit schaffen, ohne im geringsten aus dem normalen Rahmen seines Milieus zu fallen. Irgend etwas in Mohammed sollte ihn dazu treiben, diesen Rahmen zu sprengen.

Dieses Etwas war eine gewisse pathologische Konstitution. Vielleicht haben sich die Berichte von den Engeln, die ihn ergriffen hatten, um sein Herz zu öffnen, während er die Herde der Familie seiner Amme weidete, bereits um die Feststellung einer krankhaften Krise entwickelt. Halima soll ihn eines Tages angetroffen haben, als er ganz fassungslos mit verstörtem Gesicht dastand. Auf Befragen erzählte er die Geschichte von zwei weißgekleideten Männern, die zu ihm gekommen seien, ihm die Brust geöffnet und dort «etwas, ich weiß nicht was» berührt hätten. Der Pflegevater hatte besorgt gesagt: «Halima, ich fürchte, der Junge hatte einen Anfall, bring ihn zu seinen Angehörigen zurück, bevor das zum Ausbruch kommt.» Vergessen wir nicht, daß Mohammed damals höchstens sechs Jahre alt war.[11]

Diese Geschichte ist vielleicht frei erfunden. Vielleicht hatte das Kind Mohammed auch eines jener geistigen Erlebnisse, die vielen Schamanen Mittel- und Nordasiens und den australischen Zauberern vertraut sind. Im Augenblick der Einweihung spüren sie, daß ein Geist ihre inneren Organe entfernt und durch neue ersetzt. Sicher ist jedenfalls, daß der Prophet in seinem reifen Alter von Anfällen heimgesucht wurde. Seine christlichen Feinde erblickten darin eine Epilepsie. Wenn das zutrifft, muß es eine milde Form gewesen sein. Sehr viel wahrscheinlicher war die psycho-physiologische Konstitution Mohammeds die gleiche wie jene zahlreicher Mystiker.

Bei allen Völkern und in allen Gesellschaften finden sich Individuen, die sich aus konstitutionellen Gründen, deren Abklärung den Psychologen zusteht, nur schwer oder gar nicht in die gewöhnlichen Rollen finden können, die ihre Gesellschaft von ihnen verlangt. Einzelne treten auf Grund ihres Verhaltens in heftigen Widerspruch zu ihrem Milieu. Andere finden Mittel und Wege, um sich mehr oder weniger anzupassen, um so mehr, als zahlreiche Gesellschaften außerordentliche Rollen für außerordentliche Persönlichkeiten vorgesehen haben. In vielen Gesellschaften wird eine gewisse, von der Norm abweichende Kategorie von Individuen mit der Funktion beauftragt, Beziehungen zu der übernatürlichen Welt, der Welt der Geister, der Welt des Göttlichen herzustellen.

Denn eine gewisse Anzahl dieser Individuen besitzt außergewöhnliche Fähigkeiten. Sie sehen, was die anderen nicht sehen, sie hören, was die anderen nicht hören; eine Gemütsbewegung, deren Ursprung ihnen unbekannt ist, entreißt ihnen Worte und Gebärden, die sich nicht anhand des üblichen Verhaltens der Durchschnittsmenschen erklären lassen. Es ist natürlich, daß diese Umstände ihrer Berührung mit der anderen Welt zugeschrieben werden, der Welt der Mächte, die gewöhnlich unsichtbar und unhörbar sind und die vollbringen können, was den gewöhnlichen Menschen nicht gelingt.

Natürlich gibt es unter diesen besonderen Menschen solche, die stark von der Norm abweichen, und andere, deren eigenartiges und merkwürdiges Betragen nur selten unter bestimmten Umständen zutage tritt und die im Verlaufe ihres gewöhnlichen Lebens gleich reagieren wie jedermann. Es gibt solche, deren geistige Möglichkeiten beschränkt sind und nicht durch ihr besonderes Verhalten bereichert werden; es gibt im Gegenteil andere, deren Persönlichkeit vielschichtig und mächtig, deren Denken originell und reich ist.

Auch schon vor dem Islam kannte Arabien solche Männer. Die arabischen Dichter sollten ihre Eingebung von einem Geist empfangen. Da waren vor allem die *kahin* (in der Mehrzahl *kohhan* oder *kahana*) oder Wahrsager, deren Name etymologisch den gleichen Ursprung besitzt wie *kohen* oder Priester bei den Juden.

Die *kahin* hatten Visionen, vor allem aber hatten sie ihren vertrauten Begleiter, den sie ihren Gefährten nannten, ihren Freund, ihren «Seher», und der durch ihren Mund sprach. Dieser Geist gab ihnen ein undeutliches Gemurmel ein oder kurze, abgehackte Sätze, die sich reimten und eine Fülle von Eiden enthielten, die die Gestirne, den Abend und den Morgen, die Pflanzen und die Tiere zu Zeugen anriefen, und dies alles mit einem atemraubenden Rhythmus, der die Zuhörer in seinen Bann schlug. Wenn sie sich anschickten, wahrzusagen, bedeckten sie sich mit einem Mantel. Es waren geachtete Persönlichkeiten, und man wandte sich an sie, um für die öffentlichen und privaten Angelegenheiten sachdienliche Orakel und Ratschläge zu empfangen.

Mohammed hatte viele gemeinsame Züge mit den *kahin*, und seine Zeitgenossen verfehlten nicht, dies hervorzuheben. Ohne Zweifel besaß er dieselbe physiologische und psychologische Veranlagung wie sie. Ebenfalls wie sie war er Nevenkrisen unterworfen, war er fähig, Dinge zu sehen, zu hören und zu empfinden, die den Sinnen der übrigen Menschen unzugänglich blieben. Mag sein, daß seine tiefe Unbefriedigtheit, zugleich Ursache und Folge des Temperaments, das er besaß, als er sich den Vierzigerjahren näherte, zur Verstärkung dieser Anlagen beitrug. Aber da er eine unvergleichlich reichere und mächtigere Persönlichkeit besaß als die gewöhnlichen *kahin*, drängte diese Unbefriedigtheit ihn auch zum Nachdenken. So vollzog sich gleichläufig mit den Auswirkungen, die sein angeborenes Temperament und sein persönliches Leben auf nervöser Ebene hatten, ein ganzer intellektueller Denkprozeß, und zwar ein Prozeß von seltener Güte.

Mohammed war kein *kahin*, er fand keine verlorenen Kamele wieder und deutete keine Träume. Er übernahm nicht die oft sehr hoch angesehene Rolle eines berufsmäßigen, für übernatürliche Belange zuständigen Sehers und Beraters eines Stammes oder eines Fürsten. Damit hätte er sich wiederum mit seinen psychischen Besonderheiten in den sozialen und geistigen Rahmen der arabischen Gesellschaft eingefügt. Ohne sich dessen bewußt zu sein, suchte er ihn zu sprengen. Er blieb ein mittelmäßiger Kaufmann, guter Gatte und guter Familienvater, der vernünftig war und gute Ratschläge erteilte; aber er erweiterte seine Kenntnisse und dachte nach. Allmählich drang sein Geist auf einem Wege vor, der ihn über den Horizont seines Landes und seiner Zeit hinausführen sollte.

Die Probleme, mit denen er sich beschäftigte, erschienen ihm vor allem unter dem religiösen Gesichtspunkt. Der Krieg zwischen den beiden Großen seiner Zeit, Persien und Byzanz, war erneut ausgebrochen und nahm diesmal unerwartete Ausmaße an. Ein hoher Beamter wie Prokop hatte die Fähigkeit besessen, die politischen und wirtschaftlichen Hintergründe hellsichtig zu erkennen. In den Augen der Massen war es vor allen Dingen ein ideologischer Kampf. Der Krieg hatte, wie wir gesehen haben, 572 wieder angefangen, aber 591 hatte Chosrau II., Parwees genannt, «der Siegreiche», der neue persische König der Könige, der seinen Thron den Römern verdankte, einen für seine Schutzherren vorteilhaften Frieden geschlossen. Bald brannte er darauf, das Abgetretene zurückzugewinnen. Chosraus Freund, der Basileus Mauricius, war 602 durch eine militärische Erhebung abgesetzt und getötet worden, die Phokas an die Macht brachte, einen rohen und jähzornigen kleinen Offizier; der König der Könige benutzte diesen Vorwand, um den Krieg wieder aufzunehmen. Wenig später verzeichneten die Perser erstaunliche Fortschritte. Ein Heer eroberte das römische Armenien und fiel dann in Kleinasien ein, und im Jahre 610 gelangten seine Aufklärer bis zum Bosporus, Konstantinopel gegenüber. Ein anderes Heer zog gegen Syrien, die Städte von Obermesopotamien fielen eine nach der anderen. Antiochia wurde belagert. Die syrischen Monophysiten erhoben sich. Die Juden schlugen Vorteil aus der Anarchie und dem Herannahen der Perser, um im Verein mit der politisch-sportlichen regierungsfeindlichen Fraktion Vergeltung zu üben. Sie brachten den dem Imperium freundlich gesinnten Patriarchen von Antiochia um. Angesichts des Zusammenbruchs brachten die Unzufriedenen Heraklius an die Macht, einen tapferen Soldaten, der 610 in Konstantinopel einzog; Phokas wurde hingerichtet. Während Heraklius geduldig seine Armee für den Gegenschlag vorbereitete, vermehrten die Perser ihre Erfolge. 611 fiel Antiochia und am 5. Mai 614, als schlimmstes aller Unglücke, sogar die heilige Stadt Jerusalem. Der Patriarch und die Einwohner wurden in Gefangenschaft geführt, die Kirchen niedergebrannt, die sakrosankte Reliquie des Wahren Kreuzes feierlich nach Ktesiphon verbracht. 615 nahm der persische General Schahen gegenüber von Konstantinopel Chalkedon ein. Von 617 bis 619 besetzten die Perser Ägypten, die Kornkammer des Reiches und insbesondere der Hauptstadt. Die Awaren und die Slawen drohten im Westen, die Niederlage von Byzanz war vollkommen.

Es befanden sich auch Christen auf persischer Seite. Chosraus Favoritin war eine syrische Christin namens Schiren, und die Liebesabenteuer der beiden lieferten den Stoff zu hunderten Romanen in allen Sprachen des muselmanischen Orients. Die

Nestorianer fuhren fort, die Perser zu unterstützen. Der Oberschatzmeister Jasden war Christ und ließ allenthalben Kirchen und Klöster erbauen. Die in Syrien und Ägypten herrschenden Monophysiten halfen den mit den Nestorianern verbündeten Persern zwar nicht, unternahmen aber auch keinerlei Anstrengung zur Verteidigung des Reiches. Sie befanden sich seit mindestens zwei Jahrhunderten in einem Zustande moralischer Sezession; die religiösen Meinungsverschiedenheiten verstärkten und offenbarten örtliche Besonderheiten und beinahe nationale Gefühle der Empörung gegen das Überhandnehmen der Griechen, Gefühle, die durch einen sich verschärfenden wirtschaftlichen Abstieg begünstigt wurden. Aus der Ferne betrachtet verlieh indessen vor allem die jüdische Haltung dem Konflikt wenigstens teilweise den Anstrich eines Religionskrieges. So wurden im fernen Gallien die Ereignisse mit Ausschmückungen erzählt. Etwa dreißig oder vierzig Jahre später schrieb ein burgundischer Chronist von Heraklius: «Er besaß ein angenehmes Äußeres, ein schönes Gesicht, einen hohen Wuchs, er war ein sehr kräftiger Mann und ein unerschrockener Krieger. Es kam oft vor, daß er allein und ohne Waffen Löwen in der Arena tötete oder Eber in abgelegenen Gegenden.» Als die Perser sich der Hauptstadt näherten, hatte er ihrem Kaiser Chosdroes vorgeschlagen, den Streit mit einem Zweikampf beizulegen. Chosdroes hatte sich durch einen tapferen Patrizius vertreten lassen, den Heraklius mit List tötete. Da waren die Perser geflohen. Aber Heraklius war «in der Literatur sehr bewandert». Er hatte so die Astrologie studiert und dank dieser Kunst erfahren, daß sein Reich von beschnittenen Völkern verwüstet werden sollte. Er schloß daraus, daß es sich um die Juden handelte, und «entsandte Boten zu Dagobert, dem Frankenkönig, mit der Bitte, zu verordnen, daß alle Juden seines Königreiches getauft würden; dies wurde ungesäumt von Dagobert durchgeführt. Heraklius tat desgleichen in allen Provinzen seines Reiches, denn er wußte nicht, von wo diese Plage ausgehen sollte.» [12]

Auch in Arabien machten diese Ereignisse ohne Zweifel tiefen Eindruck. Die christliche Propaganda der verschiedenen Parteien und die jüdische Propaganda entfalteten eine rege Tätigkeit. Wir haben gesehen, welche sozialen Umstände ihre Verbreitung förderten. In Mekka konnte ein wißbegieriger Geist ohne weiteres Juden und Christen finden, die wünschten, die Grundlagen ihres Glaubens darzulegen. Soweit es sich um die Christen handelte, bestand das Unglück darin, daß sie ihre eigene Religion schlecht kannten. Es waren zumeist Leute von niederem Stand: Händler, Fleischer, Schmiede, Schröpfer, Trödler, Weinhändler, Abenteurer, Sklaven. Sie besaßen keine organisierte Gemeinschaft, keine Priester, keine Kirchen. Sie gehörten verschiedenen Gemeinschaften an, die sich gegenseitig als Ketzer betrachteten. Sie waren gewiß nicht stark in Theologie. Ihre Religion war die volkstümliche Religion der Einfältigen. Sie verrichteten zweifellos gewisse Gebete und kannten bestimmt in etwas entstellter Form die schönen Geschichten des Alten und des Neuen Testaments. Die Juden hingegen, deren Tätigkeit als landwirtschaftliche Kolonisatoren wir gesehen haben, waren in ganz Arabien zahlreich und gut organisiert. Aber ihre Gemeinschaften waren geschlossen und unzugänglich. Man scheint ihrer nur wenige in Mekka gesehen zu haben, wo man unter ihrer Handelskonkurrenz litt, wo man die in diesen tätigen und expansiven Gruppen verborgene Macht fürchtete, wo man sich über ihre merkwürdigen Bräuche verwunderte, über ihre Abneigung gegen allgemein beliebte Speisen wie das Fett des Kamelhöckers, und wo man sich über ihr mit Lehnworten aus dem Aramäischen und dem Hebräischen durchsetztes Arabisch lustig machte. Indessen verschmähten auch sie es nicht, den wißbegierigen Götzenanbetern die biblischen Geschichten zu erzählen, so wie sie durch die literarische Tätigkeit der hellenistischen und der römischen Zeit ausgeschmückt wurden, so wie wir sie aus den Talmuden und der ganzen Literatur des Midrasch kennen. Es scheint Leute gegeben zu haben, die auf den Gedanken gekommen waren, die Offenbarung und deren Auswirkungen arabischen Zuhörern mundgerecht zu machen, indem sie gewisse Begebenheiten nach Arabien verlegten oder gewisse arabische Volkserzählungen judaisierten.

Mohammed wurde beschuldigt, wie der Text des Korans selber uns unbestreitbar belehrt, Menschen anzuhören, die eine fremde Sprache sprechen (*Koran*, 16, 104) und die «Fabeln der Vorfahren» erzählten (*Koran*, 25, 6). Bestimmt lieh er gerade diesen Berichten ein besonders aufmerksames Ohr. In ihrem Lichte entstand nach und nach eine Vorstellung der Welt und ihrer Geschichte. Juden und Christen sprachen ihm von demselben Gott, Allah, «das Göttliche», das auch in Arabien in Verbindung mit anderen Göttern verehrt wurde. Er hatte die Himmel erschaffen und die Erde, ihm waren die Wunder der Natur zu verdanken, die erstaunlichen Erscheinungen wie Gewitter, Blitzschlag und Regen. Aus ihm erklärten sich die wunderbare Anordnung des menschlichen Körpers, das Rätsel der Fortpflanzung der Tiere, das Geheimnis der Vegetation. Nach dem Tode würde er das Fleisch auferstehen lassen und als oberster Herr über alle Sterblichen zu Gericht sitzen und ihnen zum Lohn je nach ihrem Betragen auf Erden die Wonnen eines himmlischen Gartens gewähren oder die Leiden eines Ortes der Marter auferlegen. So erklärte sich die mysteriöse Welt, die uns umgab, so wurde ihre Ungerechtigkeit wiedergutgemacht. Diese Schau der Welt war intellektuell und moralisch jener des arabischen Heidentums eindeutig überlegen, wo Dutzende von kleinen Göttern sich launenhaft bekämpften, ohne indessen einen entscheidenden Einfluß im Hinblick auf Allah und das Schicksal zu haben, vor allem ohne daß die Gerechtigkeit siegreich aus den anarchischen Kämpfen aller gegen alle hervorging.

Allah hatte übrigens daran gedacht, sich und seinen Willen zu erkennen zu geben. Zu wiederholten Malen hatte er Menschen ausgeschickt, Propheten, um verschiedenen auserwählten Menschengruppen seine Offenbarung zu verkünden. Schon Adam hatte eine derartige Botschaft empfangen. Und dann die von den Hebräern aufgezählten Patriarchen, die jedoch nicht alle eigentlich Juden waren, wie die Christen hervorzuheben nicht versäumten: Noah, der Urahn aller lebenden Menschen, Abraham, der gemäß der aus Ismaels und Hagars Geschichte empfangenen Erklärung der Vorfahre nicht nur der Juden war, sondern auch der Sarazenen (daher der Name Hagarenier, den man ihnen in der Literatur jener Zeit gab). Jakob, Joseph, Moses vor allem waren mit Botschaften für Israel betraut worden. Die großen Propheten hatten die Phantasie des Volkes wenig beeindruckt, während man aus der heiligen Geschichte der Juden vor allem das behalten hatte, was die einfachen Gemüter eben behalten: David als Sieger über Goliath, der weise Salomo, Jonas und sein Walfisch, Elias im Wettstreit mit den Propheten Baals, Hiob auf seinem Misthaufen ... Die Christen sprachen auch von Jesus, aus dem sie mit komplizierten, für in Spitzfindigkeiten wenig erfahrene Köpfe unverständlichen Erwägungen den Sohn Gottes machten und ihn selber ebenfalls zu einem Gott. Übrigens stritten sie sich heftig darüber, über die göttliche Natur und die menschliche Natur des Messias, und bekriegten sich sogar deswegen. Dabei war Jesus ebenfalls mit einer Frohen Botschaft, einem Evangelium für die Menschen beauftragt worden. Er glich durchaus den Propheten, hatte sich ihnen gleichgestellt und war als einer unter ihnen angesehen worden. Ein Prophet von ziemlich außergewöhnlicher Art allerdings, ein überlegener Prophet mit all den köstlich spannenden Geschichten, die von seiner Mutter Maria erzählt wurden (gab es nicht auch eine Jungfrau Maria, die in der Geschichte Mosis Loblieder sang? War es am Ende die gleiche?) und von der wunderbaren Art seiner Empfängnis. Warum eine so schöne Geschichte ablehnen, wie die Juden dies taten? Wenn es auch schwierig war, zu glauben, daß er Gottes Sohn war, ohne wieder in den arabischen Polytheismus zu verfallen, den man eben ablehnen wollte, oder sich in unverständlichen theologischen Erwägungen über die Natur, die Person, das Wesen und die Hypostase zu verlieren, konnte man ihn nicht ganz einfach als einen der Propheten betrachten, als den größten und wunderbarsten?

Zu all diesen Propheten gesellte eine im ganzen Orient verbreitete Meinung noch andere. Der Babylonier Mani (216–277) hatte eine neue Religion gegründet, die ihre Tage des Ruhms und der Verbreitung erlebte, den Manichäismus. Er behauptete, ein Glied in einer Reihe von Boten zu sein, die Gott zu den verschiedenen Völkern ausgesandt hatte. Er selber hatte geschrieben: «Die Weisheit und die guten Werke sind in vollkommener Folge von Zeitalter zu Zeitalter durch die Boten Gottes gebracht worden. Sie kamen zu einer Zeit durch den Propheten namens Buddha in die Gegend Indiens, zu einer anderen durch Zarduscht (Zoroaster) in das Persische Land, und wieder zu einer anderen durch Jesus in das Abendland. Daraufhin ist die Offenbarung gekommen, und die Prophezeiung hat sich in diesem letzten Zeitalter durch mich kundgetan, Mani, den Gesandten des wahren Gottes im Lande Babels.» [13] Diese Auffassung hatte Mani aus den Vorstellungen verschiedener abtrünniger christlicher Sekten gnostischer Eingebung übernommen. Nach der apokryphen Apostelgeschichte hatten die Apostel ebenfalls die Gegenden der Welt unter sich aufgeteilt, auf daß eine jede ihren Teil Evangelium erhalte.[14] Es erschien als krasse Ungerechtigkeit, daß ein Land von der göttlichen Predigt hatte ausgelassen werden können.

Wenn die Araber alle diese Geschichten anhörten, entsannen sie sich dunkel legendärer Berichte über die ehemaligen Völker der Halbinsel, denen alle dort befindlichen Bauwerke zugeschrieben wurden. Es war von Katastrophen die Rede, die jene heute verschwundenen Völker Ad und Thamud getroffen hatten. War es nicht vorstellbar, daß die Katastrophen zur Strafe für ihre Ablehnung der zu ihnen entsandten Propheten hereingebrochen waren? So hatte die Sintflut die Noahs Warnungen gegenüber tauben Menschen bestraft, und Jesus hatte Jerusalem, «das die Propheten umbrachte», ein ähnliches Schicksal angedroht.

Menschen wie Mohammed, Araber, hörten diese Geschichten und stellten diese Überlegungen an. Juden und Christen wurden von Weltreichen unterstützt, sie wurden von mächtigen und reichen Organisationen eingerahmt. Ihre Ansprüche stützten sich auf heilige Bücher, die in den längst vergangenen Tagen vom Himmel gekommen waren, die ihres Alters wegen verehrungswürdig waren und deren Gültigkeit durch Wunder bekräftigt wurde. Sie kannten Allahs Geheimnisse, wußten, wie er angebetet zu werden wünschte, welche Gebete und welche Opfer, welche Fasten und welche Prozessionen er forderte, um sich den Menschen gnädig zu zeigen. Die Araber kannten diese Geheimnisse nicht, die Araber standen Allah fern. Es war notwendig, bei den Wissenden in die Schule zu gehen, bei den Leuten des Buches, und sich so zu bemühen, Allah näherzukommen.

Es gab zumindest ein paar Menschen, die so dachten, ohne indessen Christen oder Juden zu werden. Wir haben gesehen, welche Gründe nationalen Stolzes viele Araber daran hinderten, sich so zu bekehren. Vielleicht sagte man von ihnen bereits, sie seien Allah gegenüber *honafa* (Mehrzahl von *hanif*), wahrscheinlich von einem falsch verstandenen aramäischen Wort ausgehend, das die Ungläubigen bezeichnete. Allmählich verstand man darunter, daß sie versuchten, sich Allah zu nähern, ohne sich in das Fußvolk der bekannten Religionen anwerben zu lassen. Vielleicht wiesen sie bereits darauf hin, daß den Schriften der Juden und der Christen selber zufolge schon vor der Gründung des Judentums durch Moses gewisse von ihnen verehrte Männer wie Abraham (auf arabisch Ibrahim) die gleiche Haltung eingenommen hatten. War aber Abraham nach den Worten der Bibel selber nicht durch seinen Sohn Ismael der Urahn der Araber? War es somit nicht natürlich, daß die Araber jene unabhängige Einstellung der Anbetung Allahs von ihrem Vorfahren übernahmen?

Juden und Christen verachteten die Araber. Sie waren für sie eine Art Wilde, die nicht einmal eine organisierte Kirche besaßen wie die zivilisierten Völker. Vielleicht übernahmen die Araber aus Stolz das Wort «Heide, Ungläubiger», das *hanif*, das die «Zivilisierten» ihnen anhängten. Sie waren Ungläubige, sie suchten Gott als Ungläubige. Eine gewisse Empörung erfüllte viele unter ihnen angesichts der Anmaßung dieser Leute, die sie in allen Dingen demütigten. Auch in der Politik, hatte doch der byzantinische Kaiser Mauricius das arabische Phylarchat der Ghassaniden aufgehoben. Auf der anderen Seite der Schranke begann Chosrau Parwees seinem arabischen Vasallen von Hira, Noman III., gegenüber Verdacht zu schöpfen, diesem bei den arabischen Dichtern berühmten Christen, und ließ ihn um 602 gefangensetzen und hinrichten. Die der Familie der Lachmiden entzogene Königswürde wurde einem anderen Stamme verliehen, der vereinzelt und ohne Regierungstradition dastand und überdies von einem persischen Aufseher überwacht wurde. Aber der neue «König» von Hira verlangte alsbald von einem Scheich des arabischen Stammes der Bakr, der ebenfalls mit den Persern verbündet war, die Waffen, eintausend Schilde und das Geld zurück, die von Noman vor seiner Gefangennahme bei ihm hinterlegt worden waren. Der arabische Häuptling weigerte sich. Chosrau schickte eine bedeutende Armee gegen ihn, die aus arabischen Hilfstruppen und tausend persischen Reitern bestand. Die Schlacht spielte sich in der Nähe des Brunnens von Dhu Kar unfern der späteren Stadt Kufa ab und endete mit der Niederlage der Perser, deren Generäle beide getötet wurden, und ihrer arabischen Hilfstruppen. Es wurde berichtet, daß Mohammed, als er in Mekka die Nachricht vernahm, gesagt haben soll: «Zum ersten Mal haben die Araber an den Persern Vergeltung geübt.» Es sollte nicht das letzte Mal sein.

Die Demütigung der Araber und diese erste und bescheidene Rache waren indessen nur Episoden vor dem Hintergrund eines an apokalyptischen Farben reichen Bildes. Der Kampf der beiden Großen erreichte seinen Höhepunkt. Das zweite Rom war daran, zu stürzen. Die Juden rächten sich an den Christen. Überall war der von verschiedenen Nationen geführte Krieg von Unruhen begleitet. Das alles war in Arabien bekannt. Wie so oft in der Geschichte sagten viele das Ende der Welt voraus. Sah man nicht bei den vom Ausland gedemütigten Arabern den Sieg der Unmoral? Die Reichen und Mächtigen unterdrückten die Armen. Die seit Menschengedenken bestehenden Gesetze der Stammessolidarität wurden jeden Tag verletzt. Die Schwachen und die Waisen wurden oft versklavt. Das alte, ungeschriebene Gesetz der Moral und der Schicklichkeit wurde mit Füßen getreten. Man wußte nicht einmal mehr, welchen Gott man anbeten sollte. War die Lage zu Noahs Zeit schlimmer gewesen? Kündigte dies alles nicht eine unmittelbar bevorstehende Katastrophe an, vielleicht sogar das Jüngste Gericht, von dem die Juden und die Christen sprachen?

Die Juden besaßen Weissagungen, die das Ende der Welt auf das Ende des 5. Jahrhunderts und dann auf das Jahr 531 festlegten. Das Datum hatte verschoben werden müssen. Aber die großen Kriege zwischen den Kaiserreichen und ein neuerliches Erstarken des jüdischen Volkes waren untrügliche Anzeichen. Man sagte: «Wenn du die Königreiche unter sich im Kriege siehst, schau, wo die Schritte des Messias sind. Wisse, daß es so sein wird, denn desgleichen ist zu Abrahams Zeit geschehen. Als die Königreiche sich gegenseitig angriffen (1. Mose 14), wurde Abraham die Erlösung gewährt.» [15] Mehrere Texte sahen voraus, daß ein großer Krieg zwischen Römern und Persern unmittelbar vor dem Ende der Zeiten stattfinden werde. So sagte ein targumischer Text: «Freue dich und juble, Konstantinopel, Stadt des verbrecherischen Edom (eine Bezeichnung für Rom und die Römer), im Lande Romania erbaut, mit zahlreichen Heeren des Volkes von Edom versehen! Auch über dich wird die Züchtigung kommen, die Parther (die Perser) werden dich verwüsten, der Kelch des Fluches naht sich dir, du wirst berauscht sein und ausgestoßen werden. Und dann wird deine Sünde gesühnt sein, Gemeinschaft von Zion! Du wirst durch den König Messias und den Priester Elias befreit.» [16] Wie konnte man bezweifeln, daß man sich am Anbruch dieser Zeiten befand?

Wenn solche Situationen auftauchen, finden sich immer Leute, die sich erheben, um die bevorstehende Katastrophe zu verkünden und die Sünder aufzufordern, sich mit der Gottheit auszusöhnen, um sich auf den großen Tag vorzubereiten. An solchen Propheten mangelte es auch in Arabien nicht. Man sprach von einem gewissen Chalid ibn Sinan, der zum Stamme der Abs geschickt wurde, und von einem Hansala ibn Safwan. Vor allem ist ein gewisser Maslama vom Stamme der Banu Hanifa im Jamama, im Herzen Arabiens, bekannt. Die muselmanische Überlieferung hat sich eifrig bemüht, ihn lächerlich zu machen, indem sie seinen Erfolg Gauklerkünsten zuschrieb und sein Auftreten als Prophet in eine späte Zeit verlegte. Aber gewisse von den arabischen Geschichtsschreibern aufgezeichnete Angaben widersprechen diesem Bild. Maslama predigte im Namen Gottes, den er Rahman nannte, das heißt «barmherzig». Dies war, wie wir heute aus den Inschriften wissen, der Name, den die Südarabier dem aramäischen und hebräischen Brauche folgend dem Gott der Juden und dem Gottvater der christlichen Dreifaltigkeit gaben, in Gestalt des Rahmanan, das heißt mit dem südarabischen an das Wort angehängten Artikel: der Gnädige. Es wird uns gesagt, daß Maslama selber mit dem Namen Rahman, dem Namen seines Gottes, bezeichnet wurde. Nun wurde Mohammed aber beschuldigt, sein Wissen von einem Manne namens Rahman im Jamama zu beziehen. Einzelne Nachrichten versichern auch, dieser habe seine Tätigkeit vor Mohammed aufgenommen und ihm später vorgeschlagen, sich mit ihm in die Obrigkeit zu teilen. Es scheint also, daß wir hier ein Zeugnis über einen Propheten haben, der ebenfalls zu jener Zeit in Arabien Ideen predigte, die jenen Mohammeds sehr ähnlich waren.

Dies alles hatte Auswirkungen auf ihn. Unbefriedigt wie er war, suchte er beharrlich nach etwas, das seinem Leben einen Sinn verleihen und seine Revanche über die Reichen und Mächtigen herbeiführen konnte. Die neuen, von den Juden und den

Christen vorgebrachten Ideen waren ihm im wesentlichen bekannt, er besaß Sympathien für die monotheistischen Tendenzen, blieb aber ein Araber, der sich nicht von seinen arabischen Brüdern lossagen wollte. Er war empört über die Übelstände, die die jüngsten Wandlungen der sozialen Zustände mit sich gebracht hatten, und über das klägliche moralische Betragen, das er bei so vielen beobachtete. Noch ganz von der Erinnerung an seine eigenen Jahre der Armut und der Demütigung erfüllt, teilte er das Leiden der Opfer jener Wandlungen. Er sah beklommen die gewaltigen Ereignisse, die die Welt aufwühlten. Er fragte sich, ob man darin nicht das Zeichen des nahenden Endes der Zeiten und der großen göttlichen Abrechnung erblicken mußte. Er sah Propheten auftauchen, die vorgaben, von der Gottheit ausgesandt zu sein, um die Menschen zur Buße aufzurufen. Sein Stolz und das richtige Gefühl für seinen eigenen Wert ließen in ihm den Gedanken aufkeimen, daß er vielleicht in den dramatischen Umwälzungen der letzten Tage eine Rolle zu spielen hatte. Sein entsprechend veranlagter Organismus war für die Erschütterung bereit, die ihm die göttlichen Wege offenbaren sollte.

VIERTES KAPITEL

Geburt einer Sekte

So bereicherte sich Mohammeds Seele mit tausend äußeren Beiträgen, so verschmolz sie nach und nach vielfältige Anliegen. Aber gleichzeitig lieferte sie einen anderen Kampf und unternahm eine andere Wanderung durch die hundert und aberhundert Wohnungen jenes inneren Schlosses, «das gänzlich aus einem einzigen Diamanten oder einem sehr reinen Kristall besteht», wie Theresia von Avila sich später ausdrücken sollte. Schon früh hatte er seine Blicke auf den Mittelpunkt des Schlosses gerichtet, «die Wohnstatt, den Palast, wo der König wohnt».[1]

Wir wissen nicht, wann er die Gewohnheit annahm, sich zur Einkehr in eine Höhle des Hügels von Hira, ein paar Kilometer nordöstlich von Mekka, zurückzuziehen; es war einer jener dürren und kahlen Berge «von vollkommener Häßlichkeit», wo «schmutziges Gelb, blasses und schmutziges Braun und glanzloses Grau» abwechseln, die Charles Huber wenige Tage vor seinem Tode sah.[2] Gewiß gab es dort nichts, was die Seele von der Kontemplation ablenken konnte. Die jüdischen und christlichen Asketen hatten diese Übungen eingeführt. Ihrem Beispiel folgend gaben sich ohne Zweifel ein paar *hanif* nächtlichen Meditationen hin. «Und die Nachtzeit ist dafür am günstigsten», sollte Jean Gerson schreiben, «denn sie ist stiller, friedlicher und heimlicher und ohne Versuchungen des eitlen Ruhmes der Welt.» [3]

Was wollte und was suchte Mohammed, und was trieb er eigentlich? Kein verläßlicher Text gibt uns darüber Auskunft. Gewiß suchte er die Wahrheit in bezug auf die göttlichen Dinge, da ihn alles umtrieb, was von Allah und seinen Offenbarungen gesagt wurde. Wie? Die Übungen der christlichen Einsiedler, die beim Schein einer in der Nacht schimmernden Lampe die Schriften lasen und weinend und Schreie ausstoßend zu Gott beteten, hatten die Phantasie der arabischen Dichter angeregt. Verwirrte Heiden mochten sich gedrängt fühlen, sie nachzuahmen wie jener zukünftige Bischof von Arbela in Mesopotamien, der vor seiner Taufe «in eine Höhle eintrat und über die Eitelkeit und Zerbrechlichkeit der Welt nachdachte».[4]

Es besteht also kein Zweifel, daß Mohammed meditierte und Allah um seine Erleuchtung bat. Und dann – dem glaubwürdigsten Bericht zufolge, den wir davon besitzen und der auf die Worte zurückgehen soll, die Mohammed selber seiner geliebten Aischa anvertraute – geschah eines Tages etwas. «Der Beginn der Offenbarung war für den Abgesandten Gottes die wahre Schau», sagte sie, «und sie kam wie der Anbruch des Morgengrauens (*falak assobh*).» Der arabische Ausdruck erweckt das Bild eines plötzlichen Zerreißens der jäh vom unvermittelten Auftauchen der Sonne in diesen Ländern ohne Morgen- und Abenddämmerung durchbrochenen Nacht. So kommt die Vision des Höchsten Wesens, ein durchdringendes Gefühl einer Gegenwart vielleicht, ähnlich wie es Theresia von Avila schilderte: «Gott zieht selber ins Innerste dieser Seele ein, so daß sie, wenn sie wieder zu sich kommt, nicht im geringsten daran zweifeln kann, daß sie in Gott war und Gott in ihr.» [5] Oder war er eine plötzliche Vision der Einbildung? Theresia von Avila sagt auch noch: «Die Seele ist weit davon entfernt, auf eine Vision gefaßt zu sein, sie verwendet nicht den geringsten Gedanken daran, wenn plötzlich das Bild Unseres Herrn sich vollständig zeigt; es raubt allen Fähigkeiten und allen Sinnen die Fassung und erfüllt sie mit Furcht und Verwirrung, um sie alsbald in einen köstlichen Frieden zu tauchen. So wie sich im Augenblick, da der Apostel Paulus zu Boden geworfen wurde, ein Sturm erhob und die Lüfte wild bewegte, so ereignet sich in jener inneren Welt, von der wir sprechen, zunächst eine große Erschütterung, und dann kehrt alles, wie ich schon sagte, unvermittelt in den Frieden zurück.» [6]

«Von da an», fährt Aischa fort, «liebte er die Einsamkeit. Es geschah in einer Höhle des Hira. Er verbrachte mehrere Nächte in solch frommer Einkehr, ehe er zu seinen Angehörigen zurückkehrte. Dann kam er nach Hause und holte sich Lebensmittel für eine gleiche Zeitspanne.» Das muß ziemlich lange gedauert haben. Und eines Tages kam der große Anruf, auch er unvermittelt und ohne Vorbereitung.

Eines Tages ließ sich plötzlich eine Stimme vernehmen. Es war ohne Zweifel das erste Mal, daß die Empfindung von etwas Außergewöhnlichem so deutlich wurde, denn anders ließe sich die Erregung des frommen Mekkaners nicht erklären. Die Stimme sagte drei Worte auf arabisch, die eine Umwälzung der Welt herbeiführen sollten: «Du bist der Abgesandte Gottes!»

«Ich stand, aber ich kauerte auf meine Knie nieder», soll Mohammed erzählt haben, «dann rutschte ich vorwärts, während mein Oberkörper zitterte. Ich trat bei Chadidscha ein und sagte: ‹Deckt mich zu! Deckt mich zu!›, bis der Schrecken von mir gewichen war.»

Wie verketteten sich diese Offenbarungen und die nachfolgenden, in welcher zeitlichen Reihenfolge? Wir können es nicht mit Bestimmtheit wissen. Ohne Zweifel nahmen sie eine jedesmal bestimmtere Gestalt an. Nach den Empfindungen einer übernatürlichen Gegenwart, den verschwommenen Visionen, dem Vernehmen einfacher Sätze kamen die langen Folgen wohlgeordneter Worte, die einen klaren Sinn offenbarten, eine Botschaft. Sicher gab es auch Unterbrüche und Regressionen. Die Überlieferung spielt darauf an. Anfänglich war der Schrecken vor der plötzlichen Offenbarung des Göttlichen und den geheimnisvollen Absichten, die jene unbekannte, aus ihr stammende Macht mit dem Empfänger haben mochte. Später, als Mohammed sich an den Gedanken gewöhnt hatte, daß ihm ein außerordentliches Geschick bestimmt war, kam der Schrecken, er könnte sich getäuscht haben, vor allem wenn die Kundgebungen des Jenseits eine Zeitlang aufhörten, und die Furcht, von seinem Gott verlassen zu sein. Alle Mystiker haben solche Zustände angstbeklommenen Zweifels gekannt. «Im Augenblick, da die Seele das Wort vernahm», schreibt Theresia, «war sie überzeugt, daß es von Gott kam; aber wenn seitdem eine lange Zeitspanne verstrichen ist und sie nicht mehr unter dem anfänglichen Eindruck steht, erhebt sich in ihr ein Zweifel, und sie fragt sich, ob sie von Satan getäuscht wurde oder das Opfer ihrer Phantasie war; und doch hat sie im Augenblick, da sie das Wort vernimmt, gar keinen Zweifel, und sie würde sogar den Tod auf sich nehmen, um sich zu seiner Wahrheit zu bekennen.» [7] Mohammeds Verwirrung war groß. «Ich habe daran gedacht, mich von der Höhe einer Felsklippe im Gebirge hinabzustürzen», sagte er; vielleicht vom Gipfel des Berges Hira selber, der in einem steilen und abschüssigen Felsgrat endet.

Was die Visionen jener Tage betrifft, so sollte er später Gott selber deren Wirklichkeit seinen Gegnern bestätigen und sie ihnen beschreiben hören:

Euer Gefährte (Mohammed) *irrt nicht und täuscht sich nicht,*
er spricht auch nicht, was bloße Lust ihm eingibt;
sondern nur (Allahs) *Offenbarung ist es, welche ihm zuteil geworden ist.*
Der Mächtige und Starke hat ihn alles gelehrt.
So ward er der vollkommene (Prophet).
Er erschien ihm am höchsten Horizont
und näherte sich dem Propheten — und kam immer näher,
auf zwei Ellenbogen (Bogenschüsse) *weit oder noch näher,*
und offenbarte seinem Diener, was er offenbarte . . .
Er sah ihn (den Engel) *ja schon zu anderer Zeit:*
beim Lotusbaum, an dem nicht vorbeigeschritten werden darf,
der im Garten neben des Ewigen (Allahs) *Stätte steht.*

Und da den Lotusbaum bedeckte, was ihn bedeckt,
da wandte er (Mohammed) *sein Gesicht nicht weg und schweifte nicht umher;*
denn er sah die größten Wunderzeichen seines Herrn.

(*Koran*, 53, 3–19)

Oder:

Und bei der anbrechenden Nacht
und bei der neu atmenden Morgenröte:
Dieser Koran enthält die Worte eines ehrwürdigen Gesandten,
der viel vermag und bei dem Besitzer des Thrones in Ansehen steht
und dem die Engel gehorchen und der ohne Falsch ist.
Euer Gefährte (Mohammed) *ist kein Besessener.*
Er sah ihn, den Engel Gabriel, am hellen Horizont ...

(*Koran*, 81, 18–24)

Die muselmanische Überlieferung hat in dem Wesen, das Mohammed erschien, einen Erzengel erblickt, nämlich Gabriel (auf arabisch Jibril) oder Sirafil. Höchstwahrscheinlich hat Mohammed ihn anfänglich nicht erkannt, sondern lediglich einen mächtigen Boten Allahs in ihm erblickt, vielleicht eine Ausstrahlung von ihm, jenen verschwommenen Wesenheiten gleich, von denen die Christen sprachen: der Geist, der Odem Gottes oder sein Wort, sein Verbum.

Schließlich sagte das Mächtige Wesen Mohammeds Bericht zufolge eines Tages zu ihm: «‹Rezitiere!› Ich sagte: ‹Was soll ich rezitieren?› Es ergriff mich und marterte mich dreimal, bis die Erschöpfung mich übermannte. Dann sagte es zu mir: ‹Rezitiere: Im Namen Allahs, des Allbarmherzigen!› Und ich rezitierte.» Er hatte den ersten Satz des zukünftigen Korans ausgesprochen. Sehr wahrscheinlich geschah dies in einer Nacht, jener vom 26. zum 27. des Monats Ramadan, die später die Schicksalsnacht genannt werden sollte. Diese Nacht ist mehr wert als tausend Monate, sagt eine Stelle im Koran. Jedes Jahr erwarten die Muselmanen diese Nacht, denn sie denken, daß der Himmel sich in einem bestimmten Augenblick öffnet, daß ein geheimnisvolles Licht erscheint und daß derjenige, der es erblickt, seine Wünsche erfüllt sehen wird. Man schrieb das Jahr 610 der christlichen Zeitrechnung oder wenige Jahre später.

Noch zweifelte Mohammed. Wer war dieses Wesen, das ihm erschien? War es nicht ein unreiner Dämon oder ein Trugbild seiner Phantasie? Er, der die Wahrsager verachtete, benahm er sich nicht wie ein typischer *kahin*? Er vertraute sich Chadidscha an. Diese hatte einen Vetter, einen betagten Mann, der ebenfalls Gott suchte und ein *hanif* war. Er hieß Waraka ibn Naufal und war ein Gelehrter, der sich in den jüdischen und christlichen Schriften gut auskannte. Es hieß sogar, er sei des Hebräischen mächtig. Chadidscha führte ihren Mann zu ihm. Mohammed erzählte: «Sie sagte zu ihm: ‹Höre den Sohn deines Bruders an.› Er befragte mich, und ich erzählte ihm meine Geschichte. Er sagte: ‹Es ist der *namus*, der Mose offenbart wurde. Ach! Wenn ich jung wäre! Wenn ich noch am Leben wäre, wenn dein Volk dich ausstoßen wird!› Ich sagte zu ihm: ‹Sie werden mich ausstoßen?› Er sagte: ‹Ja. Niemand hat je gebracht, was du gebracht hast, ohne Feindschaft zu erregen. Wenn dein Tag zu meiner Zeit gekommen wäre, hätte ich dir tatkräftig zur Seite stehen können.›»[8] Die Muselmanen wußten nicht, was dieses *namus* war, und erblickten den Erzengel Gabriel darin. Aber es handelt sich um das griechische Wort *nomos*, das Gesetz. Dies war eben der Name der Thora, des Pentateuchs, den Gott Mose enthüllte, und das Wort war in die aramäischen Dialekte eingegangen. Waraka meinte damit, daß es sich um eine Fortsetzung der großen Reihe der Offenbarungen handelte, durch die Gott den Völkern seinen Willen kundtat.

Chadidscha ermunterte ihn ebenfalls. Zunächst wurde die Sache geheimgehalten. Und im Verlaufe der weiteren Monate wiederholten sich die Offenbarungen, die jetzt weniger Überraschung und Schrecken hervorriefen. Aber es war jedesmal eine schmerzliche und harte Prüfung. Mohammeds Gesicht, so heißt es, bedeckte sich mit Schweiß, er wurde von Schauern geschüttelt, als befände er sich in einem berauschten Zustande. Er hörte nicht, was man ihm sagte. Er schwitzte reichlich, auch wenn es kalt war. Er vernahm absonderliche Geräusche wie Ketten oder Glocken oder Flügelrauschen. «Ich habe keine einzige Offenbarung empfangen», sagte er, «ohne das Gefühl, daß meine Seele mir aus dem Leib gerissen wurde.»[9] Anfänglich empfand er zumeist etwas wie eine innere Eingebung, die sich nicht in Worten ausdrückte, und wenn der Anfall vorbei war, sprach er Worte aus, die für ihn eindeutig der empfangenen Eingebung entsprachen. Anders ausgedrückt handelte es sich um das, was die katholischen Mystiker «intellektuelle Worte» genannt haben, die gewiß auch von «intellektuellen Visionen» begleitet waren. «Da Sie nichts sehen, wie können Sie wissen, daß es Unser Herr ist?» wurde Theresia von Avila von ihrem Beichtvater gefragt. «Sie antwortete ihm», schreibt Theresia von sich selbst sprechend, «daß sie es nicht wußte, daß sie kein Gesicht sah und nichts zu dem schon Gesagten hinzufügen konnte; sie wußte nur, daß Unser Herr zu ihr sprach und daß dies keine Täuschung war ...

Die Worte, die er aussprach, vernahm sie nicht, wann sie wollte, sondern in Augenblicken, in denen sie nicht daran dachte, und wenn es notwendig war.» [10] An anderer Stelle erklärt sie: «Man sieht nichts, weder innerlich noch äußerlich; aber ohne etwas zu sehen, erkennt die Seele, wer es ist und auf welcher Seite er gegenwärtig ist, deutlicher, als wenn sie ihn sähe ... Die Seele vernimmt kein inneres und kein äußeres Wort, aber sie erkennt ganz deutlich, wer es ist, auf welcher Seite er sich befindet, und zuweilen sogar, was er ihr bedeuten will. Mit welchem Mittel und auf welche Weise erkennt sie das? Sie weiß es nicht; aber es ist so; und solange es dauert, kann sie es nicht unbeachtet lassen.» [11]

Andere Male, und anscheinend immer häufiger, hatte er das, was die Mystiker eingebildete Gesichte oder Reden nannten. Mohammed sah einen Engel, der zu ihm redete, und er verstand ihn. Diese Wahrnehmung des Bildes und des Wortes kam aus seinem Inneren, ebenfalls in Krisen, wenn er sie am wenigsten erwartete, zuweilen im Verlauf eines öffentlichen Gesprächs oder einer Reise, wenn er seine Kamelstute ritt. Manchmal waren es sogar äußere Gesichte oder Worte, den wirklichen Geschöpfen oder den von ihnen ausgesprochenen Worten zum Verwechseln ähnlich, aber ohne daß die Anwesenden irgend etwas sahen.

Diese Gesichte, diese Worte, Mohammed gewöhnte sich mit der Zeit daran, sie auf eine gewisse Weise zu empfangen, und zuweilen versuchte er sogar, sie herbeizurufen, sie zu provozieren. Um sie zu empfangen, ließ er sich von Anfang an mit einem Mantel bedecken, wie dies bei den *kahin* üblich war. Anfänglich scheint Mohammed versucht zu haben, den Ausdruck seiner Wahrnehmungen zu beschleunigen, indem er stammelte und stotterte. Vielleicht sind diesem ungeordneten Bemühen die paar Konsonanten zuzuschreiben, die am Anfang verschiedener Suren des Korans stehen und die zu vielerlei Hypothesen Anlaß gegeben haben. Auf jeden Fall wurde er von Gott zurechtgewiesen:

Rühre nicht deine Zunge, um ihn (das Lesen des Korans) *zu beschleunigen;*
denn unsere Sache ist es, ihn zu sammeln und ihn dir vorzulesen,
und wenn wir ihn dir vorlesen, dann folge du nur der Vorlesung,
und dann liegt es uns ob, ihn dir zu erklären. So ist es.
(*Koran*, 75, 17–20)

Später sollte der Gott ihm auch sagen:

Übereile dich nicht mit dem Koran, bevor nicht die Offenbarung desselben für dich vollendet ist ... (*Koran*, 20, 115)

Diese Worte sind nicht sehr klar, aber es geht deutlich daraus hervor, daß der Prophet der Eingebung ihren ungestümen Lauf lassen sollte, ehe er die Substanz nach außen ausdrückte.

Hier stellt sich eine Frage, die sich nicht unterschlagen läßt, wenn von Mohammed die Rede ist, eine Frage, zu deren Beantwortung ich bereits ein paar Bausteine beigetragen habe, die jedoch nunmehr gründlicher behandelt werden muß. Es geht um seine Aufrichtigkeit.

Die Zeiten sind vorbei, da die Ungläubigkeit gegenüber einer religiösen Botschaft die Forderung in sich zu beschließen schien, die Überbringer dieser Botschaften als Lügner zu betrachten. Die rationalistischen Philosophen des 18. Jahrhunderts, zum Beispiel, wie auch die christlichen Theologen und Apologeten erblickten in Mohammed das Musterbeispiel des Betrügers. Verdächtige Angaben über sein Leben übernehmend, wurde sogar versichert, er habe zu Gauklerkünsten Zuflucht genommen, um die Phantasie seiner Zeitgenossen zu beeindrucken. Der einzige Unterschied bestand darin, daß die Philosophen diese Auslegung auf alle Religionsstifter ausdehnten und daß einzelne, wie Voltaire, für Mohammed mildernde Umstände in dem berechtigten Verlangen fanden, seinem Volke auf der Bühne der Geschichte zu einer weniger gedemütigten Lage zu verhelfen. Die Epoche und die ungeschlachten Geister der Araber, die er aufrütteln sollte, machten es notwendig, sich des «Betruges» zu bedienen, um einen gewissen Einfluß auf sie zu gewinnen. Noch gegen Ende des 19. Jahrhunderts hat der große deutsche Arabist Hubert Grimme eine derartige Theorie übernommen und Mohammed noch löblichere Absichten zugeschrieben. Nach Grimme hatte dieser sich davon überzeugt, daß es notwendig war, den sozialen Übelständen abzuhelfen, unter denen seine Heimat Mekka litt, und daß es zu diesem Zwecke nur ein einziges Mittel gab, nämlich die Reichen zahlen zu lassen, wie das später formuliert wurde. Er faßte den Plan, den Armen mit einer schweren Einkommenssteuer, die vor allen Dingen die Reichen treffen sollte, zu Hilfe zu kommen. Aber er sah ein, daß er gar keine Aussicht hatte, diese Lösung bei ihnen durchzusetzen. Andererseits dachte er offenbar nicht an einen entschlossenen Klassenkampf in der Art des 19. und des 20. Jahrhunderts. Er wollte also den Reichen Angst einjagen, um sie zur Annahme seines Programms zu bewegen, das Grimme, der zur Zeit der aufsehenerregenden Fortschritte der Sozialdemokratischen Partei Deutschlands schrieb, als sozialistisches Programm bezeichnete. Zu diesem Zweck erfand er eine «Mythologie», die übrigens auf das notwendigste

Minimum beschränkt blieb, mit einem Jüngsten Gericht, bei dem die Reichen sehr schlecht wegkommen würden, wenn sie den himmlischen Richter nicht begütigten, indem sie die von Mohammed vorgeschriebene Steuer der «Reinigung» (*sakat*) entrichteten.

Die Fortschritte der Psychologie und der Psychiatrie haben mit diesen einfältigen Erklärungen durch einen entschuldbaren oder unentschuldbaren Betrug aufgeräumt. Man ist in der Reaktion vielleicht sogar ein bißchen weit gegangen, denn es gibt Fälle wirklichen Betruges und hat sie schon immer gegeben. Aber ihre Zahl ist klein. Auf jeden Fall gibt heute jedermann zu und versteht, daß einzelne aufrichtig glauben können, sie empfingen aus dem Jenseits hörbare, sichtbare intellektuelle Botschaften, und auch daß ihre Aufrichtigkeit keinen Beweis dafür darstellt, daß diese Botschaften tatsächlich von dort herkommen, wo sie angeblich herkommen sollen. Es ist der Begriff des Unterbewußtseins, der uns diese Tatsachen hat verstehen lassen. Er ist heutzutage hinlänglich bekannt und anerkannt, um das Eingehen auf Einzelheiten überflüssig zu machen, auch hinsichtlich der Unterscheidungen und Bezeichnungen, die von den Psychologen beigetragen wurden. Es genügt, in den Psychologiebüchern zu schöpfen, um hundert Fällen von absolut gutgläubigen Personen zu begegnen, die in einem Zustande der Halluzination Schauspiele sehen und Worte vernehmen. Sie versichern in aller Aufrichtigkeit, daß sie sie nie zuvor gesehen oder gehört haben. Indessen zeigt das objektive Studium ihres Falles, daß es sich um neue Kombinationen handelt, die das Unterbewußtsein von gesehenen und gehörten, aber vergessenen Dingen ausgehend herstellt. Dergleichen Gegebenheiten sind zu Gemeinplätzen geworden. Es ist also vorstellbar, daß Mohammed übernatürliche Wesen gesehen und gehört hat, die ihm von den befragten Juden und Christen beschrieben worden waren. Es ist verständlich, daß er Worte wahrnehmen konnte, in denen die Elemente seiner wirklichen Erfahrung, der Gegenstand seiner Gedanken, seiner Überlegungen, seiner Träume, die Erinnerungen an mitangehörte Gespräche, zerlegt und neu zusammengesetzt und transponiert mit einer Augenfälligkeit und einem Gefühl der Wirklichkeit neu auftauchten, die ihm notgedrungen als Beweis für eine äußere und durch und durch objektive, wenn auch den Sinnen der anderen unzugängliche Tätigkeit erschienen.

Wenn man die ersten Botschaften Mohammeds betrachtet und zudem die Berichte liest, die uns die Anfälle des Zweifels und der Verzweiflung beschrieben, die ihnen vorausgingen oder sie begleiteten, muß man den Thesen skeptisch begegnen, die darin

Äußerungen eines kalt berechneten und unerbittlich unter der Eingebung des Ehrgeizes oder der Philanthropie durchgeführten Planes erblicken. Und diese Berichte scheinen durchaus wahrheitsgemäß. Die Überlieferungen, die eher darauf erpicht waren, Mohammeds Persönlichkeit der übernatürlichen Welt näherzurücken, hätten solche Züge, die ihn so menschlich schildern, nicht frei aus der Luft gegriffen. Es ist bedeutend weniger schwierig, Mohammed den Aufrichtigen zu erklären als Mohammed den Betrüger.

Später treten allerdings beunruhigende Züge auf. Mohammed muß Augenblicksentscheidungen treffen, Entscheidungen politischer, praktischer, gesetzgeberischer Art, die nicht den unbestimmten Zeitpunkt abwarten können, zu dem es dem Geist gefallen wird, zu wehen. Er wird um Lösungen gebeten, um Ratschläge, um Antworten, die ihres Charakters göttlicher Eingebung wegen nicht in Zweifel gezogen werden konnten. Ob er der Versuchung nachgegeben hat, der Wahrheit ein bißchen nachzuhelfen? Gewisse Offenbarungen entsprechen ein wenig zu genau dem, was der Prophet ganz menschlich wünschen oder berechnen konnte. Oder war wiederum das Unterbewußtsein im Spiel? Wir werden es nie erfahren. Aber wir werden dem Problem wieder begegnen.

Wenn er aufrichtig war, wenn er wirklich – sagen wir es rundheraus – visuelle und auditive Halluzinationen hatte, war er dann nicht normal, krank, verrückt? Zunächst einmal wird der Begriff des Wahnsinns schon seit langem von den Spezialisten nicht mehr zugelassen. Die Grenzen zwischen dem als normal angesehenen Betragen und den sogenannt «abnormen» Verhaltensweisen sind bedeutend verschwommener, als man früher annahm. «Abnorme» Charakterzüge finden sich bei jedem oder so ziemlich jedem Menschen. Die Neurotiker, die Geisteskranken sind ganz einfach jene, bei denen diese Züge sich stärker und dauerhafter ausgeprägt finden.

Mohammed besaß von Anfang an ein Temperament, das geeignet war – falls die entsprechenden Bedingungen vorhanden waren –, ihn zum Mystiker werden zu lassen. Die Umstände seiner Kindheit, seiner Jugend und sogar seines reifen Mannesalters wirkten in dieser Richtung. Er hatte damit angefangen, sich asketischen Übungen zu unterziehen, die bei allen Mystikern eine Stufe bilden, um zu dem Ziel zu gelangen, das sie sich gesetzt haben oder zu dem sie getrieben werden, ein Mittel, um sich aus dem zufallsgebundenen und körperlichen Ich zu befreien, so weitgehend wie möglich die Bande mit der äußeren Welt zu zerschneiden und mit allem, was Versuchungen, Wünsche, Verführungen in uns eindringen läßt, ein Mittel, um sich unterwürfig vor dem gesuchten Wesen zu demütigen. Das innige Gebet, das die so ins Leere getauchte Seele erfüllte, hatte ihn dem, was er erstrebte, noch näher gebracht. Wie es vielen Menschen widerfahren ist, die diesem Wege folgten, gelangte er so zu vorübergehenden Zuständen der Ekstase, während deren er sich seiner Persönlichkeit entkleidet fühlte, passiv den Einbruch einer mysteriösen Kraft erlitt, auf unaussprechliche, nicht mitteilbare, nicht erklärbare Weise diese Kraft wahrnahm und dank dieser Erfahrung eine der Worte spottende Seligkeit genoß. Wie viele andere Mystiker hatte er in diesem Zustand die schon besprochenen Erscheinungen erlebt: «eingebildete» oder «intellektuelle» innere oder äußere Gesichte und Gehörwahrnehmungen.

Diese sinnlichen Erscheinungen und diese Ekstasen finden wir in einer nahe verwandten Form bei Personen wieder, die von eindeutigen Geisteskrankheiten befallen sind: Hysterie, Schizophrenie, unkontrollierte Auslösung des Automatismus der Rede. Sind die großen Mystiker Männer und Frauen, die für solche abnorme Verhaltensweisen prädisponiert sind, die sie schon besaßen, ehe sie irgend etwas lernten, und die sie durch die asketische Vorbereitung gereinigt und veredelt erneut wiederfinden? Oder reproduziert diese asketische Vorbereitung künstlich die psychophysiologischen Bedingungen, die bei den Kranken solche Erscheinungen vorbereiteten? Überlassen wir es den Psychologen und den Psychiatern, diese Fragen zu entscheiden.

Die großen christlichen oder muselmanischen Mystiker sind nicht auf dieser Stufe stehengeblieben. Sie haben im allgemeinen anschließend eine lange Zeit der Dürre, der Trockenheit durchgemacht, während der Gott sich zurückzog, die Ekstasen und die sensoriellen Phänomene verschwanden. Ihre von dieser Verlassenheit erschreckte Seele beginnt an dem zu zweifeln, was sie empfunden hat, und träumt gleichzeitig davon, die unaussprechlichen Glückseligkeiten wiederzufinden, deren sie sich beraubt sieht. Diese sehr harte Prüfung kann mehrere Jahre dauern. Und dann kommt die Wiederkehr der Ekstase, aber diesmal in einer beschwichtigten und endgültigen Form. Man nennt dies seit H. Delacroix den theopathischen Zustand. Der christliche oder muselmanische Mystiker fühlt sich in einem Zustand dauerhafter, friedlicher und sanfter, stiller und fröhlicher Vereinigung mit jenem Wesen, dessen Berührung er unter so großen Mühen gesucht hat. Für den christlichen Mystiker handelt es sich um eine Vereinigung, einen Ehebund ganz besonderer Art mit Gott. Für den hinduistischen Mystiker geht es um die Erfahrung eines unaussprechlichen, nicht persönlichen Absoluten, das am Anfang jeglicher Wirklichkeit steht und das man dank der Erfahrung des eigenen Selbst wiederfindet, «da es nichts anderes ist als das unendliche Mysterium und der unendliche Reichtum *meines* Seins».[12] Für den muselmanischen Mystiker, dem seine häufige Heterodoxie erlaubt, über die Ausdrücke der von ihrer Dogmatik gebundenen katholischen Mystiker hinauszugehen, handelt es sich um eine vollkommene Einswerdung zweier ursprünglich getrennter Wesen. So sang im 10. Jahrhundert Hossain ibn Mansur el-Hallaj, den seine Äußerungen das Leben kosten sollten:

«Ich bin Der geworden, den ich liebe, und Der, den ich liebe, ist ich geworden;
Wir sind zwei Geister, unverschmolzen in einem einzigen Körper . . .
Als du mich erblicktest, hast du Ihn erblickt,
Und als du Ihn erblicktest, hast du uns erblickt . . .
So ist denn auch mich sehen Ihn sehen, und Ihn sehen, euch sehen.» [13]

Ohne Zweifel hat Mohammed diese den anderen Mystikern so wohlbekannte Zeit der Dürre ebenfalls durchgemacht. Aber er ist nie zum theopathischen Zustand gelangt. Er hat sich immer verschieden und sogar unendlich ferne von dem Gott gefühlt, der zu ihm sprach, der ihm Boten sandte, der ihn tadelte, ermunterte, ihm Befehle erteilte. Sie befanden sich in zwei so verschiedenen, durch einen solchen Abgrund getrennten Welten, daß Vermittler nötig waren, um ihn zu überbrücken.

Mohammed ist also bei den ersten Stufen des mystischen Kreises stehengeblieben. Die auditiven und visuellen «Gnaden», wie die katholische Theologie sich ausdrücken würde, die er empfangen hatte, mögen wohl dazu angetan sein, die gewöhnlichen Sterblichen zu beeindrucken. Die großen Mystiker hingegen waren der Meinung, daß es sich nur um flüchtige, vorübergehende, ja sogar verdächtige und gefährliche Zeugnisse handelte. Man ist niemals gewiß, daß es sich nicht um Eingriffe Satans oder aber um natürliche Auswirkungen der Phantasie handelt. Sie vermögen das Selbstgefühl zu entwickeln, den Stolz, die Habgier. Im besten Falle sind es Etappen, die es zu überwinden gilt. Die großen heterodoxen muselmanischen Mystiker empfanden eine gewisse Geringschätzung für den Propheten, diese Art Aufnahmeapparat, Robot, Lautsprecher, Phonograph — wenn es so etwas schon gegeben hätte —, der von Gott über die Übermittlung seiner Botschaften benutzt wurde.

Diese Halluzinationen, diese Ekstasen beunruhigen auch die gläubigen Psychiater von heute, denn sie müssen ehrlicherweise zugeben, daß nichts jene der Mystiker formal von jenen der Kranken unterscheidet. Letzten Endes findet sich der eigentliche Unterschied in der jeweiligen Persönlichkeit dessen, der sie erlebt. Einerseits schwache Persönlichkeiten mit ärmlichen, unzusammenhängenden Ideen, einer kleinlichen und unbeholfenen Tätigkeit; andererseits große Geister mit einer machtvollen Persönlichkeit, die stark integriert ist, mit großzügigen und weittragenden Ideen, häufig mit einer intensiven aufbauenden Tätigkeit, die ihre mystische Erfahrung in eine persönliche, machtvoll kühne und erneuernde Synthese einbauen. Es ist unnötig, zu betonen, daß Mohammed ungeachtet seiner Unvollkommenheit in mystischer Hinsicht zum letzteren Typus gehört. Wie die großen Mystiker hat er eine gewaltige Anstrengung unternommen, um sich zu disziplinieren, sich selbst zu erobern.

Diese Integration, die ein jeder mit seinen so ausschließlich persönlichen Erfahrungen gestalten muß, kann sich nur in dem jeweils von der Gesellschaft gebotenen Rahmen vollziehen. Mohammed hatte die asketische Technik gewählt, deren Vorbild ihm die christlichen Einsiedler boten, so wie sie vielleicht schon von den *hanif* angenommen worden war. Er war nicht auf die außerordentlichen sensoriellen Äußerungen gefaßt, die diese Übungen auslösen sollten. Er empfing sie gemäß dem einzigen Vorbild, das seine soziale Erfahrung ihm gewährte: den Trancen der *kahin* und der Dichter. Als er zu Chadidscha eilte, um sich in einen Mantel hüllen zu lassen, ahmte er instinktiv das Verhalten der *kahin* nach. Nur daß dieses Vorbild ihm Grauen einflößte. Aber er besaß kein anderes.

In der Tat sind die Worte, die er vernimmt und wiederholt, die ersten Offenbarungen, die er seinem Gott zuschreibt, in ihrer Form überhaupt nicht von den Worten zu unterscheiden, die der Geist jenen Wahrsagern der Wüste eingibt, die ebenfalls den Abhang des mystischen Aufstiegs zu erklimmen suchen, dem Weg aber nur ein kurzes Stück weit folgen. Wie bei den *kahin* ordnen die Worte sich zu kurzen, keuchenden Sätzen, die vermutlich in abgerissenen Fetzen ausgestoßen werden und die mehr oder weniger reiche Reime aufweisen. Es ist, was man auf arabisch den *saj* nennt, die gereimte Prosa. Wie bei den *kahin* wimmelt es in diesen Sätzen von Eiden, wobei alle Gegenstände der natürlichen Welt nacheinander zu Zeugen angerufen werden. Es findet sich darin eine Art primitive Poesie, deren Zauberkraft noch nach dreizehn Jahrhunderten erstaunlich wirksam ist.

Mohammed bringt also keinerlei Neuerung in der Form. Aber der Inhalt ist völlig neu. Denn er ist den armen *kahin,* die nur die herkömmlich den Menschen ihres Schlages bestimmte Rolle spielen, haushoch überlegen. Sein Unterbewußtsein, das sich in diesem Inhalt enthüllt, ist unvergleichlich viel reicher.

Wir haben seine Ausbildung gesehen. Die aus dem sozialen Kreis der Koraischiten stammenden Vorstellungen, die dem Kind im Verlauf einer primitiven Erziehung eingeflößt wurden, um es anhand des Beispiels allmählich in das kulturelle Milieu seiner Gesellschaft einzufügen, diese Vorstellungen sind unter der Einwirkung der großen, damals ganz Arabien erfassenden monotheistischen Strömung revidiert, neu durchdacht und bereichert worden. Die Frustrationen, die Mohammed treffen, treiben ihn dazu, den Reichen und Mächtigen, also den Konformisten gegenüber eine kritische Haltung einzunehmen. Deshalb ist er für die Strömungen der Neuerung empfänglich. Er fühlt sich mit den Opfern der sozialen Ordnung solidarisch, deren Unglück er auf sich nimmt, und er wendet sich an die derzeitigen Machthaber, um Rechenschaft dafür von ihnen zu fordern und um die Ideologie zu zerstören, die ihrer Macht zur Rechtfertigung dient und die bestehende Ordnung schützt.

So ist Mohammeds Einstellung unausgesprochen revolutionär. Der Mystiker steht in direkter Beziehung zu dem Höchsten Wesen, das sich ihm zeigt und mit ihm redet. Seine eigene individuelle Erfahrung besitzt einen absoluten Wert, dessen er gewiß ist und der nichts mit den Regeln des sozialen Lebens zu schaffen hat, selbst wenn diese Regeln nur die Ausweitung einer vorhergehenden Offenbarung gleicher Art sind. Wie der vernünftig vorgehende Theoretiker, der in seinen Überlegungen keinen Fehler entdeckt, kann er sich nicht dem blinden Zwang der Gewohnheit unterworfen fühlen, auch nicht wenn sie im Gewand sekundärer und durchsichtiger Rationalisierungen auftritt. So sieht denn auch Leszek Kolakowski im Mystizismus eine Revolte des individuellen Bewußtseins gegen den «Apparat».

Der Mystizismus ist sehr wohl eine individuelle Erfahrung, der das seinem Wege folgende Individuum einen absoluten Wert beimißt. Er kann also durchaus zu dieser Revolte des Bewußtseins werden, wenn der «Apparat», die Gesamtheit der Institutionen und der bestehenden Ordnungen, die herrschende Ideologie, sich dem widersetzen, was er offenbart. Das gleiche gilt unter gleichen Bedingungen für die rationale Wissenschaft oder die Philosophie. Aber es gibt auch biegsame und intelligente «Apparate» wie die katholische Kirche, denen es gelungen ist, die spontane mystische Tätigkeit zu kanalisieren, ihr einen Platz und eine Rolle zuzuweisen, ja sich des lebendigen Schwungs zu bedienen, der sie nährte und von ihr seine Eingebung bezog. So sind Theresia von Avila oder Johannes vom Kreuz große katholische Mystiker geblieben, eine Zierde der Kirche, die sie in ihren Grundfesten hätten erschüttern können.

In Arabien gab es nichts dergleichen, um Mohammed zu kanalisieren. Nichts vermochte ihn daran zu hindern, den Glaubensformen und den Institutionen seines Landes zu widersprechen, außer einer gewissen angeborenen Vorsicht, die ihn häufig zu einer abwartenden Haltung veranlaßte, ohne ihn indessen daran zu hindern, die Verwirklichung seiner Absichten weiter zu verfolgen. Anfänglich hielt er seine Offenbarungen geheim, aber für die Koraischiten sollte es zur gegebenen Zeit immer noch früh genug sein.

Es ist mit einer vernünftigen Wahrscheinlichkeit möglich, Mohammeds erste Botschaft zu kennen. In dieser Beziehung müssen für den wenig mit den Dingen des Islams vertrauten Leser ein paar Feststellungen gemacht werden. Die Wortgruppen, die Mohammed als ihm von Allah eingegeben aussprach, also die Offenbarungen, bildeten das, was man eine «Lesung» (auf arabisch *koran*) nannte. Sie wurden zu seinen Lebzeiten auf mancherlei Materialien aufgezeichnet: Lederstücke, flache Kamelknochen, Tonscherben, Palmstengel und so weiter. Ebenfalls zu seinen Lebzeiten wurde begonnen, die verstreuten Bruchstücke zu sammeln, die in *Suren* oder Kapitel zusammengeschlossen wurden. Anfänglich nannte man das Ganze «Die Lesung» schlechthin, auf arabisch *al-koran*, und nach Weglassung des arabischen Artikels auf deutsch Koran. Noch später machten mehrere ehrbare Muselmanen Sammlungen daraus, die vollständig zu sein behaupteten und von denen eine einzige anerkannt wurde. Die Suren sind dort – mit Ausnahme der ersten – mechanisch in der Reihenfolge der abnehmenden Länge zusammengestellt. Die Anordnung der heutigen Ausgaben des Korans und der meisten seiner Übersetzungen hat somit nichts mit der Chronologie zu tun.

Aber die muselmanischen Gelehrten hatten bereits Überlieferungen gesammelt, die angaben, zu welcher Zeit dieser oder jener Teil des Korans offenbart worden war. Die europäischen Orientalisten sind schließlich anhand von Stilstudien und inneren Kriterien dazu gelangt, diese Klassierung zu verfeinern und gegebenenfalls abzuändern. Es ist ihnen so gelungen, im großen und ganzen mehrere Perioden zu unterscheiden. Es sind Koranübersetzungen veröffentlicht worden, die der zeitlichen Reihenfolge Rechnung tragen, zum Beispiel die letzte erschienene Übersetzung ins Französische von Régis Blachère, die wegen der Summe an darin einverleibter Gelehrsamkeit bemerkenswert ist.

Wir können also heute die erste Predigt des Propheten studieren, die aus einer ziemlich beschränkten Anzahl von Suren und Versen besteht, über deren Alter sich jedermann einig ist, auch wenn hinsichtlich der Einzelheiten ernstliche Meinungsverschiedenheiten bestehen.

Nichts reizt den Revolutionär oder ganz einfach den Neuerer mehr als die Selbstherrlichkeit der Machthaber, ihre Gewißheit, daß das Gute darin besteht, auf ihrem Wesen und ihren von der Zeit geheiligten Bräuchen zu beharren, als ihre völlige Blindheit für die Gefahren, die diese Welt bedrohen, an der sie doch hängen, und ihre Mißachtung der Warnungen, die ihnen erteilt werden. Gegen sie wettern denn auch die ältesten Offenbarungen, gegen jene, die mit ihren Kräften prahlen, jene, die Reichtümer angesammelt haben und glauben, sie könnten in völliger Unabhängigkeit tun und lassen, was sie wollen.

Da erklärt Allah ihnen durch Mohammeds Mund, wie wenig sie sind:

Der Mensch ist zum Drangsal geschaffen.
Denkt er wohl, daß ihn niemand überwältigen könne?
Er spricht: «Großes Vermögen habe ich bereits verschwendet.»
Glaubt er denn, daß ihn niemand sieht? (*Koran*, 90, 5–8)

Sehen sie denn nicht, daß sie nur von einem Samentropfen aus entwickelte, der Vernichtung bestimmte Eintagswesen sind?

Verflucht sei der Mensch! Was verführt ihn denn zum Unglauben?
Woraus hat ihn Gott erschaffen?
Aus einem Samentropfen schuf und bildete er ihn
und erleichterte ihm den Weg (aus dem Mutterleib).
Dann läßt er ihn sterben und in das Grab legen.
(*Koran*, 80, 18–22)

Wie elend ist diese Menschheit im Vergleich zu Allahs Ruhm!

Was auf Erden ist, ist hinfällig,
und nur das herrliche und hochverehrte Antlitz deines Herrn dauert ewig. (*Koran*, 55, 27–28)

Allah («dein Herr», wie er selbst sich unablässig ausdrückt) hat alle Dinge geschaffen und «täglich wirkt er» (55, 30). Er hat die ganze Natur geschaffen: den Himmel, die Sonne, den Mond, die Erde und das Meer, die Gebirge. Das unablässige Wunder der Vegetation, dank dem die Menschheit sich ernähren kann, ist sein Werk:

Der Mensch sehe doch nur einmal auf seine Speise.
Wir gießen den Regen in Güssen herab
und spalten dann die Erde in Spalten
und lassen hervorsprossen: Korn,
Weintrauben, Kräuter,
Oliven- und Palmbäume
und Gärten, mit Bäumen dicht bepflanzt,
und Obst und Gras
für euch und euer Vieh. (*Koran*, 80, 25–33)

Seine Macht erstrahlt jedoch vor allem im unergründlichen Mysterium der Schöpfung. Schon die allererste Offenbarung spielt darauf an:

Lies im Namen deines Herrn, der alles geschaffen hat
und der den Menschen aus geronnenem Blut erschuf.
(*Koran*, 96, 2–3)

Und das Thema wird mehrere Male aufgenommen:

Darum bedenke jeder Mensch, woraus er erschaffen wurde.
Aus ergossenem Wasser (sich ergießendem Samenfluß),
das aus (zwischen) *den Lenden und dem Brustbein kommt.*
(*Koran*, 86, 6–8)

Die Menschen wie übrigens auch die unsichtbaren Geister, die Dschinns, sind sein Werk. Er hat ihre Geschicke festgelegt. Er hat die Tiere erschaffen, die ihnen dienen, in erster Linie das Kamel. Er lenkt ihre Tätigkeiten. Ihm ist das wunderbare Schauspiel zu verdanken:

Sein sind die Schiffe, die gleich Bergen hoch das Meer durchsegeln. (*Koran*, 55, 25)

Und was immer die Koraischiten davon halten mögen, sie verdanken wiederum Ihm den Erfolg ihrer Handelsunternehmungen:

Zur Vereinigung der Koraischiten,
zur Vereinigung der Absendung der Karawanen zur Winter- und Sommerszeit!
Mögen sie den Herrn dieses Hauses verehren,
welcher sie in Hungersnot speist und sie vor aller Furcht sichert. (*Koran*, 106, 2–5)

Mohammed, der Verteidiger der Armen und Waisen, denen er selbst angehört hatte, weist so die Koraischiten zurecht, die er im Namen des einzigen Wesens haßt, dessen Macht sie zu beeindrucken vermag, ein Wesen und eine Macht, die seine Gedanken, seine Gespräche und seine Erfahrungen ihn kennen gelehrt haben. Er gibt sich nicht damit zufrieden, ihnen dieses Wesen vorzustellen. Er droht ihnen mit ihm. Der Herr hat dem Menschen den Weg gewiesen, dem er folgen soll:

und ihm die zwei Wege des Guten und Bösen gezeigt
(*Koran*, 90, 11)

Aber der aufwärts führende Weg, der beschwerlich ist und mühsam zu erklimmen, ist von den Menschen, auf die Mohammed abzielt, verschmäht worden. Denn sie haben geglaubt, alles sei mit diesem Leben zu Ende und es sei folglich genügend, dessen Rosen auf so angenehme Art wie möglich zu pflücken, Tag um Tag, und dabei nur auf die Forderungen der Ehre zu achten und sich dann in die unvermeidlichen Leiden zu fügen, in den unabwendbaren Niedergang, den das Schicksal beschied. Für sie gab es zwar Götter, die sich irgendwo zwischen Himmel und Erde bewegten, aber Gott war noch nicht geboren, und viele Dinge waren erlaubt. Mohammed kam und verkündete ihnen, daß der Tod nicht das endgültige Ende war. Mochten diese hoffärtigen Reichen also den Tag fürchten, an dem sie auf wunderbare Weise auferweckt wurden und das furchtbare Gericht über sich ergehen lassen mußten:

Wenn der Himmel in Zerreißung steht,
seinem Herrn gehorchend, pflichtgezwungen. (*Koran*, 84, 2–3)

Wenn die Posaune erschallt
wird dieser Tag
für die Ungläubigen ein Tag des Kummers und der Not sein.
(*Koran*, 74, 9–11)

Eine Feuerflamme ohne Rauch und ein Rauch ohne Feuerflamme werden einst auf euch herabgeschickt, und ihr werdet euch nicht schützen können ...
Wie aber, wenn der Himmel zerrissen und rot wie eine Rose wird ...
An jenem Tage werden Menschen und Geister über ihre Vergehen nicht erst befragt werden müssen ...
Die Frevler wird man an ihren Merkmalen erkennen, und an dem Stirnhaar und den Füßen wird man sie ergreifen.
(*Koran*, 55, 36–42)

Dann werden die Sünder sich zwischen der Gehenna und einem Abgrund voll kochenden Wassers drehen und winden (55, 45). Diejenigen hingegen, die Allah während ihres Erdenlebens fürchteten, werden in zwei Gärten voll dunkelgrünen Laubwerks eingehen, wo zwei Quellen hervorsprudeln, wo es Palmen, Granatäpfel und alle Obstbäume in Hülle und Fülle gibt. Dort werden die Erwählten, auf die die schweren Zweige sich bis in Reichweite der Hand herabsenken, sich lässig auf grüne Kissen gestützt an jungen Jungfrauen erfreuen können (in jeder Beziehung, bezweifeln wir das nicht), die mit keusch niedergesenktem Blick, schön wie der Rubin und die Koralle, abseits unter Zelten weilen, rein von jeglicher vorhergehenden Berührung, sei es eines Mannes oder eines Dschinns (55, 47ff.). Man versteht, daß sein Herr dem feurigen Mann der alten Chadidscha, die zweimal verheiratet war, bevor sie ihn ehelichte, erklärt:

Wahrlich, das zukünftige Leben wird besser für dich sein als das gegenwärtige. (*Koran*, 93, 5)

Aber woher nimmt Mohammed diese Bilder? Werden sie nur durch diese Visionen verbürgt und diese Halluzinationen, die so verdächtig sind, so sehr jenen vergleichbar, die den in aller Augen moralisch so tadelnswerten Dichtern und Wahrsagern gewährt werden? Nein, er besitzt stärkere Beweise, jene großartigen Schriften, die den Arabern bis dahin vorenthalten wurden, die sich aber im Besitze der hochzivilisierten Völker der großen Weltmächte befinden. Schon beim ersten Mal wendet der Herr sich unter Berufung auf diese Schriften an Mohammed:

Lies im Namen deines Herrn, der alles geschaffen hat
und der den Menschen aus geronnenem Blut erschuf.
Lies, bei deinem Herrn, dem glorreichsten,
der den Gebrauch der Feder lehrte
und den Menschen lehrt, was er nicht gewußt hat.
(*Koran*, 96, 2–6)

Diese Feder (auf arabisch *kalam*, entsprechend dem griechischen Wort *kalamos*) ist ein Schilfrohr, mit dem die Boten von ehemals die von oben kommenden Enthüllungen aufzeichneten, jene, die irgendwo geschrieben stehen:

niedergeschrieben auf ehrwürdigen,
erhabenen und reinen Blättern,
mit den Händen
erhabener und gerechter Schreiber. (*Koran*, 80, 14–17)

Was müssen die Menschen also tun, um den sie bedrohenden Höllenqualen zu entgehen? Sie müssen «sich reinigen» (*tasakka*), das heißt ein moralisch gerechtes Leben führen. Und die Definition dieses gerechten Lebens besteht in allen Stellen des ältesten Teiles des Korans beinahe ausschließlich im guten Gebrauch des Reichtums. Man soll ihn nicht um seiner selbst willen anhäufen, sondern einen Teil den Armen geben:

Der nun gehorcht und gottesfürchtig ist
und sich zu der Wahrheit des herrlichsten Glaubens bekennt,
dem wollen wir den Weg zur Glückseligkeit leicht machen.
Der aber geizig ist und nur nach Reichtum strebt
und die Wahrheit des herrlichsten Glaubens leugnet,
dem erleichtern wir den Weg zum Elend,
und dann, wenn er kopfüber in die Hölle stürzt, dann wird ihm sein Reichtum nichts helfen können. (*Koran*, 92, 6–12)

Vor allen Dingen wird das Betragen der egoistischen Reichen verpönt:

Das ist aber nicht so. Ihr achtet der Waisen nicht
und muntert euch gegenseitg nicht auf,
den Armen zu speisen,
und ihr verzehrt das Erbe der Unmündigen mit Habgier
und liebt den Reichtum mit zu großer Leidenschaft.
(*Koran*, 89, 18–21)

Im Gegensatz dazu das Betragen der Gerechten:

Sie schliefen nur einen kleinen Teil der Nacht,
und schon des Morgens früh flehten sie um Vergebung
und gaben von ihrem Vermögen dem Bittenden das ihm Nötige und auch dem, welchem Scham bitten verwehrt.
(*Koran*, 51, 18–20)

Mohammed selber wird von einer sehr frühen Offenbarung ein Betragen vorgeschrieben, das zweifellos auch auf andere anwendbar ist:

O du Bedeckter
erhebe dich und predige
und verherrliche deinen Herrn
und reinige deine Kleider
und fliehe jede Schandtat
und sei nicht in der Absicht freigebig, dadurch mehr zurückzuerhalten,
und warte geduldig auf deinen Herrn. (*Koran*, 74, 2–8)

Aber die Funktion des Warners bleibt ihm vorbehalten. Es ist die wichtigste der ihm von seinem Herrn zugewiesenen Pflichten. Diese Rolle besitzt noch nicht das Gepräge, das sie in den nachfolgenden Offenbarungen gewinnt. Aber Mohammed besitzt dessen ungeachtet bereits ein Privileg. Er erhält Verheißungen und wird in den Augenblicken des Zweifels getröstet.

Bei dem hellen Tag
und bei der finsteren Nacht!
Dein Herr hat dich nicht verlassen, auch haßt er dich nicht.
Wahrlich, das zukünftige Leben wird besser für dich sein als das gegenwärtige,
und dein Herr wird dir eine Belohnung geben, womit du vollkommen zufrieden sein wirst.
Hat er dich nicht als eine Waise gefunden und Sorge für dich getragen?
Hat er dich nicht in Irrtum gefunden und dich recht geleitet?
Hat er dich nicht arm gefunden und dich reich gemacht?
Darum bedrücke nicht die Waise
und verscheuche nicht den Bettler,
sondern verbreite die gnädige Wohltat deines Herrn.
(*Koran*, 93, 2–12)

Diese bescheidene Rolle des Warners bringt somit, wie wir sehen, nicht nur ein paar ebenso bescheidene Vorrechte mit sich, eine besondere Aufmerksamkeit seitens des Herrn, sondern auch Pflichten. Ein Fehler in seinem Betragen trägt ihm einen Tadel ein. Die Art dieses Fehlers ist interessant. Ein Blinder, sicherlich ein Armer, vielleicht ein Bettler, hat ihn aufgesucht. Er befand sich gerade im Gespräch mit einem wichtigen Manne, einem jener «selbstherrlichen» Reichen, die er zu überzeugen wünschte, einer von denen, die ihrerseits überzeugt waren, daß für sie alles möglich war, ohne Allah im geringsten zu bemühen. Der Blinde ließ nicht locker, vermutlich mit der beharrlichen und lästigen Zudringlichkeit, die dem orientalischen Bettler eigen ist. Mohammed runzelte unwillig die Brauen und wurde unwirsch. Nachher hat er sich ganz offensichtlich diese Regung der Ungeduld vorgeworfen und sich deswegen gequält. So haben sich auch nach ihm viele Propagandisten gequält, die aus einer gehobenen Schicht hervorgegangen waren und von ihren eingefleischten Gewohnheiten unwillkürlich dazu getrieben wurden, die Gesellschaft derer, die ihnen durch ihre Lebensweise nahestanden, der Gesellschaft jener vorzuziehen, denen gegenüber sie eine Pflicht zu haben glaubten. Und natürlich ist die Offenbarung gekommen; die Zurechtweisung des Gewissens hat das Gesicht eines Verweises von oben angenommen:

Er runzelte mürrisch die Stirn und wandte sich zur Seite,
als der blinde Mann zu ihm kam.
Konntest du denn wissen, ob er sich nicht von seinen Sünden reinigen
oder ermahnen lassen wollte und ob nicht die Ermahnung ihm nützen würde?
Den Reichen nimmst du ehrenvoll auf
und kümmerst dich nicht,
ob er auch sündenrein sei,
dem aber, welcher zu dir in der ernsten Absicht kommt, sein Heil zu suchen.
und Allah ehrfürchtet,
dem wendest du den Rücken. (*Koran*, 80, 2—11)

Dies war also der wesentliche Inhalt der ersten Botschaft, die Mohammed – daran zweifeln wir nicht – von seinem Herrn empfangen zu haben glaubte. Wir werden später abzuklären versuchen, inwiefern die darin ausgedrückten Ideen eigenständig waren. Aber war die Form unerwartet? Diese Frage wirft schwerwiegende Probleme auf.

Die muselmanischen Apologeten sehen einen Beweis für den göttlichen Ursprung dieser Worte und Sätze in der folgenden Feststellung: Es gibt vor dem Islam keine arabische Prosa, die uns bekannt geworden wäre. Der klassischen Betrachtung der arabischen Literatur zufolge gab es anfänglich nur Dichtung. Das plötzliche Auftauchen einer neuen literarischen Gattung (oder gar einer Konstellation neuer literarischer Gattungen), und dies zudem in einer Form, die jene Apologeten für vollkommen halten, ohne vorhergehende Entwürfe und ohne Vorläufer, sei einzig durch ein Wunder zu erklären. Sie fügen hinzu, daß bei dem gewöhnlichen Menschen Mohammed nichts auf irgendein literarisches Talent hindeutete.

Das Argument wird, wie dies bei den religiösen oder weltlichen Ideologien so häufig der Fall ist, mit um so dreisterem Vertrauen in seine Unwiderlegbarkeit vorgebracht, als es von einem Schnippchen umgestoßen werden kann. Gewiß, die literarische Prosa ist überall später aufgetreten als die Poesie, und Arabien bildet da keine Ausnahme. Die Prosa des Korans ist von recht besonderer Art, und die arabischen Autoren sagen selber, daß es schon vorher Reden in dieser Form gegeben hat. Nur wurden diese literarischen Stücke nie aufgeschrieben. Es bedurfte des ganz besonderen Wesens der koranischen Lesungen, um sie aufzuzeichnen (und vor allem am Anfang geschah dies zudem nur teilweise) oder sich zu bemühen, sie im Gedächtnis zu behalten.

Nichts drängte dazu, die anderen Stücke schriftlich festzuhalten, die mehr oder weniger gleicher Art waren. Wenn einzelne dennoch aufgeschrieben wurden, verhinderte der Sieg des Islams deren Überlieferung oder ließ die Aufzeichnungen sogar zerstören.

Was die stilistische Vollkommenheit des Korans betrifft, so ist sie für den Islam ein Dogma geworden. Keiner ist fähig, so wird gelehrt, etwas Ähnliches zu vollbringen. Diese Unfähigkeit (*ischas*) ist von vielen Theologen betont und ausgeführt worden, die alle möglichen theoretischen Schlußfolgerungen daraus gezogen haben.

Aber es hat im Islam auch nicht an unvoreingenommenen Menschen gefehlt, die diese Unvergleichlichkeit des Textes des Korans in Zweifel zogen. Einzelne übten sich sogar darin, Nachahmungen des Korans zu verfassen. Einem von ihnen wurde im Mittelalter vorgeworfen, daß sein Text nicht die gleiche Zauberkraft besaß wie der laut oder still für sich gelesene Koran. Darauf antwortete er: «Laßt ihn ein paar Jahrhunderte lang in den Moscheen lesen, dann werdet ihr schon sehen!» Dies war in der Tat der Kern des Problems. Ein Text, mit dem man von Kindheit an gewiegt wurde, den man bei den feierlichsten und herzbewegendsten Gelegenheiten mit Inbrunst hat rezitieren hören, den man selber buchstabiert und studiert hat, mit dem man sich nach und nach vollgesogen hat, gewinnt nach einer gewissen Zeit einen unvergleichlichen Klang. Es wird vollkommen unmöglich, ihm gegenüber zur Unschuld des Gehörs oder des Blicks zurückzufinden, ihn so aufzunehmen, wie er von unserem Geist aufgenommen worden wäre, wenn die allererste Begegnung ohne Vorbereitung mit einem völlig nackten Text erfolgt wäre, dem nichts Widerhall verleiht. So ergeht es den Katholiken mit gewissen Schriftstellen oder in der Liturgie verwendeten lateinischen Gedichten, und den Protestanten mit der ganzen Bibel. Da ist es nicht erstaunlich, daß so viele Muselmanen von der unnachahmlichen Vollkommenheit des Textes des Korans überzeugt sind und sich verwundern und entrüsten, daß man sie in Zweifel ziehen kann. Es ist auch nicht erstaunlich, daß die Menschen, die zum erstenmal von außen an den Text herantreten, häufig nichts darin erblicken, was ihnen das bewundernde Staunen jener, die seit der Wiege damit vertraut sind, zu rechtfertigen scheint.

So ist die Schönheit des Stils des Korans nachdrücklich von denen bestritten worden, die aus diesem oder jenem Grunde nicht von der kollektiven Bezauberung erfaßt wurden. Im Mittelalter wurden von mehreren muselmanischen Freidenkern Bücher verfaßt, deren Titel *moaradat al-koran* lautete, was wir ungefähr mit Anti-Koran übersetzen können. Die Apologeten hielten es für notwendig, sie zu widerlegen und insbesondere auf literarischer Ebene mühselig die Überlegenheit der Bilder und des Stils des Korans Punkt um Punkt, Ausdruck um Ausdruck unter Beweis zu stellen. In unseren Tagen hat der große deutsche Semitist Theodor Nöldeke, ein ausgezeichneter Kenner der arabischen Sprache, einen umfangreichen Artikel über die stilistischen Unzulänglichkeiten des Korans geschrieben.

Mohammed hatte nicht im geringsten die Absicht, ein literarisches Werk hervorzubringen. Die Erfahrung, die er suchte und die ihm widerfuhr, war zunächst, wie wir gesehen haben, nicht in Worte gekleidet. In einem späteren Stadium wurde sie zum Wort. Von da an war sie zumindest von diesem Gesichtspunkt aus der Eingebung des Schriftstellers vergleichbar. Genauer: des Schriftstellers, der nicht nur Worte übermitteln will, sondern einen verständlichen Sinn. In dieser Hinsicht unterschied sich das Werk von der automatischen Schrift der Surrealisten, der es in anderen Punkten so sehr ähnelt. Hat nicht André Breton von «jenem idealen Augenblick» gesprochen, «da der von einer besonderen Gemütsbewegung gepackte Mensch plötzlich von dem, was ‹stärker ist als er›, ergriffen und gegen seinen Willen in das Unsterbliche gestürzt wird»? Und er hat sehr wohl bemerkt, daß es sich um eine Art Prophezeiung handelte: «Die surrealistische Stimme, die Kumä erschütterte, Dodona und Delphi, ist eben jene, die mir meine am wenigsten erzürnten Reden eingibt.» Mit dem Unterschied, daß das, was Die Stimme Mohammed diktierte, keine Sätze waren wie «Dort ist ein vom Fenster entzweigeschnittener Mensch». Es waren zusammenhängende Botschaften. Man kann nach dem bereits Gesagten annehmen, daß das Stammeln und Stottern, das die Offenbarungen begleitete, jenen hinreißenden Sätzen entsprach oder zumindest deren Bausteinen, die unsere Dichter entzückten und neben denen es die reinen Töne gab, die meine lettristische Hypothese rechtfertigen. Frühere Propheten hatten die surrealistische, in Worte gekleidete Botschaft ihres Unterbewußtseins gesamthaft akzeptiert. So zum Beispiel in den frühchristlichen Gemeinschaften, wo dies «Zungenreden» genannt wurde, auf griechisch Glossolalie. Der Apostel Paulus empfahl, die Eingeweihten «mit Zungen reden» zu lassen, und dankte Gott in seinem ersten Brief an die Christen von Korinth, «daß ich mehr mit Zungen rede denn ihr alle».

Mohammed aber stand auf seiten des Paulus, nicht André Bretons. Paulus versuchte bewußt, seine surrealistischen Gaben einzuschränken. «Aber ich will in der Gemeinde lieber fünf

Worte reden mit meinem Sinn, auf daß ich auch andere unterweise, denn zehntausend Worte mit Zungen.» Denn, so sagt er auch noch, «der mit Zungen redet, der redet nicht den Menschen, sondern Gott; denn ihm hört niemand zu, im Geiste aber redet er die Geheimnisse. Wer aber weissagt, der redet den Menschen zur Besserung und zur Ermahnung und zur Tröstung» (1. Korinther, 14). Auch Mohammed mußte ohne Zweifel unbewußt ausscheiden, auswählen, und nur das behalten, was «zur Besserung, zur Ermahnung, zur Tröstung» diente. Seine schönsten Gedichte sind vermutlich niemals aufgeschrieben worden. Er erwartete von Gott Botschaften in einem bestimmten Sinn, und seine Erwartung gestaltete das Wort, das umsonst versuchte, sich «stärker als er» zu zeigen. Über die christlichen Glossolalisten hinausgehend fand er zur Art der großen Propheten Israels.

Seine Worte waren also keine reine Poesie. Sie waren auch keine Literatur im üblichen Sinne des Wortes. Wie R. Blachère nachdrücklich bemerkt hat [14], beherrschte er sein Instrument nicht, oder vielmehr gelang es ihm zum Teil nur unbewußt, es zu beherrschen. Er versuchte mitnichten, ein Werk zu schaffen, dessen Stil und Inhalt ihm eine gewisse Berühmtheit eingetragen hätten wie den Dichtern der Wüste. Aber wie bei den reinen Dichtern, wie bei den Propheten, zeigte sich seine persönliche Erfahrung, jener nicht in seiner Ganzheit mitteilbare «höchste Augenblick», jenes individuelle, unaussprechliche Erlebte, wo er mit dem rein Existierenden in Berührung trat, bereits in einer geordneten linguistischen Form, die nach ästhetisch beeindruckenden Vorlagen auf die Mitteilung ausgerichtet war. Ohne sein Zutun war es zumindest anfänglich zugleich eine Dichtung und eine Botschaft. Eine Dichtung, denn Die Stimme, die hier wiederum getreulich den im Unterbewußtsein ihres Sprachrohrs gespeicherten Vorbildern folgte, bediente sich erneut der Sprache des *kahin*, des inspirierten Wahrsagers. Sie bediente sich der gleichen herkömmlichen Formeln, der Klischees, zum Beispiel der bei den himmlischen Dingen abgelegten Eide. Aber sie verwendete vor allem den gleichen Rhythmus und die Verfahren, die von dem an die Notwendigkeiten der benutzten Sprache angepaßten Gesetz des Rhythmus beherrscht werden. Es gibt vielleicht keine Sprache, die der spontanen Dichtung mehr Vorschub leistet als die arabische. Sie liefert im Überfluß Wörter gleicher Bauart, mit dem gleichen Wechsel zwischen starken und schwachen Takten, der von der Wiederkehr der gleichen Vokale an entsprechenden Stellen gekennzeichnet wird. Unter diesen gleichlautenden Reihen erlaubt sie zudem zwischen einer Vielzahl von Wörtern auszuwählen, die den gleichen Reim ergeben. Sie erleichtert so das Auftreten des *saj*, dieser gereimten und rhythmischen Prosa, indem sie ziemlich kurze rhythmische Einheiten verwendet, im allgemeinen nicht über acht bis zehn Silben, die zu Reihen und Strophen angeordnet werden und mit dem gleichen Rhythmus und dem gleichen Reim ausklingen.

Man versteht, daß Die Stimme, die sich so der Sprache des *kahin* annäherte, weit davon entfernt war, die Ausdrucksweise jenes anderen Inspirierten anzunehmen, des *schair*, des Dichters. Von einer verbalen oder rein existentiellen Erfahrung vielleicht gleicher Art ausgehend, bemühte sich der *schair* ganz bewußt – wie die meisten Dichter aller Zeiten und aller Länder –, mit umsichtig geschmiedeten und von einer langen Tradition vererbten Mitteln das nicht Mitteilbare mitzuteilen. Häufig setzte er übrigens lediglich anhand der gleichen Methode eine Rede in Versform, die durch nichts mit dem lebendigen Born der reinen Poesie verbunden war. Er bediente sich einer komplexen Form, der *kasida*, eines Gedichts, in dem zwei Halbverse stets mit dem gleichen Reim und häufig dem gleichen Rhythmus aufeinander folgten, je nach dem einen oder anderen von der Tradition festgelegten «Maß», recht ähnlich wie die griechischen, lateinischen oder englischen Verse. Der *schair* war ein Künstler, das heißt ein Kunsthandwerker, der sein Instrument beherrschte und emsig an einem Werk arbeitete, dessen Entwurf er in seinem Geiste vorgezeichnet hatte und das er nach einem erprobten Verfahren verwirklichte, indem er mehr oder weniger von seinem eigenen Geist oder seinem eigenen Herzen einfließen ließ und zur lebendigeren Gestaltung gegebenenfalls auch die Quellen allen menschlichen Strebens zu Hilfe nahm.

Die von Mohammed empfangene Botschaft stand somit der reinen Dichtung um so näher, als sie sich von der herkömmlichen Dichtung entfernte. Die Stimme unterstrich das selber:

«Wir haben ihn (den Mohammed) nicht die Kunst des Dichtens gelehrt, auch ziemt sie sich nicht für ihn . . . » (Koran, 36, 70)

Man kann die dichterische Güte der ersten Botschaften verschieden beurteilen. Aber es ist schwierig, dies sei nochmals betont, sie mit einer unverfälschten Empfindsamkeit zu empfangen. Man hat auf die Dürre der Bilder hingewiesen. Aber wie Régis Blanchère bemerkt hat, ist es ebenfalls schwierig, nicht von der Wirkung der «abgerissenen, abgehackten, atemlosen Bewegung», vom «Hämmern des Reimes», vom Klang der Worte gepackt zu werden. Diese ständige Wiederkehr zur Idee, zum Wort, diese Assonanzen, diese Kehrreime ergreifen Besitz vom Zuhörer und – nach Max Eastman [15] – nähern ihn einem hypnotischen Zustand an, einem Zustand des Wahns, in dem die Suggestion des

Wortes, des Rhythmus, der Bilder verzehnfacht empfangen wird, als befände man sich selber in Trance.

Aber es war der Stimme auch daran gelegen, wie bereits erwähnt wurde, ihre Botschaft einen intellektuellen Inhalt, Ermahnungen, Predigten übermitteln zu lassen. Und dies immer mehr. Je größer der Kreis der von Mohammed in seinen Bann geschlagenen Zuhörer wurde, je mehr seine Worte die Aufmerksamkeit auf sich zogen und ein Echo fanden, Wellen warfen, desto notwendiger wurde es, zu erklären, zu beschreiben, dann zu widerlegen, Gründe anzuführen. Es genügte nicht mehr, eine starke Gemütsbewegung hervorzurufen. Die Botschaft nahm genaue Gestalt an, während sie noch lange Zeit von jener reinen Poesie durchtränkt blieb, aus deren Quelle sie majestätisch und beredt hervorgegangen war. Aber der ausdrücklich erklärte Inhalt gewann immer mehr Bedeutung.

Die Botschaft hatte zumindest auf den ersten Blick nichts Revolutionäres an sich, nichts Abstoßendes. Sie brachte scheinbar keine entscheidende religiöse Neuerung, und vom Standpunkt der Aufnahme aus, die sie in jenem Augenblick in Mekka finden konnte, kam es auf den Schein an. Es ist in der Tat sehr bemerkenswert, daß Mohammeds Herr in seinen ersten Offenbarungen in keiner Weise die Existenz und die Macht anderer Gottheiten abstreitet. Er gibt sich damit zufrieden, nicht davon zu sprechen. Keinerlei Schmähreden wie in späteren Botschaften gegen «jene, die Allah andere beigesellen», keinerlei Betonung des einzigartigen Wesens der höchsten Gottheit. Es ist gut möglich, daß Mohammed zu jener Zeit zwar von der unendlichen Macht seines Gottes überzeugt war, den auch die Christen und die Juden anerkannten, dabei aber an die mögliche Existenz eines Schwarms zweitrangiger Gottheiten glaubte, die kaum Bedeutung besaßen, da sie ja in allem dem höchsten Meister untertan waren, und die kaum höher standen als die Dschinns und die Dämonen, deren Existenz er, wie wir gesehen haben, ausdrücklich als Geschöpfe Gottes bejahte. Diese Erhöhung eines Gottes über alle anderen, die indessen nicht geleugnet, aber kaum beachtet werden, ist eine in vielen polytheistischen Religionen häufige Erscheinung, die «Henotheismus» genannt wird. Dieser Henotheismus entsprach der Haltung vieler Leute in Arabien und erregte bei niemandem Anstoß. Mohammed schwankte vielleicht noch zwischen dem Henotheismus und dem eigentlichen Monotheismus, den die Juden und die Christen verkündeten. Wir werden einen entsprechenden Hinweis finden.

Mohammeds Betonung der Macht seines Gottes war also nicht

dazu angetan, den Bewohnern von Mekka die Fassung zu rauben. Wenn er ihm die Absicht zuschrieb, die Menschheit in der Art des jüdisch-christlichen Gottes zu richten, was voraussetzte, daß er die Möglichkeit besaß, die Toten aufzuerwecken, so mochte dies allenfalls Skepsis hervorrufen, mehr aber nicht. Die vorgeschlagenen Übungen waren bei den Mekkanern bereits verbreitet. Die Kritik an der «Selbstherrlichkeit» der Reichen, an ihrer Überzeugung, daß ihr Reichtum ihnen erlaubte, von jeglicher Macht «unabhängig zu sein» (*istaghna*), war durchaus annehmbar, solange sie gemäßigt blieb. Die Betonung der Notwendigkeit des Almosens war nicht befremdend und konnte sich auf das alte Stammesideal stützen, das noch in den Gemütern lebendig war, auch wenn die Reichen von Mekka es sehr unzulänglich übten, ein Ideal, das die Freigebigkeit zu den höchsten Tugenden rechnete. Sie entsprach auch der landläufigen religiösen Vorstellung eines notwendigen Opfers, um die Gottheit an jedem unverhofften Gewinn zu beteiligen und ihren möglichen Zorn abzuwenden. Man sieht, daß dies alles ebenfalls keine entscheidende moralische Neuerung in sich barg. Die nationale arabische Färbung, unter der die herkömmlichen jüdisch-christlichen Ideen vorgetragen wurden, konnte den Zuhörern der Predigt nur gefallen.

Nichts von alledem war für die Mekkaner unannehmbar. Sicherlich war Mohammed selber dieser Überzeugung, da wir gesehen haben, wie er versuchte, einen einflußreichen Mann für seine Idee zu gewinnen. Nichts von alledem konnte als revolutionär ausgelegt werden. Was unausgesprochen darin enthalten war und zutiefst einen radikalen Wechsel des Standpunkts bedeutete, wurde nicht erkannt und war zudem erst in Ansätzen vorhanden. Mohammeds Predigt konnte im Rahmen der arabischen religiösen und moralischen Vorstellungen eine Richtung neben anderen darstellen, war dieser Rahmen doch in keiner Weise fest, steif, kanonisch festgelegt. Indessen konnte dieselbe Predigt auch eine gewisse Anzahl von Leuten anziehen, die ihres Alters oder ihrer sozialen Stellung wegen für eine ihren tiefen Bedürfnissen entsprechende Verkündigung empfänglich waren. Wir haben gesehen, warum. Mohammed legte an sich kaum originell scheinende Ideen in Form einer neuen Synthese dar, die von seiner persönlichen Art, wie er die Gegenwart des Jenseits verstanden zu haben glaubte, eingegeben war. In dieser Synthese erhielt das Individuum einen besonderen und hervorragenden Wert. Es war der Gegenstand der Sorge des Höchsten Wesens, das es erschaffen hatte und das ohne Ansehen der Verwandtschaft, der Familie, des Stammes über es richten würde.

Das Individuum, dessen wirtschaftliche Entwicklung seinen sozialen Wert verstärkt hatte, gewann so einen ideologischen Wert, eine Bedeutung an sich, indem es zur Ewigkeit Zugang fand. Andererseits wurden die jüdisch-christlichen Ideen, die – es sei wiederholt – für alle bestechend waren, mit dem Prestige der höheren Zivilisationen und der mächtigen Reiche ausgestattet, wo sie in Ehren standen; sie wurden für den arabischen Stolz durchaus annehmbar, sobald sie von einem arabischen Boten auf ihre Quintessenz beschränkt und leicht faßlich auf arabisch dargeboten wurden.

Die von dem neuen Prediger begründete ideologische Strömung und die von ihm gewonnenen Männer konnten auf den ersten Blick friedlich ihren Platz unter den vielfältigen Strömungen der Ideen und den vielfältigen Bruderschaften, mit denen Westarabien übersät war, einnehmen. Und doch sollte ein heftiger Konflikt ausbrechen. Wir wollen versuchen, die Gründe zu erklären.

Diejenigen, die als erste Mohammeds Botschaft anhingen, waren natürlich seine eigenen Angehörigen. Selbstverständlich seine Frau Chadidscha und auch der junge Ali, sein Vetter und Mündel, der ungefähr zehn Jahre alt war. Desgleichen der freigelassene Sklave Zaid ibn Haritha, der vielleicht eine bedeutende Rolle gespielt hatte, indem er Mohammed über das bei seinem Stamme, den Kalb, sehr verbreitete Christentum unterrichtete. Wer waren die ersten Anhänger außerhalb dieses kleinen Familienkreises? Diese Frage ist später heiß umstritten worden, denn die Frühzeitigkeit der Bekehrung zum Islam stellte einen Titel des Ruhmes und Ansehens dar, der in den politischen Kämpfen der ersten Tage des muselmanischen Reiches von Bedeutung war, um so mehr, als dieses Ansehen auf die Nachkommen des Bekehrten übertragen wurde. Aber wenn wir den genauen Daten nicht zu viel Beachtung schenken, da sie für den Historiker von untergeordneter Bedeutung sind (während sie für den auf Vorrang erpichten Politiker gewichtig waren), können wir sagen, daß wir mehr oder weniger die Namen der ungefähr vierzig Bekehrten der ersten Jahre kennen.

Einer der ersten Bekehrten, auch wenn er nicht, wie behauptet wurde, nach Chadidscha der allererste war, scheint ein wohlhabender Kaufmann gewesen zu sein, der indessen nicht zu den reichsten gehörte und der seiner *konja* entsprechend Abu Bekr genannt wurde. Er soll drei Jahre jünger gewesen sein als Mohammed. Er war ein entschlossener, tapferer Mann mit gesundem Menschenverstand und ausgeglichenem Wesen, der seine einmal getroffene Wahl nie mehr in Frage stellte, Mohammed bedingungslos ergeben war und doch seine Entscheidungen im Sinne der Mäßigung beeinflußte. «Abu Bekr», so schreibt Margoliouth, «war ein denkbar entschiedener Anhänger der Heldenverehrung. Er besaß eine bei den Frauen häufige, aber zuweilen auch bei den Männern anzutreffende Eigenschaft, nämlich die Bereitschaft, sich dem Geschick eines anderen mit rückhaltloser und blinder Ergebung zu verschreiben, ohne jemals zu diskutieren oder einen Rückzieher zu machen; viel geglaubt zu haben, war für ihn ein Grund, noch mehr zu glauben.» [16]

Eine Überlieferung, die angeblich auf Zohri zurückgeht, einen ungefähr vierzig Jahre nach dem Tode des Propheten geborenen Mekkaner, der sein Leben lang die Geschichte der ersten Zeiten des Islams erforschte, berichtet:

«Der Abgesandte Gottes rief im geheimen und offen zum Islam auf. Die von Gott bestimmten Menschen unter den Jungen und den Schwachen schenkten ihm ein williges Ohr, so daß die Zahl derer, die an ihn glaubten, groß wurde. Die ungläubigen Koraischiten übten keine Kritik an seinen Worten. Wenn er an ihren Gruppen vorbeikam, wiesen sie auf ihn und sagten: ‹Dies ist der junge Mann der Banu Abd al-Muttalib, der vom Himmel spricht›.» [17] Vielleicht muß der Text F. Buhl folgend berichtigt werden: «zu dem vom Himmel herab gesprochen wurde». [18]

Wer waren diese Jungen und diese «Schwachen»? W. Montgomery Watt hat eine peinlich genaue und verdienstvolle Untersuchung der Biographien jener etwa vierzig ersten Getreuen unternommen. Dies sind kurz gefaßt seine Ergebnisse:

Zunächst waren da junge Leute aus den einflußreichsten Geschlechtern und Sippen von Mekka, die die Macht in Händen hielten. So zum Beispiel Chalid ibn Said ibn al-Aß von der Sippe der Abd Schams, einer der beiden Sippen, die damals die Vorherrschaft besaßen, und der innerhalb seiner Sippe dem Geschlecht der Omajja angehörte, deren Einfluß wir wachsen sehen werden. Er erblickte sich in einem Traum am Rande eines feurigen Pfuhls, in den sein Vater ihn stieß. Ein Mann hielt ihn zurück und rettete ihn, und Abu Bekr soll ihm in diesem Manne Mohammed zu erkennen gegeben haben. Von da an hing er ihm an. Sein Bruder Amr gesellte sich bald darauf zu ihm. Als ihr Vater starb, verfaßte ein dritter Bruder namens Aban ein paar Verse, in denen der Verstorbene angeblich die Verirrungen seiner Söhne beklagte. Chalid antwortete ihm ebenfalls in Versen:

Laß doch den Toten ruhen! Er hat sein Schicksal vollendet.
Sorge dich um deinen Nächsten, der es viel nötiger hat.[19]

Es ist schwierig, darin nicht einen Fall jugendlicher Auflehnung in der Art des «Familien, ich hasse euch!» zu erblicken. Vom gleichen Schlag war ein anderer etwa dreißigjähriger Mann aus der gleichen Familie, Otman ibn Affan, dem ein erhabenes und tragisches Schicksal beschieden sein sollte. Damals war er ein junger Dandy, ein hübscher Bursche, der vor allem auf Eleganz und gute Kleidung bedacht war, im übrigen lässig und nicht eben mutig, aber in den Geschäften geschickt. Es heißt, seine Bekehrung sei vor allem seiner Liebe zu Rokaija zu verdanken, einer der Töchter Mohammeds.

Eine zweite Gruppe wird von Leuten vertreten, die weniger einflußreichen und weniger vornehmen Sippen angehörten. Es sind zumeist Junge von unter dreißig Jahren, aber es gibt auch einen oder zwei dabei, die zwischen fünfunddreißig und fünfzig waren. Einige besaßen einen gewissen Einfluß in ihrer Sippe oder ihrer Familie. Erwähnen wir in dieser Gruppe den schon genannten Abu Bekr, der sich bereits den Vierzigern näherte, aber auch den jungen Talha ibn Obaidallah, der bei seiner Bekehrung kaum mehr als achtzehn Jahre alt sein mochte, ein glühender, mutiger und ehrgeiziger junger Mann. Beide gehörten der Sippe der Taim an. Zur Sippe der Zohra gehörte ein Mann anfangs der Dreißigerjahre, Abd al-Kaba ibn Auf, dessen Name in Abd ar-Rahman umgeändert wurde und der in geschäftlichen Dingen von bemerkenswerter Geschicklichkeit war.

Die von Zohri als die «Schwachen» bezeichnet wurden, gehören vielleicht dieser Gruppe an. Aber der Ausdruck bezieht sich sicherlich auch auf eine dritte Gruppe. Sie wurde von denen gebildet, die nicht von Geburt einer Sippe angehörten, die keine Koraischiten und nicht als «Bundesgenossen» einer Sippe der Koraischiten angeschlossen waren. Die Sippe, der sie zugeteilt wurden, mußte ihnen grundsätzlich Schutz bieten, aber zuweilen verschmähte sie dies oder war ihrer eigenen Schwäche wegen nicht dazu in der Lage. Zu diesen Leuten gehörte ein Getreuer der ersten Stunde, der weniger als dreißig Jahre alt war, Chabbab ibn al-Aratt, ein Schmied, der Degen herstellte, der Sohn einer Beschneiderin und ein Verbündeter der Banu Zohra.

Auf einer noch tieferen Stufe kamen die freigelassenen Sklaven wie Sohaib ibn Sinan, der etwas über zwanzig war und Rumi genannt wurde, das heißt der Römer, der Byzantiner, weil er sehr blond war (die Araber nannten das «rot»), vielleicht aber auch, weil er eine gewisse Beziehung zum byzantinischen Syrien gehabt hatte, genau wie sein Freund Ammar ibn Jasir, ein Verbündeter der Banu Machsum, dessen Schwiegervater ein Freigelassener byzantinischer Abkunft war.

Auf der untersten Sprosse der Leiter fanden sich die eigentlichen Sklaven. Der berühmteste ist Bilal, ein abessinischer Neger, groß und schlank, mit schmalem Gesicht und einer Stentorstimme. Wie ein anderer Sklave namens Amir ibn Fohaira wurde er seinem Herrn von Abu Bekr abgekauft und freigelassen.

Kurzum, es war eine Auswahl der freiesten Geister von Mekka, die sich Mohammed zuwandten. Es besteht kein Zweifel, daß der religiöse Aspekt der Lehre für ihre Stellungnahme entscheidend war. Aber was sie befähigte, dieser auf Neuerung bedachten Predigt mit Wohlwollen zu begegnen, war ihre geistige Unabhängigkeit vom Konformismus der führenden Schichten der Gesellschaft Mekkas. Und diese geistige Unabhängigkeit besaß ihrerseits je nach dem Individuum verschiedene Ursachen: die Selbstbestätigungskrise der Jugend, die Kontakte mit dem Ausland, eine mehr oder minder lockere Verbindung mit dem sozialen System in Mekka, die moralische Entrüstung oder auch der Ehrgeiz und die Mißgunst, die sie zur Kritik an den Mächtigen und somit an ihrem Wertsystem veranlaßten, und schließlich ganz einfach eine besondere psychologische Veranlagung. Sie war also mit einer je nach dem Einzelfall mehr oder weniger verschwommenen Wahrnehmung der schon beschriebenen sozialen und ideologischen Krise verbunden. Deshalb wurden diese Leute von Mohammeds Botschaft angezogen, die ihrerseits einen unmittelbaren Widerhall dieser Krise darstellte.

Wie aus dem angeführten Text von Zohri ersichtlich ist, begegneten die Koraischiten dieser neuen Gruppe, die allmählich aus ihrer Verborgenheit heraustrat, um sich schüchtern am hellichten Tage zu zeigen, mit derselben nachsichtigen Belustigung wie etwa Großstädter einer Versammlung der Heilsarmee auf offener Straße. Es waren harmlose Erleuchtete, denen gegenüber es überflüssig war, einen großen Klamauk zu machen. Man zeigte allenfalls die Geringschätzung, die einem das niedere soziale Niveau der Sektierer einflößte.

Wenn der Abgesandte Gottes sich im Heiligtum (in der Nähe der Kaaba) niederließ, berichtete Ibn Ishak, pflegten die «Schwachen» unter seinen Gefährten sich neben ihn zu setzen. Es waren Chabbab, Ammar, Abu Fokaiha Jasar, Sohaib und dergleichen Leute unter den Muselmanen, über die die Koraischiten sich lustig machten. Sie sagten untereinander: «Da seht ihr, das also sind seine Gefährten! Und ausgerechnet sie soll Allah unter uns auserwählt haben, um ihnen den richtigen Weg zu weisen und ihnen die Wahrheit zu erkennen zu geben! Wenn das, was Mohammed uns gebracht hat, eine gute Sache wäre, hätten solche Gesellen sich ihrer nicht vor uns bemächtigt!»[20] Ein Argument, für das Mohammed, der schließlich von etwas besserer Abkunft war als die meisten seiner Jünger, in seinem geheimsten Herzen nicht ganz unempfindlich sein mochte. Und sein Unterbewußtsein empfing mit Freuden die Rechtfertigungen und die Musterfälle, die sein Herr anführte. So war es schon gewesen, als Noah sein Volk vor der unmittelbar bevorstehenden Katastrophe warnte: «Doch die Häupter seines Volkes, welche nicht glaubten (der *mala*, wie der Rat der Alten in Mekka hieß), antworteten: ‹Wir sehen dich für nichts anderes an als einen Menschen, der uns gleich steht, und wir sehen niemanden als nur die Niedrigsten unter uns dir folgen, und zwar nur aus Voreiligkeit und Unbesonnenheit. Wir bemerken durchaus keinen Vorzug in euch; darum halten wir euch für Lügner.› » (*Koran*, 11, 28). Die Sintflut hatte Noah und seine demütigen Anhänger gerächt. Desgleichen würden Mohammed und seine Schwachen ebenfalls bald gerächt und gerechtfertigt werden.

Aber weder die Skepsis noch der Spott waren ein ernsthafter Widerstand. Und doch bildete sich dieser schließlich aus. Wie? Ein paar Berichte, die durch eine leider ein wenig zu sehr auf Hagiographie ausgerichtete Überlieferung gesickert sind, werfen ein gewisses Licht auf das, was vorgefallen sein mag, und erlauben uns, Hypothesen aufzustellen.

Bei vielen Koraischiten hatte die neue Bewegung eine gewisse Beunruhigung hervorrufen müssen. Das beruhigende Wesen der Lehre Mohammeds und die scheinbar so geringfügigen Neuerungen, die sie der bis dahin gültigen Weltanschauung brachte, genügten nicht, um sie in aller Augen als harmlos erscheinen zu lassen. Wir alle haben auf allen Gebieten und in allen Schichten, selbst den ihrer Grundsätze wegen theoretisch für die neuen Ideen aufgeschlossensten, solche bornierte Menschen gekannt, für die jegliche Änderung *a priori* zu fürchten ist, auch wenn sie im Grunde nur auf eine Anpassung der oberflächlichen, veralteten Formen der Ordnungen oder der Ideologien abzielen, an denen sie hängen. Wie mußte es im Westarabien des 7. Jahrhunderts sein, in einer trotz der bereits durchgemachten, aber vom Bewußtsein beharrlich abgestrittenen Strukturwandlungen stark traditionalistischen Gesellschaft? Und wir wissen auch, daß die sentimentalen Argumente der Konservativen, der weinerliche Aufruf zur Nachahmung der Sitten der Vorfahren, die Entrüstung über einen jeden, der es wagt, erprobte Grundsätze zu revidieren, die Erinnerung an die zu deren Verteidigung gebrachten Opfer, die zur Schau getragene Verachtung für die

Jugend, die Unzuständigkeit, das geringe soziale Gewicht der Reformatoren, wir wissen auch genau, daß dies alles den Nerven, den Herzen, den Geistern einer nicht vorbereiteten Menge mit furchtbarer Wirksamkeit zusetzt. Es ist zudem sehr wahrscheinlich, daß die jungen Neuerer Unvorsichtigkeiten begangen haben, Ungeschicklichkeiten, Übertreibungen, die die Beunruhigung der Konservativen verstärkten.

Dabei war Mohammed, wie wir gesehen haben, in keiner Weise ein Extremist. Unter den Leuten, die sein Unternehmen mit beunruhigter Betroffenheit betrachteten, gab es auch ausgeglichene Persönlichkeiten, die sorgsam die Vor- und Nachteile vom Standpunkt der hohen Mekkaner Gesellschaft aus erwogen. Zwei entscheidende Punkte mußten ihnen unklar erscheinen, ein doktrinaler und vor allem ein praktischer; und sie machten ihre Stellungnahme von der Art abhängig, wie Mohammed diese beiden Punkte erläuterte.

Zunächst einmal: welches war die den verschiedenen, von den Koraischiten verehrten Göttern zugedachte Rolle? Mächtige Götter? Kleine untergeordnete Götter? Dschinns? Vor allem, und dies war das Wichtigste vom Standpunkt der Frömmigkeit aus, die sich wenig um theologische Spitzfindigkeiten kümmert: erhob Mohammed sich gegen ihren Kult? Sollten ihre Heiligtümer verlassen, ihre Symbole zerstört, die ihnen dargebrachten Opfergaben vernachlässigt werden? Was meinte der geheimnisvolle Herr Mohammeds dazu?

Und welche Rolle bestimmte er für sich selbst? Es scheint, daß seine Gegner, wie dies so häufig der Fall ist, seine oberflächlich aufrichtige zur Schau getragene Bescheidenheit klarer durchschauten als er. Er willigte demütig in die bescheidene Rolle eines Warners, die der Herr ihm zugedacht hatte. Aber man erkannte unschwer seinen berechtigten Stolz unter dieser Demut, um die er sich doch aufrichtig bemühte. Und vor allem mußten intelligente Politiker ohne weiteres einsehen, daß die Logik seiner Lage ihn unweigerlich und gegen seinen Willen dazu drängen mußte, die höchste Macht zu fordern. Wie konnte ein Mann, mit dem Gott persönlich sprach, sich jemals den Beschlüssen eines gewöhnlichen Senats unterwerfen? Wie sollte die Aristokratie von Mekka die Vorschriften des Höchsten Wesens in Diskussion ziehen? In einer Gesellschaft, in der die Bereiche des Heiligen und des Profanen nicht eindeutig abgegrenzt waren, mußte man logischerweise zu einer Situation gelangen, in der Gott selber seine Befehle durch seinen Vermittler Mohammed diktieren würde, und zwar in Fragen der Außen- und Innenpolitik ebensogut wie in solchen der Doktrin oder des Kults. War Mohammed sich dieser Logik bewußt, und wie weit gedachte er auf diesem Wege zu gehen?

Es gab Ansätze zu Kompromissen; das bezeugen die Dokumente, auch wenn ihre Form ein wenig zurechtgemacht wurde; aber ihre Grundlage ist sicherlich echt. Ein Greis unter den hervorragendsten Männern der Sippe der Abd Schams, Otba ibn Rabija, dessen junger Sohn zu den ersten Muselmanen gehörte, soll eines Tages im Rate erklärt haben: «O Versammlung von Koraisch! Warum soll ich mich nicht an Mohammed wenden? Ich kann mit ihm sprechen und ihm Vorschläge machen. Vielleicht wird er die einen oder anderen annehmen. Wir geben ihm, was er verlangt, und er läßt uns in Frieden.» Mit dem Einverständnis der übrigen Ratsmitglieder begab er sich zu Mohammed, der abseits saß, und sagte: «Ei! Neffe! Du gehörst zu uns, das weißt du genau, du bist einer der Wohlgeborenen des Stammes, und deine Vorfahren sind Vornehme. Du hast deinen Stamm vor ein schwieriges Problem gestellt, du hast die Gemeinschaft entzweit und ihre Träume lächerlich gemacht, du hast ihre Götter verleumdet und ihren Gottesdienst. Du hast ihre verstorbenen Vorfahren zu Ungläubigen erklärt. Höre! Ich werde dir Vorschläge machen, die du dir überlegen kannst. Vielleicht wirst du den einen oder den anderen annehmen.» Mohammed sagte zu ihm: «Sprich, Abu-l-Walid, ich höre!» Der Greis fuhr fort: «Neffe! Wenn du mit dieser Geschichte, die du bei uns angezettelt hast, nur Geld machen willst, wollen wir alle unseren Beitrag zahlen, um dir so viel zu geben, daß du der Reichste unter uns bist. Wenn du nach dem Prestige verlangst, wollen wir dich zu unserem Häuptling machen, so daß wir nichts beschließen, ohne zuvor mit dir darüber zu sprechen. Wenn du die Herrschaft begehrst, erheben wir dich zu unserem König. Wenn du von einem bösen Geist besessen bist, den du nicht loswerden kannst, wollen wir dir einen Arzt suchen und von unserem Geld ausgeben, um dir Heilung zu bringen, denn es kommt oft vor, daß ein Mensch von einem Hausgeist besessen ist, bis er von ihm geheilt wird.» So oder ähnlich lauteten seine Worte. Zur Antwort rezitierte Mohammed Verse des Korans. Otba hörte ihm aufmerksam zu, dann kehrte er zu seinen Gefährten zurück und gab diesen Rat: «Laßt ihn! Bei Gott, sein Wort wird ein ungeheures Echo finden. Wenn die Araber (das heißt die Beduinen) ihn töten, dann werdet ihr durch andere von ihm befreit worden sein. Aber wenn er den Sieg über die Araber davonträgt, dann wird seine Herrschaft eure Herrschaft und sein Ruhm euer Ruhm sein, und dank ihm wird es keine Menschen geben, die besser gestellt wären als ihr.» [21] Diese Rede Otbas ist bestimmt apokryph, wie gewisse der verwendeten Argumente beweisen, und überdies bürgt der Überlieferer nicht für die wörtliche Genauigkeit des Textes. Aber wir werden sehen, daß er einer Wirklichkeit entsprach.

Es ereignete sich nämlich ein Vorfall, den man vernünftigerweise für gesichert halten darf, denn die muselmanischen Überlieferer hätten niemals eine Geschichte erfunden, die dazu angetan war, einen solchen Zweifel auf die gesamte Offenbarung zu werfen. Tabari schreibt: «Als der Abgesandte Gottes sah, daß sein Volk von ihm abrückte, war es hart für ihn, die Äußerungen seiner Abkehr von dem festzustellen, was er ihm in Allahs Auftrag übermittelte. Da begehrte er in seiner Seele von Allah ein Wort zu empfangen, das ihn den Angehörigen seines Volkes näherbrächte. In Anbetracht der Liebe, die er ihnen entgegenbrachte, und der Sorge, die er sich um sie machte, hätte es ihn erfreut, wenn die für sie allzu harten Vorschriften ein wenig gemildert würden, und das Anliegen war so stark, daß er es sich immer wieder vorsagte, es wünschte, es begehrte. In diesem Augenblick offenbarte Allah ihm die Sure des Sterns ... » Als er zu dem Vers kam:

Was denkt ihr denn wohl von Allat und al-Ossa
und von Manat, der anderen dritten Göttin? ...

(*Koran*, 53, 20—21)

legte Satan ihm auf die Zunge, was er sich selber vorsagte, was er seinem Volke zu übermitteln hoffte:

Es ist die Erhabenen Vögel,
und ihre Fürsprache ist gewiß erwünscht.

Als die Koraischiten diesen Vers vernahmen, so fährt der muselmanische Bericht fort, erfüllte sie eine große Freude, und alle warfen sich nieder, Muselmanen und Nichtmuselmanen.[22] Erst später enthüllte der Erzengel Mohammed, daß er von Satan getäuscht worden war, was nichts Besonderes an sich hatte, setzte er zum Troste hinzu, denn in die gleichen Fußangeln waren aus demselben Grunde auch die Propheten geraten, die vor ihm gekommen waren. Die zusätzlichen Verse wurden für ungültig erklärt und durch andere ersetzt, die die Verehrung der drei «großen Wasservögel» (Kraniche oder Reiher, dies ist das Wort, das ich mit «Vögel» wiedergegeben habe) ablehnten, und so kehrte nach der schönen vorübergehenden Äußerung der Einstimmigkeit der Mekkaner die Uneinigkeit zurück.

Es ist klar (und im Grunde sagt der von Tabari aufgezeichnete Text es so ziemlich rundheraus), daß Mohammeds Unterbewußtsein ihm eine Formel eingegeben hatte, die tatsächlich die Einheit schaffen konnte. Sie schien seinen Henotheismus nicht zu verletzen, da diese «großen Vögel», die den Engeln oder den Dschinns vergleichbar waren, als Untergebene Allahs aufgefaßt wurden. Man nannte sie übrigens die «Töchter Allahs». Andererseits bewies es deutlich, daß die neue Predigt nichts Revolutionäres an sich hatte, daß die neue Sekte die Gottheiten der Stadt verehrte, ihre Heiligtümer hoch achtete, die Berechtigung ihrer Anbetung anerkannte.

Aber Mohammed mußte bald einsehen, was für Folgen sein Zugeständnis in sich barg. Die Sekte verzichtete damit auf jegliche Originalität. Juden und Christen mußten hämisch feststellen, daß Mohammed so zu seinem ursprünglichen Heidentum zurückkehrte. Und welche Kraft konnte zudem nunmehr die Drohung des Jüngsten Gerichts besitzen, wenn die durch Opfergaben und traditionelle Kulthandlungen günstig gestimmten Töchter Allahs für die Sünder Fürbitte einlegen und sie vor der ewigen Verdammnis retten konnten? Und vor allem: welche Autorität blieb dem von Gott gesandten Warner? Irgendein kleiner Priester al-Ossas oder Manats konnte Orakelsprüche von sich geben, die seine Botschaft in Abrede stellten. Dies alles wurde ohne Zweifel noch durch die Empörung und Entrüstung in einer kleinen Gruppe der Sektierer Mohammeds unterstrichen und durch eine wahrscheinlich allzu sichtbare Erleichterung der konservativen Koraischiten: «Endlich hat Ibn Abi Kabscha (ein volkstümlicher Spitzname, um ihn zu bezeichnen) von unseren Göttinnen Gutes gesagt!» rief der reiche und mächtige Abu Ohaiha Said ibn al-Aß aus, der Vater des jungen Bekehrten, den er im Traum hatte ins Feuer stoßen wollen.[23] Man ermißt, wie groß seine spöttische Befriedigung war und wie groß die Entrüstung des jungen Aufrührers!

Aber das Gesagte zurücknehmen hieß den Schritt tun, vor dem man bislang zurückgescheut hatte, es hieß den Bruch verkünden, es hieß sich in die Lage versetzen, in der alles gewonnen oder alles verloren wurde. Ideologisch entsprach es der Erklärung, daß die Götter von Mekka untergeordnete Geister waren oder gewöhnliche, jeglicher objektiven Bedeutung entbehrende Namen, und somit verkünden, daß ihre Verehrung unzulässig war, es hieß sich ihre Priester und ihre Gläubigen entfremden. Es hieß, alles, was mit der traditionellen Religion zu tun hatte, in das Heidentum und den Unglauben verstoßen, die frommen Vorfahren und Verwandten der Mekkaner den Flammen der Hölle überantworten. Auf einer anderen Ebene war Mohammed inskünftig der Verpflichtung ledig, in irgendeiner Weise die Autorität irgendeines Heiden anzuerkennen. Nun blieb zu prüfen, ob er sich in die ausländischen Kirchen einfügen oder seine Eigenständigkeit als arabischer Prophet bewahren sollte.

Sollte er Christ werden? Man erinnerte sich in Mekka an einen Vorfall aus seiner Jugendzeit. Ein ehrgeiziger Koraischit, Otman ibn al-Howairith, hatte sich zum Christentum bekehrt und versucht, sich unter byzantinischem Protektorat zum König der Stadt zu erheben. Es war ihm beinahe gelungen, als eine Aufwallung des demokratischen Geistes seiner Mitbürger sein Vorhaben vereitelte. Vielleicht fürchteten die Koraischiten ein Wiederauftauchen der gleichen Gefahr.

Auf jeden Fall antworteten sie auf den Bruch mit einer heftigen Gegenoffensive. Eine zuverlässig scheinende Quelle gibt genau an, daß die Verfolgung der Anhänger der Sekte begann, «als Mohammed ihre Götzen erwähnte». Sie fügt eine interessante Einzelheit hinzu, die nicht erfunden zu sein scheint, nämlich, daß «koraischitische Grundbesitzer aus Taif kamen, ihm dies vorwarfen, gewaltsam gegen ihn vorgingen, ihren Abscheu vor seinen Reden bekundeten und so diejenigen aufwiegelten, die ihnen gehorchten». Man ist versucht, anzunehmen, daß diese koraischitischen Grundbesitzer aus Taif (der frischen, grünenden Stadt in den Bergen in der Nähe von Mekka) vom Wunsche getrieben waren, die Verehrung Allats zu bewahren, die in Taif ein bedeutendes Heiligtum besaß. «Da fielen die Leute von Mohammed ab», fährt der Text fort, «außer jenen, die Allah erhielt und die wenig zahlreich waren. Dabei blieb es, solange es Allah gefiel. Dann verabredeten sich ihre Häuptlinge, um ihre Söhne, ihre Brüder und ihre Stammesgenossen, die zu seinen Anhängern gehörten, zu verführen und dem Glauben an Allah abtrünnig zu machen. Es war eine äußerst schwere Prüfung für die Muselmanen, die dem Abgesandten Gottes folgten. Die verführt wurden, wurden verführt, und Allah verlieh denjenigen unter ihnen Kraft, die er bestimmte.» [24]

Die Verfolgung war übrigens im Grunde verhältnismäßig milde. Ibn Ishak faßt sie trefflich in den folgenden Zeilen zusammen, die der Tätigkeit eines der ganz besonders als Hauptgegner des Propheten gebrandmarkten Individuums gewidmet sind, nämlich Abu Dschahl, der ein reicher Kaufmann war, einer der damals einflußreichsten Führer der Sippe der Banu Machsum.

«Es war der verruchte Abu Dschahl, der die Männer von Koraisch gegen sie aufhetzte. Wenn er vernahm, daß ein rechtschaffener, von Verbündeten umgebener Mann sich zum Islam bekehrt hatte, hielt er ihm eine Strafpredigt und beschämte ihn.

Er sagte ihm: ‹Du bist dem Glauben deines Vaters untreu geworden, der ein besserer Mensch war als du. Wir werden zeigen, daß dein Betragen nur Dummheit ist und daß du kein Urteilsvermögen besitzest. Wir werden dich um deinen guten Ruf bringen.› Wenn es sich um einen Kaufmann handelte, sagte er ihm: ‹Bei Allah! Wir werden dein Geschäft boykottieren, so daß du Hab und Gut verlierst.› Wenn der Betreffende keinen Einfluß besaß, schlug er ihn und wiegelte die Leute gegen ihn auf.» [25]

Es wurde also versucht, die Sektierer Mohammeds von ihrem Glauben abzubringen, indem man moralischen und wirtschaftlichen Druck ausübte, sofern es sich nicht um Leute ohne gesellschaftliche Stellung handelte. Mehr konnte man in den meisten Fällen nicht tun, denn dem geltenden sozialen System zufolge wurden sie von ihrer Sippe beschützt. Es wird erzählt, daß gewisse Verfolger, die al-Walid ibn al-Walid von der Sippe der Machsum Ungelegenheiten bereiten wollten, weil er sich zum Islam bekannte, aus Furcht vor dem gewalttätigen Temperament seines Bruders Hischam diesen vorher warnten: «Wir wollen diesen jungen Leuten nur eine Lehre erteilen wegen der Neuerung, die sie mit dieser Religion eingeführt haben. Dann haben wir Ruhe vor den anderen!» Er antwortete: «Schön, nehmt ihn in die Finger und gebt ihm einen Denkzettel! Aber Vorsicht mit seinem Leben!» Und er sprach die folgenden Verse:

Nicht wahr? Daß mein Bruder Ojais nicht getötet werde,
Oder aber es wird zwischen uns für alle Ewigkeit Verwünschungen geben.

«Habt acht auf sein Leben. Ich schwöre bei Allah, wenn ihr ihn tötet, daß ich die Vornehmsten unter euch bis zum letzten töten werde.» Da sagten sie unter sich: «Allah verfluche ihn! Wer wird sich jetzt auf diese Sache einlassen? Wenn er getötet wird, während er sich in unseren Händen befindet, ist er fähig, unsere Vornehmen bis zum letzten umzubringen.» Sie ließen ihn in Ruhe und wandten sich von ihm ab.[26]

Es waren also wie gewohnt die Ärmsten und Schutzlosesten unter den Mitgliedern der Bewegung, die am meisten zu leiden hatten, in erster Linie die Sklaven. Bilal zum Beispiel wurde von den Leuten der Sippe seines Herrn während der heißesten Stunde des Tages auf der Talsohle der ausgedörrten Schlucht von Mekka mit einem großen Felsbrocken auf der Brust der prallen Sonne ausgesetzt. Damals kaufte Abu Bekr mehrere muselmanische Sklaven, um sie freizulassen. Vielleicht sind diese Mißhandlungen später übertrieben worden, um die Verdienste der ältesten Gläubigen zu vermehren und ohne Zweifel auch, um für manchen Abfall vom Glauben Entschuldigungen zu finden. «Sie schlugen den von ihnen verfolgten Muselmanen, ließen ihn unter Hunger und Durst leiden, bis er sich nicht mehr aufrecht halten konnte, wenn er saß, so schlimm waren die Leiden, die er ertragen hatte. Letzten Endes willigte er in die Abschwörung ein, die von ihm verlangt wurde. Sie sagten ihm: Sind Allat und al-Ossa deine Götter und nicht Allah? Und er sagte: Ja. Das ging so weit, daß wenn ein Käfer in diesem Augenblick vorbeikam und sie sagten: Ist dieser Käfer dein Gott und nicht Allah?, er ebenfalls antwortete: Ja!, um den ihm zugefügten Qualen zu entrinnen.» [27]

Mohammed entging jeglicher Mißhandlung, weil seine Sippe, die Banu Haschim, sich mit ihm solidarisierte. Dies war dem Umstand zu verdanken, daß sein Onkel Abu Talib, der ihn erzogen hatte, trotz seines schwindenden Vermögens einen beträchtlichen Einfluß bewahrte. Er war durchaus nicht mit den von seinem absonderlichen Neffen vertretenen Ideen einverstanden. Aber die Ehre der Sippe erforderte, daß auch ihre tadelnswertesten Angehörigen beschützt wurden. Diese Erwägung war dazu angetan, die ganze Sippe unerschütterlich dieselbe Haltung einnehmen zu lassen. Die konservativen Koraischiten waren ergrimmt, weil die Beute, auf die es ihnen ankam, so entwischte. Sie versuchten einen allgemeinen Druck auf die ganze Sippe der Haschim auszuüben, um sie dazu zu bringen, ihrem räudigen Schaf den Schutz zu entziehen. Es sollten keine Geschäfte und keine Ehebündnisse mehr mit dieser Sippe oder der mit ihr verbündeten Sippe al-Muttalibs geschlossen werden. Überdies scheint der Boykott nicht nur dem Kampfe gegen die neue Bewegung gedient zu haben, sondern den Angelegenheiten der Sippen, die jetzt in Mekka die Oberhand hatten, nämlich die Machsum und die Abd Schams. Er löste von der ehedem mächtigen Sippe der Haschim sozusagen alle die Sippen, die sich ihr während Mohammeds Jugendzeit angeschlossen hatten, um ein damals sehr gewichtiges politisches Bündnis einzugehen.

Die Ächtung dauerte zwei Jahre und scheint nicht mit lückenloser Strenge eingehalten worden zu sein. In dieser Gesellschaft ohne jegliche Zentralgewalt, die ihren Willen hätte durchsetzen können, war ein Bündnis von Individuen oder Sippen nicht so leicht dauerhaft. Die von den Machsum und den Abd Schams für den Boykott gewonnenen Sippen mußten bald erkennen, daß die Ausschaltung der Banu Haschim die wirtschaftliche und politische Vormachtstellung der Urheber des Banns verstärkte. Überhaupt knirschte es in diesem ganzen Räderwerk der Solidarität.

Die Partei der Haschim war von einem der hervorragenden Angehörigen dieser Sippe im Stich gelassen worden, einem Onkel Mohammeds namens Abu Lahab. Er löste die Ehen (oder vielleicht auch nur die Verlöbnisse) seiner beiden Söhne mit zwei Töchtern Mohammeds auf und ergriff die Partei der Vertreter des Boykotts, der von der mächtigen Sippe seiner Frau, den Abd Schams, angeführt wurde.

Der Druck wurde auch mit den Mitteln der Propaganda ausgeübt, wie wir heute sagen würden. In aller Öffentlichkeit häuften sich die Einwände und Spottreden gegen Mohammeds Botschaft. Die Auferstehung der Toten, die wesentliche Grundlage des neuen Dogmas vom Jüngsten Gericht, wurde lächerlich gemacht. Man forderte Mohammed auf, das Datum dieses Ereignisses näher zu bestimmen, das er vielleicht für eine frühere Zeit in Aussicht gestellt hatte, als der Wirklichkeit entsprach. Man wiederholte beharrlich das schon erwähnte entscheidende Argument: sollte der Glaube der Väter aufgegeben werden? Sollten diese zum ewigen Höllenfeuer verdammt sein? Mehr denn je wurde versichert, Mohammed leide unter Halluzinationen und sei vielleicht von einem zweitrangigen Geiste besessen wie die *kahin* (Wahrsager), die Magier, die Dichter. Man sagte, Christen oder Juden würden ihm Auskünfte liefern und deren Lehren plappere er ganz einfach nach. Es war sehr unwahrscheinlich, so wurde bemerkt, daß die Höchste Gottheit einen Mann von so wenig Gewicht wie Ibn Abi Kabscha zum Boten auserwählt hatte. Und wo blieben überhaupt die übernatürlichen Zeichen, die Wunder, mit denen Allah seinen Boten billigerweise hätte ausstatten sollen, um seiner Mission Glaubwürdigkeit zu verleihen? Es handle sich ganz einfach um einen Ehrgeizling, der sich zum Range der Anführer der Koraisch vordrängeln wolle. Die Vorschläge zu einem Vergleich, die ihm anscheinend zu diesem Zeitpunkt wiederholt gemacht wurden und für die wir ein typisches Beispiel angeführt haben, waren vielleicht zum Teil auch nur ein machiavellistisches Manöver, um ihn in Mißkredit zu bringen, indem man bewies, daß es ihm einzig und allein auf politische Ziele ankam.

Es gelang Mohammed rasch, sich so einzurichten, daß er der Verfolgung widerstehen konnte. Dabei half ihm vor allen Dingen ausgerechnet ein Angehöriger der feindlichen Sippe der Machsum, al-Arkam ibn Abd Manaf — ein Beweis dafür, wie wenig monolithisch diese sozialen Gebilde waren! Al-Arkam war jung, nicht über fünfundzwanzig, wahrscheinlich darunter. Aber er war offenbar Familienoberhaupt, denn er konnte der neuen Sekte sein Haus als geräumige und günstig gelegene Zufluchtstätte für ihre Versammlungen anbieten. Die wenig Schutz genießenden oder nicht besonders beherzten Anhänger begaben sich nach Einbruch der Nacht die Mauern entlangschleichend dorthin. Es gab neue Bekehrungen. Eine, die zu Beginn der Verfolgung stattfand, besaß ein gewisses Gewicht. Es handelte sich um Hamsa, einen Onkel Mohammeds, der zwar verschwindend wenig gesellschaftliches Ansehen genoß, arm war, jähzornig und zur Trunksucht neigend, aber mutig und stark. Seine Bekehrung war übrigens von einem Zornanfall ausgelöst worden. Auf dem Heimweg von der Jagd hatte er gehört, wie eine Klatschbase, die der Szene von ihrem Fenster aus beigewohnt hatte, zu berichten wußte, daß Abu Dschahl seinen Neffen beschimpft hatte. Er geriet in Wut, suchte den Verfolger auf, stellte ihn zur Rede und schlug ihn mit dem Bogen, den er noch in der Hand hielt. Ein allgemeines Handgemenge wurde nur dank Abu Dschahls Klugheit vermieden, der zugab, daß er ein bißchen weit gegangen war und daß Mohammeds Sippe Grund hatte, sich beleidigt zu fühlen. Er hielt seine Parteigänger im Zaum, und Hamsa ließ sich aus Trotz bekehren. Dieser Hungerleider und Bramarbas war dennoch ein interessanter Zuwachs. Die Jünger konnten eine in physischer Kraft ausgedrückte Unterstützung wohl gebrauchen.

In diese Zeit fällt ohne Zweifel ein Ereignis, das sich nur schwer abklären läßt, so häufig ist die Geschichte nach Maßgabe der Interessen und Auffassungen späterer Zeiten umgeschrieben worden. Dieses Verfahren ist der Historiographie jener ideologischen Bewegungen und jener Staaten eigen, die eine strenge Kontrolle über das Denken ihrer Anhänger oder ihrer Untertanen ausüben. Bis auf den heutigen Tag gibt es dafür zahllose Beispiele. Damals handelte es sich um die Auswanderung der ersten Muselmanen nach Abessinien, die im allgemeinen in eine Zeit vor den von Satan eingegebenen Versen verlegt wird. Aber wir können mit W. M. Watt annehmen, daß sie später stattfand, da sie sich der ältesten vertrauenswürdigen Quelle zufolge im Anschluß an die Verfolgungen vollzog; und diese begannen, nachdem Mohammed zum Angriff auf die «Götzen» übergegangen war. Der Beginn dieser Haltung scheint aber von der Offenbarung gekennzeichnet, die die «satanischen Verse» aufhob. Kehren wir also zu jener Quelle zurück, deren Anfang wir bereits zitiert haben:

«Da fielen die Leute von Mohammed ab, außer jenen, die Allah erhielt und die wenig zahlreich waren ... Es war eine äußerst schwere Prüfung ... Die verführt wurden, wurden verführt, und Allah verlieh denjenigen unter ihnen Kraft, die er bestimmte. Als dies bei den Muselmanen geschah, befahl der Abgesandte Gottes ihnen, sich nach Abessinien zu begeben. Es gab in Abessinien einen guten König, der *najaschi* (auf äthiopisch *nagaschi*) genannt wurde. Er unterdrückte niemanden in seinem Lande, und dank ihm herrschte dort Wohlstand. Zudem war Abessinien ein Markt für die Koraischiten, die daselbst Handel trieben, denn sie fanden dort Lebensmittel in genügenden Mengen, Sicherheit und glückliche Geschäfte. Der Abgesandte Allahs befahl ihnen dies, und die meisten unter ihnen brachten dorthin auf, als sie in Mekka unterdrückt wurden und er befürchtete, sie könnten verführt werden. Er aber blieb ohne Unterbruch dort. Es vergingen Jahre, während deren (die Koraischiten) hart mit ihren Angehörigen verfuhren, die sich zum Islam bekehrten . . .» [28]

Aus diesem Text geht hervor, daß die Leute auswanderten, deren Glaube von Mohammed für besonders zerbrechlich gehalten wurde, und so kann die Auswanderung nach Äthiopien nicht als ein Ruhmestitel angesehen werden, wie später angenommen wurde. Indessen scheinen einzelne dieser Emigranten gute Gläubige gewesen zu sein. Es ist auch möglich, wie W. M. Watt nahegelegt hat, daß Mohammed unter dem Vorwand, sie vor der Verfolgung in Sicherheit zu bringen, eine Gruppe von Gläubigen entfernen wollte, die er in verschiedenen Punkten einer möglichen Meinungsverschiedenheit mit ihm verdächtigte. In der Tat war die hervorragende Persönlichkeit in der kleinen Gruppe der Auswanderer Otman ibn Masun von der Sippe der Jomah. Er war ein Mann, der schon vor dem Islam asketische Gewohnheiten angenommen hatte. Er weigerte sich, Wein zu trinken, und legte zumindest später das Gelübde der Keuschheit ab, worüber seine Frau sich bei Aischa beklagte. Er bat Mohammed sogar (und natürlich vergeblich) um die Erlaubnis, sich zu entmannen. Als er der Bewegung beitrat, tat er dies mit seinem Sohne, seinen beiden jüngeren Brüdern und seinen drei Neffen. Es ist also möglich, daß er unabhängig von Mohammed ähnliche Ideen hatte wie dieser, daß er einen kleinen Kreis von monotheistischen *hanif* um sich scharte und daß er sich in der Folge der stärkeren Persönlichkeit des Sohnes Abdallahs anschloß. In jeder Partei mißtraut man so den Leuten, die unabhängig vom Anführer ihre Wahrheit gefunden haben, die als geschlossene Gruppe beigetreten sind und tatsächlich dazu neigen, stets im Verband der Gruppe an der gewählten Linie Kritik zu üben, über die Leiter zu Gericht zu sitzen, kurzum, sich nicht automatisch in Tat und Geist allen laufenden Entscheidungen des Führers zu unterwerfen. Unsere Quellen berichten uns Anekdoten, die eine gewisse

Feindseligkeit zwischen Otman und den aktiven Führern offenbaren, deren Ratschläge Mohammed befolgte, nämlich Abu Bekr und Omar. Sehr viel später verspottete Omar den in seinem Bett gestorbenen Otman und stritt sich mit einer Emigrantin, der gegenüber er versicherte, das abessinische Exil sei eine geruhsame Zeit und letzten Endes eine Fahnenflucht gewesen. Darin erkennen wir die üblichen Vorwürfe wieder, die den Theoretikern von den Aktivisten gemacht werden. Otman ibn Masun, ein aufrichtiger, unabhängiger, extremer Gläubiger (eine Anekdote berichtet, wie er während einer literarischen Versammlung einen Skandal machte, weil er eine Bemerkung des berühmten Dichters Labid zu materialistisch fand), konnte sich nicht leicht den wetterwendischen Taktiken der lavierenden Anführer unterwerfen.

Wir können kaum irgendeiner Einzelheit trauen, die uns über den Aufenthalt in Äthiopien mitgeteilt wird. Machten die verbannten Koraischiten (unter denen sich der elegante Otman ibn Affan befand, seine Frau Rokaija, die Tochter Mohammeds, Jafar ibn Abi Talib, der Vetter des Propheten und Bruders Alis, und andere) wirklich Eindruck auf den Negus (der damals *nagaschi* genannt wurde) von Axum, seine Bischöfe und seine hohen Beamten, und entsandten die Koraischiten wirklich eine Botschaft, um ihre Auslieferung zu fordern? Es wäre unvorsichtig, es zu behaupten oder zu leugnen. Die späteren Geschichtsschreiber haben viel daran herumgedichtet und schließlich, da sie sich in Widersprüchen verstrickten, als Ausweg zwei aufeinanderfolgende Emigrationen erdacht. Gewisse Auswanderer wären somit nach Mekka zurückgekehrt, als sie die Nachricht vom Zwischenfall mit den «satanischen Versen» erhielten, der ihnen die allgemeine Aussöhnung aller Koraischiten zu bedeuten schien. Selbstverständlich ist das unannehmbar, wenn die Auswanderung auf einen Zeitpunkt nach dem Zwischenfall gelegt wird. Wie dem auch sei, die Tatsache der Emigration ist unbestritten.

Sie muß auch im Bereich der internationalen Politik eine Bedeutung gehabt haben, die abzuklären uns etliche Schwierigkeiten bereitet. Im Augenblick, da Heraklius und die byzantinischen Heere an allen Fronten vor den siegreichen Persern zurückwichen, da man das baldige Ende des christlichen Reiches absehen konnte, das so kurz zuvor weltumspannend und ewig schien, im Augenblick, da die masdasnäischen Perser mit ihren jüdischen und nestorianischen Verbündeten siegreich waren, da sich so eine gewaltige politische und vielleicht kosmische Umwälzung abzeichnete, mußte die Wahl des christlichen Abessinien («das Land Gottes», sagte eine Emigrantin [29]), das mit Byzanz verbündet, aber monophysitisch war, als Zufluchtstätte eine gewisse Bedeutung haben. War es eine klare Entscheidung zugunsten des Christentums? War es überhaupt wirklich Mohammeds Entscheidung oder wurde sie von andersdenkenden Elementen getroffen, auch wenn sie später, als die Meinungsverschiedenheiten sich angesichts des Sieges glätteten und es ungehörig wurde, an sie zu erinnern, bestätigt und geheiligt wurde, indem man sie dem Propheten zuschrieb? Unsere Unterlagen sind zu unzulänglich und zu ungewiß, als daß wir dies richtig entscheiden könnten.

Die Liste derer, die nach Abessinien auswanderten, ist unzweifelhaft später aufgebläht worden. Vielleicht waren es kaum mehr als fünfzehn Leute. Die kleine in Mekka verbliebene Gemeinschaft umfaßte etwa vierzig Männer und zehn oder zwanzig Frauen. Sie ertrug geduldig den Ostrazismus ihrer Feinde, die Spötteleien, die Beleidigungen, zuweilen die schlechte Behandlung, jenen ganzen hinterhältigen, kleinen kalten Krieg, den die Solidarität der Sippen nicht auszudehnen erlaubte. Sie verzeichnete einen bedeutenden Erfolg, als ein einflußreicher Mann, der nach Mohammed ohne Zweifel am meisten für den Islam tun sollte, sich bekehrte. Dieser Mann, Omar ibn al-Chattab, war etwa fünfundzwanzig Jahre alt und gehörte einer zweitrangigen Sippe der Koraisch an. Er besaß eigentlich ein aufbrausendes Temperament, aber auch einen eisernen Willen, der seine Triebe zu beherrschen, zu unterwerfen und zu vernünftig ausgedachten Zwecken einzusetzen verstand. Er hatte mit seinem gewohnten Ungestüm gegen die neue Sekte Partei ergriffen, aber seine Schwester Fatima und deren Mann Said waren ihr heimlich beigetreten. Es stimmt, daß ein paar Muselmanen bei ihm ein gewisses Mitleid mit den nach Abessinien aufbrechenden Auswanderern bemerkt hatten. Aber angesichts seiner Schroffheit hatten sie sich gesagt: «Er wird sich bekehren, wenn der Esel seines Vaters Muselman wird.» Eines Tages machte er sich wütend mit gezogenem Degen auf den Weg zu dem Ort, wo die Sekte sich in al-Arkams Haus versammelte. Ein gemäßigter Mann seiner Sippe begegnete ihm und erkundigte sich, wohin er gehen wollte. «Ich suche Mohammed», entgegnete er, «diesen Zabäer (eine baptistische, monotheistische Sekte in Babylonien), der unter den Koraischiten Zwietracht gesät hat, der ihre Ideen lächerlich macht, der ihre Religion verleumdet, der ihre Götter beleidigt. Ich will ihn töten.» — «Du bist außer dir», erwiderte ihm der andere, «meinst du denn, daß die Banu Abd Manaf (die Gesamtheit der mit Mohammeds Sippe verwandten Sippen) dich auf Erden wandeln lassen werden, nachdem du Mohammed getötet hast? Es wäre klüger von dir, nach Hause zurückzukehren und dort Ordnung zu schaffen.» Omar fragte verwundert, was denn bei ihm geschehen sollte. Da verriet ihm der Mann, was alle Welt schon wußte. Omar schlug eine andere Richtung ein und begab sich nach Hause, wo sich der bescheidene muselmanische Schmied Chabbab befand, der Omars Schwester und seinem Schwager den Koran vorlas. Omars Schritte erfüllten die drei mit Bestürzung. Chabbab verbarg sich in einem anderen Raum, während Fatima, die nach türkischer Manier dasaß, das Blatt des Korans unter ihren Röcken verbarg. Omar trat ein und fragte, was das Rascheln sei, das er vernommen habe. Fatima und ihr Mann taten dergleichen, als verstünden sie nicht. Das brachte Omar zur Raserei, und er sagte ihnen, wessen sie angeschuldigt wurden, und schlug seine Schwester, die er am Kopf verletzte. Der Anblick des Blutes brachte ihn indessen wieder zur Besinnung, und er verlangte den Text zu sehen, den sie vor seinem Kommen lasen, und schwor, ihn in gutem Zustand zurückzugeben. Die Lektüre des Blattes entlockte ihm einen Ausruf der Bewunderung. Da kam Chabbab aus seinem Versteck hervor und sagte Omar sehr geschickt, er habe gerade am Vorabend gehört, wie Mohammed für seine Bekehrung betete. Ergriffen ließ Omar sich in al-Arkams Haus führen, diesmal mit dem Degen in der Scheide. Man tat ihm nicht ohne Besorgnis auf. Aber er erfüllte alle Herzen mit Freude, als er seinen Beitritt ankündigte.[30] Dies war der Anfang, wie G. Levi della Vida sagt, der «Umkehr der Polarisation ein und derselben ausschließlichen und unnachgiebigen Haltung, die keine Halbheiten kennt und die gleiche ungestüme Intensität im Haß zeigt wie in der Hingabe.» [31] Seine Bekehrung, so wird uns berichtet, ermutigte die Jünger, die sich sogar erkühnten, ihre Gebete öffentlich in der Nähe der Kaaba zu verrichten.

Während all dieser Ereignisse dauerten die Offenbarungen fort. Allmählich, mühsam, nahm eine Lehre Gestalt an. In dieser seltsamen Atmosphäre von Mekka, am Rande der zivilisierten und hochangesehenen Welt der großen, zur Zeit in einen apokalyptischen Kampf verwickelten Mächte, bildete sich der Glaube heran, der sich über die ganze Welt ausbreiten und versuchen sollte, sie umzuformen. Dies alles ging im Kopfe eines einzigen Mannes vor sich, der aber die Probleme einer ganzen Welt spiegelte; und die historischen Umstände machten es möglich, daß das Produkt dieser gärenden Gedanken fähig war, Arabien und darüber hinaus die ganze Welt zu erschüttern.

Die Macht der Verhältnisse, das heißt im Grunde die Macht des Mekkaner Konservativismus, die bei Mohammed tief eingewurzelte Überzeugung von der Wichtigkeit seiner Botschaft und das glühende Verlangen seiner Anhänger nach Erneuerung hatten die Kompromisse zum Scheitern gebracht. Von nun an wurde aus der bunt zusammengewürfelten Schar von Individuen, die mehr oder weniger mit der Botschaft eines inspirierten Verkündigers sympathisierten, eine festgefügte Gemeinschaft, deren Zusammenhalt durch die sie umgebende Feindseligkeit noch verstärkt wurde. Diese Veränderung barg eine tiefgreifende Wandlung des Inhalts der Botschaft in sich, ja sogar ihrer Form, und der allgemeinen Einstellung des Meisters und seiner Jünger gegenüber ihrer Umwelt.

Diese Gruppe mußte sich eindeutig von allem unterscheiden, was nicht zu ihr gehörte. Zu diesem Zwecke bedurfte sie zunächst ihrer eigenen, ganz klar abstechenden Ideologie. Ihr Hauptthema war die göttliche Einheit, da dieser Punkt den Bruch veranlaßt hatte und da es ein Losungswort war, das erlaubte, unzweideutig zwischen Anhängern und Gegnern zu unterscheiden. Und die Offenbarung Von Oben nimmt unmißverständlich gegen die Mekkaner Verehrung der drei «erhabenen Vögel» Partei, gegen jene, die Allahs Töchter genannt wurden:

Hat Allah etwa Töchter und nur ihr die Söhne? . . .
Besitzen sie die Geheimnisse, daß sie dieselben nur niederzuschreiben brauchen? . . .
Haben sie neben Allah noch einen Gott? Fern ist von Allah das, was sie ihm zugesellen. (*Koran*, 52, 40–44)

Und vielleicht ein wenig später:

Gedenke des Namens deines Herrn, sondere dich ab
von irdischen Gedanken und weihe dich ihm ganz.
Er ist der Herr des Ostens und Westens, und außer Allah gibt es keinen Gott. Darum nimm nur ihn zum Beschützer . . .
(*Koran*, 73, 9–10)

So wird die Botschaft genauer umrissen. Es gibt nur eine Gottheit. Man darf in der ihr dargebrachten Verehrung kein anderes Wesen mit ihr «verbinden», weil alle anderen Wesen, wer immer sie seien, weit unter ihr stehen. Das Wesen, von dem Mohammed seine Eingebung empfing und das sich selbst nur mit den verschmähten Umschreibungen: «Dein Herr», «Ihr Herr», bezeichnete, nennt sich schließlich klar und deutlich. Es ist sehr wohl Allah, der Gott, die höchste Gottheit, den Leuten von Mekka wohlbekannt; nur die Ausdehnung seiner Macht und seine göttliche Einsamkeit kennen sie nicht. Indessen besitzt er noch einen anderen Namen, ar-Rahman, was der Wohltäter bedeutet. Ar-Rahman wird jedoch als Eigenname gebraucht. Es ist ein im Hedschas fremd klingender Name, für den die Bewohner von Mekka eine besondere Abneigung zeigen. Es ist der Name des Gottes, dessen die Juden sich bedienen und der bei den Christen Südarabiens in der Form Rahmanan Gottvater bezeichnet. Es ist der Name des Gottes, den Maslama predigt, der Prophet aus Jamama. Es mußte der Name sein, dessen sich gewisse jüdisch-christliche Kreise in Mekka bedienten, bei denen Mohammed seiner Eingebung gehorchend und ungeachtet des Widerwillens der Mekkaner Erkundigungen eingezogen hatte:

... welcher in sechs Tagen die Himmel und die Erde und das was zwischen ihnen ist erschaffen hat und hernach seinen Thron bestieg. Er der Allbarmherzige! Frage über ihn die, welche von ihm wissen.
Wenn zu den Ungläubigen gesagt wird: «Betet den Allbarmherzigen an», dann antworten sie: «Wer ist der Allbarmherzige? Sollen wir wohl den verehren, dessen Anbetung du uns befiehlst?» Diese Ermahnung veranlaßt sie, noch weiter vor der Wahrheit zu fliehen. (*Koran*, 25, 60–61)

Aber ob der Höchste Herr nun Allah heißt oder ar-Rahman, ist unwichtig:

Sprich: «Ruft ihn Allah oder Rahman an, wie ihr ihn auch anruft, das steht sich gleich; denn er hat die herrlichsten Namen.» (*Koran*, 17, 111)

Dieser Gott weiß alles und vermag alles. Man muß sich ihm zukehren: die sogenannten Götter besitzen gar keine Macht, und das Schicksal, diese erste metaphysische Verkörperung der Naturgesetze, von der die Ideologie der Mekkaner sich herleitete, ist der Gottheit untertan: Gott überhäuft mit Wohltaten, wen er will, er erniedrigt und erhöht, wen er will. Am Ende der Zeiten wird er nach seiner eigenen Wertung, die dem menschlichen Begriffsvermögen kaum zugänglich ist, diejenigen belohnen und bestrafen, die ihm gefallen oder mißfallen haben. Diese Entscheidungen werden anläßlich des Jüngsten Gerichts getroffen, von dem schon in der allerersten Offenbarung die Rede war und das als wesentliches Dogma erscheint, das die neue Gemeinschaft eindeutig den in ihrem Milieu vorherrschenden religiösen Anschauungen entgegenstellt. Je mehr Zeit vergeht, desto gedrängter werden die nunmehr ihres pittoresken Beiwerks entkleideten Beschreibungen des Gerichts und dessen, was nachher kommt, die Wonnen des Paradieses oder die Martern der Hölle. Es geht jetzt weniger darum, zu beschreiben, als die Argumente der Mekkaner zu widerlegen. Wie bei den Juden und den ersten Christen war eine Auferstehung für das Gericht undenkbar ohne die gleichzeitige Wiederherstellung der leiblichen Gestalt. Die Mekkaner versäumen denn auch nicht, die Unwahrscheinlichkeit dieses Verfahrens hervorzuheben, da doch ein jeder sich davon überzeugen kann, wie die Leiber im Grab verfaulen und die Knochen im Sand der Wüste zu Staub werden. Mohammed muß ihnen die Allmacht Gottes entgegenhalten, der sie sehr wohl einmal von einem Samentropfen ausgehend erschaffen hat und sie ebensowohl aus vertrocknetem Gebein neu zu erschaffen vermag. Und wann soll dieses phantastische Ereignis kommen? Die Stimme Von Oben hat zunächst dessen unmittelbares Bevorstehen angekündigt:

> *Die Zeit, zu welcher die Menschen Rechnung ablegen sollen, kommt immer näher, und dennoch sind sie ganz unbesorgt* (nachlässig) *darum und weit entfernt davon, auch nur daran zu denken.* (*Koran*, 21, 2)

> *Sie sagen: «Wann wird denn diese Drohung in Erfüllung gehen? Sagt es, wenn ihr Wahrheit sprecht!»*
> *Sprich: «Vielleicht ist ein Teil der Strafe, die ihr so schnell herbeiwünscht, euch schon nahe.»* (*Koran*, 27, 72–73)

Halten wir beiläufig die Geschäftsterminologie fest, deren sich dieser Gott durch die Vermittlung dieses Kaufmanns bedient, der sich an Kaufleute wendet.

Um diesen mächtigen Gegnern entgegenzutreten, die streitsüchtig waren und auf die geringste Unstimmigkeit in der neuen Lehre lauerten, die sich vor allem auf den Konservativismus der Massen wie der Eliten stützten, rasch bereit waren, reichlichen Gebrauch vom Argument der Treue zum Glauben der Väter Gebrauch zu machen, den ehrgeizigen Zwietrachtsäer anzuschwärzen, war es zur eigenen Rechtfertigung nötig, sich eine Tradition zu schaffen und gleichzeitig die Schwierigkeiten zu erklären, denen der neue Glaube begegnete, um sich seinen Weg zu bahnen, während doch eine übernatürliche Hilfe diese Schwierigkeiten hätte vermeidbar machen sollen. Zu diesem Zweck erzählte die Stimme, die aus allem Vorteil zog, was Mohammed lernte oder schon wußte, die Geschichte der Propheten der Vergangenheit. Es ist das, was sie später die «sieben Erzählungen» (*mathani*) nennen sollte, unter Verwendung des gleichen aramäischen Wortes, das bei den Juden die Wiederholung bezeichnete. Die mündliche Überlieferung schlechthin (*Mischna* im Hebräischen, *Mathinitha* im Aramäischen). Alle diese Erzählungen besitzen das gleiche Schema. Ein Prophet wird zu einem Volke ausgesandt, um es zur Buße aufzufordern und zur Anbetung des einzig wahren Gottes; aber dieses Volk hört nicht auf ihn, und so wird es der Vernichtung anheimgegeben. Dieses Schema übernahm Mohammed, wie wir gesehen haben, aus einer orientalischen Tradition jüdisch-christlichen Ursprungs. Aber es wird zunächst auf rein arabische Völker angewendet und folgt vermutlich zur Hälfte oder zu drei Vierteln sagenhaften Berichten, die im Hedschas wohlbekannt waren und von den Ruinen inspiriert wurden, denen die Karawanen häufig an ihren Wegen begegneten. Da gab es die Ad, vielleicht ein Volk von Riesen, das auf den Anhöhen rätselhafte Bauwerke hinterlassen hatte. Ein Bote namens Hud war zu ihnen geschickt worden; sie hatten ihn verstoßen, und da hatte ein heftiger Wind sieben Nächte und sieben Tage lang geweht und nichts zurückgelassen als ausgestorbene Ruinen. Es gab die Thamud, ein Volk, das es tatsächlich gegeben hat, wie die Zeugnisse insbesondere griechisch-lateinischer Autoren uns bestätigen. Die Thamud hatten in der Ebene Schlösser gebaut und in den Bergen Behausungen in den Fels gehauen. Sehr wahrscheinlich handelt es sich um die schönen nabatäischen Gräber in hellenistischem Stil, die man im Norden des Hedschas in der Umgebung von El-Ela zu Beginn des 7. Jahrhunderts so gut wie noch heute bewundern konnte. Warum waren diese schönen Bauwerke nur noch verlassene Ruinen? Weil ein Prophet namens Saleh ebenfalls in Allahs Auftrag diesem Volke gepredigt hatte und sich zum Zeichen seiner Mission auf eine wunderbare Kamelstute berief, die man «auf Allahs Boden» weiden lassen und nur mit einer Ration Wasser versorgen sollte. Aber der Senat (*mala*) der Thamud war wie später jener von Mekka ungläubig, er hatte sich mit dem Propheten um Kleinigkeiten gestritten und sich über die demütigen Gläubigen lustig gemacht. Er hatte die Kamelstute geopfert. Da wurden sie nach einem Zeitraum von drei Tagen durch eine Katastrophe vernichtet: anscheinend ein Erdbeben, das von Donner begleitet war und von einem gellenden Schrei. Ähnliche Berichte betreffen das Volk von Midian im Nordwesten Arabiens und seinen Propheten Schoaib, die Leute des Brunnens, die Leute des Dickichts, das (ohne Zweifel südarabische) Volk von Tobba, die Sabäer, deren fruchtbare Gärten durch eine Überschwemmung zerstört wurden. Einzelne Berichte sind derart auf Anspielungen verkürzt, daß wir nicht einmal genau wissen, wer nun diese Leute des Brunnens und diese Leute des Dickichts waren. Aber unter diese im wesentlichen arabischen Geschichten mischten sich bald Berichte mit gleichlautender Moral, die aus dem Alten Testament stammten. Auch Noah hat umsonst gepredigt, und die Sintflut hat alle verschlungen, die seinen Worten kein Gehör schenkten. Lot hat den Einwohnern von Sodom ihre Homosexualität vorgeworfen; anstatt ihn anzuhören, haben sie sich gegen ihn erzürnt und ihn ausgestoßen; darum ist ihre Stadt auch zerstört worden, und nur er und seine Familie wurden gerettet, «mit Ausnahme einer alten Frau, welche mit den Zurückbleibenden unterging» (*Koran* 37, 136). Pharao – der sonderbarerweise der «Herr der Spieße» genannt wird – und sein *mala* sind von Moses und Aron gewarnt worden. Sie wollten ihnen keinen Glauben schenken und wurden von Allah vernichtet. Wir finden Korah wieder, der sich in der Bibel aus Gründen der Vorherrschaft gegen Moses in der Wüste erhebt und den Gott deswegen mit seiner Familie vom Erdboden verschlingen läßt, der sich unter ihnen öffnet. In einem erstaunlichen Anachronismus wird er mit Haman, «dem ruchlosen Aman des Geschlechts der Amalekiter» aus der Geschichte Esthers und mit Pharao unter die hoffärtigen Menschen eingereiht, die Mose kein Gehör schenken wollten und dafür streng bestraft wurden. Desgleichen hatte Abraham (im Arabischen Ibrahim) versucht, seinen Vater und sein Volk dazu zu bringen, den Götzendienst aufzugeben. Auch er war nicht angehört worden und mußte auswandern, weil er bedroht war. Die Ungläubigen aber waren diejenigen gewesen, «die nur sich selbst schadeten» (*Koran* 21, 71).

Alle diese Berichte, die aus der arabischen Überlieferung oder aus den heiligen Büchern der Juden stammen und in irgendeinem Augenblick ihrer Übermittlung entstellt wurden, sind Berichte, die nicht einfach dem Vergnügen des Erzählens dienen. In jedem Augenblick bemerkt oder vermutet man Züge, die sich auf Mohammed und seine Lage anwenden lassen. Saleh, Hud, Noah, Moses sind er. Ad, Thamud, der hoffärtige Pharao, der reiche Korah, ihr Volk und ihr *mala*, sie sind der Senat und das Volk von Koraisch. Mohammed wird von seinem Volk nicht angehört, das muß so sein. Was wird diesem Volke zustoßen? Man betrachte die Präzedenzfälle:

> *Einen jeden von ihnen vertilgten wir seiner Sünden wegen. Wider einige schickten wir einen mit Steinen geschwängerten Wind. Andere ergriff ein Erdbeben; wieder andere ließen wir durch die Erde verschlingen, und andere wieder ertränkten wir. Allah war nicht ungerecht gegen sie, sondern sie waren ungerecht gegen sich selbst.* (*Koran*, 29, 41)

Es ist unvermeidlich, daß Mekka das gleiche widerfährt. Mohammed und seine Jünger werden auf diese oder jene Weise vor der Züchtigung errettet werden, die der hoffärtigen und ungläubigen Stadt bevorsteht. Welche Züchtigung? Das sagte die Stimme nicht deutlich. Vielleicht dachte Mohammed, Allah werde sich der Wechselfälle des Krieges zwischen den Byzantinern und den Persern bedienen. Vielleicht besteht hier irgendein Zusammenhang mit der Auswanderung nach Abessinien. Wir können nichts mit Gewißheit wissen. Auf jeden Fall ist bemerkenswert, daß die Drohung des Weltendes und des nachfolgenden Gerichts, die zu Beginn der Predigt allein verwendet wurde, nunmehr durch die Ankündigung einer zeitlichen, irdischen, örtlichen Züchtigung ersetzt wird.

Zu diesen so unmittelbar beispielhaften Berichten gesellten sich andere, die anscheinend eher den Zweck verfolgten, Allahs Macht im allgemeinen darzutun und zu rühmen. Sie kamen dank der Vermittlung der syrischen Literatur aus dem gemeinsamen Sagenschatz des christlichen Orients. So die Geschichte von den Sieben Schläfern von Ephesus, jungen Christen, die in einer Höhle vor der Verfolgung durch den Kaiser Decius Zuflucht suchten und dort mehrere Jahrhunderte schliefen. So auch die Legende von Moses und seinem geheimnisvollen Diener auf der Suche nach dem Born des ewigen Lebens, wo wir einen Anklang an das alte sumerisch-akkadische Epos von Gilgamesch wiederfinden, das in den hellenistischen Alexanderroman eingeschmolzen wurde. So auch die Geschichte eben dieses Alexander, der Dhul Karnain genannt wurde, der Zweigehörnte (denn sein «Vater» Jupiter Ammon besaß zwei Hörner), der am äußersten Ende der Welt eine Mauer errichtet, um die Einfälle der sagenhaften Völker von Gog und Magog zu verhindern.

Die so mit berühmten Präzedenzfällen und einer alten, teilweise arabischen und teilweise jüdisch-christlichen Überlieferung ausgestattete Gemeinschaft muß noch auf alle möglichen Fragen und Kritiken antworten. Man ist ihr gegenüber anspruchsvoll, und durchaus zu Recht, da sie behauptet, der göttlichen Eingebung zu gehorchen und eine höherstehende Lebensweise zu bieten. Mohammed denkt nach, überlegt und lernt. Alle diese Gedanken beschäftigen seinen Geist. Und eines Tages gibt die Stimme Von Oben die Antwort. So entsteht nach und nach der Ansatz zu einer noch nicht ausgefeilten, noch nicht verfeinerten Theologie nach dem Maße der Gesellschaft und der Gemüter, an die sie sich wendet.

Solange der Mensch sozusagen organisch an seine Sippe gebunden war, seinen Stamm, sein Dorf, seine Stadt, solange er in einer streng hierarchisch geordneten Gesellschaft nur ein auswechselbares Element war, das an den ihm vom Schicksal für eine ewig gleiche Funktion bestimmten Platz gefesselt blieb, stellte er sich das Leben nach dem Tode in einer ähnlichen oder gleichläufigen Art wie dieses Leben vor. Auch dort drüben würden die sozialen Einheiten der diesseitigen Welt weiterhin die blassen Schemen einrahmen, die ein minderes Leben fristen mußten. In jenen Landen jenseits des Todes würden Schatten von Dienern die Gespenster der Herren betreuen, Schemen von Bauern den Boden für sie bestellen, und die Handwerker von jenseits des Grabes würden für ihre Bequemlichkeiten sorgen. Verdienst oder Verschulden auf dieser Erde änderten nicht viel daran. Solcher Art waren – ohne Zweifel mit vielerlei Abwandlungen – die ersten Vorstellungen der Menschen von dem, was nach ihrem Tode geschehen würde. Aber als die Zeiten des großen internationalen Handels anbrachen, der die Völker, die Menschen und die Ideen untereinandermengte, als sich die Gesellschaften bildeten, in denen das Geld zum Maße aller Dinge wurde, in denen die Geldwirtschaft die Grenzen der ethnischen Gruppen sprengte, in denen ein jeder persönlich seinen Reichtum anhäufen konnte, in denen der Wert des Individuums in dieser Welt von dem Platz abhängig war, den es sich aus eigener Kraft erkämpfte, begann man für einen jeden ein Los nach seinem eigenen Maße zu erhoffen. Von da an erhoben sich Propheten, die zwar das Ende der alten sozialen Ordnung bedauerten, in der alle dank ihrer Gruppe zumindest ihren Unterhalt gesichert sahen, die aber die Reichen und ihre Ausschreitungen anklagten und ihnen eine Strafe zunächst in dieser und dann in der anderen Welt in Aussicht stellten. Von da an bildeten sich Gesellschaften, Gemeinschaften, die ihre Mitglieder lehrten, wie sie im Jenseits ein glückliches Sein erlangen, wie sie sich individuell erretten konnten.

Diese Religionen des individuellen Heils hatten sich in der Alten Welt zwischen dem 8. und dem 5. Jahrhundert vor Christus verbreitet. Die Woge erreichte jetzt mit einer beträchtlichen Verspätung Westarabien. Auch dort fragten die Menschen, was sie tun sollten, um das Heil zu erlangen.

Die Antwort der Stimme, die zu Mohammed sprach, kann aus dem Vorhergehenden unschwer abgeleitet werden. Man muß sich Allah zuwenden. Allah ist unendlich mächtig, wie wir gesehen haben, aber auch unendlich gut. Jene Merkmale seiner Macht, die vom Anfang der Offenbarung an entwickelt wurden: die Schöpfung der ganzen Welt, der Pflanzen und der Tiere, des Denkens und des Fühlens der Menschen, sind gleichzeitig Beweise, «Zeichen» seiner Güte. Für dies alles muß der Mensch dankbar sein. Deshalb werden die Undankbaren (vermutlich ist dies der ursprüngliche Sinn des Wortes *kafir*, das später die Bedeutung Ungläubige annahm) bestraft und die Dankbaren, die Gläubigen, belohnt werden. Die Stimme gebraucht zuweilen schroffe, noch völlig kaufmännische Ausdrücke, um die gute Richtung wie einen vorteilhaften Handel darzustellen. Aber in anderen Augenblicken bedient sie sich einer gehobeneren Sprache und wendet sich an edlere Gefühle. Man spürt hier bereits den Widerspruch zwischen dem menschlichen Streben nach dem Heil, das die Propheten und die Begründer der Religionen notwendig als Belohnung auffassen, und dem moralischen Gefühl, das schon seit langem dem aus selbstsüchtigen Gründen Unternommenen jedes Verdienst abspricht. Dieser von Mohammed unbemerkt gebliebene Widerspruch wird sich bei den muselmanischen wie bei den christlichen Mystikern immer stärker ausbilden, die das Feuer der Hölle löschen und das Paradies in Brand stecken möchten, auf daß die Liebe zu Gott endlich von jeglicher Spur der Selbstsucht befreit werde.

Ein weiterer Widerspruch tritt zutage, der bedeutend schwerer wiegt und den keine Religion zu lösen vermochte. Gott ist allmächtig, einverstanden. Somit bestimmt er das Verhalten der Menschen in allen seinen Einzelheiten. Es ist sein Wille, wenn die einen seiner Stimme ein williges Ohr leihen und die anderen sich ihr verschließen:

> *Seht, wen Allah leitet, der ist recht geleitet; wen er aber in die Irre führt, der findet keinen Beschützer und keinen Führer.*
> (*Koran*, 18, 18)

> *Wenn du auch noch so sehr ihre Leitung wünschst, so leitet doch Allah nicht den, über welchen beschlossen ist, daß er im Irrtum bleibe, und er findet keinen Helfer.* (*Koran*, 16, 38)

> *Sieh mal, was denkst du wohl? Der seine eigenen Lüste zu Götzen nimmt und den Allah in die Irre entläßt, ihm Ohr und Herz versiegelt und über seine Augen eine Hülle zieht, wer soll den leiten können, da Allah ihn verlassen hat?*
> (*Koran*, 45, 24)

Aber wozu dann warnen und zur Buße aufrufen? Wozu handeln? Und mit welchem Recht, nach welchem moralischen Grundsatz strafen und belohnen? Mohammed hat sich diese Frage, die so viele Theologen umgetrieben hatte und noch umtreiben sollte, niemals vorgelegt, und die Stimme hat sich nie dazu geäußert. Unabhängig von jeglicher Rationalität besaß er das deutliche

Gefühl, daß Gott allmächtig war. Wie sollte diese Allmacht nicht die Meinungen, die Handlungen, die Entscheidungen der Menschen lenken? Der Unglaube der Koraischiten bedurfte einer Erklärung. Und es gab keine andere als Allahs Willen. Die Strafe war ebenso unerläßlich. Wie konnte man annehmen, daß die Rebellen gegen Gott gleich behandelt würden wie die Gläubigen? Die Tat und die Predigt waren nicht minder notwendig. Es galt, die Menschen zu erleuchten, die Gläubigen zu lenken. Allah würde das Bemühen seines Abgesandten mit Erfolg krönen oder scheitern lassen. Man gelangte nicht über diese einfachen Augenfälligkeiten hinaus.

Die Dankbarkeit gegenüber Allah und seinen Gunstbeweisen mußte zum Ausdruck kommen. Zunächst durch den Glauben an ihn, an seine Botschaft, an seinen Verkündiger. Dann durch einen Gottesdienst, eine Anbetung. Der Koran schreibt häufig vor, seine Dankbarkeit gegenüber Allah ganz allgemein zum Ausdruck zu bringen. Aber es ist für eine Gemeinschaft gut, wenn diese Äußerungen bestimmte Formen annehmen, deren Regeln festgelegt und die ihr eigen sind, so daß sie dazu dienen, die Gruppe aus den anderen herauszulösen. Dann handelt es sich um eigentliche Riten. Zu der Zeit, mit der wir uns hier beschäftigen, werden der Gemeinschaft erst sehr wenige Riten vorgeschrieben. Sie folgen sichtlich dem Muster der frommen Übungen, denen die orientalischen Christen sich hingaben, und der Name, der sie bezeichnet, *salat*, ist bei ihnen entlehnt. Es wird also empfohlen, Danksagungen zu verrichten, die in Kniefällen bestehen, in tiefen Verneigungen des Oberkörpers und in Rezitationen heiliger Texte. Diese bestanden hier in Fragmenten des Korans, den Worten, die Allah Mohammed offenbart hatte. Man muß in demütigem Ton rezitieren, ohne die Stimme zu laut zu erheben. Dies alles geschieht, indem man sich Jerusalem zuwendet wie die Juden und die Christen. Wie in der nestorianischen Kirche muß man diese Übungen bei Sonnenuntergang und bei Sonnenaufgang verrichten, aber auch während eines Teiles der Nacht. Das Wort *salat* wird im allgemeinen mit «Gebet» wiedergegeben, und das ist annehmbar, sofern man sich dabei bewußt ist, daß es sich um Gebärden und Worte handelt, die im voraus durch die göttlichen Vorschriften festgelegt wurden, und nicht um einen persönlichen Anruf, eine Bitte um besondere Gnaden der Gottheit. Aber ein solcher Anruf (*doa*) kann im Verlauf der Gebärden und Rezitationen in das *salat* eingefügt werden. Davon abgesehen waren dem Gläubigen keine eigentlichen Riten vorgeschrieben. Die Stimme Von Oben empfahl ihm nur allgemeine moralische Tugenden: Nächstenliebe,

Frömmigkeit gegenüber Gott, eine gewisse Zurückhaltung im Geschlechtsleben, Ehrlichkeit und so fort.

Es stimmt, daß diese von der neuen Sekte vertretene Moral einen völligen Bruch mit der in der arabischen Gesellschaft vorherrschenden Moral darstellte, wie dies der japanische Arabist Toshihiko Izutsu anhand der Methoden der semantischen Analyse aufgezeigt hat.[32] Man bewunderte bei den Arabern die anmaßenden und unbekümmerten Männer, die sich vor nichts fürchteten und bereit waren, um einer Kleinigkeit willen, zur Befriedigung einer schönen Geste, ihr Leben und ihr Gut zu opfern, ohne an die Folgen zu denken. Was scherten sie Lappalien wie das Verderben und das Elend ihrer Familie! Es war schön, sich einer Leidenschaft nach der anderen hinzugeben, sich dem Tod in die Arme zu werfen, um die geringste Beleidigung zu rächen, die von der Natur oder der Gesellschaft stiefmütterlich Behandelten offen zu verachten, sich jedes auf die geringfügigste Verlängerung eines ohnehin nur flüchtigen Daseins abzielende Kopfzerbrechen zu ersparen, alle seine Habe und die seiner Angehörigen hinzugeben, um sich den Ruhm eines Musterbeispiels an Gastfreundschaft zu erwerben! Dieser hoffärtigen Ethik ritterlicher Art, die unter mehr oder weniger ähnlichen Bedingungen zum Ideal mehrerer Gesellschaften geworden ist und bei so vielen jungen Generationen wegen der Unüberschaubarkeit und Zufallsabhängigkeit der realistischen Lebenspläne aufersteht, setzte Mohammed die Gegenwart Gottes entgegen. Ja, Gott war da, und das änderte alles. Gott existierte und kümmerte sich um die Menschen, selbst die unscheinbarsten, er war gegen diese asozialen Seitensprünge, die auf die Anliegen der Ruhe und sogar auf das Leben der anderen keine Rücksicht nahmen. Der Gläubige vor allem mußte das Leben ernst nehmen, es in Funktion der Mitmenschen, des Guten, der Forderungen Gottes durchdenken. Die Moral war beinahe eins mit der Religion. Der Glaube mußte sich stets in den Werken äußern. Jede «soziale» Handlung war ein Gottesdienst. Nichts wurde nachdrücklicher gebrandmarkt als der Spott und die Nachlässigkeit. Der Mut und die Großzügigkeit sollten vernünftig sein. Man hatte die Menschen über den grünen Klee gelobt, die sich vor nichts fürchteten. Aber die Furcht war notwendig. Ja, so sehr die in dieser Sicht erzogenen Leute daran Anstoß nehmen mochten, die Gottesfurcht war notwendig. Die Vergeltung mußte so weit wie möglich Gott überlassen werden, der nicht versäumen würde, sie im Jenseits zu üben, und zwar mit einer von den Menschen oft verschmähten Vorsicht. Die zügellose Verschwendung mußte einer geordneten Barmherzigkeit weichen, vorzugsweise durch die Vermittlung der Gemeinschaft. Die Vornehmheit dieser Welt war nichts als Eitelkeit. Man mußte auf die Demütigen achten und die Benachteiligten. Schluß mit den peitschenden Leidenschaften, mit der Verirrung und der Verblendung, wo die Sinne über die Vernunft siegten und in deren Verlauf man alles vergaß. Kurzum, noch einmal, es galt, ernst zu werden.

Äußerlich zeichnete die Gemeinschaft sich also nur durch die Übung des *salat* aus. Aber nach und nach gewann sie auch in anderen Punkten ihre Eigenständigkeit. Sie schuf sich ihre eigene Ordnung, sie definierte sich der Umwelt gegenüber. Aber dieser Prozeß war noch nicht weit gediehen. Die Gruppe besaß keinen Namen, der sie bezeichnete. Ihre Anhänger nannten sich wohl selber die Allah Getreuen (in der Einzahl *momin*) und – ohne Zweifel sehr viel später – die Allahs Willen Unterworfenen (*muslim*, das Wort, aus dem «Muselman» hervorgegangen ist). Aber diese Eigenschaften bezogen sich nicht notwendig nur auf sie. Die gleichen Ausdrücke bezeichneten insbesondere alle, die dem Ruf früherer Propheten gefolgt waren. Wir besitzen keine Hinweise auf eine richtige Organisation der Gemeinschaft. Man folgte Mohammed, der seine Eingebung von Allah empfing. Indessen ist es klar, daß sich bereits ein «innerer Kreis» bildete, ein kleiner Kern von Gläubigen, die dem Inspirierten besonders nahestanden und bei denen er Rat holte. Es war wohl oder übel notwendig, auch wenn die Stimme stumm blieb, über die erforderliche Taktik und das Verhalten gegenüber der Außenwelt und den Koraischiten zu beschließen. Abu Bekr war das bedeutendste Glied dieses Kreises, aber nach seiner Bekehrung hatte auch der energische Omar ein gewichtiges Wort zu sagen. Auf einer anderen Ebene spielte auch der geliebte Freigelassene Zaid eine wenn auch bescheidenere Rolle. Gewiß wurden auch die selbständigen Geister wie Chalid ibn Said und Otman ibn Masun, die durch eine starke persönliche Erfahrung zum Beitritt zur Gruppe veranlaßt worden waren, vor ihrem Aufbruch nach Abessinien zu Rate gezogen, und wir haben gesehen, daß möglicherweise die im Verlaufe der Diskussionen zutagegetretenen Meinungsverschiedenheiten diesen Aufbruch verursachten. Die Leute, die aus niedrigen Verhältnissen stammten oder geistig arm waren wie Chabbab oder Bilal spielten die bescheidene, aber unerläßliche Rolle der gewöhnlichen Gläubigen, der «Basismitglieder», wie wir heute sagen würden. Ihre unermüdliche Aufopferung, ihre völlige Selbstverleugnung, ihr restloser Mangel an Neugierde und geistiger Beunruhigung machten sie im Verband mit den von ihnen geleisteten unschätzbaren Diensten zu

Vorbildern, die den Gegnern und Widerrednern nützlich entgegengehalten werden konnten.

Mohammed, dessen Persönlichkeit im Grunde der einzige Pfeiler der Einheit der Gruppe war, hatte stets das letzte Wort. Den Koraischiten gegenüber beharrte er bescheiden, aber unnachgiebig darauf, daß er sehr wohl der Verkündiger war, dem Allah eine Botschaft für sie anvertraut hatte. Die Stimme sah sich ihrer Kritiken wegen genötigt, seine Funktion genauer zu umreißen. Er war nur ein Mensch, der essen und trinken mußte, Frauen haben und Kinder. Man konnte also nicht von ihm verlangen, daß er Wunder vollbrachte, um seine Mission unter Beweis zu stellen. Allah vollbrachte Wunder, wann und wo er wollte. Wenn die Erde von Engeln bevölkert wäre, hätte er ihnen einen Engel geschickt. Aber der Mann, der geschickt wurde, Mohammed, war ein redlicher Mann, der keinem politischen Ehrgeiz diente, der nicht von einem Teufel oder einem niedrigen Geist besessen war. Es stimmte, daß er nicht zu den Mächtigen der Stadt gehörte und daß die Anhänger seiner Sekte häufig aus niederen Verhältnissen stammten, aber bei den vorhergehenden Propheten war dies auch nicht anders gewesen, und man konnte den Koraischiten füglich in Erinnerung rufen, daß sie Mohammed eine gewisse Achtung zollten, ehe die Offenbarung zum erstenmal an ihn gerichtet wurde.

Indessen war er doch kein ganz gewöhnlicher Mensch. Man fing an, die ihm übermittelten Worte als Teile eines kostbaren Ganzen zu betrachten, das den von den früheren Propheten mitgeteilten Schriften vergleichbar war, die von den Juden und den Christen aufbewahrt wurden. Vergleichbar und sogar im wesentlichen gleichlautend. Gerade darin war ein Zeichen der Echtheit zu erblicken, daß diese Mohammed «in reiner arabischer Sprache» gemachte Offenbarung sich bereits in den alten Schriften fand. Die Tatsache, daß sie in gutem Arabisch abgefaßt war, widerlegte die Verleumdungen, wonach Mohammed sein Wissen von den Ausländern bezog, den Juden oder den Christen. Wie in der syrischen Kirche die Lektüre der Heiligen Schrift (auf syrisch *kerjana*) eine liturgische Rolle spielte, so sollten auch die Gläubigen während ihrer Glaubensübungen die arabische Offenbarung rezitieren (*koran*, ein dem eben erwähnten syrischen Ausdruck gleichstehendes Wort). Von diesem Augenblick an begann man, die Bausteine dieser Offenbarung zu sammeln und zusammenzustellen. Die einzelnen kurzen Fragmente wurden wie gesagt zu «Suren» zusammengefaßt, einer Art Kapitel, wobei das Wort vielleicht von einem syrischen Ausdruck abgeleitet ist, der «Schrift» bedeutet. Man paßte die Reime an, man fügte

Vorbehalte und Erklärungen hinzu. In der Form, in der wir den Koran besitzen, weist er die Merkmale von Überarbeitungen auf (es ist Richard Bells großes Verdienst, dies nachgewiesen zu haben), aus denen hervorgeht, daß mit schriftlichen Dokumenten gearbeitet wurde. Diese Arbeit ist sicherlich unter Mohammeds Aufsicht durchgeführt worden, wenn er nicht sogar selber daran gearbeitet hat. Und doch ist sie nicht frei von Folgewidrigkeiten und Ungeschicklichkeiten. Allah wiederholte seine Offenbarungen, vervollständigte sie, wandelte sie ab. Die Gegner machten boshaft darauf aufmerksam. Aber Allah antwortete, daß es ihm freistand, zu tun, was ihm beliebte, also auch seine Botschaft abzuändern. Konnte er nicht zum Beispiel aus Erbarmen mit der menschlichen Schwäche seiner Gläubigen eine Pflicht erleichtern, die er ihnen zunächst auferlegt hatte? So wurden die Überarbeitung und die endgültige Fassung ebenfalls wie die ursprüngliche Eingebung von Allah verbürgt. So wurde die Gesamtheit der Offenbarungen in die Form von Einheiten gegossen, in denen eine gewisse Ordnung und ein gewisser Plan erkennbar wurden. Man hat in einem häufig wiederkehrenden Schema den Einfluß der üblichen Anordnung der in der syrischen Kirche berühmten Homilien zu erkennen geglaubt, jener des «Kirchenvaters» Afrem. Gewisse, allerdings späte Autoren berichten uns, Mohammed habe am großen arabischen Jahrmarkt von Okas einen Christen predigen hören, Koß ibn Saida, angeblich einen Bischof, der in gereimter Prosa und in Versen das Thema der menschlichen Gebrechlichkeit und des bevorstehenden Gerichts behandelt hätte. Sollten wir hier ein Bindeglied zwischen dem syrischen Christentum und dem Koran finden? Es gibt beeindruckende Übereinstimmungen, aber Koß ist vielleicht eine sagenhafte Gestalt, und seine Predigten sind vielleicht apokryph.

Während die Offenbarung so ihre feste Gestalt annimmt, verwandelt sich ihr Stil. Die Stimme spricht jetzt weniger erregt, weniger keuchend, gesetzter. Die Verse werden länger, die Reime einförmiger. Die Anrufungen und Eide in der Art der *kahin* verschwinden. Die Behauptungen und die Vorschriften werden ausführlicher. Indessen bleibt die Sprache elliptisch. Die Berichte sind oft dramatisch aufgebaute Szenen. Verschiedene Gesprächspartner reden miteinander. Der für die öffentliche Lesung gedachte Text gibt den Übergang vom einen zum anderen nicht an. Gott spricht zu seinem Boten, der Bote spricht zu seinem Volke, die Schauspieler des Dramas geben sich das Stichwort. Dies ist alles lebendig, stets auf die Sicht einer Predigt ausgerichtet, mit Schlagworten untermischt, die von den Gläubigen wiederholt werden müssen. Aber die düstere und erstickende Ankündigung des nahe bevorstehenden Endes ist einer entspannteren Predigt gewichen. Der in einer feindlichen Welt ausgestoßene Schrei wird zum Ruf, der von einer kleinen, aber dichten Schar von Jüngern aufgenommen wird und sich an eine widerstrebende Gesellschaft richtet, die zu überzeugen jedoch nicht ausgeschlossen scheint. Allah kann sich jetzt Zeit lassen.

Die Gemeinschaft ist durchaus eine Gruppe von «Wir», wie die Soziologen sagen. Ihre Haltung den anderen gegenüber ist einheitlich. Die Mekkaner verbinden andere Götter mit Allah und sind deswegen zu verurteilen. Die Überlieferung versichert, daß die «Ergebenen» wie die übrigen Koraischiten (aber mit anderen Absichten) die heilige Kaaba verehrten und an ihrem Kult teilnahmen. Vermutlich handelt es sich um eine irrtümliche Auffassung der religiösen Geschichte des Islams, um eine Rekonstruktion anhand von dem, was nachfolgte. In Wirklichkeit sprechen die Offenbarungen jener Zeit keineswegs vom Heiligtum in Mekka oder von einem Kult, der ihm hätte gebracht werden müssen. Zwischen Juden und Christen wird nicht ausdrücklich unterschieden. Es ist nur die Rede von jenen, «welchen die Erkenntnis schon zuvor zuteil geworden ist» (17, 108), von den «Schriftbesitzern» (16, 44) oder «Leuten von Erinnerung» (21, 8), von jenen, «welche die Schrift vor dir gelesen haben» (10, 95) oder demjenigen, «welcher die Schrift versteht» (13, 44). Für Mohammed sind es zu jener Zeit offensichtlich Übermittler einer im wesentlichen gleichlautenden Botschaft. Besitzen sie nicht zum Teil die gleichen heiligen Bücher? Erzählen sie nicht die gleichen Geschichten von den jüdischen Propheten, von der Schöpfung und der Sintflut? Es kann ihm schwerlich unbekannt gewesen sein, daß zwischen ihnen Meinungsverschiedenheiten bestanden. Aber das schien ihm zumindest auf ideologischer Ebene kaum von Bedeutung. Die verschiedenen Meinungen brachten wohl verschiedene politische Stellungnahmen zum Ausdruck, aber das gleiche galt auch für die Meinungsverschiedenheiten zwischen christlichen Gruppen: Monophysiten, Nestorianer, Melchiten. Dabei hatten die Verschiedenheiten ihre ideologische Basis in abweichenden Auffassungen von Problemen, die unvoreingenommen betrachtet durchaus nebensächlich schienen: die Beziehungen zwischen der göttlichen und der menschlichen Natur Christi. Ihre eigenen Parteigänger verstanden sie sicher zumeist selber nicht richtig. Sie vertraten nicht diese oder jene Theorie, sondern diese oder jene Partei, für die sie aus zeitlichen, den von ihr vertretenen Thesen recht fernstehenden Erwägungen Sympathie empfanden. So trieb das Gefühl einer ägyptischen, Byzanz entgegengesetzten Persönlichkeit, der Haß auf die fremden Unterdrücker, die Bauern des Niltals zu einem fanatischen Glauben an die unteilbare Natur Christi. Es ist immer so gewesen.

Für Mohammed besaßen diese Divergenzen, über die er durch die ihm bekannten, wenig gebildeten Christen und Juden schlecht unterrichtet war, nicht mehr Bedeutung als etwa der Unterschied zwischen Katholizismus und Protestantismus oder zwischen verschiedenen protestantischen Sekten für die meisten Propheten, die in jüngster Zeit im Schwarzen Erdteil aufgetreten sind. Er war überzeugt – übrigens ganz zu Recht –, daß die Stimme, die zu ihm sprach, das Wesentliche der Botschaft wiedergab, die den «Leuten der Schrift» mitgeteilt worden und ihnen gemeinsam war. Alles übrige waren nebensächliche Einzelheiten. Die Stimme scheint übrigens Jesus zu jener Zeit nicht erwähnt zu haben. Vielleicht hat sie Johannes den Täufer bereits genannt, aber sicher ist es nicht.

So sah die kleine Gemeinschaft, wie ihre Grenzen und ihre Ziele Gestalt annahmen und wie sich ihr doktrinales Kapital dank den aufeinanderfolgenden Offenbarungen vermehrte. Seitdem die gegen die Sippe der Haschim erklärte Acht aufgehoben war, genoß die Gemeinschaft eine gewisse Ungestörtheit, die sie Abu Talibs Schutz verdankte und allgemein der inneren politischen Lage. Sicherlich wurden einige Bekehrungen verzeichnet. Sie waren wenig zahlreich, denn mit den aus Abessinien zurückkehrenden Auswanderern (ein Teil blieb noch mehrere Jahre dort) bestand die Gruppe aus kaum über hundert Personen.

Vielleicht hätte sie weiterhin ein friedliches Dasein gefristet, ohne große Aufmerksamkeit zu erregen, und im Milieu von Mekka weiterhin dazu beigetragen, gewisse neue Ideen volkstümlich zu machen, während sie als Gruppe in der breiten Masse aufging, zerfaserte und schließlich verschwand – wie dies mit so vielen Sekten in der Geschichte geschehen ist –, wenn zufällige Vorkommnisse Mohammed und seine Schar nicht erneut in völlige Unsicherheit gestürzt hätten. Innerhalb weniger Tage starben Chadidscha und Abu Talib. Dies geschah im Jahre 619, denn jetzt gelangen wir zu dem Zeitabschnitt, dessen chronologischer Ablauf der Ereignisse mit einer verhältnismäßig großen Sicherheit bestimmt werden kann. Chadidschas Tod war für Mohammed zweifellos ein harter Schlag. Er fühlte sich mit der Mutter seiner Kinder in einer gemeinsamen Treue verbunden, in der Erinnerung an das, was sie zu Beginn seiner Mission für ihn gewesen war. Sie hatte ihn noch vor Allah erwählt, sie hatte vor irgendeinem anderen an ihn geglaubt. In Anbetracht des Verhältnisses des Angestellten zur Herrin, des armen Waisenknaben zur reichen Witwe, wie es zu Beginn ihres Bundes bestand, hatte sie jedenfalls in ihrer Ehe eine gewisse Autorität bewahrt. Er war von ihr gehegt und umsorgt worden. Für ihn war der Umstand, daß er dieses warme Nest verlassen und seine Verantwortungen allein übernehmen mußte, ein Ansporn. Ein Araber blieb nie lange frauenlos, besonders wenn er Kinder hatte. Ein paar Tage, höchstens ein paar Wochen nach Chadidschas Tod heiratete er eine Anhängerin, Sauda. Sie war eine ziemlich alte, zur Beleibtheit neigende Frau, eine Witwe, die ihren verstorbenen Mann nach Abessinien begleitet hatte, wo er sich zum Christentum bekehrte. Sie war eine tüchtige Hausfrau, die sich gut der Kinder annahm. Deswegen hatte Mohammed sie geheiratet. Sie besaß keinerlei Einfluß auf ihn. Er war eindeutig der Herr. Sie befriedigte weder seinen Geschlechtstrieb noch sein Verlangen, seine Stellung zu festigen. Um diese Zeit dachte der getreue Abu Bekr, es wäre gut, sich mit dem Meister enger zu verbinden. Er hatte seine Tochter Aischa im Sinn. Sie war allerdings erst sechs Jahre alt, was sogar für Araber zu jung war. Aber Mohammed hatte sie zweimal gesehen, und sie war ein hübsches kleines Mädchen. Sie wurden verlobt. Ein solches Vorgehen war zu jener Zeit durchaus nicht außergewöhnlich.

Abu Talibs Tod war ein schwerwiegendes Ereignis. Er hatte sich noch auf seinem Totenbett geweigert, sich zu bekehren. Sein Nachfolger an der Spitze der Banu Haschim war sein Bruder Abu Lahab. Er hatte seinem Neffen gegenüber bereits seine Feindseligkeit offenbart, die von der Überlieferung zweifellos übertrieben wurde. In seiner neuen Stellung soll ihn ein gewisses Mitleid mit Mohammed, seinen Schicksalsschlägen und seiner Niedergedrücktheit, angewandelt haben. Er suchte ihn auf und versprach, ihn so zu beschützen wie zuvor Abu Talib. Aber nach kurzer Zit gelang es Mohammeds Feinden, ihn umzustimmen. Sie setzten ihm auseinander (wußte er es denn noch nicht?), daß nach Ansicht seines Neffen der Großvater Abd al-Muttalib und Abu Talib selber jetzt die Qualen der Hölle erlitten. Er bat Mohammed, sich zu dieser Frage zu äußern, und der Verkündiger konnte nicht umhin, ihm zu bestätigen, daß dies wirklich seine Lehre war. Abu Lahab war von diesem Verstoß gegen den Familiengeist höchst empört und entzog dem räudigen Schaf seinen Schutz.

Von da an verschlimmerten sich die Dinge. Mohammeds Feinde brauchten sich keinen Zwang mehr aufzuerlegen. Die kleinen Schikanen vervielfältigten sich. Während er betete, warfen seine Nachbarn ihm die Gebärmutter eines Schafes an den Kopf oder, wenn er sich anschickte zu essen, sogar in sein

Eßgeschirr. An dem Tag, als dieser letztere Schimpf ihm zugefügt wurde, erhob er sich entrüstet mit einem Stock in der Hand, trat auf die Schwelle seines Hauses und rief: «O Banu Abd Manaf, was ist das für ein Schutz?» Die Schuldigen lachten sich jedenfalls hinter ihren vier Wänden ins Fäustchen, weil es ihnen gelungen war, den Propheten die Nerven verlieren zu lassen. Ein andermal warf ein Schlingel ihm Sand an den Kopf. Als Mohammed nach Hause kam, wusch ihn eine seiner Töchter unter Tränen. «Weine nicht, kleines Mädchen», sagte er, «Allah wird mich beschützen.» [33]

Allahs Schutz war dringend notwendig. Die Gemeinschaft schien in Mekka keinerlei Entwicklungsmöglichkeit mehr zu haben. Es gab keine aufsehenerregenden Bekehrungen mehr, und vielleicht fielen in dieser Zeit namhafte Anhänger von ihm ab. Mohammed war ergrimmt. Die Stimme tröstete ihn und versprach die Züchtigung:

> *Werden ihnen unsere deutlichen Zeichen vorgelesen, so sagen sie von dir: «Wahrlich, dieser Mann will weiter nichts als euch von den Göttern abwendig machen, welche eure Väter verehrt haben.» Und von diesem Koran sagen sie: «Es ist nichts anderes als eine erdichtete gotteslästerliche Lüge.» ...*
> (Dies kommt daher, weil) *wir ihnen früher keine Schrift gegeben haben, in welcher sie hätten forschen können, und ihnen vor dir keinen Prediger gesandt hatten. Auch die, welche vor ihnen lebten, haben ihre Propheten des Betruges beschuldigt ... aber wie streng war dafür auch meine Rache!*
> *Sprich: «Ich rate euch das eine, daß ihr je zwei und zwei oder einzeln vor Allah hintretet und ernstlich bedenkt und euch überzeugt, daß kein böser Geist in eurem Gefährten* (Mohammed) *wohnt, sondern daß er ein Prediger ist, zu euch geschickt, um vor der Strengen Strafe zu warnen.» ...*
> *Könntest du es nur sehen, wie die Ungläubigen* (am Jüngsten Tage) *zittern und keinen Zufluchtsort finden werden und wie sie herausgenommen werden aus dem nahen Ort und dann sprechen: «Wir glauben an ihn.» ...*
> *... da sie ihn doch ehedem verleugnet und die Geheimnisse desselben* (im irdischen Leben) *gelästert haben.*
>
> (*Koran*, 34, 44–54)

Da die ungläubige Stadt, in die er ausdrücklich geschickt worden war, sich in ihrer Verständnislosigkeit verhärtete, mußte er wiederum glauben, daß ihre Züchtigung nahe bevorstand. Die internationalen Ereignisse waren nach wie vor apokalyptisch. Das zweite Rom wurde immer noch von den Persern auf der anderen Seite des Bosporus und von den Awaren auf der europäischen Seite belagert. Man litt dort die Schrecken des Hungers. Umsonst demütigte Heraklius sich vor Chosrau und bat ihn, seine Bedingungen zu nennen. Sie waren unannehmbar. Jerusalem war gefallen, und viele Christen erblickten darin die Vorboten des Gerichts: «Die Engel werden zittern, während sie die Sitze anordnen. Man wird die Bücher aufschlagen. Man wird den schwarzen Fluß des ewigen Feuers sehen, den Fluß aus Blei und geschmolzenem Pech, den Fluß der lichtlosen Hölle.» [34] Mohammeds Feinde, so versichert uns eine späte Quelle, freuten sich über diese Niederlage der Monotheisten. Aber die Stimme antwortete (wenn dieser schwierige, verstümmelte und rätselhafte Text wirklich in diese Zeit gehört):

Besiegt sind die Römer
im nahen Lande. Doch nach der Niederlage werden sie Sieger sein
in einigen Jahren. Denn Allah bestimmte Vergangenheit und Zukunft. An jenem Tage werden sich auch die Gläubigen der Hilfe Allahs zu erfreuen haben ... (*Koran*, 30, 3–5)

Mohammed mußte sich sagen, daß es Zeit war, die verfluchte Stadt zu verlassen, ob die bevorstehende Katastrophe nun allgemeiner oder besonderer Art sein mochte. Wohin gehen? Wo sollte er seine Gemeinschaft in Sicherheit bringen? Wo sollte sie die Letzten Tage abwarten oder aber, vor dem Mekka bedrohenden Verhängnis geschützt, eine Umgebung suchen, die ihrer Erhaltung und Entwicklung förderlich war?

Er dachte zunächst an Taif, die Stadt im Gebirge, die kühl und fruchtbar war, wo die reichen Koraischiten Ländereien besaßen und Häuser. Sie befand sich in den Händen des Stammes der Thakif. Mohammed begab sich zu ihnen und verbrachte zehn Tage damit, die Notabeln der Stadt aufzusuchen. Aus unbekannten Gründen lag ihm vor allem daran, drei Brüder zu überzeugen, die jedoch nur verletzende Späße und Worte für ihn übrig hatten. «Wenn du von Allah gesandt wurdest, wie du behauptest», sagte ihm einer, «ist deine Würde zu hoch, als daß ich dein Gesprächspartner sein könnte, und wenn du Allah verleumdest, ist es besser, wenn ich nicht mit dir spreche.» Ein anderer sagte: «Hat Allah keinen Besseren gefunden als dich, um ihn zu schicken?» Sie ermunterten Straßenjungen und Sklaven, ihn mit Steinen zu bewerfen. Er flüchtete sich in einen Garten, der zwei Koraischiten von der ihm feindlich gesinnten Sippe des Abd Schams gehörte. Aber sie hatten Mitleid mit ihm, denn er war in einem Zustand äußerster Niedergeschlagenheit.

Er kehrte nach Mekka zurück. Aber ehe er die Stadt betrat, überlegte er, daß er leicht verstoßen oder angegriffen werden konnte, nun seine eigene Sippe gegen ihn war. Sogar die einflußreichsten und stärksten seiner Jünger wie Abu Bekr, Hamsa, Omar, vermochten nicht, wie jetzt ganz deutlich wurde, ihn hinlänglich zu beschützen, und seine vorübergehende Abwesenheit hatte seine Gegner vielleicht noch mehr ermutigt. Er schickte Boten zu mehreren Koraischiten, um sie nach arabischer Sitte zu bitten, ihm ihren Schutz zu gewähren. Schließlich fand einer sich bereit, Motim ibn Adi. Er war einer der aktivsten Befürworter der Aufhebung des gegen die Haschim ausgesprochenen Bannes gewesen. Unter der Bedeckung der bewaffneten männlichen Mitglieder seiner Familie begleitete er den Verkündiger bei seiner Rückkehr in die Vaterstadt und gab laut zu wissen, daß er ihn beschütze.

Die Mekkaner waren in ihrer Ablehnung nach wie vor halsstarrig. Dabei zeigte Mohammed ihnen den politischen Vorteil der Anhängerschaft. Es wurde erzählt, daß noch an Abu Talibs Totenbett auf sein Drängen ein Versöhnungsversuch zwischen dem Verkündiger und den Häuptlingen der Koraischiten unternommen wurde. Der sterbende Onkel hatte gesagt: «Neffe, hier sind die Vornehmen deines Volkes, die sich deinetwegen zusammengefunden haben und dir etwas gewähren werden, wenn du ihnen in etwas nachgibst.» – «Mein Onkel, sie sollen mir nur ein Wort sagen, mit ihm werdet ihr die Araber beherrschen und die Ausländer werden euch gehorchen.» Abu Dschahl hatte ausgerufen: «Bei deinem Vater, sprich! Auch zehn Worte!» Aber Mohammed hatte geantwortet: «Sagt nur: Es gibt keinen Gott außer Allah, und gebt alle auf, die ihr anbetet, außer Ihm.» Sie klatschten in die Hände: «Du willst aus allen Göttern einen einzigen machen, Mohammed? Welch ein erstaunlich Ding!» Und sie gingen enttäuscht fort.[35]

Diese selbe politische Macht spiegelte Mohammed nunmehr den einflußreichen Angehörigen der Beduinenstämme vor, die nach Mekka kamen oder denen er auf den Märkten im Hedschas begegnete. Aber die Koraischiten klagten ihn hinterrücks an, und man sagte ihm: «Deine Familie und deine Sippe kennen dich besser als wir und folgen dir nicht!» [36] Ein Ehrgeiziger ließ sich versuchen und sagte: «Wenn ich mich dieses Burschen der Koraisch bediene, könnte ich dank ihm die Araber ‹essen›.» Eine Kategorie von Leuten «essen», das heißt von ihr leben, ist der Traum zahlreicher Häuptlinge der Wüste. Er hatte ihn befragt: «Wenn wir dir folgen und Allah dich deine Feinde besiegen läßt, denkst du, daß wir dir dann in der Obrigkeit nachfolgen werden?» Die Frage war recht heikel, und Mohammed wollte sich nicht festlegen. Er antwortete: «Die Obrigkeit hängt von Allah ab, Allah verleiht sie, wem er will.» Der Scheich entgegnete: «Dann wird unsere Brust nur für deine Rechnung den Arabern zur Zielscheibe dienen, und wenn Allah dich hat siegen lassen, werden andere befehlen! Wir haben deine Sache kein bißchen nötig!» [37] Dies war der Kern des Problems. Das Feilschen verschärfte sich.

Um diese Zeit blickte Mohammed zu einer anderen Stätte der Zuflucht und der Tat. Etwa dreihundertundfünfzig Kilometer im Nordwesten von Mekka befand sich die Stadt Jathrib. Es war eine alte Stadt, da sie, wie wir seit kurzem wissen, schon in einem babylonischen Text des 6. Jahrhunderts vor Christus erwähnt wird. Aber die Bevölkerung hatte sich seit relativ kurzer Zeit erneuert. Dort lebten Juden, die zum Teil Kolonisatoren echt israelitischer Abkunft gewesen zu sein scheinen, die aus dem Norden gekommen waren und denen sich arabische Proselyten zugesellt hatten. Auf jeden Fall hatten sie weitgehend die arabischen Sitten angenommen und sprachen einen arabischen Dialekt. Sie bildeten drei Stämme: die Koraisa, die Nadir und die weniger bedeutenden Kainoka. Daneben gab es zwei vorherrschende arabische Stämme, denen man jemenitischen Ursprung nachsagte: die Aus und die Chasradsch. Andere, weniger wichtige arabische Stämme, die ihnen an jenem Ort vorausgegangen waren, standen in sehr engen Beziehungen zu den Juden und waren zum Teil judaisiert. Die Juden nannten Jathrib auf aramäisch *Medinta,* das heißt ganz einfach die Stadt, und auf arabisch sagte man *al-madina,* aus dem für uns Medina wurde. Der Koran bezeichnet sie ebenfalls so, was beweist, daß Jathrib seinen zweiten Namen nicht dem Ausdruck *Medinet en-Nebbi* verdankt, «die Stadt des Propheten», wie oft behauptet wurde.

Es war übrigens nicht eigentlich eine unseren heutigen Auffassungen entsprechende Stadt. Es war vielmehr eine an unterirdischem Wasser reiche Oase. Da das Wasser sich während der Regenzeit aus zahlreichen Wadis ansammelte, gab es also viele Quellen und Brunnen, in Arabien etwas Wunderbares. Über eine weite Fläche verstreut fanden sich einzelne Häuser oder zuweilen Häusergruppen, Hütten, kleine Befestigungen, inmitten der dichten Pflanzungen der Palmen und anderer Obstbäume. Die Juden hatten diese Pflanzungen begonnen, und die Araber waren bei ihnen in die Schule gegangen; deshalb behandelten ihre beduinischen Brüder, die die Bauern schon immer tief verachteten, sie von oben herab. Aber sie hatten die Sitten der Wüste nur allzu gut bewahrt.

Zu der Zeit, die uns jetzt beschäftigt, hatten die Beziehungen zwischen den verschiedenen Gruppen von Medina sich in der Tat verschlechtert. Wie dies bei den Nomaden häufig vorkam, hatten winzige Streitigkeiten zwischen den Sippen und Stämmen sich allmählich verschärft. Ein jeder hatte Verbündete gesucht. Die Hinterhalte und Handstreiche hatten sich abgelöst, und die Pflanzungen litten darunter. Man kann sich ungefähr vorstellen, wie die Dinge sich verhielten, wenn wir zum Beispiel betrachten, was in unseren Tagen im Wadi Amd im Hadramaut in Südarabien geschieht. Die englische Reisende Freya Stark, die vor etwa zwanzig Jahren durch diese Gegend kam, fand sich einmal in Sichtweite zweier befestigter Häuser, deren Bewohner ihr Gastfreundschaft anboten. Es waren Leute, die wie viele Südaraber unserer Tage auf Java in der Hotellerie reich geworden waren. «In Batavia kann man sie sehen, Väter, Söhne, Neffen, wie sie sich erfolgreich mit schwierigen Finanzgeschäften befassen und Hotels mit Aufzügen und Wasserhahnen führen. Aber hier setzen sie einen hundertjährigen Krieg mit einer Nachbarstadt fort, die man in etwa zwei Kilometern Entfernung unter den Klippen erblickt. In diesen Streit der Capuletti und Montecchi wurden Leute gezogen, die gar nichts damit zu tun hatten. Die kleine Stadt im Norden, ebenfalls unter der Klippe, ergriff die Partei der Bakri (wie ihre Gastgeber hießen) und schikanierten ihre Nachbarn im Süden. Die Bakri selber erklärten von ihrer hohen Terrasse aus den strategischen Plan ihres Krieges und wiesen auf einen viereckigen weißen Turm am Rande des Abgrunds hin, der einer ihrer Vorposten war und von dem aus, wie sie sagten, die Stadt direkt beschossen werden konnte. So schienen die Chancen ziemlich gleichmäßig verteilt. Das Haus der Familie Bakri lag zwar völlig einsam und besaß ringsum nur Sanddünen, die ein Annäherungsmanöver erlaubten; aber es konnte ohne Artillerie nur schwer angegriffen werden: es bestand aus zwei turmartigen Gebäuden, eines für die Männer und das andere für den Harem der Familie; sie waren von einer Mauer aus geglättetem Lehm umgeben, die nur eine einzige Türe aufwies. Ein paar Jahre zuvor war das ganze Tal ein einziger Palmenhain, aber die ‹Stadt› hatte sich mit den Beduinen des Dschol verbündet, die in der Nacht Paraffin in die Wurzeln der Bäume geschüttet und sie so vernichtet hatten ... Jetzt wurden nur noch ein paar kleine Hirsefelder angesät, die während der Regenzeit Wasser empfingen und grünten ... Als der Sultan von Makalla seine Ländereien von Schibam besuchte, wurde zur Sicherheit seiner Durchreise zwischen den Bakri und der Stadt ein Waffenstillstand für sechs Monate geschlossen ... Aber auch nach Ablauf des Waffenstillstands, so wurde mir gesagt, würden die Tage mehr oder weniger friedlich verstreichen, da die Überfälle des Nachts stattfinden und die gewohnten Tätigkeiten tagsüber verrichtet werden.» [38]

Ein solcher Zustand ist auf die Dauer für keine landwirtschaftliche Gemeinschaft tragbar, da das Gedeihen der Produktion von einer gewissen Ruhe abhängt. Nun dauerte aber in Medina der Kleinkrieg unter allerlei Wechselfällen bereits seit vielen Jahren. Um 617 hatte bei Boath, zwei Tagesmärsche von Medina entfernt, eine große «Schlacht» stattgefunden. Die mit den jüdischen Stämmen verbündeten Aus besiegten die in der vorhergehenden Periode vorherrschenden Chasradsch. Ein gewisses Gleichgewicht hatte sich ausgebildet, aber es war offenkundig, daß die Besiegten ihre Vergeltung vorbereiteten und der Krieg in absehbarer Zeit wieder aufflammen würde.

Eine Anzahl vernünftiger Leute wollten das vermeiden. Aber im Rahmen des herkömmlichen arabischen sozialen Lebens, das von den Gesetzen der Wüste ererbt war, gab es keine Möglichkeit, diesem Teufelskreis der Vendetta und Gegenvendetta zu entrinnen. Ein Handgemenge wegen irgendeiner nichtigen Streiterei zwischen zwei Individuen verschiedener Sippen konnte auf Grund der Gruppensolidarität und der (unablässig wechselnden) Bündnisse der Sippen unter sich zu einem allgemeinen Krieg führen, der für alle verderblich war. Um den Frieden zu erhalten, hätte es einer übergeordneten Autorität bedurft, die notfalls mit Gewalt eine friedliche Lösung jeglichen Konflikts zwischen den Sippen durchzusetzen vermochte. Mit anderen Worten, es hätte eines Staates bedurft.

Andererseits hatte die Symbiose der Juden und Araber die letzteren beeinflußt. Die große Gottheit von Medina war Manat, die Schicksalsgöttin. Aber es gab Medinenser, die Allah höher stellten als alle anderen Götter. Es gab sogar *hanif*, die noch weiter gingen, rundheraus Monotheisten wurden und Gott suchten, indem sie sich asketischen Übungen hingaben, wie dies in anderen Gegenden Arabiens geschah. Ebenfalls wie in anderen Landstrichen war diese Entwicklung mit der immer höheren und immer persönlicheren Vorstellung vom Wert des Individuums verbunden. Warum sollte man gezwungen sein, das Leben für einen unsinnigen Streit eines Rasenden hinzugeben, nur weil er zufällig mit einem verwandt war?

Die Rivalitäten der Sippen waren unerträglich. Es galt, jedes Individuum seiner eigenen Taten wegen zu richten, ohne seiner ganzen Gruppe die Mitverantwortung aufzuladen. Wenn man aber in dieser Welt als Individuum gerichtet werden sollte, dann mußte dies erst recht auch im Jenseits vor Allah so sein. Allah, der alle Menschen geschaffen hatte, mußte ebenfalls allen seinen Kindern gegenüber gerecht sein, ohne auf eine Sippe oder einen Stamm Rücksicht zu nehmen, wie die kleinen Götter dies tun mochten, die von dieser oder jener Gruppe besonders verehrt wurden.

Nun hieß es aber, in Mekka befinde sich ein Mann Gottes, ein Mann, der von Allah selber Offenbarungen empfing und der befugt war, in dessen Namen zu sprechen. Er wurde von den Koraischiten verfolgt, was in den Augen der Leute von Medina nur eine Empfehlung darstellen konnte, da die Anmaßung der Mekkaner und die Ansprüche des großen Handelszentrums auf eine Vormachtstellung sie aufbrachten. Mohammed besaß überdies persönliche Beziehungen zu Medina. Sein Vater lag dort begraben, denn er war auf der Rückkehr von einer Geschäftsreise bei den Angehörigen der Medinenser Sippe der Mutter seines Vaters gestorben, den Banu Adi ibn an-Nadschar, einer Sippe der Chasradsch. Seine Mutter Amina hatte den Verkündiger als kleinen Jungen ihrer Familie zu Besuch gebracht und war dann auf dem Heimweg gestorben.

Oft kamen Leute aus Medina nach Mekka, insbesondere um an den Kulthandlungen teilzunehmen, die in den Heiligtümern der Umgebung der Stadt der Koraischiten stattfanden. Mohammed sprach mit ihnen wie mit anderen Besuchern seiner Vaterstadt. Aber diesmal fand er eine Ebene der Verständigung. Die ersten, die er überzeugte, waren sechs Personen vom Stamme der Chasradsch, das heißt der bei Boath Besiegten. Zwei unter ihnen sollen durch die folgenden Worte des alten Otba ibn Rabia auf Mohammed aufmerksam geworden sein, jenes Würdenträgers, der ehedem vergeblich versucht hatte, mit dem Verkündiger einen Kompromiß zu verhandeln: «Dieser ‹Beter› macht uns Sorgen, der bei jeder passenden und unpassenden Gelegenheit erklärt, er sei der Abgesandte Allahs.» [39] Sie suchten den Störenfried auf. Alle sechs kamen zu Mohammed. «Er sagte zu ihnen: Wollt ihr euch nicht setzen, damit ich mit euch sprechen kann? Sie sagten: Doch gerne. Und sie setzten sich zu ihm. Er rief sie zu Allah, legte ihnen den Islam dar und las den Koran. Allah hatte ihnen den Weg des Islams gewiesen, denn es gab Juden bei ihnen in ihrem Lande, und das waren Leute, die eine Schrift besaßen und mit einer Kenntnis begabt waren, während sie selber Polytheisten und Götzenanbeter waren. Die Juden hatten in ihrem eigenen Land die Oberhand über sie. Wenn es unter ihnen zu einem Konflikt kam, sagten die Juden ihnen: ‹Ein Prophet wird jetzt ausgesandt werden, seine Zeit steht unmittelbar bevor. Wir werden ihm folgen, und dank ihm werden wir euch vernichten, wie Ad und die Iram vernichtet wurden.› Als der Abgesandte Gottes so zu diesen Leuten sprach und sie zu Allah rief, sagten sie untereinander: ‹So etwas! Versteht, bei Allah! Er ist der Prophet, mit dem die Juden uns drohen. Sie sollen uns nicht bei ihm zuvorkommen!› Sie antworteten auf seine Fragen, glaubten ihm und nahmen die muselmanischen Dogmen an, die er ihnen darlegte. Sie sagten zu ihm: ‹Wir lassen unser Volk im Stich! Kein Volk ist so entzweit von Nebenbuhlerschaft und Haß! Vielleicht wird Allah es dank dir vereinen. Wir werden zu ihnen gehen und sie zu deiner Partei aufrufen. Wir werden ihnen dartun, was du uns über diese Religion geantwortet hast. Und wenn Allah sie in diesem Glauben eint, wird es keinen mächtigeren Mann geben als dich!› » [40]

Nach Medina zurückgekehrt, erzählten sie ihr Gespräch. Einzelne waren davon angetan. Verhandlungen wurden aufgenommen. Anscheinend dauerten sie zwei Jahre. Es gab geheime Beratungen. Im Jahre 621 brachten fünf der ersten Anhänger sieben weitere, von denen drei den Aus angehörten. Sie waren also zwölf wie die zwölf Apostel Jesu, ein beunruhigender Umstand. Sie verpflichteten sich feierlich Mohammed gegenüber. Die Einzelheiten, die uns von dieser Reverenzbezeugung überliefert werden, sind ohne Zweifel erfunden. Aber es muß tatsächlich eine Art Seilziehen gegeben haben. Die Medinenser mußten sich verpflichten, in einem gewissen Maße Mohammeds Autorität anzuerkennen, bestimmte moralische Regeln einzuhalten und mit dem Polytheismus zu brechen. Mohammed schickte Mossad ibn Omair mit ihnen nach Medina, einen sehr fähigen Gläubigen aus Mekka, der den Medinensern den Koran lesen und sie in der Lehre unterweisen sollte. Ende Juni 622 fand wiederum eine geheime, aber diesmal entscheidende Versammlung in Akaba statt, in nächster Nähe von Mekka. Zu diesem Treffen fanden sich fünfundsiebzig Leute aus Medina ein, darunter zwei Frauen. Sie vertraten alle Anhänger der Oase. Im Namen ihrer Auftraggeber verkündeten sie feierlich: «Wir gehören zu den Deinen und du bist einer der Unseren. Wenn irgendwelche Gefährten von dir zu uns kommen, oder wenn du zu uns kommst, werden wir dich gegen alles verteidigen, wie wir uns selbst verteidigen würden.» Man ernannte zwölf Abgeordnete, drei von den Aus und neun von den Chasradsch, um die Ausführung des Abkommens zu überwachen.

Von nun an besaßen die Anhänger ihre Zufluchtstätte. Es galt nur noch, sich dort neu zu sammeln. In kleinen Gruppen brachen die Gläubigen nach Medina auf. Die Mekkaner schienen ihnen keine Hindernisse in den Weg zu legen. Als schlimmste Untat wird uns berichtet, daß sie einer Frau (mit ihrem Kind) verboten, ihrem Manne zu folgen. Sie ließen sie erst ein Jahr später ziehen. Die Auswanderung nahm ungefähr drei Monate in Anspruch: Juli, August und September. In Medina wurden die Auswanderer von den dortigen Gläubigen aufgenommen. Es sollen ungefähr siebzig gewesen sein. Ein paar einzelne scheinen der Auswanderung abgeneigt gewesen zu sein und die Gemeinschaft verlassen zu haben. Mohammed brach als letzter auf. Er wollte nicht als vereinzelter Flüchtling in Medina empfangen werden und dort darauf warten, daß seine Anhänger ihm – vielleicht – nachfolgten. Denn wenn der Meister erst einmal fortgezogen war, wer weiß, ob die Bande eines jeden mit seinem Milieu in Mekka nicht die Oberhand behalten hätten? So blieb er am Ort, wachte, überredete sie zum Aufbruch, widerlegte ihre Einwände und ließ ihnen nötigenfalls keine Ruhe. Als klar wurde, daß niemand mehr ausziehen würde, beschloß der Verkündiger, sich ebenfalls auf den Weg nach Medina zu machen.

Die Koraischiten hatten jedenfalls lange gezögert, beraten und sich gestritten, um ihre Haltung festzulegen. Viele waren jedenfalls ganz einfach froh, ihre andersdenkenden Stammesgenossen loszuwerden. Die Einheit würde zurückkehren. Die Hellsichtigsten mußten erkennen, welche Drohung die einmal in Medina niedergelassene Gemeinschaft darstellte. Aber die Gesetze des Lebens im Stammesverband erlaubten kaum, sich der Auswanderung mit Gewalt zu widersetzen. Ein jeder war ein «Schützling» wie Mohammed selber. Ihnen gegenüber tätlich werden, hieß eine Zeit der Vendetten und Gegenvendetten eröffnen. Vielleicht trifft die Überlieferung zu, derzufolge die Koraischiten sich schließlich zur Gewaltanwendung entschlossen hätten. Mohammed sollte gleichzeitig von Vertretern aller Sippen niedergemacht werden, um ganz Koraisch (oder beinahe) solidarisch zu machen und den unvermeidlichen Rächern eine gemeinsame Front zu bieten. Mohammeds Sippe wäre nicht in der Lage, es mit einer solchen Koalition aufzunehmen und alle Mörder zu töten; sie wäre somit gezwungen, eine Geldabfindung anzunehmen, einen Blutpreis. Aber offenbar wurden sie sich schließlich doch nicht einig.

Mohammed hatte Abu Bekr bei sich behalten. Dieser hatte in Voraussicht des Ereignisses für 800 Dirham zwei Kamele gekauft und einen Führer in seinen Dienst genommen, der übrigens ein Heide war, Abdallah ibn Arkath. Die Familien der beiden Männer blieben vorläufig in Mekka. An einem Septembertag brachen sie mit ihrem Führer heimlich nach Süden auf, in der Medina entgegengesetzten Richtung. Sie verbargen sich in einer Höhle des Berges Thaur, eine Marschstunde im Süden von Mekka. Dort blieben sie drei Tage. Die Diener der Familie Abu Bekrs überbrachten die Nachrichten aus der Stadt. Die Mekkaner hatten die Abreise wohl bemerkt und ein paar Nachforschungen unternommen, sie aber schnell aufgegeben. Als deutlich wurde, daß die größte Gefahr vorbei war, brachte der Führer die beiden Männer zunächst an die Küste des Roten Meeres und zog von dort mit ihnen nach Norden, indem er auf Umwegen die Karawanenroute nach Medina überquerte. Die Reise muß etwa zehn Tage gedauert haben. Die Hitze war erdrückend. Endlich gelangten sie nach Koba, an der Grenze der Oase von Medina. Es war Mittag. Sie setzten sich erschöpft in den Schatten eines Baumes. Ein Jude eilte voraus, um die Anhänger zu benachrichtigen.[41] Man schrieb der Mehrzahl unserer Quellen zufolge den 12. des Monats Erster Rabi, nach unserer Zeitrechnung den 24. September des Jahres 622.

Nun begann im eigentlichen Sinne eine neue Ära, da man später vom Anfang jenes Jahres, das heißt vom 16. Juli 622 an die muselmanische Zeitrechnung beginnen ließ, die Zeitrechnung der *hidschra* oder Hedschra, ein zur großen Erbitterung der Muselmanen häufig falsch übersetztes Wort, bedeutet es doch nicht «Flucht», sondern Auswanderung.

In Mekka war der Mensch Mohammed zur Welt gekommen und in Armut aufgewachsen, dort war er ein angesehener Bürger gewesen. Dann hatten sich Ideen in ihm gebildet, und eines Tages hatten sie eine äußere Gestalt angenommen, sie waren mit dem Anschein und der Autorität einer Stimme aus dem Jenseits zu ihm zurückgekehrt. Er hatte seinen Mitbürgern diese Ideen verkündet. Es hatte sich eine Gruppe von Menschen gefunden, die sie willig aufnahmen, weil sie ihren tief empfundenen Bedürfnissen entsprachen. Zunächst dem Bedürfnis, sich einer Gesellschaft mit archaischen, unterdrückenden, unter den neuen, von der Entwicklung geschaffenen Bedingungen ungerechten Strukturen zu entziehen, einer Gesellschaft, die unfähig war, mit dieser Entwicklung Schritt zu halten. Sie entsprachen auch dem Bedürfnis, ihr inniges Verlangen nach Anerkennung des persönlichen Wertes ihrer Individualität in eine neue ideologische Ganzheit eingebaut zu sehen. Die führenden Männer der Gesellschaft, an die Mohammed sich wandte, hatten sich im Gegenteil trotz seiner Kompromißbereitschaft geweigert, irgend etwas am herkömmlichen Gang ihrer Tätigkeit und ihres Denkens zu ändern. So hatte sich innerhalb der Gesellschaft von Mekka eine Splittergruppe gebildet, die zwar noch an den allgemeinen sozialen Beziehungen dieser Gesellschaft teilhatte, ohne bis dahin eine völlig selbständige Struktur mit einer eigenen Organisation zu entwickeln, die sich aber zu einem gänzlich anderen Wertsystem bekannte. Sie gehorchte nur vorläufig den Gesetzen, Bräuchen und Entscheidungen der Stadt, nur bedingt, da die höchste Instanz immer das vom Verkündiger Mohammed ausgesprochene Wort Allahs war. Diese Gruppe war somit dazu berufen, eine Gemeinschaft zu bilden, eine getrennte, totale, in sich abgerundete Gesellschaft, die nur ihren eigenen Gesetzen gehorchte. Diese Möglichkeit begann sich zu verwirklichen, da die Gruppe sich gesamthaft aus der Ursprungsstadt zurückzog und sich in der Rivalenstadt niederließ, wo sie mit den dort ansässigen Anhängern eine Gemeinschaft von bereits recht anderer Art bilden sollte. Das Zusammentreffen der historischen Umstände sollte bewirken, daß diese Wandlungen der Struktur eines winzigen Kerns von Individuen im Schoße zweier am Rande der Wüste verlorener arabischer Städte, am Ende der zivilisierten Welt, eine gewaltige, weltweite Bedeutung erlangte. Deshalb werden Hunderte von Millionen Männer und Frauen ihre Jahre von jenem sengenden Sommer des Jahres 622 an rechnen, als ein jüdischer Bauer zwei erschöpfte Männer in Koba ankommen sah, die auf ihren Kamelen dem kühlen Schatten der Palmen zustrebten.

FÜNFTES KAPITEL

Der Prophet in Waffen

Welche Pläne besprachen Mohammed und Abu Bekr, während sie nach Medina unterwegs waren? Das wissen wir nicht. Höchst wahrscheinlich besaßen sie keine klare Vorstellung von der Zukunft und überdachten alle möglichen Folgen ihrer Auswanderung. Sicherlich waren sie froh, sich endlich in einer für ihre Ideen und ihr Wirken wohlwollenden Atmosphäre niederzulassen. Ihr Ehrgeiz ging vermutlich so weit, daß sie aus Medina einen Mittelpunkt zu machen gedachten, von dem aus der Glaube an Allah, die einzige Gottheit, sich über ein weites Gebiet Arabiens ausbreiten würde. Vermutlich träumten sie auch – in Erwartung der gerechten Strafe, die Allah unfehlbar auf die ungläubige Stadt schicken würde – von einer Vergeltung auf einer beschränkteren und ganz und gar menschlichen Ebene.

Zunächst galt es, sich materiell einzurichten. Es ist wahrscheinlich, daß verschiedene Sippen und Individuen sich um die Ehre stritten, den Verkündiger zu beherbergen. Nach ein paar in Koba verbrachten Tagen beschloß Mohammed, die Wahl Allah zu überlassen. Er gestattete seiner Kamelstute, dorthin zu gehen, wo sie wollte. Sie blieb nahe beim Zentrum der Oase auf einem unbebauten Stück Land stehen, wo Datteln getrocknet wurden und das zwei Waisen gehörte. Mohammed stieg ab. Allah zeigte, daß hier seine Wohnstatt sein sollte. Er erlaubte einem Manne aus dem diesem auserwählten Ort zunächstliegenden Hause, sich um sein Gepäck zu kümmern. Dieser Mann war Abu Aijub Chalid ibn Zaid von der zu den Chasradsch gehörenden Sippe der Nadschar. Er und seine Frau überließen dem illustren Gast das Erdgeschoß und zogen in den ersten Stock. Sie sorgten für seine Mahlzeiten.

Das von der Kamelstute gewählte Grundstück wurde den rechtmäßigen Besitzern gewissenhaft abgekauft. Dann fing man an zu bauen. Die Gläubigen taten dies, so gut sie konnten. Der Verkündiger ermunterte sie, indem er selber Hand anlegte. Die Gelegenheitsmaurer befeuerten sich, indem sie Arbeitslieder sangen, die überall eine der ersten Äußerungen der Dichtung sind:

Wenn wir sitzenbleiben, während der Prophet arbeitet,
Wäre es eine Arbeit, um die wir uns gedrückt haben!

Andere sangen mit etwas religiösem Anstrich:

Das einzig wahre Leben ist im Jenseits!
O Allah! Sei den Helfern und den Emigranten gnädig! [1]

Es heißt, der Verkündiger habe dieses Lied aufgenommen und die Anordnung der Worte so verändert, daß der Reim verlorenging. Damit will man uns zu verstehen geben, daß er für die Teufelskunst der Poesie unbegabt war und daß die ganze Beredsamkeit des Korans von Allah stammt.

Die Angehörigen der niedrigsten, eher an Handarbeit gewöhnten Schichten arbeiteten natürlich am meisten. Die Überlieferung berichtet uns die Klagen Amman ibn Jasirs, der mit Ziegelsteinen überladen wurde: «Abgesandter Gottes! Sie bringen mich um! Sie laden mir eine Last auf, die sie selber nicht zu tragen vermögen!» Es heißt, der junge Ali habe daraufhin gesungen:

Sie sind nicht gleich, jener der die Stätte der Verehrung baut
Und der stehend oder gebückt emsig daran arbeitet,
Und jener, den man von weitem den Staub meiden sieht! [2]

Diese Verse sollen Ammar gefallen haben, der sie mit Nachdruck wiederholte. Es wurde geflüstert, der so gebrandmarkte Drückeberger sei kein anderer gewesen als der elegante Schwiegersohn des Propheten, Otman ibn Affan.

Was so erbaut wurde, gilt in der muselmanischen Tradition als das erste *masschid*, das erste Heiligtum. Das Wort bezeichnete auf nabatäisch und auf syrisch (in der Form *masgueda*) einen Ort, wo man sich niederwirft, einen Ort des Gottesdienstes. Für uns ist (nach der alten Aussprache *masguid*, die noch in Ägypten zu finden ist, und über das Spanische) das Wort «Moschee» daraus geworden. Eigentlich war es das Zentrum der Gemeinschaft für die profanen Tätigkeiten ebensogut wie für die Kulthandlungen. Es war ein rechteckiger Hof, dessen Umfassungsmauer aus an der Sonne getrockneten Ziegeln auf einer Grundlage von Steinen errichtet wurde. Im Norden trugen parallel zur Mauer angeordnete Palmstrünke ein Dach aus Lehm und Palmblättern. Im Osten wurden für die beiden Frauen des Propheten (der während des Baus die kleine Aischa heiratete) zwei Hütten gebaut. Teppiche bezeichneten den Eingang der Hütten im Hof. Der Prophet besaß keine eigene Wohnung. Er wohnte abwechselnd bei einer seiner Frauen. Wie es damals arabische Sitte war, hielt er sich zumeist in diesem Hofe auf, empfing dort die Abordnungen, verhandelte die Geschäfte, hielt seine Reden an die Gläubigen. Die Gefangenen wurden dort angebunden, die Verwundeten gepflegt, und zuweilen fanden dort sogar Spiele mit Lanzen und Schilden statt. Dort wurden auch die gemeinsamen Gebete verrichtet. Die armen Glaubensgenossen konnten dort schlafen. Kurzum, es war der Wohnsitz des

Meisters und der Versammlungsort der Gemeinschaft für alle zweckdienlichen Angelegenheiten.

Es ist hier vielleicht angezeigt, das Äußere des Mannes zu beschreiben, der um die Fünfzig herum ein neues Leben begann. In Wirklichkeit sind alle Porträts, die wir von ihm besitzen, mit Vorsicht aufzunehmen. Aber in dem Maße, in dem sie wahrheitsgetreue Züge bewahrt haben, beziehen sie sich wirklich auf diesen letzten Abschnitt seines Lebens. Es heißt, daß er mittelgroß und breitschultrig war, einen großen Kopf hatte, aber kein rundes, pausbäckiges Gesicht; sein Haar war mäßig gelockt, seine großen, schön geschlitzten schwarzen Augen lagen unter langen Wimpern. Sein Taint war hell mit einem Stich ins Rötliche. Auf der Brust hatte er ein paar wenige, feine Haare, aber auf den Händen und Füßen waren sie dicht, und er besaß einen üppigen Bart. Sein Knochenbau war kräftig. Im Gehen schleuderte er seine Füße energisch vorwärts, als stiege er einen Abhang hinab. Wenn er sich umwandte, geschah dies stets ruckartig.

Ein paar Monate nach der Hedschra beschlossen Mohammed und Abu Bekr, ihre Angehörigen aus Mekka kommen zu lassen. Die beiden Freigelassenen Mohammeds brachen mit zwei Kamelstuten und 500 Dirham auf und brachten ohne Schwierigkeiten Sauda und die Töchter zurück. Ein anderes Glied der Gemeinschaft benachrichtigte Abdallah, den Sohn Abu Bekrs, der desgleichen seine Mutter und seine kleine Schwester Aischa nach Medina brachte. Dies alles geschah ohne den geringsten Widerstand seitens der Einwohner von Mekka.

Bald darauf wurde die Hochzeit mit dem kleinen Mädchen gefeiert. Aischa erzählt (angeblich): «Der Abgesandte Gottes heiratete mich, als ich sechs Jahre alt war, und als die Hochzeit gefeiert wurde, war ich neun. Wir kamen nach Medina, und dann hatte ich einen Monat lang Fieber, und darauf begann mein Haar (das wegen der Krankheit ausgefallen war) reichlich nachzuwachsen. (Das archaische Wort, das so gedeutet wurde, soll anderen Auslegungen zufolge im Gegenteil besagen: blieb spärlich.) Omm Ruman (ihre Mutter) kam zu mir, als ich von meinen Gespielinnen umringt auf einer Schaukel saß. Sie rief mich, und ich ging zu ihr, ohne zu wissen, was sie von mir wollte. Sie nahm mich an der Hand und hieß mich unter der Türe stillstehen. Ich rief: Hah, hah! bis ich außer Atem war. Sie hieß mich in ein Haus eintreten, in dem sich Frauen aus Medina befanden, die sagten: Glück und Segen! Viel Glück! Meine Mutter übergab mich ihnen, sie wuschen mir den Kopf und machten mich schön. Und ich hatte keine Angst, außer am Morgen, als der Abgesandte Gottes erschien, der mich mitnahm.» Die Zeremonie wurde auf ein Mindestmaß beschränkt. Man ließ dem kleinen Mädchen seine Spielsachen, seine Puppen, und zuweilen spielte Mohammed mit ihr.

Es war nicht möglich, immer zu spielen. Es war notwendig, sich um die Ausgewanderten zu kümmern. Die meisten besaßen wenig Mittel. Sie mußten sich bei den Juden verdingen oder bei den Gläubigen aus Medina (die nunmehr die Ansar genannt wurden, das heißt die Helfer, im Gegensatz zu den Muhadschirun, den Ausgewanderten). Da sie im Anbau der Palmen sozusagen gänzlich unerfahren waren, mußten sie zumeist als einfache Handlanger Arbeit annehmen. Sie schöpften das Wasser aus den Brunnen und begossen die Palmen. Nicht alle besaßen die kaufmännischen Gaben eines Abd ar-Rahman ibn Auf, der einen hilfsbereiten Mediner nur bat, ihm den Markt zu zeigen. Dort kaufte er eine Kleinigkeit auf Borg, verkaufte mit einem kleinen Gewinn, kaufte weiter und so fort. Nach kurzer Zeit konnte er sich eine kleine Medinenserin leisten, die er heiratete, wobei er ihrer Familie die übliche Morgengabe machte und überdies die Hochzeit bezahlte!

Seine Würde untersagte dem Abgesandten Gottes, ihn nachzuahmen. Darum litten seine Familie und er auch Hunger, wenn die Jünger vergaßen, sie zum Essen einzuladen oder ihnen ein paar Datteln zu bringen. Zumeist bestand ihre Nahrung aus Datteln und Wasser. Im Winter hatten sie kein Brennholz, um ein Feuer anzuzünden. Die Ausgewanderten litten unter der Feuchtigkeit, an die sie in ihrer trockenen Vaterstadt nicht gewöhnt gewesen waren. Sie wurden von Fieber befallen und von Ruhr.

Es war für das Überleben der Gemeinschaft notwendig, sich zu organisieren. Es war notwendig, Mohammeds Stellung in Medina eindeutig zu definieren. Es war notwendig, die Beziehungen zwischen den verschiedenen Gruppen, aus denen die Bevölkerung von Medina sich jetzt zusammensetzte, eindeutig abzuklären. Es wurde ein Pakt geschlossen, dessen Text uns – als außerordentlicher Glücksfall – in der muselmanischen Überlieferung erhalten wurde. Er ist sicher echt, denn er enthält Bestimmungen, die dem später von der ursprünglichen muselmanischen Gemeinschaft entworfenen Bild widersprechen. Aber W. Montgomery Watt hat gezeigt, daß der uns überlieferte Text zusammengesetzt ist, daß er Artikel aus den ersten Tagen der Niederlassung in Medina enthält und andere aus späterer Zeit.

Dem Pakt zufolge, der im Text selber das Blatt oder vielleicht das Schriftstück (*sahifa*) genannt wird, sollen «die Gläubigen und die Ergebenen von Koraisch und von Jathrib sowie diejenigen, die ihnen folgen, sich mit ihnen verbinden und mit ihnen kämpfen ..., eine einzige Gemeinschaft (*omma*) bilden, die sich von den anderen Menschen unterscheidet» (§ 1). «Die Juden», so wird ausdrücklich gesagt, «bilden mit den Gläubigen eine einzige Gemeinschaft» (§§ 25ff.). Die *omma*, die Gemeinschaft, umfaßt also alle Einwohner von Medina, die nach außen eine einheitliche Front bilden. «Diejenigen unter den Juden, die uns folgen, haben Anrecht auf unsere Hilfe und unsere Unterstützung, solange sie nicht ungebührlich gegen uns gehandelt oder (Feinden) Beistand gegen uns geleistet haben» (§ 16) – (diese ziemlich unklare Stelle kann auch anders übersetzt werden). «Die Juden werden sich mit den Gläubigen an den Ausgaben beteiligen, solange sie Seite an Seite gemeinsam kämpfen» (§§ 24, 38). «Den Juden ihre Ausgaben und den Ergebenen ihre Ausgaben. Es wird unter ihnen gegen jeden, der die von diesem Dokument gedeckten Leute angreift, Hilfe geleistet. Unter ihnen wird es aufrichtige Freundschaft geben, Austausch guter Ratschläge, gerechtes Betragen und keine Treulosigkeit» (§ 37).

Ein sehr interessanter Paragraph schließt sogar die Heiden von Medina in die Gemeinschaft ein. Mohammed hatte vorläufig ein friedliches Zusammenleben mit den Heiden akzeptiert. Die Zukunft würde deren Bekehrung bringen. Es kam darauf an, sie von der Bildung eines Blocks mit den Mekkanern abzuhalten: «Kein Heide soll irgendeinem Koraischiten Schutz bieten, weder für seine Habe noch für seine Person, und soll nichts zu seinen Gunsten und zum Nachteil der Gläubigen unternehmen» (§ 20). Indessen enthalten andere Paragraphen eine gewisse Trennung zwischen Gläubigen und «Ungläubigen» (*kafir*), zu denen die Juden indessen nicht gerechnet werden dürfen (§ 14, 15).

Die Gemeinschaft besteht nicht aus Individuen, sondern aus einer gewissen Anzahl Gruppen: die ausgewanderten Koraischiten bilden eine, alle Medinenser Sippen eine weitere, der die jüdischen, mit ihnen verbündeten Sippen angeschlossen sind. Die drei großen jüdischen Stämme sollten ebenfalls je eine Gruppe bilden, aber die Erwähnung ihrer Namen muß aus dem Text des Abkommens ausgemerzt worden sein, als sie von der Bühne abtraten. Jede Gruppe bildete ein solidarisches Ganzes für die Zahlung des Blutpreises (wenn ein Mitglied einen nicht zur Gruppe Gehörenden tötete). Für den Loskauf von gefangenen Mitgliedern handelten die Ausgewanderten solidarisch als eine Gruppe, und die gleiche Bestimmung galt nicht nur für die Sippen, sondern auch für die Unterverbände der Sippen von Medina (§§ 2ff.).

Indessen gibt es für die Gläubigen (unter Ausschluß der Juden und der Heiden) verschiedene Bestimmungen, die sie einen und von denen wir schon ein paar erwähnt haben. So müssen sie diejenigen Glaubensgenossen unterstützen, die ihre Schuldenlast nicht allein zu tragen vermögen (§ 11). Sie dürfen keinem Ungläubigen zum Nachteile eines Gläubigen helfen noch einen Gläubigen auf Grund ihrer Bande mit einem Ungläubigen töten (§ 14). Alle Gläubigen, auch die geringsten unter ihnen, besitzen die Gewähr des «Schutzes» Allahs; somit sind sie sich unter Ausschluß der übrigen gegenseitig Beistand und Schutz schuldig (§ 15). Im Falle eines Konflikts dürfen die Gläubigen keinen Separatfrieden mit dem Feinde schließen (§ 17). Wenn einer von ihnen getötet wird, müssen sie dem Mörder und seinen Helfern geschlossen entgegentreten, sie gemeinsam bekämpfen oder gemeinsam den Blutpreis annehmen (§§ 19, 21). Sie dürfen keinem perversen Individuum (*mohdith*, wörtlich «Neuerer», das heißt einer, der sich nicht in die allgemeine Moral schickt) Beistand oder Zuflucht gewähren (§ 22). Sie übernehmen ihre eigene innere Polizei und bestrafen selber die Verderbten (§ 13).

In dieser weiten Gemeinschaft ist Mohammeds Rolle bescheiden. Er ist lediglich der Vermittler Allahs, um jede Art Streit und Zwistigkeit unter den Mitgliedern der *omma* zu schlichten. «Wenn irgend etwas euch entzweit, was immer der Gegenstand sei, wendet euch an Allah und an Mohammed (§ 23). Wenn unter den Leuten dieses Dokuments irgendein Zwischenfall oder Streit ausbricht, der befürchten läßt, daß sie daran Schaden nehmen, wird er Allah und Mohammed vorgelegt, denn Allah ist der gewissenhafteste und redlichste (Bürge des Inhalts) dieses Dokuments» (§ 42). Ferner scheint ein ziemlich unklarer Paragraph den Mitgliedern der Gemeinschaft zu untersagen, ohne das Einverständnis der Verkündigers eine militärische Expedition zu unternehmen, obzwar niemand daran gehindert werden kann, die Rache für empfangene Kränkungen durchzuführen (§ 36).[3]

Wir sehen die Struktur der Gemeinschaft von Medina. Es ist noch nicht die Rede von einem Staate, in dem eine höchste Autorität dank einer von der Gesellschaft unabhängigen öffentlichen Gewalt eine gewisse Ordnung durchsetzen könnte. Jede ethnische Gruppe besitzt ihr Oberhaupt, das seinerseits nur auf Grund seines Ansehens handeln kann und nur solange es von seinen Gefolgsleuten anerkannt wird. Die Ordnung wird nur dank der Furcht vor der Vergeltung aufrechterhalten, die jede einem anderen zugefügte Mißhandlung teuer zu stehen kommen ließe.

Aber in dieser typisch arabischen Struktur ist ein neues Element völlig anderer Art aufgetaucht: Mohammed, der ohne eigene Machtbefugnis nur die Besonderheit aufweist, daß er Allahs Stimme vernimmt. Das bringt ihm ein paar Vorrechte. Zunächst ist er der Anführer der ausgewanderten Koraischiten. Er ist auch – ausschließlich auf religiöser Ebene – eine von allen Gläubigen anerkannte Autorität, also bereits von der Mehrzahl der nichtjüdischen Medinenser. Um Zwiste und Streitigkeiten beizulegen, wendet man sich lieber an ihn als an einen anderen Schiedsrichter. Und da man ihn berufen hat, um diese Schiedsrichterrolle zu spielen, um für den inneren Frieden in der Oase zu sorgen, hat er Maßnahmen vorgeschlagen und gutheißen lassen, die geeignet sind, die endlose Verkettung von Vendetten und Gegenvendetten zu vermeiden. Die Bestimmungen des Abkommens sind nicht restlos klar. Es gibt nebenher zu viele Dinge, die wir nicht wissen. Aber die aus jener Zeit stammenden Offenbarungen des Korans können uns auf die Spur glaubhafter Auslegungen bringen und zum Verständnis der diesbezüglichen ersten Politik Mohammeds beitragen. Es wird genau gesagt, wer im Falle eines Mordes oder zugefügter Mißhandlungen verantwortlich ist. Unausgesprochen wird so verfügt, daß kein Gläubiger aus Gründen der Verwandtschaft oder der Freundschaft dem Vollzug der Gerechtigkeit Hindernisse in den Weg legen darf. Andererseits (die Vorschriften des Korans verdeutlichen es) darf die Vendetta nicht ausgedehnt, darf nicht mehr als ein Leben für ein Leben genommen werden; sie darf auch nicht ewig andauern und mit einer Gegenvergeltung auf die einmal genommene Vergeltung antworten. Der Rächer eines nicht provozierten Verbrechens wird wie ein Scharfrichter, wie ein Henker gegen eine mögliche Vergeltung geschützt.

Mohammed hat somit unter Allahs Eingebung Maßnahmen durchgesetzt, die den inneren Frieden im Interesse der Allgemeinheit sichern. Aber nur die feierlich abgelegten Eide und die Macht der öffentlichen Meinung garantieren, daß diese Gebote eingehalten werden. Es gibt ebensowenig eine Polizei wie einen Staatsschatz. Es wird der ganzen Geschicklichkeit und der ganzen Intelligenz Mohammeds und seiner Ratgeber bedürfen, denen zudem die Umstände und der Druck der ihnen selbst unbewußten sozialen Mächte zu Hilfe kamen, um diese moralische Autorität in eine tatsächliche umzuwandeln. Man wird indessen nie zu einer Staatsgewalt gelangen, die jener der benachbarten Machthaber vergleichbar wäre.

Die Medinenser waren im großen und ganzen mit dieser Schiedsrichterrolle Mohammeds einverstanden. Die Bewegung war von den schwächsten Sippen ausgegangen, die unter den Raubzügen der kriegslustigen Häuptlinge gelitten hatten. Sie begehrten Frieden in der Oase. Der zu zahlende Preis war denkbar gering. Man anerkannte Allah als einzigen Gott; man wußte bereits, daß er der mächtigste Gott war. Der Unterschied war nicht besonders groß. Die zweitrangigen Götter wurden lediglich aus kleinen Gottheiten zu Dschinns, zu Geistern. Man anerkannte, daß die von Mohammed gesprochenen Worte ihm von der Stimme Allahs mitgeteilt wurden. Auch dies ließ sich ohne Schwierigkeiten annehmen. Die Aufrichtigkeit des Verkündigers war offensichtlich, die Worte Allahs waren schön und entsprachen den Bestrebungen der Gemeinschaft. Wie sollte man nicht zugeben, daß sie echt waren? Der Mann war klug, liebenswürdig, sympathisch. Kurzum, er war für die Gemeinschaft von Medina ein wertvoller Zuwachs. Es war ein Glück für sie, daß die koraischitischen Stammesgenossen blöde genug gewesen waren, sich einer so interessanten Persönlichkeit zu entledigen.

Die Vorherrschaft des Glaubens an den alleinigen Allah wurde durch die Bekehrung wichtiger Häuptlinge gesichert. Es ist schwierig, ihre Beweggründe genau zu bestimmen. Dafür müßten wir die Psychologie eines jeden besser kennen. Die Anziehungskraft der neuen Religion an sich hat bestimmt eine Rolle gespielt, aber auch ein Verlangen nach Frieden, ehrgeizige Berechnungen, der Haß auf die Koraisch. Die Bekehrung der beiden Häuptlinge der mächtigen Sippe der Abd al-Aschhal vom Stamme der Aus, namens Ossaid ibn al-Hodair und Saad ibn Moadh, war von ausschlaggebender Bedeutung. Sogleich nach ihrer Bekehrung, so wurde berichtet, begaben sie sich zum Versammlungsort ihrer Sippe. Saad bat die Notabeln der Sippe um ihre Meinung. Diese antworteten: «Du bist unser Häuptling, du bist derjenige unter uns, der die beste Urteilskraft besitzt und der am begabtesten ist.» Darauf sagte er: «Es soll keiner eurer Männer oder eurer Frauen das Wort an mich richten, solange er nicht an Allah und seinen Abgesandten glaubt.» Die ganze Sippe bekehrte sich.[4]

Ebenso bedeutsam war die Bekehrung des Abdallah ibn Obbajj von der zu den Chasradsch gehörenden Sippe der Auf. Er hatte sich nicht an der Schlacht von Boath beteiligt und sich mit einem anderen wichtigen Häuptling entzweit, weil dieser ungerechtfertigt jüdische Geiseln hingerichtet hatte. Vielleicht hatte er die Notwendigkeit der Einheit der Medinenser eingesehen, und es wird uns gesagt, daß seine Parteigänger sich im Augenblick der Hedschra anschickten, ihn zum König von Medina zu krönen. Wenn er sich Mohammed angeschlossen hat, so wahrscheinlich, weil er die Macht der Strömung der Bekehrung zur Lehre des Verkündigers bemerkte und es für ratsamer hielt, dabeizusein als zu schmollen. Vielleicht hegte er eine gewisse Hoffnung, das zeitweilige Oberhaupt zu werden, während Mohammed sich damit begnügen würde, im Auftrage Allahs die Lehre zu verkünden. Schließlich darf auch die Möglichkeit nicht unterschätzt werden, daß er für das monotheistische Denken eine aufrichtige, durch seine guten Beziehungen zu den Juden vorbereitete Sympathie besaß.

Die Opposition war unbedeutend. Mehrere Sippen der Aus, die ganz besonders an der Verehrung Manats hingen und übrigens die Aus Manat («Gabe Manats») genannt wurden, weigerten sich, die Ausschließlichkeit Allahs und Mohammeds Mission anzuerkennen. Sie schlossen sich jedoch nur in eine schmollende und passive Zurückhaltung ein, die der Wirksamkeit entbehrte. Am gefährlichsten waren die Gegner, die die Gabe der Poesie besaßen, vor allem eine Frau namens Aßma bint Marwan und ein Greis namens Abu Afak, der angeblich hundertjährig war und zu einer mit den Aus Manat verbündeten Sippe der Chasradsch gehörte. Abu Afak dichtete:

Ich habe lange gelebt, doch sah ich niemals
Weder Haus noch Versammlung von Leuten,
Die den Verbündeten, der sie ruft,
Unverbrüchlicher und treuer zur Seite stünde,
Als jene der Kinder von Kaila (die Aus und die Chasradsch) *in ihrer Gesamtheit.*
Eher stürzten die Berge ein, als daß sie sich unterwürfen,
Aber nun ist ein Reiter zu ihnen gekommen und hat sie entzweit.
(Er sagt:) *Dies ist erlaubt! Dies ist verboten! von allen möglichen Dingen.*
Aber wenn ihr an das Prestige geglaubt hättet
Und an die Autorität, warum seid ihr dann nicht einem
tobba (südarabischen Monarchen) *gefolgt?* [5]

Aßma war noch bissiger, als sie ein wenig später folgendermaßen hetzte:

Ihr Gefickten der Malik und der Nabit
Und der Auf, ihr Gefickten der Chasradsch! (Medinenser Sippen und Stämme)
Ihr gehorcht einem Ausländer, der nicht aus eurer Gegend stammt,

Der weder von Morad ist noch von Madhhidsch! (Jemenitische Stämme)
Hofft ihr auf ihn nach der Ermordung eurer Häuptlinge,
Als giertet ihr nach der Suppe eines siedenden Fleisches?
Gibt es denn keinen Mann von Ehre, der einen Augenblick der Unachtsamkeit nutzt
Und den Hoffnungen der Gimpelfänger ein Ende setzt? [6]

Alle beide waren gefährlich, und wir werden sehen, wie Mohammed sie ermorden ließ. Aber es waren Einzelgänger, und im Augenblick war ihr Gekeife ziemlich machtlos.

Es gab auch den Fall Abu Amirs, der von sich aus schon vor der Hedschra Monotheist geworden war und sich der Askese befleißigte. Deswegen hatte er den Beinamen ar-Rahib erhalten, «der Einsiedler». Er hatte bei Mohammeds Ankunft eine Unterredung mit ihm, fragte ihn aus und beschuldigte ihn, falsche Ideen in den Monotheismus getragen zu haben. Mit anderen Worten: er anerkannte die Echtheit der von Mohammed übermittelten Botschaft Allahs nicht. Er wanderte mit etwa fünfzehn (oder fünfzig?) Anhängern nach Mekka aus, um sich nicht zu unterwerfen. Er bekämpfte die Muselmanen mit den Waffen. Auch nachdem diese endgültig gesiegt hatten, gab er nicht klein bei, sondern ging nach Syrien, wo er das Glück hatte, vor der Eroberung zu sterben.

Aber es gab in Medina bedeutend zahlreichere und bedeutend gefährlichere mögliche Gegner, und zwar die bereits erwähnten jüdischen Stämme. Mohammed war ihnen gegenüber, wie wir gesehen haben, nicht im geringsten voreingenommen. Ganz im Gegenteil, er dachte, daß die von ihm verkündete Botschaft inhaltlich im wesentlichen mit jener übereinstimmte, die die Juden seit langem auf dem Sinai empfangen hatten. Er empfand sogar Achtung für das Alter dieser Offenbarung, für den zeitlichen Vorrang ihrer Schrift gegenüber jenen der anderen Religionen, die sich ausnahmslos darauf bezogen, auch wenn sie allerlei hinzuerfanden. Die gleichartige Botschaft, die er den Arabern brachte, konnte nicht mit einer vorhergehenden Offenbarung aus der gleichen Quelle im Widerspruch stehen.

Als er sich anschickte, nach Medina aufzubrechen, scheint er ernsthaft mit der rückhaltlosen Unterstützung jener dort ansässigen Monotheisten gerechnet zu haben. Er stellte sich jedenfalls vor, daß er und seine Anhänger mit den Juden einen festgefügten Block bilden würden, eine einheitliche Front gegen das koraischitische und allgemein arabische Heidentum. Er scheint sich zu jener Zeit etwas genauer über die dem Volke

Israels eigenen Sitten unterrichtet und beschlossen zu haben, sich ihm anzunähern. Er schrieb seinen Anhängern vor (aber war das neu?), sich zum Gebet gegen Jerusalem zu wenden. Indessen verwarf die Stimme Von Oben die Vorstellung, daß Gott sich nach den sechs Schöpfungstagen ausruhen mußte; das verurteilte die jüdische Auffassung vom Sabbat. Vielleicht handelte es sich dabei, wie Goldziher annimmt, um einen diesbezüglichen Einfluß masdasnäischer Vorstellungen. Wie dem auch sei, Mohammed soll vor der Hedschra seinem Abgesandten in Medina, Mossab, geschrieben haben, er möchte die Versammlungen der Gläubigen mit «Gebet» am Freitag organisieren, also an dem Tag, an dem die Juden sich für das Fest des nachfolgenden Tages vorbereiteten. Er scheint die ernstliche Absicht gehegt zu haben, sich diesen Vorbereitungen der Juden zu verbinden. Mohammed war auch von dem großen Fasten beeindruckt, das die Juden am 10. des Monats Tischri einhielten, dem Jom Kippur, dem Versöhnungstag. In arabisiertem Aramäisch wurde er der *aschura* genannt, das heißt «der Zehnte». Er beschloß, daß seine Gläubigen daran teilnehmen sollten. Nach jüdischem Brauch wurde auch eine Betzeit im Verlaufe des Tages festgelegt. Eine Offenbarung erlaubte den Gläubigen, von den Speisen der Leute der Schrift zu essen und Frauen aus ihren Reihen zu ehelichen. Mohammed scheint nie daran gedacht zu haben, alle peinlich genauen Ernährungsvorschriften zu beobachten, die von den Juden eingehalten wurden. Er sah darin (dem christlichen, gnostischen und manichäischen Gedankengang folgend) eine von Gott für ihre Sünden verhängte Strafe. Aber er schloß sich einer beschränkten Version dieser Verbote an, ungefähr jener, die von den ersten Christen angenommen worden war; sie gründete auf den Forderungen, die theoretisch von den Rabbinern an die zur Wohnungsgemeinschaft mit dem Volke Israels zugelassenen Ausländer und zweifellos auch an die teilweise Bekehrten gestellt wurden: kein Schweinefleisch essen, kein Blut und keine eines natürlichen Todes gestorbenen, erwürgten oder den Götzen geopferten Tiere. Schließlich ging das Bestreben nach Anpassung so weit, wie wir sehen werden, daß gewisse jüdische Gepflogenheiten von den «Ergebenen» übernommen wurden.

Die Juden antworteten im ganzen nicht so auf Mohammeds Annäherungsversuche, wie er erwartete. Wir wissen nicht genau, wie die Juden Arabiens sich dem Halb-Proselytismus gegenüber verhielten. Zur griechisch-römischen Zeit nahm das Judentum ohne weiteres die *sebomenoi* an, die «Gott Fürchtenden», die ihre Sympathie für den jüdischen Monotheismus bekundeten, ohne allen Riten, die von den echten Kindern Israels gefordert wurden, unterworfen zu sein. Die großen Katastrophen, die das auserwählte Volk heimgesucht hatten, führten zu einer unnachgiebigen Unbeugsamkeit und zu einem gesteigerten Mißtrauen gegenüber den Fremden. Es wurden nur noch endgültige und restlose Bekehrungen angenommen. Indessen war der Halb-Proselytismus unter günstigeren Bedingungen da und dort wieder aufgeblüht. Auf jeden Fall hätten die Juden von Medina, die schon seit langem in das Zusammenleben mit völligen Heiden eingewilligt hatten, es schon nur vom religiösen Standpunkt aus begrüßen müssen, daß Mohammeds monotheistische Anhänger sich in ihrer Nähe ansiedelten. Diese gingen im Sinne des Judentums unvergleichlich weiter als jene *guerim*, jene auf dem Boden Israels ansässigen ausländischen Heiden, die auf ihre Götzen verzichtet hatten und denen die Rabbiner theoretisch die gleichen Rechte zubilligten wie den Juden. Man forderte von ihnen nur die Einhaltung der «sieben Gebote der Söhne Noahs»: «Billigkeit üben, sich der Lästerung des Namens enthalten, der Götzenanbetung, der Unsittlichkeit, des Mordes, des Diebstahls, und kein Glied eines noch lebenden Tieres essen.» Mohammeds Anhänger bekannten sich nicht nur zu den grundlegenden Ideen des Judentums und zu den Geboten Noahs, sondern offenbarten zudem einen großen guten Willen für die Einhaltung eines Teiles der jüdischen Riten. Grundsätzlich stand also nichts dem friedlichen Zusammenleben der beiden Gemeinschaften im Wege. Aber die jüdischen Stämme von Medina hatten jedenfalls nicht darauf verzichtet, einen bedeutenden politischen Einfluß auf die Gegend von Medina auszuüben. Sie erkannten ohne Zweifel ziemlich bald mit Deutlichkeit, daß Mohammeds Einstellung und die Bedeutung, die er gewann, dazu angetan waren, dieses Ziel zu vereiteln. Vor allem aber war Medina ein geistiger Mittelpunkt. Es steht fest, daß die jüdischen Intellektuellen sich nicht dazu entschließen konnten, die Gültigkeit der an Mohammed gerichteten Offenbarungen zu bestätigen. Man wandte sich an sie, die Besitzer der Alten Schrift, um eine Meinung zu dieser neuen Botschaft zu vernehmen, zu deren Übereinstimmung mit den von den Spezialisten anerkannten Merkmalen der göttlichen Eingebung. Selbst wenn sie der neuen Bewegung wohlwollend gegenüberstanden, war es für sie schwierig, zu rechtfertigen, was ihnen als unzusammenhängende Hirngespinste eines Ignoranten vorkam, und es war schwierig für sie, nicht auf die Entstellungen hinzuweisen, die die Berichte des Alten Testaments im Koran erfahren hatten, die Anachronismen und die Irrtümer, von denen es darin wimmelte. Vielleicht wurden sich einzelne damals bewußt, daß das Anliegen der Wahrheit nicht immer mit einer passenden politischen Orientierung in Einklang steht. Viele sahen das Problem bestimmt überhaupt nicht und bekämpften den Mann, den sie gleichermaßen für einen falschen Propheten hielten und für eine politische Gefahr. Die Abklärung der zu treffenden Wahl nahm einige Zeit in Anspruch. Aber bald sollte der Tag kommen, an dem Mohammed sich dazu entschloß, von der Sachlage Kenntnis zu nehmen und eine andere Stellung zu beziehen.

Doch noch sind wir nicht so weit. Zuvor waren andere Entscheidungen getroffen worden, die schwerwiegende Folgen nach sich zogen. Weniger als ein Jahr nach seiner Ankunft in Medina übergab Mohammed seinem Onkel Hamsa eine weiße Fahne und schickte ihn an der Spitze von sieben Auswanderern fort, «um die Karawanen der Koraisch abzufangen».[7] Welches waren seine Beweggründe?

Es ist möglich, daß der Verkündiger und seine Ratgeber bereits einen Teil der Entwicklungen der so von ihnen geschaffenen Situation vorausgesehen hatten. Aber man muß sich darüber klar sein, daß ihr Verhalten gewissen Erfordernissen entsprach, die in dem Rahmen, in den sie sich gestellt sahen, normal waren. Die Mitglieder der neuen Gemeinschaft besaßen nur geringe Mittel für ihren Unterhalt. Wir haben gesehen, in welch äußerste Verlegenheit sie gerieten. Die Arbeit eines Handlangers war in keiner Weise anziehend, die großen kaufmännischen Begabungen eines Abd ar-Rahman ibn Auf waren ganz selten, und kein Mekkaner besaß genügend Geld, um sich ein Stückchen Oase zu erwerben, wo alles bebaubare Land seit langem verteilt war. Die meisten Gläubigen aus Mekka besaßen kein regelmäßiges Einkommen, und der Verkündiger lebte selber (kümmerlich) nur dank der öffentlichen Wohltätigkeit; noch schlimmer aber war der Umstand, daß die Gemeinschaft als solche über keinerlei Mittel verfügte. Dieser Lage mußte Abhilfe geschaffen werden, und der Straßenraub (wir können solche Handlungen kaum anders bezeichnen) war das natürliche Mittel in der arabischen Gesellschaft, um sein Dasein zu fristen, wenn man über keine anderen verfügte. Dies wird von allen ausländischen Autoren einhellig festgestellt und findet überreichliche Bestätigung in der vorislamischen arabischen Literatur. Die natürlichen Opfer dieser von Mohammed geleiteten Angriffe waren seine eigenen Stammesgenossen der Koraisch. Es hatte keinen Sinn, sich mit anderen Gruppen zu verfeinden; die reichen Karawanen der Koraischiten waren eine auserlesene Beute (es war schwierig, eine bessere zu finden), und mit ihren Angriffen befriedigten die Verbannten überdies ihren berechtigten Groll gegen die Leute, die sie gezwungen hatten, ihre Heimat zu verlassen, gegen die hoffärtige Stadt, die Allahs Warnungen verhöhnt hatte. Medina war für solche Expeditionen bemerkenswert günstig gelegen, denn die zwischen Syrien und Mekka verkehrenden Karawanen waren gezwungen, in einer Entfernung von höchstens hundert Kilometern an der Oase vorbeizuziehen.

Der Privatkrieg war eine durchaus gängige Gewohnheit. In dieser Gesellschaft, die den Begriff des Staates nicht kannte, besaß jeder Häuptling einer Gruppe die Befugnis, seine Leute gegen jegliches Ziel auszusenden, das er ihnen angab. Er mußte nur die Konsequenzen auf sich nehmen, die vorher abzuwägen ratsam war. So gab es für Mohammed nichts außer vielleicht gegebenenfalls Erwägungen der Günstigkeit, was ihn hinderte, sich dieser kriegerischen Tätigkeit zu widmen. Im allgemeinen folgten seine Anhänger ihm ohne zu zögern, obschon er nur über moralische Mittel verfügte, um auf die Vorsichtigen und Kleinmütigen Druck auszuüben. Als die Sache sich als einträglich erwies, gesellten sich Freiwillige aus Medina zu ihnen, obgleich ihr Abkommen mit Mohammed sie in keiner Weise verpflichtete, an seinen Feldzügen teilzunehmen.

Die ersten Angriffe waren ziemlich unbedeutend und zumeist fruchtlos; nach der üblichen Manier der arabischen Razzien vermied man das Handgemenge, wenn man sah, daß die Angegriffenen zu zahlreich und auf der Hut waren. So weit wie möglich suchte man jedes Blutvergießen zu vermeiden, aus Furcht, sich in den Teufelskreis der Vendetten verwickelt zu sehen, ohne dafür großen Vorteil zu gewinnen.

Im Monat Radschab des Jahres 2 der Hedschra (Januar 624), ungefähr fünfzehn Monate nach der Ankunft in Medina, wurde unter denkwürdigen Umständen das erste Blut vergossen. Gewiß um das Geheimnis besser zu wahren und so den Überraschungseffekt zu sichern, sandte Mohammed Abdallah ibn Jahsch an der Spitze einer Abteilung von sieben bis zwölf Mann aus und gab ihm versiegelte Instruktionen mit, die er erst nach zwei Marschtagen öffnen sollte. Die Absicht war, in Nakhla, an der Straße von Taif nach Mekka, also im Süden dieser Stadt, einen Hinterhalt zu legen und eine Mekkaner Karawane anzugreifen. Diese würde selbstverständlich so weit von Medina entfernt und in der entgegengesetzten Richtung nicht auf diesen Angriff gefaßt sein. Tatsächlich gelang es Abdallah ibn Jahsch und seinen Leuten, sich der Karawane und zweier der vier Mekkaner Begleiter zu bemächtigen. Ein dritter wurde getötet, und der vierte entkam. Beute und Gefangene wurden im Triumph nach Medina gebracht. Aber da gab es einen gewaltigen Aufruhr, weil der

Mord während des Monats Radschab begangen worden war, eines jener geheiligten Monate, während deren gemäß den vom arabischen Heidentum anerkannten Regeln kein Blut vergossen werden durfte. Hatte Mohammed willentlich dieses Verbot übertreten, oder hatte er damit gerechnet, daß alles ohne Blutvergießen ablaufen würde, oder hatte am Ende sein Stellvertreter seine Instruktionen überschritten und die Verantwortung für den Angriff auf sich genommen, obwohl man noch im Monat Radschab war (es scheint gegen Ende des Monats gewesen zu sein)? Wir wissen es nicht. Auf jeden Fall trug Mohammed der öffentlichen Meinung Rechnung, deren Reaktion ihm vielleicht unerwartet kam, und rührte die Beute nicht an, bis eine gelegen kommende Offenbarung Gottes ihn belehrte: «Schlimm ist es, Kämpfe (während der heiligen Monate) zu führen»; aber die von den Mekkanern begangenen Sünden waren noch viel schlimmer (*Koran*, 2, 218). Daraufhin nahm er ein Fünftel der Beute an (was im weiteren Verlauf zur Regel wurde), nachdem der Rest unter die Gefährten verteilt worden war. Die beiden Gefangenen wurden gegen ein Lösegeld von 1600 Dirham pro Kopf freigelassen, die von ihren Angehörigen bezahlt wurden; dies geschah jedoch erst, nachdem zwei weitere Mitglieder der Expedition, die sich verirrt hatten und deren Ermordung durch die Mekkaner man vermuten konnte, heil zurückgekehrt waren. Einer der beiden Gefangenen schloß sich den Anhängern Mohammeds an und blieb in Medina.

Diese für die Finanzen der Ergebenen in höchstem Maße glückliche Geschichte hatte andererseits sehr verständlicherweise die Geduld der Koraischiten erschöpft. Die politisch weitsichtigsten Leute von Mekka erkannten, daß Mohammed eine ständige Gefahr für den Handel ihrer Stadt darstellte und daß es notwendig war, sich seiner schleunigst zu entledigen. Diese Überlegung stellte insbesondere Abu Dschahl an, der einflußreiche Häuptling der Sippe der Machsum, dessen Erbitterung gegen Mohammed wir bereits gesehen haben. Zwei Monate nach dem Überfall von Nakhla, im Monat Ramadan des Jahres 2 (März 624), kehrte eine besonders große Karawane unter der Führung von Abu Sofjan ibn Harb, von der Koraischitensippe der Abd Schams, aus Gaza nach Mekka zurück. Alle Koraischiten hatten Interesse an den Gütern dieser Karawane. Sie wurde von rund siebzig (nach anderen Quellen nur etwa dreißig) Kaufleuten begleitet, die allen Sippen der Koraisch angehörten. «Als der Abgesandte Gottes davon benachrichtigt wurde», schreibt das älteste diese Angelegenheit betreffende Dokument, nämlich der Brief, den der Überlieferer Orwa ibn az-Zobair etwa sechzig

Jahre nach dem Vorfall an den Kalifen Abd al-Malik schrieb, «rief er seine Gefährten herbei und teilte ihnen mit, welche Reichtümer transportiert wurden und wie klein die Zahl der Begleiter war.» Die Waren des Geleitzuges besaßen, so heißt es, einen Gesamtwert von 50 000 Dinaren. Ein schöner Handstreich stand in Aussicht, und diesmal waren die Liebhaber zahlreich. Insgesamt anerboten sich etwa dreihundert Mann, darunter weniger als neunzig Auswanderer aus Mekka. Die übrigen waren Leute aus Medina, die sich an der Beute beteiligen wollen. «Sie brachen auf», schreibt der alte Orwa ungeschminkt, «ohne irgendeinen anderen (angreifen) zu wollen als Abu Sofjan und seine Reiter, ohne irgend etwas anderes im Sinne zu haben als die den Koraischiten abzunehmende Beute, und sie dachten nicht, daß ihre Begegnung zu einem ernsthaften Kampf führen würde. So sollte auch Gott es ihnen mit folgenden Worten offenbaren: ‹ ... da wünschtet ihr, daß euch der (Heerhaufen) ohne Stachel (also der unbewaffnete) in die Hände falle ... › (*Koran*, 8, 8).» [8] Sie legten sich in der Nähe des Brunnens von Badr in den Hinterhalt, dort, wo die Straße nach Syrien die Küste verläßt und ein wenig landeinwärts führt, um nach Mekka zu gelangen, und von wo auch eine Straße nach Medina abzweigt.

Abu Sofjan hatte vielleicht aus eigener Schlußfolgerung (er war, wie wir sehen werden, ein hochintelligenter Mann), vielleicht auch auf Grund der Berichte seiner Spione, die Gefahr vorausgesehen. Er entsandte eine Bitte um Verstärkung nach Mekka mit den folgenden Worten: «Verteidigt eure Waren!» Der Ruf wurde erhört. Die Mekkaner hoben eine Truppe von angeblich neunhundertundfünfzig Mann aus, die so ziemlich alle kampftüchtig waren. Offenkundig wollte man die nach Medina geflüchteten Abtrünnigen beeindrucken und ein für allemal mit der ständigen Bedrohung der vitalen Interessen der ganzen Bevölkerung von Mekka aufräumen.

Abu Sofjan verließ sich nicht übermäßig auf die Mekkaner. Er hielt es für ratsamer, als er in die Nähe von Medina gelangte, nicht der gewöhnlichen Route der Karawanen zu folgen. Auf die Gefahr hin, Durst zu leiden, bog er nicht zum Wasserplatz von Badr ab, der an dieser Straße lag, sondern zog so nahe wie möglich der Küste des Roten Meeres entlang. Ein Bericht versichert, daß er allein zur Erkundung bis nach Badr vorstieß und dort erfuhr, daß zwei Männer herbeigekommen seien, um Wasser zu holen. Abu Sofjan untersuchte den von den Kamelen hinterlassenen Mist und entdeckte darin Dattelkerne. «Bei Allah, das ist das Futter von Medina!» rief er aus.[9] Die beiden Männer waren Spione Mohammeds. Er brach im Galopp wieder auf und hielt seine Karawane weiterhin auf dem Weg am Meer.

Bald befand sie sich unerreichbar weit im Territorium von Mekka. Ein Bote wurde ausgesandt, um die Entsatzarmee zu benachrichtigen. Viele Mitglieder dieses Heeres wollten umkehren. Die Expedition hatte keinen Sinn mehr, es sei denn, man wollte den bei Nakhla getöteten Amr ibn al-Hadrami rächen. Es kam zu lebhaften Diskussionen. Mohammeds geschworener Feind Abu Dschahl beschämte die Männer, die umkehren wollten. Begehrten sie wirklich, als Feiglinge dazustehen? Dieses Argument ist allezeit fähig gewesen, die Menschen zu sinnlosen Handlungen zu treiben. Die meisten blieben. Die Angehörigen zweier Sippen zogen ab. Damit hatten die Koraischiten doch immerhin ein paar hundert Mann ihrer Streitmacht eingebüßt.

Mohammed und seine Leute wußten nichts von der Hilfsexpedition und erwarteten nach wie vor die Karawane beim Brunnen von Badr, wo sie normalerweise vorbeikommen mußte. Die Gefangennahme eines jungen Mekkaner Wasserträgers klärte sie auf. Mohammed sah, daß es hart auf hart gehen würde. Aber er wußte, daß die Armee der Koraischiten, die durch eine Sanddüne von ihm getrennt war, seine Anwesenheit noch nicht ahnte. Er hielt sie für weniger zahlreich, als sie in Wirklichkeit war. Er betete, und Allah ermutigte ihn. Ein Regenfall im günstigen Augenblick erlaubte ihm, rasch zu den Brunnen vorzudringen, die er vor den Koraischiten erreichte. Auf den Rat eines seiner Gefährten ließ er sie alle zuschütten bis auf einen, vor den er seine Leute stellte. Die Koraischiten waren gezwungen, sich um das Wasser zu schlagen, und zwar sich auf dem vom Verkündiger gewählten Boden zu schlagen.

Der Kampf verlief recht verworren. Mohammeds Heer scheint indessen eine große taktische Überlegenheit bewiesen zu haben. Es war geordnet in Reihen gestaffelt und überschüttete den Feind mit Pfeilen, ohne die Schlachtordnung zu lockern. Es kam wie immer in Arabien zu Einzelkämpfen, wenn Kampfhähne eines Lagers laut die des anderen herausforderten, sich mit ihnen zu messen. Was vor allem den Medinensern den Vorteil gebracht zu haben scheint, war die Einheit der Führung. Die Koraischiten kämpften in unabhängigen Sippenverbänden, und die der Schlacht vorausgegangenen Diskussionen erwiesen, wie gering ihr Einvernehmen war. Am Morgen hatten sie nach Osten gekehrt die Sonne im Gesicht. Sie waren durstig. Ihre obersten Führer wurden getötet, wahrscheinlich schon zu Beginn der Schlacht, zum Teil während der Zweikämpfe. Sie machten überhaupt keinen Gebrauch von dem Vorteil, den ihnen die Überlegenheit ihrer Reiterei hätte verschaffen sollen, besaßen sie doch siebenhundert Kamele und hundert Pferde.

Mohammed und seine Ratgeber wahrten im Gegenteil eine strenge Einheit des Oberbefehls. Es stimmt, daß Mohammed beinahe während der ganzen Dauer der Schlacht im Hintergrund in einer Hütte blieb, die für ihn errichtet worden war. Er betete inbrünstig und beunruhigt. Zu einem bestimmten Augenblick trat er heraus und warf eine Handvoll Kieselsteine in Richtung auf den Feind und rief dabei: «Böser Blick für diese Gesichter!» [10] Zu dieser magischen Geste fügte er religiöse Ermunterungen: «Bei Jenem, der Mohammeds Seele in der Hand hat», sagte er immer wieder, «wird heute kein Kämpfer, der genügend Ausdauer bewiesen hat, der vorgedrungen ist und nicht zurückgewichen, getötet werden, ohne daß Allah ihn ins Paradies aufnimmt!» Omair ibn al-Homan war eben dabei, ein paar Datteln zu essen, die er in der Hand hielt. Er hörte diese Ermahnungen und rief: «Großartig! Großartig! Um ins Paradies zu gelangen, muß ich mich bloß von diesen da töten lassen?» Er warf seine Datteln fort, ergriff seinen Degen und stürzte sich ins Gewühl, wo er kurz darauf getötet wurde.[11]

Die Kaufleute aus Mekka waren nicht auf ein solches Feuer gefaßt. Wahrscheinlich hatten sie gedacht, das bloße Vorhandensein ihrer großen Zahl würde Mohammeds Anhänger in die Flucht schlagen. Vielen war es zuwider, Leute zu töten, mit denen sie mehr oder weniger verwandt waren, und so erneut den Kreis der Vendetten zu eröffnen. Gegen Mittag wurde die Panik unwiderstehlich, und sie flohen. Zwischen fünfzig und siebzig Mekkaner wurden getötet, darunter die beiden obersten Anführer, Abu Dschahl und Otba ibn Rabia. Etwa siebzig wurden gefangengenommen. Mohammeds Partei hatte nur etwa fünfzehn Tote zu beklagen. Die Beute war zwar bei weitem nicht so wertvoll wie Abu Sofjans Karawane, aber sie war doch beträchtlich: hundertundfünfzig Kamele, zehn Pferde, viele Waffen, Harnische, allerlei den Flüchtlingen gehörende Gegenstände und sogar Waren, die sie mitgenommen hatten, weil sie unterwegs noch ein bißchen Handel damit zu treiben hofften. Es war zu Streitereien zwischen denen gekommen, die sich persönlich einer Beute bemächtigt hatten, und den anderen, die dazu keine Gelegenheit gefunden hatten, insbesondere jenen, die im Hintergrund geblieben waren, um die Hütte des Verkündigers zu beschützen. Dieser stellte die Ordnung wieder her, indem er befahl, aus der ganzen Beute einen großen Haufen zu machen, der gleichmäßig unter alle Kampfteilnehmer verteilt wurde.

Die Gefangenen wurden versammelt. Omar wollte sie alle umbringen, aber Mohammed beschloß, zuerst ein Lösegeld zu fordern und allenfalls anschließend diejenigen zu töten, für die niemand zahlen wollte. Er nahm sich die Freiheit heraus, auf der Stelle zwei freizulassen. Dagegen entfesselte sich sein Groll gegen zwei Männer, die intellektuelle Angriffe gegen ihn geführt hatten. Sie hatten bei jüdischen und iranischen Quellen Erkundigungen eingezogen, ihm knifflige Fragen gestellt und sich über ihn und seine göttlichen Botschaften lustig gemacht. Sie konnten auf keine Gnade hoffen. Er befahl sie hinzurichten. Der eine sagte zu ihm: «Und wer wird für meine Buben sorgen, Mohammed?» Er antwortete: «Die Hölle!» [12]

Die Heimkehr war ein Triumph. In Rawha, etwa sechzig Kilometer vor Medina, wurden die Sieger vom Beifall der Anhänger empfangen. Ein Kampfteilnehmer, Salama ibn Salama, knurrte: «Wozu beglückwünscht ihr uns? Bei Allah, wir haben uns gegenüber nur alte Frauen gefunden, kahl, wie Kamele mit gebundenen Füßen, die man als Opfer darbringt und die wir abgemurkst haben.» Der Abgesandte Gottes lächelte, dann sagte er: «He, Neffe! Aber das waren die Anführer!» [13]

Der materielle Gewinn war bedeutend. Die erheblichen für die Gefangenen bezahlten Lösegelder betrugen je nach dem Vermögen eines jeden zwischen tausend und viertausend Dirham. Indessen war der moralische Gewinn noch unendlich bedeutender. Genaugenommen war es der erste Erfolg der neuen Sekte, und zwar ein gewaltiger Erfolg. Die große, seit Generationen unbesiegte Stadt im Hedschas hatte eine beträchtliche Schlappe erlitten. Es war nunmehr ausgeschlossen, die Bedeutung Mohammeds und seiner Anhänger zu leugnen: sie waren jetzt eine Macht.

Vor allem in Medina sah Mohammed seine Stellung gefestigt. Einer der Leute, die ihn nicht nach Badr begleitet hatten, kam eilends herbei, um sich zu entschuldigen. Er habe geglaubt, es handle sich nur darum, ein wenig Beute zu erraffen. Wenn er gewußt hätte, daß es sich um etwas Ernsthaftes handelte, wäre er gekommen. Die Abwartenden schlossen sich wie üblich dem Sieger an. Und die Beduinenstämme der Gegend zeigten den Ergebenen nunmehr ebenfalls ein viel freundlicheres Gesicht.

Vor allem auf Mohammed hatte der Sieg eine ungeheure Wirkung. Er hatte gelitten und gekämpft, er war die Zielscheibe des Gelächters gewesen, der Spötteleien, der Ungläubigkeit. Sicherlich hatte auch er selber gezweifelt. Und nun schenkte Allah ihm ein sichtbares Zeichen seiner Hilfe. Eine der seinen an Zahl überlegene Armee war geschlagen worden. Darin war eindeutig Allahs Hand zu erkennen. Unter dem Geflecht seiner Hütte, im Beben und in der Inbrunst, inmitten der Schreie der Krieger und der klirrenden Waffen, des Stöhnens der Verwundeten und des Röchelns der Sterbenden, hatte Allah wieder zu ihm gesprochen. Vielleicht hatte Mohammed, wenn er hie und da einen Blick auf das Schlachtfeld warf, in seinem Fieber jene Legionen von Engeln gesehen, die den Seinen zu Hilfe eilten und von denen die späteren Werke so ausführlich sprechen. Es war übrigens Allah, wie Er selber offenbarte, der diese von keinem der Beteiligten eigentlich gewünschte Begegnung herbeigeführt hatte:

> *Als ihr auf dieser Seite des Flusses lagertet und sie auf der entgegengesetzten Seite und die Karawane unter euch* (im Tal) *stand, da wäret ihr, wenn ihr auch Verabredungen getroffen hättet, über diese Verabredung selbst uneinig geworden, jedoch Allah entschied die Sache, wie er beschlossen hatte ... Allah zeigte dir den Feind im Traum in geringer Anzahl: hätte er ihn dir aber groß an Zahl vorgestellt, so wärt ihr kleinmütig geworden und hättet euch über diese Angelegenheit herumgestritten. Allah aber hat euch davor geschützt, denn er kennt das Innerste des menschlichen Herzens. Als ihr gegeneinander anrücktet, da zeigte er sie vor euren Augen als nur wenige, und ebenso ließ er euch ihren Augen als nur sehr gering erscheinen, damit Allah die Sache so entscheide, wie er sie beschlossen hatte. ...* (*Koran*, 8, 43–45)

War dies nicht ein entscheidender Beweis wie jener, den er ehedem Mose gegeben hatte, als er Pharaos Heere von den Fluten des Roten Meeres verschlingen ließ? Für Moses und Aaron war es eine «Errettung» gewesen (*forkan*, auf aramäisch *porkan*), ein Wort, das Mohammed mit dem arabischen Sinn der Wurzel verband, so daß er gleichzeitig eine «Trennung» darin erblickte. Die Trennung zwischen den Gerechten und den Ungerechten, den Guten und den Bösen, den Erretteten und den Verdammten. Ein entscheidender Beweis dafür, daß die Mekkaner zu den letzteren gehörten! War dies nicht das so lange erwartete Unglück, das sie treffen sollte? Ein entscheidender Beweis auch dafür, daß die Gegner in Medina, ob Juden, dem Christentum Zugewandte oder Heiden, unrecht hatten. Allah mißbilligte die Juden trotz ihrer vergangenen Verdienste und ihrer Kenntnis der Schriften. So kehrte Mohammed seiner selbst und seiner Sache gewiß nach Medina zurück, fest entschlossen, vorwärtszugehen und jeglichen Widerstand zu brechen.

Er war jetzt reich und mächtig. Wiederum bestätigten sich

die mit Erfahrung beladenen Worte des großen Florentiners: «Alle wohlgewappneten Propheten waren Sieger, und die waffenlosen wurden besiegt.» [14] Mohammeds Überlegenheit, die sich aus den in seiner Heimat herrschenden Bräuchen und Umständen erklärt, bestand darin, daß er ein Prophet in Waffen war. Ganz allmählich begann die Gemeinschaft, die Wesenszüge eines Staates anzunehmen. Kurz nach Badr rechtfertigte Allah die Zuteilung eines Fünftels der Beute an Mohammed mit der Verpflichtung, für die Bedürfnisse der Waisen, der Armen und der Reisenden zu sorgen. Er begann, zu freiwilligen Beiträgen aufzurufen. Dies war der Ansatz zu einem Staatsschatz. Wir werden sehen, wie die andere kennzeichnende Eigenschaft des Staates entstand, nämlich die Polizei.

Die seinen Annäherungsversuchen gegenüber ablehnende oder feindselige Haltung der Juden hatte Mohammed schon vor Badr erbittert. Das Gespött und die Kritiken ihrer Intellektuellen hatten ihn aufgebracht, und wir haben gesehen, wie empfindlich er für diese Art Angriffe war. Er scheint schon vor Badr den Bruch vorbereitet zu haben, ohne indessen die letzten Konsequenzen zu ziehen. Er hatte angeordnet, daß man sich nicht mehr gegen Jerusalem kehren sollte, um zu beten. Die Juden hatten ebenfalls ihre Schlußfolgerungen gezogen. Es ist bemerkenswert, daß kein einziger sich freiwillig zur Expedition gemeldet hatte. Der Bruch war praktisch vollzogen. Badr beseitigte die letzten Bedenken des Propheten. Einer wahrscheinlichen Hypothese Richard Bells zufolge hat er damals das Fasten des Monats Ramadan eingeführt, jenes Monats, in dem die Schlacht stattfand. Das von den Juden übernommene Fasten am Versöhnungstage war nicht länger obligatorisch und sollte in Vergessenheit geraten. Und wenn man es einhielt, war es empfehlenswert, dies einen Tag vor oder nach dem jüdischen Fasten zu tun. So galt es, sich in allen Punkten vom Volke Israels zu unterscheiden. Die Juden ließen ihr Haar lose herabhängen, die Heiden kämmten es mit einem Scheitel. Bis dahin hatte Mohammed die jüdische Mode übernommen. Nun kehrte er zum Scheitel zurück und empfahl seinen Anhängern, das gleiche zu tun.[15]

Mit der Rückkehr von Badr schlug auch die Stunde der Abrechnungen. Zunächst mit den Heiden und, wie gewohnt, den Spezialisten des Wortes, den Dichtern. Wir haben die bissigen Verse Aßma bint Marwans gelesen. Als diese (oder ähnliche) Verse dem Verkündiger hinterbracht wurden, sagte er laut: «Findet sich denn keiner, der mir die Tochter Marwans vom Halse schafft?» Da war ein Mann aus der Sippe der Dichterin,

Omair ibn Adi. Er hatte nicht an Badr teilgenommen, sowenig wie irgendein anderer Angehöriger seiner Sippe. Ein guter Grund, um sich dienstbeflissen zu zeigen. Am gleichen Abend drang er bei Aßma ein. Sie schlief, von ihren Kindern umringt; das jüngste, noch ein Säugling, schlummerte an ihrer Brust. Er durchbohrte sie mit seinem Degen und begab sich am folgenden Tag zum Verkündiger. «Er sagte: Abgesandter Gottes, ich habe sie getötet. – Du hast Allah und seinen Abgesandten einen Dienst erwiesen, Omair, versetzte dieser. – Omair erkundigte sich: Werde ich ihretwegen etwas zu erdulden haben, Abgesandter Allahs? – Dieser antwortete: Keine zwei Ziegen werden sich ihretwegen auf die Hörner nehmen! – Da kehrte Omair zu seiner Sippe zurück, in der an jenem Tage wegen Marwans Tochter eine große Aufregung herrschte. Sie hatte fünf Söhne ... Omair sagte: Banu Khatma! Ich habe Marwans Tochter getötet. Zettelt etwas gegen mich an, aber laßt mich nicht warten.» (Dieser Satz ist ein Zitat aus dem Koran.) Niemand rührte sich. Der Annalist fährt fort: «Jener Tag war der erste, an dem der Islam sich bei den Banu Khatma mächtig zeigte. Der erste unter ihnen, der Muselman wurde, war Omair ... Am Tag, da Marwans Tochter getötet wurde, bekehrten sich die Männer der Banu Khatma, weil sie die Macht des Islams gesehen hatten.» [16] Der Anschlag war gelungen. Der Mord ist so gut wie der Krieg, der nur einen Sonderfall des Mordes darstellt, die Fortsetzung der Politik mit anderen Mitteln. Omairs Tat wird von den Chronisten zu den «Expeditionen» des Propheten gerechnet.

Im darauffolgenden Monat wurde der hundertjährige Dichter Abu Afak ebenfalls im Schlafe getötet. Wir haben seine Verse gegen Mohammed angeführt. Dieser hatte wiederum beiläufig erklärt: «Wer wird mich an diesem Lumpen rächen?» Ein gewisser Salim ibn Omair, der ebenfalls nicht bei Badr dabeigewesen war, übernahm das Geschäft.

Im Verlauf desselben Monats begann Mohammed, ernstlich gegen die Juden vorzugehen. Seine Zielscheibe war die jüdische Sippe der Banu Kainoka. Es war zweifellos die schwächste jüdische Gruppe in Medina, weniger ihrer kleinen Zahl wegen, als weil sie im wesentlichen aus Handwerkern bestand, die sich mit Goldschmiedearbeiten beschäftigten. Sie konnten indessen nötigenfalls siebenhundert Soldaten aufstellen, von denen vierhundert mit Harnischen ausgerüstet waren. Was Mohammed zum Angriff veranlaßte, war ohne Zweifel eine politische Rechnung. Sie hatten sich mit Abdallah ibn Obbajj verbündet, dem mächtigen Anführer von Medina, der sich zu Mohammeds Sache bekannt hatte, ohne ihm jene rückhaltlose Hingabe des

Herzens und des Geistes zu schenken, die allein von den Parteiführern geschätzt wird. Ibn Obbajj bewahrte eine gewisse Unabhängigkeit, er war somit gefährlich und konnte im Verdacht stehen, sich eines Tages wider die Sache zu erheben. Man mußte ihn vorbeugend daran hindern, Schaden zu stiften, und ihn zu diesem Zweck der Hilfskräfte berauben, auf die er sich gegebenenfalls stützen konnte.

Ein alltäglicher Zwischenfall, wie er in den Kriegen der Araber vorzukommen pflegt (sind sie doch gelegentlich mit derben Späßen verbunden), diente als Vorwand. Eine mit einem Medinenser verheiratete und zum Islam bekehrte Beduinin war auf den Suk der Kainoka gegangen, um ein paar Produkte ihrer Felder oder ihrer Aufzucht zu verkaufen. Sie hatte sich neben die Werkstatt eines Goldschmieds gesetzt. Junge Juden machten sich über sie lustig und wollten sie dazu zwingen, ihren Schleier zu lüften. Sie weigerte sich energisch. Da gelang es dem Goldschmied – natürlich einem fidelen Kerl –, unbemerkt ihre Röcke derart zu befestigen, daß sie beim Aufstehen den ganzen unteren Teil ihrer Anatomie den Blicken preisgab. Die Zuschauer brachten ihre Freude lärmend zum Ausdruck, während das Opfer des Schabernacks ein rachgieriges Geschrei ausstieß. Die Ehre aller, die von nahe oder von ferne mit dieser Frau verbunden waren, stand auf dem Spiel. Ein in der Nähe weilender Muselman kam herbeigeeilt und tötete den Goldschmied. Die Juden fielen über den Muselman her und töteten ihn ebenfalls. Die Feindseligkeiten waren eröffnet.

Die Kainoka verschanzten sich in einer Festung, die ihnen als Zufluchtsstätte diente. Sie dachten ohne Zweifel, daß ihre Freunde und Verbündeten in Medina als Vermittler einschreiten würden und daß die Angelegenheit mit einigen wechselseitigen Entschädigungen beigelegt werden konnte. Aber Mohammed hatte die Absicht, aus diesem Zwischenfall Kapital zu schlagen. Er belagerte die Festung mit seiner Privatarmee und hinderte die Juden daran, sich zu verproviantieren. Mehrere Medinenser Verbündete der Kainoka fielen von ihnen ab und erklärten sich gegen sie. Die Treue zur Sache war stärker als der Treueid. Die anderen jüdischen Stämme enthielten sich ebenfalls aus diesem oder jenem Grunde des Eingreifens. Auch sie vertrauten jedenfalls auf die Vermittler, und überdies herrschte wohl keine Einhelligkeit unter den Juden. Nach vierzehntägiger Belagerung ergab sich die Sippe. Mohammed hätte sie hinmetzeln mögen, doch griff Ibn Obbajj diesmal energisch zugunsten seiner Verbündeten ein. Mohammed wollte sich abwenden, ohne etwas zu erwidern. Da packte Ibn Obbajj ihn am Halsausschnitt seines

Harnischs. Der Verkündiger sagte ihm: «Laß mich los», und sein Gesicht wurde schwarz vor Wut. «Nein, bei Allah!» entgegnete der andere, «ich lasse dich nicht los, bis du meine Verbündeten mit Nachsicht behandelt hast. Vierhundert Mann ohne Harnisch und dreihundert mit Harnisch, die mich allezeit vor den Schwarzen und den Roten (das heißt vor allen Menschen) beschützt haben! Du willst sie an einem Morgen hinmähen? Bei Allah, ich an deiner Stelle würde einen Umschlag der Verhältnisse befürchten!» Dies war eine Drohung, und Ibn Obbajj war noch immer mächtig. Der Verkündiger gab nach.[17] Er wollte die Kainoka am Leben lassen unter der Bedingung, daß sie innerhalb von drei Tagen aus Medina fortzogen und ihre Güter dem Sieger überließen. Ibn Obbajj und andere wurden nochmals vorstellig, um eine umfassendere Gnade zu erreichen. Aber diesmal war Mohammed unbeugsam, und ein Mann seiner Leibgarde mißhandelte sogar den Häuptling der Medinenser. Die Juden hätten wohl noch versuchen können, zu bleiben; eine neue innenpolitische Konjunktur schien sich abzuzeichnen, ein Zusammenschluß aller, die sich plötzlich der mit diesem Handstreich gewonnenen übertriebenen Macht Mohammeds bewußt wurden. Aber die Juden hatten kein Vertrauen mehr zu ihren Verbündeten, zu ihrer Entschlossenheit und ihrer wirklichen Macht. Sie begaben sich in die Oasen des Nordens, wo schon viele ihrer Glaubensgenossen niedergelassen waren; die Frauen und Kinder wurden auf die Kamele gesetzt, die Männer gingen zu Fuß. Die Beute war groß, und Mohammed behielt den fünften Teil für sich.

Die Nachricht von der Katastrophe von Badr wurde in Mekka zunächst ungläubig aufgenommen, dann mit einem Schmerz, der bald einer wilden Entschlossenheit wich. Der Tod der alten Häuptlinge hatte jüngeren Männern Platz gemacht, die vielleicht weniger starrköpfig waren, vor allem aber energischer und intelligenter. Der Vorrang in den Räten der Stadt fiel Abu Sofjan ibn Harb zu, der zu den Banu Omajja (zu deutsch den Omajjaden) und der Sippe der Abd Schams gehörte. Wir haben gesehen, mit welch kluger Umsicht er die bei Badr bedrohte Karawane geführt hatte. Wir werden sehen, welch einzigartiges Geschick der Islam seiner Familie später bereitete. Er verbot alle Trauerkundgebungen. Er gelobte, keine Frau anzurühren, ehe er nicht eine Expedition gegen Mohammed durchgeführt hätte. Allerdings muß hinzugefügt werden, daß er beschuldigt wurde, effeminiert zu sein und zu Perversionen analer Art zu neigen, wie wir uns ausdrücken könnten. Er erhielt die kostbare Hilfe eines auserlesenen Propagandisten, um die Moral der Mekkaner zu heben. Es handelte sich um einen Medinenser von arabischer Abkunft, Kaab ibn al-Aschraf, dessen Mutter jedoch Jüdin war und der als Angehöriger ihres Stammes galt, nämlich der Banun-Nadir. Über Mohammeds Erfolg bei Badr erbost, war er nach Mekka gezogen, um die Leute dort gegen ihn aufzuhetzen. Er besang den Edelmut und die Hochherzigkeit der Toten und rief die Mekkaner zur Vergeltung auf:

Die Mühle von Badr hat gemahlen, und hingemetzelt wurden ihre Leute.
Wegen Schlachten wie Badr fließen Regen und Tränen in Strömen.
Rings um die Sammelbrunnen ist die Elite des Volkes getötet worden.
Bleibt nahe (Opfer)! *Die Fürsten sind gefallen!*
Wie viele unter den Vornehmen wurden getroffen, unter den Erlauchten.
Jenen stattlichen Erscheinungen, zu denen die Bedürftigen Zuflucht nahmen
Und deren Hände sich weit öffneten, sooft die Sterne mit dem Regen geizten! [18]

Abu Sofjan schlug vor, die Gewinne der von ihm heil heimgebrachten Karawane für den Krieg beiseitezulegen. Ohne Zweifel um die Moral der Mekkaner wiederherzustellen und Mohammed zu zeigen, daß er die Tragweite seines Sieges nicht überschätzen durfte, führte er drei Monate nach Badr mit einer kleinen Truppe (zweihundert oder vierhundert Mann) einen überraschenden Überfall auf Medina aus, wobei er nicht die gewöhnlichen Wege benutzte. Er gelangte völlig unerwartet an den Rand der Oase, unterhielt sich mit zwei Juden, die ihm die Lage auseinandersetzten, verbrannte ein paar junge Palmen, tötete zwei Medinenser, die eben das Land bestellten, und trat eilends den Rückzug an. Mohammed wurde benachrichtigt und nahm die Verfolgung auf, konnte aber nur noch geröstete Gerstenkügelchen einsammeln, die den Mundvorrat der im Krieg befindlichen Soldaten bildeten und von den Fliehenden zurückgelassen wurden. Dieser Feldzug (Allah versprach, daß den Teilnehmern an diesem Wettlauf die Verdienste eines richtigen Feldzugs gewährt würden) erhielt bei den Muselmanen die Bezeichnung Expedition des *sawik*.

Indessen standen die Dinge sehr schlimm für die Koraischiten. Von seinem Schlupfwinkel in Medina aus machte Mohammed die Straßen nach Syrien, die Quellen der Haupteinkünfte Mekkas, unbenutzbar. Der Hofpoet, den der Verkündiger eben in seine Dienste genommen hatte (jede Macht mußte über einen solchen Propagandisten verfügen), der Medinenser Hassan ibn Thabit, der sein Talent zuvor den Ghassaniden geliehen hatte, konnte die Mekkaner herausfordern:

Sagt den Bächen von Damaskus Lebewohl, denn hindernd steht nunmehr auf ihrem Wege
Die Schlacht wie eine Vielzahl von Mäulern trächtiger, mit arak *gesättigter Kamelstuten! ...*
Wenn sie über den Rücken der Sanddünen zu Tal ziehen wollen,
So saget ihnen doch: auf dieser Seite gibt's den Weg nicht mehr.[19]

Es wurde zwar versucht, eine Karawane über die Straße nach Mesopotamien auszusenden, und zu diesem Zwecke wurde ein erfahrener Führer gemietet. Die reichen Koraischiten steckten viel Geld in dieses Unternehmen, das indessen nicht geheim bleiben konnte. Irgend jemand erzählte die Geschichte in einer jüdischen Schenke in Medina. Mohammed wurde benachrichtigt und entsandte einige hundert Mann unter dem Befehl seines Freigelassenen Zaid ibn Harith. Die Karawane wurde während einer Rast angegriffen; die überraschte Begleitmannschaft erinnerte sich voller Schrecken an Badr und ergriff die Flucht. Die der Karawane abgenommenen Waren besaßen einen Wert von 100 000 Dirham. Mohammeds Schatz wurde recht ansehnlich. Zwei Monate später konnte er eine dritte Ehe schließen: er heiratete Omars Tochter Hafsa, die achtzehn Jahre alt und bereits verwitwet war. Sie füllte trefflich die Lücke zwischen Sauda, der Hausfrau, und Aischa, dem Kind. Mohammeds Unbefriedigtheit begann in jeder Beziehung ihre Beschwichtigung zu finden. Wenn er noch immer keinen männlichen Erben besaß, so hatte wenigstens seine Tochter Fatima, die den jungen Vetter Ali geheiratet hatte, eben einen Knaben geboren und war ungesäumt von neuem schwanger.

Nachdem der Dichter Kaab ibn al-Aschraf die Mekkaner ordentlich mit seinen Versen gegen den Verkündiger aufgehetzt hatte, kehrte er nach Medina zurück. Er wurde dort durch die mächtige jüdische Sippe der Banu-n-Nadir beschützt, der er wie gesagt durch seine Mutter angehörte, und bewohnte in ihrem Viertel eine Art Schloß, dessen Überreste noch heute gezeigt werden. Wir haben gesehen, daß Mohammed keinen Spott und keine Schmähreden vertrug. Auf seine gewohnte Art wies er die Mörder auf Kaab hin. Aber der halbjüdische Dichter war auf der Hut.

Der dienstbeflissene Mann, der es auf sich nahm, ihn umzubringen, erklärte dem Propheten, daß er zu diesem Zwecke nicht umhin konnte, List, Lüge und Verstellung anzuwenden. Mohammed erteilte ihm mit Freuden die Erlaubnis. Nun suchte er sich Helfershelfer, darunter einen Milchbruder Kaabs, und dann spielten sie Kaab gegenüber die Rolle mit dem Propheten unzufriedener Anhänger, die eine Verschwörung gegen ihn anzuzetteln wünschten. Unter dem Vorwand geheimer Besprechungen kamen sie in einer Mondnacht zu ihm, und Mohammed selber begleitete sie ein Stück Weges und segnete sie. Dann lockten sie ihr Opfer trotz der düsteren Vorahnungen der jungen Frau, die gerade sein Lager teilte, aus dem Schloß und töteten ihn. Fromme Anrufungen schreiend gelangten sie daraufhin zu Mohammeds Haus und warfen dem Propheten Kaabs Kopf vor die Füße. Es gab noch ein paar weitere Vorfälle dieser Art. Aber Mohammed war jetzt zu mächtig, als daß man hätte Vergeltung üben können. Die fanatischen Mitglieder seiner Partei bildeten somit gewissermaßen eine Polizei; und nach der Ausschaltung der mächtigen Gruppen, die in Medina gewissen Handlungen dieser Polizei noch Widerstand leisteten, sollte schließlich ein Gebilde entstehen, das durchaus einem richtigen Staate glich.

Nun bekamen die Juden es wirklich mit der Angst zu tun. Es ist möglich, daß sie zu jener Zeit, wie die Annalisten behaupten, einen Pakt mit Mohammed schlossen, der die Bestimmungen des ursprünglichen Abkommens erweiterte oder revidierte. Aber sie waren noch zu mächtig und zu unassimilierbar, als daß der Status quo lange hätte andauern können. Indessen waren noch nicht alle Brücken abgebrochen, und die ganze Bevölkerung der Oase von Medina stellte noch immer die gemeinsamen Interessen hoch über alle ihre inneren Zwistigkeiten.

Bald sah sie sich genötigt, dies unter Beweis zu stellen. Die Koraischiten konnten nicht darauf verzichten, einen Gegenstoß zu unternehmen. Diesmal wollten sie alle Einzelheiten umsichtig vorbereiten; sie verhandelten mit den verbündeten Stämmen, die in ihrer Umgebung wohnten und Kontingente stellten. Taif schickte hundert Mann. Abu Amir, der dem Christentum zugewandte Medinenser, der nach Mekka ausgewandert war, erschien mit weiteren fünfzig Leuten aus dem Medinenser Stamme der Aus. Insgesamt wurden dreitausend Mann aufgestellt, von denen siebenhundert Panzerhemden besaßen und zweihundert beritten waren. Außerdem verfügten sie über dreitausend Kamele. Etwa fünfzehn Frauen der Aristokratie von Mekka sollten nach beduinischem Brauche die Kämpfe mit ihren Gesängen und Schreien befeuern. An ihrer Spitze marschierte Hind, Abu Sofjans Frau, die bei Badr ihren Vater Otba ibn Rabia sowie einen Sohn, ihren Bruder und einen Onkel verloren hatte. Sie hatte gelobt, sich nicht zu waschen und mit keinem Manne zu schlafen, bis die Rache für diese Bluttaten vollzogen wäre. Omaima, eine weitere Gattin Abu Sofjans, war ebenfalls dabei. In ungefähr zehn Tagesmärschen erreichte das Heer Medina, rückte nach Norden über die Oase hinaus vor und richtete sich dann im Westen des kleinen Berges Ohod ein, vier Kilometer nördlich des Mittelpunkts der Oase. Dieser Berg beherrscht eine Art breiten Gebirgspaß, wo er sich zwischen zwei beinahe völlig unwegsamen Trümmerfeldern aus vulkanischem Gestein (*harra*) erhebt. Als die Medinenser von der Anwesenheit des Feindes Kenntnis erhielten, zogen sie sich mit ihren Haustieren und ihrem Ackerbaugerät in ihre kleinen Festungen zurück. Die Koraischiten beherrschten zwischen ihrem Lager und der eigentlichen Stadt die fruchtbarste Ebene der Gegend, wo die Gerste auf den Feldern bereits Ähren gebildet hatte, aber noch frisch und grün war. Sie ließen ihre Kamele und Pferde in diese verlassenen, ausgedehnten Pflanzungen, wo sie sich an diesem unverhofften Futter gütlich taten. Die Medinenser mußten der Vernichtung ihrer kommenden Ernte ohnmächtig zusehen. Ihre Spione konnten höchstens aus der Ferne den Feind beobachten und seine Stärke zählen.

Die Häuptlinge aller Gruppen von Medina waren sich in der zu befolgenden Taktik einig. Sie wollten nicht den Feind angreifen, sondern in den kleinen, von den Häusergruppen jeder Sippe gebildeten Festungen ausharren. Die nahe nebeneinanderliegenden Festungen wurden eilends durch Steinmauern verbunden. So entstand ein Netz befestigter Plätze, zwischen die sich vorzuwagen gefährlich war und von denen aus man einem an Zahl überlegenen Feind ungestraft lange Zeit Trotz bieten konnte. Die Koraischiten konnten mit ihrer großen Reiterei nichts ausrichten.

Die Mekkaner waren am Donnerstag, dem 5. des Monats Schawwal des Jahres 3 (am 21. März 625), gegen Abend zum Ohod gekommen. Am Freitag fand in der Frühe ein Kriegsrat der Medinenser statt, der beschloß, nicht von den zuvor bereits besprochenen Maßnahmen abzuweichen. Es gab indessen mehrere junge Hitzköpfe, die auf Ruhm und Beute erpicht waren und sich über diese abwartende Haltung empörten; sie wurden von all denen unterstützt, die von den Nachrichten aus der Gegend von Ohod aufs höchste über das Los ihrer Pflanzungen beunruhigt waren. Während der üblichen Versammlung am Freitagmittag im Hofe von Mohammeds Haus kam es zu einer richtigen Kundgebung derer, die angreifen wollten. Mohammed gab nach und betrat eine seiner Wohnungen, um sich zum Kampfe zu rüsten. Das beschwichtigte einige Streithähne, und sie bereuten, ihm so die Hand forciert zu haben. Sie kamen und sagten, sie würden sich seiner Entscheidung anschließen, wie immer sie ausfallen mochte. Er konnte jedoch nicht das Schauspiel des Zauderers geben, und vielleicht hatte Allah ihm auch Mut zugesprochen; jedenfalls erwiderte er, der einmal gefaßte Beschluß werde nicht mehr in Frage gestellt. «Es geziemt sich nicht für einen Propheten», sagte er, «der einmal die Rüstung angezogen hat, sie wieder abzulegen, ohne gekämpft zu haben.» [20]

Nach dem Nachmittagsgebet zogen sie dem Ohod entgegen. Mohammed verfügte über rund tausend Mann, von denen zweihundert Harnische besaßen. Außerdem hatte er zwei Pferde. Bis auf ein paar einzelne hielten die Juden sich fern. Der Freitagabend ist der Beginn des Sabbats, und jede Tätigkeit ist untersagt. «Wir haben sie nicht nötig», soll Mohammed gesagt haben.[21] Auf halbem Wege machte er halt und schickte ein paar zu junge und unerfahrene Knaben zurück, die sich seiner Truppe angeschlossen hatten. In diesem Augenblick erklärte Abdallah ibn Obbajj, er werde nicht weiter vorrücken; von einem Drittel des Heeres gefolgt, kehrte er zur Oase zurück. Wahrscheinlich hielt er sich an den im ersten Kriegsrat gefaßten Beschluß. Er hatte seinen guten Willen bewiesen, indem er die Truppen bis an die äußerste Grenze des zu verteidigenden Medinenser Gebietes begleitete. Jenseits dieser Grenze handelte es sich um einen Angriff, der nur dazu diente, die paar Hitzköpfe zu befriedigen, die persönlichen Ambitionen des Verkündigers und schließlich die Interessen der beiden Sippen von Medina, denen die eben von den Koraischiten verwüsteten Grundstücke gehörten. Das grundlegende Abkommen sah die Solidarität für die Verteidigung vor, nicht für den Angriff. Zudem erinnert man sich, daß Ibn Obbajj schon in Boath neutral geblieben war und aus dieser Haltung Vorteil geschlagen hatte. Eine Niederlage würde Mohammed ein wenig das Maul stopfen, und der Medinenser Häuptling konnte vielleicht einen gewissen Einfluß zurückgewinnen. Diejenigen, die Ibn Obbajj folgten, beabsichtigten gewiß ganz einfach, nicht für die Auswanderer aus Mekka und die beiden in ihrem Gut bedrohten Sippen die Kastanien aus dem Feuer zu holen.

Als die Nacht hereinbrach, lagerten die rund siebenhundert Mann, die Mohammed verblieben, in der *harra* inmitten der Basaltfelsen, deren Gewirr ihnen vor der Mekkaner Reiterei

Schutz bot. Die Mannschaft, die mit Ibn Obbajj zog, lagerte in geringer Entfernung. Am Samstagmorgen rückten Mohammeds Truppen durch die *harra* vor und nisteten sich an den Abhängen des Berges Ohod ein, wohin die Reiterei der Koraischiten ihnen kaum folgen konnte. Die Medinenser Bogenschützen erhielten den Befehl, den Berg nicht zu verlassen. Die Koraischiten manövrierten mit ihrer Reiterei in der Ebene und bezogen zwischen Medina und Mohammeds Heer Stellung, und die Medinenser schäumten vor Wut, wenn sie sahen, wie die Pferde sich ungestraft in ihren Gerstenfeldern tummelten.

Der dem Christentum zugewandte, nach Mekka ausgewanderte Medinenser Abu Amir beschwor seine Landsleute, den Kampf aufzugeben und von ihrem bösen Geist Mohammed abzufallen. Er hatte nicht den geringsten Erfolg. Dann kam es wie gewohnt zu Zweikämpfen. Der Träger der Mekkaner Standarte war vorgetreten, und das Handgemenge begann. Die Muselmanen ließen sich immer weiter von den Abhängen des Berges weglocken, ohne Zweifel von einem Teilerfolg ermuntert, den die Überlieferung stark übertrieben hat. Die Frauen feuerten die Koraischiten an, indem sie zum Takt der Tamburine sangen und die Namen der Opfer von Badr riefen, die gerächt werden sollten. Hind, Abu Sofjans Frau, war die Vorsängerin der Chöre:

Wenn ihr vorrückt, werden wir euch umarmen,
Wir werden Kissen für euch ausbreiten;
Wenn ihr zurückweicht, werden wir euch verlassen,
Und dies in keiner Weise liebevoll.[22]

Einzelne muselmanische Bogenschützen sollen die Schlacht für gewonnen gehalten haben und in die Ebene hinabgestiegen sein, um sich rechtzeitig an der Plünderung zu beteiligen. Wie dem auch sei, es kam zu einer gewissen Unordnung. Der Befehlshaber der Mekkaner Reiterei, Chalid ibn al-Walid, der später seine außergewöhnlichen strategischen Fähigkeiten im Dienste des Islams zeigen sollte, nutzte die Lage aus und fiel mit seiner Mannschaft, im Rücken der Hauptmacht der Kämpfenden auftauchend, in die linke Flanke des muselmanischen Heeres ein. Dies löste die Panik aus. Der muselmanische Standartenträger wurde in Mohammeds Nähe niedergehauen. Es wurde in vereinzelten kleinen Gruppen gekämpft. Ungefähr fünfzehn Mann umgaben Mohammed und zogen sich kämpfend langsam mit ihm zurück, der vom Gebirge gebotenen Zuflucht entgegen. Zum erstenmal mußte der Verkündiger sich in eigener Person schlagen. Er schoß mit dem Bogen und führte die Lanze. Ein Stein zerschlug ihm einen Zahn und riß seine Lippe auf, ein anderer zerschmetterte seinen Helm auf der Höhe der Wange. Das Blut floß über sein Gesicht. Ein Koraischit versetzte ihm einen gewaltigen Schlag, der ihn rücklings in ein Loch fallen ließ. Er wurde herausgeholt und mußte sich auf zwei Gefährten stützen, so benommen war er. Jemand schrie, er sei tot, und das verstärkte die Panik. Schließlich erreichte er mit seiner kleinen Gruppe den Schutz an den Abhängen des Berges Ohod. Andere seiner Parteigänger flohen durch die Ebene zur *harra* und nach Medina. Viele wurden getötet. Einer der Überlebenden war Otman, der elegante Schwiegersohn des Propheten. Die Koraischiten säuberten die Ebene und gaben den Verwundeten den Gnadenstoß. Mohammeds Onkel, der tapfere Hamsa, wurde vom Wurfspieß eines abessinischen Sklaven namens Wahschi durchbohrt, der in der Handhabung dieser Waffe unübertrefflich war und ihn hartnäckig verfolgte: sein Mekkaner Herr, dessen Onkel eines der Opfer von Badr war, hatte ihm die Freilassung versprochen, wenn er Mohammeds Onkel tötete. Als Hamsa tot war, hatte Wahschi nichts mehr auf dem Schlachtfeld verloren und ging seelenruhig fort.

Die Koraischiten feierten ihren Triumph nach der Art der Barbaren ihrer Zeit. Die Frauen verstümmelten die Leichen und machten sich aus deren Ohren und Nasen bluttriefende Halsketten. Hind öffnete Hamsas Brust. Sie riß dem Manne, der ihren Vater bei Badr getötet hatte, die Leber aus dem Leib, begann sie zu kauen und spuckte sie dann aus.

Die Nacht war hereingebrochen. Sollten die siegreichen Mekkaner jetzt auf Medina marschieren? Zur erstaunten Erleichterung vieler verzichteten sie darauf und machten sich auf den Heimweg nach Mekka. Sie hatten einen großen Erfolg errungen. Mohammeds Armee war buchstäblich dezimiert: sie hatte ungefähr siebzig Tote zu beklagen (darunter nur zehn Auswanderer) gegen etwa zwanzig Tote auf seiten der Koraischiten. Man konnte also die Vergeltung für die Gefallenen von Badr als vollzogen betrachten. Wenn sie sich auf die schwierige Belagerung des Labyrinths der Festungen von Medina einließen – eine Operation, für die das Heer der Koraischiten schlecht vorbereitet war –, liefen sie Gefahr, nutzlos diesen großen Erfolg aufs Spiel zu setzen. Überdies hätten sie damit die gesamte Bevölkerung von Medina gegen sich aufgebracht, insbesondere auch die Juden, während es doch ihre Absicht gewesen war, Mohammeds Privatarmee zu bekämpfen. Sie hätten also die zersplitternde Einheit ausgerechnet mit ihrem Erfolg wiederhergestellt. Es war vorauszusehen, daß dieser Sieg allen Gegnern des Verkündigers den Rücken stärken würde: den Juden, den Heiden und auch der muselmanischen Opposition hinter Abdallah ibn Obbajj, die sich geweigert hatte, außerhalb der Bannmeile der Oase zu kämpfen. Es war klüger, nicht mit dem Verlangen nach etwas Besserem das Schlimmste zu provozieren, um so mehr, als die Armee von Mekka doch ebenfalls mitgenommen war: sie hatte Verwundete, und beinahe alle Pferde waren von den Pfeilen der Bogenschützen Mohammeds getroffen worden.

Der Prophet verbrachte die Nacht mit seiner kleinen Gruppe von etwa fünfzehn Mann in den Felsen des Ohod. In Medina, wo das Gerücht von seinem Tode umging, wartete man in fiebriger Beklommenheit. Am Morgen ließ Mohammed die Toten in großen Gruben bestatten. Dann machten die Überlebenden, die sich in verschiedenen Schlupfwinkeln der Felsen verborgen hatten und nun wieder auftauchten, sich lendenlahm und blutend langsam auf den Heimweg nach Medina, wo sie von den gellenden Schreien empfangen wurden, mit denen die Araberinnen den Tod ihrer Angehörigen zur Kenntnis zu nehmen pflegen.

Sobald ihr Zustand es erlaubte, fanden Mohammed, dessen Verletzungen noch kaum zu heilen begannen, und seine Gefährten, die in ebenso kläglicher Verfassung waren, den nötigen Mut, um die Verfolgung der nach Mekka ziehenden Truppen Abu Sofjans aufzunehmen. Sie hielten sich in ziemlicher Entfernung und zündeten große Feuer an, um ihre Anwesenheit kundzutun; ohne Zweifel sagten sie sich, daß die Koraischiten an eine zahlreiche, mit frischen Truppen verstärkte Armee glauben und demzufolge auf eine Rückkehr nach Medina verzichten würden, falls sie überhaupt diese Absicht hegten. Mag sein, daß Mohammed vor allem die benachbarten Stämme beeindrucken und sie davon überzeugen wollte, daß seine Lage gar nicht so schlecht war, wie die Koraischiten unfehlbar herumposaunen würden. Nach dieser Demonstration kehrte er in die Oase zurück.

Dort war seine Situation kritisch. Die Juden, die Heiden und die Skeptiker machten boshaft darauf aufmerksam, daß Mohammed, der den Triumph von Badr mit so großen Tönen als Beweis für die Echtheit seiner Mission ausgelegt hatte, nunmehr logischerweise hinnehmen mußte, daß seine Niederlage als Zeichen der Nichtigkeit seiner Ansprüche gewertet wurde. Wenn Allah jetzt den Koraischiten seine Gunst gewährte, konnte Mohammed eben nicht als Prophet angesehen werden. Hatte man jemals von so demütigenden Niederlagen gehört, die einem von der Gottheit unterstützten Propheten widerfahren wären?

Ibn Obbajj und die Leute, die mit ihm umgekehrt waren, triumphierten ebenfalls. Sie hatten ja gesagt, daß man den Mekkanern nicht entgegenziehen sollte, wie die jungen Narren forderten, deren Meinung zu befolgen der Prophet für gut befunden hatte. Ibn Obbajj sagte sich zwar nicht von ihrem Abkommen los, aber er verlangte, daß inskünftig in den Ratssitzungen der Gemeinschaft von Medina der Meinung der erfahrenen Männer wieder mehr Rechnung getragen werde. Er und die Seinen blieben der monotheistischen Richtung treu und schienen die Tatsache, daß Mohammed von Allah Offenbarungen empfing, nicht in Zweifel zu ziehen. Dies war seit mehreren Jahren die eigentliche Grundlage ihrer Politik, die sie jetzt nicht so ohne weiteres verleugnen konnten. Aber sie nahmen gewisse Offenbarungen nur mit Unbehagen auf, diskutierten Einzelheiten, machten betroffen darauf aufmerksam, daß die Worte Von Oben sich manchmal widersprachen, forderten ausführlicher erklärende Texte. Sie scheinen unterstellt zu haben, daß Mohammed möglicherweise – und zum Vorteile seiner eigenen Interessen – unter den Offenbarungen eine Auslese traf, daß er die einen ausführlich darlegte (ob sie so weit gingen, anzutönen, daß er eigene Erfindungen hinzufügte?) und sich hütete, die anderen bekanntzugeben.

Am Tage nach der Schlacht war Ibn Obbajj in die Moschee gekommen, um seinen Sohn (einen eifrigen Anhänger Mohammeds), der vor einem großen Feuer mit einem glühenden Eisen seine Wunden behandelte, wegen seiner Teilnahme an einem so blödsinnigen Unternehmen zu tadeln. Am folgenden Freitag wollte er während der großen wöchentlichen Versammlung wie gewohnt das Wort ergreifen, um den Propheten herablassend dem Volke zu empfehlen. Aber die Eiferer waren von seinem Verhalten empört, das sie eine Fahnenflucht vor dem Feind nannten, und packten ihn an seinen Kleidern. Sie sagten ihm: «Setze dich, Feind Allahs, du bist nicht würdig, hier zu sprechen, nachdem du so gehandelt hast.» Er ging hinaus und beschwerte sich: «Bei Allah! Es ist, als hätte ich etwas Böses gesagt, während ich mich doch nur erhoben hatte, um ihn meiner Unterstützung zu versichern.» Jemand sagte zu ihm: «Geh nach Hause, und möge der Abgesandte Gottes dir vergeben.» – «Bei Allah», entgegnete er, «ich will seine Vergebung gar nicht!» Man fügte ihm so viele Beleidigungen zu, daß er darauf verzichtete, an den Versammlungen teilzunehmen. Das schürte nur seinen Ingrimm, und während der folgenden Monate wurde seine Haltung immer ablehnender. Mohammed ließ seine Anhänger bis zu einem gewissen Punkt gewähren, verhinderte jedoch, daß es zum Äußersten kam, obschon der Sohn des Mekkaner Häuptlings in seiner Begeisterung für die Sache dem Propheten vorschlug, seinen Vater selber umzubringen.

Allahs Stimme brachte natürlich Antworten auf die Fragen und Zweifel:

Seid daher nicht verzagt und nicht traurig. Ihr werdet die Oberhand behalten, wenn ihr nur Gläubige seid. Werdet ihr im Kriege verwundet, auch euere Gegner werden gleichfalls verwundet. Wir lassen die Tage unter den Menschen so abwechseln, damit Allah diejenigen unterscheidet, die glauben, und Zeugen aus euch wählt – die Frevler aber liebt Allah nicht. Allah will die Gläubigen prüfen und die Ungläubigen vertilgen (*Koran*, 3, 140–142). *Was euch am Tage der Schlacht* (bei Ohod) *an Leid betroffen hat, geschah mit Allahs Willen, damit er die wahren Gläubigen und die Heuchler kennenlerne ... Die, welche zu Hause blieben, sagten von ihren Brüdern: «Hätten sie uns gefolgt, so wären sie nicht getötet worden.»* (*Koran*, 3, 167 und 169)

Das hier mit «die Heuchler» übersetzte arabische Wort (*munafikun*) ist aus der Sprache der christlichen Kirche Äthiopiens entlehnt. Auf äthiopisch bezeichnete es die Zauderer, die Skeptiker, die Zweifler, die Leute mit geteilter Seele, die Kleingläubigen ... Aber auf arabisch verband sich damit auch die Vorstellung der Springmaus, die sich ihrem Loch entgegenstürzt. Das Wort schien den jungen Anhängern geeignet, um die Leute zu bezeichnen, von denen sie bei Ohod «im Stich gelassen» worden waren.

Die Kritiken der Juden und der Zweifler erreichten ihren Höhepunkt. Eine Erwiderung war notwendig. Wir haben gesehen, wie Mohammed sich von den Juden trennte, nachdem er kurze Zeit geglaubt hatte, unter ihnen Anhänger zu finden. Er hatte den Kulthandlungen und Bräuchen eine andere Richtung gegeben. Er hatte die Kainoka ihrer Habe beraubt und sie gezwungen, auszuwandern. Es war indessen auch notwendig, auf die bitteren und gelehrten Angriffe ihrer Intellektuellen zu antworten. Wenn Mohammed anerkannte, daß die jüdischen Propheten ihre Eingebung von Allah empfingen und daß das Alte Testament ein heiliges Buch war, warum trat er dann nicht dem Glauben Israels bei? Wie war es möglich, daß die von ihm erhaltenen Offenbarungen der Thora widersprachen? Und wenn er kein Jude war, was war er dann?

Die Kenntnis, die Mohammed und die Seinen von den Schriften besaßen, hatte sich in Medina weitherum verbreitet, ohne je gründlich zu sein. Die wenigen Juden, die sich dem Mekkaner Propheten angeschlossen hatten, spielten jedenfalls bei dieser Verbreitung eine bedeutende Rolle. Unter den Propheten, von denen die in Mekka empfangenen Offenbarungen versicherten, sie seien zu den verschiedenen Völkern ausgesandt worden, befand sich auch Abraham, auf arabisch Ibrahim. Er hatte mit dem Volke, dem er entstammte und das Götzen anbetete, und insbesondere mit seinem Vater gebrochen. Er hatte ihnen umsonst den Monotheismus gepredigt. Später, als er alt war, hatten geheimnisvolle Besucher ihm «einen weisen Sohn» versprochen (*Koran*, 51, 29). Die Stimme Von Oben bezog sich auf die «alten Bücher», die «Bücher des Abraham und Moses» (*Koran*, 87, 19–20). Alle diese Einzelheiten stammen aus dem Alten Testament und aus späteren, mehr oder weniger entstellten Variationen der jüdischen Legende. Nach und nach wurden diese verschwommenen Gedanken entwickelt. Schon während der Zeit in Mekka war von einem anderen Propheten die Rede, Ismael, der ebenfalls die Wahrheit gepredigt hatte. Zu einem bestimmten Zeitpunkt (schon in Mekka oder nach der Auswanderung?) wird klar, daß Ismael der Sohn Ibrahims ist, der Vater der Araber, wie die Bibel gesagt hat, und der Bruder Isaaks, des Vaters der Juden. Dies ist eine neue Gegebenheit von höchster Bedeutung. Die Berichte von den Propheten, deren Chronologie bis dahin äußerst verschwommen blieb, werden jetzt zeitlich festgelegt und angeordnet. Ibrahim, der Vorfahre der Juden und der Araber, der Großvater Jakobs, des Vaters der zwölf Stämme Israels, ein ferner Vorfahre Mosis, der den Israeliten das Gesetz offenbarte, war also strenggenommen kein Jude. Wie konnte man seinen Glauben an den einzigen und allmächtigen Gott, der lange vor den Vorschriften des Judentums und des Christentums bestand, besser umreißen, als indem man darin eine Suche erblickte, die jener der *hanif* zu vergleichen war, jener Leute, die bemüht waren, sich Allah zu nähern, ohne Juden oder Christen zu werden? Konnte man ihn nicht als den ersten *Muslim* betrachten, den ersten in Allahs Willen «Unterworfenen», den ersten «Muselmanen»? Von da an war es für Mohammed einfach, den Leuten, die ihn zum Beitritt zum Judentum oder zum Christentum aufforderten, zu entgegnen: «Viel eher zur Gemeinschaft Ibrahims wie ein *hanif*! Denn er selber gehörte nicht zu den Verbindern (den Polytheisten, die andere Götter neben Allah verehren)» (*Koran*, 2, 136).

Das war kein besonders origineller Gesichtspunkt. «Abraham», so schrieb schon um das Jahr 58 unserer Zeitrechnung der Apostel Paulus an die Römer, «ist unser aller Vater» (*Römer*, 4, 16), er ist der «Vater aller, die da glauben und nicht beschnitten sind ... und würde auch ein Vater der Beschneidung ...» (*Römer*, 4, 11–12). Eine Redensart der Rabbiner besagte, daß «der Vater aller Proselyten Abraham ist», und wenn man einem Proselyten einen hebräischen Namen gab, nannte man ihn «Sohn Abrahams».[23] Aber Mohammed entdeckte überdies eine besondere Beziehung seines Volkes und seines Vaterlands zu Ibrahim.

Mag sein, daß er sich niemals ganz von der Verehrung gelöst hatte, die er dem Hauptheiligtum seiner Stadt entgegenbrachte, der Kaaba und ihrem schwarzen Stein, so groß auch sein Ekel vor den Götzen geworden sein konnte, die dort neben Allah der Anbetung der Gläubigen dargeboten wurden. Vielleicht gab es bereits jüdisch-arabische Legenden von den Erlebnissen Ismaels in der Wüste Pharan, in die die Genesis sein Exil verlegt und ankündigt, daß Jahwe «ihn zum großen Volk machen» werde (*1. Mose*, 21, 18—21). Jüdischen Berichten zufolge war sein Vater Abraham heimlich, ohne Wissen Saras, der Stiefmutter des Vorfahren der Araber, in die Wüste gegangen, um ihn zu besuchen.[24] Auf jeden Fall erklärte die Stimme Von Oben Mohammed eines Tages, daß Ibrahim «einigen (seiner) Nachkommen in dem unfruchtbaren Tale ... Wohnung gegeben» hatte, und zwar «nahe bei deinem heiligen Hause» (*Koran*, 14, 38). Er und sein Sohn Ismael hatten diesen Tempel erbaut, hatten ihn gereinigt, hatten einen Wallfahrts- und Zufluchtsort daraus gemacht. Er hatte Allah gebeten, als Boten (*rassul*) einen der zukünftigen Bewohner der Stadt, die um diesen Tempel entstehen würde, auszusenden, um seinem Volke seine Offenbarungen mitzuteilen, es die Schrift und das Bekenntnis zu lehren (2, 127ff.). Als beschlossen wurde, sich zum Gebet nicht mehr nach Jerusalem zu wenden, um so mit den Juden zu brechen, befahl die Stimme, sich Mekka und der Kaaba zuzukehren (2, 145).

Damit kam es vom ideologischen Standpunkt aus zu einer Umkehrung der Situation. Es war nicht mehr Mohammed, der unwissende Sohn eines barbarischen Volkes von Götzenanbetern, ohne Schrift und ohne Gesetz, der in die Gemeinschaft der Inhaber der mosaischen Offenbarung eintreten sollte. Es waren die Juden, die wenig getreuen Söhne der Empfänger dieser Offenbarung, die nun die Gültigkeit der Botschaften Allahs anerkennen mußten, wurden sie doch einem Nachkommen ihres gemeinsamen Vorfahren zuteil, und zwar dem eigentlichen Geiste der Botschaft gemäß, die — wie ihre eigene Überlieferung bezeugte — jenem Vorfahren Abraham-Ibrahim mitgeteilt worden war. An Hand einer völlig neuen Bibelkenntnis wurden sie jetzt beschuldigt, die Propheten aus ihrem eigenen Volke verstoßen und verfolgt, sich Mose gegenüber widerspenstig gezeigt und häufig die Gebote übertreten zu haben und noch immer zu übertreten, die ihnen überliefert worden waren. Hatten sie sich nicht auch, wie die Christen bezeugen konnten. Jesus gegenüber ungläubig gezeigt, hatten sie ihn nicht getötet oder vielmehr versucht, ihn zu töten, hatten sie nicht seine Mutter Maria verleumdet? Wenn sie behaupteten, Mohammeds Kommen sei in ihren Schriften nicht vorausgesagt, so erklärte sich dies daraus, daß sie absichtlich deren Sinn entstellten, ja daß sie einen Teil davon eben geheimhielten.

Warum versagte das Gesetz ihnen übrigens so viele köstliche Speisen? Eben weil sie so sehr gesündigt hatten! Es war eine Strafe für ihre Vergehen (4, 162). Die Gläubigen hatten ihrerseits keinerlei Grund, sich dieser Speisen zu enthalten. Sie sollten nur das Blut meiden, das Schweinefleisch, das den Götzen geopferte Fleisch und das Fleisch der eines natürlichen Todes gestorbenen Tiere (2, 174: «das, was verendet ist»). Einem jeden seine Nahrung. Diese Ernährungsvorschriften krönten die Trennung der beiden Wege. Vergessen wir nicht, daß die erste allgemeingültige Regel, die von der christlichen Kirche erlassen wurde und die Geburt des Christentums als eigenständige Gemeinschaft bezeichnete, sehr ähnlich ist. «Denn es gefällt dem Heiligen Geiste und uns», so schreiben um das Jahr 48 die in Jerusalem versammelten Apostel und Ältesten an die nichtjüdischen Jünger, «euch keine Beschwerung mehr aufzulegen als nur diese nötigen Stücke: daß ihr euch enthaltet vom Götzenopfer und vom Blut und vom Erstickten und von Hurerei» (*Apostelgeschichte*, 15, 28–29).

So definierte sich die Gruppe von Mohammeds Sektierern nach und nach. In diesem Zeitabschnitt wurde der gebräuchlichste Name, um sie zu bezeichnen, endgültig «die Allahs Willen Unterworfenen», auf arabisch *moslimun* (in der Einzahl *Moslim),* aus dem unsere Muselmanen geworden sind. Die Unterwerfung wird im Arabischen mit dem entsprechenden Infinitiv *islam* bezeichnet, einem Wort, dem ein gewaltiges Geschick bestimmt war.

Aber nach Ohod schwebte die Gefahr über ihren Häuptern. Der neue große Mann der Koraisch, Abu Sofjan, war wie gesagt sehr intelligent. Er hatte erkannt, daß die Bedrohung durch die Medinenser und die Muselmanen jetzt aus der Welt geschafft werden mußte oder nie. Er machte sich ans Werk. Zu diesem Zwecke mußte ein Heer aufgestellt werden, das stärker war als bei Ohod, um den Schlupfwinkel des Feindes völlig zu zerstören. Nur die Beduinenstämme konnten genügend Leute aufbringen. Koraischitische Boten wurden ausgesandt, um die möglichen Verbündeten ausfindig zu machen und um ihre Unterstützung zu bitten. Mohammed, der nunmehr über Geld und zahlreiche ergebene Anhänger verfügte, schickte ebenfalls Leute aus, um den Bemühungen der Koraischiten die Waage zu halten. In diesem politischen, diplomatischen Kampf wurden viele Intrigen geknüpft. Die Häuptlinge der Beduinen schlugen Vorteil aus der Lage, um sich immer teurer zu verkaufen, wie dies unter solchen Umständen zu geschehen pflegt. Rivalen innerhalb eines Stammes versuchten die von den Mekkanern und den Muselmanen angebotene Hilfe zu eigenen Zwecken zu nutzen. Das gehört zu den üblichen Spielen der Politik.

Zuweilen nahmen sie eine tragische Wendung. Der Stamm der Banu Lihjan hatte ehedem ein mächtiges Königreich gegründet. Er gehörte jetzt zum Verband von Hodhail, der unter dem Einfluß der Koraisch stand. Mohammed erfuhr anscheinend, daß ihr Anführer, Sofjan ibn Chalid, eine Mannschaft sammelte, um ihn anzugreifen. Ungesäumt schickte er einen seiner Sektierer zu ihm, Abdallah ibn Onais. Es war ihm erlaubt, alles zu sagen, nötigenfalls den Propheten zu verfluchen, um das Vertrauen des Häuptlings der Lihjan zu gewinnen. Die Dinge ließen sich sehr gut an. Sofjan war von seinem neuen Bundesgenossen so angetan, daß er ihn einlud, in seinem eigenen Zelt zu schlafen. Er ließ eine Kamelstute melken und bot seinem Gast die frische Milch an. «Ich nippte ein wenig daran», erzählte dieser, «während er die ganze Nase in den Schaum tauchte und läpperte wie ein Kamel.» [25] Schlechte Sitten, durchaus eines Feindes Allahs würdig! Abdallah machte es wie Judith, er schnitt Sofjan in der Nacht den Kopf ab und vermochte trotz der Schreie der Frauen seines Opfers zu entkommen. Er war nur nachts unterwegs und gelangte schließlich nach Medina, wo er dem Propheten Sofjans Kopf vor die Füße warf. Mohammed war höchst zufrieden. Er schenkte Abdallah ibn Onais einen Stock, den dieser mit Dank annahm. Er war ein mit wenig Verstand begabter Mörder. Jemand fragte ihn, warum Mohammed ihm dieses scheinbar wertlose Geschenk gemacht habe. Er war nicht auf den Gedanken gekommen, sich zu erkundigen. Auf das Drängen der ihn Befragenden kehrte er zu Mohammed zurück und bat um eine Erklärung. Mohammed antwortete: «Am Tage des Gerichts wird er ein Zeichen zwischen dir und mir sein. Es wird nur wenige geben, die einen Stock besitzen!» Ibn Onais trennte sich nie mehr von seinem Stock und ließ sich mit ihm begraben.[26]

Allah nahm diesen Mord sicherlich bedeutend weniger übel als die Banu Lihjan. Sie unterhandelten mit zwei Sippen vom Stamme der Chosaima und boten ihnen eine gewisse Anzahl

Kamele im Tausch für ihre Beihilfe. Eine Abordnung der Chosaima begab sich nach Medina zu Mohammed und bat ihn, ihnen ein paar Jünger zu schicken, um sie im neuen Glauben zu unterweisen. Mohammed war entzückt und vertrauensselig. Er gab ihnen sieben Männer mit. Als sie zum Brunnen von Raji kamen, waren die angeblich so Bekehrungsfreudigen auf einmal verschwunden. Statt dessen sahen die Muselmanen sich von hundert Bogenschützen der Lihjan umringt. Man forderte sie auf, sich zu ergeben, man wollte sie lebend, um sie den Koraischiten zu verkaufen. Vier weigerten sich und stürzten sich auf ihre Feinde. Sie wurden getötet. Einer der drei übrigen versuchte, zu entfliehen: er wurde gesteinigt. Die beiden Überlebenden wurden gefesselt nach Mekka gebracht und an Koraischiten verkauft, die ihre Toten zu rächen wünschten. Die Banu Lihjan sorgten so mit ihrem beduinischen Realismus dafür, daß sie selber gerächt wurden und gleichzeitig ein gutes Geschäft machten. Einer der beiden Gefangenen soll ohne Federlesens hingerichtet worden sein. Der andere, Chobaib ibn Adi, scheint mehr gelitten zu haben; zumindest wird dies von der Überlieferung versichert, die allerdings auch in diesem Falle eine zweifellos wirkliche Episode auf sehr tendenziöse Art zurechtgestutzt zu haben scheint. Chobaib wurde gekreuzigt, das heißt vermutlich an einen Pfahl gebunden. Man forderte ein Kind, den Sohn eines bei Badr Gefallenen, auf, ihm Lanzenstiche zu versetzen, aber die Stiche waren zu schwach. Eine große Menge Frauen, Kinder und Sklaven hatte sich versammelt, um dem Schauspiel beizuwohnen. Sie bewunderten den Mut des Märtyrers, der sich bis zum Schluß treu blieb. Chobaib starb anscheinend unter den Lanzenstichen; aber zuvor rief er seinen Gott an: «Allah», rief er, auf die Zuschauer weisend, «zähle sie genau, töte sie einen nach dem anderen und laß keinen einzigen entkommen!» [27] Unter den Zuschauern befand sich ein sehr junger Mann, der etwa zwanzig Jahre später der oberste Führer werden sollte, der Kalif der Muselmanen. Er hieß Moawija und war Abu Sofjans Sohn. Sein Vater warf ihn jäh zu Boden, um ihn den Wirkungen des Fluches zu entziehen. Der Hofpoet Mohammeds verfaßte zahlreiche Verse zu Ehren des Märtyrers und seiner Gefährten.

Einem der bei Raji Getöteten, Assim ibn Thabit, schnitten die Lihjan den Kopf ab und verkauften ihn einer Koraischitin, deren beide Söhne er bei Ohod getötet hatte. Sie hatte gelobt, aus seinem Schädel Wein zu trinken. Aber Assim hatte zu seinen Lebzeiten geschworen, er werde nie die geringste Berührung mit einem Götzenanbeter haben. Allah erlaubte ihm durch ein Wunder, dieses Gelübde nicht zu brechen. Ein Hornissenschwarm hinderte die Frau daran, den Schädel zu berühren, und am folgenden Morgen führte der Wadi, in dem sich der Schädel befand, so viel Wasser, daß er den grausigen Überrest fortschwemmte.

Wenig später (oder vielleicht kurz zuvor, die Chronologie dieser Vorfälle ist höchst ungewiß) ließ Mohammed sich nicht ohne Zögern von einem gewissen Abu-l-Bara, einem der Scheichs vom Stamme der Banu Amir ibn Sassa, dazu überreden, ihnen etwa vierzig Jünger zu senden, um sie zu unterweisen. Ein anderer Anführer des Stammes, Amir ibn Tofail, ein Feind Mohammeds und vielleicht ein Rivale des Abu-l-Bara, ließ die Muselmanen beim Brunnen von Mauna hinmetzeln, und zwar nicht durch Leute seines eigenen Stammes, die sich weigerten, ihr Schutzversprechen zu brechen, sondern durch Angehörige eines benachbarten Stammes. Mohammed war zutiefst betrübt. Er konnte die Toten im Augenblick nicht rächen. Er rief Allahs Rache auf die Amir ibn Tofail herab.

Ein einziger Muselman war dem Massaker entgangen. Auf dem Heimweg begegnete er zwei friedlich schlafenden Angehörigen der Banu Amir und tötete sie, um seine Gefährten zu rächen. Er war der Schlächterei entgangen, weil er sich von seinen Kameraden entfernt hatte. Über den Leichen kreisende Aasgeier hatten ihn über das Vorgefallene belehrt, aber er wußte nicht, daß die Banu Amir sich nicht direkt an diesem Massenmord beteiligt hatten. Mohammed war verantwortlich für die beiden von seinem Seid – wie die eifrigsten Anhänger Mohammeds nach einem seiner Sklaven genannt wurden – begangenen Morde und mußte ungeachtet der viel schwereren von ihm erlittenen Verluste seinem Abkommen mit dem Stamme gemäß den Blutpreis zahlen. Er begann Geld zu sammeln. Unter anderem bettelte er auch bei dem jüdischen Stamme der Banu-n-Nadir, die im äußersten Südosten der Oase lebten. Am Sabbat begab er sich mit einer Gruppe von Standespersonen seiner Gemeinschaft, darunter Abu Bekr, Omar und der Medinenser Häuptling Ossaid ibn al-Hodair, zum Rate der Banu-n-Nadir.[28] Dieser erklärte sich bereit, zu den Kosten beizutragen, setzte indessen seine Beratungen fort und bat die ehrenwerten Besucher, die Ergebnisse draußen abzuwarten. Während sie so an eine Mauer gelehnt dasaßen, scheint der Rat die Frage besprochen zu haben, ob dies nicht die erträumte Gelegenheit sei, den Islam und seinen Begründer loszuwerden. Plötzlich erhob sich Mohammed: Allah hatte ihn eben gewarnt, so erklärte er später, daß in diesem Augenblick Anschläge solcher Art besprochen wurden. In Wirklichkeit war es durchaus einleuchtend, und ein Minimum an politischer Intuition mochte genügen, um auch in einem weniger intelligenten Menschen als dem Propheten den Verdacht aufkommen zu lassen. Kaab ibn al-Aschraf, der halbjüdische Dichter, den Mohammed ein paar Monate zuvor hatte ermorden lassen, gehörte schließlich durch seine Mutter den Nadir an. Wie dem auch sei, die muselmanischen Berichte behaupteten zu wissen, wer dem Rat den Vorschlag unterbreitet hatte, vom Dach aus einen großen Stein, einen Mühlstein, auf den Kopf des Propheten zu werfen, wer die Aufgabe übernommen hatte und wer dagegen gewesen war. Auf jeden Fall verschwand Mohammed «wie einer, der ein Bedürfnis hat».[29] Von seinem Fernbleiben erstaunt, erkundigten sich seine Gefährten nach einer Weile. Jemand sagte ihnen: «Ich habe ihn nach Medina zurückkehren sehen.» Sie gingen ebenfalls nach Hause und fanden ihren Anführer daheim vor, wo er ihnen erklärte, was Allah ihm offenbart hatte. Nun schickte er einen seiner Anhänger, Mohammed ibn Maslama, der einem mit den Nadir verbündeten Stamme aus Medina angehörte, mit einem Ultimatum zu den Nadir. Innerhalb von zehn Tagen mußten sie bei Todesstrafe die Oase verlassen. Sie durften ihre fahrbare Habe mitnehmen und sollten einen Teil der Ernten ihrer Palmenhaine empfangen. Aber die Botschaft war in strengem Tone abgefaßt: «Verlaßt meine Stadt und wohnt nach dem Verrat, den ihr gegen mich geplant habt, nicht mehr mit mir zusammen.» Sie waren erstaunt, daß ein Verbündeter ihrer Sippe ihnen eine solche Botschaft überbrachte. Mohammed ibn Maslama antwortete: «Die Herzen haben sich gewandelt, und der Islam hat die Bündnisse ausgelöscht.»

Die Nadir schickten sich an, zu gehorchen. Aber der «Zweifler» Ibn Obbajj, der immer erbitterter gegen Mohammed aufgebracht war, ließ ihnen anraten, Widerstand zu leisten. Er wollte sie unterstützen; der letzte jüdische Stamm in Medina, die Koraisa, und auch die Ghatafan, seine verbündeten Nomaden, würden ihnen ebenfalls zu Hilfe kommen. Die Nadir verschanzten sich in ihren Festungen. Mohammed richtete sich mit seinen Leuten ihnen gegenüber in einer Holzhütte ein, um sich vor ihren Pfeilen zu schützen. Niemand rührte sich, weder die Koraisa noch die Ghatafan noch Ibn Obbajj, der mit düsterem Blick sah, wie sein Sohn die Waffen für den Kampf aufnahm. Mohammed begann die Palmen der Nadir umzulegen. Dies war eine für die geltende arabische Moral widerliche Tat, obschon solche Moralvorschriften im Kriege oft mißachtet wurden. Freya Stark hat noch vor wenigen Jahren im Hadramaut den gleichen Verstoß miterlebt und die (vergebliche) Mißbilligung festgestellt, die er auslöste. Wie dem auch sei, diese Handlung des totalen Krieges demoralisierte die Nadir vollends, nachdem ihre Verbündeten sie im Stich gelassen hatten. Sie protestierten feierlich, und einzelne Belagerer hatten ein schlechtes Gewissen. Aber eine Offenbarung Allahs kam, um zu bestätigen, daß das militärische Vorgehen des Propheten gerecht war. Nach etwa vierzehn Tagen der Belagerung kapitulierten die Nadir. Natürlich waren die Bedingungen inzwischen härter geworden: «Geht fort von hier; ihr behaltet euer Blut (das heißt, das Leben) und das, was eure Kamele tragen können, mit Ausnahme der Waffen.» Sie zogen aus, ohne Niedergeschlagenheit offenbaren zu wollen und vielleicht froh, sich verhältnismäßig wohlfeil dieser gefährlichen Nachbarschaft zu entziehen. Sie besaßen Verwandte, Freunde, zum Teil auch Ländereien in Chaibar, dem großen jüdischen Zentrum im nördlichen Hedschas. Sie brachen ihre Häuser ab, um die Türen und Balken mitzunehmen, und beluden sechshundert Kamele mit ihrer Habe. Die Frauen hatten sich mit ihren Schmucksachen und ihren schönsten Gewändern angetan. Unter den Klängen der Pauken und Tamburine zogen die Besiegten so in einem nicht endenwollenden Zuge fröhlich wie Sieger durch die ganze Oase, um den Weg nach Chaibar oder nach Syrien einzuschlagen. Die Zweifler sahen sie voller Betrübnis vorbeiziehen. Noch ein Gegengewicht gegen Mohammeds Macht war mit ihnen verschwunden.

Der Prophet zählte seine Beute: fünfzig Harnische, fünfzig Helme und dreihundertundvierzig Degen. Und zudem die Ländereien der Juden, ihre Palmenhaine und was von den Häusern übrigblieb. Mohammed erklärte den Medinensern, daß sie bis dahin für die Auswanderer aus Mekka hatten aufkommen müssen, die nicht selber für ihre Bedürfnisse zu sorgen vermochten. So lag es in ihrem eigenen Interesse, wenn die Einwanderer Land besaßen, von dem sie leben konnten, ohne weiterhin bei ihren Brüdern zu betteln. Dieser Überlegung gehorchend wurden die Ländereien der Juden ausschließlich an die Muselmanen koraischitischer Abkunft verteilt. Es gab nur zwei Ausnahmen für zwei sehr arme und sehr verdienstvolle eingeborene Medinenser. Der Prophet vergaß sich selber bei dieser Verteilung nicht. Er erhielt gutes Land, wo zwischen den Palmen die Gerste wuchs. Er hatte von nun an seinen Anteil und war von niemandem abhängig. Er verwendete den Ertrag seines Landes für seinen persönlichen Unterhalt und den seiner Familie sowie für die Bedürfnisse der Gemeinschaft. Unter diesen Bedürfnissen muß der Gerechtigkeit halber auch der Unterhalt der Notleidenden erwähnt werden.

Seine Familie wurde übrigens zahlreicher. Ungefähr sechs Monate nach den erwähnten Vorfällen schenkte Fatima ihm einen zweiten Enkel, Hossain, dem ein tragisches Schicksal beschieden sein sollte. Außerdem heiratete er noch zwei Frauen, die (von Geburt oder durch Heirat) den Koraischiten angehörten und bald dreißig waren, die Witwen zweier bei Badr und Ohod gefallener Muselmanen, Omm Salama und Zainab bint Chosaima. Die letztere starb wenig später.

Die Ausstoßung der Banu-n-Nadir wurde von der arabischen öffentlichen Meinung unterschiedlich aufgenommen. Eine hitzige Polemik teilte die Propagandistendichter, die Journalisten jener Zeit, in zwei Lager. Der Jude Sammak antwortete den vom Propheten gedungenen Verseschmieden:

Da ihr euch rühmt — denn es ist ja ein Ruhmestitel für euch! —
Kaab ibn al-Aschraf ermordet zu haben,
Im Morgengrauen, als ihr kamt, ihn zu töten,
Ihn, der ohne Verrat war und ohne Falsch,
Werden die Nächte vielleicht und die Wechselfälle des Schicksals
Vergeltung üben an dem «Gerechten», dem «Redlichen»,
Weil er die Nadir bekämpft und verstoßen hat [30]
Und die Palmen geschnitten, noch ehe es Erntezeit war.
Mit unseren Lanzen bewaffnet werden wir, wenn ich noch lebe, gegen euch ziehen,
Und mit allen unseren geschliffenen Säbeln
In den Händen der Tapferen, die sich ihrer zu bedienen verstehen, um sich zu verteidigen.
Wenn sie einen Gegner antreffen, werden sie ihn alsbald in den Tod schicken.
Mit dem Volke kommt Sachr (Abu Sofjan) *von seinen Gefährten begleitet.*
Er wird nicht schwach, wenn er den Leuten entgegentritt
Wie ein Löwe des Berges Tarj, der seine Höhle verteidigt,
Wie ein riesig großer Sohn des Dickichts, der seine Beute zerreißt.[31]

So hofften die Juden also auf die Koalition, die Abu Sofjan vorbereitete. Sie konnte eine gewaltige Macht bilden. Aber an der inneren Front hatten Mohammeds Feinde nichts mehr von der Opposition in Medina zu erwarten. Sie hatte ihre Unfähigkeit und ihre Feigheit offenbart. Hoch vom Himmel herab hatte Allah dies ironisch unterstrichen:

Hast du die Heuchler noch nicht beobachtet? Sie sagen zu ihren nicht rechtgläubigen, den jüdischen, Schriftbesitzern: «Solltet ihr vertrieben werden, so werden wir mit euch auswandern, und wir versagen euretwegen jedem auf immer den Gehorsam, und werdet ihr angegriffen, so werden wir euch beistehen.» Allah aber ist Zeuge, daß sie Lügner sind. Denn wenn jene vertrieben werden, so werden sie nicht mit ihnen auswandern, und wenn jene angegriffen werden, werden sie ihnen nicht beistehen, und leisteten sie ihnen auch Beistand, so kehrten sie (im Kampf) *doch den Rücken, und keinem von beiden würde damit geholfen ... Sie* (die Juden) *wollen nicht einmal vereint offen* (in offener Feldschlacht) *mit euch kämpfen, sondern nur in befestigten Städten und hinter Mauern. Ihr Kriegsmut ist zwar (untereinander, seid ihr fern, und mit dem Mund) sehr groß, du denkst auch, daß sie unter sich einig seien, aber nein!, ihre Herzen sind uneinig – sie sind eben unverständige Menschen.* (*Koran*, 59, 12–15)

Mohammed verlor zudem keine Zeit, um seine moralische und materielle Position zu stärken. Bei Ohod (am 23. März 625) hatte Abu Sofjan auf dem Schlachtfeld den Muselmanen eine Lagardières würdige Herausforderung zugerufen: «In einem Jahr in Badr!» Es gab in der Tat jedes Jahr in Badr einen Markt, der acht Tage dauerte. Die Muselmanen kamen – im April 626 – mit fünfzehnhundert Mann und zehn Pferden dorthin, um ihre Stärke zu demonstrieren. Sie machten gute Geschäfte mit Gewinnen bis zu hundert Prozent. Die Mekkaner näherten sich Badr mit zweitausend Mann und fünfzig Pferden, kamen aber nicht bis auf den Markt. Ein jeder hatte seine Kraft vor Augen geführt.

Um diese Zeit, nach der Ausstoßung der Banu-n-Nadir, muß auch die Ermordung des alten Juden Abu Rafi durch ein paar Muselmanen vom Medinenser Stamme der Chasradsch stattgefunden haben. Es wird uns gesagt, sie hätten mit dem Stamme der Aus, zu dem Kaab ibn al-Aschrafs Mörder gehörte, an Mut wetteifern wollen. Die vom Propheten «gesegnete» Expedition, die indessen genaue Weisung hatte, weder Frauen noch Kinder zu töten, kehrte nach zehn Tagen aus Chaibar zurück. Die Mission war erledigt, der Greis war in seinem Bett getötet worden, und die Mörder waren entkommen. Sie stritten sich um die Ehre, den glorreichen Todesstoß versetzt zu haben. Mohammed entschied die Frage, indem er die Degen untersuchte: es mußte derjenige sein, der Spuren von Nahrung aufwies, hatte der Tod doch Abu Rafi mitten in der Verdauung ereilt.

Man schrieb bereits das Jahr 5 der Hedschra (Juni 626). Mohammed verbrachte vierzehn Tage mit einer Expedition, um zwei Stämmen, die Truppen gegen ihn sammelten, Angst einzujagen. Sie ließen sich nicht mit dem Propheten ein, und dieser kehrte nach Medina zurück, nachdem er seine Stärke gezeigt und ein paar hübsche Mädchen, die zurückgeblieben waren, gefangen hatte. Im August machte er eine weitere Expedition zur großen Oase von Dumat al-Dschandal, die sich weit im Norden befand und wo ein berühmter Markt abgehalten wurde. Auch dort, so hatte man ihm hinterbracht, wurden Truppen zusammengezogen. Wiederum wich der Feind aus, und die Medinenser Truppe kehrte mit ein paar erbeuteten Tieren und einem Gefangenen zurück, ohne ihr Ziel erreicht zu haben.

Im Dezember unternahm der Prophet eine weitere Expedition, die vor allem zu bemerkenswerten Zwischenfällen führen sollte. Er zerstreute die Banu-l-Moßtalik, einen Stamm, der angeblich ebenfalls mobilisiert hatte, um Medina anzugreifen. Die beim Brunnen von Moraischi in der Nähe der Küste des Roten Meeres überraschte Truppe wurde schnell in die Flucht geschlagen. Die Muselmanen hatten einen Toten, die Feinde zehn. Aber man erbeutete zweitausend Kamele, fünftausend Stück Kleinvieh und auch zweihundert Frauen. Eine unter ihnen, die Tochter des Häuptlings der Banu-l-Moßtalik, namens Jowairija, war sehr schön; niemand konnte sie sehen, ohne sich in sie zu verlieben. Sie kam zu dem Teil der Beute, der Thabit ibn Kais zufiel. Sie verhandelte mit ihm über das Lösegeld und wollte auf Grund einer von ihr unterzeichneten Schuldanerkennung freigelassen werden. Er weigerte sich offenbar, denn sie ging zu Mohammed, um sich zu beschweren. Aischa soll später erzählt haben: «Bei Allah! Kaum hatte ich sie auf der Schwelle meines Zimmers gesehen, als ich sie auch schon verabscheute. Ich wußte, daß er sie so sehen würde, wie ich sie sah.» [32] Und so war es. Mohammed hörte ihre Bitte an und schlug sogleich vor, sie Thabit abzukaufen und sie zu heiraten. Sie war ohne Zögern einverstanden. Damit wurde der Stamm mit dem Propheten verwandt. Dieser sann ungesäumt auf die Art, daraus Vorteil zu schlagen.

Die gefangenen Frauen sollten alle gegen ein Lösegeld freigelassen werden. Aber sie waren für Soldaten am Abend einer Schlacht gar begehrenswert. Abu Said al-Chodri erzählte: «Wir hatten ein großes Verlangen nach Frauen, und wir litten sehr unter der Enthaltsamkeit. Andererseits hätten wir doch gerne ein Lösegeld erhalten. Also beschlossen wir, den *azl* (Coitus interruptus) anzuwenden. ... Wir befragten den Boten Gottes. Er antwortete uns: ‹Ihr seid nicht verpflichtet, euch zu enthalten ...› (Später) kam eine Abordnung (nach Medina) und bezahlte das Lösegeld für die Kinder und die Frauen. Dann nahmen sie sie mit nach Hause. Sie hatten die Wahl, bei demjenigen zu bleiben, dem sie bei der Teilung zugefallen waren. Aber alle weigerten sich und zogen es vor, heimzukehren.»

Der Erzähler berichtet im weiteren, wie er mit einer dieser Gefangenen auf den Markt ging, um sie zu verkaufen (vermutlich ein armes Ding, für das niemand hatte Lösegeld zahlen wollen). «Ein Jude sagte mir: ‹Abu Said, du willst sie verkaufen, und dabei trägt sie in ihrem Leib ein Kleines von dir!› Ich entgegnete ihm: ‹Keineswegs! Ich habe den *azl* angewandt.› Da versetzte er (sarkastisch?): ‹Ach so, dann war es der kleine Liebesakt!› (oder vielleicht ‹ein kleiner Kindsmord›). Ich ging zum Boten Gottes und erzählte es ihm. Er sagte: ‹Die Juden lügen! Die Juden lügen!› »[33]

Sein Zorn mußte an sich halten. Sogleich nach der Schlacht waren bei dem Brunnen, wo die Pferde zur Tränke geführt wurden, ein Medinenser und ein Einwanderer aus Mekka aneinandergeraten. Sie waren handgemein geworden. Die Medinenser hatten jedenfalls mit bedeutend schlechterem Willen, als die Überlieferungen zugeben, eingewilligt, die gesamte Habe der Nadir den Einwanderern zu überlassen. Ibn Obbajj, der den Zwischenfall miterlebte, verlor keine Zeit, um diesen Keim der Zwietracht auszubeuten und seinem Zorn Luft zu machen: «So haben sie gehandelt? Sie machen uns Konkurrenz, sie versuchen, uns in unserem eigenen Lande an Zahl zu übertreffen! Bei Allah! Ich glaube, unsere Geschichte mit diesen Waschlappen der Koraisch ist genau so, wie einer einmal gesagt hat: Mach deinen Hund fett, und er frißt dich auf. Bei Allah! Wenn wir in die Stadt zurückkehren, wird der Stärkere den Schwächeren vertreiben!» Er ging zu den Medinensern und sagte ihnen: «Da seht ihr, was ihr euch selber angetan habt. Ihr habt ihnen euer Land geöffnet, ihr habt euren Besitz mit ihnen geteilt. Wenn ihr euren Besitz behalten hättet, wären sie bei Allah anderswohin gezogen!» Diese Worte wurden dem Propheten hinterbracht. Omar sagte zu ihm: «Gib Abbad ibn Bischr den Befehl, ihn zu töten!» Mohammed antwortete: «Wie da, Omar? Und die Leute werden sagen, daß Mohammed seine eigenen Gefährten tötet!» Als Ibn Obbajj erfuhr, daß sein Wutanfall weitererzählt worden war, kam er zum Propheten, um alles abzustreiten und dies mit einem Schwur zu bekräftigen. Die anwesenden Medinenser pflichteten bei: «Vielleicht hat der Bursche (der die Szene berichtet hatte) sich verhört, vielleicht hat er sich nicht richtig an das erinnert, was der Mann gesagt hat.» Mohammed machte einen Strich darunter, aber die Sache ging ihm nicht aus dem

Kopf. Auf dem Heimweg sprach er mit einem anderen Medinenser Häuptling darüber, Ossaid ibn Hodair. Ossaid sagte ihm: «Aber wenn du willst, kannst ja du ihn aus Medina ausstoßen! Bei Allah! Du bist der Starke und er der Schwache! Aber sei nett mit ihm! Allah hat dich zu uns geführt, als die Leute Perlenschnüre anfertigten, um ihm eine Königskrone zu machen. Und jetzt denkt er, daß du ihm die Königswürde geraubt hast!» [34] Ibn Obbajjs Sohn, wie wir gesehen haben ein getreuer Muselman, kam ebenfalls zum Propheten, aber er sprach in ganz anderem Sinne: «Wenn du ihn unbedingt töten willst», sagte er und meinte damit seinen Vater, «dann erteile mir selber den Auftrag, und ich werde dir seinen Kopf bringen. Bei Allah! Die Chasradsch wissen, daß es keinen besseren Sohn gibt als mich. Ich fürchte, wenn du einem anderen befiehlst, ihn zu töten, daß ich es nachher nicht ertragen könnte, Ibn Obbajjs Mörder inmitten der Leute herumstolzieren zu sehen. Ich würde ihn töten und hätte so einen Gläubigen eines Gottlosen wegen getötet und käme in die Hölle!» [35]

Mohammed beschwichtigte ihn. Er verstand es, seinen eigenen Zorn zu dämpfen, der ohne Zweifel groß war. Aber die Vernunft siegte. Als er später sah, wie Ibn Obbajj, sooft er eine Ungeschicklichkeit beging, von den gleichen Medinensern zurechtgewiesen und angefahren wurde, die ihn gerettet hatten, sagte er eines Tages zu Omar: «Was hältst du davon, Omar? Wenn ich ihn getötet hätte, wären die Medinenser Häuptlinge vor Wut außer sich geraten, jetzt aber würden sie ihn selber töten, wenn ich es ihnen befähle.»

Mohammed beruhigte auch die überhitzten Gemüter der Medinenser und der Auswanderer, indem er das Lager so schnell wie möglich abbrach und Gewaltmärsche anordnete, die seine Leute erschöpften, so daß sie keine Lust mehr hatten, sich zu streiten. Aber diese Expedition sollte nicht ohne einen weiteren Zwischenfall enden, der in mehr als einer Hinsicht bedeutsam war.

Mohammed hatte Aischa, die jüngste und geliebteste seiner Frauen, auf diesen Feldzug mitgenommen. Sie war damals dreizehn Jahre alt. Es war das beste Alter für eine arabische Frau, und die Ehe war schon längst vollzogen. Der Himmel hatte angefangen, Instruktionen hinabzusenden, wonach den Frauen des Propheten ein gewisser Respekt gebührte (er besaß jetzt deren fünf und zudem Jowairija, die er eben geheiratet hatte). Aischa wurde auf einem gut verschlossenen Tragsessel, der sich auf einem Kamel befand, mitgeführt. In Anbetracht ihres zarten Alters und der frugalen Nahrung, die auf den Feldzügen verteilt wurde, war sie damals sehr leicht. Ein paar Männer hatten den Auftrag, das Kamel zu satteln und nach jeder Rast den Tragsessel wieder auf dem Höcker zu befestigen. Eines Nachts (es war die letzte Nacht vor der Heimkehr nach Medina) «entfernte ich mich», so erzählte Aischa später, «um ein Bedürfnis zu verrichten. Ich trug ein Halsband aus Zafarmuscheln. Als ich fertig war, löste sich mein Halsband, ohne daß ich es bemerkte. Als ich zum Lagerplatz zurückkehrte, suchte ich es an meinem Hals und konnte es nicht finden. Die Leute hatten angefangen, das Lager abzubrechen. Ich kehrte an den von mir aufgesuchten Ort zurück und tastete (im Sand), bis ich das Halsband wiedergefunden hatte. Inzwischen kamen die Männer, die mein Kamel satteln mußten und es eben gesattelt hatten, nahmen meinen Tragsessel auf, in dem sie mich vermuteten, hoben ihn empor und befestigten ihn auf dem Kamel. Sie zweifelten nicht, daß ich drinnen war. Als ich zum Lager zurückkehrte, war niemand mehr da. Ich hüllte mich in meinen Mantel und legte mich dort hin, wo ich stand. Ich sagte mir, daß man mich wohl holen werde, sobald man mein Verschwinden bemerkte. Ich lag so da, als Safwan ibn al-Moattal as-Solami an mir vorbeikam. Er war hinter der Armee zurückgeblieben, um irgend etwas zu erledigen, und hatte nicht mit den übrigen geschlafen. Er bemerkte mich, trat näher und blieb neben mir stehen. Nun hatte er mich aber gesehen, ehe uns der Schleier vorgeschrieben wurde. Als er mich erkannte, rief er: «Wir gehören Allah und werden zu ihm zurückkehren! Die Frau des Propheten!» Ich war in meine Kleider gehüllt. Er sagte mir: «Weshalb bist du zurückgeblieben?» Aber ich richtete kein Wort an ihn. Er holte sein Kamel herbei und sagte mir: «Steig auf!» Und er trat von mir weg. Ich stieg auf, und er führte das Kamel am Kopf. Und er brach rasch auf, um die Truppe einzuholen. Aber wir erreichten sie nicht, und mein Verschwinden wurde erst am folgenden Morgen bemerkt. Da machte die Truppe halt, und während sie ruhte, kam der Mann herbei, der mich führte. Da sagten die Lügner, was sie sagten, und das Heer wurde in Verwirrung gestürzt. Aber bei Allah, ich kann nichts dafür!» [36]

Es gab einen gewaltigen Skandal. Man konnte und kann noch jetzt von den Arabern sagen, was Carlo Levi von den Bauern Lukaniens sagt: «Die Liebe oder die sexuelle Anziehung wird von den Bauern als eine so mächtige Naturkraft angesehen, daß kein Wille in der Lage ist, ihr zu widerstehen. Wenn ein Mann und eine Frau allein, vor der Witterung geschützt und ohne Zeugen beisammen sind, kann nichts verhindern, daß sie sich umarmen. Weder die gefaßten Vorsätze noch die Keuschheit, noch irgendein anderes Hindernis kann sie zurückhalten, und wenn sie sich zufällig nicht tatsächlich vereinen, ist es doch, als hätten sie es getan. Zusammensein ist gleichbedeutend mit sich lieben.» [37]

Gegen Aischa erhoben sich alsbald die gewohnten Liebhaber von Zuträgereien. Es wurde geklatscht, man habe sie mehrfach schon früher mit Safwan plaudern sehen. Es gab die auf ihren Vater Abu Bekr Eifersüchtigen und deren Freunde. Es gab die Freunde und Verwandten der anderen Frauen des Propheten, die aus Aischas Ungnade Kapital zu schlagen hofften. Dann gab es die Zweifler, die hier eine ausgezeichnete Gelegenheit fanden, die Familiensorgen des Propheten aufs Korn zu nehmen, und schließlich alle diejenigen, denen Aischa mit ihrer scharfen Zunge und ihren Launen auf die Nerven gegangen war; die Geschichte mit der Halskette wurde jetzt in einer anderen Fassung herumgeboten: die Karawane hatte Durst leiden müssen, während Aischa sie auf einem Rastplatz suchte, wo es kein Wasser gab. Unter den Anklägern taten sich zunächst natürlich Abdallah ibn Obbajj hervor, dann ein Verwandter Abu Bekrs namens Mistha und schließlich der Dichter und Propagandist Mohammeds, Hassan ibn Thabit.

Mohammed fühlte sich unbehaglich. Er liebte seine kindliche Frau, aber er war ihrer Unschuld nicht ganz sicher. Hatte sie sich mit dem jungen und schönen Safwan über ihn lustig gemacht? Eine große Kälte hatte sich auf sein Herz herabgesenkt. Aischa war krank. Sie versicherte, daß sie nichts wußte. War es Verstellung? Sie behauptete nur, die neue Gleichgültigkeit ihres Mannes ihr gegenüber während ihrer Krankheit mit Kummer und Erstaunen festgestellt zu haben. Ihre Mutter war gekommen, um sie zu pflegen; er schaute nur schnell herein und fragte: «Wie fühlst du dich?» Da bat sie ihn, sie zu ihrer Mutter gehen zu lassen, die sie daheim besser pflegen konnte. «Meinetwegen!» war seine einzige Antwort. Eine kleine Begebenheit soll Aischa etwa zwanzig Tage später zufällig die Wahrheit enthüllt haben. Es ist übrigens nicht sicher, daß dieser Aischa zugeschriebene Bericht nicht später von irgendeinem boshaften Perser in den überlieferten Text eingeschmuggelt wurde, weil es ihm Freude machte, das ungeschliffene Wesen der Araber zu unterstreichen: «Wir sind Araber und besitzen in unseren Häusern keine solchen Klosetts wie die Ausländer, das widerstrebt uns, und wir verabscheuen sie. Wir gingen auf die leeren Grundstücke von Medina. Die Frauen gingen jeden Abend hinaus, um ihre Bedürfnisse zu verrichten. Ich begab mich eines Abends zu diesem Zwecke mit Omm Mostah bint

Abi Rohm hinaus, deren Mutter Sachrs Tochter und Abu Bekrs (meines Vaters) Tante mütterlicherseits war. Sie ging neben mir her, als sie über ihre Röcke stolperte. Sie rief: Soll doch Mistha sich das Genick brechen! Ich sagte ihr: Das ist böse, bei Allah, was du da von einem Auswanderer sagst, der bei Badr gelitten hat! Sie sagte zu mir: Wie? Hast du die Geschichte nicht gehört, Tochter Abu Bekrs? Ich sagte: Welche Geschichte? Da erzählte sie mir, was die Lügner behaupteten. Ich fragte: Ist das so? Sie antwortete: Bei Allah! Es ist so. Bei Allah! Ich konnte meine Bedürfnisse nicht fertig verrichten und ging heim, und bei Allah, ich hörte nicht auf zu weinen, so sehr, daß ich glaubte, das Schluchzen werde mir die Leber zerreißen.» Sie ging zu ihrer Mutter und beklagte sich, aber diese sagte mit philosophischer Ruhe: «Nun, mein kleines Mädchen! Nimm das alles nicht so schwer. Es ist selten, daß eine schöne Frau mit einem Mann verheiratet ist, der sie liebt und noch andere Gattinnen besitzt, ohne daß diese und auch die anderen Leute eine Menge Zeug über sie erzählen!» [38]

Wie jeder Mann, der seine innere Ruhe verloren hat, suchte Mohammed rings um sich Meinungen und Ratschläge. Der junge Ossama ibn Zaid verwandte sich für Aischa. Die Dienerin Boraya wurde ausgefragt. «Ich weiß nur Gutes von ihr», erklärte sie. «Ich werfe ihr nur eine Sache vor. Wenn ich meinen Teig knete und ihr sage, sie solle ihn überwachen, schläft sie ein, und dann kommt das Lamm und frißt ihn!» Ali, der Schwiegersohn, war herzlos: «An Frauen herrscht kein Mangel!» rief er. «Du brauchst dir nur eine andere zu nehmen!» [39] War er von seiner Frau Fatima aufgehetzt, die ihre junge Stiefmutter nicht leiden mochte? Zeichnete sich bereits eine politische Rivalität zwischen Ali und der Sippe Abu Bekrs und Omars ab, eine Rivalität, die sich weiter entwickeln und zur Bildung zweier Parteien führen sollte, deren Kämpfe die Geschichte des Islam erfüllen? Auf jeden Fall konnte Aischa Ali diesen Ausspruch nicht verzeihen, der ihn über zwanzig Jahre später in den Tod unter dem Säbel eines Mörders führen sollte.

Das Fieber stieg. Ossaid, der zu den Aus gehörte, versprach dem Propheten, sich der Verleumder in seinem eigenen Stamme anzunehmen, und falls es sich um Leute des Stammes der Chasradsch handelte, Freunde zu haben, die mit Vergnügen bereit seien, ihnen den Kopf abzuschlagen. Die Angehörigen der Chasradsch protestierten: «Du lügst! — Selber ein Lügner!» Der Dichter Hassan ibn Thabit, ein Medinenser aus dem Stamme der Chasradsch, verspottete Safwan und die Einwanderer. Es war dringend notwendig, alle diese Leidenschaften abzukühlen, die sich unter dem Vorwand dieses Zwischenfalls allenthalben entfesselt hatten.

Allah kam sehr zur rechten Zeit zu Hilfe. Mohammed war zu seinen Schwiegereltern gekommen, um Aischa anzuflehen, zu bereuen, wenn sie sich vergangen haben sollte. Sie schaute ihre Eltern an, aber diese waren niedergeschlagen und im Grunde nicht restlos von der Tugendhaftigkeit ihrer Tochter überzeugt, und so sagten sie nichts. Sie weinte und weigerte sich, etwas zu bereuen, weil dies einem Geständnis gleichgekommen wäre. Sie hatte sich nichts vorzuwerfen. Sie würde diese Prüfung geduldig ertragen wie jener Patriarch, wie hieß er doch gerade? Kurzum, Josephs Vater. Und sie fing wieder an zu weinen.

Mohammed war am Ende seiner Nerven. Die Trance kündigte sich an. Man hüllte ihn in seinen Mantel und legte ihm ein ledernes Kissen unter den Kopf. Die Stimme Von Oben sprach zu ihm. Abu Bekr und seine Frau hielten vor Besorgnis den Atem an. Würde Allah die Schändlichkeit ihrer Tochter enthüllen? Diese blieb ganz ruhig, ihrer Unschuld gewiß, wie sie sagte. Schon war es vorbei. Der Prophet richtete sich wieder auf und wischte sich den von der Stirne fließenden Schweiß ab, «und es fiel von ihm herab wie Wassertropfen an einem kalten Tage». Er sprach: «Gute Nachricht, Aischa! Allah hat deine Unschuld offenbart.» Dann ging er hinaus und rezitierte die Offenbarung, die ihm zuteil geworden war:

Haltet die Partei, welche mit der Verleumdung unter euch auftrat, nicht für ein Übel; im Gegenteil, dies ist gerade gut für euch. Ein jeder von dieser Partei soll nach Maßgabe des Verbrechens, dessen er sich schuldig gemacht hat, bestraft werden. Der Rädelsführer aber, der die Verleumdung aufgebracht und aufgebauscht hat, soll peinliche Strafe erleiden. Haben nicht die gläubigen Männer und die gläubigen Frauen, als sie dies hörten, das Beste davon in ihren Herzen gedacht? Und gesagt: «Dies ist offenbare Lüge!» Hatten sie vier Zeugen dafür aufgebracht? Da sie nun keine Zeugen aufbringen konnten, werden sie von Allah als Lügner betrachtet ... Warum habt ihr nicht, als ihr dies (die Verleumdung) *gehört habt, gesprochen: «Es ziemt uns nicht, davon zu sprechen. Bewahre Allah! Dies ist ja eine große Verleumdung.»?*

(*Koran*, 24, 12–17)

Auf die Ermahnungen folgten die Vorschriften. Aischas Fall sollte als Beispiel dienen. Die Anschuldigungen des Ehebruchs und der Hurerei sollten sich auf vier Zeugen stützen. Wenn die Richtigkeit der Anklage so erwiesen wurde, betrug die Strafe für den Schuldigen hundert Peitschenhiebe. Aber wenn die Ankläger unfähig waren, die vier Zeugen anzuführen, sollten sie als falsche Zeugen betrachtet werden und ihrerseits zur Strafe achtzig Peitschenhiebe erhalten. Diese Regel erwies sich als ein wahrer Segen für die muselmanischen Anwärter auf Ehebruch. Es war offenkundig schwierig, die berühmten vier Zeugen beizubringen, von denen die richterliche Gewalt einen Augenzeugenbericht von anatomischer Genauigkeit fordern sollte. Zumindest wenn es darum ging, einen Skandal zu vermeiden, und wenn die Gewalt keine Gründe hatte, dem Angeklagten feindlich gesinnt zu sein! Aber die eifersüchtigen Sitten der Völker, die den Islam annahmen, sollten sich bedeutend stärker erweisen als die Nachsicht des Propheten und seines Gottes. Und sie hatten keinerlei Hemmungen, ihre unnachsichtige Strenge allen Vorschriften zum Trotz heilig zu erklären.

Die von Allah angeordnete Auspeitschung scheint tatsächlich auf die lautesten Verleumder angewendet worden zu sein; aber zweifellos blieb sie Ibn Obbajj in Anbetracht seines hohen Alters erspart. Der Zwischenfall brachte ihn vollends in Mißkredit und raubte ihm den letzten politischen Einfluß. Der Dichter Hassan hatte Safwan beleidigt, und dieser schlug ihn eines Tages mit seinem Degen und verletzte ihn schwer. Die Stammesgenossen des Dichters, die Chasradsch, hielten den jungen Mann gefangen, bis Hassan völlig wiederhergestellt war. Andernfalls hätten die Gesetze der Vendetta ihn zum Tode verurteilt. Aber zum Glück wurde der Dichter gesund und verzieh Safwan dank Mohammeds Vermittlung. Er erhielt zum Entgelt einen Grundbesitz und eine koptische Sklavin. Hassan erlangte mit dem schönen Opportunismus der Dichter Aischas Vergebung, indem er ihr Verse widmete, die ihre Keuschheit und ihre häuslichen Tugenden rühmten. Aischa zeigte sich in dieser Angelegenheit übrigens recht stolz. Sie dankte Allah, daß er sie von Schuld freigesprochen hatte, fand aber, wie sie ihrem kleinlauten Mann erklärte, daß gar kein Grund für sie bestand, ihm etwa ebenfalls zu danken. Im übrigen, erklärte sie, habe man entdeckt, daß Safwan impotent sei. Es blieb nicht der geringste Schatten.

Die aus dieser Geschichte abgeleiteten Schlußfolgerungen bestanden darin, daß die Frauen des Propheten besser als bis anhin vor der Menge der Jünger beschützt werden mußten. In der «Moschee» von Medina, in Wirklichkeit Mohammeds Wohnsitz und Hauptquartier, war der große Hof, in dem sich die Hütten seiner verschiedenen Frauen befanden, unablässig von Besuchern angefüllt. Weitere Offenbarungen schrieben vor, nicht einzutreten, ohne sich angemeldet zu haben, und nur durch einen Vorhang mit den Frauen zu sprechen. Diese mußten außerdem ihr Gesicht verhüllen.

Eine andere «Weibergeschichte» sollte übrigens bald sozusagen *a contrario* die Nützlichkeit solcher Vorsichtsmaßnahmen erweisen. Einer der möglichen Chronologien zufolge ereignete sie sich ungefähr zwei Monate nach der «Geschichte mit der Halskette». Eines Tages war Mohammed auf der Suche nach seinem Freigelassenen Zaid ibn Haritha, dem ehemaligen Sklaven christlicher Abkunft, den Chadidscha ihm geschenkt hatte. Seit er ihn freigelassen und adoptiert hatte, wurde er häufig Zaid ibn Mohammed genannt. Sein Adoptivvater, der Prophet, hatte großes Zutrauen zu seinem Urteil und seinem Mut. Er hatte ihn eben zu seinem Schreiber gemacht und ihn gebeten, Aramäisch zu lernen, um auf die Dienste der jüdischen Schreiber verzichten zu können. Er hatte ihn mit einer seiner Basen verheiratet, Zainab bint Jahsch, angeblich einem sehr frommen Mädchen, einer Witwe versichern andere, die trotz ihres für eine arabische Frau vorgerückten Alters von etwa fünfunddreißig Jahren sehr schön war. Die Ehe schien nicht besonders gut zu gehen. Mohammed klopfte auf der Suche nach Zaid an ihre Türe. Er war nicht da, aber Zainab empfing ihn nur dürftig bekleidet und forderte ihn auf, einzutreten. War er nicht wie ihr Vater und ihre Mutter? Er lehnte ab, aber der Wind lüftete den Vorhang, während sie sich angeblich eilends ankleidete. Er entfloh verwirrt und murmelte ein paar Worte, die sie nicht genau verstand. Sie hörte nur: «Gelobt sei Allah der sehr Große! Gelobt sei Allah, der die Herzen verwandelt!» Wenig später kehrte Zaid heim, und seine Frau berichtete ihm den Vorfall. Er begab sich zum Propheten und sagte ihm: «Abgesandter Allahs, ich habe erfahren, daß du zu mir gekommen bist. Warum bist du nicht eingetreten? Bist du nicht mein Vater und meine Mutter, Abgesandter Allahs? Hat vielleicht Zainab dir gefallen? Wenn dem so ist, will ich mich von ihr trennen!» Mohammed erwiderte: «Behalte deine Frau für dich.» Dessenungeachtet hörte Zaid auf, ihr beizuwohnen, und trennte sich sogar von ihr. Aber Mohammed weigerte sich immer noch, die Frau seines Adoptivsohnes zu heiraten. Er fürchtete das Ärgernis. Für die Araber hatte die Adoption die gleichen Folgen wie die natürliche Zeugung. Zainab heiraten war gleichbedeutend mit der Ehe mit seiner Schwiegertochter, beinahe seiner Tochter: ein abscheulicher Inzest! Es ist indessen nicht gewiß, daß Mohammed in seinem geheimsten Herzen und als Individualist, der bereits an mehr als einem bei seinem Volke verbreiteten Glauben gerüttelt hatte, diese Gleichsetzung der künstlichen Vaterschaft mit der natürlichen wirklich für begründet erachtet. Der Koran schreibt an anderer Stelle ausdrücklich im Falle der Scheidung oder der Wiederheirat eine Zeit der Enthaltsamkeit für die Frau vor, um jede mögliche Verwirrung hinsichtlich der Vaterschaft eines Kindes auszuschließen. Indessen spürte er offensichtlich, daß er in der Geschichte mit Zainab im Unrecht war. Hatte nicht er selber im ersten Jahre seines Aufenthalts in Medina eine künstliche «Brüderschaft» zwischen Medinensern und Einwanderern eingerichtet, und zog diese nicht juristische Folgen nach sich? Aber wie immer in heiklen Fällen kam ihm Allah zu Hilfe. Eines Tages, als Mohammed sich mit Aischa unterhielt, geriet er in Trance. Als sie vorbei war, lächelte er. Er rief: «Wer geht zu Zainab und verkündet ihr die frohe Nachricht und sagt ihr, daß Allah mich mit ihr verheiratet hat?» Und er rezitierte die Offenbarung, die eben «herabgekommen» war. Der Text des Korans, der mit dieser Begebenheit verbunden zu werden pflegt, muß indessen ein wenig später entstanden sein:

> *Es ziemt den gläubigen Männern und Frauen nicht, wenn Allah und sein Gesandter irgendeine Sache beschlossen haben, sich die Freiheit herauszunehmen, anders zu wählen ... Als du zu jenem, dem Allah und dem du Gnade erzeigt hattest, sagtest: «Behalte dein Weib* (Zainab) *und fürchte Allah», suchtest du deine Liebe im Herzen zu verheimlichen, welche doch Allah veröffentlicht haben wollte, und du fürchtetest die Menschen da, wo es billiger gewesen wäre, Allah zu fürchten. Da sich endlich Zaid hinsichtlich ihrer* (zur Scheidung) *entschlossen hatte, da gaben wir sie dir zur Frau, damit für die Gläubigen kein Vergehen mehr darin bestehe, wenn sie die Frauen ihrer angenommenen Söhne heiraten; denn was Allah befiehlt, daß muß geschehen ... Mohammed ist nicht der Vater eines einzigen Menschen von euch; sondern er ist der Gesandte Allahs und das Siegel des Propheten ...*
>
> (*Koran*, 33, 37–41)

Von Allah zurechtgewiesen, aber lächelnd und diese Angelegenheit zu einem Musterfall für eine allgemeingültige Gesetzgebung machend, beschleunigte Mohammed die Vorbereitungen für diese Ehe, zu der ein außergewöhnliches Fest gerüstet wurde. Die modernen muselmanischen Autoren, denen W. Montgomery Watt sich in diesem Punkte seltsamerweise anschließt, haben das nicht erotische Wesen des Zwischenfalls hervorheben wollen. Mit fünfunddreißig Jahren konnte Zainab nicht begehrenswert sein. Mohammed hätte aus dieser Eheschließung wirklich eine politische Angelegenheit gemacht (er schuf ein Band mit Verbündeten Abu Sofjans) und einen juristischen Musterfall, der sich gegen den der Adoption beigemessenen Wert richtete. Die abendländischen Christen und die Anhänger Voltaires hätten mit schwerfälliger Ironie die Liebe auf den ersten Blick des so leicht entzündlichen Propheten betont. Dabei genügt es, unsere Quellen zu lesen, die historischen und überlieferten arabischen Texte, um festzustellen, daß diese Auslegung keineswegs eine Erfindung der Abendländer war. Gerade diese Texte unterstreichen Mohammeds Verwirrung, als er Zainab nur notdürftig bekleidet erblickte; sie sprechen von ihrer überwältigenden Schönheit. Das Urteil der öffentlichen Meinung, auf die im Text des Korans selber angespielt wird, wie wir gesehen haben, konnte nur dann streng sein, wenn sie hinter der geplanten Heirat andere Motive als juristische vermutete. Das wird uns von der Überlieferung bestätigt. Allahs Eingreifen, das scheinbar über jeden Verdacht erhaben war, hätte diesen Gerüchten zumindest unter den Gläubigen den Boden entziehen müssen. Indessen werden im Zusammenhang mit der Anschuldigung einiger Zweifler, wonach Mohammed gewisse ihm von Allah offenbarte Verse nicht bekanntgab, sondern sie für sich behielt, von einem Hadith die folgenden sarkastischen Worte der eifersüchtigen Aischa in den Mund gelegt: «Wenn der Prophet etwas von der Offenbarung geheimgehalten hätte, so hätte er diese Verse geheimhalten sollen.» [40] Es ist offenkundig, daß sie ihm eine allzu große Freude bereiteten. Natürlich hatte man nichts an seiner Sinnlichkeit auszusetzen, die niemanden befremdete. Was man merkwürdig fand, war der Umstand, daß die Vorschrift so trefflich der Erfüllung seiner Wünsche entsprach, die sich ausnahmsweise an einem sozialen Tabu stießen. Wir können nicht mit M. Hamidullah einiggehen, einem sehr gelehrten muselmanischen Apologeten, für den Mohammeds Ausrufe angesichts von Zainabs Schönheit lediglich sein Erstaunen darüber ausdrückten, daß Zaid es nicht fertiggebracht hatte, sich mit einer so schönen Frau zu verstehen; denn diese Auslegung läuft dem offenkundigen Sinn der Texte eindeutig zuwider. Sogar die Stelle des Korans, so bündig sie ist, unterstellt, daß der Prophet sehr wohl Lust hatte, zu tun, was die Offenbarung ihm erst später vorschrieb, und daß nur die Furcht vor der Meinung der Leute ihn zurückgehalten hatte. M. Hamidullahs These zeigt nur ein weiteres Mal, zu welchem Grad der Empfindlichkeit der Wunsch führen kann, Thesen zu beweisen, deren Wahrheit das Dogma von vorneherein verkündet hat.

Müssen wir daraus schließen, daß Mohammed diese Verse erfunden hat, daß er Allah in den Mund gelegt hat, was er ihn sagen lassen wollte, daß er genau der Typus des Betrügers im voltaireschen Sinne des Wortes ist? Ich glaube es nicht. Aber ich werde auf diese Frage zurückkommen.

Indessen sollten schwerwiegende Ereignisse den Propheten von seinen häuslichen Problemen ablenken. Wir haben gesehen, wie er mit einer Reihe kleiner Überfälle verschiedene gegen ihn aufgebotene Truppenkonzentrationen versprengt hatte. Der Mord hatte ihm ein paar einflußreiche Feinde vom Halse geschafft. Die Ausstoßung der Banu-n-Nadir und der Umstand, daß Ibn Obbajj sein Ansehen weitgehend eingebüßt hatte, gewährten ihm Rückendeckung. Aber Abu Sofjan war seinerseits nicht untätig geblieben. Eine große Koalition war in Vorbereitung, in deren Bildung die muselmanische Überlieferung den nach Chaibar ausgezogenen Juden der Banu-n-Nadir eine bedeutende Rolle zuweist. Wie dem auch sei, die Koraischiten und die Juden erlangten die Unterstützung mehrer großer Nomadenstämme, vor allem der Ghatafan, die hart um ihre Hilfe gefeilscht hatten und die Preise hochzutreiben suchten. Ende März 627, anscheinend kurz nach der Ehe mit Zainab, zogen drei Heere unter dem Oberkommando Abu Sofjans gegen Medina. Insgesamt sollen es zehntausend Mann mit Kamelen und sechshundert Pferden gewesen sein.

Mohammed wurde durch seinen Nachrichtendienst vom bevorstehenden Aufbruch der Verbündeten unterrichtet. Er konnte seinerseits im besten Falle etwa dreitausend Mann aufstellen. Es kam nicht in Frage, sich den Alliierten auf offenem Felde zu stellen, auch nicht ihnen wie bei Ohod entgegenzuziehen. Die Gerstenfelder brauchten im übrigen nicht mehr verteidigt zu werden, denn der Feind hatte sich verspätet, und die Ernte war eingebracht. Es kam somit im wesentlichen darauf an, die Belagerung der Oase unter guten Bedingungen durchzustehen. Eine arabische Armee konnte nicht lange in der Stellung des Belagerers bleiben. Es galt vor allem zu vermeiden, daß sie in die Oase eindrang, eine Operation, für die sie jetzt sicherlich besser vorbereitet war als zur Zeit von Ohod. Medina war, wie wir gesehen haben, im Westen, Süden und Osten gut durch die Felder der Basalttrümmer (*harra*) geschützt und durch Hügel, die das Vorrücken einer berittenen Armee erschwerten. Es war im übrigen leicht, die paar wenigen Straßen im dichten Gewirr der Häuser der Stadtmitte zu verbarrikadieren, so daß Medina nur im Norden gefährdet war, dort, wo die Häuser sich über die Ebene verstreuten. Mohammed ließ zur Beseitigung dieser Bresche einen ziemlich tiefen Graben ausheben, der mit dem persischen Wort *khandak* bezeichnet wurde. Die Überlieferung berichtet, daß ein solches Werk den Arabern als erstaunliche Neuerung vorkam und daß ein freigelassener persischer Sklave namens Salman Mohammed dieses Verteidigungsmittel empfohlen hatte. Doch wissen wir, daß es in Arabien selber Befestigungen gab, zum Beispiel in Taif, ganz zu schweigen vom Jemen.

Die Arbeit wurde mit Schwung ausgeführt. Alle beteiligten sich daran, sogar die Kinder. Mohammed gab das Beispiel. Die Angehörigen des letzten in Medina verbliebenen jüdischen Stammes, der Koraisa, halfen ebenfalls mit. Die Frauen und Kinder wurden in den kleinen Festungen untergebracht, mit denen die Oase übersät war. Der Graben wurde in sechs Tagen fertiggestellt. Mohammed bezog sein Hauptquartier auf dem Berge Sal in der Nähe des Grabens. Es war höchste Zeit: der Feind kam heran.

Er richtete sich in zwei Lagern im Nordwesten und im Norden der Oase ein. Was dann geschah, ist für unsere Auffassungen von der Kunst der Kriegführung höchst erstaunlich. Wir würden zögern, zu glauben, daß die Belagerung wirklich so verlief, wie die Überlieferung in ihrer fragmentarischen, zögernden und häufig widersprüchlichen Art berichtet. Aber genau belegte Beispiele aus jüngerer Zeit von Belagerungskriegen in Arabien haben uns bewiesen, daß die Dinge sich durchaus auf diese Weise abgespielt haben können. Diese ganzen dreizehntausend um diesen Graben versammelten Kämpfer verbrachten drei Wochen damit, sich Beleidigungen in Prosa oder Versform und aus sicherer Entfernung abgeschossene Pfeile an den Kopf zu werfen. Es gab im ganzen drei Tote bei den Angreifern und fünf bei den Verteidigern der Oase!

Die Ernte war vorbei, und die Belagerer hatten Mühe, ihre Pferde zu ernähren. Diese Pferde dienten beim Angriff zu nichts: der Graben erlaubte nicht, sie einzusetzen. Die meisten Leute des feindlichen Heeres waren ohne große innere Überzeugung gekommen, um sich an einem Generalangriff zu beteiligen, bei dem die Reiterei eine entscheidende Rolle spielen sollte. Nun wurde klar, daß ein Feind angegriffen werden mußte, der gut hinter dem dank dem Graben aufgeworfenen Erdwall verschanzt war. Man mußte sich seinen Pfeilen und Steinwürfen aussetzen, und das bedeutete den Tod zahlreicher Männer, den der arabische Krieg nach alter Sitte möglichst zu vermeiden strebt. Die Angreifer besaßen weder Leitern noch sonstiges Belagerungswerkzeug und verschmähten die Handarbeit zu sehr, um es anzufertigen. «Sie fluchten auf den Graben», berichtet eine Quelle, «der ihren Worten nach eine unwürdige und unarabische Kriegslist war.» [14] Einem Dichter werden die folgenden Verse zugeschrieben:

Ohne den Graben, an dem sie sich festklammerten,
Hätten wir sie samt und sonders ausgerottet.
Aber er befand sich dort vor ihnen, und
In ihrer Angst vor uns fanden sie Zuflucht darin. [42]

Einmal scheinen sie einen Generalangriff der Reiterei unternommen zu haben, der jedoch abgeschlagen wurde. Ein paar Reiter versuchten von Zeit zu Zeit, mit ihrem Pferd über den Graben zu setzen. Einmal gelang es einigen unter ihnen, aber sie wurden von den Muselmanen zurückgejagt. Ali tötete im Zweikampf einen dieser Reiter, einen neunzigjährigen Greis. Die anderen sprangen wieder über den Graben zurück, bis auf einen, der hineinfiel und mit Steinen fertiggemacht wurde. Omar sah sich bei dieser Gelegenheit seinem eigenen noch heidnischen Bruder gegenüber. Aber dieser begnügte sich damit, ihm die Lanzenspitze unter die Nase zu halten, ohne ihn zu töten, weil er gelobt hatte, keinen Koraischiten zu töten.

Der eigentliche Kampf war diplomatisch. Die Alliierten versuchten die Juden der Banu Koraisa, die sich im Südosten der Oase befanden, zu einem Angriff im Rücken der Verteidiger des Grabens zu überreden, nachdem sie die in den Festungen in Deckung gebrachten Frauen und Kinder hingemetzelt hätten. Dies vor allem fürchtete Mohammed. Die Juden berieten. Der Überlieferung zufolge hatten sie ein paar Anwandlungen, um etwas zu unternehmen, und eine Abteilung von elf *(sic)* Mann soll sogar zur Tat geschritten sein. Auf jeden Fall geschah nichts Ernsthaftes; indessen hatte die Überlieferung ihr Interesse daran, die Dinge zu übertreiben, um das nachfolgende Massaker zu entschuldigen.

Keiner der Angreifer scheint auf den Gedanken gekommen zu sein, die Stadt von Süden her anzugreifen, was ungeachtet der Schwierigkeiten des Geländes kein Ding der Unmöglichkeit sein konnte. Aber es hätte zu viele Tote gekostet.

Mohammed verwendete für seinen Gegenangriff die Waffe der List. Da man ziemlich leicht von einem Lager ins andere gelangen konnte, versuchte er, die Ghatafan und den mit ihnen verbündeten Stamm der Fasara abtrünnig zu machen, indem er ihnen ein Drittel der Dattelernte von Medina versprach. Die

Medinenser Häuptlinge weigerten sich jedoch, den Rückzug wenig kampftüchtiger Abteilungen so teuer zu erkaufen. Andererseits säte Mohammed auch Mißtrauen zwischen den Koraisa und den Alliierten.

Die Belagerung zog sich in die Länge. Die Pferde litten Hunger, die Mannschaften ohne Zweifel ebenfalls, trotz dem aus Chaibar herbeigeführten Nachschub. Man gelangte zu nichts, man konnte nichts unternehmen. Die Abteilungen der Beduinen fanden gewiß, daß sie schon recht lange von ihren Herden ferngeblieben waren. Und so beschlossen die Alliierten, nach Hause zu gehen.

Es war ein großer Sieg für Mohammed. In den aufmerksamen Augen von ganz Arabien war der Beweis erbracht, daß er nicht mit den Waffen besiegt werden konnte. Was die Alliierten mit ihren zehntausend Mann nicht fertiggebracht hatten, das würde auch sonst niemand fertigbringen. Der muselmanische Staat von Medina war ohne Zweifel eine Macht.

Diese Macht hatte noch ihren schwachen Punkt: die Anwesenheit der Banu Koraisa, die Mohammed während der Belagerung ständig beunruhigt hatte. Es war offenkundig, daß es diese gefährliche Gruppe loszuwerden galt. Mohammed verlor keine Zeit. Am gleichen Tag, an dem die Alliierten sich zurückzogen, führte er seine Truppen zum befestigten Dorf des jüdischen Stammes. Die Juden verschanzten sich und tauschten mit den Angreifern Vorwürfe und Beleidigungen. Sie leugneten Mohammeds Anschuldigungen, wonach sie gegen ihn Partei ergriffen hätten. Sie waren von der Undankbarkeit der Aus entrüstet, mit denen sie verbündet waren und für die sie bei Boath tapfer gegen die Chasradsch gekämpft hatten. Man entgegnete ihnen wie gewohnt, daß der Islam eben alles geändert habe. Nach fünfundzwanzig Tagen verloren sie den Mut. Einige entflohen mit ihren Familien und bekannten sich zum Islam. Der Häuptling des Stammes schlug vor, die Frauen und Kinder zu töten und sich dann in einen verzweifelten Ausfall gegen Mohammed zu stürzen. Man konnte für einen solchen Angriff auch die am Sabbat nachlassende Wachsamkeit der Belagerer nutzen, da diese darauf vertrauten, daß die Juden den heiligen Tag streng einhielten. Alle diese Lösungen wurden verworfen. Schließlich forderten sie von Mohammed, unter den gleichen Bedingungen auszuziehen wie die Nadir. Der Prophet lehnte ab: diesmal bestand er auf einer bedingungslosen Kapitulation.

Die Koraisa zögerten. Mohammed erlaubte ihnen, einen ihrer Verbündeten der Aus zu Rate zu ziehen, nämlich Abu Lobaba. Als sie ihn nach den Absichten des Propheten fragten, berührte er seinen Hals zum Zeichen, daß es ein Gemetzel geben werde. Er machte sich diese Indiskretion alsbald zum Vorwurf und strafte sich selber, indem er sich in der «Moschee» an einen Pfosten band. Hatten die Juden ihn nicht verstanden oder ihm nicht geglaubt, oder waren sie bereit, sich mit allem abzufinden? Jedenfalls kapitulierten sie, ohne Zweifel mit der Hoffnung, daß ihre alten Verbündeten, die Aus, sich für sie verwenden würden.

Diese belagerten den Propheten in der Tat sogleich nach der Kapitulation. Er hatte schließlich auch die Kainoka auf die Vorstellungen eines Mannes der Chasradsch, Ibn Obbajj, begnadigt. Der Prophet hatte seine Antwort bereit: Waren sie damit einverstanden, daß einer aus ihren Reihen, ein Aus, zum Richter über das Los der Koraisa erhoben wurde? Sie nahmen an, und sogleich bestimmte er den Schiedsrichter, nämlich Saad ibn Moadh. Er war während der Belagerung verwundet worden und lag im Sterben. Man brachte ihn auf einem ledernen Kissen liegend auf einem Esel herbei, während seine Stammesgenossen ihn inständig baten, ihre Verbündeten zu verschonen. Er antwortete nur mit unklaren, aber wenig ermutigenden Worten. Als er an Ort und Stelle angelangt war, forderte er von allen den Eid, daß sein Richtspruch ausgeführt würde. Dann verkündete er ihn: Alle erwachsenen Männer sollten getötet werden, die Frauen und Kinder versklavt, die Habe verteilt. Mohammed rief aus: «Du hast nach Allahs eigenem Richtspruch dort oben in den sieben Himmeln gerichtet!»

Am folgenden Tag ließ er auf dem Markt von Medina große Gruben ausheben. Die Juden wurden in Gruppen gefesselt dorthin geführt und einer nach dem anderen am Rande der Grube enthauptet und hineingeworfen. Sie waren zwischen sechs- und siebenhundert, sagen die einen, zwischen acht- und neunhundert, die anderen. Ein paar wenige wurden auf die begründete Bitte des einen oder anderen Muselmanen hin verschont. Eine einzige Frau wurde hingerichtet, weil sie einen der Belagerer mit einem Mühlstein getötet hatte. Sie lachte viel während des Massakers, als sie mit Aischa plauderte, bis zu dem Augenblick, da ihr Name gerufen wurde. Sie sagte: «Das bin ich, bei Allah! Ich sagte ihr: Du Unselige, was ist mit dir? Sie sagte: Ich soll getötet werden. – Warum? fragte ich. – Wegen etwas, das ich getan habe, antwortete sie. Sie ging fort und wurde enthauptet. Bei Allah», fügte Aischa noch hinzu, «ich werde ihre gute Laune und ihr lautes Lachen nie vergessen, während sie doch wußte, daß man sie töten würde.» [43] Dann wurden die Frauen und Kinder verkauft. Das so eingebrachte Geld und die erbeutete fahrbare Habe wurden verteilt. Man gab den Reitern zwei zusätzliche Anteile. Der Prophet behielt eine Konkubine für sich, die schöne Raihana, die Witwe eines der Hingerichteten. Sie bekehrte sich zum Islam. Kurz nachdem Saad sein Urteil gesprochen hatte, starb er. Er war ein Mann von solcher Heiligkeit, daß Allahs Thron im Himmel davon erschüttert wurde.

Es ist schwierig, das Massaker der Koraisa zu beurteilen. Man muß die Sitten jener Zeit bedenken, die sehr roh waren. Indessen bezeugt das Bemühen der Texte, Mohammed zu entschuldigen, daß es einiges Aufsehen erregte. In den schriftlichen Überlieferungen finden sich Einzelheiten, die einem kaum erlauben, an die Unschuld des Propheten zu glauben. Wie soll man sich die Episode mit Abu Lobaba erklären, wenn nicht mit der Vermutung, daß das Los der Juden im vornhinein entschieden war? Einer von den ältesten muselmanischen Geschichtsschreibern aufgezeichneten Überlieferung zufolge soll Saad nach seiner Verwundung so gebetet haben: «O Allah! Wenn du den Krieg mit den Koraisch noch ein wenig andauern läßt, verschone mich, um mich teilnehmen zu lassen ... und laß mich nicht sterben, ehe ich auf Kosten der Banu Koraisa Tröstung empfangen habe.» [44]

Wie sollte man nicht annehmen, daß der Prophet von den rachsüchtigen Neigungen des beleibten Medinensers Kenntnis hatte, der im Hofe seines Hauses unter einem Zelt von Rafaida gepflegt wurde, der Florence Nightingale jener rauhen Gesellschaft? Das Massaker war übrigens von einem rein politischen Standpunkt aus eine sehr kluge Maßnahme. Die Koraisa stellten in Medina eine ständige Gefahr dar. Wenn man sie ziehen ließ, verstärkten sie das Nest der antimuselmanischen Intrigen in Chaibar. Nur die Toten kehren nie mehr zurück. Das Gemetzel mußte außerdem dazu beitragen, die Feinde zu erschrecken und zu entmutigen. Die gewählte Lösung war – selbstverständlich unter dem Gesichtspunkt der Politik – unbestreitbar die beste, und wir wissen genau, daß die Politiker die menschlichen Erwägungen nur dann in Betracht ziehen, wenn sie ihrerseits zu politischen Faktoren werden, oder wenn ihnen keine andere Wahl bleibt.

Im roten Morgen des Monats Mai 627, der sich über den eben auf dem Marktplatz von Medina zugeschütteten Gruben erhob, konnte Mohammed der Zukunft vertrauensvoll entgegenblicken.

SECHSTES KAPITEL

Geburt eines Staates

Mohammed, der unbefriedigte Knabe und Jüngling, war eines Tages ein Prophet geworden. Seine Botschaft hatte wegen ihres zugleich persönlichen, religiösen und soziologischen Klangs bei einer Gruppe von Anhängern ein begeistertes Echo gefunden. Sie hatten eine Gemeinschaft gegründet, eine Sekte. In Medina hatte der Prophet sich in einer Lage befunden, die ihm erlaubte, ja ihn zwang, in den Machtkämpfen innerhalb der Oase eine Rolle zu spielen. Er war ein Parteiführer geworden. Diese politisch-religiöse Partei war nach und nach zahlreich geworden. Ihrem Wesen und ihrem Ursprung entsprechend von «totalitärer» Art, hatte sie sich eine unabhängige Streitkraft und einen eigenen Schatz geschaffen, während sie gleichzeitig die nicht assimilierbaren Elemente ausschied und den inneren Widerstand zum Schweigen brachte. Fünf Jahre nach der Hedschra hatte sie sich in einen Staat verwandelt, einen von seinen Nachbarn geachteten Medinenser Staat, einen Staat, dessen oberster und absoluter Herrscher Allah selber war, der durch den Mund seines Abgesandten sprach, Mohammed ibn Abdallah.

Die Geschichte und insbesondere die Geschichte des Islams hat noch viele andere Prediger religiöser Reformen gekannt, die in die Lage kamen, eine politische Rolle zu spielen. Aber häufig erwiesen sie sich als unfähig, sich im Spiel der politischen Kräfte zurechtzufinden, zu handeln, wann und wo es notwendig war, und sich dabei ferne Ziele zu setzen, die nie aus den Augen verloren werden dürfen, nicht einmal wenn die Umstände dazu zwingen, scheinbar die Wege der Verwirklichung zu verlassen, und gleichzeitig ein sofort durchführbares Programm zu besitzen, das unablässig der fließenden Konjunktur der Ereignisse angepaßt wird. Zuweilen mußte der Mann der Religion oder der Ideologie mit einem Manne der Tat zusammenspannen, der sich auf die schwierige Kunst verstand, die Menschen in Bewegung zu setzen und das Ereignis herbeizuführen. Aber Mohammed fand in sich selber die notwendigen Mittel, um beide Rollen zu spielen. In Medina erwies der Verkündiger übernatürlicher Wahrheiten sich *zudem* als scharfsinniger, geschickter und geduldiger Politiker, der fähig war, seine Gemütsbewegungen im Zaum zu halten und sie erst im geeigneten Augenblick zutage treten zu lassen, der fähig war, lange zuzuwarten und dann schnell zuzuschlagen, wenn die

Stunde gekommen war. Vielleicht war er selber darüber erstaunt. Aber er hatte immer die Möglichkeit, darin wiederum ein Zeichen Allahs zu erblicken. Desgleichen hatte er sich als guter Kriegsführer erwiesen, der im allgemeinen fähig war, den Plan eines Feldzugs oder einer Schlacht klug zu entwerfen und in den Wechselfällen des Kampfes die jeweils erforderlichen Entscheidungen zu treffen.

Bei alledem blieb Mohammed ein zutiefst religiöser Mensch, der überzeugt war, daß er in direkter Verbindung mit Allah stand und daß ihm vor allem die Aufgabe zugewiesen war, Allahs Größe von den Arabern anerkennen zu lassen, Allahs Einzigkeit und Allahs Gesetz. Diese Unterwerfung unter Allah, der Islam, würde alle Probleme lösen, die Menschen gut, gerecht, treu machen, ihre Beziehungen harmonisch gestalten und die Gesellschaft so vollkommen machen, wie die menschliche Schwäche es zuläßt. Aber um dieses über alles erstrebenswerte Ziel zu erreichen, mußten andere Mittel angewendet werden als die einfache Predigt, das wurde dem Propheten sehr bald klar. Es war notwendig, zu den Mitteln des politischen Kampfes zu greifen. Der zeitlichen Gewalt der Gottlosen, denen es in Mekka gelungen war, die allgemeine Verbreitung der Botschaft der Wahrheit zu verhindern, mußte die zeitliche Gewalt der Gläubigen entgegengestellt werden. Und der politische Kampf, das hatte man lange vor Clausewitz erkannt, wurde normalerweise mit allen möglichen Mitteln fortgesetzt, wie zum Beispiel dem Krieg und dem Mord, der ein Krieg im kleinen ist. Es gab in dieser Hinsicht überhaupt kein Dilemma zwischen dem Zweck und den Mitteln. Die arabische Gesellschaft besaß — wie jede Gesellschaft — ihre Moralgesetze. Die Achtung der Gastfreundschaft und des Treueids war zum Beispiel ein kategorischer Imperativ, gegen den unter keinen Umständen verstoßen werden durfte. Aber sie hatte nichts gegen den Krieg und den Mord und war für die Mittel des Krieges und des Mordes überaus nachsichtig. Mohammed empfand den Moralgesetzen seines Volkes gegenüber eine Mischung aus unausrottbarer Achtung und gereizter Ungeduld wie jeder Mensch, der ein höheres ethisches Prinzip entdeckt hat und ihm alle anderen unterordnen will. Für ihn war es der Sieg Allahs. Indessen legte die Achtung vor den geltenden Moralgesetzen seinem Handeln nicht zu viele Hindernisse in den Weg, und das war eine wesentliche Bedingung, um diese Achtung im großen und ganzen nicht zu verlieren.

In Medina war es zunächst nicht besonders dringend notwendig, die höchsten Wahrheiten über die Gottheit, die Welt und den Menschen zu verkünden, einen jeden zur inneren Erneuerung aufzurufen und die Geschichte des göttlichen Handelns gegenüber der Menschheit zu lehren. Es galt vor allem, die Kräfte für die augenblickliche Tat aufzubieten, den Feind zu nennen, die getreuen Truppen zu ermutigen, die getroffenen Entscheidungen zu rechtfertigen, die Verräter und die Zauderer zu brandmarken, der Gemeinschaft der Gläubigen Lebensregeln zu geben. Die Stimme Von Oben folgte diesem Wandel der Perspektiven, die Offenbarungen änderten zum großen Teil ihren Charakter. Wie Caetani sich ausdrückt, wurde der Koran zu einer Art Zeitung: sie erließ die Tagesbefehle an die Truppen, sie fällte die Entscheidungen über Fragen der inneren Ordnung, sie erklärte die glücklichen oder unglücklichen Wechselfälle des Kampfes.[1] Dementsprechend änderte sich auch Allahs Stil. Die atemlosen, abgehackten Verse des Anfangs, die so bündig waren, daß sie äußerst dunkel blieben, mit vielen verkürzten Bildern von packender Poesie, waren bereits in Mekka in den Erzählungen der Geschichte der Propheten der alten Zeit länger, gewöhnlicher, aber auch genauer geworden. Die Erzählung kann den lyrischen Stil nicht beibehalten. Aber in Medina finden wir neben Stücken, die noch wohltuend an die schwungvollen Verse von Mekka erinnern, vor allen Dingen weitschweifige und langatmige Gesetzesartikel, Ermahnungen, Proteste, Verlautbarungen, die häufig peinlich prosaisch sind und in denen es von Wiederholungen und Stilfehlern wimmelt. Es bedarf des Glaubens der Muselmanen, um noch immer ein unerreichbares Meisterwerk der Rhetorik darin zu erblicken, dessen Vollkommenheit den göttlichen Ursprung genügend beweist.

Mögen die gläubigen Muselmanen, die diese Zeilen lesen, mir meine Offenheit verzeihen. Für sie handelt es sich um das Buch Allahs, und ich achte ihren Glauben. Aber ich teile ihn nicht und will auch nicht wie so viele Orientalisten zu zweideutigen Formulierungen Zuflucht nehmen, um meine Ansicht zu vertuschen. Das erlaubte vielleicht, mit den Individuen und den Regierungen, die sich zum Islam bekennen, leichter gute Beziehungen zu unterhalten; aber ich will niemanden täuschen. Die Muselmanen haben das Recht, sich zu weigern, dieses Buch zu lesen und vom Denken eines Nicht-Muselmanen Kenntnis zu nehmen; aber wenn sie es lesen, müssen sie darauf gefaßt sein, Meinungen darin zu finden, die für sie Lästerungen gleichkommen. Ich glaube selbstredend nicht, daß der Koran Allahs Buch ist, sonst wäre ich Muselman. Aber der Koran existiert, und da ich mich wie viele andere Nicht-Muselmanen für dessen Studium interessiert habe, muß ich Stellung nehmen.

Während mehrerer Jahrhunderte bestand die Erklärung der Christen und der Rationalisten darin, daß es sich um eine Fälschung Mohammeds handelte, der ganz vorsätzlich seine eigenen Gedanken und Verhaltensregeln Allah zuschrieb.

Wir haben gesehen, daß diese These unhaltbar ist. Das Wahrscheinlichste ist, wie ich ausführlich dargelegt habe, daß Mohammed wirklich sensorielle Erfahrungen gespürt, empfunden hat, die sich in Worten und Sätzen gestalteten und die er als Botschaften des Höchsten Wesens deutete. Er hat sich an eine gewisse Art gewöhnt, diese Offenbarungen zu empfangen. Seine Aufrichtigkeit läßt sich kaum anzweifeln, vor allem in Mekka, wenn man sieht, wie Allah ihn ausschilt, ihn zurechtweist, ihn zu Schritten zwingt, die ihm widerstreben. Aber in Medina sagt man sich, wie F. Buhl es so trefflich formuliert hat: «Wenn wir beobachten, wie er immer behutsamer darin wird, Offenbarungen zu bringen, und wie sie oft deutlich genug enthalten, was er durch Erwägungen und Rücksichtnahme auf die Forderungen der Situation oder sogar durch Eingebungen von seiten seiner Umgebung gefunden hat, so fällt es uns sehr schwer zu glauben, sie seien auf dieselbe unschuldige Weise wie die früheren entstanden.» [2] Sollte die Notwendigkeit, die zweckdienlichen Offenbarungen im gewünschten Augenblick zu empfangen und in keinem anderen, aus dem Erleuchteten einen Betrüger gemacht haben, so wie die Medien in ähnlichen Fällen zum Betrug Zuflucht zu nehmen pflegten? Hatte nicht Aischa eines Tages eine ironische Bemerkung über den guten Willen des Herrn gemacht, mit dem er den Wünschen ihres Gatten entsprach? [3] Sehen wir nicht, wie er verschiedentlich Winkelzüge macht, Meinungen einholt, zögert, überlegt, ehe die Offenbarung plötzlich vom Himmel herab das Problem so entscheidet, wie eine menschliche (zuweilen allzu menschliche) Überlegung es anraten mochte? Rühmte Omar sich nicht in aller Unschuld, dreimal Ratschläge erteilt zu haben, die auf wunderbare Weise mit dem himmlischen Entscheid übereinstimmten? Und nach dem Tode des Propheten war ihm einmal bei einem heiklen Problem der Ausruf entschlüpft: «Wenn der Prophet Gottes noch am Leben wäre, hätte vermutlich ein Koran diesen Punkt abgeklärt.» [4] Erzählt uns nicht die muselmanische Überlieferung selber die Geschichte von jenem Schreiber des Propheten, Abdallah ibn Saad, der unter seinem Diktat die Texte des Korans aufschrieb? Mohammed war einen Augenblick verstummt; der Schreiber hatte laut den Satz vollendet, wie er ihn auffaßte, und Mohammed hatte zerstreut als göttlichen Text angenommen, was Abdallah ihm nahelegte. Von Zweifeln über die Offenbarung erfüllt, hatte der Schreiber dem Islam abgeschworen und war nach Mekka geflohen. Als die Stadt dann eingenommen wurde, wollte der Prophet ihn umbringen lassen; er entging diesem Schicksal nicht ohne Mühe und nur dank der Fürbitte seines Milchbruders Otman.[5]

Dies alles stimmt, zieht indessen nicht zwangsläufig die Hypothese des Betruges nach sich. Die Menschen besitzen eine unendliche Fähigkeit, sich selbst zu täuschen. Für die Nicht-Muselmanen ist es klar, daß die Worte, die Mohammed vernahm und in die sich jene so schwer ausdrückbaren von ihm empfundenen Erfahrungen auf eine so wunderbar genaue Weise kleideten, ihm von seinem Unterbewußtsein eingegeben wurden. Er hatte ihnen anfänglich selber mißtraut, er hatte an ihrem Ursprung gezweifelt, er hatte befürchtet, menschliche Eingebungen könnten sich eingeschlichen haben, und er hatte sogar wie schon erwähnt nachträglich zugegeben, daß Satan in eigener Person seine Losungen eingestreut hatte. Nachdem der Erfolg eingetreten, sein eigener Glaube anerkannt, gestärkt und durch Tausende von Anhängern bekräftigt war, ist es nur natürlich, daß er den Eingebungen seiner inneren Stimme immer weniger mißtraute. Sie stand auch immer weniger im Widerspruch zu den bewußten Schlußfolgerungen seiner Überlegungen, zum Aufruf mächtiger Antriebe, die durch die verhältnismäßig große Behaglichkeit seiner Situation, durch den Rausch seines Erfolges und das Gefühl der Macht begünstigt wurden. Aber er blieb – wie zahlreiche Begebenheiten uns bestätigen – bis zuletzt davon überzeugt, daß die in ihm sprechende Stimme jenem unerbittlichen und allmächtigen Meister angehörte, der ihn von der Höhe der sieben Himmel herab lenkte, für den er so viel aufs Spiel gesetzt und gelitten hatte, für den er weiterhin zu leiden bereit war. Was war Außerordentliches dabei, wenn Allah ihm unvermittelt die vernünftigen Entscheidungen befahl, zu denen seine eigenen menschlichen Erwägungen oder die Meinungen seiner scharfsinnigen Gefährten ihn neigen ließen? Konnte es etwas Natürlicheres geben, als daß die Befehle des Meisters dem berechtigten Streben seines treuen Dieners entsprachen? Wie die schönen französischen Verse sagen, die Victor Hugo dem Propheten des Islams in den Mund gelegt hat:

Jener, der reich versah
mit Löwen jede Schlucht des Dschebels Kronnega,
mit Perlen das Meer und mit Sternen den Schatten,
mag wohl dem düst'ren Mann ein wenig Freud gestatten.[6]

Medina bildete wie gesagt nunmehr einen Staat. Einen Staat von etwas besonderer Art, aber doch einen Staat. Es ist ein theokratischer Staat, das heißt, daß die höchste Gewalt Allah selber zukommt. Allah tut seinen Willen durch den Mund Mohammeds kund und nur durch ihn. Wenn wir der Meinung sind, daß Allahs Stimme in Wirklichkeit Mohammeds Unterbewußtsein war, müssen wir daraus schließen, daß wir es grundsätzlich mit einer absoluten Monarchie zu tun haben. Wer vermöchte Allahs Willen einzuschränken, zu beugen, zu ändern, ihm zu widersprechen?

In der Praxis liegen die Dinge jedoch nicht so einfach. Denn Allah läßt seine Stimme nur bei den großen Gelegenheiten vernehmen. Die zahlreichen Entscheidungen, die getroffen werden müssen, um das Leben der Gemeinschaft von Medina zu lenken und zu organisieren, werden grundsätzlich nach wie vor von den gleichen Obrigkeiten getroffen wie früher: den Häuptlingen und Räten jedes Stammes und jeder Sippe. Theoretisch ist Mohammed dem früher erwähnten Abkommen gemäß nur der Schiedsrichter in Streitfragen. Aber in Wirklichkeit ist sein Einfluß zu groß, als daß eine wichtige Entscheidung ohne oder gegen sein Einverständnis getroffen werden könnte. Damit ist aber auch nicht gesagt, daß die bisherigen Obrigkeiten ganz einfach jegliche Macht eingebüßt haben. Es bildet sich ein ganz aus Schattierungen bestehendes, in keiner Weise starres, statutenmäßiges, fest abgegrenztes Gleichgewicht zwischen den zeitlichen Obrigkeiten, die ihrerseits, wie wir gesehen haben, weitgehend von der öffentlichen Meinung abhängen, und der charismatischen, geheiligten Obrigkeit des Abgesandten Allahs. Mohammed besitzt übrigens in höchstem Maße die wesentliche Tugend des *saijd*, des arabischen Stammeshäuptlings, nämlich den *hilm*, die geduldige und zähe Geschicklichkeit im Umgang mit den Menschen, dank der Kenntnis ihrer Interessen und ihrer Leidenschaften. Er versteht es auf kluge Weise, ohne Zwang und ohne Aufhebens, schließlich zu erreichen, daß seine Anhänger den von ihm getroffenen Entscheidungen zustimmen. Aber er muß lavieren und zuweilen vorübergehend nachgeben. Es kommt noch häufig vor, daß die herrschenden Gewohnheiten und Machthaber die Oberhand behalten. So möchte Mohammed zum Beispiel Safwan freigelassen sehen, der in einem Wutanfall den Dichter Hassan ibn Thabit verwundet hat, als Aischa des Ehebruchs beschuldigt wurde. Aber wie wir gesehen haben, hält Hassans Sippe Safwan trotz Mohammeds Eingreifen in Gewahrsam, um sich an ihm rächen zu können, falls der andere sterben sollte. Später, nach dem Sieg über den Stamm der Hawasin und der Verteilung der Beute und der Gefangenen, wird die ganze Sippe auf einmal muselmanisch. Mohammed ist damit einverstanden, daß sie die Beute behalten, möchte aber, daß die Gefangenen freigelassen werden. Er setzt dies erst nach langen Verhandlungen mit seinen Jüngern durch. Und zwei Stammeshäuptlinge seiner Armee weigern sich auch dann noch; dies ist ihr Recht, und Mohammed muß ihnen die Gefangenen abkaufen.

Ehe Mohammed in irgendeiner Angelegenheit eine Entscheidung traf, holte er Ratschläge ein. Seine wichtigsten Ratgeber scheinen Abu Bekr und Omar gewesen zu sein, der erstere mit größerer Mäßigung und gesetztem Geist, der letztere mit größerem Ungestüm und größerer Unduldsamkeit. Aber alle beide, die gleichermaßen Schwiegerväter des Propheten geworden waren, verstanden sich ausgezeichnet. Es kam zwischen ihnen niemals zu einem Zusammenstoß. Ihre Töchter boten ihnen eine Möglichkeit, die Ansichten des Propheten leichter zu beeinflussen. Mohammed scheint niemals eine ihrer Meinung wirklich entgegengesetzte Entscheidung getroffen zu haben, und Allah hatte sich, wie wir gesehen haben, mehrfach Omars Meinung angeschlossen. Lammens [7] hat behauptet, diese beiden Männer hätten mit einem anderen Mekkaner zusammen, Abu Obaida, eine Art Triumvirat gebildet, das im Schatten den Propheten «bearbeitete» und praktisch seine Politik leitete. Diese Theorie scheint einer gewissen Wahrheit nicht zu entbehren, doch darf sie auch nicht zu weit getrieben werden. Mohammed hatte nichts von einem Schattenkönig an sich, und letztlich entschied er . . . und nur er.

Diesem inneren Kreis gegenüber lassen sich Widerstände erkennen, die während der Lebenszeit des Propheten in Ansätzen steckenblieben, sich aber später entfesselten und zu Bürgerkriegen führen sollten. Jedenfalls schon sehr früh nahm Ali ibn Abi Talib, der Mann seiner Tochter Fatima und Vetter des Propheten, Abu Bekr und Omar gegenüber eine ablehnende Haltung ein. Wir haben seine Parteinahme gegen Aischa gesehen. Zu den Gründen dieser Einstellung muß ohne Zweifel Fatimas Abneigung gegen ihre Stiefmütter gesehen werden. Aber es muß auch eine Unvereinbarkeit der Charaktere und der Tendenzen gegeben haben. Wenn wir richtig verstehen, fand der junge Ali (er war damals kaum über zwanzig), den seine Feinde als «borniert» bezeichneten, die beiden Alten seien recht eigentlich Opportunisten. Er hingegen trat für die Prinzipien ein, er erhob sich gegen jedes zu «politische» Lavieren und wählte die Frömmigkeit, die Reinheit, die wörtliche Einhaltung der göttlichen Gebote. Er mußte den anderen als unerfahrener junger Parteigänger vorkommen, der allzusehr des Realismus ermangelte. Es ist möglich, daß schon zu Lebzeiten des Propheten die von der Rolle der direkten Ratgeber Mohammeds ausgeschlossenen Medinenser — die eifersüchtig sahen, wie die Mekkaner und nur sie allein die tatsächliche Macht an sich rissen — dazu neigten, den jungen Schwiegersohn zu unterstützen. Als die Annäherungspolitik mit den Koraischiten sich zu bestätigen begann, lag es im Interesse vieler Leute, der Wiedereinsetzung der alten Verfolger und der engeren Verknüpfung der Stammesbande zwischen ehedem ausgestoßenen Muselmanen und neuerdings bekehrten ehemaligen Ausstoßern entgegenzuwirken, indem sie den Mann in den Vordergrund stellten, der durch das Blut gewissermaßen körperlich das neue Prinzip vertrat, da die Mission des Propheten die Stammesbeziehungen aufhob. So stellten sie für den Vater der Enkel des Propheten den Grundsatz der erblichen Legitimität wieder her, an den sich zu jener Zeit zum Beispiel die Perser hielten. Aber dies alles war damals erst im Keim und als mögliche Tendenz vorhanden. Alle diese Männer brachten Allah die gleiche Frömmigkeit entgegen und folgten blind den Anweisungen, die vom hellsichtigen Geist und der festen Hand des Propheten vorgeschrieben wurden.

Er entschied über Krieg und Frieden. Aber es gab nichts, was einem stehenden Heere geähnelt hätte. Im Augenblick jeder Expedition mußte ein Aufruf an die Häuptlinge der muselmanischen Stämme erlassen werden, die ihrerseits die Freiwilligen in ihren Reihen aufforderten, sich zu melden. Der Prophet begutachtete sie und schloß die Schwachen und die Unerwünschten aus. Er ernannte den Befehlshaber oder übernahm den Oberbefehl selber. Er scheint für die militärische Strategie ebenso begabt gewesen zu sein wie für die politische. Er bediente sich regelmäßig aller möglichen Kriegslisten. Vor allem gab er immer vor, seine Truppe anderswohin zu senden als zu ihrem wirklichen Ziel. Ihm wird der Ausspruch zugeschrieben: «Der Krieg ist List.» Nach Abschluß der Expedition kehrte ein jeder mit seinem Anteil an der Beute nach Hause zurück.

Die Mittel zu Mohammeds Außenpolitik wurden ihm somit nur durch die freiwillige Zustimmung seiner Getreuen gewährt. Aber er war dieser Zustimmung hinlänglich gewiß, um in den Augen der anderen als der wirkliche Kern der muselmanischen Macht zu erscheinen. Er verhandelte durch Gesandte, die er auswählte und mit schriftlichen Instruktionen und Botschaften ausstattete, und er empfing Botschafter und Botschaften.

Wir haben gesehen, daß Mohammed über eine gewisse Anzahl junger, fanatischer Anhänger verfügte, die bereit waren, seinen Gegnern zuzusetzen, sooft dies notwendig schien. Man muß sich indessen klar sein, daß sie keine ständige Polizei darstellten. Jedesmal mußte ein besonderer, wenn auch diskreter Aufruf erlassen werden. Jedesmal galt es, die Folgen der beabsichtigten Tat abzuwägen. Waren die Angehörigen des Opfers dem Islam treu genug ergeben oder machtlos genug oder hinlänglich eingeschüchtert, um sich der Vergeltung zu enthalten? Die Gemeinschaft ließ sich nur in der herkömmlichen arabischen Art regieren, daß heißt durch Verhandlungen mit allen, die irgendein Stück Autorität innehatten, mit den Häuptlingen der Stämme, der Sippen, der Geschlechter und auch mit jedem einzelnen, der nur unter Wahrung gewisser gebräuchlicher Regeln und einer geschmeidigen und geschickten Prozedur gezwungen werden konnte.

Damit ist gesagt, daß die Rechtsprechung nur mit dem Einverständnis der öffentlichen Meinung und dank ihrem Druck durchführbar war. Wir haben gesehen, daß der Prophet der oberste Schiedsrichter in Streitfragen der Gemeinschaft war. Aber es scheint doch, daß man sich nur in letzter Instanz oder in ausnehmend wichtigen Fällen an ihn wandte. Auch hier funktionierte gewöhnlich das alte arabische System mit seinem Fehlen eines geschriebenen Rechts und einer obersten Autorität, mit seiner Rücksichtnahme auf die ethnischen Gruppen und die Individuen als selbständige Mächte. Keine reguläre Polizei und keine wirkliche Verwaltung.

Mohammed hatte seine Ratgeber, die über keinerlei Zwangsmittel verfügten, und seine Schreiber, die lediglich Werkzeuge waren. Er übertrug einzelne seiner Funktionen auf Individuen, die seine persönlichen Agenten waren. So ließ er in Medina einen Stellvertreter zurück, wenn er abwesend war. Später, zur Zeit seiner Eroberungen, ernannte er eine Art Statthalter, der oft unter den Honoratioren der ortsansässigen Stämme ausgewählt wurde. Dort, wo ein Gemisch aus treuen, untreuen und zweifelhaften ethnischen Gruppen bestand, schickte er jemanden aus Medina. Aber diese Statthalter wurden ebenfalls von keiner öffentlichen Gewalt unterstützt. Sie erreichten die ihnen vorgeschriebenen Ziele mit Überredung, mit ihrem Prestige, das ihnen ihre Eigenschaft als Stellvertreter des Propheten verlieh, und immer und immer wieder mit langwierigen und heiklen Verhandlungen mit den Standespersonen der Stämme.

Der Staatsschatz unterschied sich nicht von Mohammeds persönlichem Vermögen. Anfänglich verdiente ein jeder, wie wir gesehen haben, sein Leben auf seine gewohnte Weise. Mohammed begnügte sich damit, die Anhänger oder Gleichgesinnten, die ein gewisses Vermögen besaßen, aufzufordern, etwas für die weniger Begüterten beizusteuern. Die Juden scheinen in beträchtlichem Umfang zu diesem Unternehmen der Mildtätigkeit beigetragen zu haben. Erst kurz vor seinem Tode auferlegte Mohammed ein paar neu eroberten Bevölkerungen vertraglich die Abgabe eines bestimmten Teiles ihres Besitzes oder ihrer Einkünfte. Eine besondere Steuer wurde den christlichen Arabern auferlegt, die nicht dem Islam beitraten; aber sie war nicht notwendigerweise höher als die mehr oder weniger freiwilligen Beiträge der Muselmanen. Gewisse schon vor dem Islam erhobene Steuern mögen an einzelnen Orten weiter bestanden haben. Schließlich empfing der Prophet persönliche Gaben, sei es zu Lebzeiten der Geber, sei es durch ihr Testament.

Außer den Steuern und den Gaben, die ihm direkt zukamen, erhielt Mohammed wie erwähnt ein Fünftel der dem Feind abgenommenen Beute. Das war ein bescheidener Anspruch, denn die arabischen Häuptlinge behielten im allgemeinen ein Viertel. Wie jeder gewöhnliche Führer hatte Mohammed außerdem das Recht auf den gleichen Anteil wie alle übrigen und auch vor der Teilung auf die Wahl der Sache oder Person, die ihm am besten gefiel. Wenn die Beute nicht auf dem Schlachtfeld zustandekam, sondern durch Verhandlungen, behielt Mohammed alles. Wir haben das im Falle des Grundbesitzes der Banu-n-Nadir gesehen, den er ausschließlich unter die Einwanderer verteilte. Wir werden sehen, daß er nach der Eroberung von Chaibar die alten Besitzer auf ihren Gütern beließ, aber über die Hälfte der Ernte für die Muselmanen beanspruchte. Er behielt ein Fünftel, vielleicht auch ein Drittel der Ländereien für sich. Damals wurde er ein wirklich sehr reicher Mann.

Seine Stellung auferlegte ihm übrigens gewisse, zum Teil recht schwere finanzielle Lasten. Er widmete seine Zeit immer ausschließlicher den öffentlichen Angelegenheiten und dem Dienst an Allah. Er konnte sein Leben nicht selber verdienen, indem er «Geschäfte machte», wie sein für den Handel so begabter Jünger Abd ar-Rahman ibn Auf. Er war wie der *saijd* das Oberhaupt seiner Gemeinschaft, und wie beim *saijd* eines Stammes bedeutete dies eine umfassende Gastfreundschaft, großzügige Geschenke rings um sich, aufwendige Ausgaben. Allahs Stimme schrieb ihm wie den Privatleuten Ausgaben zugunsten seiner Angehörigen vor, zugunsten der Waisen, der Bettler und der Reisenden (so muß jedenfalls der Ausdruck «Söhne des Weges» ausgelegt werden, der später eine andere

Deutung erfuhr), und auch einen Beitrag an die Zahlung der Lösegelder für die Gefangenen. Zu einem vorgerückteren Zeitpunkt von Mohammeds Macht fügte die Stimme zu den Ausgaben, die der Prophet aus der Masse der erhobenen Steuern zu machen hatte, die Bezahlung der Agenten hinzu, die diese Steuern eintrieben, ferner die Ausgaben «auf dem Wege Allahs» und die an «diejenigen, deren Herzen ausgesöhnt sind» zu verteilenden Summen. Es ist viel über die Auslegung dieses letzteren Ausspruchs diskutiert worden. Die muselmanische Überlieferung dachte, es handle sich um diejenigen, deren Herzen «ausgesöhnt werden sollten», mit anderen Worten um Gaben, um das Wohlwollen einflußreicher Persönlichkeiten für den Islam zu erkaufen. W. Montgomery Watt hat Gründe angeführt, die anzunehmen erlauben, daß es sich eher um Geschenke für die Anführer bereits im wesentlichen für die Sache gewonnener Abordnungen handelte. Wie dem auch sei, es waren ganz einfach politische Ausgaben, genau wie die «auf dem Wege Allahs» gemachten, zu denen zum Beispiel auch der Kauf von Pferden und Waffen zählte.

Man sieht, wie fließend der Staat war und wie klein sein Verwaltungsapparat. Es war die gleiche Entwicklung, wie sie beispielsweise bei den Negerstämmen von Kenia beobachtet werden kann. Es finden sich dort Leute, die die soziale Rolle von Vermittlern spielen. «Dies ist ein Ansatz zu einer Regierung», schreibt Lucy Mair, «die als Tätigkeit von Personen aufgefaßt wird, denen die Gemeinschaft die Befugnis erteilt, für ihre Rechnung zu handeln. Aber wir sind noch weit von dem entfernt, was im geringsten als eine Anwendung des Gesetzes bezeichnet werden könnte.» [8] Indessen ist der muselmanische Staat — weit davon entfernt, zu «verkümmern» — im Verlaufe der ersten Jahrzehnte seines Bestehens unablässig härter und stärker geworden. Anfänglich, zu Mohammeds Lebzeiten, haben wir es mit einem beginnenden Staate zu tun, der mit dem notwendigen Mindestmaß an Verwaltung funktioniert. Dennoch ist er festgefügt, wie wir sehen werden, und der Tod des Oberhauptes, auf dem das ganze Gerüst zu ruhen schien, wird ihn trotz einer vorübergehenden Krise nicht erschüttern können. Diese Festigkeit verdankt er zum guten Teil der Beibehaltung der wesentlichen Züge der Stammesstruktur, trotz der verhältnismäßig bedeutenden Auflösung, die vor dem Islam begann, und der von ihm beigetragenen individualistischen Geisteshaltung. Mit seinem charismatischen Oberhaupt und dessen persönlichen Ratgebern, seiner Armee von Freiwilligen, die nur im Bedarfsfalle ausgehoben wurde, seiner äußerst beschränkten, zufallsgebundenen und erst in Ansätzen vorhandenen Polizei, seinen ganz vereinzelten Verwaltern und seinem mit dem persönlichen Vermögen des Oberhauptes verschmolzenen Staatsschatz funktionierte der Staat nur als ein Gebilde ethnischer Gruppen. Die gewöhnlichen Häuptlinge dieser Gruppen spielten eine entscheidende Rolle in der Übermittlung der Absichten von der Spitze zur Basis und der Wünsche von der Basis zur Spitze. Alles war von ihnen abhängig und vom guten Willen der theoretisch von ihnen Abhängigen. Im Grunde genommen beruhte in diesem noch nicht richtig ausgebildeten Räderwerk, das zumindest im Inneren praktisch keinen Zwang kannte, alles auf der öffentlichen Meinung. Die Festigkeit des Regimes erklärte sich aus dem Umstand, daß die muselmanische Ideologie diese öffentliche Meinung völlig in der Hand hatte. Betonen wir, daß dieser Einfluß zum Teil mittels praktischer und materieller Vorteile erworben wurde, die mit der Wahl der muselmanischen Linie verbunden waren.

Allah und Mohammed besaßen also letzten Endes, wenn wir unsere Begriffsklassen schlecht und recht anwenden wollen, die vollziehende und die rechtsprechende Gewalt. Sie besaßen aber auch die gesetzgebende Gewalt. Indessen muß auch hier mit sehr feinen Schattierungen operiert werden, um eine äußerst fließende Situation wiederzugeben. Die Stimme Von Oben hat in Medina eine gewisse Anzahl gesetzlicher Vorschriften zu verschiedenen Punkten erlassen, die sie anscheinend für besonders wichtig hielt, oder zu Punkten, die in der muselmanischen Gemeinschaft zu Diskussionen Anlaß gaben. Aber es war ein Sammelsurium von Punkten, die in keiner Weise ein System bildeten. Der Gehorsam gegenüber den von Allah selber erlassenen Verfügungen war ein gebieterisches Prinzip. J. Schacht [9] hat jedoch aufgezeigt, daß die ersten Generationen von Muselmanen sich herzlich wenig darum kümmerten, sie umgingen oder ganz einfach außer acht ließen. In allem übrigen war jedenfalls der Brauch der oberste Herrscher. Man hat später angenommen, daß der Prophet mit seinen Worten oder seinem Beispiel eine große Zahl von rechtlichen Verhaltensweisen gelehrt hatte, die als verbindlich galten, und daß diese Worte oder Handlungen von der Überlieferung weitergegeben wurden. Nach I. Goldziher [10] hat J. Schacht meisterhaft dargelegt, daß dies eine viel spätere Auffassung war, daß der Brauch der Rechtsüberlieferungen und sogar ihre Formulierung eine Neuerung des 2. und des 3. Jahrhunderts des Islams ist. Immerhin ist es möglich, daß der Prophet aus eigener Machtvollkommenheit das Gesetz oder das Gewohnheitsrecht betreffende Ratschläge erteilt hat, ohne daß Allah etwas damit zu schaffen hatte. Aber wir besitzen in dieser Hinsicht gar keine Gewißheit, und die Gemeinschaft scheint sich nicht besonders eingehend oder lange dafür interessiert zu haben.

Indessen kann man in den zu Medina erlassenen gesetzlichen Vorschriften gewisse zusammenhängende Tendenzen erkennen. Wir können sie hier nur in ihren großen Zügen untersuchen, wobei wir im wesentlichen der vortrefflichen Darstellung von W. Montgomery Watt folgen. Die neuen Vorschriften betrafen zunächst die Art von Problemen, die für die Gesellschaft am wichtigsten waren: die Wahrung der Sicherheit, des Lebens und der Güter ihrer Mitglieder. Wir haben gesehen, daß diese elementare öffentliche Ordnung in der Gesellschaft der Stämme durch den Brauch der Vendetta hergestellt wurde. Man zögerte, seinen Feind zu töten, weil man wußte, daß dessen Stamm unnachsichtig am Mörder oder an einem seiner Angehörigen Vergeltung üben würde, da es ihm freistand, den «Blutpreis» abzulehnen. Inskünftig sollte die muselmanische Gemeinschaft, die *omma*, ihrerseits wie ein Stamm handeln, um ihre Mitglieder vor äußeren Angriffen zu schützen. Aber im Inneren der muselmanischen Gemeinschaft bestand Allah ausdrücklich auf der Einhaltung zweier Gebote: der Rächer durfte keinen größeren Schaden zufügen, als er selber erlitten hatte, und die einmal vollzogene Vergeltung durfte keiner weiteren Wiedervergeltung den Weg öffnen. Wenn der Mord unfreiwillig erfolgt war, mußte unter Verzicht auf die Vergeltung der Blutpreis angenommen werden. Natürlich war in Anbetracht des Fehlens einer eigentlichen Polizeimacht der Rächer immer der traditionell für diese Rolle bestimmte Verwandte. So dauerte das alte System fort, nur vermied man jetzt die auf die Spitze getriebenen Vergeltungen und die endlose Kette der Vendetten, die während langer Jahre die Ordnung störten. Mohammed zahlte übrigens häufig selber den Blutpreis, um zu vermeiden, daß die Dinge sich allzu gefährlich zuspitzten.

Über die Diebe wurde die Strafe der abgehauenen Hand verhängt (aber wer vollzog das Urteil?). Allah untersagte auch die Tötung weiblicher Säuglinge, eine bei den Arabern verbreitete Gewohnheit, die sich aus der fürchterlichen Armut der Wüste erklärte und die zudem vermutlich mit einem unbekannten Aspekt der heidnischen Religion im Zusammenhang stand. Dieses Verbot wird vom Text des Korans mit der Ernährungsfrage verbunden. Allah würde dafür sorgen. In der Tat würde der Islam den Arabern zu so großen Hilfsmitteln verhelfen, daß sie auf jeglichen Malthusianismus verzichten konnten.

Die neu offenbarten Vorschriften betrafen vor allem die Ehe und die Familie. Es handelte sich offenkundig um für die kleine neue Gemeinschaft lebenswichtige Fragen. Andererseits widersprach die neue Gesetzgebung keinen früheren, fest verankerten und von der alten Ideologie zur verbindlichen Vorschrift erhobenen Regeln. Es ist nicht eben leicht, sich in den arabischen, die häuslichen Beziehungen betreffenden Bräuchen vor der Zeit des Islams auszukennen; immerhin scheint es jedenfalls, daß sie im 7. Jahrhundert in voller Entwicklung begriffen und verhältnismäßig fließend waren. Gelehrte wie W. Robertson Smith und G. A. Wilcken [11] hatten bei den Arabern der vorislamischen Zeit Spuren eines sogenannt primitiven Stadiums der Familie zu entdecken geglaubt, nämlich das «Matriarchat» mit der Vorrangstellung der Frauen, der nach den Frauen gezählten Nachkommenschaft und dem von den Eltern in weiblicher Linie vererbten Besitz (sofern ein solcher überhaupt vorhanden war), zum Beispiel vom Onkel mütterlicherseits auf seinen Neffen und nicht auf seinen Sohn. Das Vorhandensein eines solchen Stadiums, eine früher beliebte Theorie, ist inzwischen als vollkommen unwahrscheinlich erkannt worden; überhaupt wird die Vorstellung, daß die Formen der Familie sich auf dem ganzen Erdball in unveränderlicher Ordnung gefolgt seien, heutzutage — und meiner Meinung nach sehr zu Recht — von allen zuständigen Gelehrten als wertlos abgelehnt. Die Theorie des Matriarchats ist abgeändert und gemäßigt worden. Man hat zugegeben, daß es Menschengruppen gab, bei denen die Nachfolge in der mütterlichen Linie vorherrschte, zuweilen (aber keineswegs notwendigerweise) im Verband mit einer etwas bedeutenderen den Frauen zugestandenen Rolle. Eines der Zeichen ist der sogenannt «uxorilokale» Wohnsitz des Ehepaares, das heißt, daß der Mann in der Gruppe der Frau Wohnsitz nimmt. Gewisse Berichte aus dem vorislamischen Arabien weisen vor allem in bestimmten Gegenden wie Medina auf das Vorhandensein matrilinearer Züge hin. Es soll eine Beziehung zwischen diesen Zügen und den Spuren einer an einzelnen Orten vorhandenen polyandrischen Ehe bestehen, das heißt der gleichzeitigen Verbindung einer Frau mit mehreren Männern. W. M. Watt findet, diese uneinheitlichen Züge könnten als Anzeichen dafür gedeutet werden, daß die ehemals matrilineare arabische Gesellschaft zur Zeit des Propheten in der Entwicklung zum patrilinearen System begriffen war, also in einem Übergangsstadium im Zusammenhang mit der allgemeinen Entwicklung zum Individualismus. Diese Ansicht erscheint mir wie auch J. Henninger [12] ziemlich zweifelhaft. Das Vorherrschen des patrilinearen Systems ist in Arabien seit undenklichen Zeiten insbesondere durch die sogenannten tamudischen Inschriften belegt. Hingegen scheint zuzutreffen, daß in gewissen Gegenden und Ortschaften wie Medina dieses System neben polyandrischen Gewohnheiten bestand, wobei den Frauen eine ziemlich wichtige Stellung zuerkannt wurde (mehrere Quellen sprechen für eine weit zurückliegende Zeit von arabischen Königinnen), und wo es sogar in einzelnen Fällen den uxorilokalen Wohnsitz (der Mann also in die Sippe der Frau hineinheiratete) und die Vererbung der Güter in weiblicher Linie gab.

Die Vorschriften des Korans tragen selbstverständlich das Merkmal des individualistischen Geistes. Der Frau, die wieder heiratet, wird eine Wartefrist gesetzt, um die Vaterschaft eines vielleicht kommenden Kindes mit Gewißheit zu kennen. Wir haben auch gesehen, daß nach der Geschichte mit Zainab vorgeschrieben wurde, das Band der Adoption nicht als wirkliche Kindschaft anzusehen. Es wird bestimmt, daß gewisse Verwandtschaftsbande, die genau festgelegt werden, ein Ehehindernis darstellen. Wahrscheinlich werden so nur alteingewurzelte Bräuche verankert und vielleicht nach Gesichtspunkten ausgeweitet, die für uns nicht sehr klar sind. W. M. Watt ist nach Robertson Smith der Meinung, daß Prinzipien, die vorher nur für die weibliche Verwandtschaft galten, jetzt auch auf die männliche Verwandtschaft ausgedehnt werden. Aber es bleiben auch Bestimmungen, die er als «Konzession an die matrilinearen Gruppen» auslegt.[13] Auf jeden Fall steht fest, daß die Regelung des Korans darauf abzielt, die Bräuche auszurotten, die die Individuen und insbesondere die Frauen nicht als unabhängige Wesen behandeln. Einzelne Verbote dienen vielleicht einfach dazu, übliche Sitten zu verhindern, wie etwa die automatische Heirat eines Mannes mit den Witwen seines Vaters, mit Ausnahme seiner eigenen Mutter. Desgleichen soll die Frau selber (und nicht mehr ihr Vater) obligatorisch die Morgengabe erhalten, die der Bräutigam zu zahlen pflegt. Das Konkubinat mit den Sklavinnen und den weiblichen Gefangenen sowie die Ehescheidung sind zugelassen, aber geregelt. Die zeitlich befristeten, in Polyandrie ausartenden Ehen, die anscheinend eine Zeitlang gestattet waren, werden erschwert. Die ausdrückliche (sehr «reformatorische») Betonung der wirklichen Tatsachen und nicht der sozialen Fiktionen kommt auch in der Regel des Korans zum Ausdruck, wonach die Ehe mit der Stieftochter (der Tochter aus erster Ehe der Frau) gestattet ist, wenn die Ehe mit dieser Gattin nicht vollzogen wurde.

Ein berühmter Vers des Korans empfiehlt, zwei, drei oder

vier Frauen zu heiraten, wenn «ihr fürchtet, gegen Waisen nicht gerecht sein zu können» (4, 4). Moderne Muselmanen, die unter dem Einfluß der zeitgenössischen abendländischen Kultur für die Polygamie unnachsichtig geworden sind, haben diese Bestimmung zu «entschuldigen» versucht, indem sie erklärten, vor dem Islam sei es bei den Arabern Sitte gewesen, eine unbestimmte Anzahl Frauen zu heiraten, und Allah habe dieser Gewohnheit Rechnung tragen wollen. Dieser «göttlichen Pädagogie» zufolge, von der die christlichen Theologen heute so viel sprechen, hätte er nicht auf einen Schlag diesen unzivilisierten Naturen die Monogamie (wir müßten es genauer die Monogynie nennen) aufzwingen wollen. Die «Erlaubnis», vier Frauen zu haben, war ein Schritt auf dem Wege zur Einführung der Monogamie. Es heißt übrigens im gleichen Vers anschließend: «Fürchtet ihr auch so noch, ungerecht zu sein, nehmt nur eine Frau oder lebt mit Sklavinnen, die ihr erwarbt.» Da es gar nicht möglich ist, in solchen Fällen vollkommen gerecht zu sein, wäre der Text praktisch eine Empfehlung der Monogamie. Wir haben hier ein typisches und recht kindisches Beispiel einer apologetischen Überlegung, die wie gewohnt dem historischen Geist völlig entgegengesetzt ist. In Wirklichkeit ist es gar nicht sicher, daß die Polygamie in Arabien vor dem Islam so weit verbreitet war. Es läßt sich schlecht einsehen, inwiefern die Aufforderung, Sklavinnen zu nehmen, falls man mehreren Frauen gegenüber nicht gerecht sein zu können befürchtet, eine Annäherung an das angeblich moralischere Ideal der Monogamie darstellen soll. Außerdem ist der Text des Korans offenkundig keine Einschränkung, sondern eine Ermahnung, und er ist auf unklare Weise mit der Gerechtigkeit gegenüber den Waisen verbunden. Wahrscheinlich gab es infolge der Kriege und anderer Faktoren in der Gemeinschaft von Medina mehr Frauen als Männer. Diejenigen, vor allem die Frauen, die ihren Vater verloren hatten, wurden von ihren Vormunden nicht immer gut behandelt, da diese aus der Lage Vorteil schlugen, um sie ihrer Habe zu berauben. Es galt, die muselmanischen Witwen und die Waisenmädchen möglichst schnell zu verheiraten. Um eine Erscheinung richtig zu verstehen, das sei nochmals betont, ist es notwendig, sie in ihrem historischen Zusammenhang zu betrachten, ehe sie unter Berufung auf moralische, religiöse oder politische Dogmen, die angeblich ewige Gültigkeit besitzen sollen, verdammt oder gepriesen wird.

Es gibt einige Bestimmungen, die ziemlich genau das Erbe regeln. Dies scheint in der verschwommenen Situation notwendig gewesen zu sein, die durch den Zerfall des Stammesregimes geschaffen wurde. Die Stärkeren hatten es wohl leicht, sich auf Kosten der Schwächeren Familien- oder Stammesgüter anzueignen. Die Regelung des Korans sicherte jedem einzelnen seinen Anteil, der auf ziemlich umständliche Weise errechnet wurde. Den Frauen wurde ein Teil des Besitzes zuerkannt, was in Mekka Brauch war, aber anscheinend nicht in Medina. Es stimmt, daß ihr Anteil nur die Hälfte des Anteils der Männer betrug. Das Erbe wurde unterteilt, eine bei den Viehzüchtern normale Gewohnheit, die aber für die Bauern unheilvoll ist, da die aufeinanderfolgenden Teilungen bekanntlich rasch zur Entstehung allzu kleiner Grundstücke führen.

Natürlich wurde die Sklaverei beibehalten. Es wurde empfohlen, die Sklaven gut zu behandeln und ihre Freilassung zu fördern. Es wäre naiv, zu verlangen, daß im 7. Jahrhundert eine Institution hätte aufgehoben werden sollen, weil sie uns heute schockiert. Es wäre ebenso naiv, wie Mohammed Hamidullah «eine Art humanitäres Zuchthaus» darin zu erblicken und dessen Vorzüge hoch zu preisen.[14]

Das zinstragende Darlehen oder vielmehr eine seiner Formen wurde untersagt. Dies scheint in Wirklichkeit vor allem auf diejenigen gemünzt gewesen zu sein, die sich zu Beginn des Aufenthaltes in Medina weigerten, der bedürftigen Gemeinschaft zinsfreie Darlehen zu gewähren. Es handelte sich zur Hauptsache um Juden, die damit bekundeten, daß sie die Muselmanen nicht als Glaubensgenossen betrachteten. Aber es scheint, daß man die normalen Gewohnheiten des Mekkaner Handels nicht verbieten wollte. Der Wein und ein gewisses Glücksspiel, das *maissir* hieß, wurden vermutlich ihrer Verbindung mit heidnischen Kulthandlungen wegen verboten. Wahrscheinlich wurde aus ähnlichen Erwägungen die Rückkehr zum genauen Mondjahr (354 Tage) vorgeschrieben, unter Verzicht auf den eingeschalteten Monat, der den Kalender mit dem Lauf der Sonne und den Jahreszeiten in Einklang hielt.

So entstand eine Gesetzgebung, die trotz ihrer Lücken, ihrer Unklarheiten und ihrer Gelegenheitsbedingtheit in mancher Beziehung einen Fortschritt gegenüber dem vorhergehenden Zustand bildete. Sie entsprach genau den besonderen Bedürfnissen der kleinen Gemeinschaft von Medina, die dabei war, sich auszudehnen. Sie verbürgte die Sicherheit des Individuums und gewährte einigen besonders gefährdeten Klassen Schutz. Im allgemeinen wurde die bestehende Neigung zum Individualismus gefördert, ohne indessen das Stammessystem aufzugeben. Vor allen Dingen tauchten inmitten des Ozeans der von der Tradition und der öffentlichen Meinung auferlegten Bräuche Ansätze zu einem wirklichen Recht auf, zu Vorschriften, die grundsätzlich klar formuliert und für alle verbindlich waren. Aber die Gemeinschaft war noch weit von dem Punkt entfernt, an dem das Recht tatsächlich zur festen Einrichtung wird, und die Anpassung der paar in Medina erlassenen Vorschriften an die Bedürfnisse eines großen Reiches oder gut strukturierter Staaten sollte manche Probleme aufwerfen.

Ebenfalls in Medina wurden in entscheidender Weise die Ideologie entwickelt, die den Zusammenhalt der zukünftigen muselmanischen Staaten garantieren sollte, und die Institutionen, dank denen sich das Bekenntnis zu dieser Ideologie kundtat.

Aber um diese Ideologie und diese Institutionen richtig zu verstehen, müssen wir zu ihrem gemeinsamen Ursprung zurückkehren. Jede Ideologie, also jedes Ideensystem, das den Menschen geboten wird, um sie zu führen und ihrem Leben dank der Einbeziehung in ein höheres Gesetz und Werden einen Sinn zu verleihen, kristallisiert sich in der Tat um eine zentrale Eingebung, eine Art, wie der Begründer sein eigenes Verhältnis und das der übrigen Menschen zu diesem Gesetz und diesem Werden auffaßt. Diese grundlegende Intuition wird nicht aus der Luft gegriffen, und ich gehöre nicht zu den Menschen, die glauben, daß sie durch den Einbruch der Gegenwart einer jenseitigen Wirklichkeit in das menschliche Bewußtsein unvermittelt aufgezwungen wird. Deshalb habe ich versucht, die Bedingungen aufzuzeigen, unter denen sie im Menschen Mohammed entstehen konnte, in seiner persönlichen Geschichte im Rahmen einer gegebenen Gesellschaft. Aber wenn die zentrale Intuition auch einem Werdegang folgt, ist sie dessenungeachtet an sich eine Ganzheit, die einer Gesamtheit von Vorstellungen und Handlungen ihr Mal aufprägt. Dieses einmal geschaffene System kann sich entwickeln, sich zuweilen und beinahe vollständig ändern. Aber es kommt nur selten vor, daß jegliche Spur der ursprünglichen Eingebung verschwindet, und wenn sie durch Dokumente überliefert wird, kann jeder unvoreingenommene Geist zu irgendeinem Zeitpunkt kommen, um aus dieser Quelle zu schöpfen.

Diese grundlegende Intuition war natürlich eine religiöse Eingebung. Mohammeds Feinde gehörten einer noch rohen Form des Humanismus an. Sie glaubten, daß der Mensch die Möglichkeit besaß, aus eigener Kraft gegen die existentielle Angst und Beunruhigung anzukämpfen und deren Macht zu vermindern. Sie erhoben diese Möglichkeit selbstverständlich nicht zu einer prometheischen Berufung, um eine Welt nach dem Maße des Menschen zu bauen. Ihr Humanismus war kein von Hoffnung geschwellter Aufruf, über das diesseitige Leben hinauszugelangen, er zielte vielmehr darauf ab, dieses Leben behaglich einzurichten. Deswegen erregte er Anstoß bei jenen, die einer Hoffnung bedurften.

In einer Welt, in der die Macht des Menschen recht schwach erscheint, und auch nachdem seine Kräfte gewachsen sind, wenn jedoch gewisse Umstände für den einzelnen oder für alle diese Schwäche neu aufkommen lassen, ist eine Zusammenschau der Welt von religiöser Art das Natürlichste. Was Mohammed wie so viele andere empfunden hatte, war ein Gefühl der Abhängigkeit von dem fesselnden und schrecklichen Mysterium, das ihn umgab. Und dieses Mysterium hatte sich in einer überwältigenden Gegenwart kristallisiert.

Sehr viele Menschen außer ihm haben diese Empfindung gekannt. Aber sie trat in einer Gestalt auf, die ihm allein eigen war. Die Gegenwart, Allah, war eine Allmacht, die nirgends und in keiner Weise durch irgend etwas beschränkt wurde, ein Wille, den keine Grenze aufzuhalten vermochte. Auch dies haben andere empfunden. Das Bild wurde übrigens durch mancherlei Züge etwas gemildert.

Allah saß majestätisch auf seinem Thron, aber vermenschlichende Redewendungen beschrieben nichtsdestoweniger seine Gestalt, seine Gebärden, sein Handeln. Vor allem war er gut und barmherzig, er nahte sich dem Menschen, den er warnte, dem er verzieh, den er wie ein nachsichtiger Vater liebte. Aber ein Abgrund trennte ihn von seinem Geschöpf, und es gab nichts, was ihn überbrückte, weder die aufmerksame Sorge um ein liebevoll auserwähltes Volk noch der aus ihm selbst hervorgegangene Erlöser, der für das menschliche Leiden so empfindlich war, daß er es teilte. Seine väterliche Liebe zu den Menschen war ein wenig abstrakt, global, und äußerte sich in allgemeinen Wohltaten für die Menschheit oder für einzelne Gruppen. Es war, wie jemand gesagt hat, die tätige, organisierende Güte eines Familienoberhaupts, das keine besondere Rührung kennt. Diesem Gott gegenüber war die einzig mögliche Haltung eine unendliche Demut und völlige Unterwerfung (*islam*) in Erwartung des furchtbaren Gerichts, dessen Ausgang niemand voraussehen kann. Man ist ihm den Glauben schuldig, die Frömmigkeit, die Dankbarkeit, die Anbetung, sogar das Vertrauen. Aber man fordert sozusagen nie die Liebe. So ist auch die Sünde ein Vergehen, ein Ungehorsam, ein Zeichen der Undankbarkeit, eine Fahrlässigkeit, die von der ungerechtfertigten Vorliebe für die Güter dieser Welt hervorgerufen wird. Sie entlockt Gott niemals die Klage des verratenen Geliebten, der Tränen vergießt, weil die Treulose seiner Liebe Hindernisse in den Weg stellt, wie wir sie in den Seiten des Alten und des Neuen Testaments so häufig finden. Dieser pathetische Anruf an die Liebe einer schwachen Kreatur ist seitens des Meisters der Welten des Korans unvorstellbar, der sein Wohlwollen zum äußersten treibt, indem er geruht, selber zu lieben und zu vergeben. Desgleichen ist die Reue des Sünders viel eher die Feststellung und das Bedauern einer falschen Rechnung, einer verderblichen Verblendung, als die angstbeklommene Untröstlichkeit eines nach Liebe dürstenden Wesens, das sich einen Augenblick verirrte oder nicht rechtzeitig die sich darbietende unendliche Liebe zu erkennen vermochte.

Solcher Art war Mohammeds grundlegende Intuition vom ersten Augenblick an, als die Stimme zu ihm sprach, und sogar schon vorher. Aber sie war jetzt in einen anderen Zusammenhang gestellt als am Anfang. Es ging nicht mehr lediglich darum, die Beziehungen zwischen den Menschen im allgemeinen und Gott zu definieren, die universell gültigen Lebensregeln daraus abzuleiten. Anfänglich legte die Stimme den Arabern eine weltweit gültige Botschaft dar, die schon anderen bekannt war. Jetzt – und ich glaube aufgezeigt zu haben, daß es diese Verkettung unvorhersehbarer Ereignisse insbesondere im Bereich der politischen Beziehungen ist, die zu dieser Situation geführt hat – existiert eine arabische Gemeinschaft, die sich im Besitze der den anderen unbekannten oder von ihnen entstellten wahren Botschaft befindet. Daß auf Erden einzig eine Gruppe von Arabern die Wahrheit kennt, erscheint als Zeichen dafür, daß Gott mit den Arabern und zumindest einem bestimmten Winkel Arabiens besondere Beziehungen unterhält.

Die Botschaft ist nicht mehr bloß eine reine Doktrin, eine Weltanschauung, die ein jeder individuell übernehmen kann, indem er daraus die für sein Betragen notwendigen Schlußfolgerungen zieht, etwa wie Immanuel Kants Ideen zur reinen und praktischen Vernunft. Er wendet sich an eine besondere Gemeinschaft – eine zumindest im Augenblick von Arabern gebildete Gemeinschaft –, die er führt und die in Funktion dieser Botschaft handelt. Das ist sehr wohl eine Ideologie.

Diese Ideologie bildet ein System. Machen wir uns klar, daß die Dogmen und die Vorschriften, aus denen sie besteht, durch je nach dem Einzelfall mehr oder weniger notwendige Beziehungen verbunden sind. Wenn wir gewisse Punkte bejahen, führt das gezwungenermaßen dazu, daß wir gewisse andere daraus ableiten oder ausscheiden müssen. Die heutige intellektuelle Welt hat sich für den Begriff des Systems oder, wie man sagt, der Struktur begeistert. In ihrer Begeisterung haben einzelne die Fähigkeit verloren, in der Entwicklung der Ideen etwas anderes zu sehen als wohl ausgebildete, totale und vollkommene Systeme, die andere aus unerfindlichen Gründen völlig ersetzen. Wir haben versucht, hier aufzuzeigen, daß eine Ideologie sich im Gegenteil von den Elementen ausgehend bildete, die einem Menschen durch seine eigene Lage aufgezwungen wurden und die er der Lage einer Gesellschaft gehorchend annahm. Wir können hinzufügen, daß eine bedeutende Veränderung der Lage notwendigerweise, wenn auch nicht unmittelbar und direkt, wohl aber auf die Dauer und unter den erforderlichen Transponierungen, zu einer Umwandlung der Ideologie führt, zuweilen sogar zu ihrer völligen Verwerfung und zur Annahme eines anderen Systems.

Das Schlagwort, dessen die muselmanische Ideologie sich in jener Zeit hätte bedienen können, lautete: eine arabische Religion für die Araber. Wir haben gesehen, wie die Gemeinschaft sich schließlich von Abraham-Ibrahim herleitete, dem angeblichen Vorfahren der Araber. Jetzt offenbarte Allah durch Mohammeds Vermittlung seine Forderungen und seine Wahrheiten in arabischer Sprache. Wir haben gesehen, daß man sich von nun an zum Gebet nicht mehr einem ausländischen Heiligtum zukehrte, sondern der Kaaba, dem arabischsten aller Heiligtümer. Dann hatte Allah vorgeschrieben, sich an den merkwürdigen Kulthandlungen zu beteiligen, deren Ursprung sich in der Nacht der Zeiten verlor und die sich rings um die Kaaba vollzogen und insbesondere darin bestanden, sich um den heiligen Bau im Kreis zu bewegen. Das wurde damals die *omra* genannt, die «Gottesverehrung», aber vielleicht auch bereits die *haddsch al-bait*, «die Wallfahrt zum Hause» (das heißt zum Heiligtum). Aber Allah fügte zur Vorschrift dieser Riten die Verpflichtung, außerdem an Zeremonien teilzunehmen, die ebenfalls eine sehr dunkle Bedeutung besaßen und anscheinend *haddsch* hießen, «Wallfahrt» schlechthin. Die Zeremonien fanden in einer Reihe kleiner Heiligtümer in der Nähe von Mekka statt. Bis dahin waren diese Riten alle oder wenigstens zum großen Teil von der Frömmigkeit des Volkes mit der Verehrung verschiedener Götter verbunden. Nun sollten sie alle unter Anrufung des alleinigen Allah vollzogen werden. Diese Vorschriften sollten eine wichtige politische Rolle spielen: sie erlaubten Mohammed, von den Koraischiten für die Gläubigen den Zugang zu den Heiligtümern der Stadt und ihrer unmittelbaren Umgebung zu fordern. Warum sollten die Muselmanen von diesen Zeremonien ausgeschlossen werden, an denen so viele fernab wohnende Araber teilnahmen? Andererseits gelangten die Koraisch zur Überzeugung, daß ihre Stadt ein wichtiges religiöses Zentrum bleiben würde, wenn der Islam obsiegen sollte, und daß ihre Bedeutung vielleicht noch zunehmen konnte. Für diese Kaufleute war das eine gewichtige Erwägung!

Der Bruch mit den Juden und den Christen war jetzt vollkommen. Mohammed hatte sich ihnen gegenüber in höchstem Maße versöhnlich gezeigt. Er begehrte anfänglich nur, von ihnen als ein Prophet neben ihren eigenen anerkannt zu werden, neben Moses oder Jesus, nur mit der ausdrücklichen Weisung Allahs, die Araber der monotheistischen Wahrheit zuzuführen. Aber die einen wie die anderen hatten ihn von sich gestoßen und mit ihrer Ausschließlichkeit abgewiesen. «Sie sagen zwar: ‹Nur Juden und Christen kommen ins Paradies!› So ist es ihr Wunsch. Sagt ihnen aber: ‹Bringt euere Beweise, wenn ihr im Rechte seid!› Nur wer bekennend sein Angesicht zu Allah wendet und fromm ist, der erhält Belohnung von seinem Herrn ...» (*Koran*, 2, 112–113). Das war jetzt vorbei. Einem jeden seinen Glauben und seine Gemeinschaft. Abraham war weder Jude noch Christ, und dennoch war er ein wahrer Prophet gewesen, das wurde von den einen und den anderen zugegeben. So stand es jetzt auch mit Mohammed, sollten sie es doch ebenfalls zugeben! Aber sie beharrten darauf, ihn abzuweisen. Dabei steckten sie doch in tiefer Schuld: sie lebten nicht nach den Geboten, die Allah ihnen durch Moses und durch Jesus mit der Thora und dem Evangelium gesandt hatte. Sie hatten zu diesen Geboten neue Dinge ihrer eigenen Erfindung hinzugefügt. Sie, die der höchsten Gunst teilhaftig geworden waren, nämlich daß sie schon seit langem zum Monotheismus berufen wurden, sie hatten tödlich gesündigt, indem sie genau wie die Polytheisten in Mekka Allah mit Söhnen und Gattinnen verbanden. Die Juden behaupteten, Osair (Esra) sei der Sohn Gottes, eine Eigenschaft, die die Christen Jesus zuschrieben. Die erstere Behauptung scheint weniger ungerechtfertigt, als man auf den ersten Blick annehmen möchte, wenn wir bei einem «apokryphen» Juden des 1. Jahrhunderts, der in der Folge sehr volkstümlich wurde, im Vierten Buch Esras [15] die folgenden, von einem Engel an Esra gerichteten Wort lesen: «Du aber sollst aus den Menschen entrückt werden und wirst bei meinem Sohne ... verweilen ... Laß fahren die sterblichen Sorgen; wirf ab die Bürde der Menschheit, zieh aus die schwache Natur; laß die quälenden Fragen beiseite und eile, hinüberzuwandern aus dieser Zeitlichkeit!» (XIV, 9 und 14) Jesus wurde *al-massih* genannt (der Messias), ein Lehnwort aus dem Syrischen oder dem Äthiopischen, das auf arabisch auch «der Gesalbte» bedeuten konnte; aber man verstand natürlich nicht recht, was diese Bezeichnung eigentlich besagte. Seiner Mutter Maria, der Schwester Aarons und somit Mosis, war von Engeln angekündigt worden, daß sie, ohne einen Mann gekannt zu haben, einen erstaunlichen Sohn gebären werde: «... das fleischgewordene Wort. Sein Name wird sein Messias Jesus, der Sohn der Maria. Herrlich wird er in dieser und in jener Welt sein und zu denen gehören, denen des Herrn Nähe gewährt wurde. Er wird in der Wiege schon ... zu den Menschen reden ... Er (Allah) wird ihn auch in der Schrift und Erkenntnis, in der Thora und dem Evangelium unterweisen ...» (*Koran,* 3, 46–49). Dieses Wunder geschah, weil Allah Maria ein wenig von seinem Geiste geschickt hatte. Er war ein Prophet, den Allah zu den Israeliten gesandt hatte, aber ein außerordentlicher Prophet. Er hatte während seines Erdenwandels zahlreiche Wunder gewirkt. Schon als Kind machte er Vögel aus Ton und hauchte ihnen Leben ein. Er heilte die Stummen und die Aussätzigen und auferweckte die Toten. Die Juden waren stolz darauf, ihn getötet zu haben, aber sie waren das Opfer einer Sinnestäuschung geworden, einer List Allahs. Sie glaubten, ihn gekreuzigt zu haben, aber dem war nicht so, «sondern Allah hat ihn zu sich erhoben» (4, 159). Er befindet sich mit seiner Mutter an einem «erhabenen Ort, welcher Sicherheit und frische Wasserquellen gewährt ...» (23, 51).

Anfänglich legt die Offenbarung Von Oben hauptsächlich Nachdruck auf diese gegen die Juden gerichteten Angaben, die zweifellos von gewissen Christen stammten, die ihre Religion schlecht kannten, oder von den schönen Geschichten der apokryphen Evangelien beeinflußt waren. Unter diesen Christen gehörten zumindest einzelne zu überspannten Sekten oder standen unter deren Einfluß. Eine von ihnen vertrat den Doketismus, der gerade eben die Wirklichkeit dieses unerhörten Ereignisses bestritt: die Hinrichtung Gottes. Die Doketen erklärten also, ein Jesus ähnelndes Schemen sei auf Golgatha an seine Stelle gesetzt worden. Die Henkersknechte meinten, Jesus gekreuzigt zu haben, während es jenes Schemen war. Später fügte der Koran zu diesen Angaben eine Polemik gegen die Christen hinzu, als Mohammed ihr politischer Gegner wurde und vielleicht auch ein paar zusätzliche Auskünfte über die christlichen Glaubensartikel empfangen hatte, wie sie von den armen Christen Arabiens verstanden wurden. Die Christen haben unrecht, zu behaupten, Jesus, dieser Übermensch, sei Allahs Sohn. Allah, der selber nicht erzeugt wurde, kann nicht zeugen. Es gibt nur einen Gott, Allah. Jesus hat diese Übertreibungen sehr bloßgestellt und ist daran völlig unschuldig. Wie seine Mutter nahm auch er Nahrung zu sich. Er war nicht Gott.

Der Islam, die letzte prophetische Offenbarung, die den Arabern gewährt wurde, ist somit die höchste und endgültige Religion. Mohammeds Botschaft nimmt diejenigen der vorhergegangenen Propheten auf, vollendet sie, erfüllt sie, besiegelt sie. Mohammed ist der heidnische Prophet (*ommi*) in dem Sinne, den dieses Wort bei den Juden und Christen besaß, der zu den Heiden gesandte Prophet, zu jenen, die nicht Israel angehörten. Das Wort wurde übrigens falsch verstanden, und man deutete es später dahingehend, daß er weder lesen noch schreiben konnte. Er war von Jesus angekündigt worden, nun war es notwendig, sich ihm anzuschließen:

> *Einst hatten die Menschen nur einen Glauben; später* (als sie sich spalteten) *sandte Allah ihnen Propheten, Heil zu verkünden und mahnend Strafen anzudrohen; durch sie offenbarte er in Wahrheit die Schrift, um die Streitpunkte unter den Menschen zu entscheiden. Aber gerade da stritten diese* (erst recht), *nachdem die Schrift ihnen bekanntgeworden war, aus Neid miteinander. Und Allah leitet* (nun) *die Gläubigen* (da andere verschiedener Ansichten sind) *durch sein Gebot zur Wahrheit. Er leitet auf den rechten Weg, wen er will.*
>
> (*Koran*, 2, 214)

> *«... Gutes will ich niederschreiben für die, welche mich fürchten und Almosen geben und an unsere Zeichen glauben.» Die dem Gesandten folgen, dem ungelehrten Propheten, von dem sie, bei sich selbst, in der Thora und im Evangelium geschrieben finden, dieser wird ihnen nur, was recht ist, gebieten, und was unrecht ist, verbieten. Die guten, früher verbotenen Speisen wird er ihnen erlauben, die wirklich bösen aber ihnen verbieten. Ihre Last wird er ihnen erleichtern und sie von dem Joch befreien, welches sie tragen. ... Sprich: «Ihr Menschen, wahrlich ich bin der Gesandte Allahs, geschickt zu euch allen. Er ist Herr über die Himmel und die Erde, und außer ihm gibt es keinen Gott. Er gibt Leben und Tod. Glaubt daher an Allah und seinen Gesandten, den ungelehrten Propheten, der damit an Allah und sein Wort glaubt; ihm folgt, damit ihr recht geleitet seid.»*
>
> (*Koran*, 7, 157—159)

So erlangte Mohammeds Botschaft weltweite Geltung.

Die neue Ideologie besaß somit ihre höchste Autorität, Mohammed, den ungelehrten Propheten, der über Wahr und Falsch entschied und die unwiderlegbare Botschaft Allahs übermittelte. Aber die Gläubigen sollten im Falle der Abwesenheit des Propheten in der Lage sein, sich seine Worte in Erinnerung zu rufen, sich darauf zu beziehen, sie anzurühren, Argumente daraus zu schöpfen, um sich in den Meinungen und Ereignissen zurechtzufinden. Man mußte übrigens auch den Tod des höchsten Wortführers ins Auge fassen. Das Dokument sollte von der Person gelöst werden, eine Schrift sein, die man zu Rate ziehen konnte wie die Thora oder das Evangelium. Es gab Leute, die die Botschaften fortlaufend bei ihrer Offenbarung aufzeichneten; andere hatten sie auswendig gelernt. Wie Richard Bell überzeugend darlegen konnte, unternahm Mohammed selber eine Revision dieser Schriften. Er ordnete sie zu Stücken, zu mehr oder weniger langen Kapiteln, die «Suren» genannt werden, wie wir bereits sagten. Die Botschaften waren eine Lesung (*koran*); jetzt entstand ein Buch (*kitab*) wie die Bücher der Juden und der Christen.

In diesem Buche fanden sich, wie wir gesehen haben, die Vorschriften aufgezeichnet, die Regeln des sozialen Verhaltens, denen die Menschen gehorchen sollten. Man fand auch die Berichte von den alten Propheten darin, gewissermaßen die heilige Geschichte, die als Vorbild des neuen Gesetzes diente, die ihm geistige Vorfahren schuf. Wir haben von einzelnen dieser Berichte eine gewisse Vorstellung gegeben. Die wesentlichen Ideen, an die geglaubt werden mußte, die Dogmen, waren ebenfalls darin enthalten. Allah, der Einzige, der Schöpfer des Kosmos und des Menschen, der Allmächtige, thront allein am Scheitelpunkt der Himmel. Ihm gehören die Himmel und die Erde. Die Götter der Polytheisten existieren nicht, da sie unfähig sind, irgend etwas zu erschaffen — oder vielleicht sind sie einfach Dschinns. Um Allahs Thron sind die Engel versammelt, die sein Lob singen, die seine Diener sind und seine Boten, die die Taten der Menschen beobachten und verzeichnen. Unter ihnen werden Gabriel genannt, der Bote der Verkündigung, und Michael. Allah wirkt durch Wesenheiten, die sich von seiner Gesamtpersönlichkeit unterscheiden, ohne indessen völlig von ihr gelöst zu sein. Es handelt sich hier um verschwommene Begriffe aus den vom Judentum und dem Christentum unter dem Einfluß des platonischen Systems aufgestellten Spekulationen, die sich mit dem Problem der Verständigung zwischen dem vollkommenen Höchsten Wesen und der unvollkommenen Welt beschäftigen. So gibt es Allahs Wort, seinen Hauch oder Geist, seine Ordnung, sein Licht, seine Gegenwart. Allah und seinen Engeln gegenüber befinden sich die Teufel mit ihrem Oberhaupt, Satan, der auch Iblis genannt wird (nach dem griechischen Wort *diabolos*). Er ist ein ehemaliger Engel, der verflucht wurde, weil er sich weigerte, sich vor Adam, dem Geschöpfe Allahs, niederzuwerfen. Allah hat ihm erlaubt, die Menschen zu versuchen, und das gelingt ihm trefflich, offenbar zumindest bei denen, die dazu bestimmt sind, Gottlose zu sein.

Der allmächtige Allah lenkte die Gedanken und die Taten der Menschen, machte den einen fromm, den Predigten und Ermahnungen seiner Boten, der Propheten, fügsam, und den anderen für Satans Versuchungen anfällig. Das hinderte ihn, wie wir gesehen haben, in keiner Weise, die Verantwortlichkeit des Menschen zu verkünden, den einen zu belohnen und den anderen zu bestrafen. Man mußte ihm für seine Wohltaten Dank wissen und durfte ihm nicht den geringsten Vorwurf machen. Was ist der Mensch vor ihm? Verdankt er ihm nicht alles? Wie sollte er Anschuldigungen erheben? Allah ist unendlich gerecht, weit über unsere Vorstellungen und Auffassungen von der Gerechtigkeit erhaben. Er ist auch unversöhnlich, und diese Eigenschaft wird ganz besonders während der Zeit in Medina betont, was in jenen Tagen des erbitterten Kampfes gegen die Koraischiten, die Juden und die Gegner aller Art nur natürlich war. Wie sollte man in solchen Augenblicken dem Feind etwas anderes in Aussicht stellen als die Drohungen, deren selbst der sanfte Jesus sich bedient hatte: die Finsternis, das Heulen und Zähneklappern? Gleichzeitig wurde Allah indessen auch als unendlich mitleidig, gnädig und barmherzig geschildert. Ohne Zweifel den Guten und Frommen gegenüber? Es ist überflüssig, die unentwirrbaren Widersprüche dieser Vorstellungen zu unterstreichen. Die normale Menschheit hat sich in Dingen der Ideologie nie besonders um Logik gekümmert.

Eines Tages würde *die Stunde* kommen. Anfänglich hielt Mohammed sie für nahe bevorstehend. Später schien sie etwas ferner zu liegen, aber doch nicht allzu fern. Die Stunde, mit anderen Worten der Tag der Auferstehung, der Tag des Gerichts, wird unerwartet anbrechen. Es wird ein großes Grollen geben, ein gewaltiges Getöse, ein Tönen ungeheurer Trompeten. Die Sonne und die Sterne werden sich verdunkeln, die Meere werden kochen und anschwellen, die Erde wird beben. Dann kommen die Toten aus ihren Gräbern hervor, wo sie vielleicht bereits einen Vorgeschmack von dem Los erhielten, das sie erwartet. Dann wird Allah von seinen Engeln umgeben allgewaltig richten. Es wird keinerlei Erwägungen der Verwandtschaft, des Reichtums oder des sozialen Ranges mehr geben. Jeder wird sein Register in Händen halten, ein Büchlein, in dem die Buchhaltung seiner Verdienste und seiner Verfehlungen aufgezeichnet ist. Die Engel und die Propheten werden nur Fürbitte leisten können, wenn Allah dies gestattet. Es wird auch auf einer himmlischen Waage gewogen werden. Im wesentlichen wird das Urteil auf den Glauben gegründet sein. Diejenigen, die an Allah und seinen Propheten geglaubt und diesem Glauben entsprechend gehandelt haben, werden belohnt. Die anderen, die Gottlosen, werden ohne Ansehen ihrer Taten bestraft.

Die Beschreibungen des Zustands der Toten nach dem Gericht treten erst ziemlich spät im Koran auf. Die Verdammten werden sich in der Gehenna (*jahannam*) befinden, das heißt im Feuer. Engel werden mit der Aufgabe der Folterknechte betraut sein. Die Unseligen, die mit Ketten und Halseisen beladen sind, werden einem Strahl aus Feuer und geschmolzenem Erz ausgesetzt. Wenn ihre Haut verbrannt ist, tritt eine andere, völlig neue an ihre Stelle. Zuweilen wird eine fürchterliche Kälte herrschen. Sie werden stinkendes Wasser trinken, ein kochendes Getränk, und die Frucht des Baumes *sakkum* essen, eine ganz besonders bittere Frucht. Dies alles wird ihre Eingeweide verzehren. Umsonst werden sie die Seligen bitten, von der Höhe ihrer himmlischen Wohnstatt herab ein wenig Wasser über sie auszugießen. Diese werden sich hämisch weigern, mit der üblichen sadistischen Befriedigung des Bevorzugten, der sich für gerecht hält und findet, wie dies im allgemeinen der Fall zu sein pflegt, daß er seine Privilegien verdient hat.

Die Seligen empfangen ihren Lohn im Garten Eden, der auch Paradies (*firdaus*) genannt wird. Dort genießen sie den Frieden und die Ruhe, die Freude und die Befriedigung, unablässig Allah zu preisen. Aber auch dinglichere Wonnen: Unter schattenspendenden Bäumen, in Obstgärten und Weinbergen auf Ruhebetten liegend, mit grünen Gewändern aus Atlas und Brokat angetan, mit silbernen Armspangen geschmückt, werden sie unablässig ewig junge Epheben kommen und gehen sehen, die ihnen Fleischgerichte und vor allem Geflügel, Obst und Kelche mit köstlichem, harmlosem Wein bieten. Bäche und Quellen spenden eine erlesene Kühle, ob der die Seligen die unerbittliche Sonne und die grausame Dürre ihres Heimatbodens vergessen. Als Gattinnen werden sie gute, schöne, liebende, reizvolle Frauen haben, die in einem Pavillon leben, ewig jungfräulich und immerdar jung sind, mit züchtigen Blicken, wohlgeformten Brüsten und großen, wunderbar schwarzen Gazellenaugen (*hur-al-in*, aus dem wir den Ausdruck «Huri» gemacht haben).

Schon sehr früh hat der christliche Puritanismus an diesen Wonnen, vor allem an den zuletzt genannten, Anstoß genommen. Dabei hat Hubert Grimme ein Vorbild dafür in der poetischen Beschreibung gefunden, die ein großer syrischer Kirchenvater, der heilige Ephraim, von den Wonnen des Paradieses gegeben hatte; er lebte im 4. Jahrhundert, und seine Werke waren weit herum bekannt.[16] Auch er hat die süßen Düfte und die sanfte Musik Edens gerühmt, die wohlriechenden Quellen, die Lustzelte, die Blumenkronen auf der Stirne der Gerechten, die luftigen Geister, die ihnen als Mundschenke dienen, den Wein, den die Seligen, die sich seiner auf Erden weise enthalten haben, in großen Mengen trinken. Gewiß waren dies Metaphern und Bilder; aber der arabische Prophet, der von diesen Beschreibungen gehört hatte, scheint sie als wirkliche Tatsachen aufgefaßt zu haben. Zahlreiche Christen, und unter ihnen zweifellos diejenigen, die dem Propheten Auskünfte vermittelten, hatten schließlich die gleiche Ansicht vertreten: Eine alte und tiefgründende Strömung des volkstümlichen Judentums und Christentums betrachtete diese paradiesischen Genüsse als durchaus wirklich. Gewisse Theologen hatten sogar versucht, diese Auffassung einzubeziehen und ihre Gültigkeit einzuschränken, indem sie versicherten, daß die Gerechten unter den Toten wohl bestimmte Freuden solcher Art genießen mochten, ehe der Tag der Auferstehung und des Gerichts anbrach. Erst dann würde die Stunde der rein geistigen Seligkeiten schlagen.

Der schwedische Gelehrte Tor Andræ hat beim heiligen Ephraim insbesondere das Vorbild der Huris in den Weinstökken wiederzufinden geglaubt (ein im Syrischen weibliches Wort), die die alten Mönche, die niemals der Süße der irdischen Liebe teilhaftig geworden waren, an ihre unbefleckte Brust aufnehmen würden.[17] Dieser Vergleich ist von Pater E. Beck energisch zurückgewiesen worden.[18] Natürlich ist es nicht möglich, im juristischen Sinne des Wortes den Beweis für die Beziehung zwischen dem syrischen Diakon und dem Mekkaner Propheten zu erbringen, und Weinstöcke sind keine Frauen. Aber der indirekte Einfluß bleibt wahrscheinlich, und es ist ganz gewiß, daß die christlichen Asketen davon träumten, im Jenseits für die Kasteiungen, die sie sich in dieser Welt zufügten, entschädigt zu werden, und zwar häufig mit Entschädigungen, die auf der gleichen Ebene lagen wie die Entbehrungen. Zweifellos unbewußt nannten sie von Weiblichkeit geprägte Dinge, um die keuschen Männer sanft zu belohnen. Desgleichen schildert Ephraim ein paar Strophen vor der Beschreibung der tröstenden Weinstöcke die während ihres Erdenwandels einsamen Jungfrauen, die im Jenseits von den Engeln, den Aposteln und den Propheten umgeben und geehrt werden. Es scheint schwierig, darin nicht einen verhüllten sexuellen Beiklang zu entdecken. Und sicherlich mangelte es nicht an Christen, die solche Hinweise in Richtung auf den eindeutigsten Realismus ausbauten. Es gibt Leute, so sagte schon Origenes zu Beginn des 3. Jahrhunderts, die sich nach der Auferstehung Ehebündnisse und die Zeugung von Kindern vorstellen. Und bereits ein Jahrhundert vor ihm berichtete Papias, der Bischof von Hierapolis in Phrygien, der die direkten Jünger der Apostel befragt und Johannes in seinem hohen Alter gekannt hatte, daß Jesus das kommende Jahrtausend, das Tausendjährige Reich Gottes auf Erden nach der Auferstehung, mit folgenden Worten beschrieb: «Es werden die Tage kommen, da Reben wachsen, deren jede zehntausend Äste und jeder Ast zehntausend Zweige und jeder Zweig zehntausend Trauben und jede Traube zehntausend Traubenkörner haben werden. Jedes ausgepreßte Traubenkorn wird fünfundzwanzig Metreten (etwas weniger als tausend Liter) Wein ergeben. Und wenn einer der Heiligen eine der Trauben nehmen will, wird die andere ausrufen: Ich bin besser als jene Traube, nimm mich, segne in mir den Herrn.» [19] Es stimmt, daß Eusebius von Caesarea seinerseits Papias als sehr mittelmäßigen Geist abtut und vermutet, «daß er die Berichte der Apostel falsch verstanden und nicht gemerkt hat, daß sie sich gewisser Bilder bedienten und sich in einer symbolischen Sprache ausdrückten».[20] Das ist gut möglich; aber viele haben diesem Zeugen der ersten christlichen Generation geglaubt, sogar so hervorragende Männer wie der heilige Bischof von Lyon, der Irenäus hieß.

Wie erlangte man diese Wonnen? Allah ist unerbittlich und hat von vornherein das Los eines jeden in dieser und in der jenseitigen Welt festgelegt. Und doch richtet er Ermahnungen an die Menschen und fordert sie auf, so zu handeln, daß sie den Lohn verdienen. Für die Logik des Glaubens und nur für sie gibt es da keinen Widerspruch. Der Mensch muß also an Allah glauben und an seinen Propheten, er muß das Gute tun, das heißt, was Allah befohlen hat, und das Böse lassen, das heißt, was Allah verboten hat. Er soll großzügig sein, gut, wohlwollend, seinen Eltern gegenüber respektvoll, ehrlich, höflich, gerecht, er soll sich des Mordes, des Diebstahls und auch der

Hurerei enthalten, das heißt des nicht gestatteten Geschlechtsverkehrs, und die Nahrungsverbote nicht übertreten. Er soll im Verband der Gemeinschaft Solidaritätsgefühl zeigen.

Er soll auch an den Riten und den äußeren Zeremonien teilnehmen, durch die er seine Unterwerfung unter Allah und seinen Abgesandten und seine Zugehörigkeit zur Gemeinschaft bekundet. Wir haben gesehen, daß er so dreimal täglich am rituellen Gebet teilnehmen mußte, eine Zahl, die zweifellos erst nach dem Tode des Propheten auf fünf erhöht wurde. Seit Badr war wie erwähnt während des Monats Ramadan das Fasten vorgeschrieben. Der Gläubige mußte zudem, wie wir ebenfalls gesehen haben, sofern es in seiner Macht stand, die rituelle Wallfahrt zu Allahs Haus in Mekka vollziehen. Eine Pflicht ähnlicher Art war die Zahlung der *sakat,* das heißt «Reinigung», genannten Steuer, ein Ausdruck, der zumeist mit «gesetzliches Almosen» wiedergegeben wird. Ein muselmanischer Apologet unserer Tage bemerkt zu Recht, daß es eher eine zum Ritus erhobene obligatorische Abgabe war.[21] Desgleichen sind diejenigen, die es können, zur Blutsteuer verpflichtet, zum bewaffneten Kampf «auf dem Wege Allahs».

So fand das gläubige Mitglied der muselmanischen Gemeinschaft sich in dieses System von Geboten und Lehren eingeschlossen, dessen die meisten Menschen bedürfen, um einer Religion zu leben, wie man früher sagte, und was wir heute weiter gefaßt als Ideologie bezeichnen würden. Obrigkeiten schrieben ihm vor, wie er sich zu verhalten und was er zu denken hatte. Wenn man an diese Lehren glaubte, diesen Vorschriften gehorchte, diese Riten übte, hatte man gute Aussichten, die höchste Belohnung zu erlangen. Auf diesen Glaubensartikeln und diesen Gehorsamsregeln beruhte die gute Ordnung der Welt und der Gesellschaft. So wurde zugleich das Ideal der alten Religionen des Bodens und des Stammes verwirklicht und jenes der neuen Religionen des individuellen Heils. Eine so festgefügte Gesellschaft konnte sich an die Eroberung der Welt wagen.

Nachdem die Belagerung von Medina aufgehoben und das Massaker der Banu Koraisa vollbracht war, schien Mohammed ein paar Monate lang seine Gedanken von Mekka abzuwenden. Er griff seine undankbare Heimat nicht an, und diese ließ auch ihn in Ruhe. Im übrigen hatten die Ereignisse bewiesen, daß keiner der beiden Gegner fähig war, den anderen militärisch zu vernichten. Die zum Immobilismus verurteilten Mekkaner schienen in Ratlosigkeit erstarrt. Keiner ihrer Häuptlinge, nicht einmal der scharfsinnige Abu Sofjan, schien der Anstrengung fähig, die notwendige Phantasie aufzubringen, um sich den Unternehmen ihres Gegners und Feindes wirksam zu widersetzen. In Wirklichkeit vollzog sich in ihren Geistern ein langsamer Wandel, dessen Ergebnis bald sichtbar werden sollte. Vielleicht geht, wie die Überlieferung versichert, auf diese Epoche die Bekehrung zum Islam von zwei seiner glorreichsten zukünftigen militärischen Führer zurück, zwei Koraischiten, Amr ibn al-Aß, der Ägypten erobern sollte, und Chalid ibn al-Walid, dessen strategisches Geschick Mohammeds Niederlage bei Ohod verursacht hatte. Er sollte «das Schwert des Islams» und der Eroberer Syriens werden.

Aber auch ohne frontal anzugreifen, dachte Mohammed unablässig an Mekka. Seine damaligen Tätigkeiten scheinen durchaus das Ziel verfolgt zu haben, die Stadt vor allem durch die Behinderung ihrer Handelsbeziehungen mit Syrien abzuschneiden und zu schwächen. Der Kaufmann Abd ar-Rahman ibn Auf, der gelegentlich militärische Gaben offenbarte, wurde mit siebenhundert Mann nach Dumat al-Dschandal entsandt, dem großen Handelsplatz an der Straße nach Syrien, wo jedes Jahr ein wichtiger Markt stattfand. Die Einwohner, die dem Stamme der Kalb angehörten, unterwarfen sich ohne Widerstand. Ihr Häuptling schloß einen Vertrag mit den Muselmanen und gab Abd ar-Rahman seine Tochter. Zaid, der vielgeliebte Adoptivsohn, dessen Gefälligkeit wir gesehen haben, wurde mit anderen Anhängern nach Syrien geschickt, um Handel zu treiben; aber er wurde von Beduinen angegriffen, seiner Waren beraubt und als tot auf dem Feld liegengelassen. Er kehrte nicht ohne Mühsal nach Medina zurück. Er rächte sich wenig später fürchterlich, indem er die alte Beduinin, die er für den Angriff verantwortlich machte, zwischen zwei Kamelen vierteilen ließ. Zaid hatte mehr Erfolg auf einem Zug, den er mit einhundertundsiebzig Mann gegen eine aus Syrien heimkehrende Mekkaner Karawane unternahm. Er erbeutete wertvolle Ware und zwei vornehme Gefangene. Aischa ließ einen entkommen, der unvorsichtigerweise ihrer Aufsicht anvertraut worden war, während sie mit ihren Nachbarinnen plauderte. Der andere entpuppte sich unerwartet als ein Schwiegersohn des Propheten und zudem Neffe der verstorbenen Chadidscha, Abu-l-Aß ibn ar-Rabi. Er war schon bei Badr gefangengenommen worden, aber sein Schwiegervater hatte ihm damals gestattet, nach Mekka zurückzukehren, unter der Bedingung, daß er seiner Frau Zainab, der Tochter des Propheten, erlaubte, zu diesem nach Medina zu kommen. Dies war geschehen, und nun er neuerlich gefangen war, fand er Mittel und Wege, zu seiner Gattin zu eilen, die ihn nach wie vor ihren Meinungsverschiedenheiten zum Trotz liebte. Sie nahm ihn unter ihren Schutz, was eine traditionelle arabische Geste war, nur eben mißliebig für die Kämpfer, die sich die Mühe genommen hatten, diesen Gefangenen einzubringen, und die auf ein Lösegeld hofften. Mohammed bestritt jegliche Beteiligung an dieser Machenschaft, aber er deckte seine Tochter, ließ Abu-l-Aß zurückerstatten, was ihm abgenommen worden war, und schickte ihn wieder nach Mekka, ohne ihm indessen zu erlauben, sich Zainab nochmals zu nähern: sie durfte mit einem Heiden keinen fleischlichen Verkehr haben. Von Mekka aus entschädigte Abu-l-Aß die Männer, die ihn gefangengenommen hatten, brachte seine Angelegenheiten in Ordnung und kam wieder nach Medina, um sich zu bekehren und seine Frau wiederzufinden. Er erklärte, daß er während seiner Gefangenschaft absichtlich auf ein solches Handeln verzichtet hatte, damit niemand ihn verdächtigen konnte, sich nur aus Eigennutz bekehrt zu haben.

Es wurden Bündnisse mit verschiedenen Stämmen abgeschlossen, die sich mehr oder weniger in der Nachbarschaft von Medina befanden und die offenbar nicht verpflichtet wurden, sich zum Islam zu bekehren. Man sorgte dafür, daß das Territorium der Stadt und die persönlichen Herden Mohammeds respektiert wurden, und zögerte nicht, Gefangene zu foltern, um ein Exempel zu statuieren. Es galt auch diejenigen einzuschüchtern, die mit dem Gedanken an ein Bündnis mit den Juden von Chaibar spielten. Ali unternahm eine Expedition nach Norden gegen die Banu Saad, denen er fünfhundert Kamele und zweitausend Stück Kleinvieh abnahm. Ein Kommando von dreißig Mördern wurde nach Chaibar selber geschickt, wo sie sich als Botschafter Mohammeds vorstellten. Sie verhandelten mit dem Oberhaupt der Juden, Osair ibn Rasim, und überredeten ihn schließlich dazu, ebenfalls von dreißig Mann begleitet nach Medina zu kommen, um sich mit dem Propheten persönlich zu einigen. Unterwegs wurden die Juden überraschend getötet. Mohammed beglückwünschte den Anführer der Bande bei seiner Rückkehr: «Allah selber», sagte er, «hat euch aus der Schar der Unterdrücker errettet!» [22]

Im darauffolgenden Monat – es war gegen Ende des sechsten Jahres seit der Auswanderung nach Medina, im März 628 christlicher Zeitrechnung – faßte Mohammed einen Beschluß, den er ganz ohne Zweifel lange und sorgfältig erwogen hatte, auch wenn er angeblich durch einen von oben gekommenen Traum ausgelöst wurde. Dessenungeachtet war der Beschluß unerwartet und überraschend. Mohammed gab bekannt, daß er sich nach Mekka begeben werde, um die Riten der *omra* zu vollziehen, jener Zeremonien, vor allem der Rundgänge, die sich traditionsgemäß rings um die Kaaba abspielten. Er kaufte Tiere, die er dort drüben nach altem Brauche Allah zu opfern gedachte. Er forderte seine Gläubigen auf, ihn zu begleiten, und auch die Beduinen aus der Umgebung, die wenig Begeisterung offenbarten. Der Pilgerzug sollte friedlich sein. Man nahm als Waffen nur die Degen mit, die grundsätzlich in der Scheide bleiben sollten. Die Truppe umfaßte den einen zufolge siebenhundert, nach anderen Quellen zwischen vierzehnhundert und sechzehnhundert Menschen. Darunter waren vier Frauen. Durch die Wüste und das in jenem Jahr von einer außergewöhnlichen Dürre versengte Land näherte man sich der Stadt der Koraischiten, nachdem man an einem bestimmten Ort das traditionelle Pilgerkleid angezogen hatte. Natürlich erfuhren die Mekkaner sehr schnell, daß Mohammed sich an der Spitze einer zahlreichen Truppe der Stadt näherte. Sie gerieten in größte Aufregung und bereiteten sich auf den Kampf vor; zunächst einmal schickten sie zweihundert Reiter als Kundschafter den Muselmanen entgegen. Nicht weniger selbstverständlich wußte Mohammed durch seine Spione über alle diese Vorkehrungen Bescheid. Einen Augenblick lang war er anscheinend versucht, die Gelegenheit zu nutzen, die sich ihm dank der völlig einseitigen, ihm zugekehrten Aufstellung des Feindes bot. Ein Umgehungsmanöver würde ihm erlauben, auf der nicht verteidigten Seite in die Stadt einzudringen und sie zu besetzen. Abu Bekr riet mit kluger Beharrlichkeit, sich an den ursprünglichen Plan der friedlichen Wallfahrt zu halten. Mohammed schloß sich seiner Meinung an. Er entzog sich den koraischitischen Reitern, indem er sich durch ein felsiges und dorniges Gelände führen ließ, wo die Armee sich nur mühsam einen Weg bahnte. So gelangte man nach Hodaibidscha, etwa fünfzehn Kilometer im Nordwesten von Mekka. Dort befand sich ein großer Baum neben einem Brunnen; man hatte die Grenze des heiligen Territoriums erreicht, und Mohammeds Kamelstute weigerte sich, weiterzugehen. Die vor Tagesanbruch dorthin gelangten Muselmanen zündeten Feuer an, ohne zu versuchen, sich zu verbergen. Die Reiter der Koraisch bezogen zwischen ihnen und der Stadt Stellung.

Die Koraischiten waren unter sich uneins. Ihr großer Mann, Abu Sofjan, war verreist. Eine wichtige Partei wollte mit Mohammed einen Kompromiß schließen. Sie schickten Abgeordnete, die nicht aus ihren Reihen stammten, sondern unter den verbündeten Beduinen ausgesucht wurden, um die Absichten des Propheten in Erfahrung zu bringen. Sie kamen von der Frömmigkeit und den friedlichen Absichten der Muselmanen sowie von Mohammeds Autorität über seine Leute beeindruckt zurück. Hatte nicht einer der Unterhändler während der Diskussion mehrmals den Bart des Propheten gestreichelt, und hatte nicht einer der anwesenden Muselmanen ihm schließlich über diese Vertraulichkeit empört einen Klaps auf die Hand gegeben? Dieser Muselman war ausgerechnet ein Vetter des Unterhändlers, der bei seinem Stamme verhaßt war, weil er Leute eines anderen Stammes ermordet hatte und dann dem Islam beigetreten und nach Medina geflohen war, während seine Stammesgenossen zusehen konnten, wie sie sich mit dem Stamme der Opfer einigten. Sie hatten dreizehnhundert Kamele geben müssen, um den Streit beizulegen. «Was tust du mit diesem Abschaum gegen deine ehrenwerten Verwandten?» sagte der Mann zu Mohammed. «Bei der ersten Gelegenheit werden sie dich im Stich lassen!» Abu Bekr war entrüstet: «Saug doch an Allats Kitzler. Wir — ihn im Stich lassen?»

Mohammed entsandte seinerseits einen Botschafter, und zwar seinen Schwiegersohn, den eleganten Otman, der von seinen zahlreichen Verwandten im anderen Lager beschützt wurde. Die Verhandlungen zogen sich in die Länge. Im Lager der Muselmanen lief das Gerücht um, Otman sei getötet worden. Tief erregt versammelten die Männer sich unter dem Baum von Hodaibidscha und schworen Mohammed einen feierlichen Eid, daß sie ihn bis in den Tod verteidigen würden. Der «Eid unter dem Baum» ist berühmt geblieben. Man rechnete es sich zur Ehre an, einen Vorfahren zu besitzen, der dabeigewesen war. Aber Otman kam zurück. Die Verhandlungen waren nicht abgebrochen, nur waren sie schwierig. Mohammed war hartnäckig, bewahrte aber seine ganze Ruhe. Er wollte nur die rituellen Zeremonien durchführen, weiter nichts. Konnte man ihm das verweigern? Schließlich sandten die Koraischiten einen Bevollmächtigten, Sohail ibn Amr. Die Verhandlungen wurden zwischen ihm und Mohammed unter dem Baum inmitten der Muselmanen fortgesetzt, die sich nicht scheuten, ihre Meinung zu äußern und dem Abgeordneten der Koraischiten befehlerisch nahezulegen, er möchte weniger laut reden. Omar und andere waren entrüstet, weil mit solchen Heiden verhandelt wurde. Der künftige Kalif ging so weit, den Propheten vorwurfsvoll anzufahren. Später erklärte er, daß er sich von ihm getrennt hätte, wenn nur hundert Mann seiner Meinung gewesen wären. Aber Mohammed blieb gelassen. Schließlich wurde Ali gerufen, um die Bedingungen des Abkommens schriftlich festzuhalten. Der Prophet forderte ihn auf, mit der muselmanischen Formel zu beginnen: «Im Namen Allahs, des Gnädigen *(rahman)*, des Barmherzigen.» Sohail protestierte: «Ich anerkenne diese Formel nicht. Schreib: In deinem Namen, o Allah!» Mohammed gab nach. Er diktierte weiter: «Dies ist der Friedensvertrag, der von Mohammed, dem Abgesandten Allahs, mit Sohail ibn Amr geschlossen wird.» Dieser protestierte wiederum: «Wenn ich zugegeben hätte, daß du der Abgesandte Allahs bist, hätte ich dich nicht bekämpft. Schreib deinen Namen und den deines Vaters.» Wiederum gab Mohammed nach. Man schrieb einfach: «Dies ist der Friedensvertrag, der von Mohammed ibn Abdallah mit Sohail ibn Amr geschlossen wird.» Dann folgten die Bedingungen. Der Krieg sollte für zehn Jahre aufhören. Während dieser ganzen Zeit sollten die Koraischiten, die ohne die Erlaubnis ihres gesetzlichen Vormunds zu Mohammed übertraten, ausgeliefert werden, nicht aber die Muselmanen, die nach Mekka übersiedeln wollten. Die Stämme sollten frei sein, mit den einen oder den anderen Bündnisse einzugehen. Für dieses Jahr mußten Mohammed und die Seinen darauf verzichten, Mekka zu betreten, aber im folgenden Jahre würden die Koraischiten die Stadt für drei Tage räumen und den Muselmanen gestatten, nur mit den Waffen des Reisenden ausgerüstet, das heißt mit dem Degen in der Scheide, nach Mekka zu kommen und ihre Andachten zu verrichten.

Die Muselmanen waren sehr enttäuscht und machten ihrer schlechten Laune Luft. Aber Mohammed und Abu Bekr waren weitsichtiger. Um den Preis zahlreicher, zum Teil demütigender Konzessionen, die jedoch der tieferen Bedeutung entbehrten, hatten sie erreicht, was sie wollten. Die Koraischiten hatten mit Mohammed verhandelt, ihn als eine Macht anerkannt. Sie hatten vor allen Dingen zugegeben, daß er und seine Leute ehrbare Gläubige waren, die den gleichen Gott anbeteten wie die Stadt der Koraisch, da man ihnen gestattete, ihre Kulthandlungen im folgenden Jahre dort durchzuführen. Dies alles schloß Konsequenzen in sich, die sehr bald offenbar werden sollten.

Im Augenblick gab der mit Mekka geschlossene Nichtangriffspakt Mohammed jedoch eine lange erwartete Gelegenheit. Das Bündnis zwischen den Juden von Chaibar, Koraisch und den Beduinenstämmen von Ghatafan und Fasara war gesprengt. Es galt, diesen Umstand auszunutzen, um den feindlichen Brennpunkt von Chaibar zu hindern, Schaden zu stiften. Es war überdies notwendig, den bei Hodaibidscha beutelos gebliebenen Muselmanen Gelegenheit zu bieten, ihre überschüssige Kraft anders loszuwerden. Chaibar war reich. Es war wie Medina, in etwa hundertundfünfzig Kilometern Entfernung im Norden der Stadt, eine ausgedehnte Palmenpflanzung zwischen Feldern mit Lavablöcken. Die Juden hatten mit Bewässerung und sorgfältigem Anbau die Dattelproduktion intensiv entwickelt, die in diesem Teil Arabiens den Hauptreichtum darstellt. Sie wohnten in sieben über die Gärten verstreuten Festungen. Ein Teil der Ernte (dies war und ist noch heute Sitte in Arabien) diente dazu, den Schutz der militärisch überlegenen Beduinen zu erkaufen, um die landwirtschaftliche Tätigkeit friedlich fortsetzen zu können. Die Juden – wir erinnern uns, daß der jüdische Stamm der Banu-n-Nadir, der von Mohammed aus Medina vertrieben worden war, in Chaibar Zuflucht gesucht hatte – gehörten verschiedenen Stammesgruppen an, die keiner einheitlichen Obrigkeit gehorchten. Dies sollte Mohammeds Aufgabe erleichtern. Nachdem er von Hodaibidscha zurückkehrend knapp einen Monat in Medina geblieben war, brach er mit sechzehnhundert Mann nach Norden auf. Die mit den Juden verbündeten Beduinen unterließen es, die schuldige Hilfe zu leisten. Die muselmanische Überlieferung hat versucht, diesen Treubruch mit verschiedenen, zum Teil übernatürlichen Gründen zu erklären. Wahrscheinlich hatte Mohammed sie ganz einfach gekauft, indem er ihnen einen Anteil an der Beute versprach. Die Belagerung, wenn wir es so nennen dürfen, dauerte über einen Monat. Die Muselmanen, die sich jeden Abend in ihr Lager zurückzogen, griffen die jüdischen Festungen eine nach der anderen mit ihren Pfeilen an, hinderten so die Verteidiger, auszufallen, schnitten ihnen das Wasser ab und verwüsteten ihre Felder. Die Juden waren unfähig, einen geschlossenen Widerstand zu bieten. Die Ausfälle, die sie versuchten, wurden abgeschlagen. Einzelne, die auf ihre Rettung bedacht waren, verhandelten mit Mohammed. Mehrere Festungen kapitulierten. Mohammed setzte seine Blockade fort und wartete geduldig die Kapitulation der drei letzten ab. Es kam zu Verhandlungen. Die an der Belagerung beteiligten Muselmanen sollten ganz einfach die Nachfolge der Beduinen übernehmen, die sich ihren angeblichen Schutz mit einem Teil der jüdischen Ernte hatten bezahlen lassen. Die Muselmanen sollten ihrerseits die Hälfte der Ernte erhalten. Von Anfang an war vorgesehen, daß nur die Gefährten von Hodaibidscha auf dieses gefundene Fressen Anrecht hatten. Andererseits war auch die Beute beträchtlich. Ein großer Teil der jüdischen Güter wurde konfisziert. Die in den ersten Festungen gefangengenommenen Männer und Frauen sollten in Gefangenschaft bleiben. Unter diesen Frauen befand sich ein schönes Mädchen von siebzehn Jahren, Safijja, das Mohammed für sich behielt, nachdem sein Mann der Verheimlichung seines Besitzes für schuldig befunden und hingerichtet worden war. Er überredete sie dazu, sich zum Islam zu bekehren, und teilte in heftiger Leidenschaft entbrannt ihr Lager noch am gleichen Abend. So verstieß er gegen seine eigenen Vorschriften, wonach seine Anhänger das Ende der Menstruationsperiode abwarten mußten, ehe sie mit ihren Gefangenen schliefen. Aber sie war so schön! Als sie ein Kamel bestieg, um die Heimreise anzutreten, stützte der Prophet Allahs ein Knie auf den Boden und bot ihr das andere dar, um ihr als Steigbügel zu dienen.

Eine andere Jüdin ließ sich weniger leicht erobern. Eine gewisse Zainab, die gesehen hatte, wie ihr Vater, ihr Onkel und ihr Mann getötet wurden, mußte für Mohammeds Mahlzeit einen Lammbraten zubereiten und erkundigte sich, welches Stück er bevorzugte. Es war die Schulter. Sie vergiftete dieses Stück und auch das übrige Fleisch. Mohammed fand beim ersten Bissen einen merkwürdigen Geschmack und spuckte ihn aus, während einer seiner Gefährten, Bischr, sein Fleisch geschluckt hatte und daran starb. Der Prophet verhörte Zainab. Sie antwortete: «Du weißt genau, was du meinem Volke angetan hast. Ich habe mir gesagt: Wenn er ein Prophet ist, wird es ihm mitgeteilt (daß das Fleisch vergiftet war); wenn er ein irdischer Herrscher ist, werde ich ihn lossein.» Mohammed vergab ihr.

Die anderen jüdischen Kolonien der Gegend, die von Fadak, vom Wadi-l-Kora und von Taima, merkten sich die Lektion von Chaibar. Sie unterwarfen sich ohne Winkelzüge. Man auferlegte ihnen die gleichen Bedingungen wie Chaibar oder ein wenig bessere. Sie hatten eine Steuer zu entrichten und durften dafür ihren Besitz behalten. Das jüdische Problem war für Mohammed praktisch gelöst.

Der Rest des Jahres verlief mit den üblichen Geschäften der kleinen Razzien, der diplomatischen Verhandlungen mit den Scheichs der Stämme, den Manövern, um diese oder jene Persönlichkeit der Beduinen oder aus Mekka für die muselmanische Sache zu gewinnen. Mekka war nach wie vor das Hauptproblem. Den Bedingungen des Abkommens von Hodaibidscha gemäß machte Mohammed sich nach Ablauf von zwölf Monaten auf die Wallfahrt. Er nahm zweitausend Anhänger und eine große Menge Waffen mit. Diese wurden für alle Fälle an der Grenze des Territoriums von Mekka unter dem Schutze einer kleinen Abteilung zurückgelassen. Die Muselmanen behielten als Waffe nur den Degen in der Scheide und betraten so, die für die Opfer bestimmten Kamele vor sich hertreibend, die wie abgemacht von den Einwohnern geräumte Stadt. Der Prophet sah seine Vaterstadt seit sieben Jahren zum erstenmal wieder. Er kam hocherhobenen Hauptes und von seinen Anhängern umringt zurück. Ohne von seinem Kamel abzusteigen, vollzog er die rituellen Rundgänge um die Kaaba. Anscheinend wurde ihm der Zutritt zu dem kleinen Heiligtum untersagt. Er vollzog auch die sieben rituellen Läufe der *omra* zwischen zwei kleinen Anhöhen in der Nähe der heiligen Stätte, Safa und Marwa, die etwa vierhundert Meter auseinanderlagen. Von den benachbarten Anhöhen aus konnten die Koraischiten sehen, wie die Menge der Muselmanen — zu Fuß — ihren Herrn nachahmte und dabei den gebräuchlichen Ruf «Labbaika» (hier hast du mich!) ausstieß. Sie sahen, wie Bilal auf das Dach der Kaaba stieg und von dort den muselmanischen Aufruf zum Gebet erließ. Sie verhüllten ihre Häupter und dankten den Göttern, daß sie ihre Väter hatten sterben lassen, ehe sie einen solchen Frevel mitansehen mußten. Mohammed benutzte seinen Aufenthalt, um die Schwester der Frau eines seiner Onkel zu heiraten, der Abbas hieß und dem Islam nicht beigetreten war. Diese neue Gattin, Maimuna, war siebenundzwanzig Jahre alt. Er versuchte, den Umstand zu nutzen, um ein bißchen länger in Mekka zu verweilen. Er lud die Anführer der Koraisch zum traditionellen Hochzeitsbankett. Sie antworteten ihm, daß sie für sein Bankett keine Verwendung hatten und ihn aufforderten, schleunigst zu verschwinden. Er drängte nicht weiter und brach auf. Beim ersten Halt vollzog er mit seiner gewohnten Hast die Ehe.

Die kleinen militärischen Expeditionen, um einen Stamm zur Achtung vor der neuen muselmanischen Macht zu zwingen oder eine Beleidigung zu rächen, lösten einander ab. Eine ist besonders bemerkenswert, obschon wir ihren Verlauf und ihre Gründe nicht recht verstehen können. So wie die Überlieferung sie erzählt, bildet sie ein unentwirrbares Sammelsurium aus unvollständigen und widersprüchlichen Berichten. Es handelt sich um die im Jahre 8 der Auswanderung, im September 629 unserer Zeitrechnung, nach Norden zur Grenze des Byzantinischen Reiches ausgesandte Expedition. Der kommandierende General war kein anderer als Zaid ibn Haritha, der Adoptivsohn Mohammeds, und der Prophet hatte ihm dreitausend Mann anvertraut. Es war also ein Feldzug, dem er große Bedeutung beimaß. Indessen bestand die Truppe offenbar vorwiegend aus eben erst bekehrten Beduinen, die vor allem darauf aus waren, Beute zu machen. Zum erstenmal drangen die

Muselmanen in das Byzantinische Reich ein. Als ihr Herannahen bekannt wurde, das man jedenfalls als Einfall einer Bande von Plünderern auffaßte, sammelte der dortige Befehlshaber, ein gewisser Theodor der Vikar, eine Hilfstruppe von Arabern, Christen und Heiden aus diesem Grenzgebiet im ehemaligen Lande Edom, im Südosten des Toten Meeres. Solches berichtet der byzantinische Geschichtsschreiber Theophanus, und dies ist die erste nicht muselmanische Quelle, aus der wir für die Lebensbeschreibung des Propheten schöpfen können. Der Zusammenstoß erfolgte bei Mota und war blutig, auch wenn nur zwölf Tote unter den Muselmanen erwähnt werden. Aber vielleicht wurde der Tod der Beduinen, die neue und wenig verläßliche Anhänger waren, nicht der Aufzeichnung wert befunden. Unter den Toten befanden sich drei aufeinanderfolgende Befehlshaber des Heeres: Zaid ibn Haritha, dann Jafar ibn Abi Talib, Alis Bruder und Vetter des Propheten, und schließlich der kriegerische Poet Abdallah ibn Rawaha. Die in die Flucht geschlagenen Muselmanen wurden von dem großen, ehemals koraischitischen und vor kurzem Muselman gewordenen General Chalid ibn al-Walid aufgefangen, der damals noch einen untergeordneten Rang in der Armee bekleidete. «Gottes Schwert», wie er genannt werden sollte, brachte ein wenig Ordnung in die versprengten Reihen und führte die geschlagenen Überlebenden nach Medina zurück. Sie wurden von Vorwürfen, Beschimpfungen und Hohn empfangen. Mohammed mußte sie unter seinen Schutz nehmen.

Die drei folgenden Monate waren entscheidend. Mohammed richtete seinen Blick jetzt in erster Linie auf Mekka. Der Vertrag von Hodaibidscha, den er im Hinblick auf seine unmittelbaren Ziele angenommen hatte, enthielt Klauseln, die auf die Dauer untragbar waren. Wir haben gesehen, daß der Prophet die ziemlich demütigende Verpflichtung übernommen hatte, ohne Gegenseitigkeit die Menschen nach Mekka zurückzuschicken, die dem Islam ohne das Einverständnis ihres gesetzlichen Vormunds beitraten. Kurz nach dem Vertrag war ein schwieriger Fall aufgetaucht. Der Prophet hatte einen gewissen Abu Bassir ausgeliefert, einen Verbündeten der Koraischitensippe der Banu Zohra. Auf dem Rückweg nach Mekka hatte dieser Mann einen seiner Wächter getötet und war wieder nach Medina gekommen. Mohammed befand sich in Verlegenheit und anerbot dem überlebenden Wächter, der herbeigeeilt war, um sich zu beschweren, ihm den Gefangenen auszuhändigen. Doch er weigerte sich erschreckt, einen so gefährlichen Gefangenen allein zu begleiten. Daraufhin war Mohammed der Ansicht, daß er den Verpflichtungen des Abkommens Genüge getan hatte, indem er Abu Bassir zweimal den Koraischiten auslieferte. Er konnte nicht mehr tun, und es war nicht seine Schuld, wenn sie unfähig gewesen waren, ihn zu bewachen und sich jetzt weigerten, ihn in Empfang zu nehmen. Indessen gab er Abu Bassir zu verstehen, daß er ihn lieber fern von Medina sah. Dieser verstand und floh an die Küste des Roten Meeres, an einen Ort, an dem die Mekkaner Karawanen auf ihrem Wege nach und von Syrien vorbeikamen. Er sammelte um sich etwa siebzig Leute, die sich in einer ähnlichen Lage befanden wie er und sich mit ihm dem Straßenraub auf Kosten der erwähnten Karawanen hingaben. Die Koraischiten vermochten dieser Bande offenbar nicht mit Gewalt beizukommen, und Mohammed erklärte, daß er nicht für sie verantwortlich war. Schließlich baten die Koraischiten Mohammed, diese Straßenräuber in die Gemeinschaft aufzunehmen, und verzichteten auf die Forderung der Auslieferung. So waren sie wenigstens vor ihren Überfällen geschützt und wußten, wen sie verantwortlich machen konnten.

Aber sie schäumten vor Wut. Viele schworen auch, den Buchstaben des Abkommens zu mißbrauchen, um Mohammed mit gleicher Münze heimzuzahlen. Bald sollte sich eine Gelegenheit bieten. Im Monat Rajab des Jahres 8 (November 629) wurde im Verlaufe einer seit Jahrzehnten andauernden Vendetta eine Gruppe des mit Mohammed verbündeten Stammes der Chosaa ganz nahe bei Mekka von den Banu Bakr angegriffen, Beduinen, die mit den Koraisch verbündet und von den hitzigsten Koraischiten aufgehetzt waren. Ein Mann kam ums Leben. Die schwer mitgenommenen übrigen mußten in den heiligen Bezirk von Mekka flüchten und dann, als sie dort ebenfalls noch verfolgt wurden, in zwei befreundeten Häusern Zuflucht suchen. Die Bakr trieben den Skandal so weit, die Häuser zu belagern. Insgesamt wurden während dieses Handstreichs etwa zwanzig Mann der Chosaa getötet.

In Anbetracht der arabischen Sitten war das eine sehr böse Geschichte. Mohammed würde nach Rache schreien. Die seit mehreren Monaten schwelenden und sich verschärfenden Meinungsverschiedenheiten zwischen den Mekkaner Anführern hinsichtlich des Verhaltens gegenüber dem Propheten sollten nun offen zutage treten. Die Unversöhnlichsten, die die Banu Bakr aufgewiegelt und sich angeblich sogar selber an deren Überfall beteiligt hatten, wollten auftrumpfen. Abu Sofjan war seinerseits schon seit langem überzeugt, daß es am besten war, sich mit dem Propheten zu verständigen. Die Diskussion erwies, daß die Mehrheit auf seiner Seite stand.

Es war das Ergebnis einer langsamen Entwicklung der Meinungen. Die vergebliche Belagerung von Medina hatte klargemacht, daß die von Mohammed vertretene Macht nicht mehr zerstört werden konnte. Seine Siege über die jüdischen Kolonien, seine Expeditionen im Norden, seine Verträge mit den Beduinen hatten diese Macht noch verstärkt. Seine Tätigkeiten erlaubten ihm, den Handel, von dem Mekka ausschließlich lebte, beinahe völlig lahmzulegen. Andererseits hatte seine feierliche Wallfahrt zur Kaaba gezeigt, daß er die heiligen Stätten in Mekka respektierte. Es war jetzt offenkundig, daß er keineswegs beabsichtigte, das Heiligtum zu zerstören, sondern im Gegenteil dessen Verehrung ausweiten und ihr nur eine leicht veränderte Richtung aufprägen wollte. Seine Formel des theokratischen Staates hatte ihren Wert erwiesen. Die Disziplin der Muselmanen bei Hodaibidscha und ein Jahr später anläßlich der *omra* hatte die Mekkaner beeindruckt. Mohammeds Sektierer waren stark, und es war ihrem Oberhaupt gelungen, sie reich zu machen. Es erschien durchaus angezeigt, sich an diesem Reichtum und dieser Macht zu beteiligen, da man sie doch nicht zerstören konnte. Für die reichen Mekkaner, die realistische Kaufleute waren, und für die armen, die von dem Wohlstand bestochen wurden, den die Medinenser genossen, sollten die ideologischen Hindernisse in Anbetracht der Sachlage leicht zu überwinden sein.

Abu Sofjan, der Mann des Kompromisses, wurde also nach Medina entsandt, um Mohammed zu beschwichtigen. Seine Tochter Omm Habiba, die ihn seit langem verlassen hatte, um dem Islam anzuhängen, hatte gerade ein Jahr zuvor den Propheten geheiratet. Was würde dieser unternehmen, bei dem die Chosaa sich energisch beschwerten? Ganz Koraisch wartete angstbeklommen auf seine Entscheidung. Man hatte sich weder dazu entschließen können, ihm den Krieg zu erklären, noch ihm den hohen Blutpreis zu zahlen, den er für die getöteten Chosaa fordern würde, noch ihm die Banu Bakr zu überantworten. Würde Abu Sofjan die Sache in Ordnung bringen? Die Überlieferung berichtet, daß er in Medina sehr kühl empfangen wurde, sogar von seiner Tochter. Aber die Einzelheiten, die sie berichtet, sind offensichtlich von der anti-omajjadischen Tendenz der ersten Überlieferer geprägt (das heißt der Feindseligkeit gegenüber den Nachkommen Abu Sofjans, der Dynastie der omajjadischen Kalifen). Die Folge der Ereignisse scheint im Gegenteil darauf hinzuweisen, daß eine vielleicht teilweise stillschweigende Einigung zwischen dem Mekkaner Häuptling und seinem Schwiegersohn zustande kam.

Dieser machte sich ungesäumt an die Vorbereitung einer Expedition gegen Mekka. Er hielt seine Maßnahmen streng geheim, schnitt jede Verbindung mit der Stadt der Koraischiten ab und gab vor, irgendeinen Feldzug gegen den Norden vorzubereiten. Er mobilisierte Abteilungen sämtlicher mit ihm verbündeter Stämme und brach schließlich mit einem für damalige Begriffe Arabiens gewaltigen Heer auf: zehntausend Mann. Man schrieb den 10. des Monats Ramadan des Jahres 8, den 1. Januar 630. Unterwegs stießen weitere Kontingente zu ihnen sowie Mekkaner, die sich mit dem vermeintlichen Eroberer gut stellen wollten. Unter ihnen befanden sich einer seiner ehemaligen schlimmsten Feinde, der sehr zu Recht, wie wir sehen werden, die Vergeltungsmaßnahmen des Propheten fürchtete, und Mohammeds Onkel, der Bankier Abbas. Zwei Tagemärsche von Mekka entfernt schlug die Armee ihr Lager auf und entzündete zehntausend Feuer. Die Panik verschärfte sich in der Stadt. Aus verworrenen und widersprüchlichen Angaben der Überlieferung geht hervor, daß Abu Sofjan von den Koraischiten in das Lager der Muselmanen geschickt wurde — oder vielmehr, daß er sich mit dieser Mission betrauen ließ. Er stellte sich unter den Schutz des Bankiers Abbas. Ohne Zweifel war alles mit diesem Manne, der sich eben dem Heer seines Neffen angeschlossen hatte, schon vorher abgekartet. Abu Sofjan bekehrte sich in aller Form zum Islam und kam dann nach Mekka zurück, wo er Mohammeds Bedingungen verkündete. Sie waren unmißverständlich. Die Stadt lief keine Gefahr, wenn sie den Sieger aufnahm, ohne ihm Schwierigkeiten zu machen. Angesichts seiner Stärke war jeder Widerstand vergeblich. Das Leben und die Habe eines jeden, der keinen Widerstand leistete, sollten verschont werden. Es genügte, sich im eigenen Hause einzuschließen und die Waffen niederzulegen oder in Abu Sofjans Haus Zuflucht zu suchen. Umsonst versuchte seine Frau, die blindwütende Hind, ihn zum Schweigen zu bringen. Sie packte ihn am Schnurrbart und schrie: «So tötet doch diesen großen Schlauch voller Fett! Sie ist wahrhaftig schön, diese Avantgarde des Volkes!» Er aber fuhr fort: «Wehe euch! Laßt euch nicht von ihr beirren! Es hat sich etwas ereignet, für das es keinen Präzedenzfall gibt!» [23] Mohammed ließ den von Abu Sofjan mitgebrachten Nachrichten Zeit, ihre Wirkung zu entfalten, und am Donnerstag, dem 20. des Monats Ramadan des Jahres 8 (am 11. Januar 630), zogen die Muselmanen in vier Kolonnen in die verlassen daliegenden Straßen der Stadt ein. Nur eine Handvoll Fanatiker leistete in einem Winkel der Stadt einen gewissen Widerstand. Es gelang Chalid ibn al-Walid leicht, sie in die Flucht zu schlagen. Sie hatten etwa zehn oder zwanzig Tote gegen nur zwei oder drei auf seiten der Muselmanen.

Sobald Mohammed ein wenig geruht hatte, begab er sich zum Heiligtum. Mit einem langen Stock in der Hand kam er auf seinem Kamel reitend inmitten der jubelnden Armee daher, von einer Menge Männer, Pferde und Kamele umgeben, unter den Augen der erschütterten Koraischiten, die auf ihre Terrassen hinaufgestiegen waren, und berührte den Schwarzen Stein mit seinem Stock, während er so laut er nur konnte die höchste Anrufung des Islams ausrief: *Allahu akbar!* «Allah ist der Größte!» Die zehntausend Mann wiederholten die heilige Formel. Dann schritt er feierlich siebenmal um die Kaaba. Er ließ die im Tempel befindlichen Götzen stürzen, dann verlangte er den Schlüssel zur Kaaba und trat ein. Im Inneren befand sich ein Schatz, den er nicht antastete, obwohl er aus Gaben bestand, die die Heiden ihren Göttern dargebracht hatten. Es gab auch Fresken, die er auslöschen ließ, angeblich bis auf die Bilder von Abraham, Jesus und der Jungfrau Maria. Dann hielt er eine Rede und forderte die Koraischiten auf, ihm zu huldigen, ihn als Boten Allahs anzuerkennen und ihm in dieser Eigenschaft Gehorsam zu schwören. In endloser Reihe zogen nun die Männer und dann die Frauen an dem auf dem Felsen von Safa sitzenden Propheten vorbei und legten vor Omar, der ein wenig tiefer unten Platz genommen hatte, den Huldigungseid ab.

Dem Brauch der geschickten Politiker folgend hatte Mohammed die Vergebung der vergangenen Beleidigungen verkündet. Indessen nahm er etwa ein Dutzend Männer und Frauen davon aus, deren Kränkungen er nicht hatte verwinden können. Es ging nicht um die bisherigen Anführer des Widerstands gegen ihn. Er wußte genau, daß diese Männer gespielt und verloren hatten, daß sie die Lehre daraus gezogen hatten und daß er sich auf ihre nunmehr in seinen Diensten stehenden Fähigkeiten verlassen konnte. Aber den Propagandisten konnte er nicht verzeihen, jenen, die ihn mit Spottgedichten und Liedern lächerlich gemacht hatten. Unter ihnen befand sich Abdallah ibn Saad, jener Schreiber, der die Offenbarungen nach Mohammeds Diktat aufzeichnen mußte und von Zweifeln befallen worden war, als er selbständig im Stil des Korans weiterschrieb, ohne daß der Prophet die Einschiebsel bemerkte. Man erinnert sich, daß er nach Mekka geflohen war und diese Geschichte erzählt hatte. Otman bat für diesen Mann um Gnade, der genau das darstellte, was die Stifter von Ideologien am meisten hassen:

die hellsichtige, vernünftige Kritik. Otman drängte so sehr (Abdallah war sein Milchbruder), daß der Prophet schließlich nachgab; aber anschließend sagte er zu den Anwesenden: «Ich habe lange geschwiegen. Warum hat keiner von euch diesen Hund umgebracht?» – «Warum hast du mir kein Zeichen gegeben, Abgesandter Gottes?» wollte einer wissen. – «Man tötet nicht mit Zeichen», entgegnete der Prophet mißvergnügt.[24] Abdallah wurde später ein hoher Beamter des muselmanischen Reiches. Er hatte eingesehen, daß die Wahrheit den Mythen gegenüber ohnmächtig ist, wenn diese der geschichtlichen Entwicklung entsprechen und von der Gewalt unterstützt werden. Es war vorteilhafter, sich anzupassen.

Einem anderen Abtrünnigen (mit weniger ideologischen Gründen) blieb Abdallahs Glück versagt. Er hatte Verse gegen Mohammed gedichtet und in Mekka Abendgesellschaften gegeben, an denen zwei Sängerinnen sie vortrugen. Er und eine der Sängerinnen wurden getötet. Die andere hielt sich verborgen und erlangte später Vergebung. Es gab unter den Geächteten auch zwei oder drei Männer, die die Töchter des Propheten mißhandelt hatten, und einen anderen, der von Mohammed den Blutpreis für seinen irrtümlich getöteten Bruder empfangen hatte und dennoch fortfuhr, sich an den Muselmanen zu rächen. Hind, Abu Sofjans Frau, die bei Ohod ihre Freude so wild geäußert hatte, indem sie die Leber Hamsas, des Onkels des Propheten, kaute, blieb selbstverständlich ungeschoren. Ihr Mann und seine Familie waren zu wertvolle Proselyten. Ihr Sohn und ihr Enkel sollten bald zu Fürsten des Islams werden, den sie und ihr Mann so haßvoll bekämpft hatten.

Diese wenigen Beispiele der Rache begannen den Koraischiten Sorgen zu machen. Mohammed versicherte, als Abu Sofjan ihm die Beunruhigung seines Stammes vortrug, daß es die letzten waren. Er nutzte die Gelegenheit, um bei den reichsten Koraischiten beträchtliche Darlehen aufzunehmen. War es etwa keine kluge Politik, unter die muselmanischen Soldaten, die nicht die geringste Beute unter die Zähne gekriegt hatten, eine kleine Entschädigung zu verteilen? Man gab über zweitausend unter den bedürftigsten Soldaten je fünfzig Dirham.

Mohammed blieb ungefähr vierzehn Tage in Mekka. Er traf die Verwaltungsmaßnahmen, die sein Sieg erforderte. Er ließ die Götzenbilder in den benachbarten Heiligtümern zerbrechen, und ein Herold machte die neuen Gläubigen darauf aufmerksam, daß sie ihre privaten Götzen zu zerstören hatten. Aber anscheinend wurde niemand gezwungen, dem Islam anzuhängen. Es muß weiterhin eine gewisse Anzahl Heiden gegeben haben. Mohammed besaß – wie später seine Nachfolger auf internationaler Ebene – die Klugheit, die für die allgemeine Annahme einer Religion günstigen Bedingungen zu schaffen und sie dann ihre natürliche Wirkung ausüben zu lassen, ohne die Ordnung der Dinge umzustürzen. Die Vorteile der Bekehrung waren groß. Der heidnische Gottesdienst konnte nur noch im eigenen Hause abgehalten werden. Der soziale Druck wirkte nicht mehr zum Vorteil des Heidentums, sondern begünstigte den Islam. Das genügte. Wenige Jahre später gehörte das Mekkaner Heidentum der Vergangenheit an.

Die Medinenser, die Helfer *(ansar)*, wie sie genannt wurden, betrachteten diese Nachsicht des Propheten mit mißtrauischen Blicken. Würden seine Mekkaner Stammesgenossen, die ihn so heftig bekämpft hatten, in seinem Herzen schwerer wiegen als die Leute, die ihn in den dunkelsten Stunden unterstützt hatten? Würden sie den Löwenanteil erhalten? Würde die Gemeinsamkeit der Familienbande und des Vaterlands über die von den gemeinsam ausgestandenen Gefahren geschaffene Kameradschaft obsiegen? Sie eröffneten Mohammed ihre Sorgen. Er beruhigte sie. «Ich will mit euch leben und sterben», sagte er. Er blieb in seinem Zelt und verrichtete seine Gebete wie ein Reisender.

Von Mekka aus schickte er ein paar Expeditionen in die Umgegend. Vor allem aber mußte er sich einer unvorhergesehenen Gefahr erwehren. Ein bedeutender Bund von Stämmen hatte sich gegen den Propheten erhoben: die Hawasin hatten sich mit dem Stamme der Thakif verbündet, deren Hauptsitz sich in der Gebirgsstadt Taif befand, etwa hundert Kilometer im Südosten von Mekka. Die Hawasin waren alte und erbitterte Feinde der Koraisch. Der Niedergang der Koraischiten hatte der antikoraischitischen Partei in Taif neuen Auftrieb gegeben. Die beiden Verbündeten scheinen die Absicht gehegt zu haben, die Mekkaner Niederlage zu nutzen, um sich die Vormachtstellung im Hedschas zu verschaffen. Sie sahen nicht ohne Grund in Mohammed vor allen Dingen einen Koraischiten, der in seiner Heimatstadt die Zügel an sich riß und ein koraischitisches Reich begründen wollte. Es war notwendig, ihn aus dem Weg zu räumen. Mohammed verließ Mekka am 27. Januar 630 mit zwölftausend Mann (die eben erst zu ihm gestoßenen Koraischiten machten sich freudig auf, um den Erbfeind zu bekämpfen). Er war voller Zuversicht und sein Heer ebenfalls. Nach vier Marschtagen traf er bei Honain auf seine Feinde, anscheinend zwanzigtausend Mann. Die Hawasin hatten ihre Frauen und Kinder mitgenommen. Sie wurden von einem tapferen Befehlshaber angeführt, Malik, der dreißig Jahre alt war. Es gelang ihnen, in einen Flügel des muselmanischen Heeres einzubrechen; die Niederlage stand bevor. Ungeachtet der Panik vermochte Mohammed von seinen besten Truppen umgeben die Ruhe zu bewahren, die Fliehenden neu zu sammeln und schließlich den Angriff wieder aufzunehmen. Er errang den Sieg, nutzte sogleich seinen Vorteil und belagerte Taif. Er besaß zwar ein paar Katapulte, aber die Belagerung einer befestigten Stadt war zu jener Zeit noch ein kühnes Unterfangen für ein Heer dieser Art. Nach etwa zwei Wochen brach er die Belagerung ab. Aber die Partie war nur aufgeschoben. Es war eine Frage der Zeit.

Er führte seine Armee nach Jirana, wo man die Gefangenen und die den Hawasin bei Honain abgenommene Beute zurückgelassen hatte. Die Verteilung der Beute erfolgte inmitten eines großen Durcheinanders, das durch die Gier der Beteiligten hervorgerufen wurde. Mohammed selber fand sich gegen einen Baum gepreßt, und seine Kleider wurden zerrissen. Es gelang ihm nur mit Mühe, die Ordnung wiederherzustellen und sich Gehorsam zu verschaffen. Um die habgierigen Reklamationen seiner Anhänger zu beschwichtigen, verteilte er unter sie — seine Schwiegersöhne inbegriffen — die weiblichen Gefangenen. Aber die Hawasin sandten Unterhändler. Der Prophet war bereit, ihnen etwas zurückzuerstatten, wenn sie ihrerseits bereit waren, sich zu unterwerfen und zu bekehren. Es sollten indessen entweder die Frauen oder die Habe sein. Keinesfalls beides. Nach langem Zögern wählten die Hawasin ihre Frauen. Bei der Verteilung der ungeheuer reichen Beute bevorzugte der Prophet — in den Augen seiner alten Parteigänger auf höchst empörende Weise — die eben erst Bekehrten. Abu Sofjan erhielt hundert Kamele, desgleichen seine Söhne Moawija, der künftige Kalif, und Jasid. Sogar die noch heidnischen Koraischiten erhielten etwas. Einer der Mißbilligenden rief: «Nicht mit solchen Geschenken sucht man das Angesicht Gottes!» [25] Mohammed war von dieser Bemerkung sehr betroffen und wurde blaß. Aber er beharrte auf seiner Politik. Er führte in Mekka nochmals eine *omra* durch. Er ließ dort als Statthalter Attab ibn Assid zurück, der für seinen Unterhalt einen Dirham pro Tag empfing. Dies scheint das erste Mal zu sein, daß von einem besoldeten Beamten die Rede ist. Mit ihm zusammen blieb Moadh ibn Jabal, der beauftragt war, die Mekkaner im Koran und in der Religion zu unterweisen. Dann begab der Prophet sich wieder nach Medina — zur großen Erleichterung der dortigen Bevölkerung, die befürchtete, er könnte sich in seiner Vaterstadt niederlassen. Am 27. des Monats Dhu-l-kada des Jahres 8 (18. März 630) betrat er wieder den Palmenhain, in dem er acht Jahre zuvor mit so wenigen Gefährten verbannt und elend Zuflucht gesucht hatte. Nunmehr waren der Sieg, der Ruhm, der Triumph ihm endgültig sicher.

Die Einnahme von Mekka wurde auf arabisch *al-fath* genannt, was die Eröffnung bedeutet, aber auch das Gericht, der Richtspruch, die Offenbarung. Im weiteren Verlauf wurde das Wort gebräuchlich, um allgemein eine Eroberung zu bezeichnen. Die Unterwerfung von Mekka rechtfertigte in der Tat die ganze frühere Politik des Propheten, und Allah billigte sein Tun ein für allemal und bestätigte dessen Richtigkeit. Seine schlimmsten Feinde stellten sich mit Eifer in seinen Dienst, anerkannten seine Überlegenheit, gestanden, daß er sehr wohl der Prophet Allahs war, gaben ihr Unrecht ihm gegenüber zu und ihre Verblendung gegenüber Allahs Wundern.

Das war nicht zu ihrem Nachteil. Im Staate von Medina, der sich jetzt von der byzantinischen Grenze bis nach Taif erstreckte und dessen Einfluß darüber hinaus ganz Arabien erfaßte, wurden sie unter die Ersten aufgenommen, erlangten sie Ansehen, politischen Einfluß und materielle Vorrechte. Einer Überlieferung zufolge soll Abu Sofjan unmittelbar vor der Einnahme von Mekka im Lager, das er für die Verhandlungen aufgesucht hatte, die muselmanischen Truppen in großer Zahl und guter Ordnung vorbeimarschieren gesehen haben; er fragte Mohammed, wie er nur so viele Leute gegen seine Heimat hatte aufstellen können. Er hätte sie lieber gegen ihre Feinde führen sollen. «Ich hoffe, daß mein Herr mir beides erlauben wird!» [26] soll der Prophet erwidert haben. In der Tat hatte er wenig später die Hawasin und Taif unterworfen, die Feinde der Koraischiten. Bald sollten seine Nachfolger die gemeinsamen Feinde der Araber unterwerfen. Es sieht ganz so aus, als hätte Koraisch endlich in seinem verkannten Sohn seinen natürlichen Führer gefunden und in dessen verschwommenen Meinungsäußerungen die Losungen, die ihm die Beherrschung Arabiens und der Welt sichern würden. Die Verfolgungen und die Schlachten waren nur ein langes Mißverständnis gewesen. Alles kam wieder in Ordnung. Allah merzte endgültig Allat, Ossa und Manat aus; andere Araber gesellten sich in der führenden Schicht zu den Koraischiten, aber das waren nur Nebensächlichkeiten. Medina wurde zur Hauptstadt, bis diese nach Damaskus verlegt wurde. Mekka entleerte sich seiner Vornehmen und weniger Vornehmen. Aber das war nicht weiter von Bedeutung. Die Mekkaner sollten die Herren eines gewaltigen Reiches werden.

Die Zeiten waren günstig. Die Tage der Apokalypse, die durch den Kampf der beiden Reiche angekündigt wurden und unmittelbar bevorzustehen schienen, als die Perser Konstantinopel belagerten, verzogen sich neuerlich in die unergründlichen Schatten der Zukunft. Der Schraubstock hatte sich gelockert, und das zweite Rom war nochmals gerettet worden. Heraklius hatte die Stadt 622 verlassen und war in Kleinasien hinter den Linien der Perser gelandet. Er hatte den großen persischen General Scharbaras besiegt, den Eroberer von Jerusalem. Aber die Koalition der Awaren und ihrer slawischen Bundesgenossen mit den Persern hatte sich neu gebildet. 626 sah Byzanz sich wiederum eingekreist. Scharbaras befand sich neuerlich in Chalkedon, auf der anderen Seite des Bosporus, und die Armee der Awaren lagerte unter den Mauern der Stadt. Aber es war die letzte Prüfung. Der Mut und die Entschlossenheit der Belagerten, ihre religiöse Begeisterung, ihr Vertrauen in die göttliche Panhagia und ihre Überlegenheit zur See zwangen die Angreifer, die Belagerung aufzugeben. Von nun an war die Entwicklung umgekehrt. Die Byzantiner sollten den Sieg davontragen. Im Dezember 627, kurz nachdem die Koraischiten die Belagerung von Medina aufgegeben hatten, errang Heraklius bei Ninive einen entscheidenden Sieg. Als er sich im Februar 628 Ktesiphon näherte, der persischen Hauptstadt, waren die iranischen Generäle und Vornehmen so sehr über den Starrsinn erzürnt, mit dem Chosrau Parwees den Krieg fortsetzen wollte, daß sie ihn absetzten und den Thron seinem Sohne Kawadh Scheroe übergaben. Der alte König der Könige wurde getötet, und Scheroe verhandelte mit Heraklius. Der Friede wurde am 3. April unterzeichnet, ungefähr zur gleichen Zeit wie der Pakt von Hodaibidscha. Nun folgten sich am Hofe von Ktesiphon die Palastrevolutionen. Scharbaras, der das Reich für sich beanspruchte, zog sich nur langsam aus Syrien und Palästina und dann aus Ägypten und Kappadozien zurück. Im August 629 zog Heraklius nach sechsjähriger Abwesenheit im Triumph wieder in Konstantinopel ein. Im März 630 unternahm er eine feierliche Wallfahrt nach Jerusalem, um mit großem Pomp das Wahre Kreuz dorthin zurückzubringen. Dies war der Augenblick, da Mohammed nach der Einnahme von Mekka nach Medina zurückkehrte.

Der Triumph Christi schien gesichert. Der Sieg des Heraklius erregte in der ganzen Welt Aufsehen. «Der Herrscher Indiens sandte ihm seine Glückwünsche», schreibt Henri Pirenne, «und der Frankenkönig Dagobert schloß mit ihm einen ewigen Frieden... Die Lombarden hielten zwar einen Teil Italiens besetzt, und die Westgoten hatten Byzanz im Jahre 624 seine letzte Stellung in Spanien abgenommen; aber was besagte das schon im Vergleich mit der phantastischen Wiederherstellung, die sich eben im Orient vollzogen hatte?» [27]

Indessen eröffnete die persische Niederlage auf völlig unerwartete Weise dem Islam in Arabien Tür und Tor, diesem unverhofften Feind, der in der Wüste heranreifte. Die Perser hielten bekanntlich Südarabien besetzt, sie hatten einen starken Einfluß auf Ostarabien und unterstützten die Juden. Was blieb nach ihrer Schwächung übrig? Byzanz hatte vor allem dank der Vermittlung des christlichen Äthiopien eingegriffen; aber ein paar Jahrzehnte vorher hatten die Perser die Äthiopier ausgeschaltet, und ihre Macht war so klein geworden, daß sie unfähig schienen, die Situation zu nutzen. Die Unabhängigkeit und die Macht der südarabischen Staaten war durch die Äthiopier und die Perser zerstört worden. Südarabien war in zahllose Grundbesitztümer zersplittert, deren Barone, die *kail*, sich unablässig befehdeten. Arabien bot eine politische Leere. Das Verlangen nach Frieden zwischen den Stämmen, nach einem starken Staate, der die Sicherheit der Personen und des Besitzes gewährleistete, der einen freien und einträglichen Handel erlaubte, dieses Verlangen, dessen Ursprung wir aufzuzeigen versucht haben, fand um sich blickend nur einen arabischen Staat mit arabischer Ideologie. Das sollte ihm zum besten gereichen. Die Bekehrung zum Islam und zum arabischen Staate wurde ein Taumel, eine unwiderstehliche Strömung. Der lorbeergekrönte Dichter des Propheten, Hassan ibn Thabit, konnte sich mit folgenden Worten an eine Abordnung des Stammes der Tamim wenden:

So gebt doch Allah keinen Gefährten bei, sondern bekennt euch zum Islam
und verzichtet darauf, euch nach der Mode des Auslands zu kleiden! [28]

Die auf die Einnahme von Mekka folgenden Jahre waren hauptsächlich mit den diplomatischen und militärischen Schritten und Maßnahmen angefüllt, die sich aus dieser Situation ergaben. Mohammed hatte hundertmal Gelegenheit, seine Talente auf diesen beiden Gebieten zu entfalten. Die Abordnungen aus den entlegensten Winkeln Arabiens lösten einander in Medina ab. Es war notwendig, abzuklären, wen und was sie vertraten. Diese Männer wurden zumeist von einer Partei innerhalb des Stammes entsandt, denn im Schoße jedes Stammes spielte sich ein erbitterter Machtkampf ab. Besaß diese Partei eine wirkliche Stärke? Würden die mit Mohammed getroffenen Abkommen vom ganzen Stamm gebilligt und wirklich durchgeführt werden? Welches waren die Auswirkungen auf die Haltung der benachbarten und — zumeist — feindlichen Stämme? Dies alles wollte erwogen sein, um die Entscheidungen mit Sachkenntnis zu treffen.

Die Medina und Mekka umgebenden Stämme, besonders im Westen bis zum Roten Meer, bereiteten kaum Schwierigkeiten. Sie hatten schon lange die Macht des Propheten und die Vorteile des Beitritts zu seinem System erkannt. Sie waren verbündet, oberflächlich bekehrt (aber wer vermochte die Herzen zu ergründen? Und im Augenblick kam es vor allem gerade auf diese äußerliche Bekehrung an), sie lieferten Kontingente für die Expeditionen des Propheten. Sie waren durchaus, wie W. M. Watt sagt, der Kern des muselmanischen Staates. Sie waren der lebendige Beweis für den Erfolg seines Systems. Keine Kriege mehr unter sich, dafür eine sehr reiche Beute, die man den Heiden abnahm, gegen die sie von Mohammed ausgeschickt wurden.

Die Stämme der Wüste im Osten der beiden Städte stellten verwickelte Probleme. Ein jeder hatte mit den Koraisch oder den Stämmen von Medina Beziehungen unterhalten, deren Geschichte häufig an Wechselfällen reich war: Bündnis, Gegnerschaft, mehr oder weniger ausgeprägte Feindseligkeit. In jedem Stamme hatten die Männer und die Parteien sich für oder gegen Koraisch zerfleischt. Mohammed, dieser emporgekommene Koraischit, war der Erbe der Probleme der Koraisch. Nur besaß er die Möglichkeit, sie nicht nur mit den herkömmlichen Mitteln zu lösen, sondern auch mit dem Aufruf zur Anerkennung der Macht Allahs, der ihm zum Siege verholfen hatte, und mit der Anziehungskraft des inneren Friedens und der außen lockenden Beute. Die ungebildeten Beduinen unterschieden kaum zwischen all diesen Gründen zur Bekehrung. Mohammed verstand es, einflußreiche Persönlichkeiten mit geeigneten Geschenken zu kaufen, als echter Politiker mit dem Ehrgeiz zu spielen, der Habgier, der Eitelkeit, der Angst und zuweilen (aber sehr viel seltener) zweifellos auch mit dem menschlichen Verlangen nach einem Ideal und nach Selbstlosigkeit. Die einen bekehrten sich ganz, andere nur oberflächlich, während sie innerlich Heiden blieben. Ein Stamm verband sich mit Medina und versprach, Kontingente zu stellen und die anderen Stämme, die ein Bündnis mit Mohammed geschlossen hatten, nicht anzugreifen. Man zerstörte die Götzenbilder, man verpflichtete sich, je nachdem das gesetzliche Almosen der Gläubigen oder die Steuer der Zugewandten zu zahlen. Es gab Leute, die sich aufrichtig bekehrten und sich an die beschriebenen, recht einfachen Riten hielten; aber die Bekehrung der Mehrzahl war bloßes Lippenwerk, wobei in den Herzen der Glaube an die kleinen Götter des Stammes weiterlebte, auch wenn vielleicht zugegeben wurde, daß Allah der größte war. Mehr wurde übrigens gar nicht verlangt. Es gab alle möglichen Einzelfälle, vom unerschütterlichen Bekenntnis zur Sache bis zum offen zur Schau getragenen Unglauben. Aber alle diese Stämme waren als politische Einheiten mit Mohammed verbunden. Darauf kam es an.

Wir haben gesehen, daß Mohammed die Belagerung von Taif, der Gebirgsstadt des Stammes der Thakif, aufgehoben hatte. Aber er ermunterte hinterlistig den Stamm der Hawasin, der sich ihm nach der Niederlage von Honain angeschlossen hatte, die feindliche Stadt (in der ein zum Islam Bekehrter getötet worden war) nicht zur Ruhe kommen zu lassen, die Herden der Thakif von den Weiden zu stehlen, ihre für ihre Wirtschaft lebenswichtigen Beziehungen mit Mekka abzuschneiden. Ungefähr ein Jahr nach der Aufhebung der Belagerung hatten die Thakif genug. Sie entsandten eine Abordnung besonders geschickter Leute zu Mohammed, um zu verhandeln. Die Abgeordneten weigerten sich nicht, den Islam anzunehmen, aber sie baten, der für sie lästigsten Verpflichtungen enthoben zu werden. Sie wollten weiterhin auch außerhalb der Ehe mit Frauen verkehren, weil sie viel reisten; sie wollten weiterhin ihr Geld auf Zinsen leihen, den Wein ihrer berühmten Rebberge trinken und sogar die Erlauchte Dame verehren, die Beschützerin ihrer Stadt, die Göttin Allat. Mohammed verweigerte diese Konzessionen. Sie baten, man möge ihnen diesen Kult wenigstens noch drei Jahre lassen, noch zwei, noch eines. Mohammed ließ nicht mit sich reden. Sie erreichten einzig und allein, daß nicht sie selber ihr Götzenbild vernichten mußten. Andere würden dies besorgen. Aber der Prophet gestattete ihnen, das Fasten des Monats Ramadan etwas weniger streng einzuhalten als die anderen. Er war auch damit einverstanden, daß der heilige Bezirk von Waddsch (der Name einer Gottheit, der jedoch zum einfachen Ortsnamen wurde) in Taif seinen Charakter beibehielt. Es sollte weiterhin verboten sein, dort zu jagen und die Bäume zu fällen, die *idhah* hießen. Aber der Text des Abkommens ist verschwunden, während andere aufbewahrt wurden. (Wir wissen nur, daß der Prophet darin Mohammed ibn Abdallah genannt wurde, ohne Erwähnung seiner Eigenschaft als Abgesandter Allahs, was bezeichnend ist.) Es ist sehr gut möglich, daß dieser Text Dinge enthielt, die für den Glauben der nachfolgenden Jahrhunderte unbequem waren. Es scheint, daß die Unterhändler nach ihrer Heimkehr einige Schwierigkeiten hatten, die Bedingungen von ihren Mitbürgern gutheißen zu lassen. Dies ist ein typisches Beispiel für die geringe Begeisterung, mit der manchesmal die Bekehrung zum Islam stattfand.

Im Süden Arabiens befanden sich wie gesagt das Lehnswesen und die Stämme in einem Zustand der Anarchie, teils als Folge der Kriege, denen die alten konstitutionellen und gut organisierten Königreiche zum Opfer gefallen waren, und teils auch als Folge des Untergangs der persischen Macht. Zudem hatten die Perser wahrscheinlich nie das ganze Land kontrolliert. Der persische Statthalter Badham und nach ihm sein Sohn bekehrten sich zum Islam oder schlossen wenigstens Abkommen mit Mohammed. Die arabisch-persischen Mestizen, die *abna* oder «Söhne», wie sie genannt wurden, scheinen für die muselmanische Propaganda empfänglich gewesen zu sein. Inmitten der sich bekämpfenden Stämme mußten sie das Bedürfnis haben, von einem starken Staate beschützt zu werden. Mohammed entsandte außer kleinen Abteilungen keine Expeditionen in diese Gegend. Er hatte dort seine Agenten und unterstützte gewisse Stammeshäuptlinge oder gewisse Lehnsherren, die den Islam anerkannten. Er drängte sie, im Einvernehmen mit den Nicht-Muselmanen zu handeln, was gleichzeitig ihren Einfluß vermehrte, ihren Reichtum und die Einflußzone des Propheten. Gegebenenfalls gewährte er ihnen diese oder jene Gunst: außergewöhnliche Zuwendungen oder Steuerfreiheiten. In der Gegend befanden sich viele nestorianische Juden, die mit dem Persischen Reich sympathisierten, und Juden, die noch enger mit ihm verbunden waren. Wer sich nicht bekehrte, erhielt der üblichen Politik Mohammeds gemäß die Vorteile des muselmanischen Friedens mittels der Entrichtung einer Steuer.

Die Stadt Nedschran im Jemen war ihrer begüterten und zahlreichen christlichen Gemeinschaft wegen berühmt, die ein Jahrhundert zuvor unter den Verfolgungen des jüdischen Königs Dhu Nowas zu leiden hatte. Diese Christen, die zusammen mit einer gewissen Anzahl Heiden zum Stamme der Banu-l-Harith gehörten, entsandten eine Botschaft nach Medina; die drei Männer — der Bischof, der Vorsitzende ihres Rates und eine dritte Standesperson — erregten mit ihren reichen Kleidern Bewunderung und Anstoß. Es kam zwischen ihnen und Mohammed zu einer theologischen Diskussion über die Göttlichkeit Jesu. Ermüdet schlug Mohammed vor, sich der alten arabischen

Methode der gegenseitigen Verwünschung zu bedienen. Jede Partei sollte die andere verfluchen, und dann würde man schon sehen, wessen Fluch von der Gottheit erfüllt wurde. Die Christen berieten und verzichteten dann auf die Probe. Sie zogen es vor, die theologische Diskussion beiseite zu lassen und einen Vertrag zu schließen, der ihnen die Beibehaltung ihrer Religion zubilligte. Die arabischen Geschichtsschreiber haben uns den Text dieses Vertrags überliefert, der für die künftigen Abkommen mit den «Leuten des Buches», das heißt den Christen und den Juden, als Vorbild diente. Dieser Text ist bestimmt nicht in allen Teilen echt. Aber er mag ein paar ursprüngliche Klauseln enthalten. Die Gemeinschaft wurde unter muselmanischen Schutz gestellt und hatte dafür jährlich einen Tribut von zweitausend Kleidern eines bestimmten Wertes zu entrichten. Im Kriegsfall mußte sie dreißig Panzerhemden, dreißig Kamele und dreißig Pferde stellen. Sie sollte auch die Abgesandten des Propheten für die Dauer von nicht über einem Monat beherbergen. Die Leute von Nedschran sollten sich nur der zinstragenden Darlehen enthalten. Als Gegenleistung wurde ihnen Schutz gegen jeden Angriff auf ihre Habe, ihre Person und ihre Religion gewährt. Die Bischöfe und die Priester sollten nicht aus ihren Sitzen entfernt werden, sowenig wie die Mönche aus ihren Klöstern.

In Zentralarabien stand die ausgedehnte Gegend, die Jamama hieß, unter der Herrschaft des großen Stammes der Hanifa, der mit den Persern verbündet war und hauptsächlich vom Handel zwischen Persien und Südarabien gelebt zu haben scheint. Viele seiner Angehörigen waren Christen. Gewisse bedeutende Persönlichkeiten des Stammes – sie werden sogar als Könige bezeichnet – verhandelten mit Mohammed, und einige wurden Muselmanen. Die dunklen und widersprüchlichen Angaben der Überlieferung erlauben nicht, mit Bestimmtheit zu wissen, wie weit die Bewegung der Bekehrung und des Beitritts zum Medinenser System sich ausdehnte. Sie scheint sich mit der persischen Niederlage beschleunigt zu haben. Aber Mohammed besaß in diesem Stamme und in dieser Gegend einen Nebenbuhler. Er hieß Maslama oder Mussailima und hatte sich ebenfalls – und gewissen Quellen zufolge sogar schon vor Mohammed – zum Propheten erklärt. Auch er rezitierte Offenbarungen in gereimter Prosa, die an den Stil der ersten in den Koran aufgenommenen Offenbarungen erinnert. Er hatte anscheinend ebenfalls ein gewisses Gebetssystem organisiert. Zweifellos vom Christentum beeinflußt, hatte er ziemlich ausgeprägte asketische Neigungen. Er untersagte den Wein und schrieb eine Art

Geburtenregelung im herkömmlichen katholischen Stil vor, nämlich die Enthaltung vom Geschlechtsverkehr, wenn bereits ein Sohn vorhanden war. Er versuchte zu einer Einigung mit Mohammed zu kommen; aber da dieser beabsichtigte, die Ausschließlichkeit der Offenbarung für sich zu behalten, wies er seine Annäherungsversuche zurück und nannte ihn einen Betrüger. Man weiß nicht recht, wie groß der Erfolg seiner Propaganda vor dem Tode des Medinenser Propheten war. Jedenfalls gelang es ihm unmittelbar nach Mohammeds Tod, seinen ganzen Stamm gegen den Nachfolger des Propheten für sich zu gewinnen. Er verband sich eine Zeitlang mit einer Prophetin namens Sajah, die beim Stamme der Tamim eine der seinen vergleichbare Rolle spielte. Auch in diesen Stamm, der im Osten der Hanifa nomadisierte, war das nestorianische Christentum eingedrungen. Auch hier wissen wir nicht, welche Ausdehnung die Bekehrungen zum Islam haben mochten. Auf jeden Fall hatten gewisse Anführer mit Mohammed verhandelt. Sajah, die anscheinend ursprünglich Christin war, empfing ebenfalls Offenbarungen in gereimter Prosa und muß schon vor Mohammeds Tod eine gewisse Anzahl Anhänger gehabt haben, da sie nachher einen bedeutenden Teil des Stammes für sich gewann. Die Überlieferung hat sich bemüht, diese beiden Propheten aus Mittelarabien in Mißkredit zu bringen, und hat uns wohlgefällig obszöne Einzelheiten der zwischen ihnen entstandenen Beziehungen mitgeteilt.

Im Nordosten, an der Grenze des Persischen Reiches, wohnten die beiden Stämme der Bachr ibn Wail und der Taghlib, die beide großenteils monophysitische Christen waren. Ihre Beziehungen zu den Persern waren bald freundschaftlich – wenn das Sassanidenreich stark war oder sie gut bezahlte –, bald feindselig. Wir haben gesehen, daß die Bachr eine persische Truppe im Gefecht von Dhu Kar besiegten. Diese Stämme scheinen mit Mohammed ein politisches Abkommen geschlossen zu haben, ohne daß viele ihrer Angehörigen sich zum Islam bekehrten. Nach Mohammeds Tod waren die Bachr und die Taghlib die ersten, die im Namen des Islams Persien angriffen. Es ist nicht ausgeschlossen, daß sie von der persischen Niederlage ermutigt und auch von Mohammed angestachelt – insofern sie wirklich enge Beziehungen zu ihm unterhielten –, schon vorher mit beunruhigenden Einfällen und Plünderungszügen begonnen hatten.

Mohammeds Hauptsorge war jedoch die Gegend, die sich vom Norden von Medina bis zu den Grenzen des Byzantinischen Reiches erstreckte, also der Nordwesten Arabiens. Seine diplomatischen und militärischen Fühler in dieser Richtung haben wir bereits erwähnt. Nun scheint aber sein Interesse an dieser Gegend nach der Einnahme von Mekka noch größer geworden zu sein. In der Tat verpflichteten sich die Stämme, die sich bekehrten oder auch nur ein politisches Abkommen mit ihm schlossen, sich zumindest nicht gegenseitig zu befehden. In dem Maße, in dem Arabien in dieser oder jener Form diesem friedlichen System beitrat, begann die Quelle der traditionellen, dank der Razzien auf Kosten feindlicher Stämme eingebrachten Mittel zu versiegen. Die Männer, für die der ständige Kleinkrieg zwischen rivalisierenden Gruppen die männliche Beschäftigung schlechthin darstellte, verfielen dem Müßiggang und fühlten sich gewissermaßen entmannt. Arabien besaß zu viele Männer und zu wenig landwirtschaftliche Anbaufläche, um seine Einwohner zu ernähren. Der Ackerbau war zudem ein verachteter Beruf. So bestand die einzige Lösung darin, die kriegerische Energie der Araber gegen die zivilisierten und Ackerbau treibenden Länder am Rande der Wüste zu lenken, gegen diesen Fruchtbaren Halbmond, der zum Teil dem Byzantinischen und zum Teil dem Persischen Reich der Sassaniden angehörte. Dort konnte eine reiche Beute eingebracht werden, dort gab es Ruhm und Gewinn für den Krieger, ohne Gefahr für den inneren Frieden und die innere Sicherheit Arabiens. Nun lag aber Persien weit von Medina entfernt, und dazwischen befanden sich Stämme, die man durchaus nicht alle fest in der Hand hatte. Dagegen lagen die byzantinischen Gebiete von Syrien und Palästina sozusagen in greifbarer Nähe. Es ist wenig wahrscheinlich, daß Mohammed ihre Eroberung beabsichtigte, vor allem als der siegreiche Heraklius die byzantinische Macht erneut zu einem Höhepunkt zu führen schien. Aber es war nicht untersagt, ein wenig auf den Busch zu klopfen und auf Kosten der Grenzgebiete, die von ghassanidischen, mit den Byzantinern verbündeten Arabern nur unzulänglich verteidigt wurden, etwas Beute einzubringen. Wie erwähnt hatten die Ghassaniden überhaupt Grund, sich über das Byzantinische Reich zu beklagen, und die monophysitischen Bevölkerungen befanden sich praktisch im Aufstand gegen die Orthodoxie, die Byzanz ihnen aufzwingen wollte.

Mohammed verfolgte bei den an der Straße nach Syrien angesiedelten Stämmen seine gewohnte Taktik, eine Mischung aus politischen Verhandlungen und religiöser Mission. Er erlangte, was er vor allen Dingen suchte: die Sicherheit der Truppen, die er über diese Straße auszusenden gedachte. In mehreren teilweise christlichen Stämmen bildete sich eine promuselmanische Partei, die dafür war, mit dem «König» von Medina engere Bande zu knüpfen und die mit Byzanz bestehenden zu lockern. Dieser Politik war wohl ein gewisser Erfolg beschieden, vor allem zu der Zeit, als die Perser über die Byzantiner siegten. Es scheint sogar, daß es Mohammed so zu einem bestimmten Zeitpunkt gelang, einen ghassanidischen Fürsten und Vasallen des Reiches für sich zu gewinnen. Sicherlich gab es solche, die ein Doppelspiel zu treiben suchten. Aber im großen und ganzen blieben die am byzantinischen «Limes» liegenden Stämme Christen und hielten dem Reich die Treue. Es gelang Mohammed nur in beschränkten Gebieten, einige Bekehrungen zu erzielen, ein paar christliche Gruppen der Zahlung seiner Schutzsteuer zu unterwerfen, mit ein paar anderen Bündnisse abzuschließen.

Ungefähr zehn Monate nach der Einnahme von Mekka unternahm Mohammed eine große Expedition gegen Norden. Warum diesen Feldzug? Wollte er sich wirklich Heraklius stellen, der damals gerade Truppen bei Homs zusammenzog? Wollte er somit die gewaltigen muselmanischen Eroberungen beginnen, die seine Nachfolger zu Ende führen sollten? Das ist sehr zweifelhaft, auch wenn Caetani anderer Ansicht ist.[29] Vielleicht war Mohammed eher daran gelegen, an den Emiren der Grenzgebiete für die Niederlage von Mota Vergeltung zu üben und seinen Leuten eine reiche Beute zu gewähren. Auf jeden Fall mußte er auf eine harte Partie gefaßt sein, denn er stellte ein beeindruckendes und ungewöhnlich zahlreiches Heer auf: zwanzigtausend oder gar dreißigtausend Mann, versichern unsere Quellen, die allerdings zweifellos übertreiben. Er borgte und erbettelte sich auch viel Geld. Entgegen seiner Gewohnheit gab er den Zweck der Expedition bekannt. Das hatte eine recht abkühlende Wirkung. Viele Beduinen, aber auch in Medina ansässige Muselmanen, die es müde waren, so häufig in den Krieg zu ziehen, und die endlich in Ruhe ihre neuen Reichtümer genießen wollten, weigerten sich, den Propheten zu begleiten. Der Feind war stark, das wußte man, und das Ziel lag in weiter Ferne. Wir werden auf diese Opposition zurückkommen, die sich sogar während des Feldzuges innerhalb des Heeres kundtat. Die Expedition war schlecht vorbereitet, der Zeitpunkt war ungünstig: es herrschte eine glühende Hitze, man fand nur wenig Lebensmittel, Futter und Wasser und konnte nur nachts marschieren. In kleinen Etappen erreichte man Tabuk, vierhundert Kilometer von Medina entfernt an der Grenze des Byzantinischen Reiches. Die Armee blieb zehn Tage dort, zwanzig Tage versichern andere Quellen. Ihre Anwesenheit in dieser Gegend und ihre Stärke waren bereits ein Erfolg, ein Zeichen der Macht des Herrn von Medina. Die kleinen benachbarten Fürsten trugen dieser Tatsache Rechnung und verhandelten mit Mohammed. So schloß er zum Beispiel ein Abkommen mit Yohanna, dem König von Aila, jener kleinen Stadt am Golf von Akaba, dem hintersten Winkel im Norden des Roten Meeres, dem alten Elath, wo Salomo seine Flotte zusammenzog und wo heute auch Israel ein Fenster auf die südlichen Meere besitzt. Yohanna, der Christ war und ein goldenes Kreuz auf der Brust trug, verpflichtete sich, jährlich dreihundert Dinare zu zahlen. Drei jüdische Ortschaften der Gegend verhandelten ebenfalls: Dscharba und Adroh in Transjordanien sowie Makna, ein Fischerdorf am Roten Meer. Während seines Aufenthalts in Tabuk schickte Mohammed Chalid mit ein paar hundert Mann zur Oase von Dumat al-Dschandal. Dort zwang Chalid den christlichen König des Orts, zu Verhandlungen mit Mohammed nach Tabuk zu kommen und tributpflichtig zu werden. Nach diesen Erfolgen im Norden brachte Mohammed seine von der Hitze mitgenommene Armee wieder nach Medina, ohne sich auf eine Schlacht einzulassen.

Ungeachtet des merkwürdigen halben Mißerfolgs von Tabuk triumphierte Mohammed. Es ist gewiß übertrieben, anzunehmen, wie die Überlieferung dies tun möchte, daß Arabien unter seiner Herrschaft geeint wurde. Aber er besaß Parteigänger, Agenten, Verbündete in allen Stämmen und in allen Gegenden Arabiens, von den byzantinischen und persischen Grenzgebieten bis in das ferne Jemen, vom Roten Meer bis zum Persischen Golf. Seine unmittelbare Autorität erstreckte sich über ein weites Gebiet. Die von ihm verkündeten Ansichten und rituellen Regeln waren überall bei den Seßhaften wie bei den Beduinen verbreitet. Er war mächtig und reich. Auf der Halbinsel konnte nichts geschehen, ohne auf seine Haltung Rücksicht zu nehmen. Die von ihm an die ausländischen Potentanten geschickten Briefe, die uns von der Überlieferung mitgeteilt werden, dürften zwar kaum echt sein; aber es ist ziemlich wahrscheinlich, daß Mohammed versucht hat, diplomatische Beziehungen mit den benachbarten Mächten aufzunehmen. Es ist sogar möglich, daß er naiv genug war, sie zur Bekehrung aufzufordern.

Indessen war die Opposition nicht tot. Sie gewann sogar eine neue Heftigkeit. Die Verteilung der Beute von Jirana hatte viel böses Blut geschaffen. Die den Feinden von gestern gemachten Geschenke, die ihre Herzen gewinnen sollten, mißfielen den alten Parteigängern. In allen Parteien sind die Mitglieder der ersten Tage, die dank ihrer langen Treue gewisse Rechte erworben zu haben glauben, die sich an die ursprünglichen Grundsätze der Bewegung erinnern, ein Problem für die Parteiführer, die jenen Grundsätzen so oft aus einem mehr oder weniger notwendigen Opportunismus heraus untreu werden. Sie treten leicht der Opposition bei und werden zur bevorzugten Zielscheibe der mit oder ohne Gewalt durchgeführten Säuberungen. Nach der Einnahme von Mekka waren die Koraischiten, die den Islam so erbittert bekämpft hatten und deren Aufrichtigkeit bei der Bekehrung mit einiger Wahrscheinlichkeit in Zweifel gezogen werden konnte, in die führende Schicht des neuen Staates eingetreten. Wie viele Getreue der schlechten Tage fühlten sich vom Reichtum und dem Ansehen dieser Mächtigen besudelt! Abu Sofjan, der ehemalige Erzfeind und Gatte der rasenden Hind, war jetzt einer der Vertrauensmänner Mohammeds. Er drängte seine Familie, die Banu Omajja (Omajjaden), in die höchsten Stellungen. Sein Sohn Jasid wurde Statthalter von Taima, und sein anderer Sohn, Moawija, das spätere Oberhaupt aller Muselmanen, wurde zum Schreiber des Propheten ernannt.

Im Augenblick der Expedition nach Tabuk entfesselte die Opposition eine richtige Krise. Wir haben gesehen, daß viele sich weigerten, aufzubrechen, darunter anscheinend auch Leute, die dem ausdrücklichen Befehl des Propheten keine Folge leisteten. Es kam zu geheimen Beratungen im Hause eines in Medina verbliebenen Juden, das Mohammed in Brand stecken ließ. Ali blieb in Medina. Geschah dies wirklich auf Geheiß des Propheten, um über seine Familie zu wachen? Eine Quelle geht so weit, zu versichern, daß die Leute, die sich im Augenblick des Aufbruchs versammelten, sich aber weigerten, mitzumachen, ebenso zahlreich waren wie die Mitglieder der Expedition. Auch unter diesen gab es Opponenten. Einer soll gegen die Kenner des Korans vom Leder gezogen haben: «Sie sind die gierigsten unter uns, was den Bauch betrifft, die jüngsten, was die Vornehmheit angeht, und die feigsten in der Schlacht!» Ein anderer versetzte: «Und ausgerechnet diese Leute sind jetzt unsere Vorgesetzten und Führer! Mohammed hat wirklich recht: wir sind schlimmer als Esel!» [30] Noch auf dem Heimweg bereitete eine Gruppe von Gegnern ein Attentat auf den Propheten vor, der in einen Abgrund gestürzt werden sollte. Der Plan wurde selbstverständlich dank Allahs Eingreifen vereitelt, aber man erfuhr nie, wer nun diese Männer gewesen waren, die nur flüchtig in der Nacht erblickt worden waren. Vielleicht starben sie im Ruf der Heiligkeit.

Es ist verständlich, daß der Prophet nach der Rückkehr von Tabuk energisch gegen die Opposition vorzugehen beschloß. Vor seinem Aufbruch war er um die Erlaubnis gebeten worden, in Koba, dem Vorort von Medina, wo sich anscheinend bereits eine möglicherweise offene Moschee befand, eine Stätte des Gebets zu erbauen, eine gedeckte Moschee, die auch an Regentagen und im Winter benutzbar war. Man hatte ihn aufgefordert, sie mit seiner Anwesenheit zu weihen. Aber er war von den Vorbereitungen der Expedition in Anspruch genommen und hatte gesagt, er werde es sich bei seiner Rückkehr überlegen. Unterwegs erhielt er vermutlich Nachrichten, die in ihm den Verdacht weckten, daß die Erbauer der neuen Moschee Hintergedanken hegten. Sie wollten nicht in der bereits vorhandenen Moschee beten, vielleicht um sich nicht mit einer feindlichen Sippe zu vermischen, was an sich schon tadelnswert war, sollte doch der Islam alle Streitigkeiten zwischen den Stämmen aus der Welt schaffen. Aber vielleicht hatten sie die Absicht, sich ungestört versammeln und diskutieren, ja sogar Ränke schmieden zu können, ohne zudringliche Lauscher befürchten zu müssen. Wurde Mohammed hinterbracht, daß diese Leute mit jenen anderen in Verbindung standen, die ihn hatten töten wollen? Sah er in der neue Moschee einfach einen Sammelpunkt der böswilligen Geister, die sich geweigert hatten, ihn nach Tabuk zu begleiten? Man hegte anscheinend den Verdacht, daß sie von Abu Amir, «dem Einsiedler», angestiftet worden waren, jenem dem Christentum zugewandten Medinenser, dem ewigen Gegner, der nach Mekka ausgewandert war und der bei Ohod versucht hatte, die muselmanischen Truppen abtrünnig zu machen. War er schon nach Syrien aufgebrochen, oder befand er sich in der Nähe? [31] Auf jeden Fall kam eine Offenbarung:

Andere wieder haben einen Tempel gebaut, um den Gläubigen zu schaden und den Unglauben zu fördern und unter den Gläubigen Spaltungen zu veranlassen, damit er als Hinterhalt diene für den, welcher schon früher gegen Allah und seinen Gesandten gekämpft hat, und dennoch schwören sie: «Wir beabsichtigten nur Gutes»; aber Allah wird bezeugen, daß sie lügen. Betritt diesen Ort nie. . . .

(*Koran*, 9, 107–108)

Von seinem letzten Marschhalt vor Medina aus schickte Mohammed zwei Männer, um den Bau in Brand zu stecken. Andererseits wurde gegen diejenigen, die sich nicht an der Expedition beteiligt hatten, eine Untersuchung eingeleitet. Groß war die Zahl derer, die kamen, um sich zu entschuldigen. Drei unter ihnen wurden einer Quarantäne unterworfen: Niemand durfte das Wort an sie richten. Nach fünfzig Tagen verkündete der Prophet ihnen, daß Allah ihnen endlich vergeben habe.

Wenig später starb der Mann, der das Haupt der Opposition gewesen war, Abdallah ibn Obbajj. Um die Gemüter zu beschwichtigen, folgte Mohammed der Beerdigung und betete an seinem Grab. Es kam zu Protesten unter den Getreuen, und noch auf dem Friedhof gab es eine Prügelei. Später befahl eine Offenbarung dem Propheten, nicht mehr am Grabe der unbotmäßigen «Frevler» zu beten (9, 84). Es war keinerlei Schonung mehr nötig: die Opposition war liquidiert. Die Erfolge des Propheten hatten die breite Masse für ihn gewonnen, die Gegner waren isoliert, gedemütigt, zur Ohnmacht verurteilt. Aufrichtig oder nicht bekannten sich alle zum Islam. Die Ursachen der Spannung dauerten indessen latent fort. Sie sollten sich sogar weiterentwickeln. Aber wenn von nun an eine Opposition sich zum Wort meldet, eine Partei sich bildet, wird es stets unter dem Banner des Islams sein und mit Rechtfertigungen, die aus dem Koran geschöpft werden oder aus dem Beispiel des Propheten. Die neuen Ideologien, ob sie nun für die Unterwerfung unter den Staat eintreten oder protestieren und sich gegen ihn empören, werden alle muselmanisch sein.

Der Prophet wurde alt. Zur Zeit der Expedition nach Tabuk mußte er etwa sechzig sein. Indessen fand er nach wie vor Geschmack an den Frauen. Im Jahre 8 (629–630), dem Jahr der Einnahme von Mekka, soll er zwei weitere Ehen geschlossen haben, die jedoch ungesäumt scheiterten. Die beiden Frauen sollen sich geweigert haben, sich berühren zu lassen, die eine infolge eines Anfalls von Wahnsinn, die andere, weil ihr Vater in einem Gefecht mit den Muselmanen getötet worden war. Es blieb Mohammed nichts anderes übrig als die Scheidung. Er scheint zu jener Zeit zehn Frauen besessen zu haben, die Konkubinen nicht mit eingerechnet. Er spielte einen Augenblick mit dem Gedanken, sich der ältesten zu entledigen, Sauda, die gut und gern über vierzig war: für eine arabische Frau jener Epoche war dies ein sehr vorgerücktes Alter. Er ließ sich scheiden, aber sie kehrte zu ihm zurück und sagte: «Ich verlange nicht von dir, daß du mit mir schläfst. Ich gebe diese Rolle an Aischa weiter. Aber am Tage der Auferstehung möchte ich unter deinen Gattinnen anwesend sein.» [32] Er willigte ein, sie wieder aufzunehmen.

Für kurze Zeit ging einer seiner innigsten Wünsche in Erfüllung. Wenn seine Frauen ihm nur Töchter zur Welt brachten, so gebar ihm seine koptische Konkubine Marja, ein schönes Mädchen mit weißer Haut und lockigem Haar, das ihm geschenkt worden war, endlich einen Knaben. Der Prophet nannte ihn Ibrahim. Er war ohne Zweifel davon überzeugt, daß er sein Nachfolger in seinem religiösen und politischen Werk sein werde. Aber die Kindersterblichkeit war groß in Arabien. Der Knabe starb mit siebzehn oder achtzehn Monaten, als er noch nicht entwöhnt war. Seine älteste Schwester, Zainab, eine Tochter Chadidschas, war irgendwann einmal gestorben, vielleicht an einer Fehlgeburt infolge eines Fußtritts, den ihr ein Mekkaner gegeben hatte. Omm Kolthum, ihre Schwester und ebenfalls Chadidschas Tochter, die Otman geehelicht hatte, starb ihrerseits während der Expedition nach Tabuk.

Der Harem stellte Probleme. Um keine Eifersucht aufkommen zu lassen, verbrachte der Prophet die Nacht abwechslungsweise mit jeder seiner Frauen. Wir haben gesehen, daß eine jede ihre Hütte besaß. Dies ist in Nachahmung des Propheten bei den Muselmanen zur Regel geworden, und ernsthafte Rechtsgelehrte haben Seiten und Seiten mit der Regelung dieser Rotation der ehelichen Gunst angefüllt, die Bedingungen vorgesehen und die Ausnahmen. Als Omars Tochter Hafsa eines Tages fortgegangen war, um ihren Vater zu besuchen, fühlte der Prophet sich gerade zum Schäkern aufgelegt. Er rief Marja herbei, und sie umschlangen sich in Hafsas Hütte. Hafsa kam verfrüht nach Hause und brach in Vorwürfe und Tränen aus: «In meiner Hütte, an meinem eigenen Tag und auf meinem eigenen Lager!» Dem Propheten war es sehr unangenehm, und er versprach ihr, nicht mehr mit Marja zu schlafen; dafür bat er sie nur, den anderen nichts zu verraten. Aber Hafsa konnte den Mund nicht halten. Sie vertraute sich Aischa an, der Mitgattin, mit der sie gemeinsame Front machte: eine auf das Bündnis ihrer Väter Omar und Abu Bekr gegründete Freundschaft. Aischa frohlockte. Wie der ganze übrige Harem haßte sie Marja, dieses nichtswürdige Mädchen, dem es gelungen war, dem Propheten einen Sohn zu schenken. Die beiden Frauen konnten ihren Triumph nicht für sich behalten. Mohammed war entrüstet. Er hatte alles getan, was in seiner Macht stand, um seine Frauen zu begütigen, er war so weit gegangen, die nette, die fruchtbare, die hübsche Marja zu opfern, deren Anziehungskraft vielleicht durch ihre relative Unehelichkeit noch verstärkt wurde. War dies nicht eine lobenswerte Anstrengung? Man wußte ihm keinerlei Dank dafür. Nun gut! Man würde schon sehen. Er beschloß, mindestens einen Monat mit Marja und nur mit ihr allein zu verbringen.

Es gab ein gewaltiges Aufsehen. Diese Ehen waren ja nicht bloß Liebesangelegenheiten, sondern politische Kombinationen. Sollte dies alles durch Hafsas Nervenkrise und Aischas vorlautes Geschwätz zunichte gemacht werden? Hafsas Vater Omar erzählte den Vorfall — wie später versichert wurde — mit folgenden Worten: «Das Gerücht ging (damals) unter uns um, daß die Ghassan (die arabischen Bundesgenossen von Byzanz) ihre Pferde beschlugen, um uns anzugreifen. Mein Freund (ein Mann, der mit ihm abwechselnd Mohammed jeden zweiten Tag besuchte) begab sich zum Propheten, als er an der Reihe war. Er kam am Abend zurück und klopfte energisch an meine Tür. Er rief: ‹Schläft er?› Ich erschrak und ging zu ihm hinaus. Er sagte: ‹Etwas Schreckliches ist geschehen!› Ich sagte: ‹Was denn? Kommen die Ghassan?› Er sagte: ‹Es ist schlimmer und folgenschwerer! Der Bote Gottes hat seine Frauen verstoßen!› So hatte Hafsa ihre Absicht völlig verfehlt. Aber beinahe wäre es geschehen, dachte ich. Ich ordnete meine Kleider und ging zum Propheten, um das Morgengebet mit ihm zu verrichten. Dann betrat er ein Zimmer oben auf der Terrasse und schloß sich dort ein. Ich eilte zu Hafsa und fand sie in Tränen aufgelöst. Ich sagte: ‹Warum weinst du? Hatte ich dich nicht gewarnt? So hat der Bote Allahs euch also verstoßen?› Sie sagte: ‹Ich weiß es nicht, er ist jetzt im oberen Zimmer.› Ich ging hinaus und begab mich zur Kanzel (der Moschee). Ringsum befand sich eine kleine Schar von Männern; einige weinten. Ich setzte mich ein Weilchen zu ihnen. Dann hielt ich es nicht mehr aus und begab mich ins obere Zimmer, wo er sich befand. Ich sagte zu seinem jungen schwarzen Sklaven: ‹Bitte für Omar um die Erlaubnis, einzutreten.› Er ging hinein und sprach zum Propheten, dann kam er wieder heraus und sagte: ‹Ich habe dich angemeldet, und er hat geschwiegen.› Ich ging fort und setzte mich zu den Leuten in der Nähe der Kanzel. Dann hielt ich es nicht mehr aus und ging (zum oberen Zimmer). Er meldete mich an (und es war) wie beim ersten Mal. Ich setzte mich (wiederum) zu den Leuten in der Nähe der Kanzel. Dann hielt ich es nicht mehr aus. Ich begab mich zum Sklaven und sagte: ‹Bitte für Omar um die Erlaubnis, einzutreten.› Er meldete mich an wie zuvor. Ich war am Weggehen, als der Sklave mich rief. Er sagte zu mir: ‹Der Bote Gottes wird dich empfangen.› Ich trat bei ihm ein. Er lag auf der Seite auf einer Matte, über die nicht einmal eine Decke gebreitet war. Das Flechtwerk hatte seine Flanke gezeichnet. Er hatte den Ellbogen auf ein ledernes, mit Palmfasern gefülltes Kissen gestützt. Ich begrüßte ihn, dann fragte ich ihn noch stehend: ‹Du hast deine Frauen verstoßen?›

Er erhob seinen Blick zu mir und sagte: ‹Nein.› Immer noch stehend, fügte ich hinzu, um zu versuchen, ihn zu beschwichtigen: ‹Bote Allahs! Wenn du mich gesehen hättest! Wir anderen von Koraisch herrschen über unsere Frauen. Aber wir sind zu Leuten (den Medinensern) gekommen, wo die Frauen herrschen!› Ich erzählte ihm (meine Schwierigkeiten mit meiner eigenen vom Beispiel der Medinenser verdorbenen Frau) und der Prophet lächelte. Ich sagte: ‹Wenn du mich gesehen hättest! Ich bin bei Hafsa eingetreten und habe ihr gesagt: Laß dich nicht beirren, wenn deine Nachbarin (er meinte Aischa) in den Augen des Propheten reinlicher und geliebter ist als du.› Er lächelte wieder. Als ich ihn lächeln sah, setzte ich mich. Dann blickte ich mich in diesem Raume um, und bei Allah, ich sah nichts, was den Blick anziehen konnte, außer drei ungegerbten Häuten. Ich sagte: ‹Rufe Allah an, damit er deine Gemeinde befriedet! Er hat ja auch die Perser und die Byzantiner befriedet, und die Welt ist ihnen gegeben worden, obwohl sie nicht Allah anbeten!› Er lag immer noch auf den Ellbogen gestützt. Er sagte: ‹Zweifelst du, Ibn al-Chattab? Es sind Leute, die der guten Dinge in dieser Welt teilhaftig geworden sind (und in der jenseitigen nichts erhalten werden).› Ich sagte: ‹Bote Gottes, bitte Allah, mir zu vergeben.› Der Prophet hatte sich wegen dieser Geschichte abseits gehalten, nachdem Hafsa sie Aischa verraten hatte. Er hatte gesagt: ‹Ich werde einen Monat lang nicht mehr zu ihnen gehen›, weil er so heftig gegen sie aufgebracht war, als Allah ihn zurechtwies. Als neunundzwanzig Tage vorbei waren, trat er zuerst bei Aischa ein. Aischa sagte ihm: ‹Du hast gelobt, einen Monat lang nicht bei uns einzutreten, und es sind neunundzwanzig Nächte, ich habe sie genau gezählt.› Der Prophet sagte: ‹Aber der Monat hat neunundzwanzig Tage!› In der Tat hatte dieser Monat neunundzwanzig Tage.» [33]

Aber Allah hatte in dieser Ehekrise eingegriffen. Offenbar ließ nichts ihn gleichgültig, was seinen Propheten anging. Wie ehedem warf er ihm vor, vermeint zu haben, seinen Neigungen nicht nachgeben zu dürfen, das Zugeständnis gemacht zu haben, Marja zu verlassen, es gelobt zu haben:

O Prophet, warum willst du dir, um das Wohlgefallen deiner Weiber zu erlangen, als Verbot auflasten, was Allah dir erlaubt hat? Allah ist ja versöhnend und barmherzig. Und Allah hat euch ja bereits gestattet, euere Eide zu lösen, und Allah ist ja euer Schutzherr. Er der Allwissende und Allweise. Als der Prophet irgendeine Begebenheit einer seiner Frauen als

Geheimnis vertraute, diese aber dasselbe ausplauderte, wovon Allah ihn in Kenntnis setzte ... Wenn er sich von euch scheidet, so kann es sehr leicht sein, daß sein Herr ihm zum Tausch andere Frauen gibt, welche besser als ihr, nämlich: gottergebene, wahrhaft gläubige, demutsvolle, bereuende, fromme und enthaltsame, die teils schon Männer erkannt haben, teils noch Jungfrauen sind. (*Koran*, 66, 2–6)

Die Drohung der allgemeinen Ausstoßung im Verband mit der einen Monat dauernden Demonstration wirkte. Die Frauen verloren die Lust, dem so tapfer von seinem Gott unterstützten Propheten zu widersprechen. Sie ließen ihn gewähren, wie er es für gut befand.

Indessen war es besser, Marja von all diesen eifersüchtigen Frauen fernzuhalten. Mohammed hatte sie weit von seiner Wohnung entfernt im oberen Stadtteil von Medina untergebracht und ihr einen koptischen Diener gegeben, der jeden Tag Wasser und das zum Kochen notwendige Holz brachte. Da die Gattinnen dieser schönen Konkubine nicht direkt schaden konnten, verbreiteten sie Gerüchte über die Beziehungen zwischen diesen beiden Ägyptern, die niemand überwachte. Mohammed war schließlich so beunruhigt, daß er Ali zur Erkundung ausschickte. Als er dorthin kam, mit gezücktem Degen und drohender Miene, war der Sklave eben dabei, eine Palme zu erklettern. Vor Angst purzelte er hinunter und verlor dabei sein Kleid, und Ali konnte sich durch Augenschein davon überzeugen, daß er kastriert war und der Tugend seiner Landsmännin nichts anhaben konnte – womit denn alles zum besten bestellt war.

So verging das Leben in Medina zwischen den politischen Problemen, die jetzt ganz Arabien betrafen und sogar über die Halbinsel zu überborden begannen, und den tragikomischen Problemen des häuslichen Alltags. Aber Mohammed blieb der Abgesandte Allahs und war nach wie vor überzeugt, daß er den Auftrag hatte, die Menschen die Wahrheit über Allah zu lehren und die richtige Art, ihn zu verehren. Nach und nach wurde es im Interesse der Festigkeit des muselmanischen Staates und der Verbreitung des wahren Glaubens notwendig, die ideologische Einheit zu verstärken. Wir haben gesehen, wie Mohammed nach der Einnahme von Mekka (zum zweitenmal seit seiner Auswanderung) die Riten der *omra* vollzog, jenes rituelle Umkreisen der Kaaba und jener Läufe zwischen Safa und Marwa in der Nähe des Heiligtums. Aber er hatte nicht am *haddsch* teilgenommen, an jener großen Wallfahrt zu den in der Umgebung von Mekka befindlichen Heiligtümern auf den Anhöhen von Arafa und Mosdalifa und im Tale von Mina, die jedes Jahr im Monat Dhu-l-hidscha abgehalten wurde. Der Prophet hatte ohne Zweifel lange Zeit die Gesamtheit dieser absonderlichen rituellen Handlungen als typisch heidnisch angesehen, was sie in der Tat auch waren. In Mina zum Beispiel warf man in Mosdalifa gesammelte Steine gegen die heiligen Säulen. Später, als die Juden ihn abwiesen und er sich den nationalen Heiligtümern zukehrte, trachtete er vielleicht von Anfang an danach, die *haddsch* ihres heidnischen Charakters zu entkleiden. Das Problem wurde erst nach der Einnahme von Mekka akut. Im darauffolgenden Dhu-l-hidscha führte der in Mekka niedergelassene Statthalter Attab die Zeremonie an, an der Muselmanen und Heiden gleichermaßen teilnahmen. Ihre Absichten waren allerdings ohne Zweifel nicht dieselben. Eine vorhergehende Offenbarung befahl eindeutig: «Vollzieht die *haddsch* (die große Pilgerschaft) und die *omra* (die kleine Fahrt) zu Allahs Haus» (*Koran*, 2, 197). Zu Allahs Haus, nicht zu dem anderer Gottheiten. Im folgenden Jahre wollte Mohammed sich im Monat Dhu-l-hidscha (März–April 631) noch nicht an der *haddsch* beteiligen. Er hatte seine Lehre von der Wallfahrt noch nicht in allen Einzelheiten ausgearbeitet und wollte den Ritus nicht mit den Heiden begehen. Er entsandte Abu Bekr, um die Zeremonien zu leiten. Ali gesellte sich unterwegs zu ihm und überbrachte eine ganz frische Offenbarung von oben, für deren Einhaltung er zu sorgen hatte. Die Heiden wurden im allgemeinen von der Wallfahrt ausgeschlossen. Nach Ablauf der vier Monate des heiligen Waffenstillstands sollten alle diejenigen als Feinde behandelt werden, die sich nicht bekehrt oder ein besonderes Abkommen mit Mohammed geschlossen hätten. Dies war das letzte Jahr, in dem die Heiden zur Teilnahme an der *haddsch* zugelassen wurden.

Im Monat Dhu-l-hidscha des Jahres 10 (März 632) ließ der Prophet bekanntmachen, daß er selber die Zeremonien im Tempel und in den Heiligtümern anführen werde, die nunmehr von jeglicher heidnischen Gegenwart gereinigt waren. Die Nachricht verbreitete sich rasch, und jedermann wollte an diesem historischen Ereignis dabeisein. Mohammed war von allen seinen Frauen und den vornehmsten unter seinen Gefährten begleitet. Er kam am 5. Dhu-l-hidscha (am 3. März) nach Mekka. Er vollzog von der Menge umgeben die Zeremonien der *omra,* das heißt das Umkreisen der Kaaba, und die sieben Läufe zwischen Safa und Marwa, ohne je von seinem Kamel abzusteigen. In Safa und in Marwa stieg er indessen ab und sprach siebenmal die heilige Formel: Allahu akbar! (Allah ist der Größte!) Er ruhte sich in einem Zelt am Eingang der Stadt aus und wollte auch diesmal – wie bei seinem vorherigen Besuch – kein Haus betreten. Sein Aufenthalt in Mekka sollte nur eine Durchreise sein. Am 8. des Monats Dhu-l-hidscha begannen die Zeremonien der *haddsch*. Aller Augen waren auf den Propheten gerichtet, dessen Haltung während der Riten maßgebend sein würde. In Mina, in Arafa, in Mosdalifa hielt er die Ruhepausen ein, die Gebete, die Steinwürfe, die vorgeschriebenen Opfer. Aber der Prophet war sorgsam darauf bedacht, rings um die kleinen ursprünglichen Heiligtümer weitere heilige Bezirke einzubeziehen, um deutlich zu machen, daß seine Handlungen eine Verehrung Allahs darstellten und nicht der Gottheiten dieser Heiligtümer. Bei jeder Gelegenheit suchte er diese Riten aus ihrem heidnischen Verband zu lösen. Am 10. ließ er sich die Haare rasieren, wie es Brauch war, und vollzog die Riten der Entheiligung. Während der Zeremonien sprach er zu wiederholten Malen zur Menge. Er begann einen Dialog mit diesen Massen von Jüngern, die ihm inbrünstig antworteten: «Welcher Tag ist heute?» – «Der Tag des Opfers!» – «Welchen Monat haben wir?» – «Den heiligen Monat» – «Welches Land ist dies?» – «Das heilige Land!» – «Heute ist der Tag der großen Wallfahrt. Euer Blut, eure Habe, eure Ehre sind heilig wie dieses Land in diesem Monat und an diesem Tag. Habt ihr meine Botschaft richtig verstanden?» – «Ja!» – «O mein Gott! Sei Zeuge!» [34]

Später wurden alle diese Versicherungen, diese Ratschläge, diese Vorschriften, an die man sich erinnerte, zu einer großen Rede zusammengefaßt. Er verbot darin die zinstragenden Darlehen und die Vendetten für jeglichen zur Zeit des Heidentums begangenen Mord. Er rief die den Kalender betreffenden Vorschriften in Erinnerung, die vier heiligen Monate, die Rückkehr zum nach Monden berechneten Jahr. Er führte auch die gegenseitigen Pflichten der Gatten an. Die Ehebrecherin konnte geschlagen werden, aber ohne Grausamkeit; sie wurde in ihre Gemächer verbannt, aber man mußte ihr vergeben, wenn sie ihren Seitensprüngen ein Ende setzte. Er warnte auch vor Satan, empfahl, die Sklaven gut zu behandeln, und predigte die Brüderlichkeit zwischen den Muselmanen. Einer Version zufolge betonte er die Gleichheit aller Menschen vor Allah, ohne Unterschied des gesellschaftlichen Ranges oder der Rasse: «O ihr Menschen! Euer Herr ist einzig und euer Vorfahre ist (ebenfalls) einer. Ihr stammt alle von Adam ab, und Adam ist aus der Erde (geboren). *Wahrlich, nur der von euch ist am meisten bei Allah geehrt, der am frömmsten unter euch ist; denn Allah weiß und kennt alles* (*Koran*, 49, 14). Ein Araber ist einem Nicht-Araber nur durch die Frömmigkeit überlegen.» [35] Diese Version steht im Verdacht, die Anliegen einer späteren Epoche widerzuspiegeln; aber der – wenn auch weniger ausführlich – darin aufgenommene Text des Korans ist echt, und die Verurteilung des Rassismus, die dem Propheten selber in den Mund gelegt wird, hat als theoretische Richtlinie gedient, die in der Praxis des Islams ziemlich weitgehend befolgt wurde.

Sofort nach Abschluß der Zeremonien kehrte der Prophet nach Medina zurück. Er sollte seine Vaterstadt nie wiedersehen. Sein Ende war nahe. Diese Wallfahrt sollte in der Erinnerung der Muselmanen als die «Wallfahrt des Abschieds» weiterleben.

Kaum zwei Monate später wurde der Prophet in der Tat krank. Er hatte eben eine neue militärische Entscheidung getroffen: er schickte nochmals eine Expedition gegen Norden zu den byzantinischen Grenzen. Es handelte sich wieder um eine Razzia auf ein paar transjordanische Marktflecken. Um für den Tod des treuen Freigelassenen und Adoptivsohnes Zaid bei Mota in jener selben Gegend Vergeltung zu üben, wurde der Oberbefehl seinem zwar noch sehr jungen Sohn Ossama übertragen, einem stumpfnäsigen Neger, den Zaid mit einer freigelassenen Abessinierin gezeugt hatte.

Seit einiger Zeit, vielleicht seit den Strapazen der Wallfahrt, vielleicht auch im Anschluß an einen nächtlichen Besuch auf dem Friedhof, an den Gräbern seiner Gefährten, hatte der Prophet Fieber und heftige Kopfschmerzen. Manchmal schrie er vor Schmerz. Indessen fuhr er fort, die Nächte reihum bei seinen Frauen zu verbringen. Am Dienstag, dem 29. des Monats Safar (am 26. Mai 632), rief er Ossama zu sich und teilte ihm mit, daß er ihm den Oberbefehl über die Expedition anvertraute. Am Donnerstag übergab er ihm die Standarte, die er mitführen sollte, und erteilte ihm seine letzten Instruktionen. Wenig später (am Freitag?) konnte er nicht mehr von seinem Lager aufstehen. Er bat seine Gattinnen um die Erlaubnis, in Aischas Hütte zu bleiben. Mühsam begab er sich mit verbundenem Kopf zu ihr; er war so schwach, daß er sich auf Ali und Fadl ibn Abbas stützen mußte. Anfänglich kümmerte er sich noch um die Staatsgeschäfte, traf Entscheidungen, sandte Briefe. Die Unzufriedenheit, die die Ernennung des so jungen Ossama auslöste, kam ihm zu Ohren. Er schleppte sich anscheinend noch ein oder zweimal – immer mit verbundenem Kopf – bis zur

Kanzel, von der aus er im Hofe seines Hauses zu den Seinen sprach. Er äußerte Worte, so wurde später erzählt, die die Gläubigen beunruhigten. Allah hatte ihm die Wahl zwischen dieser Welt und der anderen freigestellt. Er hatte die andere gewählt. Abu Bekr weinte und rief: «Wir werden dich loskaufen, wir und unsere Kinder.» Mohammed sagte zu ihm: «Sachte, sachte, Abu Bekr.» Er betete für die Toten von Ohod und bestätigte entgegen der Meinung aller die Wahl Ossamas. Dieser lagerte mit seinen Truppen vor den Toren von Medina und wartete beklommen auf Nachrichten.

Die Krankheit verschlimmerte sich. Der Prophet verlor zeitweilig das Bewußtsein. Die ihn Umgebenden vermuteten eine Brustfellentzündung. Er aber bestritt, daß Allah ihn einer menschlichen Krankheit hatte unterwerfen können. Satan war es, der ihn angriff. Zuweilen dachte er anscheinend auch an das vergiftete Stück Fleisch, das er vier Jahre zuvor einen Augenblick im Mund gehabt hatte. Als er einmal ohnmächtig war, legten seine Frauen und sein Onkel Abbas ihm ein äthiopisches Heilmittel in den Mund. Sobald er wieder zu sich kam, wurde er wütend über ihre Tat und soll sie gezwungen haben, das Heilmittel selber zu schlucken. Ossama kam aus dem nahen Lager, um Mohammed zu besuchen, aber er konnte nicht mehr sprechen. Er erhob die Hand zum Himmel und legte sie dann auf den jungen Mann. Dieser glaubte zu verstehen, daß der Prophet für ihn betete. Er konnte die Andachtsübungen nicht mehr selber leiten, und seit mehreren Tagen tat dies Abu Bekr nach seinen Angaben und an seiner Statt.

Am Montag, dem 13. des Monats Erster Rabi, also am 8. Juni 632, fühlte der Kranke sich besser. Er stand sogar zum Morgengebet auf, lüftete den Vorhang, der in Aischas Hütte als Tür diente, und erschien auf der Schwelle, während die Reihen seiner Getreuen im großen Hof ihre Kniefälle verrichteten. Sie waren gerührt und froh. Er bedeutete ihnen, mit ihren Andachtsübungen fortzufahren. Er lächelte, als er ihren Eifer sah, und sein Gesicht erschien einem der Anwesenden in diesem Augenblick schöner denn je. Das Gerücht verbreitete sich, der Prophet sei genesen. Seine Frauen kämmten ihn. Abu Bekr begab sich in das entlegene Viertel Sonh, um eine seiner Frauen aufzusuchen, die dort wohnte und die er ein wenig vernachlässigt hatte. Ossama glaubte den baldigen Aufbruch seines Heeres ankündigen zu können.

Aber nachdem Mohammed auf sein Lager zurückgekehrt war, zeigte er sich immer erschöpfter. Er blieb in Aischas Schoß gebettet liegen. Einer ihrer Vettern trat ein, um den Kranken zu besuchen. Er hielt ein Stück grünes Holz in der Hand, das ihm als Zahnstocher diente. Die Reinigung der Zähne war in Arabien eine in Gesellschaft normale und sogar empfehlenswerte Beschäftigung. Aischa bemerkte, daß ihr Gatte den Zahnstocher anschaute. Sie fragte ihn, ob er ihn haben wollte. Er vermochte zu bejahen. Da nahm sie ihn, kaute ihn sorgfältig, um ihn weicher zu machen, und gab ihn ihm. Er reinigte sich energisch die Zähne.

Dann kam der Augenblick, da er zu delirieren anfing. Es scheint, daß er Schreibzeug verlangte, um ein Dokument abzufassen, das seine Gläubigen vor dem Irrtum bewahren würde. Dies versetzte die Anwesenden in große Verwirrung. Sollte man den irren Reden eines Kranken vertrauen? Würde er nicht Zwietracht und Ratlosigkeit säen, wenn dieser neue Text zufällig dem Koran widersprach? Mußte man ihm gehorchen, obwohl er nicht ganz bei Sinnen war? Die Diskussion wurde so laut, daß Mohammed auf sein Vorhaben verzichtete und ihnen bedeutete, fortzugehen.

Er wurde immer schwächer, und an Aischas Brust äußerte er zusammenhanglose Worte. Dann spürte sie, daß sein Kopf schwerer geworden war. Sie schaute ihn an. Er erhob mit starrem Blick die Augen zur Decke und sagte ein paar Worte. Sie glaubte zu verstehen: «der höchste Gefährte ...» und wußte, daß Gabriel ihm erschienen war. Dann bemerkte sie, daß er gestorben war. Sie hob seinen Kopf, legte ihn auf das Kissen und begann zu schreien und sich gemeinsam mit allen übrigen alsbald benachrichtigten Gattinnen an die Brust und ins Gesicht zu schlagen. Das war am frühen Nachmittag

Die Bestürzung war groß. Gewiß, weder die Jünger noch er selber hatten den Propheten jemals ausdrücklich für unsterblich gehalten. Aber niemand war darauf gefaßt, daß er so früh und vor allem auf so unerwartete Weise sterben würde. Alle hatten wie er selber geglaubt, es handle sich um eine vorübergehende Krankheit. Es waren keinerlei Vorkehrungen für die Zukunft getroffen worden. Schon dieser Umstand war verwirrend. Wie kam es, daß Allah ihn nicht gewarnt hatte, wie hatte er versäumen können, ihm Instruktionen für seine Gläubigen zu übermitteln, sie auf eine so unerhörte Situation vorzubereiten? Mohammed hatte eine noch nie dagewesene Struktur errichtet, ohne Vorläufer, ohne Tradition, ohne Vorbilder. Mit seinem Tode brach alles zusammen.

Omar wollte die unfaßliche Tatsache nicht annehmen. Er stand breitbeinig im Hofe vor dem Hause des Propheten und redete auf die Menge ein, die von überall herbeigeeilt kam, und auf die Soldaten Ossamas, die aus dem Lager kamen, um sich nach Neuigkeiten zu erkundigen. Mohammed, so erklärte Omar, ist gar nicht tot. Er ist nur vorübergehend zu Allah gegangen wie Moses auf dem Sinai. Er wird zurückkehren und allen, die das Gerücht von seinem Tode verbreitet haben, die Hände und die Füße abschlagen lassen. Abu Bekr, den man in Sonh geholt hatte, eilte herbei. Er betrat Aischas Hütte, lüftete den Mantel, der den Leichnam bedeckte, und küßte das tote Antlitz seines Meisters und Gefährten. Dann kam er wieder heraus und versuchte vergeblich, Omar zu beruhigen. Schließlich wandte er sich selber in gebieterischem Tone an die Menge: «Leute», sagte er, «diejenigen, die Mohammed verehrten, wissen, daß Mohammed tot ist; aber für diejenigen, die Allah verehren, ist Allah lebendig und wird nicht sterben.» Dann zitierte er einen Vers des Korans von ausschlaggebender Bedeutung:

Mohammed ist nichts anderes als ein Gesandter. Andere Gesandte vor ihm sind bereits gestorben; wenn nun auch er sterben oder getötet werden sollte, wolltet ihr dann wohl wieder in eure früheren Fußstapfen (zum Unglauben) *zurückkehren?*
(*Koran*, 3, 145)

Es war seltsam und vielleicht verdächtig, daß niemand sich an diesen Text erinnern konnte. Aber er beeindruckte die Gemüter. Es war kein Zweifel mehr erlaubt. Omar brach zusammen. Es stimmte. Der Prophet war tot.

Alles fiel auseinander. Die durch Mohammeds starke Persönlichkeit verbundenen Gruppen sahen sich unvermittelt voneinander getrennt, eine jede mit ihren eigenen Reaktionen. Würde die auf der engen Verbindung einer Ideologie mit der Struktur eines im Ansatz vorhandenen Staates gegründete muselmanische Gemeinschaft überleben? Dies war das Problem, das sich in allererster Linie den Menschen stellte, die im geringsten zu politischem Denken befähigt waren, insbesondere den Ratgebern des Verstorbenen, den Erben seiner Leitgedanken und seines so unmittelbar als politische Lehre formulierten Glaubens. Es war unschwer vorauszusehen, daß der Tod des Meisters die mächtigen anarchischen Tendenzen der arabischen Gesellschaft freisetzen würde. Die Beduinen würden den Islam verleugnen und das Joch von Medina abschütteln, die Juden würden den Kopf wieder erheben, die Propheten von Jamama und anderswo würden versuchen, Mohammeds Abenteuer auf eigene Rechnung neu zu beginnen. Es bedurfte eines festgefügten Kerns, um das Werk wieder in die Hand zu nehmen und fortzusetzen. Andernfalls war alles verloren.

Nun schien aber gerade dieser Kern sich zu zersetzen. Die Medinenser, vor allem die Angehörigen des Stammes der Chasradsch, spürten, daß die koraischitischen Einwanderer, die mit Mohammed aus Mekka gekommen und auf die sie immer eifersüchtig gewesen waren, nunmehr versuchen würden, sich ihnen als Anführer aufzuzwingen. Der Prophet war tot, es bestand gar kein Grund mehr, sich diesen Ausländern zu unterwerfen. Sie versammelten sich in einem Schuppen der Banu Saida, einer ihrer Sippen, und besprachen erregt die beste Art und Weise, ihre Interessen zu wahren. Sie schlugen vor, einen ihrer hervorragenden Männer, Saad ibn Obada, zum Oberhaupt von Medina zu wählen. Abu Bekr wurde in Mohammeds Haus benachrichtigt und eilte ungesäumt mit den anderen politischen Führern Omar und Abu Obaida herbei. Unterwegs gesellte sich der Häuptling des Medinenser Stammes der Aus zu ihnen, der Rivalen der Chasradsch, der vor allen Dingen nicht wünschte, daß diese wieder zur Macht gelangten. Auf den Straßen griff die Unruhe auf die Angehörigen der anderen Stämme über, die sich in Medina befanden und die nicht von der bevorstehenden Entscheidung übertölpelt werden wollten. Die Nacht brach herein. Alle vergaßen den Leichnam, der in Aischas kleiner Hütte lag.

Die Diskussion beim Schein der Öllampen war langwierig, hitzig und verworren. Ein Medinenser schlug vor, zwei Oberhäupter zu wählen: einen Koraischiten und einen Medinenser. Die meisten sahen ein, daß dies die Gemeinschaft zur Entzweiung und zum Zusammenbruch führen mußte. Alle schrien durcheinander, und vielleicht wurde man sogar handgemein. Es war notwendig, Schluß zu machen. Diese Männer empfanden dunkel, daß der Zusammenbruch des Systems für sie nur eine Katastrophe sein konnte. Kein Medinenser war fähig, sich in seiner eigenen Stadt unwidersprochen Gehorsam zu verschaffen. Die Stämme, die nicht aus Medina waren, würden sich weigern, Leuten zu folgen, die im Verdacht standen, in erster Linie an die Interessen ihres eigenen Stammes zu denken. Der ideale Kandidat war einer jener Koraischiten, die sich durch eine lange Auswanderung und einen langen Kampf gegen den eigenen Stamm von diesem gelöst hatten, einer der Erben des Denkens des Verstorbenen. Abu Bekr schlug Omar vor oder Abu Obaida. Abu Bekrs gemäßigte und kluge Reden zeigten ihn als Mann, der auch in schweren Stunden wie der gegenwärtigen nicht den Kopf verlor, beeindruckten die Anwesenden. Omar, der den Ruf hatte, allzu hitzköpfig zu sein, stieß mit seiner Kandidatur auf Widerstand. Er verzichtete zugunsten Abu Bekrs. Die Einigung auf seine Wahl kam zu später Nachtstunde zustande. Er sollte der «Stellvertreter» des Boten Allahs sein (der *chalifa*, daher unser Kalif). Der Islam dauerte fort.

Unterdessen hatten sich in Mohammeds Hause die Angehörigen versammelt, der Schwiegersohn Ali, der Onkel Abbas, der Sohn des Adoptivsohnes Ossama, und ein Schützling namens Schokran. Sie beabsichtigten, das Erbe des Toten zum Vorteil ihrer eigenen Sippe anzutreten, der zu den Koraisch gehörenden Abd Manaf. Aber sie besaßen sozusagen keine Anhänger, kaum ein paar angesehene Koraischiten wie Talha und Zobair und vielleicht den eher kompromittierenden Abu Sofjan. Wohlmeinende Leute brachten ihnen Nachrichten von der Versammlung im Schuppen der Banu Saida. Sie waren wütend und machtlos. Vielleicht hofften sie, sich zu einem späteren Zeitpunkt zu rächen. Monatelang weigerten sie sich, Abu Bekr anzuerkennen.

In jener Nacht aber taten sie etwas Unnatürliches und Unverhofftes. Eigentlich stand zu erwarten, daß der erlauchte Tote feierlich auf dem Friedhof von Baki neben seinem Sohne Ibrahim, seiner Tochter Rokaija und so vielen anderen Gefährten beigesetzt würde, wie dies häufig für weniger bedeutende Tote geschehen war. Es scheint indessen, daß Ali, Abbas und ihre Freunde eine solche Zeremonie vermeiden wollte, in deren Verlauf der an der Spitze des Leichenzuges gehende Abu Bekr als der selbstverständliche Nachfolger des Propheten erschienen wäre. Man denkt unwillkürlich an Mark Anton beim Leichenbegängnis Caesars, an Stalin, der Lenins Begräbnis solcherart nutzte. Wie dem auch sei, sie beschlossen, ihn noch in der gleichen Nacht in der Hütte zu beerdigen, in der er gestorben war. Man benachrichtigte nicht einmal Aischa (Abu Bekrs Tochter!), die vermutlich bei einer Mitgattin schlief und plötzlich die Pickel der Totengräber vernahm. Der Leichnam wurde flüchtig gewaschen, in drei Mäntel gehüllt und auf den Boden der Grube gelegt; dann warf man Erde auf sein Haupt. Es war endgültig aus mit Mohammed ibn Abdallah, dem Koraischiten.

SIEBTES KAPITEL

Sieg über den Tod

Es war nicht aus mit dem Propheten des Islams. In der lachhaften Suche nach Unsterblichkeit, die so viele Menschen beseelt, sind der Begründer einer Ideologie und der Begründer eines Staates bevorzugt. Ihre Taten, ihre Ideen gestalten durch die Jahrhunderte hindurch die Geschichte. Mohammed war beides, er verband in einem einzigen Wesen Jesus und Karl den Großen.

Sein Leben war zu Ende, seine Größe stand kaum am Anfang. Er hatte den Ansatz zu einem arabischen, von einer arabischen Religion beseelten Staate geschaffen. Daß diese Schöpfung den tiefen Bedürfnissen Arabiens entsprach, ist augenfällig, da sie die furchtbare, auf seinen Tod folgende Krise überlebte. Mächtige Faktoren, die ich darzulegen versucht habe, drängten zur Beibehaltung des Gebäudes, das so vielen Notwendigkeiten entsprach. Aber dieser Druck der naturgegebenen Dinge konnte sich nur in die Tat umsetzen, wenn es Männer gab, die ihn verstanden und in einer Reihe von Tag zu Tag getroffener politischer Entscheidungen verwirklichten. Mohammed hatte das Glück, zu dieser Rolle befähigte Männer zu finden. Er hatte sie ausgebildet. Nun waren sie da, Abu Bekr, Omar, Abu Obaida, um sich den Kräften des Zerfalls zu widersetzen, um den politischen und ideologischen Zusammenhalt zu bewahren, um die Feinde abzuschlagen, um dem Staate und der Lehre neue Länder zu erobern.

Ungefähr vierzehn Tage nach Mohammeds Tod brach Ossama zur syrischen Grenze auf, um die ihm vom Propheten übertragene Aufgabe zu erfüllen. Abu Bekr hatte sich energisch geweigert, die Expedition fallenzulassen oder einen anderen damit zu beauftragen. Dem Abgesandten Allahs gebührte über seinen Tod hinaus Gehorsam. Im September des gleichen Jahres machte Chalid sich auf, um die sich erhebenden arabischen Gegner zu besiegen. Im folgenden Jahr griff er das Persische Reich an, während Jasid, der Sohn Abu Sofjans, den Abu Bekr mit politischer Umsicht zum General ernannt hatte, in das byzantinische Palästina einfiel. Wir haben gesehen, daß der arabische Frieden es notwendig machte, für die überschüssigen kriegerischen Kräfte der Stämme ein anderes Betätigungsfeld zu finden und zudem die Beute, von der sie leben konnten. Die Araber hatten schon oft zuvor die seßhaften Völker des Fruchtbaren Halbmonds angegriffen. Im besten Falle hatten sie kleine

Staaten geschaffen, die bald von der eingeborenen Zivilisation assimiliert wurden, rasch zum Vasallentum gezwungen waren und dann zur Unterwerfung unter die mächtigen Weltreiche. Im schlimmsten Fall wurden sie abgeschlagen oder hingemetzelt. Aber diesmal hatten sie einen festgefügten Staat hinter sich und trugen in sich eine Ideologie, die sich nicht assimilieren ließ. Vor sich fanden sie nur das vernichtete Reich der Sassaniden und das Byzantinische Reich, das ungeachtet seiner jüngsten Siege zutiefst geschwächt und entzweit war. Die Armeen, denen sie bei ihrem Vordringen begegneten, brachen zusammen, sei es aus Gleichgültigkeit oder dank der Beihilfe der andersdenkenden und unterdrückten Massen. Sie aber blieben stark, einig, mächtig, entschlossen.

Einig? Nicht so sehr. Die Sippen, die Gruppen, die vor dem Islam vorhandenen Interessengemeinschaften und jene, die sich erst mit ihm herangebildet hatten, begannen auseinanderzubrechen.

Aber das Gespenst der Spaltung erschreckte sie alle, und die breite Masse der Araber stellte sich wieder – begeistert oder resigniert, aber einig – hinter das Oberhaupt der Gemeinschaft. Im Jahre 37 der Hedschra (657) wurde im Verlaufe der ersten großen Schlacht zwischen Muselmanen, zwischen Ali und Moawija bei Siffin, das Grauen dieser Situation deutlich, und es gab Kämpfer, die Korane an ihre Lanzenspitzen hefteten, um zum Abbruch des brudermörderischen Kampfes aufzurufen. Es war ein politisches Manöver, aber der Aufruf zur Einheit machte auf alle Eindruck und überwog. Die Schlacht mußte abgebrochen und durch ein Schiedsgericht ersetzt werden. Bis auf ein paar wenige Unversöhnliche wie die sogenannten Separatisten (*Charidschiten*) schlossen die Gegner sich wohl oder übel dem Anführer an, den der Wind der Geschichte, die politischen Manöver und der Zufall der Kämpfe an ihre Spitze gestellt hatten.

Während einer ersten Periode waren die äußeren Erfolge des muselmanischen Heeres im wesentlichen arabische Erfolge. Die Araber machten sich an die Eroberung der Welt und drangen immer weiter vor, je deutlicher sie sich bewußt wurden, daß nichts in der Lage war, ihnen Widerstand zu leisten. Sie überrollten die schwachen gegnerischen Armeen, bemächtigten sich der Städte, die ihnen oft ihre Tore öffneten, übernahmen die Verwaltung weiter Länder, deren Bevölkerungen sich ohne zu murren unterwarfen. Wieder einmal ein neuer Herr – das vermochte sie nicht zu erstaunen. Sie hatten so viele gesehen! Die alten Herren waren unbeliebt. Ein Jahrhundert, nachdem der unbekannte Kameltreiber Mohammed begonnen hatte, in seinem Hause ein paar arme Mekkaner um sich zu versammeln, befahlen seine Nachfolger von den Ufern der Loire bis über den Indus hinaus, von Poitiers bis nach Samarkand.

Es war ein arabisches Reich. «Wir Araber waren gedemütigt, die anderen traten uns mit Füßen, und wir traten niemanden; da schickte Allah einen Propheten aus unseren Reihen, und eine seiner Verheißungen war, daß wir dieses Land erobern und besiegen würden.» [1] Die Araber, die jetzt alle Muselmanen waren, standen kollektiv im Genuß der Einkünfte aus diesen unendlich weiten und fruchtbaren Ländern. Sie erhoben eine verhältnismäßig leichte Steuer und ließen die Einwohner dafür weiterhin ihr Land bestellen, ihren Beschäftigungen nachgehen, ihre persönlichen Beziehungen nach ihrem eigenen Gutdünken gestalten, ihre Sprache sprechen, ihren Gott anbeten, ihren Priestern gehorchen. Die Sieger teilten sich ziemlich gerecht in den Ertrag dieser riesigen Ausbeutung. An der Spitze des Reiches stand gerade eben die Familie der Koraisch, die sich dem Propheten am heftigsten widersetzt hatte, die Familie Abu Sofjans, die Omajjaden. Ihr bester Organisator war Moawija, Abu Sofjans Sohn, aber auch Hinds Sohn, jener Frau, deren Haß auf den Islam sich bis zur Hysterie gesteigert, die am Abend von Ohod dem Hamsa, dem Löwen Allahs, dem Onkel des Propheten, die Leber aus dem Leib gerissen hatte, um sie zu kauen. Es war wirklich, als hätte Mohammed zum höchsten Ruhme und zum größten Nutzen seiner Feinde gewirkt und gepredigt. Er hatte für die Koraisch, die ihn verworfen hatten, ein Reich erobert. Ein häufiges Ergebnis der Revolutionen!

Aber die Ideen besitzen ihr eigenes Leben, und dieses Leben ist revolutionär. Sobald sie einmal im Gedächtnis der Menschen verankert sind, auf den Papyrus geschrieben, das Pergament oder sogar – wie im Falle des Korans – auf Schulterblätter von Kamelen, setzen sie ihr Wirken fort, und zwar zum großen Ärgernis der Staatsmänner und der Männer der Kirche, die sie benutzt und in Dämme gefaßt, die eine Kasuistik ausgearbeitet haben, um ihre für die ungestörte Ordnung einer wohlgeregelten Gesellschaft gefährlichen Auswirkungen auszumerzen. Gegen die Pharisäer und Schriftgelehrten setzt Jesus die Worte des Gesetzes und der Propheten. Gegen die leitenden Mitglieder der großen Kirche benutzen die Häretiker jeglichen Schlages durch die Jahrhunderte hindurch die explosiven Texte des Evangeliums. In den verfaulten Republiken halten die Verweigerer aller Art den Regierenden die Erklärung der Menschenrechte entgegen. Gegen die Bonzen der Sozialdemokratie nutzt Lenin die Texte, in denen

Marx seine revolutionäre Inbrunst zum Ausdruck bringt. Gegen die Unterdrückung Stalins bringen die Gegner erneut die Erklärungen Lenins hervor. So entsteht die Geschichte, ein Sturzbach lebendiger, brodelnder Kräfte, die alle Hierarchien – auf die Dauer stets vergeblich – einzudämmen versuchen.

Nicht anders im Islam. Der Koran, das unbestreitbare Wort Allahs, überlieferte den Generationen die Botschaft eines unterdrückten Mannes, der sich eines Tages gegen die Ungerechtigkeit und die Unterdrückung empört hatte. Er führte in seinem chaotischen Text Schmähungen und Herausforderungen an die Mächtigen mit sich und Aufrufe zur Billigkeit und zur Gleichheit der Menschen. Eines Tages fanden sich Leute, um sich dieser Worte zu bemächtigen und sich Waffen daraus zu schmieden. Die arabischen Regierenden suchten die Bekehrung nicht, wie man in Europa geglaubt hat, mit Gewalt durchzusetzen. Sie sahen sie im Gegenteil höchst ungern, war sie doch ein Mittel, um der Steuer zu entgehen, sich der Vielzahl der Nehmenden anzuschließen und so doppelt den Anteil am Kuchen zu vermindern, der jedem Muselman zukam. Aber wie ließ sich das vermeiden? Zur Zeit der Omajjaden sind ein paar Christen, Juden oder Masdasnäer ausgepeitscht worden, weil sie sich zum Islam bekehren wollten. Aber dieser Skandal konnte nicht endlos wiederholt werden. Im Koran und in Mohammeds Beispiel gab es nichts, was die Erkenntnis der Wahrheit über Allah allein den Arabern vorbehielt! Es war unlogisch, diese Hypothese anzunehmen; das ist zwar in Dingen der Politik noch nie ein Argument gewesen, aber es untergrub vor allem die Grundlagen der Ideologie, auf der das Reich aufgebaut war. Im übrigen bewilligten und begünstigten die arabischen Sitten die Aufnahme von Leuten aller Art und jeglicher Herkunft in ihre Sippen und machten sie so zu vollberechtigten Arabern. Die Flut der Bekehrungen schwoll allmählich an und wurde unwiderstehlich. Perser, Syrer, Ägypter, Berber, Goten, Griechen und so unzählig viele andere schlossen sich den Arabern an, betrachteten sich als Araber, wurden wirklich zu Arabern. Aber noch unendlich zahlreichere Massen wurden Muselmanen.

Die neuen, unvollständig oder überhaupt nicht arabisierten Muselmanen empfanden die arabische Vorherrschaft bald als lästig. Sie wurden die besten Kenner des heiligen Textes, der Geschichte des Propheten und des alten Arabien. Sie schufen die arabische Philologie und die muselmanische Theologie. Sie verwendeten das kulturelle Erbgut aller Nationen, aus denen sie hervorgegangen waren, verschmolzen die Ideen, die Techniken, die Vorbilder und begründeten so die muselmanische Kunst, die muselmanische Wissenschaft, die muselmanische Philosophie, die muselmanische Zivilisation. Die nunmehr kultivierten und verfeinerten Araber eingeborener Abstammung hatten ebenfalls an dieser kollektiven Schöpfung teil. Aber die hatten Menschen als ihresgleichen anerkennen müssen, die sie einmal unterworfen hatten und die sich jetzt völlig mit ihnen identifizierten. Die revolutionäre Bewegung, die diese Gleichheit durchsetzte, siegte im Namen eben jener Werte, die ihr zum Sieg verholfen hatten, sie machte aus dem Koran ihr Banner und aus dem Propheten ihr Beispiel und ihren Bürgen. Im Verlauf der Jahrhunderte sollte noch gar manche andere Bewegung, die dem Islam Umwälzungen brachte, dasselbe tun.

Dem allem lagen die Ideen zugrunde, die Mohammed ibn Abdallah umgetrieben hatten, nur daß sie jetzt verwandelt und im Einklang mit den neuen Ansichten neu durchdacht waren. Irgendwo an der Quelle dieser geglückten oder mißglückten Gärungen, dieser mehr oder weniger gerechtfertigten, mehr oder weniger unangemessenen Auffassungen befand sich der Mann, der ein unbekannter Kameltreiber aus einer bescheidenen Familie der Koraisch gewesen war. Wie soll man genau ermessen, was sein Beitrag war, sein Vermächtnis, was in der Geschichte der Menschheit anders wurde, weil es ihn gegeben hat, weil sein Leben so war, wie es berichtet wurde? Für die gläubigen Muselmanen kennzeichnet sein Kommen eine Umwälzung, eine Revolution, eine entscheidende Wende. Vorher war die Unwissenheit, die Dunkelheit, in die von der verstümmelten Lehre der jüdischen und der christlichen Offenbarung kaum ein hellerer Schimmer geworfen wurde. Nachher gab es das Reich der Wahrheit, der Normalität, des göttlichen, gerechten, weisen, vernünftigen Gesetzes, dem zwar nicht immer Folge geleistet wurde, das aber stets als Maßstab vorhanden war, als Norm, als Zuflucht, und das solchermaßen wirkte, den Taten der Menschen seinen Druck auferlegte, die Ereignisse beeinflußte, dem Abenteuer der Menschheit eine Wendung zum Guten gab.

Dem Historiker erscheinen die Dinge natürlich bedeutend vielschichtiger. Er kann sich nicht mit dem Postulat eines primitiv aufgefaßten Determinismus behelfen oder mit einem Marxismus von niederem Niveau: wenn Mohammed nicht zur Welt gekommen wäre, hätte ein anderer, von der Situation aufgedrängter Mohammed seine Stelle eingenommen. Nein, die Ereignisse wären bestimmt sehr anders verlaufen. Was wäre aus den beiden großen Reichen Arabiens geworden? Den Spekulationen sind keine Grenzen gesetzt. Ein anderer, zwanzig Jahre später auf den Plan getretener Mohammed hätte vielleicht das Byzantinische

Reich gefestigt vorgefunden, bereit, dem Angriff der Stämme der Wüste siegreich Widerstand zu leisten. Arabien hätte sich zum Christentum bekehren können. Die Situation erforderte, wie wir gesehen haben, Lösungen für verschiedene entscheidende Probleme. Aber diese Lösungen hätten ganz anders ausfallen können. Ein anderer Würfelwurf, und der Zufall nimmt eine andere Wendung.

Wir wissen nicht, was hätte sein können. Aber wir wissen genau, was war. Und Mohammeds Vermächtnis war beträchtlich. Er hat sicherlich zumindest am Anfang nicht vorausgesehen, was sich aus seinen geringfügigsten Entscheidungen ergeben würde. Die Verkettung der Dinge hat bewirkt, daß jede von ihm getroffene Wahl, die bei einem anderen alltäglich und ohne Folgen gewesen wäre, für Millionen noch nicht geborener Männer und Frauen ungeheure Auswirkungen nach sich zog. Alles hängt davon ab, welche Richtung er an gewissen Tagen in einem dunklen Gäßchen von Mekka eingeschlagen hat. Und wenn er bei Badr gefallen wäre, hätte dies die technische Entwicklung der Menschheit im allgemeinen oder ihr Fortschreiten zu produktiveren Wirtschaftsformen wohl kaum merklich betroffen; aber wie viele Dinge wären anders geworden, von den Philippinen bis nach Westeuropa!

Ohne ihn ist es höchst unwahrscheinlich, daß das arabische Reich, das er zweifellos nicht geplant hatte, jemals zustandegekommen wäre. Diese gewaltige politische Einheit, die sich später auf eine ideologische und kulturelle Einheit beschränkte, hat eine intensive Vermischung von Menschen, Techniken, Verhaltensweisen und Ideen von China bis nach Spanien erlaubt, die Geburt einer neuen Zivilisation mit ihren eigenen moralischen, künstlerischen und ideologischen Werten. Jeder einzelne Bestandteil dieser Zivilisation besitzt für sich genommen seinen Ursprung, einen komplexen Ursprung, wobei das alte Arabien und Mohammed selber häufig nur in untergeordneter Bedeutung und oft überhaupt nicht in Erscheinung treten. Aber ihre Entwicklung, ihr Zusammenschluß, ihre Ausbreitung hätten nicht stattgefunden ohne das vorherige Wirken des Propheten der Koraisch.

So rührt in einem gewissen Maße und in einem gewissen Sinne diese ganze Geschichte von ihm her. Von ihm die Arabisierung von zwanzig Ländern, von den Ufern des Euphrat und des Tigris bis zum Atlantik. Von ihm die Zerschneidung der Bande zwischen dem lateinischen Abendland, dem Nordafrika abgenommen wurde, und dem arabisch gewordenen Morgenland. Von ihm die muselmanischen König- und Weltreiche, bis zum Osmanischen Reich, das Wien bedrohte. Von ihm die Reiter und

Seefahrer, die Händler und Seeräuber, die Künstler, die Bronze ziselierten, und die begnadeten Architekten, die Moschee von Cordoba und der Tadsch Mahal.

Sehr viel sicherer, auf jeden Fall sehr viel unmittelbarer muß vom geistigen, ideologischen Vermächtnis des Propheten gesprochen werden. Nicht etwa, daß die gesamte Geisteswelt des Islams sich von dem Gedanken herleitete, den er zum Ausdruck brachte, wie seine Gläubigen annehmen. Wir werden gleich sehen, daß diese Gesamtheit von Ideen aus ganz anderen Quellen stammt. Im Verlauf der Jahrhunderte sind tausend vom Zeitgeist und von den kulturellen Einflüssen verschiedenster Art eingegebene Gedanken geheiligt worden, indem man sie dem Propheten zuschrieb. Aber diese Gedanken, die ihm so fremd waren, mußten sich doch mehr oder weniger in ein bereits vorhandenes System einfügen, und dieses System hatte er nach und nach entwickelt, indem er seinen eigenen geistigen Neigungen gemäß Ideen darin aufnahm und verwandelte, die er aus seinem Milieu schöpfte. So hat sein Denken die ganze spätere muselmanische Ideologie beeinflußt. Vor allem aber ist der Koran geblieben, der – wie ich sagte – das Produkt seines Unterbewußtseins war, der von allen seinen Gläubigen von Kindesbeinen an gelesene und wieder gelesene, rezitierte, hergeleierte Koran. Schon für die gebildeten Muselmanen, die zu anderen Büchern und anderen Einflußquellen Zugang haben, spielt der Koran eine bedeutende Rolle. Aber für wie viele Millionen einfacher Gemüter hat er die einzige Quelle ein wenig erhabenen Denkens dargestellt, den einzigen ideologischen, geistigen und moralischen Anhaltspunkt? So zwingt Mohammeds geistige Welt sich direkt, auf unmittelbarste, gegenwärtigste Weise der Aufmerksamkeit des Bauern gleichermaßen auf wie jener des Staatsmanns oder des Philosophen. Seine Wirkung ist überall äußerst deutlich spürbar. Zum Beispiel diese direkte, zermalmte, schreckerfüllte Ahnung dessen, was als göttliche Wirklichkeit erscheint, dieses Gefühl der Ohnmacht in den Händen eines unerbittlichen Herrn, diese Unterwerfung unter seinen unverständlichen Willen. Aber auch diese positive, aktive Hinwendung zu den Realitäten des menschlichen Daseins, dieses aufmerksame Bemühen, es nach eigenem Gutdünken zu gestalten, diese Weigerung, der Verzweiflung und der Angst nachzugeben, diese Ablehnung des Leidens, dieser in der ganzen Weite der von Gottes Willen gezogenen Grenzen nach Genuß des Lebens und seiner Freuden gierende Hedonismus, dieses intensive, aber ziemlich beschränkte, für unser Gefühl ein wenig zu unbedenklich vernünftige, ein wenig zu leicht in die menschliche Unvollkommenheit ergebene moralische

Bewußtsein, dem angesichts der Forderung nach einer unmöglichen Vollkommenheit ein wenig zu sehr jene verzweifelte Angstbeklommenheit und jene tragisch-heroische Spannung mangelt, die für ein tiefes moralisches Leben unerläßlich zu sein scheinen — eine Schau, die Jesus uns vielleicht zu Unrecht angewöhnt hat.

Der Mensch lebt nicht von Brot allein. Er braucht zum Leben zumindest ein paar Leitgedanken, die seinen Platz und seine Rolle in der Welt betreffen, ein paar Regeln, nach denen er sein flüchtiges Dasein richten kann. Die religiösen Reformatoren, die Propheten waren vor den modernen Ideologen die Menschen, die den Massen ein befriedigendes, aus einigen dieser Gedanken und dieser Regeln gebildetes System boten. Die modernen Gläubigen, die Muselmanen so gut wie die anderen, neigen dazu, in ihrer Religion nur die moralischen Gebote zu erblicken und die Ideen als nebensächlich oder sogar symbolisch und unerheblich zu betrachten. Daher ihre Entrüstung denjenigen gegenüber, die wie wir bemüht sind, vor allem den Ursprung der Ideen zu analysieren, ihren Zusammenhang mit den Umständen der Zeit, die sie entstehen sah, und die wie wir dazu neigen, als seicht und uninteressant zu vernachlässigen, was in der gepredigten Moral allgemeingültig ist, um nur festzuhalten, was spezifisch und demzufolge im höchsten Grade von den Bedingungen des Orts, der Zeit und des sozialen Milieus abhängig ist. Für sie ist Mohammed vor allen Dingen der Mann, der sie aufgefordert hat, gerecht, redlich und gut zu sein. Auch diesen Standpunkt muß man verstehen. Wir können gewiß aufzeigen, daß diese Predigt häufig auch die Unterwerfung unter die bestehende Ordnung gedeckt hat und somit die Ergebung in die Ungerechtigkeit. Wir können heute eine offenere, weniger an irrationale Tabus gebundene Moral vorziehen. Wir können vor allem die Ideen verurteilen, die uns mythologisch zu sein scheinen. Aber jahrhundertelang war diese weitherzigere Moral, waren unsere genaueren Vorstellungen von dieser Welt für die Massen unerreichbar, die nach Gerechtigkeit und Frieden dürsteten, nach elementaren Richtlinien, um ein anständiges Leben zu führen, nach einfachen Ideen, die ihrem irdischen Dasein einen Sinn verliehen. Wir haben Ideologien entstehen und sich unter unseren Augen heranbilden sehen, die sich zuweilen von offenkundigen Grundsätzen, von exakten, wissenschaftlich erarbeiteten Gegebenheiten herleiteten. Sie haben dennoch ihre Mythen gezeugt, ihre Engstirnigkeiten, ihre Unbill. Urteilen wir also nicht mit zuviel Stolz und nicht mit zuviel Strenge über diese Ideologien der Vergangenheit, die so vielen Menschen Lebensgründe geliefert haben und sie ihnen noch während langer Zeit in einer vielleicht verwandelten Form liefern werden – wenn wir uns eine gewisse Vorschau in die Zukunft erlauben dürfen. Und anerkennen wir ohne Naivität, ohne Illusion die Größe der Schöpfer von Systemen, die eine so bedeutende Rolle gespielt haben – und unter ihnen Mohammed.

Für diejenigen, die von seinen Anhängern angegriffen wurden, vor allem die Christen, wurde er zum Erzfeind, zu einem verabscheuungswürdigen Mann, einem epileptischen Betrüger. Man bemächtigte sich aller Dinge, die von seinen Jüngern über ihn erzählt wurden, um ein abscheuliches Porträt dieses grausamen und geilen Individuums zu entwerfen, das bis über die Ohren in Lastern und Verbrechen steckte, das schamlos seine paar wenigen Ideen bei verirrten Christen entlehnt und seine leichtgläubigen Sektierer mit Taschenspielerstücken gewonnen hatte. In der volkstümlichen Legende ging man so weit, zu versichern, er sei ein guter Christ gewesen, der viele Seelen zum christlichen Glauben bekehrt hatte – einzelne machten sogar einen Kardinal aus ihm –; aber die Kirche hatte seine Dienste nicht gewürdigt, wie er begehrte, ein anderer war zum Papst gewählt worden. Da begründete er ein Schisma und führte, vom Stolz getrieben, der Erste zu sein, viele Menschen in die Irre. Es ist die Gewohnheit der siegreichen Ideologien, alle Abweichungen mit dem Stolz zu erklären: ein treffliches Mittel, um den demütigen Konformismus des bescheidenen Gläubigen zu preisen. Es gab solche, die hinzufügten, er sei in trunkenem Zustand von Schweinen aufgefressen worden. Das erklärte den Abscheu seiner Anhänger vor diesem Tier. Andere – wir finden das zum Beispiel im Rolandslied – erblickten in ihm einen heidnischen Gott, einen Götzen, dem in den «Mohammederien» ein widerlicher Kult dargebracht wurde.

Auf der Gegenseite wuchs indessen die Verehrung von Jahrhundert zu Jahrhundert. War die Ideologie, die Millionen von Muselmanen ihre Lebensgründe lieferte, nicht ganz und gar von diesem einzigartigen Manne abhängig, dem letzten Übermittler von Allahs Wort? Da er ihr Ursprung war, blieb er das Symbol der ideologischen Einheit der muselmanischen Gemeinschaft. Je weniger sie Anführer fand, über die sie ihre Inbrunst ausgießen konnte, «charismatische», mit göttlichen Gnaden ausgestattete Persönlichkeiten, denen sie ihre Achtung und ihre Verehrung darbringen durfte, desto mehr neigte sie dazu, sie durch die idealisierte Gestalt des Begründers zu ersetzen. Sein Tun und Lassen galt bis in die geringsten Einzelheiten als das Vorbild, nach dem ein jeder sich zu richten hatte. Man bekannte sich zu dieser oder jener Partei, Norm, Idee, indem man ihm auf Grund seiner Worte und seiner Handlungen den Ursprung zuschrieb. Er hatte die Regeln der Scheidung und der Regierung festgelegt, so wie er auch gezeigt hatte, wie man sich bei Tisch zu halten, sich zu schneuzen oder den Liebesakt zu vollziehen hat. Er war ein vollkommener und untadeliger Mann gewesen. Seinen ausdrücklichen Erklärungen zum Trotz schrieb man ihm eine wachsende Zahl von Wundern zu. «Kein Prophet hat jemals Wunder vollbracht, dergleichen unser Prophet nicht vollbracht hätte», schrieb zu Beginn des 12. Jahrhunderts der marokkanische Kadi Ijad. Die arabische Folklore, die jüdischen, christlichen, masdasnäischen und sogar buddhistischen Legenden dienten dazu, ihm eine wunderbare, seiner selbst und des Islams würdige Geschichte zu schaffen. Als er zur Welt kam, erzitterte der Palast des persischen Kaisers, vierzehn seiner Türme stürzten ein, das heilige Feuer der Masdasnäer erlosch, ein See trocknete aus, ein wundersames Licht drang aus der Brust seiner Mutter hervor und leuchtete bis nach Syrien, und die Sterne neigten sich so tief herab, daß ein Augenzeuge befürchtete, sie würden ihm auf den Kopf fallen. Es wird versichert, daß sein Körper keinen Schatten warf, daß die Fliegen sich nicht auf seinen Kleidern niederließen, daß seine Haare nicht verbrannten, wenn sie ins Feuer fielen. Von einem Vers des Korans ausgehend wurde eine phantastische Geschichte entwickelt, wonach Allah ihm den Mond untertan gemacht hatte. Um die Mekkaner zu überzeugen, hatte der Mond auf Geheiß des Propheten siebenmal die Kaaba umkreist und war dann entzweigesprungen. Er hatte Mohammed gehuldigt, «mit einer Stimme, die der Fernste so gut vernahm wie der Nächste». Eine Hälfte war in seinen rechten Ärmel geschlüpft und zum linken wieder hervorgekommen, die andere hatte den umgekehrten Weg eingeschlagen. Gabriel bringt ihm aus den himmlischen Gärten fünf Äpfel, einen für ihn und die anderen für jeden der vier ersten Kalifen. Sein Apfel spricht zu ihm, preist seinen Ruhm, zählt die Wunder auf, die seine Mission unter Beweis stellen.

Die Schriftsteller singen in Vers und Prosa sein Lob. So sagt zum Beispiel Busiris, ein frommer berberischer Dichter aus Ägypten, zu Beginn des 13. Jahrhunderts von ihm:

Mohammed ist der Herr der beiden Welten, der beiden Geschlechter (Menschen und Geister),
Der beiden Nationen der Araber und der Ausländer.
Er ist es, unser Prophet, der gebietet und verbietet: keiner
Ist wahrhaftiger als er in seinen Verneinungen wie in seinen Bejahungen.
Er ist der Freund (Gottes), *auf dessen Fürbitte man hoffen kann*

Gegen alle plötzlichen Schrecken ...
Er hat die Propheten durch seine körperlichen und moralischen Eigenschaften übertroffen,
Und sie reichen weder an Wissen noch an Großmut an ihn heran ...
Niemand besitzt Tugenden, die den seinen vergleichbar wären:
Er besitzt unteilbar den Inbegriff der Schönheit ...
Wenn seine Wunder ihrer Größe wegen seinem erhabenen Range entsprachen,
Würde die Anrufung seines Namens die ausgedörrten Gebeine zu neuem Leben erwecken ...
Seine Zartheit gemahnte an eine Blume, sein Glanz an den Vollmond,
Seine Großmut an das Meer, die Größe seiner Pläne an die Zeit ...[2]

Ein ägyptischer Mystiker der gleichen Epoche, Dirini – um ein weiteres Beispiel zufällig herauszugreifen –, berichtet uns ein paar ihn betreffende landläufige Überlieferungen. «Mohammed sagte: Das erste Licht, das Allah geschaffen hat, ist mein Licht. Es heißt, daß Allah bei der Schaffung seines Throns in leuchtenden Lettern darüber schrieb: es gibt keine andere Gottheit außer Allah, und Mohammed ist Allahs Bote. Als Adam aus dem Paradies kam, sah er auf dem Sockel des Throns und überall im Paradies den Namen Mohammeds mit dem Namen Allahs verschlungen geschrieben. Er sagte: Herr, wer ist denn dieser Mohammed? Allah, der Allerhöchste, sagte zu ihm: Er ist dein Nachkomme, und wenn er nicht wäre, hätte ich dich nicht erschaffen. Da sagte Adam: Beim heiligen Wesen dieses Kindes, habe dem Vater gegenüber Mitleid. Da rief eine Stimme: O Adam! Wenn du bei uns um Mohammeds Fürbitte unter den Bewohnern des Himmels und der Erde gefleht hättest, wären wir dazu bereit gewesen ... Eines der Zeichen seiner Mission bestand darin, daß er Wasser zwischen seinen Fingern hervorquellen ließ und dessen Menge dank seiner *baraka* bei zahlreichen Gelegenheiten vervielfältigte, wie von unzweifelhaften Überlieferungen verbürgt wird. Eine darunter berichtet, daß sie in Zawra waren, auf dem Suk von Medina. Es kam die Stunde des Nachmittagsgebets. Er legte seine Hand in ein Gefäß, und etwa dreihundert Männer verrichteten ihre Waschungen mit diesem Wasser. Anas erzählte: Ich habe das Wasser zwischen seinen Fingern hervorquellen sehen ... Unter seinen Zeichen war auch die *baraka* für die Vervielfältigung der Nahrung, um damit eine große Menge zu sättigen, und zwar während langer Zeit. Er war bei Abu

Talha eingetreten, und dort befanden sich Gerstenbrote. Er ließ sie sich geben und zerkrümelte sie, dann wurde zerlassenes Fett darübergegossen. Darauf sprach er die Worte, die Allah wollte, dann sagte er: Ladet zehn Leute ein, hereinzukommen. Man lud sie ein, und sie aßen sich satt. Dann gingen sie hinaus, und man lud zehn andere ein, und so fort, bis alle gegessen hatten, und es waren ihrer ungefähr achtzig . . .»

Die Tiere sangen sein Lob und machten denjenigen Vorwürfe, die ihrem Beispiel nicht folgten. «Die Worte, die der Wolf zu Ohban ibn Aus sprach, sind wohlbekannt. Er weidete seine Herde. Der Wolf blieb vor ihm stehen und sagte zu ihm: Das Erstaunliche bei dir ist, daß du dableibst, um deine Herde zu weiden, und einen Propheten links liegen läßt, wie Allah niemals einen mächtigeren entsandt hatte, einen Propheten, dem die Tore des Paradieses geöffnet wurden, und die Bewohner des Paradieses schauen von oben dem Kampfe seiner Gefährten zu. Zwischen dir und ihm gibt es nichts außer dieser Herde, ohne sie befändest du dich bei Allahs Heerscharen. Ohban ging und bekehrte sich.»

Seine Verdienste und seine guten Eigenschaften sind zahllos: «Er legt Zeugnis ab für diejenigen, die an ihn glauben und sich führen lassen, und gegen diejenigen, die ihn verleugnen und ihm Feindschaft zeigen, er bringt die frohe Botschaft des göttlichen Lohnes demjenigen, der seinem Herrn gehorcht, er verkündet die Züchtigung demjenigen, der es vorgezogen hat, seinen Leidenschaften zu frönen. Er hat Allah angerufen, mit seiner Erlaubnis und mit Beweisen seiner Macht, er ist die Fackel, die den erleuchtet, der an ihn glaubt und sein Licht sucht, und dann gewahrt er die breite Straße. Sein Licht leuchtet seit Adams Zeiten . . . Adam hat ihn gekannt und ihn zu seinem Fürsprecher gewählt, um zu Allah zu gelangen . . . Er übertrifft alle Propheten, wie die Sonne den Mond übertrifft und das Meer den Wassertropfen . . . Er ist der Pol ihrer Autorität, die Substanz ihrer Satzung, die schönste Perle der von ihnen gebildeten Halskette, der Abdruck ihrer Fassung schlechthin, der Vers ihres Gedichts, der Mittelpunkt ihres Kreises, die Sonne ihres Morgens, der Halbmond ihrer Nacht . . . Erhebe dich, Imam der Erde, erhebe dich zur höchsten Königswürde, werde Imam der Bewohner des Himmels! . . . Die Erzengel sind gekommen, um sich vor dem höchsten Führer zu verneigen, sein Licht ist strahlender, seine Kundgebung glänzender, das von ihm bewahrte Geheimnis offenkundiger, seine Macht und sein Verdienst erhabener, seine Erwähnung schöner, seine Erscheinung angenehmer, seine Religion vollkommener, seine Rede beredter, sein Gebet wirksamer, sein Wissen umfassender, sein Anruf wird besser vernommen, seine Begehren werden besser erfüllt, seine Fürbitte ist wirksamer, sein Beistand ist voller Kraft, sein Name ist «gelobt» *(mohammed)*, sein Körper ist gottesfürchtiger ... er ist der Vielgeliebte des Meisters, er ist der bei den Gläubigen mit den meisten Verdiensten Ausgestattete ...» [3]

Mit ausführlichen Einzelheiten wird erzählt, wie er vom Erzengel Gabriel geleitet in einer Nacht auf Borak, der Stute mit dem Frauenkopf, reitend die Reise zum Himmel unternahm, während sein Leichnam auf seinem Lager ruhte. Ganze Bücher wurden darüber geschrieben, eines wurde im Mittelalter ins Lateinische übersetzt und mag Dante inspiriert haben; jedenfalls war es den toskanischen Dichtern seiner Zeit bekannt. In jedem der sieben Himmel begegnet er den Propheten, die ihm vorausgegangen sind, und Engel von unendlich hohem Wuchs zeigen sich ihm. Gabriel erklärt ihm die Geheimnisse des Himmels und der Hölle. Er tritt vor das Antlitz Allahs in eigener Person, und dieser legt ihm die Hand auf sein Haupt, um ihn mit dem göttlichen Wissen zu durchdringen.[4]

Die Mystiker, die Theologen, die Philosophen rätseln und klügeln an seiner Rolle herum, am Sinn seines Kommens, an seinen Eigenschaften. Für den großen spanischen Mystiker Mohyi ad-din Ibn al-Arabi ist seine wohlbekannte Vorliebe für die Frauen das Symbol der Liebe des Ganzen zu den Teilen, der Liebe Gottes zu seinen Geschöpfen, des in ihm wohnenden Verlangens, daß sie sich mit ihm verbinden. Für die Mystiker ist «alles, Himmel, Erde, Engel, Menschen, Dschinns, vom Geiste, der Seele, dem Herzen, dem Fleische Mohammeds ausgehend geschaffen worden», schreibt L. Gardet.[5]

Das gläubige Volk achtet und verehrt ihn. Man nennt oder schreibt seinen Namen nie, ohne eine Eulogie hinzuzufügen: «Möge Allah seine Wohltaten über ihn ausschütten und ihn gesund erhalten.» Man schwört bei seinem Namen. Viele enthalten sich der Nahrungsmittel, die er nicht gegessen hat. Der Engländer Edward W. Lane bewunderte einmal auf einem Suk in Kairo sehr schöne Pfeifenköpfe für Nargilehs. Er fragte den Töpfer, der sie hergestellt hatte, warum er sie nicht mit seinem Namen zeichnete. «Da sei Gott davor!» entgegnete der Handwerker. «Ich heiße Ahmad (einer der Namen, die dem Propheten zugeschrieben wurden). Möchtest du, daß ich ihn ins Feuer lege?» [6] Der Glaube war verbreitet, daß der Umstand, den gleichen Namen zu tragen wie der Prophet, das Anrecht auf eine besondere Nachsicht Allahs in sich beschloß. [7] Aber Omar hätte das gerne verboten, weil man in die Lage kommen konnte, «Mohammed» zu beleidigen, zu verfluchen oder zu verhöhnen. Tatsächlich hat es Augenblicke gegeben, da Ungläubige, die von irgendeinem Individuum sagten «Mohammed hat gelogen», sich schwere Scherereien zuzogen. Was die direkte Beschimpfung des Propheten betrifft, so ist sie dem religiösen Recht zufolge mit dem Tode zu bestrafen. Vor noch gar nicht langer Zeit hat ein europäischer Professor einen gewaltigen Skandal verursacht, als er während eines Vortrags in Beirut lediglich solche Beschimpfungen Mohammeds durch Christen des Mittelalters zitierte, ohne sie im geringsten auf eigene Rechnung zu übernehmen. Es wurde eine Staatsaffäre. Es verträgt sich schlecht mit der Religion, wenn man raucht und Kaffee trinkt, so wurde lange Zeit versichert, weil diese Bräuche zur Zeit des Propheten unbekannt waren. Man trug Medaillons, Täfelchen, Steine, auf denen seine körperlichen und geistigen Vollkommenheiten beschrieben wurden, und man erwartete davon wundertätige Wirkungen. Es wird erzählt, er habe gesagt: «Wer nach mir die Beschreibungen meiner Eigenschaften sieht, wird mich gesehen haben, und wer sie mit Liebe zu mir betrachtet hat, wird von Allah vor dem Feuer der Hölle bewahrt, er wird der Prüfung des Grabes enthoben, und am Tage der Auferstehung wird er nicht nackt sein.» [8] Man zählt fromm seine Namen auf. Man findet deren neunundneunzig, gleich viel wie die Namen Allahs. Man trägt sie als Amulette, als Anhänger. Allüberall wird von Volksdichtern, Vortragskünstlern und Straßensängern vor aufmerksamen und staunenden Zuhörern sein Lob verkündet.

Die Nachkommen des Propheten, die Leute seiner Familie, besitzen besondere Vorrechte. Sie bilden die Klasse der *scharif* (Vornehmen), der *saijd* (Herren). Man ist ihnen Achtung schuldig, Verehrung, Liebe. Man muß ihre Ausbrüche und ihre Ungerechtigkeiten über sich ergehen lassen. Keiner von ihnen wird die Qualen der Hölle erleiden, denn der Prophet soll gesagt haben: «Alle Verwandtschaftsbande der Ehe oder des Blutes werden am Tage der Auferstehung gelöst außer den meinen.» Sie heiraten unter sich, um das heilige Blut rein zu erhalten. In gewissen Ländern haben sie aus ihrer Abstammung Vorteil geschlagen, um zu Macht und Reichtum zu gelangen. Die Lehre der schiitischen Konfession, sei dem 16. Jahrhundert der offiziellen Religion Irans, schreibt dem Imam Unfehlbarkeit und übernatürliche Gnaden zu, das heißt der Folge der Erstgeborenen jeder Generation in der Nachkommenschaft des Propheten. Als im 10. Jahrhundert der allmächtige Herrscher von Ägypten, der Neger Kafur, durch die Straßen ritt, ließ er seine Reitpeitsche fallen. Ein *scharif* hob sie auf und reichte sie ihm. Da rief er:

«Jetzt kann ich sterben. Welches Ziel soll ich mir im Leben noch setzen, nun ein Nachkomme des Boten Gottes mir meine Reitpeitsche gereicht hat?» Und, so wird hinzugefügt, er starb in der Tat kurz darauf.

Man verehrt die Steine, auf die er sich stützte, den Stein, auf dem er saß. Einer dieser Steine, der sich in Mahadscha im Hauran befindet, sollte die Geburten erleichtern.[9] Unweit von dort, in Malikijja, wurde ein Holznapf verehrt, aus dem er gegessen hatte. In Koba zeigte man einen Brunnen, in den er gespuckt hatte und dessen Brackwasser daraufhin süß wurde. In Jerusalem, in Damaskus, in Dibin, im Hauran und an zahlreichen anderen Orten sah und sieht man noch den Abdruck seiner Füße auf Steinen, denn es wird behauptet, daß sein Fuß in den Felsen, über die er ging, einsank und seine Spur für immer zurückließ. Um das Jahr 1200 trug einer seiner Nachkommen eine Reliquie dieser Art mit sich herum und machte Geld damit. Viele werden noch heute in Indien gezeigt.[10] Die in eine Moschee verwandelte Geburtsstätte Mohammeds in Mekka wird besonders verehrt. Im Jahre 1184 kam der spanische Pilger Ibn Jobair und bewunderte die in Silber gefaßte Tafel aus grünem Marmor, die die genaue Stelle bezeichnete. «Wir rieben unsere Wangen an diesem heiligen Platz», schreibt er, «wo der berühmteste aller Neugeborenen auf die Erde fiel und den das seiner Abkunft wegen reinste und edelste Kind berührt hat.» [11] Überall werden vielfältige Reliquien von ihm aufbewahrt: Haupt- und Körperhaare, Zähne, seine Sandalen, sein Mantel, sein Gebetsteppich, ein Degenknauf, ein Pfeil, lauter Dinge, die ihm gedient hatten. In Konstantinopel, damals die Hauptstadt der muselmanischen Welt, rühmte man sich einer Anzahl solcher Reliquien. Zwei Barthaare wurden dort in vierzig ineinandergeschachtelten Täschchen aufbewahrt; man zeigte sie den Andächtigen feierlich einmal im Jahr.

Die Verehrung des Volkes ging zuweilen so weit, daß sie den Monotheismus auf die gleiche Art bedrohte wie jene, die der Koran den Christen und den Juden vorwarf. Hatte nicht ein Erklärer einen Vers des Korans ausgelegt, indem er behauptete, Allah habe dem Propheten erlaubt, neben ihm auf seinem Thron Platz zu nehmen? Als der ehrwürdige Theologe Tabari (um 900) Einspruch erhob, bewarf das gläubige Volk von Bagdad seine Tür mit Steinen.[12] In verschiedenen Schichten wurde schon früh in das rituelle Gebet eine zusätzliche Anrufung zu Ehren des Propheten eingeführt. Solche Anrufungen sollten wundertätige Tugenden haben. Man ging so weit, zu versichern, daß «achtzig Segnungen» dieser Art der Vergebung von achtzig Sünden oder der Sünden von achtzig Jahren entsprechen. Ein Mystiker sieht, wie im Jenseits ein Lichtwesen sich zwischen den peinigenden Engel und ihn stellt. Dieses Wesen besteht aus den zahlreichen «Segnungen», die er während seines Erdenwandels zu Ehren des Propheten rezitiert hat. Mohammed ist übrigens im Paradies, wo seine Seele sich befindet, der persönliche Fürsprecher bei Gott, während in seinem Grabe der Leichnam wunderbar unverändert erhalten bleibt.

In Medina ist die bescheidene Grube, in die sein Leichnam so heimlich gelegt wurde, zum Mittelpunkt einer mit Gold, Silber, Marmor, Mosaiken und Diamanten ausgeschmückten Moschee geworden. Die Herrscher des Islams haben sie mit ihren Gaben bereichert, haben gewetteifert, um sie zu verschönern. Neben ihm ruhen seine Gefährten Abu Bekr und Omar. Es wird erzählt, daß noch ein Platz freibleibt: für Jesus, wenn er am Ende der Zeiten wiederkommt.[13] Nach der Wallfahrt nach Mekka begeben die meisten Pilger sich nach Medina, um dieses Grab zu besuchen. Soll der Prophet nicht gesagt haben: «Wer mich nach meinem Tode besucht, für den wird es sein, als hätte er mich zu meinen Lebzeiten besucht»?

Dies sind die Ratschläge, die ein heutiger Muselman französischer Sprache gibt: «Du betrittst die Moschee ... und du gehst auf das Grab zu. (Aischas Hütte) ist jetzt ein Raum mit einer einzigen Tür, die nur aus schwerwiegenden Gründen geöffnet wird. Die Wände sind außen mit langen grünen Vorhängen verkleidet. Ein schmaler Gang, der keinerlei Licht empfängt, führt rings herum. Auf einer Seite, der einzigen, die du sehen wirst, erheben sich großartige, kostbar gearbeitete Gitter; sie sind untereinander durch Säulen getrennt, deren Sockel im Gegensatz zu den anderen aus weißem Marmor mit vergoldeten Rillen sind. Diese weißen Säulen, die sich über die Breite der Galerie hin wiederholen, begrenzen den ‹edlen Garten› *rawda ech-charifa*, den mystischen Garten, den geistigen Garten. Wenn man dort betet, so versichert die Überlieferung, ist es, als betete man im Paradiese. Das Grab des Propheten wird dir also nicht sichtbar werden.» Und der Reformist, der die Abgötterei fürchtet, fügt hinzu: «Du wirst vor dem Gitter stehenbleiben, und du wirst nicht beten. Das Gebet ist Gott vorbehalten ... Aber die frommen Gedanken, die du äußern wirst, ohne deine Stimme zu sehr zu erheben, werden dir nicht mangeln, um den Abgesandten Gottes reichlich zu ehren.» [14]

Die gleiche, zugegebenermaßen einer Treue zum Geiste der Botschaft des Propheten entspringende Angst vor der Anbetung des Propheten durch unwissende Volksmassen hat gewisse Reformisten zu radikaleren Maßnahmen veranlaßt. Als die Heere der puritanischen Wahhabiten 1804 Medina einnahmen, zerstörten sie so weitgehend wie möglich die über dem heiligen Grab errichteten Kuppeln und entfernten alle kostbaren Gegenstände. Aber nichts hat die Frömmigkeit der Massen dem Manne gegenüber, dem sie ihren Glauben verdanken, auszurotten vermocht. Und diese Frömmigkeit drängt nach Ausdruck. Wie sollte sie ihn finden, wenn nicht in Formen, die den Eliten grobschlächtig vorkommen?

Aber die Gläubigen können sich nicht alle nach Medina begeben, und alle wünschen, häufig und regelmäßig ihre Verehrung des Propheten zu bekunden. Zu einem nicht genau bekannten Zeitpunkt, ein paar Jahrhunderte nach der Hedschra, tritt ein jährliches Fest des Propheten auf und verbreitet sich rasch. Es wird willkürlich auf einen Montag verlegt, den 12. des Monats Erster Rabi. Er ist auch an einem Montag gestorben, und an einem Montag ist er zur Auswanderung nach Medina aufgebrochen. Das Fest wird in seinen Einzelheiten je nach den Ländern verschieden begangen, aber so ziemlich überall gibt es einen Fackelzug, man spendet Mahlzeiten für die Armen, man verteilt reichlich Süßigkeiten. Händler errichten ihre Buden oder Zelte, die nachts von Laternen erleuchtet werden, und verkaufen Lekkereien oder Kaffee. Man sieht Seiltänzer, Schlangenbeschwörer, öffentliche Erzähler und Unterhalter aller Art. Die Kinder werden neu eingekleidet, man besucht sich, man brennt Knallfrösche ab, man parfümiert sich, tänzelt auf reich aufgeputzten Pferden. Alles atmet Freude. Die Mitglieder der mystischen Bruderschaften ziehen vorbei, rufen tausend und abertausendmal Allahs und Mohammeds Namen an, geben sich fuchtelnden Gebärden hin, die rasch in Raserei ausarten, geraten in Trance, stoßen frommes Geheul aus. In Kairo pflegte ein Scheich auf seinem Pferd über die Rücken mehrerer Dutzend daniederliegender Derwische zu reiten. Überall gibt es Männer, die ununterbrochen Litaneien rezitieren, Gebete, Gesänge, Gedichte zum Ruhme des Propheten. Es werden Reden gehalten, in denen dargelegt wird, wie sehr die Welt in Unwissenheit und Dunkel getaucht war, ehe Mohammed kam, wie er das Licht der Wahrheit brachte, um das Herz der redlichen Menschen zu erleuchten.[15] In der Türkei wird das berühmte Gedicht aufgesagt, das der Derwisch Suleiman Tschelebi zu Beginn des 15. Jahrhunderts verfaßte und das andere Dichter der gleichen Zeit mit allerlei Zusätzen ergänzten:

Alle erschaffenen Dinge haben ihn fröhlich aufgenommen.
Die Traurigkeit war fortgegangen, ein neues Leben ließ
die Erde wieder aufleben.

Alle Atome des Weltalls brachen in einen Ruf aus,
Riefen in einem mächtigen Chor: Willkommen, willkommen!
Willkommen, o allerhöchster Sultan, sei willkommen!
Willkommen, o Quelle der Erkenntnis, sei willkommen!
Willkommen, du, Nachtigall des Gartens der Schönheit!
Willkommen, du, Vertrauter des Herrn der Herrlichkeit!
Willkommen, du, Mond und Sonne der Guten Richtung!
Willkommen, du, der du dich niemals von der Gottheit trennst!
Willkommen, du, einzige Zuflucht des Sünders der Gemeinschaft!
Willkommen, du, der Einzige, der dem Elenden Erleichterung bringen kann! . . .[16]

Während das Christentum in ihm den bösen und geilen Erzfeind erblickte, während der Islam in ihm «das beste aller Geschöpfe» feierte, traten Leute auf den Plan, die den religiösen Glauben und insbesondere diesen Glauben schwer begreiflich fanden und versuchten, in Mohammed einen auf der gleichen Ebene wie sie selber denkenden und handelnden Menschen aufzufinden. Der Graf von Boulainvilliers rühmte ihn im beginnenden 18. Jahrhundert als einen Freidenker, der eine vernünftige Religion geschaffen hatte. Voltaire machte, um das Christentum anzugreifen, einen zynischen Betrüger aus ihm, der indessen unter Zuhilfenahme von Fabeln sein Volk zur Eroberung des Ruhmes geführt hatte. Das ganze Jahrhundert sieht in ihm den Prediger der natürlichen und vernünftigen Religion, die nichts mit dem Wahnsinn des Kreuzes zu schaffen hat. Die Akademien feiern ihn. Goethe widmet ihm ein großartiges Gedicht, in dem er als Urbild des genialen Menschen mit einem mächtigen Strom verglichen wird. Die Ströme und Flüsse, seine Brüder, rufen ihn an, bitten um seinen Beistand, um sie zum Ozean zu geleiten, der sie erwartet. Unwiderstehlich, triumphierend, majestätisch zieht er sie mit sich.

Und so trägt er seine Brüder,
Seine Schätze, seine Kinder
Dem erwartenden Erzeuger
Freudebrausend an das Herz.

Carlyle stellt dieses erhabene Wesen, in dem er etwas Göttliches erkennt, in eine Reihe mit den Helden der Menschheit. Dann kommen die Gelehrten, gehen auf die Quellen zurück, rekonstruieren seine Biographie anhand von unablässig gründlicher erforschten arabischen Geschichtsschreibern. Gegen Ende des 19. Jahrhunderts sieht der Arabist Hubert Grimme einen Sozialisten in ihm, der unter Zuhilfenahme einer – übrigens sehr beschränkten – absichtlich zur Schrecken der Reichen und zur Erlangung ihrer Anhängerschaft erfundenen «Mythologie» eine Steuer- und Sozialreform durchführt. Während die meisten Orientalisten versuchen, ihr Urteil zu nuancieren, und seine religiöse Inbrunst in den Vordergrund stellen, leugnet der belgische Jesuit Henri Lammens, ein großer Kenner der Quellen, nach wie vor haßerfüllt seine Aufrichtigkeit. Die sowjetischen Gelehrten streiten sich darum, ob er ein Reaktionär war oder ein Progressist. Die Nationalisten, die Sozialisten, sogar die Kommunisten der muselmanischen Länder berufen sich auf ihn als ihren jeweiligen Vorläufer.

So sucht ein jeder in ihm das Spiegelbild seiner eigenen Anliegen und seiner Probleme oder derer seines Jahrhunderts, so hat ein jeder das weggeschnitten, was er nicht verstand, hat ein jeder ihn seinen Leidenschaften, seinen Ideen oder seinen Trugbildern gemäß gemodelt. Ich behaupte nicht, daß ich diesem Gesetz entgangen bin. Aber wenn die reine Sachlichkeit auch unerreichbar ist, so wäre es ein Sophismus, zu behaupten, daß man folglich ganz bewußt parteiisch sein muß. Wir wissen gar wenig sichere Dinge von diesem Manne, dessen Denken und Handeln die Welt erschüttert hat. Aber wie bei Jesus können wir durch verdächtige Berichte und hinkende Überlieferungen hindurch etwas erahnen, das die Widerspiegelung einer eigenartigen, für die gewöhnlichen Menschen, die sich um sie scharten, erstaunlichen Persönlichkeit ist. Diese Widerspiegelung habe ich so, wie ich sie wahrzunehmen glaubte, in diesem Buche festzuhalten versucht. Es ist kein einfaches Bild. Weder das satanische Ungeheuer der einen, noch das «beste aller Geschöpfe» der anderen, weder der kaltblütige Betrüger, noch der politische Theoretiker, noch der ausschließlich zu Gott strebende Mystiker. Wenn wir ihn richtig verstehen, war Mohammed ein vielschichtiger, widersprüchlicher Mensch. Er liebte die Lust und gab sich der Askese hin, er war oft mitleidig und zuweilen grausam. Er war ein von Liebe und Furcht gegenüber seinem Gott verzehrter Gläubiger und ein zu allen Kompromissen bereiter Politiker. Obwohl er im gewöhnlichen Leben wenig redegewandt war, vermochte sein Unterbewußtsein während einer kurzen Periode Texte von verwirrender Poesie hervorzubringen. Er war ruhig und nervös, mutig und furchtsam, voller Doppelzüngigkeit und Freimut, die Beleidigungen vergessend und fürchterlich rachsüchtig, stolz und bescheiden, keusch und wollüstig, intelligent und in gewissen Punkten seltsam engstirnig. Aber er hatte in sich eine Kraft, die ihn mit der Hilfe der Umstände zu einem der wenigen Männer machen sollte, die die Welt von Grund auf verwandelt haben.

Muß man sich über diese Vielschichtigkeit und diese Widersprüche, diese Schwächen und diese Stärke wundern? Letzten Endes war er ein Mensch unter Menschen, unseren Unzulänglichkeiten unterworfen, mit unseren Fähigkeiten begabt, Mohammed ibn Abdallah vom Stamme der Koraisch, unser Bruder.

Verzeichnis arabischer Begriffe und Eigennamen

Dieses Verzeichnis ist kein Register, sondern will vielmehr Gedächtnisstütze sein, auf die der Leser zurückgreifen kann, wenn ihm der Sinn gewisser Begriffe nicht mehr gegenwärtig sein sollte oder zum Beispiel die verwandtschaftlichen Beziehungen der verschiedenen Sippen und Stämme allzu verwirrend geworden sind. Deshalb wurden nur jene Begriffe und Eigennamen aufgenommen, die verschiedentlich wiederkehren oder eine genauere Bestimmung nötig machen. Es erscheint vorteilhaft, vor der Benützung dieses Verzeichnisses das im Vorwort über arabische Eigennamen Gesagte nachzulesen.

Abbas ibn Abd al-Muttalib, Bankier aus Mekka, Onkel Mohammeds.

Abd oder *abd* bedeutet Diener oder Sklave. In Namen heißt *abd* soviel wie Diener des X, wobei X in der vorislamischen Zeit einer heidnischen Gottheit, danach einem der Namen Allahs entspricht.

Abdallah ibn Abd al-Muttalib, Vater Mohammeds.

Abdallah ibn Mohammed, jungverstorbener Sohn Mohammeds.

Abdallah ibn Obajj, Medinenser Stammesführer aus der Chasradsch-Sippe der Auf.

Abdallah ibn Onais, Medinenser Moslem, Mörder des Sofjan ibn Chalid.

Abdallah ibn Saad, Koraischite, Mohammeds Schreiber und Milchbruder des Otman ibn Affan.

Abd Manaf, gemeinsamer Vorfahre mehrerer wichtiger Sippen der Koraisch, die deshalb zusammen den Stamm der Banu Abd Manaf bilden. Es ist auch der wirkliche Name Abu Talibs und möglicherweise der eines jungverstorbenen Sohnes Mohammeds.

Abd al-Muttalib ibn Haschim, Enkel Abd Manafs und Großvater Mohammeds; seine Nachkommen werden zuweilen unter dem Stammesnamen Banu Abd al-Muttalib zusammengefaßt.

Abd ar-Rahman ibn Auf aus der Sippe der Zohra, vor seiner Bekehrung Abd al-Kaaba genannt, Koraischite und einer der ersten Gefährten Mohammeds; er verstand sich trefflich auf den Handel.

Abd Schams ibn Abd Manaf, namengebender Vorfahre einer bedeutenden Sippe der Koraisch, auf die vor allem das Geschlecht der Omajjaden zurückgeht.

Abraha, christlicher Herrscher Südarabiens.

Abu, arabisch für Vater in den folgenden Zusammensetzungen: «Vater des X» (siehe auch *konja*); manchmal aber auch im Sinne von «der Mann des ...» oder «der Mann mit dem ...» verwendet, z. B.: *Abu himar*, «der Mann des Esels» = «der Mann mit dem Esel», wobei die Bezeichnung in diesem Fall zum Spottnamen wird. Als nähere Bestimmung wird Abu zu Abi, beispielsweise Ali ibn Abi Talib: «Ali Sohn des Abu Talib».

Abu Afak, greiser Medinenser Dichter, der in seinen Werken den neuen Glauben angriff und verspottete.

Abu Amir, genannt *ar-Rahib,* «der Einsiedler». Monotheistisch eingestellter Asket aus Medina, der sich jedoch entschieden gegen Mohammeds Lehre stellte.

Abu-l-Aß ibn ar-Rabi, Neffe Chadidschas (Sohn der Hala bint Chowailid). Durch die Heirat mit seiner Kusine mütterlicherseits Zainab bint Mohammed wurde er der Schwiegersohn Mohammeds.

Abu Bekr ibn Abi Kohafa, aus dem Geschlecht der Taim, einer der ersten Gefährten Mohammeds, als Vater Aischas sein Schwiegervater und nach Mohammeds Tod sein Nachfolger.

Abu Dschahl, einflußreicher Koraischite aus der Sippe der Machsum, hartnäckiger Gegner Mohammeds.

Abu-l-Kasim, Konja-Name Mohammeds (Vater des Al-Kasim).

Abu Lahab, Spitzname (der Mann mit der Flamme, was vielleicht «der Schöne» bedeuten sollte, jedoch später als «der der Hölle Geweihte» ausgelegt wurde) des *Abd al-Ossa ibn Abd al-Muttalib,* Onkel Mohammeds, der, obwohl er eine gewisse Zeit lang Schwiegervater seiner Töchter war, einer der hartnäckigsten Gegner Mohammeds blieb.

Abu Obaida, einflußreicher koraischitischer Berater Mohammeds.

Abu Sofjan Sachr ibn Harb aus der Koraischiten-Sippe der Abd Schams, Enkel Omajjas, Gemahl Hinds und Vater Moawijas, Jasids und Omm Habibas (die Mohammed heiratete). Vor seiner Bekehrung Gegner Mohammeds und Führer der Koraisch im Heiligen Krieg.

Abu Talib Abd Manaf ibn Abd al-Muttalib, Onkel und Erzieher Mohammeds, Vater Alis und Jafars.

Abu-l-Walid, Konja-Name des Otba ibn Rabija.

Ad, mehr oder weniger mythischer Volksstamm Altarabiens von riesenhaftem Wuchs, dem antike Monumente zugeschrieben werden.

Aischa bint Abi Bekr, Tochter Abu Bekrs, Kindfrau und Favoritin Mohammeds.

al-, der arabische Artikel, kann zu *ar-, as-, adh-* usw. oder auf *-l-* verkürzt werden. Begriffe mit Artikel sind in diesem Register unter dem Anfangsbuchstaben des Hauptwortes eingereiht.

Ali ibn Abi Talib, Sohn des Abu Talib und Vetter Mohammeds, dessen Tochter Fatima er heiratete. Vater Hassans und Hossains. Er sollte der vierte Kalif (656–661) der muslimischen Bewegung werden.

Allat, vorislamische arabische Göttin.

Amina bint Wahb, Koraischitin aus der Sippe der Zohra, Gattin des Abdallah ibn Abd al-Muttalib, Mutter Mohammeds.

Ammar ibn Jasir, Verbündeter der Banu Machsum, einer der ersten, die zum Islam konvertierten.

Ammianus Marcellinus, römischer Geschichtsschreiber zu Ende des 4. Jahrhunderts, aus Antiochia in Syrien.

ansar, «die Helfer», Name der medinensischen Anhänger Mohammeds, in Unterscheidung zu seinen aus Mekka exilierten Gefährten, den *muhadschirun* (siehe dort).

arak, buschwüchsiger Baum, dessen Blätter und Zweige Kamelen, Schafen und Pferden als Nahrung dienen.

Aretas, griechische Schreibweise des arabischen Harith (siehe dort).

Al-Arkam ibn Abd Manaf, Koraischite aus der Sippe der Machsum, der den Muslimen sein Haus als Versammlungsort zur Verfügung stellte.

aschura, wörtlich «die zehn», aramäischer Name des jüdischen Fasttages Jom Kippur, des letzten und höchsten der an Neujahr (Rosch haschanah) beginnenden Bußtage.

Aßma bint Marwan, Medinenser Dichterin, Gegnerin Mohammeds.

Attab ibn Assid, von Mohammed eingesetzter Statthalter in Mekka.

Auf, Medinenser Sippe aus dem Stamm der Chasradsch.

Aus, einer der beiden großen nichtjüdischen Stämme Medinas.

Aus Manat, eine Gruppe Medinenser Sippen aus dem Stamm der Aus.

Bachr ibn Abd Manat (Banu), Teil des Stammes der Kinana, deren Territorium an den Herrschaftsbereich Mekkas grenzte.

Bachr ibn Wail (Banu), großer Stamm Nordwestarabiens.

Banu ..., «Söhne des ...», kann vor den Stammesnamen gesetzt werden (die Stämme sind in diesem Register unter ihrem Eigennamen eingereiht), der als Banu Koraisch, Koraisch oder mit eindeutschender Endung Koraischiten, Omajjaden, Ghassaniden usw. erscheinen kann; in allen Fällen sind darunter Stämme, Sippen oder Geschlechter zu verstehen, die sich als Nachfahren des Koraisch, des Omajja oder des Ghassan verstehen.

baraka, wörtlich «Segnung», das oft als eine Art Fluidum, eine magische, segnende Ausstrahlung verstanden wird, die besonders heiligen Personen, Orten oder Dingen innewohnt.

Bilal, Negersklave, der sich als einer der ersten zum Islam bekehren ließ. Seiner gewaltigen Stimme wegen setzte ihn Mohammed als Herold ein, wodurch er zum ersten *muezzin* (der die Gläubigen zum Gebet ruft) wurde.

Chabbab ibn al-Aratt, Schmied, Verbündeter der Banu Zohra, einer der ersten, die sich zum Islam bekehren ließen.

Chadidscha bint Chowailid, reiche Witwe aus der Sippe der Assad, die Mohammed einstellte und später heiratete, Mutter Fatimas und mehrerer anderer seiner Kinder, Schwester von Hala bint Chowailid.

Chalid ibn Said ibn Al-Aß, aus der Koraischitensippe der Abd Schams, trat nach einem Traumerlebnis dem Islam bei.

Chalid ibn al-Walid, bedeutender Feldherr und Stratege aus der Koraischitensippe der Machsum, trat spät dem Islam bei und wurde dann Saif Allah, «Schwert Gottes», genannt.

Chasradsch, einer der beiden großen nichtjüdischen Stämme Medinas.

Chatma, Medinenser Geschlecht aus dem Stamm der Aus Manat.

Chosaa, arabischer Stamm aus dem Gebiet um Mekka.

Chosrau I., genannt *Anoscharwan* («mit der unsterblichen Seele»), Sohn und Nachfolger des Kawadh I., persischer Sassanidenherrscher (531–579).

Chosrau II., genannt *Parwees* («der Siegreiche»), persischer Sassanidenherrscher (591–628).

Cosmas, genannt *Indicopleustes* (der nach Indien Gereiste), ägyptischer Kaufmann des 6. Jahrhunderts.

Dhu Nowas (der Mann mit der hängenden Locke), Spitzname des Jussuf Assar, auch genannt Jathar (der Rächer?), dem Judentum nahestehender Herrscher Südarabiens zu Anfang des 6. Jahrhunderts.

dinar, Goldmünze (vom lateinischen *denarius*).

dirham, Silbermünze (vom griechischen *drachme*).

dschinn, Teufel, böser Geist, Dämon.

Fadl ibn Abbas, Sohn des Abbas und demzufolge Vetter Mohammeds.

Fatima bint Amr, Koraischitin aus der Sippe der Machsum, Gattin Abd al-Muttalibs, Mutter von Abu Talib und Abdallah, dem Vater des Propheten.

Fatima bint al-Chattab, Schwester Omars.

Fatima bint Mohammed, Tochter Mohammeds und Chadidschas, Gemahlin seines Vetters Ali ibn Abi Talib und Mutter Hassans und Hossains.

Fasara, Stamm Nordwestarabiens.

Ghassan, die Ghassaniden, syrische Araberdynastie, Vasallen des Byzantinischen Reiches und monophysitische Christen.

Ghatafan, nomadisierender Stamm Nordwestarabiens.

haddsch, die zuerst heidnische, dann muselmanische Wallfahrt zur Kaaba und den benachbarten Heiligtümern.

hadith, «mündliche Überlieferung aus dem Leben des Propheten», kurze Erzählungen, die sich auf eine Tat oder einen Ausspruch Mohammeds beziehen; in ihrer klassischen Form hat sie der Erzähler von einer glaubwürdigen Person, diese von einer andern und so zurück bis zu einem Augenzeugen: ein typisches Beispiel wird auf S. 51 f. beschrieben.

Hafsa bint Omar, Tochter des Omar ibn al-Chattab und Gemahlin Mohammeds.

Hala bint Chowailid aus der Sippe der Assad, Schwester Chadidschas und Mutter des Abu-l-Aß ibn ar-Rabi.

Hala bint Wohaib aus der Sippe der Zohra, Gemahlin Abd al-Muttalibs und Kusine Aminas, der Mutter des Propheten.

Halima bint Abdallah aus der Sippe der Saad, die zum Stamm der Hawasin gehörten, die Amme Mohammeds.

Hamsa ibn Abd al-Muttalib, Onkel Mohammeds.

hanif, Mehrzahl *honafa*, Bezeichnung der Araber, die, vor der Existenz des Islams, einem Monotheismus zuneigten, ohne sich dem Christentum oder Judentum anzuschließen; das Wort heißt soviel wie «religiös unvollkommen».

Hanifa, bedeutender Stamm aus dem Jamama in Zentralarabien.

Al-Harith ibn Jabala (griechisch Aretas), Begründer der arabischen Ghassaniden-Dynastie; als Phylarch war er von 539 bis 570 byzantinischer Vasall.

harra, Trümmerfeld aus vulkanischem Gestein, wie sie vor allem in Nordarabien häufig anzutreffen sind.

Haschim, Sippe aus dem Stamm der Koraisch, der Mohammed angehörte; sein der Sippe den Namen gebender Ahne soll der Sohn Abd Manafs und Vater des Abd al-Muttalib gewesen sein.

Hassan ibn Ali, Sohn des Ali ibn Abi Talib und der Fatima bint Mohammed, folglich Enkel Mohammeds und Bruder Hossains.

Hassan ibn Thabit, Mohammeds Medinenser Hofdichter.

Hawasin, bedeutender Stamm Nordwestarabiens.

Heraklius, byzantinischer Kaiser von 610 bis 641.

hedschra, wörtlich «Emigration, Auszug»; gemeint ist damit vor allem die Flucht Mohammeds und seiner ersten Gefährten von Mekka nach Medina.

Hind bint Otba, Tochter des Otba ibn Rabija, Gemahlin Abu Sofjans und Mutter Moawijas; sie war lange eine erbitterte Gegnerin Mohammeds.

Hobal, vorislamischer Gott Mekkas, der in einem Idol aus rotem Karneol verehrt wurde.

Hodhail, ein Bund westarabischer Stämme.

Homeritai, griechischer Name der Himjar oder Himjariten, die vom Beginn der christlichen Ära bis zum Aufstieg des Islams eine der bedeutendsten Völkerschaften Südarabiens waren.

Hossain ibn Ali, Sohn von Ali ibn Abi Talib und Fatima bint Mohammed, Enkel des Propheten und Bruder Hassans.

Hud, mythischer, dem Volk der Ad gesandter Prophet.

Ibn Abi Kabscha (der Sohn des Mannes mit dem Hügel?), Spitzname Mohammeds, dessen Bedeutung schon früh verlorenging.

Ibn al-Chattab, siehe *Omar.*

Ibn Ishak (Mohammed), muselmanischer Chronist, gestorben um 768, hinterließ eine klassisch gewordene Biographie des Propheten, die von seinem Schüler Ibn Hischam herausgegeben wurde.

Ibn Obbajj, siehe *Abdallah ibn Obajj.*

Ibn Onais, siehe *Abdallah ibn Onais.*

Ibn Saad, muselmanischer Chronist, gestorben 845, Verfasser einer Biographiensammlung über Mohammed und seine Gefährten.

Ibrahim, arabischer Name Abrahams.

Ibrahim ibn Mohammed, Sohn Mohammeds und Marjas.

Imru-l-Kais ibn Amr, aus dem Stamm der Lachm, gestorben 328, trägt auf seinem Grabmal, das die älteste bekannte arabische Inschrift aufweist, den Titel «König aller Araber».

Imru-l-Kais ibn Hojr, König von Kinda; bedeutender arabischer Dichter, der in der ersten Hälfte des 6. Jahrhunderts lebte.

Isa, arabischer Name Jesu im Koran.

islam, wörtlich «Unterwerfung, völlige Hingabe seiner Person (an Gott)», wurde zum Namen der Religion, die Mohammed begründete, allerdings erst gegen Ende seines Lebens; *islam* ist der Infinitif des Verbes, dessen Präsenspartizip *moslim* oder *muslim* ist.

Jafar ibn Abi Talib, Sohn des Abu Talib, Bruder Alis und Vetter Mohammeds.

Jasid ibn Abi Sofjan, Sohn des Abu Sofjan und Bruder Moawijas, wurde Statthalter von Taima und Feldherr.

Jibril, arabischer Name des Erzengels Gabriel.

Jowairija bint al-Harith, Tochter des Häuptlings der Banu-l-Moßtalik, Gattin Mohammeds.

Justin II., byzantinischer Kaiser (565–578), Neffe und Nachfolger Justinians I.

Justinian I., byzantinischer Kaiser von 527 bis 565.

Kaab ibn al-Aschraf, Medinenser Halbjude und Dichter.

kaaba, wörtlich «Würfel», kubusförmiges Gebäude in Mekka mit leerem, fensterlosem Innenraum mit hölzernen Säulen, das seit ältester Zeit von den arabischen Stämmen verehrt wird. Mohammed machte es zum Zentrum des Islam. Gegenstand der Verehrung ist der Schwarze Stein *(Hadschar al-Aswad),* der in der südöstlichen Ecke eingemauert ist.

kahin (Mehrzahl *kohan* oder *kahana*), Name der vorislamischen Wahrsager oder Propheten; etymologisch ist das Wort mit dem hebräischen Kohen, «Priester», identisch.

Kainoka, einer der jüdischen Stämme Medinas.

Kalb, großteils christlicher arabischer Stamm an der Grenze des byzantinischen Syrien.

Al-Kasim, Sohn Mohammeds und Chadidschas, der in jungen Jahren starb.

Kawadh I., persischer Sassanidenherrscher (448–531), Vater und Vorgänger des Chosrau I. Anoscharwan, verwirklichte die Ideen des Sozialreformers und Sektenstifters Masdak.

Kawadh II., genannt *Scheroe,* persischer Sassanidenherrscher, Sohn des Chosrau II. Parwees, den er stürzte und ermorden ließ, herrschte im Jahre 628 während etwa sechs Monaten.

konja, Bezeichnung für die bei den Arabern häufige Namensgebung «Vater des X» (Abu X) oder «Mutter des X» (Omm X), wobei X üblicherweise der älteste Sohn ist. So nennt man Mohammed auch Abu-l-Kasim nach seinem frühverstorbenen ersten Sohn al-Kasim, und Omm Mistah ist die Mutter des Mistah. Obwohl meist nur als familiärer Name verwendet, kann der Konja-Name auch zur allgemein gebräuchlichen Bezeichnung werden. Siehe auch *Abu.*

Koraisa, jüdischer Stamm in Medina.

Koraisch, namengebender Ahne der Banu Koraisch, die Mekka bewohnten.

koran, «Vortrag», ein dem Syrischen entlehntes Wort, das zuerst nur jene Botschaften bezeichnete, die der Erzengel Gabriel (Jibril) Mohammed von Allah überbrachte und die der Prophet seinen Anhängern vortrug; später übertrug sich der Name auf die Sammlung dieser Botschaften.

Kossaij, Ahne der wichtigsten Koraischitenstämme.

Lachm (Banu), Lachmiden, Fürstengeschlecht aus dem Stamm der Tanuch. Sie gründeten das Königreich Hira und waren Vasallen der persischen Sassaniden.

Machsum, Koraischitensippe.

Maimuna, Schwägerin des Abbas; Witwe geworden, heiratet sie Mohammed.

mala, «Senat, Ältestenrat», Bezeichnung für die Notabelngruppe einer Sippe, eines Stammes oder einer Stadt, der im alten Arabien – zumindest theoretisch – die Entscheidungsgewalt zukam.

Manat, die arabische Schicksalsgöttin, die als Tochter Allahs betrachtet wird.

Marja, koptische Sklavin, Konkubine Mohammeds und Mutter seines Sohnes Ibrahim.

Marjam, arabischer Name der Jungfrau Maria, im Koran verwechselt mit der Schwester von Moses.

Masdasnäer, Anhänger der Lehre Zarathustras (Zoroastrismus, Parsismus), die im persischen Sassanidenreich Staatsreligion war.

Maslama, Prophet der Banu Hanifa aus dem Jamama in Zentralarabien; die muselmanischen Autoren nennen ihn Mussailima, eine Diminutivform, die von den Orientalisten im allgemeinen als Spottname betrachtet wird; andere wiederum sind der Ansicht, daß Mussailima sein wirklicher Name ist.

Moawija ibn Abi Sofjan, Sohn des Abu Sofjan und der Hind, Bruder Jasids, Schreiber Mohammeds und später Kalif (661–680), Gründer der Omajjaden-Dynastie und Gegner Alis.

Mohammed ibn Abdallah, der Prophet; er entstammt der Sippe der Haschim aus dem Stamm der Koraisch.

momin (Mehrzahl *momiun*), «Gläubiger», einer der ersten Namen, die den Anhängern Mohammeds verliehen wurden.

Mossab ibn Omair, muselmanischer Koraischite, Leutnant Mohammeds in Medina vor der Hegira.

muhadschirun, wörtlich «die Emigranten», Bezeichnung der aus Mekka stammenden Koraischiten, die Mohammed nach Medina begleiteten.

munafikun, «die Zweifler», Lehnwort aus dem Amharischen, das die Zögernden, Zweifelnden, Widerstrebenden bezeichnet; im Arabischen wurzelt das Wort in einer Bedeutung, die durch das Verhalten der Springmaus illustriert wird, die sich beim geringsten Anzeichen von Gefahr in ihr Loch flüchtet. Der Koran benennt mit *munafikun* die Partei jener Medinenser unter Führung von Abdallah ibn Obajj, die sich nur zu einem Lippenbekenntnis bereitfanden und sich dadurch verdächtig machten; von da her rührt auch die klassische Übersetzung als «Heuchler».

Al-Mundhir ibn al-Harith, griechisch *Alamundaros*, ghassanidischer Phylarch um 570 bis 581.

Al-Mundhir I. ibn an-Noman, Lachmidenkönig von Hira, um 418 bis 462.

Al-Mundhir III., sein Nachfahre, regierte um 505 bis 554.

muslim (Mehrzahl *muslimum*), wörtlich «unterworfen (dem Willen Allahs)», siehe auch *islam*; diese Bezeichnung von Mohammeds Anhängern erschien anscheinend erst gegen Ende seines Wirkens.

Mussailima, siehe *Maslama*.

Nadir (Banu) oder *Banu-n-Nadir*, einer der drei großen *jüdischen* Stämme in Medina.

Nagaschi, arabischer Name des Negus, des Kaisers von Äthiopien.

Noman ibn al-Mundhir, Ghassanidenprinz, herrschte um 581 bis 584.

Noman III. ibn al-Mundhir, Lachmidenkönig von Hira, um 580 bis 602.

Ojais, anderer Name des Al-Walid ibn al-Walid.

Omajja ibn Abd Schams, Koraischite, Großvater von Abu Sofjan und Ahne der Omajjaden-Dynastie.

Omajja (Banu), siehe *Omajjaden.*

Omajjaden, das Geschlecht der Nachkommen von Omajja aus der Koraischiten-Sippe der Abd Schams stieg unter Moawija ibn Abi Sofjan zur herrschenden Dynastie der muselmanischen Welt (661 bis 750) auf und blieb in Spanien von 756 bis 1031 an der Macht.

Omar ibn al-Chattab, Koraischite aus der Sippe der Adi, der sich zum Islam bekehren ließ. Berater und Schwiegervater Mohammeds, Vater von Hafsa. Omar war von 634 bis 644 der zweite Kalif.

omma, «Gemeinde», insbesondere die «Gemeinschaft der Muselmanen».

Omm Habiba bint Abi Sofjan, Tochter des Abu Sofjan, nahm den muselmanischen Glauben an und heiratete in zweiter Ehe Mohammed.

Omm Kolthum, Tochter Mohammeds und Chadidschas, heiratete (in zweiter Ehe?) Otman ibn Affan.

omra, die Gesamtheit der rituellen Zeremonien in der Kaaba und ihrer unmittelbaren Umgebung, wurde in das *haddsch* eingeschlossen.

Orwa ibn az-Zobair, Chronist in den Anfängen des Islam, geboren zwischen 643 und 649, gestorben zwischen 709 und 717, Sohn Zobairs, eines Neffen von Chadidscha, schrieb im Auftrag des Kalifen Abd al-Malik (685—705) eine Reihe von Berichten über historische Ereignisse zur Zeit des Propheten.

Osair, arabischer Name Esras.

Ossa, «die Vielvermögende», arabische Göttin, die mit dem Planeten Venus identifiziert und als Tochter Allahs betrachtet wurde.

Ossaid ibn al-Hodair, Häuptling der Sippe der Abd al-Aschhal aus dem Medinenser Stamm der Aus.

Ossama ibn Zaid, Sohn des Zaid ibn Haritha und einer abessinischen Freigelassenen, von der er seine schwarze Hautfarbe hatte. Mohammed, der ihn liebte, beauftragte ihn um 614 mit der Leitung einer Expedition.

Otba ibn Rabija, alter Koraischite aus der Sippe der Abd Schams, Vater Hinds, der Frau von Abu Sofjan, wurde bei Badr getötet; sein Konja-Name ist Abu-l-Walid.

Otman ibn Affan, aus der Familie der Omajja, einer der ersten, die sich zum Islam bekehren ließen; heiratete die Tochter Mohammeds Rokaija und nach deren Tod ihre Schwester Omm Kolthum; dritter Kalif von 644 bis 656.

Otman ibn Masun, Koraischite aus der Sippe der Jomah, einer der ersten Anhänger des Islams.

Procopius, byzantinischer Chronist des 4. Jahrhunderts.

Ar-Rahman, »der Barmherzige« (südarabisch Rahmanan); Name, den die Südaraber nach hebräischer und aramäischer Sitte dem Gott der Juden und dem christlichen Vater der Dreieinigkeit gaben. Die Bezeichnung wurde von Maslama und Mohammed übernommen, wobei letzterer sie als einen der Namen Allahs betrachtete.

Rahana bint Zaid, Jüdin aus dem Stamm der Nadir; Mohammed nahm sie sich zur Konkubine, nachdem ihr Mann, der den Banu Koraisa angehörte, ermordet worden war.

Rokaija bint Mohammed, Tochter Mohammeds und Chadidschas, heiratete zuerst einen Sohn von Abu Lahab, dann Otman ibn Affan.

Saad, Name verschiedener Sippen und Stämme; die Banu Saad aus dem Stamm der Hawasin, zu denen die Amme Mohammeds gehört (S. 52–53), sind nicht verwandt mit der Sippe der Saad, die in der Nähe von Fadak beheimatet war (S. 238).

Saad ibn Moadh, Häuptling der Sippe der Abd al-Aschhal aus dem Medinenser Stamm der Aus.

Sabäer, Bewohner des Königreichs von Saba, nicht zu verwechseln mit den Zabäern (siehe dort).

Sachr ibn Amir, Großvater mütterlicherseits von Omm Mistah und Abu Bekr.

Safijja, Jüdin aus der 150 Kilometer nördlich Medinas gelegenen Oase Chaibar, die Mohammed bei einem Feldzug zur Frau nimmt.

Safwan ibn al-Moattal as-Solami, der junge Muselmane aus dem Beduinenstamm der Solaim, der Aischa fand, als sie sich verirrt hatte. Diese Begegnung löste den Skandal aus.

Saida, Sippe des Medinenser Stamms der Chasradsch.

saijd, Titel der arabischen Stammeshäuptlinge; El Cid und Sidi gingen daraus hervor.

sakat, Ritualsteuer, die der Islam den Gläubigen als eine fundamentale Verpflichtung auferlegt; theoretisch sollte ihr Ertrag vor allem den Armen der Gemeinde zugute kommen.

salat, das Pflichtgebet, das aus einem Ritual von Kniefällen, Verbeugungen und Rezitation heiliger Texte besteht.

Sassaniden, persische Herrscherdynastie, die von 224 n. Chr. bis zur Eroberung durch die Araber herrschte.

Sauda bint Sama, Koraischitin, in zweiter Ehe mit Mohammed verheiratet.

Sohaib ibn Sinan, genannt der «Rumi» (der Römer), Freigelassener, einer der ersten Anhänger Mohammeds.

suk, Markt- und Handwerkerzentrum arabischer Städte.

sure, «Kapitel», Gruppen mit Fragmenten der Koran-Botschaft, die später oft als wirkliche Einheiten aufgefaßt wurden; so ist der Koran heute in 114 Suren unterteilt, die wiederum in einzelne Verse aufgegliedert sind.

Taalibi, arabischer Chronist des XI. Jahrhunderts.

Tabari, arabischer Chronist (839–923).

Talha ibn Obaidallah, Koraischite aus der Sippe der Taim, einer der ersten Anhänger des Islams.

Tamim, Stamm Ostarabiens.

Tamud, Volksstamm des antiken Arabien, dem man verschiedene alte Monumente zuschreibt.

Thora oder *Torah,* hebräischer Name des Pentateuch, das heißt der fünf Bücher Mose (arabisch *tawrat*).

tobba, Kollektivname, mit dem die Araber die Könige des antiken

Südarabien bezeichnen, vergleichbar den ägyptischen Pharaonen oder römischen Cäsaren.

Wahhabiten, strenge muselmanische Sekte, der die heutige Herrscherdynastie Saudi-Arabiens angehört.

Al-Walid ibn al-Walid, auch *Ojais* genannt, Koraischite aus der Sippe der Machsum, einer der ersten Anhänger des Islam.

Waraka ibn Naufal, Vetter Chadidschas, Koraischite aus der Sippe der Assad, *hanif.*

Zabäer, eine mesopotamische Täufersekte, mit der verschiedentlich die ersten Muselmanen fälschlicherweise identifiziert wurden; nicht zu verwechseln mit den Sabäern Südarabiens.

Zaid ibn Haritha, aus dem Stamm der Kalb, Sklave Chadidschas; Mohammed gewährte ihm die Freiheit und adoptierte ihn (worauf er folgerichtig Zaid ibn Mohammed genannt wurde). Verheiratet mit Zainab bint Jahsch und Vater Ossamas.

Zainab, Jüdin aus Chaibar, die Mohammed zu vergiften trachtete.

Zainab bint Jahsch, Kusine Mohammeds mütterlicherseits, Tochter des Abd al-Muttalib, verheiratet mit Zaid ibn Haritha, dann mit Mohammed.

Zainab bint Chosaima, aus dem Stamm der Amir ibn Sassaa, verheiratet mit einem Koraischiten, dann mit dessen muselmanischem Bruder, der bei Badr fiel, worauf Mohammed sie zur Frau nahm.

Zainab bint Mohammed, Tochter Mohammeds und Chadidschas, verheiratet mit Abu-l-Aß ibn ar-Rabi.

Az-Zobair ibn al-Awamm, einer der ersten Anhänger des Islams, Neffe Chadidschas und Vetter Mohammeds mütterlicherseits, Vater Orwas.

Zohra, koraischitische Sippe.

Zohri, koraischitischer Chronist aus der Sippe der Zohra, Schüler von Orwa ibn az-Zobair, geboren um 679, gestorben 742.

Fußnoten und Quellenangaben

KAPITEL 1: EINE WELT WIRD VORGESTELLT

1. J. W. McCrindle, Übers., *The Christian Topography of Cosmas, an Egyptian Monk*, London, Hakluyt Society, 1897, S. 71 (113 B—C).
2. a.a.O., S. 119—121 (169 B—D).
3. Ethérie, *Journal de Voyage*, Hrsg. und franz. Übers. Hélène Pétré, Paris, Editions du Cerf, 1948, S. 268 f.
4. C. Diehl, *Les Grandes Problèmes de l'Histoire byzantine*, Paris, A. Colin, 1943, S. 15 f.
5. Ethérie, a.a.O., S. 269.
6. Siehe F.-M. Abel, *Revue biblique*, 1931, S. 1—31; Procopius, *De Aedificiis*, V[9], Hrsg. und Übers. H. B. Dewing und Glanville Downey, London, Heinemann (Loeb Classical Library), 1940.
7. Ethérie, a.a.O., XX, 12.
8. A. Christensen, *L'Iran sous les Sassanides*, Paris, Geuthner, 1944, S. 397.
9. Taalibi, *Histoire des Rois des Perses*, Hrsg. und franz. Übers. H. Zotenberg, Paris, Imprimerie nationale, 1900, S. 698 f.
10. McCrindle, a.a.O., S. 72 (113 D).
11. Theophylact Simocatta, *Historiae*, IV, 11, Hrsg. C. de Boor, Leipzig, Teubner, 1887, S. 169; siehe G. E. von Grunebaum, *Medieval Islam*, Chicago, University Press, 1953.
12. Ethérie, a.a.O., I, 1.
13. a.a.O., III, 1—2.
14. a.a.O., III, 8.
15. Procopius, *De Aedificiis*, V, 8, 7—9, a.a.O., S. 356—357.

KAPITEL 2: EIN LAND WIRD VORGESTELLT

1. Ammianus Marcellinus, *Historiae*, XIV, 4, 4, Hrsg. und Übers. J. C. Rolfe, London, Heinemann, and Cambridge University Press (Loeb Classical Library), 1935, Bd. I, S. 27 bis 30.
2. Ammianus Marcellinus, *Historiae*, XXXI, 16, 6, a.a.O., Bd. III, S. 500—503.
3. Ammianus Marcellinus, *Historiae*, XXIII, 6, 45—47, a.a.O., Bd. II, S. 374—377.
4. Siehe Jacques Ryckmans, «Le Christianisme en Arabie du Sud préislamique», in *L'Oriente cristiano nella Storia della Civiltà*, Rom, Accademia nazionale dei Lincei, 1964, S. 413 bis 453.
5. McCrindle, a.a.O., S. 73 (113 D—116 A).

KAPITEL 3: GEBURT EINES PROPHETEN

1. R. Blanchard, in *Géographie universelle,* Hrsg. P. Vidal de la Blache und L. Gallois, Bd. VIII, Paris, A. Colin, 1929, S. 172.
2. Ibn Hisham, *Sira, Das Leben Muhammeds,* Hrsg. F. Wüstenfeld, Göttingen, 1859–1860, S. 101.
3. Ibn Saad, I, 2, *Tabaqat: Biographien Muhammeds, seiner Gefährten ...,* Hrsg. Sachau, Leiden, 1904–1921, Bd. I, 2. S. 58 f.
4. a.a.O., Bd. I, 1, S. 71.
5. a.a.O., Bd. I, 1, S. 69 f.; siehe Ibn Hisham, a.a.O., S. 106 ff.
6. Tabari, *Annales,* Hrsg. M. J. de Goeje u. a., Leiden, 1897 bis 1901, Bd. I, 3, S. 1124.
7. Ibn Saad, I, a.a.O., Bd. I, 1, S. 80.
8. Ibn Ishak, in A. Guillaume, *New Light on the Life of Muhammad,* Manchester, University Press, 1960, S. 7, 27, 59.
9. Buchhari, sahih, kitab LXIII, bab 20, letzte hadith.
10. S. Krauß, «Geschichte: Griechen und Römer», *Monumenta Talmudica,* V, 1, Wien und Leipzig, Orion, 1914, S. 57.
11. Ibn Hisham, a.a.O., S. 105.
12. «La Compilation dite de Frédégaire», 4, 64–65, veröffentlicht in G. Monod, *Etudes critiques sur les Sources de l'Histoire mérovingienne,* Bd. II, Paris, A. Franck, 1885, S. 147.
13. «Schahpurakan» zitiert von Biruni, *Chronologie orientalischer Völker,* Hrsg. E. Sachau. Leipzig, 1923, S. 207; siehe A. Adam, *Texte zum Manichäismus,* Berlin, 1954, S. 5–6.
14. Siehe «The Acts of Thomas», übers. in M. R. James, *The Apocryphal New Testament,* Oxford, Clarendon Press, 1924, S. 365.
15. Siehe A. Cohen, *Le Talmud,* franz. Übers., Paris, Payot, 1950, S. 417–418.
16. «Targum Threni» in *Monumenta Talmudica,* V, 1, a.a.O., S. 52.

KAPITEL 4: GEBURT EINER SEKTE

1. «Castillo interior», primeras moradas, Kapitel I, 1, und Kapitel II, 8, in P. Silverio de Santa Teresa, Hrsg. *Obras de Santa Teresa de Jesus,* Burgos, 1939, S. 488, 495.
2. C. Huber, *Journal d'un Voyage en Arabie* (1883–1884), Paris, Imprimerie nationale, 1891, S. 748.
3. «La Montagne de Contemplation», Kapitel XXIV, in J. Gerson, *Initiation à la Vie mystique,* Paris, Gallimard, 1943, S. 72.
4. Siehe Tor Andræ, *Les Origines de l'Islam et le Christianisme,* franz. Übers., Paris, Adrien-Maisonneuve, 1955, S. 45, 191.
5. Silverio de Santa Teresa, a.a.O., «Castillo interior», moradas quintas, Kapitel 9, S. 540.
6. a.a.O., «Castillo interior», mo-

radas sextas, Kapitel IX, 10, S. 611.
7. a.a.O., «Castillo interior», moradas sextas, Kapitel III, 7, S. 573.
8. Buchhari, a.a.O., kitab 1, hadith 3; kitab 91, hadith 1; Muslim, *sahih*, kitab 1, bab 71, hadith 252–253 und gleiche Passagen.
9. Dschalal ad-Din Suyuti, *al-itqan fi ulum al-quran*, Kairo, 1318 H., Bd. I, S. 46, oben.
10. Silverio de Santa Teresa, a.a.O., «Castillo interior», moradas sextas, Kapitel VIII, 3, S. 604.
11. Ste Thérèse de Jésus, *Relations spirituelles*, franz. Übers. von *Las relaciones ...* von P. Grégoire de Saint-Joseph, Paris, 1928, S. 66–67.
12. L. Gardet, *Expériences mystiques en Terres non-chrétiennes*, Paris, Alsatia, 1953, S. 15.
13. Siehe Kommentar und franz. Übers. in Hossein Mansur Hallai, *Diwan*, hrsg. und übers. von Louis Massignon, Paris, Cahiers du Sud, 1955, S. 108 bis 109.
14. R. Blachère, *Histoire de la Littérature arabe des origines à la fin du XVe siècle de J.-C.*, Paris, Adrien-Maisonneuve, 1964, Bd. I, Nr. 2, S. 197.
15. Siehe Max Eastman, *The Literary Mind: Its Place in an Age of Science*, New York, Scribner, 1931.
16. D. S. Margoliouth, *Mohammed and the Rise of Islam*, New York, Putnam, [3]1905, S. 83 f.
17. Ibn Saad, a.a.O., Bd. I, 1, S. 133 ff.
18. F. Buhl, *Das Leben Muhammeds*, Übers. von H. H. Schaeder, Leipzig, Quelle und Meyer, 1930, S. 153, Nr. 72.
19. Ibn Hisham, a.a.O., S. 782.
20. a.a.O., S. 260.
21. a.a.O., S. 185–187.
22. Tabari, a.a.O., Bd. I, 3, S. 1192 f.
23. Tabari, *tafsir*, Kairo, 1321 H., Bd. XVII, S. 120.
24. Tabari, *Annales*, a.a.O., Bd. I. 3, S. 1180 f.
25. Ibn Hisham, a.a.O., S. 206 f.
26. a.a.O., S. 207.
27. a.a.O.
28. Tabari, *Annales*, I, 3, S. 1180 f.
29. Ibn Hisham, a.a.O., S. 225.
30. a.a.O., S. 225 ff.
31. «Omar ibn al-Khattab», *Encyclopaedia of Islam*, London, Luzac, 1936, Bd. III, S. 982.
32. T. Izutsu, *The Structure of the Ethical Terms in the Koran: a Study in Semantics*, Tokjo, Keio Institute of Philological Studies, 1959.
33. Ibn Hisham, a.a.O., S. 227.
34. Der Anonymus von Jerusalem (möglicherweise der Patriarch Modestus, der 623 starb) in Migne, *Patrologia Graeca*, LXXXVI, Spalte 1351 ff.; siehe Ch.-J. Ledit, *Mahomet, Israël et le Christ*, Paris, La Colombe, S. 25, 92.
35. Ibn Hisham, a.a.O., S. 178.
36. Ibn Saad, a.a.O., Bd. I, 1, S. 145.
37. Ibn Hisham, a.a.O., S. 283; Tabari, *Annales*, Bd. I, 3, S. 1205 f.
38. F. Stark, *The Southern Gates of Arabia*, Harmondsworth, Penguin Books, 2. Auflage 1945, S. 123.
39. Ibn Saad, a.a.O., Bd. I, 1, S. 146.
40. Ibn Hisham, a.a.O., S. 286 f.
41. a.a.O., S. 334.

1. Ibn Hisham, a.a.O., S. 337.
2. a.a.O.
3. a.a.O., S. 341 ff.; siehe W. M. Watt, *Muhammad at Medina*, Oxford, Clarendon Press, 1956, S. 221 bis 228.
4. Ibn Hisham, a.a.O., 292 f. Guillaumes Übersetzung betrachte ich als falsch.
5. a.a.O., S. 995.
6. a.a.O., Wakidi, *The kitab almaghazi*, Hrsg. Marsden Jones, London, Oxford University Press, 1966, S. 172.
7. Tabari, *Annales*, a.a.O., Bd. I., 3, S. 1265 oben.
8. a.a.O., Bd. I, 3, S. 1285.
9. a.a.O., Bd. I, 3, S. 1305.
10. Ibn Hisham, a.a.O., S. 445.
11. a.a.O.
12. a.a.O., S. 458.
13. a.a.O.
14. «Die qui nacque che tutt' i profeti armati vinsono, e li disarmati ruinorono» (Machiavelli, *Principe*, VI).
15. Ibn Saad, a.a.O., Bd. I, 2, 134; Abu Daud, 32, 10 ff. siehe Margoliouth, a.a.O., S. 250.
16. Ibn Hisham, a.a.O., S. 996; siehe Wakidi, a.a.O., S. 172 bis 174.
17. Ibn Hisham, a.a.O., S. 546.
18. a.a.O., S. 548 f.
19. a.a.O., S. 547 f.
20. a.a.O., S. 558.
21. a.a.O., S. 559.
22. a.a.O., S. 562.
23. C. G. Montefiore und H. Loewe, Hrsg. *A Rabbinic Anthology*, London, Macmillan, 1938, S. 574.
24. Siehe D. Sidersky, *Les Origines des légendes musulmanes dans le Coran et dans les vies des prophètes*, Paris, Geuthner, 1933, S. 51–53.
25. Wakidi, a.a.O., S. 533.
26. a.a.O.; Ibn Hisham, a.a.O., S. 981 f.
27. Ibn Hisham, a.a.O., S. 641; Wakidi, I, a.a.O., S. 359.
28. Baladhuri, *futuh al-buldan*, M. J. de Goeje, Leiden 1866, S. 17; Kairo 1932, S. 31.
29. Tabari, *Annales*, a.a.O., I, 3, S. 1450; Ibn Saad, a.a.O., Bd. II, 1, 41.
30. Nach einer abweichenden Lesart in der Ausgabe von Kairo 1937, III, S. 203, Nr. 2.
31. Ibn Hisham, a.a.O., S. 657 ff.
32. Wakidi, a.a.O., Bd. I, S. 411.
33. Wakidi, a.a.O., Bd. I, S. 413. Vgl. Wellhausen, *Muhammed in Medina*, Berlin, G. Reimer, 1882, S. 179.
34. Ibn Hisham, a.a.O., S. 726 f.
35. a.a.O., S. 727 f.
36. a.a.O., S. 732.
37. Carlo Levi, *Cristo si e fermato a Eboli*, franz. Übers. von Jeanne Modigliani, Paris, Gallimard, 1948, S. 93.
38. Ibn Hisham, a.a.O., S. 733.
39. a.a.O., S. 734.
40. Vgl. Trimidhi, *sahih*, kitab 44 (tafsir al-kuran), über surat al-ahzab (Koran 33), hadith 9a bis 11 (Kairo, 1292 H., Bd. II, S. 209 f.).
41. Tabari, *Annales*, a.a.O., Bd. I, 3, S. 1475, 11. 8–9.
42. Ibn Hisham, a.a.O., S. 701.
43. a.a.O., 690 f.
44. a.a.O., 679.

1. Caetani, *Annali dell'Islam*, Mailand, Hoepli, Bd. I, 1905, S. 661; siehe Margoliouth, a.a.O., S. 217.
2. F. Buhl, a.a.O., S. 141 f.
3. Siehe F. Buhl, «Muhammad», *Encyclopaedia of Islam*, London, Luzac, 1936, S. 641.
4. Siehe G. Levi della Vida, «Omar ibn al-Khattab», *Encyclopaedia of Islam*, London, Luzac, 1936, S. 982; T. Nöldeke, *Orientalische Skizzen*, Berlin, o. J., S. 31.
5. Wakidi, a.a.O., II, 855 (Wellhausens Übers. S. 345); vgl. R. Bell, *Introduction to the Quran*, Edinburgh, University Press, 1953, S. 18 ff.
6. «L'an IX de l'hégire» in *Légende des Siècles*, Paris, Gallimard (Reihe Pléiade), 1950, S. 129.
7. «Le ‹triumvirat› Abou Bakr, Omar et Abou Obaida» in *Mélanges de la Faculté orientale de Beyrouth*, Bd. 4, 1910, S. 113–144.
8. Lucy Mair, *Primitive Government*, Harmondsworth, Penguin Books, 1962, S. 53.
9. *The Origins of Muhammadan Jurisprudence*, Oxford, Clarendon Press, 1950; *An Introduction to Islamic Law*, Oxford, Clarendon Press, 1964.
10. *Muhammedanische Studien*, Halle 1890, Bd. II.
11. G. A. Wilcken, *Het Matriarchat bij de oude Araberen*, Amsterdam, 1884 (dt.: *Das Matriarchat ... bei den alten Arabern*, Leipzig 1884); Neudruck 1966 Oosterhout, Holland.
12. «La Société bédouine ancienne», in *L'antica società beduina*, Rom, Centro di studi semitici, 1959, S. 69–93.
13. *Muhammad at Medina*, Oxford, Clarendon Press, 1956, S. 281; vgl. S. 273 ff.
14. Muhammad Hamidullah, *Le Prophète de l'Islam*, Paris, Vrin, 1959, S. 462 ff.
15. 4. Buch Esdras der Genfer Bibel (1560); vgl. R. H. Charles, *The Apocrypha and Pseudepigrapha of the Old Testament in English*, Oxford, Clarendon Press, 1913, Bd. II, S. 621.
16. Hubert Grimme, *Mohammed*, Münster i. W., Aschendorff, 1892–1895, Bd. II, S. 160, Nr. 9.
17. Siehe Tor Andræ, *Der Ursprung des Islams und das Christentum*, Uppsala-Stockholm, Almqvist und Wiksell, 1926, S. 146 ff.; franz. Übers., *Les Origines de l'Islam et le Christianisme*, Paris, Adrien-Maisonneuve, 1955, S. 151 ff.
18. «Eine christliche Parallele zu den Paradiesjungfrauen des Korans?» in *Orientalia Christiana Periodica*, 14, 1948, S. 198–405; «Les Houris du Coran et Ephrem le Syrien» in *Mélanges*, Institut dominicain d'études orientales du Caire, 6, 1959–1961, S. 405–408.
19. M. R. James, *The Apocryphal New Testament*, Oxford, Clarendon Press, 1924, S. 36 f.; siehe Irenaeus, *Adversus haereses*, V, 33, 3 (in Migne, *Patrologia Graeca*, 7, Spalte 1213); E. Preuschen, *Antilegomena ...*, Gießen, Ricker, 1901, S. 60 ff.
20. *Ecclesiastical History*, III, 39, 12 f.; auch Harmondsworth,

Penguin Classics *(The History of the Church)*, 1965, S. 152.

21. Muhammad Hamidulla, a.a.O., S. 491.
22. Ibn Saad, a.a.O., Bd. II, 1, S. 67.
23. Ibn Hisham, a.a.O., S. 815.
24. Tabari, *Annales*, a.a.O., Bd. I, 3, S. 1640; Wakidi, a.a.O., Bd. II, S. 856.
25. a.a.O., Bd. III, S. 949.
26. a.a.O., Bd. II, S. 816.
27. H. Pirenne, *Mahomet et Charlemagne*, Paris, Alcan, und Brüssel, Nouvelle Société d'Editions, ²1937, S. 129.
28. Ibn Hisham, a.a.O., S. 938 = *diwan*, XXV, 12; siehe O. A. Farrukh, *Das Bild des Frühislam in der arabischen Dichtung ...*, Leipzig, A. Pries, 1937, S. 130.
29. Siehe T. Nöldekes Besprechung von Caetanis *Annali dell'Islam*, Bde. I und II, 1 in *Wiener Zeitschrift für die Kunde des Morgenlandes*, 21, 1907, S. 307 f.
30. Wakidi, a.a.O., Bd. III, S. 1066 f.; Wellhausens Übers., S. 396; Wakidi, hrsg. von A. von Kremer, Kalkutta 1856 (Bibliotheca Indica, Nrn. 110 ff.), S. 426.
31. Siehe Baladhuri, a.a.O., S. 2 f.; vgl. Caetani, *Annali dell'Islam*, Bd. II, 1, Mailand, Hoepli 1907, S. 21.
32. Ibn. Saad, a.a.O., Bd. VIII, S. 36 f.
33. Buchhari, a.a.O., XLVI, 25; Kairo 1332 H., Bd. II, S. 47 f.
34. Ibn Saad, a.a.O., Bd. II, 1, S. 132.
35. Dschahiz, *kitab al-bayan wa-t-tabyin*, Harun, Kairo 1367/1948, II, S. 31 ff.; Sandubi, Kairo 1351/1932, II, S. 24 ff.; Atawi, Beirut 1968, S. 228 ff.; vgl. Blachère, a.a.O., S. 246.

KAPITEL 7: SIEG ÜBER DEN TOD

1. Abu Jusuf Jaqub, *kitab al-kharaj*, Kairo 1346 H., S. 39.
2. Busiri, *burda*, Zeilen 34–36, 38, 42, 46, 58; vgl. die vollständige englische Übersetzung von Arthur Jeffer in *A Reader on Islam*, Den Haag, Mouton, 1962, S. 607–620. Ich folgte in Teilen auch den Interpretationen der franz. Übers. von René Basset, *La Bordah du Cheikh-el-Bousiri*, Paris, Leroux, 1894.
3. Dirini, *taharat al-qulub ...*, Kairo 1296 H., S. 26–28, 30 bis 32.
4. Siehe E. Cerulli, *Il «Libro della Scala» e la questione delle fonti arabo-spagnole della Divina Commedia*, Vatikan, 1949.
5. L. Gardet, *La Pensée religieuse d'Avicenne (Ibn Sina)*, Paris, Vrin, 1951, S. 113.
6. E. W. Lane, *An Account of the Manners and Customs of the Modern Egyptians*, London, C. Knight, 1836–1837, Bd. I, Kap. 13, S. 384; London, Dent (Everyman's Library), S. 288.
7. Siehe J. Reinaud, *Monuments arabes, persans et turcs du Cabinet de M. le duc de Blacas ...*, Paris, Imprimerie royale, 1828, Bd. II, S. 97.
8. a.a.O., Bd. II, S. 80–82.
9. Harawi, *kitab al-isharat ila*

marifat az-ziyarat, Hrsg. J. Sourdel-Thomine, Damaskus, Institut français, 1953, S. 16; franz. Übers., *Guide des Lieux de pèlerinage,* Damaskus, Institut français, 1957, S. 42.

10. a.a.O., arab., S. 14, 17, 95; franz., S. 36, 43 f., 216; T. W. Arnold, «Qadam sharif», *Encyclopaedia of Islam,* 1. Aufl., Bd. II.
11. Ibn Dschubait, *Travels...,* Hrsg. W. Wright, Leiden, 1852; 2. Aufl., Hrsg. M. J. de Goeje, Leiden, 1907, S. 162 ff.
12. Siehe I. Goldziher, *Muhammedanische Studien,* Halle 1890 (Hildesheim, G. Olm, 1961), S. 168; Tor Andræ, *Die Person Muhammeds in Lehre und Glauben seiner Gemeinde,* Stockholm, 1918, S. 271.
13. Siehe R. F. Burton, *Personal Narrative of a Pilgrimage to Al Madinah and Meccah,* London, G. Bell, 1913 (Bohn's Popular Library), Bd. I, S. 315 ff.
14. Jean Roman, *Le Pèlerinage aux lieux saints de l'Islam,* Algiers, Baconnier, 1954, S. 34 f.
15. Vgl. M. Hadj-Sadok, «Le *mawlid* d'après le *mufti*-poète d'Alger Ibn Ammar» in *Mélanges Louis Massignon,* Damaskus, Institut français, 1957, Bd. II, S. 269–291; H. Fuchs «Mawlid», *Encyclopaedia of Islam,* 1.Aufl., Bd. III.
16. Vgl. Süleyman Celebi, *Vesiletü n-necat Mevlid,* Hrsg. Ahmed Atesh, Ankara, Türk Tarih Kurumu Basimevi, 1954, S. 67.

Alle Koran-Zitate aus: *Der Koran,* Das heilige Buch des Islam, nach der Übertragung von Ludwig Ullmann neu bearbeitet und erläutert von L. W. Winter, Wilhelm-Goldmann-Verlag, München 1959.

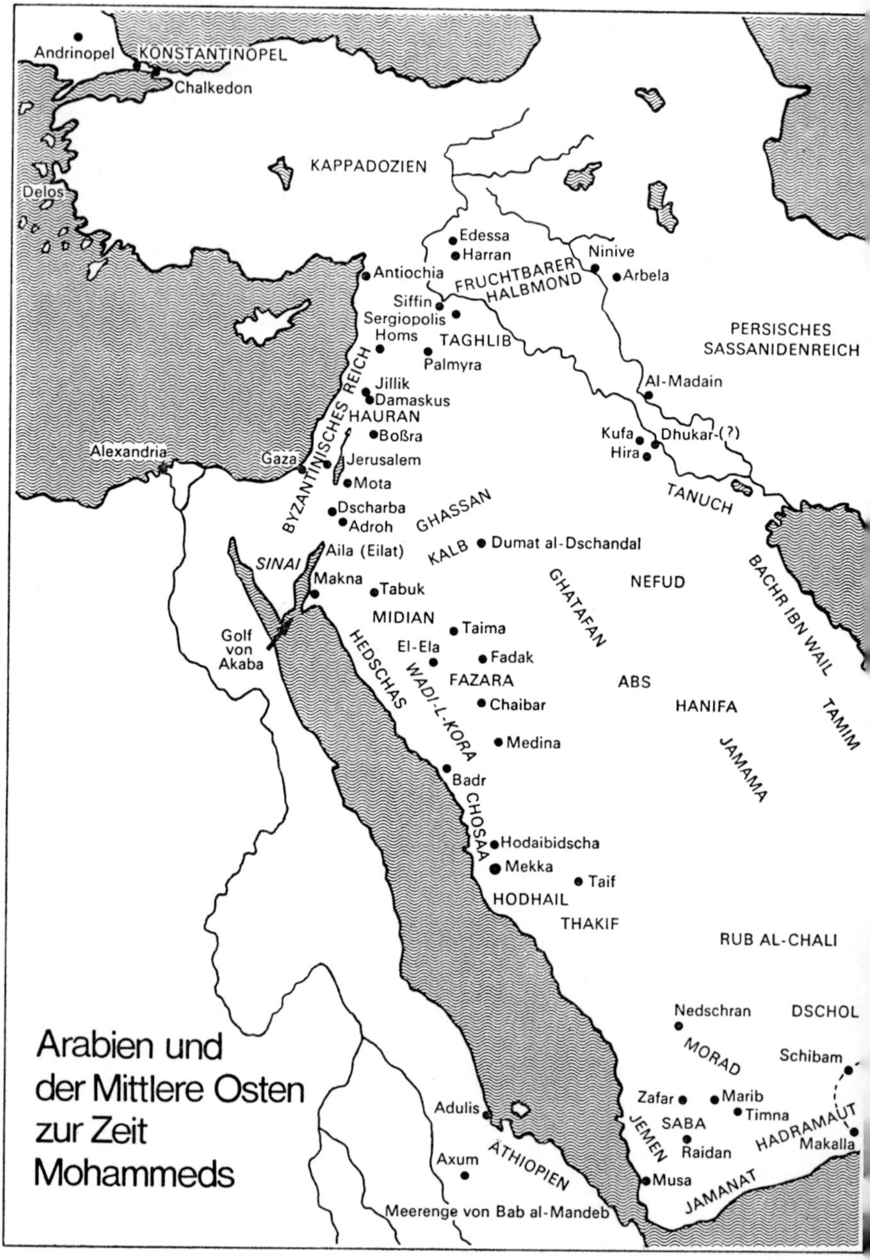

Arabien und der Mittlere Osten zur Zeit Mohammeds

Das Gebiet um Mekka und Medina

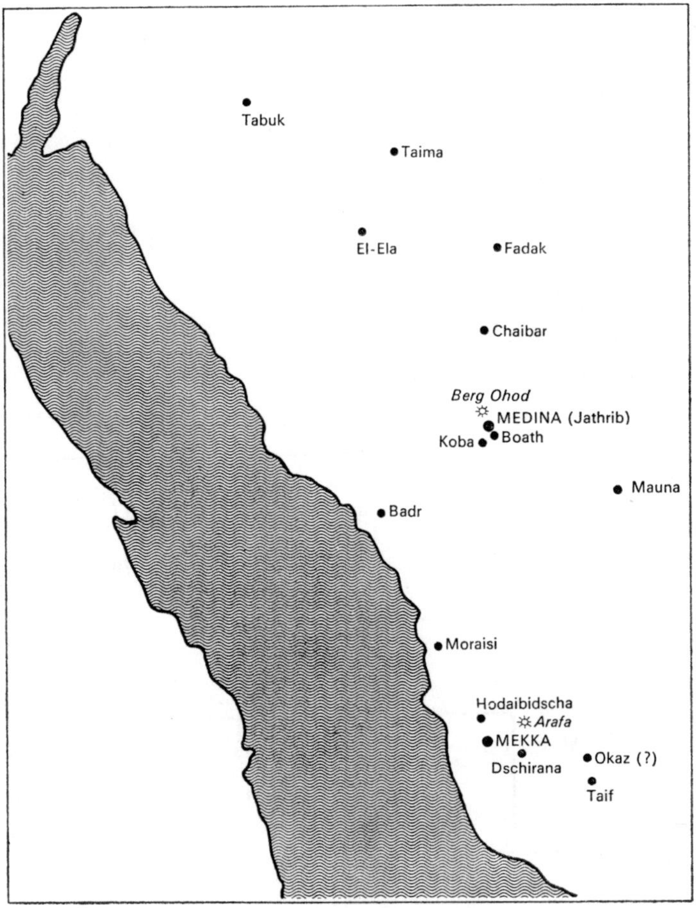

Stammbaum Mohammeds und einiger verwandter Geschlechter

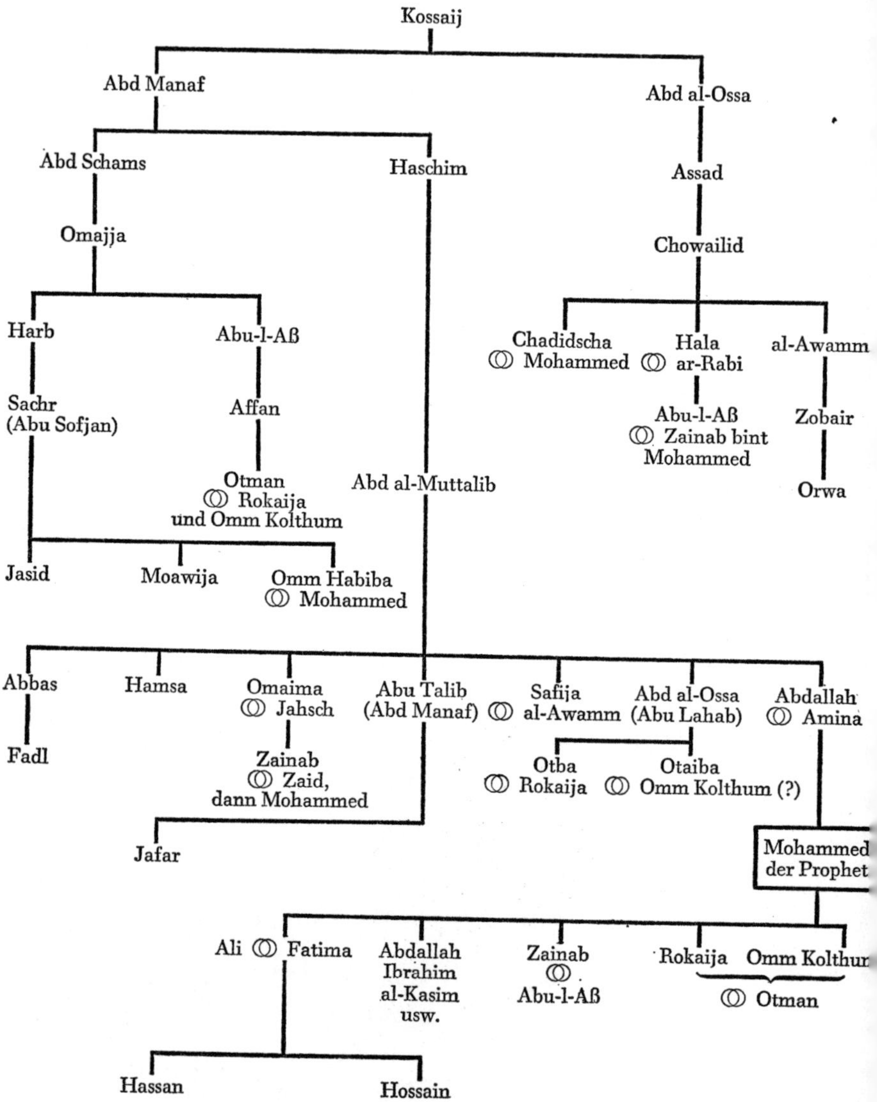

Inhalt

Einführung	5
1. Kapitel: Eine Welt wird vorgestellt	13
2. Kapitel: Ein Land wird vorgestellt	21
3. Kapitel: Geburt eines Propheten	46
4. Kapitel: Geburt einer Sekte	74
5. Kapitel: Der Prophet in Waffen	146
6. Kapitel: Geburt eines Staates	207
7. Kapitel: Sieg über den Tod	279
Verzeichnis arabischer Begriffe und Eigennamen	299
Fußnoten und Quellenangaben	309
Karte Arabiens und des Mittleren Ostens zur Zeit Mohammeds	316
Karte der Region von Mekka und Medina	317
Stammbaum Mohammeds	318